Arsène Lupin

About
Arsene Lupin

關於亞森・羅蘋

他是浪漫英勇的騎士；他的形象百變，但自始至終懷有男子漢的率性豪氣。由於骨子裡渴求冒險的天性，他修習法律、醫學、獲取易容術的知識以及各種格鬥術，憑藉自己敏銳的直覺和過人的智慧與對手一次又一次地生死較量，尤其越是強大的對手，越能激起他的旺盛鬥志。然而他也給人一種愛開玩笑的印象，因為他犯下的每一個案件彷彿僅是為求解悶，以譏諷對手為目的。真正了解他的人卻知道，亞森是個孤寂之人，他雖是個竊賊，但行事是那樣地光明磊落，紳士君子也不及他。

父親泰奧弗拉斯特・羅蘋（Théophraste Lupin）的生活拮据，是一名體操教練，同時也教授劍術和拳擊。亞森三、四歲時即逝世。在〈神秘女盜賊〉中，約瑟芬・巴爾莎摩曾指出他私底下是個騙徒，死於美國監獄中。

母親昂莉艾特・德萊齊（Henriette d'Andrésy）不顧家族的反對，嫁給了泰奧弗拉斯特。在丈夫死後，家族逼她改回娘家姓氏。但她並沒有回到原生家庭，而是投靠德勒・蘇比士家族，成為伯爵夫人的貼身女僕，與兒子亞森相依為命。

美好年代
Belle Époque

十九世紀末至二十世紀初，歐洲的政治局勢複雜糾結，各國之間不斷地拉攏盟友、以軍事協約相互制衡，使歐洲得以避免大規模的實質戰爭。在這種「和平」的社會風氣之下，新一波的工業革命興起，推動了經濟與文化的繁榮發展。法國為第四屆萬國博覽會建造了艾菲爾鐵塔、汽車逐漸代替馬車、電話逐漸取代電報、飛機成功試飛——在「美好年代」裡，便有亞森・羅蘋冒險犯難的身影。

1874

亞森・羅蘋出生

1879

企業家雷賽布取得巴拿馬運河的開鑿權，並於1881年組成巴拿馬運河開鑿公司。為獲得資金，公司以金錢賄絡達官顯要，從而得到議會和政府批准其再次發行大量的股票。

1880

犯下〈王后項鍊〉一案。

1885

卡爾・賓士與加特立・戴姆勒幾乎同時製造了能實際應用內燃機發動的汽車。

1887

母親昂莉艾特・德萊齊病逝。母親病逝後，小羅蘋便由奶媽維克圖瓦（Victoire）扶養成人。

1890

法國的克雷芒・阿德爾順利地完成第一次的飛機駕駛。

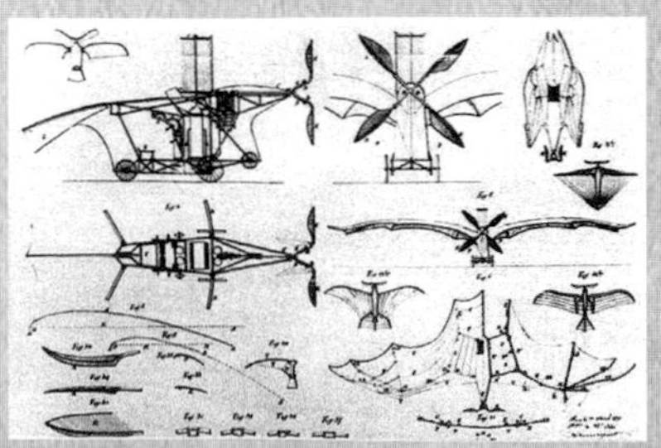

克雷芒・阿德爾的飛機草圖

1892

巴拿馬運河舞弊案被揭露，加速了法國的政治風潮。

1893

尼古拉・特斯拉首次公開展示無線電通信的研究。

1894

以拉烏爾・德萊齊（Raoul d'Andrésy）為名，與克拉莉絲・德蒂格（Clarisse d'Etigues）在南法陷入熱戀。經歷〈神秘女盜賊〉一案後，兩人隨即結婚，羅蘋並向愛妻發誓婚後不再行竊，兩人度過一段安穩的幸福時光。

1895

羅蘋與克拉莉絲的女兒出生後即夭折。

1899

克拉莉絲難產逝世，尚在繈褓中的兒子尚・德萊齊（Jean d'Andrésy）失蹤。痛失愛妻與稚兒的羅蘋自此全心全意地投入犯罪生涯中。

1900

巴黎萬國博覽會。

1901

私生女樂納維耶芙（Geneviève Ernemont）出生，羅蘋將孩子交由奶媽維克圖瓦撫養。

1908

〈空心岩柱〉一案發生。

2.1.1..2..2.1.
.1..1...2.2. .2.43.2..2.
.45..2.4...2..2.4..2
D DF▭ 19F+44◺357◿
13.53..2..25.2

城堡外約五、六百公尺處撿到的一張破爛紙條。

德皇威廉二世，布面油畫，1890年。

1912

四月，身涉〈八一三之謎〉。

因殺了朵諾瑞・克塞爾巴赫（Dolorès Kesselbach）而心灰意冷。跳崖自殺未遂後，以唐路易・佩雷納（Don Luis Perenna）的身分加入外籍兵團。

※亞森・羅蘋這個角色在法國的成功，使盧布朗自此之後活在亞森・羅蘋的陰影之下，幾度阻礙了他在文學創作上的發展。故盧布朗也曾心生賜死亞森・羅蘋的念頭。

1914

唐路易在外籍兵團的前兩年裡，獲得軍功章、榮譽團勳章以及七次獲得通令嘉獎。

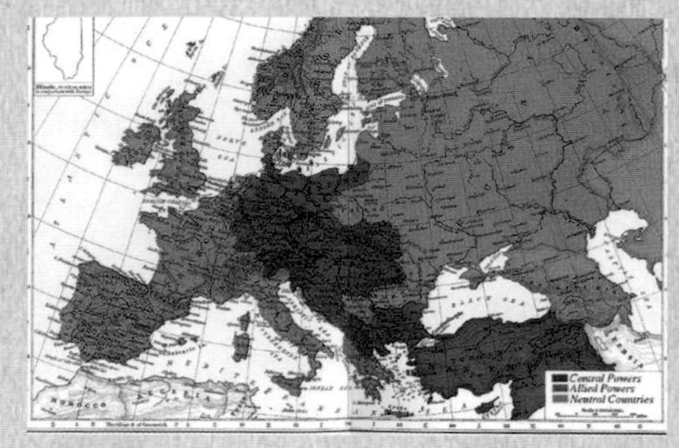

第一次世界大戰勢力分布圖。紅色代表同盟國，綠色代表協約國，黃色代表中立。

1915

第一次世界大戰的戰火延燒，法國經濟岌岌可危，唐路易介入〈金三角〉一案。

夏，遇柏柏爾人（Berber）埋伏，淪為戰俘，但隨後成為其部落首領。十五個月內征服了半個撒哈拉大沙漠與古茅利塔尼亞地區。

繩梯尾端附著一張紙條，上頭寫著：「克拉麗獨自上來，便可獲救。」

1917

〈棺材島〉一案。

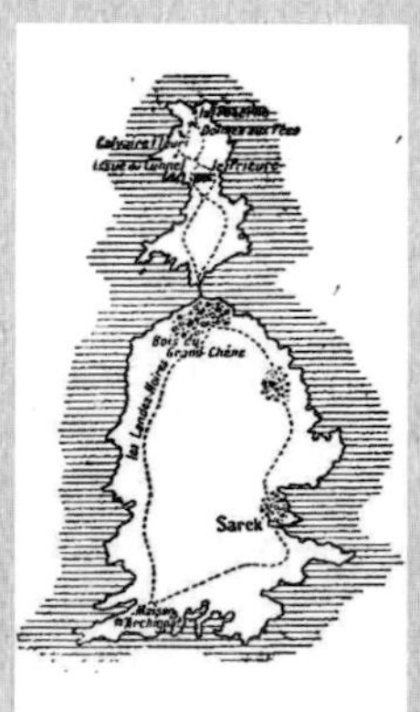

薩萊克島

一支箭呼嘯而過，插在樹幹上。他們驚呼：「我們完了，有人在攻擊我們！」

1919

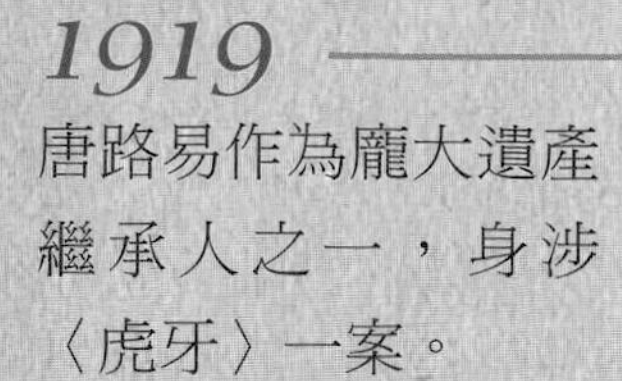

唐路易作為龐大遺產繼承人之一，身涉〈虎牙〉一案。

1925

與兒子尚・德萊齊重逢。

[出版序]

如果說亞瑟·柯南·道爾塑造的福爾摩斯是英國偵探文學的典型人物，那麼莫里斯·盧布朗塑造的亞森·羅蘋則是法國偵探文學中一個不朽的形象。從莫里斯·盧布朗於一九〇五年寫出首篇偵探小說起，一個亦正亦邪、浪漫英勇、多才俠義又形象百變的人物——亞森·羅蘋——就活靈活現地顯現在普羅大眾眼前。他以敏銳的眼光注視著這個世界，他那優雅的身影彷彿清風掠水，卻又總能激起千層浩浪。

莫里斯·盧布朗出生於法國盧昂，父親是造船廠老闆。盧布朗自幼接受良好的教育，就讀中學時，認識了法國大作家福樓拜，聽福樓拜講述動人的文學故事。後來，盧布朗又認識了莫泊桑與左拉。年輕的盧布朗有機會從文學大師那裡獲得創作經驗，這對他以後走上文學道路產生極大影響。

盧布朗因為不願繼承家業，所以不顧父親的反對，隻身前往巴黎學習法律。一八八七年，他發表了處女作《一個女郎》。一九〇〇年，他開始記者生涯，到了一九〇七年，「福爾摩斯熱」的浪潮已經影響了法國出版界，而盧布朗也開始涉足偵探小說。巴黎的一位出版商邀請盧布朗為一份雜誌寫偵探推理小說，並講明要塑造一個法國偵探，來與英國偵探福爾摩斯一較高低。這個要求頗具難度，但相對也是極其誘人的，這對盧布朗來說既是一個機會，也是一次挑戰。他決定嘗試一下，並想標新立異，塑造一個不是偵探但同樣令人喜愛的文學典型。盧布朗絞盡腦汁，終於想到了怪盜。他的《紳士怪盜：亞森·羅蘋》問世後，果然廣受歡迎，好評如潮。

莫里斯·盧布朗不愧是一位出色的偵探小說家，他所創作以亞森·羅蘋為主角的一系列作品，情節曲折，構思奇特，而且飽含豐富的想像力，將羅蘋身處時代的新科技，以及戰爭年代的時空背景非常有技巧的貫穿於小說情節中，令人讀來回味深長，難以釋卷。

從一九〇五年到一九三九年，莫里斯．盧布朗先後創作了多部以亞森．羅蘋為主角的作品，共有六百萬字之巨，是繼亞瑟．柯南．道爾後又一名多產的偵探小說家。為了將這一極具魅力的文學作品介紹給讀者，我們精心打造了本套《紳士怪盜：亞森．羅蘋經典探案集》。

本套書在充分尊重原著風格的基礎上，略去部份人物細節與累贅的背景敘述，保存原著的經典場景與故事主軸，加強情節的連貫性、邏輯性，使讀者能夠更輕鬆地閱讀。另外，書中亦收錄盧布朗在一九三三年撰寫的〈亞森．羅蘋是誰〉（Qui est Arsène Lupin ?）一文，讓讀者得以透過作者的現身說法，更全面地了解紳士怪盜的傳奇誕生。

在此，我們誠摯地邀請各位讀者，與我們一同進入羅蘋驚奇的冒險世界，體驗盧布朗筆下匡扶正義的英雄情懷，一窺人間的善惡美醜。

亞森·羅蘋是誰？

亞森·羅蘋是如何誕生的？

這只是巧合。我不僅不曾告訴自己「我要來創造一個如何如何的冒險家」，也從沒想到他在我的作品中會佔有多麼重要的位置。當時的我在社會現實主義小說與愛情小說的圈子裡已小有名氣，也一直跟吉爾·布拉斯有固定的合作。

一日，好友皮埃爾·拉菲特向我邀稿，為《我什麼都知道》的創刊號寫一篇冒險小說。但我不曾寫過這類型的小說，所以遲遲不敢嘗試。

終於在一個月後，我才將稿子交給皮埃爾·拉菲特，故事是由一名搭乘勒阿弗爾—紐約航線的旅客講述，在航行過程中他們遇到了暴風雨，而當時郵輪上正在接收一則無線電報，電文裡表明惡名昭彰的怪盜亞森·羅蘋就在船上，他化名為R——就在此時，受到暴風雨的干擾，通訊中斷。

無須贅述，這趟橫跨大西洋的旅程剎時翻天覆地，竊案頻傳。所有名字以字母R為開頭的旅客都受到質疑，但直到抵達目的地之後，亞森·羅蘋才被指認出來。其實亞森·羅蘋不是別人，就是說故事的這人，不過因為他客觀的敘述方式，讀者一時之間不會懷疑他。

這個故事雖獲得迴響，但拉菲特請我繼續寫下去時，我還是拒絕了。我的理由是：「在當時的法國，驚悚與懸疑小說並不入流。」

儘管如此，因為我心裡不時地琢磨這件事，再加上拉菲特又鍥而不捨地勸我，我堅持了半年後忍不住提醒他，別忘記結局已定，我的主角已經坐牢了，故事不可能再有進一步的發展。他卻平靜地答道：「沒關係，就讓他逃脫吧！」

於是就出現了第二篇故事，也就是亞森・羅蘋在籠中鳥的情況下，仍可以繼續指揮獄外的「行動」；第三篇故事則是他逃出牢籠。為了後面這篇故事，我秉持著創作者的良知，去向警察局局長諮詢。對方非常大方地接待我，並且表示願意幫我審稿，但是八天後我收到了他的回稿，上頭沒有任何評論……他一定是認為這個逃脫計畫根本完全不可能實現。

從這個時候開始，我便淪為亞森・羅蘋的俘虜。他的冒險史先是在英國發行，然後是美國，接著遍布世界各地。

當我打算將這幾篇故事集結成冊時，腦海突然就冒出「紳士怪盜，亞森・羅蘋」這個書名。在這個重新編撰的亞森・羅蘋冒險史裡，最大不同之處就是我不再讓怪盜與夏洛克・福爾摩斯（Sherlock Holmes）爭鬥，而是改為埃勒克・修摩斯（Herlock Sholmès）。但我之所以敢說自己完全沒有受到柯南・道爾影響的原因很簡單，那就是我在創造亞森・羅蘋的時候，根本不曾讀過他的作品。

對我的創作產生影響的，多半是我童年讀物的作者，諸如菲尼莫爾・庫珀、艾梭隆、加伯里歐，還有後來的巴爾札克，他筆下的越獄逃犯弗特漢一角令人震撼。然而，從各方面來看，影響我最深的莫過於愛倫・坡。在我來看，他的作品是融合懸疑與驚悚小說的經典。之後投入這個領域的人，不過只是在複製他的寫作模式而已……但這種寫作天才豈能重現，只有他才能使故事的主題充斥悲愴的氛圍。

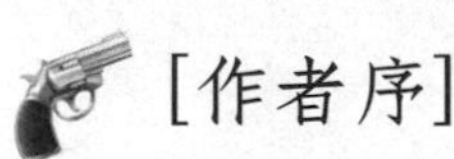

此外，他的那些接班人一般來說都沒有將驚悚與懸疑兩種模式兼容並蓄，他們多數是朝第二種模式發展。因此，才會有加博里歐、柯南．道爾以及那些在英法兩地受到他們啟發的文學創作。

對我而言，我不力圖專攻；我所有的懸疑作品皆是驚悚小說，我所有的驚悚作品皆是懸疑小說。可以這麼說，是我筆下的主角決定我的創作走向，而且情況亦會隨著故事是以怪盜或偵探為中心而有所不同。當主角是偵探時，讀者是從偵探面對未知的角度切入，因不知道劇情將往何處發展而產生興趣；反過來說，當故事是圍繞著怪盜時，人們便能預先知道犯罪過程，畢竟主角正是他。

另一方面，我必須賦予亞森．羅蘋兩種面向，他既是個惡棍又是個好孩子（因為小說的主角不可以是個壞人）。所以我得在故事裡添加關於人性的描寫，讓人們覺得他行竊也是情有可原，並非天生就是個惡棍。首先，他行竊目的多在於找樂子，而不是出於貪婪；然後，他從不偷好人的東西，多數時他還很慷慨；最後，再點出他這種不正當的行為通常是受情感驅使，藉此展現他勇敢、無私奉獻以及俠義的精神。

在柯南．道爾筆下，福爾摩斯有著解決謎題的強烈渴望，而他也是透過破案的方法來吸引大眾的注意力。亞森．羅蘋則相反，他不斷地捲入各種事件，很多時候甚至連他自己都不知道是為什麼，但他仍然可以光榮地脫身……也就是又比過去更富裕了一點。他也會為了查明真相而投入冒險，只要這個真相能夠填滿他的口袋。

這並不表示他覺得自己是社會的公敵。他反倒這麼形容自己：「我是一個好公民……如果有人偷了我的手錶，我也會大喊捉賊。」可見他亦是個社會化且保守的人。只是他雖認同社會秩序不可亂，卻又本能地不斷搞破壞，而這種無可避免的天性使他成為惡人。

但是在羅蘋的冒險史中還有一個有趣的元素，頗具獨創性，雖然那並非我有意為之。畢竟在文學創作中，我們永遠無法預知自己的作品將會長成什麼模樣：我們呈現出來的，往往是我們內在的反射。在亞森．羅蘋的例子裡，有趣的地方在於時代的連結，故事是現代結合過去，其中有歷史，甚或是傳奇。它不同於亞歷山大．大仲馬對歷史事件的重新詮釋，而是直接解開舊有的歷史懸案。亞森．羅蘋就是透過這種積極的探索，持續不斷地捲入謎團之中。

因此，這一系列的亞森．羅蘋冒險史雖都是發生在當代的事件，但涉及的卻是歷史上的謎題。舉例來說，在《棺材島》一案裡，有岩塊被三十個暗礁圍繞，它被稱為波西米亞國王石，然而沒有人知道這個名稱的由來。傳說，只要將病患帶到這塊岩石上，病患就能夠不治而癒。結果，因亞森．羅蘋發現一艘賽爾特時代的沈船載有波西米亞岩塊而解開了謎團，那些人們所謂的奇蹟，不過是因為岩塊裡含有鐳（我們都知道，波西米亞是鐳最大的生產國）。

以這樣的考據資料為基礎，強化了冒險推理小說的主題，我想，這就是為什麼即使亞森．羅蘋擁有唐吉軻德式的無賴性格，還能受到大家歡迎、喜愛的原因。

莫里斯．盧布朗

寫於小瓦爾，一九三三年，十一月十一日，星期六

1924 神秘女盜賊
La Comtesse de Cagliostro

1 魅力四射的女人……016
2 老男爵的隱私……045
3 神秘的小木箱……060
4 星座裡的神奇……080

1927 碧眼少女
La demoiselle aux yeux verts

1 兩個迷人的女孩……112
2 聰明的馬萊斯卡爾……119
3 伯爵的別墅冒險……129
4 再次出現的碧眼少女……136
5 激流脫險……148
6 拉烏爾被捕……156
7 案件真相……167
8 謎底揭曉……173

1928 神秘古宅
La demeure mystérieuse

1 蕾吉娜被劫案……182
2 女模特兒阿爾萊特……189
3 紳士達瑞里斯和探長貝舒……193
4 梅拉馬爾伯爵兄妹……198
5 仗義相助……208
6 瑪丹父女……221
7 亞森・羅蘋現身……230
8 法熱羅的真面目……239
9 驚天大陰謀……247
10 尾聲……261

1932 雙面笑佳人
La femme aux deux sourires

1 沃爾尼城堡的慘案……264
2 神祕女郎……267

3 求助……275
4 第一次的衝突……281
5 城堡拍賣會……287
6 拉烏爾與侯爵的合作……292
7 第二次交鋒……298
8 雙面笑佳人……304
9 生死爭鬥……310
10 加尼瑪爾的漂亮夫人……316
11 雙面之謎……321
12 寶石的下落……327
13 真兇……332

1934 便衣警探維克托

Victor, de la Brigade mondaine

1 楔子……338
2 天網恢恢……338
3 第五個賊……343
4 疑雲密布……353
5 芭琦萊耶芙公主……362
6 德・奧萊特之死……369
7 真相大白……378
8 智擒亞森・羅蘋……388

1935 惡女復仇記

La Cagliostro se venge

1 發生在別墅村的怪事……402
2 活耀的亞森・羅蘋……416
3 亞森・羅蘋的苦衷……432
4 奇怪的女人……449
5 戴面具的惡魔……467
6 水落石出……488

亞森・羅蘋的財富

Les milliards d'Arsène Lupin

1939

1 迷雲重重 …… 504
2 奧拉斯・韋爾蒙 …… 521
3 一波三折 …… 536
4 野獸 …… 551
5 激烈戰鬥 …… 560
6 圓滿結局 …… 570

【延伸作品】★★★

紅圈

Le Cercle rouge

1922

1 神秘的紅圈 …… 576
2 紅圈家族的絕跡 …… 583
3 紅圈再現 …… 591
4 吉姆・巴頓真正的後裔 …… 600
5 修鞋匠山姆・斯邁林 …… 606
6 蘇弗通大飯店的舞會 …… 612
7 追補鞋匠山姆 …… 620
8 戈登脫身，山姆重現 …… 625
9 拯救戈登 …… 632
10 謎底揭開 …… 740

走鋼索的女子

Dorothée, danseuse de corde

1923

1 多蘿黛馬戲團 …… 650
2 出色的預言家 …… 658
3 艾斯特雷西的真面目 …… 666
4 神奇的金質獎章 …… 672
5 奇怪的遺囑 …… 681
6 財富來自頑強的生命力 …… 691

荒誕人生

La vie extravagante de Balthazar

1925

1 父親的來信 …… 700
2 貴族之後 …… 705

3 應得的財富……710
4 匪首之子……715
5 兩位母親……721
6 劫持……727
7 島國繼承人……733
8 死裡逃生……737
9 第四個父親……742
10 財寶丟失……747
11 瓦揚・迪富爾……752
12 尾聲……757

1930 傑里科王子 Le Prince de Jéricho

1 初遇……762
2 偷襲……772
3 西西里之行……781
4 實情……788
5 瑪諾爾森先生之死……793
6 福爾維勒的妒火……799
7 解決了一個！……803
8 進攻與反擊……809
9 暴風雨……816
10 新娘……820
11 另一場決鬥……825
12 結局……830

1934 血染的念珠 Le chapelet rouge

1 神秘事件之謎……838
2 誰是兇手……840
3 緊張的審訊……856
4 令人咋舌的真相……871
5 尾聲……891

神秘女盜賊 1924

一萬顆稀世寶鑽引來三路人馬爭鬥搶奪，
黃楊木製的小方盒下暗藏什麼玄機？
星座、密語與古老傳說交織，
亞森・羅蘋如何破密解疑，找出藏寶地？

Arsène Lupin
~ gentleman cambrioleur

1 魅力四射的女人

拉烏爾．德萊齊第一次冒險時，年僅二十歲。當時，他居住在——後來頗有名氣的「怪石城」——諾曼第半島的依特魯那鎮一個簡陋的旅館裡面。在那裡，他認識了一個叫做戈德弗魯瓦．德帝格男爵的人，常常到他家去做客。長時間的交往讓拉烏爾對男爵的了解越來越深。他發現，這個男爵的周圍有很多讓人不解的事物。比如，那些經常出入男爵寓所的人，雖然也可以稱為紳士，但是這些人的衣著、態度以及談話方式卻完全不像那麼回事。拉烏爾憑直覺判斷這些人可能在做一件見不得人的事。因此他在心中暗自盤算，想要揭開這裡面的秘密。

在一個月黑風高的夜晚，拉烏爾．德萊齊將腳踏車藏好後，朝德蒂格莊園靠近。他手裡拿著兩把鑰匙，一把是寓所便門的，另一把則是三樓樓角處一個側門的。這兩把鑰匙是拉烏爾決定要了解男爵的底細後，偷偷弄到手的。

就在快要接近男爵寓所之時，一輛馬車突然從裡面疾馳而出。車上有不少人，一個個眉飛色舞的模樣，似乎在談論什麼值得高興的事。而且，他們手上還拿著槍。

馬車飛快地向卡地爾鎮駛去，深夜時分，他們打算到哪裡去？拉烏爾目送著馬車，直到它消失在黑暗中，才從暗處走出來，拿鑰匙開了便門走上三樓，打開側門。

這間房子是男爵讀書的地方，但此刻男爵不在。男爵的寶貝女兒克拉莉絲應該在四樓，而僕人們則住在其他房子裡。拉烏爾潛入書房後，直奔書桌而去。幾天前，他與男爵在這裡會面時，曾注意到男爵的眼光總是不時地落在這張書桌上，這裡面一定有什麼秘密。

書桌上了鎖，但對拉烏爾來說，這不過是小事一樁。他掏出一根鐵絲，三兩下就撬開了鎖。在抽屜裡，他發現一封信，內容如下：

我已經把埃特雷塔的一個農夫在他的牧場裡挖出七角燭臺的事，發表在報刊上了。當然，這全是假的。但我想那個女人會信以為真，還會主動找上門來，她的生命中不能沒有這個燭臺。我得知她會在費康車站下車，你應該扮成馬車夫，到那兒去等她。然後想辦法把她騙到你那果園的古塔裡幹掉。這麼一來，七角燭臺不就落到我們手裡了嗎？淩晨四點，我將會領兩個朋友從勒阿弗爾前去。

「果真有個可怕的陰謀！可是這個即將面臨死亡的女人是誰？」拉烏爾沒敢多耽誤，立即前往古塔。按他的想法，那個女人可能會被引到那裡的大廳內。

沿著牆上的樹藤，拉烏爾順利地爬到古塔的窗口附近，他把身體隱藏好，探頭向屋內張望。大廳的窗戶離地面很遠，足足有五公尺。廳裡大約有二十張桌子，擺得很凌亂。拉烏爾耐心地等候著，大約四十分鐘以後，有人來了。拉烏爾定睛一看，進來的正是男爵和他的表兄貝納托。

「二十分鐘以後，那女人就要到了。怎麼樣，準備好了嗎？」男爵問道。

貝納托點頭答道：「在海邊的那個斷崖下，已經備好了兩艘小船，其中一艘的底部已經鑿好了洞，十分鐘以內就會下沉。」

「石塊也準備好了嗎？」

「準備好了，而且已經用繩子綑在船的邊緣。這樣船就不會因為石頭不小心滑落而沉不下去。」

他們正說著，大廳的門又被打開，進來了三個人。拉烏爾發現他們都是男爵寓所的常客。

「博馬涅安先生到了嗎？都已經四點了。」男爵看了看錶。

幾乎是在同時，大廳門口出現了另一個男人。此人身材魁梧，眉宇間雖然透著一股紳士氣質，但那張瘦猴似的臉、突出的下巴以及塌陷的眼眶，顯出幾分猥瑣。眼睛裡射出的兩道逼人光芒則令人生畏。

「博馬涅安先生。」眾人不約而同地站起來，並向他行了一個禮。

看來，這個人正是他們的頭兒。大廳裡一片沉寂，在閃動的煤油燈下，這種氣氛有點教人不寒而慄。殺人犯們正等著獵物的到來，而在拉烏爾的心中，卻有一股無名怒火在燃燒著。

遠處隱隱傳來馬蹄著地和車輪轉動的聲音。

「是我們的馬車。」男爵低聲說道。

大家紛紛站起來，望著博馬涅安，就像將要出征的士兵在等著將軍的命令。

「按原計畫行動，絕對不能讓這個女人逃跑了！」博馬涅安說。

大廳的門又被推開，兩個男人架著一個女人走了進來。那個女人被綁著手腳，臉上還被蒙著一塊面紗。他們把她架到大廳的中央，放到地上。

「把繩子解開，摘掉面紗！」博馬涅安低聲命令道。

女人臉上的面紗被揭下，這是一位面容姣好、氣質高雅的年輕貴婦人。在她的臉上，還有一種凜然不可侵犯的神色。她被這些陌生的男人帶到一個陌生的地方，臉上卻毫無懼色。由此可見，這絕非一個普通的貴婦人。

坐在角落裡的博馬涅安說道：「卡格利奧斯特羅伯爵夫人，歡迎啊！」

被稱為卡格利奧斯特羅伯爵夫人的這個女人，用懷疑的眼光掃視四周，然後鎮定地說：「你怎麼知道我的名字？你是誰？」

「不認得了？是我。」

博馬涅安從暗處走到亮處，得意地笑了笑。伯爵夫人只看了他一眼，便嚇得花容失色。

「怎麼是、是你……」伯爵夫人因害怕而語無倫次。

「夫人，你還認識我。我就是差點被你殺死的博馬涅安！」說著，他又陰險地笑了起來。

大廳裡的氣氛異常地緊張，誰也不敢吭聲。

「沒這回事！我怎麼會害你呢？」伯爵夫人為自己辯解道。

聽到這兒，拉烏爾怎麼也不相信這個女人會殺人，因為她太年輕、太漂亮了。

「這絕對是誤會，是誤會！」夫人極力為自己辯解，聲音已近乎沙啞。

「不！就是你想害我。我的幾位同伴也已經死在你的手中。」博馬涅安發怒了，他向大家說道，「諸位，就是這個可惡的女人，她為了得到寶藏，已經殺死了我們多位朋友，而且我也差一點命喪黃泉。」

「胡說！這全是假的，你有什麼證據？」夫人發瘋似地喊道。

「好，既然如此，那我就說個明白。這個女人和我都知道一個秘密，這個秘密來自於一面古鏡，是以前瑪麗．安東尼皇后[1]的私人物品。這面古鏡看似平常，反面卻有『一七八三』四個數字。而且，更為奇特的是，鏡子的背後還有四行文字：

幸運女神之印

波希米亞國王的石板

法國國王們的財寶

七角的燭臺

[1] 瑪麗．安東尼（Marie Antoinette），法國國王路易十六的王后。西元一七八五年，有消息指出王后參與了王室珠寶匠的詐欺犯罪，瑪麗．安東尼因而聲望大跌，對波旁王朝無疑也是一大打擊，為著名的「鑽石項鍊事件」。

都是讓人難以理解的句子，但後來我們弄清楚了，原來這上面的每句話都是對藏寶地點的暗示。我和這個女人聯手，想要破解七角燭臺之謎，所以我們經常聯繫。可是事情辦成之時，她卻背叛了我。」

「有一天，我決定到西班牙去查找線索。臨行前，我向她告別後才出門。可是，後來我發現忘了帶某樣東西，便折返回來。在進門之前，我聽到裡面有聲響，便從鎖孔向屋內看，正好看到這個女人在翻我的皮箱。她拿出一個硬木盒，裡面裝有我的日常用藥。她把裡面的藥片倒出來，接著把自己所帶、外觀相同的藥片裝了進去。之後才偷偷地離開。我基於好奇，把那些藥片拿去化驗，結果發現其中有一片含有劇毒，這使我驚恐不已，原來她想把我毒死，於是，我將計就計。幾天以後，我設法讓幾家報紙報導了我在西班牙意外死亡的消息。她對我的死訊信以為真，但在這之後，我便像影子一樣一直在暗中跟著她。在我看來，她有機會破譯七角燭臺之謎，並據此找到寶藏的藏匿之處。到那時，我再把它奪過來也不遲。但是讓人痛心的是，在這段時間裡，這個女人居然殺害了我們的多位同伴。有被她從高處推下摔死的，也有被她毆打致死的。她幾乎成了一個殺人魔女。」

「我沒有做這些！全都是謠言！」卡格利奧斯特羅伯爵夫人拼命地反駁道。

博馬涅安冷冷一笑，用一種蔑視的口吻說：「好吧，既然你不承認，我也不勉強。但我博馬涅安是個頂天立地的男人，絕不會幹那種小人的行徑。當然，如果留你在法國，可能會破壞我們的好事，所以，只能送你到國外小住一段時間了。」

「去國外？」

「沒錯，今晚有一艘英國船將經過此地，我們把你送上這艘船，讓它帶你到倫敦的康復中心去療養。怎麼樣？這比殺你好過萬倍吧！只要你一走，我們就能安心工作了。如何？親愛的伯爵夫人，我可是差一點就成了刀下魂的人啊，這樣待你，也算是以德報怨了吧？你應該為我的寬大胸懷感動才對啊！」博馬涅安詭祕地說道。

伯爵夫人保持沉默，但神色已恢復正常，她比剛才安靜了許多。也許她真的相信了博馬涅安的話，對自己的未來放心了。可是，拉烏爾知道他們的詭計，博馬涅安嘴上說得好聽，心裡卻想著要置伯爵夫人於死地。

拉烏爾冷靜地思索了一會兒，心生一計。他悄悄地沿著樹藤滑到地上，然後快速向海岸附近的斷崖奔去。找好藏身之地後，他靜靜地觀察著周圍的情勢。不久，遠處有手電筒的燈光閃動，漸漸逼近，是兩個人抬著一副擔架，艱難地向這邊走來。

拉烏爾仔細觀察了一番，發現一個是戈德弗魯瓦男爵，另一個是他的表兄貝納托，被抬在擔架上的，想來應該就是被綑著的卡格利奧斯特羅伯爵夫人。

「喂，石階很陡，小心啊。」男爵低聲囑咐道。同時，在手電筒燈光的幫助下，邁上石階。

因為石階實在太陡，所以擔架前後嚴重傾斜，使得躺在上面的伯爵夫人險些滑落下去。又因為路上還有個直角彎道，他們費了九牛二虎之力，總算順利通過。終於到了斷崖下的海岸，兩個人癱坐在沙石上，渾身像散了架一般。

「真是件苦差事！」

「喂，關掉手電筒吧。深夜裡被漁民們看見燈光，會引來麻煩的。」

死一般沉寂的海面，像黑緞子似的天幕，伸手不見五指。這時，拉烏爾在海對面的礁石上等待著時機。

「好了，是動手的時候了。」

兩個人來到海邊，那兒有兩艘小船。沉寂的海面無風無浪，像一面鏡子。兩個人一齊動手，把擔架放在那艘有洞的小船上，然後用繩子繫在另一艘他們駕駛的小船上，偷偷地向深海區划去。

兩條小船無聲地行駛在黑暗的海面上，繞過許多礁石，大約二十分鐘後，他們來到了深海區。

「行了，就在這兒吧。」男爵輕盈地跨上後面的那艘小船，拔出那團堵在船底洞裡的破布後，迅速返回。海水汩汩湧入小船，發出一種怪異的聲響。兩個人又把連接兩艘船的繩子割斷，然後快速划回岸邊。

很快地，那小船開始下沉。冰冷的海水包圍在被綑著的卡格利奧斯特羅伯爵夫人周圍，她淒慘地哀叫，並做著最後地掙扎。可是，她的手腳被繩子緊緊地綑著，任憑怎樣用力，也無法使繩子有絲毫的鬆動。在臨死的恐懼中，她失去了知覺。

不知過了多久，夫人清醒過來，發覺有人正在搖晃自己的肩膀。她吃了一驚，驚恐地望著對方。

「別擔心，我會幫你脫離危險的。」她聽到了一個渾厚的男中音。「我叫拉烏爾。現在沒事了，我已把船底的洞用破布堵上了，放心吧！」

拉烏爾用刀子割開夫人身上的繩子，並把船上的石塊拋入海中。接著，他又清理了船裡的積水。

「我早就想救你，所以事先在那邊的岩石上等候。」拉烏爾一邊將船向岸邊划去，一邊用一種平常的語氣說道。

「所以，我現在身上只穿著一條短褲。好在天色已黑，不然，讓你這樣一位貴夫人看到我的醜態，那可真丟人。」拉烏爾幽默地說著。「你一定很納悶，我為什麼要救你？我又是從哪兒知道你有危險？其實，在你被他們抬進古塔前，我就開始注意了。所以他們的一言一行我都瞭如指掌。」

「喔……但是，你居然有如此出眾的游泳技術。」

「游泳是我的強項，另外我還精通摔跤和拳擊呢！有我在這兒，你就放心吧……看，到岸邊了。」

從船底發出船碰觸沙石的聲音，很快地，船停止了前行。拉烏爾敏捷地跳到海灘上，然後伸手去接伯爵夫人，可是夫人幾次起身都跌坐到船艙裡。

「我的腳好像受傷了，可能是剛才弄的。」

「小心點，我來拉你。」拉烏爾伸出健壯的雙臂，輕柔地托起夫人，把她放到平坦的沙灘上。然後，他跨上小船，搖起槳，划回深海區，拔出堵洞的破布。等小船徹底沉入大海以後，才遊回岸上。上岸後，他迅速穿好衣褲，然後背起伯爵夫人，向石階那邊走去。雖然拉烏爾有滿身的力氣，但要背著一個人去攀登陡峭的石階，還是非常吃力。拉烏爾不得不在途中休息了三、四次。

好不容易終於登上了崖頂，但理智告訴拉烏爾，不能在這裡久留，因為男爵那幫人隨時都可能出現。當務之急就是，儘快把夫人藏到一個既隱蔽又安全的地方。

拉烏爾吃力地背著夫人，穿過雜亂的灌木叢，來到森林深處。在這裡，有一間破敗不堪的小屋。這原本是一個農舍，現在已經廢棄了。拉烏爾把這間屋子作為避難所。而在此之前，他就是利用這間房子，作為自己的一個秘密基地。

房子裡的食物和生活用具一應俱全。他把夫人輕輕放在一堆鋪平了的乾草上，並幫助她包紮腳傷。又倒了一杯酒給她。夫人看著忙碌的拉烏爾，嘴裡不停地表示感謝。但她實在太累了，說著說著就睡著了。

拉烏爾望著眼前這個熟睡的貴婦人，不覺陷入了沉思之中……

「她究竟是誰呢？難道真是伯爵夫人？照博馬涅安的說法，她殺過好幾個人，還想一個人佔有寶物。如果這事是真的話，她也不是什麼好人。要找到他們所謂的寶藏，那個七角燭臺一定是個關鍵。博馬涅安似乎沒找到，但這個女人清楚嗎？說實話，我這樣做，不過是想利用他們之間的鬥爭，給自己撈些好處。可是，像她這樣的女人，絕非等閒之輩，即使我是她的救命恩人，她也不一定對我說實話。所以，首先要做的，就是破譯七角燭臺之謎。當然，要想得到這個女人的信任，絕非易事。天亮以後，應該慢慢用話嚇唬她，儘管她是一個詭計多端的女賊，相信也抵擋不住我的嚴辭訊問，從而說出實情。對，一定要讓她講出全部實情。喔，這都是明天的事，今晚，我還是先睡個覺再說吧！」

拉烏爾打定主意後，就躺在乾草上睡著了。

當拉烏爾睜開眼時，正聽到教堂的鐘敲了十一下。拉烏爾因為睡過頭，匆忙爬了起來，心想夫人大概早就醒了，便大聲呼喚夫人。接連叫了好幾遍，都沒有絲毫回應。拉烏爾慌了，急忙四下尋找，但已不見夫人的蹤影。拉烏爾心中暗暗叫苦。

乾草上，有一張鮮豔的紙條，裡面包著一張伯爵夫人的照片，明亮的大眼睛，溫柔地向他微笑。拉烏爾翻過照片一看，背面這樣寫著：

向救命恩人致以衷心的感謝。但我們不會再見面了。

約瑟芬．巴爾莎摩

拉烏爾感到十分不解。「她怎麼偷偷溜走了？她的腳受了傷，怎麼能走遠路呢？如果根本沒受傷，那為什麼又要欺騙我？還有，她怎麼能夠斷定我們以後沒機會再相見？」拉烏爾心裡暗暗盤算道，「她真是一個神秘的女人！既然如此，那我只好奉陪到底，直到揭開她的神秘面紗為止。」

拉烏爾決定雙管齊下。一方面，他常去她可能出現的地方轉轉；另一方面，又常去男爵的寓所小坐，並密切注意著他們這幫人的所作所為。如果燭臺被這些人搶先找到，也就意味著以前所有的努力都將付諸東流。

有一天，拉烏爾一身輕鬆裝扮地去拜訪男爵，恰好看到僕人在整理男爵的風衣。

「咦，男爵先生是不是要去旅行啊？」

「對，今晚要與貝納托先生到迪耶普去。」

拉烏爾立刻明白了。他清晰地記得，有一回他來拜訪男爵，剛想敲門，就聽見裡面有人在談話，於是，他停住了手，側耳傾聽。剛開始是男爵在說話：「貝納托，我覺得旁邊的那個古堡很神秘，所以一直密切關注它。我想，我們應該找機會去仔細了解一下。」

「我也這麼覺得，的確有必要去一趟，也許……」這時，聲音突然壓低了。

想來是他們在迪耶普旁邊的那個古堡，已經發現了什麼。於是，當天晚上七點鐘，拉烏爾便化裝成當地的漁民，臉上抹了黑色顏料，擠上了男爵和貝納托所坐的三等車廂，在一個角落裡坐下。他們在一個偏僻的小站下車，住進一家廉價旅館。

次日清晨，有三個傢伙駕車來接男爵他們。拉烏爾也迅速找了輛馬車跟上去。大約走了十公里以後，馬車停在了一座古樸的城堡門前。五個人下車，從大門魚貫而入。拉烏爾也來到門前，向裡頭張望，發現裡面有許多工人正在院子裡大肆挖掘。

一看到進來的這五個人，一個工頭模樣的人急忙迎出來。他們站在那兒交談起來，每個人的臉上都十分嚴肅。

拉烏爾邁步跨入大門，裝成一個過路人。他問正在掘地的一個工人：「這是哪位先生的公館？」

「這地方叫菲爾城堡，閒置很久了，你看，都荒廢成這樣。最近，一位侯爵出錢把它買了下來，說是要重建。現在正在大改建，就連那邊的舊房子，也要拆了重建。」

「喔，原來是這樣。謝謝你。」

拉烏爾繼續往裡走，接近那幾個人後，就聽那個工頭對男爵說：「是，明白了，我早就告訴大家，如果挖出金屬製品，無論是破銅爛鐵還是古錢幣，都要交上來，而且有賞。」

拉烏爾立即想到了七角燭臺，他在院子裡轉了一圈兒，趁著沒人注意的時候，快速進入地下室。地下室裡的濕氣很重，而且還有一股腐臭味撲鼻而來。在進門處的石階下面，有許多垃圾。繞過這堆垃圾，就是第二段石階。拉烏爾從這兒走了進去，在裡面停留片刻，便走了出來，之後他又到屋後轉了轉。

後院裡長滿雜草，還有一個又窄又長的陽臺，男爵他們幾個人正站在那兒。拉烏爾迅速隱藏好自己，然後仔細觀察，發現有一幫工人正拿著粗重工具，在拆陽臺的支柱。這些磚砌的支柱一共十二根。每根支柱的頂上都有一個石雕花盆，但現在差不多都已毀壞了。拉烏爾仔細地研究這十二根支柱，然後意味深長地點了點頭。他悄悄走出雜草叢，快步來到陽臺下面。

「喂！你是什麼人？」工頭已經發現了他。

「我就住在這附近，是打魚的。看這裡挺熱鬧，就跑過來看看。」

「走吧！走吧！這兒不允許外人進來。」

「我這就走。不過，老闆，我對這座房子很熟悉。」

「喔？你對這兒真的很了解？」

「是啊，老闆，我從小就住在這兒。小時候，我與這裡老花匠的兒子很要好，我們每天都到這裡來玩。以前，這裡漂亮極了。有一次，老花匠帶我們去地下室。你知道嗎？這兒的地下室太多啦！一間連著一間，老花匠還特別提醒我們注意隔壁牆上的圓鐵圈，他對我們說：『隔壁是間密室，我曾親眼見過老爺把許多好東西放進去，有精美的傢俱、鐘錶，還有一個奇怪的蠟燭臺……』」

「什麼？蠟燭臺？」男爵失聲叫了出來。「這是真的嗎？」

「是不是真的，我沒親眼見過，但這是我親耳聽老花匠說的。我那時還是個孩子，老花匠不會騙我。」拉烏爾裝作一副無所謂的樣子，好像這些都是他無意中說出來似的。他悄悄地觀察著眾人的表情，發現男爵的兩隻眼睛睜得很大，顯然是因為太興奮了，而其餘四人也都是臉色大變。

「喔，是挺有意思的，我真想見識見識。」男爵語調平緩地說，但裡面卻明顯帶著顫音。

「好吧，我給你們帶路。但是老闆，現在那燭臺還在不在，我可不敢肯定。」

拉烏爾故意慢慢地走在前面，男爵心裡雖著急，卻也不好超過他。到地下室的第二段石階時，便有一條走廊，兩邊有許多小房間。

「我記得在右邊第四個房間，那裡面的牆上有個圓鐵圈。」拉烏爾指著一個房門說道，「門的鑰匙掛在那邊。啊！還在這兒，一點也沒有變。」

柱子上的確掛著一大串鑰匙，拉烏爾伸手拿下來，一把一把地試著開第四個房間的門。一直試到第六把，門才應聲而開，拉烏爾請大家進去。房門很小，六個人只好弓著背往裡鑽，裡面漆黑一片，伸手不見五指。

「這麼黑，什麼都看不見，總得想個辦法吧？」男爵著急地說。

「對了，我去取蠟燭。」拉烏爾走出房門，馬上把門輕輕地帶上，然後立刻上了鎖。他笑著大聲說：「我馬上把蠟燭拿來，但你們必須先找出七角燭臺。它也許就藏在最裡面的地板下呢！」

拉烏爾得意地走出地下室，接著聽見背後傳來瘋狗似的撞門聲，那聲音在整個地下室內迴盪，震得整個地下室都晃動起來。

「不行，那破門可擋不住這樣的撞擊，必須在五分鐘內結束戰鬥。」拉烏爾疾步跳上陽臺，搶過一把十字鎬，便直奔那第九根支柱而去。他把柱頂的石花盆敲掉，用十字鎬拼命地刨起來。周圍的工人們都靜靜地看著這個陌生人的古怪行動，誰也沒動。十字鎬刨到支柱上，立刻就出現一個坑。不久，柱頂上出現了一個洞，原來這些柱子是空心的。拉烏爾扔掉十字鎬，伸手到洞裡去摸，他的臉立刻因興奮而漲得通紅。

「找到了！」他心中一陣狂喜，手抽上來後，見是一個青綠色的、已經鏽跡斑斑的金屬古棒，正是七角燭臺上的一支燭架。

「這是什麼東西？怎麼這麼古怪？」

「喔，是金屬製品，這下你可發財了！」工人們圍在旁邊，豔羨不已。

「對了，這是金屬。我把它交給工頭，一定會有賞，到時請大家喝酒！」

「謝謝，那就快去吧。」

拉烏爾假戲演得逼真，把工人們全都騙了。可是，當他準備離開這兒時，男爵他們已經出來了。男爵見到拉烏爾，又見他手裡拿著一根青銅棒。不禁又驚又怒，大聲喊道：「有賊！有賊啊！快把這小子抓住！」

拉烏爾連忙衝進工人堆裡。工人們被弄糊塗了，一時也弄不清是怎麼回事。於是，拉烏爾便趁亂逃跑。有許多工人堵在去大門的路上，拉烏爾不得不向後門奔去。男爵他們一邊大聲喊著，一邊緊追不捨。他們身後還跟著許多工人。拉烏爾拿著青銅古棒，拼命地跑到後門附近，見後門半開著，才稍稍鬆了一口氣。他剛出後門，旁邊就跑來一個黑紗罩面的女人，她拉起拉烏爾的手就跑。

「你是誰？為什麼要拉著我？」拉烏爾一邊跑，一邊問那個女人。

「我是約瑟芬．巴爾莎摩。」

「喔！這就是那個被稱為卡格利奧斯特羅伯爵夫人的女人。」拉烏爾不禁大吃一驚。

約瑟芬催促拉烏爾快跑。兩人一路穿過叢林和墳地，到了村子裡的一座教堂旁邊。在那裡，停著一輛罕見的老式馬車。外表雖很破舊，但裡面卻非常講究，坐墊和靠背都很舒適，車廂裡還有香水的氣味。在駕駛座上，坐著一位老者，此人身穿藍色披肩，背有些駝，兩腮佈滿花白的鬍鬚，外表有些髒兮兮的。

兩人上車後，馬車便離開村莊，上了一條很長的上坡路。剛才還非常緊張的拉烏爾，現在已安靜了下來，他問：「你怎麼會來救我？」

「我在海上遇到危險時，你不是也去救我了嗎？現在，我來報恩。」

約瑟芬拿掉面紗，露出清澈的大眼睛和兩排潔白的牙齒，並向拉烏爾溫柔地一笑。這個女人臉龐秀美，氣質優雅，誰也不會把她與「賊」聯想在一起。她真像一位韻味十足的貴婦人，拉烏爾根本不相信這樣一個女人曾經殺過人。

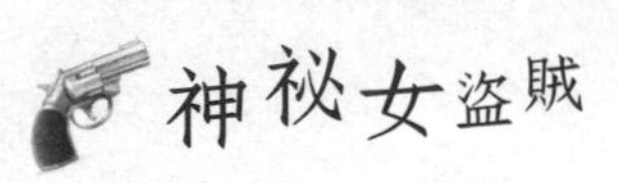

「你怎麼會到那兒去的呢？」

「你是說菲爾的故宅嗎？一般人都稱它為菲爾城堡，我很久以前就去過。可是，我最近得知，男爵那幫人今天早上要到那兒去，所以我就跑去看個究竟了。」

「啊！原來你也知道那裡藏有七角燭臺的秘密？」

「雖然我不敢肯定能立即找到它，但我認為它就藏在那裡。我正準備去找，沒想到讓他們先下了手。」

「那真的很可惜。」

「但是，他們絕對找不到燭臺，因為我已經先得手了。」

「什麼？這是真的嗎？」約瑟芬盯著拉烏爾，既驚奇又困惑。

「當然。不過，不是燭臺的全部……你看，就是這個東西。」拉烏爾伸手從上衣裡掏出那根古棒。約瑟芬小心地接過去，仔細檢查起來。古棒呈圓形，像蛇一般彎曲，由於年代久遠，上面有一層青綠色的銅鏽。古棒的一頭鑲有鮮豔紅亮的寶石，從另一頭看，它顯然是被鋸斷的。果然是七角燭臺的一部分。

「啊……」她深深地歎了一口氣，「就是為了它們，我和博馬涅安以及男爵等人拼盡全力尋找，沒想到最後卻到了你的手裡。你是怎麼發現的？它藏在了哪兒？」

「菲爾城堡的後院陽臺下有十二根支柱，它就藏在第九根柱子裡。」

「你怎麼就知道它藏到那兒呢？怎麼不是第八根或第十根呢？是碰巧嗎？」

「絕不是碰巧，我是觀察以後才動手的。雖然我今天才第一次看到這些支柱，但是，我第一眼就觀察到，在這十二根支柱當中，有十一根是十七世紀建造，只有那一根是後來造的。」

「你是怎麼得出這個結論的？」

「那十一根支柱的磚塊，是一百多年前的樣子，只有另一根支柱所用的磚塊，材料與現在的完全相同。這是因為，時隔一百多年，制磚技術已經大大改進，製造出來的磚也有巨大的差異。因此，我推斷第九根支柱曾被拆除過，當然，後來又砌好了，那麼，為什麼又要拆掉重建呢？其中一定有隱秘，很可能裡面就藏了什麼東西。」

「啊，你簡直是一個天才。」約瑟芬深表敬佩地說。

「你是指壞的方面吧？」拉烏爾微笑著說道。

他在心中暗想道：「這女人如此甜言蜜語，心中一定另有所圖。也許她想找機會奪走這根古棒，獨吞寶物。」一想到這兒，拉烏爾不敢有絲毫大意。事實上，他為了獨佔寶物，才故意拿出這根古棒給她看，自己裝作滿不在乎的樣子，其實是想引她落入自己的圈套。

拉烏爾此刻正打量著這個女賊卡格利奧斯特羅伯爵夫人，兩個人表面友善，心裡卻正在進行著一番生死較量。

馬車拉著他們，顛簸著向前疾馳。

「快到杜德威爾站了，你可以從那裡上火車。」她說道。

「你日後有什麼計畫嗎？」

「我一個人自由行動。」

「那你可要當心啊！男爵和博馬涅安他們不會輕易放過你的。」

「他們相信我已被淹死了，不會再注意我了。」

「可是，萬一你被他們發現……」

「對於這一點，我自會加倍小心。」

「可是，我認為我應該幫你一把。那些人都很陰險，尤其是那個博馬涅安，比狐狸還狡猾，比狼還狠毒。這些人太危險了！」

約瑟芬沒有答話。這時，杜德威爾車站已經被甩在後面，馬車在依伊拓街道上疾馳。過了一會兒，馬車駛進了一個農家小院，院子裡古木參天，樹蔭茂密。

「這兒是瓦塞婆婆家，她是一位慈樣的老人。她年輕時曾當過我的廚師，她開的旅店就在附近。為了我，她願意做任何事情。」但遺憾的是那位瓦塞婆婆現在不在家。

約瑟芬讓駝背老人把車停在院子裡，然後和拉烏爾一起走出院門，向街上走去。臨街的一幢灰色建築，上面掛著招牌，這就是剛才提到的那家旅店。他們推門而入，裡面卻空無一人。

「再往裡走，那兒有一間我住的小房間。」

「聽，裡面有男人在說話。」拉烏爾小聲說道。

「也許是瓦塞婆婆在與熟人聊天。」

她向裡面的房間走去。房門正開著，裡面有一位老婦人，上半身圍著圍裙，腳上穿著一雙木鞋。她看見約瑟芬後，驚恐得不知所措，連忙關上後面的門，嘴巴一張一合的，同時拼命地搖晃著雙手。

「出了什麼事，婆婆？」約瑟芬把聲音壓到最低，問道。

瓦塞婆婆慌張地坐在旁邊的一張椅子上，上氣不接下氣地說：「快跑吧！不得了了，你快跑！」

「為什麼？這是為什麼啊？婆婆？」

「警察正在追捕你，他們已經搜過了你放在閣樓上的行李……快跑吧！萬一讓他們看見，那就……」

約瑟芬面如土色，求援似地望向拉烏爾。

「警察現在去哪兒了？」拉烏爾壓低聲音問道。

瓦塞婆婆用手指了指剛才關上的那扇門。「他們就在那邊，總共兩個人。他們搜查完行李後，馬上下樓打電話向局裡報告。警察局可能又要派人來，他們正等著呢。」

門的那邊有人在說話，肯定是那兩名警察。拉烏爾抓住約瑟芬的手，快步向外跑去。然而，這時街上正有兩名騎馬的巡警向這邊過來。拉烏爾和約瑟芬急忙返回，並把門輕輕關好。他們覺得巡警已經發現了自己，所以不能盲目向外衝。

「有可以藏身的地方嗎？」拉烏爾問。

「沿著那道樓梯上去……」瓦塞婆婆惶恐不安地說，並用手指了指那道狹窄的樓梯。

他們快速衝上樓梯去。原來，那兒是個矮小的閣樓，是約瑟芬存放行李的地方。箱子都被打開了，許多衣服散落在地，這顯然是警察搜查時造成的。他們剛剛逃上小閣樓，那兩名警察就進了小房間，那兩名巡警也進來了。於是，四個人交談起來。

約瑟芬尚未喘過氣來，面色依然蒼白。在拉烏爾看來，她似乎突然間老了二十歲。

他說：「騎馬的巡警好像看到我們了，你馬上換件衣服，黑色的最好。」

約瑟芬找到一件黑色衣服，然後悄悄換上，並將脫下的灰色外衣給了拉烏爾，讓他穿上，扮成一個女人。因為這件外衣很長，可以蓋住鞋子。拉烏爾收拾好後，悄悄走近樓梯，側耳傾聽外面的談話。

「那個女人，是住這兒嗎？」

「是的，她放在這裡的皮箱上有『佩爾葛禮尼夫人』的字樣。瓦塞婆婆也證實那個女人常來這兒住，而且一住就是很長時間。」

「佩爾葛禮尼夫人正是我們通緝中的女賊。但是，佩爾葛禮尼可能不是她的真實姓名。」

「是的，這不是本名，我們也是剛剛發現。不過，她本人並不知道這個名字正被通緝中。」

「喔，所以她才敢肆無忌憚地把這個名字寫在皮箱上。」

「想來，她以為用了假名，就不會有麻煩。」

「既然已經知道了這個假名，你們掌握了她的行蹤了嗎？」

「大致上已經查清了。兩周前，她在盧昂和迪耶普一帶活動，這個消息絕對可靠。可惜後來就失去監控，現在已不知她的去向。據可靠消息，有人曾在盧昂到巴黎的火車上見過她，但轉眼間又不見了。」

「既然如此，你們又是怎麼找到這裡來的？」

「這完全是巧合，我們調查的過程中遇到了杜德威爾車站的行李管理員，他告訴我們，曾見過標有『佩爾葛禮尼夫人』的皮箱，收件人的地址就是這兒。於是我們就循線而來，果然在這裡找到了那個皮箱。而且，瓦塞婆婆也為我們證實了這一點，但她並不知道佩爾葛禮尼夫人就是那個赫赫有名的女飛賊，更不知道此人現在在哪裡。」

「這麼說，她就是用這個假名住進這家旅店囉！這裡還有其他的女客嗎？」

「這樣不入流的旅店，很少有女客的。」

「可是，我們剛才分明看見有一名女客進來啊。」

「喔？真的嗎？」

「我們剛才走過來的時候，見到有名女客要出去，可是她一看到我們，便又返回了旅店，似乎是不想讓我們發現她。」

「是什麼樣的女人？穿什麼顏色的衣服？」

「穿的是灰色外衣，我們只瞄到一眼，帽子上好像還插著一朵紫羅蘭。」

四個人突然停止討論，互相使眼色。

拉烏爾暗想：「糟了！剛才真的被巡警發現了，而且連衣服的顏色、帽子上的花都被看得一清二楚，真不愧是行家，觀察力超群。」

拉烏爾將約瑟芬的全部裝束穿戴好，把帽沿刻意拉低，使紫羅蘭更為醒目，然後又蒙上那層薄面紗。年輕、英俊的拉烏爾經過如此打扮，比一般的女人更具魅力。

「我們用一個調虎離山計，我來吸引他們的注意力，你趁機從門口出去。記住，一定要鎮靜，千萬不可露出慌張的神色。你要泰然自若地走出農舍，然後坐在馬車裡等我。」

「那你呢？」

「二十分鐘以後，我自然會趕到。」

「如果你被捕了怎麼辦？」

「他們不會抓住我的。你的衣服已經換了，警察不會注意你。但是一定要記住，絕不要慌張，不要奔跑，要大大方方地、慢慢地走回農舍。」

拉烏爾反覆囑咐約瑟芬之後，就順著窗外的水管滑了下去，接著在院子裡四處亂跑。

這時，四名警察透過窗戶發現了他。

「啊！正是這個女人。瞧，那衣服、那帽子上的紫羅蘭……喂，停住！否則就開槍啦！」警察們一邊喊著，一邊追了出來。當他們來到後院時，拉烏爾早已跑出村莊，穿過田野，到了郊外的一條小路上。他鑽進一片草叢中，回頭一看，已不見警察的蹤影。於是，他匆忙將女人的衣服和帽子脫下，並把它們塞進草堆裡，再把老漁民的帽子往頭上一扣，點著菸斗，叨在嘴裡，兩隻手悠閒地插進寬大的褲子口袋，轉身沿著剛才過來的那條路向前走去。

不一會兒，迎面跑來了兩名氣喘吁吁的警察。上氣不接下氣地對拉烏爾說：「喂，你看到一個女人了嗎？她剛才向這邊跑來。」

「什麼模樣的女人？漂亮嗎？」

「穿一件灰色外衣，帽子上插著紫羅蘭。」

「啊！我剛才看見了，她簡直像個瘋子，順著這條路跑了……」

「往什麼方向去了？」

「那邊，就是森林那邊。」

警察們像獵狗似地往前跑去。拉烏爾忍不住笑出聲。然後，他很有紳士風度地扶了一下菸斗，才繼續往前走。沒走多遠，他又遇到了兩名警察。拉烏爾用右手輕輕一托帽沿，道了聲「午安」之後，便徑自向前走去。

拉烏爾回到農舍，見約瑟芬已藏到了馬車廂的門後，駝背老人也已經坐在駕駛座上。他立即開門跳入車廂，馬車便上路了。值得慶幸的是，警察並沒有追來。約瑟芬從手提包裡拿出一面鏡子，開始打扮。經過一番化妝後，她又恢復了原來的魅力，真是個美麗誘人的貴婦人，這種迅速變化，令拉烏爾始料不及，同時也更驚歎於她的美色。突然間，他注意到了約瑟芬那面用來化妝的鏡子，便一把抓了過來。

「啊，這就是那面鏡子吧？」拉烏爾失聲地叫了出來。

「對，這就是博馬涅安在男爵寓所裡提到的那面鏡子，背面刻著『一七八三』幾個字以及密語。」

「對，這就是以前瑪麗．安東尼皇后的那面鏡子。」

「上面的這四句密語，是不是暗示了藏匿寶物的地點？」

「沒錯。但是這與你無關。」

「不，關係很大。至少我也想找到這裡面的寶藏，哪怕只是其中之一。」

「喔！所以你才去搶奪那個七角燭臺嗎？老實跟你說吧，只有這一根古棒是沒有用的。」

馬車仍在緩慢前行，誰也沒有再說話。約瑟芬陰沉著臉，目視前方，嘴巴緊閉；而拉烏爾則在快速地思索著，他必須從這個女人口中得到七角燭臺的全部秘密。馬車緩緩地走在盧昂的街上，前方不遠就是塞納河了。他們穿行在山丘之間的大道上，漸漸地，前方的塞納河已清晰可見。

「到此為止吧。你可以回去了。」她對駝背老人說。車夫扶了一下帽子，然後趕車離開。

約瑟芬對拉烏爾說：「好了，我們也該分手了。前方不遠就是麥友雷車站，你可以從那兒上火車。」

「你呢？」

「我就住在這附近。」

「這裡沒有可以居住的房子啊。」

「在河邊的蘆葦叢中，備有一艘小船，那裡就是我的家。」

「我送你過去吧！」

他們繼續往前走，過了牧場，來到河邊。果然，在蘆葦叢中的一棵水楊樹上繫著一艘小船。這裡的蘆葦比人還高，將布帆扯下後，任何不知內情的人都不會發現這裡有艘船。而且，從這裡觀察四周非常方便，也不用怕有人會來偷聽談話。總之，這裡是一處最佳的隱身之地。

「好吧，就此分手吧。但是我想問個問題，你究竟是伯爵夫人呢，還是女賊佩爾葛禮尼，或者是約瑟芬．巴爾莎摩？」拉烏爾非常直接地問道。

令人意外的是，伯爵夫人不但不發怒，反而笑得非常燦爛，甚至還說：「你喜歡哪一個就用哪一個稱呼我好了。我想，你也許會叫我女賊吧？」

「你猜對了。你不只是女賊，也是魔女。正像博馬涅安說的那樣，你是一個殘忍的女人。」

「喔，你還真能說得出口。不過，我也想問你，你又是什麼人？」

「我是拉烏爾．德萊齊。」

「撒謊，」約瑟芬叫道：「嘿！小傢伙。你不是亞森．羅蘋嗎？你從小就偷東西，是個慣竊吧？你的底細我清楚得很。你父親是泰奧弗拉斯特．亞森．羅蘋，是個武師，也是個騙子，靠詐騙為生，後來在美國進了監獄，死在那裡。你母親叫昂莉艾特，本來是良家女子，但由於跟你父親結了婚，為家庭所不容，所以就跟你父親私奔了。後來，因為丈夫被關進了監牢，她只好帶著兒子拉烏爾，去投靠她童年時代的朋友蘇比士伯爵夫人。夫人看在昔日朋友的面子上，留下了他們。可是，有一天蘇比士家族的寶物——著名的王后項鏈——卻被偷了。沒人知道項鏈是怎麼丟失的，但是我卻知道，偷項鏈的人就是拉烏爾，一個才六歲大的孩子。他從一個大人根本進不去的小窗洞裡鑽進去，偷走了王后項鏈。這個叫拉烏爾．亞森．羅蘋的孩子就是你吧？先生。」

亞森．羅蘋不明白，這個女人為什麼對自己了解得這樣透徹。沒錯，事實正如她說的那樣。這時，亞森．羅蘋低下了頭，心裡非常痛苦，低聲說道：「我的母親是一位命運坎坷的人，我始終希望能帶給她幸福。」

「所以你就去偷人家的東西？現在你成了一位江洋大盜，真是了不起啊！」約瑟芬挖苦亞森．羅蘋。接著她又說道，「可是你還年輕，現在回頭的話，並不是沒有前途的。」

「不行，已經太遲，我沒有機會再去做一個堂堂正正的人了。」亞森．羅蘋嘴裡雖是這樣說，心裡卻感到莫名的無奈。

「我們是同病相憐啊。我雖是貴族，用的是伯爵夫人的名字，可是現在已完全墮落，不可救藥了。」

「不要這麼說，我能幫助你。」

「你為什麼要幫我？」

「因為我發現……我已經愛上你了。」

亞森．羅蘋吐露了心聲，使得伯爵夫人兩頰緋紅，顯然她也愛上了亞森．羅蘋。他們決定一起回到夫人的小船上。小船名叫「懶散號」，雖然陳舊，船上的油漆也已斑斑駁駁，但卻很結實。船不是很大，卻有三個艙房，兩個人各住一間，當作臥室。

船夫叫做德拉特爾，他的工作是養護小船並執行航行任務，他的妻子則負責做飯。夫妻兩人不善言談，給人的第一印象普通，但他們都很勤快，船上收拾得乾乾淨淨，各種物品也擺放得井然有序。

在這艘船上，亞森．羅蘋和約瑟芬留下了很多幸福的回憶。很快地，幾個星期過去了。

兩個人坐著小船，穿梭於塞納河上，每到一個停泊的地方，便開始行動，就是在岸上不花錢地帶一些東西回來。兩個人每次上岸，那個叫雷沃奈的駝背老人都會駕車來迎接，而且每次都非常準時。他們兩人就坐上馬車，在每個港口遊盪犯案。

不久後，他們返回了巴黎。約瑟芬行事非常縝密，但即使如此，亞森．羅蘋也從中知道了不少情況。經過一段時間的相處，亞森．羅蘋發現約瑟芬有許多手下人，這些手下人經常和她聯繫。另外，亞森．羅蘋還得知，這些人正在加緊尋找那個七角燭臺，並日夜監視著對手——博馬涅安和德蒂格男爵——的活動。她和博馬涅安那一幫人，為了七角燭臺，正在進行一場殊死搏鬥。

一天傍晚，亞森．羅蘋和約瑟芬兩個人上街，經過巴黎著名的劇場話劇廳的大門時，正看到博馬涅安、德蒂格男爵以及貝納托三個人買票的身影。

「過去看看。」亞森．羅蘋說。

「可是，被他們發現就麻煩了。」約瑟芬似乎有點擔心，但亞森．羅蘋毫不在意。於是，兩個人也進了場。然後在二樓挑了一個陰暗的角落坐了下來。博馬涅安他們三個人離這兒很遠，看他們的表情，似乎並沒有發覺約瑟芬跟羅蘋。

舞臺上正上演著一部輕鬆歌劇。漂亮的女演員們又唱又跳，十分迷人，而其中女主角最為漂亮，舞姿也非常優美。從序幕開始，第一場、第二場，連續上演，場面華麗，流光溢彩。

「太奇怪了，像博馬涅安這樣古板的人，怎麼可能來看這種歌劇呢？」

亞森．羅蘋百思不得其解，但他認為其中一定有隱情，所以他一面觀看演出，一面密切注意博馬涅安他們三個人的行動。看博馬涅安那副專心的樣子，似乎對歌劇很感興趣。第二場結束後，亞森．羅蘋來到三個人的座位後面，但座位卻已空無一人，三個人不知去向。無奈之下，亞森．羅蘋只好去問收票小姐，才知道他們已離開。

亞森．羅蘋匆忙跑回約瑟芬身邊，低聲說：「他們溜了，我們趕快追吧！」

可是這時第三場演出又開始了，女主角又出現在臺上。從序幕開始，她的頭髮上就一直纏著一條金色的髮帶，而現在她的髮型變了，髮帶也換了，新換的髮帶上綴著好幾顆圓形的寶石。亞森．羅蘋看了，心中暗暗叫了一聲，因為那髮帶上每個寶石都有不同的顏色，而且總共是七個。

「七個……七個……七角燭臺……」

這其中可能大有文章。像博馬涅安那種人，不會毫無目的地來看這種輕鬆歌劇，說不定其中有個大秘密。於是，他攔住一位收票員，打聽了一下女主角的背景狀況。收票員告訴亞森．羅蘋那個女主角叫布莉姬特．盧塞琳，住在蒙馬特的一幢舊房子裡。她每天都會來劇場演出，來時都由一名叫芭蓮吉娜的女僕陪著。

亞森．羅蘋掌握了這些情況，但他沒有讓約瑟芬知道。

第二天上午十點左右，亞森．羅蘋一個人離開了「懶散號」。他到蒙馬特的一家餐廳用過午飯後，已近中午時分，便沿著彎彎曲曲的坡路，向住宅區走去。大街上空空蕩蕩，沒有幾個行人。他按照收票小姐所說的地址，很順利地找到了那幢舊房子。抬頭一看，見門框上有一塊寫著「布莉姬特．盧塞琳」的牌子，旁邊是一幢公寓。在公寓的門外，有一塊木牌上寫著「三樓出租」幾個字。亞森．羅蘋看了看三樓，考慮了一會兒，便打定了主意。這家公寓的一、二和三樓都各有供人出入的門。

亞森．羅蘋觀察了一下四周，然後敏捷地沿樓梯奔向三樓。三樓的房門上著鎖，但這阻擋不了亞森．羅蘋。他掏出一根細鐵絲，不費吹灰之力就把門打開了。走進房間後，他迅速打開一扇窗戶，從這裡能夠看到女演員家的屋頂。亞森．羅蘋見沒人注意，便迅速躍出窗口，跳到女演員家的屋頂上，然後順著天窗進到房間裡。這是個小房間，專門放些破舊東西。他小心地從雜物中間走過，來到樓梯口，聽到兩個女人正在談話。

「芭蓮吉娜啊，今天我太高興了！下午我不必去練習，可以好好地休息一下！」

「很好。你再休息一會兒吧，只要別耽誤了登臺就行。」

「嗯，好吧。」

過了不久，大門口的門鈴突然響了起來，女僕走下樓去。過了一會兒，她又上來了。

「劇院派了一個人來。」

「喔？有什麼事嗎？誰派來的？」

「是經理的秘書，還有一封信。」

「喔，也許有事，你讓秘書等一下。」

「嗯，他就在客廳裡等著呢。」

等了一會兒，羅蘋就聽到盧塞琳小聲地在讀信。

盧塞琳小姐：

請你把演出時所戴的那條有寶石的髮帶交給我的秘書，讓他帶回。我們想參考一下那種樣式，以便於製作。今晚你來演出時一定奉還。

亞森．羅蘋心中暗叫不好。他此行的目的就是為了這條髮帶，如果讓別人拿去，他不是枉費心機了嗎？現在，就看盧塞琳怎樣回答了。亞森．羅蘋心裡非常著急。

這時，他又聽見盧塞琳說：「啊，不行，我已經答應把那條髮帶賣給別人了。」

「如果不借，經理會生氣的。」

「這也沒辦法，我都答應賣了。而且對方給的價錢也很高。」

「這樣的話，你打算怎麼回覆經理呢？」

「我給經理寫封信吧。」盧塞琳寫完了信，交給女僕說：「你認識今天來的這位秘書嗎？以前在劇院裡見過嗎？」

「沒見過，今天是第一次。」

「好奇怪……算了。你去客廳向那個人致歉，並告訴他今天晚上我會自己向經理解釋的，請他把這封信捎給經理。」盧塞琳的語氣裡有種無可奈何的味道，聽得出來，她的話很真誠。

女僕下樓後，盧塞琳開始彈鋼琴，練唱。正因如此，亞森．羅蘋沒有聽見大門開關的聲音，所以他以為秘書早就走了。但是盧塞琳整個下午都足不出戶，使亞森．羅蘋也沒有機會盜取那七顆寶石。正當亞森．羅蘋苦思辦法時，屋內的聲音嘎然而止。

他聽到盧塞琳異常氣憤地說道：「喂！你是什麼人？為什麼隨隨便便闖進來？」

「我是新來的秘書，經理吩咐我必須把髮帶帶回去。」

「我已給他寫信解釋了，相信你也知道了吧？」

「但無論如何……我……」

「啊！你想幹什麼？啊，芭蓮吉娜！快過來！殺……殺人啦！」

「砰」的一聲，是椅子摔倒的聲音，另外還有女人的呼救聲，以及男人匆忙的腳步聲。亞森．羅蘋一個箭步從樓上跳了下來，撞門進去，剛好見到那個男人雙手掐在盧塞琳的脖子上，她正在拼命地掙扎。亞森．羅蘋迅速撲向歹徒，這時男人已放開了盧塞琳，向亞森．羅蘋打來。這傢伙長得虎背熊腰，臉上還蒙著一塊布，露出的兩隻眼睛射出兩道兇光，令人生畏。

一陣猛烈的快拳襲來，一個不小心，亞森．羅蘋被對方的一個下鉤拳打中，他不由自主地倒退了數步，頭撞到桌子，險些暈過去。但是亞森．羅蘋馬上就站穩，並予以還擊。那傢伙被擊中幾拳，倒在地上，但立即又站了起來。兩個人在地上翻來翻去，打成了一團。經過一番艱苦搏鬥，歹徒終於被徹底打暈。亞森．羅蘋爬起來，一邊整理亂蓬蓬的頭髮，一邊大口喘著粗氣說：「小子，怎麼樣？認輸了吧？這是柔道裡的絕招。在我辦完事之前，你先給我在這兒好好躺著吧。」

亞森．羅蘋轉身，彎腰把盧塞琳抱起來，讓她躺在一張長椅上。因為剛才被歹徒掐住了脖子，過度的驚恐使她暈了過去，但所幸並沒有致命的傷害。亞森．羅蘋用急救法把她救醒。盧塞琳睜開了眼睛，渾身卻抖個不停。

「不用害怕，小姐，我把那傢伙打倒了，過一會兒，我就把他送到警察那兒去。」他邊說邊找來繩子，把歹徒的雙手綑起來，並扯下歹徒臉上的那塊布。看清對方的臉之後，亞森．羅蘋吃驚道：「啊！原來是雷沃奈！」

這完全出乎亞森．羅蘋的意料，這個歹徒怎麼會是約瑟芬的馬車夫呢？雖然他平常偽裝成一個駝背老頭，但是他臉上的花白鬍子、眼睛以及鼻子等，都給亞森．羅蘋留下了深刻印象。所以亞森．羅蘋一眼就認出了他。

亞森．羅蘋把一團布塞進他的嘴裡，並把他拖到另一個房間，綑在椅子上。然後，他抱起盧塞琳，將她輕輕放在床上，耐心地安撫一番。走下樓來，見女僕正躺在客廳裡，手腳被綁著，嘴裡也堵著一團布，亞森．羅蘋連忙走上前去，幫她把她嘴裡的布拿下，然後解開繩子，對她說：「我是便衣警察，從這兒路過時見情況不對，馬上抓住了壞人，救了你的主人。現在你快上樓去照顧她，我得去查看一下犯人的狀況。」

女僕道了謝，匆忙向二樓跑去。亞森．羅蘋來到大門口，悄悄打開一道縫隙向外探望。果然看見一輛馬車停在不遠處一個較暗的地方，駕駛座上有一個青年。亞森．羅蘋立即認出，那是雷沃奈的副手，名叫杜彌特。雷沃奈駕車時，經常由他擔任副手，所以，亞森．羅蘋對他相當熟悉。

杜彌特坐在那兒，似乎是在等雷沃奈，從門口看不出來車廂中是否有人。亞森．羅蘋查看一會兒後，就轉身回到二樓，將昏迷的雷沃奈的全身搜了一遍。沒找到什麼東西，只見他手中有個木頭做的哨子。羅蘋喃喃說道：我記得在與他搏鬥時，這個哨子一從口袋裡掉出來，他就連忙拾起來拿在手裡，想來，這個哨子可能很重要。」

「這個哨子的作用到底是什麼呢？是在危急時通知同伴逃走，還是讓同伴前來幫忙？」亞森．羅蘋拿過哨子，心中暗忖，「不管怎樣，先試試再說。」

於是，亞森．羅蘋悄悄打開一扇窗戶，靠著窗臺使勁地吹了幾下。這時，大門那兒有人走動。亞森．羅蘋探頭一看，心中暗暗一驚。原來，進來的正是約瑟芬。當她走到樓下的客廳時，亞森．羅蘋匆忙躲進另一間屋去。

約瑟芬走了進來，看到雷沃奈後，她瞬間嚇得面如土色，低聲說道：「啊！怎麼回事？是誰在搗鬼？」

「是我！」羅蘋走了出來。

約瑟芬「啊」地驚叫了一聲，想要奪路而逃。

「等等，約瑟芬！你是殺人犯雷沃奈的同謀。」

「什麼？雷沃奈殺人了？不，不會的。」

「雷沃奈確實殺人了！他殺死了這兒的女主人盧塞琳。」

「啊？」

「用不著演戲。我知道一定是你讓他來殺死盧塞琳，奪取寶石髮帶的。你想抵賴嗎？」亞森．羅蘋冷笑著說。

「不，我沒有命令他殺人……」

「可是，他來偷髮帶總該是你的主意吧？說實話吧！其實，昨晚看歌劇時，你就盯上了那條髮帶，所以她才會被殺害。你真是一個狠毒的女人。我是小偷，但我不殺人。你不親手殺人，卻命令手下去殺人。你真是個可怕的女人，正像博馬涅安所說的，你是一個十惡不赦的女魔頭！」亞森．羅蘋持續不斷地罵著。

這時，約瑟芬已忍無可忍，她氣憤地說：「你給我閉嘴！我從來沒有讓雷沃奈殺人，我只是讓他來偷走髮帶而已，你不能這樣任意地誣陷我！」

「那你為什麼急著要取那條髮帶？」

「我想得到那七顆寶石！」約瑟芬厚顏無恥地說。

「笨蛋，那幾顆寶石根本就不值錢，它們全都是假的。」

「話是沒錯，但是它們總共是七顆啊！」

「七顆又怎樣？你總不能為了它而去殺人吧？她每晚都去演出，你為什麼不利用她不在家的時候，讓人來偷？」

「為了趕時間。我知道，別人也正在計畫著要下手。」

「別人？」

「是的。今天上午，我派雷沃奈來這裡觀察情況，因為正像你所說的，我昨晚就注意到了那條有寶石的髮帶。但是雷沃奈回來後告訴我，他在這地方的附近看到一些行跡可疑的人。」

「可疑的人？喔！我想起來了，肯定是博馬涅安和德蒂格男爵的人。他們那些陰謀家正在竭盡全力地尋找七角燭臺。而這條七彩寶石髮帶可能就是一個關鍵線索，所以他們不會放過它。羅蘋接著說道，「你是一個女人，單槍匹馬是鬥不過他們的。如果我們兩個人聯手，相信憑著我們共同的力量和智慧，一定會打敗他們。如果能找到寶藏，我們平分；如果你不同意，我只好向警方告發，說你和雷沃奈合謀殺死了女演員。這樣的話，你們倆就都是死刑犯了。」

說著，亞森．羅蘋順手拿起了電話的聽筒。

「慢著，讓我想一下！」約瑟芬立即按住了羅蘋的手。因為她明白，殺人犯一定會被判死刑，她只能乖乖就範。「好吧，我們聯手。」

她心裡雖然不太情願，但又實在沒有別的辦法。亞森．羅蘋是否真想與她平分寶藏，誰也不清楚。但是他知道，如果不與眼前的這個女賊合作，就別想得到七角燭臺以及知道七彩寶石中的秘密。換句話說，他們兩個人的合作無非就是互相利用、互相欺騙而已。

2 老男爵的隱私

亞森．羅蘋只知道七角燭臺和七色寶石暗示著隱匿寶藏的地點，可是對於其他相關情況卻一無所知。他不知道這些寶藏裡到底有些什麼，更不知道寶藏是哪個年代的。不過這也是沒辦法的事，因為這一段時間以來，他一直在和博馬涅安那幫人明爭暗鬥。最近又忙於與女賊約瑟芬勾心鬥角，所以關於寶藏的詳細情況他只能聽約瑟芬講述了。

亞森．羅蘋拉過一條床單，輕輕蓋在還處在昏迷狀態中的雷沃奈身上，並示意約瑟芬坐在椅子上，自己也拉過一把椅子坐下。

「關於寶藏的詳細情況，請你詳細地跟我談一談。」

約瑟芬怕亞森．羅蘋去警察局告發她，只好把全部情況和盤托出。

一八七〇年，也就是普法戰爭爆發前夕。盧昂的紅衣主教兼上議院議員——馮尚慈・博納蕭茲——在諾曼第地區旅行的途中被大雷雨困住，住到了泊爾城堡。當時的堡主奧普男爵，是一位年近九十、很愛嘮叨的老人。

有一天晚上，奧普男爵告訴了博納蕭茲紅衣主教一個天大的秘密：奧普男爵在法國大革命時，尚是一個十二歲的少年，由於父母很早就去世，所以他是由一位伯母撫養長大。他的伯母是一位遠近聞名的大善人，常給附近監獄裡的犯人送去一些東西，並格外關照那些貧困的、有病的犯人。少年時代的奧普常跟著伯母去救助這些犯人，並給他們以安慰。當時監獄裡關著許多反革命分子，按當時的法律，如果不參加革命軍隊、不幫助革命軍打仗，一旦被別人告發，也要被抓進監牢，並直接送上斷頭臺，處以死刑。在這群犯人當中，有一個非常誠實的人，但誰也不知道他的名字，甚至不清楚他的獲罪緣由，可是人們可以肯定，他絕不是一個壞人。少年奧普很同情他，經常自己單獨去看望他。

這個犯人很感動，每次見到奧普都會流下感激的淚水。可是他已經被判了死刑，將不久於人世。那天傍晚，奧普又去看他，他語重心長地說：「孩子！我們快要永別了。明天清晨我就要去見上帝，我將在不露姓名、不表露身分的情況下消失。這原本就是我所希望的，所以我沒有把姓名和身分告訴任何人。孩子！請不要責怪我，我也不能告訴你我的姓名。但是我死以前，有一件事要拜託你。這是屬於我的秘密，沒有告訴過任何人，現在我只對你講，希望你能牢記於心，在你成人以後替我去實行。拜託你了，孩子。」

他緊握了奧普的手，並望著少年的臉接著說道：「我原本是一個神父。那時我受命保管一筆財產，這筆財產無法用數字來計算。我為了保管方便，把它們全都兌換成寶石，藏在了諾曼第郊外一個極為隱密的地方。當然，這件事只有我知道，我在那兒做了標記。起初，我把它藏在了一個石縫裡，後來寶石增加了，我只好把它們裝在箱子裡，埋到岩石下面。但過了不久，我便被關進監牢。」

接著，他把藏寶地點清楚地告訴了少年奧普。由於怕他年紀太小記不住，又教給了他回憶地點的暗語。然後說：「孩子，二十年後，天下就平靜了，你也長大成人，到那時，我希望你在每年復活節的禮拜天，一定要到菲爾村的天主教堂去參加彌撒。總有一天，在教堂門口的聖水盤邊，會出現一位穿黑衣服的男人。你向他說出暗語後，他會帶你到祭壇上的七角燭臺邊。在那兒，你再說出暗語，他也會向你說暗語。於是你就可以帶他去藏寶石的花崗石旁，並告訴他藏寶的確切之處了。孩子，這件事就全拜託你了，千萬不要忘記啊！」

奧普含淚答應他。次日，這位神秘的天主教堂神父便被押上了斷頭臺。

幾年後，奧普的伯母因病過逝，他失去了依靠。為了生存，他參加革命軍，去過前線、參加了幾次戰役。後來，他也曾為拿破崙效力，因為立有戰功，他被封為男爵，晉升為陸軍上校。拿破崙兵敗被逐時，奧普男爵已經三十三歲，他的軍銜也被取消了。

一八一六年，正是神父死後的第二十個年頭。這一年的復活節恰逢星期天，他依約前往菲爾村的天主教堂。但是，那個黑衣男人始終沒有出現在聖水盤旁邊。以後每逢約定的日子，他都到菲爾村的教堂去。五十年過去了，他從未間斷過，但那個黑衣男人始終沒有出現。如果奧普是一個貪財的小人，早就挖出寶石據為己有，可是他不能那樣做。直到現在，他仍然每年堅持到菲爾村的教堂去，等待那個黑衣男人。但是，奧普男爵現在畢竟已是九十高齡了。

說到這兒，他歎了一口氣說：「這真是一件怪事！我足足等了五十年，難道那個黑衣人已經死了嗎？我究竟該怎麼辦呢？這件事關係到鉅額財寶，我又不便向別人透露，這讓我非常苦惱。令人慶幸的是，今晚遇到了你這樣一位宗教家，我才敢和盤托出這個秘密，請給我指一條路吧。」

馮尚慈．博納蕭茲紅衣主教靜靜地聽完這個長篇故事，雖然整個故事聽起來有其可信之處，但他總覺得似乎有些離奇，於是直率地說出了自己的想法。沒想到，老男爵聽後非常生氣，他出去了一會兒，回來時，手裡拿著一個黃楊木的箱子，說道：「這就是那個神父所留的一個箱子，請你看一看。」

老男爵伸手打開了箱子，博納蕭茲紅衣主教湊過去一看，不禁大吃一驚。原來，箱子裡面裝滿了各種珍貴的寶石。

「這裡總共有一百多顆，到底值多少錢，我沒算過，反正都是世間少有的珍寶。像這樣的箱子大概有一百個，換言之，埋在地下的寶石一共有一萬多顆。」

看到了這些寶石，博納蕭茲紅衣主教完全相信了老男爵的話。

「好吧，我懂了。這件事我會守口如瓶的。我去調查一下，一有消息立即派人告訴你。」他和老男爵約定好以後，第二天早晨便離開了泊爾城堡。

可是不久後普法戰爭便爆發了，博納蕭茲紅衣主教的工作非常繁忙，常常夜以繼日，所以他已經沒有餘力履行自己和男爵的約定了後來，法國軍隊大敗，敵軍步步進逼，眼看就快到盧昂地區。博納蕭茲紅衣主教為了保護重要文件，決定把它們運到英國。當時，博納蕭茲紅衣主教準備了一個大皮包，把老男爵托他保管的那個盛滿寶石的小箱子和重要文件都裝了進去，並派了一個叫做昂貝的得力助手，讓他親自送去。昂貝把大皮包裝上馬車，沿著勒阿弗爾街道急速前行，但這時敵軍已經包圍了勒阿弗爾，昂貝決定突圍，然後乘船去英國。大約兩天以後，博納蕭茲紅衣主教接到報告，說有人在郊外發現了昂貝的屍體。文件和大皮包都送了回來，唯獨那個小箱子不見了。經過詳細調查，才知道昂貝原來是被敵軍的騎兵隊用槍射死的。博納蕭茲紅衣主教感到非常傷心，但事已至此，他也沒有其他辦法。

大約一個月後，博納蕭茲紅衣主教接到報告，說老男爵已經去世。送信的人還帶來了老男爵臨終前寫的一封短信：「暗示寶藏地點的暗語就刻在小木箱的底下……青銅燭臺藏在古堡內的院子裡。」

然而，小木箱已經丟失，該去哪兒看到暗語呢？於是，這件本來就奇異的事就變得更加複雜了。誰能找到這個藏寶地點？即使找到了，裡面真有一萬顆寶石嗎？這些疑問沒有人能回答。

也許是老男爵年紀大了，對博納蕭茲紅衣主教說了些胡話，而且小木箱裡所謂的寶石事後也被證實全是假的。博納蕭茲紅衣主教對這件事的真實性產生強烈懷疑，所以，此後很長的一段時間裡，沒有任何人再提起過這件事。但是主教本人對這件事仍耿耿於懷，便寫了一個備忘錄，詳細地記下了這件事的始末。

博納蕭茲紅衣主教去世後，他的一些書被拍賣，其中就有這本備忘錄。得到這本備忘錄的人，就是博馬涅安。博馬涅安是一個非常神秘的人物。外表上，他儼然是一位正統的神學家，而骨子裡面，卻是個道道地地的野心家。他從小就加入了耶穌會，表面上裝得非常虔誠，他之所以要買博納蕭茲紅衣主教的書，主要目的就是讓別人看見他「好學」的一面。但是，他卻因此得到一本關於寶藏的備忘錄，這本書令他簡直發瘋了。如果備忘錄上的內容是真實的，他無疑會一夕暴富。現在的他已經被利慾沖昏頭，於是他聯絡到了十多個落魄貴族當他的同夥。這些人為了發財，不惜做任何不法勾當。

但是，博馬涅安並沒有把實情告訴他們，只說有一個發財的機會，並自己提供資金，讓這些人為他工作。這十幾個人領了命令後，便四處去調查，很快地，他們就查到了不少線索：

原來，少年奧普所遇到的那個神父名叫紀古拉，他原本是費可修道院的會計。另外，根據一些修道院留下來的舊帳本以及往來信件，查出在這些修道院之間，曾經有過鉅額資金往來。這些數額龐大的資金都是各地信徒們所捐的錢財，然後經七個修道院的院長匯總，送到費可修道院蓄存，作為急需時的準備金。經過長時間的積累，最終形成一筆數額十分龐大的財產。為了便於保管，又把這筆財產兌換成了一萬顆寶石，藏了起來。受命負責管理這筆財產的是七位神父，而其中只有紀古拉神父知道寶藏的地點和暗號。也就是說，掌握費可修道院財政大權的人，便是紀古拉。在大革命時期，七所修道院毀於戰火之中，紀古拉也被捕了，但他沒吐露半個字。於是，也沒有人知道寶藏在哪兒。可是，在臨刑前，他把這個秘密告訴了少年奧普。

亞森・羅蘋聽完約瑟芬講述的這個故事，顯得十分興奮。他說：「啊，太好了！可是，你怎麼知道這麼多？」

「我是從博馬涅安的一個同黨口中套出來的。但是，那一萬顆寶石究竟埋在什麼地方，卻一直找不到任何有用的線索。」

「原來如此。不過，既然能肯定是在諾曼第地區，只要肯下工夫，一定會找到的。諾曼第在塞納河的下游，以前當地的確有很多修道院。我們就到那兒仔細調查一番。博馬涅安他們一定正在那兒盯著，不能讓他們占了先機，否則我們就輸定了。所以，我們必須要爭取時間。可是，現在的問題是，博馬涅安和男爵為什麼如此看重盧塞琳髮帶上的七色寶石呢？這其中一定藏有秘密……當然，要想知道其中的原因，只有去問盧塞琳本人了。」

「可惜，盧塞琳已經死了。」

「咦？盧塞琳什麼時候死的？」亞森・羅蘋故意裝傻。

「你說什麼？你剛才不是說盧塞琳被雷沃奈殺了嗎？」

「喔，你說這個啊，剛才是我騙你的。」亞森・羅蘋笑了笑，接著說道，「我想知道關於寶藏的詳細情況，只好嚇唬你一下。請原諒我，可別真的生氣啊！」

「什麼？你這個無恥的傢伙……大騙子……大混蛋！」因為極度的憤怒，約瑟芬那張秀美的臉漲得像火烤般通紅，氣極了的她不停地用粗俗的語言咒罵亞森・羅蘋。過去，她一直把亞森・羅蘋看作是個毛頭小子，根本沒放在心上，現在卻反而受了他的騙，想到這裡，她不禁氣得渾身不停地顫抖著。

亞森・羅蘋連哄帶騙，好不容易才使她的怒氣消去了一些。

「好吧，我向你賠罪。自此以後，我們同心協力找到寶藏，也讓博馬涅安知道我們的厲害。為了實現這個目標，我們應先從盧塞琳口中套取一些訊息。你在這兒等著，我去與她談一談，讓她說出關於這件事的秘密。」

說完，亞森・羅蘋走進了盧塞琳的臥室，他沒有把門關緊，目的是讓外面的約瑟芬能聽到自己與盧塞琳的對話。漂亮的女演員此時已經完全恢復了意識，再三向亞森・羅蘋表達自己的謝意。

「怎麼樣，沒事了吧？」

「嗯，幸虧有你……那個歹徒？」

「已經交給警方了，你不必為此擔心。不過，我想了解一件事。」

「不用客氣。只要我知道的，我一定會告訴你。」

「那條七色髮帶，是你買的嗎？」

盧塞琳稍稍愣了一下，不過她很快就回復了神態。

「不是買的，是從一個小箱子裡找到的。」

「是一個什麼樣的小箱子？」

「在鄉下，放在我母親的一間倉庫裡，在麥稈堆下面的一個小箱子，是我偶然發現的。」

「鄉下？你家住哪兒？」

「理碌澄村。在盧昂到勒阿弗爾的途中。」

「喔，我知道那個村子。不過，是誰把小箱子放到麥稈堆裡的呢？」

「我不清楚，也沒有問過我母親。」

「那個小箱子現在在哪裡？」

「還在原處。我只拿出了這些寶石，別的什麼也沒動。」

「這七顆寶石，是散裝的嗎？」

「不是，它們被鑲在七個銀製戒指上面。過去，我一直把這些銀戒指放在劇場的化妝盒裡。可是現在沒了。」

「沒了？什麼意思？」

「昨晚後臺來了位紳士，他看到了它們，說這是罕見的舊式戒指，對它們非常感興趣。於是我就把它們送給了他。」

亞森．羅蘋暗想：「不好！」但他強作鎮定，接著問盧塞琳：「送給了他幾枚？七枚全都送出去了嗎？」

「是的，都送給他了。」

「是他獨自去後臺的嗎？」

「不，總共有三個人。」

亞森．羅蘋已經可以肯定，那絕對是博馬涅安、男爵和貝納托，他們準是在中場休息時去的。

「當時他們表明要買下那七顆寶石嗎？」

「那位紳士似非常喜歡這七顆寶石。他說他是古玩收藏家，請我把它們賣給他。當時我說我下一場演出需要戴著它們上臺，所以暫時不能賣出。於是我們約好明天下午三點，我親自把寶石給他送去，而他將會以高價收購。」

由此可見，對於博馬涅安那一幫人來說，這七顆寶石相當重要。

「那些戒指的內側有刻字嗎？」

「有。不過都是些古怪的字，根本看不懂，而且七個戒指上的文字各不相同。再說，那些字跡已經十分模糊了，我從來不曾注意看過。」

亞森．羅蘋細想了一下，然後嚴肅地說：「今天的所有事情千萬不能對任何人提起，否則可能會有人對你不利。而且，不只是你，連你的母親也會遭殃。我是便衣警察，有責任提醒你，不能再讓別人知道小箱子的秘密了，否則，後果自負。」

盧塞琳頓時驚慌失色地說道：「我不該偷出那些東西。我的母親沒有任何罪過。我馬上把它們送到警察局去。」

「不必如此，你可以繼續保留寶石。而那七枚戒指，我負責去替你討回來。那個紳士住在哪兒？」

「巴吉爾街。」

「叫什麼名字？」

「博馬涅安。」

「就這樣吧。不過，我最後再提醒你一下，你應該住到別處去。這一帶不太安全，隨時都可能有人來偷你的寶石，剛才發生的事就是一例，那傢伙一定是受人指使的，所以我勸你儘快離開這個是非之地。除了你的女僕，不要讓任何人發現你。」

「好吧，也只好如此了。」盧塞琳嚇得直抖。

亞森．羅蘋經過仔細思考，決定好了下一步的行動。

次日，亞森．羅蘋喬裝以後，來找博馬涅安。「請問博馬涅安先生住在這兒嗎？」

「是住這兒。可是我們老爺有交代，不見任何人。」老僕人說道。

「我是女演員布莉姬特．盧塞琳小姐派來的，請你通報一下吧。」

老僕人進去不久，便把亞森．羅蘋引到了客廳裡面。博馬涅安、男爵以及貝納托都在那兒。

「盧塞琳不是說好要自己來嗎？怎麼派你來了？」博馬涅安問道。

「盧塞琳小姐臨時有急事，不能來了。」

「什麼了不起的事？」

「她險些被歹徒所殺。」

「什麼！」三個人同時驚叫道，「那個歹徒是什麼人？」

「不清楚，反正是為寶石而去的。」

「結果怎麼樣？寶石保住了嗎？」

「保住了。」

三個人聽了這句話後，大大地鬆了一口氣。

「那麼，盧塞琳沒有吩咐你一些話嗎？」

「沒有。」

「那你到底是來幹什麼？」博馬涅安惱羞成怒，「要知道，因為你是盧塞琳派來的，所以我才見你，我本來是不接見任何人的。」

「可是見我對你有益。」亞森・羅蘋微笑著說，「我和你們有共同的目標，可以說是志同道合。」

「什麼？共同目標？你在胡說些什麼啊？」

「哈，不就是花崗岩下那一萬顆寶石嘛！」亞森・羅蘋直指要害，使得那三個人十分窘迫。

「你從哪兒聽了這些無稽之談？」

「無稽之談？你們不就是正在為這個無稽之談拼命嗎？」亞森・羅蘋繼續得意洋洋地說道：「我知道所有細節，你們聽著吧！很久以前，諾曼第地區有七大修道院，他們把鉅額資金匯集在費可修道院，並委派七名神父管理。這七名神父的左手無名指上，都戴著一枚不同顏色的寶石戒指，修道院的名稱則刻在戒指的內側。另外，七角燭臺也象徵著這七座修道院，而且每根支架上都有一枚寶石，其顏色與戒指上的相同。在菲爾城堡所發現的那根古棒的頂端，有一顆鮮豔的紅寶石，那正是七色寶石之一。」

亞森・羅蘋說到此處，三個人都非常驚訝，尤其是男爵，像瘋狗似地喊起來：「當時的那個漁民就是你吧！」

亞森．羅蘋冷冷一笑，說道：「哈哈，到現在你才發現啊？你猜對了，我那時的確扮成了一個漁民，其實，你本來就認識我。當然，這些已經無關緊要。我只關心那七座修道院的名字，而這些都刻在戒指的內側，我想借看一眼。」

「不可能！」博馬涅安惡狠狠地說。

「不借嗎？好，那我只好去告發你們意圖謀殺卡格利奧斯特羅伯爵夫人了！」

「什麼？你說什麼？」

「指控你們殺害卡格利奧斯特羅伯爵夫人。」

「你有什麼證據？」

「哈，你們想抵賴嗎？告訴你們，那天晚上我就藏在果園古塔的窗口外面，你們的一言一行我都看得一清二楚。不僅如此，我還知道男爵和貝納托用擔架抬著伯爵夫人，放到斷崖下的小船裡，到海水深的地方後，打開船底的小洞，使船沉入了海底。」

博馬涅安見事跡敗露，馬上拔出手槍。亞森．羅蘋毫無懼色，微笑說道：「我看你還是不要那麼心急，不然你要後悔的，博馬涅安先生！」

「為什麼？」博馬涅安怒吼道。

「我不是傻瓜！如果你開槍的話，四十分鐘以後，警察將輕易地抓住你們。」

「什麼？」

「現在是四點十分。我的朋友早就已經到了警察局大門前，如果四點五十分的時候他沒看到我，就會立即去報警，說這裡有人被殺了。而且我的朋友還握有一封信，那是博馬涅安先生寫給男爵的，信中寫有下令殺死卡格利奧斯特羅伯爵夫人的內容。」

「可惡！你、你……」男爵氣得發狂，他的口氣非常兇狠。

「別生氣，那封信是從你的書桌裡找到的。我的朋友不會把它交給警察——如果我按時回去的話。」

男爵非常激動，想撲過去與亞森．羅蘋拼命，但被博馬涅安拉住了。爾後，博馬涅安收好手槍，從抽屜裡拿出一個小箱子。

「好吧，我認輸了。戒指就在這裡面，請看吧！」

亞森．羅蘋小心地打開小箱子，七枚戒指果然都在裡面。他一邊提防著三個人的暗算，一邊仔細地查看戒指內側的字跡，並詳細地記了下來：費可、聖波裡、求米特求、芭蒙、芭拉斯、蒙紀布里、聖伯謝彼陸。

「唔，原來都是以前修道院所在的地點。」亞森．羅蘋收好筆記本。

博馬涅安說：「我真佩服你，你實在是膽大心細。不如，和我們一起聯手吧？」

「你的意思是，我們聯手尋寶？」

「對。我們已經尋找這批寶物多年，到現在為止，已拿到七個戒指，七角燭臺也快齊全了，距離實現目標已經不遠，不，是僅差一步。照我看，你處於不利的形勢，如果和我們敵對的話，你絕對會失敗。怎麼樣？和我們聯手吧，這樣對你有好處。憑著你卓越的才能，我們的工作會進展得更快，一定能儘早發現寶藏。」

亞森．羅蘋知道他的險惡的用心，於是回答道：「你的好意我心領了。但是非常抱歉，我不能加入你們的團體。」

「那麼，你是選擇和我們作對囉？」博馬涅安面露兇相地質問道。

「不，我們是公平競爭的關係。」

「那就是對手！既然是對手……」

「你們想脅迫我，像對付卡格利奧斯特羅伯爵夫人那樣，對嗎？」

「沒錯！我們對於那些攔路者，不管是誰，絕不放過。在緊急時刻，我們會採取非常手段。我勸你還是小心一點！」

「我會小心的。」亞森．羅蘋說完後，就昂首闊步地離開了。

在街道的隱蔽處，有一輛馬車。雷沃奈坐在駕駛座上，手裡拿著繮繩，而約瑟芬照舊坐在車廂內。他們把亞森．羅蘋送來後，就一直在原處等著。

「怎麼樣？事情辦妥了嗎？」

「辦好了。」

「得到了什麼新線索？」

「只問出七個地名。看！就是這些，給你吧！如果有用，那就好了。」亞森．羅蘋撕下一張紙，上面寫著地點。他遞給約瑟芬後，又對雷沃奈說：「喂，送我到聖拉達車站去。」

這輛陳舊的馬車，在巴黎市區的大街上前行。亞森．羅蘋後仰著身體，伸了一下懶腰說：「啊，累死人啦！那些人個個狠毒無比，尤其是那個博馬涅安。跟他們打交道可得十二萬分小心。現在，我要從聖拉達車站出發，前往理碌澄了。」

「理碌澄？盧塞琳的老家嗎？」

「是的。我要去找盧塞琳的老母親，她可能是個寡居的老太太。我要找到那個藏在那裡的小木箱子。奧普男爵在臨終前寫下的信中，曾告訴博納蕭茲紅衣主教說：『暗示寶藏地點的句子，在小木箱的底下。』這個小箱子後來丟失了。我想，盧塞琳的母親手裡的那個小箱子一定是我們想要找的那一個。」

「可是，箱子裡不是應該有一百顆寶石嗎？盧塞琳卻說只有七枚鑲著寶石的戒指。」

「那些寶石也許是被盜了。但最重要的是小箱子，因為上面刻有暗語，我就是為這些暗語去的。」

馬車緩慢行進在塞納河右邊的堤岸上，過了一條小街，又過了一座橋。

「喂，快點，否則會搭不上火車！」

於是，馬車飛快地行駛。

「喔，現在是六點十八分，能趕上這趟火車，約瑟芬，我們一起去理碌澄村吧。」

「不必了，你自己去就行了。」約瑟芬淡淡地答道。

對於她這種冷淡的反應，亞森．羅蘋百思不得其解，他一直從側面觀察她，但她始終泰然自若，臉上沒有任何特殊表情。

當馬車接近歐倍爾街時，大街的右側，有一座豪宅的門開著，馬車一轉彎，飛快地駛了進去。

「喂，怎麼回事？雷沃奈！」亞森．羅蘋高聲驚叫道。

馬車剛停下，就奔過來三個壯漢，門一打開，他們立刻就把亞森．羅蘋拖下了車。亞森．羅蘋還來不及反抗，便被人抬進屋裡。亞森．羅蘋奮力掙脫，但無濟於事，因為這三個人太強壯了。這時，只聽院中的約瑟芬對雷沃奈說：「趕快去聖拉達車站！」

三個大漢把亞森．羅蘋拖進一間黑暗的小屋，扔到地上，接著鎖上門，揚長而去。這是一個極小的屋子，只有高處的小窗戶能透進一點亮光，門是用堅固的松木板做的，根本撞不開。亞森．羅蘋雖然有一把萬能鑰匙，但鎖孔被從外面插進的鑰匙塞住了，他的萬能鑰匙也毫無用處。

這究竟是哪兒？一定又是約瑟芬的一個秘密藏匿點。那三個壯漢一定是她的打手。亞森．羅蘋坐在佈滿灰塵的床上，心想：「這個女賊把我囚禁起來，獨自去找盧塞琳的母親，一定是想獨吞那些寶藏。」

想到這兒，亞森．羅蘋恨得咬牙切齒。他必須從這兒逃出去，並想辦法在約瑟芬之前到達理碌澄村，這樣才能搶到那個小箱子。雖然他明知屋門很堅固，但還是不甘心地撞了幾下，當然，這根本無濟於事。無奈之下，他只好將希望寄於那扇小窗戶了，可是牆上沒有任何地方可以藉力攀登。他用盡全力向上跳了幾下，手始終搆不到窗戶。

「完蛋了。」亞森．羅蘋徹底絕望了。就在這時，他猛然發現屋頂上有一個小洞，似乎是用來透氣的，可惜很小。正當他發愁時，一根細鐵管從小洞裡伸進來。

「啊！是槍！」槍口正對著他的腦袋，只要他一移動，槍口也隨之移動。看來，逃跑的計畫是不可能成功了，他只好站著不動。

「這下完了，沒想到我竟栽在這個女人手裡。但只要我活著，就一定還有機會。」一想到這兒，亞森．羅蘋反而放輕鬆了。他躺到牆邊的床上，閉上眼睛，屋內安靜下來，什麼事也沒發生。這時，亞森．羅蘋突然感覺胸口發悶，全身有種麻痹感，大腦也開始發脹，昏昏欲睡。亞森．羅蘋想坐起來，但一陣噁心感襲來，令他想吐，而且全身無力、四肢麻木、冷汗直淌。他這才回憶起，剛才在車廂裡的時候，約瑟芬給他吃了一塊巧克力。「對了，就是那塊巧克力，裡面一定下了什麼毒藥。」不一會兒，亞森．羅蘋便不省人事了。

也不知過了多久，亞森．羅蘋逐漸醒來，但仍然覺得全身乏力。他掙扎著抬起頭，發現屋頂上那個小洞裡的槍口不見了，桌子上卻多了麵包、牛肉和水瓶。他餓極，也渴極了，掙扎著下了床，來到桌子旁邊，拿起一個麵包便向嘴裡塞，來不及下嚥就又拿起一個，然後又拿起水瓶往嘴裡灌。到了這種地步，他也顧不得有沒有毒藥了。

亞森．羅蘋吃飽喝足後，回到床上，又昏昏沉沉地睡了過去。幾個小時以後，亞森．羅蘋第二次醒來，這時，桌子上又擺上了麵包和牛肉，還加了一瓶葡萄酒。亞森．羅蘋吃完這些東西後，感覺精神好了很多。他仔細打量了一下四周環境，發覺自己已不在原來的那間小屋子，這裡的環境有點眼熟，他好像曾經來過。房間的角落裡，立著一個狹窄的梯子。他順著梯子爬上去，才發現自己竟然被帶到了約瑟芬的小船「懶散號」上。

但是他是怎麼來到這裡的呢？他毫無印象，就像剛從一場噩夢中醒來。亞森．羅蘋爬上甲板，環視四周，不覺一驚。原來，在甲板一個角落的籐椅上坐著一個人，正是約瑟芬，她正在觀賞塞納河上的風景。聽見有響動，她回頭看了一眼亞森．羅蘋說：「你終於醒了，睡得好嗎？」

亞森．羅蘋一見約瑟芬，心中頓時燃起熊熊怒火。但是他轉念一想，現在還不能得罪這個女賊，因為他現在需要知道約瑟芬去理碌澄村的情況、需要知道她是否拿到了小箱子、是否看到了暗示寶藏的隱語。還有她是否已得到了其他關於寶藏的重要訊息。所以他現在必須與她保持一種良好的關係，以便從她身上挖掘出有價值的線索。如果能夠按自己的假設進行，這一萬顆寶石還有希望歸自己所有。

約瑟芬也清楚地意識到，在與博馬涅安那幫人的明爭暗鬥中，亞森．羅蘋是一個相當好的助手，所以她又把亞森．羅蘋帶回了小船上。兩個人都心存猜疑，且對彼此恨之入骨，但他們又必須互相欺騙、互相利用。

3 神秘的小木箱

亞森．羅蘋和約瑟芬都為了從對方身上得到好處，而**相安無事**地繼續生活在小船上。

「懶散號」仍舊順著塞納河向下游航行，目的地是諾曼第地區。約瑟芬每天都上岸去，乘坐著那輛破舊的馬車，不知去做什麼，而車夫總是駝背的雷沃奈。

「她到底去了哪兒呢？毫無疑問，她一定是在尋找那七座修道院的廢墟。」亞森．羅蘋心中暗忖。

七座修道院所在地的其中三處——聖伯謝彼陸、求米特求、聖波里——已經在塞納河的附近找到了。但是它們原來建在什麼方位，卻無法準確判斷出來。約瑟芬為了確定正確方位，每天都在進行調查。

「不過，從她那每天登陸時的表情來看，目前好像還沒找到。好吧，讓我來試試。」

於是，亞森．羅蘋與約瑟芬分開行動。他騎上腳踏車，到處尋找上了年紀的人，見了人家就問個不停，或者直接到鄉鎮公所裡查閱過去的各種文件記錄。

有一天，亞森．羅蘋到盧塞琳母親所住的理碌澄村去調查，並順便拜訪一下這位老太太，可是村裡的一個人告訴他：「那位老夫人現在不在家。十幾天前，她就出門去了，聽說是要去城裡看她那個當演員的女兒。不過，在她離家的前一天晚上，有一位年輕的貴婦人來拜訪過她。」

聽這個人一說，亞森．羅蘋便斷定來的那個貴婦人一定是約瑟芬。隨後，他到村裡的一家咖啡店坐了下來。亞森．羅蘋邊喝咖啡，邊拿起桌上的一份報紙，隨意地翻閱起來。報紙上都是些媚俗的新聞，亞森．羅蘋把報紙折好，正要丟到一旁時，卻看到了一個醒目的小標題：「女人的慘叫聲」。

於是，亞森．羅蘋又重新打開這份報紙，仔細地讀了起來。沒想到，他竟由此得到了一個非常重要的消息。這篇報導內容如下：

昨天下午，一名樵夫向科德貝克警察局報案。他在莫萊布里森林的舊磚窯附近，聽到一個女人的慘叫聲。警方立即派人趕往現場。當警察到達舊磚窯旁邊的果園時，看見兩名壯漢正將一個女人往馬車廂裡推，一旁則站著一個蒙著面紗的黑衣女人，在指揮他們。雖然警察很快就趕到了現場，但由於馬車夫對當地的情況非常熟悉，很快就揚長而去，不見蹤跡。

亞森．羅蘋從報導的內容斷定那是約瑟芬和她的手下。

「發出慘叫聲的應該是盧塞琳的母親，他們在十幾天前就到了理碌澄村，而且把盧塞琳的母親騙了出來，然後囚禁在那裡。他們每天都去逼問，可是盧塞琳的母親很頑強，於是，在昨天晚上，他們便用上了刑具。當他們得知有警察來時，便匆忙帶著她逃跑。但是，小船上並沒有盧塞琳母親的身影，約瑟芬一定還有什麼秘密的藏身處。這個地方到底在哪兒？」

亞森．羅蘋找來一份當地地圖，仔細研究起來。莫萊布里森林到「懶散號」停泊的堤岸，長約三十公里，盧塞琳的母親很可能是被他們藏在這段路程旁的一間破房子或舊倉庫裡。

亞森．羅蘋馬上動身。他沿著這堤岸走下去，見到村莊和行人，他都一一打聽：「請問，見過一輛兩匹馬拉的四輪馬車從這兒經過嗎？」

但問了許多人，卻仍然是一無所獲。盧塞琳的母親就這樣失蹤了。

亞森．羅蘋不甘心，他每天都四處打探消息，再沒有回到「懶散號」上。這三十公里道路有一部分在塞納河沿岸。那裡有許多果園，也有許多石灰岩懸崖，而且這些懸崖的土質比較疏鬆，在上面挖洞十分容易，濕氣很少。所以附近的農民以及挖石灰岩的工人常在上面挖些深洞，以放置雜物。

當然，也有人把家安在了洞中，而這些人大多是流浪者。亞森．羅蘋在調查過程中，就曾見過一個洞裡住著三個人。據村民們講，這個洞裡住的是老頭卡爾比奈和他的兩個兒子。

亞森．羅蘋擔心這三個人跑掉，所以監視得格外嚴密。另外，他還發現了許多有價值的線索。卡爾比奈和他的兒子都不是什麼好東西，經常破壞別人的莊稼，並且不時地去偷村裡人的東西，所以人們都非常憎恨他們。

「這三個傢伙是不是約瑟芬的手下呢？那個岩洞是她的另一個秘密藏身處嗎？」

亞森．羅蘋心中產生了懷疑。為了查明真相，他選擇了一處可以俯視洞口的地方躲藏起來，並帶了一些麵包和水，在那裡守候了兩天兩夜，密切注意著這三個人的活動情況。兩地雖有相當遠的距離，但是由於順風，能夠清楚聽見三個人的談話。透過這次觀察，亞森．羅蘋查到他們的確是約瑟芬的手下，盧塞琳的母親也確實被囚禁在這個洞裡，他們父子三人的職責就是輪流看守她。既然盧塞琳的母親仍被囚禁著，便可以由此推斷，約瑟芬目前還沒有拿到那個小箱子，所以箱子底下的暗語她一定還不知道。正是為了這些，約瑟芬才會把她監禁在此地。

盧塞琳的母親受到如此嚴重的精神與肉體上的折磨，卻始終不肯交出那個小箱子，這說明其中一定有隱情。亞森．羅蘋苦思了多種營救方案，卻因為洞中始終有人看守，根本就沒有機會接近盧塞琳的母親。

第三天上午，「懶散號」順塞納河而下，在離岩洞不太遠的地方停泊下來。

「喔，一定是約瑟芬來了。」亞森．羅蘋立即精神大振。可是過了很久都不見任何動靜，只有卡爾比奈父子照舊在洞口忙著手中的活兒。亞森．羅蘋安靜地等待著。直到傍晚五點左右，「懶散號」上下來兩個人，他們上岸後，沿著堤壩向岩洞走了過來。上岸的這兩人，一個是雷沃奈，另一個正是約瑟芬，雖然她穿上了一套農家婦女的服裝，但羅蘋仍一眼就認出她來。

兩個人裝作在散步，走到岩洞前面便停了下來，一副很有興趣似地看著卡爾比奈編織籃子。過了一會兒，當左右無人時，他們迅速鑽進岩洞裡。片刻後，約瑟芬又出來與卡爾比奈談話。另外兩個年輕人則不動聲色地繼續編織著自己手中的籃子。

雷沃奈一個人留在了岩洞裡，他肯定又去逼問小箱子的下落了。因為聽不到雷沃奈與盧塞琳母親的談話內容，亞森．羅蘋感到非常可惜。正當他思索著該怎樣行動時，不遠處突然傳來女人尖叫的聲音。接著，女人的嘴好像被別人強行捂住般，發出一種掙扎時的呼救聲。這聲音很近，似乎就在身邊的草叢中。

亞森．羅蘋輕輕站起來，向聲音的源頭找去。剛走幾步，見地上有一堆破磚頭，上面蓋著許多枯枝爛草，那聲音好像就是從這兒傳出來的。

「喔！原來這裡是一個廢棄的舊煙囪。」這個岩洞可能很長，那煙囪應該是在最裡面的岩壁旁邊。亞森．羅蘋趴在地上，把耳朵貼近那堆破磚頭，仔細聽著。果然，裡面又有尖叫聲傳出，說明這裡的確是聲音的源頭。

亞森．羅蘋稍稍沉思了一會兒，便決定了下一步的行動。他謹慎地把那些磚一塊一塊地移開，不久，便出現了一個四方形的煙囪。他湊上去仔細聽著。這時，裡面的說話聲更清晰了。說話的是一男一女，肯定是雷沃奈和盧塞琳的母親。盧塞琳的母親因為過度的害怕和虛弱，聲音變得異常沙啞，而且還在發抖。

「好、好……我說、我說……請你把手拿開，我都快被你掐死了……」

「如果你坦白交代，我可以放手。而且也可以把你送到你女兒身邊。快說！」

「我說……不過，這已經是很久以前的事了，都已經過了二十多年……」

「少囉嗦！」雷沃奈忍不住怒斥道，「不要老玩這套把戲！別想用這些話來搪塞我！如果你這次再不說，就休想活到明天。你到底說不說？」

「好，我說，我說……」年老體弱的她一邊咳嗽，一邊說，「那時我們還在與普魯士打仗……」

「你是說普法戰爭嗎？」

「是的。當時法國被打敗了，普魯士軍隊攻佔了我的家鄉盧昂。那時，我丈夫開了間馬車行。有一天，我們店裡來了兩個人，他們慌慌張張地說敵人已經來了，因此要到遠方去避難。他們要我丈夫趕一輛馬車，把他們兩個人和行李送到港口去。」

「你們以前認識那兩個人嗎？」

「不認識，從沒見過。當時逃往遠方的人很多，所以馬車行的生意很好。談妥價錢後，我丈夫決定接下這筆生意。可是，因為處於戰時，大部分的馬車都已經被政府徵用，我們店裡僅剩下一輛，而且還有點毛病。不過，既然答應了人家，就必須照辦。於是，我丈夫套好車，載上人和行李就出發了。他們在途中遇到了大風雪，而那兩位客人又催著走快些，所以我丈夫只好拼命地抽打那匹馬，讓牠跑得快些。結果馬終於支援不住，倒在地上。」

「倒在了什麼地方？」

「大約離盧昂十公里的一個地方。聽別人說，當時普魯士軍隊逼近了，嚇得那兩位客人面色如土，渾身顫抖。但這毫無用處啊！正當他們不知所措時，和我丈夫相識的昂貝恰好駕車從那兒經過。他是盧昂人，是馮尚慈·博納蕭茲紅衣主教的得力助手。於是，我丈夫便把昂貝攔下，告訴他那兩位客人願出高價收購他的馬。但是，昂貝說他有重要任務在身，急著趕路，不肯賣馬。雖然兩位客人極力懇求他，昂貝還是執意駕車離去。見此，那兩位客人像瘋子似地跳上馬車，對昂貝一頓猛打，直把他打得昏了過去。然後，他們把昂貝扔在雪地中，把自己的行李搬上了這輛馬車。不一會兒，那兩個客人就駕駛著馬車跑遠了，而昂貝的馬車上，則有一個黃楊木製的小箱子。」

「你丈夫呢？」

「我丈夫也被他們扔下了馬車。」

「昂貝當時是昏倒了，還是讓那兩個客人給打死了？」

「那、那是……」

「老太婆，假如你不說實話，可別怪我心狠手辣。說，那兩個人是不是殺了昂貝後奪車而逃？」

「是……是的。」

「那你丈夫有沒有去警察局報案？」

「沒、沒有……本來是應該去的……不過……可是……」盧塞琳的母親結結巴巴，似乎難以啟齒。

「大概是接受了那兩個客人的好處吧？是不是那兩個人從箱子裡拿了些寶石給你丈夫，以此來封他的嘴？」

「是的，可實際上……」

「怎麼樣？就是這麼回事吧？那小箱子裡有一百顆寶石，他們抓了一把給了你丈夫，讓他不要洩密，對不對？」

「不是一把，只有七個戒指而已。其餘的，他們自己帶走了。」

「哈哈，你終於說出來了。那麼，那七枚戒指是怎麼帶回來的？」

「裝在那個空箱子裡帶回來的。後來，我丈夫死了，我便把那個小箱子藏了起來。我想，如果讓別人看見這些東西，會引來麻煩的，所以我把它藏在一個不會有人去注意的地方。我丈夫死後，我和女兒移居到了理碐澄村。後來，我女兒做了演員，要到巴黎去。我也不知道她什麼時候發現了那個小箱子，並帶走了那七枚戒指。」

「這些我們都知道了。不過，有一個關鍵問題需要你回答，那就是，你把那個小箱子藏在了什麼地方？」

「我沒拿。」

「你女兒帶到了巴黎？」

「不，她沒拿走那個小箱子。」

「那它現在到底在哪兒？」

「不在我手上。」

「你到底把箱子給了誰？你真是個蠢豬！」

「我不能說。」

「喂！老太婆，問了十幾天，你還是這句話。那好，我再問你一句，箱底刻了些什麼字？」

「看不清楚了，而且我也看不懂。」

「真的看不懂嗎？」

「真的看不懂，我可以對上帝發誓。」

「真是可惡，你已經無可救藥了……我最後再問你一次，到底是誰拿走了小箱子？」

「我不能說。」

「你什麼時候把它送給了人？」

「是你們去理碌澄村的前一天晚上。」

「可惜，就差了一個晚上……那個人是誰？他去了哪兒？他住在哪兒？」

「我已經說過了，關於這些，我不能說，就是你們打死我，我也不能說。」

「唔，他是專門為那個箱子而去的嗎？」

「不是，完全是出於偶然。他看見一個箱子放在我的倉庫角落裡……那個小箱子是我女兒從草堆中發現的，後來她拿走了其中的七枚戒指，就把小箱子丟在那裡。那人認為那個箱子古樸典雅，對它非常珍愛。」

「那個人到底是誰？我問你這麼多遍，難道你真的不能說嗎？」

「是的，那個人對我有恩。如果我說出來，因此讓他遭到不測，我會愧對於他，所以我必須保守秘密。」

盧塞琳的母親絲毫不為所動。

對亞森．羅蘋來說，這一切是他事前所料想不到的。約瑟芬和雷沃奈，對他下藥並讓他失去神志。之後，他們便去理碌澄村找盧塞琳的母親，想搶先拿到那個小箱子，但誰也沒有料到，在他們到達的前一天晚上，竟有另外一個人先下了手。

這個人究竟是誰呢？亞森．羅蘋絞盡腦汁地想著。這時，下面又傳來說話聲。

「喂，問了你這麼長時間，難道你還是不想說出那個人嗎？」

「是的，我不能說。」

「那個人住在哪兒？」

「不清楚。我沒去過他家，也沒給他寫過信。只是他常來我家。」

「你們最近何時要再見面？」

「對不起，我還是不能告訴你。」

「你這個死老太婆，真是不識時務。看來，非要我動手不可了。」

雷沃奈似乎用雙手猛掐她的脖子，亞森．羅蘋聽見盧塞琳的母親痛苦掙扎的聲音。

「我說、我說……請放開我……」

「這個禮拜四……下午三點。」

「在哪兒會面？」

「不能告訴你。」

「什麼？還是不說！我看你是存心找死！」

「啊！我快要死了！」盧塞琳的母親發出一聲慘叫。

「說不說？不然的話……」

「好，我說、我說……」此時，她的聲音已經異常微弱，似乎連說話的力氣都沒有了，只能聽到一些斷斷續續的句子，「對……星期四……舊、舊燈塔……除此之外……我不能說……啊！痛死我了……啊！我好難受……」

接著，盧塞琳母親的聲音消失了，似乎真的死了。

「哼！死不悔改的老太婆。不會就這樣輕易死了吧？我才剛要問出的秘密，不就又沒有了嗎？……還有氣，不會死的，只是暈過去而已。行了，讓她歇會兒吧，我得向夫人請示一下。」雷沃奈低聲自言自語道。亞森．羅蘋看到雷沃奈從洞裡出來，走到約瑟芬面前，低頭對她說了許多話。由於距離太遠，亞森．

羅蘋也聽不清楚。

「好，機會來了。」亞森．羅蘋從煙囪中滑了下去。岩洞裡一片漆黑，幸虧空間比較小，他摸了一會兒，就摸到了一隻冰冷的手。這時，從煙囪裡射進來一點光線。他仔細一看，那是一隻老年女人的手。亞森．羅蘋斷定這就是盧塞琳的母親，而她正滿臉恐懼地望著他。

被囚禁了十多天，歷經種種磨難的老太太，看上去令人非常害怕。也許是她的身體太虛弱的緣故，約瑟芬不擔心她會跑掉，所以根本就沒綁她。不過，她的左手指正淌著血，這一定是剛才雷沃奈逼供時，用東西砸的。

「簡直沒有人性！這肯定是約瑟芬那魔女的主意。這個女人太心狠手辣了！」對於約瑟芬居然用如此殘忍的手段來對付一位手無縛雞之力的老婦人，亞森．羅蘋感到一種發自內心的氣憤。

盧塞琳的母親見到亞森．羅蘋，嚇得渾身直抖，掙扎著要爬起來。

「請不要害怕，我是來救你的。我也救過你的女兒布莉姬特．盧塞琳，她也是因為那幾枚戒指和小箱子，險些被壞人殺害。不過，她現在沒事了，我已經把她安置在一個安全的地方。我們離開這兒吧！來，我來背你。」

盧塞琳的母親看亞森．羅蘋似乎不像壞人，便沒有再躲避。亞森．羅蘋背起老太太走到洞口，把大門悄悄打開一點，向外面一看，見卡爾比奈父子仍然在那邊的樹下編籃子，離他們不遠處，約瑟芬和雷沃奈兩人正在專心地商量著什麼。洞口空地下面的大道上，有農民的馬車往來，還有步行的人在走動。

「好，絕佳機會！」亞森．羅蘋打開大門，背著老太太迅速衝向下面的大道。

卡爾比奈見此情景，高聲大喊起來，他的兩個兒子扔掉籃子，也跑了過去。正在專心交談的約瑟芬和雷沃奈聽到叫喊聲，知道大事不妙，忙站起來一看，不禁大吃一驚。

「快！雷沃奈，把她給我抓回來！快！」不等約瑟芬下令，雷沃奈早已衝了出去，與卡爾比奈父子一起，向亞森．羅蘋追去。

亞森．羅蘋背著老夫人疾步跑上大道後，卻慢條斯理地走了起來。這時大道上有許多行人和車輛，如果後面四人攻擊亞森．羅蘋或者去搶人，一定會被認為是歹徒，而且可能會引起公憤，被眾人圍打；如果再有警察趕來，那就更危險了。所以他們不敢魯莽行事，只好慢慢地跟在亞森．羅蘋後面走。

這時，從對面駛來一輛馬車。車上坐著兩位黑衣修女，其中一人駕著車。她們是玖苛雷鎮上一家修道院附屬養老院裡的修女。

亞森．羅蘋抬手示意馬車停下，說道：「這位老夫人被車輪壓傷了手指，已經昏了過去，能不能幫個忙，讓她乘你們的馬車到醫院去？」

修女們自然是滿口答應。亞森．羅蘋把老太太輕輕放在車上，並拿一條大毛毯給她蓋上。

「謝謝兩位，拜託了。」

「我們會悉心照料的，你放心吧。」修女們微笑地駕車離去。

亞森．羅蘋心中總算卸下了一塊石頭。可是當他回過身來，卻發覺那四個人正逐漸自己包圍住自己，而且雷沃奈還掏出了一把刀子。

「我看還是算了吧，你們這幫蠢豬！」亞森．羅蘋鎮定自若，並充滿諷刺地說：「在這種場合下，如果你們敢動手，路人一定會去報警的。看，他們都在瞧你們哪！我們還是平心靜氣地好好談一談吧！」

說完，亞森．羅蘋往回走去，毫無懼色。約瑟芬則臉色兇狠地站在四個人的後面。亞森．羅蘋踱到她面前，平靜地說：「約瑟芬，從此以後我們分道揚鑣吧！」

「喔，也許這只是暫時的。」

「不，我不想再見到你了。」

「為什麼？」

「我看見了。」

「你看見了什麼？」

「那位老太太的手。她的兩根手指被砸爛了。我不願和如此殘忍的人合作！」

「可是，我什麼也沒有幹！是雷沃奈……」

「那也是你的命令，還有，你曾下令殺死盧塞琳。你是一個比蛇蠍還要狠毒的女人！預謀毒殺博馬涅安的人是你，把博馬涅安的兩個助手從斷崖上推下去摔死的也是你。你簡直就是一個魔鬼！我的確曾經想過與你聯手尋寶，但現在我見到你的臉就感到噁心。我雖然是一個小偷，但我絕對不會為錢財而殺人，因為我痛恨流血；我雖然也做壞事，但絕不做沒有人性的事。我和你從此一刀兩斷！」

「你何必說得如此絕情。我們還是聯手吧，怎麼樣？」

「不，謝了，我不幹。」

「我不會同意與你分手的，你現在太衝動。過不了多久，你就會後悔，沒有我的幫助，你是找不到寶藏的。到那時，你還可以去找我，我在『懶散號』上等你。」

「我絕不會再回那條小船了。」亞森．羅蘋掙脫她的手，昂首向大路上走去。在亞森．羅蘋的腦海中充滿了約瑟芬的可惡形象，他必須離開她。

亞森．羅蘋回到理碌澄村，住進了一家旅舍。

「盧塞琳的母親在岩洞裡曾經說過，她要在周四下午的三點到舊燈塔去見一個人。那座舊燈塔在哪兒？這麼大年紀的老太太選中的見面地點，應該不會太遠，一定就在理碌澄村的附近。」亞森．羅蘋躺在旅舍的床上，心裡這樣想著。

第二天，亞森．羅蘋從旅舍經理那兒打聽到，這兒附近有一座被森林環繞著的潭家比古堡，在森林的深處，有一座舊燈塔。

「那座燈塔早就不使用了，但那兒的清潔工作由盧塞琳的母親負責。每到周四，不管是酷暑還是嚴冬，她都一定前往。燈塔的鑰匙也由她保管。」經理說道。

當天夜裡，亞森・羅蘋就溜進了盧塞琳母親的家，在廚房的一根柱子上找到了那把鑰匙。周三那天，他到燈塔周圍詳細地查看了一番，並把附近的地形牢牢記在心裡。到了星期四，亞森・羅蘋午後兩點就到了燈塔那兒守候。

「來的到底是什麼人呢？聽盧塞琳的母親說，那個人是她的恩人，她就是把箱子交給了這個人。那麼，這個人為什麼要來拿箱子呢？是為了得到箱底的暗語，還是單純地因為這是一個稀有的東西？如果是後者，那倒無所謂；但萬一是前者，那麼這個人也是想得到寶藏的。這樣一來，這場競爭可就更熱鬧了。」亞森・羅蘋一邊想著，一邊朝潭家比古堡森林的深處走去。

這個森林密布於塞納河兩岸，還有許多斷崖聳立於岸邊。在森林的終點，有一個陡峭而直立的懸崖，那兒矗立著一座舊燈塔，被高大的樹木包圍著。即使是星期天和假日裡，來這裡郊遊的人也很少，在其餘的日子裡，更是幾乎看不到一個人。

亞森・羅蘋走在森林中的道路上，心裡想著：「約瑟芬和雷沃奈一定也會來這裡的。」

燈塔周圍有低矮的護牆，護牆的牆頭上插有碎玻璃片。亞森・羅蘋縱身躍過護牆，進到佈滿雜草的小院。他環視四周，很安靜，見不到一個人。「他們可能還在路上，或是從別的地方進去了。」亞森・羅蘋不敢大意，小心翼翼地走向燈塔。

來到燈塔前，亞森・羅蘋拿出老太太的鑰匙，把門輕輕打開，上了三樓，然後又打開三樓的房門。可是，剛往裡一邁步，他就「啊」地大叫一聲。原來有個人用繩子套住了他的脖子，並狠狠地往後緊勒。對這一次偷襲，亞森・羅蘋沒有絲毫預感。繩子太緊了，幾乎讓亞森・羅蘋窒息，他只好用手緊緊抓住繩子，使它無法繼續勒緊。

「好個卑鄙的雷沃奈！」亞森．羅蘋心中暗暗叫苦。可是當亞森．羅蘋轉頭一看，那人卻不是雷沃奈。

「怎麼是你？博馬涅安！」亞森．羅蘋大吃一驚。

博馬涅安抽出繩子，把亞森．羅蘋的雙手緊緊綑住。

「盧塞琳老太太要見的人，居然是博馬涅安。」

博馬涅安沒有說話，他把亞森．羅蘋綁好後，推到了窗子旁邊，讓亞森．羅蘋在那兒站好。接著，他把勒著亞森．羅蘋脖子的繩子一頭繫在了窗戶的鐵欄杆上。

「小子！你要是亂喊亂叫，我就把你從這兒推下去，活活把你吊死。乖乖地給我站好，別浪費了你這條小命兒。」博馬涅安得意地一陣詭笑後，又轉身藏到了房門後面。

過了一會兒，遠處傳來馬車的聲音。亞森．羅蘋對這聲音實在是太熟悉了。

「啊，是約瑟芬來了！」他禁不住脫口而出。

「住嘴！你想找死嗎？」博馬涅安厲聲叱責亞森．羅蘋，見亞森．羅蘋不說話，便繼續屏息在門後埋伏著。這時，下面的樓梯傳來一陣輕微的腳步聲。又過了一會兒，門輕輕被推開，出現了一個女人的裙擺。博馬涅安一個箭步衝上去，將人抓住了。女人先是一聲尖叫，然後則是一陣哨子的聲音。

博馬涅安將那個女人迅速拖進屋內。果然，那個人正是約瑟芬，她的嘴裡還啣著一個哨子。博馬涅安正要伸手奪走她的哨子，不想她又「嗶——嗶——」地連吹了兩聲。博馬涅安連忙將她按倒在地，搶過哨子。約瑟芬尖叫著，還想掙脫，又被博馬涅安抓住衣服拖了回來。她拼命掙扎，但畢竟不是博馬涅安的對手，最終還是被制服，雙手被綑了起來。就在這時，又有腳步聲從下面傳來，跑上來的正是雷沃奈。他在外面聽到了約瑟芬急促的哨音，知道大事不妙，於是飛奔跑上了燈塔。

他一眼就看清了形勢，迅速地掏出手槍，直指博馬涅安的胸口。

「不許動！否則馬上送你去見上帝。舉起手來！」博馬涅安無可奈何地舉起了雙手。

「把他綑起來！」約瑟芬命令道。

雷沃奈先把博馬涅安的雙手綑起來，然後走過去把綁住約瑟芬的繩子割斷。約瑟芬走到博馬涅安跟前，從衣袋裡掏出一個小盒子，把藥水灑在手帕上，捂在他的鼻子上。

博馬涅安左右晃動著，企圖免逃過此劫，但無濟於事，不一會兒，他就昏了過去。這時，兩個人才倚在牆上，長長地吁了一口氣。

「怎麼這傢伙也來了？」雷沃奈問。

聽他的口氣，完全不同於平常駕車時那種唯命是從。如此看來，他絕對不是一個真正的車夫，甚至連雷沃奈這個名字，可能都是一個假名。

「不清楚。」約瑟芬搖著頭說。「這傢伙居然來得比我們還早。而這一個（她看了一眼被綁在一旁的亞森．羅蘋），肯定是從盧塞琳的母親那裡聽到了風聲，便趕到這兒來了。可是，我們卻沒有料到，博馬涅安也知道這個地方。」

「那傢伙可能也是從盧塞琳的母親嘴裡得知的。他還真不簡單，以後可要多加小心！」

亞森．羅蘋聽到兩個人這樣說，心想：「奇怪，如此說來，盧塞琳母親所說的恩人，也就是那個取走小箱子的人，應該不是博馬涅安？那，這個人到底是誰呢？」線索全亂了，亞森．羅蘋也一頭霧水。

當然，約瑟芬和雷沃奈也無法解開這個謎，他們只是聽盧塞琳的母親說，那個人會在周四午後三點到舊燈塔來見老太太。

「這個人究竟是誰呢？都已經三點了。」約瑟芬自言自語道。

突然，樓梯上傳來了輕微的腳步聲，輕得像一個小孩子在走路，接著又傳來一句很輕柔的說話聲：

「啊，到了！」

三個人急忙凝神盯著門口。

「婆婆！你好嗎？對不起，我遲到了。」一陣爽朗的聲音飄進來。

隨後門開了，見到來人，三個人都吃了一驚。原來，進來的居然是一位金髮少女。少女見到他們，也立即愣住了，嚇得臉色蒼白，正想往回跑，但她看出其中有一個是亞森．羅蘋，便猶豫起來。

「拉烏爾．德萊齊……你也在這兒？這裡發生了什麼事？」她驚訝地叫道。

「原來是克拉莉絲小姐！」亞森．羅蘋也不禁喊了一聲。

克拉莉絲認識亞森．羅蘋，也知道他叫拉烏爾．德萊齊，他常常和她的父親德蒂格男爵在寓所裡聊天。而她也曾和他談過話。

克拉莉絲為什麼會來到這裡？亞森．羅蘋百思不得其解。此刻，約瑟芬走了過來。

「你是誰？」約瑟芬問道。

「我……我是德蒂格男爵的女兒，名叫克拉莉絲。」克拉莉絲低聲地說，她顯然有些害怕。

「你就是那個男爵的女兒？」約瑟芬有些吃驚，但她立即換了另一種語氣，「喔，我知道了，你是來見盧塞琳老夫人的嗎？」

「是的。可是你是誰？」

約瑟芬沒有回答，轉過來對雷沃奈說：「你去外面，鎖上門，不許任何人進來，仔細給我看守著。」

「是。」

雷沃奈走出門後，約瑟芬指了一下躺在地上，已失去知覺的博馬涅安對克拉莉絲說：「小姐，你認識他嗎？」。

「啊！這是我父親的一位朋友，他這是怎麼啦？」

「讓我告訴你吧！你會嚇一跳的。你可能不知道箇中詳情，我可以詳細地說給你聽。你先坐到椅子上吧。」說著，她拉了張椅子給克拉莉絲，自己也找了張椅子坐下。約瑟芬湊近克拉莉絲，盯著她那張秀美的臉，用一種冷酷的口氣說道：「小姐，在三個月前，有一位夫人從費可車站下車後，被人綁架到一處寓所裡。當時，大廳裡約有十來位紳士，其中有博馬涅安，還有你的父親德蒂格男爵。這些紳士說，那位夫人是個壞女人，不利於他們開展工作，必須送她去英國。於是，你的父親德蒂格男爵和你的表叔貝納托把那個被綑著的夫人用擔架抬到一條小船上。當他們把小船划到深海區後，便抽去了堵在船底洞裡的破布，想要把這位夫人淹死在大海裡。」

「這不可能，我父親絕不會幹那樣的事情！」克拉莉絲激動地站起來，大聲地駁斥道。

約瑟芬不慌不忙，微笑著說：「小姐，你先別激動。聽我講完這個故事。那位夫人險些被淹死，幸好被一個人救起，而那個夫人就是我。你父親和博馬涅安那幫人認為我的存在會擾亂他們的行動。所以一心要把我除掉，為此，他們才千方百計地要謀殺我。其實，他們與我都有一個共同的目標，我們之間存在著一種競爭關係。這個目標，就是爭得一筆大寶藏。可是，爭得這筆寶藏的重要條件，就是盧塞琳的母親。她有一個神秘的小木箱，在箱子底部刻著暗示寶藏地點的暗語，如果不清楚這些暗語，根本就找不到寶藏。但是盧塞琳的母親說她已經把那個箱子送給了別人。我們想知道這個人是誰，但她說那個人對她有大恩，不願讓那個人因此而被牽連。所以，她寧死也不說出那個人的姓名。」

約瑟芬說到這裡，眼睛緊盯著克拉莉絲的臉，想知道她會有什麼反應。克拉莉絲的樣子非常窘迫。約瑟芬見狀，感到得意，一邊放聲笑著，一邊繼續說道：「再告訴你一件事吧。這可是很久以前的事了。」

在二十二年前，那時普法之間正在交戰，有兩個男人為了躲避戰亂，雇馬車夫，盧塞琳先生駕著他的馬車，拉著他們和行李，準備去遠方避難。可是，因為拉車的馬太瘦弱，中途走不動了。就在他們犯愁時，剛好馮尚慈．博納蕭茲紅衣主教的得力助手——昂貝——駕著馬車從那兒經過。於是，那兩個男人殺死了昂貝，奪走馬車。那時，昂貝的馬車上載著一個黃楊木製的小箱子，箱子裡裝有一百顆左右的寶石。那兩個男人瓜分了寶石後，又把其中的七枚銀戒指送給了馬車夫盧塞琳先生，以此來封住他的嘴。盧塞琳先生把戒指放在了那個小箱子裡，帶回家。過了幾年，盧塞琳先生去世了，拋下了妻子和女兒。盧塞琳的妻子認為自己的丈夫有罪，而那七枚戒指就是贓物，所以她非常害怕，便把那個小箱子藏在了倉庫的草堆中，不想讓別人知道這件事。戰爭結束後，那兩個殺人的搶劫犯回來找盧塞琳先生，但他早死了，只剩下了老太太和她女兒，而她女兒在巴黎當演員。這兩個人害怕老太太洩露那個秘密，所以一直暗中地監視著她。而那個被委派來監視老太太的人……小姐，正是你啊！」

這時，克拉莉絲的臉色已經因害怕而變得蒼白。她從椅子上站起來，張了張口，卻沒說什麼，就又癱坐在椅子上。約瑟芬見此情景，臉上掠過一絲不易察覺的陰險冷笑。

「說到這兒，你應該已經明白了吧？克拉莉絲。殺死博納蕭茲紅衣主教的助手，並搶走寶石的那兩個人，正是你的父親德蒂格男爵和你的表叔貝納托。男爵把他的女兒派來監視老太太，要求你每周和她見一次面，藉此了解她的行蹤。因為你是一個心地善良的女孩，時間久了，便對貧苦的老太太產生同情，並常常給老太太一些幫助。所以你成了她心目中的大恩人。在盧塞琳老夫人認為，如果她把你父親殺過人的事傳揚出去，會傷害到你，所以她下定決心，絕不把此事告訴任何人。如果你總是到她家去，必然會引起他人的注意，所以你決定利用老太太打掃燈塔的機會，每周與她秘密地在這裡見面。有一天，你去老太太家的時侯，在倉庫裡不經意間發現了那個小箱子，因為它很別緻，你非常喜歡。當你提出想要那個小箱子時，老太太便答應了。後來，我們追查那個小箱子的去向時，老太太才似乎察覺到那個小箱子裡面一定還有重要秘密。她不願連累你，所以，即使兩個手指被砸傷了，也沒有說出你的名字。」

克拉莉絲聽她講完後，兩隻手捂在臉上，開始抽泣。當她知道自己的父親原來是個殺人強盜時，簡直不想活下去了。其實，起初她也不相信，但聽著聽著就變得半信半疑，後來，她確信約瑟芬並沒有騙她，便放聲哭了起來。

亞森．羅蘋在旁邊目睹了這一切，他很同情克拉莉絲，便盡力安慰她。過了一會兒，克拉莉絲終於漸漸停止哭泣，不停地用手帕擦著眼淚。

「快說，箱底究竟刻了些什麼暗語？」約瑟芬窮追不捨。

但這時的克拉莉絲因為過度傷心而顯得十分虛弱，她甚至不願意再開口說話。

「你怎麼能這樣兇神惡煞似地質問她？她現在已傷心得不想說話，怎麼能夠回答你的問題？至少也應該讓她休息一會兒再說。」亞森．羅蘋實在忍無可忍，大聲抗議道。

「可是，她不說怎麼能行呢？」

「如果克拉莉絲照實說了，你能夠把她放回去嗎？」

「當然可以。她說了實話後對我們就沒有幫助了。」

「那好，由我來問她。你這副魔鬼般恐怖的樣子，會嚇壞她的……但是有一個前提，請先替我解開繩子。」

「你是不是想逃跑？」

「恰恰相反，即使你趕我走，我也不會走的。因為那個小箱子上的暗語對我也非常重要。」

「你說得對。可是，我還是不能把繩子解開，但我可以讓你離克拉莉絲近一點。」說著，約瑟芬把套在亞森．羅蘋脖子上的繩子放長了些。

亞森．羅蘋走到克拉莉絲身邊，勸了她幾句之後，溫和地問道：「你是不是把小箱子拿回家了？」

「是的。」

「你怎麼會想要它呢？」

「因為我喜歡它的樣式。」

「你父親發現了那個箱子嗎？」

「發現了。」

「他拿走那個小箱子了嗎？」

「拿走了。」

「當時他說了些什麼？」

「沒說什麼。」

「在那兩、三天中，你曾仔細看過那個小箱子嗎？」

「看過幾次。」

「你看到箱子底部的文字了嗎？」

「看到了」。

「是古時候的文字嗎？」

「是的，而且寫得非常凌亂。」

「你閱讀過嗎？」

「讀過。」

「是一下子就讀完了嗎？」

「不是的，那些文字非常深奧，我讀了很多次才讀完的。」

「你還記得那些字句嗎？」

「我不知道自己能不能完整地背出來，可能會有錯，因為那些都是十分難懂的拉丁語。」

「喔，原來是拉丁語，你先說出來讓我們聽聽吧！」

「好……好像是什麼『石頭』啦、『女王』啦等等。」

「你好好想一下，最好是完整地背出來。」

克拉莉絲開始冥思苦想。假如她不能想出來，那麼今天的一切就都白費了……所以約瑟芬和亞森．羅蘋都緊盯著克拉莉絲的臉，不希望看到她表現出任何絕望的表情。

「喔，對了……我想起來了，是五個拉丁單字。」

「到底怎麼讀？」

「是這樣的：『Ad Lapidem Currebat Olim Regina』。」

克拉莉絲說完後，心情似乎完全放鬆，人也癱坐在椅子上。可是約瑟芬卻勃然大怒，她猛地站起來，疾步向克拉莉絲走去。

4 星座裡的神奇

約瑟芬走到克拉莉絲身邊，那模樣令人害怕。她猛地用雙手抓住克拉莉絲的雙肩，死命地搖晃著。

「瞎說！你這個胡說八道的臭婊子！」約瑟芬怒不可遏地罵道。

「你要幹什麼？閉上你的嘴！」雖然亞森．羅蘋仍被綁著，但他面對狂怒的約瑟芬，依然厲聲斥責。

「哼！你想要偏袒這個女人嗎？」

「我沒必要偏袒她！我覺得她沒有瞎說，我信任她。你認為她在說謊，那麼，她到底說了什麼謊話？」

「她剛才說的拉丁語就是謊言。」

「『Ad Lapidem Currebat Olim Regina』這句話的意思是『古時候，有個女王，向著石頭跑』。這不是謊言是什麼？誰能把這句話解釋清楚？其實，我們早就知道這個句子了。就連博馬涅安也很清楚。」

「你們從哪兒知道的？」

「馮尚慈．博納蕭茲紅衣主教的信中就有這樣的語句，而且博納蕭茲紅衣主教清楚地告訴我們，這種荒誕的拉丁語沒有絲毫意義，完全不值得去討論。」

「喔，原來在博納蕭茲紅衣主教的信中也有這樣的拉丁語句。照此推斷，難道不能說明這句話是非常具有意義的嗎？」

「具有什麼意義！簡直就是瞎編亂造！『古時候，有個女王，向著石頭跑』，『古時候』究竟是指哪個年代？『女王』到底是歷史上的哪位女王？什麼『石頭』？這些不都是在說夢話嗎？沒錯，剛開始我也以為其中一定有秘密，可是研究了許多年還是如墜五里霧中。因此我們斷定，這絕不是刻在小木箱上的話。這個女人一定是在說謊！她把真正的暗語隱瞞了下來，卻用這個來搪塞。」約瑟芬目露兇光，拚命地搖晃克拉莉絲的雙肩。「你這個臭女人，為什麼要欺騙我們？你真的不肯說實話嗎？如果你真的不識好歹，我會讓你嘗嘗苦頭的！難道你願意步盧塞琳老夫人的後塵，被人砸爛你的手指嗎？」

這一切把克拉莉絲嚇得面色蒼白，渾身發抖。亞森．羅蘋不忍看她這副可憐的樣子，柔聲地對克拉莉絲說：「克拉莉絲，請你再仔細想想。那上面除了拉丁語外，沒有其他東西了嗎？再仔細地想一想……」

克拉莉絲苦思冥想了一會兒後，愁苦地說：「真的沒有別的了。」

「不可能！你一定在騙我們！」約瑟芬怒吼著，然後把哨子放在嘴裡吹了兩下，雷沃奈便跑了上來。

「把這個女人拉出去，讓她嚐點苦頭！」

「是。」雷沃奈稍一用力就把克拉莉絲提了起來，然後抬腿就往外走。

「等一下！」亞森．羅蘋騰空而起，用自己的身體撞向雷沃奈。

由於躲閃不及，雷沃奈晃了晃便倒在牆角處。他惱羞成怒，迅速拔出手槍。

亞森．羅蘋輕蔑地一笑，說道：「哼，別拿那玩意嚇唬我！你不敢殺我，殺死我，你們再也不會知道這個拉丁語裡的秘密了。」

「什麼？拉丁語裡有秘密？這究竟是怎麼一回事？」雷沃奈感到納悶。

「剛才那個女人騙我們說箱子底下刻著拉丁語。」約瑟芬答道。

「是嗎？內容是什麼？」

約瑟芬把那句話重複了一遍。

「喔，這些話與博納蕭茲紅衣主教在信上所寫的那句完全一樣啊。」

「所以我認為這個女人在編造謊言，要弄我們。」

「她沒有撒謊，那句話的確是一句暗語。」亞森．羅蘋高聲說道，「我現在才察覺到，其實這句話正是暗示了藏寶地點。」

「你說什麼？」

「那五個拉丁單字，就是個暗號。」

「是一個什麼暗號？」

「哼，我可不會輕易說出來。」亞森．羅蘋看著那兩個人，洋洋得意起來。

這時，躺在牆角處的博馬涅安剛好甦醒過來，他的眼睛慢慢睜開。然而，由於眾人注意力太集中，他們誰也沒有注意到旁邊的博馬涅安。

「求求你，告訴我們吧。」雷沃奈這時謙卑地說道。

「要我告訴你們其實也不難，只是你們得先答應我的條件。」

「條件……什麼條件？說說看。」

「總共有兩個，其一，割斷繩子，還我自由。」

「嗯，另一個呢？」

「放了克拉莉絲，讓她回家。此事與她沒有一點關係，她完全不知內情，我們不能傷害她。」

「好，還有別的嗎？」

「沒有了。你們先做完這兩件事，二十分鐘後，我一定告訴你們這個暗號。只要知道了暗號，立刻就能找到那個藏寶地點。」

「但如果你不能徹底解釋清楚，那又該怎麼辦？」

「這根本不是什麼問題。雖然這個暗號很深奧，但我已經完全想明白了。」

「真的嗎？」約瑟芬情不自禁地喊道。

亞森．羅蘋看到她那副異常驚訝的神色，更顯得意。

「是的，確實是這樣，卡格利奧斯特羅伯爵夫人，我已經知道了那個藏寶地點。我只要求你保證克拉莉絲能安全返回家中，我就告訴你這個天大的秘密。怎麼樣，夫人，你意下如何？」亞森．羅蘋故意帶著一種非常謙恭的語氣嘲諷地說。

約瑟芬被激怒了，「好小子，你竟敢在我面前要花樣！你剛剛才從克拉莉絲口中知道這幾句拉丁語，即使再聰明，甚至是個破解暗號的專家，你也不可能這麼快就把那句深奧的拉丁語解釋清楚。你又想要弄小聰明，我才不會被你騙呢。」

「沒有，我絕對沒有騙你。約瑟芬，我真的知道。不僅如此，我還知道，除了我以外，還有兩個人知道這個秘密。」

「什麼？還有兩個人？誰？」

「博馬涅安和德蒂格男爵。」

約瑟芬和雷沃奈聽完這句話，驚得睜大了眼睛。

「不可能，那兩個人沒有機會得知這些。」雷沃奈說得異常肯定。

亞森．羅蘋冷冷一笑，朝他看了一眼，很是看不起地說：「你太蠢了！你好好想一下，博馬涅安昨天去了德蒂格男爵家一趟，你知道為什麼嗎？告訴你，那是因為當時那個黃楊木製的小箱子已經到了男爵手裡。你應該清楚，博馬涅安那小子是個陰謀家。他原本是耶穌會派的神父，擁有相當高的地位。有一次，他買下了馮尚慈．博納蕭茲紅衣主教的一些藏書，在這批書中，夾有一本博納蕭茲紅衣主教本人寫的備忘錄，其中詳細記錄了奧普男爵告訴博納蕭茲紅衣主教的話……」

亞森．羅蘋剛說到這兒，就被約瑟芬的笑聲打斷，只見她笑得合不攏嘴，說道：「哈哈，你真會賣弄！這些不都是我講給你聽的嗎？」

「一點也不錯。但我今天舊話重提，自有我的道理，不信你聽著。自從博馬涅安得到了那本備忘錄，並從中得知諾曼第地區的某個地方有寶藏後，他便想盡辦法尋找藏寶地點。後來，他糾集了十多名落沒貴族在諾曼第地區到處搜尋。那時，約瑟芬，你託名卡格利奧斯特羅伯爵夫人，也參加了這個集團。可是，你比博馬涅安更有心計。你是一個女盜賊，而且手段殘忍，所以沒多久你就離開了那幫人，開始獨自尋寶。這樣就意味著，你由博馬涅安的同伴變成了他的競爭對手。為此，你殺死了那個集團中的兩個人，甚至差一點毒死博馬涅安。」

「胡說！根本沒有的事！」約瑟芬叫道，臉色卻異常慘白。

「閉嘴吧，我這是在說事實。後來，博馬涅安和德蒂格男爵開始聯手，沒多久，他就發現一個秘密，即男爵和他的表兄弟貝納托在普法戰爭時曾殺害了博納蕭茲紅衣主教的助手，並搶走那一百顆寶石。博馬涅安抓住了這個把柄，男爵就只能對他言聽計從。於是，男爵和貝納托把你綁起來後，用擔架抬到海邊小船上，準備把你淹死在大海中，當然，他們是受博馬涅安的指使。也許他們與你無冤無仇，但他們不敢對博馬涅安有任何違抗。」

「原來是這樣。也就是說，男爵完全是被迫的嗎？」

「當然。男爵與你素不相識，他怎麼會要置你於死地，把你淹死在大海裡呢？他之所以這樣做，完全是因為博馬涅安的命令，而他的女兒更是與此事沒有一點關連。所以我希望你不要傷害無辜。」

「好吧，我可以放了她。但是你必須告訴我拉丁語中的暗號。」

「我不會食言的，只要你放她走。我們必須抓緊時間，剛才我已經說過了，不只我一個人明白了拉丁語中的暗號，博馬涅安和男爵也都知道了。」

「這你不用擔心，博馬涅安在這兒，我不會讓他跑了的。」約瑟芬看了一眼躺在牆角裡假裝昏迷的博馬涅安。

「可是你們還沒有掌握德蒂格男爵的行蹤啊，也許就在我們說話的這會兒，他和貝納托已經去挖寶藏了。因此，我們必須竭盡全力地爭取時間，要是讓男爵他們先得手，一切都完蛋了。」

「好吧，我明白了。雷沃奈！放了那個女孩，幫亞森．羅蘋解開手上的繩子。」

雷沃奈走過去，割斷亞森．羅蘋手上綑著的繩子。亞森．羅蘋活動活動四肢。

「啊，兩隻手都酸了。抓別人挺好，可是被別人抓，真是不好受啊。」說著，他走到克拉莉絲身邊，

「這次受苦了吧？不過現在沒事兒了，以後我會照顧你的，現在我先送你回家。」

「真的非常感謝你。我自己可以走回去。」

「但如果又遇到壞人呢？而且你家離這兒很遠。」

「不會的，我就住在這附近，是我父親的一個朋友家，而且會有人來接我的。」

「你住的地方離這兒很近？」

「對，父親會到……」

亞森．羅蘋連忙朝她擺手，示意她不要再說下去。

「好了，再往下說會招來麻煩的，在這幫人面前要格外留心。」亞森．羅蘋偷偷掃了約瑟芬一眼，挖苦地說，「你該回家了，我以後一定會去看你的。至於你父親的事，你無須多慮，也用不著擔心，我會想辦法解決的。」

「謝謝。」克拉莉絲輕聲道謝，然後抬頭凝望著亞森．羅蘋。她那長長的睫毛下，有一雙明亮的藍眼睛，反映著她那善良、純潔的心靈。

亞森．羅蘋目送克拉莉絲離開後，鬆了一口氣。「喂，雷沃奈，帶雪茄了嗎？」

「閉嘴吧，小子。」約瑟芬忍無可忍，大聲叫道，「你是不是在戲弄我們？到底什麼時候才說？你還是爽快點，把暗號說出來吧！」

「可是克拉莉絲出去還沒三分鐘呢？」

「這有什麼必然的關係嗎？」

「你可真是健忘啊，剛才我們不是說好了嗎？克拉莉絲走後二十分鐘，我才能說。可惜現在為時尚早。我想利用這段時間，好好想一下。」

「你要想些什麼？」

「當然是怎樣解釋那句暗號啊。」

「什麼？你真的還沒破解好那句暗號？」

「當然啦。」

「好啊！你為了救出那個女孩子，居然……」約瑟芬真被氣壞了。

「但我本不想騙你們的。」亞森．羅蘋吞吞吐吐地說。

「那麼，你快點說！」

「行，我說，我全說。但要說，也必須先把暗號搞清楚啊。」

「哼！你這個混小子，你明明就不知道那些暗號……」

「你能不能安靜一會兒？你這樣吵，我怎麼專心思考？你讓我獨自安靜地想一想，就能解開這個謎，如果你總是這樣吵鬧不休，我絕不會找到答案的。少說廢話！」

這最後一句話，亞森．羅蘋提高音量，像是怒斥，又像是命令。約瑟芬終於被他鎮住，靜靜地待在那兒。亞森．羅蘋走近一張長椅，仰著身子躺了下去，他把腿伸直搭在一條凳子上，同時，兩隻手墊在腦袋底下，闔上眼。站在一旁的約瑟芬和雷沃奈見亞森．羅蘋這副模樣，無計可施，只能在一邊乾生氣。

而此時的博馬涅安躺在牆角，時不時地偷偷睜開眼睛，看看周圍的情況。五分鐘過去了，十分鐘過去了。亞森．羅蘋這才慢悠悠地站起來，從自己的衣袋裡取出筆和紙。紙片上寫滿了字，他用鉛筆在上面勾劃了一下，然後在紙片的反面，寫下了剛才所說的那句拉丁語：「Ad Lapidem Currebat Olim Regina」。

「這句拉丁語的確太難懂了，如果是我，我會把這個意思說得淺顯些。當然，我們現在無須去計較這些。這幾個拉丁詞的意思為『古時候，有個女王，向著石頭跑』是不是這樣？喔，約瑟芬，讓我看一下你的手錶。」

「馬上就二十分鐘了。」

「不，還應該有幾分鐘。所有的希望，都寄託在這幾分鐘裡了。」亞森．羅蘋雙眉緊鎖，臉上的表情很嚴肅，看得出來他正在專心地思考。

博馬涅安也在暗中觀察亞森．羅蘋的表情，並打從心裡感覺到，他能夠解開這句拉丁語之謎，心中不禁暗自盤算：一旦得知答案，就馬上逃離這兒，搶先去藏寶的地方，拿走那些寶石。」所以，博馬涅安全神貫注地聽著亞森．羅蘋他們的談話。

「想出來沒有？馬上就要二十分鐘了。」約瑟芬問道。

亞森・羅蘋根本沒搭理她，仍然全神貫注地思索著。突然間，他的眼底有一種欽佩的神色在流動。

「怎麼啦？看你的那種眼神，好像為某事而感到欽佩似的，到底是怎麼回事？」

「嗯，對了，真是偉大，實在太令人欽佩了，實在太值得讚美了！」亞森・羅蘋的表情，彷彿是看到自己的眼前幻化出了一幅美麗的圖畫一般。

「到底是什麼事情，令你如此感動？」

「那一萬顆寶石已經十分驚人了，可是這個藏寶地更為驚人，簡直無法想像。」

「快說！究竟是一個怎樣的地方？」

「別急，讓我慢慢地講……因為這種掩藏方法實在太巧妙，所以以前的人無法解釋。即使是博馬涅安和男爵那些人，甚至包括你，無論怎樣努力，都是毫無結果的。只有我，才能理清其中的頭緒，找到答案，而且這完全是我在最後五分鐘內努力的結果。」

「可是你剛才告訴我們說，博馬涅安和男爵讀到拉丁語後，已經知道了藏寶地點，開始挖掘，難道這又是假的？」

「不錯。我剛才為了讓你快點把克拉莉絲放了，所以靈機一動，信口說的。他們那些蠢人，怎麼可能解開這個謎呢？」

「這樣說來，按你的理解，那些拉丁語並非是暗號囉？」

「那的確不是暗號，可是，其中卻含有重要內容。」

「也就是說，『Ad Lapidem Currebat Olim Regina』另有一種含義了？」

「並非如此，我指的是這五個單字的第一個字母，你不妨把它們拼起來讀讀。」

「喔，是不是ALCOR（阿爾卡）？」

「對，就是這個詞。」

「喔……」

「ALCOR是一個阿拉伯詞語，你知道這個詞是什麼意思嗎？」

「在阿拉伯語裡面，它的意思是『試驗』或是『檢查』。」

「喔，看來你的學問真還不少。但你知道嗎？在阿拉伯語當中，它還有另一個意思。」

「知道，應該是一個星座的名稱。」

「沒錯。知道是哪一個星座嗎？」

「大熊星座。可是，這個星座又與藏寶地點有什麼必然關係？」

「這你就不懂了吧？」亞森．羅蘋說到這兒，得意地笑了笑。

亞森．羅蘋的笑讓其他人感到驚奇，同時，又吸引著他們繼續聽下去。「大熊星座的中心是北斗七星。自古以來，無論東方人，抑或西方人，大家都認同這一點。而北斗七星形似一把勺子，德國人又說它像一輛手推車。在這七顆恒星中，老大叫『天樞』，老二叫『天璿』，老三叫『天璣』，老四叫『天權』，老五叫『天衡』，老六叫『開陽』，老七叫『瑤光』。沿『天樞』與『天璿』劃一條線的話，可在其延長線上發現一顆名曰『北極星』的恒星。」

「我對天文沒有興趣，我只關心藏寶地點。這個大熊星座中的北斗七星，到底和我們的中心話題有什麼關係？」約瑟芬露出焦急的神色。

「不必著急，讓我把話說清楚啊。在北斗七星的老六『開陽星』旁邊，有一個較小的星，它屬於五等星，沒有北斗七星那麼明亮，一般人仍然能看見，但視力稍差的人就看不見了，所以古時候的人就用它來檢查人們的視力，並將之命名為ALCOR。我說到這兒，你再順著我的思路好好想想，這難道真的與藏寶地沒有關係嗎？」

「你這個人簡直無聊透頂。照我看，兩者之間沒有任何關係！」

「別這麼膚淺。乍看之下，兩者之間的確沒有必然聯繫，可是我並不這樣認為。當我無意中把那五個字母拼在一起，並意識到它就是『阿爾卡』時，我猛然想了起來……啊，太棒了！因為我對隱語、暗號很感興趣，而且小有研究。其實，自從接觸這件事後，我就覺得它與數字『7』關係緊密。你看，七個修道院、七名神父、七角的燭臺，當然，還有七枚戒指、七色寶石。它們都沒有離開『7』這個數字，所以我潛意識裡一直在關注這個數字。剛才，我想到『阿爾卡』指的是大熊星座裡的一顆小星，又想到大熊星座的中心是北斗七星，於是，『7』這個數字再次在我的大腦中浮現。」

「唔，有點意思了。」

「『阿爾卡』是顆不起眼的小星，視力差的人根本看不見。而那個藏寶地點，也應該是個不為人們注意的地方，換句話說，視力差的人是沒有辦法發現這個寶藏的。當然，這裡所說的視力指的是頭腦，也就是說，只有聰明的人才能發現它。」說到這兒，亞森．羅蘋把一直拿在手裡的那張紙片，遞到約瑟芬眼前，「你看，這張紙片已經好久沒離開過我了。這是我歷盡艱辛，調查出來的那七個修道院的地理方位。我把這七個修道院所在地的地名用虛線連結起來，就成了這種形狀。」

亞森．羅蘋手指著圖形，接著說：「這回看清楚了吧？這種排列是不是很像北斗七星？也就是說，將地面上的七個修道院與天上的北斗七星比較，位置和形狀相差無幾。明白了這一點，是不是就能輕易地解釋暗號之謎了？」

「這究竟怎樣解釋呢？」

「啊！你還是不明白？」亞森．羅蘋覺得約瑟芬蠢透了。

「阿爾卡星的位置就是藏寶地點啊！阿爾卡星就在開陽星的旁邊。而在地面上，瑞米耶日就是開陽星的位置。」

「瑞米耶日的修道院，在諾曼第地區原有的許多修道院中，是最具權威，也是最有錢的。透過以上的分析，我認為藏寶地點肯定是在那個地方。而且，我還有兩個重大發現。第一個，在瑞米耶日的東南方向，有一個叫做梅尼斯．瑞米耶日的小村子。它就座落於塞納河畔，村中有一個宅邸的舊址。那地方現在雖然長滿了野草，但它卻是從前查理七世的情婦——阿涅絲．索蕾——的高級別墅。這位貴婦人曾經受到國王極大的寵愛，可以這樣說，她的身分與『女王』無異。第二個，在這座高級別墅與修道院之間，有一條不為人知的地下通道，通道的洞口現在還保存著。所以，我得出一個結論，寶藏就在阿涅絲．索蕾夫人的別墅附近，塞納河的堤岸上。而且，據說阿涅絲．索蕾，為了一睹國王的船隊在塞納河航進的盛景，經常『向著』堤岸上的『石頭跑』過去，並坐在那塊石頭上遠遠地觀望。這就是小箱裡的拉丁語（古時候，有個女王，向著石頭跑）的緣由了。當然，『女王』本人並不知道自己所坐的那塊石頭下面，後來還會藏上一萬顆寶石。」

亞森．羅蘋非常興奮地為大家講述這個秘密，然後拿出一枝鉛筆，坐在桌子旁邊，想要把那七顆北斗七星的名稱填在剛才的那張紙片上。就在這時，約瑟芬站了起來，朝雷沃奈眨眨眼睛。亞森．羅蘋正集中精力寫字，並沒有感到異常。約瑟芬輕輕轉到亞森．羅蘋的背後，從裙子裡抽出一根棍子，然後對準亞森．羅蘋的腦袋狠狠地砸了下去。

亞森．羅蘋一聲慘叫後，便從椅子上跌落到地，昏死了過去。雷沃奈上前把亞森．羅蘋綁好，並把他拖到了博馬涅安的旁邊。約瑟芬快步走到窗戶邊，對著外面吹了兩聲哨子。過一會兒，就上來了一個年輕人，這人就是雷沃奈的助手杜彌特。

「杜彌特，你駕馬車送伯爵夫人回『懶散號』吧。」雷沃奈說。

「那你呢？」

「我在這裡看守這兩個人，防止他們跑了。」

「好吧。夫人，我們回去吧。」

「雷沃奈，你要看管好他們啊。船還停在科德貝克嗎？我想回船上好好休息一下。」

是的。那挖掘寶藏的事怎麼辦，有足夠的人手嗎？

「我會和卡爾比奈兄弟聯繫，明天早上和他們在瑞米耶日見面。他們兩個人是可靠的。」

「那麼博馬涅安怎麼辦？」

「拿到寶石後，才能放開他。」約瑟芬一邊說，一邊向外走。雷沃奈則一路把她送出去。

片刻之後，馬車又折返回來，給雷沃奈送來了麵包和葡萄酒。

亞森．羅蘋很早就甦醒過來了，他聽見了約瑟芬他們的所有對話，但是他沒有睜開眼睛，假裝依然處於昏迷狀態。

雷沃奈讓亞森．羅蘋和博馬涅安背對背坐好，然後用繩子把他們綑在一起，並把繩子的另一頭繫在椅子上，又在椅子的靠背處放了一把刀子。這樣一來，無論兩個人誰動一下，刀子就會掉到地上，從而驚醒睡夢中的雷沃奈。把所有的事情都安排好後，雷沃奈才坐下來用餐，並點燃菸斗。

時間不長，天漸漸暗下來。博馬涅安似乎真的睡著了，還發出了輕微的鼾聲。而這時的亞森．羅蘋卻在思索著該選擇哪一種逃脫方式最為理想。

趁雷沃奈不注意，亞森．羅蘋偷偷扭動雙腳。一會兒的時間，繩子就鬆了許多。他想，如果再把手上的繩子弄鬆了，那麼就可以趁雷沃奈沒有防備時，對他進行突擊。這時房間裡越來越黑，雷沃奈點上了蠟燭，一邊吸著菸斗，一邊喝酒。沒多久，他就睏了，搖晃著身子，腦袋一頓一頓的。有時，又會猛然驚醒似地睜大眼睛說：「不能睡！」

雷沃奈提醒著自己，並拿起桌上的蠟燭，把滾燙的蠟油滴在自己手上，以此來刺激自己，同時，又舉著蠟燭環視了一下四周。地上的兩個人還在那兒，椅子上的刀子也沒有掉。雷沃奈放下心來，但堅持了一會兒，他又睡著了。

四周非常安靜，只能偶爾聽到幾聲夜蟲的鳴叫，似乎所有生物都進入了夢鄉。也不知過了多長時間，月亮升了起來，屋子裡也有了幾絲光亮。從月光判斷，大約是九點。「如果能在十一點左右逃出去，子夜時分就能到理碌澄，在那兒飽餐一頓後，凌晨三點前後就能到達瑞米耶日。也就是說，太陽出來以前，那一萬顆寶石就歸我所有了。」

亞森．羅蘋想盡辦法弄開綁在腳上的繩子，繩子雖然沒那麼緊了，但還是不足以把腳抽出來。如果到十一點前還不能逃離這兒，那麼一切計畫都會落空，自己拿不到寶石，只能讓約瑟芬獨佔了……。亞森．羅蘋越發著急起來。

正在此時，外面傳來極輕微的腳步聲。亞森．羅蘋四下張望著，忽見窗戶好像被人推開了。博馬涅安恰好醒來，他也靜靜地觀察著這一切，而雷沃奈睡得正香。這個人是誰呢？照常理，雷沃奈已經鎖好了前門和後門，而且圍牆上有碎玻璃片，不可能有人會進來。那麼，是另有秘密通道嗎？如果有，這個人肯定是從那兒進來的。也就是說，來人一定非常熟悉這兒的情況。這個人到底是誰呢？

窗口處現出一個人影，那人一定是站在椅子上。因為背對月光，所以讓人無法看清她的臉龐，但模模糊糊地能看出來人的臉上蒙著一塊布。而在那塊布的下面，長長的秀髮清晰可見，在淡淡的月色下，閃動著一種金黃的光彩。

「啊，原來是克拉莉絲！」亞森．羅蘋在心中驚叫道。沒錯，那肯定是克拉莉絲。她一定是逃出燈塔後沒有走遠，躲起來待夜深後好折返回來。可是，她為什麼要折返呢？對了，一定是為搭救亞森．羅蘋而來，因為她是一位知恩圖報的善良姑娘，對恩人的困境絕不會置之不理。

克拉莉絲小心地從窗口爬進來，輕步來到亞森．羅蘋面前，伸手拿起椅子上的刀子。這時，熟睡中的雷沃奈動了一下，嚇得克拉莉絲差一點尖叫起來。可是，雷沃奈翻身後又睡著了。克拉莉絲彎下腰，用小刀把綁住亞森．羅蘋的繩子都割斷。

「喂，救救我啊。」博馬涅安低聲說道。

「不行，他是我們的敵人。」亞森．羅蘋低聲對克拉莉絲說。他們唯恐驚醒了雷沃奈，所以說話時都特別小心。

「求求你們了，請……」

「絕對不行，幫他只是助紂為虐。」如果把博馬涅安也放了，他肯定會去藏寶地搶奪寶石，這樣的話，亞森．羅蘋又會遇到許多麻煩。亞森．羅蘋這樣想著，伸手從克拉莉絲手中接過了那把刀子。

正在這時，雷沃奈又動了一下，而且睜開了眼睛，朝前方看了看。

亞森．羅蘋心中一急，猛地舉起手中的刀子。可是雷沃奈又闔上了眼，昏昏沉沉地睡過去。亞森．羅蘋一顆懸著的心這才放下。「多謝，克拉莉絲，你今天幫了我一個大忙。好吧，我們快點離開這兒。」

可是，克拉莉絲並沒有動，她指了指博馬涅安，小聲對亞森．羅蘋說：「我們不能丟下他，他是我父親的朋友，況且，雷沃奈發現我們逃走後，會殺死他的。他實在是太可憐了。」

克拉莉絲的話打動了亞森．羅蘋。他覺得這位少女實在是太善良了，相比之下，自己這種只顧自身利害的做法似乎有些可恥。亞森．羅蘋轉向博馬涅安，對他說：「好，我今天幫你一次，就讓我們以後光明正大地展開競爭吧！」

說完，他割斷了博馬涅安身上的繩索，然後同克拉莉絲一起爬出窗戶，順著梯子走下去。克拉莉絲很熟悉這兒，她逕自把亞森．羅蘋領到了後門附近。那裡的矮牆塌下去了一段，正好能容一個人爬越。克拉莉絲爬上矮牆，並迅速跳了下去，亞森．羅蘋也跟著爬了上去，正要跳時，他往下看了一眼，卻看不到克拉莉絲了。

「克拉莉絲！你在哪兒？」亞森．羅蘋喊了一聲，沒有人回應，卻聽到旁邊的森林裡有人在疾跑。亞森．羅蘋跳下去後四處查看，始終沒發現克拉莉絲的身影。他回到剛才跳下來的地方，見到博馬涅安正從那兒跳了下來。他沒有看到亞森．羅蘋，只顧低頭狂奔。

這時「砰，砰，砰」傳來幾聲槍響，子彈從頭頂飛過。雷沃奈一邊開槍，一邊向這邊追來。見此情景，亞森．羅蘋覺得已無法再尋找克拉莉絲了，只好跑進樹林。在樹林裡，他找到一個隱蔽的地方藏了起來，等到四周又恢復了平靜以後，才又重新走了出來。

於是，亞森．羅蘋、博馬涅安、約瑟芬三個人，都向藏寶地出發了。

一小時以後，亞森．羅蘋趕到了十公里以外的理碌澄村，此時是三更時分。他叫醒了以前曾住過的一家旅館的夥計，讓他準備一些食物給自己充饑，然後取出早就準備好的炸藥，騎上腳踏車直奔目的地。同時，他手裡還拿有一個準備裝那一萬顆寶石的布袋。「理碌澄村到梅尼斯．瑞米耶日是三十二公里，如果用最快速度，天亮以前就可以趕到。屆時就可以看清楚那塊花崗岩了，然後裝好炸藥炸開它，取走寶石。如果在挖寶時，博馬涅安和約瑟芬其中一人趕到了，那只好和他（她）平分。但最後到達的人，就絕不能給他（她）寶石，一顆也不能給。」

亞森．羅蘋想著，腳下則用力蹬著車，順著塞納河岸疾馳。過了一會兒，在岸邊的蘆葦叢中，亞森．羅蘋發現有一條小船停在那兒。

「啊，那是『懶散號』！那裡正是我第一次與約瑟芬會面的地方。就在這條小船上，我曾和約瑟芬共同生活一段時光，雖然很短暫。約瑟芬曾說要回到小船上休息一下再出發。看來，她現在可能還在做準備吧？一定是雷沃奈跑回來向約瑟芬報告了，她才決定提前出發。但是，即使如此，卡格利奧斯特羅伯爵夫人，你還是晚了一步。」雖然亞森．羅蘋這樣想著，但他絕不敢有一絲鬆懈，而且更用力地蹬著車。腳踏車乘著夜色飛馳著。三十分鐘後，腳踏車來到下坡路段，車輪突然撞在一個東西上。這股衝撞力道來得很猛，亞森．羅蘋把持不住，被摔了出去。正在這時，有兩個男人從草叢中鑽了出來，並向這邊走來。

亞森．羅蘋大吃一驚，也忘了疼痛，急忙爬到山崗的岩石後面躲藏起來。過了一會兒，那兩個人掏出手電筒，一邊四處照射，一邊說：「咦？怎麼沒有啊，那傢伙究竟被摔到哪兒去了？」

「肯定是那個傢伙沒錯。在這種下坡路上拉起一根粗繩子，肯定會把他絆倒。」

亞森．羅蘋很熟悉這兩個人的聲音，他敢保證，那一定是德蒂格男爵和貝納托。

「真讓人琢磨不透！到底摔到哪兒去了呢？摔這一下也夠他受的，可能已經摔得半死，昏了過去呢。總之，我們得找到他。」

亞森．羅蘋悄悄地爬下山坡，跑進野草遍地的樹林裡。他的臉被劃出了許多血跡，衣服也被刺破了。但他忍受著痛苦，屏住呼吸藏在草叢中。

「奇怪，怎麼哪兒都沒有！」這是男爵的聲音。

此時，山坡下的一輛馬車上有人說話了：「不必找了，趕時間要緊，回來吧！」這是博馬涅安。

「真遺憾，我們可能被發覺了。這傢伙很狡猾，也許現在已經逃走了。」

「但令人高興的是，他的腳踏車騎不成了，我們可以放心趕路。不管他的腿有多麼長，也絕對趕不上我們的馬車。男爵，砸了他那輛腳踏車吧。」

男爵和貝納托毀掉亞森．羅蘋的腳踏車後，回到馬車上。亞森．羅蘋看到他們走遠後，這才站起來，向著馬車去的方向一陣疾跑。他憤怒至極，這並不全是因為那些寶石的緣故，他是打從心裡不願輸給這些人。況且，是他破解出了那深奧無比的暗號，可是現在竟被自己的對手利用了，真是不甘心。

亞森．羅蘋決心要戰勝他們，因此，他緊跟著馬車奔跑。其實他距博馬涅安所乘坐的那輛馬車，也就一百公尺遠。亞森．羅蘋還有一絲希望，這個希望足以使他振奮精神，那就是，博馬涅安和約瑟芬，他們誰都不知道花崗岩到底在哪兒。當然，亞森．羅蘋也不知道。但既然大家都不知道，那麼即使馬車先抵達，也會為尋找花崗岩而花費許多時間。

想到這兒，亞森．羅蘋精神更為振作。他甩開兩條長腿，拼命地跑在馬車後面。臨近瑞米耶日時，他看到前面有一個手提風燈的人。博馬涅安坐在馬車裡，並沒有示意停車，馬車極速而過。亞森．羅蘋也不想停下來，但正當他要跑過去時，卻猛然發現那位提風燈的人居然是一位年邁的神父，他似乎在一瞬間想到了什麼，猛然止步。

「晚安，神父。」

「晚安，先生。」神父也很友好地答道。

這位神父是瑞米耶日天主教堂的，因為辦事才到這旁邊的村子來，現在他正要回去。兩個人便一邊走一邊聊了起來。亞森．羅蘋自稱是一個對考古很感興趣的人。

「聽說在這附近有一塊很大的岩石，您聽說過嗎？」亞森．羅蘋試探地問道。

「喔，你說的可能是這附近一個叫做『阿涅絲．索蕾』的岩石吧？」亞森．羅蘋聽到阿涅絲．索蕾這幾個字，心中不覺一喜。這不就是自己昨夜告訴約瑟芬，那個查理七世的情婦，被叫做『女王』的貴婦人嗎？既然連老祭司都這麼說了，這個秘密一定是真實可靠的。亞森．羅蘋心中暗暗為這個最新發現而狂喜。他繼續向老祭司請教道：「聽說那塊岩石就在美妮．瑞米耶日村，是真的嗎？」

「是的，離這兒不過四公里。可是那岩塊也沒什麼神秘之處。不過是由些小石子湊成的一塊岩石，而且，幾乎都埋在土裡，最頂端距塞納河的水面也不超過一、二公尺。」

「聽說那塊土地是村裡公有的，是嗎？」

「五、六年前是這樣，但現在已經被我的教民西蒙．蒂伊萊買下了。他準備在那兒建牧場。」

最後，亞森．羅蘋又請教老神父：「我想去那兒看看。請問，有沒有一條近路可以通那裡？」

和善的老神父詳細地給亞森．羅蘋指引了一條近路。亞森．羅蘋一再對老神父表示感謝，然後，他又開始拼命地跑起來。

「嗯，這回贏定了。那些傢伙不會知道這條小路，即使知道了，也不能坐著馬車去。況且，他們又不知道那塊岩石在西蒙．蒂伊萊買下的地裡。」亞森．羅蘋精神抖擻，邁起步來也格外輕鬆。因此，還不到三點，亞森．羅蘋便趕到了西蒙．蒂伊萊的土地上。他從地界處的木柵鑽了進去，劃亮火柴觀察四周的情形，知道了牧場的方位後，便奔了過去。不到一會兒，他來到一個似乎是剛築成的堤防旁邊，沿著塞納河岸向前走去。

在堤防的這一頭，他一直沒有找到那塊岩石。眼看東方的天際已經泛起了白色，天快要亮了，亞森．羅蘋只好坐了下來。那塊花崗石，肯定離這兒不遠，而且那一萬顆寶石可能就在自己的腳下。「博馬涅安和約瑟芬終於敗在了我手下！」他彷彿已經拿到了那一萬顆寶石，臉上浮現出勝利的微笑。

天漸漸亮起來，大熊星座隱沒，阿爾卡星也不見蹤影。亞森．羅蘋站了起來，順著堤防向上游走去。隨著四周的景色漸漸明朗，他一邊走，一邊仔細觀察著周遭的一切。大約走了三十步後，亞森．羅蘋發現前方有塊地面微微凸起，透過雜草望去，能夠看見幾塊突出來的灰色岩石頂。

「對了！一定是那兒！」亞森．羅蘋叫了一聲，隨即向那兒奔去。

亞森．羅蘋的心狂跳不止，他邊跑邊用顫抖的手去口袋裡取炸藥。可是當他走近岩石時，卻突然發出一種氣憤和絕望的呻吟聲。這裡是有許多石塊聚在一起，但中間卻有一個大洞，明顯是被炸開過。他把手伸進洞裡摸了一摸，結果一無所獲。肯定是有人先到了一步，用炸藥炸開岩石，取走了那一萬顆寶石。

亞森．羅蘋愣愣地站在那兒，一句話也沒有，只是在心裡反覆地說：「別人取走了一萬顆寶石……別人取走了一萬顆寶石！」

那個人究竟是誰呢？不可能是博馬涅安，因為他們現在還在路上，不可能趕在亞森．羅蘋之前抵達。「啊，是她！絕對是約瑟芬！」亞森．羅蘋氣憤至極。「我真蠢，被她騙了！昨晚在舊燈塔，約瑟芬曾對雷沃奈說：『我要回『懶散號』上好好睡一覺兒。明天早上和卡爾比奈兄弟在瑞米耶日會合。』那時我裝作昏迷，卻在偷聽；而實際上，約瑟芬早就發現我醒了，她的那些話是故意說給我聽的。這就是我的失誤之處。我對她說的話信以為真了。她就是利用我的這個錯誤判斷，坐著馬車逕自來到了這裡。她根本就沒去『懶散號』，她在昨夜炸開岩石，取走了那一萬顆寶石。當我看到『懶散號』上燈光閃動時，還以為她沒有動身呢，其實那時她已拿著寶石回到了船上。這個女人太厲害了！她真是一個狡猾的女賊！」亞森・羅蘋感到自己被這個女人打敗了。

這個日後被人們稱為怪盜的亞森・羅蘋，在他二十歲時，被女賊約瑟芬狠狠地耍弄了一回。無論他怎樣痛恨自己，也必須承認自己失敗的現實。他呆坐在地上，盯著那個被炸開的大洞，神色木然。

過了一會兒，遠處駛來一輛馬車，臨近時，從車上跳下來三個人，他們越過木柵向這邊奔來。那三個人正是博馬涅安、德蒂格男爵和貝納托。當他們看到亞森・羅蘋那副黯然神傷的表情時，三個人都愣住了。亞森・羅蘋抬頭對他們苦笑了一下，也沒說話，只是用手指了指那塊被炸過的岩石。三個人順著亞森・羅蘋手指的方向望去，立即同時驚叫起來，臉色蒼白。尤其是博馬涅安，他的臉色壞到了極點，搖搖晃晃地險些摔倒。男爵和貝納托急忙扶住他。因為過度的失望與沮喪，博馬涅安愣愣地盯著那個大洞，眼睛裡佈滿了血絲。

亞森・羅蘋無力地站起身來，一隻手搭在博馬涅安的肩膀上，低聲說道：「就是那個女人。」

「對，就是那個女人，她贏了。」博馬涅安沮喪地說，然後閉上了眼睛，臉上佈滿痛苦。可就在大家不注意時，他猛然拔出腰裡的小刀，狠命向自己的胸口刺去。

「啊！」亞森・羅蘋、德蒂格男爵、貝納托不約而同地驚聲叫道。

博馬涅安倒在了草地上，男爵俯身將他的頭靠在自己大腿上，亞森・羅蘋也蹲下來，並用手帕堵住了湧血的傷口。

「拉烏爾・德萊齊……」博馬涅安呼喚著亞森・羅蘋。「以前我們是對手，現在，我將要離開這個世界了。我們握一下手吧，就像真正的男子漢一樣……」

亞森．羅蘋緊緊地握住了博馬涅安的手。

「德萊齊……我徹底絕望了，我萬萬沒想到會讓那個女人得逞。請你一定要想盡辦法把寶石奪回來。那些寶石不應該讓她佔有，那全是修道院的。我本想把它交還給修道院，可是……現在，已經沒有希望了。我請求你，一定要把它拿回來，一半贈給法國的修道院，一半歸你。那個女人肯定把寶石帶到了『懶散號』上。那條船在短時間內還不會開走，所以，她可能把寶石轉移到了另一條船上，然後逃到英國或其他國家去。我知道她還有一艘高級遊艇，名叫『貝茹．珈尹賽號』。請你到『貝茹．珈尹賽號』上取回那些寶石，這是我臨終前唯一的請求。拜託……拜……」說到這兒，博馬涅安咽了氣。

「好，我發誓一定會取回那些寶石！」亞森．羅蘋用力地握了一下博馬涅安那隻已經漸漸變涼的手。他的神色有些黯然，心事重重。之後，亞森．羅蘋默默地離開了，沒跟任何人打招呼。從此以後，再沒有任何人看過亞森．羅蘋。

但是，此後第三天在勒阿弗爾出版的報紙上，卻刊出了這樣一段報導：

昨日深夜，海灘上的人們幾乎同時看到海面上閃了幾次光，然後產生沖天火焰，並聽到巨大的爆炸聲。據知情者反映，這是海面上的一艘遊艇發生爆炸。但是，另一位知情人——今天清晨駛入勒阿弗爾港的一隻快艇的船主萊納公爵——卻說，昨夜那隻爆炸的船後來沉沒了。當時，公爵的快艇急速趕到爆炸現場，在海面上見到了船體的一些殘骸，並搭救了一個水手。據那個水手自己說，這艘被炸沉的船是一艘高級遊艇，名叫「貝茹．珈尹賽號」，屬於卡格利奧斯特羅伯爵夫人所有。

正在這時，水手看到海水中還有一個人，便大喊了一聲：「啊！伯爵夫人！」隨即跳入海中，想去營救她。公爵讓船員把探照燈對準海面上的人，只見那個人正在拼命掙扎，好像快要沉下去了。這個人就是卡格利奧斯特羅伯爵夫人。幸好，那個水手及時趕到了她身邊。可是，夫人一見有人前來救援，就立刻緊緊地抱住他。水手被拖得太緊，無法游水。於是，兩個人都沉了下去。公爵費了很大勁兒想找到他們，但終無所獲。

卡格利奧斯特羅伯爵夫人，其實就是佩爾葛禮尼，也就是那個盜用卡格利奧斯特羅伯爵夫人的名號在法國到處犯案的女賊，是警方通緝的要犯。前不久，在諾曼第地區，警方差一點逮住她。所以，她坐著自己的高級遊艇「貝茹．珋尹賽號」，趁夜色正濃時出海，準備逃到英國去。可是誰也不會想到，這個惡貫滿盈的女賊和她的幾名幫兇會因為火藥爆炸而葬身魚腹。她的幫兇之中，那個最賣力的，即總是裝作駝背車夫的雷沃奈，也一起沉入海中。真是天網恢恢，疏而不漏。

這個消息刊出的當天下午，萊納公爵的快艇正安靜地停泊在勒阿弗爾港內。在快艇的一個房間裡，公爵正與一位夫人坐在一張晨報前，低聲說著什麼。令人大惑不解的是，萊納公爵居然正是雷沃奈，而更令人驚詫不已的是，與他交談的那位夫人竟然是傳說中已葬身魚腹的卡格利奧斯特羅伯爵夫人，即約瑟芬。

「既然報紙上已經刊登我們不在人世的消息，那麼警方也就不會再追捕我們了。我們總算安全無虞了。」

雷沃奈指著報紙，臉上佈滿笑容，接著對約瑟芬說：「那一萬顆寶石已經存入倫敦的銀行裡。今後我們就可以環遊世界，盡享人間之樂。」

「可是，我還有一件事要辦。」約瑟芬緊鎖著雙眉說。

「什麼事？」

「就是那個託名為拉烏爾．德萊齊的小子。他雖然才剛出道，卻頭腦靈活，手段高明，這些寶石差一點被他搶走。他是我的勁敵，我必須殺掉他！」

「可是他現在身在何方？」

「他就住在德蒂格男爵的寓所附近，一個很簡陋的小旅社裡。」

「你怎麼知道這些的？」雷沃奈問道。

「是杜彌特今晨用密碼電報彙報給我的。一年前，我就把杜彌特安插在男爵家當一名馬夫，讓他去了解那些人的所做所為，並把各種情報及時報告給我。我想派杜彌特殺掉亞森．羅蘋。」

「可是，如果讓亞森．羅蘋看出來，該怎麼辦？亞森．羅蘋可是經常出入男爵家啊。」

「不會出錯的，杜彌特非常善於偽裝。我馬上發電報通知杜彌特，讓他幹掉亞森．羅蘋。」

「要是杜彌特能夠成功，那當然好，可是萬一……」

「你就放心吧，杜彌特殺的人太多了，博馬涅安的那些同黨，就是杜彌特幹掉的。這次，我打算賞給他十萬法郎，作為幹掉亞森．羅蘋的獎金，他一定會非常賣力。」

「十萬法郎！還是讓我去幹吧。」

「不行，那次在女演員盧塞琳家裡，你就差一點被他殺死。」

聞此，雷沃奈苦笑了一下，沒有再說話。

過了幾天，一個深夜，杜彌特悄悄地來到了快艇上。

「怎麼樣？辦好了嗎？」約瑟芬開門見山地問道。

「辦好了。當時，那傢伙正在床上睡大覺，我從窗戶鑽了進去，用刀猛刺他的胸口。那小子哼都沒哼一聲，就死了。」

「有什麼證據？」

「瞧這個！」說著，杜彌特掏出一枚鑲著藍寶石的戒指，交給了約瑟芬。這是亞森．羅蘋經常戴在左手無名指上的一枚戒指，許多人都知道。

約瑟芬很高興，她滿意地笑了笑，然後掏出一張十萬法郎的支票，交給了杜彌特。

「感謝老闆。你要去英國吧？」

「對，今夜就出發。」

「那麼，那一萬顆寶石弄到手了嗎？」

「弄到了。」

「就在這艘快艇上？」

「沒有。把它們存在倫敦一家大銀行裡。」

「一萬顆寶石！真夠多的啊！」

「是的。旅行用的箱子，都裝滿了。」

「哇，真了不起！無論怎樣花費，一輩子也用不完啊。老闆，能給我一點嗎？」

「當然能——不過，這要等到倫敦後再說。你現在還是先回男爵家，否則會引起別人的懷疑。」

「我明白了。馬車就在外面，那我走啦。」杜彌特回到岸上，那裡停著一輛一匹馬拉的雙輪馬車。他爬上駕駛座，揚起鞭子，在空中「啪」的一聲甩了一下，馬車便啟動了。

這時，在旁邊的暗處，有一個可疑的男人藏在那兒。看見馬車遠去了，他便朝快艇匍匐著爬去。在船和岸之間，搭著一塊跳板，房間裡亮著燈，而甲板上卻沒有一個人。這個男人極小心地觀察了一番以後，才快速地穿過跳板，躲進了一間艙房裡。

杜彌特走後，約瑟芬一直在看手中那枚亞森．羅蘋的戒指。好像上面很髒似的，約瑟芬皺了一下眉頭，把戒指扔到了桌子上。爾後，來到梳妝檯前，一個勁兒地用酒精擦手。「那傢伙的戒指讓人看了就覺得噁心。幸好杜彌特辦得很出色，替我幹掉了這個大禍患，以後就能放心行事了。這小子總是跟我過不去，這回丟了性命，也是活該。」

她坐在梳妝檯前的鏡子前，笑得極狠毒。

「啊，忙活了這麼多年，總算有回報。但能解開那個暗號也多虧了亞森．羅蘋，否則，真不知道還要用多少時日才能找到寶藏哪！想到這兒，倒覺得亞森．羅蘋這小子有點兒可憐。可惜，他比我們晚了一步。其實，我們這些年來所付出的實在是太多了，如果被他搶了先，那才是天底下最冤枉的事哪！」約瑟芬又是一陣狠毒的冷笑。她對著鏡子孤芳自賞了一番，才換上睡衣，躺到床上。

雷沃奈是出去了，還是早就睡了？他的房間裡非常安靜。船上的其他人好像也都睡了，船上一片寂靜，只有海浪打在船幫上所發出的沙沙聲。這輕微的水聲，為約瑟芬營造出一個適於睡眠的氛圍，她打起了瞌睡。

就在這時，約瑟芬隱隱聽到一陣極細微的聲音。她睜眼一看，發現窗簾已經被拉開了一個角兒，於是，她快速坐了起來。這時，從外面伸進一隻手來，白白的，正抓著窗簾緩慢移動，過了一會兒，出現了一張陰森恐怖的臉。

約瑟芬覺得如在夢中。她又揉了一下眼睛，晃了晃腦袋，確定並非夢境，那張臉也清晰可見。「啊！拉烏爾……」約瑟芬聲音發抖，臉色蒼白。

亞森．羅蘋的鬼魂出現了。而且，那鬼魂還齜牙向她笑了笑。

這一笑更使約瑟芬靈魂出竅。她起身就想跑，可肩膀已經被一雙粗壯有力的大手給摁住了。

「約瑟芬，你好讓我想念啊！」正是亞森．羅蘋那種豪爽的語調，「你怎麼這麼害怕？我又不是幽靈。」

「你……你是……你是……」

「拉烏爾．德萊齊。喔，不對，我是亞森．羅蘋。我知道你派人去殺我的事。雖然那傢伙告訴你，我被他刺死了，但我並沒有死啊。」

「為什麼？為什麼？怎麼會有這樣的事？」

「這本就不足為怪。世上有許多人，大家都以為他死了，其實他還活著。你當初不是也被男爵和貝納托扔在海裡淹死了嗎？但是你現在照樣活著。我和你一樣，都還是活生生的人。」

「我派去的殺手可是我的手下啊！」

「是的。他是向你彙報說，已經刺穿了我的前胸吧？」

「這麼說，杜彌特是在騙我？」

「沒錯。為了得到那十萬法郎。」

「胡說，杜彌特絕不會背叛我的。」

「哈哈，沒想到你現在居然如此愚蠢！實話告訴你，那個杜彌特是我的人。」

「什麼！」

「在很久以前，我就收買了他。關於你的情報，都是他給我的。今天晚上，我們同乘一輛馬車來到這裡。他現在走了，但絕不會再回男爵家。他怕你報復，所以我讓他住進了我在巴黎的一個秘密住宅裡。他以後對我會有很大的幫助。」亞森．羅蘋笑著說。

約瑟芬知道中了亞森．羅蘋的計，她憤怒地瞪著亞森．羅蘋，氣得臉色鐵青，恨不得立刻過去，一口吞掉眼前這個可惡的人。過了一會兒，她卻鎮定下來，向亞森．羅蘋笑了笑。

「唔，你真偉大。可是寶石已經歸我啦，你休想拿走一顆。因為當你趕到時，我們已經炸開了岩石，取走全部寶石。」

「是的，我到的時候，什麼也沒有了，而且我曾經為此絕望、消沉並憤怒過，當時我差點發瘋了。可是你真能全部佔有那些寶石嗎？」

「既然到了我手裡，當然就全是我的。」

「喔？真的嗎？」亞森．羅蘋冷笑了一聲。

約瑟芬見此，異常憤怒，「你笑什麼？那是我的戰利品。那些價值連城的寶石，當然屬於我！」

「不會這樣簡單吧？」

「為什麼不會？那些寶石全歸我，是我親手清點後裝入旅行箱的，然後上鎖，並貼了封條，還用繩子綑好。後來我又親自送到勒阿弗爾港，放到了『貝茹．玔尹賽號』的船艙裡。在這之間沒有任何差錯。當我計畫把「貝茹．玔尹賽號」炸沉，以此來蒙蔽警察及世人之前，我又親自把寶石取出來，現在我已經把它存入了倫敦的一家大銀行裡。」

「對，這些情況我都知道。我還知道，你為了不引起別人的注意，故意沒用有皮帶的箱子，而只是用了一個極普通的箱子，是一個粗製品。」

聽亞森．羅蘋這麼一說，約瑟芬立刻露出一種驚慌的神色。「你……你怎麼知道的？」

「我當然知道。實話對你說，我知道的還不只這些呢？那個箱子是用新繩子綑的……還有，一共有五處封條，而且全是紫色的，上面還蓋有你名字的代號印章。」

「你怎麼知道？」約瑟芬異常驚訝。

「我怎麼會不知道？我當時不是和你在一起嗎？」

「胡說八道！在那個箱子被送到倫敦的銀行之前，我沒離開過它半步。」

「不對，你曾經有一段時間把它放在『貝茹．玔尹賽號』的船艙裡。」

「啊！可是當時我是坐在鐵船蓋子上的啊，而且是一直到船駛入海。」

「嗯，我都知道。」

「你從哪兒得到的消息？」

「因為那個時候，我就在船艙裡啊。」

「什麼？」約瑟芬驚叫起來，以一種懷疑的眼光看著亞森．羅蘋。

「哈哈，你當然會產生懷疑。也罷，我就講給你聽吧！在美妮·瑞米耶日時，當我看到那塊岩石被炸開後，我就想：『寶石雖然已經被你搶走了，但我一定要把它們奪回來。』於是，我馬上前往『貝茹·珈尹賽號』所泊靠的勒阿弗爾港。到勒阿弗爾港時，是當天中午。我找了一個隱蔽處藏好，並隨時監視著船上的情況。後來，船員們都上了岸，於是，我從跳板登上船，溜進船艙裡，躲在那些空箱子和空木桶的後面。大約六點時，你來了，並帶著一個箱子。我一看就明白了，那一萬顆寶石一定就裝在這個箱子裡。」

「你躲在船艙裡……簡直是天方夜譚！」約瑟芬氣憤地說道。

亞森·羅蘋並未理會她，繼續說道：「將近午夜時，你在晚報上發現了博馬涅安自殺的消息，你笑了，是那樣的幸災樂禍。十一點整，船啟航了。午夜時分，船在遠海區遇到了一艘快艇，這快艇是萊納公爵的，也就是那個雷沃奈的。兩條船並攏後，雷沃奈到了你的船上，指揮船員把一些貴重物品搬到了他的船上。作為最貴重的物品，你們首先把那個裝寶石的箱子搬到了雷沃奈的船上。把所有的東西運完後，你和雷沃奈及船員一起到了快艇上，捨棄了『貝茹·珈尹賽號』。已經空了的『貝茹·珈尹賽號』由於無人操作，便在海上漂蕩。而躲在船艙裡的我，則始終沒有被你們發現。但是，我該怎麼辦呢？當時，我一籌莫展。正在這時，我聞到一股火藥味兒，我突然想到，你們可能要炸沉這艘船，以此來矇騙世人，使警方和一般人都誤認為你們已經葬身魚腹，從而不再追究你們。你們為了不至於傷害自己，所以把導火線弄得很長。說實在的，我發現這些情況後，心裡確實非常害怕，如果不馬上想出對策，我可能會與那條船同歸於盡。就在我慌忙爬到船甲板上，脫掉鞋子想要跳海求生時，我突然發現在『貝茹·珈尹賽號』的船尾處，繫著一條小船。在我這一生中，我從未像當時那樣欣喜若狂過。我馬上跳到海裡，遊到小船旁邊，一躍而上，並用刀子將小船與大船間的繩索割斷。小船在大海上飄搖著前行，但最終遠離了『貝茹·珈尹賽號』。不久以後，便聽到了一聲巨大的爆炸聲，『貝茹·珈尹賽號』沉入了海底。報紙上說，你漂浮在海水中並與一個水手一起沉入海底，這完全是假的。事實上，你正和雷沃奈在快艇上舉杯慶祝！而我，則用盡全力才把小船划到海岸邊，並勉強登陸。所以我現在才能見到你啊！」

「喔？是這麼回事，我明白了，你還不是最倒楣的。可是，你難道是特地來告訴我這些的嗎？或者是因為這次的僥倖，想來討好我，讓我送你幾顆寶石？」

「如果你肯送，我絕不會拒之不納。但恐怕你已沒有寶石可送我啦！」

「為什麼這麼說？你不是親眼看到了嗎？那個裝有寶石的箱子已經轉移到了快艇上。它現在存放在倫敦的一家大銀行裡。」

「不過，你們在送進銀行時，有重新檢查過嗎？」

「沒必要再檢查了。因為當時封條和繩子都完好無損，不會出問題的。」

「是嗎？可是，你發現箱子橫面中央的那條裂縫兒了嗎？」

「什麼裂縫？」約瑟芬臉色陡然變了。

「所以說，我認為你這個人太愚蠢了。你想一想，那個裝著一萬顆寶石的箱子在船艙裡時，有兩個鐘頭的時間是擺在我面前的，我怎麼能輕易放過它呢？」

這時，約瑟芬開始不安起來。

「哈，你認為我這個人是那麼老實的人嗎？我可不是傻瓜！」

「那……那麼……」約瑟芬真的著急了。

「雖然我覺得那樣做對你不太仁義……但是，我苦苦跟蹤你們，直至躲進船艙裡，目的還不是為了得到那一萬顆寶石嗎？所以，當時我極仔細地把箱子劃破了一道縫，並把那些寶石一顆顆地掏了出來，為此，整整花費了一個半小時。我把其他箱子和桶裡的黃豆和鐵釘，塞進了旅行箱裡，並用漆塗在那條裂縫上。這樣，旅行箱的重量幾乎一點兒也沒有減少，如果不特別細心看的話，絕對不會發現那道裂縫的。

可是，你居然把它們當作寶石，小題大作地運到倫敦，還花了昂貴的保管費，把它存進銀行的保險櫃裡。而那個旅行箱裡的東西不過是黃豆和鐵釘。哈哈哈！」亞森．羅蘋笑了起來，笑聲中充滿了揶揄。「怎麼樣？你相信了嗎？如果不信，我可以拿出點證據給你看看。」

說著，亞森．羅蘋伸手從口袋裡掏出許多寶石，隨手放在床上。鑽石、黃玉、青玉、綠玉、藍寶石，還有紅、紫、黃、白等各種顏色的寶石，好像夜空中的星星一樣，閃閃發光。

約瑟芬盯著床上的寶石，面無表情，手卻悄悄伸到枕頭底下。而這一切都被旁邊的亞森．羅蘋盡收眼底。但見亞森．羅蘋仍然微笑著，彷彿什麼也沒看到。突然間，約瑟芬把右手舉了起來，她手中握著一把小型手槍，槍口對準亞森．羅蘋的胸口。亞森．羅蘋的反應卻比她更迅速，不等她再有動作，亞森．羅蘋迅捷地抓住她的手腕，立即轉身，把她的手腕向裡彎了過去。幾乎與此同時，「砰」的一聲，槍聲響了。

「啊！」約瑟芬慘叫一聲，隨即，從她肩頭的白色睡衣中淌出殷紅的鮮血。

「倒楣！怎麼把她打傷了！」亞森．羅蘋不禁叫了一聲，趕緊把她抱到床上，掏出手帕按住傷口。值得慶幸的是，她受的只是皮外傷而已，並不嚴重。

亞森．羅蘋把剛才掏出的那些各色寶石一顆顆地撿起來，重新放回口袋裡。就在這時，外面傳來雜亂的腳步聲。可能是被槍聲驚醒的船員們向這邊跑來了。

亞森．羅蘋急忙跑出船艙，卻正好撞見兇神惡煞般撲來的雷沃奈。亞森．羅蘋運用自己高超的柔道招術，幾下就把雷沃奈摔倒在地，爾後，他快速爬上了甲板。一些船員後面追上，他們叫喊著。亞森．羅蘋疾步穿過跳板，跳到岸上，一會兒就消失在夜幕之中。

大約一年後，法國各地的養老院、慈善醫療機構、少年感化院以及孤兒院等等，都陸續收到一些寶石其中以教堂和修道院收到的較多，並且是整批的寶石。但是沒有人知道贈送這些寶石的是誰。警方和新聞媒體都派人進行調查，據後來統計，這些寶石總共有一萬顆以上。於是，社會上傳說，這是一位非常偉大的慈善家做的善事。為此，新聞媒體想找到這位隱去姓名的大富豪，但最終也一無所獲。

後來，有一天，各地的報社都收到一封信內容如下：

很久以前，有七個修道院，為了發揚救世的基督教教義，以及發展各項慈善事業，所以向法國各地的教民募捐一大筆基金。這筆鉅款由七個修道院匯總起來，交給其中的一個修道院保管。這個修道院的會計為了保管上的方便，就把這筆款項兌成寶石，並且，出於安全考量，把這些寶石藏在一個非常隱密的地方。之後，由於趕上普法戰爭，這筆錢沒有被及時利用。於是，這一萬多顆寶石便成了地下寶藏。

如果讓這些寶石永久埋藏地下，那麼，它又與石頭、土塊有什麼區別？豈不是毫無價值嗎？值得慶幸的是，這些寶石被某個人發現，並把它順利地拿了出來。那個人認為，這些寶石都是出自愛教、樂善的法國人民之手，換言之，這是全體法國國民凝聚的善心。因此，它應歸屬於全體法國國民，而不能允許任何一個人獨佔，或隨意使用。

基於這些理由，那個發現寶藏的人便把其發現的全部寶石，分開來寄給了全國各地的修道院、教會以及各種慈善機關。如果有人想打聽那個人的姓名，再怎麼努力都是枉然。這個人情願隱姓埋名，他不希望因此而得到讚揚或感激。

尊貴的報社的先生們，如果你們為了得知那個人的姓名而差人四處查找的話，請你們馬上停止這個行動吧！因為，他本人不希望你們這樣做。

這封信上既無署名，也無地址，因此，誰也不知道這個人到底是誰。

碧眼少女 1927

美麗且神秘的少女，隱藏著迷一般不可思議的秘密，
自然無邪的碧綠色眼眸耀眼動人，
令多情的怪盜為之瘋狂。
她究竟是純真的天使，或是狡猾的惡魔？

Arsène Lupin
gentleman cambrioleur

1 兩個迷人的女孩

探險家拉烏爾．德萊齊是一個中等身材、體格強健、衣著考究的中年紳士。除了探險外，他還喜歡在天氣不錯的時候在大街上閒逛。這天，他輕鬆地走在街道上，享受著巴黎四月的燦爛陽光。

當他從體育館門口走過時，發現了一件有趣的事。走在他旁邊的一位年輕先生似乎在跟蹤一位女士。出於好奇，他也跟了上去。就這樣，三個人按前、中、後的順序，保持著一定的距離，在街上行走。

那位跟蹤人的先生一副紳士派頭，上了髮蠟的黑髮在陽光下閃著光。拉烏爾急於看清這兩人的面目，於是加快腳步，混在行人中走到了前面。拉烏爾看到了那個男人的正面，他大約三十歲左右，五官端正，神色沉穩莊重，但外表卻透出一絲俗氣。至於那位被跟蹤的女士，則是一位身材高挑的英國女人，有一雙秀美的藍眼睛，一頭漂亮的金髮披散在肩上。路上的行人紛紛向她投來欣賞的目光，但這位女士似乎並不在意，無動於衷地繼續走著。

他們之間有什麼關係呢？那男人會是一個吃醋的丈夫？一個不受歡迎的追求者？或者是那種見漂亮女人就追的小白臉？

拉烏爾正暗自揣度，那英國女人已經不顧車流密集，穿過歌劇院廣場。一輛四輪馬車擋住了她的路，她毫不客氣地拉住馬的韁繩，讓車停下來。這一來，惹惱了馬車夫，兩人因此吵了起來。那女人伸出拳頭，對著馬車夫的鼻子一擊，頓時，馬車夫的臉上鮮血直流。更令人稱奇的是，她居然理也不理趕過來的警察，轉身離去了。接著，她又在奧貝街阻止了兩個男孩的打鬥。隨後，她走進了奧斯曼大馬路上的一家糕餅屋。

那位跟蹤的先生似乎並不準備進去，只是在門口觀望。拉烏爾則跟著走了進去，找了一個不太引人注意的位置坐下。英國女人要了一些糕點，旁若無人的吃起來。拉烏爾打量了一下這裡的食客，另一位女人讓他頗感好奇。這是一個同樣有著一頭金髮的女子，衣著很一般，但卻更有巴黎女人的那種味道。那雙碧綠的眼睛彷彿深不見底的潭水，臉上掛著一種幸福而喜悅的微笑。在她的身邊坐著三個衣衫襤褸的孩子，正在狼吞虎嚥地吃著面前的糕點。

拉烏爾馬上被這位碧眼美人征服了，他在心裡感歎道：「這簡直是上帝創造的尤物，但是這種人的生活往往是大喜大悲的。」拉烏爾突然生出一種願望，一種讓面前這個美人快樂、保護她不受傷害的強烈願望。拉烏爾又轉頭望了望原本一直關注著的英國女人，是的，這也是個美人，端莊俏麗。但是那碧眼美女似乎更能激起拉烏爾心中的那抹愛憐。他是那麼地渴望了解她，渴望走進她的生命。

就在這時，碧眼姑娘起身結賬了，然後領著三個孩子向外走。拉烏爾有些猶豫，那個藍眼的英國女郎還在吃東西，他是跟著出去，還是留下來呢？拉烏爾的思考只是一瞬間的，他很快站了起來，把錢扔到櫃檯上，跟著碧眼美女走了出去。

剛到門口，拉烏爾就看到了讓他始料未及的一幕。只見碧眼姑娘正和剛才跟蹤英國女人的那個傢伙爭論著什麼，言辭激烈，神情激動。碧眼姑娘想走，但那男人不讓她走。

拉烏爾正想上去幫忙，一輛汽車卻停在了糕餅屋的門口。一位老先生從汽車上下來，他手執一根手杖，見到兩個爭吵的人，便揮舞著手杖走過來，將那個男人的帽子打掉了，並惱怒地大叫道：「你這個混蛋，我警告你不准再騷擾她！我是她的父親，我有這個權利。」

那男子先是大吃了一驚，等他看清來人的面目後，不顧圍觀的人群，一邊往前衝，一邊吼叫：「你瘋了，居然敢打我！」

碧眼姑娘見此情形，有些著急，她拉住老先生，使勁把他往汽車那邊推。但那年輕男子卻衝過來了，他奪下了老先生的手杖。就在這時，在他們兩人中間，冒出一個人來，正是拉烏爾。他故意神經質地眨著眼睛，嘴上叼著一支香菸，沙啞著聲音問：「可以借個火嗎？」

「借什麼火？給我滾一邊去！」那男人有些氣急敗壞。

「怎麼，借火都不願意嗎？真是太小氣了。」拉烏爾繼續糾纏。

周圍的人都笑了起來，男人勃然大怒，他想推開這個不識趣的人，但這時他才發現自己的手臂被對方死死地攥住了，以致只能遠遠地看著那姑娘與老先生登上汽車揚長而去。

「你這個該死的傢伙！」那男人氣咻咻地說。

「你可真不懂禮貌，」拉烏爾鬆開了手，搖了搖頭，「借個火而已嘛……」說著，他自顧自地走開了。

想到自己如此費力地令那陌生的碧眼美人脫身，竟然連她的名字、地址也沒有得到，拉烏爾不免有些沮喪。於是，他決定回過頭找那位英國女郎。恰好，那女郎大概也是剛看完這場鬧劇，正準備離去。

拉烏爾跟了上去，很快就發現，那個頭上抹著髮油的男人也轉而跟著英國女郎了，三個人又先先後後地走在街上。英國女郎一直走到瑪德萊教堂廣場，又穿過大街，來到了協和大旅館。那男人在旅館門口買了一包菸，跟著進了旅館。拉烏爾看到他正和門房說著什麼，大約過了三分鐘，他離開了。拉烏爾正想進去和門房聊聊，卻看見英國女郎走出前廳，上了一輛汽車，有僕人將一個小提箱送到了車上。

「看來她似乎要去旅行。」拉烏爾想，然後招手叫住一輛計程車，吩咐司機跟著前面的車。

晚上八點，拉烏爾跟著英國女郎來到了巴黎里昂線的火車站。大約九點半時，女郎在餐廳吃過飯後，來到柵門前，找到庫克運輸公司的一個職員，拿了自己的火車票和行李托運單，然後上了九點四十六分的火車。

「告訴我那位女士的姓名，你可以得到五十法郎。」拉烏爾對運輸公司的職員說。

「你是問貝克菲爾德女士嗎？她要到蒙特卡羅去，上了五號車箱。」

拉烏爾思索了一會兒，然後也去買了一張到蒙特卡羅的車票。他認為，透過這個藍眼睛的女郎可以找到那男人，自然也可以找到碧眼美人。

拉烏爾進了五號車箱，一眼就看到了那個英國女郎，她的膝蓋上放著一大盒巧克力，自顧自地吃著。

拉烏爾在她對面坐了下來，開始翻看在月臺上買的報紙。女郎下意識地瞄了拉烏爾一眼，她覺得這個不帶任何行李的旅客有些怪怪的，但她沒有說話，繼續對付著那盒巧克力。

拉烏爾以報紙作遮掩，端詳著那女郎，心中暗想：「這報紙簡直沒有什麼可看的，幸好能和一位美麗的女士同行，不然……」他準備與女郎搭訕，於是清了清嗓子，努力使自己的口氣顯得更莊重些：「我知道我很冒昧，但我還是想告訴您一件事，您准許我和您說幾句話嗎？」

女郎冷冷地看了他一眼，沒有回答。

「這件事關係到您的安全，夫人……」

「是小姐。」那女郎終於開口了，但很不客氣。

「對不起，小姐。是這樣的，今天在大街上，我偶然地發現有一位可疑的男人一直在跟蹤你，我怕……」

「您知道您的行為很失禮嗎？這可不像一個法國男人會做的事。您說的那人我認識，他叫馬萊斯卡爾。我是不久前經人介紹認識他的，雖然他成天跟著我，但卻沒有對我做出任何無禮的事。他可不敢像您這樣闖進我的包廂，更不敢坐在我的對面花言巧語。」

這一席話讓拉烏爾受傷了，他的臉色陰沉下來，有些不高興地說：「您的意思是我……那我只好保持沉默了。」

「是嗎？如果我是您，」女郎看了他一眼，接著說，「我會在下一站下車。」

「這可不行，我要去蒙特卡羅，我要到那裡辦自己的事，何況我還想……」

「還想透過我和跟蹤我的那個人找到剛才那位迷人的碧眼姑娘，是嗎？您是知道我要到蒙特卡羅，才決定要去的，不是嗎？」女郎把拉烏爾的話補充完了。

拉烏爾驚異地看著那女郎說：「這麼看來，我的一舉一動您都瞭若指掌，真讓我受寵若驚。我想我的名字您可能還不知道吧！」

「您錯了，拉烏爾・德萊齊先生，我還知道您是個探險家，剛從國外回來。」

「越來越神了，您是怎麼知道的？」

「很簡單，當您在開車前兩分鐘趕上車，又沒帶任何行李，就引起我的注意了。您剛才將一張名片夾在那本小冊子裡，我看到了，同時想起了最近報紙上的一篇專訪。不過，我想，『拉烏爾』也許並不是您的真名。」

「您說什麼？」拉烏爾有些坐不住了，在他的生涯中還沒有碰到過如此聰明的女人。

「是的，拉烏爾不是您的真名，不然的話，您的帽子裡面就不會有H和V兩個縮寫字母了。」

「那您認為這兩個字母是什麼意思？」

「這讓我想起好幾個姓名以H和V開頭的著名人物，」女郎故弄玄虛，稍停了一會兒才說，「應該是奧拉斯・韋爾蒙。」

「他是誰？」

「是亞森・羅蘋的化名之一。」女郎緩緩地吐出幾個字。

「實在妙極了，小姐！」拉烏爾哈哈大笑起來，「如果我真是亞森・羅蘋的話，您想我還會在這裡接受您的嘲弄嗎？儘管如此，我今天還是很開心，因為能和您這樣一位漂亮且聰明的小姐談話，實在是我的榮幸，貝克菲爾德小姐。瞧，我也知道您的名字。」他得意地揚了揚眉。

「那當然，是運輸公司的職員……」

「這……唉，我認輸了，不過，一有機會，我會報復的，您得小心些。我不得不承認，您是一個聰明、美麗，而且有幾分神秘的小姐。」

「您過獎了，我一點都不神秘。我叫康斯坦絲．貝克菲爾德，我現在是去蒙特卡羅找我父親貝克菲爾德勳爵。我喜歡體育運動，此外還在報社有一份記者的職業。正是這個職業，讓我可以掌握所有名人的第一手資料，從政治家、將軍、明星到著名的大盜。」

聽到「大盜」這個詞，拉烏爾愣了愣。貝克菲爾德小姐沒有留意，她說了一句「就這些了，我想睡了，晚安，先生」，然後拉起披肩蓋住頭，徑自在長椅上躺了下去。

此時的拉烏爾有些狼狽，一聲不吭地縮在角落裡，腦中想著貝克菲爾德說過的那些話。這可真是一個獨特的女人，她居然將他看得如此清楚，包括那兩個字母。想到這兒，拉烏爾站起身，抓起帽子，扯掉了繡有字母的絲綢夾裹，然後在另一張長椅上躺下。他的思緒快速地運轉著，心中充滿了挑戰的熱情。漸漸地倦意襲來，是的，他應該好好睡上一覺。明天……明天，他一定會征服眼前這個迷人的她。

拉烏爾就這樣沉沉地進入了夢鄉，在那個世界裡，亮著的盡是些藍眼睛、綠眼睛。這次不在計劃之中的旅行讓拉烏爾甚感愜意，以致他忘了像往常一樣留一部份頭腦在外面站崗放哨。

連接四號車廂的通道門也就是在這個時候被打開的，三個蒙面人向五號車廂躡手躡腳地走來。他們留下了一個人，拿著把手槍守在通道口。另外兩個則手握包鉛的短棍，準備襲擊處於睡意中的旅客。他們的聲音雖然很輕，但仍然驚動了拉烏爾，可惜的是，當他剛一睜眼，頭上就挨了一棍，失去了反抗的能力。恍惚中，他只感覺有人蒙住了他的眼睛，揪著他的衣領將他推到了角落裡，接著那兩個人撲向了貝克菲爾德小姐。拉烏爾的神志越來越模糊，他感覺自己猶如一個溺水的人，整個懸在空中。這在他的冒險史上無疑是一個可悲又沉痛的教訓，那兩個傢伙不僅將他綑了起來，還搜走了他衣袋裡的所有鈔票。隱約中，他依稀聽到那兩人在低語。

「想不到還有意外收穫，另外那個綑起來了吧？」

「是的，但她是個娘們兒，還挺厲害。」

「女的？這……算了，得讓她先住口。」

長椅那邊原來還不斷傳出的叫喊聲慢慢變弱了，漸漸轉成了呻吟，想來是那兩個傢伙又採取了什麼新的措施。這一切都發生在拉烏爾的身旁，但他卻一點辦法也沒有。這時，從過道裡傳來放哨人的聲音：「別做傻事，放了她！你們不會把她殺了吧？快點，查票員就要過來了，我們走吧。」

三個強盜向車廂的另一頭退去，拉烏爾有一點清醒了，他動了動。三人中的一個立即俯下身來，恐嚇道：「聰明的話，老實待在這裡，否則你就會沒命！」

三個傢伙離開了，拉烏爾使了不少勁，試圖掙脫束縛。在他的身邊，貝克菲爾德小姐的聲音越來越弱。拉烏爾心裡很著急，使出全身的力氣想掙脫那根繩索。但那繩結實在太牢，一時難以弄開。幸好那塊蒙眼睛的布繫得不緊，經過這麼一折騰，掉了下來。拉烏爾看到了貝克菲爾德，她跪在那兒，很痛苦地看著他。

突然，車廂的那一頭傳來一聲槍響，同時，一個強盜提著一個箱子慌慌張張地跑了過去。拉烏爾艱難地活動著下巴，透過塞住嘴的東西模糊地說：「你……你再堅持……堅持……我這……這就來……救……救……」

貝克菲爾德垂著頭，很顯然，那幾個強盜在拉她脖子時，用勁過猛，把她的頸骨折斷了。她的臉色發黑，呼吸粗重，用英語斷斷續續地說：「我……我不行了……先生……先生……」

「不，你再……再堅持……你不會死的，試著站起來，那邊有警鈴，你去按響它。」

可是，貝克菲爾德沒有一點力氣，拉烏爾又怎麼都弄不開那繩子，只能眼睜睜地看著令人心痛的事件不斷發生。

又一個蒙面人拿著皮包，舉著手槍跑過去，後面跟著第三個人。火車開始減速，似乎進入了一段正在修復的路，這也正是強盜們逃跑的最好機會。可是，他們的去路被一個穿著制服的列車職員攔住。接下來，一場打鬥開始了。那個職員顯然不是那些強盜的對手，很快就毫無招架之力。個子稍小的那個強盜站了起來，他的面罩不小心滑落下來，頭上的那頂大帽子也掉了下來。目睹這一幕的拉烏爾如墜冰窖，小個子那滿頭的金髮和那張蒼白但卻迷人的面孔，讓他大吃一驚，這不是下午碰到的那個碧眼美女嗎？

不等拉烏爾有所動作，那兩個人已經逃走了。列車職員爬起來，坐到椅子上，拉響了警鈴。

貝克菲爾德已經不行了，她以微弱的聲音對拉烏爾說：「請你……請你把……把我的包包……看在上帝的份上，拿走……拿走裡面的文件……別讓……別讓我父親知道……」

話沒說完，她的頭一偏，死了。

2 聰明的馬萊斯卡爾

對於拉烏爾來說，貝克菲爾德小姐的死、三個強盜的野蠻攻擊、其他旅客的可能遇害、自己的慘敗，和最後看到的那一幕相比，簡直無足輕重。他怎麼也沒想到，自己為之鍾情的美麗女子竟然是強盜，竟然是殺人兇手，這讓他痛徹心扉。他無法分析這一切是如何發生的，這在他——亞森．羅蘋——的生涯中簡直是無法想像的。

火車在一個小站停了下來，站上的一群職員跑上了車，拉烏爾身上的繩子終於被解開了。人們在列車上找到了三具屍體，除了貝克菲爾德以外，另外的一節車廂裡還有兩位旅客當場斃命，他們的所有行李全都不翼而飛！

更多的人湧進車廂，現場一片混亂。這時，一個沉著而有力的聲音傳過來：「請大家不要亂碰現場的東西，最好請不相關的人都離開這裡。火車馬上就要開走了，是吧，站長先生？而這節車廂將會被拆下來。」

在一片混亂中，這聲音顯得很有威信，車廂裡的人們果然安靜下來。拉烏爾循聲望去，又是一件意想不到的事，說話的竟然是下午跟蹤貝克菲爾德的那個油頭粉面的傢伙——貝克菲爾德叫他馬萊斯卡爾。他擋在車廂門口，不讓人再往裡走。

「站長先生，我想你應該趕快報警，這是一樁謀殺案，你有責任處理這件事。請你把你的職員帶出去，順便請一位醫生來……已經有人沿著鐵路線在搜索了，很快就會得到報告的。」

拉烏爾感到越來越奇怪了，他冷靜地思索著整個事件。馬萊斯卡爾跟蹤了貝克菲爾德一下午，列車慘劇發生時，這傢伙肯定在車上，他會是那三個蒙面人中的一個嗎？

想到這裡，拉烏爾站起身想回到自己座位上去，但卻被攔住了。

「對不起先生，你不能進去，這個犯罪現場已經由司法當局看管，沒有允許，是不可以進去的。」

看著馬萊斯卡爾一本正經的樣子，拉烏爾確信對方沒有認出自己，於是問道：「我只是回到自己座位上去，怎麼，不可以嗎？」

不等馬萊斯卡爾回答，那個與強盜搏鬥的職員搶著說：「是啊，他也是受害者，他被那些強盜綑了起來，身上的錢也被搶走了。」

「喔？但命令是不能違抗的。」馬萊斯卡爾仍然是那副盛氣凌人的模樣。

「命令？你憑什麼？」拉烏爾有心弄清他的身份。

馬萊斯卡爾摸出一張名片，很得意地說：「羅多爾夫．馬萊斯卡爾，內政部國際情報局特派員。」

拉烏爾啞然失笑，在貝克菲爾德嘴裡聽到這個名字時，他並沒有在意，而現在他隱約想起，這位特派員先生的確處理過一些出名的案件，是年輕一代中的佼佼者。在這個時候跟他作對，顯然是不智的。於是，他用有些近於諂媚的聲音對馬萊斯卡爾說：「喔，先生，我聽說過你的大名，雖然我並不常待在巴黎，但你破過的大案件我可知道不少。比如洛娜妮公主的那件離奇的耳環案……」

馬萊斯卡爾聽了這話，有些飄飄然，但嘴裡還是謙虛地說了一句：「你過獎了，我想這次的案子我會辦得更好的，我將在警察和預審法官到來之前，先作一些調查，等他們……」

「等他們來了就只剩下作結論了。」拉烏爾補充說，「你可真有一套，我經歷了整件事，如果留在這兒對你有幫助的話，我可以明天再走。」

馬萊斯卡爾有幾分感激地說：「你是唯一的目擊者，我的確需要你的幫助。能麻煩你現在到車站去找點東西來遮蓋死者嗎？」

拉烏爾明白了馬萊斯卡爾的意圖，這傢伙無非是想支開他，以便對車廂進行搜查。他下了車，繞了幾步，從列車通道的窗子又爬進了車廂。

果然，馬萊斯卡爾已經動手掀起了貝克菲爾德的身體，拉開她的風衣，從她的腰上解下一個紅色小包，又從包裡拿出一些文件。他一直背對著拉烏爾看那些文件，沒辦法，拉烏爾只好重新爬出車廂，去完成特派員先生下達的任務。

很快，拉烏爾找來了一些被單，他把這些東西拖上車廂。馬萊斯卡爾很興奮地告訴他，有兩個強盜已經被包圍在前面的樹林裡，其中有個傢伙的腳瘸了，在沿途還找到一隻女式皮鞋的鞋跟。拉烏爾幫著馬萊斯卡爾將貝克菲爾德的屍體放平，看著這個美麗的女子，拉烏爾的心裡有幾分難過，他暗暗地說：「我一定為你報仇！」

此念一起，拉烏爾想起了那雙碧綠的眼睛，又對這個讓他恨得咬牙的女人發了一次復仇的誓言！接著，他慢慢把被單蓋在了貝克菲爾德的臉上。

「她真不幸，你知道她的名字嗎？」拉烏爾問。

「這……我怎麼會認識。」馬萊斯卡爾又在撒謊。

「那這個包怎麼辦呢？」拉烏爾有意問道。

「我先收著，等檢察官來了後，讓他們處理吧，只有他們才有權處理。」說著，馬萊斯卡爾將那小包背在自己肩上。

「真奇怪，那些強盜搶了你的東西，但卻沒有動她的東西。好了，講講你看到和聽到的吧。」

拉烏爾講述了整起事情的經過，剛開始他盡可能地說得很詳細，他也想早一點知道真相。但漸漸的，他的敘述有些走樣了，不知是有意還是無意，他漏掉了三個強盜中有一個女人的重要細節。

在另一節車廂裡的兩個死者是男性，似乎是對孿生兄弟。馬萊斯卡爾很老練地審視了一下，又搜了搜他們的衣袋，然後用被單遮住屍體。

拉烏爾已經看出眼前這位先生是個虛榮心極強的人，他打定主意要在這個傢伙身上找到更多有價值的資訊，這無疑是一條捷徑。「喔，先生，我被這些事弄得頭暈腦脹，我覺得你已經在真相的道路上邁出了一大步，能不能對我透露一點？」

馬萊斯卡爾立即中計了，他把拉烏爾拉到了另一個包廂。拉烏爾裝出一副受寵若驚的樣子，特派員簡直得意忘形得過了頭，他滔滔不絕地講了起來：「我首先要肯定的一點是，那個英國女郎是一場誤會的犧牲品。我仔細分析了你所說的情況，你說那些傢伙開始時就襲擊你和那位可憐的女人，並企圖把她綁起來，可是當他們發現她是個女人時，表現得有些驚異，接著就跑到另一節車廂去了。他們為什麼要跑？原因只有一個，你們不是他們要找的人，那兩個男人才是他們的目標，這也正是為什麼你只被搶走了一些錢，那女郎的東西什麼也沒被拿走，而那兩個男人的行李全都不翼而飛的原因。」

拉烏爾有些驚異地看著他，下意識地點了點頭。這小子的分析能力還真不錯，他的推理和拉烏爾的一些想法不謀而合。

馬萊斯卡爾繼續眉飛色舞地說：「第二，我剛才在椅子後面找到一樣東西，喏——」他遞過來一個精緻的銀盒子。

「是鼻煙盒？」拉烏爾問。

「是，不過這是個女人用的，有股脂粉味，聞到了嗎？」

拉烏爾聞了一下，果然有股香水和脂粉的味道。

「這一點說明了這夥人中可能有女人。」

「女人？」拉烏爾吃了一驚，他想不到馬萊斯卡爾這麼快就查出了一點眉目，不過他很快鎮定下來，說道：「光憑這樣一個盒子就推斷那夥人當中有女人，實在太過武斷。或許，這盒子是那位可憐的小姐的？」

「別忘了我曾提到的那隻女式皮鞋的鞋跟。」

拉烏爾對馬萊斯卡爾的辯識能力既賞識又惱火。

「算你行！但要付諸行動應該是我的事。」拉烏爾在心裡暗想，不過仍然在臉上堆滿了笑地說：「你真厲害！想來，你今晚要徹夜工作了。我可撐不住了，如果能睡上一會兒……」

「沒問題，就在這車廂裡吧，我辦完事後也會過來休息一會兒。」

馬萊斯卡爾離開了，拉烏爾關上門，拉上窗簾，他的心裡很亂，不知道該做些什麼，該採取一些什麼樣的行動，他真的需要好好醞釀醞釀。從車站那邊傳來說話聲，而且越來越大，拉烏爾很快辯認出是馬萊斯卡爾和另外一個人交談的聲音：「是隊長嗎？人抓住了嗎？」

「抓住一個，先生，個子很矮小，他累得跑不動了，我們是在離這一公里的地方抓住他的。」

「他說了什麼嗎？」

「沒有，他面色蒼白，一直在抽泣，像是被嚇住了，拼命說『我會招供的，但只向法官說』，那聲音很細，有點像個女的……我們把他關在車站行李房了，有人嚴密看守。」

「做的好，我馬上過去看看。」

「先別著急，特派員先生，你能帶我去看看現場嗎？」

馬萊斯卡爾和隊長再次回車廂了。

「太好了，」拉烏爾心中一陣暗喜，「我得趕在他們前面去看看。」

拉烏爾從車窗跳了下來，向月臺那邊走去。

這是一個座落在郊外的小車站，因為發生了這起列車慘案，月臺上變得熱鬧起來。人們把所有的照明工具都集中到了這裡，拉烏爾不得不小心翼翼地往前走。行李房的門敞開著，有一個高大的警察在門口來回踱步。借助月臺那邊的燈光，拉烏爾隱約看見半明半暗的行李房裡堆放著一些箱子和各式各樣的包裹，靠裡邊的確坐著一個人。

「運氣不錯，」拉烏爾弓身移近了一些，「不過得抓緊時間，那個馬萊斯卡爾可不是盞省油的燈。」想到這裡，拉烏爾觀察了一下地勢，斷定行李房背後一定有通道，他決定繞過去。這個時候，所有的工作人員都集中到月臺上去了，夜色已深，不會有人注意這邊。

拉烏爾很快地跑到了後面，這裡果然有入口，雖然上著鎖，卻難不倒拉烏爾，他身上長期帶著四、五樣工具，所以他很輕鬆地就弄開了門。他閃身進去，屋裡那個人坐在那裡，雙肩聳動，還在抽泣，身形和哭聲都顯示出她分明是個女人。也許是正沉浸在恐慌中吧，她沒發現有人進來，而外面擔任守衛工作的人也正在那兒高談闊論，絲毫沒有察覺屋裡的動靜。

拉烏爾躲到行李架後，這一次，那個女人好像感覺到了，她停止了抽泣。

拉烏爾小聲說：「別怕，我是來救你的，是一個朋友。」

「是……是吉約默嗎？」女人壓低聲音問。

拉烏爾猜想，她說的這個什麼吉約默有可能就是逃走的另一個兇手，於是他有些含糊地回答：

「不……不，但我是來救你出去的，跟我走，好嗎？」

一陣沉默。拉烏爾著急了，馬萊斯卡爾有可能馬上就過來了，他必須抓緊時間。

「聽我說，司法當局已經接管這裡，而你殺了人，如果不馬上跟我走，你會坐牢的。不要對法官抱持希望，他不會放過你。瞧，你的衣服上全是血跡，你無法辯解，跟我走吧！」

「可是我的手被綁住了。」她輕聲說。

「沒關係，我來幫你。警察能看到你嗎？不能——太好了！喔，等等，有人過來了……」

月臺上響起了腳步聲，接著馬萊斯卡爾的說話聲也傳了過來。

「上帝，難道是他？我沒聽錯吧？」她結結巴巴地呢喃著，臉色慘白。

「是的，是他——你的敵人，對嗎？記得下午在街上你曾和他發生過爭吵。對了，當時有一個人出現在你們中間，就是我。所以請相信我是來幫你的，不要害怕。」

「可是……可是他已經來了，我……我該怎麼辦？」

「我也沒想到他這麼快就來了，這樣吧，你最好假裝暈過去，把頭埋在手臂裡……無論如何也不要出聲，不要動。馬萊斯卡爾會有所顧慮的，到時就……」拉烏爾的話未說完，腳步聲已經靠近了，他只好著急地說：「快，他來了，我得躲起來，記著，別動。」說完，他重新躲到行李架後面去。

一道手電筒的亮光打了進來，馬萊斯卡爾走進來，他直奔目標。

「好像睡著了……喂，起來，我們該聊聊了。」馬萊斯卡爾俯下身來，揭下她的帽子，拉開她的手臂。「沒錯，真是個女的，」馬萊斯卡爾輕歎了一聲，「還是個金髮女郎。來吧，讓我看看，看看你的小臉蛋。」

他扳起她的臉，呆住了。

「不……不可能，怎麼會是她呢？」馬萊斯卡爾喃喃自語，他警惕地看了看門口，然後走近了一點再一次湊上去審視。「真的是她！上帝，這又是怎麼一回事？難道她竟殺了人……」

她一動不動地蜷縮在那兒，一聲不吭。

「越來越有趣了，好吧，我得改變一下計劃，先把外面的人支開，對吧，寶貝！我會馬上回來的，回來之後我們再仔細談談。」馬萊斯卡爾帶著一絲曖昧地自言自語，重新為她戴上帽子，把她金色的捲髮塞進去，搜查了她的身上。然後，他走了出去。

拉烏爾急忙開始行動，他從包裹堆裡找出幾個袋子，其中一個袋子與她衣著的顏色相仿。「來，把你的頭先往這邊移，腳也過來……好了，我們這就離開。」

她的動作有些遲緩，大約過了三、四分鐘才移過來。拉烏爾已經把那堆袋子放到她原來待的地方。從外面看進來，仍像有一個灰色的身影蜷在那兒。

「我們走。」拉烏爾攬著她的腰，很順利地穿過後門，走上月臺背後的小山坡。

「我的腳扭傷了，」她呻吟了一聲，「我走不動了……」

拉烏爾毫不費力地把她抱了起來，佳人滿懷，不禁令他有些心動。他抓住了這個殺害貝克菲爾德的兇手，理智提醒他對她施以懲罰，但情感卻讓他捨不得這樣做。

走了大約兩百多公尺，拉烏爾停了下來，從公路那邊傳來了什麼聲音，他仔細聆聽。

「好像是馬車的聲音，太好了，」拉烏爾高興地說，「一輛馬車正向這邊駛來，聽我說，待會兒我把你放在樹林後，再去搶那輛車，然後我們可以坐馬車到下一個車站搭乘火車逃走。」

她似乎沒有聽見，她的臉透著異樣的紅色，彷彿在發燒，斷斷續續地說：「我沒有殺人……我沒有殺人……」

聽到這話，拉烏爾突然想起了死在他面前的貝克菲爾德，於是他輕吼了一聲：「別再說了！」

一時間，兩個人都不再說話了。周圍一片寂靜，那由遠漸近的馬蹄聲就顯得格外清晰。拉烏爾的腦海裡交替出現著兩個身影，他想起了下午初遇她們時的情形，那時，她們還都是快快樂樂的美麗女郎，但轉眼間……「我應該恨她的，她殺了貝克菲爾德，是，我說過一定會為死去的她報仇的，我……」

拉烏爾在心裡反覆想著，但嘴裡湧出的卻是無限關心、無限體貼的話語：「人生就是這樣，不幸往往不請自來，本來是平平安安地生活著，突然就出了事……不過，你千萬別擔心，一切事情總會得到解決的。我願意幫你，請相信我。」

她漸漸平靜下來了，公路邊已經出現了馬車的燈光，拉烏爾心想：「我們不得不分開一會兒，這種緊相貼的時刻還會有嗎？」

想到這裡，他看了看靠在他身邊的女郎。她正閉著雙眼，吐氣如蘭。拉烏爾的心中升起一陣衝動，他猛地低下頭，親吻她的雙唇。她虛弱地抵抗了一下，輕輕歎息了一聲。拉烏爾感覺到她接受了這愛的表示，但幾秒鐘後，她彷彿突然清醒一般，身子挺了挺，用力推開了拉烏爾，氣惱地說：「你……你很……很卑鄙，讓我走！真是太可惡，太可恥了。」接著，她站了起來，掙扎著跑進了黑暗之中。

拉烏爾愣了半天，才起身去找她，但濃密的灌木叢早已遮住了她的身影，不可能再找到她了。拉烏爾的自尊心受到了嚴厲的打擊，復仇的火焰又升了起來。就在這時，從公路那邊傳來叫喊聲。

「是馬車……」他忿忿地想，「一定是那個壞女人依我的計劃去搶了馬車。」

拉烏爾趕緊跑到大路上，果然看見了一輛馬車，正在就地轉彎，然後朝來的方向疾馳而去。而路邊有一個黑影在揮動著手臂。拉烏爾走過去問道：「你是從羅米約來的醫生嗎？我是車站派來接你的人，發生什麼事了？」

「是的，我是。真倒楣，剛才有個人攔住我的馬車問路，我停下來，沒想到他襲擊我，將我抓下車，綁住我，還把我扔到了荊棘叢裡。然後駕著我的馬車跑掉了。」

「是一個人嗎？」

「開始只有一個，但剛才又來了一個。」

「男的還是女的？」

「看不清楚，他們只交談了一、兩句。」

拉烏爾把那人拉了起來，又問道：「這兩個蠢傢伙怎麼沒有堵上你的嘴？」

「堵了，用我的圍巾堵的，幸好不太緊。」

「喔……」拉烏爾想了一下，然後拿起圍巾說，「有一個堵嘴的辦法，很多人都不會，讓我試給你看看。」說著，他把圍巾重新堵在醫生的嘴裡。接著用吉約默（他已經認定搶馬車的人無疑就是碧眼姑娘嘴裡說的那個吉約默）用過的繩子把醫生又綑了一次。

「實在是抱歉，這荊棘叢中可不好過夜，我給你換個地方。」拉烏爾一邊說，一邊拉著醫生來到一塊地勢平整的地方，「嗯，這兒不錯，你就在這裡湊和一夜吧，明天一早自然會有人來救你的。再見！」說完徑自走了。

一路上，拉烏爾在心裡不斷詛咒自己，他原本應該掐著那女人的脖子，送她到天國的，但他卻著了迷似的去吻她。這一夜，拉烏爾的行動總是與想法相違。在他的計劃中，他應是立即回到車站，騎警察的馬去追趕那兩個逃走的人。但當他看到騎警隊的那些馬時，不由自主地用刀將所有馬匹的馬鞍帶和馬籠頭上的皮帶都割斷。這樣，即使他們發現抓住的人失蹤了，也沒有辦法去追。

「我不知道自己在幹什麼，」拉烏爾自嘲地想，「或者，是我對那個蛇蠍心腸的小妞恨之入骨了吧，我要親手抓住她，我要實現我的諾言。可是，剛才我又在拼了全力地救她，這……」

拉烏爾不禁又想起她迷人的碧眼和溫軟的雙唇，是啊，他抱過她，吻過她，對於這樣的女人，他又怎麼能夠將她交出去。一時間，拉烏爾似乎明白了，從此以後，沒有什麼東西可以阻止他不顧一切地保護她。因此，現在他必須回到車站去，去找馬萊斯卡爾，以了解更多的情況。

3 伯爵的別墅冒險

拉烏爾重新回到列車包廂的時候，馬萊斯卡爾還沒有回來。大約兩個鐘頭後，筋疲力盡的特派員先生終於回來了。他垂頭喪氣地在拉烏爾對面的那張長椅上躺下，拉烏爾裝作被驚醒的樣子，跳了起來，把燈打開。只見馬萊斯卡爾的臉色很不好看，頭髮也很凌亂，拉烏爾驚呼了一聲：「天啊，出什麼事了嗎？」

「你一點都沒聽到？她跑了。」馬萊斯卡爾沮喪地說。

「誰跑了？」

「殺人兇手！我們本來抓住她了，果真是個女的。可是那些笨蛋看守居然……居然……」

「真遺憾，沒有其他線索了嗎？」

「沒有。不過我們發現了一些陌生的腳印，在車站旁的那攤爛泥和那隻掉了的鞋跟旁邊，都出現這些腳印。」

聽到這裡，拉烏爾趕緊將自己那雙沾滿污泥的皮靴往椅子底下挪了挪。然後又問道：「這麼說又出現了其他的人？」

「是的，這個人和那個女兇手一起搶了醫生的馬車逃走。我們去追了，但警隊那些馬被人做了手腳，全都沒有了馬鞍和籠頭，我從馬上摔了下來。」

拉烏爾拼命忍住才沒有笑出聲來，他故作感歎地說：「你這次可真是遇上厲害的對手了！」

「是的，而且據我所知，這種手法是怪盜亞森．羅蘋常用的。」

拉烏爾心中一驚，看來這個傢伙還真不可小覷。

「簡直太令人失望了，」或許是因為受到了挫折吧，此時的馬萊斯卡爾特別希望能和人說說自己的心事，他自顧自地說著，「本來這次的事可以狠狠地打擊一下我的對手，而且列車上那位死去的女士也可以讓我獲得更大的勝利。」

「嗯，還有什麼新的情況嗎？」

「這……」馬萊斯卡爾遲疑了一下，但他太需要向人傾訴，因而也就一反常態地把心裡話全說了出來。「是的，關於那個死去的英國女郎。」

「這麼說，你認識那她？我能有幸知道這其中的原委嗎？」拉烏爾還是一副非常崇敬的樣子，非常滿足馬萊斯卡爾的虛榮心。

「當然可以。」馬萊斯卡爾累慘了，忘記平日的小心謹慎，開始多話起來。他坐了起來，對拉烏爾說道：「你知道她是誰嗎？她是英國貴族院議員、億萬富翁貝克菲爾德的女兒。她還有一個駭人聽聞的身份，她是一個國際大盜、一個狡猾的竊賊！我已經跟蹤了她近半年，還跟她交談過。不過她很謹慎，我一直沒有找到確切的證據。現在好了，我終於抓住機會。昨天，我在她下榻的旅館裡安插的情報員告訴我，貝克菲爾德小姐收到一張地處尼斯的一座別墅的平面圖，我想，那一定是她準備作案的地點。因為她在厚厚的附件中稱它為B別墅，並帶著這些東西登上這列火車，所以我也跟著上了車。我原本還在想如何才能得到那些文件，但現在真是得來全不費功夫，全在這兒了。」

說著，馬萊斯卡爾得意地拍了拍那個掛在腰間的紅色小包。「我簡單地看了一下那些文件，貝克菲爾德小姐在那張圖上標了一個日期：『四月二十八日』，這進一步證實了我的推斷。四月二十八日，就是後天，星期三。」

拉烏爾一聲不吭地聽著，他再次受到打擊。跟蹤了半天，相處了一晚的美麗女子，竟然是個賊！他絲毫不懷疑馬萊斯卡爾的推斷，他也進一步明白了貝克菲爾德小姐的眼光為什麼那樣準確。她本身就是一個大盜，當然能透過拉烏爾看到亞森．羅蘋的影子。再來，她臨死前說的那些話，要求能保護她的名聲，不讓她的父親知道，不就是很明顯的證據嗎？

「有什麼想法嗎？」馬萊斯卡爾結束了他的長篇大論，突然問道。

「不……沒有，我想，這無疑是貝克菲爾德勳爵家族的恥辱吧。真可惜，她是那麼的年輕、漂亮。」

「是啊，但儘管這樣，我也必須恪盡職守，將她的事向上面報告。」

馬萊斯卡爾一副莊嚴的神態，但拉烏爾卻看出，他似乎把所謂的職責和許多別的東西，比如說野心和怨恨混在一起了。

「今天實在太累了，我得睡上一會兒。」馬萊斯卡爾說著便躺下，不一會兒又取出一個小記事本，在那上面草草地寫了點什麼，然後又閉目思考。很快地，小本子從他的手中滑落，他睡著了。

拉烏爾靜靜地打量著熟睡中的馬萊斯卡爾，他對眼前這個人的印象越來越深。這是一個工於心計，很會玩弄權勢的人，他的虛榮心相當強。在拉烏爾的記憶中，這位特派員先生還是一個好色之徒，憑著一副小白臉的模樣，對女人很有方法。他的仕途之所以一帆風順，和那些與他來往過的女人不無關係。據傳，他是內政部部長家的常客，和部長夫人的關係不同凡響。

想到這裡，拉烏爾撿起地上的記事本，思索了一下，掏出筆在上面寫道：

對羅多爾夫・馬萊斯卡爾的印象

一個很出色的司法人員，頭腦清晰，邏輯推理能力強，但太急於表現自己，並且缺乏必要的警惕性。對於一個自己不熟識的人，竟不問姓名，不查來歷，甚至沒想到看看對方的靴子，就毫無保留地將事關重大的案情向對方一一陳述。

很沒有教養，喜歡當街追女孩，而且不管人家願不願意就強迫人家說話。更讓人不能忍受的是，當那女孩換了一身裝束，並被警察看守時，他進了囚室，卻一心想著去看漂亮女人，而忘記檢查囚室中亂七八糟的雜物中是否有人，甚至忘記檢查門鎖是否完好。

所以，當有人利用這些錯誤和疏忽，拿走貝克菲爾德小姐的包包，並竭力保護可憐的貝克菲爾德小姐的名聲和那位碧眼姑娘的安全時，請千萬不要惱火。

寫完這些後，拉烏爾還覺得不過癮，他想起下午在大街上向馬萊斯卡爾借火的有趣情形，便在署名的位置上畫了一個戴著眼鏡、叼著捲菸的男人頭像，在下面寫道：「有火嗎？羅多爾夫？」

馬萊斯卡爾睡得很香，拉烏爾把記事本放在他的胸前，然後從衣袋裡掏出一個裝著氯仿的小瓶子，讓馬萊斯卡爾吸了幾口。接著拿走掛在他腰間的那個小包。站臺上恰好有一列貨車緩緩開過，拉烏爾從車窗翻出去，跳上其中一節裝滿蘋果的車廂，藏在篷布下面。

坐在貨車中，拉烏爾翻看了小包裡的東西。雖然這裡面的資料不多，但證實貝克菲爾德小姐的確是一個盜賊。包裡除了有勳爵寫給女兒的信外，還有一封署名為「吉」的人寫的關於去B伯爵別墅行動的信，信中提到已故的伯爵夫人留下了一筆可觀的證券，藏在別墅閣樓的一個破提琴盒裡。每月第四個星期三，伯爵會帶著僕人外出採購，屆時即可採取行動。另外，在信的下面有一段附註：「我曾對你說過的那個謎，情況還沒有完全弄清，這究竟是一筆巨大的財富，還是什麼科學發現，我正在探索中……」

拉烏爾暫時沒有去理會這奇怪的附註，他被B伯爵別墅之事吸引住了。他決定照著信中說明的詳細位置和那張別墅平面圖去一探究竟。

貨車一路行駛，於第二天夜裡在馬賽停下。拉烏爾趁機下了車，隨即登上了另一列快車。

四月二十八日上午，拉烏爾在尼斯火車站下車。他很順利地從一位老實市民的包裡拿了幾張鈔票，買了一個手提箱和幾件衣服，住進旅館。等他從旅館出來時，已經完全改變了模樣。

B伯爵別墅坐落在公路邊，前面是一片曠野。拉烏爾繞著圍牆走了一圈，除了看到一扇蟲蛀的小木門外，沒有發現什麼特別的情況。他重新回到大路邊，正好看到一輛馬車往尼斯方向駛去，想來是伯爵和僕人外出了。

「太好了，屋裡已經沒有人，該我行動了。貝克菲爾德小姐的那個同伙一定知道了她被害的消息，想必不會再來。那放證券的小提琴盒是我的了。」

拉烏爾轉身朝小木門走去，在門口，他好像突然想起了什麼，於是走到了旁邊的圍牆，然後很輕鬆地翻過圍牆進了院子。別墅一樓的落地窗敞開著，拉烏爾走進前廳，來到樓梯腳下。按那張平面圖所示，這上面就是那個閣樓。就在拉烏爾踏上臺階之際，門鈴突然響了起來。拉烏爾嚇了一跳，四處看了看，立即發現那鈴聲不是由他引起的，而是因為外面有人才弄響的。

拉烏爾退了下來，藏在左邊一座被樹葉遮住的土丘頂上。果然，有個人影像他剛才一樣翻牆而過，跳進院子，扯掉那根連接門鈴的電線。緊接著，門被推開了，一個戴著寬邊草帽的女人閃身進來。

這一男一女慌慌張張地四下掃視，那男的手裡拿著一張地圖，而那女的……拉烏爾的心揪緊了，這女的居然又是那個碧眼姑娘，只是此刻的她既不是下午那個笑得如陽光般燦爛的女孩，也不是火車上那個嚴厲、冷酷的兇手，她的臉上充滿痛苦和緊張，那頂寬邊草帽遮住了她滿頭的金髮。

拉烏爾專注地盯著碧眼姑娘時，牆頭突然出現了一個男人的頭，不等拉烏爾細看，瞬間就閃了過去。

「怎麼？還有第三個人？」拉烏爾想。

就在他思索時，院子裡的那個男人——拉烏爾推測他就是那個吉約默——已經進屋去了，而她則留在原處。她靠在一棵樹上，手裡把玩著一隻哨子。幾分鐘後，吉約默挾著一個用報紙包著的、形狀很像提琴盒的包裹走了出來。他們正準備離開，但才剛走到離木門不到二十公尺的地方，突然衝出一個男人，揮拳朝吉約默打去，使得他踉蹌後退了幾步，手裡的包裹也掉了下來。那男人拾起地上的東西，挾起碧眼姑娘，衝出門，向樹林那邊跑去。

「那邊一定停著一輛汽車。」拉烏爾邊想邊匆匆爬上圍牆。

果然，一輛敞篷汽車停在那裡。那個男人將她塞進汽車，自己爬上了駕駛座，很快地發動了汽車。拉烏爾來不及多想，從牆上跳下，追上汽車，爬上了後座。汽車在石子路上行駛發出的聲音很大，前面的人絲毫沒有察覺。

不一會兒，汽車駛上了公路，那個男人抓住她的脖子，低聲威脅道：「別出聲，也別動，否則我會像掐死火車上那個人一樣掐死你！」

聽了這句話後，拉烏爾恍然大悟，他把所有的線索都連接在一起了。

貝克菲爾德或許並不是馬萊斯卡爾所說的被誤殺，她和這三個強盜應該是有關係的。這次B伯爵別墅的竊盜活動是吉約默策劃的，他顯然就是那封署名「吉」的信的作者。而且，吉約默應該是兩個犯罪團體的成員。一方面，他和貝克菲爾德一起，準備到別墅行竊；另一方面他又試圖解開他在信末附註中提到的那個謎題。貝克菲爾德死後，他不打算放棄這次行動，因此帶著碧眼姑娘來到這裡。本來已經得手，卻不料半路殺出個程咬金，搶走了戰利品，綁走碧眼姑娘。這第三個人是什麼身份？他綁架她的目的又是什麼？

汽車繼續往前開，拉烏爾不知道它將開往何方，他在思考是否現在就採取行動。也就在這時，碧眼姑娘試圖跳車逃走，拉烏爾也只好準備現身了。

那個劫持者緊緊地抓住了她的手，阻止了她的行動，然後惡狠狠地說：「幹嘛，找死啊！你現在的生死掌握在我手中，別做蠢事！還記得在火車上，你和吉約默殺死那兩兄弟前，我和你說過些什麼嗎？所以……」他的話沒有說完，汽車開始轉彎了，他的注意力集中到了方向盤上。等他再次轉頭時，發現不知什麼時候，在他和她之間冒出一個人來。

「見鬼！你是誰？什麼時候上車的？」男人咆哮著。

「怎麼，不認識了？還記得火車上那個一開始就被你們打倒的人嗎？對了，這位小姐應該更熟悉我，不是嗎？小姐，你不會忘了那個在夜裡抱著你逃走的人吧？」

她沒有吭聲，那個男的卻低吼了一聲：「不管你是誰，馬上從我面前消失，否則……」

「不要這樣嘛，停車，我們談談。」

那人固執地繼續猛踩油門，拉烏爾站起身壓住了方向盤。汽車頓時失控，在路上歪歪斜斜地亂撞。眼見對面的車衝了過來，那人心驚膽顫地煞了車。拉烏爾推了他一下說：「走吧，下車談談！」

兩個人下了車，拉烏爾把手伸給車裡的她，但她拒絕了，自己下了車，站到路邊上。

「看到了吧，這就是我做事的方法，」拉烏爾對那個男人說，「所以，我警告你，如果你再糾纏這位小姐，我就把你交給警方，你策劃的列車謀殺案足以讓你上斷頭臺。」

男人的臉唰的白了，他結結巴巴地說：「不……不是我，我……我沒有……」

「好了，不要再囉嗦了，趁我還沒有改變主意，快滾吧！把汽車留下，我和這位小姐要到尼斯去。

「嗯，還不快點！」

拉烏爾說著，猛地將他一撞，然後手伸到車裡，拿起那個包裹。等他抬眼望向她剛才站立的地方時，不禁低低罵了一句：「他媽的，又讓她跑了。」

是的，公路上早已經沒有了碧眼姑娘的蹤影。拉烏爾回轉頭，看到那個男人還心有未甘地盯著自己手中的包裹，立時怒從心起，把所有的氣都發到他身上。兩人打鬥起來，拉烏爾當然占了上風，那傢伙被揍得毫無招架之力。拉烏爾一心想辦更多的事，無心戀戰，正好有一輛電車開了過來，拉烏爾立刻跳了上去。

回到旅館，拉烏爾餘怒未消，好在他拿到了裝證券的包裹，也算是對他這幾天辛苦奔忙的一種補償吧。拉烏爾打開包裹，取出那把已經破舊的提琴，很快發現有一塊薄木板被巧妙地鋸開過。於是，他把薄木板揭起。可是裡面除了一包舊報紙，什麼也沒有。看來，要嘛是情報失誤，要嘛就是伯爵發現了這個藏證券的地方，早將東西取走了。

「我又白忙了一場，」拉烏爾自嘲地想，「都是那個可惡的女人，她竟然對我那樣冷漠。去她的，下次再見到她，我可不會手軟了！」

4 再次出現的碧眼少女

拉烏爾在蒙特卡羅的一家小旅館整整待了一個星期，他找不到新的線索，也不知從哪個方向入手，只能從近期報紙的報導中，總結出幾點問題：

一、那個綁架碧眼姑娘的傢伙仍然不為警方所知，而那個被稱為「不知名的旅客」的人（也就是自己）則被警方懷疑為整起案件的策劃者。這當然是馬萊斯卡爾的傑作。

二、馬萊斯卡爾已經公佈，在罪犯中有一名美麗的女子，但沒有做其他說明。

三、在火車上被殺害的兩個男人的身份已查明，他們是盧博兄弟，香檳酒推銷員。

四、在車廂中找到了一把槍，警方調查證實買槍者叫吉約默。

五、貝克菲爾德小姐沒有受到任何指控，很顯然，馬萊斯卡爾由於缺乏證據，不敢輕舉妄動。

這些綱要對拉烏爾很有用，起碼他可以由此推測事情的進展和變化情形。

這天，拉烏爾在報紙上又讀到一則報導，說貝克菲爾德勳爵參加完女兒的葬禮後，下榻於蒙特卡洛美爾旅館。於是當晚拉烏爾也在美爾旅館住了下來，他的房間緊挨著勳爵的房間。

兩天後，正當拉烏爾準備遞上自己的名片，到隔壁房間和勳爵先生談一談時，卻看見一個人正在敲勳爵的門。來人原來是馬萊斯卡爾，這在拉烏爾看來是再正常不過的了，他一定是來找勳爵了解情況的。

拉烏爾退回到自己的房裡，將耳朵貼在牆上，試圖聽一聽隔壁的動靜。不料，這家旅館的隔音效果很好，拉烏爾什麼也沒有聽到，但他相信，馬萊斯卡爾還會繼續造訪的。

第二天，趁勳爵外出吃飯，拉烏爾溜進了他的房間。這個套房有一道門與拉烏爾的房間相通，平時是關著的。拉烏爾拉開了那道門的門栓，然後重新回到自己的房間。不出他所料，馬萊斯卡爾又來了。拉烏爾站在門邊，將門輕輕撥開了一道縫，但這一次還是枉然。那扇門上包著厚厚的軟墊，馬萊斯卡爾和勳爵的聲音又很輕，根本聽不清他們在說什麼。

拉烏爾費力地將門上的軟墊拆下來，又過了兩天，他終於聽到勳爵與人通電話時的最後兩句：「好吧，今天下午三點，旅館花園見。你帶上那四封信，我的秘書會把你要的錢交給你。」

「很顯然，這是一次敲詐。」拉烏爾在反復思考後斷定，但這敲詐的人會是誰呢？吉約默嗎？很有可能，他是貝克菲爾德的同夥，只有他才可能掌握一些重要的證據，比如說與貝克菲爾德小姐以前的通信。也許這也正是馬萊斯卡爾來此的原因，一定是勳爵遭到勒索，於是向特派員先生求助。如此看來，聰明的特派員先生一定會設下陷阱，將強盜繩之以法了。可是，如果敲詐者真是吉約默，碧眼姑娘是否也會被牽扯進來呢？

下午，拉烏爾坐在房間的窗前，監視著旅館花園裡的動靜。勳爵吃過午飯就來到花園，大約快到三點的時候，一個男人出現在花園的柵門前，正是吉約默，他很小心地環顧了四周，然後走到勳爵的面前。

勳爵一副高高在上的樣子，態度凜然地說：「我不想與你這樣的人打交道，你要說什麼就和我的秘書說吧，他全權代表我。」說完，勳爵起身走了。輪到秘書出場，不出拉烏爾所料，這位秘書正是馬萊斯卡爾客串的。

吉約默顯然不認識這個特派員先生，真的以為他就是勳爵的秘書，所以很順從地跟著他進入了勳爵的套房。

「信帶來了嗎？」馬萊斯卡爾問道，「這是五十張一千法郎的鈔票，還有一張同等數額的支票可以在倫敦兌換。把東西拿出來吧。」

「我可沒有這麼笨，在沒有弄清楚情況前，我是不會貿然將信帶在身上的。」吉約默說。

「什麼？沒帶！那你也別想收錢了，勳爵的交待很明確，一手交貨，一手交錢，所以，我必須先看到那些信。」

吉約默考慮了一會兒，說道：「信在我朋友那兒，她在另一家旅館，我現在就去找她……」

「不用了，」馬萊斯卡爾打斷他的話，然後按鈴叫來了女僕，「去把走廊裡的那位小姐領進來，就說吉約默先生有請。」

吉約默嚇傻了。「不！」他叫道，「這事與外面那位小姐一點關係都沒有……」說著，他想衝出去，但馬萊斯卡爾制住了他。

門開了，被領進來的正是碧眼姑娘，她一見到馬萊斯卡爾，著實嚇了一跳，身子晃了一晃。

馬萊斯卡爾衝上前去，一把奪過她手中的包，尖聲說道：「真的是你！沒想到，你竟然墮落到這種地步，殺人、搶劫、偷盜、詐詐，你不覺得丟臉嗎？」

馬萊斯卡爾一邊罵，一邊搜著那個小包，但什麼也沒搜到，他惱怒地問：「信呢？那些信你放在什麼地方？一定是在你身上。」說著，他準備去拉扯她的衣服。

就在這時，他的手停住了，一張似曾相識的面孔出現在他的面前。那人嘴上叼著一支菸，戲謔地問：「你有火嗎？羅多爾夫？」

「你……你……」馬萊斯卡爾結結巴巴地說，「你是快車上的那個……」

拉烏爾沒有回答他，而是掏出了一把槍，對準了他的頭，然後冷冰冰地對那姑娘說：「把東西交出來，然後離開這裡，我希望我們永遠不要見面了。」

她一聲不吭地按照拉烏爾的話做，然後走了出去。

拉烏爾轉頭對馬萊斯卡爾說：「你看到了，我跟她並不熟，我並非是你所誣陷的兇手。只是，在某種責任心的驅使下，我有興趣插手這事。從此之後，我們各走各的路，好嗎？」

他用槍指著馬萊斯卡爾，繼續說：「走，去我的房間，我不想嚇著勳爵，況且，處理我們之間的事，在我那裡會更方便些。」說著，他把馬萊斯卡爾推著走出了房間，留下早已目瞪口呆的吉約默。

在自己的房間，拉烏爾扯下床單，將馬萊斯卡爾從頭到腳綑了個結結實實。

「好了，」拉烏爾滿意地看著自己的傑作，「放心，和上次一樣，明天就會有人發現並解救你的。而我、那位小姐，還有吉約默先生就有充分的時間脫身了。」

說完，拉烏爾開始整理箱子，一切妥當後，他劃了根火柴，燒掉那四封信，又對馬萊斯卡爾說：「特派員先生，希望你不要再去騷擾貝克菲爾德勳爵了，你真的想讓死去的貝克菲爾德小姐的靈魂得不到安寧嗎？這可是不道德的。我在皮包裡發現了她的日記，請你交給勳爵，這樣，他會相信自己的女兒是誠實的姑娘。至於吉約默的事，你可以告訴勳爵是你弄錯了，所以放了他。快車上的謀殺案，案情太複雜，不是你能解決的，我勸你最好還是不要管。」

說完這些話，拉烏爾提著箱子，逕自出了門，到服務臺結賬。

拉烏爾走出了旅館，他對事情的進展感到很滿意。他做完了該做的事，剩下的就讓那碧眼姑娘自己去面對吧。拉烏爾的決心如此明確，以致登上三點五十開往巴黎的快車，看到碧眼姑娘也在車上時，他不但沒有去接近她，反而躲到了一邊。

車駛到馬賽，她跟一些演員模樣的人一起換乘了一列開往圖盧茲的火車。拉烏爾注意到，吉約默不知什麼時候也出現在這群人中。

「一路順風，迷人的小妞！」拉烏爾在心裡說，「終於可以不再和這對狗男女打交道了，這真是件令人高興的事。」

話雖這樣說，在列車即將啟動的最後一分鐘，拉烏爾還是走出自己的包廂，跳上她所在的那列火車，並尾隨著她，於第二天清早在圖盧茲車站下了車。

她和那群人一起住進一家旅館，拉烏爾打聽到這些人都是一個輕歌劇劇團的演員，是到這個城市來演出的。於是，他很有耐心地在大廳裡等待。下午三點，她神色慌張地走出旅館，到街上的郵局發了一封電報。從她撕掉的草稿中，拉烏爾看到了這樣的內容：「（上比利牛斯山）呂茲區米拉馬爾公館，明日頭班火車，通知家人。」

「家人？難道她家住在呂茲？」拉烏爾百思不得其解，只好繼續跟著她，見她進了劇院，大概是去看劇團排演吧。

時間過了很久，她也沒有出來，而吉約默也不見蹤影。

夜幕降臨，拉烏爾跟著看戲的人們進了劇院，坐在包廂裡。他四處看了看，沒有發現她的蹤跡。戲開演了，拉烏爾心不在焉地往舞臺上看了一眼，忍不住驚叫一聲，那戲臺上的主演者不正是她嗎？拉烏爾趕緊看了一下手中的節目單，那上面清楚地寫著「主演──萊奧尼德．巴利」，這難道就是她的真名？

舞臺上的她正在盡情展示著自己的才華，拉烏爾目不轉睛地盯著她看。他有些糊塗了，這姑娘的身份究竟有多少種？一會是安寧、溫馨、樂於助人的姑娘，一會是兇惡、冷酷的殺人兇手，一會兒又是才華橫溢的輕歌劇演員。究竟哪一種才是她的真面目？拉烏爾心中的疑團越來越大，細心的他也看出來了，她的表演雖然很認真，但總有一種掩不住的慌張，這慌張和下午的電報一定有關係。

演出結束了，她走出劇場，上了一輛馬車。據拉烏爾的了解，抵達納斯塔拉的頭班火車將於零點五十分在這個城市的車站出發。她想必是直接到火車站去吧！因此，他跟在她的後面。奇怪的是，那搖搖晃晃的馬車並沒有向火車站的方向走，反而轉向了左邊。在一個大圓環處，馬車停了下來，車夫跳下車，打開車門，鑽進了車廂。

接著，拉烏爾聽到車廂裡隱約傳出的爭吵聲，那男聲分明就是吉約默。

「你想扔下我跑掉，是不是？好吧，我是騙了你，那又怎麼樣？你知道的事情太多了，我不會放過你的，說吧，把一切都說出來，要不然……」

拉烏爾有些擔心了，他怕貝克菲爾德的悲劇重演，於是衝了過去，打開車門，抓住吉約默的一條腿，把他拖了出來。吉約默還想反抗，怎奈根本不是拉烏爾的對手，反被拉烏爾扭斷了手臂。

「這只是一點小教訓，休息幾個星期就沒事了。不過，如果你再敢糾纏這位小姐，我會打斷你的骨頭的，到時可就沒這麼輕鬆了。」拉烏爾警告道。

等他回到馬車時，和上次一樣，她再次消失在黑夜中。

「沒良心的小姑娘，我三番兩次救你於危難中，居然連一聲『謝謝』都沒聽到。走著瞧吧，亞森．羅蘋會抓到你的，那時候，我要的可就不只是『謝謝』了！」

拉烏爾扔下吉約默和那輛馬車，逕自朝火車站趕去。在那裡，拉烏爾不動聲色地跟著碧眼姑娘上了開往納斯塔拉的火車。一個多小時後，火車到站了。一群歡呼著的小姑娘在那迎接她，在她們的背後，跟著一個頭戴白色帽子的修女。修女與碧眼姑娘深情相擁，連聲說：「奧蕾莉，你終於回來了。」

然後，這一行人上了一輛開往呂茲的馬車，拉烏爾緊隨其後。

呂茲是一個礦泉療養區，現在正是淡季，遊客很少。在弄清碧眼姑娘是住進了聖母瑪利亞修道院後，拉烏爾也跟著找了家旅館住下來。

聖母瑪利亞修道院位於一片起伏不平的坡地上，周圍建有厚實的圍牆，坡下有一個水潭，坡的另一面，還有一片樹林和一些怪石嶙峋的山洞。拉烏爾正是躲在這裡監視奧蕾莉的，從這裡可以看到修道院花園的全貌。

剛開始的前幾天，奧蕾莉都沒有露面，直到第四天，她才在花園的那條小徑上出現了。

「奧蕾莉……奧蕾莉……」拉烏爾喃喃唸道，「相比之下，我更喜歡這個名字。漂亮的奧蕾莉，我已經一步一步地接近你了，不管你具有怎樣的身份，不管你心中藏著怎樣的秘密，你就快屬於我了。我要盡全力讓你遠離傷害，我要讓你重新快樂起來。」

遠遠望去，拉烏爾立刻發現奧蕾莉的樣子已經有了很大的改變。她穿著修道院寄宿生的制服，金髮很隨意地披在肩上，眼中已經沒有了幾天前那種恐懼與驚惶的神色。她與一群小姑娘一起玩鬧著，顯得輕鬆而活潑。

就這樣，奧蕾莉在修道院裡快樂地過了幾天，拉烏爾也就在樹林裡看了她幾天。第十天的時候，奧蕾莉手拿一本書，走出修道院的護牆，來到最高的那層土臺上。拉烏爾終於忍不住了，他從樹林裡鑽出來，在水潭邊找到一條小船，將船劃到了護牆的下面，然後爬上了土臺，藏身於茂盛的樹枝中。

不一會兒，那些樹枝就被人撥開，奧蕾莉走了過來。她看到站在這裡的拉烏爾時，愣了半天才認出他來。她的臉紅了，嘴裡喃喃地說：「你……你……別過來……別……」

拉烏爾沒有理會，他懷著一種自己都說不清楚的快樂專注地看著她。她有些驚慌地想轉身離開。拉烏爾急忙跑過去，抓住了她的手臂。

「不要！你不要碰我！」她一邊掙扎著，一邊生氣地說，「我恨你，放開我！」

「為什麼？我一直以為你恨的人應該是吉約默和你的那些同夥。」拉烏爾一臉驚異地問。

「不，你比他們更可恨。」她說著，拾起剛才掉在地上的草帽，遮住了自己的嘴唇。

拉烏爾瞬間明白了，他對自己那晚的行為有了一絲歉疚。

「對不起，倘若是我那天的無禮冒犯了你，請你原諒，」拉烏爾放開她的手，又退了兩步，微微地向她鞠了個躬，「其實，我對你沒有絲毫的褻瀆和其他的惡意，我只是想要保護你。你也應該知道，你的危險還未消除，我想你的敵人會追蹤而來的。比如說馬萊斯卡爾和那個吉約默。」

奧蕾莉緊緊地咬著嘴唇，目光中流露出一絲恐懼。拉烏爾剛才那番真誠的話，似乎讓她感受很深，但她仍然輕輕地低語：「走吧，拜託你。」

看到她如此堅決，拉烏爾也不好再繼續下去，他歎了口氣，說道：「好吧，我再給你一點時間，明天我會在這裡等你，同樣的時刻。如果你不來，每天我都會在這裡等的。什麼也不要擔心，請記住，我一直在你身邊。」

第二天，拉烏爾再次來到土臺，但卻沒有等到奧蕾莉。以後的幾天，她也沒有來。第四天的時候，拉烏爾原以為自己又白等了，正準備離去，不料奧蕾莉走了過來。

「本來我不該來這裡的……」奧蕾莉的聲音還是很低，但語氣比上次友善多了，「那些好心的修女，她們都叫我別來，可是我想你……你幫過我，所以……好了，你想問些什麼就問吧，我會老實回答你的，但除了火車站那一夜的事。」

拉烏爾按捺住自己心中的興奮，略微思索了一下，問道：「你的真名是……」

「奧蕾莉．達斯特。」

「為什麼在圖盧茲演出時又叫萊奧尼德．巴利？是化名嗎？」

「喔，不，萊奧尼德．巴利是另一個人，那天她生病了，我有一個朋友在那家劇團，是他請我幫忙的……我曾經在一次募捐活動中演過那個角色。因為時間太緊，他們來不及更改節目單。」

拉烏爾點了點頭，又問：「那天下午在街上和你一起坐車走的是你父親嗎？」

「是我繼父。他是內政部司法局局長，名叫布萊雅克。」

「這麼說，他應該是馬萊斯卡爾的頂頭上司。但他對你父親的態度……」

「是的，他們一直針鋒相對著。馬萊斯卡爾得到了內政部部長的支援，他們是宿怨已久的政敵，互相猜疑，互相攻擊，都想整倒對方。」

「馬萊斯卡爾似乎對你有其他的企圖。」

「他曾向我求婚，被我拒絕了，我繼父不准他再進我家的門，正因為這樣，他恨我們，發誓要報復。」

「那麼，在伯爵別墅綁架你的那個傢伙又是誰？你們認識，對嗎？」

「他叫若多，是繼父的朋友，有時會來找他。」

「那個吉約默呢？」

「他從事證券交易買賣，是我們家的常客。」

「如此看來，這三個人可能都是你的敵人。」

「不，還有我繼父，他也想讓我說出……」

說到這裡，奧蕾莉警覺地住了口。拉烏爾笑了一下，問道：「說出秘密，是嗎？你掌握了一個秘密，而那些人對你窮追不捨的目的也就是這個秘密，對嗎？」

「馬萊斯卡爾除外，他什麼也不知道，只是因為自尊心受傷，他只想報復。」

「你能跟我說說嗎？當然，不是那個秘密，而是和秘密相關的一些情況。」

「這件事和我的親生父母有點關係，我的父親和母親是表兄妹，父親在我出生不久後就去世了。而我的外祖父，也就是我的爺爺，是一個冒險家，也是一個藝術家、發明家。他喜歡四處旅行，尋找一些可以帶來財富的奇跡。他很疼我，總是說他所做的一切都是為了我。我六歲那年，外祖父寫信讓我和媽媽悄悄到他那裡去一趟。我們在他那兒住了兩天，離開的時候，媽媽當著外祖父的面叮囑我，千萬不要把這兩天去過的地方和見過的東西告訴任何人，因為這事關一筆巨大的財富，還說等我二十歲的時候，會給我一份驚喜……從外祖父那兒回來的幾個月後，媽媽嫁給了布萊雅克，這是一樁不幸的婚姻，第二年，可憐的媽媽就過世了。臨死前，她留給我一張紙條，上面寫著關於我們曾經去過的那個地方的詳細情況，以及我在二十歲時該做的事。再後來，外祖父也死了，布萊雅克怕我拖累他，就把我送到了聖母瑪利亞修道院。剛開始我很不開心，終日鬱鬱寡歡，那個秘密成了支撐我的信念，我把媽媽留給我的那張紙條上的內容全都背了下來，然後把它燒掉了。但是，我漸漸適應了修道院的生活，我在學習和娛樂中感覺到了快樂，不知不覺中，竟然把那些話全忘了，什麼都記不起來。」

「是嗎？一點印象也沒有了嗎？」

「只有一些片斷，很模糊，好像是一些聲音，水聲、鐘聲……」

「但是我不明白你的那些敵人是如何知道這件事的？」

「因為媽媽的不謹慎，讓布萊雅克看到幾封外祖父寫來的信，信中提到了這個秘密。不過，媽媽去世後，我在修道院過了十年幸福的生活，布萊雅克從來沒有對我提及過這件事。但兩年前，當我回到巴黎時，他突然問到這件事，我把剛才對你說的那些全都告訴了他，但是我沒有說出自己還存有的那些模糊記憶。他不相信，於是無止盡的盤問和爭吵就開始了，我實在受不了，所以決定逃走。」

「逃走？……和吉約默？」

「是，但不是你所想的那樣。吉約默向我求愛，和馬萊斯卡爾相比，他顯得更真誠，像個助人為樂的君子。」奧蕾莉的臉紅了。

「君子？真誠？你就這樣相信了他？」

「是的，我把自己的打算告訴他，他全力支援，剛好他要到尼斯去辦事，就建議我跟他一起去。說實話，我並不愛他，但在那個時候，也只有他能給我一點幫助。於是，我籌了一些錢，和他出發了……」

「輕率的小姑娘！」

「隨你怎麼說吧，」奧蕾莉坦然地笑了笑，「我開始了這一生中最可怕的一次旅行。那天，在博庫爾火車站，我正發著高燒，當吉約默將我推上馬車時，我神志不清，而吉約默利用了這一點，讓我陪他去了那棟別墅。然後是被若多劫持，被你……我不知道自己做了些什麼，尤其是在美爾旅館，在那個時候，他讓我去哪兒我都會跟著他的。但後來我開始覺得有點不對勁，對吉約默的行為產生了厭惡，於是下定決心和他分手。但他總是陰魂不散地跟著我，一直到了圖盧茲才暴露出他的嘴臉，他要我說出那個秘密。我這才明白，他以前的所作所為全是假的，他的目的是想得到那個秘密。」

「是的，他原本就是個壞傢伙，盜竊、訛詐，什麼壞事他都敢做。」

奧蕾莉沒有反駁，她微微低下頭說：「我還得感謝你把我從他的手中救出來，謝謝。」

「不用謝。其實，如果你能相信我，就不會出這麼多事了。」

「相信你？為什麼要相信你？我並不認識你，更不知道你的目的何在。近一個月以來，我東撞西碰，弄得傷痕累累，我懷疑一切接近我的人的動機。」

「也包括我？」拉烏爾問。

「是的，所以，不要要求我信任你。我該走了。」奧蕾莉說完，轉身離去。

拉烏爾沒有阻攔她，他深深地理解一個孤立無援的女子在這種時候的心情。雖然她對他說了很多的事，但拉烏爾仍然覺得一切都顯得不可思議，他打定主意要對這個神秘的女子一直探索下去。

又過了兩天，拉烏爾沒有見到奧蕾莉，但接下去的幾天，奧蕾莉都會到土臺上來。剛開始，她總是待十幾分鐘就離去，慢慢的，她在土臺逗留的時間越來越長了。她似乎越來越信任拉烏爾，她的神態變得溫和起來，說話的語氣也親近了許多。但是，她仍然不願意說更多的事。

就這樣，他們輕鬆愉快地相處了兩個星期。拉烏爾有些陶醉，他不願再去想那些惱人的事情，盡情地享受著與鍾愛的姑娘在一起的感覺，直到有一天，一封電報打破了這份寧靜。

電報是布萊雅克發來的，說他很快就會到修道院來，而且希望奧蕾莉和他一起回去。奧蕾莉不知所措，拉烏爾卻自有一番主張，他很嚴肅地說：「我不知道你現在是否可以信任我了，但我對你的忠誠是不容質疑的，所以，聽我的安排，好嗎？」

奧蕾莉點了點頭，她是真的順從了。

「去接你繼父吧，但是不要和他發生任何的爭吵，也不必對他說什麼，最好一句話都不說。然後跟他回巴黎去。到巴黎的當天晚上，你找個藉口溜出來，我會安排人去接應你。我的汽車將停在離你家二十步遠的地方，照我說的做，我會送你到一個安全的地方去。」

奧蕾莉再次點了點頭。

「就這樣說好了，我馬上去安排。記住，不管發生什麼事，我永遠在你身邊。」拉烏爾說完就轉身離開了。

5 激流脫險

既然拉烏爾和奧蕾莉能在那枝葉繁茂的土臺上安全地度過好幾個星期而無人發覺，那麼馬萊斯卡爾當然也就可以安全地得到他需要的幾分鐘。

馬萊斯卡爾監視布萊雅克已經有很長一段時間了，他安插了一些親信在布萊雅克的身邊，所以，他很快就知道了奧蕾莉的藏身之地。他趕在布萊雅克之前抵達修道院，查看了地形。當看到奧蕾莉走出護牆，爬上土臺時，他也尾隨而至。而這個時候拉烏爾正和奧蕾莉告別，也就是說，可憐的奧蕾莉又陷入了孤立無援的危險境地。

馬萊斯卡爾帶著必勝的信心逼近奧蕾莉，他獰笑著，臉也因此扭曲了。

「小姐，真是太榮幸了。你瞧，我們又見面了，這次，你再也逃不出我的掌心了，小美人。」

奧蕾莉雖然驚恐萬分，但卻努力地挺直身子，一言不發地盯著馬萊斯卡爾。

「怎麼，在研究你繼父的電報嗎？喔，我那自以為傑出的長官，我還要謝謝他呢，是他讓我們重新見面。剛才離開的那人是誰？你的情人嗎？」

馬萊斯卡爾說著，又往前走了一步，奧蕾莉下意識地往後退閃。

「喂，你這是幹什麼？不要假清高了，你以為你是誰，聖母瑪利亞修道院聖潔的貞女嗎？我想，你剛才和情人溫存的時候，沒有閃躲吧！我和他有什麼不同呢？奧蕾莉，想清楚吧，我可是有很多長處的。」

奧蕾莉仍然沒有吭聲，這無疑使馬萊斯卡爾更惱怒了，他狠狠地說：「好了，我沒有時間再和你說這些了。那些你曾經賜予我的侮辱，我不想再提了，但是最近發生的這些事你要怎麼解釋？謀殺、逃跑、敲詐……喔，應該有二十來條罪名吧，每一條都有你受的。而現在，只要我願意，我可以押著你去見我的長官，以及長官的長官，告訴他們，你就是警方四處追捕的殺人犯。」

奧蕾莉被這恐嚇弄得更加手足無措，她的嘴唇緊閉，眼中充滿了絕望的神色。馬萊斯卡爾靜靜地觀察了一會兒，然後換了一種語氣說：「當然，也不是說只有一條路可走，聰明如你，應該想得到的。很簡單，我只要求你做個承諾，承諾到巴黎後和我一起生活。還有，為了為這個承諾加上保險，你必須用你的唇在我的嘴上蓋章——對，就是一個女人對男人心甘情願的親吻。好了，寶貝，來吧。這並不難，要知道，有許多高貴漂亮的女人都已經給過我了，奧蕾莉，你說話啊！」

奧蕾莉動也不動地站著，用一種冷漠且仇視的目光看著馬萊斯卡爾。

馬萊斯卡爾惱羞成怒，他上前一把抓住奧蕾莉的手，惡狠狠地說：「媽的，我受夠了！你這副樣子倒像我欠了你什麼似的。既然這樣，那麼我也不想顧及什麼了，這吻我一定要得到，而牢你也坐定了！」他順勢扭過奧蕾莉的肩膀，另一隻手則扶著她的頭，然後將嘴向她的唇湊去。奧蕾莉渾身癱軟地倒了下去，失去知覺。

馬萊斯卡爾被這突如其來的事件弄得目瞪口呆，他到這裡本來就沒有什麼很明確的計劃，只是想搶在布萊雅克之前和她好好談談，確定自己的權力，沒想到……馬萊斯卡爾向四周望了望，見四面都被濃密的樹枝遮蓋著，他冒出了一個念頭。剛才查看地勢時，曾發現護牆邊那個杳無人跡的山谷中有一個岩洞，如果把奧蕾莉帶到那裡關上個幾天，還怕她不就範？

想到這裡，馬萊斯卡爾拿出一支哨子，輕輕吹了一聲。對面水潭岸上馬上有人揮動著兩隻手臂。這是馬萊斯卡爾與他的手下約定的暗號，他安排了兩個人埋伏在那裡，還在水潭岸邊準備了一隻小船，以備不時之需。

馬萊斯卡爾彎下腰來，他發現奧蕾莉似乎快醒了，於是抓緊時間用一塊圍巾堵住她的嘴，抱著她向山谷走去。走到護牆缺口時，馬萊斯卡爾發現那裡竟有幾分陡峭，雖然懷中的奧蕾莉很輕，但兩人要同時下去，還是有點困難。為了妥善起見，馬萊斯卡爾決定先把奧蕾莉放在地上。

不知道是奧蕾莉一直在等機會，還是突然甦醒，反正馬萊斯卡爾的這個決定使他犯了一個嚴重的錯誤。躺在地上的奧蕾莉猛地扯下了堵在嘴裡的圍巾，然後發瘋似地向下衝去。她是那樣的不顧一切，那樣的毫無畏懼，彷彿寧可一死，也不願和這可惡的人待在一起。結果可想而知，她在一片塵土中飛快地向下滾去。

嚇傻了的馬萊斯卡爾回過神來，竟也冒著摔下去的危險，跟著衝了下去。此時的奧蕾莉已經從峭壁上向水潭邊跑去，她像一頭被獵人追趕的野獸，不辨方向地奔逃著。

馬萊斯卡爾在後面大聲地叫著：「別跑，你跑不掉的。」

畢竟是訓練有素的男人，馬萊斯卡爾眼看就要追上奧蕾莉了。就在這時，馬萊斯卡爾感覺到有什麼東西從土臺那邊掉了下來，落在他的身旁。他轉頭一看，只看到一個用手帕遮著臉的男人站在那裡。馬萊斯卡爾掏出手槍，但已經來不及了，只見那人飛起一腳，踢在他的胸口，他重心不穩地退了幾步，倒在潭邊的爛泥中。那男人三步併作兩步走到奧蕾莉身邊，把她抱上了那隻小船。

「站住，否則我會開槍的。」馬萊斯卡爾從泥濘中掙扎著站起來，一邊舉著手槍瞄準，一邊大喊。

但這似乎沒有造成任何威脅，那人在船上豎起了一塊木板，這木板足夠遮蔽馬萊斯卡爾射來的子彈。接著，他揚起了雙槳，把船向水潭的另一邊划去。馬萊斯卡爾真的開槍了，他一連射出了五顆子彈，卻沒有響，可能是剛才在爛泥中被打濕了。於是，他只好又摸出哨子吹了起來。對岸埋伏的人探出了頭，而那小船離對岸大概只有三十公尺遠了，馬萊斯卡爾吩咐道：「不要開槍！給我抓住他們！」

是的，用不著開槍了，如果小船上的人不想被激流捲進地穴的話，他們只能在對岸乖乖地束手就擒。船上的人也好像明白了這一點，他調轉船頭，向馬萊斯卡爾這邊划過來，這邊只有馬萊斯卡爾一個人，而且槍也失去了作用。

馬萊斯卡爾立即猜出了對方的意圖，他聲嘶力竭地喊道：「這……開槍，快開槍！」

槍響了，划船的人叫了一聲後頹然倒下。奧蕾莉傷心而絕望地撲了過去。小船先是停在潭中輕輕搖晃著，隨後就被激流沖向地穴去。

「天啊，這……」馬萊斯卡爾沒有想到事情會發展成這樣，他無能為力地看著小船載著那兩個人墜入地穴口。「奧蕾莉……不，這不是真的……」馬萊斯卡爾喃喃自語，臉痛苦地扭曲著，彷彿正陷入極大的痛楚之中。

馬萊斯卡爾的兩個手下從對岸過來了，馬萊斯卡爾一把抓住他們的手，似乎想抓住一絲希望。

「這可能嗎？」他茫然地問。

「什麼？」

「他們……」他結結巴巴地說，「他們被捲入了地穴。」

說著，馬萊斯卡爾向地穴口跑去。只見地穴底下是一個黑洞，上面有水流飛濺下來，打在水面上，發出「嘩嘩」的聲響，流到地穴附近時，旋轉著、奔騰著，被地穴一股腦地吞了下去，而那穴口則「撲哧撲哧」地喘著氣，如傳說中的食人獸。

「死了，她……她死了……太可怕了！為什麼……為什麼……」

馬萊斯卡爾神經質地囈語著，轉過身向前走。他走得很慢，哭喪著臉，宛如走在送葬的隊伍中。那兩個手下小心翼翼地詢問事情的原委，這兩個人是馬萊斯卡爾從外面臨時找來的，根本幫不上忙。所以他只是很簡略地把事情敘述了一遍。儘管馬萊斯卡爾仍然心慌意亂，但他卻恢復了一絲理智，很快就想到了別的問題。

由於這起突發事件，警察的調查可能會接踵而至。他們會在了解真相後將所有的責任都推給他，這對他來說是很不利的。他的政治前途可能會因此毀於一旦，甚至還可能受到法庭的審判。他的上司布萊雅克一定會對他實施最嚴酷的報復，讓他永無翻身的機會。

這一切讓馬萊斯卡爾越想越害怕，為了避免這種情況發生，他決定立刻離開這裡。他對身邊的那兩個人恫嚇了一番，告訴他們，現在三個人都已陷入人命官司中，如果被警察抓到是會坐牢的。因此他們必須分開，趁警方的通緝令還未下達前各自逃命。

馬萊斯卡爾付給那兩個人雙倍的酬金，然後悄悄走上通往皮埃爾菲特—納斯．塔拉的公路，以便能搭上一輛便車去火車站。

在大路上走了一段之後，一輛敞篷馬車從馬萊斯卡爾身邊經過。駕車人穿著灰色的粗呢大衣，帽簷壓得很低，好像是個農夫。馬萊斯卡爾攔住了馬車的去路，強行登上馬車，對馬車夫蠻橫無禮地說：「送我去火車站，我給你五法郎。」

農夫似乎不為所動，他勒住了馬的轡繩。

馬萊斯卡爾著急地說：「怎麼，嫌少？好吧，給你十法郎，走啊……」

農夫還是沒動，這令馬萊斯卡爾萬分惱火。他望了望四周，天快黑了，遠處閃著的燈火，彷彿幽靈正追蹤著他，他嚇住了，想要儘快離開這裡。

「二十法郎。」他開出了新的價格。但馬上他又改了口，急切地說：「五十，五十法郎，這不會少了吧！見鬼，火車站離這裡也不過兩公里……好了，讓你的老馬跑起來吧！」

農夫一直等的似乎就是這句話，馬萊斯卡爾的語音剛落，他狠狠地抽了那老馬一鞭，馬車飛快地跑了起來，把馬萊斯卡爾顛得如同跳動的豆子。

「喂，你小心點，這樣會翻車的……你……」

此時的農夫怎麼聽得進去，五十法郎，很可觀的一筆收入，他才不怕什麼危險呢。他揮起馬鞭，再次狠狠地抽了一鞭，馬更加賣力地向前駛去，但走得並不直，歪歪扭扭地向一邊奔去，把車上的馬萊斯卡爾急出一身汗來。「你這個笨蛋，停下來，快點停下來！要翻車了，要翻……」

農夫聽到這話，趕緊拉了一下韁繩，由於慣性，馬往旁邊閃去，車身則翻下了溝。車上的兩個人被壓在下面，那莽撞的農夫還壓在馬萊斯卡爾的身上。

在一瞬間的驚嚇之後，馬萊斯卡爾立即意識到自己安然無恙，他想站起來，卻做不到，他正想喝斥農夫，忽然有一個聲音在他耳邊響起：「有火嗎？羅多爾夫。」

這聲音猶如驚雷一般，頓時令馬萊斯卡爾渾身冰涼。「你……你……快車上的那個人？」

「是的。」

「和……和奧蕾莉在一起的人？」

「沒錯，你越來越聰明了，朋友！是我，全都是我，你一直的對手，奧蕾莉最忠實的護衛者。」

「可是，你們不是已經……已經……」馬萊斯卡爾戰戰兢兢地問。

那人笑得更開心了：「你認為我們死了？喔，不，當然不會。那種遊戲我做過很多次了，每次都比這一次驚險。地穴不是地獄，羅多爾夫。」

農夫——拉烏爾——站了起來，他脫下那件大衣，然後將馬萊斯卡爾一圈一圈地綑了個結結實實，又將他從溝裡拖出來，推到灌木叢中，用馬鞍皮帶把他綑在一棵樺樹上。

「你真的不太走運，我這樣綁過你兩次了，是吧？對了，我還要用奧蕾莉的這塊圍巾堵住你的嘴，免得你出聲。聽到遠處的汽笛聲了嗎？嗚嗚——對了，是奧蕾莉和她的繼父搭乘的那列火車，他們走了，安全地離開了這裡。放心，奧蕾莉活得好好的。你一定對水潭的事很好奇吧。這可不是什麼奇跡，也不是運氣，靠的可是自己……在離開奧蕾莉後，我有點擔心，誰知道在濃密的灌木叢裡有沒有色狼徘徊，有沒有小白臉出沒呢？於是，我決定返回，果然就看見了你正無恥地綁架和追趕可憐的她。然後我跳下來救了奧蕾莉，我們划著槳，準備到對岸去尋找自由。可是，你的幫兇竄出來了，這的確難倒了我……」

說到這裡，拉烏爾頓了頓，斜眼看了馬萊斯卡爾一眼說：「你很累嗎？要不要睡一會兒？喔，你的眼睛還睜得大大的，還想聽，對嗎？好吧，那我就繼續講下去。是的，當時我們是遇到難題了。可是我觀察了一下地穴，發現那裡正好是個漩渦，底下一定會有一條暗河。於是我對奧蕾莉說了我的計劃，正好你的手下開了槍，我便趁勢倒下，躺在船底，我們因此得救了，一頭栽進了……」

拉烏爾拍了拍馬萊斯卡爾的大腿：「別激動，朋友。其實當地人都知道那地穴沒有危險，我們逐流而下，穿過一條石灰隧道，就是一片細沙灘，登上幾級臺階就上岸了。我們脫險後遠遠地看到你沮喪的模樣，真是難為你了。我把奧蕾莉送回修道院，她繼父順利地接走了她。為了拖住你，我穿起這套服裝，找了輛馬車專程在這裡等你。就這些了，我有點累了……」拉烏爾把頭靠在馬萊斯卡爾的肩上，「我先睡一覺再說，既然你沒有睡意，就委屈一下做我的枕頭吧。」

說著，他閉上了雙眼，不一會兒，竟真的睡著了。

天黑了，夜空中閃爍著星星。拉烏爾睡了一會兒，又醒了過來，他戲謔地跟馬萊斯卡爾說了幾句關於繁星月華的話，然後又睡了過去。

將近半夜的時候，拉烏爾餓醒了，他從自己的手提箱裡拿出兩塊奶酪，然後鬆開馬萊斯卡爾的嘴，將奶酪塞進他的嘴裡。但馬萊斯卡爾不領情，將奶酪吐了出來，嘀咕了一句：「你以為自己就沒有幹蠢事嗎？你把奧蕾莉交給她的繼父。簡直就是一件蠢得不能再蠢的事，你這不是救她，而是害了她。」

「你說什麼？」拉烏爾吃了一驚，同時想起了奧蕾莉曾說過布萊雅克也是她的敵人。

「他愛她！那個老傢伙愛奧蕾莉！」

「什麼？」拉烏爾一把抓住馬萊斯卡爾，「為什麼不早說，你們這些混蛋！怎麼不照照鏡子，你們配嗎？」停頓了一會兒，拉烏爾俯下身子說：「聽我說，我現在馬上去救她，我可以放了你，但你必須答應我，不要插手這件事。」

「不可能！」馬萊斯卡爾很堅決地說。

「為什麼？」

「她殺了人，我要把她交給司法當局。無論如何，我要抓到她，我說到做到，因為我恨她！」馬萊斯卡爾帶著滿腔的怨氣說出這番話。拉烏爾心想，從今以後，這個人對奧蕾莉的恨已經遠遠超出愛了。

「那我們就再鬥鬥吧，特派員先生。本來，我是打算幫助你，讓你晉升的。但既然如此，我們就繼續吧。我現在騎馬去盧爾德，我有充足的時間將奧蕾莉轉移到更安全的地方，而你，就請在這露天過上一夜吧。再會！」

拉烏爾把一切整理好後，騎上那匹老馬，吹著口哨，在夜幕中消失了。

6 拉烏爾被捕

拉烏爾抵達巴黎時已是夜晚，他按計劃帶著自己的管家維克圖瓦，將車駛到布萊雅克府邸前面二十公尺的地方。可是，奧蕾莉並沒有依約前來。

黎明時分，拉烏爾注意到一個撿垃圾的人，從那人走路的姿勢，拉烏爾判斷出他就是兇手若多。

「看來，該來的都來了。」拉烏爾心想。

天亮的時候，布萊雅克府邸的一個女僕從屋裡出來，跑進了附近的一家診所。拉烏爾花了幾張鈔票，從她口中得知奧蕾莉一回家就病倒了，發著高燒。那位馬萊斯卡爾特派員藉機派了一個人，以看護的名義來監視奧蕾莉。

情況變得複雜了，拉烏爾的計劃顯然無法繼續進行，雖然如此，他卻沒有就此罷休。他在布萊雅克府邸的對面找了一套房子住了下來。然後，又收買了布萊雅克的女僕。有好幾次，女僕趁看護不在，讓他見見奧蕾莉。

奧蕾莉病得不輕，神志有些恍惚，似乎沒有認出拉烏爾。但拉烏爾卻相信她聽到了他的聲音，而且這聲音使她放鬆許多。

「奧蕾莉，你應該明白我來過了，」拉烏爾無限溫柔地對她說，「我有能力保護你，無論敵人有多麼強大，我都會在你身邊。我會在最短的時間內找出證據，證明你是無辜的……不過，你得答應我，除了我之外，不要對任何人開口，不要聽從任何人的安排，即使最艱難的時候，你也要有信心，相信我會永遠在你身邊。」

他喃喃地說完這些話，奧蕾莉的表情平靜下來，她進入了夢鄉。拉烏爾順便溜進布萊雅克的房間，想找到一點有用的線索，但一無所獲。在此之前，他曾潛入馬萊斯卡爾的屋子，做了極仔細的搜查，也到這兩人在內政部的辦公室，發現正如奧蕾莉所言，兩人的矛盾是根深蒂固的，而他們的上面，又分別都有人支援，誰會是這場鬥爭的最後犧牲品呢？

奧蕾莉的繼父布萊雅克個子高高的，脾氣有些暴躁，但與略顯俗氣的馬萊斯卡爾相比，他要顯得高雅出眾些。他對奧蕾莉已經超出了正常的父女之情，拉烏爾曾親眼看到他向病中的奧蕾莉表白，但她對此非常厭惡。

兩周的調查，拉烏爾並沒有什麼收穫，但他沒有洩氣，耐心地等待著機會。結果轉機真的出現了。這天清晨，拉烏爾像往常一樣監視著布萊雅克宅邸。裝成撿破爛者的若多再次出現，這次，他背了一個布袋，在離布萊雅克宅邸最近的垃圾箱中尋找著什麼。拉烏爾注意到，他只對那些揉爛的信封和信紙感興趣。拉烏爾跟蹤若多到了蒙馬特，發現這傢伙在這裡擁有一家雜貨店。

一連三天，若多都在重覆著同樣的行動。第三天是星期天，拉烏爾又有了新的發現。布萊雅克一直在窗子後面窺視著若多，等若多一走，他就悄悄地跟在後面。拉烏爾的好奇心越來越強了，於是，他遠遠地跟著這兩個人，穿過蒙索街區，來到了塞納河畔的一棟舊別墅前。

若多在那棟別墅旁待了四、五個小時，布萊雅克則在一家小飯館裡一邊吃飯，一邊監視他。在若多和布萊雅克離開以後，拉烏爾走進飯館，從老闆口中得知，若多去的那座別墅的主人正是列車慘案中的被害者盧博兄弟。警方在案發後封了這座別墅，並將它委託給一位鄰居看管，但這位鄰居每周六都會出去散步。

拉烏爾還打聽到，盧博兄弟的這棟房子主要是用來推銷香檳酒的。在別墅的大門外，有一塊銅牌引起了拉烏爾的注意。銅牌上寫著：「盧博兄弟與若多合夥公司」。

拉烏爾的思緒有點條理了，也許這就是若多的作案動機。但是他怎麼還敢跑到這裡？而布萊雅克又為什麼跟蹤他呢？

大約一個星期之後，周六的晚上，拉烏爾潛入了盧博兄弟的別墅，他斷定若多還會再到這裡來。別墅裡有明顯被搜查過的痕跡，拉烏爾在一個塞滿破布的壁櫥裡找到一塊黑色方塊布，上面被剪去了三塊。拉烏爾用手一摸，就斷定這布正是列車上那三個強盜用來蒙面的布。拉烏爾很興奮，這無疑是一件可以為奧蕾莉洗脫冤屈的證據。

早晨九點，在看房人巡視完別墅離開之後，拉烏爾在餐廳的一隅坐下，在這裡可以清楚地看到外面那堵牆。果然，若多準時背著袋子出現，他像那天一樣，靠著牆一邊吃東西，一邊含糊不清地低語，拉烏爾一句也沒聽清楚。

到了中午，若多顯得有點心急。他把聲音提高了一些說：「怎麼？還沒找到？不可能！」看他一副認真的樣子，似乎不是在自言自語，但他旁邊又沒有其他的人。

「笨蛋！」若多罵了一句，「你是按我說的去做的嗎？地窖兩邊都搜過了嗎？沒有？那你再到房後那塊空地去看看，也許會在那裡……」

拉烏爾站起身，走上樓，他看到了若多所指的那片空地，那裡堆滿了破銅爛鐵，廢舊酒瓶。一個細小瘦弱的孩子正在上面尋找著什麼，他的動作很敏捷，不一會兒，他就拿著一個破了口的髒瓶子，向別墅外跑去。

拉烏爾趕緊沖下樓，打算從地下室出去攔住那孩子。可是地下室的入口打不開，他只好回到大廳，繼續監視。

若多已經從孩子手裡接過了瓶子，他催促道：「好了，就是它！我們快走，到袋子裡去。」孩子鑽進了袋子，若多把袋子背在背上，離開了。

拉烏爾連忙跟了出去，卻發現布萊雅克跟在若多後面，更令人驚訝的是，馬萊斯卡爾也出現了，這傢伙顯然是跟蹤布萊雅克來的。

前面走著的若多不知什麼原因，突然停下，後面的幾個人也就都停下腳步。若多在一張長椅上坐下，摸出那個瓶子仔細打量起來。說時遲，那時快，布萊雅克一個箭步衝上去，奪過那瓶子，飛快地向相反的方向跑去。布萊雅克身後的馬萊斯卡爾像一個優秀的田徑運動員一般，拔腿就追。拉烏爾自然不甘落後，也跟在馬萊斯卡爾的後面。前面的兩人一心向前疾走，無暇顧及身後。

一輛電車停下來了，布萊雅克混進候車的人群中，馬萊斯卡爾緊隨其後，很輕鬆地從他的口袋裡把那個瓶子抽了出來。布萊雅克完全沒發覺，馬萊斯卡爾立刻擠出人群，拼命地跑。

跑了一段路，馬萊斯卡爾認為已將對手遠遠地甩在身後，才放慢了腳步，滿頭是汗的他就像隻剛從水裡撈起來的雞。快到星形廣場時，一位戴著大墨鏡的先生抽著菸，笑容可掬的出現在馬萊斯卡爾的面前。馬萊斯卡爾望著這個比惡魔還可怕的人，聲音有些發抖地問：「你……你要幹什麼？你是誰？」

其實馬萊斯卡爾心裡很清楚，眼前的人就是在列車上矇騙他，又一再和他搶奪奧蕾莉的人。但他還是不由自主地問了這問題。

「你應該知道我要什麼，給我吧！像你這樣衣冠楚楚的先生拿著個瓶子滿街亂跑成何體統。所以，拿給我……」

馬萊斯卡爾本來想呼救的，但全身一點力氣也沒有，就這樣任拉烏爾把瓶子從自己手裡拿走，又坐上一輛計程車揚塵而去。

回到家，拉烏爾開始仔細地查看那個瓶子。這是一個礦泉水的空瓶，很舊，也沒有瓶塞，商標髒兮兮的蒙著灰塵，上面依稀可見「儒旺斯礦泉水」幾個大字和幾行註明礦泉水成份的小字。在瓶子裡，拉烏爾發現了半張顯然年代久遠的字條，上面的墨跡已不太清楚了，不過，拉烏爾還是讀出了字條上的話：

指控是真實的，我承認我是所犯罪行的唯一犯人，若多與盧博兄弟無罪。

布萊雅克

拉烏爾一眼就認出這是布萊雅克的筆跡，根據紙的狀況，字條應寫於十五至二十年前，而十多年前的布萊雅克會犯下什麼罪呢？它跟眼前的一系列事件有必然的關係嗎？

「情況越來越複雜了，或許，奧蕾莉的秘密就是這一夥人爭奪的焦點。圍繞她的每一個對手都不容忽視，我可得加強戒備。」

就這樣，拉烏爾開始積極準備起來。在以後的半個月裡，布萊雅克很謹慎地把奧蕾莉的看護和女僕都換掉了，馬萊斯卡爾派出的一些便衣也陸陸續續地出現在房子周圍，而若多卻再也沒有出現過。

拉烏爾巧妙地安排，以化名與內政部長的夫人結識。這位夫人為拉烏爾獻殷勤的技巧所傾倒，她毫無保留地把馬萊斯卡爾對奧蕾莉所耍的陰謀，以及他在部長的幫助下，計劃如何推翻布萊雅克及其後臺的情況全都告訴了拉烏爾。這個計劃相當嚴密，是拉烏爾始料未及的。他思考了很久仍未找出對應的方法。

一天黃昏，拉烏爾收到了部長夫人的一封快遞，信中是部長和馬萊斯卡爾商議的最新決議，明天，也就是七月十二日下午三點，他們將逮捕奧蕾莉。

拉烏爾像一個即將參加大戰的將軍，安穩地睡了一夜，直到清晨八點才起床，決定性的一天開始了。

中午時分，一件意料之外的事發生了。馬萊斯卡爾帶著五個人闖進了拉烏爾的房間，脅迫僕人在工作室裡逮捕了拉烏爾，然後吩咐四個手下將拉烏爾帶回警局，留下一個叫索維努的新手和自己一起對房間進行搜查。一直找到下午，索維努才在壁爐的石板下找到了那個礦泉水瓶。馬萊斯卡爾在確信瓶子裡的東西仍然存在後，喜不自勝。也許是太想打擊布萊雅克了，他沒來得及確實檢查瓶子裡的東西，只準備以此為證據，當著布萊雅克的面揭露他的罪行。

幾乎是同時，尚處於恢復期的奧蕾莉第一次下樓了，布萊雅克坐在書房裡等她。奧蕾莉臉色蒼白，布萊雅克很小心地望著她。

「有什麼話就快說吧，我想早點上去休息。」奧蕾莉厭惡地說。

布萊雅克站起身，顯得有些不安地在房間裡踱起步來。他踱到了奧蕾莉的身後，很低沉地對她說：

「不要這樣對我，不管怎麼樣，我們現在必須聯合起來。要知道，我們的敵人正在為我們準備絞架呢。」

「你說的話我不太明白。」

「不，你知道的，馬萊斯卡爾一直都恨著你，他從來就沒有放棄過報復的想法。而你和我是連在一起的，我把你養大，是你的監護人，所以，我們都被他監視了。這段時間在部裡，我的上級和下級都在反對我，他們派人搜查了我的辦公室。不管你願不願意，我的毀滅就是你的毀滅。況且，有人用匿名信告訴我，他們會拿你開刀！」

「拿我開刀？」

「是的，馬萊斯卡爾是個不達目的絕不罷休的傢伙，他有什麼事幹不出來？」

「你是怕我連累你嗎？那我可以馬上離開這裡。儘管我現在有病，但我相信離開這個鬼地方的力氣我還是有的。」

「喔，奧蕾莉，你怎麼會這麼想。我可以什麼都不要，只要能和你在一起，我的整個生命……」

奧蕾莉猛地轉過身，聲音顫抖著說：「不要再說了，你這些可惡的話讓我……讓我……」

她全身無力地坐了下去，布萊雅克也雙手掩面，顫抖著雙肩。長久的沉默後，布萊雅克又開始喋喋不休地訴說他對奧蕾莉的一往情深，並向她發誓，再也不提關於那個秘密的事。但奧蕾莉的態度異常堅決，她揚言一有機會就會離開這座房子。

「你要走，和吉約默嗎？」布萊雅克嘲弄地問。

「不要在我面前提這個讓人噁心的名字。」

「喔，那你等待的是另一個人？怪不得你的眼睛一直在尋找，你的耳朵又總是在傾聽，可是……」

這時，前廳的門開了，奧蕾莉臉上掠過一絲喜色。

「你真的在等人！不過，奧蕾莉，不會有人來的，這只不過是瓦那太拿信回來罷了。」

門外的腳步聲走近了，果然是僕人瓦那太。

「有信嗎？有需要簽字的文件嗎？」布萊雅克問。

「沒有，先生，所有的東西都交給馬萊斯卡爾先生了。」

「混蛋！這傢伙待在部裡嗎？」

「沒有。他去了一趟，中午的時候又帶著幾個人走了。」

瓦那太退出去了，布萊雅克又在房間裡踱起步來。突然，他走到窗口，把百葉窗打開一條縫，立即不由自主地叫了一聲：「馬萊斯卡爾的兩個心腹在街對面……但是看情形似乎不是監視我們，喔，對了……」他想起什麼似的對奧蕾莉說，「中午的時候，我見到馬萊斯卡爾，他一副志得意滿又對我恨之入骨的表情。據他的手下說，他把我們對面房子裡一個叫拉烏爾的探險家抓走了，他說這個人是列車慘案的兇手之一。」

奧蕾莉差點倒下，雖然她不知道拉烏爾的名字，但冥冥中，她堅信這個人一定是他。所以，這個消息讓她頭暈目眩，語無倫次：「不，不會的。我們完了……」

「怎麼了，奧蕾莉？你認識被抓的人？」

「是的，是的，他救過我，無數次地救過我，他原本答應要來接我的，可是現在……」

「這麼說，你等的人就是他？沒關係，寶貝，沒有他，我們一樣可以脫身。走吧，我帶你走。」

「不，不，我答應過他，相信他，等他……」

「但他現在被關在拘留所，醒醒吧！奧蕾莉，現在能救你的人只有我，走吧！」布萊雅克叫起來。

奧蕾莉手足無措，她不知該怎麼辦，她的大腦已是一片混沌，只能由人擺佈。

正當布萊雅克準備帶著奧蕾莉離開時，門鈴響了。

「是他，是他來了！」奧蕾莉臉上浮起了希望，那個一再救她於危難的人，在修道院的土臺上向她發過誓，永遠不遺棄她，永遠保護她。所以，沒有什麼能阻攔他。

鈴聲一再響起，門外的人似乎很著急。布萊雅克吩咐僕人把門打開，馬萊斯卡爾帶著三個人出現在門口。奧蕾莉徹底失望了。

面對下級，布萊雅克努力維持著最後的尊嚴：「我說過，我這裡不歡迎你，你來幹什麼？」

「我在執行公務，長官。」馬萊斯卡爾得意地獰笑著。

「公務？和我有關？」

「當然，還有小姐……所以，到你書房去談，好嗎？」

馬萊斯卡爾轉頭吩咐手下：「你們三個在這裡待命，不准任何人進出。如果有事我會吹哨子，索維努就上來幫我。明白了嗎？托尼，把那瓶子給我。」

一切佈置妥當後，馬萊斯卡爾儼然一副主人的姿態走進布萊雅克的書房。半年前，他像垃圾一樣被上司從這裡趕出去，現在他回來了，這難道不是一種勝利？

布萊雅克和馬萊斯卡爾對峙著，宛若羅馬競技場上的兩頭公牛。奧蕾莉已經不像剛開始那般驚恐了，她又如在修道院土臺上一樣地抬頭挺胸，維持著自己的尊嚴。

馬萊斯卡爾暫時沒有理會奧蕾莉，他帶著盛氣淩人的口氣對布萊雅克說：「我要說的事很簡單，四月二十六日那天……」

「是我們在奧斯曼大馬路相遇的那天嗎？」布萊雅克插了句話。

「是的，是你的繼女出走的那天，同時是開往馬賽的快車慘案發生的那天。四月二十六日，這列車的五號車廂有四個乘客，一位是盜賊貝克菲爾德小姐，一位是自稱探險家的拉烏爾男爵，還有兩位就是不幸遇害的盧博兄弟。而前面的四號車廂裡，除了幾位毫不相干的旅客外，還有一位國際情報局的情報員，一個年輕的男人和一個漂亮的女郎。情報員自然就是在下，而那男人名叫吉約默，證券經紀人兼盜賊，好像也是閣下府中的常客。」

「你在編什麼故事！」布萊雅克憤怒地吼了一聲。

馬萊斯卡爾不屑地瞄了他一眼，繼續往下說：「火車行至半夜，四號車廂裡的男人和姑娘換上罩衣，戴上帽子和面具，來到五號車廂與拉烏爾男爵會合，三個人一起殺死了貝克菲爾德小姐和盧博兄弟。為了掩人耳目，男爵裝成了受害者，把自己綁了起來，另外的兩個人則逃走了。但是，他們似乎不太走運，其中一個被捉了回來。等我趕到時，發現被捉的人是個女的。」

「你說這什麼鬼話，不可能，不可能是她！」布萊雅克搖搖晃晃地往後退，嘴裡咕噥著。

「聽我說下去，」馬萊斯卡爾有很強的演講慾，「我實在對那位男爵先生沒有提防，從車站到蒙特卡洛，三番兩次地讓他和那個姑娘從我手中逃脫，我費了很大的勁也沒有發現新的線索，只好回到巴黎，想看看閣下的調查是否順利。就這樣，我比你早了幾個小時到了聖母瑪利亞修道院，見到了奧蕾莉小姐和她的新情人。」

布萊雅克膽戰心驚地聽著這些可怕的指控，他越來越相信馬萊斯卡爾說的話，這與他的直覺，以及奧蕾莉所說的那位救命恩人的情況都吻合。他不再像剛才那樣竭力抗議，只是不時地看著僵坐一旁的奧蕾莉。

「那個所謂的男爵實在太狡猾，居然又逃走了。不過這沒有關係，我今天不是揚眉吐氣了嗎？我抓住了他們，我要把他們……」馬萊斯卡爾繼續說著，握緊了拳頭，陰險的意圖溢於言表。

布萊雅克嚇住了，他喊道：「你不能這樣，這不是真的！她還只是個孩子，你就原諒她一次吧。」

看著布萊雅克一副乞求的樣子，馬萊斯卡爾真是過癮極了，但一轉頭瞥見奧蕾莉那副無動於衷的表情，他立即跺著腳，詛咒起來：「原諒？你看看她那個樣子，像是求我原諒嗎？在聖母瑪利亞修道院我就提出過給她安寧，可是她不要，所以我必須懲罰她。小姐，你還在等人，是嗎？等那個僥倖救了你三次的人再次出現？」

奧蕾莉一言不發，馬萊斯卡爾則惱羞成怒，他猛地抓起電話撥到警察總局，找了一個叫菲利普的人，親口證實了拉烏爾被捕的事實。他放下話筒，嘲笑奧蕾莉，可是奧蕾莉卻不為所動。這下激怒了馬萊斯卡爾，他抓住奧蕾莉的肩膀，拼命搖晃。這一舉動讓布萊雅克大為不滿，他從後面掐住了馬萊斯卡爾的脖子，兩人打了起來。眼見布萊雅克漸占上風，慌亂中的馬萊斯卡爾吹響了哨子。那個叫索維努的手下衝了進來，用槍指住了布萊雅克。

馬萊斯卡爾大聲讚揚部下，然後怒不可遏地朝布萊雅克啐了一口，從口袋裡掏出兩張紙，厲聲說道：「我不會便宜你的，先生！首先你得辭職，這是部長的意思。辭職書我替你寫好了，簽字吧！對了，還有小姐的認罪書，也一併簽了吧！」

奧蕾莉似乎已經失去了所有的信心，她順從地簽了字。而布萊雅克卻心有不甘地猶豫著，馬萊斯卡爾威脅他，說既然奧蕾莉已經認罪，這件醜聞已足以讓他下臺，還不如先辭職。布萊雅克只好在辭職書上簽了名。

馬萊斯卡爾欣喜若狂，但他卻沒有就此罷休，他陰險地提醒布萊雅克，關於過去的一些事情：「不要再裝了，先生！我想有些事用不著我來說明吧？上個星期天，你跟蹤一個背袋子的人，到了列車受害人盧博兄弟的別墅。那個背袋子的人正是盧博兄弟的合夥人，叫若多，我記得曾在你這裡見過他。喔，真是很有趣的關係！你可以否認，但是你不可能逃避。我會讓你看到證據的，就在這裡，喏，謎底即將揭曉。」

馬萊斯卡爾說著取出那個礦泉水瓶，將瓶子倒過來，取出了那卷紙。因為情緒太激動，他脫口把字條上的話唸了出來：「馬萊斯卡爾是個白癡！」

這句出人意料之外的話讓在場的人都愣住了，馬萊斯卡爾更是半天沒有回過神來。突然，房間裡響起一陣笑聲，是奧蕾莉，她一反常態，笑得眼淚都流出來了。馬萊斯卡爾不明就裡，他不知道這一切是怎麼回事，他四處張望。一件令人難以置信的事發生了，剛才還用槍指著布萊雅克的索維努此時正叼著一支沒有點燃的菸，戲謔地望著他，像個要借火的人。

馬萊斯卡爾的腦海裡彷彿有千軍萬馬在奔騰，不可能，這個索維努是幾天前部長親自推薦給他的，他怎麼會是那個已經被捕、此時應該待在拘留所的人呢？可是眼前的情形又讓他不得不相信，於是，他把另外兩個手下叫了進來。

「這個……這個索維努是今天被抓的那個人，他……他化了妝……」馬萊斯卡爾語無倫次了，「抓起來，把他抓起來。」

兩個手下不知所措，而索維努正在認真的卸妝。不一會，他就恢復了拉烏爾的全貌。馬萊斯卡爾有些發狂，他衡量了一下，心知自己和兩個手下都不是拉烏爾的對手，而他也實在不好意思當著手下的面再次敗給拉烏爾。於是，他讓那兩個人先出去，自己則留下來，想聽聽拉烏爾究竟是如何從警局脫身的。

7 案件真相

卸了妝的拉烏爾衣冠楚楚，風度翩翩，他微笑著對奧蕾莉鞠躬：「你好，小姐！一周前我改行做了警員，你在第一眼就認出我了吧？真聰明！你剛才的笑聲可真迷人，繼續笑吧。」

接著，他又和布萊雅克打了個招呼，最後，才轉向馬萊斯卡爾，輕鬆地說：「真可惜，老朋友，你居然沒有認出我。我想，你現在還在苦苦思索我是怎樣取代索維努的吧。唉，可憐的羅多爾夫！根本就沒有索維努這個人，有人在你的部長面前吹噓他如何能幹，於是，他被派來為你辦事。事實上，這幾天來，我一直在指引你工作。我把自己的地址告訴你，引導你在今天逮捕了我自己，然後又在自己藏東西的地方找到這個瓶子，我這樣做的目的只有一個，宣佈一個事實：『馬萊斯卡爾是個白癡！』」

馬萊斯卡爾儘管氣得發抖，也沒有行動的勇氣，只好任憑拉烏爾繼續嘲笑下去。

「羅多爾夫，你還是不明白為什麼索維努突然變成了拉烏爾，是嗎？太簡單了，整個搜查行動都是在我的指引下完成的，我只需要安排一個替身在房間裡，所有的事情就解決了。你自以為抓了拉烏爾，就萬事大吉了，於是再次騷擾美麗的小姐。這真是一件可笑的事，不過，想到我和奧蕾莉小姐即將一起離開，我的心裡又很快樂。」

馬萊斯卡爾裝出鎮定自如的樣子，很有把握地拿起了電話：「喂，菲利普嗎？什麼？對，的確弄錯了，而且情況比你說的還要嚴重。所以你馬上帶兩個人，手腳俐落些的，馬上到布萊雅克家來。」

說完，他放下電話，也用嘲弄的語氣對拉烏爾說：「你曝露得太早了，你跑不掉的，我們有六個人，不，是七個，布萊雅克不會同意你帶走奧蕾莉的，所以，他對你一點用處也沒有。七對一，你還跑得了嗎？」

拉烏爾不動聲色，奧蕾莉有些著急了，她懇求拉烏爾儘早離開這個地方。拉烏爾的聲音嚴肅起來，他說：「好吧，馬萊斯卡爾，既然是小姐的要求，我不願意拒絕，但我必須告訴你，我有左右局勢的有力證據，奧蕾莉是無辜的，整個列車慘案的真相也並非你說的那樣。還是讓我來告訴你吧……」

馬萊斯卡爾舉手看了一下錶，警署的人馬上就要到了，暫且讓這個可惡的傢伙逞逞口舌之快吧。

「從哪兒說起呢？我想最遠得從大約十八年前吧……」拉烏爾慢慢地說。

馬萊斯卡爾撇撇嘴，嘀咕了一句：「故弄玄虛。」

拉烏爾沒有理他，繼續說下去：「正確的說，十八年前的事應該是列車慘案的第一幕。那個時候，在什布林有四個年輕人經常在一起，一個叫布萊雅克，是海軍軍需部的秘書，一個叫雅克．昂西韋爾，一個叫盧博，還有一個叫若多。他們的交情不算深，交往的時間也不長。後面的三個人做了一些於法不容的事，受到懲處。而布萊雅克已經從政，並且結了婚，搬到了巴黎，所以和那三個人斷了聯繫。

布萊雅克的妻子是個寡婦，帶著一個名叫奧蕾莉的女兒。這寡婦的父親達斯特是一位探險家，他似乎發現了一件重要的秘密，但他並不想讓布萊雅克知道，只讓女兒帶著外孫女奧蕾莉到那個神秘的地方去了一次，並叫她們不要對任何人提及。可是，這一切終究還是讓嗅覺靈敏的布萊雅克察覺了。他逼著妻子說出真相，妻子不肯把那個地方告訴他，但不經意間也透露了一些消息。不久，那可憐的女人死了。布萊雅克卻對那樁秘密念念不忘。

也許是上天的安排吧，在一次偶然的逮捕行動中，布萊雅克見到了從前的三個老朋友，說出了這個秘密。四個人臭味相投，一拍即合，於是，布萊雅克在幕後操縱，另外三人開始了對可憐的達斯特老頭的逼問。老人經不住驚嚇，一句話也沒說就死了。雖說司法機關並不知曉此事，但或多或少地令布萊雅克的良心受到譴責，而那三個同謀也非常害怕。雅克．昂西韋爾把這事告訴了妻子，他妻子便找到布萊雅克，要他全權承擔罪責。布萊雅克怕她出面揭發，只好在她準備好的文件上簽了名。為確保安全，這份文件由若多塞進了一個從達斯特老人枕頭下拿的礦泉水瓶子裡。從此，布萊雅克就被他們掌握在手裡。

兩年前，那筆財富的唯一知情人——奧蕾莉——從修道院回來了，若多和盧博馬上讓布萊雅克想辦法從她嘴裡探聽消息。這對如今已是地位顯赫的布萊雅克而言，是一件很痛苦的事，他已經淡忘了那筆所謂的財富，但是他有把柄落在人家手中，也就不得不服從了。權衡再三，他開始折磨奧蕾莉，強迫她去回憶。更令人噁心的是，他居然對奧蕾莉產生了不正常的感情。這樣的環境讓奧蕾莉窒息，逃跑成了她唯一的出路。吉約默就是在這種情形下出現的，知道吉約默是誰嗎？他就是那個昂西韋爾的兒子。這傢伙在這之前一直是某個國際竊盜集團的成員，活動隱蔽，沒有引起過警方的注意。他在母親的授意下，偽裝真誠，騙得了奧蕾莉的信任。在他的慫恿下，原本就想出走的奧蕾莉決定和他一起離開。

四月二十六日那天，奧蕾莉想到自己就要重獲自由而感到相當興奮，於是答應和布萊雅克喝最後一次茶。結果在街上意外地遇到了馬萊斯卡爾，發生了一點不愉快。晚上，奧蕾莉從家裡溜出來，在火車站和吉約默會合，上了開往馬賽的快車。此行是吉約默安排的，他有兩個目的，其一是進一步騙取奧蕾莉的信任；其二則是準備在貝克菲爾德小姐的指揮下去尼斯行竊。

我們再來看看若多和盧博兄弟，他們對布萊雅克家中發生的事瞭若指掌，一直監視著吉約默，所以，他們也上了火車，目的是劫走奧蕾莉。那天的座位是這樣分配的，五號車廂的尾部是貝克菲爾德小姐和我，前面是奧蕾莉和吉約默，至於若多和盧博兄弟則坐在四號車廂，對了，這個車廂裡還有馬萊斯卡爾特派員先生。」

拉烏爾停了一下，看了一眼馬萊斯卡爾，後者的臉上不由自主地現出一副恍然大悟的表情。

「等列車在晚上行駛時，四號車廂的三個人開始行動，他們戴上面具，穿著罩衣，來到五號車廂。他們認錯了人，把我打暈了，又綁了貝克菲爾德小姐，等遭到她反抗的時候，他們發現弄錯了，於是向前面走去。但是騷動已經讓吉約默警覺了，他搶先開了槍，盧博兄弟中彈身亡。若多見情勢不妙則奪門而逃。

在後來的調查中，所有的人都犯了一個經驗上的錯誤，認為死者一定是受害者，而逃走的人一定就是兇手。於是，冤枉了原本無辜的人。」

「可是……可是吉約默為什麼要跑呢？」馬萊斯卡爾忍不住問了一句。

「又是一個愚蠢的問題！」拉烏爾輕蔑地看了他一眼，「吉約默一直幹的就是一些見不得光的事，他可不願意讓警方對他進行調查。所以，他威脅奧蕾莉，要她繼續跟他走。奧蕾莉嚇壞了，只好聽從他的擺佈。於是，他們換上兩個強盜的衣服，倉皇逃走。一小時後，奧蕾莉被逮捕，落入馬萊斯卡爾的手裡。是我把她救出來的，所以……」

拉烏爾說著，轉向奧蕾莉，俯下身，以極其溫柔的語調說：「不要難過了，傻姑娘，一切都有我！我說過的，我會永遠在你身邊。不管是吉約默、馬萊斯卡爾，還是若多，他們都不能把你怎麼樣的。你所要考慮的，是在警察包圍這裡之前，從從容容地和我離開。」

奧蕾莉怯生生地站了起來，馬萊斯卡爾和布萊雅克也立即堵住門口。

「你們不能走！」馬萊斯卡爾叫道，「有一點我還不明白，你說奧蕾莉沒有參與行兇，那她為什麼要和吉約默一起逃？事後為什麼不把真相說出來？」

「很好，你的問題終於不像白癡說的話了。」拉烏爾譏笑了一句，「在很長的一段時間裡，這點也讓我很迷惑。迫不得已，我只好翻了奧蕾莉的抽屜。原來是她母親臨終前囑咐她，無論布萊雅克做了什麼壞事，都要維護他。這個可憐的女人認為，布萊雅克畢竟給了她一個姓。」

「你說這什麼鬼話，她根本不知道布萊雅克過去的事。」馬萊斯卡爾提出了反對意見。

「不，她知道，是若多說的。我這裡有吉約默的母親親筆寫的證明文件，她證明，吉約默告訴她，那天在火車上，是若多威脅奧蕾莉，說她的繼父是殺死她外祖父的兇手，如果他被警察抓了，他不會放過布萊雅克。這就是最直接的原因，你還有什麼要問的嗎？」

「不，你們不能走！」馬萊斯卡爾有點歇斯底里了，他大聲吼叫，「我要他們付出代價，我才不相信你說的這些，我會把奧蕾莉的醜事公諸於世，還有布萊雅克，我要讓他們身敗名裂……」

「冷靜點，羅多爾夫，我們要走了，而你——」拉烏爾拿起那張從瓶子裡倒出的紙，說道，「把這個裝在鏡框裡，掛起來吧。」

馬萊斯卡爾的臉都氣白了，他顫聲說道：「你……你……我知道你是誰了，我不會放過你的。奧蕾莉，別以為你的這位情人是什麼不得了的探險家，他的所有行為都證明了，他是那個超級大盜，那個為非作歹的……」他的話沒有說完，門鈴響了，是他的幫手來了。馬萊斯卡爾喜形於色地搓著手，得意地說：「你完蛋了，我馬上可以借火給你，但你只能到監獄去抽菸了。」

隨著一陣腳步聲，有人衝進了門廳，加上剛才的兩個，馬萊斯卡爾立即有了六個手下，他有了必勝的把握。

拉烏爾笑了一下，輕鬆地說：「快到五點了。」

「別耍花樣了，沒用的！」馬萊斯卡爾的聲音大了起來。

「我是在替你擔心，老朋友，我怕你趕不及那個約會，在迪普街，你的寓所。你似乎準備接待一位……」

「別說了！」馬萊斯卡爾的臉變了色，他打斷了拉烏爾的話，然後示意手下，「你們先出去，我還得弄清一些問題。」

等屋裡又只剩下四個人時，馬萊斯卡爾走近拉烏爾，低聲問道：「你是怎麼知道的？你究竟想幹什麼？」

「喔，你是說那座寓所的地址和那些女人？很簡單，我只需要多關心一下你，再跑跑腿。對了，那些情書很精彩，B檢察官的妻子、法國喜劇院的X小姐，還有那位高貴的夫人，雖然老了點，模樣還不錯。

真想不到，你竟然是一個用色相換取晉升、求得保護的人……」

「住口！開出你的條件吧！」馬萊斯卡爾妥協了。

「好，我只要求你不要再糾纏布萊雅克和奧蕾莉，也不要再管若多和吉約默。老實說，你並沒有很確鑿的證據，不如就此完結。」

「這樣你就會把信還給我？」

「不，不，我要為你保管它們。如果那天你又走上邪路，我就在報上公開幾封信，你看如何？」

「我明白了，是她出賣了我，這個該死的女人！怪不得最近她那麼關心我，還透過她丈夫把你推薦給我。算你狠！」此時的馬萊斯卡爾已是滿頭大汗。

「不要太喪氣，朋友！雖然你輸給了我，但你的口袋裡不是裝著上司的辭呈嗎？你就快晉升了，好日子不遠了，高興一點吧。不過，聽聽我的忠告：『千萬不要再靠女人，也不要和亞森·羅蘋作對！』」

馬萊斯卡爾的心裡很不是滋味，但他除了放棄似乎已無從選擇。於是，他的手下在五分鐘之內全都離開了。

拉烏爾讓奧蕾莉收拾東西和自己一起走，並當著布萊雅克的面說，要送她到一個適宜靜養的地方，沒有她的允許絕不許去打擾她。

奧蕾莉跟著拉烏爾出了門，萬念俱灰的布萊雅克開槍自殺了，處於興奮狀態的奧蕾莉並不知情。

根據隨從的報告，拉烏爾攔住了一直在外監視的若多和吉約默。這兩個傢伙說什麼也不願放棄尋找那筆財富的機會，他們揚言要和拉烏爾繼續鬥下去。

這個小插曲讓拉烏爾有些不高興，儘管如此，他還是決定先履行對奧蕾莉的諾言。

8 謎底揭曉

鳥兒清脆的叫聲喚醒了奧蕾莉，她在這個由寄宿學校改建成的療養院已經住了兩個星期。也漸漸從恐懼中恢復過來，舉手投足間開始充滿快樂和活力了。

拉烏爾遵守了他的諾言，沒有來打擾過她。只是他的管家每天都為她送來鮮花、水果、書報和信件。經過前些時日的交往以及這段時間拉烏爾的默默關懷，奧蕾莉對他的性格和人品逐漸認可了。所以，當第二十天，拉烏爾寫信給她，提議一起出去兜兜風時，她毫不猶豫地答應了。

約定的那天是八月十五日，星期六，天氣晴朗。早上，拉烏爾準時到來，他對奧蕾莉說：「我們今天要去一個重要的地方，無論你看到什麼，請不要驚奇或害怕，我要成為你的拐杖，帶你找到屬於你的東西。」

奧蕾莉沒有說話，她有點理不清自己的思緒。但她仍然堅定地把手伸向拉烏爾。

汽車在高高低低、錯落有致的山道上行駛。這裡原是古羅馬時代的大道，如今則顯得萬分荒涼。在群山和樹林的盡頭，他們看到一個荒涼的村莊，路牌上標明這裡是儒萬村。再往前，車行至一塊環形空地，這裡林木蒼翠，景色蔥郁，一堵年代久遠的石牆圍住了一方景色，牆上開了一道門。奇怪的是，拉烏爾居然有鑰匙，他打開了大門，一個湖泊出現在他們眼前。湖面波平如鏡，整齊的山岩環湖而起。

拉烏爾把奧蕾莉領上了一條小船，在湖上划起來。奧蕾莉顯得有些不安，有一種感覺在她心裡忽隱忽現，但她卻仍摸不著頭緒。

環湖的峭壁深處有一個缺口，一條很窄的航道從中穿過，他們的小船划了過去。陽光下，那些深淺不一、奇形怪狀的岩石讓奧蕾莉驚訝不已。忽然一陣風吹來，遠處傳來某種聲響，仔細聆聽才發覺竟然是教堂的鐘聲。一時之間，奧蕾莉明白了自己不安的原因，童年塵封的記憶一一浮現在眼前。

「上帝啊，這不是真的！就在這裡，外公、媽媽，還有我，我聽到也是這種輕快的聲音……你究竟是誰？為什麼所有無法辦到的事你都能辦到？」奧蕾莉喃喃地說。

接著，她開始向拉烏爾敘述那些往事，就像跟一個朋友傾吐心事一般。「對，在這裡，這片湖的盡頭是另外一個湖，像一彎新月，那裡陽光燦爛，還有一片沙灘……對了，沙灘上有一個岩洞，我們從那入口進去，有一個人在等著我們。他穿得很怪，身材高高的，我們也能見到他嗎？」

「當然，」拉烏爾胸有成竹的說，「快到中午了，我們約好的。」

小船在沙灘邊靠了岸，進了奧蕾莉所說的那個岩洞。在放水果盤子的石板上，他們看到了一張紙條，上面寫著：「奧蕾莉，歡迎你回來，德．塔朗塞侯爵向你致意！我是你外公的朋友，因為有點事，只能在下午接待你，非常地抱歉。」

「這是怎麼一回事？他知道我要來嗎？」奧蕾莉問道。

「是的，他在履行與朋友之間的協定，等你成年。我也是最近才找到他的，我向他講述了發生在你身上的種種不幸，他相信了我。我們約好了今天由我帶你來見他。他很高興，所以把鑰匙給了我。他和你外祖父一樣，是個了不起的人。」

「可是，他為什麼不在呢？」

拉烏爾沒有回答，他也覺得有些意外，但他沒有太在意。接下來，他和奧蕾莉一起共進了午餐。兩點四十五分的時候，那鐘聲又響了起來。奧蕾莉滿懷感激地說，是拉烏爾把她帶回了美好的童年記憶裡。

拉烏爾體貼的讓奧蕾莉休息一會兒，奧蕾莉躺到了吊床上，拉烏爾則到洞口等待侯爵。又過了一個小時，還是不見侯爵的身影，拉烏爾有些著急了，他強忍住向奧蕾莉傾訴心聲的念頭，穿過沙灘，想到另一面去看看。

意外在這時發生了，他們剛才拴在木樁上的小船不見了，拴船的繩子顯然是被人割斷的。拉烏爾沿著沙灘邊的石壁向上爬，想找出點線索來。他艱難地攀到高臺上，然而，除了看到一條羊腸小徑外，什麼也沒發現。

尋找了將近一個小時，拉烏爾爬下來，發現湖水上漲了，已淹過了他的腳背。

「怪事！」他咕噥了一句。

洞裡的奧蕾莉大概聽到了他的腳步聲，迎了出來，她也被這漲起來的水嚇了一跳。拉烏爾連忙安慰她，說這只是自然現象。同時，他發現在岩壁上有一個和洞頂一般高的浮水印標度，立即意識到他們已處在危險之中。但是，他想不通這種現象是怎麼引起的。還有，這一連串的意外和侯爵的遲遲不到有什麼關聯嗎？

在理不出頭緒的情況下，拉烏爾決定返回儒萬村去。但小船沒有了，他們只能爬上高臺，從那條小路走。他們剛離開岩洞，一顆子彈就從他們身邊呼嘯而過。拉烏爾趕緊按倒奧蕾莉，不等他起身查看，第二顆又射來了。

他們不得不返回洞內，拉烏爾把奧蕾莉安置在安全處後，向洞口走去。奧蕾莉一把抓住了他，連聲說：「拉烏爾，請你留下來，我……我不願你去……去冒險……」

「不會有事的，我只是去看看。」

拉烏爾伸出頭去，第三顆子彈打穿了洞頂的一塊石壁。看來，外面有狙擊手用遠端步槍在阻止他們出洞。從子彈射來的方向看，對手應該埋伏在湖對岸的樹林裡。

拉烏爾思考了一會兒，朗聲笑起來：「原來是這兩個寶貝人物，若多和吉約默。我想，他們一定是綁架了侯爵，拿走了關於財富的資料，然後寫了那張便條，設下陷阱，想置我們於死地。」

談話間，湖水越漲越高，拉烏爾扔了兩根點燃的火柴出去，洞外又傳來兩聲槍響。於是，他讓奧蕾莉到高處去，並安慰她，說天黑以後可以從小路走出去。

「相信我，一切都會好起來的。」拉烏爾嘴上這樣對奧蕾莉說，但心裡卻在打鼓。他發現這湖水的上漲是人為的控制，離天黑還有將近兩個小時，威脅越來越大了。

儘管拉烏爾努力掩飾自己的憂慮，但從他聲音的變化和不安的沉默中，奧蕾莉還是察覺了。她希望拉烏爾能告訴她實情，拉烏爾只好嚴肅地對她說：「我們的確很危險，但如果我能儘快弄清楚一些事情，是可以脫身的，只是……只是我需要你的幫助。我知道，你答應過你母親，只把秘密告訴所愛的人。可是，我們現在面臨的是死亡，它應該更有理由讓你開口。而且，不管你怎麼想，我一直都愛著你。我發過誓不向你提起這些，但這是迫不得已的……對不起，我愛你，並且想救你，所以，告訴我，把你已回憶起的那些事都告訴我。」

奧蕾莉不住地點頭，然後在拉烏爾的引導下，斷斷續續地說出一些重要的細節，她告訴拉烏爾，當年在這個地方看到的景物和現在一樣，但位置改變了，那些峭壁不再浸入水中，周圍還有一些房子和廢墟。

拉烏爾理出頭緒後，他開始想辦法。奧蕾莉含情脈脈地看著他，突然抓起他的手臂吻了一下。拉烏爾震驚了，他有點慌亂地問：「天啊，你……你這是……」

奧蕾莉伸出手臂輕輕地摟住他的脖子，充滿感情地說：「我愛你，我愛你，拉烏爾！知道嗎？這才是我一生中最重要的秘密，和它相比，另外那個秘密簡直不值一提。從你第一次在黑暗中吻我，我就愛上了你。在那個痛苦的夜裡，你讓我有了奇妙的幸福感。正是這種愛，讓我慌亂、困惑，所以我只好躲著你。在修道院的土臺上，我撒了謊，我根本不恨你，我發了狂一樣的愛你。這份愛支撐著我接受所有的磨難。抱緊我吧，親愛的，我是屬於你的！」

奧蕾莉這一番強烈的表白，讓拉烏爾的心跳加速。他緊緊地擁著她，為此時感受的那份幸福顫慄。

「什麼也不要想了，只要和你在一起，死又有什麼關係呢？吻我吧，這就是最快樂的生活了。」

奧蕾莉說著，送上了她那嬌豔欲滴的雙唇。多麼醉人的一吻啊！時間像是瞬間停止了，一切的榮辱、困難、憂慮、得失，都被拋到了腦後，彷彿世上只剩下這對快樂的有情人。

夜幕降臨得太快了些，腳下還在上漲的水把拉烏爾拖回現實，他從奧蕾莉的懷裡掙脫出來。

「不！不，親愛的，天快黑了，為了我們長久地幸福，我必須搏一搏。相信我，我一定能救你出去，這是我的職責。等著我，不管發生什麼事，我會很快回來的。聽我的信號吧！」

奧蕾莉不再阻攔，她無力地靠在岩壁上，目送拉烏爾出去。

拉烏爾脫掉了上衣，外面一團漆黑，他提醒自己必須眼觀四面，耳聽八方，否則敵人不會給他生存的機會。他想去找那個控制漲水的開關，那應該是個閥門，可這閥門究竟在哪裡？他摸不清方向，略做思考之後，他決定跳到水裡，遊到對岸去。

在峽谷入口處的岬角處，拉烏爾上了岸，他聽到頭頂傳來一陣輕微的說話聲，於是，冒險往上爬。在岩石上攀爬的困難可想而知，但拉烏爾終究還是上去了。出現在他面前的是一片草地，有兩個人背對著他趴在地上正俯瞰著湖面，身邊則放著一支步槍和一把手槍，還有一隻亮著的手電筒，正是這束光把拉烏爾引到這邊來的。

拉烏爾舉手看了一下夜光錶，發現自己離開奧蕾莉已經有五十分鐘，時間不多了，他得趕緊行動。他往前移動了幾公尺，聽到那兩人的對話。果然，這兩人正是若多和吉約默，所有的事都是他們幹的。他們還弄死了侯爵，計劃以正當的手法低價買下儒萬莊園，再把肯定會被淹死的拉烏爾和奧蕾莉沉到湖底，然後慢慢享用那筆財富。

拉烏爾不想再耽誤時間了，他悄悄地拿走了槍然後現身。這下可把若多和吉約默嚇個半死。拉烏爾藉機提出了自己的辦法，他要這兩個傢伙放棄眼下的一切，因為這裡只是一個資源的所在地，需要投資建設、經營，雖然利潤可觀，但風險也不小。作為交換條件，拉烏爾願意出每月付五千法郎給若多，兩千法郎給吉約默，而且先預付一季。為了免除他們的擔心，拉烏爾告訴他們自己就是亞森．羅蘋，於是達成協議。拉烏爾與他們約定，交錢時即得到侯爵的那些文件。最後，拉烏爾藉口先驗驗貨，讓若多帶自己去了控制水閘的地方，關掉了閥門。

在拉烏爾給洞裡的奧蕾莉發出安全信號時，若多他們不得不佩服眼前這個人的膽量。他們徹底折服了，若多甚至拿出了侯爵的所有資料。

把若多和吉約默打發走，拉烏爾划船回到洞口。他一邊跑一邊叫：「親愛的，我們勝利了！」

洞裡沒有回應，拉烏爾連忙跑了過去。奧蕾莉躺在吊床上，眼角凝著淚，但睡得很安穩。她實在太疲憊了，睡意戰勝了對死亡的恐懼。況且，她把生命交給了她所信任的男子，便沒有什麼可擔憂的了。她深信這男子可以將她從危難中拯救出來。

拉烏爾捨不得叫醒奧蕾莉，他坐在吊床邊。不一會兒，就因為太過疲憊而進入了夢鄉。

第二天清早，陽光射進洞裡。拉烏爾和奧蕾莉都醒了，他們走出洞口，奧蕾莉發出一聲驚呼：「就是這樣的，當年我看到的情景就是這樣的。」

是的，在他們的面前出現了一幅奇特的景象，在湖水褪盡後露出的一個深池裡，一片宏偉的建築和廟宇的廢墟排列在空地上，一條大道穿過建築，一直通向岩洞。一切都濕漉漉的，一些大理石和金磚在陽光下閃閃發亮。

「真是難以想象，古羅馬的廣場……」拉烏爾有些激動，「是的，我看了那些平面圖，這是古羅馬時的儒萬城。是你的外祖父發現了它，瞧，這是他建的水管……」拉烏爾說著，把奧蕾莉帶到蓄水池旁，那裡露出幾根粗大的鉛管，拉烏爾擰開了龍頭，一股冒著霧氣的水噴了出來。

「儒萬斯礦泉水！沒錯，那個瓶子裡裝的就是這裡的水。」

拉烏爾和奧蕾莉在這座神秘的地下城轉了兩個小時，他們約定，在奧蕾莉沒有合法繼承這裡之前，暫時不公開這些埋藏在地下幾世紀的東西。於是，拉烏爾打開了水閘開關，看著湖水漸漸地淹沒了那神奇的地方。「我真佩服你外祖父和塔朗塞侯爵的勇氣，他們在發現了這個水閘開關之後，就開始對這些寶貴的文化和藝術遺產進行整理和修復，他們為後人帶來的福祉是巨大的。對你而言，它真的是一份彌足珍貴的禮物。」拉烏爾對奧蕾莉說。

奧蕾莉沒有吭聲，過了好一會兒才問：「你還是不知道侯爵的下落，是嗎？」

拉烏爾不想讓她難過，敷衍著說：「可能……可能他有別的事耽擱了，或者……或者病了。」

奧蕾莉顯然不相信這種拙劣的解釋，她心事重重地說了一句：「我們走吧。」

當他們爬上峭壁，到了剛才若多和吉約默藏身的地方時，奧蕾莉發現了一個大袋子。拉烏爾覺得這個袋子似曾相識，於是走過去，把手伸進袋子裡。裡面鑽出一個孩子，正是為若多找瓶子的小傢伙。

拉烏爾問他若多到哪兒去了，孩子迷迷糊糊地看著拉烏爾，說昨天晚上他們離開了以後又回來了。今天早上，若多和吉約默發現水乾了，就跑到下面去撿東西。為了爭一塊像金子一樣閃著光的東西，若多給了吉約默一刀。再後來，牆倒了，兩個人就被壓在下面了。

拉烏爾大吃一驚，他追問孩子是什麼時候發生的事。孩子抽泣著說，就是幾分鐘前。拉烏爾這才明白，那兩個傢伙被牆壓著無法呼救，此時已被埋葬在湖底裡了。這個驚人的消息對奧蕾莉是一個很大的打擊，她喃喃地說：「我們都做了些什麼啊！」

返回療養院的途中，奧蕾莉始終一言不發，拉烏爾也只好保持沉默。到了療養院門口，奧蕾莉告訴拉烏爾，希望能分開一段日子，她會給他寫信的。拉烏爾剛開始不同意，但看見奧蕾莉態度堅決，只得讓步。

一個星期以後，拉烏爾接到了奧蕾莉的信，信中寫道：

親愛的：

在提筆的時候，我仍然無法理清我的思緒。我知道我的繼父死了，據說他是自殺的；還有塔朗塞侯爵，人們發現了他的屍體，說是意外，但我知道，他可能是死於一場謀殺……若多和吉約默的慘死，火車上的貝克菲爾德小姐、盧博兄弟，甚至我的外祖父。

圍繞在我身邊的死亡太多了，讓我害怕且窒息。我在想，外祖父想要給我那筆財富是出於愛，但這種愛卻成了套在我脖子上的枷鎖。

我的心很亂，我不知道將來會如何，唯一能做的，就是不斷反省曾有過的那段生活。我現在需要的是時間，讓它來為我作見證吧。我依然深愛著你，但請等我，並給我時間。

原諒我的自私與任性。

奧蕾莉

拉烏爾沒有等，他開始急不可耐地尋找奧蕾莉，但所有的努力毫無結果，他痛苦地過了兩個月。突然有一天，他收到奧蕾莉的一封電報，希望他第二天能到布魯塞爾的王家劇院去看歌劇。

拉烏爾去了，他見到了已改名為呂西．戈蒂埃的奧蕾莉。演出結束後，碧眼美女撲進了拉烏爾的懷裡，兩人擁在一起。

故事結束，拉烏爾買下了儒萬莊園，但是出於對奧蕾莉的尊重，他沒有對外透露那裡神奇的一切。最後，又將所有的東西交給了法國政府。

至於馬萊斯卡爾，他變聰明了，但仍然和女人牽扯不清。他曾在不同的場所，透過假面具認出過拉烏爾。因為每一次，拉烏爾總是喜歡在他不注意的時候走近他，低低地來上一句：「有火嗎？羅多爾夫？」

神秘古宅　1928

身穿鑲滿鑽石的華麗服飾，歌手蕾吉娜在服裝秀上當眾遭綁，
不久後，模特兒阿爾萊特也隨之被劫走，
歷劫歸來的兩人皆指證梅拉馬爾伯爵的神祕公館是歹徒的據點，
伯爵實是百口莫辯，因為顯赫的梅拉瑪爾家族早已多次牽涉罪案。
這一切究竟是家族注定命運多舛，還是有心人安排的陰謀？

Arsène Lupin
~ gentleman cambrioleur

1 蕾吉娜被劫案

巴黎的市民被一個離奇古怪的案子震驚了，這是一起聞所未聞的搶劫案，罪犯的膽大妄為讓大眾瞠目結舌。他們公然從一家可容納數千人的大劇院的舞臺上劫走了一個漂亮的姑娘。更有甚者，當時劇院裡有許多警察和便衣刑警在巡邏，居然毫無察覺。

被劫走的姑娘叫蕾吉娜，是個美麗的歌星。案發當天，歌劇院裡突然響起了火警，頓時亂成一片，一個蒙面劫匪趁亂劫走了她。蕾吉娜被劫時身上披著一件長披風，腰間繫著一條束腰帶。在腰帶和披風上鑲了許多寶石，價值連城。

這起離奇的劫案，在翌日的早報上作為頭條新聞登了出來。所有的人都在關注著，市區一個小公寓裡，一對年輕夫妻也正在看這條消息。

桌上的咖啡冒著熱氣，丈夫正集中精神看那條消息。妻子則一邊把麵包從籃中拿出來，一邊瞧著丈夫手中的報紙。她突然大叫了一聲「我的天」，然後深深地歎了一口氣，說道：「這是什麼世道，我連一顆假寶石都沒有，而那個蕾吉娜，卻穿著滿是寶石的衣服。這太不公平了！」

「唉，其實那些鑲有寶石的衣服並不是她的。據說是一個叫馮賀班的寶石商人，因為仰慕她而將這些寶石借給她用的。」

「是這樣啊，不過，能借到那麼多寶石也不簡單啊，想一想在衣服上鑲那麼多寶石應該像美麗的公主一樣吧？她為什麼要穿這麼一件衣服？」

「歌劇院昨天舉行的是一次最新款式的時裝表演。」

「喔，蕾吉娜是來參加表演的。你說她是個歌手，可我好像沒聽過她的名字。」

「聽說她本來是一個小劇場的歌手，人又年輕，所以大家還不太了解她。但她相貌出眾，而且身材姣好，寶石商人馮賀班特別選中了她做時裝模特兒。你看，報上是這樣寫的：『馮賀班專門買了數顆寶石，特地送到蕾吉娜的公寓，親自指點那些裁縫，將鑽石縫在腰帶和披風上。』」

「這個馮賀班是個不簡單的人吧。」

「不太了解，報上只說他是一個很有名氣的寶石商人。」丈夫喝了一口熱咖啡，又拿起麵包撕成兩半，說道：「你剛才說的沒錯，這個世界是太不公平了！儘管我一直不停地忙於工作，但恐怕這一生，都買不起一顆玻璃制的假鑽石。」

「這沒什麼，我們不是早就有了一顆大鑽石了嗎？而且，是最值得我們去珍惜的鑽石呢！」剛才還有所抱怨的妻子安慰著丈夫，眼光轉向牆角邊正在熟睡的男嬰，露出甜蜜的微笑。

「是啊，他是屬於我們獨有的鑽石，比任何鑽石都寶貴。」

年輕的丈夫對妻子和孩子笑了笑，然後高興地出門上班了。

可以這樣說，這天的早晨，巴黎所有的家庭，都和這對年輕夫妻差不多，把這件事作為了茶餘飯後閒談的主題。但沒有誰知道，馮賀班究竟是一個什麼樣的人物。

馮賀班原本是一個倒賣人造珍珠的商販，在一次很長的海外旅行後，他成為一個有名的寶石商。誰也不知道他到底有多麼富有，但大家現在都稱他為鑽石大亨。

劫案發生的當晚，他在後臺看著蕾吉娜出神。而蕾吉娜，也為能穿著一套如此昂貴的服裝而興奮不已。馮賀班讓蕾吉娜不必擔心，為了這次演出，他的保安工作佈署的很嚴密。但蕾吉娜仍然有些不安，馮賀班說：「你就放心好了，我早就請了大偵探貝舒來參與此次的保安工作。不過他有要事在身，要兩個星期後才能回來，先派了三個得力助手前來幫忙。不會有什麼問題，放開膽子去表演吧！」

蕾吉娜說自己並不是擔心安全問題，而是怕贏不了模特兒阿爾萊特，愧對了這身華貴的裝束。

「你怎麼能這麼想？多一點自信吧。」馮賀班笑了，接著轉身對他身邊一個年輕的紳士調侃說，「她會贏的，是不是，達瑞里斯？」

讓‧達瑞里斯，英氣逼人，體格健壯，是一個很有男子漢氣息的年輕紳士。他極為喜歡冒險以及運動。三個月前，他剛完成獨自駕小艇環遊世界的冒險旅行，這一舉動使他成了巴黎社交圈的名人。

馮賀班是在上周才認識達瑞里斯的，一見如故，談得很投機，成為交往甚密的好友。

「對，你不會輕易輸給她的。其他的不說，單就這身衣服也能把她比下去。」達瑞里斯鼓勵道。

蕾吉娜受到鼓舞，有了信心，臉上也露出笑容，像一朵盛開的嬌豔花朵。

馮賀班和讓‧達瑞里斯二人回到座位坐下，等待服裝大賽開始。劇院裡坐滿了巴黎的上流人士，這是一次盛況空前的時裝大賽，預示著今年的服裝潮流，巴黎的社交界人士幾乎都到了。

劇院的燈滅了，帷幕慢慢拉開，表演開始。每一個模特兒都穿著得體的、倍顯個性、樣式獨特的鮮豔服裝。這些時裝都是巴黎有名的服裝大師精心設計出來的，經過一流的裁縫之手。表演還未過半，觀眾席上早已是稱讚聲四起。

輪到蕾吉娜出場了，她邁著柔美的步伐走到舞臺上，拖著長披風，束著腰帶，燈光照射下來，令她身上閃閃放光。再配上她那苗條的身形，彷彿天使下凡一般，高雅神聖不可侵犯。被鑽石光芒環繞著的蕾吉娜面露笑容，展開雙臂，輕輕地轉動著身子。這時，她身上的鑽石散發出千百道光芒，在舞臺上閃耀著。

整個劇場中沒有了半點聲響，大家都屏氣凝神地觀看著。猛然間一聲鳴警音，打破了寂靜的氣氛。

「不好，失火了！」有人大叫，接著一道火光從右邊射出，後臺冒出一股濃濃的白煙。

全場立即大亂，觀眾席裡不斷傳出呼喊聲，人們紛紛往外擠，燈也滅了，舞臺上又竄出紅色的火焰來。有兩、三個男人，從臺後跳上舞臺，邊跑邊喊：「著火了！著火了！」

劇場內早就亂成一鍋粥，有五、六個膽小的女士被嚇得暈倒了，幾個好心的紳士將她們抱到座位上。所有的人都急著往出口擠，場面混亂不堪。

臺上的蕾吉娜被火焰包圍了，她一邊大呼救命，一邊試圖逃到臺下。但煙霧太大，她掙扎了一會兒，就累昏了。就在此時，一個用黑布蒙面的人，猛然從樂隊的座位中跳了上來，用一個大斗篷裹住了蕾吉娜，然後抱起來向後臺跑去。

達瑞里斯是少數沒有擠向出口的人之一，他大聲喊道：「大家不要急，有人想趁亂打劫！就是他……抓住那個蒙面人，抓住他！」

他指著臺上大喊，但劇場已經亂作一團，沒有人理會他。達瑞里斯只好奮力跳上舞臺，再跑到後臺，可惜蒙面人已不見了蹤影。達瑞里斯好不容易從後門擠了出去，到了哈茲曼街，他在街上找了一會兒，沒能發現什麼。馮賀班也跑出來了，神情緊張而沮喪。

「達瑞里斯，看到劫匪了嗎？」

「沒有，跑了！可能是乘車跑掉的。」

「那……我……我的鑽石呢？」

達瑞里斯遺憾地搖了搖頭，馮賀班發出一聲絕望的喊叫，差點倒下去。達瑞里斯扶住他，馮賀班呻吟了兩聲，突然伸手掏出一支槍來。達瑞里斯嚇了一跳，以為他要自殺，趕緊阻止。馮賀班像瘋了似地，從達瑞里斯手中掙脫出來，大聲喊道：「是誰……是誰搶了我的鑽石？我要殺了他……找回鑽石。」

達瑞里斯費了很大力氣才奪下馮賀班手中的手槍，哄勸著他回到了劇場的後臺。火已被撲滅，實際上，並不是真正失火，只是有人在入口處的人造花籃上撒了些煙硝，並點燃它們，造成混亂。

達瑞里斯沉思了好一會兒，他認為這是一起早有預謀的事件，目的就是那件昂貴的鑽石服裝。看著幾近瘋狂的馮賀班，達瑞里斯不敢把自己的猜測說出來，於是悄悄地出了劇院。達瑞里斯猜對了，那蒙面人真是乘汽車走的。他抱著裹在斗篷裡昏迷不醒的蕾吉娜，跑出哈茲曼街，來到莫加德路，那裡有一輛汽車在等候著。

夜已深，行人稀少，蒙面人很順利地來到汽車前，從車裡走出另一個蒙面女子為他打開了車門。兩人把蕾吉娜放到後排座位上，然後男的坐到駕駛位，發動汽車。

蕾吉娜醒過來了，回想起剛才的一幕，禁不住直冒冷汗。她睜開雙眼，但什麼也看不到，只感覺自己正不斷地上下顫動，應該是在汽車上，但她不知道自己會被帶到哪裡去。

「是有人救了我，正把我往醫院送。是誰呢？一定是馮賀班先生。」想到這裡，她慢慢移動了一下身體。

「不要亂動！」一個有意壓低了的，聽起來很可怖的女人聲音傳過來。

蕾吉娜吃了一驚，想坐起來看個究竟。

「我說了不要亂動！」還是那個尖銳的女人聲，「有點痛，是嗎？那是劍尖。乖乖地躺著別動，否則要你好看！」

蕾吉娜這才意識到自己被壞人劫持了，她摸了摸身上，縫有鑽石的披風和腰帶還在，劫匪的目標無疑就是這個。想到有可能面臨的危險，蕾吉娜忍不住發抖。汽車仍在不停地飛奔，到了什麼地方，正在往什麼方向開，蕾吉娜是一點都不知道，但她感覺到汽車拐了很多彎。透過頭上斗篷的縫隙，蕾吉娜依稀見到路上的燈光，她覺得這輛車並沒開出巴黎市區，一直是在市內轉圈。於是，她設法悄悄地去看車外面，但因為整個人都被包在那個長斗篷裡，只要動一下，就會碰到那把劍，所以她不敢隨便亂動。

過了一陣，壓著她肩膀的手略微鬆了一下，斗篷中間露出一個小的縫隙，蕾吉娜借此往外看去。映入她眼簾的是一雙女人的手，無名指上戴著一隻珠戒，上面有三顆珍珠，排成了三角形。

「這個珠戒是極為有利的證據。」蕾吉娜仔細看清了那個珠戒，牢記在心。

大概又開了二十來分鐘，汽車停住了，駕駛座上的那個人下了車。過了一會兒，他又坐了上來，然後將車子開進一扇大門裡。

蕾吉娜很想知道這是哪裡，剛好她的斗篷被人拉了下來。環視四周，蕾吉娜發現這是一個林木茂盛的地方。但她還來不及細看，眼睛又被那女人捂住。駕駛汽車的男人抓住蕾吉娜的手，拉著她走過一段石子路。上了六級石階，再走過一段像是石子鋪的路，跨進一個大門。

「前面是樓梯。」那人低聲提醒。

蕾吉娜一踏上樓梯就感覺到上面鋪著地毯。她在心裡默數著，走過二十五級樓梯，來到樓上的一間房間。

「喂，應該知道為什麼帶你到這來吧？」一個粗暴的男聲問道。

蕾吉娜呆站著不吭聲。

「我只想借你穿的腰帶和披風一用，脫下來吧。」

「不。」蕾吉娜毫不含糊地拒絕了。

男人很惱火，命令那女人去取那件長披風。蕾吉娜閃躲了一下，但毫無用處。長披風和腰帶被那女人一一解了下來。

「我不會傷害你的，我們只要這些。你一定想知道這是哪裡，我們是誰吧？」那男人的語調變得溫和起來，「你可以睜開眼，摘下她的眼罩。」

蕾吉娜臉上的黑布被拿了下來，看到眼前的一切，她不由得驚叫了一聲。

這是一間非常有氣魄的房子，燈光閃爍。此時她正處在一個寬大奢華的大客廳之中，這裡擺著高級的長椅和絲綢沙發，牆上還有織錦名畫，掛著威尼斯產的窗簾。此外，屋內還擺著許多由名貴的桃心木製成的傢俱；在暖爐架上，有一個精美的古鐘，它鑲在鍍金銅杯和大理石柱裡；天花板上吊著的則是產自波希米亞的玻璃飾品。

所有物品似乎都是路易十四時期的擺設，這使經常站在舞臺上表演的蕾吉娜驚羨不已。可是她想不通，住著如此豪華的房子的人為什麼還要搶劫鑽石？難道說，正是因為他們以搶劫為生，所以才能過上這樣的生活。他們究竟是什麼樣的人？

房間裡不斷有人進進出出，但都蒙著黑布，看不清臉。而且，幾乎所有的女性都穿戴著黑天鵝絨滾邊的深紫紅色服飾。他們為什麼要拿下黑布讓自己看清房子裡的一切呢？這其中必有不可告人的秘密。蕾吉娜一想到這些，不免有些擔心。

突然，有人關掉了電燈，屋內頓時一片漆黑，黑暗之中傳來嘶啞的聲音：「好了，事情辦了，放她走吧！」

話音一落，蕾吉娜又被蒙住臉，由人帶著下了樓，推進車內。汽車再一次發動了，大約開了二十來分鐘後才停了下來。

「下車！」把蕾吉娜推下車後，車立刻急馳而去。

蕾吉娜扯下頭上的黑布，卻早已不見汽車的影子。深夜的巴黎大街上，靜得可怕。細看之下，蕾吉娜發現自己正置身於多羅米第羅廣場，這兒離她在亨利·瑪丹街的公寓不遠。這次經歷真有幾分死裡逃生的意味，蕾吉娜一心想快點回到公寓。就在此時，有個人影向這邊跑來。藉著街燈淡藍色的燈光，蕾吉娜認出來人竟是讓·達瑞里斯。她如同見到親人一般撲向達瑞里斯，由於驚嚇過度，她幾乎要暈倒了。

達瑞里斯一邊伸出雙手抱住她，一邊安慰著她。蕾吉娜伏在他懷裡，不停地哭泣。達瑞里斯將蕾吉娜扶到廣場邊的一張椅子上，詳細詢問了她被劫出劇院後所經過的地方、劫匪的相貌，以及她最後到的那所房子的狀況。蕾吉娜無法清楚地回答這些問題，但她還是斷斷續續地講了一些經過，尤其是那間奢華的客廳，她描述得十分詳細。

警方從蕾吉娜那裡得出以下幾條線索：

一、蕾吉娜曾被帶到一個非常奢華的大建築物中，裡面擺設著路易十四時期的傢俱。

二、這個建築應在巴黎市區內，門口有六級石階，到二樓的樓梯有二十五級。

三、劫匪一共兩人，一男一女。女劫匪穿深紫紅色衣服，左手無名指上有一枚排成三角形的珠戒。

依據這幾條線索搜查，結果卻讓人沮喪，巴黎市區內根本找不到那樣的建築，更談不上找到相似的嫌疑犯了。失去鑽石的馮賀班請了私家偵探進行調查，但仍然沒有任何進展。這個案件成了無處下手的疑案，警方被媒體界大肆攻擊，民眾也認為是他們無能。由於遭受如此大的打擊，馮賀班病倒了。

讓・達瑞里斯根據蕾吉娜所說，也去做了搜尋工作，但依然一無所獲。

警方的一些人開始懷疑蕾吉娜提供線索的可靠性，可是，接下來發生的一起怪案則證明了的確有那樣的住宅和一男一女兩個劫匪。

2 女模特兒阿爾萊特

這起案件同樣涉及到一位漂亮女人，就是參加歌劇院時裝比賽的模特兒之一阿爾萊特。阿爾萊特是巴黎著名的切爾尼茨時裝店的模特兒，長著一雙綠色的大眼睛，美豔如花。跟蕾吉娜一樣，是時裝大賽上奪冠呼聲很高的選手。

由於發生了那場意外，比賽沒有任何結果。阿爾萊特仍然照舊去蒙塔博爾街的店裡上班，和同事們一起工作。就在劇場劫案發生的一周之後，一天夜裡，阿爾萊特接到一個電話，說她母親得了急病，請她立即回去，並且去找住在蒙塔博爾街三段一號的布里庫醫生。

阿爾萊特跟老闆告了個假就急忙離開，她找到蒙塔博爾街三段一號，那裡有一輛等候著的汽車，車旁站著一位穿著黑西服，樣子頗為高貴的紳士。

「你是布里庫醫生嗎？」阿爾萊特問道。

「喔，你是阿爾萊特小姐吧？剛接到你家的電話，我專程在這兒等你，快上車，情況好像十分緊急。」

阿爾萊特上車後，紳士迅速發動汽車，揚長而去。

阿爾萊特走後，切爾尼茨時裝店裡的幾個同事就低聲議論起來：「剛才阿爾萊特是說去三段一號請布里庫醫生吧？」

「是啊，有什麼不對嗎？」

「那個地方沒有什麼醫生，我每天都經過那兒，從沒見過有醫生的招牌。」

幾個女孩子趕緊去查電話簿，結果真的沒有一個叫布里庫的醫生。大家對望了一眼，感覺事態不妙。由於蕾吉娜被劫持的事鬧得滿城風雨，許多女孩心裡都很害怕，現在這事又如此蹊蹺，不得不讓人擔心。

切爾尼茨時裝店老闆得知消息後，沉思了一會兒，急忙撥了通電話給蕾吉娜，告訴她阿爾萊特可能被劫走了，而且很可能跟劫持過她的那個劫匪是同一個人。蕾吉娜告訴老闆，她會把情況轉達給正在幫她調查此事的偵探，老闆聽完後，如釋重負地放下了電話。

阿爾萊特坐上的那輛車裡除了那位紳士還有另一個女人。

「這是我妻子。」布里庫醫生指了指那女人說，他的語氣溫和而有禮。

那個女人戴著面紗，身著深紫紅色的服裝。這跟蕾吉娜的敘述完全相同，但正在擔心母親病情的阿爾萊特並沒有多做聯想。

汽車來到康地廣場時，那女人突然蒙住了阿爾萊特的眼睛。阿爾萊特嚇壞了，一邊叫喊，一邊掙扎，但卻擺脫不了那個女人的控制。阿爾萊特意識到自己同蕾吉娜一樣被劫持，於是停了下來，坐在座位上不動。她雖然年輕，卻很有膽識，片刻之後，她鎮定下來，低下頭，透過黑布的縫隙，她看到了那枚珠戒，以及女人腳上考究的尖鞋頭皮鞋。

「她穿的皮鞋如此講究，想必是個貴族吧？」阿爾萊特心想。

兩個劫匪低聲說著什麼，阿爾萊特豎起耳朵，隱約聽到那女人說：「……你也太心急了……離歌劇院那件事還不到一周，就又這麼幹，太危險了。」

「這麼說，他們果然是綁架蕾吉娜並劫走鑽石的人。」阿爾萊特肯定了這一點，但她馬上又想不通了，自己只是個模特兒，身上根本沒有什麼值錢的東西，他們劫持她有什麼用呢？

汽車在市區內不斷轉圈，最後來到了一個幽靜的住宅區。阿爾萊特借助一絲小縫向外瞧去，但看不出這是在哪兒。車子在一個豪宅大院門口停了下來，阿爾萊特被人拉下車。在被那女人拉著上臺階時，她默默地數著。「咦，這裡的石階也是六級！」

她更加確信這兩個人就是劫持蕾吉娜的那兩個綁匪，而這裡也就是蕾吉娜曾提到的那座神秘房子。趁那男人去打開大門時，阿爾萊特壯著膽子，扯下頭上的黑布，甩開那個女人，向屋內跑去，然後沿著樓梯向上跑。

「站住！」那男人在後面大聲喝止。阿爾萊特跑得更快了，上到了二樓，站在一間屋子前，她四處尋找逃跑的出路。

這裡是一間路易十四風格的大客廳，阿爾萊特看到一扇門，便跑上前準備奪門而逃，但那門卻怎麼也打不開。樓梯上傳來了腳步聲，越來越近，接著走廊裡傳來推門聲，那兩個傢伙離她越來越近了。阿爾萊特渾身顫抖，她想，如果被抓到就只有死路一條，還是先找個地方藏起來。環顧四周，阿爾萊特選中書櫃頂部，她剛爬上去，就有人推門進來了。阿爾萊特趴在那裡，一動也敢動。

底下的人在屋裡四處尋找，一直沒有抬頭，書櫃頂上的阿爾萊特躲過了一劫。聽著那兩個人熄掉電燈關門離開的聲音，阿爾萊特趴在那裡仍然不敢移動，唯恐他們再回來。一直等到十二點，她才緩緩地從書櫃上下來。

月光透過窗戶灑在屋內，阿爾萊特從走廊跑到院中，趁雲朵遮住月光的時候，緩緩爬出去，然後跑入叢林中，摸索了一陣，碰到了圍牆。她沿著圍牆走了一會兒，找到後門後，拔開門閂走出了院子。

暫時脫險的阿爾萊特一顆心狂跳不已，她捂住胸口，看了一下周圍的情況，沒有異樣，十分安靜。她開始拼命地朝著前面狂奔，根本顧不得方向，也不知會跑向哪兒。就這樣一直跑，終於跑到了馬路上，她伸手攔了一輛計程車，告訴司機到蒙馬特。

可是，她乘坐的這輛車剛開動，後面就有一輛車跟了上來，這使她剛放鬆的神經又緊張起來，忙催促司機加快油門。司機在幾個路口連續轉了幾個彎兒，一路疾駛，最後來到一個小廣場。阿爾萊特在這裡下車後，又換乘另一輛車，吩咐司機開到蒙馬特的韋爾德雷爾街五十五號公寓。

車駛出停車場，後面跟蹤的車子已經不見，阿爾萊特鬆了口氣，倒在座位上，暈了過去。

3 紳士達瑞里斯和探長貝舒

阿爾萊特醒過來時，已經是第二天了。她的母親焦急地守在床邊，還有一位陌生的紳士也站在那裡。阿爾萊特見此情形，正想起身。那個紳士伸手按住了她，讓她好好休息。

「媽媽，這位是……」

「我叫讓．達瑞里斯，你被綁架後，你的老闆將此事告訴蕾吉娜小姐，蕾吉娜又轉告了我。我陪著你的母親在公寓等了你一個晚上。因為我相信，他們會像放回蕾吉娜小姐一樣把你放回來。」

阿爾萊特來不及答話，門鈴響了，不一會兒兩男一女走了進來。一個是寶石商人馮賀班，另一個不認識，而女的正是蕾吉娜。

「很好，達瑞里斯也在。我剛聽說這件事，立即就和貝舒警長一同來看看。讓我介紹一下，這位是貝舒警長。」

那位被稱為貝舒的人，臉色泛青，個子矮小，看上去相當虛弱。但當達瑞里斯和他握手時，卻發覺他的力氣不小。那雙散發精光的眼睛，也有些咄咄逼人。

貝舒注視著達瑞里斯，覺得似乎在哪兒見過他，但又想不起了。達瑞里斯看著他，笑容可掬地和他打招呼。

接下來，他們開始詢問阿爾萊特前天晚上發生的事。雖然感到很累，阿爾萊特還是強打起精神把前天晚上發生的經過講了一遍。貝舒不時點點頭，同時還觀察著達瑞里斯的神色。達瑞里斯也是這樣，不露痕跡地觀察貝舒的神情。

聽完阿爾萊特的敘述，達瑞里斯若有所思地問：「你說那兩個傢伙是冒充醫生夫婦騙你上車的，那麼你是否看清了他們的面貌？」

「那兩個人雖然沒有蒙面，但我想一定是化過妝的，他們的穿著就像一對頗有身分的醫生夫婦，都很有風度。而且那個假扮醫生的男人，我好像……好像在哪兒見過。」

「喔，是什麼時間？在哪裡？」達瑞里斯迫不及待地問，貝舒也覺得這非常關鍵，凝神傾聽。

「大概三個月前，有個高個子、很有氣度的紳士，帶著一位據說是他妹妹的高貴女士，來到我們店。我拿出店裡最流行的服裝讓他們挑選，但他卻總是盯著我的臉。當我發覺後，那紳士又不好意思地轉過頭去。有一天傍晚，我下班時發現那位紳士在門口等著，見我走出來，他就跟了上來。我並沒有放在心上，像往常一樣去乘地鐵，那紳士沒有再跟上來。接下來的幾天，他總是這樣跟蹤我，我有些害怕了，但沒有告訴其他人。大概過了一個星期，因為沒再看見那紳士了，我也就放下了心。

「我有個習慣，晚飯後會去蒙馬特附近造訪一個朋友。我們經常聊天到十一點多，媽媽為此常責備我。有一晚，我仍是十一點多才回家。當我經過一段行人稀少又沒有燈光的地方時，又看到那位紳士在那兒站著。我怕極了，於是飛快地跑過去，但他並沒有追過來。又過了幾天的一個深夜，我又一次看到了他，我正想快點走過去，但他突然走過來，攔住了我。我嚇得轉身就跑，他仍然沒有追上來。自從那以後，我再也不敢獨自走那條路了。」

「那位紳士是不是很像假扮成布里庫醫生的劫匪？」貝舒問道。

「我不敢肯定，由於當時燈光比較暗，看不太清楚，但體型很像。還有，那紳士和布里庫醫生一樣，皮鞋上有一副灰色的鞋罩。」

聽她這樣說，大家都相當驚訝。達瑞里斯說：「阿爾萊特小姐，那個據說是紳士妹妹的女士來店裡時，身上是不是穿著深紫紅色的衣服？」

「啊，對！另外，扮作醫生夫人的女人，身上的衣服也是深紫紅色的，而且臉上還帶著面紗。」

「是他們！對了，阿爾萊特小姐，你被帶到的那座住宅，大門口是不是有六級石階，到二樓有二十五級樓梯？」

「我是慌忙跑進去的，到二樓有多少級樓梯我不清楚，但大門口的確是有六級石階。」

「那房子一定是我曾經去過的那座老房子。」蕾吉娜驚呼了一聲。

「照這樣看來，那個帶妹妹來店裡的紳士，就是劫持蕾吉娜小姐並奪走鑽石的人，也就是假冒醫生劫走你的人。」

「那個紳士來店裡時，有沒有說出他的姓名？」貝舒問道。

「他曾給過我一張名片，好像是叫梅拉馬爾伯爵……」

「什麼，梅拉馬爾伯爵？」一聽到這個名字，所有的人都吃了一驚。這個梅拉馬爾伯爵是巴黎很有地位的貴族，在社交界也享有盛名。經常為社會慈善事業捐錢，是個有口皆碑的紳士。

「這根本不可能，」馮賀班笑著說，「像梅拉馬爾伯爵這樣的紳士，怎麼會幹這種事？我們很熟，我了解他是一個高尚的人，他怎麼可能來搶我的鑽石，這簡直太荒唐了。」

「就是，」蕾吉娜也覺得不可思議，「像這樣一位有身分地位的人，不可能帶著他妹妹來綁架我和阿爾萊特。」

「按照兩位小姐的說法，劫匪腳上都有灰色的皮鞋套，伯爵是不是也有穿灰色鞋罩的習慣？」達瑞里斯問道。

阿爾萊特似乎想到了什麼，睜大雙眼說：「我記起來了，伯爵來店裡時，他的皮鞋上確實有灰色的鞋套，由於這種顏色的鞋套很少有，所以我的印象比較深。」

「馮賀班先生，你和伯爵很熟，是否見過他的鞋上有灰色的鞋套？」

馮賀班回憶道：「好像有。但我實話跟你們說，千萬不要懷疑伯爵是劫匪，這絕不可能！」

「不，我沒有隨意猜想伯爵就是搶走鑽石的劫匪，我想這裡面可能有比較複雜的隱情。或者，我們可以找找伯爵。」達瑞里斯一邊說，一邊來到電話機前。

「老弟，你想要幹什麼？難道你要問他是不是劫匪？」馮賀班的情緒有些激動。

「不，我有別的事問他。」達瑞里斯拿起電話，撥出一串號碼。

「喂？是梅拉馬爾伯爵公館嗎？我是讓．達瑞里斯男爵，請伯爵聽電話……伯爵先生嗎？大約兩、三周前，您是不是在報上登過一則廣告？我想前往拜訪一下，以便跟您詳談……是的，我已從那則廣告中得知，您的公館裡有不少東西失竊了，您希望找回它們。雖然它們並不值錢，但您卻要刊登廣告來找，想必這些東西對您有特殊的意義和價值……這我清楚。對，關於這件事，我需要和您當面談談……喔，喔，是……今天下午兩點怎麼樣？好……附帶說明一下，我到貴府時，還要帶兩位小姐同去。不，與此事無關，而是另有原因……關於這些，等我們會面時再說。好，再會。」

達瑞里斯放下電話。蕾吉娜說：「那則廣告我也看到過，不過都是找一些古怪的小玩意，這跟我們被劫有關係嗎？」

「現在還不知道，但也許那些小玩意兒對伯爵來說至關重要。而那些東西正在我的手中。」

「什麼？你從哪裡得來的？」

「在一個黑店裡買的，就在我看到廣告的當天，只用了十三法郎五十分。」

「那你怎麼不把東西還給伯爵？」

「這其中有些原因。從梅拉馬爾的名字上，我聯想到一件事。在十九世紀，曾發生過一個很古怪的『梅拉馬爾事件』，正當我潛心研究這一古怪事件時，發生了蕾吉娜和阿爾萊特遭劫持的事。這兩樁奇案似乎和伯爵有關，而且同那些奇怪的小玩意兒和那些被搶的鑽石似乎也有關，因此我才約他會面。你們聽到了，我跟他講好會帶兩位小姐一起去，而這兩位小姐，就是你們兩位。所以，下午兩點十分前，請務必在派利廣場等我。」

蕾吉娜和阿爾萊特點頭應允了，還商定一起在阿爾萊特家吃過午飯再去。

三個男人告辭離去，達瑞里斯臨走前又和蕾吉娜說了幾句。當他走出來時，見到貝舒正和馮賀班站在樓梯口談話。

貝舒說：「我們可得提防著他點，如果輕信他的話，會上當的。那傢伙自詡為男爵，簡直是在演戲，那傢伙……」

聽得出來，貝舒似乎對達瑞里斯有些意見。達瑞里斯走上前去，笑著問：「在談論我嗎？看來，你們有點懷疑我，實際上，我本來就是一個男爵。」

達瑞里斯說著，恭敬地拿出一張名片，遞給貝舒，那上面寫著：「讓·達瑞里斯男爵　航海專家」。

「不要跟我來這一套！根本就是在騙人。」貝舒毫不顧忌地說。

達瑞里斯沒有在意，他說：「那你說說，我究竟是幹什麼的？」

「你有太多的名字和身分，喜歡假冒偵探。哼，無論你怎麼化妝，我都認識你。剛才一見到你我就覺得面熟，當你打電話時，我就認出你來了。」說著，他又轉頭對馮賀班說，「馮賀班先生，你千萬不要被他騙了！就是他，在幾天前建立了一個私家偵探社，他可是個花樣繁多的騙子，不要離他太近。剛才他打那通電話，是想用他偷來的那些東西，去騙取伯爵的錢財。」

馮賀班臉色蒼白，十分驚恐地說：「沒想到，沒想到你竟會是這種人！」

達瑞里斯微微一笑說：「不管我是騙子也好，沒用的偵探也好，甚至是個壞人，只要我能幫你找回鑽石不就行了嘛。我為此事可是操勞了很久，不必把貝舒警長的話放在心上，也許他說的沒有一句是真的。」

「你！你在胡說什麼？」貝舒有點著急了，「馮賀班先生，他真的是個大騙子！我曾和他一塊辦過十幾起案子，但每一次只要找到了像寶石、現款類的贓物，他都不會如數歸還的，總是從中拿一部分或全部據為己有。因此，他也許能為你找回鑽石，但我要提醒你，他不會將寶石歸還給你的。他的紳士派頭都是假裝的，實際上是個無恥的竊賊！」

馮賀班的神情緊張極了，他和貝舒是多年的老朋友，而和達瑞里斯認識才不過一周的時間，相較而言，他自然更相信貝舒。「好了，達瑞里斯，不管你是誰，我都決定了，從今天起和你絕交。」

「隨便。不過，我是不準備放棄尋找寶石的，因為這個案件的離奇和複雜引起了我極大的興趣，我將竭盡全力來解決它。據我看，在此案中隱藏著一個謎，如果不先解開這個謎，是無法找到鑽石的。我相信，除了我沒有人能解開這個謎。還有，貝舒警長，不管有多大的困難，我都會將這個案子查到底的，並找到鑽石讓你看看。」

「哼！你以為這樣，我就放手不管了嗎？我會親自找回鑽石，也讓你見識見識。而且，我最終會抓你入獄的。」

「好啊，就讓我們各顯其能，比試一場吧！」

4 梅拉馬爾伯爵兄妹

大約一點五十分左右，阿爾萊特和蕾吉娜來到派利廣場，達瑞里斯早已等候多時，三人一同乘車前往伯爵的府邸。

伯爵的府邸在住宅區的最裡面，這附近的建築是十八世紀時期的，有一種陰森森的感覺。院中高大的樹木遮住了天空，很少能有光線透射進來，讓人感到很不舒服。

達瑞里斯按響門鈴，等待著門打開，此時一輛車行駛過來，馮賀班和貝舒從車上下來了。他們看到達瑞里斯後，表情有點不自在。

「你們也來了！怎麼？也懷疑伯爵嗎？好，我們有言在先，自己忙自己的，互不影響。」達瑞里斯對著他們倆笑了笑。但他們緊鎖眉頭，一言不發。

在老僕人的帶領下，達瑞里斯他們經過一個大院子，來到了正門前的石階處，蕾吉娜用顫抖的聲音輕聲說：「六級……這兒也有六級石階。」

阿爾萊特也是面色蒼白地重複道：「六級……真的是……是這裡。」

「鎮靜點，小姐們。」達瑞里斯扶著她們上了臺階，馮賀班和貝舒緊隨其後，老僕人帶他們來到正門旁邊的一個小會客廳裡。

「要是我們能到大會客廳去看看，就可以確定是不是你們被綁架的房間了。」達瑞里斯正跟兩個姑娘悄聲說道。

靠內的一扇門開了，走進來一位紳士。

「歡迎光臨寒舍，達瑞里斯男爵，在下就是梅拉馬爾伯爵。」

進來的這個人，大約四十多歲，看上去神情冷淡，不太愛言語，身體似乎不太好，精神也較差。他見到阿爾萊特，似乎有點吃驚，但很快又恢復了平靜。

「您好，伯爵先生，我是切爾尼茨時裝店的模特兒，感謝您前一段時間光顧我們店。」阿爾萊特很客氣地說。

伯爵很快地答道：「喔，是你啊，我妹妹一定給你添麻煩了。」

阿爾萊特一直瞧著伯爵，覺得他似乎像那個假冒的布里庫醫生，但似乎又不像。她下意識地去看伯爵的腳，不由得倒吸了一口冷氣。伯爵的鞋上，正套著一雙灰色鞋套！

當達瑞里斯為伯爵介紹蕾吉娜時，他並沒顯露出奇異的神情。此時，馮賀班也上前和伯爵攀談了起來：「還記得我嗎？伯爵先生，我是鑽石商馮賀班。前幾天，在歌劇院被搶的鑽石就是我的。」

伯爵沒什麼反應，好像一點也不關心這件事，對著達瑞里斯說：「男爵先生，我想知道，我那些失竊的東西，有線索了嗎？」

「是這樣的，由於我是個好奇心很重的人，從你的啟事上我覺得那些失竊的東西都很古怪，於是我就去黑市上尋找。」

「你講的黑市，是什麼樣的？」

「簡單地說，就是銷贓的地方，很多失竊的東西都可以在那裡找到。我就是在那裡找到你丟失的那幾件東西。首先是那個褪色的按鈴的藍綢片，接著是鎖孔蓋、火鉗柄，以及火盤。」

「太好了，全……全找到了？」伯爵的聲音有些發抖，「那個黑市在哪兒？」

「你不必去了，我已把它們全部買下來了。」

「太感謝你了，男爵。請你把那些東西交給我，我會按原價的數倍付錢的。」

「不用了，我把它們全部送還給你吧。這幾件東西，總共只花了我十三法郎。」達瑞里斯微笑著拍拍他的口袋。

伯爵的臉漲紅了，身子有些發抖，直瞧著達瑞里斯鼓起的口袋。幾件祖傳的失竊之物近在眼前，怎能不讓他激動？

達瑞里斯說：「一共有四件東西，我如數交還，我不要任何報酬。」

「那怎麼行？總該讓我為你做點事吧！」

「既然你這麼客氣，那我就提個小小的請求吧！我說過，我是個好奇心很重的人，這些被竊的東西，並不怎麼值錢，但你卻登廣告尋找。為什麼？還有，它們原來放在哪裡？我希望能看一看。」

達瑞里斯的話讓伯爵低下了頭，一副頗為難的模樣。

「如果不方便的話，就不……」

「不……不，請跟我一起到二樓的大廳去吧。」

達瑞里斯和兩個姑娘交換了一下眼色，暗示她們待會要仔細觀察。蕾吉娜身上的鑽石被搶走，發生在一座古宅的大客廳裡，阿爾萊特被劫持，也是被帶到了同樣的大廳裡，上樓一看便知是不是這裡了。兩個姑娘領會了達瑞里斯的意思，神情也有些緊張起來。

伯爵帶著他們沿著樓梯上了二樓，果然是二十五級！

「請。」伯爵開了門，大家依次而入。

一看到屋內的情形，蕾吉娜驚叫了一聲，幾乎暈倒。看著那曾見過的路易十四風格的傢俱、那些藝術品，和那個恐怖之夜到過的客廳沒有什麼區別。她顫抖著，跌坐到沙發上。

隨後進來的阿爾萊特看到屋內的擺設，神情劇變，由於激動過度，當場暈倒了。

伯爵慌了手腳，大聲呼喚著：「吉爾貝特……快，快拿鎮靜劑，弗朗索瓦，快叫吉爾貝特來！」

一個男僕人慌張地跑進來，跟在他後面的是吉爾貝特。達瑞里斯看了她一眼，這位曾經結過婚，現在離了婚回來跟哥哥住在一起的女伯爵，身材高挑，一頭棕髮，雖已三十多歲了，但仍然很美麗，尤其是她那雙烏黑的大眼睛，十分招人喜愛。不出所料，她身上的服裝正是深紫紅色的。達瑞里斯不動聲色，暗中觀察著吉爾貝特的一舉一動。

吉爾貝特熟練地將鎮靜劑放到阿爾萊特的鼻下，伯爵小聲叮囑，讓她好好照顧這位暈倒的小姐。吉爾貝特一邊回答，一邊來到閉目養神的蕾吉娜身旁，她將小藥瓶放到蕾吉娜的鼻下。

蕾吉娜緩緩睜開眼睛，當她見到吉爾貝特身上的深紫紅色服裝時，不由得一驚，不自覺地去看那隻放在她鼻子邊的手。一種前所未有的恐懼襲上她的心頭，她猛地坐了起來，驚呼道：「珠戒……三角形的珠戒……是你……是你……搶走鑽石的……就是在這兒……這沙發……就是你，別碰我！」

吉爾貝特手足無措，不知道發生了什麼事。阿爾萊特此時也醒了，她一眼就瞧見吉爾貝特的尖頭皮鞋，驚叫道：「啊，是你……就是你……這太可怕了……」說完這句又暈了過去。

吉爾貝特被這突然的變故弄得滿頭霧水，馮賀班和貝舒對視了一下，達瑞里斯的臉上則露出笑容，一副滿意的樣子。

伯爵跟他妹妹一樣，不知如何是好，貝舒集中精神觀察著他。

「她們有點緊張，伯爵，我想可能是看到了意料不到的東西才這麼緊張的。」達瑞里斯解釋道。

「有什麼意料不到的東西？」

「你會知道的，在這之前，我想和你說幾句話。」

達瑞里斯說著，來到伯爵身邊，拿出一個小鋼片，說道：「這是鑰匙孔上的蓋子，原先在書桌抽屜的鑰匙孔上，和其他兩個抽屜上的相同。」

他邊說邊來到書桌前，拿著銅片到鑰匙孔上試了試，恰好合適。

伯爵有些吃驚，卻沒有發問。達瑞里斯又從口袋裡掏出一小片藍綢片。

「這條綢片是從按鈴的帶子上撕下來的。」

他拿著手中的藍綢片和按鈴上面剩下的那塊一對，也是完全吻合。

伯爵呆住了，達瑞里斯似乎沒看到伯爵的表情，繼續說道：「現在，再來看看火盤放在哪兒。伯爵，燭臺在什麼地方？喔，看見了，在那兒……」

他靠近燭臺，那是六個分支的燭臺，每個分支上各有一個火盤，可以放六根蠟燭，達瑞里斯將那個火盤安上了。

「最後一件是火鉗柄。」達瑞里斯來到火爐前給火鉗裝上了柄，「全都絲毫不差，伯爵，可以回答我的問題了嗎？為什麼要找到這些不值錢的東西？」

「這些都是祖輩傳下來的，儘管不值錢，卻很珍貴，是古老的梅拉馬爾家族的象徵。」

達瑞里斯點了點頭，然後問起伯爵是什麼時候發現丟了這些東西。伯爵說是三周前的一天早上發現的，同時不見的還有一張十八世紀知名木匠做的桃心木製桌子。他之所以沒報警，是因為這些東西的確不值錢。對此，達瑞里斯提出異議，他問伯爵是否清楚，竊賊放著貴重財物不拿，卻拿走這些不起眼的東西用意何在。伯爵搖搖頭，表示不知道，而且他似乎突然間失去了耐性，態度變得冷淡，不準備再談下去。

但達瑞里斯似乎不準備放棄，他咄咄逼人地說：「伯爵，你知道我為什麼要帶這兩位小姐一起來嗎？她們又為什麼在這兒暈倒呢？」

「這與我無關！」伯爵很惱火地回答，然後指了指門，對僕人說，「弗朗索瓦，送客吧。」

「可是，伯爵，這與你有很大的關係。」貝舒按捺不住了，搶前一步說道。

「你是誰？」伯爵盯著這個矮子問。

「我是警察署的貝舒警長。」

「什麼？警察！警察混到我這裡幹什麼？」伯爵大為光火。

「我不是混進來的，是從大門進來拜訪你的。見面之時，我就作了自我介紹。事情發展到現在，我不得不向你提幾個問題，這是我的職責所在，請你配合。」

「你把我當成什麼人了？」伯爵氣得渾身發抖，他妹妹吉爾貝特在一旁大驚失色。

已經醒過來的阿爾萊特和蕾吉娜緊緊靠在一起，馮賀班低聲對達瑞里斯說：「貝舒已經有所發現了，他就像一隻獵犬，一有什麼動靜，帶著鐵鏈也會撲上去的。」

達瑞里斯微笑著，一言不發，站在兩個姑娘的後面，靜靜地看著伯爵和貝舒爭吵。固執的伯爵堅持不回答貝舒的任何問題，無奈之下，貝舒將矛頭指向了吉爾貝特，要她如實說出昨天下午的行程。

吉爾貝特畢竟是女流之輩，她想了想，說自己和哥哥是兩點鐘左右一起出去的，大約四點三十分回到家，之後就再也沒出門。

「那昨晚八點到十二點，你們在這個大客廳內幹什麼？」貝舒問。

吉爾貝特正準備要說，伯爵卻一個勁兒地跺腳，喝斥她：「不要隨便亂說！」

貝舒的嘴角掛著一絲嘲諷的笑意，頗有用意地說：「伯爵先生，昨天下午，你和你妹妹都不在家，那時你們應該正在蒙塔博爾街三段一號吧？在那兒，你假冒成一個叫布里庫醫生的人，劫持了一位美麗的姑娘，將她帶到這裡。萬幸的是，那個姑娘機警地逃走了，你應該認識她，就是這位阿爾萊特小姐。」

伯爵聽聞此言，緊握的雙手不停地抖動，臉也扭曲了，說道：「你……你在胡說些什麼？」

「我在講述一件事實。」

伯爵呻吟了兩聲，似乎有話要講，但卻什麼也沒說出來。臉上痛苦的表情似乎吐露出他有難言之隱。吉爾貝特則驚慌失措，身體不住地發抖，一會兒瞧瞧哥哥，一會兒又用哀求的眼神看著貝舒，雙手不停地揉搓著。

貝舒對自己的推理非常滿意，接著說：「還有，伯爵先生，我想你應該也認識這位小姐吧？」說著他指了指那邊的蕾吉娜說：「她就是歌手蕾吉娜。那天劇院響起火警，有兩個蒙面人趁場內大亂時將她劫走，關到一間大客廳裡，喏，就是這間。在這裡，她身上鑲有鑽石的腰帶和披風被搶走了。這個蒙面人到底是誰？那個蒙面女人又是誰？我想伯爵你應該清楚吧。」

說時遲，那時快，伯爵突然像發狂的野獸，猛地撲上去把貝舒按倒在地，叫喊著：「你這個混蛋，有什麼證據！竟敢這麼血口噴人！」

達瑞里斯費了很大勁才拉開伯爵。伯爵整個身體不住地搖晃，用憤恨的眼神瞪著貝舒，他已經無法按捺住心中的怒氣，倒在了沙發上。

貝舒擦了擦頭上的汗，得意地笑著說：「證據有的是，蕾吉娜清晰地記得這個大客廳內的擺設，以及門前的六級石階和屋內的二十五級樓梯。還有，那女人手上帶著的一枚三角形的珠戒。」

吉爾貝特忙把左手藏到背後，這一驚慌的動作令貝舒笑逐顏開，他指著吉爾貝特說：「我要給警察局打個電話。」

吉爾貝特瘋狂地上前攔住貝舒，抓著他的手，上氣不接下氣地說：「求你了！千萬不要打電話，這真的是一個誤會。我哥哥絕對不會是那種人，絕不可能幹出這種事，他絕不可能是一個搶鑽石的劫匪，這其中肯定有誤會，求你，不要打電話……」

貝舒不管她的苦苦哀求，甩開她的手，拿起了電話。吉爾貝特「哎啊」一聲哭了起來，伯爵也緊閉雙唇。達瑞里斯站在一邊看著這一切，默不吭聲。

半小時後，一個警官帶著幾名警察趕到了。隨後，檢察官也帶著書記官來了，展開偵訊工作。

伯爵兄妹和僕人都被詢問了一遍，但結果令人沮喪。伯爵兄妹對他們所提出的問題一概不答，僕人則只會說不知道。於是，貝舒探長和警察們只好搜查伯爵公館。

片刻功夫，貝舒就興奮地尖叫起來，從書櫃中拿出兩本特別厚的舊書高高地舉了起來。他把這兩本書拿了過來，大家才看出這是兩個看起來像書的箱子。箱子被打開後，在場的人都呆住了。一個盒子裡放著的正是那條被搶走的腰帶，另一個盒子裡則是那件披風。

馮賀班搶前一步拿起那兩樣東西，卻發現腰帶和披風上的鑽石已經不見。馮賀班大聲追問伯爵把鑽石藏到哪裡去，伯爵無可奈何地搖搖頭，環顧四周，輕聲地問了句毫不相關的話：「我妹妹怎麼不在？」

女僕說夫人回房了。伯爵淒然一笑，說道：「代我跟她說聲『再見』，同時告訴她，叫她像我一樣做，就這樣……」

說著，他從口袋裡掏出手槍，對準自己的太陽穴。說時遲，那時快，一直留心觀察伯爵的達瑞里斯衝上前去，把伯爵的手使勁向上一拉，子彈打碎了窗戶的玻璃。

警察上來按住伯爵。檢察官莊重地宣佈：「梅拉馬爾伯爵，你被懷疑犯了搶劫罪，現在正式逮捕你。」

接著他轉身吩咐手下去將吉爾貝特找來一起帶走，但是找遍了整個屋子，也不見吉爾貝特的影子。達瑞里斯很擔心地提醒檢察官，希望他的手下能認真仔細地查找，以免重要的嫌疑人自殺身亡。於是，警方再一次展開搜尋找，但始終沒能找到吉爾貝特。

幾個小時後，貝舒探長陪著馮賀班回到他的家中。馮賀班神情沮喪，雖然伯爵兄妹已被認定是最大的嫌疑犯，但鑽石至今仍沒有下落，他向老朋友貝舒訴苦，請他務必幫自己找回鑽石。貝舒借機攻擊達瑞里斯，說他原名叫傑姆．巴特內爾，是個極陰險的人物，肯定是在動鑽石的歪腦筋，所以往後最好不要讓他插手此事。

正說到這裡，有一種異樣的響動引起貝舒的注意。他和馮賀班沿著走廊來到了盡頭，站到一間獨立的屋子門前。

「這間屋子很久沒用了，是空的。」馮賀班說。

貝舒把耳朵貼在門上靜靜地聽著，響動正是從這裡發出的。他掏出槍來，然後示意馮賀班推門。馮賀班猛地扭開門上的把手，門被打開了。

屋裡竟然有兩個人，一個平躺在椅子上，另一個坐在椅子邊，紋絲不動。

「是達瑞里斯！」貝舒驚叫道。

坐著的那個站了起來，正是達瑞里斯，他走到他們面前。

「你怎麼……怎麼在這裡？」馮賀班大喊道。

「噓，小聲點，不要驚醒了她。」

「她是什麼人？」

「梅拉馬爾伯爵的妹妹，吉爾貝特夫人。」

「原來是你放走了她！」貝舒恍然大悟。

「是的，你糊塗地忘了派警察在院中把守。是我放走她的，並讓她在附近的一個廣場等我，檢察官偵訊完結後，我找到了夫人，然後帶她到這裡。」

「你是怎麼進來的？」

「喔，這對我來說是一樁小事。這間屋子我來過很多次了，最近這段時間我就暫住這裡。多有打擾，馮賀班先生，來不及通知你，實在抱歉！這兒的確是一個藏身的理想場所，吉爾貝特夫人在這裡定然會得到靜心修養。」

「這……你……我馬上報警。」馮賀班氣壞了。

「別做傻事，如果真的報警，就再也別想找回你的鑽石了。如果警察抓走吉爾貝特夫人，我是不會把鑽石還給你的。」

「你的意思是，鑽石真的是被伯爵和他妹妹搶走的？你準備從這位夫人口中問出鑽石的去處嗎？」

「不，事實並非如此。伯爵兄妹不是搶劫鑽石的人。」

「既然如此，他們為什麼不在檢察官面前把事情說清楚呢？」

「他們有難言之隱。」

「什麼難言之隱？」

「我還沒弄清楚，但可以看出，這其中的情況相當複雜。因此，要他們在檢察官面前直接說出真相，實在有些為難。」

「那指認他們綁架阿爾萊特，也是冤枉他們嗎？」

「沒錯，雖然所有證據都對他們不利，但他們不可能綁架阿爾萊特，我堅決相信這一點。」

「就算是這樣吧，那腰帶和披風又怎麼會出現在伯爵書櫃內的箱子裡？這又該如何解釋？還有，蕾吉娜已清楚地作證，她身上的鑽石就是在那個大客廳內被搶走的。」

「我現在還不能給你確切的答案，但事情終究會水落石出的，我會查出真相。無論如何，夫人要先暫住在這裡，一旦你們報警，就再也找不回鑽石了。就這樣，我沒什麼好說的了。」

說完這些，達瑞里斯就默不吭聲了。馮賀班無可奈何，只有留下吉爾貝特。

5 仗義相助

隨後的兩周內，檢察官幾乎每天都對梅拉馬爾伯爵進行嚴厲地問訊，但伯爵堅決否認自己是搶劫犯，只是對跟蹤阿爾萊特一事作說明。他說，阿爾萊特像極了他年輕時深愛過的一個女子，所以忍不住跟在她後面，但總共不過兩、三次。說這話時，伯爵的眼裡充滿了淚水，他的話使人不得不相信。

檢察官不甘心，要伯爵針對石階、樓梯、大客廳，以及灰鞋套、深紫紅色服裝、尖頭皮鞋、三角形珠戒等看似確鑿的證據一一解釋。

「我也覺得不可思議，但他們有可能穿戴了和我們兄妹一樣的東西。」伯爵十分肯定地說。

檢察官目不轉睛地看著伯爵的眼睛，他的話可信嗎？難道真有另外兩個劫匪，和伯爵兄妹穿著打扮一樣？不，這根本不可能。假使真有兩個劫匪假扮伯爵兄妹，但他們又怎麼可能將兩個姑娘帶到客廳裡去呢？檢察官反覆思考，最終還是認定伯爵嫌疑最大。

這天，審完伯爵後，檢察官叫人把嫌疑人押回拘留所。他邊抽著菸，邊思索著：「伯爵的妹妹吉爾貝特至今不知去向，伯爵又死不承認，這究竟是怎麼一回事？」

他來到圖書室，翻閱了一些舊記錄，找出一段關於梅拉馬爾家族的記載：

梅拉馬爾家族曾是極有名望的貴族，尤其以現在伯爵的曾祖父諾爾．梅拉馬爾最為出名。一八四〇年，他曾做過拿破崙的將軍，後又做過大使。最後卻因搶劫、殺人罪被捕入獄，後腦溢血而死於獄中。其後，其子（就是現伯爵之祖父）雅爾本斯．梅拉馬爾，曾是拿破崙三世的副官，也因犯了搶劫、殺人罪，因知無法洗脫罪名，開槍自殺了。

檢察官被這些記載嚇傻了。他不禁推測，儘管伯爵兄妹擁有豪宅和財富，過著舒適的生活，還對社會慈善事業表現出極大的熱情。但他們卻遺傳了先人偷盜的怪癖，難以避免地走向了犯罪的歧途。

再加上伯爵那天曾試圖開槍自殺，檢察官更是認定這很可能是一種精神病，心中不由得對伯爵產生了同情。儘管如此，在審問伯爵時，檢察官卻絲毫不留情面，無論什麼問題都是一路追查到底。然而任他費盡苦心，仍是枉費力氣，沒有找到任何可以確定伯爵罪名的證據。

三個星期過去了，案情一點進展都沒有。而且警方雖努力查找，卻沒有發現伯爵妹妹吉爾貝特的任何蹤影。終於，珠寶商人馮賀班按捺不住了，他請求貝舒探長跟達瑞里斯合作。貝舒雖然極不情願，但眼下的事的確棘手，也就不得不低頭了，便和馮賀班一起來到達瑞里斯家中。

達瑞里斯不計前嫌，一口答應負責這件事，但希望貝舒能配合自己，將審訊伯爵的情況透露一些。貝舒說，檢察官有意讓蕾吉娜和阿爾萊特當面指證伯爵，好讓他認罪。

達瑞里斯立即指出這樣做無濟於事，因為此案其實與伯爵無關。他讓貝舒再說說伯爵在拘留所的情況，貝舒想了想說：「喔，還有件事。被關押的伯爵是不被允許與外界聯繫的，但幾天前，拘留所內的人見他收到一張神秘的小紙條，上面寫著：『定會營救你，一切就緒，不會有誤，敬請放心。』經查證，發現是有人托一個給伯爵送飯的小孩送進來的，而且伯爵還托那小孩兒帶了封回信出去。我已經讓那小孩帶我見了那個托他送紙條的人，我沒有抓他，也許透過他能得到一些有用的線索。」

「喔，」達瑞里斯沉思片刻，然後說，「好，先不管這些了，我們一起去一個地方。」

「去哪裡？」

「到時自然就會知道。」

三個人一起出門，上了馮賀班的車。路上，達瑞里斯向貝舒他們說起此次要去的地方：「還記得那天我歸還伯爵的那些小東西嗎？知道我為什麼對那些不起眼的小玩意兒感興趣嗎？因為我不明白，伯爵為什麼要大張旗鼓地登廣告來找這些不值錢的玩意兒，這其中定有什麼隱情。因此，我跑到舊貨市場去找，最後在一個黑貨店找到了這些東西。我問店裡的人是怎麼買到這些東西的，他們告訴我，時常有個老婦人拿一些稀奇古怪的東西來賣。她自己說，是從別的舊貨商那裡買來的，價格很低。但那老婦人的姓名及地址，黑貨店的人也不清楚。只記得是一個叫古洛登的舊貨商帶她去的，也許古洛登知道那老婦人的姓名。於是，我去古洛登的店裡找他。不巧的是，他出門旅行了。據店裡的人說，今天他會回來，我們現在就是去找他的。」

說話間，車已到了塞納河邊，停在那間舊貨店門前。他們很順利地找到了舊貨商古洛登，達瑞里斯向他詢問關於那個老婦人的事。他很快回答道：「你是說特里亞農老夫人啊，她在聖多尼街開了一家店，是個古怪的人，話不多。她那裡時常有些古裡古怪的東西，但也會不時地出現一些意想不到的好東西。不過，這些東西究竟是怎麼得來的，卻沒人知道。有一次她帶來一張名貴的桃心木製桌子，桌上還有十八世紀有名的木匠莎比依的簽名。我看了非常吃驚，那可是路易十四時期的傢俱啊！」

達瑞里斯一聽這話感到非常吃驚，因為他記得在梅拉馬爾伯爵丟失的東西中，就有一張莎比依做的桃心木製桌子。

「那桌子現在在哪兒？」他急忙問。

「聽說被一個美國人買走了。」

在古洛登那裡已沒什麼可問的了，三人出了舊貨店。馮賀班認為特里亞農很值得懷疑，有必要去找找她。於是，他們驅車前往聖多尼街，到了特里亞農的店門前，達瑞里斯和馮賀班進入店裡，貝舒則待在車上等候。

這是一間昏暗的店鋪，裡面擺滿了舊傢俱、舊美術品以及舊衣物。一個看上去身材略胖，頭髮也已花白的老婦人正在裡面和一個人說話，聽她的口氣，就是這店的主人特里亞農。

達瑞里斯裝出一副要買東西的樣子，一邊在貨物前挑來選去，一邊悄悄地看了一下那個正在和特里亞農說話的人。那人大概有三十來歲，個頭很高，金褐色的頭髮，人看上去還不錯，但似乎不是來買東西的。此人一見他們進來，立刻不再說話，看了他們兩眼，走向店門口。

達瑞里斯覺得此人十分可疑，但馮賀班卻沒去留心那人，反而是走到店主面前，低聲問道：「你這兒有按鈴上的藍綢片嗎？還有鎖孔上的小銅蓋片，還有……」

被他這一問，特里亞農愣了一下，隨即對門口那人使了個眼色，回答道：「喔，我不太清楚，你自己去那些舊貨裡找一找吧。」

說完她又向那人看去，那人向她遞了個眼色，似乎讓她小心點兒，隨即離開了。達瑞里斯立刻悄悄地跟了上去，發現那人上了一輛計程車。

貝舒走了過來，問達瑞里斯發生了什麼事。達瑞里斯把自己的想法告訴了他，貝舒說：「我們跟著他吧，剛才聽他對司機說，去聖多莊街剛果基旅館。」

「你倒挺細心嘛！」

「那當然，因為這個人就是給被關押的伯爵送紙條的人。隔著玻璃，我看清了他的相貌。所以他一出店門，我就跟著他。」

達瑞里斯誇獎了貝舒兩句，這個可疑的人既和伯爵有聯繫，又和賣伯爵傢俱的老太太在一起，這其中必有蹊蹺。看來，謎底就要解開了。

兩個人都為此感到十分振奮，但一轉眼的工夫，這一切又都化為了泡影。當他們趕到剛果基旅館一問，卻沒有任何關於那個人的消息。

達瑞里斯恍然大悟，那個人一定已經察覺到了什麼，他的離開只是為了引開他們的視線，讓特里亞農有時間脫身。

果然不出所料，當他們再次回到聖多尼街時，特里亞農的舊貨店店門緊閉，早就沒了人。達瑞里斯詢問了旁邊一家店的店員，一個上了年紀的人回答說：「那個老婦人很不尋常，平時見面都不打招呼。她沒有住在店裡，每天趕過來開門營業，傍晚就關上店門離開。不過今天關門的時間比平時早了兩個小時，她剛走不久。」

「她住在什麼地方？」

「不知道，她幾乎不跟我們說話。」

貝舒很不甘心，發誓哪怕把巴黎的公寓全部搜一遍，也一定要找到這個老婦人。達瑞里斯搖搖頭，他認為特里亞農是聽命於剛才騙走他們的那傢伙，她或許根本就不住在公寓。現在的問題是，那個從他們眼皮底下溜走的人也許就是主嫌。一旦抓住他，整起案子可能也就迎刃而解了。不過，這傢伙相當不簡單，是個不好對付的角色。

達瑞里斯點了根菸，思考起來。不一會兒，好像突然想到了什麼，神情有些緊張。他扔下菸，把司機推到一邊，坐到駕駛座上，招呼馮賀班和貝舒上車，然後猛地發動汽車，向前衝去。達瑞里斯車開得很快，連交通標誌都視而不見，一路狂奔地來到阿爾萊特公寓的門前。下車後，他急忙問看門人阿爾萊特小姐在不在家。當得知大約十五分鐘以前，阿爾萊特被一個身材頗高，金褐色頭髮的先生開車接走時，他有些慌張了。

「你知道那位先生叫什麼名字嗎？」達瑞里斯問。

「他叫法熱羅，安托萬．法熱羅。這個星期每天晚飯後，他都會來找阿爾萊特小姐。」

達瑞里斯咬著嘴唇，嘀咕了一句：「這傢伙真行，我早猜到他會這麼做，但卻晚了一步。」

馮賀班和貝舒摸不著頭腦，只能看著達瑞里斯發愣。達瑞里斯無暇顧及兩位朋友，一心思考著他的問題。這個法熱羅帶走阿爾萊特到底有什麼企圖？看來，他在阿爾萊特母女身上下了很大的功夫，只等必要時帶走她。奇怪的是，阿爾萊特為什麼對此事隻字不提？自從劫持案發生以來，自己一直在幫她，如果她受到了什麼威脅，沒有理由不通知自己。因此只有一種可能，阿爾萊特是自願跟這個法熱羅走的，那她為什麼這麼做呢？

達瑞里斯百思不得其解，他突然想到了蕾吉娜，趕緊跟看門人借用電話，撥通了蕾吉娜家。

「我是讓．達瑞里斯，請找蕾吉娜小姐。」

「啊，小姐出去了。」是女僕的聲音。

「喔，只有她一個人嗎？」

「不，是阿爾萊特小姐來找她一起走的。」

「她們是不是早就約好了？」

「不，今天早上，阿爾萊特給小姐打了通電話。」

「你知道她們去什麼地方了嗎？」

「不太清楚，小姐沒說。」

放下電話，達瑞里斯感到大事不妙，這麼短的時間內，她們兩個會被帶到什麼地方去？此時已是晚餐時間，馮賀班建議邊吃飯邊商量。

無論是達瑞里斯還是貝舒，都想不出這其中的緣由，但有一點，他們達成了共識，伯爵兄妹的確有隱情。想到這裡，達瑞里斯請馮賀班打個電話回家，問問吉爾貝特的情況。不一會兒，馮賀班回來了，電話是吉爾貝特的貼身女僕接的，她說和平時一樣，沒什麼事，夫人正在吃晚飯。

「還好，總算這邊沒出什麼事。我們走吧，貝舒。」達瑞里斯長出了一口氣說。

「去哪裡？」

「隨便走走。馮賀班先生，你先回去照顧一下吉爾貝特夫人吧。」

馮賀班坐上自己的車返回家中，而達瑞里斯和貝舒則一起往劇院方向走去。一路上，他們討論著那個叫法熱羅的人，進一步確認他就是兩起劫持案的關鍵人物，膽大心細，做事很有一套，是個有點來頭的角色。

「貝舒，依你看，她們會被他帶到什麼地方？」

「這個……我不太清楚。」

「我想，他很可能帶她們去了伯爵的公館。」

「這不可能吧？那公館戒備森嚴，不是輕易進得去的。」

「話是不錯，不過假如公館裡有內應，那又另當別論了。」

「內應？」

「對，那個叫弗朗索瓦的僕人，他的行跡很可疑。」

「那我們是不是現在就到伯爵公館去呢？」

達瑞里斯點了點頭，兩人上了一輛計程車，往伯爵公館駛去。

抵達公館後，他們先沿著圍牆來到後門，門是鎖著的。達瑞里斯拿出萬能鑰匙打開了鎖，兩個人悄悄來到院中。樹蔭圍繞著大房子，看不到房內有任何光亮，正門緊閉著。

達瑞里斯用同樣的方法打開了正門，擰亮手電筒，沿著樓梯來到了二樓。從大客廳的方向傳來隱隱約約的說話聲，達瑞里斯和貝舒對視了一眼，悄悄走進客廳隔壁的一個小房間。這個小房間和那個大客廳之間隔有一扇窗戶，上面掛著窗簾，他們從窗簾的縫隙向客廳裡看去。

這一看，他們呆住了。阿爾萊特和蕾吉娜並肩坐在長椅上，一個個頭很高，金褐色頭髮的年輕男子正在客廳裡來回踱步。

「這不就是我們在特里亞農店裡見過的那個人嗎？」達瑞里斯小聲說。

「沒錯，也就是跟梅拉馬爾伯爵秘密聯絡的那個傢伙。他們來這兒幹什麼？」

達瑞里斯認真觀察著屋內的情況，客廳裡的三個人默不吭聲，看不出兩位姑娘有什麼恐懼和不安的表情，看樣子法熱羅並沒有脅迫她們。那麼他帶她們來這兒幹什麼呢？

「不可能沒事，看他們的神情，似乎要商討什麼大事。」達瑞里斯揣度著。

果然，沒過多久，達瑞里斯就發現，客廳裡的三個人不停地看著客廳的門，還側耳傾聽，像是在等待什麼。

「一定會來嗎？」是蕾吉娜在輕聲地問。

「不用擔心，肯定會來的。」法熱羅堅定地回答。

他們究竟在等誰？達瑞里斯和貝舒屏住了呼吸。

突然，從大門口傳來了門鈴聲。先響了一聲，停了一下，又響了一聲。

「她來了。」法熱羅說著，匆匆離開大客廳。不一會兒，他又進來了，身後跟著一個女子。

一見那女子，達瑞里斯和貝舒不由得大吃一驚。

「是吉爾貝特夫人！伯爵……伯爵的妹妹吉爾貝特！」

這是怎麼一回事？她被達瑞里斯帶出去，躲藏在馮賀班家中，怎會又跑到這裡來呢？再者，阿爾萊特和蕾吉娜曾一口咬定，她們曾被伯爵兄妹劫持到這裡。正是因為這樣，才使伯爵兄妹被懷疑。按理說她們已成了死對頭啊！但為什麼會在深夜聚在一起呢？促成這次見面的法熱羅又是一個什麼樣的人物？他有什麼企圖？他和伯爵悄悄聯繫，為的就是此事嗎？

眼前錯蹤複雜的情況讓達瑞里斯有些亂了陣腳，現在唯一能做的也就只有靜觀其變了。

吉爾貝特夫人站在那裡，臉色蒼白，身體微微顫抖，大口大口地喘著氣，她滿含淚水地對法熱羅說：

「你如此費力幫助我們，我太感動了。但是沒用了，我哥哥就要被判刑了。」

「不會的，只要你把事情的前因後果對她們說清楚，讓她們明白伯爵是冤枉的，她們就會在審判時說出對伯爵有利的證詞來。」

「不，她們已經作過證了，檢察官正是根據她們的證言逮捕我哥哥。有這麼多的巧合，我想，無論我說什麼，她們都不會相信的。」

「這兩位小姐並不是仇恨你，而是很同情你。你明白嗎？你藏在馮賀班家中的消息就是這位阿爾萊特小姐告訴我的。」

「喔，但我是在達瑞里斯男爵的幫助下，才找到棲身之所。現在卻沒讓他知道就出來了，我真感到有點後悔，太對不起達瑞里斯了。」

「達瑞里斯？那傢伙之所以這樣做，是有企圖的，他想從你那裡得到鑽石。他可不是什麼好人，他的如意算盤早就打好了，一旦找到鑽石，就會據為己有。」

「怎麼會？」

「哼，這種人我早已看透了，他今天還去了舊貨店，是和馮賀班、貝舒一起去的。他總是用一種懷疑的眼神看著我，我使了個巧計才把他甩開。」

「你為什麼要去舊貨店？」

「因為我聽說，伯爵家失竊的那幾樣小東西，就是從那個店賣出去的。」

達瑞里斯和貝舒互相望了一眼，原來法熱羅也正在找那些小東西。那他又為什麼要找它們呢？

「真是謝謝你。」吉爾貝特說。

「只要能解救伯爵，任何事我都肯做。所以請你放心，只管按我說的去做。」

「你要我做些什麼？」

「你把事情的原委跟她們說清楚，以消除你們之間的誤會。她們明天就要出庭了，因此我才設法讓你們見面。」

「但是，我真的一點兒也不清楚關於綁架的那件事。」

「不，有件事你是清楚的。你們兄妹現在被壞人陷害，如果要救伯爵，你只有說出真相。我知道你有苦衷，真相也許會影響到梅拉馬爾家族的聲譽。但事已至此，也顧不了那麼多了。說出真相，消除誤會。除此之外，你哥哥再也沒有逃脫之路了。」

「唉，為了哥哥，我只有說了，我哥哥……我哥哥他……」吉爾貝特說到此處，臉上露出十分痛苦的神情。

「對了，我曾給伯爵遞過一封秘信，這是他的回信。」法熱羅說著拿出一張小紙條遞給吉爾貝特。

吉爾貝特用顫抖的手接過來，小聲唸道：「多謝你，我會一直等到周二半夜，倘若不可能解決的話，我會自我了斷的。」

「上帝啊，我哥哥他，他真的要……」淚水順著她的面頰如珍珠般瀉下。

「是的，一旦計畫不能實現，伯爵就準備自殺。」

「啊，那……那如何是好？周二，就是明天啊！」

「對，所以你必須說出實情，這樣兩位小姐在明天的法庭上才能說出有利於伯爵的證詞。」

吉爾貝特的臉色極為蒼白，像生了重病一樣。想了一會兒，她終於痛下決心似地抬起頭，以極低的聲音開始說道：「我哥哥絕沒犯過罪，我們兄妹也從未劫持過兩位小姐，更沒有搶鑽石。我們根本不清楚是誰把披風和腰帶放到書櫃中去的。我們可以發誓，絕沒有幹過什麼犯罪的勾當。我們的先人，從曾祖父到我們的祖父，都曾因搶劫、殺人的罪名而被懷疑，他們不是自殺，就是病死在獄中。事實上，他們都是被冤枉的。我可以十分肯定地說，我們兄妹絕無偷盜的怪癖。關於這點，請二位小姐一定要相信。梅拉馬爾家族一直被一個看不見的夙敵糾纏著，就像魔鬼般折磨著我們，從幾代前就開始了。我們的曾祖父是第一個喪生在這個魔鬼手下的，我們的祖父也含冤背上了搶劫、殺人的罪名而羞憤自殺。」

「怎麼會這樣？」蕾吉娜忍不住問道。

「這個魔鬼使足了陰謀詭計，讓我們根本找不到證據來洗清自己的罪名。而且，連著兩代人都因同樣的罪名死去，讓人們覺得梅拉馬爾家族的人身上一定流著罪惡的血液。家族中曾經有這樣的傳言，說在這座住宅之中，隱藏著一個險惡的魔鬼，專門和梅拉馬爾家族的人作對，致使每代的男主人都喪生在他手下。正是由於這些傳言，我們的祖母在丈夫死後，帶著我父親回到鄉下，將他撫養成人。臨終前，祖母再三告誡父親，千萬不要回到這座宅邸裡來，因為這裡有魔鬼糾纏。父親遵從了她的囑咐，在鄉下結婚生子，平安地度過了一生，躲過了劫難。」

「你們知道那個夙敵究竟是誰嗎？」阿爾萊特問。

「不知道，但聽父親說，傳說有一個家族跟我們梅拉馬爾家族有些過節，但這個家族早就沒有後人了。唉，或許我們真的不該來這個宅邸。所有一切不幸都是從住進這屋子開始的。我本來有幸福的婚姻生活，但自己也不清楚為什麼就突然離了婚。我哥哥由於一直擔心會遭遇不幸，所以始終沒有結婚。我想，那個可怕的魔鬼是想讓我們家族滅亡。我們兄妹沒有子女，一旦我哥哥自殺，我再遭遇不測，就正合了那個魔鬼的心願了。」

「天啊！這聽起來太可怕了！」阿爾萊特和蕾吉娜不由得發出低聲的驚呼。

「你的意思是，專和你們家族作對的魔鬼又再次出現，引發了一系列的離奇怪案嗎？」法熱羅問。

「我是這麼認為的。我們兄妹剛搬回來時，並沒發生過什麼異常事件。過了一段平靜的日子後，我們以為魔鬼已經離開了，仇恨也已消失了，於是放心住了下來。但最近我們發覺這個夙敵又在活動了。」

「除了莫名栽到你們頭上的劫持案，他還幹了些什麼？」

「說出來，都是些微不足道的小事，但現在想來就是那魔鬼開始行動的前奏。幾周前的一個早上，我哥哥發現不見了幾樣東西，像按鈴上的藍綢片，鎖上的銅蓋等等，都是些不起眼的小東西。哥哥覺得此事不太妙，但他畢竟是一個貴族，於是決定和夙敵對抗到底。他先在報上刊登廣告尋找這些東西，他認為，只要能找回這些東西，就可以打敗敵人。可是沒多久，你們就……」她看著阿爾萊特和蕾吉娜說，「你們就和兩位紳士來到我家裡，說我們劫了人，搶了鑽石。雖然我們竭力想消除這種誤會，但是聽你們說劫匪和我們兄妹穿戴一模一樣，還說到了一個完全相同的大客廳，我們就知道魔鬼的攻擊成功了，再說什麼都無濟於事。可是我真的不明白，那兩個和我們打扮一樣的劫匪是怎樣帶你們來這間客廳的？」

「他們會不會利用你們不在的時候劫持我們進來，並在這個客廳搶走了鑽石？」

「不可能！這裡不是外人輕易進得來的，僕人也說並沒見到什麼行動可疑的人進出。」不等吉爾貝特回答，法熱羅就很肯定地說。

這其中究竟有什麼隱情？會不會是吉爾貝特在撒謊？默不吭聲的達瑞里斯和貝舒又對望了一眼，繼續聽下去。

「兩位小姐，你們相信吉爾貝特夫人剛才的話嗎？」法熱羅問。

「這件事聽起來雖然有些古怪，但從這位夫人的眼中可以看出，她絕沒有撒謊。」阿爾萊特說。

「謝謝你的信任。」吉爾貝特伸出手來緊緊握住阿爾萊特的手，感激的淚水奪眶而出。

蕾吉娜說：「我也相信。但是，法熱羅先生，一旦法官問到關於我們曾被劫持到這個大客廳，還有夫人的珠戒及深紫紅色衣服的問題，我們該如何回答呢？因為那的確是我們親眼所見。」

「我想你們只須敷衍幾句就可以了。問到這個大客廳，你們可以說見過，但不能肯定就是這個客廳。至於戒指，也可以模糊地一語帶過。」

「作為伯爵兄妹的好友，明天我也會出庭作證。我會在庭上說，伯爵兄妹為人正派。對了，你們在法庭上最好能透露出梅拉馬爾家族被仇家誣陷、遭受不白之冤的事，還要提出你們的疑問。你，蕾吉娜小姐，可以向法官說，那兩個劫匪原本可以在車上就搶走鑽石，他們之所以帶你到大客廳，顯然是有陰謀的，目的就是汙陷。」

「那我呢？」阿爾萊特問。

「伯爵曾多次跟蹤你，這事他已經承認了。我想，此事一定被對方知道了，所以他們綁架你，並故意讓你數清這古宅的石階和樓梯，讓你經歷和蕾吉娜一樣的場景，這樣才能確定伯爵兄妹的犯罪事實。」

蕾吉娜和阿爾萊特聽後點了點頭，藏在暗處的達瑞里斯也贊同法熱羅的說法，雖然這些話聽來有些偏頗和牽強，但仔細一想還是很有道理。

「我們已經了解了大概，還是早點走吧！」達瑞里斯輕聲對貝舒說。

兩個人悄悄退出房間，沿著進來的路離開了古宅。

6 瑪丹父女

第二天傍晚，貝舒給達瑞里斯打了電話，說伯爵案子的審理會拖上一段時間。在今天的法庭上，阿爾萊特和蕾吉娜按照昨晚準備好的話作了證。法熱羅也出了庭，說了一些有利於伯爵兄妹的話。法官認為本案在調查清楚前，暫停審判。

「這很好，我們不用再擔心伯爵自殺，也有了更多的時間調查。對了，你能幫我查查法熱羅的來歷嗎？」達瑞里斯說。

「沒問題。」

一周後，貝舒的調查結果出來了。

法熱羅．恩多法，現年二十九歲，父母均為法國人，出生於南美布杜斯也勒市，父母已去世。他於三個月前來到巴黎，現住在約當街莫加耳旅館。沒有工作，也不清楚他從前幹過什麼。

達瑞里斯看過這份資料後，心裡對法熱羅的懷疑更深了。

正在達瑞里斯著手調查法熱羅時，貝舒探長那裡又傳來消息，說特里亞農的店被一個叫瑪丹的女人接管了。這個瑪丹好像是特里亞農的妹妹，但目前還沒查到她住在什麼地方。達瑞里斯聽說是一個跛腳的老頭幫著瑪丹辦理租約事宜，就吩咐貝舒查找這個老頭，透過他一定能找到瑪丹。

貝舒欣然同意，但放下電話後，他的嘴角泛起了一絲不易察覺的微笑。

是的，這段時間以來，表面上看起來達瑞里斯和貝舒合作得相當不錯。但實際上，兩人都各自打著自己的算盤。

貝舒佩服達瑞里斯靈活的頭腦，相信他辦事的能力。在他看來，達瑞里斯就是那個無所不能的怪盜巴特內爾。跟著他的思路，事情總是可以一樣樣地查清的，自己現在看似在跑腿，其實是把重要的事抓在了手裡。這樣既可以不費事就找到鑽石，從馮賀班那裡得到一筆酬金，還能將達瑞里斯控制住，一石二鳥，何樂而不為！

而達瑞里斯也並非簡單的角色，他也是早有打算。貝舒身為探長，可調動許多的人手去搜索調查。他就像一隻不停下蛋的母雞，而自己則是養雞的人，最終那些蛋——鑽石——還是全部歸自己所有。

拿著貝舒提供的資訊，達瑞里斯認真分析著。

販賣舊貨的特里亞農和法熱羅之間，肯定有著不尋常的關係，現在又有個叫瑪丹的女人加入其中。這些有關聯的人開始陸續出現了，他們之間到底存在著一種什麼樣的關係呢？只要解決了這個關鍵性的問題，整起案子就能迎刃而解，鑽石的下落自然就水落石出。而梅拉馬爾古屋之謎也可能就此解開。

這天上午，貝舒約達瑞里斯在羅商博咖啡館見面，商討案件的有關事宜。兩人說得正起勁，靠在窗邊的貝舒突然起身，神情頗為緊張地向外張望。

「你看到了什麼？」達瑞里斯問。

「那個女的，看到了嗎？她就是瑪丹。」

達瑞里斯順著貝舒手指的方向看過去，一個女人從停在對面馬路上的計程車上下來，身材高䠷，穿著簡單，約有五十來歲的樣子。

「她看上去比特里亞農年輕，是她妹妹嗎？我們出去看一下，但不能讓她發覺我們在跟蹤她。」

他們來到馬路對面，等了片刻，瑪丹再次出現。她似乎感覺到了什麼，神色慌張地匆匆離開。達瑞里斯和貝舒緊隨其後，跟著她來到地鐵入口處。不料瑪丹衝過剪票口，迅速上了對街一輛停下的電車。

第二天傍晚，達瑞里斯去看望阿爾萊特，但阿爾萊特並不在家，她母親說一個從前在店裡共事的同事來信說生病了，很想跟阿爾萊特見見面，約好了晚上九點碰面。

「晚上九點？她那位生病的同事住在哪裡？」達瑞里斯心裡有隱隱的不安。

「喔，讓我找找那封信……在這兒，地址是哥魯希路巴勒巷十四號，那人叫希里．艾耳因。」

「哥魯希路……那個地方可是非常偏僻啊！」

達瑞里斯頓感大事不妙，一心趕往哥魯希路，但因為有點事耽誤了，他到達時已是夜裡九點左右。

哥魯希路位於塞納河邊的工業區內，到處都是些小工廠、破敗的公寓和住宅、倉庫。達瑞里斯順著舊牆走在又窄又泥濘的小路上，遠遠地看見一個獨立的小房子，在房子周圍的破木柵上，有用油漆塗的「十四號」字樣。走近再看，這座小屋是一幢二層樓建築，但屋頂已經塌陷，是一座很破舊的房子。在這座房子靠馬路的一邊有樓梯通向二樓，樓梯下是一樓的入口，入口的門緊閉著。

「阿爾萊特一定是被騙了！但她好像還沒到。」達瑞里斯這樣想著，悄無聲息地來到樓下，推了一下門，發現是鎖著的。他又上前仔細傾聽，但屋內沒有任何聲響。他拿出萬能鑰匙，打開門鎖，慢慢推開門向屋內看去。

屋內堆的都是空的汽油罐和機器零件，似乎是工廠的倉庫。達瑞里斯用力推開門，卻突然被什麼硬物迎面打在胸口，他腳下一滑，昏倒在地上。此時，從汽油罐後出來三個人，綑住達瑞里斯，又往他嘴裡塞了一塊破布，再把他抬到一旁的檯子邊，緊緊地綁在檯子上。

達瑞里斯緩緩醒來，借助昏暗的光線，看到有三個人站在自己面前。他定眼細看，其中的兩個老婦人就是特里亞農和瑪丹，還有個跛腳老頭兒。達瑞里斯動了動，綁著他的繩子就像陷進了肉裡一樣，使他感到十分疼痛。他使勁地搖頭，但怎麼也甩不掉嘴裡的破布。

「就是他嗎？」跛腳老頭低聲問。

「沒錯，就是他，他到過我店裡好幾次。」特里亞農說。

「這麼說，他就是那個讓·達瑞里斯了？」

「就是這個人，他對我們的威脅太大了。昨天貝舒探長盯上了我，對了，這個傢伙也在一起，我好不容易才甩掉他們。」瑪丹說。

「他怎麼會到這裡來？」

「這個人太可惡了，不僅去姊姊店裡查東查西，還跟蹤我，現在又來到我們的秘密住所。他如此緊跟著我們不放，不能不提防他啊！」

「怎麼處理他？父親。」特里亞農問。

「別著急，過一會兒，把他綑結實了，扔入塞納河。我們現在有要緊的事得辦。」跛腳老頭說。

達瑞里斯被綁在汽油罐後面，身子動彈不得，也說不出話來。他仔細看了一下三個人的臉，老頭和那兩個老婦人有許多相似之處，從那副惡毒的樣子看來，他們是父女三人。那麼他們和那個法熱羅有什麼不尋常的關係呢？或者他們都是受命於他？要緊的事是指什麼呢？難道指的是騙阿爾萊特到這兒來？他們要對她做什麼？這和發生在伯爵府邸的怪事又有什麼關聯呢？

太多的問號在達瑞里斯腦海裡閃動，但想來想去，他還是想不出箇中的奧秘。

遠處傳來鐘聲，已經九點了，屋外響起一陣不輕不重的皮鞋踏地聲。

「嘿，似乎是她來了。」特里亞農低聲說。

「喔，阿爾萊特來了，讓我來。」瑪丹上前打開了門。

「啊，你就是阿爾萊特小姐吧？這裡這麼髒亂，真是太不好意思了。艾耳因突然患了急病，她說想和你見最後一面。因為你們共事時，你待她那麼好，使她無法忘懷。」

「請問你是？」門口傳來的是一個年輕女子的清脆聲音，正是阿爾萊特。

「我是她姑媽，這孩子從小父母早亡，一直跟著我，而我又很窮，只能讓她早點出去工作。早知她身體這麼差，就不讓她去工作了。快請進屋吧，她就在樓上。」

又是一陣皮鞋聲，好像是瑪丹帶著阿爾萊特上樓去了。達瑞里斯焦急萬分，但又無能為力。就在他竭力想擺脫那些繩子的束縛時，樓上傳來一聲慘叫。

「他們殺死她了……」達瑞里斯咬了咬牙。

「辦完了，沒費太大的力氣。」是瑪丹下樓了。

「太好了，先讓她睡一會兒吧，我們辦完事後再來處置她。」跛腳老頭說。

他們究竟要幹什麼？達瑞里斯在黑暗之中努力睜大雙眼，觀察周遭的動靜，隱隱約約地看見那三個人拔開汽油罐的塞子，將地板、遮雨板、天花板上等等地方都灑上了汽油，僅留下一條長約三公尺通向門口的路。他們把剩下的汽油罐堆在屋子中央，然後在一個汽油罐裡插入一根導火繩，這根導火繩順著那段沒灑汽油的路直通向門口。

跛腳老頭用火柴引燃導火繩，三個人從容地鎖上門離開了。

導火繩一路燒過去，達瑞里斯拚命掙扎，竭盡全力扭動手腳，額頭上不停地冒汗。眼看著導火繩越燒越近，達瑞里斯緊咬牙關，用盡最後一股勁，把口中的破布吐了出來。

「阿爾萊特！阿爾萊特！」他聲嘶力竭地喊叫著。

樓上沒有任何聲響，阿爾萊特一定還處於昏迷之中。達瑞里斯橫下心，準備順著地板滾過去，用身體壓滅導火繩，但幾個汽油罐擋住了他的去路。就在他無計可施，有些絕望的時候，外面突然響起了敲門聲。

「阿爾萊特！阿爾萊特！阿爾萊特……」一個男人在門外不停地大喊。

接著大門被撞開了，一個人猛地衝了進來，竟然是法熱羅！

達瑞里斯非常吃驚，在此之前，他一直以為剛才那三個人是法熱羅的部下，但現在的情況實在讓他摸不著頭腦。

衝進來的法熱羅見到屋內的危險情形，急忙上前把導火繩踩滅。如果不是法熱羅來得及時，達瑞里斯和阿爾萊特就只有命喪此地了。

「真是多謝你了，法熱羅先生。」

「喔，原來是你！」顯然，法熱羅也沒料到達瑞里斯會在這兒，「見到過阿爾萊特嗎？」

「她在二樓。」

法熱羅割斷綁在達瑞里斯身上的繩子，然後急忙從屋外的樓梯上了二樓。進屋一看，見阿爾萊特被綁在床上，嘴裡塞著破布，仍在昏迷之中。

隨後趕上來的達瑞里斯幫著法熱羅一起把阿爾萊特救醒，醒來後的她渾身仍在發抖。

「是我們，阿爾萊特，你為什麼會到這兒來呢？」法熱羅問。

「我是被一封假信騙來的，帶我進屋的那人，就是曾綁架過我的那個女人。」

「在門外時，你沒有察覺嗎？」達瑞里斯問。

「是的，因為當時外面太黑，什麼也沒看清楚。等到我跟她來到樓上，她打開燈後，我才認出她就是那個綁架我的人，我不由得叫出了聲。隨後，那女人撲了上來，然後我就沒有知覺了。」

達瑞里斯想了想說道：「這下證明我先前的話沒有錯，伯爵兄妹並沒有劫持你。」

「你說得沒錯，我是伯爵的好友，我一直相信他們是無辜的，所以我正在找那個陷害伯爵的人。」法熱羅插話道。

「既然是這樣，那我們在特里亞農的店裡碰到你時，你為什麼要逃走呢？」

「如果你們攔著我，問一些問題，會引起不必要的麻煩。我急著離開，是為了不讓特里亞農對我起疑心。」

「喔，你和他們不是一夥的？」

「這有可能嗎？我在調查他們，想弄清事情的真相，好解救伯爵兄妹。今晚，阿爾萊特的母親告訴我她來這裡了，我覺得有些奇怪，於是急忙趕來。」

「聽你這麼一說，我大概明白了。但我還是不太清楚你的身分，你可以透露一些嗎？」

「你應該清楚。」

「為什麼？」

「那天晚上你和貝舒跟蹤我，以為阿爾萊特和蕾吉娜是被我騙到伯爵府邸的，於是你們也偷偷地進去。你們一直在隔壁偷聽我們的談話。」

達瑞里斯的臉微微紅了，有些難堪，畢竟那種行徑不怎麼光明磊落。法熱羅似乎不是很在意，他笑著繼續說：「既然我決心解決這個奇案，自然會處處提防。」

「嗯。」達瑞里斯點了點頭，心裡對此人生出一絲好感。看他說話時的言語神態，似乎是個忠厚之人，但他又像大偵探福爾摩斯一樣行蹤不定，所以從表面上實在看不出他是幹什麼的。他似乎在竭盡全力幫助伯爵兄妹，但他的話可信嗎？

「照你的說法，這一切都是特里亞農他們幹的，是嗎？」法熱羅問達瑞里斯。

「是的。」

「他們還真是十分歹毒之人，再這樣下去，總有一天阿爾萊特會喪命在他們手上。我不惜一切也要抓到這幾個壞人，保護阿爾萊特不受傷害。」

「喔？你對阿爾萊特這麼關心？」

「是的，她是我的女朋友。她的母親非常贊成我們來往，而且我們已經訂婚了。」法熱羅看了阿爾萊特一眼，掩飾不住內心的喜悅。

「喔。」不知為什麼，達瑞里斯心中若有所失。

「伯爵兄妹對我們的事，也感到非常高興。還有，伯爵決定把他那座古宅賣給我。我買下那座古宅後，就和阿爾萊特結婚，然後開始幹一番事業。」

「這麼一來，伯爵可就對你有恩了。」

「是的，他給了我很多幫助。」

「原來如此，這就是你為伯爵兄妹的事奔波的原因？」

「算是吧，其實，那座古宅對梅拉馬爾家族是座兇宅，但我不怕。那一直糾纏著伯爵家的魔鬼和我可沒什麼過節，估計不會來挑釁我的。」法熱羅邊說邊開心地笑著。

達瑞里斯一直瞧著他，總想看出點什麼來，似乎對他很不放心。

他們離開舊倉庫時已經十一點多了，阿爾萊特由於過度驚恐而疲憊不堪，不能走路。兩位男士費了很大力氣才攔到一輛計程車，扶她上了車。

「你送她回家吧，我要在塞納河邊散會兒步。」達瑞里斯對法熱羅說。

「好吧，我們先走了。」

「路上小心。」

望著遠去的車子，達瑞里斯自言自語道：「這個法熱羅究竟是什麼樣的人？該不該信任他呢？他所有的表現都讓人覺得很不可靠，伯爵兄妹肯定被假像迷惑了。還有，溫柔美麗的阿爾萊特，我怎麼能忍心看著她嫁給這種人呢？」

達瑞里斯正獨自站在屋前苦苦思索。從馬路那邊跑過來幾個人，等他們走近了，達瑞里斯才看清原來是貝舒和他的兩名屬下。

「你怎麼會在這裡？」貝舒問。

「你又怎麼會來這裡？你看上去好像很緊張。」達瑞里斯反問了一句。

「那個瑪丹，據說在這附近租了一間類似倉庫的房子，因此我帶兩個人來看看。」

「不錯，不愧是巴黎的名偵探。但你來晚了一步。」

「什麼？來晚了？」

「是的，今晚在這屋裡的不只是瑪丹，還有她姊姊和父親，但現在都已經走了。」

「你說什麼？她們還有父……父親？」

「是的，而且他們手裡還有另一種極為可怕的武器。」

「是什麼？槍，還是劍？」

「不，不，是比它們更具威力的武器。」

「那會是什麼？」

「讓一個長得不錯的先生，裝出一副誠實可信的模樣，這可是最有力的武器。只要運用這種武器，任何人都抵擋不住。那些無知的年輕女子一遇上他，就會情願嫁給他。甚至是伯爵這種人也會相信他的謊言，情願將自己的住宅拱手送出。」

「你在說誰？」

「法熱羅。」

「你還在懷疑他？」

「為什麼不？這個人絕不像他的外表那麼簡單，我早晚會揭穿他的老底。」

「你可能誤解他了，他絕不是那種人，很多關於他的事我也是最近才得知的。」

「不，這不是誤解，他是個善於偽裝的險惡之人，是個人面獸心的傢伙。」達瑞里斯無所顧忌地抨擊法熱羅，原因是什麼他自己也不是很清楚。

7 亞森·羅蘋現身

由於阿爾萊特在法庭上作證，確定綁架自己的不是伯爵兄妹，而是瑪丹和另一男子。並舉出自己再次被瑪丹騙走，險些被燒死在倉庫中的事實。伯爵被無罪釋放了，一回到家，他就和妹妹商量，希望能早些離開這座兇宅，找個清靜的海邊去休養一陣子。但由於真正的劫犯尚未歸案，有些事還需要他們協助，因此他們只好暫時繼續住在這座古宅裡。

阿爾萊特辭掉了時裝店的工作，幾乎天天來伯爵府邸玩耍，她和伯爵兄妹已然成了好朋友。法熱羅也時常來伯爵家，他為人開朗幽默，所以很受伯爵兄妹的歡迎和信任。

但不管怎樣，達瑞里斯總是不太喜歡他，一直在分析發生的一系列事件中，法熱羅存在的疑點。他拿出貝舒給他的關於法熱羅的最新資料，認真看起來。經常這樣想：

根據貝舒的調查結果，這位法熱羅先生自小父母過世，並沒有給他留下什麼財產。那他拿什麼買下伯爵的豪宅呢？就算伯爵半賣半送吧，也是一筆不小的開支，他哪兒來的這筆錢呢？

再有，他之所以如此接近伯爵，難道不是為了能自由進出府邸嗎？按此推測，他如果是瑪丹父女的同謀，就正好可以利用這一點，從劇院劫走蕾吉娜。那天，伯爵兄妹碰巧去出席宴會，他帶著蕾吉娜來到大客廳，取走鑽石，還將腰帶和披風放在書櫃的盒子中，伯爵因此蒙冤入獄。法熱羅再使出花招，騙蕾吉娜和阿爾萊特在庭上重新作證，使伯爵無罪釋放，從而對他感恩戴德。

這麼一想，達瑞里斯覺得整個情節很合理，只是還有些地方使人無法明白，那就是，他們為什麼會再次綁走阿爾萊特呢？

達瑞里斯決心追查到底，從那以後，他經常在伯爵的府邸與法熱羅見面。表面上他們談笑風生，很是投機，實際上達瑞里斯一直留心著法熱羅的動靜，準備隨時揭穿他。

就在這段時間裡，又發生了一樁震動整個巴黎的大案。

那是四月的一個晚上，達瑞里斯在艾菲爾鐵塔周圍轉悠。他抽著雪茄，時而在林蔭小路上走著，時而在水池邊的長凳上坐著，看上去很悠閒，實際上卻是別有目的。因為是陰天，看不到月亮，樹林裡一片漆黑，廣場上的煤氣燈亮著。大約六點鐘了，達瑞里斯不斷看向四周，似乎在找什麼。

「怎麼沒人來？」他低聲地自言自語。

原來前一天，貝舒探長傳來消息，說法熱羅今晚十一點半會和一個女子在艾菲爾鐵塔附近的公園碰面。據探長猜測，那女子應該是阿爾萊特。但達瑞里斯否定了這一說法，因為對已經定過婚的他們來說，完全不必半夜去公園碰面。因此，這個女人很有可能是瑪丹。

為了一探究竟，達瑞里斯來到公園。但是已經過了十一點半，卻不見法熱羅的半點蹤影。

「莫非貝舒聽錯了，還是法熱羅臨時改變了計畫？」

達瑞里斯準備回去了，但就在他穿過草地，沿著林中的小路走向公園大門時，發現路邊椅子上彷彿有個人坐在那裡。達瑞里斯走近了一些，看清是一個女人垂著頭，臉幾乎貼到了膝蓋，像是在悲傷地哭泣。達瑞里斯打開手電筒一照，見那女人彎著腰，身上的長披風拖到地上，面無血色。

「是個死人！」達瑞里斯低下頭去看她的臉，不由得倒吸了一口冷氣。這個死者竟是瑪丹的姊姊、開舊貨店的特里亞農。

他拉下她身上的長披風，看到一把短劍深深地刺在她肩上。

「是謀殺！這是……」

就在達瑞里斯思索之際，一個巡夜的警察走過來，達瑞里斯連忙叫住他，說有謀殺案發生。警察用懷疑的眼神看了看達瑞里斯，然後準備通知警署。達瑞里斯藉口找車來運屍體，跑出公園攔了輛計程車走了。他很清楚，一旦涉及命案，就會牽扯不清，還是先走為妙。但是究竟是什麼人殺了特里亞農呢？是法熱羅？他假裝和她碰面，騙她來後，趁機下手。他殺她又是為了什麼呢？

媒體的反應相當快速，第二天的早報上，就以「公園謀殺案」為題刊登了一則報導。除了詳盡敘述公園長椅上的老婦人被殺的情形，還敏銳地聯想到馮賀班的鑽石被搶案、女歌手和模特兒被綁架案。

文章還指出這件兇殺案背後的兩件奇事：一是當時報案的一位紳士，藉口找車而一去不返，這不得不令人懷疑；二是在特里亞農的衣袋裡發現了一張小紙片，上面寫有「亞森．羅蘋」幾個潦亂的字。此案會與怪盜亞森．羅蘋有關嗎？

看完報導，達瑞里斯搖了搖頭，在他看來，所謂亞森．羅蘋參與了這起案子的猜測，根本就是真兇蒙蔽大眾耳目的詭計。他們殺死特里亞農，卻將一張寫有羅蘋名字的紙片放在她的衣袋裡，誤導警方去捉羅蘋，以便藉此脫身。

「哼，那傢伙能騙過警察，卻騙不了我。我一定要把真兇緝拿歸案，找回鑽石。」達瑞里斯咬咬牙，把報紙扔到一邊。

與此同時，處於事件另一邊的法熱羅也在思考。經過多日的觀察，他已經認定達瑞里斯就是羅蘋，他也正在尋找鑽石。表面上看起來是幫馮賀班的忙，其實，按他的性格，一旦找到鑽石，就會帶著鑽石走掉。因此，絕不能讓他找到鑽石。

貝舒與法熱羅的想法是相同的，但他唯一能做的只是在馮賀班面前不停地嘮叨：「那個達瑞里斯就是羅蘋。我不是曾經對你說過嗎？達瑞里斯就是巴特內爾，而巴特內爾就是羅蘋假扮的。我正在搜集證據，好將他緝拿歸案。找回鑽石的事交給我好了，請你相信，我一定能找回鑽石。」

就這樣，達瑞里斯、法熱羅和貝舒三個人都有各自的想法，都竭力去找尋對方的弱點，但在沒有找到確鑿證據之前，誰也不敢貿然採取行動。

這天一大早，貝舒探長跑到馮賀班家中，說達瑞里斯逃走了。馮賀班吃了一驚，連忙追問原委。

原來，貝舒向上面寫了報告，將自己對達瑞里斯的懷疑提了出來。當局非常重視，馬上派人調查。達瑞里斯有所察覺，所以四天前離開住所後，就再也沒露過面，想必是藏起來了。

「老兄，我說過，」貝舒拍著馮賀班的肩膀說，「達瑞里斯就巴特內爾，也就是羅蘋。他盯上你那些珍貴的鑽石已經很久了，因此他以航海家讓．達瑞里斯的身分出現在你面前，和你交朋友。我敢說他只不過和你剛認識不久。」

「對，我只是在時裝比賽的前幾天才認識他的。」

對於達瑞里斯的真實身分，馮賀班這一次是深信不疑了。他懇請貝舒一定要幫自己找回那些鑽石，貝舒一副志得意滿的樣子，拍著胸脯一口答應。還說自己早已佈置好了，不僅派人監視了達瑞里斯的秘密藏身處，同時在阿爾萊特和蕾吉娜的公寓裡也派了人手，就連梅拉馬爾公館裡也加派了人員。

提到梅拉馬爾公館，馮賀班想起伯爵將公館賣給法熱羅的事。

貝舒說：「沒錯，他們會在周五簽定契約，還邀請我到場做公證人。」

「我可以去嗎？」

「當然可以，大家也好藉此聚一聚。伯爵兄妹賣了房子後，就要去南方海濱休養了，就算是為他們送行吧。」

貝舒的猜測錯了，達瑞里斯根本沒有逃跑，他藏身在巴黎的一個隱秘之所。這個地方是一座大型的高級住宅，沒人知道。在這裡，達瑞里斯繼續著他對事件的調查。當然，他的行動此時只能靠化裝成各種人物來進行了。

即將在周五進行的伯爵公館出售簽約，是達瑞里斯非常感興趣的一件事，他已經為此做了充分的準備。所以周五清晨，他吃完早餐，便穿上一套簡單的衣服，裝扮成一個普通的店員展開一天的活動。

來到大街上，達瑞里斯在報攤買了兩份報紙，上面登載的一則消息讓他吃了一驚。他在路旁林蔭下找了張椅子，坐下來細讀那段文章。那是一封讀者來信，內容如下：

〈亞森．羅蘋和怪紳士〉

涉及梅拉馬爾伯爵家的那起怪案，最近已查清與怪盜亞森．羅蘋有關。

幾周前，有位紳士到特里亞農的舊貨店裡去，前天晚上被人殺死在公園內的正是這名老婦人。當時，有位紳士首先發現了她的屍體，並報了案，但隨後就藉故走開。經多方調查，已知此人就是幾天前去過特里亞農店裡的那位紳士，他的名字叫讓．達瑞里斯。

讓．達瑞里斯的公開身分是航海冒險家，但有確鑿的證據證明，他就是以前頗有名氣的私家偵探社社長巴特內爾。而這個巴特內爾不過是怪盜羅蘋的化名罷了。

簡而言之，達瑞里斯、巴特內爾、羅蘋三人，其實是同一個人，他是牽涉最近一連串怪案的關鍵人物。警方已成立了以貝舒探長為主的專案小組來偵查此案，作為一位巴黎市民，應該全力協助警方，將這個大盜繩之以法。

心存正義的一讀者

「這肯定又是法熱羅幹的好事，他利用貝舒來捉我，還發表了這麼一封公開信。」達瑞里斯暗自揣度，「看來他是要和我鬥下去了。好，奉陪到底！看誰是最後贏家！」

達瑞里斯收起報紙，緩緩站起來，然後朝伯爵家走去。

在伯爵家附近，達瑞里斯仔細地察看周圍的情況，並未發現什麼可疑之處。他滿意地點了點頭，然後把手放在褲子的口袋裡。右邊口袋裡裝的是短劍，左邊則是手槍。手觸到這些冰冷的東西時，他心中的勝算又多了幾分，他微笑著走向伯爵家的大門。

大門緊閉著，達瑞里斯再次看了一下四周，確認沒人後，急忙脫下外套，按響門鈴。

伯爵的僕人弗朗索瓦打開門上的小窗戶向外看，然後問道：「誰啊？」

「我，達瑞里斯。」

「喔，我這就給你開門。」僕人打開了門。

「你們現在可真是小心啊，看清來人才敢開門。」達瑞里斯打趣道。

「是啊，是貝舒探長的指示，我們這裡現在是戒備森嚴，日夜都有三名警察在這兒。」

達瑞里斯不經意地四處看了看，果然發覺樹蔭下站著人，樓上窗簾後也露出一個人的半張臉，是貝舒探長。

達瑞里斯會心地一笑，心想：「喔，他認為我逃跑了，卻沒有想到我會回來，想必嚇了他一跳吧。讓他更吃驚的事還在後頭呢！」

達瑞里斯很輕鬆地來到大客廳，人差不多都到齊了。伯爵、吉爾貝特夫人、法熱羅和阿爾萊特一起坐在長椅上，表現出很親密的樣子，而馮賀班則一個人坐在沙發上。

見到達瑞里斯，馮賀班強迫自己擠出一些笑容，率先跟達瑞里斯打招呼：「你也來了。」

法熱羅則繃緊了臉，努力控制著情緒，一臉虛假地笑著對他點了點頭。

倒是伯爵和吉爾貝特很真誠地對達瑞里斯的到來表示歡迎，伯爵說：「你來得正是時候，我們正準備離開巴黎，順便請大家來家裡話別。我本打算去請你來，但貝舒先生說你正出外旅行。」

「是的，旅行剛結束，昨晚才回來。很久沒見到你們了，專程來看看。沒想到這麼巧，正趕上話別的時刻。」

「你來得可真巧！」貝舒走了過來，邊說邊狠狠地瞪了達瑞里斯幾眼。

達瑞里斯裝作沒看見，假裝熱情地說：「喔，貝舒探長，近來可好？案情進展如何？有沒有新線索？劫匪呢？鑽石呢？」

「一點兒頭緒也沒有。」貝舒一臉不高興地說。

「老是這樣可不行啊，不過，也許你能從我這兒得到一點線索。」達瑞里斯以開玩笑的口吻說。

貝舒的臉漲紅了，訕訕地走到一邊。法熱羅的眼光也一直注視著達瑞里斯，但達瑞里斯卻視而不見，他走向阿爾萊特，讚歎道：「喔，阿爾萊特小姐，你真是越來越漂亮了！」

隨後他凝視了她一會兒，問道：「你感到幸福嗎？」

阿爾萊特的臉頓時通紅，達瑞里斯又追問了一句：「我是問你，你覺得你的婚姻會幸福嗎？阿爾萊特小姐。」

「你這話是什麼意思？你是要跟我作對嗎？」不等阿爾萊特答話，法熱羅起身大喝，「我們很快就要結婚了，你這麼問她，意思是說我不能帶給她幸福？」

達瑞里斯冷冷地瞧了法熱羅一眼，說：「何必發這麼大的火呢？我沒別的意思，只是知道阿爾萊特並不想嫁給你。」

「你胡說什麼？」

「阿爾萊特並不是真正愛你，只是曾經對你有著一段朦朧的感情，你根本不配娶到這麼一位純情少女。」

「你……你……簡直是一派胡言！」法熱羅的臉色此時變得非常難看，怒氣沖天。但他的眼裡卻有一絲不安在閃動。

在場的人被眼前這場突如其來的爭執弄得莫名其妙。今天大家聚到一起，一是為伯爵兄妹送行，二是為了慶賀阿爾萊特和法熱羅的婚事。達瑞里斯突然冒出這些話來，使大家一頭霧水，瞠目結舌。更奇怪的是，對這一切，當事人阿爾萊特一語不發，眼中充滿了淚水。

達瑞里斯輕拍了一下阿爾萊特的肩膀，說：「阿爾萊特小姐，你並不真正愛他，對吧？一切只是因為你的父母，你才做出了這個選擇。你已經有些後悔了，如果可以的話，你想離開他，對嗎？」

阿爾萊特把頭垂得更低了，但沒有對達瑞里斯的話提出異議。

「大家都看到了吧？阿爾萊特並不願意嫁給這個人。因為一旦結婚，她就會陷入不幸之中，這是一場沒有愛情的婚姻。單純的阿爾萊特是被他欺騙了。」達瑞里斯指著法熱羅說。

「你……你這個混蛋！」法熱羅大吼起來，平時的溫文爾雅全不見了。由於極端憤怒，他的臉有些變形，顯得非常醜陋。

「這些可都是真話，我就是為了阿爾萊特免遭不幸，才特別前來阻止你和她結婚的。」

「你……你什麼意思？好，既然你這麼無恥，我也不客氣了，你以為你是什麼東西？你頂多是一個假扮達瑞里斯的陰險小人罷了。」法熱羅用顫抖的手掏出一張報紙說，「你自己看一下報紙吧，你是個什麼貨色上面寫得一清二楚，讓我來讀給你聽吧！」

「哼，是那封讀者的信吧，我已經讀過了，而你也不必再讀了，想必你都能背誦出來吧，因為這是你的傑作。」

達瑞里斯說完朗聲大笑，法熱羅氣極敗壞，執意當著眾人的面將報紙唸了一遍。當他讀到達瑞里斯就是巴特內爾時，聲音故意放大。伯爵和吉爾貝特聽了，驚訝地張大了嘴。

「你看這事怎麼解決？伯爵，此人就是羅蘋，這就是真相。」法熱羅得意地說道。

「千萬不要相信他的謊話，讓我來撕去他的假面具吧，伯爵。他才是一個卑鄙小人！」達瑞里斯也毫不退讓。

兩個人就這樣一個指對方是怪盜亞森．羅蘋，一個說對方是壞人，互相攻擊，針鋒相對。馮賀班此時也來湊熱鬧，大聲吆喝貝舒抓住達瑞里斯，說他是搶走鑽石的人。

「他才是真正的劫匪！」達瑞里斯指著法熱羅說。

「請你們靜一靜，畢竟這是我的公館。」

伯爵不得不出面制止，他極力勸阻各方，然後轉身問達瑞里斯：「請問閣下究竟是何人？航海家讓．達瑞里斯男爵？還是……」

「怪盜羅蘋？」達瑞里斯補充道，然後大笑起來，「關於這個問題，以後你會慢慢知道的，現在，我想說的是阿爾萊特小姐的事。阿爾萊特小姐，你可能真正感到害怕了吧？事實上，你不必擔心，只需要慢慢看著這件事如何解決就行了。一切有我！」

說完，達瑞里斯扶著阿爾萊特坐到長椅上，然後轉身對伯爵說：「伯爵先生，你現在先不必急著弄清我的身分。眼下最重要的是讓我們來看看法熱羅是個什麼樣的人物。」

法熱羅起身欲撲過來。伯爵上前勸阻說：「不要衝動，請各位靜下來慢慢談，這件事太離奇了，我想大家都願意聽一聽吧。所以，達瑞里斯先生，你請說。」

8 法熱羅的真面目

「好。我是在得知伯爵兄妹被迫要離開巴黎這個消息後，專程趕來撕下這傢伙的偽裝的。同時，也是為了阻止阿爾萊特小姐這樁沒有愛情的婚姻。此外，我還想知道，馮賀班先生的鑽石究竟被藏在什麼地方？有沒有新發現？還有找回來的可能嗎？這些問題看起來很棘手，而且難以解決，但只要理出一個頭緒來，就可以一點一點理清一切。關鍵就在這位法熱羅先生身上，只要弄清他的底細，所有的問題就迎刃而解了。」

法熱羅又激動起來，他猛地起身，漲紅了臉大吼道：「哼，你……你就告訴大家我是什麼人，你說啊！說我是個什麼樣的人啊！」

「不要激動，我會說的，是心平氣和地說。」達瑞里斯臉上帶著嘲諷的微笑，接著他彎著右手的一根手指說：「第一，是你在劇院里弄出那場火警鬧劇。」

「胡說八道！」

「第二，是你趁亂劫持了女歌手蕾吉娜。」

「快給我閉嘴！」

「第三，是你在大客廳裡搶走了馮賀班的鑽石。」

「別再瞎說了！」

「第四，是你綁架了阿爾萊特。」

「一派胡言！」

「第五，是你偷走了桃心木製桌子和那些公館裡不起眼的小東西。」

「你是個混帳東西！」

「第六，是你在公園裡殺死了那個舊貨商特里亞農。」

「住口！」

「還有更重要的是，大約一百年前，有一個家族，專門與梅拉馬爾家族為敵，迫使伯爵家兩代男主人冤死。這件事已經被我證實了，而你就是那個家族的後人，你和你的祖先做著同樣的事情，用陰謀詭計來迫害梅拉馬爾家族。你是魔鬼的後代，是一個害人的魔鬼！」達瑞里斯逐漸提高聲音，客廳裡的人都聽得一清二楚。

「閉上你的臭嘴，不要再撒謊了！」法熱羅壓制不住心中的怒火，大吼道。

「我說的全部是事實，你就是這一連串怪案的主謀，你是個真正的罪犯。大丈夫敢做敢當，事情已到了這種地步，還是你自己說吧。」達瑞里斯的語氣平和了一些。

「不要再廢話了，你的真面目也該揭下來了！你根本不是什麼航海家達瑞里斯男爵，而是怪盜亞森·羅蘋。現在，你休想逃走！」

法熱羅紅著雙眼，張開雙臂撲向達瑞里斯，一把抓住他的胸口。達瑞里斯沉著冷靜地掙脫出來，反手抓住了法熱羅的手腕。看起來，達瑞里斯只是輕輕抓了一下，但法熱羅卻感到自己的手好像被重物壓著一般，無法移開，他的臉扭曲著，似乎很痛苦。

「放開我！」

「可以，但你不要再來找麻煩！」達瑞里斯說著便放了手，但法熱羅的手腕已經腫了。法熱羅一邊不停地撫摩著疼痛的手腕，一面狠狠地瞪著達瑞里斯。

達瑞里斯面不改色，微微笑了笑說：「是不是很疼？對不起。我看你應該冷靜下來，老老實實地招供你的所做所為。何必再隱瞞呢？快說吧！」

「閉嘴！少廢話，羅蘋，就是你，是你搶走了鑽石！」法熱羅說著冷不防又撲了上來，達瑞里斯一閃身，朝著法熱羅的額頭就是一拳。法熱羅一聲慘叫栽倒在地。

一時間場面大亂。伯爵和馮賀班準備上前阻止達瑞里斯，吉爾貝特和阿爾萊特則想上前扶起法熱羅。

「都不要動！」達瑞里斯突然像下命令似地大喊了一聲，「貝舒探長！目前只有你清楚眼前這件事的實情，你應該知道我是個什麼人，所以你也應該清楚我要如何解決這個傢伙，請你先不要插手。還有，請你讓大家安靜下來。」

一直在旁邊冷眼靜觀的貝舒點了點頭說：「好，隨你的便，我最優秀的三個屬下，在樓下候命，所以……」

「很好，我相信你會把真正的罪犯抓回警局的。」

貝舒冷笑了一聲，達瑞里斯也回了他一個笑容：「老夥計，我知道你在想什麼，你認為我就是亞森．羅蘋，想把我抓回去換個獎章。但現在你真的不能抓我。第一，抓了我，你就再也無法找回鑽石；第二，抓了我，你就永遠不可能知道梅拉馬爾家族夙敵的秘密。因此，隱藏在這棟古宅中，危害著這裡主人的魔鬼也就不能被降服了，而且伯爵兄妹也將永無寧日。說實話，經過這些日子的苦苦思索，我已解開了這些謎題。一旦你把我當成亞森．羅蘋抓到警局，肯定會出大亂子。請你三思而行，否則後果不堪設想。不過，如果你現在一定要抓我，我毫無怨言，因為這是你的職責所在。做決定吧，貝舒探長。」

貝舒陷入了沉思，其他人也都默默地等著他的決定，大廳裡一片沉寂。在眾人的注視下，貝舒最終下定決心，他對伯爵說：「伯爵先生，我準備答應他，想證明一下他所說的話的可信度。我想先不限制他的自由，如果他真的就是羅蘋，應該不是一個言而無信的人。」

「多謝！」達瑞里斯由衷地說，「放心，我會讓你有所交代的。我現在要做一件事，就是查清法熱羅的真實身分，因此不能讓他隨便走動。」

說著，達瑞里斯隨手從衣袋裡拿出一個小瓶，然後將瓶中的藥水倒在藥棉上，把它放在法熱羅鼻下，再用紗布固定住。藥水刺激的味道，飄蕩得到處都是，那是麻醉藥的氣味。

「他一時半會兒不會醒的。諸位，關於最近發生的一連串怪事、梅拉馬爾家的秘密以及鑽石的下落，我將全力為大家解開其中的謎題，但我需要一點時間。貝舒探長，在這段時間裡，請你不要干涉我的自由。」

「好。」

「非常感謝你能給我這個機會，我會報答你的。一切內幕我將首先告訴你一個人；其次，我會將此案的主犯法熱羅交給你，還有他的同夥瑪丹和那老頭。喔，現在是下午四點，嗯……對，我決定六點整把那幾個人交給你。但是……」

「但是什麼？」

「但是希望你從始至終和我一塊行動，還有你絕不能干涉我，必須讓我自由活動。如若不然，這個錯綜複雜的案子是不好解決的。」

「行，就這樣吧。但是如果你不能解開謎底的話……」

「如果真是那樣，我會告知你我的真實身分，任由你發落。也就是說，到時你就會知道我究竟是航海家讓．達瑞里斯呢，還是那個巴特內爾，或是怪盜羅蘋。」達瑞里斯以極認真的口氣，望著貝舒說。

「好，都聽你的。」

「OK，叫輛車來吧，最好是警局的大車。對了，馮賀班先生，可以臨時徵用你的車嗎？」

「這……好吧。」

「車上能坐多少人？」

「五個。」

「讓司機下來，你來開車。」

達瑞里斯安排完畢，彎下身摸了一下法熱羅的胸口。心跳正常，麻醉藥已發揮了效力，法熱羅正酣睡呢。「再二十分鐘，他就會醒，時間剛好。來，一起抬他上車。」

「帶著他一起行動？」貝舒滿臉疑惑。

「有個地方需要和他一起去，快點吧！」

一輛警用的大車子等在門外，車外站著三名警察，一起幫著把法熱羅弄上車。然後由一名警察開車，另外兩個坐在法熱羅兩側。

貝舒從車窗外對警察低聲叮囑：「你們要盯死的不是躺著的這個傢伙，而是那個正在和伯爵談話的人，他叫達瑞里斯，千萬不要鬆懈。看我眼神行動，一旦情況不妙，就抓住他。」

此時，達瑞里斯正在門前和伯爵說著什麼，而一旁的阿爾萊特和吉爾貝特也在說著悄悄話。

「好了，我們上車吧，伯爵。」

達瑞里斯朗聲說道，拉著伯爵一起上了馮賀班的車，接著馮賀班和貝舒也上了車。

「你們也一起上來吧，吉爾貝特夫人、阿爾萊特小姐……」

五個人坐到了車裡，達瑞里斯吩咐充當臨時司機的馮賀班：「出發吧！穿過多里宮大廣場，經塞納河，沿利古里街向前走。警局的車跟上來了吧，很好。」

一切安排妥當，達瑞里斯滿意地點了一下頭，就不再說話了，閉目冥思。

他究竟要把大家帶到何處呢？車裡的幾個人悄悄地瞧著達瑞里斯的表情，心裡充滿了不安和迷惑。

「我們究竟去哪？」貝舒沉不住氣了，開口問道。

達瑞里斯從冥思中睜開眼，微笑著說：「到時候你會知道的。」說完，又闔上眼繼續他的冥想。

兩輛車一前一後，行駛在巴黎的大街上。汽車過了塞納河，一路開下去，達瑞里斯一直沒有吩咐馮賀班停下車，甚至連彎都沒拐過。

「請你講清楚，達瑞里斯先生，我們究竟要去什麼地方？」伯爵也有些按捺不住了。

「看來，你們對我還是很不放心啊。」達瑞里斯微笑著說，「那我就簡短地講一下吧！我們很快就要到目的地了。」

達瑞里斯的樣子不像是在和別人說話，而像是一個人在自言自語，他慢慢地講道：「梅拉馬爾家族，從幾代前起就不斷有怪事發生，為了解開這個謎，我可以說是費盡周折，花盡心思。我查遍了法國歷史，包括各種筆錄，還親往伯爵家的舊領地，查閱以前那裡教會和區公所的記錄，還向一些老人打聽。皇天不負苦心人，終究還是讓我找到了一點線索。我漸漸清楚地意識到，蕾吉娜和阿爾萊特遭劫持，劫匪的真正企圖並不是兩位小姐。劫匪究竟是何許人？我弄不清。最初我曾懷疑過是伯爵兄妹，經過一段時間的觀察後，我排除了他們的嫌疑。但那個劫匪確實曾把兩位小姐帶去公館，並在那裡犯下了罪行。因此，我推斷他們是想利用兩位小姐作為事件的當事人指認伯爵，讓伯爵蒙冤入獄，或者絕望了斷。

「但奇怪的是，劫匪帶著兩位小姐去客廳時，伯爵兄妹怎麼會一點也沒察覺呢？雖說公館很大，但伯爵的書房就在客廳旁邊，吉爾貝特夫人的臥室也在客廳附近。案發當時，他們二位都在家，並未出門；還有，那對耳朵有點聾的老僕人夫妻也在……劫匪是怎樣在這些人一無所知的情況下，將兩位小姐帶到客廳的呢？這個問題，我想了許久，但都沒有找到滿意的答案。雖然進行了多方的調查，碰到不少的障礙。但我從未喪失信心，一直努力在尋找，終於發現了一個驚人的秘密，從而解開了這個難解之謎。」

達瑞里斯似乎有點累了，他闔上了眼睛，一言不發，一個人沉思起來。

「達瑞里斯先生，你說的驚人的秘密是什麼？」伯爵身體前傾，臉上肌肉緊繃，十分緊張地問。

「不是我故弄玄虛，我只是想讓你們親眼看看，因此才帶你們一起來。」達瑞里斯睜開眼，輕聲細語地說，「這一連串怪案的真相看似簡單，但要深入研究的話，便會發現它是錯綜複雜的。一開始，我就在關注伯爵家那些小東西失竊的事。伯爵家裡有不少價值連城的東西，但小偷放著值錢的不偷，專偷那些小東西幹什麼？還有，這麼多珍貴的傢俱中，只拿走一張桃心木製的桌子，這又是為什麼？經過分析後，我意識到，這些失竊的小東西，也許對弄丟東西的人來說算不了什麼，但對行竊者來說卻至關重要。」

說到此處，他停住了話頭，看了一下大家。

「請你接著說……」吉爾貝特催促道。

「喔，請再等一會兒，夫人，這個秘密很重要，而且也是這一切的關鍵。梅拉馬爾家族正是因為這個秘密，才吃了一百多年的苦頭。現在只有幾分鐘了，希望你能再等待一下，一百多年來所發生的種種怪事就會找到答案了。」他回頭以開玩笑的口氣對貝舒說：「如何？探長先生，恐怕你早就知道這個謎的謎底了吧？不知道？其實一切都很簡單。能想出這個巧妙主意的人很可愛，不，應該說他非常聰明。也許你要問我為什麼這麼說，因為如此巧妙的犯罪活動還從未發生過，這可是有史以來的一大創舉。真的，這種犯罪方法可能從未被運用，而且還不易被人看穿。看來，貝舒，你是真的不知道內幕了。好，再過一小會兒，我會讓你知道的。喂，馮賀班先生，在這兒向左拐。」

車子向左拐進了一條僻靜的小街道，兩邊是一些倉庫和廠房，看樣子是工業區，不過在其中還可看到幾座很大的古建築。

「好的，就在這裡，慢些……路太窄，在右邊停車吧。」達瑞里斯說，「貝舒探長，讓你的手下留在車上看好法熱羅，等他一醒，就抬進屋來。」

所有的人都下了車，吉爾貝特向四周看去，她可是頭一次到這麼冷清的地方來，所以感覺不太好，靠到了伯爵身邊。阿爾萊特也驚恐地四處張望著。

這個街道非常小，又髒又亂，左側是一些倉庫和堆放的雜物，右側有四棟破舊的住宅。厚厚的塵土蓋住了窗戶玻璃，有的破窗戶上用黃紙糊著。整幢住宅沒有任何聲響，似乎無人居住，所有的屋門都緊閉著，門上的漆已經脫落了，有些地方還糊上了廣告傳單。

馮賀班和貝舒竊竊私語，他們弄不清達瑞里斯帶他們來這兒幹什麼，都睜大雙眼看著他。伯爵也有些擔心，將手分別放在妹妹和阿爾萊特肩上，擺出一副保護她們的架式。

「各位，請隨我來。」達瑞里斯說著向前走去。

穿過那些破舊的房子後，一扇陳舊的大門出現在眼前，可以看出門後是一個寬闊的大庭院，院裡還有樹，只是裡面十分清靜。向裡望去，只見一座高大的古建築聳立在林中。誰都沒想到，在這種地方，竟能有如此高雅的古建築。

達瑞里斯從衣袋裡拿出一把嶄新的長鑰匙，插入大門的鎖眼裡，轉動起來。

「這把鑰匙是我為了開這扇門而在幾天前特地配的，我已經來過這兒好幾次了。現在請各位仔細看清楚房子裡的一切，這樣一來，所有的謎就迎刃而解了。」說著，達瑞里斯打開鎖，用力推門。隨著「啊」的一聲，門開了。

「哎啊！」伯爵一進門，不由得驚叫了一聲。

「這，這是……」吉爾貝特也嚇得面無血色，暈倒在伯爵懷中。

9 驚天大陰謀

隨後走進來的貝舒探長、馮賀班、阿爾萊特，和伯爵兄妹一樣被眼前的情形震住了。這裡根本就是伯爵公館的再版，院中的樹木、石子路、建築樣式，甚至地上長的青苔，都和伯爵公館是完全一樣的。幾個人就像中了魔法一樣，看著眼前的一切，久久不能回過神來。

面前的這幢公館和伯爵住的那幢，建造年代大概差不多，房子的陳舊程度也差不多。還有，所用的石料形狀，以及用法也都相同。此外，房子外部遭受的損壞程度也完全一樣。

「這就是魔鬼的陰謀。」吉爾貝特顫抖著聲音說。

「對，這是魔鬼的陰謀。但這個魔鬼披著人皮，會說人話。」達瑞里斯邊說邊帶著大家一起走向那房子，還對阿爾萊特說，「阿爾萊特小姐，你曾和蕾吉娜小姐跟我一起去過伯爵的公館，那時，你看到正門前的六級石階時，說那就是你遭劫持到過的公館。現在你再數數看，這裡的石階是否也是六級。」

「啊！」阿爾萊特數了一下，果然也是六級石階。不會錯，正是那次走過的石階。

「伯爵，你瞧正門那兒，不覺得眼熟嗎？那鋪滿石子的地面、那玻璃房頂、那盆景、那雕像，如何？都非常熟悉吧？」

「是的……上帝啊，這不正是我的那座住宅嗎？每一個細節都如此的相同，這、這是為什麼？」伯爵就像著了魔一樣，在石子地上一邊來回跑著一邊說。

「請大家到這裡來。」達瑞里斯說。

大家隨著他走進了大門，呈現在眼前的是座很大的梯子，共有二十五級！阿爾萊特忍不住大叫起來。

達瑞里斯臉上露出神秘的微笑，又把大家帶進了一個大客廳，說：「大家仔細看這裡的一切。」

按照他說的，眾人忙著四處查看，結果紛紛驚叫起來。這屋內的一切和伯爵公館毫無差異，擺的傢俱、牆上的畫框、窗簾、屋頂上的浮雕都是相同的。甚至吊燈、燭臺、按鈴上的綢帶顏色、長度、斷開的地方都一樣。

「好好看一看，阿爾萊特，當初你逃跑時進的是這個大客廳嗎？」

「對，是的……」

「這麼說來，同樣的古宅有兩座？這簡直讓人無法相信！」伯爵聽了達瑞里斯的話後小聲說。

「也許你還無法相信，但真實情況的確是這樣。」達瑞里斯對伯爵說完，轉身對貝舒探長叮囑道，「請你讓外面的人把法熱羅帶進來。」

貝舒出去了，而剩下的人看著屋內的一切，無法相信眼前發生的事。

貝舒命令手下將法熱羅抬到樓上的沙發上，然後又讓他們給警局打電話，請求增援。並吩咐警局的人來了之後，藏到地下室的樓梯後，以防範達瑞里斯。

當貝舒再次回到客廳時，法熱羅尚未醒來，達瑞里斯扣上房門，然後看看錶說：「他快醒了。」

果然，片刻之後，法熱羅猛地晃了下身子。達瑞里斯走上前，拿下那個沾了麻醉藥的口罩，然後低聲對吉爾貝特和阿爾萊特說：「摘了你們的帽子，脫了大衣，讓我們看上去就像剛才在伯爵家一樣，你們幾個也是。」

「這是為什麼？」馮賀班問道。

「讓法熱羅認為他仍在伯爵家。」

「難道他真的是和我們梅拉馬爾家族為敵的魔鬼的後代？」伯爵問道。

「如假包換！」

伯爵不由得深深歎了口氣。就在這時，法熱羅緩緩睜開了雙眼，先是愣了一會兒，打了個哈欠，看了一下四周，然後說：「這是哪兒？……喔，對了，是伯爵家的大客廳，但為什麼……」

他緊鎖眉頭想了一會兒，猛然看到站在身邊的達瑞里斯，忍不住大叫：「你這個混蛋！」

「何必發這麼大的火呢？」達瑞里斯把他按到座位上，「記起來了吧？剛才你撲過來要打我，我不得已還擊，結果用力猛了些，讓你睡了一會兒，真抱歉。」

「哼！」法熱羅很不服氣，「因為你是羅蘋，所以我才……才……」

「這話就沒道理了，我是羅蘋嗎？我們先不談這個，我有更重要的事和你說，大家一直在等你醒來。」

「什麼重要的事？」

「說說你自己，還有你的祖先，以及你和伯爵家的關係。」

「你說什麼？」法熱羅的臉頓時變色，他站起身來，一邊瞪著達瑞里斯一邊倒退，企圖從門口逃走。

「門已經鎖了。」達瑞里斯笑著說。

法熱羅有些喪氣地坐回沙發上，兩手交叉，盯著達瑞里斯。達瑞里斯也看了看他，嘴角上浮現出一絲冷笑：「我看你也許還沒睡飽，要不你先休息一會兒。我要和伯爵說些事，如果你願意，也可以一塊聽。」

說著，達瑞里斯搬了把椅子在伯爵面前坐下。法熱羅雖然氣得渾身發抖，但也無可奈何。

「這是一個十分複雜、十分離奇、又十分長的故事，和怪案有關，也和伯爵的祖先有關。伯爵，這還要從你的祖先說起，你住的古宅是建於十八世紀中葉吧？」

「是的，正門上方刻有一七五〇年建成的字樣。」伯爵應聲說道。

「在那座宅子建成後的二十五年，即一七七五年，拿破崙皇帝的一個將軍諾耳．梅拉馬爾，因為搶劫、殺人罪被捕入獄，後腦溢血而死於獄中。後來，梅拉馬爾家族又有一人犯下了搶劫、殺人罪，被捕後自殺了。這個雅爾本斯就是你的祖父，對嗎？」

「是的。」伯爵點了點頭。

「為了解釋得更清楚些，我們來看看你們家的家譜。」

達瑞里斯用筆給伯爵寫了一個家族譜：

弗蘭蘇——諾耳——雅爾本斯（父親）┬阿底里安（現在的伯爵）
（病死於獄中）（自殺）└吉爾貝特（伯爵之妹）

「伯爵，我不便寫出你敬愛的父親的名字，也完全沒有這個必要。一七七五年，你的曾祖父弗蘭蘇伯爵，為了更換全部的傢俱，而去訂做了一套新的。」

「對，這在遺留下來的記錄以及傢俱目錄上都有記載。」

「這位弗蘭蘇伯爵跟一位富家小姐結婚後感情甚好，那套昂貴的傢俱正是弗蘭蘇為討妻子歡心而訂做的。但不知為什麼，弗蘭蘇伯爵後來愛上了一位叫莫蒂的女演員。伯爵對這個莫蒂小姐傾心不已，在巴黎郊外找了塊僻靜之地，按家中的樣子，建了一座相同的住宅。富有的伯爵在建新住宅時，把它建得和老住宅一模一樣。從地上的石子、到正門的石階，都用的是產自同一地方的石料，石階的級數也一樣，還有院中種的各種植物也和舊宅中相同。客廳自然也不例外，所有老宅有的，這裡都有。

「伯爵金屋藏嬌的事被夫人知道後，可憐的女人為此傷心地哭了很久，還去懇求莫蒂離開她的丈夫。伯爵有些後悔了，於是和莫蒂分手，但那座建在巴黎郊外的住宅則作為一種補償送給了莫蒂。這位莫蒂小姐長得如花似玉，但心地卻陰險醜惡，為了報復伯爵對她的遺棄，她立下毒誓要讓伯爵家永遠遭受痛苦。從那時起，這貌美心毒的女人，就顯露出她的魔鬼本性，無時無刻不在等著復仇的機會。

「十幾年過去了，爆發了法國大革命。這是一場法國平民針對王室和貴族的革命，許多貴族都被拉上斷頭臺，結束了他們的一生。蓄意報復並一直在詛咒伯爵家的莫蒂終於發現了時機。她嫁給了一個叫瑪丹的平民，然後和丈夫一起向革命政府揭發了伯爵是貴族的事，伯爵和夫人自然被推上了斷頭臺。」

說到這兒，達瑞里斯停下來，看了一下周圍幾個人。除了法熱羅一臉不在乎的表情外，其他人都非常吃驚，但他們誰也沒出聲，仍在靜靜地傾聽。

「太不可思議了！」伯爵說道，「我們家族的記錄和文件在大革命中幾乎全部遺失了，所以對於祖輩的事我們不是很清楚，只是聽說過曾祖父夫婦是被人揭發而慘死的，這中間的詳情我們一點都不知道。」

達瑞里斯點了點頭，繼續說：「莫蒂的丈夫瑪丹不久後也死了，莫蒂一個人住在伯爵送給她的房子裡。那時，伯爵給她的錢早就沒有了，所以儘管她住在豪宅裡，生活卻過得很糟糕。她和瑪丹生有一子，她和這個孩子一起度日，還把過去的事講給他聽。就這樣，孩子幼小的心靈上烙下了復仇的印記。

「拿破崙結束大革命時，弗蘭蘇伯爵之子諾耳，由於勇敢善戰而榮升將軍。這件事讓莫蒂知道後十分難受，於是她又伺機準備置伯爵的兒子於死地。但那時她已老得不行了，滿臉皺紋，牙也沒剩幾顆。因為她經常詛咒別人，行為古怪，所以別人都認為她是個恐怖的巫婆。她的心中不想別的，只有報仇這兩個字。

「那時，她的兒子已經長大了。母子經過一番商量，定下了陷害諾耳伯爵的詭計。他們綁架了兩名商人，將他們帶回家，在大客廳裡搜去了所有的財物，又殺了其中一個，故意放跑另一個。警方接到報案，由於所有證據皆對諾耳伯爵不利，諾耳因此被捕，並接受法院的查辦。諾耳伯爵蒙冤受屈，自然要在法庭上極力爭辯。但那時的法官就跟現在的一樣，並不知道還有一座完全一樣的住宅。不幸的伯爵入獄了，這位身經百戰，一生清白的將軍，因無法面對這樣的恥辱，經常在獄中鬧騰，終因腦溢血而死於獄中。又過了二十一年，莫蒂年近百歲。當她感到自己將不久於人世時，又將這種仇恨深植在她才十五歲的孫子多尼克・瑪丹的腦海裡。」

「那她的兒子呢？」伯爵問道。

「她的兒子死得早，而莫蒂卻一直活著，也許是因為她復仇的心不死，所以她的生命才像魔鬼一樣長久。多尼克對老祖母的話緊信不疑，時刻在想著如何報仇。此時，梅拉馬爾家族的後人正是雅爾本斯，和祖父一樣，他也是拿破崙手下一個有名的將軍。多尼克為了誣陷雅爾本斯，採取同樣的方法，綁架、搶劫、殺人，雅爾本斯遭遇了和祖父一樣的命運。更讓他感到絕望的是，竟有流言說，梅拉馬爾家族有犯罪的血統，本性如此。一氣之下，他含冤自殺了。」

在場的人聽了達瑞里斯此番話，聯想到阿底里安也曾試圖自殺，無不大驚失色，這真是一種最歹毒的報復方法。

「那個多尼克，他還在人世嗎？」伯爵心有餘悸地問。

「在，他就是瑪丹和特里亞農的父親，那個跛腳老頭。」達瑞里斯說，「多尼克從少年起，在莫蒂的調教下，就在心中埋下了仇恨伯爵一家的火種，一直到老，這種仇恨都無法消除。伯爵家自雅爾本斯自殺後，他夫人就帶著他們的獨生子躲到了鄉下。這個獨生子，就是你的父親。這樣一來，多尼克就不能再利用那座住宅來迫害你父親了，所以你父親能夠平安生活，不僅繼承了爵位，還有了兩個兒女，一個是你，一個是吉爾貝特。

「因為這事一直是你們家族的陰影，所以你父親極少對你們提及，因此你們兄妹對祖上的事一無所知，當然更不會知道有兩座完全相同的住宅存在。老伯爵撒手西去後，你們搬了回來。多尼克得知你們回來了，就又想方設法繼續老祖母的報仇誓約。

「多尼克只有三個女兒，小女兒弗里瑞，和一個叫安托萬的結婚去了美國。剩下的兩個，也就是特里亞農和瑪丹，則和父親一直進行著他們所謂的復仇計畫。由於你們兄妹一直深居簡出，品行又有口碑，瑪丹父女策劃的好幾次陰謀都以失敗告終。直到吉爾貝特結婚，他們想出了一個惡毒的方法，那就是造謠吉爾貝特的丈夫對妻子不忠。善良的吉爾貝特小姐相信了這些謠言，和丈夫離了婚，回到公館，和哥哥一起過著冷清的日子。」

「他們竟然如此歹毒！」吉爾貝特激動地顫抖起來。

「是的，這就是他們歹毒的計策。因為別的計謀都沒有得逞，他們就又想到了那兩座一樣的住宅。雖然他們的生活一直很困難，但遵照老莫蒂的要求，那座住宅絕不能賣掉。此時，那個嫁到美國去的小女兒弗里瑞的兒子從美國回來了。弗里瑞夫婦因為染上傳染病死了，留下了十七歲的兒子。他們沒有給他留下任何遺產，當他在美國待不下去，又得知自己還有個外祖父和兩個姨媽在巴黎時，就回來找他們了。這個孩子，就是我們面前的這位法熱羅先生。」

「你的故事很精彩。」法熱羅冷笑著看了達瑞里斯一眼。

「不要再嘴硬了！這可是我費盡周折調查出來的，不會有假。」達瑞里斯說，「其實，那個栽到梅拉馬爾家族的說法，送給莫蒂一家是再合適不過的了，他們才真的是血液裡流著犯罪的基因。法熱羅本來就是個心存不良的少年，除了玩，什麼也不會做。他回到巴黎時，他的姨媽開著舊貨店，他就經常去店裡要錢，如果拿不到錢，就拿店裡的東西去換錢。由於他頭腦聰明，長得還不錯，也比較會說話，於是瑪丹父女想方設法地將他包裝起來，讓他接近伯爵。就這樣一來二往，他成為了伯爵家的常客。表面上他一直在幫助伯爵兄妹，包括這一次替伯爵洗脫罪名。但這一切不過是為了不露痕跡地置伯爵兄妹於死地，以實現他們罪惡的目的。」

「胡扯！我對伯爵家沒有任何企圖，你這是誣衊！」法熱羅站了起來，為自己爭辯。

「我還沒講完，你有話等會兒再說。」達瑞里斯按住法熱羅的雙肩，使他重新坐下，繼續講述：「多尼克帶著他的女兒和外孫設計出一個又一個的陰謀來陷害伯爵。為了再次利用那座住宅來完成他們的陰謀，他們的功夫做得很細。根據法熱羅帶回的資訊，他們發現他們的客廳裡缺了幾樣東西。沒錯，就是那張桃心木製的桌子和那幾件不值錢的小玩意兒。

「如果有了差異，一旦在這個大客廳裡做出什麼事來，就可能留下破綻。因此，瑪丹在一個深夜偷偷來到伯爵家偷走了這幾件東西。但這中間出了點亂子，瑪丹忘了把此事告知姊姊，特里亞農看見那張桌子後，覺得值不少錢，就搬到了自己的舊貨店，並以一個不錯的價格賣給了一個收舊貨的老頭。經那個老頭一倒手，那桌子又到了一個美國人手裡。其實這並沒什麼，問題出在那幾樣小東西上。特里亞農看那幾件小東西沒什麼用，又礙事，就和別的破爛兒一起賣了。這幾件東西幾經周轉，到了我的手裡。蕾吉娜和阿爾萊特小姐被劫持的事情發生後，我覺得跟這事有點關聯，於是追查到了特里亞農的店裡。在那裡，我們碰巧撞到了法熱羅。因為缺錢花，他是到那兒找姨媽分贓的，這贓物就是馮賀班先生的鑽石。

「說到這裡，大家應該清楚了吧。歌劇院舉行時裝大賽那天，法熱羅他們進行了周密的安排。先在舞臺周圍的花籃上撒了一些火藥，然後趁機引燃。藉舞臺著火，劇場內大亂時，法熱羅將蕾吉娜劫走，而瑪丹則開著車在外面接應。為了將這件事情嫁禍給伯爵兄妹，瑪丹帶上了一枚和吉爾貝特手上完全相同的三角形珠戒，同時穿上了深紫紅色的衣服。法熱羅也在他的皮鞋上罩上了一副伯爵常用的灰鞋套。裝扮得酷似伯爵兄妹的法熱羅和瑪丹將蕾吉娜帶到這座住宅來，搶了她的腰帶和披風，又故意讓她看到他們的裝束，以及整座住宅的樣子。

「當晚，他們將衣服上的鑽石全部拆下來，然後瑪丹潛入伯爵家，把腰帶和披風放進書櫃裡的盒子內。所有的人證和物證都有了，伯爵有嘴也說不清。但是，他們沒有想到我會設法把吉爾貝特小姐救出來，並藏到馮賀班家。這就是案發的經過，如果那時伯爵兄妹真的自殺了，可就中了瑪丹的計了。」

「哈哈，這簡直是一派胡言！先生，你編故事的能力真的很強！」法熱羅狂笑起來。

達瑞里斯沒有理會他，轉過身對伯爵說：「你們兄妹太善良了，給予這個人太多的信任，不僅竭力促成阿爾萊特和他的婚事，還要把房子賣給他。所幸阿爾萊特小姐看清了這個傢伙的本質，因此不想嫁給他。阿爾萊特小姐，我說的對嗎？」

阿爾萊特用力點頭，說道：「一開始，我也以為法熱羅是個正直的紳士，但現在已不再信任他了，我被他利用，上了他的當。」

「我利用你幹了什麼？」法熱羅惡毒地問。

「讓我來替她說吧！」達瑞里斯插口道。

「伯爵在切爾尼茨時裝店見到了阿爾萊特，她使他想起年輕時的一個戀人，當時他很吃驚，心中不由得喜歡上了她。所以後來他跟蹤了阿爾萊特兩、三次，想和她說幾句話。但他畢竟是一個受過良好教育的紳士，一直不敢唐突佳人。想不到這一切被法熱羅見到了，又一個惡毒的計畫在他心裡產生。他要利用阿爾萊特，給伯爵再添一個綁架少女的罪名，最終迫使伯爵自殺。他找到瑪丹一合計，二人再次裝扮成伯爵兄妹，將阿爾萊特小姐劫持到他們的住宅，然後故技重施，讓阿爾萊特逃脫。於是又多了一個指認伯爵的證人。這就是真相。」達瑞里斯看了看大家。沒有人說話，這一切使大家感到莫名的緊張和不安。

「那……那鑽石藏在什麼地方？」馮賀班憋紅了臉問。

「這個得問法熱羅先生了。」達瑞里斯答道。

「你說，究竟藏在什麼地方？」馮賀班瞪大雙眼問法熱羅。

「早晚會知道的，不必這麼急嘛。」達瑞里斯以十分冷靜的語氣說，「這位法熱羅先生，心可夠黑的，為了利益，他完全不顧親情了，妄想獨吞鑽石。這讓多尼克父女很生氣，於是他們想治治他，以洩心頭之恨。剛巧在這時，我們的法熱羅戀愛了，他被美麗的阿爾萊特所吸引，時常到阿爾萊特小姐的公寓去看望，並設法討她母親歡心。由於他的花言巧語，阿爾萊特的母親被他矇騙，表示願意讓女兒嫁給他。而阿爾萊特小姐對法熱羅只是有些好感而已，還談不上什麼愛情。法熱羅的攻勢很猛，他告訴阿爾萊特，自己現在已經是伯爵兄妹的救命恩人，如果有什麼需要，他們肯定會資助自己。年輕的女孩被說動了，為了讓母親過上舒適的日子，阿爾萊特開始接受法熱羅，並與他訂了婚。

「瑪丹父女知道這件事後，想出了一個報復法熱羅的辦法。他們用一封冒名信把阿爾萊特騙到他們租的放雜物的小房子裡。卻沒料到我無意間闖了進去。他們先打昏了我，等阿爾萊特一到，又把她綁了起來。然後在屋內澆上汽油，準備燒死我們。在爆炸前幾分鐘，法熱羅慌張地趕到，救了我和阿爾萊特。」

「你總算說了句人話，我是你的救命恩人！」法熱羅搶白道。

「對，是你救了我，我本該報答你。但遺憾的是你也是一個搶走鑽石的罪犯，所以一定要受到法律的追究。」

「沒有良心的小人！」法熱羅指著達瑞里斯說。

「你才沒有良心呢，伯爵兄妹對你不薄，但你卻想方設法嫁禍他們，到頭來還想霸佔他們的祖業，拿著鑽石逃跑，你這是有良心嗎？」

在達瑞里斯一連串的質問下，法熱羅洩了氣，緊咬嘴唇，一言不發。

「你很清楚，你的外公和兩個姨媽不會放過你，因此你計畫著如何殺了他們逃跑，特里亞農就是在你的手裡丟了性命。」

「胡扯，全是胡扯！」

「我說的都是實情。本來，是他們騙你到艾菲爾鐵塔附近的公園裡，準備殺了你。而你反應很快，又年輕力壯，很快就占了上風，多尼克和瑪丹先跑了。正當你拿著短劍追上去時，特里亞農抓住了你，於是你給了她一劍，把她送上西天。你把她的屍體放到公園的凳子上，還在一張紙片上寫上『亞森．羅蘋』，然後塞到特里亞農的衣袋裡。知道嗎？你做了一件蠢事，所有的人都清楚亞森．羅蘋是絕不會殺人的，唉，聰明反被聰明誤啊！」

「不，不是我，是他，是羅蘋幹的，羅蘋就是你！」法熱羅聲嘶力竭地喊著，額頭上直冒汗。

「閉嘴！」達瑞里斯大喝道，此時的他也是一臉怒色，青筋暴起，「就算我是羅蘋又怎麼樣！」聞聽此言，所有的人都嚇傻了，直勾勾地瞧著達瑞里斯，尤其是貝舒探長。只見他上前幾步，擺好陣勢，就要動手抓人。

「貝舒探長，先不要急，現在最重要的不是抓羅蘋，而是找到鑽石。」達瑞里斯十分鎮定地說。

馮賀班也急忙插言：「對，對！先找鑽石！我的鑽石究竟在什麼地方？」

「你也不用急，鑽石我會幫你找回來的。」達瑞里斯轉身對法熱羅說：「快交出鑽石來！」

「我怎麼會有鑽石？鑽石不是我搶的。」

「不要抵賴了！鑽石不在你那兒，會在哪兒？正是因為你手中有鑽石，多尼克父女才到處找你，特里亞農還為此丟了命。」

「那你說，鑽石被我藏在什麼地方？」法熱羅冷笑著說。

「自然是藏在這屋內。」

「藏在伯爵的公館裡？哼，你也真能猜，太可笑了！」

「這兒並不是伯爵的公館！」

「你不要唬人了！從客廳的窗戶就能看到那個院子，這裡怎麼會不是伯爵的公館？」

「的確不是，這是你的祖輩從老伯爵手中得來的，和伯爵公館完全一樣的另一座古宅。仔細看看吧！」

「啊！」法熱羅跳了起來，「你……你竟然……」

法熱羅知道自己上當了，他一邊說著，一邊轉過身向門口衝去。

達瑞里斯上前一把將他抓回來，說道：「你是逃不掉的，外面佈署了許多警察。你還是在這兒看下面的好戲吧！」

「什麼？」

「你的外公多尼克和姨媽瑪丹被捕的情形啊。」

「什麼？你抓到他們了？」

「不，他們六點鐘肯定會來。」

這時，鐘響了六下。

「好了，他們來了，你不信的話，去窗戶那兒看看。」

眾人也和法熱羅一起來到窗邊，向外一看。果然，林蔭邊的一扇小門被推開了，有人影晃動。看得出是一個跛子，後面跟著一個女人，他們躡手躡腳地走了過來。

「天啊……這真是……」法熱羅自語道。

達瑞里斯對貝舒探長說：「外面你已安排人手了吧？」

「是的，只要我一聲哨響，他們就會動手。」

「好，讓他們別亂動，以防打草驚蛇。讓人去守住那邊的小屋子，有一個秘密出口在那兒。」

儘管多尼克父女很警覺，但他們還是沒想到這裡早已設下了重重埋伏，就這樣走了進來。貝舒探長一聲哨響，他的屬下急速衝出來，將多尼克父女逮了個正著。

達瑞里斯回過身對法熱羅說：「都看到了吧，沒有僥倖的可能了，說吧！你究竟把鑽石藏在哪兒？」

「我不知道！」

「你還頑抗，你真的想讓我把你交給貝舒嗎？」達瑞里斯停了一下，靠近法熱羅耳邊低聲說，「如果你說了，我會救你的。」

「真的？」法熱羅問。

「那當然，我會設法讓你去南美，而且你將會拿到馮賀班先生付給你的十萬法郎。」達瑞里斯問馮賀班說：「是這樣的吧，先生，你會給他十萬法郎？」

「當然可以。」馮賀班爽快地答應了，但其實他一個法郎都不想掏。

「嗯……我要三十萬法郎。」法熱羅還在為自己著想。

「喔，三十萬法郎！馮賀班先生，你意下如何？」

「好！」馮賀班咬咬牙說。

「好，就這樣吧，鑽石在什麼地方？」

「在隔壁。」法熱羅用手指了指牆。

「胡說！我搜查過，隔壁什麼都沒有。」

「不，那裡有一罩吊燈，我把鑽石藏在吊燈裡了。」

達瑞里斯和馮賀班來到隔壁的房間，馮賀班登上椅子去摸那盞燈。

「什麼……什麼也沒有……他……他說謊！」馮賀班氣急敗壞地說。

兩個人回到大客廳，達瑞里斯問：「喂，法熱羅，你真的把鑽石放在上面了？」

「是啊。」

「什麼都沒有，如果你沒說謊，那就只有一種可能，鑽石再次被竊了。你知道誰偷走鑽石嗎？」

「不知道，難道是外公和姨媽？」

「不可能！如果是他們，人早就走掉了，不必再來一趟。」

「那我就不知道了。」

就在這時，貝舒帶著人從外面進來了，直奔達瑞里斯。

達瑞里斯沉著地問：「抓到他們了吧？」

「抓到了，會立刻送去警局！不過，警車上還有空位。」

「喔，那當然，法熱羅還要跟你一起走嘛。」

「嗯，除了他還有一個，那就是你！」

「我？」

「對，怪盜羅蘋！」貝舒撲了上來，但卻被達瑞里斯抓住了手腕。

「不要妨礙我找鑽石。」說著他按了一下牆壁上的某處，牆壁跟著轉動了一下，達瑞里斯消失不見了。

貝舒跑到院中，守在剛才達瑞里斯說有秘密通道的小屋旁，但等了許久，也不見達瑞里斯的身影。

而此時，達瑞里斯又從那面牆回到了客廳裡，屋內的人都嚇傻了。

「馮賀班先生，我知道鑽石的去向了，願意跟我一起去找嗎？」

「在哪兒？」

「偷鑽石的人把它們送往比利時加工，交給了一個鑽石商保管。」

「上帝，到底是誰搶走了鑽石？」馮賀班大聲問道。

「最初是法熱羅，但後來又被另一個人偷走送往比利時了。走吧，馮賀班先生，我們現在還來得及趕往比利時。」

10 尾聲

第二天，達瑞里斯和馮賀班出現在巴黎海關。

「你在這兒等著我，我去辦手續。」達瑞里斯說著走進了關卡。

馮賀班在外面足足等了兩個小時，也不見達瑞里斯出來。他沉不住氣了，下車跑進海關。

「請問，你是馮賀班先生嗎？」一守關卡的人問他。

「是的，什麼事？」

「有位叫讓．達瑞里斯男爵的先生讓我把這個交給你。」那人說著交給他一個小信封。

馮賀班心裡湧起了陣陣不安，他打開了信，信裡滾落出幾顆和伯爵大廳裡吊燈上相同的水晶球。他用顫抖的雙手拿著信，小聲唸道：

馮賀班先生：

有勞你專程送我到邊境，多謝！

為報答你，我將幾日前寄存他處的假鑽石贈與你。這些鑽石，是你幾年前用來欺騙一名猶太鑽石商的。此事我已查清，但那位可憐的商人因此而悲傷地死去了。

我準備將手中這些鑽石交還給那位猶太商人的後代，但至今尚未查出他後代的姓名與地址。因此，在查出之前，這些鑽石暫由我保存。

這些鑽石是你搶來的，它們不屬於你。當然，這也不是我的。如果找不到那位猶太商人的後代，我會用它幫助一些無助的人。相信我這樣做，你也一定很高興。

最後，讓我們為梅拉馬爾伯爵兄妹擺脫魔鬼的糾纏而慶賀。同時，也祝阿爾萊特和蕾吉娜擁有幸福生活。

亞森·羅蘋

雙面笑佳人 1932

歌手伊莉莎白慘遭殺害，她所穿戴的精美項鍊不翼而飛，
因現場找不到一點蛛絲馬跡，這起命案漸漸被世人遺忘。
十五年後，一位擁有雙重性格的神祕女郎現身，
使得東之高閣的懸案再次重見天日……。

Arsène Lupin
gentleman cambrioleur

1 沃爾尼城堡的慘案

秋高氣爽的八月，奧韋涅的沃爾尼城堡內，主人德．韋儒爾夫婦正在宴請維希的著名歌星伊麗莎白．奧爾南。應邀作陪的還有三對年輕的夫婦、一位退休的將軍，以及德．埃勒蒙侯爵。這位侯爵先生已近中年，但卻風度翩翩，魅力十足，是那種讓女人為之心動的紳士。不過，今天的主角卻是伊麗莎白．奧爾南，眾人的視線一直追隨著她。雖然她衣著樸素，卻難掩舉手投足間的雍容；她的話並不多，但卻通情達理，見識不凡；她很少刻意去取悅於人，但她的美貌卻足以打動任何一個和她見過面的人。

在她的脖子上戴著精美的項鍊，項鍊上鑲嵌著各類寶石，流光溢彩，熠熠生輝，使她白皙修長的脖子更增添出幾分柔美的韻味。但是，當有人稱讚這些項鍊時，伊麗莎白卻總是微笑著告訴大家：「這只是戲臺上所用的仿製品而已，不過，我得承認它們仿製得很不錯。」

「如果你不說，我們還真不知道。是的，這是我們見過最能亂真的仿製品了。」讚美者們在知道真相後，隨聲附和。

午飯之後，趁大夥還圍在女主人的身邊，德．埃勒蒙侯爵將伊麗莎白拉到了一邊，和她單獨交談起來。對此，女主人似乎有些不滿，她低聲對周圍的人說：「我看侯爵也是白費心思了，伊麗莎白可不是那類容易上手的女人，她是一座美麗的雕像，只可遠觀而不可褻玩。」

德．韋儒爾夫人的話並非毫無根據，據說，還在伊麗莎白與銀行家奧爾南離婚之前，德．韋儒爾夫人就已經認識她了。

所有的賓客都走上了平臺，坐在城堡投射下的那片陰影裡。在他們腳下，是一個伸展而出的凹形花園，園中樹木成行、碧草如茵，花壇裡修剪得很整齊的紫杉沐浴在陽光中，景色別致。花園的盡頭有一些土丘，上面散佈著古城堡、角堡、塔樓和教堂的廢墟，一條條曲折的林蔭小路與這些土丘相連相通。

「多美啊！」伊麗莎白的藍色眼睛閃爍著幾分沉醉，由衷讚歎道，「一切都是真的，這比起戲臺上那些呆板的布景要好上千百倍！」

「對啊，伊麗莎白小姐，面對如此美景，就請你為我們唱一首歌吧。」德．韋儒爾夫人提議。

「這……」伊麗莎白有些猶豫，但德．韋儒爾夫人的提議已經引起了眾人的興趣，他們再三央求，德．埃勒蒙侯爵甚至拉過伊麗莎白的手，牽引著她，邊走邊說：「來吧，去那邊的廢墟上演唱，一定很美……我很願意為你引路。」

盛情難卻，伊麗莎白只好答應，但她要求侯爵陪她走到廢墟去。於是，兩人一前一後地下了平臺，接著雙雙消失在灌木叢中。不一會兒，大家看到伊麗莎白獨自一人攀上了那些陡峭的階梯，而侯爵也折返回來了。

伊麗莎白在一個高高的土臺上站定，開始唱了起來。在那空曠的土丘之上，她的身影顯得異常高大，就如平時在舞臺上一般。雖然沒有樂隊伴奏，但她那清脆美妙的歌聲迴盪在這自然的劇場裡，別有一番韻味。所有的賓客都陶醉了，城堡裡的僕人和周圍行走及勞動的人也被她那極富磁性的歌聲感染，紛紛停下手邊的事情，如癡如醉地聽著。伊麗莎白．奧爾南那舉世無雙的聲音迴盪在空氣之中，歌聲時而悲傷，時而歡樂，時而低沉，時而高亢……突然，伊麗莎白的歌聲嘎然而止，她那美麗的身軀頹然倒下，沒有叫喊，也沒有任何掙扎。大家的心中都有幾分清楚，伊麗莎白遇到致命的打擊。

果然，等大家爬上廢墟土臺時，伊麗莎白躺在地上，肩頭和胸部有幾處傷口，鮮血正汩汩流出！

當人們都把注意力投向這不可思議的事件時，有個驚異的聲音叫了起來：「她的項鍊不見了！」

這一齣沒有絲毫預兆的慘劇，因為帶著太多神秘的色彩而牽動了眾人的心。但在警方隨後展開的調查中，情況變得更加撲朔迷離。四十二個現場目擊者中，有五人肯定地說看到了一道光，可是對光源的看法，卻是眾說紛紜；其他的人則說什麼也沒看見。但在同時，又有三人聲稱聽到了槍響。

不過，有一點是得到了公認的，這應該是一宗由項鍊引起的兇殺案。雖然兇案現場沒有發現任何的兇器，但被害人的項鍊不見了，而傷口很清楚地呈現在所有人眼前。

也正是這個傷口讓人們生出許多的懷疑，倘若是子彈射擊的話，應該在死者的體內留下彈頭，但警察們並沒在傷口中發現彈頭，在現場也沒有找到彈夾；倘若說兇手是以鈍器擊殺伊麗莎白的，在光天化日、眾目睽睽之下又怎麼會找不到一點蛛絲馬跡？

還有，死者的項鍊又是怎麼被取走的？謎！謎！謎！一切都成了解不開的謎。當地警方在束手無策，理不出一絲頭緒的情況下，遠道從巴黎請來了曾破獲多起大案的年輕偵探加尼瑪爾。然而，即便是大偵探也無濟於事，案子毫無進展，警方只能將伊麗莎白被殺一案擱置。

經歷了這一樁突如其來的慘案，沃爾尼城堡的主人德．儒韋爾夫婦嚇破了膽，他們很快地離開了城堡，並發誓不再回來。同時，把城堡及所有的傢俱對外出售。

幾個月之後，一個身份神秘的人買下了沃爾尼城堡，他將城堡原來的僕人都打發走，重新雇了一個叫做勒巴東的退休警察權充看守人。勒巴東帶著他的妻子住進了城堡的塔樓，從這之後，奧韋涅的人們也曾試圖從勒巴東的嘴裡套出一些關於城堡新主人的底細，但勒巴東始終守口如瓶，恪守著自己的職責。於是，所有的人除了看過一位先生每年來這兒一次，在城堡住上一夜，又在第二天濃濃的月色中離去外，其他一切情況就一無所知了。

十一年後，警察勒巴東死了，他的妻子仍然守在城堡的塔樓裡。和丈夫一樣，勒巴東夫人也是個不多言的人。

人們的記憶總是容易被時間沖淡，漸漸地，關於慘案、關於城堡主人，已不再是大家感興趣的話題。沃爾尼城堡依然矗立在那裡，彷彿什麼事也沒有發生過。

就這樣又過了四年。

2 神秘女郎

巴黎，聖拉札爾火車站。

熙攘的人潮在月臺柵欄和侯車廳的出入口之間湧進湧出，所有的人都是行色匆匆。所以，當兩個氣定神閒、漫步行走的男人出現在人群中時，就顯得分外格格不入。這兩個人都戴著圓頂的禮帽，蓄著鬍子，其中一個面貌兇惡，身材肥胖，而另一個則單薄而瘦弱。他們望著車站內來來往往的人，似乎在等待或尋找什麼人。

「對不起，請問……」那個瘦弱的男子停下來向一個車站工作人員詢問，「十五點四十七分的火車什麼時候到站？」

工作人員奇怪地看了他一眼，然後以譏諷的語氣回答：「當然是十五點四十七分。」

對於同伴愚蠢的問話，那個胖子遺憾地聳了聳肩，然後說：「先生，我想應該是從利齊約過來的三六八次車吧？」

「對，馬上就要到了。」

在得到回答後，胖子洋洋得意地看了同伴一眼，接著從衣袋裡抽出一張紙來，小聲唸道：

緊急通緝令

大個子保爾的情婦——金髮克拉拉——將乘三六八次火車於十五點四十七分到達，請探長加尼瑪爾前往執行逮捕任務。拘捕令將於火車到站之前送達。

該疑犯特徵：藍眼、金色鬈髮。衣著樸素，體態優雅，年齡二十至二十五歲之間。

警察總局，六月四日

唸完後，胖子有些焦急地說：「火車快到了，警察總局的拘捕令怎麼還沒送來？真是急死人了！」

瘦子看了一下四周說：「說不定他們已經來了，只是認不出我們。」

「蠢貨！」胖子罵道，「警察總局的人或許不認識你弗拉芒，可是他們怎麼會連大名鼎鼎的加尼瑪爾也不認識呢？」他輕蔑地瞟了那個被他稱之為弗拉芒的人一眼，接著說：「要知道，十五年前發生的沃爾尼城堡慘案，我曾參與過調查，他們還會不認識我？」

弗拉芒對加尼瑪爾指責他為蠢貨，感到有些生氣，他咕噥道：「十五年了，誰知道人家還能不能認出你。再說，你抓到兇手了嗎？」

「那你是否知道我的名字為什麼會寫在這張通緝令上？因為我一直在負責強盜大個子保爾這件案子，而且兩個月前，因為我的周密計劃，在聖奧萊諾街堵住了他。所以這次連他的女友也一併交給我了。」

「那你認得出她嗎？」

「也許吧。那天逮捕大個子保爾時，和她見過一面。不過，那天實在糟透了，趁我攔腰抱住大個子保爾時，她跳窗跑了。等我轉身追她時，大個子保爾又跑掉了。」

「你是一個人行動的嗎？」

「當然不是，還有另外兩個人。但剛進去就被大個子保爾開槍打死了。」

「看來大個子保爾還真是個厲害的人物。」

「可是他終究還是被我抓住了，」加尼瑪爾得意地說，「雖說後來他跑掉了，不過……對了，當時倘若是你的話，可能也跟我那兩個手下一樣，老早就被幹掉了。誰都知道，你的笨也是在警局出了名的。」

弗拉芒雖然不滿，但似乎也有些自知之明，因此並沒反駁，只是喃喃地說：「你的運氣的確很好，一開始就接下沃爾尼慘案，現在又和大個子保爾、金髮克拉拉打交道……大案你都參與過了，但你獨缺了一件——」

「什麼？」

「抓住怪盜亞森．羅蘋。」

加尼瑪爾點了點頭，但馬上又自信地說：「雖然我兩次都和他失之交臂，但這不算什麼，量他也逃不過我的手心，總有第三次……」

加尼瑪爾話還沒說完，火車進站的汽笛就響了，兩人朝四處看了看，並沒有警局的人拿著拘捕令趕來。加尼瑪爾有些意外，不過，他仍然很鎮靜地吩咐同事：「留心點，火車來了……現在還沒有拘捕令，但我們一定要盯住她。」

月臺上一片喧鬧，在工作人員的維持秩序下，人們排起了長長的隊伍。

加尼瑪爾與弗拉芒站在離出站口不遠的地方，緊緊地盯著人群。那樣一個特徵明顯的女人，當然是逃不了的。

目標終於出現了，從看到她的第一眼起，加尼瑪爾就立刻肯定，這正是他們要逮捕的人。

進入加尼瑪爾視線的那個女孩的確是一個美人，金色的髮髮散亂地披在肩上，臉上帶著不知所措的表情，藍色的眼睛裡閃爍著似驚又喜的光芒。她穿著一件灰色長袍，顯得有些寒傖。她的行李很簡單，只有手裡拎著的那隻小竹箱。

在出站的時候，她手忙腳亂地好不容易才找到自己的車票，總算過了關口，然後向大廳門口走去。加尼瑪爾急忙示意弗拉芒跟上去，並小聲吩咐道：「真可惜，如果有拘捕令，我們就可以攔住她了。去吧，跟著她，小心點，千萬別被她迷惑。這女人裝得可真像啊。」

「裝什麼？」

「你看她裝出一副什麼都不知道的小姑娘的樣子，遲遲疑疑而又戰戰兢兢。其實，她心裡清楚得很，她一定發現我們了……」

「對，她表現出的神情就像有人在追捕她一樣。不過，她那模樣真可愛，像一朵蓮花，優雅而無邪，哪像個罪犯呢？」

「你也對她動心了！」加尼瑪爾不滿地說，「但我勸你還是別打她的主意。我敢打賭，她周圍肯定有很多男人。而且，據我所知，她可是大個子保爾的心肝！喂，快跟上去，她上計程車了！」

侯車廳門外，她正拿著個信封，向計程車司機唸著什麼。她的聲音雖然很低，但仍然被隨後趕來的加尼瑪爾聽到了。

「請送我到伏爾泰沿河大街六十三號。」她說。

金髮女郎上了車，加尼瑪爾與弗拉芒也揮手攔了輛車準備跟蹤。可就在這緊要關頭，警察總局的特使拿著拘捕令趕到了。

特使交出了文件，又傳達了上司的幾句補充說明。等特使離去後，加尼瑪爾發現她坐的車已經開走了。雖然失去了將近五分鐘的時間，但關係不大，因為他已經知道那女郎要去的地方了。於是，他和弗拉芒不慌不忙地坐上了車，對司機說：「伏爾泰沿河大街六十三號。」

幾乎是在同時，另一個陌生的男人也坐上了一輛計程車，同樣吩咐司機說：「伏爾泰沿河大街六十三號。」

伏爾泰沿河街六十三號是一幢古老而灰暗的樓房，共有三層，整個底層和二樓夾層的四分之三都出租給人做了店鋪，三樓則是房主德．埃勒蒙侯爵的住所。這幢樓已有一百多年的歷史了，它是侯爵家世代的財產。德．埃勒蒙侯爵曾經很富有，但一次失敗的投機生意讓他陷入拮据之中，於是，他從二樓的夾層裡隔出一套四間小房，出租給了一位叫拉烏爾的房客。這位拉烏爾先生似乎有種怪癖，從租下這房子到現在，一個多月的時間裡，他只是每天下午到這裡待上一、兩個鐘頭，絕少在此過夜。

這套小屋的下面是門房，樓上則是侯爵秘書的住處。這天下午，小屋裡靜悄悄的。隨著樓上傳來幾聲鞋跟輕敲的聲音後，電話鈴響了起來，可是好一會兒都沒人搭理。

一陣短暫的沉寂後，敲鞋聲又響了起來。然後電話鈴聲也一次、二次不厭其煩地響起，一次比一次響得更久、響得更急。

「吵死人了，是誰啊？」似乎有人被吵醒了，一個聲音從客廳內的一張躺椅的方向傳出來。電話聽筒終於被人拿了起來。

「喂……對，我就是拉烏爾……誰？庫維爾？你為什麼這個時候來打擾我的睡眠……我想，你只是想找我說說話，對嗎？我可真傻，竟然將你的辦公室和我的房間接上電話。唉，現在說什麼都沒有用了，我想睡覺，掛電話了！」

在他放下電話之後不久，樓上又傳來幾聲敲鞋跟的聲音，電話鈴也隨之響了起來。拉烏爾再次拿起聽筒，有些無奈地說：「好吧，你說吧……侯爵在家嗎？什麼？瓦爾泰克斯又來過了！這個討厭的傢伙到底打什麼主意？莫非，他也在做一件與我們目的相同的事？對了，你聽到了什麼嗎？沒有？又沒聽到？上帝，我真不知道把你雇來安排在侯爵身邊當秘書是為了什麼？好吧，好吧，如果你以後沒聽見什麼，就不用向我報告了。」

拉烏爾重新掛上電話，但這次卻完全沒有睡意了。他靠在椅子上，點燃了一支菸。突然，門鈴急促地響了起來。就在這時，在兩扇窗戶之間，天花板的浮雕裝飾之下，一塊板子滑了開來。這是一個很巧妙的機關，而電鈴就是它的控制鈕。一面長方形的投影在牆上顯現，有點像電影螢幕，在那上面，不可思議地出現了一個金髮女郎的倩影。

「哇，真漂亮！」拉烏爾驚歎了一聲，「但她是誰呢？我想我似乎不認識她吧。」

他站起身，按了一下牆壁上的一個彈簧裝置，讓木板重歸原位，然後走到鏡子前。當他看見鏡子裡的自己衣冠楚楚，風度翩翩時，感覺很滿意——像他這樣的紳士是很容易引起年輕女士的好感的。於是，他輕輕吹了一聲口哨，向前廳走去。

門開了，一位金髮女郎站在那兒，有些忐忑不安。手裡拿著一個信封，一隻小手提箱放在她的腳邊。

「小姐，請問有什麼可以為你效勞的嗎？」

「請問——」她遲疑地開了口，「德．埃勒蒙侯爵在家嗎？」

拉烏爾明白她找錯了樓層，不過他對與侯爵有關的所有人和事都很感興趣，所以他殷勤地提起了她的行李說：「是的，我就是。」

「不……不可能吧，據我所知，侯爵不可能這麼年輕。」

「我是侯爵的兒子！」

「但侯爵先生沒有兒子……」

「這……好吧，就算不是，但我和侯爵先生很熟。」

拉烏爾一邊說著，一邊巧妙地將她推進屋內，關上了門。

「對不起，我想我找錯樓層了，我……我得離開。」

「是的，你找錯了樓層。不過正好，我們這裡的樓梯又陡又峭，你可以在此稍做休息再上去。」

她有些發窘，不過卻被他的話逗笑了。她婉轉地拒絕著這位男士，試圖退出去。

就在這時，門鈴響了起來，兩扇窗戶之間的機關又出現了，「銀幕」上映出一張兇惡的臉。

「警察！」拉烏爾有些吃驚，他關上機關，小聲嘀咕，「加尼瑪爾來這兒做什麼？」

她顯然也被這兇惡的面孔嚇得有些花容失色了，她怯生生地說：「先生，我得出去了。」

「不行！」拉烏爾阻止她，「外面那個人是警探，你可不能被他撞見。這樣吧，你先躲一躲，我擔心你受牽連……」

「先生，我又沒犯法，他看見我也沒什麼關係。牽連？……我不會受牽連。」

拉烏爾笑了起來：「也許吧。不過，為了安全，請你進我的臥室去躲一躲，就當作是玩捉迷藏。」

「怎麼？不願意？」拉烏爾掃視了一下房間，然後指著背向客廳、靠窗的那張大靠椅說：「嗯，既然這樣……你就在這裡躺一躺，就一會兒，好嗎？」

她雖然帶著些不解，但還是不由自主地坐了上去。

一切安排妥當後，拉烏爾走過去打開了門。加尼瑪爾與弗拉芒出現在門口，加尼瑪爾粗聲粗氣地問道：「看見過一個金髮女人嗎？門房說她剛上來，還按了門鈴。」

拉烏爾彬彬有禮地阻止了加尼瑪爾：「但你是……」

「探長加尼瑪爾……」

「加尼瑪爾先生！」拉烏爾驚聲叫起來，「您就是大名鼎鼎的探長加尼瑪爾！」

偵探神氣十足地點點頭說：「是的，我正在追捕一個要犯，喏，就是我剛才說的那個金髮女郎！」

「你說那漂亮的金髮女郎是罪犯？不會吧，」拉烏爾道，「我想你一定弄錯了，她那麼靦腆，笑起來那麼迷人……」

「這麼說她真的來過這裡？當然，她當然是罪犯，她就是大個子保爾的情婦克拉拉……她還在這裡嗎？」加尼瑪爾一邊問一邊探頭探腦地想往裡邊走。

「真遺憾，她走了。三分鐘前，她按響了我的門鈴，問我這裡是不是伏爾泰大街六十三號，她想找韋諾尚先生。我說她找錯地方了，並告訴了她伏爾泰大街六十三號如何走，於是她走了……不過，我還是不敢相信，像她那樣美麗、端莊、和善的女士會是大個子保爾的情婦。」

「這是毫無疑問的，我們從火車站一直追蹤她到這裡。要知道，抓住她對大個子保爾的案子具有重大意義。弗拉芒，我們走吧，馬上去伏爾泰大街六十三號。先生，她是說找韋諾尚先生嗎？」加尼瑪爾說。

「對，沒錯！」

拉烏爾十分恭敬地送走了加尼瑪爾，然後回到客廳。那金髮女郎已從椅子上站了起來，她的表情有些慌亂。

「你怎麼啦？」拉烏爾問道。

「太可怕了，他們怎麼會在火車站等著抓我？這……這是怎麼一回事？」

「這麼說你不是克拉拉？不是大個子保爾的情婦？」

「當然不是，我根本不知道他們是誰。」

「是嗎？你沒在報上看到過他們的消息？」

「我很少看報，我叫昂托尼娜，從來就不認識他們。」

「那你怕什麼？」

金髮女郎搖了搖頭：「是啊，沒什麼可怕的！我真沒用，遇到一點小事就不知所措。好了，打擾你太久了，我得走了，再見，先生！」

「真的急著要走？」拉烏爾問，「天知道我多喜歡你，你的微笑可真迷人。再坐一會兒吧，我有好多話想跟你說。」

「但我……我真的得走了。」她的臉有些泛紅，她低聲向拉烏爾告別。

「但我剛才救了你的命，怎麼……唉，算了。你在侯爵那兒會待多久？」

「也許一分鐘，也許會再長一點。」

「很好，等你下來後，我們可以一起喝茶聊天。」

「這……」

「我很偶然地幫了你，所以不管你是否願意，我相信，我們會有很多機會接觸的。」拉烏爾站在門口，一邊說著，一邊目送她向三樓走去，他心中暗想：「呵，真美……可是，她找侯爵幹什麼呢？她究竟是個什麼樣的人？她和大個子保爾之間有關係嗎？唉，不管怎樣，我都不會讓她受傷害的。對了，加尼瑪爾在伏爾泰六十三號找不到人，肯定還會回來。這會破壞我的計劃的。」

想到這兒，他重新走到門口，觀察著樓梯間的動靜。

3 求助

德·埃勒蒙侯爵正在書房裡整理他的那些文件。距沃爾尼城堡發生慘案有整整十五年了，德·埃勒蒙侯爵已經不再是當年那個英俊瀟灑、讓女人為之心動的中年紳士了。雖然他的氣質依舊高貴，但表情嚴肅，甚至帶著一絲憂慮。他周圍的朋友都認為是經濟上的困境讓他變成這樣，不過具體的原因，眾人卻無從知曉。

門鈴響了起來，不一會兒，僕人進來向侯爵通報：「先生，門外有一位小姐要見您，她說她是泰萊絲夫人的女兒。」

「泰萊絲……泰萊絲？」侯爵抬起頭，努力地唸著那名字，似乎想從塵封的記憶中找出些許相關的痕跡。終於，他好像找到了答案，吩咐僕人：「帶她進來。」

來客正是金髮女郎昂托尼娜，她微笑著，又略帶著幾絲不安的神情。侯爵站起身，熱切地迎上去：「上帝啊，你與你母親簡直一模一樣，不僅是外貌，還有神情……是你母親讓你來的嗎？她在哪兒？」

「先生，我母親五年前就去世了。她臨終之前曾留下一封給您的信，讓我遇到困難時來找您。我……我和收養我的人鬧彆扭了，所以……所以我來找您……」昂托尼娜說著從口袋中掏出一封信交給侯爵。

侯爵展開信，讀了起來：

倘若你還記得我們曾經有過的那段情的話，請你幫我照顧女兒昂托尼娜。請放心，在她的眼裡，你只是我的一個朋友而已。她是個好女孩，只需要一個能養活自己的工作，拜託你了！

有好長一段時間，侯爵都沒有說話，他想起了和泰萊絲相遇時的那些情景。當時的泰萊絲還是一名家庭教師，她的美貌深深吸引了侯爵。但是，這段情很快就結束了，因為年輕時的侯爵太任性，沒有女人能拴住他。他從來沒有想過，泰萊絲竟然十分珍惜這份情，而且留下了一個女兒。

侯爵的神情有些激動，他抬起頭問道：「你多大了？」

「二十三。」

「二十三？對，二十三年了。嗯，昂托尼娜，我是你母親生前的好友，非常好，我們……」

「先生，可以不提這些嗎？」

「這……好吧。你母親在世的時候……她好嗎？」

「挺好的，雖然她曾提起過您的名字，但卻從不願意述說你們在一起的那些日子。」

侯爵仔細地聽著，若有所思地說：「可憐的泰萊絲……好吧，告訴我，孩子，有什麼打算？需要我幫你什麼呢？」

昂托尼娜堅定地抬起頭：「先生，我只需要一份自食其力的工作。」

「願意做我的秘書嗎？」

「您沒有秘書？」昂托尼娜詫異地問。

「有，不過那傢伙總是偷聽我的談話，還私自翻我的文件，我信不過他，一直想辭掉他。」

「可是……可是我不願意因為我的原因而使別人失去工作……」

「這可難辦了，只有再想想別的辦法了。」侯爵說。

接下來，他們又聊了一會兒。侯爵的語氣還是那麼親切，而昂托尼娜也不再拘束了，她很知趣地告訴侯爵，不需要馬上做出什麼承諾，她可以等上一段時間。侯爵原打算明天外出辦理一些生意上的事，然後到國外住上二十幾天，但現在也許要改變一下行程了。昂托尼娜覺得，因為自己的到來而打亂了侯爵的計劃，實在有些不好意思。於是，她答應陪侯爵一起去辦事，又將她準備去的那家旅館的地址留給了侯爵，約好第二天在那兒見面。

侯爵將昂托尼娜送到前廳，看到秘書庫維爾站在那兒，假裝正在整理東西。於是，他簡單地說了句：「再見，孩子，就這樣說定了。」

昂托尼娜辭別侯爵，正準備下樓，顯得愉快而又輕鬆。可就在這時，樓下傳來的一個聲音又讓她驚慌起來。

「先生，你……為什麼捉弄我？伏爾泰大街六十三號根本就不存在！」

「不可能吧，的確是伏爾泰大街啊！」

「不，沒有！對了，我來的時候帶了一份重要文件，可現在它不見了。我敢肯定是你將那份文件拿走了，快點交出來，否則……」

「文件？喔，是逮捕克拉拉小姐的那張拘捕令吧？」

昂托尼娜聽到這裡，禁不住發出一聲驚叫。這下驚動了加尼瑪爾，他轉身如老虎一般兇神惡煞地衝了過來。眼看昂托尼娜就將落入加尼瑪爾的手中，但是突然有一雙手拖住了加尼瑪爾。他做了個抵抗的動作，但卻無濟於事，像著了魔般，任憑那雙手抓著他往後拖。

「探長先生，你的拘捕令在這裡。」拉烏爾一邊將加尼瑪爾往自己的前廳拉，一邊說。

「你究竟是什麼意思？現在重要的不是拘捕令！放開我，那女人她……她快溜掉了！」加尼瑪爾掙扎著，氣急敗壞地說。

「不會吧，探長先生，你剛才還說這是一份重要文件。喏，拘捕令，你剛才掉在這兒的。」

「不可能，我一直好好的將它放在衣袋裡，是你……」

拉烏爾狡黠地笑了一下，說：「好了，探長先生，你現在該去抓那女人了。」

加尼瑪爾氣得說話都結巴了：「你……你，我還追得上嗎？這全是你幹的好事！」

「好吧，就算我是故意的。但那樣一個可愛的女郎，任何人都會去幫她的。」

加尼瑪爾氣得說不出話來，他本想對面前的這個人盤查一番，但看著對方鎮靜的神情，他又似乎被其不尋常的膽大妄為震住了。

「走著瞧！」加尼瑪爾扔下這句話，走出了大門。

看著探長走遠，拉烏爾鬆了口氣。

「看來那美人暫時沒有危險了。」他心想。然後，他用拐杖輕敲了幾下天花板。很快，德・埃勒蒙侯爵的現任秘書庫維爾先生出現在他的門口。拉烏爾很著急地問：「看到那個金髮女郎了嗎？」

「是的。」

穿著一身黑禮服，紮著白色蝴蝶結的庫維爾先生是一位紳士，蓄著一臉令人肅然起敬的花白鬍子。

可是拉烏爾似乎對這位看上去令人尊敬的先生並不友善，他大聲地問道：「那侯爵剛才和她都說了些什麼？」

庫維爾搔了搔後腦勺，答道：「我去偷聽了，但什麼也沒聽到。他們……他們談話的聲音很低，先生，即使最靈敏的耳朵也……」

「夠了，夠了。」拉烏爾不耐煩地打斷了庫維爾的話，無可奈何又略帶嘲諷地說，「我就知道你什麼也聽不見，你摸摸胸口問問自己，我對你究竟如何？」

庫維爾低下頭，一臉感激地答道：「您讓我年老的父母擺脫了貧困，又為我找到了這樣一份好差事。先生，您的大恩大德我沒齒難忘。」

「算了，我並不是要聽你說這些感激的話！我再重申一次，安排你到侯爵身邊，為的是保護他，順便收集一點可疑的文件，聽一聽侯爵與客人們的談話，可是，這些事你一件都沒辦成。而且，最讓我不能忍受的是，你總是在我睡覺時使用那部專用電話，說些不著邊際的話。好吧，好吧，我也不再追究那些你幹過的蠢事了。我想……」

「您的意思是要辭掉我？」

「不，我只是想自己親自來做些事。我要和那位捲進這件事裡、迷人的金髮女郎多做些接觸。我要一步一步地弄清瓦爾泰克斯的陰謀、侯爵的秘密，當然，還有大個子保爾的情婦。」

「大個子保爾的情婦？這又是怎麼回事？」

「這個你不用知道，我想告訴你的是另一個真相，知道我是誰嗎？」

「拉烏爾先生啊。」庫維爾理所當然地答道。

拉烏爾歎了口氣，然後一字一句地說：「我是亞森．羅蘋，怪盜亞森．羅蘋！」

庫維爾半天沒回過神來，雖然他覺得這消息打擊了他正直的本性，不過卻絲毫不影響他對拉烏爾──不，應該是對亞森．羅蘋的感激和敬重。

「好吧，也該讓你知道一些事情了。」拉烏爾繼續說，「其實，整個事件的底細我也不太清楚。但是憑著我敏銳的直覺和獨特的情報網，獲知了埃勒蒙侯爵破產的消息。據了解，這位侯爵先生的外公是億萬富翁，他把萬貫家財全都留給了自己的女兒，也就是侯爵的母親。但是這筆遺產卻不知在何時失蹤了。於是德．埃勒蒙侯爵委託一家偵探社尋找，並應允付給對方財產的百分之十作為酬金，大約有一百萬……換言之，那筆財產應該有一、兩千萬。我不想費精力去找那家偵探社，所以把你安插到侯爵身邊，直接與侯爵合作。」

「既然這樣，先生，你可以告訴侯爵，何必……何必……」庫維爾看了看拉烏爾，還是斗膽說了出來，「何必做那些偷偷摸摸的事呢？」

拉烏爾瞪了他一眼說：「你懂什麼！我所說的合作只是為了找到財產，至於找到之後的歸屬問題……算了，我們還是說正經事吧，你什麼時候帶我進侯爵的房間？」

「這個……」庫維爾有些猶豫，「我總覺得這樣做對不起侯爵先生，我……」

「對，我很能理解，你是個不願背叛主人的人，但是你必須做出選擇。」

庫維爾沉思片刻，然後回答：「今晚吧，侯爵要外出應酬，大約一點左右才回來，其他的僕人則會待在自己的房間裡。」

「太好了！把鑰匙給我。」

「什麼？」庫維爾再次遲疑了，他的內心開始不安起來。雖然遵照拉烏爾的吩咐，他偷聽過侯爵的談話，私翻過侯爵的文件，可他一直沒有做過什麼傷害侯爵的事。現在，要他交出鑰匙，為可能發生的盜竊活動提供方便，確實令他難以做出決定。

「快點給我！」拉烏爾伸出手催促道。

庫維爾無奈地掏出了鑰匙，無論如何都是背叛，那只好依先來後到的順序，服從拉烏爾了。

4 第一次的衝突

當天晚上的十一點十五分，拉烏爾精神十足地出了門，來到樓梯間。他的穿著與下午沒什麼兩樣，因為這樣的行動對他而言是非常輕鬆的。更何況，他的口袋裡裝著房門的鑰匙，手中還有一張房間的平面圖，簡直可以說是如入無人之境。所以他非常順利地進入了侯爵的房間，逕自推開了書房的門，就像在自己家裡一樣，打亮了房間的燈，充足的光線對他接下來要進行的「工作」很重要。

拉烏爾在燈光下打量著房間的擺設，很快就對其中隱藏的機關了然於胸。他走到書桌旁，慢慢地蹲下身來，認真地看了看嵌在邊緣上的銅條，然後將手伸到下面，稍一使勁，抽出一個小抽屜，壓住一端輕輕一按，只聽「啪」的一聲，彈出一些小暗格來。

「真棒！」拉烏爾稱讚了自己一句，開始在暗格裡查找。他今夜行動的最大目的就是想找到那封昂托尼娜帶給侯爵的信。但他很快就發現暗格裡並沒有那封信，除了一些鈔票外，還有一大疊女人的照片。這些照片的年代有些久遠了，顯然是屬於多情的侯爵先生的紀念品，記錄著一段段過去的歲月。照片上那些身份各異的女人，無一例外的漂亮、嫵媚，但拉烏爾沒有把她們全部欣賞一遍，因為最裡層的暗格中有一張更大的照片吸引了他。他立即將它抽了出來，揭開了上面的保護紙，仔細端詳。

照片上是個美麗異常的女人，端莊俊秀的五官，獨具魅力，表情與眾不同，氣質高雅脫俗。拉烏爾一邊暗自讚歎，一邊翻過照片，他呆住了，一個大大的簽名出現在他的眼前：伊麗莎白·奧爾南，下面還有一行字：「想你，直到來世。」

「這個十五年前不明不白死去的著名歌手竟然與侯爵有如此密切的關係。」想到這裡，拉烏爾興趣來了，他繼續在暗格裡搜尋著。果然又找到了另一張伊麗莎白的照片，但照片背面的簽名卻是：「伊麗莎白·瓦爾泰克斯」。拉烏爾有些困惑，又看了看照片正面，那上面的伊麗莎白一副純潔的少女模樣。他恍然大悟：「喔，瓦爾泰克斯是她嫁給銀行家奧爾南之前的姓。那麼，現在那個經常來找侯爵的瓦爾泰克斯很可能就是伊麗莎白的娘家親戚。他找侯爵是為了什麼，借錢？敲詐？……我一定要解開這個謎！」

拉烏爾再次拿起暗格中的其他東西，但樓梯口突然傳來一陣聲響，似乎有人朝書房走來。拉烏爾迅速把所有東西恢復原狀，關了燈，躲到屏風後面。

不一會兒，書房的門被輕輕地推開，一縷微弱的手電筒光線射了進來。藉著這光，拉烏爾看到一個人影摸索著走了過來。從那人走路的姿態和身形，拉烏爾馬上就斷定這是個女人。手電筒的光線在移動，很快停在了書桌的位置，那女人逕自走了過去，很熟練地取出了那個小抽屜，彈出暗格，如拉烏爾一樣在裡面翻查起來。

拉烏爾趁女人專心看照片時，悄悄走出來，猛地拉亮了燈，又迅速朝書桌衝了過去。那女人嚇得發出一聲驚叫，隨即想奪門而逃。

「別跑，我不會傷害你的！」拉烏爾說著一把抓住了她，並扳過她的臉。

「昂托尼娜！」拉烏爾大吃一驚，「你……你深更半夜到這兒幹什麼？喔，我知道了，下午你是專程來探查情況的，以便晚上行動。」

「你……先生，你在說什麼？我……我不認識你。」那女人竭力掙扎。

「你可真夠健忘的，昂托尼娜小姐！今天下午，因為我，你才兩次得以脫身，怎麼……」

「莫名其妙，我不叫昂托尼娜！」女人露出幾分不解。

「喔？當然，我也不叫拉烏爾！幹我們這一行，都有無數個名字，」拉烏爾頓了一下，好像突然回過神來，「對了，或許我該稱你為克拉拉小姐？」

女人有些慌亂地說：「什麼幹這一行？什麼克……克拉拉？我……我可不是賊，我沒動那些錢！」

「我知道，你要的不是錢，但這並不能表示你就不是賊。你要的是比錢更有價值的東西，那張照片，你不是放到口袋裡了嗎？拿出來給我看看吧。」

拉烏爾說著，更緊地摟住了那女人。女人著急了，猛一用力，掙脫出來。

「呵，看不出來，大個保爾的情婦還很……下午加尼瑪爾要抓你的時候，也沒有見你這樣驚恐。而對我……我可是兩次將你從警察手裡救下來，我應該不是你的敵人吧！所以，來，放輕鬆點！」

「加尼瑪爾……」那女郎喃喃自語著，感到一陣虛弱，沉默了一會兒，竟抽泣起來。

「別哭，寶貝！看在上帝的份上，相信我，從下午見到你第一眼開始，我就喜歡上你了。別哭，交給我吧，一切都會安排好的，包括大個子保爾的事！不過，你得告訴我一些關於你的事情。」

「但我……我不能說。」她很無助地看著拉烏爾，任由他拉著自己的手，友好地輕輕撫摸。

「為什麼？難道你覺得我不能保護你嗎？相信我，你和大個子保爾到底是怎麼回事？你到這兒幹什麼？你……」

「求求你別再問了！我相信你，但現在我什麼也不能說。你能陪我走出去嗎？」她顫慄地低聲說道。

「你在害怕什麼？」拉烏爾問。

「剛才我……我進來的時候，發現有人在監視著這座房子。」

「是警察嗎？」

「不，是……」她遲疑了一下，還是說了出來，「是大個子保爾和他的同夥。」

「你可以肯定嗎？」

「不太肯定，只是一種感覺。他們靠在欄杆上，其中一個是阿拉伯人，我看得很清楚。」

「他們是跟著你來的嗎？」

「不，他們不知道我來這裡。但大個子保爾這段時間一直在這裡逗留，他曾經對我說，要找侯爵的麻煩。」

「知道原因嗎？」

「不知道。」

「那他和他的同夥一般在什麼地方碰面？」

「好像是蒙馬特一家叫螯蝦酒吧的地方。」

「嗯，」拉烏爾若有所思地點了點頭，然後說，「我們走吧！我陪著你，不要擔心，一切有我！」

說完，拉烏爾收拾好屋內的東西，關上燈，牽著昂托尼娜的手走出門。

夜霧籠罩著的街道靜悄悄的，行人寥寥。正如昂托尼娜所言，路邊停著的一輛汽車旁隱隱約約的有幾個可疑的人。拉烏爾拉著昂托尼娜，一邊走，一邊留心著身旁的動靜。

突然，街的那一頭響起了一聲輕微的哨音，接著，從汽車的暗影裡竄出四個人，向他們包抄過來。其中一個戴著鴨舌帽的傢伙手裡拿著槍，逼到了拉烏爾的面前，另外三個則衝向昂托尼娜，試圖將她往汽車上拖。但是，不等那高個兒扣動扳機，拉烏爾就猛地一揮拳，打掉了他的槍，嘲笑道：「笨蛋，這麼慢的速度還玩槍！想來，你就是那個什麼大個子保爾了吧！」

拉烏爾一邊說，一邊朝另三個傢伙追去。他一腳踢倒了一個，其他兩個心神一慌，昂托尼娜就乘機掙脫出來。大個子保爾剛想拔腿去追，卻被拉烏爾一個箭步撲過來，抓住他的手臂，緊緊地按住了他。大個子保爾拚命掙扎，卻無濟於事。

「唉，大個子保爾也不過如此嘛！你這帽子真有趣，」拉烏爾戲謔地說，「為什麼遮住臉？你又是不是大姑娘，害什麼羞，來，讓我看看……」

拉烏爾扳過了大個子保爾的肩膀，讓他把頭轉向自己，路燈的燈光正好照在大個子保爾的臉上，拉烏爾吃驚地脫口而出：「你——瓦爾泰克斯！我還真沒想過，瓦爾泰克斯就是大個子保爾，上帝，這個戴鴨舌帽的滑稽傢伙和那個衣冠楚楚的瓦爾泰克斯居然是同一個人，真有趣！」

大個子保爾氣壞了，他低聲咆哮：「我認識你，你就是住在夾層的……」

「對，沒錯！如果你願意，可以叫我拉烏爾先生。雖然我們攪進了同一件事裡，但我鄭重警告你，別再騷擾克拉拉，她現在是我的了！」

聽到這個名字，大個子保爾怒不可遏，他氣咻咻地說：「你……你要敢碰她，我……我……」

「喔，不好意思，我已經碰了！」

大個子保爾咬牙切齒，狠狠地瞪著拉烏爾。片刻之後，大概是感覺自己不是拉烏爾的對手，他很無奈地低下了頭。拉烏爾鬆了手，大個子保爾後退兩步，威脅道：「小心點，我不會放過你的。」說完，他走開了。

「膽小鬼！」拉烏爾罵了一句，「不過，這真的是個危險的傢伙，我得提防著點。」

拉烏爾走回大樓，發現角落裡有個人正在那兒呻吟，是剛才被他一腳踢倒的那個傢伙。拉烏爾細細地打量著他，見他膚色黝黑，頭髮很長，還有些捲曲。於是，走上前問道：「嗨，你就是阿拉伯人，對嗎？想額外掙點錢嗎？一千法郎，怎麼樣？我們談談。」

那人怯生生地看了拉烏爾一眼，顯然，他對剛才挨的那一腳還心有餘悸。他喃喃地說：「不……如果是關於大個子保爾，我想，我是不會說什麼的。」

「很好，我最欣賞忠誠的人。我不會問他的事，我只想知道那位小姐的事。她住在哪兒？」

「不知道，我們都不知道。」

「那你們怎麼會到這兒來？」

「是我跟蹤加尼瑪爾，在火車站看到了金髮克拉拉，也隨著他們到了這裡。我打聽到克拉拉去找了侯爵，所以趕著向大個子保爾報告，然後我們就守在這裡，等了一個晚上，誰知……」

「如果你肯多說一些事情，我再給你加一千法郎。」

「可是，我就知道這麼多。」

「撒謊！大個子保爾一直過著雙重身份的生活，你不可能不知道吧！所以，如果我願意，隨時都可以去找加尼瑪爾。」

「沒用的，大個子保爾不會放過你，他愛克拉拉愛得發狂，而那小妞下午找過你，當心點吧！他可是個什麼事都幹的出來的人，你，克拉拉，還有侯爵，都要當心！」

「謝謝！這是兩千法郎，坐計程車去找家診所吧！」

拉烏爾回到自己的房間，在床上躺了半天，好不容易才睡著。第二天清早，他打電話給庫維爾。

「侯爵在嗎？」他問。

「不，他一早就出去了，帶了兩個箱子，自己開著車。」

「他有告訴你要去哪兒嗎？」

「沒有，但他說會在外面待上一段時間。我想，那金髮女郎一定和他在一起。」

「你可真笨！算了，還是我自己來吧！我要搬走了，你把這部專線電話拆了，也不要留下任何與我有關係的東西。我可能有三、四天不會和你聯繫，你……你要當心點，特別是加尼瑪爾，他一定會監視這座房子的。這傢伙雖然粗魯、自負得讓人生厭，不過還有點頭腦。」

5 城堡拍賣會

十五年過去了，沃爾尼城堡雖然已經有些殘破，也沒有了往日的熱鬧和喧嘩，但依舊保持著貴族別墅的氣勢。城堡的圍牆上爬滿了長長的藤蔓，花園的那些小徑，也被荊棘和苧麻所侵佔。尤其是伊麗莎白·奧爾南曾經站在上面演唱的那個小土臺，現在已經被起伏的綠浪淹沒了。

在城堡塔樓的牆上，貼著城堡即將拍賣的海報，因此，關閉多年的城堡大門會在固定的時間打開，以供那些有意購買者進來參觀。看守人勒巴東夫人為此專門雇請了一個清掃、整理、除草的工人。當然，也有不少對沃爾尼城堡好奇的人趕到城堡來，在發生慘案的地方，對逝去的歌手作一番憑弔。不過，勒巴東夫人和經辦城堡拍賣事宜的公證人奧迪加先生，對當年的事隻字不提，因而，關於這座城堡的現有主人，人們依然一無所知。

在埃勒蒙侯爵離開巴黎的第三天上午，沃爾尼城堡二樓的一扇窗戶被推開了，露出一個年輕女郎的金髮——是昂托尼娜。此刻的她顯得生氣勃勃，還是穿著那套灰色長袍，戴了一頂寬邊草帽，在六月的陽光下綻放著她迷人的笑靨。

她看到侯爵正坐在園中的一把長椅上，銜著菸斗，像在想什麼。

「教父！」她叫道。

「喔，孩子，昨晚睡得好嗎？下來坐坐吧！」侯爵的心情顯然不錯。

不一會兒，昂托尼娜就穿過平臺，來到侯爵面前。

「我真不敢相信，這一切都那麼美。您真的願意讓我稱您為教父嗎？」

「當然，孩子！你讓我想起了你可憐的母親，還有你的身世……你為什麼不喜歡說自己的事呢？」

昂托尼娜的臉上掠過一絲陰影，她低聲說：「過去的事我不願再想了，只要現在這種生活可以繼續下去，我就很滿足了。可是，這裡就快屬於別人了，對嗎？教父。」

侯爵默不吭聲，昂托尼娜覺得自己觸到了侯爵的痛處，於是抱歉地伸手去握住侯爵的手，溫柔地說：「對不起，教父。我想，您也是不得已才賣掉它的。」

「是啊，」侯爵歎了一口氣，「沒有別的辦法了，我陷入了前所未有的困境，經濟拮据。再說，當初我不顧一切地從我的朋友韋儒爾夫婦手中買下這裡之後，總共只來過不到十次，而且每次待的時間都沒超過二十四小時。所以我想還是賣掉它吧！不過，既然你喜歡這裡，總會有辦法重新住進來的。」

昂托尼娜不明白侯爵的話，滿腹狐疑地看著他。侯爵笑了起來，他說：「難道不是嗎？自從你來這兒後，奧迪加先生來看我的次數就越來越勤了。這個年輕人的樣子雖然不討人喜歡，但人挺好的。我看得出來，他對你相當熱情。」

昂托尼娜的臉紅了，她害羞地說：「您在開玩笑，教父，我根本就沒有正眼看過那位公證人先生。我……我喜歡這裡，是因為和您在一起。」

昂托尼娜這略帶嬌羞的話，令侯爵生出幾分感動。從一開始，他就知道眼前這個可愛的女孩是自己的女兒，因此他對她總是帶著無限的關心和愛憐，但是，昂托尼娜像藏著什麼秘密似的，心情時好時壞，令人費解。

同樣，幾天的相處，侯爵留給昂托尼娜的印象也是如此。他彷彿總是處於一種矛盾之中，時而長久地沉默，時而又由衷地快樂。正因如此，雖然他們都渴望著彼此能更接近、更親切一些，但卻不可能在這樣短的時間內消除所有的障礙。侯爵曾試著想要多了解昂托尼娜一點，常常提到她的母親，但昂托尼娜似乎不願意聽，總是岔開話題。於是，侯爵只好簡要地與她聊起發生在城堡中的那件慘案。昂托尼娜聽了，覺得很不可思議。

下午兩點，公證人奧迪加來了，因為城堡的拍賣將在下午四點舉行，他說要檢查一下拍賣會的準備工作。奧迪加是一位皮膚白皙的年輕人，動作有點笨拙，性格靦腆，酷愛詩歌，「正如詩人所說」是他在交談中最喜歡說的一句口頭禪。

勒巴東夫人為奧迪加端上一杯咖啡，奧迪加拿出自己創作的十四行詩，一面讀，一面瞟著昂托尼娜，希望能夠從她的神情中得到某種讚賞。誰知昂托尼娜始終不動聲色，她竭力忍耐著，不讓自己厭惡的表情流露出來。但是奧迪加沒完沒了地玩著他那些小花樣，把那些自認為膾炙人口的破詩引過來引過去。終於，昂托尼娜忍無可忍了，她站起身，對侯爵輕輕點了點頭，然後向花園走去。

離城堡拍賣會開槌還有一個多小時，花園裡卻已經擠滿了人，三五成群地在那兒談論著。他們大多是出於好奇來看熱鬧的，只有幾個才是專程從外地趕來的買主。

昂托尼娜走出花園，獨自徜徉在那條通往教堂廢墟的、長滿荊棘的小徑上。不知不覺間，她離開了小徑，來到了小土丘圍著的那片土臺上。她想起了死去的伊麗莎白，下意識想找到那個地方。不過，侯爵雖然把十五年前那件慘案的所有情況都告訴了她，但是在這雜草密佈、藤蔓叢生的地方，她卻很難找出確切的地點。

好不容易，昂托尼娜重新找到一處比較好走的地方，正準備繼續往前走，卻突然站住了，失聲尖叫。

原來，離她不到二十步的地方，有一個男人站在那裡，顯然已經看到了她。雖然，昂托尼娜只是在侯爵家的樓梯間以及拉烏爾先生房間裡見過這人兩次，可是她卻永遠不會忘記那張兇悍的面孔。是他，那個聲稱在火車站就開始跟蹤她，並要逮捕她的加尼瑪爾！

「哈哈，沒想到會碰到你，真是得來全不費功夫！」加尼瑪爾得意地獰笑著，「那天，我抓了你三次，都讓你僥倖逃脫了。這一次，你不會那麼幸運了！你怎麼會到這裡來？難道你也對城堡的拍賣感興趣？」

他往前走了一步，昂托尼娜有些恐懼地向後退，她想逃，可是一點力氣也沒有。而且，就算有力氣，這滿地枝枝蔓蔓的拉扯，她如何跑呢？

「你跑不了的！我真是幸運，這麼多年來，我一直關注著這座城堡，今天原本是來看看這個拍賣會的，沒想到，竟然撞到了大個子保爾的情婦。上帝對我真是太好了！」加尼瑪爾說著又逼近了一步，昂托尼娜努力挺直了腰，不讓自己倒下去。加尼瑪爾繼續他的演說：

「害怕了嗎？形勢對你的確很不利！好了，馬上就有人要告訴我有關大個子保爾的事了，也許還有他和城堡慘案之間的關係，太有意思了！乖乖跟我走吧，這是拘捕令，要看看嗎？你……怎麼？怎麼回事？」

加尼瑪爾的話沒有說完，他看到昂托尼娜臉上驚恐的表情正在漸漸消失，眼睛裡閃爍著一種喜悅的光芒，嘴角還掛著一絲微笑。

加尼瑪爾轉過頭，順著昂托尼娜的目光看過去。在小教堂遺址的一根柱子後面，伸出一隻舉著槍的手臂，正對準他這個方向。

根據昂托尼娜突然平靜下來這一點，加尼瑪爾立即斷定，那隻手是屬於拉烏爾的。幾天前發生的事已經表明了，這位先生似乎熱衷於保護她。既然金髮克拉拉出現在這裡，他當然也會尾隨其後了。

加尼瑪爾畢竟是身經百戰的警探，他從來不會在困難面前退縮。所以，他迅速在心裡做出了決定，先制服這個處處與他作對的傢伙。至於昂托尼娜，他絲毫不擔心，即使她乘機逃出去了，他也有足夠的把握再次抓住她。主意已定，他朝那隻手撲了過去。

可是，等加尼瑪爾來到柱子旁時，除了拱廊間垂掛的常春藤外，什麼也沒有。加尼瑪爾沒有停下腳步，他深信對手絕不可能跑掉。

他的判斷的確沒錯，就在他出神的那一瞬間，一隻拳頭從藤蔓背後快速地往加尼瑪爾的下巴揍了過去。這一拳讓加尼瑪爾失去平衡倒在地上。他還來不及哼聲，又遭到了一次重擊，這次他昏了過去。

趁機跑出土臺的昂托尼娜累得氣喘吁吁，她找了個地方坐下來，然後朝廢墟那邊望去。她相信那個暗中保護她的人會制服那名警察的，可是她卻不懂這個人為什麼會出現在這裡，並再次救她於危急之中。

過了好一會兒，廢墟那邊什麼動靜也沒有，也沒有發現什麼可疑的跡象。昂托尼娜放下心來，她向四處看了看，想找個安全的地方，躲開加尼瑪爾。就在這時，遠處傳來鐘聲，四點了，城堡拍賣會即將開始。昂托尼娜一心想著沃爾尼城堡的新主人，她忘記了危險，向城堡走去。

沃爾尼城堡的拍賣會是在城堡的大廳裡舉行的，看熱鬧的人們站在一起，而有意購買城堡的人則被請到了一張桌子旁坐了下來。客廳的另一張桌子上，放著三支小蠟燭。

公證人奧迪加非常鎮靜又嚴肅地站在那裡主持拍賣會，他很沉著地向大家介紹了城堡的原主人德·埃勒蒙侯爵，然後又慎重介紹了沃爾尼城堡的重大歷史價值、良好的地理位置、優美的自然環境，並斷言，不管是誰買下這城堡都不會吃虧。

拍賣會正式開始了，奧迪加向大家宣佈了拍賣的規矩。城堡的起價是八十萬，桌子上的每支蠟燭能燃一分鐘左右，在最後一支蠟燭熄滅之前，大家可以競價，每次出價必須高出二萬五千法郎。

人群安靜了一會兒，一個怯生生的聲音響起：「八十二萬五千。」

另一個聲音叫道：「八十五萬。」

緊接著，一位夫人作了個手勢，奧迪加幫她報出了價：「八十七萬五千。」

客廳裡靜默了大約兩分鐘，又一個聲音響起來：「九十萬。」

人們開始發出小聲的議論，這可不是隨便什麼人都出得起的高價，就連奧迪加也顯出幾分驚訝，他連聲問道：「九十萬……九十萬！還有人報價嗎？」

沒有人作聲，最後一支蠟燭就快熄滅了，看來……就在這時，門廳那邊傳出一個清晰的聲音：「九十五萬。」

人們震驚了，自動地為這個報價人讓出一條道來。人群中從容地走出來的是一位先生，他滿面笑容，邊走邊重複了一句：「九十五萬法郎。」

昂托尼娜立刻認出這人正是幾次救她於危難中的拉烏爾。

6 拉烏爾與侯爵的合作

奧迪加極力壓制著自己的驚愕之情，輕聲問了一句：「九十五萬，是嗎？……沒有人再出價了吧？……好，成交！」

奧迪加的話音剛落，所有的人都圍到了拉烏爾的身邊。出於職業習慣，奧迪加走上前去想確認一下這位城堡新主人的身份。但他沒能如願，這位先生似乎不是那種隨意讓人支使的人。於是奧迪加只好費力地把那些閒雜人等推出了客廳，以便在無人影響的情況下處理拍賣品的移交手續。

還沒有等奧迪加開口，拉烏爾已經坐在桌前，開始簽署支票了。很快地，他寫完了，站起身對奧迪加說：「公證人先生，這張五十萬的支票是預付金，我是唐路易．佩雷納，葡萄牙王國臣民。一會兒我就到你的事務所去辦理手續，到時，你將看到我的所有證明文件。剩下的錢，等我和侯爵談好時間後，到期支付。」

「和我談？」一直站在一邊的侯爵有些吃驚。

「是的，侯爵先生，我有一些重要的事情跟您說。」

奧迪加對面前這個人雖然還是存有疑惑，但一時也不好再說什麼。他收拾好文件，拎著包告辭了，臨走時對拉烏爾說了一句：「好吧，我恭候您大駕！記著帶齊所有證件。」

侯爵送他出去，留在客廳裡的昂托尼娜不安起來。她聽了剛才拉烏爾的自我介紹，不明白這個人葫蘆裡究竟賣的是什麼藥，她想出去，卻被拉烏爾一把拉住了。

「別走，小姐，我剛剛為你趕走了加尼瑪爾，那晚又嚇跑了大個子保爾，你總該跟我表示一下謝意吧！」拉烏爾說著，將嘴湊到了昂托尼娜的臉頰上。

「放開我，你……你……」昂托尼娜掙扎著。

拉烏爾一時興起，更緊地摟著她，尋找著她急於閃躲的嘴唇。就在這時，門口傳來腳步聲，是侯爵回來了。

「見鬼！」拉烏爾鬆開了手。

「昂托尼娜，有什麼事嗎？」侯爵看著神情有些慌亂的昂托尼娜問道。

「沒……沒什麼，我……我弄錯了一件事，一件小事。」

「喔？」侯爵說著，望了一眼拉烏爾。

拉烏爾很鎮靜地說：「是的，其實，我一直在你巴黎的寓所裡租住，二樓的夾層，我用的是假名拉烏爾。有一天，這位小姐來找你，走錯了房間，我向她報的是我的假名，所以今天她有些吃驚。」

望著眼前這個有幾分神秘的人，侯爵有些不解，他究竟是誰？他想幹什麼？是真心買下城堡，還是居心叵測？

「你剛才說的要和我談談，不會就是這件事吧？」侯爵說。

「喔，當然不是，我想跟你談一筆買賣。」拉烏爾說。

「但我不是做生意的。」侯爵的語氣有些生硬。

「我也不是做生意的，我只是想幫你找回那筆遺產。」

侯爵吃了一驚，問道：「你怎麼知道……這麼說，你是私家偵探？」

「不，只是一種愛好。我喜歡做一些富有挑戰性的事，曾經破過一些警方都破不了的案子。我的強項就是周密的調查和獨特的思維。所以，我相信，你找的那家偵探社無法完成的工作，我可以完成。」

「你的條件是什麼？要多少傭金？」

「不，一分錢也不要。」拉烏爾說這番話時，心裡在罵自己，這跟他當初的想法多麼不一樣啊。而這僅僅是為了在侯爵面前，特別是在那迷人的小姐面前顯示他的本事和他的高尚。

「那你想告訴我什麼呢？線索嗎？」侯爵的口氣緩和了許多。

「不，恰恰相反，我是來向你問一些問題的。做這種事，總要有一段思索的時間，如果你想早點找到那筆遺產，最好把這個時間縮短。我想知道那筆遺產是一些什麼東西？警方是否介入了？還有……恕我冒昧，伊麗莎白的死究竟是怎麼回事？你應該把向警方隱瞞的情況告訴我。」

「這……我……我沒有隱瞞什麼。」

「不，你隱瞞了。伊麗莎白曾經是你的情人！」不等侯爵辯解，拉烏爾緊追不捨地繼續說，「我重新翻閱了當年的那樁慘案，一個著名歌手被殺、首飾被搶，警方調查時，你沒有說出自己和被害人的關係。而且事後你又買下了城堡。你是覺得這裡有什麼遺漏的東西嗎？這裡和你遺失的那筆遺產有什麼關聯嗎？這些都是你需要告訴我的。不要保持沉默，這樣對你沒好處。要知道，現在注意你的人不只我一個。有一個漂亮的、名叫金髮克拉拉的女人——」說到這裡，拉烏爾頓了一下，他克制住自己不去看站在一邊的昂托尼娜，接著往下說：「她曾經潛入您的書房。還有瓦爾泰克斯，他是伊麗莎白的親戚，想必你應該比我更清楚，但他還有一個身份，就是強盜大個子保爾，警方通緝的要犯，我剛才說的那個克拉拉是他的情婦。除此之外，警方似乎也嗅到了什麼，當年參與兇案調查的加尼瑪爾仍然在關注著這裡。所以，情勢很複雜，尤其是瓦爾泰克斯，警方盯他盯得很緊，如果他被抓住，誰能保證他不把你和伊麗莎白的私情抖出來？一旦這樣，你很可能被捲入是非中，所以……」

「不，不……你讓我好好想想。」侯爵喃喃地說。

「好吧，既然這樣，我只好自己去查了。二十五天以後，嗯，七月三日下午四點，在外面那張長椅上，我會把所有真相告訴你的。當然，還有你的那筆遺產。或者它可以使這位小姐繼續住在城堡裡，她似乎很喜歡這裡。到時，只要你們願意，將我剛才簽署的支票還我就可以了。還有，那個加尼瑪爾被我綁住了，如果他掙脫繩子跑到這裡來，請你告訴城堡的看守人，不要對他說你們的事情。」

在說這番話的過程中，拉烏爾兩次試著尋找昂托尼娜的眼光，但她站在背光的地方，看不太清楚，拉烏爾卻感覺到了她激動的顫抖。

「這……」侯爵不知該說什麼好。

拉烏爾拿起自己的帽子，對侯爵和昂托尼娜鞠了個躬，告辭了。

從沃爾尼城堡出來，拉烏爾直接前往公證人奧迪加的事務所，很快地辦好一切必要的手續。然後，他開著車到了維希，找了家旅店住下，又去吃了晚飯。

大約十一點的時候，拉烏爾再次回到沃爾尼城堡，在廢墟的常春藤下，他找到了被他綁在那裡的加尼瑪爾，取下堵在他嘴上的布。加尼瑪爾破口大罵，但聲音嘶啞，根本聽不清在罵什麼。拉烏爾重新堵上他的嘴，又檢查了一下繩子，然後走開了。

夜深了，城堡內的燈光已經熄滅，花園裡只有風吹樹葉的「沙沙」聲。拉烏爾環顧四周，下午時，他就觀察到靠牆的角落裡有一架木梯。於是，他摸黑過去把木梯搬到一個窗臺下，他早就探查好了，這是侯爵的房間。他順著梯子爬了上去，因為天氣很熱，房間的窗戶打開著，他很輕鬆地翻進了屋。

侯爵睡得很熟，呼吸均勻，床邊的椅子上整齊地擺放著他的衣服。拉烏爾摸過去，在上衣口袋裡找到一個皮夾，又在皮夾裡找到了昂托尼娜的母親寫給侯爵的信——這正是他的目的。他展開信，讀了一遍。

「果不出我所料，昂托尼娜是侯爵的私生女，總算不枉此行！」

拉烏爾把皮夾放回原處，從窗口出來，下了木梯。二樓的第三個窗口，是昂托尼娜的臥室。拉烏爾凝神想了一會兒，把木梯移了過去，接著爬上去。這裡的窗戶也開著，拉烏爾進了屋，看見昂托尼娜面朝裡睡著了。

拉烏爾靜靜地站在那裡，端詳著她美麗的體形，他的內心激烈的鬥爭著。雖然他無法解釋下午她對他的那種反應，但那晚，在侯爵的書房，他已經感覺到她的軟弱，她任由他撫摸她的手，是那麼地依賴著他。

「我這是在幹什麼？」拉烏爾在心裡問了自己一句，然後從窗口出去，下了木梯。

從城堡出來後，拉烏爾一直在歎氣：「唉，到了這種時候，再聰明的人也會變成傻瓜，我……我是不是太……」

回到維希的旅店，拉烏爾休息了一夜，第二天一早就驅車往巴黎。對於自己的沃爾尼城堡之行，他很滿意，事情正在順利地向前推進著。可是，他做這一切是為了什麼呢？答案只有一個，為了昂托尼娜。對這個女孩所產生的強烈感覺，讓拉烏爾自己也覺得吃驚。但他想的最多的不是那晚在侯爵書房裡依偎著他的那個無助的昂托尼娜，也不是在沃爾尼城堡滿臉怒氣拒絕他的昂托尼娜，而是一開始出現在他客廳「螢幕」上那個找錯門的風姿綽約、含羞嫵媚的迷人女郎。

「我真的為她動心了，可是她的行為似乎比我還神秘，她究竟想做什麼呢？」

因為一路上都在想心事，直到下午三點，拉烏爾才回到巴黎。他找到庫維爾，告訴他金髮女郎是侯爵的女兒，然後吩咐他離開這兒，自己則趕去里昂火車站，準備在那裡等從維希回來的加尼瑪爾。

按拉烏爾的估計，那位探長先生掙脫束縛後，會坐十點的車回巴黎。果然，在火車站的出站口，拉烏爾見到了加尼瑪爾。

加尼瑪爾雖然很氣憤，但在大庭廣眾下又不便發作，只好把拉烏爾拖到一邊。

拉烏爾說：「別生氣，探長先生，我來這裡是要告訴你重要的情況。大個子保爾，那個你一直想抓到的傢伙，我可以告訴你他的行蹤。」

加尼瑪爾沒有搭話，但他的眼睛使勁地眨了幾下，顯然是對此事極有興趣。

「怎麼？不想知道嗎？」拉烏爾有意調侃。

「什麼時候？條件是什麼？」

「現在。不要再去騷擾克拉拉。」

「好，我答應你。」

「今晚，大個子保爾和他的同夥在蒙馬特的螯蝦酒吧碰面。你可能需要多帶幾個人，六點四十五分，我會在那裡等你，告訴你的手下別朝一個頭戴英國馬夫帽的先生開槍，那就是我。對了，另外安排兩個人守住後門。」

雖然加尼瑪爾恨透了眼前這個傢伙，但抓住大個子保爾對他似乎更具吸引力，而且，一旦成功，那將在公眾中引起多大的轟動啊。加尼瑪爾彷彿看到了那些飛舞而來的各種獎勵，於是，他說：「好，就這樣說定了，晚上準時見！」

7 第二次交鋒

經常光顧螯蝦酒吧的人就和這間酒吧的名字一樣，都是一些不三不四的人，整個酒吧裡總是飄散著一股熱烘烘的霉味。沿著臺階下到一個寬敞的地下室，才是顧客集中的地方。今晚，這裡的十二、三張桌子全都坐滿了。大個子保爾和阿拉伯人果然在此，大個子保爾顯然是化過妝的，圍著一條栗色的圍巾，顯得又老又邋遢。

「你幹嘛怕成這樣，真難看！」阿拉伯人嘲笑著他，「自從那天晚上以後，你似乎總在害怕什麼。其實你已經夠謹慎了，從來不在同一張床上連睡三天。你……」

「好了，讓我靜一靜！」大個子保爾不耐煩地打斷他的話，向四處張望著。靠門那邊一個帶著英國馬夫帽的人引起他的注意，他叫來侍者，問道：「那邊那人是誰？好像從來沒見過他。」

「聽老闆說，是個馬夫。」

大個子保爾收回目光，陷入沉思中。

「怎麼，又在想那小妞？你快被她弄瘋了。」

「住口！」大個子保爾捶了一下桌子，「那個什麼該死的拉烏爾，他一定是在纏著她。我真恨不得馬上幹掉他，所以，一定要找到他，否則……」

「否則他會對付你，是嗎？唉，何必呢？為了一個女人。」

「她對我而言，不僅是女人那麼簡單。對了，你說那天下午，她從拉烏爾的房間出來？」

「當然，我給了門房一張鈔票，他什麼都說了。從拉烏爾房間出來後，她去找了侯爵，下來的時候碰到加尼瑪爾，發生了一點衝突，但她很幸運地逃走了。然後就是晚上和拉烏爾一起潛入侯爵的書房，這個你自己也親眼見到了。」

「是的，」大個子保爾咬牙切齒地說，「她肯定是偷了我的那把鑰匙，我還以為是我自己弄丟了……她找侯爵幹什麼呢？對了，她好像對我提起過，說她母親認識侯爵，臨死前說了很多關於那老頭的事，所以……她可真是個怪女孩，讓人……讓人……」

「好了，好了，你的表情真可憐。別想她了，今晚藍色娛樂場開張，那兒的漂亮女人多了，去重新找一個吧！」

大個子保爾剛想說什麼，樓梯口的門突然被撞開了，是加尼瑪爾探長帶著他的手下趕到了。

「警察！舉起手來！」加尼瑪爾開了一槍，酒吧裡大多數人都乖乖地服從了。但是仍然有企圖奪門而出的人，而且速度很猛、很快，以致戴著英國馬夫帽的拉烏爾雖然第一個站了起來，卻無法在相互推擠著的人群中擠出一條路來。

大個子保爾和阿拉伯人拼命往門口擠，警察向他們開了槍，但沒有打中，大個子保爾瞅了個空隙鑽了出去，並將門推上，把追趕的人擋在裡面。阿拉伯人卻被擠倒了，只好束手就擒。

加尼瑪爾得意地笑著，對終於擠過來的拉烏爾說：「太好了，真是一場精彩的演出。」

「可是大個子保爾跑掉了。」

「不會，我讓弗拉芒守著後門，他跑不了。」

「是嗎？那你還是快去看看吧，或許……」

加尼瑪爾似乎也想起了弗拉芒的笨，趕緊追出去了。

拉烏爾來到阿拉伯人面前，從他的口中得知酒吧還有另外的一個暗道，拉烏爾想大個子保爾肯定逃掉了。他答應給阿拉伯人五千法郎，要他說出大個子保爾下一步行動的地點。看在錢的份上，阿拉伯人把所有事情都說了出來，包括大個子保爾將以瓦爾泰克斯的身份參加今晚藍色娛樂場的開幕典禮。

拉烏爾本想再多問些情況，但加尼瑪爾垂頭喪氣地回來了。

「別自責了，你們辦事也只能這樣。不過沒關係，我還會為你安排下一次機會。今晚十點，藍色娛樂場見，你還有時間打扮一下。別垮著臉，笑一笑，對，就這樣。」

拉烏爾走回自己的家，當然，已經不是伏爾泰沿河大街那套租借的房子了。這裡地處奧特伊，是一座很小的花園別墅，也是拉烏爾的主要活動中心，一個貼身男僕和一個廚娘負責照顧他的日常生活。

八點鐘的時候，拉烏爾正在用晚餐，庫維爾來了，他說侯爵已經回來，但卻沒見到那迷人的女郎。拉烏爾有些不安，他擔心她再次落到大個子保爾手中。他看著庫維爾，想了想說：「還沒有吃飯嗎？一起吃吧。吃完飯，你和我一起去參加一個晚會，穿上你最漂亮的那件禮服。其實，你雖然做事不行，但打扮一下還蠻帥的，有幾分外交家的氣質。」

藍色娛樂場是香榭麗舍大道新建成的一家高級娛樂場所，它的開張是巴黎社交界的一大盛事，所以今夜受邀參加晚會的全是各界名流淑媛。

鐘敲十點的時候，拉烏爾和庫維爾走進大廳，他吩咐庫維爾：「你要裝作不認識我，但要一直在我身邊，幫我盯著加尼瑪爾。如果有什麼情況，及時通知我，並利用你的外形優勢掩護我離開。」

按照拉烏爾的吩咐，加尼瑪爾很準時地來了。他顯然是作了精心的打扮，穿了一件樣式很怪的便裝，不太合身，緊繃繃的，臉上居然還撲了粉。

拉烏爾忍不住想笑，他走過去，拍拍他的肩說：「不錯，道地的紳士，這樣就沒人再注意你了。」

加尼瑪爾有些惱怒，他聽出了拉烏爾的弦外之音，一言不發地盯著他。

「這次又帶了多少人，探長先生？」

「十幾個吧！都分散在大廳裡。」

拉烏爾向四周看了一下，立刻就發現了好幾個和加尼瑪爾的裝扮一樣可笑的警察在那兒轉來轉去。同時，他也看到了正往裡走的瓦爾泰克斯。

「注意，大個子保爾來了！那個圍著白圍巾的，看到了嗎？」

加尼瑪爾轉過頭來，吃驚地說：「他……他是大個子保爾？啊，沒錯，是他！上帝啊，強盜也能夠打扮成貴族的模樣。」

「這有什麼奇怪的，告訴你的手下，千萬不要打草驚蛇。」

加尼瑪爾去通知手下，藍色娛樂場的演出也拉開了帷幕。拉烏爾拿著節目單，半遮著臉，眼睛卻一直盯著瓦爾泰克斯。這時，舞臺上出現了一個跳豔舞的蒙面女郎，身材窈窕，風情萬種。雖然她蒙著臉，但卻露出了一頭的金髮。

拉烏爾看傻了，這女郎分明……分明是……

加尼瑪爾回來了，他提醒拉烏爾：「別光注意漂亮女人，盯著大個子保爾！」

拉烏爾扭轉頭看瓦爾泰克斯，後者的臉上竟然也顯出了緊張、瘋狂的神色。於是，他肯定了自己剛才的判斷，臺上的女郎就是金髮克拉拉。可是他又有幾分疑惑，按庫維爾的情報，她應該剛從沃爾尼城堡回來，怎麼會有如此充裕的時間化妝打扮，趕到這兒來表演？而且，一個外省來的、羞怯的女孩居然會以跳豔舞為業，這又是怎麼一回事？拉烏爾百思不得其解。

「嗨，那傢伙似乎想到後臺去，他是想起了他的女友吧……不對，這臺上……天啊！那個跳舞的女郎是金…金髮……」

不等加尼瑪爾說完，拉烏爾已經快步往後臺的方向走去。加尼瑪爾馬上作了個手勢，開始佈署人馬。

拉烏爾快走到後臺時，庫維爾過來了，他說：「先生，加尼瑪爾剛才吩咐手下，讓他們逮捕你和那個蒙面女郎。」

拉烏爾心中一驚，這正是他擔心的事，昂托尼娜即將處於警察與強盜的包圍中，太危險了。

「跟我來！」他對庫維爾說，然後疾步走進那道小門，對著看門人揚了一下手中的名片，說了聲「警察」，就過去了。他們來到了演員的化妝間，剛好那蒙面女郎從舞臺上退下來。拉烏爾正想走過去，卻立即發現瓦爾泰克斯握著拳頭站在帷幕的另一邊，狠狠地瞪著女郎。

拉烏爾不敢再耽擱了，他走過去，拍了下瓦爾泰克斯的肩：「我們又見面了，快點走吧，加尼瑪爾帶著他的人已經來了。」

「又是你，混蛋！」瓦爾泰克斯罵了一句，然後有些驚恐地看了一下四周。

「快走吧，來不及了……」

看著瓦爾泰克斯的表情，拉烏爾判定他接受了逃跑的建議，這正是自己要達成的目的，這樣一來，可以同時解除對昂托尼娜的兩種威脅。可是，就在瓦爾泰克斯遲疑的那一瞬間，那女郎重新出現在化妝間裡，而加尼瑪爾也帶著人衝了進來。

瓦爾泰克斯窮兇極惡地抽出手槍，對準了女郎。拉烏爾朝他撲過去，槍響了，卻沒有傷到人。那女郎嚇得昏了過去，加尼瑪爾也撲過來了，攔腰抱住了瓦爾泰克斯。拉烏爾伺機抱起女郎，迅速往外跑去。

「攔住他們！」加尼瑪爾吩咐自己的手下。

幾個便衣迅速追過去，但就在這時，一個大腹便便的小個子先生擋住了他們的去路，他揚著那神氣的白鬍子，很嚴厲地斥責警察們的粗暴：「瞧你們把這裡弄成什麼樣子了，你們局長呢？讓他來見我！」

那幾個人被唬住了，不敢再往前追。拉烏爾抱著女郎跑進了大廳，觀眾們一點都不知道後臺發生的事，看到一個紳士抱著女郎走出來，還以為是一個特意安排的節目，主動為他們讓出一條道。

拉烏爾順利地走出藍色娛樂場的大門，把女郎抱進了他停在不遠處的汽車上。他剛發動引擎，就傳來加尼瑪爾氣急敗壞的聲音：「你們這群笨蛋，快點攔住他！」

可惜太晚了，汽車已經發動，一溜煙就消失在街的拐角處。

拉烏爾一邊開車，一邊不停地打量躺在旁邊的蒙面女郎，默默地在心裡說：「你到底是誰呢？昂托尼娜嗎？」

他想著自己剛才正是認定了這一點，才採取行動的，但現在不知為什麼，這種自信突然消失了。這個女郎不會是昂托尼娜，不會！那她究竟是誰呢？想到這裡，拉烏爾加快了速度，朝奧特伊方向開去。

不一會兒，汽車停在了那座花園別墅的門口，拉烏爾吩咐僕人將車停到車庫去，不要讓任何人來打擾他。他抱著女郎匆匆地上了樓，把她放在長沙發上，輕輕揭開了她的面紗。

「昂托尼娜！」拉烏爾驚喜地呼喚了一聲。

看那女郎沒有動靜，拉烏爾讓僕人取來一瓶嗅鹽，放到她的鼻子下。又用涼水在她的太陽穴和額頭輕拍了幾次。終於，女郎醒了，很迷茫地看著他。

「昂托尼娜，喔，昂托尼娜！」拉烏爾深情地連聲叫道。

女郎的眼眶裡湧出了淚水，她微微地笑了下，這笑容裡帶著些許苦澀，但又滿是柔情。

拉烏爾忍不住了，他伏下身去，尋找她的嘴唇。這一次，她沒有絲毫抗拒，反而主動迎了上來。

8 雙面笑佳人

又是一個豔陽高照的好天氣，僕人為拉烏爾和他心愛的人送來了早餐。拉烏爾興奮極了，他鬥敗了大個子保爾，鬥敗了加尼瑪爾，還征服了心上人。他開始向昂托尼娜敘述自己一次次的行動，帶著激情，當然也有些吹噓的成份。

「完了嗎？再說說吧！」每當拉烏爾停下來時，昂托尼娜總是這樣懇求。

「那些發生在沃爾尼城堡的事，你能再說一次嗎？」

「可是，親愛的，當時你也在那兒啊！」

「但我就想聽你說！那晚你進了我的房間，是真的嗎？為什麼不叫醒我？」

「喔，那個時候的你對我可沒這麼好！你是那樣的矜持，讓人不敢接近。當然，這可能因為你是侯爵的女兒的緣故。對了，我看了你母親寫給侯爵的信，原來你是侯爵的親生女兒。」

「喔，」她有些心不在焉地說，「那晚我在侯爵的房間看到了媽媽的照片，就明白一切了。」

「真奇怪，你為什麼總是千變萬化的呢？一會兒靦腆，一會兒妖豔，昨晚我還真怕抱錯了人，幸好真的是你！我們終於在一起了，什麼也不要擔心了，我會保護你一輩子的……」

這時，有人輕聲叩門，是僕人送報紙來了。拉烏爾拿起報紙，細看了一下，然後說：「我們成新聞人物了！可是那個愚蠢的加尼瑪爾居然再次讓大個子保爾逃脫了。」

「是嗎？這可怎麼辦？」昂托尼娜惴惴不安。

「沒事，有我。」

拉烏爾說著，又拿起一份報紙，上面說的還是昨夜發生在藍色娛樂場的事。有報導說，犯罪團體中的阿拉伯人及部份小囉囉一一落網，但頭目大個子保爾在藍色娛樂場企圖槍殺一名蒙面舞女，被警方包圍。而一個身份不明的賓客與大個子保爾起了衝突，並帶走了蒙面女郎。至於女郎的身份，據娛樂場經理說，是個臨時請來演出的藝人，來歷不清楚。

「是這樣的嗎？昂托尼娜。」拉烏爾指著報導的最後一段問。

「是的，我從小就喜歡跳舞，原來只是一種愛好，但自從母親死後，我開始用它來謀生。有很多……很多的男人圍在我的身邊，有時，我無法保護自己。」

「可憐的人！」拉烏爾充滿愛憐地說，「那你和大個子保爾是在什麼地方認識的？」

「你是說瓦爾泰克斯？我們是在德國的柏林認識的。我對他並沒有……沒有……有一天晚上，他闖進了我的房間，對我……對我……我不愛他，可我離不開他。」

「混蛋！」拉烏爾罵了一句，又問，「你們在一起多久？」

「幾個月，我和他一起到了巴黎。他被警方盯上了，那天，警察包圍了我們的住所，我嚇壞了，那時我才知道他就是大個子保爾。趁他與警察拉扯時，我跑了出來。本來我想改變自己的生活，找點事做，於是打電話給娛樂場，到那兒去跳那種舞。」

「那你找侯爵是為了什麼？」

「做最後的努力，求得他的幫助，擺脫這種不像樣的生活。」

「所以有了沃爾尼城堡之行，對嗎？」

她遲疑了一下，回答道：「是的。但昨晚回到巴黎後，我一時頭腦發熱，又去了藍色娛樂場，我……我喜歡跳舞的那種感覺……我又怕……怕……」

「別怕，別怕，一切都會好起來的。」拉烏爾更緊地摟著她，安慰道。

於是，接下來的好幾天，他們都沒有出去，只是從報上了解到，警方已經認定蒙面舞女就是金髮克拉拉——大個子保爾的情婦，除此之外，再沒有新的進展。

拉烏爾對昂托尼娜的眷戀之情是越來越深了，昂托尼娜總是有問不完的問題，拉烏爾也總是很有耐心地一一回答。但是，對於自己的事，昂托尼娜卻總是遮遮掩掩的，她的身世，她過去的生活，她找侯爵的真實意圖，所有這些，她都隻字不提。每當拉烏爾試圖提起時，她都會用充滿憂鬱的眸子看著他，祈求說：「別問了，親愛的，我不想再提從前。正如你所說，我心裡的確有兩個不同的影子時常在交戰。拉烏爾，你喜歡什麼樣的我呢？」

拉烏爾摟緊她說：「直到昨晚我才發現，我更喜歡那個嬌豔的你，昂托尼娜。」

「別，請不要再這樣叫我。昂托尼娜是那個涉世未深、純潔如水的小女孩的名字。自從我叫克拉拉之後，就不再……」

「你真奇怪！好吧，其實，對我來說，這兩個名字都屬於同一個人，我都愛。」拉烏爾喃喃地回味著，「昂托尼娜……克拉拉……兩種微笑，兩種表情，都迷人，簡直是顛倒眾生的那種美麗！對了，」拉烏爾突然生出個主意，「今後，我就叫你雙面笑佳人，好嗎？」

克拉拉低著頭，彷彿在思考什麼，過了一會兒，她抬起頭說：「這……這會讓我痛苦的，因為你……你用情不專！」

拉烏爾詫異地笑起來：「怎麼會呢！放心吧，親愛的，我會帶給你幸福的。」

轉眼一個多星期過去了，仍然沒有大個子保爾落網的消息。為了確保克拉拉的安全，拉烏爾把她留在了奧特伊的花園別墅裡。他自己除了做一些別的事外，偶爾也會到伏爾泰沿河大街周圍轉轉，看一看那一帶的動靜。按他的推測，加尼瑪爾會派人監視這裡，而大個子保爾也會到這個地方來打探消息。

這天，拉烏爾正在河邊漫步，卻看見本來應該待在奧特伊的克拉拉從侯爵的寓所裡出來，鑽進計程車，轉眼不見了。

拉烏爾很奇怪，但他沒有急於跟蹤，而是到門房那兒探聽虛實。

「那位小姐今天來過三次了，是來找侯爵的，但侯爵不在，所以她就走了。」因為是熟人，再加上一張鈔票，門房很配合地回答。

「上帝，她為什麼總是這樣神神秘秘的？」拉烏爾心想。

他立即趕回奧特伊，果然，克拉拉不在家。大約過了十多分鐘，克拉拉回來了，她的精神比前段時間好多了，臉色也紅潤起來，她的心情似乎很好。

「你去哪兒了？」拉烏爾冷冷地問。

「樹林裡，我一直在那裡散步，空氣可真清新啊！」

「為什麼騙我？」拉烏爾有點生氣，「你明明是去了伏爾泰沿河大街！我親眼看到的。」

克拉拉愣住了，她喃喃地說：「你認錯人了吧？」

「認錯人？門房會認錯人嗎？他說你今天去過三次了。」拉烏爾輕輕地握住了克拉拉的手，「親愛的，有什麼事不能坦白地告訴我呢？為什麼要防著我？我為你做了那麼多，難道你還有所懷疑？」

克拉拉的表情很怪，她想了想說：「對不起，我……我不是有意的，我只是…只是想去看看侯爵，但我怕你會介意。」

「傻瓜，我怎麼會介意！只是那個地方現在很危險，警察和大個子保爾都守在那兒，所以……」

克拉拉滿懷感激地點了點頭，並一再保證，在十五天內絕不離開別墅一步。

拉烏爾的推測一點沒錯，加尼瑪爾一直派人監視著伏爾泰沿河大街六十三號，不過，辦事的人不怎麼用心，金髮女郎的幾次造訪和庫維爾冒失地逗留都沒有被發覺。至於那個門房，收了拉烏爾和大個子保爾的錢，給警方的消息當然也就沒那麼可靠了。

從藍色娛樂場僥倖逃出來後，瓦爾泰克斯裝成一位落拓的畫家，每天都在伏爾泰沿河大街逗留，但他總是下午五點半左右就離去了，所以也沒有碰到金髮女郎。拉烏爾詢問門房的第二天，瓦爾泰克斯就得知了消息。他另一個叫索斯泰納的同夥向他報告，說金髮女郎跟侯爵有聯繫，她昨天對門房說侯爵後天從瑞士回來，但她現在住在什麼地方卻無法探知。還有庫維爾，他這幾天從二樓夾層裡搬走了一些傢俱，很可能是拉烏爾的人。

於是，瓦爾泰克斯讓索斯泰納跟蹤庫維爾，他自己則因為看到加尼瑪爾出現在街的那一頭，而匆匆忙忙地收起畫架走開了。

晚上，在他們新的聚會地，索斯泰納把跟蹤的情況告訴了瓦爾泰克斯：「沒錯，庫維爾果然和拉烏爾是一夥的！他們現在住在奧特伊的一個小花園裡，那小妞也在。」

第二天，瓦爾泰克斯坐著計程車親自來到奧特伊，他看到了在窗口親密依偎的拉烏爾和克拉拉，氣得臉色都變了。他想出了一個詭計，要在伏爾泰沿河大街六十三號設下陷阱，讓克拉拉自己跳進來。

他模仿索斯泰納偷來的、庫維爾的一封信上的筆跡給克拉拉寫了一封信，署上庫維爾的名字，吩咐索斯泰納等拉烏爾出門後將信交給克拉拉。接著，為了避開警察，他又寫了另一封匿名信，說大個子保爾及其同夥每天下午都會在某處集會，請警察前往緝捕。

幾乎是在同時，拉烏爾正向克拉拉告別：「親愛的，我要去辦一件非常重要的事。記住我的話，千萬不要離開。」

克拉拉帶著憂鬱的神情望著他，有一些擔心，也有一些牽掛。

「為什麼不開心？」

「我捨不得你走，真希望你能一直陪在我身邊。」

「我很快就回來，你不要出去，好嗎？」拉烏爾深情地吻了吻她。

「好，你早去早回。一想到你在外面可能遇到的危險，我就……雖然我知道你無所不能，但我還是忍不住要擔心。」

「沒事的，放心！我走了。」

克拉拉吻別拉烏爾後，一個人心神不寧地在房間裡不知做什麼好。等待的時間過得好慢，一分一秒都變得漫無止盡。

這時，僕人進來了，手裡拿著一封信。「小姐，外面有個司機送來的，是給您的。」

克拉拉接過信，拆開一看，臉唰地一下白了，她哽咽著說：「天啊！我得馬上去，馬上！」

僕人抓過信紙，只見上面是庫維爾那熟悉的筆跡：

小姐：

先生在樓梯的平臺上受了傷，現在躲在二樓夾層休息。一切還不太嚴重，只是他想見你，請坐送信人的車來。

庫維爾

「怎麼辦？小姐，先生臨走時說過不讓你出去……」僕人有些不知所措。

「我一定得去，顧不了那麼多了。」克拉拉匆匆穿上外衣，跑出花園。坐上停在外面的那輛計程車。

9 生死爭鬥

汽車在路上急速地開著，克拉拉心亂如麻，各種各樣的假設出現在她的腦海。

「他一定是碰到警察了，要不就是大個子保爾……」她驚恐地想，「他們發生了打鬥，他受傷了，或者已經……已經……」

她不敢再想下去了，彷彿看到了拉烏爾血肉模糊的臉。

「都怪我，是我讓他陷入這一堆麻煩中，是我害了他……」克拉拉抽泣起來。

「小姐，你該下車了。」

已經到伏爾泰大街了，克拉拉不顧一切地跳下車，飛奔上樓。她完全忘了所有威脅著她的事情，一心只想著受傷的拉烏爾。

樓梯間靜悄悄的，好像什麼事也不曾發生過。克拉拉感到了一絲詫異，但她還是推開了那扇本來就微微開著的門。接下來發生的事，就是她完全不能控制的了。她被人塞住了嘴，推倒在地板上。出現在她面前的是瓦爾泰克斯那張因仇恨而變得異常恐怖的臉，他一邊插上門閂，一邊獰笑著說：「我就知道你會趕著來救你的情人，臭婊子！」

克拉拉一句話也沒說，冷冷地看著大個子保爾。她的心裡暗自慶幸，拉烏爾沒事！這就足夠了。

「為什麼不說話？你一直那麼聰明，這次怎麼就中了我的圈套了呢？喔，你是動了真情了，你真的愛上他了，是嗎？」

不等克拉拉回答，他就把她從地上提了起來，放到了沙發上，猥褻地說：「就算是吧，那又怎樣？你現在是屬於我的。你應該知道接下來我們要做什麼，對嗎？沒有誰會來打擾我們的，房間上了鎖，門口還有我的人把風，沒有人敢來的，包括你的那位朋友。」瓦爾泰克斯越說越氣，「你一直拒絕我，但我就愛你這個樣子。來吧，不是第一次了，而且，以後我們會經常在一起做這件事的。我也不想要你的自願，反正我早就把面子丟光了！」

他說著，向克拉拉撲過去。克拉拉竭力掙扎，卻逃不開那雙大手的鉗制。她沒有力氣了，覺得自己正在慢慢地失去知覺。突然，清脆的門鈴聲響了起來。瓦爾泰克斯的手鬆了鬆，他側耳傾聽，沒有新的聲音傳出。他再次轉向克拉拉，就在這一剎那，他呆住了。

在兩扇窗戶之間的那面牆上映出了拉烏爾得意的面孔，嘴角帶著那抹淺淺的、有些嘲弄的微笑。瓦爾泰克斯不知該怎麼辦，而門那邊已經傳來鑰匙插進鎖眼的聲音，接著是推門的聲音。門開了，拉烏爾若無其事地走了過來，關掉那個機關，很友好地和瓦爾泰克斯打了個招呼：「嗨，你好！老朋友，今天怎麼有雅興到寒舍小坐？怎麼了？你很吃驚嗎？嘴張這麼大，真難看，對不起！」

說著，他又轉頭對喜悅得就快哭出來的克拉拉開玩笑說：「看，又不聽我的話，吃虧了吧！不過，這不怪你，都是我疏忽了。這位先生給你寫了一封信，引你到這兒來，對嗎？」

他再次望著瓦爾泰克斯，繼續笑著說：「你這傢伙總喜歡幹一些自以為聰明的蠢事，這次你是不是覺得這花招玩得不錯？可是你真的不該把那個蠢司機留在樓下，我一眼就認出他是今天早上把車停在奧特伊林蔭大道上的那個傢伙。所以，我上來了。唉，奉勸閣下一句，如果以後設什麼圈套，最好先徵求一下我的意見……」

瓦爾泰克斯雖然竭力想把自己從沮喪中解脫出來，但卻有些力不從心，他握緊拳頭，皺著眉頭。看著他這副樣子，拉烏爾更得意了：「你今天的所作所為給了我一個啟示，所以待會兒我會輕輕地、很溫柔地把你綑起來，然後通知加尼瑪爾，讓他來這裡驗貨。你意下如何？」

「你的意思是要將我交給警察？沒用的，那幫蠢貨！在蒙特馬爾酒吧他們沒做到，在藍色娛樂場也沒做到，所以……再說，」瓦爾泰克斯說著，轉向克拉拉，「你應該知道如果他將我交給警察會有什麼結果吧！」

克拉拉愣一下，她顯出幾分焦灼與緊張。

瓦爾泰克斯達到目的了，他低下頭，看著克拉拉：「我想你已經弄清楚你母親和侯爵的關係了吧？你母親是侯爵眾多情婦中的一個，而你是他的私生女。」

見克拉拉沒有提出異議，而拉烏爾又在一旁不以為然地笑，瓦爾泰克斯繼續說下去：「也許這已經不算什麼秘密了，可我想說的不僅僅是這件事，還有一個更大的秘密掌握在我手裡，是關於十五年前發生在沃爾尼城堡的慘案。」

拉烏爾眼睛一亮，興趣大增。

「是的，關於那件慘案。你知道侯爵——也就是你的父親——他在其中扮演了什麼角色嗎？一個極不光彩的角色——殺人兇手，是他殺了我姑媽伊麗莎白·奧爾南並搶走了她的首飾！對，或者你們早就知道了，我就是伊麗莎白·奧爾南的姪子。我姑媽死的那年，我只有二十歲，對於她感情上的那些事，我一無所知。但後來，我發現了一些信件，才知道原來她與侯爵早有往來。可是，沃爾尼城堡慘案發生後，侯爵在警察面前隻字未提。於是我開始懷疑，又著手進行了一些調查，知道了侯爵就是當年城堡的那位神秘買主。這一切都說明了我的推測是對的，侯爵心中分明有鬼！」

「沒想到，你還有點聰明。還發現了什麼呢？聰明的先生。」拉烏爾越來越感興趣了。

「當年，是侯爵說服我姑媽去土臺那邊唱歌的，最後又是由他陪著她過去的，一路上，只有他們兩個人，在這一段時間發生了什麼？除了侯爵誰都不知道。據當時的一些目擊證人說，我姑媽從灌木叢中出來時，她脖子上的項鍊就已經沒有了。因此，我們完全可以說是侯爵……」

「你認為是侯爵搶走了那條項鍊？不太可能吧，就算是，難道伊麗莎白．奧爾南不會提出抗議？」拉烏爾打斷了他的話。

「不，他沒有搶，是我姑媽自己交給他的。也許是她覺得這些首飾和她要唱的歌不太符合，所以，她請侯爵幫她保管，沒想到侯爵竟然見財起貪念……」

拉烏爾又笑了：「你還有一點偵探的天賦，故事編得不錯。不過，據我所知，項鍊雖說是寶石串成的，但那些寶石都是假的，侯爵不會那麼傻，為了些假東西殺人，而且是自己的情人。再說，就算是侯爵拿了項鍊，他沒有特異功能，怎麼可以淩空殺死伊麗莎白．奧爾南？要知道，當時所有的人都可以證明，侯爵在平臺上聽演唱。」

瓦爾泰克斯沒有理會拉烏爾的嘲笑，很鄭重地說：「不，那些寶石是真的，是一個美洲富商送給我姑媽的，為了避免麻煩，她對外總是說那些東西是假的。我敢打賭，侯爵肯定是知情者。當年他沒有親自動手殺人，而是指使了一個叫尤加西的放牧人。尤加西是個白癡，但卻有一手飛石擊物的絕活。侯爵在沃爾尼城堡做客時，經常送東西給他，這難道還不夠明顯嗎？」

「你是說伊麗莎白．奧爾南死於飛石？是侯爵指使一個白癡幹的？」

「當然，所以如果警察抓到我，我會毫不猶豫地供出侯爵，我知道警方一直對當年的案子感興趣，尤其是加尼瑪爾。然後，我會以伊麗莎白．奧爾南姪子的名義要求收回那些寶石……」

「你……你是個無賴！」克拉拉氣憤地說。

「隨便你怎麼說，還有——」瓦爾泰克斯說。

「還有？」拉烏爾揚了揚眉毛。

「是的，我要我的女人回到我的身邊，喏，就是她。」他指了指克拉拉。

「我記得上次就告訴過你，不要再打她的主意，她是我的！」

「不，她本來就是我的，我和她早就……是你不知羞恥地搶走的。」

克拉拉的身子顫抖起來，拉烏爾的臉色也變得很難看，他一步一步地走上前去，猛地跳起來對著瓦爾泰克斯的腳踝狠踹了兩腳。瓦爾泰克斯痛得彎下身去，拉烏爾趁機狠狠地揍了起來。

「別打了，我求求你……放他走吧……讓他走，不要把他交給警方……為了我父親，我求你……求你放他走。」

拉烏爾本不想停手的，但聽到克拉拉的哀求聲，他不忍心了，只好住手。

「好，讓他走！聽到了嗎？混蛋，快給我滾！不准再騷擾侯爵和克拉拉，否則我讓你吃不了兜著走！滾！」拉烏爾氣憤地踢了瓦爾泰克斯一下。

可是那傢伙一動也不動地趴在地上，拉烏爾有點納悶，難道是自己下手太重，將他……拉烏爾伏下身去推了他一下，瓦爾泰克斯站起來了，但搖晃著，似乎站不穩。他的眼睛裡掠過一絲狡詐的笑意。是的，他這一切都是假裝的，他趁拉烏爾不備靠近了那張桌子，拿出了裡面那把手槍，轉身大吼一聲，將槍對準了拉烏爾。

他這一次的舉槍動作比上一回快多了，但遺憾的是，他仍然沒有機會開槍。只見克拉拉以迅雷不及掩耳之勢，一個箭步衝上來，從衣服裡抽出一把刀，重重地刺進了瓦爾泰克斯的胸膛。這動作是那麼的快，連拉烏爾也沒能制止。

瓦爾泰克斯倒下了，抽搐了幾下就沒了動靜。此刻的克拉拉也呆住了，她手裡拿著那把血淋淋的刀，語無倫次：「他死了……我殺了他……我殺了他……你會離開我的……你不會要我了……」

拉烏爾趕緊扶住她，低聲說：「親愛的，別怕，我愛你……為什麼拿刀捅他？」

「他向你開槍，他要傷害你，我……我……」

「傻瓜，槍裡根本沒子彈！」

拉烏爾說著，把克拉拉扶到另一張椅子上，儘量不讓她看到瓦爾泰克斯的軀體。然後他彎腰檢查，發現那傢伙的心臟還在跳。於是，他對克拉拉說：「親愛的，你馬上離開這兒。」

「可我……我不能讓你……」

樓下傳來一聲汽車煞車的聲音，拉烏爾走到窗口看了看，回頭說：「加尼瑪爾來了，我們一起走吧！」

說完，他把刀子收了起來，又擦去了那些指紋和痕跡，並拆掉了那套機關的控制裝置，然後拉起克拉拉，向屋頂跑去。一路上，克拉拉還是不停地唸著「我殺人了，你不會要我了」這幾句話。拉烏爾一心想著如何逃脫，只略微安慰了她一下。

他們爬到了樓頂的天臺，通過天臺又爬到了另一幢樓上，在樓梯口，拉烏爾告訴克拉拉：「我們分開走，這裡的每幢樓都有看門人，我們一起出去會引起懷疑的。所以，你先走，出去後向左轉，到塞納河右邊第三間房子，叫郊區日本會館，我們在那兒會合，等著我，我很快就到。」

拉烏爾摟著克拉拉的脖子，在她面頰上深情地吻了一下：「親愛的，別怕，我愛你，永遠愛你，勇敢點，走吧！」

克拉拉很茫然地走了，拉烏爾目送著她無助的背影向左拐去。隔了幾分鐘，他也匆匆地走出去了。

10 加尼瑪爾的漂亮夫人

拉烏爾沒多久就到了郊區日本會館，奇怪的是克拉拉還沒到。

「也許是她沒找到吧！」拉烏爾心想，於是他耐心地等了十幾分鐘，還是不見克拉拉的蹤影。他開始不安起來。

「她會不會記錯地方？」拉烏爾從會館出來，在附近來來回回地尋找，二十分鐘，半個小時，一個鐘頭，時間一分一秒地過去了，克拉拉卻杳無影蹤。

「她或許一個人回奧特伊的住處了吧？她剛才恍恍惚惚的，也許沒聽明白我的話。」拉烏爾懊惱地想，「真不該讓她一個人孤伶伶地走。」

於是，他立即趕回奧特伊，飛快地跑上樓大聲叫著：「克拉拉！克拉拉……昂托尼娜……」

可是屋裡靜悄悄的，只有僕人在那兒整理著什麼東西。

「先生……您……您沒事吧？小姐不是來找您了嗎？現在還沒回來。」僕人有點奇怪，他還不知道那個圈套的事。

拉烏爾打了個寒顫，僕人的話無異於晴天霹靂。克拉拉會去哪兒呢？天快黑了，她的周圍又潛伏著那麼多的危險。他開始不斷地責備自己，怪自己沒有早點發覺瓦爾泰克斯的陰謀，怪自己不該把事情越弄越複雜，使克拉拉錯手殺了瓦爾泰克斯，他更怪自己不該讓克拉拉一個人離開。這一夜，對拉烏爾來說，是一個難忘的不眠之夜，克拉拉一夜未歸，也沒有任何訊息顯示她去了那裡。

早上八點，拉烏爾就起床了，雖然他只睡了不到兩個小時。他把庫維爾叫了進來：「有克拉拉的消息嗎？」

「沒…沒有……」庫維爾欲言又止。

「你在撒謊！你不是個善於說謊的人。一定有什麼事，你的樣子很為難，是不是克拉拉她……」

庫維爾只好從口袋裡拿出了一份當天的報紙，在頭版頭條的位置有一行刺眼的標題：

〈大個子保爾命喪黃泉，加尼瑪爾探長勇擒疑兇〉

大個子保爾昨晚被殺，加尼瑪爾探長在現場將其情婦金髮克拉拉逮捕。據探長先生透露，這個女人是本案的嫌犯之一，而另一重要嫌犯——克拉拉的新情夫拉烏爾——在逃亡中，案件正待進一步審理。

「我的天啊，真是糟糕！」

這幾天對加尼瑪爾而言，可謂從得意之中跌落到失望的深淵。那天他只是一時興起才想到去伏爾泰沿河大街看看，不料竟撞進了大個子保爾被殺的現場。更巧的是，平時那個笨得出奇的弗拉芒居然在門房那兒堵住了金髮克拉拉。但是接下來，卻一點都不順利。不知為什麼，金髮克拉拉拒絕回答所有的問題，不管加尼瑪爾如何威脅恐嚇，這女郎就是不說話。直到預審法官來了，她才說了一句自己是無辜的，整個案子與自己無關，她相信會在開庭前重獲自由。

加尼瑪爾雖然有些沮喪，但卻沒有灰心，今晚，他打算先回家吃飯，然後再給那女人一點顏色瞧瞧，讓她知道自己的厲害。

加尼瑪爾一家住在聖昂瓦納圖郊區的一座舊屋裡，加尼瑪爾的夫人是一個迷人的紅髮美女，人很能幹，但有幾分輕浮，是這個街區舞廳的常客。加尼瑪爾很愛自己的夫人，所以在她的面前，平時威風凜凜的加尼瑪爾探長就像一隻溫馴的小貓咪。

今晚回到家的加尼瑪爾沒有見到夫人的蹤影，僕人說，夫人穿著那件漂亮的衣服出去了。加尼瑪爾知道她又去聖昂瓦納街跳舞去了。他耐心地等了一會兒，到了九點多鐘夫人還沒有回來，他實在沉不住氣，戴上帽子，決定到那家舞廳去看看。

來到舞廳，加尼瑪爾轉了一圈卻沒看到自己的夫人，於是他向服務生打聽。服務生對漂亮的加尼瑪爾夫人印象特別深，他告訴加尼瑪爾：「她的確來過，剛才還在這兒，有一個男人陪著……喏，就是坐在那邊的那位先生。」

加尼瑪爾順著服務生的指點望過去，頓時傻眼，那男人他太熟悉了，在伏爾泰沿河大街、在沃爾尼城堡、在螯蝦酒吧、在藍色娛樂場……他們一次次地鬥智鬥勇，他甚至還是自己正在通緝的嫌疑犯。按理，他應該馬上通知警察來抓住這個名叫拉烏爾的可惡傢伙。可是，這人古怪的行為卻讓他的手腳有些發軟，一種神奇的力量阻止了他。

「佐佐特一定落到他手裡了，他想幹什麼？」佐佐特是他夫人的芳名。

於是，他只好極不情願地走到拉烏爾的旁邊。拉烏爾看了他一眼，沒有說話，繼續喝酒。加尼瑪爾有點氣憤，可是他卻毫無辦法，想起以往的多次交鋒，自己都是以失敗告終的，他不免有些虛軟。他一點都不懷疑，這人一定是上帝派來與他作對的。

「放心，她晚飯吃得不錯，還吃了不少水果……」拉烏爾啜了一口酒，自言自語。

「誰？你說誰？」加尼瑪爾以為他在說克拉拉。

「我不知道她的名字，不過她是個紅髮美女，很迷人的……」拉烏爾頭也不抬地說。

加尼瑪爾一顆心提到了喉嚨：「你是說佐佐特？真是你幹的，混蛋！」

「佐佐特？你……」拉烏爾上下打量著加尼瑪爾，似乎恍然大悟，他懶洋洋地說，「喔，那是閣下的夫人。佐佐特，這名字是你們親熱時你取的吧，嗯，不錯，蠻好聽的！」

「你把她……把她……你綁架了她！」加尼瑪爾怒不可遏。

「嘖嘖，拉烏爾可從不幹違法的事！先生，您的夫人很可愛，她和我跳了一曲性感的探戈後就成了朋友。接著，我們去了一個朋友的房間裡喝了幾杯，她有些醉了，在那兒睡著了。不用擔心，那地方很安全，不會有人去打擾她的。」

「你究竟想幹什麼？」加尼瑪爾問。

「你心裡應該很清楚，我不會碰你夫人的。你什麼時候去審克拉拉？」

「一會兒就去。」

「你讓她安靜一會兒吧，別審了。」

「就這麼簡單？」

「當然不止。下午的報紙說大個子保爾沒死，是嗎？」

「我想那傢伙暫時沒有生命危險了。」

「這消息克拉拉不知道嗎？我就料到你不會把如此重要的情況告訴她，你想增加她的罪惡感，然後獲得你想要的東西。你真卑鄙！好了，就這個條件，馬上去告訴克拉拉大個子保爾沒死，她沒有殺人！」

「如果我不答應呢？」

「可以，那我就馬上去見佐佐特……」

加尼瑪爾低頭思索了幾分鐘：「她對你就那麼重要？」

「是的，我怕她想不開，如果她有什麼事，我……」拉烏爾突然警覺地閉嘴，因為加尼瑪爾的兩眼正閃著狡黠的光芒。

「好吧，我這就去傳話，你等著我，二十分鐘後，我們見面，然後你得……」加尼瑪爾說。

「我會放了佐佐特。」拉烏爾接過他的話答道。

加尼瑪爾走了，望著他離去的背影，拉烏爾想：「這傢伙會照實去做嗎？」是的，他還是有點擔心。從得知克拉拉被捕到在這裡與加尼瑪爾見面，這幾個鐘頭對拉烏爾來說，是非常難熬的。

下午，本地的另一家報紙爆出驚人消息：「大個子保爾沒有死！」拉烏爾興奮之餘想到應該把這個消息儘快告知克拉拉。但當他找到警局的一個朋友時，得知這個案子被加尼瑪爾一人獨攬，沒有他的許可，任何人都見不到克拉拉。所以拉烏爾想到了加尼瑪爾那位愛跳舞的夫人。他略施小計就做到了一切想做的事，可是加尼瑪爾也不是一盞省油的燈，不能太相信他。說不定，他現在就是去搬救兵去了。想到這裡，拉烏爾招手叫來服務生，請他拿來了紙和筆，在上面寫道：

加尼瑪爾探長，我想了一下，還是去看看你的夫人，我怕我的朋友不知道如何招待她。等你的消息，再見！

寫完之後，拉烏爾把紙條交給舞廳老闆，讓他務必轉交給加尼瑪爾，自己則回到停在外面、離舞廳不遠的汽車裡，監視著舞廳那邊的動靜。

果然，不到二十分鐘，加尼瑪爾就帶著人出現在舞廳門口。

「我就知道加尼瑪爾這傢伙總是說話不算話。」拉烏爾一邊發動汽車一邊想。

拉烏爾把車開到了朋友那兒，告訴朋友：「這位夫人今晚就留在你這裡，明天我來帶她走。我要回奧特伊，有事通知我。」

拉烏爾在房間裡焦灼地踱著步子，既然加尼瑪爾帶人來抓自己，那麼關於大個子保爾沒死的消息，克拉拉仍然一無所知，那麼她還是處於深深的自責中。

「她是那樣的傷心，似乎已失去了活下去的勇氣。」拉烏爾想，「這可憐的人現在怎麼樣了，她不會……不會自殺吧……」他被腦海中突然冒出的這個念頭折磨得快要崩潰了。

「不行，我現在的所作所為太不理智了……」拉烏爾搖了搖頭，「這可不是亞森．羅蘋的風格，沒有任何事情可以打倒我……我得冷靜一下，的確，我是陷入愛河了，所以不能好好地計劃，讓加尼瑪爾趁虛而入。我一定要想出一套營救克拉拉的方法來……」

拉烏爾向窗外望去，屋外一片漆黑，已是半夜了，教堂的鐘敲響了三點。他定了定神，重新坐回到椅子上去。突然，靜謐的夜色中傳來門鈴清晰的響聲。是誰呢？是朋友，還是不速之客？平時，遇到夜裡有人按鈴，拉烏爾一般要先問明來人的身份才開門。不過，這一次他什麼都沒問，在房裡就按了大門開關。

門被推開了，一雙蒼白無力的手搭在門邊。

再也沒有比這件事更讓拉烏爾吃驚的了，進來的人居然是克拉拉。

11 雙面之謎

沒錯，來人真的是克拉拉。她的臉色蒼白、神色憂傷，身上的袍子又皺又髒。拉烏爾呆呆地看著她，如墜夢中。怎麼可能？警方不會放走好不容易到手的獵物的，而她一個嬌弱的女子也不可能從看守嚴密的警局裡逃出來，這……

拉烏爾一臉茫然，兩人四目相對，都不知說什麼好。隔了好一會兒，克拉拉才低聲問道：「我……我本來想一死了之，可是……可是我沒有勇氣……」

拉烏爾一動也不動，他被自己的思維鎖住了。他聽不到克拉拉在說什麼，只是不停地琢磨問題：一個活生生的克拉拉站在他面前，另一個活生生的克拉拉在警局的牢房裡，這究竟是怎麼回事。

克拉拉喃喃地繼續說：「你不能原諒我，對嗎？或者，我真的應該跳下去。但我……我實在沒有勇氣……」

拉烏爾長久地注視著克拉拉那張求恕的、苦惱的臉龐，他的表情很專注，臉色也慢慢平靜下來。突然，他大笑起來。

這回是克拉拉被嚇傻了，她惶惶不安地看著拉烏爾。直到拉烏爾一把抱起她，深情地吻她時，她還處於驚恐之中。

「親愛的，我笑是因為我發現命運使你處於一種很微妙的境地，但是這並不影響我對你的愛情。」拉烏爾把她放到了床上。

「這麼說你原諒我了？我殺了人，我還……」

「不，寶貝，你看報紙了嗎？大個子保爾沒死。所以，你根本沒殺人。」

「天啊！」克拉拉驚呼一聲，眼淚止不住地掉了下來。

拉烏爾沒有說話，他腦海裡的那些謎團正一點點地解開，但也有一些地方連接不起來。他回想起第一次見到這個女郎的情形，那時的她多麼純真，與眼前這個在命運的重擔下竭力掙扎的女子確實相差太遠。

「你累了嗎？可不可以回答我幾個問題？」

克拉拉愣了一下，似乎鼓足了勇氣地說：「你問吧。」

「告訴我整個故事的始末……」

克拉拉點了點頭，輕輕擦去眼角的淚滴，低聲述說起來：「我有一個不幸的童年，我媽媽叫阿爾芒德．莫蘭，我從沒見過我父親。在我很小的時候，媽媽每天總會帶著不同的男人回家來，我以為他們是媽媽的朋友。後來，我漸漸懂事了，才知道媽媽是一個舞女。可是，這又有什麼呢？媽媽很愛我，只要可以一直和媽媽在一起，我就很幸福了。再後來，歲月不饒人，可憐的媽媽跳不動了，容貌也一天天老去，我們的生活越來越拮据，我們不斷地搬家，房子一次比一次小……」

克拉拉的眼眶裡又湧出了淚水，拉烏爾用手撫摸了她一下，好像要給她力量。她繼續痛苦地回憶：

「終於有一天，媽媽病倒了，情況很不好，她似乎也知道自己不久於人世，所以將我叫到床邊，對我說了這些我永生難忘的話，她說：『我可憐的孩子，也該把你的身世告訴你了。認識你父親時，我還很年輕，住在巴黎，在一個大戶人家做裁縫。是你父親引誘了我，我也愛上了他，可是我很痛苦，因為你父親有太多的情婦。但是，他不是一個壞人，只不過太多情了。在你出生前的幾個月，你父親離開了我。從那以後，我就再也沒見過他……剛開始的一、兩年，他一直給我寄錢，後來又沒了消息。我也想過再去找他，但我知道，這世上是沒有任何女人可以拴住他的……在我之前，你父親還有一個特別要好的情婦，是位在外省當家庭教師的小姐，這位小姐我見過，她也生了個女兒，長得跟你幾乎一模一樣，她叫昂托尼娜……』媽媽沒來得及說出我父親的姓名就死了，在她留下的東西中，我找到一些資料，是關於一張書桌的機關開法。當時我沒有太留意，因為我必須考慮如何生活。我幹上了跳舞這一行，並在一年半以前認識了瓦爾泰克斯。有一次，瓦爾泰克斯很偶然地提起了埃勒蒙侯爵，還有侯爵的那張精美書桌。我突然意識到，侯爵有可能就是我父親，所以我開始留心，並找機會拿了瓦爾泰克斯偷到的鑰匙。瓦爾泰克斯被警察包圍的那次，我趁機跑了出來。然後，就常在伏爾泰沿河大街徘徊。我不知道自己該做什麼，直到有一天，我看到了那個跟我長得很像的女郎來找侯爵。我想起了媽媽的話，心裡的猜測更深了。於是，當晚我潛進了侯爵的書房，碰到了你。你叫我昂托尼娜，我知道你見過她了，把我當成了她。處在當時的那種情況，我根本不敢說出自己的真實身份，只好將錯就錯。」

「可是，後來我們再次見面，你為什麼不告訴我克拉拉和昂托尼娜是兩個人呢？」拉烏爾問。

克拉拉垂下了眼簾，她的臉紅了。

「在藍色娛樂場，你不顧一切地從瓦爾泰克斯手裡救出我，從那時起，我就……就愛上了你。」她抬起頭，看了拉烏爾一眼，「同時，我的心裡又懷著強烈的嫉妒。和你在一起的幾天時間，你雖然對著我說愛我，但我心裡很清楚，你愛的其實是昂托尼娜……」

拉烏爾不自然地笑了一下說：「這……」

「你不用解釋，我並不怪你。你對昂托尼娜是那麼的尊重，你不敢碰她，哪怕是進了她的房間。你回憶起她時，總是一副狂熱的表情。」

拉烏爾沒再反駁，他反覆端詳克拉拉，然後說：「是一樣……又不太一樣！這不能怪我，因為不只我一個人認錯，加尼瑪爾也認錯了。他在火車站把昂托尼娜當成了克拉拉，又在前天再次將昂托尼娜抓進警局，他認為那是你——」

「你說什麼？昂托尼娜被抓了？」克拉拉的臉又變得慘白了。

「你不知道嗎？前天，她可能是去找侯爵吧，卻被警察給抓了起來，他們以為她是你。」

克拉拉掙扎著想起來，拉烏爾按住了她。

「幹什麼？」

「我要去救她，她是無辜的，我要告訴加尼瑪爾，他抓錯人了，我……」

「寶貝，冷靜點……其實這樣不是更好？昂托尼娜肯定會有不在場的證據的，再說，侯爵怎麼可能坐視不理。放心吧，不出兩天，加尼瑪爾就會放她出來的。」

「可是……」

「好了，別再想了，你現在最需要做的是好好睡一覺。」

拉烏爾讓克拉拉重新躺下去，輕輕地拍著她。接連好幾天的折騰，克拉拉已經精疲力竭，她漸漸地睡著了。拉烏爾看著克拉拉臉上殘留的淚痕，心裡生出幾分愛憐，同時，他想到了此時還關在牢裡的昂托尼娜。這也是個奇怪的小姐，她為什麼不為自己辯護呢？她應該很清楚警方抓錯了人，莫非她也意識到了自己與克拉拉之間的關係？

拉烏爾的腦海裡浮現出那個站在他門口、清純的讓人心動的年輕女郎……想著想著，他不知不覺的睡著了。

第二天早晨，拉烏爾的朋友打來電話，他說已經找到人給被羈押的小姐送信了，拉烏爾很高興，立即吩咐對方模仿自己的筆跡寫一封信，謝謝她保持了沉默，並告訴她加尼瑪爾所說的一切都是謊言，她現在可以為自己辯護了，爭取應該的自由。最後，特意提到了關於七月三日沃爾尼城堡的約會，請她及她的教父務必準時。

「對了，讓那位夫人回家吧。你們也可以休息一段時間，把所有不該留的東西都扔掉吧。我和克拉拉小姐要出去散散心，再見！」

當天下午，加尼瑪爾迎回了失蹤一整晚的夫人。

「那傢伙對你做了什麼？」加尼瑪爾氣急敗壞地問。

「你說什麼？那可是個不錯的紳士，他對我很有禮貌。而且他是那麼風度翩翩、風趣，又有品味，就像……像童話故事中的王子。」加尼瑪爾夫人讚不絕口，兩眼發光。

「你……媽的！」加尼瑪爾狠狠地罵了一句，他對妻子的貞操有了十二萬分的懷疑。「我發誓，拉烏爾會為此付出代價，我要去報復那女人！」他怒氣沖沖地說完，氣憤難平地走出家門。

加尼瑪爾很快就來到警局，他叫來助手，吩咐道：「我們繼續審問那個女人！」

「可是，預審法官說，除非有新的證據，否則我們不能再……」助手小心翼翼地回答。

「白痴！我們審她不就是為了找到新的證據嗎？走！」

加尼瑪爾開始審問克拉拉，不，應該是昂托尼娜才對。出乎他的意料，這女郎一反前兩日那種蒼白無助的神情，而是穿戴整齊，十分開朗地接受審問。看到這種情形，加尼瑪爾心中升起一種不妙的感覺。

「探長先生，有什麼問題就請你快點問吧，我不希望在這裡耽擱太多的時間。」昂托尼娜很清楚地說出這番話。

加尼瑪爾心念一動，問道：「你……拉烏爾和你通過消息了，是嗎？他告訴你大個子保爾沒死，對嗎？」

昂托尼娜點了點頭。加尼瑪爾暴跳如雷：「真該死！可是你高興什麼？大個子保爾沒死對你一點好處都沒有，他會指控你的，克拉拉小姐！」

「對不起，探長先生，你似乎弄錯了，我不是克拉拉，我叫昂托尼娜，我的教父是埃勒蒙侯爵。」

「克拉拉和昂托尼娜是同一個人！」

「不，那只是你自認為的。我有不在場證明，當晚六點我正在我下榻的旅店和老闆娘聊天，她可以為我作證。至於我到伏爾泰沿河大街去，只不過是告訴侯爵的僕人，侯爵先生今天回來，這一點，侯爵可以作證。」

加尼瑪爾完全呆住了，他只好吩咐助手傳喚證人。

很快地，昂托尼娜的話就被證實了。剛剛回到家的侯爵也聞訊趕來，昂托尼娜被釋放了。

對加尼瑪爾探長而言，這的確是個很大的打擊。不過他可是個不願放棄的人。在搜查大個子保爾的住所時，他發現了那些關於侯爵與沃爾尼城堡、與死去的伊麗莎白之間的關係的資料，同時還找到了拉烏爾就是怪盜亞森．羅蘋的一些證據。這的確是一些鼓舞他鬥志的大好消息，他開始關注侯爵，得知侯爵將帶著他的教女驅車前往沃爾尼城堡。而且有新的情報表明，拉烏爾化名唐路易在拍賣中買下沃爾尼城堡。

「這裡面肯定有文章，我不會放過這次機會的。」加尼瑪爾信誓旦旦。

12 寶石的下落

七月三日，沃爾尼城堡內，昂托尼娜很委婉地拒絕了公證人奧迪加。奧迪加先生感到有些沮喪和失落，只好無奈地向昂托尼娜告辭，離開了沃爾尼城堡。

昂托尼娜一個人在花園裡漫步，她的表情很輕鬆，臉上帶著淺淺的微笑，穿了一身嶄新的衣裙。在路邊，她發現了一簇很特別的野花，她把它們採摘下來，準備送給侯爵。

侯爵坐在平臺的石凳上，他有些詫異，遭遇一場冤獄之後，昂托尼娜居然還能保持如此愉快的心情。

「孩子，你吃的苦太多了。」

「教父，過去的事就讓它過去吧，只要和您在一起，在這座我喜歡的城堡裡，我就已經很滿足了。」

「可是，這裡馬上就要屬於別人了！你還在想著那個怪人的話嗎？你真的相信他……」

「是的，教父，我在警局的時候，他給我的那張紙條上還特意提到了這次約定，所以……」

「可是，你沒看近兩天的報紙嗎？那上面說，他是怪盜亞森．羅蘋！」

「這有什麼關係呢？管他是誰，只要他遵守承諾，為我們帶來想知道的消息，就可以了。其實，教父，您不也在期盼著嗎？」

侯爵不說話了，是的，他的心裡也有著些許的希望，他站起身，望向窗外。教堂的鐘敲了一下，只差五分就要四點了，但城堡裡靜悄悄的。侯爵的臉上流露出明顯的失望，就在這時，門鈴響了，昂托尼娜興奮地跳了起來。

「他還真的來了！」侯爵也不由自主地站起了身。

門開了，可是進來的卻是探長加尼瑪爾。昂托尼娜打了個哆嗦：「教父，這人……我……我怕……」

「別怕，孩子，我們又沒有做什麼犯罪的事。」

「喔，侯爵先生，」加尼瑪爾已經走到他們面前了，「我說過要找您談談的，所以我來了。」

「我們之間沒什麼可談的，你應該知道，由於你的冒失，令我的教女受到了極大的傷害！」

「我要談的不是你的教女，而是關於你！」

已經四點了，侯爵往門口看了一眼，然後吩咐勒巴東夫人把門鎖上，不要讓其他人進來。昂托尼娜鬆了口氣，而加尼瑪爾卻陰險地笑了起來：「怎麼？你想阻止那位你們盼望中的先生走進這城堡嗎？可能太遲了。」

「廢話少說，我們到裡面去談吧。」

侯爵說著，帶頭往屋裡走。可是他們剛轉過屋角，就看見平臺的長椅上坐著一位先生。侯爵和昂托尼娜都嚇傻了，而加尼瑪爾卻很鎮靜，彷彿他早就知道拉烏爾會在這裡出現。

「侯爵先生，我記得約會的地點是在這裡，所以，四點整我就在這兒等閣下了。」拉烏爾愉快地說。

接著，他轉向昂托尼娜，很關心地說：「昂托尼娜小姐，實在很抱歉，由於我的疏忽，讓你在那些粗魯的人手中吃了不少苦頭，你不會怪我吧？我所做的這一切都是為了維護侯爵的利益，希望你能原諒我。」

拉烏爾說了這麼多，卻沒有看加尼瑪爾一眼，彷彿這個人根本就不存在。

「好了，侯爵先生，我們應該言歸正傳了。雖然這裡有一些不太適宜的人，我還是可以把一切事情都說出來。今天我們最感興趣的是沃爾尼慘案的真相，以及如何收回你的那筆遺產，我們可以說得簡短一些，免得你遭受那些無聊的人帶著侮蔑的盤問。」

拉烏爾說著，看了加尼瑪爾一眼。侯爵不解地反駁：「誰要盤問我？我可沒有做任何犯法的事！」

「關於沃爾尼城堡慘案，有很多人想從你的身上找到線索，無賴瓦爾泰克斯，還有這位加尼瑪爾探長，他們都在想著指控你……」

侯爵大吃一驚，拉烏爾接著說：「瓦爾泰克斯收集了很多對你不利的資料，他說你是殺死伊麗莎白的真兇！是你指使放牧人尤加西用石頭擊殺了那位美人。」

「荒唐，簡直荒唐之至。我為什麼殺她？」

「為了那項鍊，對了，那項鍊不是假的，恰恰相反，那是一個南美富商送給伊麗莎白的價值連城的真貨。」

「不，我怎麼可能殺她，我是那麼地愛她，而她也只愛我一個。那些項鍊是真的，但不是什麼南美富商送的，而是我，是我將外祖父的遺產換成珠寶，為了逃避繼承稅。伊麗莎白馬上就要離婚了，到那時，我們可以永遠在一起幸福地生活，所以我把項鍊交給她保管。其中有一顆珍珠，是完全屬於她的。」

「很好，如果你早點說出來，就不會發生這麼多事了。接下來，我們說說項鍊的下落吧。當時，是你把伊麗莎白領到土臺那邊唱歌的，這中間，你們似乎用了一段不算短的時間。」

「是的，我和她有好一段時間沒見面了，我們擁吻了片刻。後來，她說自己要唱的歌和那項鍊不太配，她要把項鍊還我，我沒有答應，於是，我們在桃葉珊瑚中的那條小路上分手。」

「她走上土臺時，仍然戴著項鍊嗎？」

「這個……我們不能確認。」

「可是瓦爾泰克斯卻說有人看到伊麗莎白唱歌時，脖子上已經沒有項鍊了。所以，你能帶我們到當年的現場去看看嗎？」

侯爵猶豫了一下，看得出他的內心十分激動。昂托尼娜走過去，輕輕地握了一下他的手，侯爵慢慢地點了點頭。於是一行人走上了十五年前侯爵與伊麗莎白前往土臺的那條小路。

加尼瑪爾的臉一直繃得緊緊的，他的心裡很矛盾，既希望拉烏爾成功，又害怕他成功，畢竟對手的成功會使他臉上無光的。

四個人當中，最從容的當然是拉烏爾。他用欣賞的眼光看著昂托尼娜的背影，也察覺出了她與克拉拉的很多不同處。有好幾次，因為前面的荊棘太多，她不得不放慢腳步，與拉烏爾並肩而行，雖然他們沒有說話，但她的臉上飛起了紅霞。

從凹處的花園裡，有一石梯向上延伸。上面是一個平臺，在平臺的四周是一排排的桃葉珊瑚。而平臺的臺階上則擺著許多古老的花盆。

「你們是在這裡分手的嗎？」拉烏爾問侯爵。

「是的。」

「從城堡那邊能看見這裡嗎？」

「不能，這些花盆裡原來有很多的植物，它們長得很高。把所有的景致都擋住了。」

「那麼，你走下石階往回走的時候，伊麗莎白還站在這裡嗎？」

「是的，她在這裡向我深情地做著飛吻，我永遠不會忘記的。」

「那麼，後來項鍊不見了，你產生過懷疑，是嗎？而且在以後的日子裡還專程來搜尋過。」

「不，我只是想找到一些兇手的痕跡。」

「你就沒有想過項鍊沒有被搶走嗎？」

「這……這怎麼可能？」

「是啊，你沒有這樣想，那些警察和加尼瑪爾也沒有這樣想，人們總是喜歡把簡單的事弄得很複雜。」

「你是說……」侯爵猜測著。

「對，伊麗莎白既然不願意戴著項鍊唱歌，你又不肯收回去，那她會不會把項鍊取下來放到其他什麼地方呢？」拉烏爾說著，看了眾人一眼，「比如說，一個花盆裡，要知道，當時人們都聚在城堡的周圍，不會有第二個人來這裡，這裡安全而又隱蔽，她唱完歌後馬上就可以把項鍊取回來。只是沒想到出現了意外的情況，這種隨意的存放就變成了永久性的。先生，你願意試一試嗎？」

侯爵將信將疑，他的臉色蒼白，過了好一會兒，他才伸出手臂，在花盆裡摸索起來。不一會兒，他顫抖著聲音說：「它們……它們真的……真的……我的上帝啊！」

他終於將項鍊抽了出來，一共有五條，那上面的寶石依然泛著璀璨的光芒。

「好像少了一條，那條珍珠的，這……」

侯爵沒有再往下說，他已經很滿足了，不想再去追究什麼。而加尼瑪爾兩眼直視拉烏爾，在對方曖昧的笑意中，他明白了一切，這傢伙早就已經動手了，把那條珍珠項鍊據為己有，這分明是亞森．羅蘋的一貫作風。

13 真兇

項鍊找到了，一行人來到廢墟的土臺上，在伊麗莎白慘遭橫禍的地方停下來。侯爵問道：「先生，我很感激你，可是，我更想知道伊麗莎白是怎麼死的。」

拉烏爾故作神秘地望了望天空，然後說：「案子的確撲朔迷離，但是，從種種跡象表示，這絕不是人為的。」

「什麼?你的意思是這只是一次意外事故？」

「沒錯，那的確是一場非常偶然、機率非常小，卻又偏偏被碰上的事故，真兇就是英仙座。」

「你說什麼？」侯爵大為不解。

「是瓦爾泰克斯給了我靈感，他說是你指使放牧人以飛石擊殺了伊麗莎白。我查了當年的驗屍報告，死者的傷口上的確是那種不規則的痕跡。所以，伊麗莎白是被石子擊斃的，但並非放牧人所為。在我們的上面，」拉烏爾指了指天上，「每天都有成百上千的石頭，比如說隕石、火流星等等，以極高的速度穿過太空，落到地球上，它們會很偶然地造成一些事故。八月是流星雨最密集的日子，我查過了，發生慘案的那天，英仙座爆發了較長時間的流星雨，而我們的歌手正是死於此。我這樣說，可不是毫無依據的。我的手下幾天前在這裡找到了這個——」

拉烏爾拿出一顆核桃大小的圓石子，上面坑坑洞洞的，表面有一層黑亮的釉質。

「就是它，相信當年的人們也看到了它，卻沒有重視它。昨天，我將這石頭帶到了一家生化實驗室，研究人員在上面發現了一些碳化的人體組織碎片。經過分析，它們和伊麗莎白的基因吻和，我這裡有證明資料。」

拉烏爾又拿出了一份像檔案的東西，然後突然轉身對著加尼瑪爾，似乎這時才發現他似的。

「探長先生，聽完這些，你不會再抱著大個子保爾留下的那些東西呆看了吧？唉，你查這個案子也查了十五年吧，一無所獲，對嗎？當然，這也不能怪你，除了裝模作樣地興師動眾一番，警察還能幹什麼？我真弄不明白，你們辦案時帶腦子了嗎？一心想著找現成的證據，胡亂清理一陣，然後走人。那些案子一擱就是十五年、二十年，甚至上百年，你們也配當偵探？」

加尼瑪爾的臉有些發窘，但他馬上又動起了歪腦筋，沃爾尼城堡慘案真相大白，拉烏爾剛才說的一切，他大可以經過一點小小的加工，成為自己的東西。現在他的任務是抓住怪盜亞森．羅蘋，向局長邀功。想到這裡，他摸出一個金屬口哨，吹了一聲。

「怎麼，又準備和我來真的？」拉烏爾帶著慣有的笑意問道。

「當然，這次你跑不掉了，我做好了周密的安排，所有的出口都有我的人，巴黎來的偵探、本地警察，還有鄉警隊，有幾百人咧，你還是乖乖投降吧！」

見此情形，侯爵和昂托尼娜都著急起來，侯爵大聲說道：「這是我私人的地方，拉烏爾先生是我請來的客人，你們不能……城門不會打開的，鑰匙在我這裡！」

「不用鑰匙，我們的人自然進得來！」加尼瑪爾洋洋自得。

拉烏爾不以為然，他說：「探長先生，你太有意思了，我本以為幫了你這麼多，我們可以成為合作伙伴。既然你不領情，那麼，我勸你最好不要損壞這具有歷史價值的大門，也不要在漂亮女士面前侮辱我，」他看了昂托尼娜一眼，「我希望能得到她的尊重。」

「你什麼意思？」

「沒其他意思，我只是提醒你做事要想想後果。不要以為你什麼都考慮到了，如果你執迷不悟，我會帶著你漂亮的夫人出去旅行一段時間的。」

「你……你這個混蛋！」

拉烏爾沒有再理會他，而是對侯爵說：「先生，請你帶探長去開門吧，他需要見他的那些手下。」侯爵已經對拉烏爾充滿信任了，他拿出了鑰匙。

「不，你想趁機逃脫嗎？」加尼瑪爾大聲反對著。

「好吧，那我就像上次那樣將你再綑一次，你是否覺得那樣比較舒服？還是跟侯爵走吧。」

加尼瑪爾猶豫了，他知道自己現下的處境，一個人是肯定打不過拉烏爾的，不如先放自己的人進來，到時就……想到這，他跟著侯爵向大門走去。

昂托尼娜不安地站在那裡，臉色蒼白。

「先生，你還是想辦法躲一躲吧！」她鼓起勇氣對拉烏爾說。

「為什麼要躲？他們抓不到我的，我一會兒就離開。」

「可是沒有出口了。」

「你在為我擔心，是嗎？為一個曾經對你非禮過的人擔心？喔，別告訴我答案。我的時間不多了，可我有許多話要對你說，跟我來，好嗎？」

昂托尼娜不由自主地跟著拉烏爾走到一塊空地處，這是一個在花園任何位置都看不到的地方。空地的側面是絕壁，聽得到下面水流的奔湧聲。

「我……我不知該說什麼，謝謝你，為了我教父，你……我代他謝謝你！他是我的親生父親，對嗎？這一點只有你能給我肯定的答案。我想，他也是克拉拉的父親，你很愛克拉拉，是嗎？」

昂托尼娜提出了一連串的問題，讓拉烏爾啞然失笑，這些本來是他想對她說的。

「對，你的猜測都是對的，但有一點，我是懷著對你的回憶愛上克拉拉的。我把你們當成了一個人，這……這是我愛情的本意，所以，我永遠不會抹去你在我心目中的形象。」

昂托尼娜羞紅了臉，她異常慌亂地說：「你快走吧，求求你，加尼瑪爾很快就會帶人來的。」

拉烏爾朝空地邊移動了一下腳步，昂托尼娜驚叫起來：「別……別走那邊……危險！留下來……留下來，我……我來保護你……」

拉烏爾笑了：「放心吧，不會有事的，我早就查看過了，從這裡下去，我會安全離開的。來，笑一笑，把手伸給我，你對我應該再多一點信心……」

拉烏爾的話還沒有說完，昂托尼娜已經向他伸過手去，但不等他在上面印上一吻，昂托尼娜迅速將手縮了回去。她的臉漲紅了，片刻之後，她傾身靠向拉烏爾，奉上了她那鮮豔欲滴的紅唇。

拉烏爾輕輕地碰了碰那兩片溫軟可人的嘴唇，他呼吸到了她身上那純潔的氣息。

「上帝保佑你，走吧，我不會忘記的，永遠……」昂托尼娜喃喃地說。

她背過身去，不敢看拉烏爾的冒險舉動。等她再次轉身，拉烏爾已經消失在她的視線中。而花園那邊，傳來嘈雜的人聲，警察進來了。

幾分鐘過去了，山谷下突然傳出汽車喇叭的歡呼聲，昂托尼娜一顆懸著的心落地了。

距沃爾尼城堡二十公里的一家旅店裡，克拉拉正在焦急地等待著拉烏爾。當她從窗口看到拉烏爾那熟悉的身影時，飛快地跑下樓與拉烏爾擁抱在一起。

「你可回來了，都辦好了，是嗎？我就知道你無所不能！見到她了嗎？我是說昂托尼娜。」克拉拉的聲音有些哽咽。

「是的，寶石找到了，兇手也清楚了，還和加尼瑪爾又鬥了一回。我見到了昂托尼娜，她已經猜出你和她的關係，希望什麼時候能見見你。」

「是嗎？她美嗎？還是比我強，對嗎？」

拉烏爾有些心不在焉，他輕描淡寫地說了兩句，就吩咐克拉拉去收拾行李。而他自己則疲憊地躺到椅子上，各種影像都在眼前展現開來：從加尼瑪爾手中救下昂托尼娜，打敗大個子保爾，從絕壁跳下，還有……還有那清純少女給予的深情一吻！他的心中升起一種說不出的溫柔。

臥室裡傳出克拉拉的歌聲，唉，什麼也別再想了！明天去旅行，明天一切又將是美好的。

便衣警探維克托 1934

由於偵破數起重案，便衣警探維克托聲名大噪，
但他的脾氣古怪、性情暴躁，所以遲遲無法高升。
如今維克托終於從殖民地調回國內，
遇強則強的他碰到怪盜羅蘋，將掀起怎樣的驚滔駭浪？

Arsène Lupin
gentleman cambrioleur

1 楔子

便衣警探維克托，本名維克托·奧坦，是一位檢察官的兒子，由於偵破了國債券被盜案、萊斯柯老爹和艾麗絲·曼森兩起謀殺案，以及堅持不懈地與亞森·羅蘋鬥爭，而一時名聲大噪。在此之前，他不過是一個機靈能幹，但脾氣暴躁，令人難以忍受的老警探。

報紙曾多次報導過他奇特的破案方法和古怪的方式，連警察總局也對他的某些要求感到驚訝。不過，司法警察局長戈蒂埃先生一直信任和支援這位下屬，他在給總局的一份報告中，這樣寫道：「……為了找點事打發時間，他托我住在馬達加斯州的一位表兄弟向我引薦，我這位表兄對他十分尊重。雖然他年紀頗大，喜歡獨來獨往，但辦事謹慎，毫無野心，也不喜歡自吹自擂，是個可貴的人才。我對他的工作十分滿意。」

2 天網恢恢

這是一個星期天的下午，便衣警探維克托偶然來到了巴爾塔紮電影院。他本來是在熙熙攘攘的克利希大馬路跟蹤一個人的，將近四點時卻把人跟丟了，於是乾脆一個人躲進這家電影院來放鬆心情。

他手裡拿著一份晚報，上面刊登了一則報導，內容如下：「近日，有人肯定著名怪盜亞森·羅蘋銷聲匿跡多年以後，又重現江湖。上星期三，有人似乎在東部的一個城市見過他。巴黎已派警探前往調查，他也許會再次逃脫警方的追捕。」

「混蛋！」維克托低聲罵道，他是一位把犯罪分子視為自己死敵的好警察。他的好情緒因此變壞，一邊嘮叨，一邊站了起來，準備離開。

這時，他驀地看到對面的一個包廂裡，坐著一位十分漂亮的女人，簡直就是個天生的美人胚子，用不著搔首弄姿，就已經夠引人注目了。於是，維克托留了下來。他搶在大廳的燈光暗下來之前，仔細地打量她那閃著黃褐色光澤的頭髮，白皙的膚色和明淨如水的雙眸。維克托已過了那種能討女人喜歡的年紀了，他並不是沒有自知之明，但是，美女還是令他百看不厭，並且總能讓他回憶起自己生活中難忘的那些風流韻事。

大廳裡的燈光又亮了，那個女人突然站起身來。她風度優雅，穿著入時，這就更使維克托想看看她、了解她。一半是出於好奇，一半是出於職業興趣，維克托開始靠近她，想要跟蹤她。這時，樓下出場的人群突然嘈雜混亂起來，有一個男人高喊著：「抓扒手！抓住她！」

大廳正中的通道上，一個身材矮胖的年輕男人，正拼命分開周圍擁擠的人群，他的臉色通紅，急得臉都變了形，他用手指著前方，但無論是維克托，還是別的觀眾，都沒有發現有哪個人在跑，或者企圖逃跑。那個男人大聲叫嚷著，用手扒開人群，用肩膀拚命頂，拚命朝大門擠。

維克托立即下了樓，在門邊趕上那個男人時，還聽到他在叫喊：「抓扒手！快抓住她！」外面充滿了市井的嘈雜聲，那年輕人站在人行道上，發瘋似地前後左右看望了好幾秒鐘，想必他想找的那個人不見了。突然，他似乎發現了那個人，於是在汽車和有軌電車中穿行奔跑。他不再叫喊，只是向前飛奔，有時還跳起來，似乎想在行人堆中再次發現那個偷他東西的人。同時，他也感覺到有一個人從出電影院起，就幾乎和他一起並肩追趕小偷，於是腳下更有了勁，奔跑的速度也就更快了。

「你還看得見她嗎？不可能吧！這麼多人！你怎麼能看見她？」一個聲音在他身旁問道。

那年輕人氣喘吁吁，小聲說：「不……看不見。但我肯定她是從這條街過去的……」

說話間已跑到十字路口，他吩咐道：「先生，您走左邊這條街，我走右邊這條——是個女的，矮個子、棕頭髮，黑……黑衣服。」

可是，他在自己選擇的那條街上奔跑不到二十步，就累的靠在一堵牆上，大汗淋漓，上氣不接下氣。直到這時，他才發現那個跟自己一起來追趕的人根本沒聽他剛才的吩咐，竟然一直跟在自己身後，並在自己體力不支時，友好地扶住了他。

「您怎麼還在這裡？」他憤怒地說，「剛才要您……」

「是的。」那人回答道，「可是，從克利希廣場起，你就好像在亂碰亂撞了，你應當好好想一想，有時候待著不動，反倒更容易把事情弄清楚。這類事我經歷得多了。」

年輕人打量著這位熱心人，讓他奇怪的是，這人看起來上了年紀，跑了這麼久竟然都不喘。

「您經歷得多了？」年輕人對這種口氣有些不快。

「對，我是警察局的……我叫維克托。」

「警察局的？」年輕人重複著他的話，眼睛裡閃過一絲不易察覺的恐慌，他伸出手來，「您真是太好了……再見！」

說完，他似乎急著想離開。

維克托拉住他，問道：「你要走嗎？可是那個女人呢？那個偷了你東西的扒手……」

「不要緊，我相信會找到她的……」

「我可以幫助你，跟我談談具體情況吧？」

「情況？什麼情況？其實也沒什麼……」年輕人越是希望結束談話，維克托就越纏住他不放。最後，警探挽起年輕人的胳膊，往警察局走去。

年輕人一邊走一邊極力反抗：「你瘋了！讓我安靜一會兒！」

「我沒有瘋。但是，我也不會讓你安靜。」維克托說。

因為心裡還在為追蹤小偷而放棄了跟蹤電影院那位漂亮女人而十分氣惱，維克托的脾氣粗暴起來。年輕人不從，情急之下打了他一拳，沒想到自己換來的結果卻是挨了兩拳，還被強行帶進了警察局的一間大廳，並被扔在一張舊椅子上。

維克托大聲說道：「為什麼跑那麼快？你一出來就看不見那個賊了，還在拼命跑，是不是自己想逃走？」

年輕人反駁道：「這跟您有什麼關係？真奇怪！我有權在街上跑！我有權追人！」

「可是你無權在公共場所製造混亂！正如人們無權在鐵路上無緣無故拉警報一樣。」

「我並沒有妨礙任何人！」

「不，你妨礙了我！你大大地妨礙了我本來要辦的一件非常有趣的事情！你的證件……」

「我沒帶。」

維克托不和他多囉嗦，用幾乎可以說是有些粗暴的動作，迅速搜查了年輕人的上衣，拿出了他的皮夾，仔細檢查後，問道：「阿爾豐·奧迪格朗，……阿爾豐·奧迪格朗，隊長，你聽過這個名字嗎？」

「沒有，不過可以打電話問問。」隊長建議道。

維克托拿起電話，問了警察總局。五分鐘後，他朝奧迪格朗衝了過來：「你這混帳！上星期四，九張國防債券被竊，你也同時失蹤。東部銀行的職員一下子就搞到九十萬法郎，做得真漂亮！你在電影院丟的應該就是這筆錢吧！那個女賊又是怎麼回事？」

奧迪格朗顯然嚇壞了，他哭了，不再為自己辯解，傻裡傻氣地招認：「那偷錢的女人叫埃爾內斯蒂娜，我前天在地鐵裡遇到她的……昨天，我們一起吃了午飯和晚飯，她注意到我口袋裡有一個黃信封。今天，在電影院，她一直貼在我身上，擁抱我，在我身上撫摸……」

「信封裡裝著的就是國防債券？」

「是的。」

「那女人姓什麼？」

「我不知道。」

「住哪裡？」

「也不知道，我和她只是約了在瑪德萊娜大教堂會面。」

「她有工作嗎？」

「好像是打字員。」

「在哪兒工作？」

「不清楚，好像是一家化工倉庫……」

奧迪格朗抽泣得更加厲害，已經無法聽清楚他說的話。維克托也不再需要了解更多的情況，他吩咐隊長小心看守這傢伙，就回家吃晚飯去了。

無意中抓住的這個大罪犯，並不能使維克托高興。他甚至後悔自己不該管這件事，後悔失去了跟漂亮女人搭訕的機會，多麼漂亮的女人！而且那麼神秘！這該死的奧迪格朗為何恰好不識時務地插進來呢？維克托對漂亮女人是那樣欣賞，樂於刺探她們生活中的秘密。這是他的天性，是他一項樂此不疲的愛好。

泰爾納街區有一套舒適的小房子，那就是維克托的住所。家中除了一個老僕人外別無他人，維克托有點積蓄，喜歡旅行，生性不羈。對於在警察局做事，他總感到十分愜意。在那裡，同事們對他很尊重，把他看作有獨特見解的人。哪一件案子他辦煩了，不管上司下命令也好，威脅也好，他都不會再辦下去；但是，如果他對哪一個案子有興趣，就會把它搶過來，一查到底，把結果報告給他的靠山——警察局局長戈蒂埃先生，然後就不再管了。

星期一，維克托在自己訂閱的報紙上看到了埃杜安探長講述逮捕奧迪格朗的經過，披露太多的細節！這令他很氣惱，因為他始終認為，一個好的警察口風應該要很緊。

維克托原本是想放下報紙去做別的事的，可是晃眼間又讀到一則消息，亞森．羅蘋在東部一個城市出現，而這個城市就是斯特拉斯堡！國防債券就是在這個城市失竊的。當然，這可能只是巧合，因為看不出奧迪格朗這傻瓜和亞森．羅蘋之間有什麼聯繫。可是，不管怎麼說，這些消息已經引起了維克托的興趣，他決定去查一查。

3 第五個賊

維克托從家中翻出所有的電話薄，當天下午就對所有的化工倉庫、商行進行調查，還到瑪德萊娜大教堂一帶進行了解，終於發現蒙塔博爾待化工店裡有一名叫做埃爾內斯蒂娜的打字員。

可是，當維克托走進經理室，說明來意後，立刻引來了激烈的抗議。

「埃爾內斯蒂娜．佩耶會是賊？她會是《晨報》上所說的那個逃走的冒險家？絕對不可能，警探先生！她和她的父母都是很正直的人！」經理大聲說道，隨後叫來了埃爾內斯蒂娜小姐。

她是一個小巧玲瓏的女人，儀態莊重，相當可愛。她看起來顯得很緊張，但卻表現出一副作好了最壞準備，決不屈服的模樣。

不過，維克托擺出那討人厭的臉色，問她把昨天在電影院裡從夥伴身上偷走的黃信封藏在哪裡，這可憐的女人便一下子軟弱了，她跟奧迪格朗一樣，沒作任何抵抗就癱倒在椅子上，結結巴巴哭訴道：「他說謊！我只是在地上看到一個黃信封……就……就撿了起來。今早看了報紙，才知道他指控我……」

維克托伸出手，問道：「信封呢？」

「我不知道去哪裡找那位先生，只好把它放在我的辦公室，在打字機旁。我這就去拿。」

埃爾內斯蒂娜的辦公室在一個角落，有柵門和屏風圍著。她翻開桌上的一堆信，似乎大吃一驚，趕緊慌張地扒開桌上的紙張。

「不見了！」她驚駭地叫起來。

「誰都不准動！」維克托向圍在身旁的十來個職員說，「經理先生，剛才我打電話給您，告訴您我要來時，您是一個人在辦公室裡嗎？」

「我想……不是吧，記得當時夏珊夫人好像跟我在一起。」

維克托說：「我們通話時，您兩次稱我為警探，並且還說出了埃爾內斯蒂娜小姐的名字。夏珊夫人跟大家一樣讀了報紙……她現在在這裡嗎？」

一個職員回答道：「夏珊夫人每天五點四十分離開，搭六點鐘的火車回家，她住在聖克盧。」

「十分鐘前，我讓人請打字員去經理辦公室時，她走了嗎？」

「還沒走。」

「您看見她走的嗎？埃爾內斯蒂娜小姐。」維克托問道。

「是的。」埃爾內斯蒂娜回答，「當時我正和她在一起說話，她在戴帽子。」

「當您聽到經理叫您後，就把黃信封塞到這堆紙下面，是嗎？」

「是的。在那之前，我一直把它藏在胸衣裡。」

「夏珊夫人有沒有看到您放信封的那個動作？」

「我想應該看到了吧。」

維克托看了看錶，他必須馬上趕回警局，在走之前，他很迅速地向現場人員了解了夏珊夫人的情況：是個四十歲左右的女人，頭髮紅棕色，矮矮胖胖的，身著一件蘋果綠的緊身毛衣。

維克托從化工店出來，在樓下遇到了埃杜安探長。也就是昨天審理阿爾豐・奧迪格朗案件的那位。探長驚訝地喊道：「怎麼，維克托，您又捷足先登了？您見到了埃爾內斯蒂娜？」

「是的，一切順利。」

維克托不願做無謂的耽擱，話一說完就叫了輛計程車前往火車站，剛好趕上六點鐘的火車。四周的旅客都在看報，整個車廂並沒有一個女人穿蘋果綠毛衣，附近有兩個人正在聊著黃信封和國際債券的事，維克托從中得知了公眾對這件事的細節了解到了什麼程度。

一小時之後，火車抵達聖克盧。

維克托立即向站長說明情況，站長很配合，出站口很快被監視住。

搭乘這一班車的人很多，當一位身穿灰色外套，下擺露出蘋果綠毛衣的紅棕髮女人手持月票出站時，維克托站到她面前低聲說：「請跟我來，夫人，我是司法警察局的……」

那女人嚇了一跳，嘀咕了幾句，就跟著警探進了站長室。

「您是化工站的職員。」維克托對她說，「您不小心把打字員埃爾內斯蒂娜放在打字機旁的一個黃信封帶走了。」

「我？」那個女人相當鎮靜，「先生，你可能弄錯了。」

「你如果不配合，那我們不得不……」

「搜身，是嗎？好啊，為了證明我的清白，聽您吩咐就是。」

這個女人所表現出來的自信，令維克托有些猶豫了。但他念頭一轉，假如她是無辜的，為什麼不為自己辯護呢？因此，他還是決定搜一搜。

結果在這個女人身上既沒有搜到黃信封，也沒有搜到國防債券。

維克托畢竟是身經百戰的警探，他沒有因此而放棄。他推測，夏珊夫人拿到黃信封之後，應該不會把這麼重要的東西隨便亂放，一定是交給了某人，從五點四十分到六點十五分之間，除了在巴黎至聖克盧的旅途中，她還能在什麼地方遇上那個人呢？因此，調查的重點應當放在那些跟她同車廂的人，尤其是與她關係親密的人身上。

調查開始了，但結果令維克托很失望。夏珊夫人住在母親家裡，一年多以來，她一直試圖跟住在彭圖瓦茲的、開五金店的丈夫辦理離婚。母女倆在當地的名聲都很好，只跟三個老女人經常往來。案發當日，這三個人都沒去巴黎。從另一方面說，夏珊夫人模樣不太漂亮，也就不大可能有什麼相好。

儘管如此，維克托還是不氣餒地在聖克盧地區進行周密的調查。

但是，日子一天天過去，一無所獲，找不到什麼線索，事情似乎毫無希望。

星期四晚上九點，埃杜安探長找到了維克托。

「我總算找到您了！您一點消息也沒有，局長發火了，他不知打了多少電話找您！罵您是不是失蹤了。您查得怎麼樣了？情況有進展嗎？」

維克托一邊啜著一杯柑香酒，一邊輕聲說道：「當然，夏珊夫人有個情人。」

「您瘋了！憑她那模樣！」埃杜安幾乎跳起來，這話要不是由維克托說出來，他多半會罵對方是胡說八道。

維克托又啜了一口酒，繼續說道：「她們母女倆每個星期天都要出來散步，四月的第三個星期天，有人在福斯－勒波茲樹林碰見她們與一位先生在一起；過了八天，兩個星期以前，又有人看見三人在洛克萊某處的一棵樹下吃點心。那位先生叫萊斯柯，家住在加爾舍北面離聖居法樹林不遠的一座小屋子裡，大約五十五歲，身體有點虛弱，性格也很孤僻。他的一個鄰居瓦楊先生，是唯一能向我們提供更具體情況的人，他是火車站職員，今晚陪妻子去凡爾賽看望一個生病的親戚。我正在等他回家。」

埃杜安和維克托耐心地等候，十二點半，那個火車站職員終於露面。說起鄰居，他似乎很有興趣。

「萊斯柯老頭啊！我認識！我們兩家相距不到一百公尺。他是個孤僻的老頭，除了他的花園，其他什麼事幾乎都不管。不過，他好像挺風流的。有幾次的晚上，我親眼看見有一個女人溜進他的房子，但只待了一、兩個鐘頭就出來了。而他自己，除了星期天出去散步，每星期有一天去巴黎走走，其餘時間通常都不出門。」

「去巴黎？具體說來是哪一天？」

「一般是星期一。」

「那麼，上星期一他去了嗎？」

「我記得他去了，他回來時是我親自剪的票。他總是晚上六點十九分到加爾舍。」

兩個警探互望了一眼，向埃杜安問道：「那天以後，您還見過他嗎？」

「我沒見過，但我妻子見過，她是送麵包的。她還說這兩天晚上，就是星期二和星期三晚上，她看見……」

「看見什麼？」

「有人在那小屋周圍徘徊，是一個戴著灰色鴨舌帽的人。」

「她認出那人是誰了嗎？」

「她可能認出來了……不過她當時沒說。她現在仍在凡爾賽，明天才回來。」

瓦楊說完這些便告辭了。過了一、兩分鐘，維克托說：「事不宜遲，天亮我們就去找萊斯柯。不然，那傳到第四者手上的債券可能又會被很快偷走。」

「那這個時候我們……」

「這段時間，我們先到那房子周圍看看。」

在通向高地的道路上，此時荒寂無人。埃杜安和維克托默默地走著，翻過一道籬笆，看到了一道矮牆，上面立著已經有些破敗的柵欄。透過柵欄可以看到一塊小草坪，草坪的盡頭是一棟有三扇窗戶的二層小樓。

「好像有燈光。」維克托輕聲說。二樓中間那扇窗子的窗戶沒關緊，透出一縷光線。埃杜安正要凝神細看，右邊的窗子忽然亮了，然後熄了，接著又亮了。過了一會兒，傳出一陣悶聲叫喊，緊接著是一聲清脆的槍響，然後又是一陣叫喊，燈火全熄滅了。

維克托一個箭步衝上前去，使勁撞開柵欄門，埃杜安緊跟其後。兩人跑過草坪，翻進陽臺，打破玻璃窗，跳進窗戶，直奔二樓。一上樓，維克托手裡舉著手電筒，撞開對面那扇門。燈光下，他看見地上躺著一個人，一個人影從隔壁房間跑過去，與守在樓梯前的埃杜安撞了個正著，兩人在門口打起來。

維克托走進第二個房間時，發現一個女人越過房子背後的窗戶倉皇逃走了，藉著手電筒光，他瞥見了她那頭閃著黃褐色光澤的頭髮。他正要跟著跳出去追趕，突然聽到探長急促的呼喊，緊跟著又聽到一聲槍響和一陣呻吟……維克托趕緊跑到樓梯口，扶起倒在地上的埃杜安。這時，開槍的傢伙已經下樓去了。

「快追……」探長呻吟道，手緊緊地拉著維克托，「我不要緊，……傷在肩上……好多血。」

「既然您不要緊，就快放開我吧！」維克托有些惱火地說，努力地想掙脫出來。可是探長一點鬆手的意思也沒有，不斷地痛苦呻吟。維克托不得不放棄追捕兩個逃逸者的想法，把他扶到最近的一間房間裡，讓他在長沙發上躺下，幫他止血。

解決了探長的問題，維克托跪下來，查看躺在地板上的人，正是萊斯柯老頭，他已經死了。房間裡的地板上有一個皺巴巴的黃信封，裡面空空的，什麼也沒有，東西已被人取走。

維克托一邊照顧探長，一邊回想起剛才在窗口瞧見的那個背影可愛的女人，難道她也捲進此案？她來幹什麼？她在這場慘劇裡扮演什麼角色？第五個賊嗎？這可是個膽大包天的厲害角色。

接下來的場面一片混亂，鄰居、記者，警察一批又一批的人湧到了現場。維克托沒有停留，他撇開眾人直接去了瓦楊家。瓦揚的妻子已經從凡爾賽回來了，但不知什麼原因，她一口咬定自己什麼也不知道。維克托問不出什麼確切的線索，只好告辭。

但是前去接班的瓦揚在火車站前追上維克托，兩個人一起去了車站的咖啡屋。

「你知道，」一杯開胃酒下肚，瓦楊的話匣子打開了，「我妻子熱爾特呂德是送麵包的，不管誰家都要去，要是嘴不緊，會招來麻煩。但我是鐵路職工，是公務員，我跟她不一樣，我有義務幫助司法當局。」

「很好，我知道你一直是個好市民。」維克托按捺著自己的欣喜，恭維了瓦楊一句。

「真實的情況是這樣的，」瓦楊壓低聲音說，「首先，關於那頂灰鴨舌帽，妻子跟我說過。我今早打掃院子時，在一堆垃圾下面找到了。也許是那傢伙昨夜逃走時，把帽子隨便扔進我家院子裡。其次，我妻子肯定星期二晚上見到的傢伙就是戴鴨舌帽的那個，那是她的一個顧客，一個上流社會的先生。」

「他叫什麼名字？」

「瑪克西默．德．奧特萊男爵。喏，就在上面。他的那間房子在通往聖克盧的公路旁邊，離這兒大概有五百公尺遠……那是一座唯一有房租收入的房子，他和妻子以及一個老保姆住在五樓。他們夫婦為人都很不錯，也許有點傲氣，可是都十分正派。所以我在想，熱爾特呂德也許看錯人了。」

「男爵先生靠年金生活嗎？」

「不，他在香檳酒公司工作，每天都往巴黎跑。」

「一般是幾點鐘回來？」

「坐六點鐘的火車，到這裡是六點十九分。」

「星期一晚上，他就是坐這趟車回來的嗎？」

「是的。但是我送妻子去凡爾賽那天的情況我不太清楚。」

維克托不再提問了，他想，假定這個男爵就是第五個賊，案情應該是這樣的：

星期一，在六點鐘從巴黎發車的火車上，夏珊夫人坐在萊斯柯老頭身邊。通常跟丈夫打離婚官司的女人與母親不在一起時，總是儘量避免跟情人說話的。當她星期一忍不住偷了那個黃色信封後，終於按捺不住喜悅，小聲告訴萊斯柯，有件東西要交給他保管，然後，她慢慢地把那個也許捲起來並綑好的信封塞給他。這個動作被坐在車上的德·奧特萊男爵看見了。他讀過報紙……一個黃信封，也許就是這個？

車到聖克盧時，夏珊夫人下了車。萊斯柯老頭則一直坐到加爾舍。瑪克西默·德·奧特萊也在這個站下了車，一直跟著老頭，記住了他的地址。然後，星期二和星期三都到他家附近徘徊。到了星期四，他就下定決心……

「只有一個問題！」維克托對自己說，「這件案子一環扣一環，扣得嚴密，接得迅速。事實真相絕不會這麼自動地暴露出來，也絕不會這麼簡單。」

這就是維克托最大的優點，絕不自以為是，那怕是一個小小的疑點，他也要追究到底。於是，和瓦楊分手後，維克托找到了瓦楊說的那間房子，爬上五樓，按了鈴，並遞上了自己的名片。

出來迎接維克托的是一位年輕的夫人，她穿著舊便袍，頭髮盤得很複雜，看上去有點過時，未施脂粉的臉上佈滿驚訝。要不是她故意擺出高貴的姿態，裝出她心目中男爵夫人應有的舉止，她倒也不是那種令人討厭的傲慢貴族。

男爵夫人站在那裡，表情冷漠地問道：「有事嗎？先生。」

「我奉命對星期一乘坐六點鐘巴黎開往加爾舍那班火車的旅客進行調查，由於德．奧特萊男爵也……」

「我想，這個問題應該由我丈夫本人來回答您，先生。但現在他在巴黎。」男爵夫人冷冷地打斷了維克托的話。她原以為維克托聽了這話會立即告辭，卻沒想到面前的這個人是個執著的人。

維克托接著問：「德．奧特萊先生晚飯後常出去嗎？」

「不，他很少出去。」

「星期二和星期三……」

「那兩天他頭痛，嫌屋裡的空氣不好，確實出去走了一圈。」

「那昨天晚上呢？」

「昨晚？不，他沒有回來，有事留在巴黎了。」

「不對，夫人，他回家了。」

「這……是……是，他回來了，但我睡著了。他回來後不久，我聽到鐘敲了十一下。」

「十一點？您可以肯定嗎？那就是兇殺案發生前兩小時。」

在此之前，男爵夫人一直有禮貌地、不由自主地回答著維克托的問題。而當維克托提到兇殺案時，她突然意識到有什麼事情發生了。但因為仍然不明白維克托到底是什麼意思，於是她用淡漠的語氣答道：

「我向來只說事實，從來不會亂說話。」

「那麼，能告訴我今天早上男爵是幾點走的嗎？」

「前廳大門關上時，我看到時鐘指著六點十分。」

「他走的時候跟您說再見了嗎？」維克托繼續追問道。

這一下，男爵夫人發火了：「先生，您這是什麼意思？審問嗎？」

「對不起，做我們這種調查工作的人，有時不得不冒昧地提一些問題。最後一個——」維克托掏出那頂灰鴨舌帽，「這個是不是德．奧特萊先生的？」

「是的。」男爵夫人看了看那頂帽子，很肯定地說，「不過，這頂舊帽子他已經好多年沒有戴過了。我很好奇，它為什麼會在您的手裡。我記得我把它收在一個抽屜底下的。」

維克托有些糊塗了，男爵夫人說這句對丈夫如此不利的話時，顯得既隨便又坦誠，這種坦誠是否表明她在關鍵問題上不會說謊呢？

維克托覺得再待下去已經沒有什麼實質的意義了，於是對自己的冒昧打擾向男爵夫人表示歉意，然後告辭了。出來以後，維克托又找到看門女人，向她了解一些情況，證明了男爵夫人所講的是實話。男爵是在第一天晚上將近十一點按鈴要求開門的，第二天早晨六點又敲門離開了。看門女人肯定地告訴維克托，整個夜裡沒有任何人出入，因為夜裡沒有電話，進出都必須經過看門女人的房間，因此這家裡誰進誰出都逃不過她的眼睛。

維克托心中一片茫然，不管有多少理由對男爵不利，但他有不在場證明是確鑿無疑的，因為案發時他在妻子身旁。如果他不是兇手，那麼第五個賊會是誰呢？他又陷入了迷惘……

4 疑雲密布

從男爵家出來後，維克托幾乎整個下午都在打聽關於德．奧特萊夫婦的情況，他了解到男爵當天早上並沒有乘早班車，那麼他是怎樣離開加爾舍的呢？在調查中，維克托還發現這對夫婦口碑不好。問來問去，自然問到了他們的房東——市參議員兼木柴煤炭批發商——居斯塔夫．勒羅姆那兒。

勒羅姆夫婦有一棟漂亮的別墅，也建在高地的附近。維克托一進屋，就深深感覺到這家人舒適、富裕的生活，但直覺也告訴他，這對夫婦並不和睦。

維克托按了半天門鈴，一直無人理睬，他乾脆自己走進前廳。二樓傳來爭吵聲和摔門聲，一個男人的聲音在低低地作解釋，而另一個女聲則憤怒地尖叫咒罵著：「你這個酒鬼！市參議員居斯塔夫．熱羅姆先生是個酒鬼！你說，你昨晚在巴黎都幹了些什麼？」

「你很清楚，親愛的，我只是跟德瓦爾在生意上有些應酬。」

「我了解那個德瓦爾，一個花天酒地的傢伙！那麼，晚飯以後呢？上『情女遊樂場』去了？玩裸女，嗯？跳舞，喝香檳……」

「你瘋了！昂里耶特，我再說一遍：我開車把德瓦爾送到敘雷納去了。」

爭吵漸漸升溫為打鬥，有什麼東西重重地砸在地板上，發出一聲悶響。

「幾點鐘？幾點鐘？凌晨三、四點嗎？」

「我不清楚，昂里耶特，我醉了……」

說話間，一個男人出現在樓梯上，跌跌撞撞地下了樓，一個女人則在後面追著。男人跑到了前廳，這才發現有客人在這裡等著。

「您是……」

「對不起，勒羅姆先生，我按了鈴，但沒人回應，就冒昧……」維克托表現出一絲歉意。

「您聽見了？夫妻吵架不是什麼大不了的事，她是個好妻子……」勒羅姆笑了笑，這是個四十歲左右，臉色紅潤，頗為英俊的中年男人。「到我書房來吧。請問貴姓？」

「便衣警探，維克托。」

「啊！是為了調查那可憐的萊斯柯老頭的事吧？」

「確切地說，我是想了解一下您的房客德．奧特萊男爵。」維克托接過他的話說道，「我想了解一下你們相處的怎麼樣？」

「那傢伙！」勒羅姆搖了搖頭，「很不好。我們租給他的是一套滿不錯的房子，我和妻子曾在裡面住了十年。可是他們老為一些雞毛蒜皮的事跟你提出要求、打官司，法院的傳票我都收厭煩了！」

「你們之間為這事動過手，是嗎？」維克托問道。

「您知道的情況還真不少！是的，」勒羅姆笑著說，「我鼻子上挨了那位男爵夫人一拳……我相信，她會為這事覺得內疚的。」

「她？」勒羅姆夫人叫起來，「那個潑婦！那個毒婆娘！她會為什麼事內疚？還裝模做樣地成天上教堂呢！警探先生，那個男人更壞，什麼事都幹得出來，破了產，連房租也不付……」

說實在的，勒羅姆夫人模樣還挺漂亮的，可是嗓音嘶啞，似乎專為罵人和發怒而生。勒羅姆先生不想妻子在外人面前表現得如此沒有氣質，勸她理智點，並很熱情地向維克托提供了一些關於他的房客令人搖頭歎息的情況。

男爵在格勒諾布破產，在里昂幹過一些不光彩的勾當，總之，這位先生過去做了不少營私舞弊的事。

維克托沒有再問下去，他告辭了，但剛剛出門，就又聽到裡面傳出吵架的聲音，那個女人尖叫著：

「你到底上哪兒去了？你幹什麼去了？你這經常撒謊的傢伙！」

維克托不置可否地搖了搖頭，一抹笑意掛在嘴角。

傍晚，維克托正在咖啡館看報，有人領著加爾舍的一位先生和一位女士來見他。這兩個人剛從巴黎回來，他們在巴黎北站附近看到了德·奧特萊男爵，男爵和一個女人坐在一輛計程車裡，前面的座椅上放著兩隻箱子。

維克托想，雖然這些不能說是證據，但如果真是男爵，那麼他有可能想帶著國防債券逃往國外。但是，如果這兩個人提供的情況有誤，那麼，男爵應該搭乘常坐的那趟車回到這裡才對。想到這兒，維克托立即趕往火車站，在出站口找到了瓦楊。那班火車已經進站了，下來三十多個乘客。瓦楊用手肘碰了碰維克托，小聲說：「看，那個穿深灰色外套的人，看到了嗎？他就是男爵。」

維克托並沒有當場就叫住男爵，而是跟著他回到家。在男爵的家裡，維克托重複了那天對其夫人提過的問題，男爵的回答幾乎和夫人的一致。為了進一步核對情況，維克托請男爵明天陪自己去一趟巴黎，見一見男爵所說的和他一起共進晚餐的人。男爵夫人對此很不滿意，但她很理智地克制住了自己。然後禮貌地告辭了。

當屋裡只剩下維克托和男爵時，男爵承認自己在巴黎有一個情人，昨晚一起吃飯以及今早送他上車的都是這個女人。維克托答應不把這些告訴男爵夫人，但他要求男爵帶自己去見見這個女人。男爵猶豫了一會兒，終究還是答應了。

第二天，維克托和男爵來到巴黎，找到了那個叫艾麗絲·曼森的女人。這個女人所表現出的鎮定，讓維克托滿腹懷疑，他決定先將男爵和艾麗絲分開。十五分鐘後，兩名警探趕過來守住艾麗絲，維克托則將男爵帶到了警署。

司法警察局長戈蒂埃先生長著一副愚鈍憨厚的模樣，其實他大智若愚，精明能幹，辦事謹慎縝密，無論是上司還是下屬，對他都非常信任。此刻，戈蒂埃先生正在辦公室等維克托，坐在他身邊的還有一個上了年紀，矮胖強壯的男人，他是維克托的頂頭上司莫萊翁專員。

維克托敲門進來，局長開始數落道：「你終於來了，維克托！這算什麼意思？我囑咐你已不下二十次了！要你隨時和我們保持聯繫，可是你卻扔下埃杜安探長，兩天沒有半點消息！聖克盧警察分局搞一套，我的手下們搞一套，你又一套！各行其事，都沒有通盤的計劃！」

「的確，我對這件事還不太盡力，」維克托絲毫未改平時那副放肆的口吻，回答道，「這件事很有趣，但並沒讓我完全動心。老實說，根本沒有真正的對手，都是些三流演員。」

「既然如此，」局長說，「你就把案子交出來吧。莫萊翁雖然不認識亞森．羅蘋，但過去與他交過手，早就熟悉這個人，比別人更適合……」

維克托朝局長走過去：「你說什麼？亞森．羅蘋？您有把握證明他參與了此案？」

「證據確鑿。你難道不知道亞森．羅蘋在斯特拉斯堡被人認出來，差一點被抓住嗎？那九張國防債券原本是屬於斯特拉斯堡的一個工廠老闆。就在工廠老闆把國防債券存入銀行的次日，他家的保險櫃被人撬開了，據我們截獲的一封信，這事是亞森．羅蘋幹的。」

「什麼信？」

「亞森．羅蘋寫給一個女人的，似乎是他的情婦。他在信中特別寫到：『我沒有搞到手的國防債券被銀行職員阿爾豐．奧迪格朗偷走了，銀行經理粗心大意，把它們鎖在自己的抽屜裡。你要是感興趣，就盡力在巴黎查出他的蹤跡，我會在星期日晚上到巴黎。再說，我對國防債券不大感興趣了，我想的是另一筆生意——一筆上千萬的大買賣。這才值得我動手！何況這件事一直進展的很順利……』」

「您能肯定是亞森．羅蘋寫的嗎？」

「當然，請看，這裡的署名是『亞森．羅蘋』。」

維克托莫名地激動起來：「長官，既然事情與那個惡棍有關，那我非把這個案子查到底不可了！」

維克托素來是那樣地冷靜沉穩，此時的表現卻令人覺得奇怪。

「你好像很恨他？」

「那為什麼……」

「我？我……我從未見過他，他也不認識我，我們之間談不上仇恨。」

維克托咬牙切齒地說：「我只是想和他算帳，好好算帳！我們先談談眼前的事情吧。」

維克托細述起這兩天的工作調查，戈蒂埃先生的神態表明，他對維克托的調查結果二十萬分滿意。

「你的意見呢？莫萊翁？」

「幹得不錯，但如果可以，我想親自審問男爵。」專員言不由衷地答道，眼中卻充滿了不屑和高傲。

這三個人之所以走到一塊，完全是司法局長一廂情願將他們湊在一起的，其實他們關係並不太融洽。

「這個啊，隨您便吧。我在車裡等您。」維克托嘀咕了一句，轉身走出辦公室。

一個小時後，莫萊翁將男爵帶到維克托的汽車裡，對他說：「這傢伙沒說什麼有利的線索。」

維克托隨即向上司提議去找艾麗絲，但專員馬上反對，他想先去找找男爵的房東——市參議員居斯塔夫．勒羅姆。維克托不想跟他糾纏，於是兩人將男爵送回住所，並派了一名警察看守，然後來到勒羅姆的別墅，但家裡沒有人。維克托再次提議去找艾麗絲，而莫萊翁又突然想到去拜訪男爵夫人。維克托無奈，只好跟著他走。他們正要進男爵家時，一名警察急匆匆地跑上樓，維克托認出他正是派到沃吉拉爾街監視艾麗絲．曼森的警探之一。

「出什麼事了？」維克托趕緊問。

「她被殺了……可能是被勒死的……」

「艾麗絲．曼森嗎？」

「是的。」

維克托和莫萊翁來到案發現場，法醫的鑒定出來了，死者的死亡時間大約在午前不久。由於死者體質太差，死亡時間大概有二、三小時的出入。另一方面，初步檢查，發現現場沒有留下兇手的任何指紋。說明兇手小心謹慎，作案時戴了手套。同時，也沒有人聽到呼叫聲。唯一的線索是，六樓的一位房客在將近中午時，好像看到一個女人從角落房間出來。這個女人穿著樸素，像個小市民，但她當時戴了面紗，根本看不清臉。

維克托坐在角落裡，目光專注，一名警察在仔細地搜查房間時，在一個草編的菸盒裡發現了十四、五張褪了色的模糊照片，像是朋友聚會娛樂時所拍的。

維克托端詳著手裡的東西，很快又在盒底找到了一張折成四折的照片，這張照片與其他照片屬於同一類型，但照得相對清晰一些。維克托有九成把握，這張照片上的人正是自己在電影院和小屋裡見過的那個神秘女人。他向周圍看了看，便一聲不響地把照片放進了自己的口袋。

在回去的路上，莫萊翁告訴維克托，自己之所以要去找勒羅姆，是因為早上接到一通電話，他說：「有匿名電話，揭發市參議員居斯塔夫．勒羅姆。要知道，您當時似乎忽視了這條線索，而我立即給予了高度重視。打電話的人聲稱，只要認真調查，就會發現市參議員居斯塔夫．勒羅姆在『十字路口咖啡館』逗留之後又幹了些什麼。對方還說特別應該搜查他書房的書桌。」

莫萊翁說完後，讓維克托和他一起去市參議員的別墅。儘管維克托萬分不情願，但還是得去。

居斯塔夫．勒羅姆一見到維克托，就雙手抱臂半真半假地發火道：「啊！怎麼？這個玩笑還沒收場嗎？德瓦爾先生可以證明是他把我送到家門口的，當時，鐘正好敲響十點半。而我妻子——那個打翻醋罈的女人——則放聲大叫，質問我：『你晚上十點半以後幹了什麼？你到底在什麼地方？』鬧得滿城風雨！於是司法當局介入了，記者也來了，就好像這段時間裡發生了謀殺案，而我是嫌疑犯似的！我的名字上了報紙，別人都不理睬我們啦！昂里耶特，這就是你吵吵嚷嚷，把家醜外揚的結果！」

維克托上次來，看到的昂里耶特是那樣兇、那樣潑，而此刻她卻低下頭，小聲說：「我已經向你承認是我弄錯了，想到德瓦爾把你帶去跟一些女人鬼混，我就氣昏了頭！你說的沒錯，你確實是在半夜之前回來的。」

莫萊翁絲毫不理會這對夫婦的對話，他對一件桃花心木傢俱產生了興趣，他對參議員說：「這個書桌的鑰匙您帶在身上嗎？能打開它嗎？」

「為什麼不可以？」勒羅姆回答道，然後從衣袋裡掏出一串鑰匙。

書桌的面板打開了，裡面露出六個小抽屜。莫萊翁一個個仔細地檢查著，在其中的一個抽屜裡，他發現一個用繩子綑著的小黑布袋，袋裡裝著一些白色片狀的東西。

「馬錢子鹼[1]，從哪兒弄來的？」

「這很簡單。」居斯塔夫．勒羅姆說，「我在縈洛涅有一塊獵場，有時為了殺蟲……」

「萊斯柯老頭的狗就是被馬錢子鹼毒死的，您知道嗎？」

勒羅姆爽朗地笑說：「那又怎樣？就我一個人有這東西嗎？」

一邊的維克托一直盯著昂里耶特，他發現，當她的丈夫說這句話時，這個女人非但沒有笑，那張俏臉上還露出了恐懼的表情。

「請把書桌打開看看。」莫萊翁命令道。

[1] 一種劇毒的化學物質，會使中樞神經失常。

勒羅姆似乎漸漸不安起來，他猶豫了一下，還是服從了。莫萊翁翻著書桌裡的文件，瀏覽著各種資料和記錄，當他看到一支勃朗寧手槍時，隨即拿出一根有毫米刻度的尺量了量槍的口徑。

「這是支七發彈夾的勃朗寧手槍。」他說道，「口徑好像是七點六五毫米。」

「對，口徑是七點六五毫米。」勒羅姆回答。

「這支勃朗寧與那支開過兩槍，一槍打死萊斯柯老頭，一槍打倒埃杜安探長的手槍口徑相同。」

「這跟我有什麼關係？難道單憑這點就確定是我？」勒羅姆喊道，「我這支槍從買來到現在，已經用過五、六年了！」

莫萊翁沒有答話，他卸下彈夾，發現裡面少了兩顆子彈，因此加重語氣說：「少了兩顆子彈。」接著他又仔細檢查了一遍，然後很威嚴地說：「不管您怎麼解釋，先生，我覺得槍膛裡有新近燃燒的火藥痕跡。好吧，我們也不用爭了，專家們會作出判斷的。」

勒羅姆半天沒回過神來，過了好大一會兒，他才說：「這一切都沒有根據，先生，如果我有罪，我就不會在書桌裡收藏馬錢子鹼，把手槍收藏在書桌裡！」

「那您怎麼解釋呢？」

「我什麼也不解釋！再說案件是淩晨一點發生的。可是我的園丁阿爾費雷德可以證實，我確實是在將近十一點回來的，他住的花房離我的車庫只有十步。」他站起來，向窗外喊道，「阿爾費雷德！」

園丁進來了，他膽怯地把一頂鴨舌帽轉過來轉過去，不知道該怎樣回答問題。

莫萊翁惱了：「你說話啊！你主人把車開進車庫時，你到底聽到沒有？」

「我記不太得……我認為……」

「怎麼？」勒羅姆叫道，「你記不得？」

莫萊翁走近園丁，嚴厲地說：「別兜圈子！有什麼說什麼，你應該知道作偽證會給你帶來嚴重後果！

那天夜裡——你要說實話，你是幾點鐘聽到汽車聲的？」

阿爾費雷德盯了夫人一眼，又低下頭，過了好一會兒才顫聲說：「一點鐘左右……也可能是一點半。」

他剛說完這句話，一直沉著自信的勒羅姆就把他推到門口，一腳踢了出去，說道：「滾！別再讓我看到你……」然後，他下定決心似，走回來對莫萊翁說：「這下太好了！你們想怎麼辦就怎麼辦吧！不過，我告訴你們，休想從我嘴裡套出一句話來！一句都別想！你們慢慢去查吧！」

當晚，德．奧特萊男爵和居斯塔夫．熱羅姆被帶到了司法警察局。

案子似乎有了些眉目，大眾的好奇心得到了相當的滿足。但是，一連串的案件之間到底有什麼樣的聯繫，仍然是一片模糊。媒體大肆渲染，認為這所有的一切都是亞森．羅蘋在操縱。有一個女人，顯然是亞森．羅蘋的情婦，在充當中間人。

儘管維克托對報紙的一些報導不以為然，但他還是覺得自己正一步步地接近真相。

「無論如何，」維克托高興地想，「現在最要緊的是必須快點找到了亞森．羅蘋。但是，如果不透過他的情婦，如果不弄清楚巴爾塔紮電影院的那個女人，小屋裡的那個女人和在艾麗絲．曼森那層樓被人碰見的女人是否是同一個人，又怎麼能找到亞森．羅蘋呢？」

這天早上，維克托收到了原本在保安局任職的老警探拉爾莫納的一封快遞，內容如下：「已找到有利的線索。我去夏爾特爾附近參加艾麗絲．曼森的葬禮。晚上見。」

5 芭琦萊耶芙公主

晚上，拉爾莫納帶來一個女友。她叫阿爾芒德．杜特萊克，是個漂亮的、長著一頭棕髮的年輕女子。為那個孤女送葬的人沒有幾個，她是唯一趕來參加這葬禮的女性。她與曼森是在歌舞廳認識的，她常去看她。在她的心目中，她一直認為自己的朋友很神秘，並說曼森與一些男人關係曖昧。

維克托給她看了那張在艾麗絲家找到的照片，她立即回想起和曼森在歌劇院附近約會時，曾見過照片上的女人。

「艾麗絲沒跟你談過她嗎？」

「沒有。但有一次，她要寄一封信的時候，我無意間瞥見信封上好像寫著什麼『公主收』，好像是個俄國人的名字，記不清了，還有什麼『協和廣場』一類的。」

「這事離現在多久了？」

「大概有三個星期了。」

當晚，維克托便打聽到一位名叫阿勒克桑德拉．芭琦萊耶芙的公主曾在協和廣場的一家大旅館住過。目前，她的信已轉寄到香榭麗舍大道的康橋飯店。

第二天，維克托和拉爾莫納便弄清了這位身份顯赫的女人的來歷。她是俄國芭琦萊耶芙家族在世的唯一後人，她一家人都被契卡[2]殺掉了。劊子手以為她斷了氣，把她扔下不管，她才因此撿了一條命，得以逃出國境。她家在歐洲一直擁有自己的產業，所以衣食無憂，生活富足，但她生性孤傲，僅跟僑居在巴黎的

---

[2] 前蘇聯的情報組織，契卡（VCheKa）為「全俄肅清反革命及怠工非常委員會」的俄文縮寫音譯。

幾個俄國女人有些往來，她們仍稱她為芭琦萊耶芙公主。今年三十多歲，長得十分漂亮。

兩天以後，一個旅行者在康橋飯店下榻。他在旅客登記表上填寫的是：「瑪爾柯．阿維斯托，六十二歲，來自秘魯。」

誰也猜不出，這位服飾雖不怎麼講究，舉止卻又極高貴的可敬先生，就是穿著退休下級軍官制服，表情僵硬、神氣討厭的便衣警探維克托。此時的他頭髮全白了，一副養尊處優，令人討厭的模樣。

他被安排在四樓的一間房間，公主的套房也在這一層，與他的房間隔著十幾扇門。

「一切順利。」維克托尋思，「沒有時間可以浪費了。必須進攻，而且要快！」

在這家有五百間客房的大飯店裡，每天下午和晚上，進進出出的人如潮水一般。因此，像瑪爾柯．阿維斯托這樣平常的人，自然不可能引起阿勒克桑德拉．芭琦萊耶芙公主的注意。維克托總在晚飯後搶先進入公主乘坐的電梯，他有些納悶，這位戴滿了閃閃發光鑽戒的女人，怎麼會冒險去偷區區幾十萬法郎？

接連幾天，維克托都表現得十分自然——和公主的偶然相遇，極有風度且疏離有禮的頷首致意，然後回各自的房間。到了第七天晚上，維克托在電梯柵門合上時才趕到，他像往常一樣待在裡面，芭琦萊耶芙依舊是面對門，站在電梯服務生的旁邊。電梯在四樓停了下來，她先行快步走了出去。在空蕩蕩的走廊裡，維克托也跟了出去，可是她走不到十步，就突然停下來，伸手去摸頭髮，僵在那裡。

這時，維克托走過她的身邊，她猛地拉住他的手臂，不安地大聲說：「先生，有人拿走了我一個祖母綠髮夾，我夾在頭髮上的……是在電梯裡拿走的，我確信！」

維克托吃了一驚，因為公主的語氣咄咄逼人。

他們對視了好一陣，還好，她總算鎮定下來了。「我再回去找一找。」她說著就往回走，「夾子可能掉在地上了。」

這時，維克多拉住她的手臂：「對不起，夫人。在去找之前，有件事最好弄清楚。您確定是在電梯裡丟的嗎？」

「是的。」她十分肯定。

「那麼，只可能是我或者是電梯服務生，因為剛才只有我們三個人。」

「啊！服務生絕不可能——」

「那就是我了？」

一陣沉默。他們又對視起來，互相打量著對方。最後，公主低聲說：「可能是我搞錯了，先生。我大概沒夾髮夾，或許，它正躺在我的梳妝臺上。」

「夫人！」維克多再次叫住了她，「我們一分開，事情就無法挽回了。您會保留對我的懷疑。而這是我不能容忍的。我堅決要求您和我一起到櫃臺陳訴——哪怕是說我拿了也行。」

公主想了一會兒，說：「不，先生，不必了。您住在飯店裡嗎？」

「住三四五號房間，我叫瑪爾柯．阿維斯托。」

「那好，如果有事我再來找您。」說罷，公主嘴裡唸著這個名字走了。

維克托回到自己的房間，他的朋友拉爾莫納正在等他。

「怎麼樣？」

「到手了。」維克托回答，「但被她發現了，我們之間當下就發生了衝突。」

「然後呢？」

「她頂不住。」

「頂不住？」

「對，她不敢懷疑到底。」維克托掏出那個祖母綠髮夾，放到抽屜裡，說，「等我預計的情況發生以後，我會還她的，但也許需要很長一段時間。」

這時，電話鈴響了，維克托抓起聽筒。「喂？是我，夫人。髮夾？找到了……啊！太好了，我真高興……夫人，謹向您致意。」一掛上聽筒，維克托立即笑道，「拉爾莫納，你看，髮夾在我這個抽屜裡，她卻說在她的梳妝臺上找到了。這說明她不敢報案，怕鬧得滿城風雨。」

「可是，她知道髮夾丟了。」

「當然。」

「她也知道是被人偷走了？」

「對。」

「被你偷了？」

「不錯。」

「她會認為你是賊？」

「這正是我希望的。」

「什麼？」拉爾莫納糊塗了。

「好了，這件事暫時到這兒吧。那兩宗兇殺案的調查結果如何？」

「沒有進展。除了杜特萊克回憶起艾麗絲，曼森最近一直戴在脖子上的那條她送的橘黃色淺綠條紋圍巾不見了，其他的則一無所獲。」

之後的兩天中，維克托沒有再看見芭琦萊耶芙，她一直待在房間裡。這天晚上，她終於露面，坐在餐廳中她常坐的那個位子吃飯。維克托在離她很近的一個座位上坐著，但他沒有看她，憑著眼角的餘光，他感覺到公主一直在偷偷打量他。他很平靜，專注地品嚐著他那杯勃艮第葡萄酒。飯後，他們都來到大廳抽菸，但誰也沒有理誰。

第二天也是如此。

又過了兩天，旅館再次發生偷竊事件。這天早晨，二樓一位短暫小住的美國婦女的金銀首飾盒被人偷走了。《晚報》在第一版上報導這件事，稱作案人的手段極為靈活，格外冷靜，沒有留下任何線索。

這事雖不是維克托幹的，但他認為這對他實現自己的目的非常有利。

公主每天吃晚飯時總會瀏覽一遍《晚報》，這天，她掃了一眼第一版，立即本能地把眼睛轉向維克托。維克托一直在暗中注意她。

「這下我的身份已經確定了，」他對自己說，「而且被定位為一個江洋大盜——一個在豪華旅館裡行竊的賊。我相信，她就是我要找的那個女人。如果真是這樣，我一定會得到她的敬重。呵！我是多麼大膽！多麼沉穩啊！別人作案後都趕快逃走，躲藏起來，而我卻根本不走！」

由此，維克托理所當然地推斷他接近公主的計劃已經有了九成把握。果然，當他們又一次在餐廳偶遇時，公主點燃一支菸，抽了幾口，然後像那晚一樣，把手伸向後頸，從頭髮上取下一枚髮夾，給他看：

「您看，先生，我找到我的髮夾了。」

「這就奇怪了，」維克托邊說邊從衣袋裡掏出他拿走的那一枚，「我也剛找到……」

公主頓時愣住了，她顯然沒想到這人會如此坦誠地揭她的底！這到底是個什麼樣的人物，居然敢如此大膽地挑釁！公主很快恢復了常態，她友好地笑了，維克托也笑了起來，兩個人竟然像什麼事也沒有發生似的，如同熟識多年的老朋友般聊了起來。

說話間，維克托突然壓低聲音說：「現在您最好離我遠一點。」

「為什麼？」公主低聲問，卻立即安靜地聽從了他的吩咐。

「您看見那邊那個穿燕尾服，打扮得怪模怪樣，站在那兒的胖子了嗎？」

「當然，他是誰？」

「一名警察，叫莫萊翁，」維克托繼續小聲說，「他正奉命調查首飾盒被盜案。」

「啊！」公主嚇了一跳。

「別怕，他今天要找的似乎不是偷首飾盒的人。」

「那他是在找誰？」

「應該是找在小房子和沃吉拉爾街殺人的傢伙，他一心想的是那件案子。警方從頭到尾也只想著要偵破那兩件案子，這幾乎已成了他們的心頭大患。」

公主吞下一杯酒，那張白皙且漂亮的臉上又恢復了冷傲。不過，維克托察覺到，她的內心此刻忐忑不安，充滿恐懼。一杯酒下肚後，公主彷彿鎮定了許多，她站了起來，維克托發現她好像在和誰暗中交換著眼色。他四下張望，只見有兩個先生坐在遠處。一個他曾在大廳見過，樣子粗俗，紅臉，可能是英國人。另一個他卻從未見過，優雅瀟脫，正好符合他想像中亞森·羅蘋的模樣。

公主又看了維克托一眼，沒有再說話，轉身走了。五分鐘之後，那兩個人也站了起來。年輕人走出了飯店，那英國人則向電梯走去。

等電梯再下來時，維克托從電梯服務生那裡問到，剛才上去那位英國人叫畢米歇，住在三三七號房大概有半個月了。也就是說，這個人跟芭琦萊耶芙公主是同時住進這家飯店的，而且住在同一樓層。

第二天下午，維克托把拉爾莫納找來，要他跟蹤畢米歇，而他自己則決定去三三七號房看看。

拉爾莫納有些不同意：「不行！得有警察總局的命令，得有搜索票……」

「別這麼老實！要是警察總局的人插進來，一切就會搞砸！亞森·羅蘋跟德·奧特萊或者居斯塔夫·勒羅姆不一樣，只有我才能辦他的案子。得由我親自逮捕他，這是我的事！這對我至關重要！」只要一提到亞森·羅蘋，維克托總會失去理智，他繼續說道，「今天是星期日，旅館上班的人不多，只要小心一點就不會被注意的。就是萬一被抓住，也可以亮出我的名片，佯裝執行任務走錯了房間。現在只剩一個問題，怎麼去弄鑰匙？」

拉爾莫納笑著掏出一大串鑰匙，說：「這個問題嘛，我來解決，一名好警察必須跟一個強盜擁有的本領一樣多，甚至更多。」

半小時後，維克托回來了，他神色激動地對拉爾莫納說：「我在一疊襯衣裡發現了一條橘黃色淺綠條紋的圍巾。」

「這英國佬與那個俄國女人是同謀？」拉爾莫納接著推測，「到沃吉拉爾街去的也許不只她一個人。」鐵證如山，他們難道還能作別的解釋嗎？

吃晚飯前，維克托買了一份《晚報》，第二版上一篇用大字體印著的文章，使維克托的心情變得十分惡劣。

警方剛剛宣稱，今天下午，莫萊翁專員率警探包圍了瑪爾伯夫街的一家酒吧。據悉，有幾個國際犯罪集團的強盜（主要是英國人）常在這裡聚會。但當警方採取行動時，有兩個人從後門巧妙地逃走了，其中一個受了重傷。所幸在本次行動中，有三人被捕。某些跡象讓人猜測，亞森．羅蘋可能就在其中。人們正等待機動隊的警探們歸來，因為他們最近在斯特拉斯堡見過亞森．羅蘋。眾所周知，亞森．羅蘋沒有任何體檢記錄可供警方辨認……

維克托來到餐廳，看到芭琦萊耶芙公主已經坐在那裡了，面前放著一份《晚報》。看她的神情，顯然也對那條消息很感興趣。那個英國人畢米歇坐在大廳裡，不時朝公主所在的方向看上一眼。維克托暗想，這兒離瑪爾伯夫酒吧這麼近，這個傢伙會不會是從警方手中逃出來的兩個強盜中的其中一個呢？他又會不會是為了把亞森．羅蘋的情況告訴公主而逃跑的呢？

為了證實自己的想法，維克托先上了樓，躲在自己房間的門後。不一會兒，公主上來了。不久後，畢米歇也從電梯走了出來，他左右看了看，就快步走到公主身邊，兩個人說了幾句話，公主大笑起來。接著，畢米歇離開了。

「嗯，」維克托心想，「這個女人如果真的是亞森．羅蘋的情婦，就應該相信那該死的傢伙沒被抓住，而畢米歇帶來的正是這個好消息，所以她才笑得那樣開心。」

在隨後警察總局傳來的消息中，證實了維克托的推測，被捕的三個人都是俄國人，其中沒有亞森．羅蘋。他們供認了在國外參與過的幾起竊盜案，但聲稱不知道雇用他們的那個國際犯罪團夥的頭目叫什麼名字。那兩個逃走的人，一個是英國人，另一個受傷的人的相貌特徵很像維克托在旅館裡見到的與畢米歇在一起的那個年輕人。

另一個重大發現是，三個俄國人之中有一個是舞女艾麗絲．曼森從前的情人，經常從情婦那兒得到資助。警方從他的落腳處搜出了一封艾麗絲．曼森死前兩天寫給他的信，信中寫道：「德．奧特萊老頭正在策劃一筆大買賣。如果做成了，他第二天就帶我去布魯塞爾，親愛的，你會去那兒找我的，對嗎？只要一有機會，我們就帶著那筆鉅款逃走……」

6 德．奧特萊之死

瑪爾伯夫街的插曲攪得維克托非常不好受，讓別人去管「小房子」兇殺案、去偵查沃吉拉爾街兇殺案，這些維克托根本不在乎，他對這兩個案子感興趣只是因為它們與亞森．羅蘋的行動有關。可是，有關亞森．羅蘋的事，別人最好不要插手，甚至是亞森．羅蘋的同夥也應該由他來辦！

維克托覺得自己有必要到警署去一趟，於是，他步行到附近的車庫，取出放在那裡的汽車，然後在僻靜處換上了制服。

不出維克托所料，預審法官已將那封信拿給男爵看了。

當男爵看完這封信時，瘦得變了形的臉更扭曲了，他說：「這個婊子！我把她從泥潭裡拉出來，她卻打算跟別人一塊兒逃走！婊子！」

「德．奧特萊，萊斯柯老頭是您殺的，對不對？」

男爵默不吭聲，他的腦海裡此時只有情人的背叛帶給他的深深傷害，其餘的事如盜竊案、兇殺案好像都與他絲毫無關。相較之下，勒羅姆依舊是紅光滿面，他的心情似乎沒有因為坐牢而受到影響。

莫萊翁專員把頭轉向他：「居斯塔夫．勒羅姆先生，我們剛剛取得您的園丁阿爾弗雷德的新證詞。他不僅肯定您是將近清晨三點才到家的，而且還說，您在被捕的那天早晨曾經許諾，只要他同意證明您是午夜前回來的，就給他五千法郎……」

居斯塔夫．勒羅姆一下子慌亂起來，過了好一陣，他才強裝笑臉地說：「呵呵，是真的嗎？其實我是被人給弄煩了，想快刀斬亂麻，馬上做個了結。」

「也就是說您承認有過收買的企圖？好，這又添了一條罪狀！」

勒羅姆急得跳了起來，他指著自己那張自以為討人喜歡的臉說：「怎麼，難道我跟這位出色的德．奧特萊一樣，也長了一張殺人犯的臉嗎？難道我跟他一樣也被內疚壓垮了嗎？」

一直沉默的維克托提了一個問題：「勒羅姆先生，聽您剛才那句話的意思，您認為男爵先生真的是殺害萊斯柯的兇手，是嗎？」

勒羅姆張了張嘴，似乎想說出自己的看法，但立即改變主意，他嘀咕了一句：「這應該是你們的事。」

後來，不管維克托怎麼問，勒羅姆始終是這句話。沒辦法，這次的提審又是毫無結果。

當晚，男爵企圖撞牆自殺，那封艾麗絲的信對他的刺激實在太大了。

維克托和莫萊翁互不信任，彼此都對自己正在進行的調查守口如瓶。維克托抽空又去了一趟加爾舍，再次拜訪了加布里耶爾．德奧特萊和昂里耶特．勒羅姆，有很多的念頭像流星般劃過他的腦海，一些事實自動地顯露出來，排列在真相的周圍。他決定再到沃吉拉爾街那間房子去看看。

有兩名警察在那兒守門，門一開，維克托就看到了莫萊翁專員。

「喔，你來了。」專員傲慢地說道，「正好，我的一個下屬說，兇殺案發生那天我們一塊兒來這兒時，他們看見有十幾張業餘攝影師拍的照片，他記得你看過那些照片。」

「他們記錯了。」維克托故意裝傻。

「還有一件事，艾麗絲．曼森在家裡總是圍著一條橘黃色淺綠條紋的圍巾，兇手可能就是用這條圍巾把她殺死的。你沒見過那條圍巾嗎？」

「從沒見過。」

「那你有沒有找過艾麗絲．曼森的一個女友？」

「一個女友？」

「一個叫阿爾芒德．杜特萊克的小姐，有人跟我提過，我的手下找到她時，她說已經有一名警察找過她了，我想應該是你。」

「那不是……」

莫萊翁氣極敗壞地叫人請來那位姑娘，維克托使了一個眼色，讓那年輕女人不要亂說話。她先是一怔，不明白是什麼意思，然後恍然大悟，於是就含糊其辭地演起戲來，莫萊翁自然也就一無所獲了。

兩人一同回到警察總局，莫萊翁心裡有氣，故意不搭理維克托。維克托為自己在這一回合戰勝了上司感到高興，他輕鬆地說：「我要向您道別，明天我會動身去外地。有一條有趣的線索。」

「是嗎？」莫萊翁不以為然，「對了，我忘記告訴你，局長要召見你。」

「有什麼事？」

「有關一個司機的事……你要求找的那個把德．奧特萊從北站載到聖拉紮爾站的司機，我們找到他了。」

「媽的，您應該早點告訴我！」維克托一邊抱怨，一邊飛奔上樓。

「長官，」維克托一進門立即問道，「您問過他了，是嗎？德．奧特萊是讓司機直接把他送到聖拉紮爾火車站的嗎？」

「不是。」

「半路下了車？」

「沒有。」

「沒有？」

「他讓司機把他從北站載到星形廣場，又從星形廣場拉到聖拉紮爾火車站，不知道想幹什麼。」

「喔，」維克托若有所思，然後又問，「那個司機呢？他沒跟任何人說他來警察總局的事吧？到這裡過後，他沒跟任何人說過話吧？」

「沒有，他現在在這裡，因為你說過想見他，而且還說見到他的兩小時後，就能把國防債券交給我們，所以我就把他留下了。他是開車來的，喏，他的車還停在院子裡呢！這件事有這麼重要嗎？」

「絕對重要。」

「你有把握嗎？」

「長官，我只能說自己有建立在嚴密推理上的把握。」

「夠了，維克托，當警察的一切行動不是靠推理，就是靠偶然，別賣關子了，還是說清楚吧！」

「好吧，」維克托不慌不忙地說了起來，「先前發生的事，大家都知道，我就略過不提了。不管怎麼說，星期五早晨，德．奧特萊就是帶著這筆贓款到情婦家去的。這兩個逃跑者來到北站，等著開車時刻的來臨，可是，因為某些我們還未弄清的理由，他們臨時又改變主意不走了。當時是五點二十五分。德．奧特萊打發走情婦後，自己乘另一輛汽車在六點鐘到達聖拉紮爾火車站。這期間，他買了一份《晚報》，得知自己可能受到懷疑，警察可能在加爾舍車站等他。那麼他會帶著國防債券回加爾舍嗎？毫無疑問，當然不會！因此，他是在五點二十六分到六點之間，把贓款藏到了安全的地方。」

「可是，汽車在那兒都沒停啊！」

「這就是說，他決定了兩個方法，第一，跟司機說好，把款項交給他保管……」

「這不可能！」

「第二，把款項留在車上。」

「也不可能。」

「為什麼？」

「計程車座位上有九十萬法郎，誰會不撿呢？在男爵之後第一個上車的人肯定會把它拿走。」

「不，他可以藏到車裡，不被人發現。」

莫萊翁專員放聲大笑道：「你可真會開玩笑，維克托！」

戈蒂埃先生卻有幾分感興趣，他問道：「怎麼個藏法？」

「很簡單，把坐墊劃一條十公分左右的口子，再把它縫上就行了。」

「這需要時間。」

「所以他要兜一個圈。可是，他沒預料到形勢會發展得如此嚴重……」

莫萊翁冷笑幾聲，聳了聳肩膀，對維克托的推理嗤之以鼻。然而，局長卻被維克托的想法打動了，他們一起來到院子裡，仔細搜查那輛計程車。正如維克托所言，在車內右邊座墊的背面，沿著皮縫邊沿，發現了一道大約一公分長的縫。針腳不勻，但縫得密密實實。

「媽的！」局長咬牙切齒罵道，「確實好像有……」

維克托掏出小刀，把線割開，然後把手指伸了進去。過了四、五秒鐘，他輕聲說：「找到了。」

隨著話音，大家看到維克托收回來的手裡拿著一張紙片，更確切地說，是一張硬卡片。維克托帶著幾分興奮仔細看那紙片，突然大叫一聲。

這張竟然是亞森．羅蘋的名片，上面寫著：「謹致歉意，請接受我友善的祝福。」

維克托氣得說不出話來，莫萊翁卻狂笑起來：「上帝啊！太有意思了！亞森．羅蘋又玩這種伎倆……這就是你拿到的九十萬法郎嗎？維克托，你這下夠可笑的了……哈哈……」

「我完全不同意你的說法，莫萊翁。」戈蒂埃先生正色地反對道，「正好相反，事實證明，維克托有頭腦，料事如神。我相信大眾也會像我這樣想的。」

維克托感激地回望了一眼長官，恢復了沉著，說：「長官，事實也證明，亞森．羅蘋是個厲害傢伙。如果說我有頭腦，料事如神，那他不知比我要強多少！因為他走在我前面，而且他不能像我這樣，從警察系統得到有效可靠的情報。」

「我想，你不會放棄這個案子的，是吧，維克托？」

「當然，長官。」維克托笑著說，「這案子最多兩個星期便能了結。莫萊翁專員，您動作得加快一點——如果您不希望我搶先的話。」

維克托說完，雙腳一併，向兩位上司行了個軍禮，轉身離開了。

第二天，各家報紙都詳盡地報導了這件事的經過，而這顯然是莫萊翁提供的內幕。在談到便衣警探維克托引人注目的成績時，公眾大多與局長持相同意見。另一方面，正如維克托所預言的那樣，報紙對亞森．羅蘋的誇讚遠超過對警方的恭維。好多文章盛讚他的觀察敏銳，頭腦聰慧；盛讚他總有令人意想不到的想像力和創造性；盛讚他這個好捉弄人的大盜。

「媽的！」維克托讀著這些胡言亂語，氣惱地說，「我就是要戳穿這個所謂的亞森．羅蘋的神話。」

傍晚，傳出德．奧特萊男爵自殺的消息：他躺在床上，面朝著牆，用一塊碎玻璃片割斷了手腕上的動脈，沒有掙扎的痕跡，也沒有呻吟一聲就死了。公眾的興趣於是由德．奧特萊身上又回到了亞森．羅蘋這兒，再次集中到他將怎樣逃脫便衣警探維克托的追緝上。

維克托又回到了康橋大飯店，但他沒有遇到芭琦萊耶芙公主。將近十點的時候，維克托回房後，接到了一通電話：「瑪爾柯．阿維斯托先生嗎？我是阿勒克桑德拉．芭琦萊耶芙公主，親愛的先生，如果您沒有要緊事，又不覺得唐突，請到我房間裡聊聊，好嗎？我非常高興見到您。」

「馬上嗎？」

「馬上。」

芭琦萊耶芙公主穿著一件白綢浴衣站在門口迎接維克托，她的臉上一掃平時在公開場合所顯露的那種稍嫌悲愴，不幸的神色，也沒有了一貫的高傲和冷漠。有的只是一種刻意討好，而又和藹可親的態度。當一個女人把你接納進她的密友圈子，通常就會有這種友善的表情。

「我覺得有些尷尬。」公主坦率地說。

「尷尬？」

「我把您請來，自己也不太清楚是為了什麼……」

「我清楚。」維克托說。

「喔！那到底是為什麼？」

「您感到無聊。」

「確實。」她說，「不過，您說的無聊是我一生的病，不是一次談話就能消除的。」

「這種無聊只有激烈的行動才能消除，越是危險，越不覺得無聊。」維克托打趣道，「我可以讓最危險的事都集中到您身上，讓災難和風暴一起來。」

公主又笑了，美得令人窒息。

「把手伸給我看看。」維克托說，然後很自然地接過公主伸過來的手，細細地打量之後說道，「跟我想的一樣。您看起來令人有難以捉摸的感覺，但其實很容易理解。您的掌紋簡單而清晰，只是有一點比較奇怪，就是您既大膽又脆弱，既追求冒險又渴望得到保護。您很矛盾，您喜歡孤獨，可有時這種孤獨卻讓您害怕；您需要支配人，但又需要一個主人。所以您既馴服又傲慢，既沉靜又衝動，既有冷靜的理智又有衝動的性格，生活既淡漠又追求刺激，既渴望愛情又要求獨立。在困難面前您很堅強，而在無聊、憂愁、單調的生活面前卻感到極度困惑。」

公主低下頭，因維克托那洞穿靈魂秘密的目光而感到窘迫。她隨手點燃一支菸，指著報紙，換了話題，語調變得輕快起來：「您對國防債券案有什麼想法？」

維克托心裡明白，這才是她要談的正事。這是他們第一次談到這件事，他們倆真正考慮和關心的也是這件事。但他也不想過早暴露自己的想法，於是，以同樣漫不經心地口吻答道：「這事連警方也搞不太清楚。」

「可是……」公主說，「不是又出現新的情況了嗎？男爵自殺了，這難道不等於招認。」

維克托的臉上露出一絲笑意，他知道，魚兒上鉤了！看著公主急切的表情，維克托指出，男爵的死並不能說明他就是殺死萊斯柯老頭的兇手，這裡面可疑的人還很多，比如勒羅姆、跳窗逃跑的女人的情夫，還有亞森．羅蘋等人，都有作案的嫌疑。另外，關於那個在電影院碰到的女人是否就是沃吉拉爾街被人碰到的女人，是否是她殺死了艾麗絲，維克托都以一種假設的語氣提了出來。而且他很明白地告訴公主，在這個案子裡，真正可看的應該是亞森．羅蘋與便衣警探維克托的較量。

這一次，公主表現出了對亞森．羅蘋的關注，維克托知道自己再次挑起對方的胃口，是時候收網了。於是，他假裝神秘地約公主兩天後的下午去一個有趣的地方。

在那個地方，維克托當著公主的面，偷走了拉爾莫納所偽裝專門銷贓的珠寶商的一件手鐲，以此向公主證明，自己和亞森．羅蘋是同一路人。但這一舉動似乎沒有達到預先的目的，公主什麼話也沒說就告辭而去。維克托心裡有些惴惴不安了，他不知道自己選的這條路是否正確。而莫萊翁那邊，卻正在大張旗鼓地進行著。

距維克托和公主一起偷手鐲已經整整四十八小時，維克托在房間裡吃過午飯，站在陽臺上透氣時，他突然發覺整個飯店被警察包圍了。於是，他下了樓，在大廳的走廊理與拉爾莫納碰面。從拉爾莫納那裡，維克托獲悉，警察們正在執行莫萊翁的命令，他們把旅客登記表上所有單身的英國住客的名字都挑出來了，準備一個一個的盤查。拉爾莫納擔心這些警察認出維克托，因此要維克托快點從自己守著的這道門出去。而維克托卻有自己的打算，他想帶公主一起走。

但是，當維克托來到公主的房間，向她說明來意時，卻到了公主的拒絕。無奈之下，維克托只好提到畢米歇，以及其與艾麗絲被殺案的聯繫。他對公主說，如果警察真的抓住了畢米歇，那麼就會揭開關於一個女人的真相。

公主為之動容了，她先是非常激動，接著又顯出幾分沮喪。她對維克托說自己已經不在乎別人怎麼看待她了，但是畢米歇是無辜的，她請求維克托救救這個可憐的年輕人，不要讓他落到警方的手裡。

維克托在一種說不清的心態下，答應了公主的請求。他冒險找到了畢米歐，要對方跟自己一起走。但似乎太遲了點，當他們正要離去時，兩位警探推門而進。他們帶走了維克托，留下一個叫盧博的看守畢米歐。

莫萊翁把飯店經理室當作了自己的臨時辦公室，他看了維克托一眼，沒有多說什麼，就交給了另外一個助手。聽說下屬把畢米歐留在房間裡，莫萊翁很著急地想上樓去。但一位上了名單而又趕著搭火車的先生拖住了莫萊翁，耽誤了他將近四分鐘。

等莫萊翁帶人來到三三七房，卻發現盧博被堵著嘴，綑在屋內。莫萊翁連忙為盧博鬆綁。盧博說，襲擊他的是兩個人，不知是從什麼地方冒出來的。莫萊翁氣急敗壞，指揮手下立即展開搜查。

走廊裡傳來一片喧嘩聲，莫萊翁三步併作兩步地跑過去。只見走廊盡頭站著好多人，正彎腰看著什麼。莫萊翁撥開人群，看到地上躺著一個人。據圍觀者說，有人剛剛在兩個棕榈樹花盆之間發現了他，只見他渾身是血，昏迷不醒。

盧博和一直尾隨在莫萊翁後面的維克托都認出來了，他就是那個英國人畢米歐。

7 真相大白

儘管一系列的變故讓莫萊翁有些慌亂，但他還是充分表現了一個專員的氣度，指揮若定，一邊令人檢查畢米歐的傷，並派人將他送至醫院，一邊通知警察總局再增派人手搜查飯店。早在進飯店五分鐘前，莫萊翁便下令封鎖飯店，嚴禁任何人進出，可是據悉有一個年輕人拿了一張由莫萊翁親筆簽核的通行證，從後門溜走了！

莫萊翁斷然否認：「這簽名是假的！我一張通行證也沒簽過！你們看，這簽名甚至沒有模仿我的簽名筆跡！只有亞森．羅蘋才有這種膽量！」

在莫萊翁的命令下，飯店經理拿來一張旅館平面圖，指出畢米歇住的三三七號在整個大樓的確切位置，並提供了一些情況，挨得最近的是住三四五號的瑪爾柯．阿維斯托先生，他六十二歲，是秘魯人。

「經理先生，誰住在畢米歇浴室隔壁的房間？」

經理翻看了一下記錄，頗為驚訝：「這個房間也租給畢米歇先生了，他一到這裡就要了兩個房間。」

「這是怎麼回事？」

莫萊翁突然叫了起來：「如此看來，有三個同夥！瑪爾柯．阿維斯托住三四五號，畢米歇住三三七號，而住在他隔壁的一定是亞森．羅蘋。他從瑪爾伯夫街酒吧逃走之後，就一直藏在這裡養傷，由畢米歇來照顧。畢米歇狡猾異常，所以服務生們根本沒察覺亞森．羅蘋的存在。我明白了！」

負責搜查三四五號房間的警察來報告，房間裡沒人了，所有東西都未拿走，其中有化妝油、染髮劑……那個秘魯人可能化了妝逃走。

警察局長戈蒂埃也趕來了，他聽莫萊翁介紹了情況，並詢問一些細節後說道：「不管怎麼說，我們抓住了畢米歇。現在的搜查應該容易多了，我認為禁令可以解除了，在每一個門口都派人守著，仔細監視進出的人。莫萊翁，你去每個房間看看，要客客氣氣，不要亂詢問和搜查，發現可疑情況立即報告。對了，讓維克托協助你。」

「維克托？長官，他不在這裡。」

「在啊。」

「啊？」

「剛才進門時，他還跟我聊了兩句，他應該還在和看門人及同事聊天吧？」

維克托被叫進來了，他和平時一樣沉著臉，穿著緊身衣。

「你早就來了嗎？維克托。」莫萊翁問。

「剛到。」維克托回答，「剛了解了一些情況，祝賀您抓到了英國佬，這可是一張王牌啊。」

「是的。可是，亞森．羅蘋……」

「亞森．羅蘋是我的事，要不是您操之過急，我會把他整個烤熟了送給您。」

「恐怕沒那麼容易吧？關於那個秘魯人瑪爾柯．阿維斯托，你打聽到了什麼？他是亞森．羅蘋的同夥嗎？」

「他啊，應該是我的朋友吧，好像也是在您的眼皮底下溜走的喔。」

莫萊翁面子掛不住了，趕緊岔開這個話題，他問維克托是否有什麼新的發現。維克托說，在這一層住房名單上發現了一個叫赫維．默丁的，他也是英國人。

「我向門房了解過他的情況了，」維克托說，「他按月租一間房間，但很少來過夜，每星期只來一、兩個下午。總有一個打扮優雅，把臉遮得密密實實的女人到房裡來找他。也許，把這個人找來問一問，會得到點什麼線索……」

立即有人去請這位叫赫維．默丁的先生。當他走進來時，莫萊翁驚叫道：「怎麼是您？菲利克斯．德瓦爾！居斯塔夫．勒羅姆的朋友，聖克盧的不動產經紀人！您自稱是英國人？」

這個自稱赫維．默丁的先生顯然沒有想到會是這樣的一個場面，他看上去十分尷尬和狼狽，極力想轉換氣氛，可笑聲卻極不自然。

「是啊！難道不是嗎？我常到巴黎來看戲，為了有個方便的落腳之處……」

「可是為什麼用假名呢？」

「純粹好玩，再說，這是我個人愛好，與別人無關。」

這個插曲似乎很可笑，赫維．默丁——也就是菲利克斯．德瓦爾——說話支支吾吾，竭力地想要掩飾內心的不安。

片刻的沉默後，莫萊翁看了看桌上的旅館平面圖，發現菲利克斯．德瓦爾的房間在畢米歇被刺傷的那間小客廳旁邊。戈蒂埃先生也發現了這一巧合，兩人都感到很吃驚。是否應該把菲利克斯．德瓦爾看成第四個同夥呢？那個來找他的戴面紗的女人會不會就是巴爾塔紮電影院裡的女人，會不會就是那個從小房子裡逃走，殺害艾麗絲．曼森的兇手呢？

他們都盯著維克托，期待他來作個判斷，維克托聳聳肩，用嘲弄的語氣說道：「你們想太多了！這件事是次要的，只是個插曲。當然，還是應該把它弄清楚，請菲利克斯．德瓦爾先生準備接受司法機關的傳訊吧。」

這句話說得如此輕描淡寫，卻不代表維克托對這位菲利克斯．德瓦爾先生不重視。晚上，他拿到了一份由老朋友親自送來的，關於菲利克斯．德瓦爾的生活習性及財政狀況的資料。

第二天上午，維克托獨自一人去了康橋大飯店，在菲利克斯．德瓦爾住過的房間裡逗留了一個鐘頭。然後，他回到警察總局，和戈蒂埃局長，以及莫萊翁一起到了預審法官瓦利杜的辦公室。

才一會兒工夫，維克托就顯得不耐煩起來，連連打著哈欠，態度十分無禮。戈蒂埃先生太了解這個下屬了，他帶著幾分不安，對維克托說：「怎麼啦，維克托？既然你有話要說，就說好了。」

「我是有話要說。」維克托出人意料地哭喪著臉說，「可是，我要求當著德．奧特萊夫人和居斯塔夫．勒羅姆的面說。」

他提出的這一要求，令大家都吃了一驚。但他們都知道，儘管這位維克托先生辦案很古怪，卻是個珍惜自己時間、也珍惜別人時間的人，如果沒有不容置疑的原因，他是不會這樣要求的。於是，男爵夫人先被帶進來了，她臉上蒙著服喪的面紗，接下來居斯塔夫·勒羅姆也被帶進來，他仍舊是笑呵呵的，一副快樂的樣子。

等所有的人安靜下來，維克托才不慌不忙地說：「我想排除一些障礙，糾正一些錯誤。辦理任何案件，要想有更進一步的進展，每到一個階段就要做個總結，是不是？目前，與這個案子有牽連的，就剩下德·奧特萊夫人，居斯塔夫·勒羅姆夫婦，以及菲利克斯·德瓦爾先生了，讓我們把這個案子了結吧！這不用花多久，提幾個問題就行了——」

維克托說著轉向男爵夫人，問道：「夫人，請坦誠地回答我的問題，您認為您丈夫的死是一種認罪的表現嗎？」

男爵夫人撩開面紗，露出蒼白的臉，兩隻哭紅的眼睛裡充滿了坦誠，她堅定地回答：「不，他不是兇手。發生兇案的那天夜裡，他一夜都沒有離開我。」

「您為什麼對此這麼肯定？」維克托繼續追問。

夫人的臉微微一紅，有些害羞地說：「他擁吻了我，然後我就在他懷裡睡著了，我是躺在他懷裡睡著的，如果他離開，我會察覺。他是早晨六點才離開的。我以家族的名義發誓，那夜他一直在我身旁。」

男爵夫人的說法與上幾次沒有出入，但是維克托卻說：「正因為您說得這麼肯定，別人又相信您的話，才使我們沒法弄清真相。」

「真相？」

「對！整個事實的真相？」維克托一邊說，一邊慢慢轉向居斯塔夫·勒羅姆，「而這個真相，先生，您最應該清楚。您願意說出來嗎？」

「我？當然，對於警方的要求，我無權拒絕，但是您要我說什麼呢？」

「說您知道的一切。」

「我什麼也不知道！我發誓。」

「那麼，就由我來說吧。」維克托笑了笑，「我只是感到十分抱歉，因為真相一旦被揭露，將給德·奧特萊夫人帶來極其殘酷的傷害。但長痛不如短痛，她遲早會知道事情的真相的。」

停了一會兒，維克托繼續說道：「兇案發生的那天晚上，居斯塔夫·勒羅姆和他的朋友菲利克斯·德瓦爾一起在巴黎吃晚飯，他們經常這樣消遣，因為他們都喜歡美酒佳肴。只是這天晚上，他們喝得比平時更多，以致於居斯塔夫十點半回加爾舍時，已經很不清醒了。而在『十字路口咖啡館』他又要了一杯茴香酒，這一下他徹底醉了。他勉強上了汽車，順著公路搖搖晃晃開到了自己家門口。事實上，他並不是停在自家門前，雖然他認為是。他停在屬於他的、他曾住了十年的房子前。房門的鑰匙不就在他口袋裡嗎？眾所周知，他與房客德·奧特萊素來有糾紛，為了這把備份鑰匙兩家還曾鬧到了治安法庭。由於固執和賭氣，也為了不讓別人在其他地方找到或偷走，他一直把這把鑰匙放在衣袋裡。他在這裡住的時候，也經常是在巴黎吃飽之後才回家。今天，他又大吃了一頓，然後回到了這個家，他使用這把鑰匙不是很自然嗎？他按了鈴，低聲報了自己的名字，看門女人開了門，他就上了樓，拿出鑰匙開門，進了屋。他進了自己的家，他怎麼可能不認為這裡是自己的套房、自家的前廳呢？他晃進自己的臥室，而被他誤認為是自己妻子的女人正躺在床上昏昏欲睡，她也誤會了，一直沒有弄明白……」

維克托收住了話。

德·奧特萊夫人臉色更加蒼白，她站在那兒努力回想當時的一些情節、細節……她不時看看居斯塔夫·勒羅姆，又看看維克托，然後像明白了什麼似的，突然用手捂住了臉，跪倒在一把扶手椅面前。

居斯塔夫·勒羅姆十分尷尬地站在那裡，樣子非常滑稽。他不知道自己應該承認，還是扮演一位寧願自己坐牢，也不連累一個女人名聲的紳士？他支支吾吾地說：「是這樣的。我當時醉了，我並不清楚……只是到了早晨六點鐘，我醒來時，才發現到……我一直盡力保守秘密，這怪不得我……完全是意外，對不對？」

屋裡先是傳出小聲的悶笑，接著從瓦利杜到戈蒂埃，從秘書到莫萊翁，全都忍不住大笑起來。到最後，居斯塔夫．勒羅姆也咧開了嘴，尷尬地笑起來，現在，他覺得這件事真的是好笑，而這次豔遇也使他雖身在牢房卻一直心情愉快。

男爵夫人站起來，低垂著頭，一句話沒說就走了。

維克托對著她的背影喊道：「夫人，我再次請求您的原諒。我不能不說出來，這是為您好，您會明白的，說不定哪天您還會感激我……」

接下來，居斯塔夫．勒羅姆也被帶走了。

瓦利杜迫不及待地問：「如此說來，謀殺是……」

「德．奧特萊一個人幹的。」

「可是，那個女人呢？那個從小房子跳窗逃走，有人在艾麗絲．曼森家樓梯上碰到的那個女人呢？」

「她不是盜賊，據我了解，她是附近一個神經有些毛病的女人，她渴望刺激，出於好奇，到那裡順便看看，正好趕上那場兇殺案，嚇得跑進汽車，快速逃走了。」

「你的意思是，她想去找亞森．羅蘋？」

「不是。那一夜，德．奧特萊逃了出來後不敢回家，在公路上遊蕩了一夜，清晨去了情婦家。他們原本打算挾款私奔。在此不久，我就到了男爵夫人那裡作了首次訪問。她並不知道摟著她的不是丈夫，因此才那麼熱切地為丈夫辯護。」

「可是，這個誤會德．奧特萊並不知道……」

「是的，他起初並不知道。我男爵夫人談話時，老保姆一直站在門口偷聽，她在去市場買菜時，把我們談話的情形告訴了守候在那兒的小報記者。於是記者們寫了文章，發表在《晚報》上，這些花邊新聞幾乎沒引起公眾的注意。可下午四點，德．奧特萊在北站附近也買了一份《晚報》，他非常驚訝地得知他妻子為他提供了一個無法否認的有利證據——案發時，他的不在場證明。於是，他放棄了原本的逃脫計劃，藏好贓款與我們周旋。這個本應用來證明居斯塔夫．勒羅姆不在現場的證據，卻被他巧妙地利用了。」

「居斯塔夫沒有參與殺人，為什麼又成了這樁案子的同謀？」

「關於這一點，我們馬上就會弄清了。」

「馬上？」所有的人都叫起來。

維克托絲毫不理會投向他的懷疑的目光，他轉向瓦利杜：「法官先生，可以請您傳昂里耶特．勒羅姆和菲利克斯．德瓦爾前來嗎？」

法警把昂里耶特．勒羅姆帶了進來，然後是菲利克斯．德瓦爾。

昂里耶特．勒羅姆看起來很疲憊，因此預審法官請她先坐下來。

維克托走到她身邊，彎下腰，似乎拾到了什麼，然後遞給她一枚小髮夾，古銅色，呈波浪狀的髮夾。

「這是您的嗎？夫人。」

「是的。」

「您不會弄錯吧？」

「當然。」

「可是，」維克托說，「這個髮夾我並不是在這裡拾到的，而是在菲利克斯．德瓦爾先生在康橋飯店租的房間裡，在一個放著許多別針和小玩意的水晶盒裡找到的。您常去那兒見他嗎？您是他的情婦。」

這是維克托最喜歡用的方法，出乎意料的進攻，讓人防不勝防的戰術。

昂里耶特．勒羅姆目瞪口呆，維克托根本不給她喘氣的機會，繼續嚴厲地說道：「您不要否認！夫人。這樣的證據，我有十個。」事實上他就只有這一個。

「當然，任何事情都有偶然性和必然性。」維克托接著說，「你們選擇康橋飯店為約會地，而這裡又確實是亞森．羅蘋的司令部，所以……」

菲利克斯．德瓦爾怒氣沖沖走了上來：「偵探先生，您竟敢指控我尊重的一位女士，我……」

維克托冷冷地打斷了他：「算了！先別虛張聲勢。我只不過想舉幾個事實，再說，您也可以反駁嘛！如果勒羅姆先生認為勒羅姆夫人是您的情人，那麼，他就會聯想到，您會不會利用所發生的事情有意使情人的丈夫成為嫌疑犯而害他被捕呢？他可能還會聯想到，是不是您打電話給莫萊翁專員，建議他搜查居斯塔夫．勒羅姆的書桌？是不是您唆使情婦，從他手槍裡退出兩顆子彈？那個園丁是不是您安置在勒羅姆家並用錢收買，叫他收回前言，又作假證來陷害主人？」

「一派胡言！您瘋啦？」菲利克斯．德瓦爾高聲叫道，氣得一臉通紅，「我為什麼要這麼做？我有什麼理由這麼做？您憑什麼誣衊我！」

「因為您破產了！」維克托冷冷地一字一句地說，「如果您情人的丈夫捲入此案，離婚就容易多了。您像個垂死掙扎的人，不顧一切，孤注一擲，至於證據嘛，我相信警察會很容易找到的，事實也會證明我的結論。那就是，德．奧特萊有罪，居斯塔夫．勒羅姆是清白的，菲利克斯．德瓦爾企圖把司法機關引入歧途。」

菲利克斯．德瓦爾癱倒在椅子上，勒羅姆夫人掩面而泣。

莫萊翁驚得張大了嘴巴，而其他人則用無限敬佩的目光注視著維克托。

「那艾麗絲．曼森被害一案呢？」預審法官問道。

「是啊，事實的真相是什麼？誰又是兇手呢？」局長也催促道，每個人都迫不及待地渴望著維克托快點揭露真相。

「關於艾麗絲．曼森被害一案，我們以後再談。」維克托故意賣了個關子，拿起帽子，行了個禮，預備離開，「下午我還有一件極重要的事要辦……」

戈蒂埃先生卻抓住他的手臂，繼續追問道：「您是如何知道另一個事情的真相的呢？」

維克托一直未改嚴肅的神情，此刻，他卻用帶點兒戲謔的憐憫語氣說：「可憐的女人！正是她談到丈夫那夜回家的神態，才使我發現了真相。那一夜，她留下了激動的回憶。『我是躺在他懷裡睡著的。』她反覆地說，好像這是一件很少有的事。然而，德．奧特萊在同一天晚上對我說他對妻子向來都很溫情，這顯然很矛盾。我突然想起德．奧特萊與勒羅姆兩家鬧到法庭的糾紛，那把引起兩家那麼多衝突的鑰匙，我的腦子便豁然一亮了。其餘的情節就像我剛才敘述的那樣，自然而然推演了出來。」

戈蒂埃先生緊緊握著他的手，由衷地讚美道：「您真了不起！維克托。」

「要不是莫萊翁這位神探拆我的臺，我還要更了不起呢！」維克托歎息道。

「怎麼？」

「唉！我已經把亞森．羅蘋那幫人抓到手裡，誰知尊敬的莫萊翁先生偏偏那時闖到康橋飯店來！」

「到底怎麼一回事？」戈蒂埃先生追到走廊上，充滿了好奇。

「當時，我就跟英國人畢米歇在一起……」

「什麼？」

「我還給了他一張假通行證……」

「啊？」

「我原打算放長線釣大魚，」維克托握住戈蒂埃先生的手，補充道，「五、六天後，我會彌補莫萊翁幹下的蠢事，亞森．羅蘋會落網，我向您保證！不過在此之前，請您千萬保秘，不要泄露消息。」

末了，維克托湊到局長耳邊低聲說：「那個秘魯人瑪爾柯．阿維斯托就是我。」然後，扔下目瞪口呆的局長揚長而去。

8 智擒亞森．羅蘋

維克托的心情十分愉悅，他再也不用為小屋謀殺案，為德．奧特萊夫婦、勒羅姆夫婦以及菲利克斯去動腦傷神了，讓其他警察去作事後處理吧！就像擺脫奧迪格朗、打字員埃爾內斯蒂娜和夏珊夫人那樣，維克托如釋重負。總之，他可以全力以赴去做他的事了！再也沒人來干擾他下面的周全安排了，再也不用與莫萊翁等人爭辯了。只剩下了亞森．羅蘋和阿克桑德拉．芭琦萊耶芙，只有這兩個人才是最重要的。

因為心情暢快，維克托在街上買了很多東西才回到家。下午三點五十五分，從這裡走出來的就又變成秘魯人瑪爾柯．阿維斯托了。

阿維斯托先生來到了聖雅各廣場，在莫萊翁魯莽地搜查了康橋飯店之後，他與芭琦萊耶芙公主在最後一刻確定，如果聯繫不上，就到聖雅各廣場相會。但是，維克托萬萬沒有想到，在聖雅各廣場等待他的，竟然是一個男人！

「您……您是……亞森．羅蘋，對吧？」維克托激動得幾乎語無倫次。

「是的，亞森．羅蘋。現在叫昂圖瓦納．布萊薩克。請允許我自我介紹，我是芭琦萊耶芙公主的朋友。」

維克托想起來了，眼前這個人就是那晚，自己在康橋飯店看到的、跟英國人畢米歇在一起的那個。當時，他那雙深灰色的眼睛顯出的冷酷和直率，給維克托留下了極深的印象。不過，此刻他臉上親切的微笑沖淡了那份原有的冷酷。甚至，他分明表現出想取悅人的樣子。這個人看上去很年輕，高大帥氣，臉上的輪廓剛勁有力，穿著剪裁合體的衣服。

「我在康橋飯店見過您。」維克托提醒他說。

布萊薩克笑了：「您也有這種過目不忘的本事？的確，我服了你，我當時躲在畢米歇的房間裡養傷，我曾去過幾次大廳。」

「您的傷……」

「已經不礙事了。您來向畢米歇報警時，我差不多全好了。我要深深地感謝您。」

「您捅了畢米歇一刀，他不會供出您嗎？」維克托突然問道。

亞森．羅蘋愣了一下，依舊笑道：「他的前途全在我身上！我本不想下那麼重的手，是他不肯把您簽了字的通行證給我。」

「他應該不會交待吧？」

「不會。」

兩個人沿著沃利大街走著，布萊薩克的汽車停在那裡，他們上了車，出了巴黎，來到訥伊，在盧爾大街的盡頭，有一幢不起眼的三層樓房子，那是亞森．羅蘋的臨時落腳處。

芭琦萊耶芙公主非常熱情地歡迎了維克托，再次感謝他在康橋飯店為她和她的朋友們幫的大忙。但很快，這位公主變得安靜起來，幾乎沒有參與交談，聽他們說話時也心不在焉。晚飯後，她為他們送上了咖啡、美酒，又送來了雪茄，然後就一直坐在沙發上不動。

昂圖瓦納．布萊薩克頗善交際，他詼諧、快活，一方面挖苦別人，一方面巧妙地抬高自己。

「我們之間用不著繞來繞去。」昂圖瓦納．布萊薩克突然說，「我們說定了吧？」

「什麼事情說定了？」

「合夥。」

「您是說，關於您給芭琦萊耶芙公主的信中提到的那一千萬法郎的事？」

「好傢伙！什麼都瞞不過您。」昂圖瓦納．布萊薩克喊了起來，他叉開腿，坐在維克托對面的一把椅子上，很興奮地講起自己的具體計劃：「這件事是畢米歇告訴我的，當然，原來報紙上也議論過這件事。戰後，畢米歇娶了個年輕的雅典女子，後來她在一次火車事故中喪身了。她生前在一個希臘富翁那兒當過打字員，她曾把以前老闆的一些詳細情況告訴了畢米歇，引起了這傢伙的注意。事情是這樣的：那個希臘人擔心本國貨幣貶值，就把自己的產業全部變賣了，賣得的一部分錢買了證券，並在雅典買了不動產，另一部分的錢留在埃皮爾，尤其是在阿爾巴尼亞境內購置了大片的房地產。希臘人建了兩個卷宗，一個叫『倫敦卷宗』，存放著有關前一部產業的文件和票據，以證券形式保存的這份產業，存放在一家國外銀行；另一個卷宗裡則只有一個小包，用繩子綑紮著，封得秘密實實，大約有二十到二十五公分長。這個小包，希臘人不是鎖在抽屜裡，就是放在旅行包裡隨身帶著。放在這個卷宗裡的、從埃皮爾收回的價值一千萬法郎的東西到底是什麼？仍是一個謎。」

維克托一直專注入神地聽著，沒有提一個問題，這顯然令昂圖瓦納．布萊薩克非常滿意。

他接著說：「我有一個國際性組織，負責一些代理調查，我獲悉希臘人病了，確切地說差不多殘廢了，因此從不離開他的私邸。他雇了兩名當過偵探的人負責警衛，有三個僕人，都住在地下室，而他自己住第一層。二樓沒人住，一直關著，希臘人每天都要人把自己抬到三樓，也就是最高一層，在寬敞的書房裡獨自度過下午。那兒放著他的文件、書籍，以及他最愛的兩個人——已故的女兒和外孫女留下的各種紀念品。」

布萊薩克突然住口，好像想起了什麼事，猶豫幾秒，然後拿出了一份安裝工程結算書，仔細分析了整幢房子的保安措施。

「這一份是結算安全警報系統電鈴的安裝費用，從這裡，我得知希臘人私邸的所有百葉窗上都安裝了電鈴，只要一碰就會響。這是三樓廚房的平面圖，這兒是書桌，這兒是電話，這兒是書櫃，這兒是陳列紀念品的擱架，這兒是壁爐，上面有一玻璃窗。我就是在得知屋內有一扇玻璃窗以後，才想出計劃的。再來我來談談想法。」

布萊薩克用一支鉛筆在紙上劃出幾根線條：「私邸在一條寬闊的大街旁，一堵高牆將房子與大街隔開。房子後面有一個狹窄的院子，院子周圍也有圍牆。右面牆外，是一塊準備賣出的長滿灌木的空地。我曾經去過那塊空地，所以對那裡有詳細的了解。在那兒，一抬頭便能看到那扇玻璃窗，而且它外面沒裝百葉窗。於是，我立即開始做準備工作，目前差不多就緒了。」

「那麼？」

「我就指望您的幫助了。」

「指望我什麼？」

「畢米歇被關在牢裡，他的任務就只有您能勝任了。」

「條件呢？」

「要是我找到那個小包，就得分一半。」維克托故意討價還價。

「給您四分之一紅利。」

「不，三分之一如何？」

「行！」

兩個人握了握手，布萊薩克笑著說道：「像我們這樣的誠信君子，只要握握手就行了。跟您合作是可靠的，您也知道我會恪守諾言。」

維克托卻沒有笑，他說：「這位對手的姓名、住址，您要用的方法、計劃的具體內容、行動日期……我都一無所知。這說明您對我還不夠信任，我覺得很吃驚……」

布萊薩克有些尷尬：「這些是您答應和我合作的條件？」

「不，我沒有任何條件。」

「可是，我有一個。」芭琦萊耶芙突然擺脫沉思狀態，走近兩個男人說。

「什麼條件？」

「不要流血。」她這話是向維克托說的，而且情緒激動，語氣非常專橫。

「您剛才說小屋兇殺案與沃吉拉爾街謀殺案都已經了結，但它們在您眼中，其實還沒有了結。而我可能還是一個殺人犯呢！在您準備參與的行動中，沒有什麼能阻止您歸到我或昂圖瓦納．布萊薩克名下的那種事情。」

維克托平靜地說：「我可什麼都沒歸到你們名下。」

「不，您這樣做了。您認為我們殺死了艾麗絲．曼森，或至少是我們的一個同謀殺死了她。你的話裡暗含著我們要對她的死負責的意思。」

「我不是這樣想的。」

「可是，司法當局是這麼想的，輿論也是持這種態度。」

「但我卻不這麼想。」

「那麼，誰是兇手？您想一想！有人看見一個女人從艾麗絲．曼森家裡出來。的確，這個女人是我。既然如此，那殺人兇手怎麼不是我呢？人家提到的，也只是我的名字。」

「因為唯一能公布兇手名字的人，還沒有勇氣開口。」

「是誰？」

維克托覺得自己現在必須明確回答這個問題，剛才，他要求昂圖瓦納．布萊薩克對行動立刻作出說明，等於提出了條件，他必須再次顯示一下自己的本事，才能控制同夥。

他停了良久，然後說：「便衣警探維克托。」

「什麼？」那倆人同時叫起來。

「你們知道我對維克托的看法，他雖不是一個天才，但也算個優秀的偵探。他和所有人一樣，也有自己的弱點，有粗心的時候。兇案發生的前一天上午，他就與德．奧特萊男爵第一次去了艾麗絲．曼森家。他犯了個錯誤，一個誰也沒有注意到的錯誤。可是，它無疑是解謎的關鍵所在……」

「說下去。」公主低聲說，非常急切。

「他從樓上下來，把男爵送上汽車後，便讓一個治安警察看著男爵，自己到那座樓底層的咖啡館打了電話給警察總局，叫他們立即派些便衣來，並要人守住大門，不讓艾麗絲．曼森出門。可是電話老打不通，在維克托打電話的這一時間，德．奧特萊男爵卻想再到情婦家去。維克托警探的來訪，一定會使她十分恐慌。以前她只知道情夫偷了國防債券，卻不知道他殺了萊斯柯老頭，因此，她一定憎惡他。男爵當然察覺了她的感情變化，他相信這女人到時候一定會揭發他！想到這些，他便想立即回去找她談談。沒有人阻擋他，不是嗎？維克托警探正在打電話，治安警察正在注意交通。而且，有車篷擋著，警察幾乎看不見他。於是，他安然地回到了情婦家，而她的問答也充滿了威脅。德．奧特萊氣瘋了，為了得到國防債券，他甚至殺了人！現在，眼看就要達到目的了，難道能在最後一分鐘失去它嗎？於是他心頭一橫，要殺死了這個他喜愛的，但隨時可能背叛自己的女人。一分鐘以後，他下了樓，鑽進汽車。治安警察什麼也沒發覺，維克托警探自然什麼也沒懷疑。」

維克托盯了公主一眼，繼續說：「幾個小時後，您來找艾麗絲．曼森，在門上發現了兇手因為驚慌而插在門上沒拔出的鑰匙，看到了躺在地上，被人用絲巾勒死的艾麗絲．曼森……」

芭琦萊耶芙激動地說：「正是這樣……正是這樣的，圍巾掉在地毯上，我拾起來才發現她死了……我怕得要死，拿著圍巾便跑了。」

昂圖瓦納．布萊薩克讚同道：「您真是個厲害角色，我平生第一次遇到可以依靠的合作者！」

他立刻說出了接下來要採取的行動中必須交待的情況。

「那希臘人叫塞里福斯，他的住處離這兒不遠，布洛涅樹林邊的瑪約大馬路九十八號。我們下星期二動手。這裡有一把特製的長達十二公尺的梯子，我們爬梯子上去，一進到裡面，我就下樓去打開前廳的門，將在外面把風的三個手下放進來。我的手下會負責把床上睡覺的兩個警衛綑起來，這樣，我們可以從從容容地在底層各個房間看一遍，然後仔細去搜查三樓的書房，那筆財富可能藏在那裡。您說這樣行嗎？」

「行！」兩人又握了一次手，比剛才還熱情。

行動前幾天，維克托非常愜意，也極為謹慎。他一次門也沒出，一封信也沒寄，一通電話也沒打，這一舉一動令昂圖瓦納．布萊薩克更加信任他了。

事情完全按照維克托的預料，甚至是按照他安排的順序進展。他先成為了公主的同夥，顯示出自己的才幹，並用事實證明了自己的靈敏與忠誠，逐步進入了這個集團。如今，他成為了亞森．羅蘋的心腹和同謀了，一切就位！他們需要他，要求同他合作。總之，事情完全按他的計劃發展著。

芭琦萊耶芙公主現在輕鬆多了，常常很快樂，對維克托很親切，似乎是感激他揭露了真正的兇手。可是她對可能是她情夫的昂圖瓦納．布萊薩克的感情卻始終是一個秘密，她對他有時十分冷漠，毫不在意。使得維克托常常尋思她究竟算不算他的情人？也許，是亞森．羅蘋這個名字吸引了她，她是一個酷愛冒險和刺激的人。難道這是她留在他身邊的原因嗎？

最後一天晚上，維克托無意間撞見他倆擁抱親吻的場面。這讓他有些生氣，心裡有一絲淡淡的妒嫉悄然滑過。芭琦萊耶芙一點也不覺得尷尬，她笑著說道：「您知道我為什麼向這位先生施展全身魅力嗎？只是為了讓他同意我明晚跟你們一起行動。」

第二天，剛過半夜，維克托就來到那棟房子的底層等著。不一會兒，昂圖瓦納．布萊薩克和芭琦萊耶芙來了，她興致勃勃，步履輕快。但是，她蒼白的臉色、閃爍的眸子卻讓人覺得在這種輕鬆的外表下，顫動著一顆隨時會感到驚慌的心。

三個人一路沒什麼交談，來到了目的地。梯子已經豎在圍牆之外，被分做兩截，中間有滑槽可以相接。芭琦萊耶芙首先爬了上去，布萊薩克劃掉了一塊玻璃，一分鐘之後，便鑽了進去，手法乾淨利落。

芭琦萊耶芙有點怕了，她在梯子上停了一分鐘，在維克托的低聲鼓勵下，也爬了進去。

「我們只有一個鐘頭。」布萊薩克扶著她坐下來，俯身對她說，「您獨自待在這兒不怕吧？一切會很快結束的，最多十五分鐘……」

維克托和布萊薩克小心翼翼下了樓，來到了大門口，他把右邊一個控制警鈴的手柄用力拉下，手柄旁邊有一個按鈕。芭琦萊耶芙用力一按，靠近瑪約大馬路的那道柵門便開了，三個相貌粗蠻的人閃了進來。布萊薩克讓維克托留在這裡守望，自己則帶著手下往警衛的房間去了。

十分鐘後，布萊薩克回到維克托身邊：「從那傢伙嘴裡什麼也套不出來，他嚇得半死！尤其是我一說到三樓的房間，他就翻了白眼。東西一定在上面！」

芭琦萊耶芙坐在扶手椅上沒動，但臉色蒼白。

「不，不，」她嚇得聲音都變了，「我感到有些毛骨悚然了！」

布萊薩克根據圖上的標誌，一樣樣清點著物品，他們倆仔細搜查後，居然發現什麼也沒有。

「現在是淩晨兩點，再過一小時，天就要亮了，媽的，是不是該考慮撤退了？」維克托說。

「您瘋了！」昂圖瓦納·布萊薩克說，「我們來偷一千萬法郎，明知道這筆財產就在這裡，卻空著手回去，那就太蠢了！」

他不停地翻著東西，一不小心，把一件東西掉在了地上。

芭琦萊耶芙立即驚慌地站起來問道：「什麼？」

「聽……聽……」維克托也站了起來。

「到底有什麼聲音？」布萊薩克說。

他們尖起耳朵，最後還是布萊薩克肯定地說：「什麼聲音也沒有。」

「有！有！好像是從外面傳來的，我可以肯定。」維克托說。

「真煩人！」布萊薩克開始被這個高度警惕，又非常沉著的奇怪同夥搞得摸不著頭腦了，然而，他還是熄了燈，撩開壁毯，打開玻璃窗，探出身子想去看個究竟。他低低罵了一聲。過了好一會兒，才收回身子，在黑暗中說了一句：「梯子被人抽掉了。」

這真是一件匪夷所思的事，但布萊薩克似乎並不擔心：「梯子可能倒了，可能被人拿去用了，也可能被搞惡作劇的人搬走了，我們從大門出去，沒什麼好擔憂的！我想什麼時候逃走就什麼時候逃走！但我們一定要找到那一千萬！」

「不可能，您找不到了。」

「為什麼？」

「沒時間了。」

布萊薩克朝維克托揮動拳頭，他勃然大怒：「我真想把您從窗戶裡扔出去！您什麼也沒做，只在一旁吵！您那一份一毛錢也別想拿了！」

「事情沒有考慮周全。」維克托很堅持地說，「已經完了！我認識幾個搜查的高手，其中，有專門從事這種事的專家！我要請一個來。」

他走近電話，抓起話筒：「喂，小姐，請接夏特萊二四—〇〇……」

「你他媽的要幹什麼？」

「找一個朋友。您的人都是笨蛋，我的這位朋友卻是個高手，只要他一接手就會改變局面。啊！接通了！您好，我是瑪爾柯．阿維斯托。現在我在瑪約大馬路九十八號，是一座私人房的三樓。您到這裡來吧。來兩輛車，帶上四、五個人，叫上拉爾莫納……院子的大門和樓房大門全開著，您在樓下可能會碰到亞森．羅蘋的三個同夥，他們可能會拒捕，至於亞森．羅蘋，已經沒有動手的力氣了，他會像個木乃伊似的被五花大綁的！」

維克托停了一下，左手抓住話筒，右手則舉著一支勃朗寧手槍，對準正準備向他衝來的布萊薩克：「別動！不然你會死得很難看！」

維克托再次對著話筒說：「您三分鐘以後能來這裡嗎？局長……對，我說過，瑪爾柯．阿維斯托就是……你知道的，不是嗎？」

維克托擱下話筒，朝芭琦萊耶芙微微一笑，然後把手搶扔到房間另一頭，說：「沒錯，我就是便衣警探維克托！兩點半了，估計再過半小時，我的上司法警察局局長戈蒂埃先生，就會在幾個部下的陪同下趕來逮捕你，亞森．羅蘋先生。」

「在此之前呢？演技一流的警探先生！」昂圖瓦納．布萊薩克咬牙切齒地說道，他比對手高大強壯，並不畏懼這個滿臉皺紋，彎腰駝背的老警探。

「我要現在與你當場決鬥！這場決鬥的裁判，就是美麗的芭琦萊耶芙公主。」維克托笑了，「來吧！別可憐我這個滿頭白髮的老傢伙！」

勝負很快就見了分曉，看起來老態龍鍾的維克托一反常態，驍勇異常，幾記勾拳便將布萊薩克打倒在地，後者則像個要死的人，有氣無力地躺在那裡。

這個結局令一旁的公主臉上一臉驚訝，她用顫抖的聲音問維克托：「您打算怎麼處置他？」

「當然是交給司法機關！」

「別這樣！放他走吧。」

「不可能。」

「我求您！我個人一無所有，隨您處置，但請放過亞森．羅蘋……」

維克托火了，說道：「您愛他？我勸您還是趕快離開這裡，一分鐘也不要耽擱！」

「我不走！」

維克托衝到芭琦萊耶芙面前，大聲說：「世界上沒有任何力量可以強迫我把他放走！這個貨真價實的盜賊！手段稀鬆，才智平平，只會盜用別人的名氣！偷偷對一個蠢女人說：『我是亞森．羅蘋。』我鄙視這個無恥之徒！我要用事實揭穿他的假面目！真正的亞森．羅蘋應該越戰越勇，絕不會被揍幾下便趴在那裡不動了！」

公主的臉漲紅了，她喃喃地說：「您的意思是，他不是……啊！這可能嗎？您可以肯定嗎？」

這時，昂圖瓦納．布萊薩克用盡全身的力站了起來，由於恐懼，他的臉變了形，他指著芭琦萊耶芙公主，結結巴巴地問維克托：「你準備將她怎麼辦？」

「你別管！這不關你的事，還是想想你自己吧！布萊薩克是個假名，對嗎？」

「對。」

「你的真名能查出來嗎？」

「不能。」

「殺過人嗎？」

「沒有，除了捅過畢米歇一刀外。再說，也沒有證據證明是我捅的。」

「沒偷過東西？」

「沒有。至少沒有確鑿證據。」

「喔，如果是這樣的話，最多坐幾年牢，也是該坐一坐。出獄後呢？靠什麼過日子？」

「國際債券。」昂圖瓦納．布萊薩克自負地說，「除了我，沒人找得到它。」

「不錯，不錯。」維克托拍拍他的肩膀，「我這個人並不壞。只是因為你盜用亞森．羅蘋的名聲，醜化了他的形象，我才會憎惡你，決心要把你送進監牢。不過，考慮到你在計程車上找到贓物很有眼力，如果審訊時你不亂說，我想……我能把您的監禁減到一年。一年後，我接你出獄！我現在以亞森．羅蘋的名義發誓！同意嗎？」

聽聞此言，布萊薩克和芭琦萊耶芙公主震驚地說不出話來。

樓梯下面傳來了人聲，維克托輕輕打昏了芭琦萊耶芙公主，把她抱起，放在沙發上。

戈蒂埃先生帶著幾名警察衝了進來，維克托不動聲色地說：「局長，都在這裡了，亞森．羅蘋和他的情婦。」

局長歡喜得快要發瘋了，尤其是當維克托把九張國防債券從一個信封裡拿出來交給他時，他情不自禁地摟著維克托跳起舞來！

此時的布萊薩克一下子慌了，他朝維克托撲過來，罵道：「混蛋！你騙我！」

「你終於有反應了，真的找不到？孩子，藏在屋裡一條舊管道裡就叫找不到？算了吧，這怎麼能逃過我的嗅覺，我頭一晚就找到了！」

布萊薩克還想說什麼，維克托上前捉住了他，用低得只有他能聽見的聲音說：「閉嘴，我不會虧待你的……坐七個月牢出來後，我會給你一筆老戰士退伍津貼和一家菸草店。」

布萊薩克無力地垂下頭，服從了他的命令。

那個希臘人被抬了上來，他指著那個放紀念品的架子，驚惶失措。

「天啊，他們偷了我一千萬！那本集郵冊……那本無價之寶！我的一千萬……」

話未說完，這個可憐的人暈了過去。

警察搜遍了布萊薩克的全身，結果什麼也沒找到，那本集郵冊不翼而飛了。

幾個星期以後，居斯塔夫·勒羅姆跟他不貞的妻子離了婚，緊接著和而德·奧特萊男爵夫人結了婚，當兩人甜蜜地互相依偎著從市政府走出來，正準備登上一輛豪華轎車時，一位風度翩翩的陌生男子挽著芭琦萊耶芙公主走到他們身邊，送給夫人一串高貴的紫羅蘭，很真誠地說：「我代表便衣警探維克托向您表示真誠的祝賀與歉意，您今天的幸福還得感激他的大力促成啊！夫人，您大概認不出他來了吧？」

當晚，戈蒂埃局長收到了便衣警探維克托的一封辭職信以及維克托·奧坦的身份證，還有一張兩年前的死亡證明書，上面寫著：「維克托·奧坦，男，五十九歲，死於……」

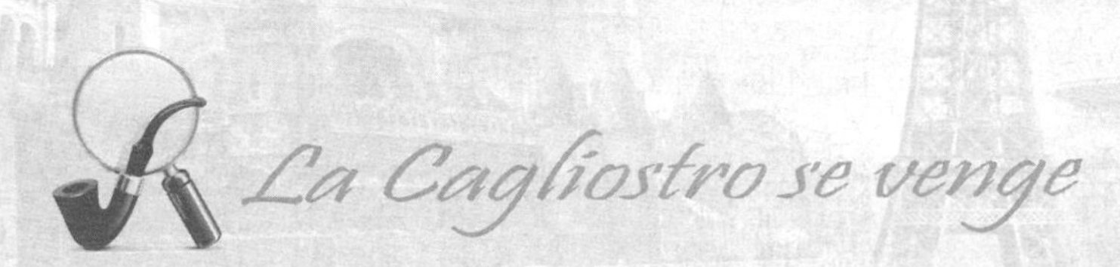

惡女復仇記 1935

美艷絕倫卻獨如蛇蠍的謎樣女人，
卡格利奧斯特羅伯爵夫人與亞森・羅蘋有何恩仇？
竟讓兩人糾纏二十八年，至死方休。

1 發生在別墅村的怪事

春季又一次來到了巴黎，陽光日益溫和怡人，碧藍如洗的天幕閃耀著絲絲光亮。街道上，一個肩膀寬闊、身材頎長、衣著時髦光鮮，年約四十七、八歲的紳士，大步流星地向前走著。他正是亞森．羅蘋。

亞森．羅蘋看上去神采飛揚、紅光滿面，雙目炯炯發光，身手靈敏、背脊挺拔。從後面看，誰也不敢相信他是一個年近五十歲的中年男子。渾身上下活力四射的亞森．羅蘋，內心裡卻飽含著外人無法看透的沉鬱與寂寥。雖然春天已經來臨了，但他的心卻仍然被灰沉沉的冬季封凍著。亞森．羅蘋之所以這樣，不是沒有原因的。

在亞森．羅蘋二十歲時的第一次冒險中，他與一位自稱為「卡格利奧斯特羅伯爵夫人」的女盜賊約瑟芬鬥智鬥勇，他終於得到了法國大革命時代隱匿在七座修道院岩石下的一萬枚寶石。在那次較量中，出現了一位協助亞森．羅蘋的少女克拉莉絲。事後亞森．羅蘋與克拉莉絲馬上結為伴侶。這是亞森．羅蘋一生中最為幸福的時光。

亞森．羅蘋曾經在克拉莉絲的面前發下誓言，婚後不再行竊，當時克拉莉絲非常感動。這對年紀輕輕的夫妻，在郊外一所簡陋的房子裡過著安定、祥和的生活。亞森．羅蘋將與約瑟芬拼鬥所得來的一萬顆寶石，全部以化名捐贈給法國各地的敬老院、孤兒院、少兒教化院、慈善機構及其他社會福利組織，因而他們的婚後生活十分清貧。但是由於兩個人互相扶攜、互相敬愛，所以日子過得也算平靜、美滿。

但這種安寧、幸福的生活並沒有持續多長時間。結婚第二年，克拉莉絲生下一個漂亮的小男孩後，不幸去世了。彌留之際，她緊緊拉著亞森．羅蘋的手，淚光閃閃地說：「好好照看孩子……將我們的寶貝……你照看他……」話沒說完，她就閉上了雙眼。

悲痛欲絕的亞森．羅蘋懷抱著剛剛降生的尚．德萊齊失聲痛哭。有一天，亞森．羅蘋外出了一會兒，返回時發現繈褓中的尚竟然失蹤了。

究竟是誰、通過什麼手段偷走了尚呢？窗戶關得緊緊的，也沒有腳印留下，無論如何也找不到歹徒做案時遺下的蛛絲馬跡。剛剛受到喪妻之痛的亞森．羅蘋，又莫名其妙地丟了孩子。亞森．羅蘋幾乎要瘋了。他雙眼血紅，不停地在巴黎市區尋覓失蹤的兒子。他在報紙上登出尋人啟事，並且去巴黎警察局報警，可這一切都是徒勞。亞森．羅蘋在心裡猜測著：「尚一定是被卡格利奧斯特羅伯爵夫人搶去了。她一定是因為寶石被奪的事耿耿於懷，因而劫持了尚，以此向我尋仇。」

為了尋找失蹤的愛子尚．德萊齊，亞森．羅蘋不捨晝夜地開展偵察工作，但卻一無所獲。亞森．羅蘋如同精神失控了一般，兩眼深陷、雙眸茫然空洞、臉色慘白，令人望而怯步。長期的傷痛與失望讓亞森．羅蘋變得脾氣暴躁、喜怒無常，他完全忘記了往日對愛妻立下的誓言，再度幹起了偷竊的行當。

自甘沉淪的人就彷彿從高坡上往下掉似的，只會越來越快地直線下墜。年紀輕輕的亞森．羅蘋行竊的技巧越來越高明，終於被別人稱作了「怪盜」。在這個過程中，他仍然尋找各種時機打探兒子尚的下落。不覺間，二十八年匆匆過去了。

尚被人擄去時是在一個初春的黃昏，因此每年春季到來時，亞森．羅蘋的心情也會變得陰鬱起來。

「如果尚還在人世的話，他也應該是一個二十八歲的小夥子了。」亞森．羅蘋站在岔路口等待綠燈亮起時，雙眼望著車水馬龍的街道，忍不住自言自語。

怪盜亞森．羅蘋現在儘管腰纏萬貫，但他的內心卻淒苦且空虛。即便擁有無數的金銀財寶，又怎麼換得回失蹤的兒子？

綠燈的時候，亞森．羅蘋穿過馬路，直奔布羅蒙銀行而去。亞森．羅蘋通把自己的錢財用不同的化名存入了四家大銀行，而布羅蒙銀行只是其中的一個。在這家銀行裡，他用的是勞佛．迪布尼的化名。

這天，他在銀行存入了五十萬法郎，然後來到地下室，打算從金庫中取出一些機密文件。當他來到金庫的時候，一位上了年紀的紳士也來到了金庫前。只見他的左胳膊上纏著一條黑紗布，也許他的一位親人故去了。

他似乎要避人耳目般地向四周打量了一眼，然後打開了自己的金庫，拿出一個綑了十字結的紙包，鬆開了繩子。亞森．羅蘋抬眼一瞄，發現紙包裡有一綑千元法郎面額的紙幣，每十張堆在一起。

老紳士的視力好像有些差勁兒，他把眼睛貼近那一綑紙幣時，不時地回頭看看，還一邊點著鈔票的數目。點完後，他將那綑約有八、九十堆的紙幣放進小箱子裡，鎖好後，緊緊抱在懷中。

當時，雖然他看了亞森．羅蘋一眼，但由於地下室中光線昏暗，再加上他昏花的老眼，因而並沒有看清楚亞森．羅蘋的長相。他只是皺皺眉頭，然後便大步流星地從亞森．羅蘋的背後走過去，爬上樓梯。

「千元面額的法郎共有八、九十打……大約有八、九十萬法郎吧！」亞森．羅蘋一面在心裡暗暗計算著，一面尾隨老紳士上了樓。老紳士途經一家麵包房時，買了一包點心，然後向著聖．勒寒爾車站走去。老紳士買了張票。因為不清楚他要去哪裡，所以亞森．羅蘋買了一張全程的票，乘上了與老紳士同一車廂的火車。

老紳士把那個箱子放在膝頭上，並用手緊抱著。他買的那包點心放在頭上的行李架上。亞森．羅蘋坐在離老紳士較遠的座位上，一邊假裝欣賞窗外的景致，一邊洞察著老紳士的動靜。此時的他已經習慣性地變回了怪盜身分。老紳士好像並沒有覺出亞森．羅蘋就是方才在地下室裡碰到的那個男人，但由於攜帶鉅款，他不時地四下打量著，似乎對車廂裡的每一個人都不放心。

在婁．貝捷內站，老紳士下了車，亞森．羅蘋也尾隨他從車上下來。婁．貝捷內是一個豪華別墅區，距離巴黎市區約十二公里，那裡有一個湖泊，與塞納河連為一體。河的兩邊以及湖泊的旁邊有一大片鬱鬱蔥蔥的樹林，藍、紅屋頂與雪白牆壁的別墅星羅棋佈著，正對著波光漣漪的湖水，清幽極了。

老紳士來到樹林旁邊的小路上，一隻手夾緊小皮箱，另一隻手拎著點心，逕自向前走去。亞森．羅蘋緊跟在他後面。老紳士來到一座別墅的臺階之上，敲了敲大門。亞森．羅蘋則藏身在大樹之後偷窺著。

大門開了，兩位年輕貌美的女孩走了出來，她們面帶微笑，甜美動人。亞森．羅蘋覺得她們倆好像兩朵盛開的玫瑰，嬌豔迷人。

「叔叔，你怎麼這麼晚才回來呢？我們都不放心你！晚餐早已準備就緒，只等你回來呢。」

「喔？我的時間已經抓得很緊了！快看，給你們帶的點心！」

老紳士說著，便把點心交給其中的一個女孩。另一個女孩正要伸手接過他手中的箱子，但老紳士緊抱不放。於是兩名女孩子各在一旁把他攙扶進門裡。

亞森．羅蘋來到大門處，只見門牌上赫然寫著「格力馬傑山莊」幾個大字。

亞森．羅蘋站在門外思索片刻，然後又踱到山莊的周圍觀察了一番。在一所靠近湖邊的空房子門口，他看見一張木牌，上面寫著：「別墅出售，哥勒爾．魯傑山莊——意欲購買者請與格力馬傑山莊聯繫商洽。」

亞森．羅蘋馬上折回格力馬傑山莊。他按了按門鈴，然後將印著「勞佛．迪布尼」字樣的名片遞給開門的女僕，並表示自己想購買這個別墅的心願。亞森．羅蘋被帶到了大廳，老紳士與他的兩個姪女都迎上前來。老紳士自我介紹為腓力浦．卡卜勒，接下來又把身邊兩位少女介紹給亞森．羅蘋。

「迪布尼先生，這二位都是我的姪女。大的叫伊莉莎白，小的名叫瑞妮。」卡卜勒說話時依舊將小箱子緊抱在懷中。亞森．羅蘋表示自己想購買別墅，正在這時，一個氣度不凡的小夥子走了進來，他是伊莉莎白的未婚夫，名叫基諾摩．艾莫。

老紳士向亞森．羅蘋簡單介紹了別墅的基本情況後說：「迪布尼先生，詳細情況請你隨後與我的律師商洽吧，我要立即前往尼斯去了。因為八個月之前，我的妻子去世了，這一次去尼斯也是為了讓悲傷的心情穩定下來，我打算到尼斯的孩子家裡修養一段日子。」老紳士一邊述說，一邊起身離座，「我並沒有和兩個姪女住在一起，我獨居在旁邊的歐拉介力山莊，但我們兩棟別墅的院子可以相通，所以看上去就與一個家沒什麼太大差別。」

老紳士說完就轉身夾著小箱子從院子走到旁邊的別墅去了。過了二十分鐘左右，他又回到了大廳，但手中的那個小皮箱已經不見了。

「他一定把錢藏到別墅中的某個角落去了！」亞森．羅蘋心想，「那一筆錢款究竟是怎麼來的？喔，對了！他剛才說自己的妻子八個月之前去世了，那麼他一定繼承了妻子遺下的大筆財產。為了逃避支付大量遺產所得稅的義務，他必定會把這筆錢藏起來，企圖不被稅收人員知道。他真是一個詭計多端的老頭兒。對於這種小人，無須心慈手軟，直接將那一大筆錢取過來就是了。」

正當亞森．羅蘋暗自盤算的時候，卡卜勒把自己房屋的鑰匙交給姪女，並扔下一句話：「我會在十月回來一次的。」然後大步走出門去。

於是，亞森．羅蘋便與老紳士的律師進行了一番交涉，最終買下了哥勒爾．魯傑山莊。他先付給律師一張三千法郎的支票作為房屋的預定金。接下來，亞森．羅蘋著手進行別墅的室內裝修工作，他本打算請一位美術設計師來負責裝修。但有一天，一個青年手持亞森．羅蘋的老友克拉德醫生的推薦信前來求見，希望成為他的藝術設計師。

來人自稱叫弗修爾．薩爾。他看上去頂多二十七、八歲，衣著打扮與他的身材搭配得很得體。弗修爾有一雙深幽湛藍的眼睛，獨具藝術家的氣質。亞森．羅蘋一看見他便十分高興。不論亞森．羅蘋提出的條件如何苛刻，年輕的藝術設計師都爽快地答應。

「我知道了，我會以自己的最大努力來做好這份工作。」弗修爾十分熱切地答道。

亞森．羅蘋把弗修爾安置在大門左首的小房間裡，弗修爾立刻著手開始工作了。他那種一絲不苟的嚴謹態度，備受亞森．羅蘋的欣賞。

亞森．羅蘋把弗修爾介紹給伊莉莎白與瑞妮兩姊妹認識，於是弗修爾常常在工作之餘去拜訪她們，與這兩個女孩相處得十分融洽。特別是弗修爾與妹妹瑞妮談話的時候，他總是雙目炯炯發光，滿面通紅。

姊姊伊莉莎白與未婚夫基諾摩．艾莫馬上就要結婚了，婚禮定在七月九日舉行，他們向叔父卡卜勒先生發送邀請。卡卜勒接到電報後立即回復，說他準備回來逗留一夜，以便於參加婚禮。

亞森．羅蘋此時正在外地遊歷，他也接到了伊莉莎白的請柬。妹妹瑞妮在請柬的下角寫明：「卡卜勒叔父將來參加婚禮，並於當天在山莊裡逗留一晚。」

亞森．羅蘋接受邀請之後，就打算在卡卜勒先生未到之前，先下手得到那筆錢。他已經有了計畫：

「哥勒爾．魯傑山莊與卡卜勒老紳士的別墅歐拉介力山莊相連接的地方有一條小路直達湖邊，湖邊一定有船以便遊人觀覽。到了深夜，我就乘小船從歐拉介力山莊的後門悄悄進入房屋，那筆錢款必定放在一個不為人知的角落裡。我認為不是在地下室就在房頂上；抑或是垂在牆上的某張油畫背後。只要我在屋裡四下打量一番，馬上就可以找到它的蹤跡。待我把那筆錢款拿走以後，我再把空空如也的小皮箱子放回原地。由於卡卜勒先生只在這裡待一夜後就返回尼斯，他一定不會去自己的別墅，而會暫居姪女的家——格力馬傑山莊。所以到時候他一定只會回家看看皮箱是否還在原地，絕不會打開來檢查的。那麼，這筆鉅款被盜的案子，在十月份卡卜勒先生回來以前，根本無人知曉。」

亞森．羅蘋迅速地回了國。

當他再次駕車返回哥勒爾．魯傑山莊的時候，發現大門口人聲鼎沸，便衣刑警和警官在周圍忙忙碌碌。他正猜測出了什麼事情的時候，只見年輕的美術師弗修爾．薩爾從大門裡出來，衝著他大叫：「迪布尼先生，出事了！」

從前天的半夜開始，這個向來安定、祥和的湖邊豪華住宅區就接二連三地發生了一些恐怖的事情。那天早上十一點鐘左右，伊莉莎白與瑞妮正坐在餐廳裡興致勃勃地談論著婚禮的有關事宜。

「恭喜你，姊姊！」

「謝謝你，瑞妮！不過，下一個新娘就是你了。我希望你也能擁有一個溫和誠懇、對你關懷備至的男人。喔，對了，那個名叫弗修爾的年輕設計師怎麼樣？你對他的感覺似乎還不錯啊？」

瑞妮聽完，滿面鮮紅地垂下頭去。伊莉莎白姊妹於七年前喪失雙親。從此以後，她們倆便從巴黎遷居到格力馬傑山莊過著平靜的日子。她們家的人很少，只有一位陪伴、照顧她們多年的老管家亞莫，以及她的丈夫艾薩爾。姊姊伊莉莎白是一位體態豐滿、綽約多姿的金髮美人，因為她患有支氣管過敏的疾病，所以臉色不太好，但她卻長了一雙迷人的湛藍色大眼睛，還有一張笑盈盈的迷人臉龐。妹妹瑞妮比姊姊的身體健壯一些，她是一個天真純潔、熱情好動的女孩子。一雙碧綠如寶石的大眼睛裡總是閃爍著活力四射的光芒，流露著大海一樣神秘莫測的光彩。

姊妹二人正親切地聊著天，這時候兩個年輕人走了進來。一位是伊莉莎白的未婚夫基諾摩．艾莫，另一個人則是亞森．羅蘋雇來的設計師弗修爾．薩爾。基諾摩是一位正直的瀟灑男子，自小失去父親，與母親相依為命，但不久前母親也已過世。現在，他正與母親的親戚住在一塊兒，偶爾去格力馬傑山莊探望他的未婚妻伊莉莎白，並且與她一塊用餐。今天，他與這位新近相識的朋友弗修爾．薩爾一塊前來拜訪。

伊莉莎白興奮地向未婚夫伸出了手，而瑞妮則含羞凝視著弗修爾，那是一種溫柔的眼神。用完飯後，四個年輕人返回寬敞明亮的大廳裡。從那個寬大的窗臺上可以遠遠望見院子裡翠綠如毯的草地及更遠處的湖泊，湖面閃著幽幽的藍光。他們在大廳裡輕鬆愉快地交談著。過了一會兒，弗修爾說自己要回去工作，便離開了格力馬傑山莊。

不久，伊莉莎白也站起身來。「基諾摩，該出去散步了，我們今天去划船好不好？」

「我想還是不划船為妙，你的支氣管病還沒好呢。」

「你不必擔心，或許見到湖水，我的心情可以好一些，對疾病的恢復也有好處。我去把叔叔的小船划來，你在這兒等我。」

「不，你留下，我去吧。」

「不要緊，我想活動活動。」伊莉莎白笑眯眯地從陽臺穿過去，走向草地。迅速地消失在通往歐拉介力山莊的森林中。

基諾摩憂心忡忡地注視著她。忽然間，一個女人淒慘的號叫聲從樹林中傳了過來，嚇得基諾摩心驚肉跳，他趕忙把身子探出窗外。只見在歐拉介力山莊靠近湖畔的地方，一個男子正使勁地扼著伊莉莎白的脖子。

湖畔邊放著一架梯子，下面拴著一隻小船。伊莉莎白也許是從梯子上下來打算鬆開小船的纜繩時，遭到那個男人從背後的攻擊。不一會兒，奮力掙扎的伊莉莎白終於軟軟地癱在湖水中了。基諾摩瘋狂地呼喊了一聲，想從窗子跳出去。這時，那男人丟下昏死的伊莉莎白，從地上拾起一件東西，然後飛快地穿過歐拉介力山莊的菜園，打算從角門溜走。基諾摩見狀，馬上從牆上摘下卡賓槍，將槍口瞄準那個男子，扣動了扳機。那男人應聲向前倒去，在菜園裡翻滾了幾下，緊接著就不動了。

基諾摩立即奔出大廳，面無血色的瑞妮也尾隨他奔出去。伊莉莎白的心臟已經停止了跳動。瑞妮撲倒在姊姊的身體上放聲痛哭，基諾摩也陪在旁邊大聲呼喚著。

「她脖子上的項鏈沒了。一定是那個混蛋奪去了！」伊莉莎伯的脖子上原有一條珍珠項鏈，那男人正是為了奪項鏈才對她下毒手的！那名男子臉朝下趴在菜園中央，子彈擊中了他的胸口，他也死了。基諾摩讓聞訊奔來的男僕艾薩爾幫忙，把那個歹徒的屍體翻過來。

那人看起來大約有五十五、六歲，衣服破破爛爛，頭上戴著一頂破舊的獵帽，稍稍花白的鬍鬚佈滿蒼白的臉龐，長褲腿被浸濕了一片。基諾摩翻檢了一下那男人隨身所帶的物品，在一個皮夾中找到了幾張紙，還有兩張骯髒的名片。在這兩張自己做的名片上有墨水書寫的名字：「柏侯昆屆」。

住在附近的人們聽見槍響都蜂擁而至。有人打電話到魯．培傑尼鎮警局報警。不一會兒，警車鳴著警笛風馳電掣般地駛來了。警務人員劃出警備線、驅散圍觀的民眾之後，馬上開始進行調查工作，並且派法醫檢查了死屍。弗修爾聽到槍聲，也驚詫萬分地從哥勒爾．魯傑山莊趕來。但是大門口已經戒嚴，有兩、三個刑警守候在那裡。弗修爾從圍觀的人群中擠到刑警跟前，說道：「我是這家別墅主人的好朋友，請讓我進去一下。」

弗修爾被獲准進入格力馬傑山莊。他已經從刑警與周圍群眾那裡了解大致的情形與事情的始末。弗修爾來到房間裡，只見瑞妮與基諾摩兩人正呆呆地坐在大廳中。弗修爾說了一些撫慰的話，但瑞妮與基諾摩似乎深受打擊，他們毫無表情，也不說一句話，只是默默的流著眼淚。

法醫檢驗完畢屍身，警員馬上將伊莉莎白的屍體挪到大廳中。瑞妮見狀，立即撲倒在地失聲痛哭。當天晚上，三個人在停放伊莉莎白屍體的大廳裡守護著。他們一言不發，只是淚流不止。不知什麼時候，屋外下起了淅淅瀝瀝、如泣如訴的小雨。半夜以後，弗修爾告辭離去了，只剩下基諾摩與瑞妮守在廳內。午夜兩點鐘的時候，基諾摩不發一言地站起來，猶如夢遊一般走出屋子，直到天色破曉仍不見他歸來。瑞妮十分擔心他的安危，便派老僕人艾薩爾和亞莫出去尋找，但到處也不見他的身影。

這時，一個從薩芷樹林中的小路走過的工人，看到了一個倒在地上的年輕人，他正是死去的伊莉莎白的未婚夫——基諾摩．艾莫。基諾摩渾身上下已經濕透，他正痛苦不堪地號叫著。脖子上有一個深深的口子，鮮血不停地往外直冒。

大概在同一時候，離案發現場僅三、四百公尺的小路上，一個送牛奶的孩子又發現了另一個身受重傷的年輕人。這個人的心口處被人用短劍刺透，上裝與領帶都血漬斑斑。他留著長頭髮，身材高大結實。他的傷勢好像比基諾摩還要厲害，不過還有點氣息，心臟已經跳動得很微弱。兩個人馬上被急救車送往婁．

貝捷內鎮的醫院裡救護。

在一天一夜之中，這個向來安定平和的住宅區，竟然接二連三地發生了四起兇殺案件。在被害者中間，有兩人死亡，兩人身負重傷，其中一個瀕臨死亡。亞森·羅蘋從弗修爾的嘴裡大致知道了悲劇發生的始末，隨後與他一塊兒來到了格力馬傑山莊。

平時荒無人煙的森林小道，此刻則有衣著制服的刑警和便衣來來往往、忙忙碌碌。報社的汽車也擠在一塊兒，排出的廢氣籠罩了整個樹林。

格力馬傑山莊的兩扇大門緊閉，警察守護在門口，不准任何無關人員擅入，連報社的記者也不准入內。由於亞森·羅蘋與弗修爾自稱是死者伊莉莎白的好朋友，這才獲准進入格力馬傑山莊。

亞森·羅蘋撫慰了一番淚流滿面的瑞妮，而後回到院子裡，傾聽羅恩法官與古塞警官的案情分析：

「伊莉莎白小姐從梯子上走下來，正欲蹲下去鬆開小船的纜繩，此時兇犯從背後突然襲擊了她。」

古塞警官又說，「兇犯扼死伊莉莎白後，奪去了她脖子上掛的珍珠項鏈，在企圖溜走時被基諾摩一槍擊斃。現在，我們只知道此兇犯名叫柏侯昆屈，其他一概不知。從他的外貌裝束上看，他也許是一個最近一段日子流浪到這一帶的無業遊民。」

「基諾摩不認識兇犯吧？」

「是的。我曾經去醫院調查過，基諾摩說他自己從沒見過那個兇手。」

「關於那個攻擊基諾摩的歹徒，他也沒見過嗎？」

「他一點兒也不知情，也不明白兇手為什麼要攻擊自己。」

「那麼，另一個遇刺者現在的情況又怎樣呢？」

「因為他的傷勢較嚴重，所以目前意識還未恢復過來，我們無法打探他的姓名與職業。但從他的衣裝與髮型上來判斷，他可能是從事油畫或雕刻一類職業的藝術家。他是一個身材高大結實的年輕人。兇犯持一柄短劍扎透了他的胸脯，這個兇器與攻擊基諾摩的人所持的兇器是同一種。因此我推測，兇犯可能是一個人，因為被殺傷者幾乎是在同時同地受到襲擊和傷害的。」

「兇犯一定是個歹毒的殺人狂。」羅斯法官自言自語道，此時古塞警官背後響起了一個聲音，「我看也不儘然。法官與警官閣下的判斷，兩名遇刺者是一個人所傷。這也就是說，在案發現場共有三人：兇手一名，遇害者二名。但我想也許只有兩個人啊！」

「你是說？」

「我的意思是說，基諾摩很有可能遭那個藝術家模樣的年輕人襲擊而脖子處受傷，而那個青年同樣也被基諾摩扎透了胸口，他逃遁到三、四百公尺的地方，終因體力不支而昏倒在地。你不認為這也十分合理嗎？」

「你是什麼人？」羅斯法官謹慎地問道。

「我名叫勞佛．迪布尼，住在旁邊的哥勒爾．魯傑山莊裡。我與死者伊莉莎白小姐及她的叔叔卡卜勒老先生，還有受傷住院的基諾摩都是老朋友。」

「所以，你才在現場？關於你剛才所說的只有兩個人在案發現場，我不太清楚你說這話的意思。」

「我是說……」亞森．羅蘋正待回答，古塞警官突然恍然大悟似地插話道：「請等一會兒，我想起了一件事，我曾經詢問過基諾摩，他回答說：『我身邊既沒帶手槍也沒帶短劍。當歹徒攻擊我的時候，我空手與他抗爭拼鬥。當我對準他的下巴揮了一記重拳後，我也被他用劍割破了脖子。』但令人百思不解的是，遇刺的那個青年臉上並沒有遭受重拳的痕跡，只有胸口處受了傷。」

「喔？那是我錯了？」亞森．羅蘋不一會兒便打消了自己的疑慮，他這種乾脆的態度馬上引起了羅斯法官與古塞警官的好感。

「你有別的意見和提議可供我們參考一下嗎？」

「喔，沒有什麼……喔，對！伊莉莎白小姐遭歹徒攻擊後是掉到湖裡去了吧？因為她的裙子、兇手的褲子都浸了水。」

「那是因為伊莉莎白小姐奮力掙脫時木梯斷裂的緣故。」

「按常理說，那架木梯子應該是堅固無比的。我覺得十分詫異，就去實地調查了一下，結果發現木梯兩邊的支撐腿已被人鋸去了一大半。」

「喔？」法官與警官大叫了一聲。

三個人立即趕到湖畔，只見木梯的兩根支撐腿果真被人動了手腳，在鋸斷的地方露出新鮮木頭的痕跡。

「這究竟是怎麼回事？」羅斯法官喃喃道。

「有人打算讓伊莉莎白溺水而死。這個人一定掌握了她每天必到湖上泛舟的習慣，因此就在木梯的腿上做了手腳，讓她一踩上梯子就隨著斷裂的梯子掉入湖中。」

「這是誰幹的呢？你掌握了什麼有價值的線索了嗎？」

「目前還沒有，但我確信想謀殺伊莉莎白的人與想奪項鏈的歹徒——柏侯昆屈——根本不是一個人。」亞森．羅蘋下了斷語。

正在這時，一陣汽車的停車聲從別墅大門口傳來。老紳士卡卜勒踏入法官與亞森．羅蘋所在的院子，他那張灰濛濛泛著青色的臉不住地哆嗦著，兩條腿幾乎站立不住，整個身子搖搖擺擺，接著一下子癱倒在椅子上，用雙手蒙住了臉龐。

羅斯法官向他講述了案件發生的詳細經過，老紳士不發一言地啜泣著，誰也不知道能用什麼辦法撫慰他。周圍被陰霾籠罩了。太陽鑽進了烏雲裡面，湖面也顯得黯淡失色，一切都沉浸在沉默與悲傷之中。

卡卜勒終於止住了幽泣，他慢慢地站起來走過院子，來到旁邊的歐拉介力山莊。不一會兒，一陣令人心顫膽寒的嘶叫聲傳過來，只見卡卜勒老先生從窗子探出上半身，擺動著雙手拼命地呼叫著。眾人大驚失色，慌忙沖進歐拉介力山莊。老人跌坐在地上瘋狂地叫著：「被盜了！被盜了！那個歹徒竟然找到了它……啊……完了！全完了！我全完了……我破產，活不下去了！被盜了，我完了，我死了……我快死了……」

「卡卜勒先生！你醒一醒，冷靜一下，你怎麼了？」羅斯法官使勁兒晃動著卡卜勒先生。好一會兒，他才回過神來，大口大口地吞咽著刑警遞來的開水。稍稍冷靜了一下以後，卡卜勒彷彿意識到自已失口說出了不該說的話，他沉默著睜大眼睛盯著大家。

「出了什麼事？什麼東西被盜了？錢？還是珠寶？」

「不！不！不是！那個東西根本是一錢不值！」

「但是剛才你不停地大叫：『完了！破產了，活不下去了！』」

「喔？我說過這些話嗎？我一點兒也想不起來了！大約是驚駭過度吧，我現在什麼都不記得了……不，不！那不是什麼珠寶首飾……也不是錢……根本一錢不值……對別人而言，一無是處……但我如果丟了它就會很麻煩。真的，那些東西對我而言至關重要，對別人一點用也沒有。我沒說謊！」

卡卜勒似乎十分懊悔自已方才發狂地喊出了不該說破的話，拼命地遮掩著，他那張慘白的臉不住地淌下大滴的汗珠。亞森．羅蘋見狀，暗自竊笑。

「你說這個東西不重要，那麼我們就幫不上什麼忙，你必須告訴我們，你丟了什麼東西？」

「喔……對，是個小袋子！」

「只說這個根本不行。你要告訴我們它的樣子、顏色或特點。」

「那……是一個灰布袋！」

「裡面放的是什麼東西？既然不是金銀珠寶，那麼肯定是機密文件了？」

「是的。但對外人而言卻與垃圾沒什麼區別。」

「我懂了。你去房間裡睡一會兒，穩定一下你的情緒吧。我們一定會想盡辦法地為你找到那個袋子的。」羅斯法官也發覺卡卜勒有點不對勁，他心裡思忖著：「即使繼續問下去也不會有什麼結果。現在最重要的便是找回那個灰布袋，所有的謎就解開了。」

卡卜勒一邊拭去腦門兒上沁出的汗水，一邊向臥房走去。羅斯法官吩咐古塞警官認真搜索一下房間，結果發現地下室中放著一隻小箱子，但卻是空的。法官又返回格力馬傑山莊，盤問瑞妮是否看見過一個灰色袋子。瑞妮使勁搖頭否認。亞森・羅蘋問道：「瑞妮小姐，今天早晨，你說兇犯攻擊了你姊姊以後，從地上拾起一件東西後倉皇逃走了，是這樣嗎？」

「是的。」

「那是個布袋嗎？」

「我不知道……似乎有些發白，他一邊跑一邊放進衣服裡。」

「後來他被基諾摩擊斃了？」

「是的。」

亞森・羅蘋暗自思忖：「卡卜勒一定從那隻小皮箱裡拿出了那些紙幣，然後放到灰色袋子中，並妥善地藏在一個角落裡。但是，灰色袋子為什麼會被丟在院子中呢？還有，那個名叫柏侯昆屈的歹徒儘管撿起了袋子，但是在他的身上卻沒有發現它。這太不可思議了！」

羅斯法官把協助基諾摩搬死屍的老僕人艾薩爾喊來盤問了一番，據他說，他並沒見到什麼灰布袋。艾薩爾是一個十分可靠的老人，他不會撒謊的。

盛著八、九十萬法郎鉅款的灰袋子怎麼轉眼間不見了呢？法官、亞森・羅蘋都陷入了思索之中。在一陣長長的沉寂之後，亞森・羅蘋終於打破了靜寂：「我認為，事情的大致情形也許是這樣的。首先柏侯昆屈偷偷來到了歐拉介力山莊，當他發現那個灰布袋之後，突然注意到天色已經泛白了。因為無法逃脫，所以他只好老老實實地待在屋子裡面。但是他又不能一直藏著不出來，因此在日近正午的時候，他從窗子翻出來，跳到院子裡。正在此時，伊莉莎白來到了湖邊。當她去解小船的纜繩時，看見了柏侯昆屈並大聲尖叫。他不得不扼住伊莉莎白的咽喉以防止她再呼救，沒料到用勁太大，失手扼死了伊莉莎白。在這緊急關頭，柏侯昆屈撿起掉落在地上的項鏈慌忙溜走。正在這時，塞在衣服裡的灰布袋掉了出來，他倉皇地拾起來，隨後逃至菜園時，被基諾摩開槍打死了。」

「嗯，你的話聽起來十分合理。但警方為什麼沒有在他身上發現那個灰布袋呢？還有，究竟是誰在梯子上動了手腳，鋸掉了四分之三的支柱呢？他為什麼要這麼幹呢？這兩個細節仍然無法解釋。」

「我也不知道。」亞森．羅蘋淡淡地說。

兩個人沉默不語地返回格力馬傑山莊。只見古塞警官與弗修爾．薩爾正在說話，他們二人的表情十分嚴肅。

2 活躍的亞森．羅蘋

「閣下，發現了什麼新情況嗎？」亞森．羅蘋問道。

「沒有，什麼也沒有發現。我曾經去醫院裡看過受傷的基諾摩。他告訴我攻擊他的歹徒也許早就藏在附近的草叢中等候他了，因為歹徒是突然之間從湖邊跳出來的。」

「證實了割傷他脖子的兇器是一柄短劍了嗎？」

「醫生說，從傷口來分析，理應是尖利的短劍所傷，但是在案發現場卻沒有找到這樣的兇器。」

「另一個遭攻擊的人，那個有藝術家氣質的年輕人有什麼新情況嗎？」

「什麼也沒有發現，不過卻有一件事情讓人不可思議。」

「何事？」

「那個年輕人昨夜遭攻擊前曾到過哥勒爾．魯傑山莊。」

「太怪了！昨天因為伊莉莎白小姐遇害，所以白天的時候，警方已將大門口戒嚴了，不准任何閒雜人等入內，他怎麼可能到哥勒爾．魯傑山莊呢？」

「當這位弗修爾．薩爾先生進入山莊時，他也一塊兒被允許越過了戒嚴線。」

「弗修爾，真的嗎？」

「不，我根本沒注意。」

「可是，有好幾個人都發現你和他相繼進入了院子。」

「我聞聽伊莉莎白小姐被謀殺的消息之後，大吃一驚，就慌忙奔到大門口請求刑警先生允許我進去，當時根本沒發現旁邊有一個年輕人。」

「你的意思是說，你沒見到那個身材高大結實的藝術家囉？」羅斯法官問。

「是的，我沒看見。不，也許看見了，但沒在意。因為出了這麼大的一個亂子，我的頭昏昏沉沉的，根本無法關注身邊有沒有其他人。」

「這也不怪你。你在迪布尼先生的家裡住嗎？」

「是的。迪布尼先生雇用我為他裝飾新居，因此我就住在哥勒爾．魯傑山莊大門左側的小房子。右側的房間裡住著一位看門的花匠。」

「依那個花匠之言，昨天你在門裡的椅子上坐了一會兒，是這樣嗎？」

「不錯。昨天，我與格力馬傑山莊的兩位小姐一塊吃飯，當時還有基諾摩在場。用完餐後，我與他們聊了一會兒天。後來，我由於工作原因而提前告辭了，到家之後就在長椅上坐著抽了根菸。」

「據說當時你與一個年輕人在一起，那個人從前找過你好幾次。他就是現在成為人們關注焦點的那個年輕藝術家。」警官毫不鬆懈地說。亞森．羅蘋正打算開口，但警官攔住了他。

「我把那個花匠領去辨認了一下那個年輕人，花匠認出他正是從前找過你數次的藝術家。」

讓人吃驚的是，弗修爾此時面無血色，腦門沁出一層冷汗。

「怎麼？你與那個遇害的男青年是一起去格力馬傑山莊的嗎？」警官那尖銳的目光緊盯著弗修爾，弗修爾搖頭否認。

「是的，我從前曾和那個青年藝術家說過話，但我並不清楚他是否跟在我的後面進入了山莊裡。」

「真的嗎？那麼你的朋友叫什麼？」

「他並不是我的朋友！」

「好吧，不是你的朋友，你也應該知道他的姓名吧？」

「是的，他叫希文．若利葉。我早忘記了是什麼時候，他忽然跑到這兒來對我說他是一位畫家，因為尋不到一位合適的資金贊助者，所以無人購買他的藝術品。他詢問我願不願意將他推薦給迪布尼先生，我同意了。此後，他又找過我幾回。」

「他住在什麼地方？」

「巴黎。但我不知道具體在什麼地方。」

警官閉上眼睛思索了片刻，而後從附近叫來四位紳士，他們都住在周圍村子裡。警官問其中的一個人說：「你的別墅是在歐拉介力山莊對面嗎？那兒有一條小路可以直達湖邊，是這樣的嗎？」

「不錯。」

「你剛才說，昨天夜裡十二點四十五分，你從窗內望見小道前面的湖旁停泊著一隻小船，因為這是你家裡的船，所以讓你大吃一驚。」

「嗯，不知道是誰沒有經過我的允許就擅自弄走小船。」

「你看清這個人的面目了嗎？」

「昨天夜裡雖然小雨不斷，但是當時恰好月亮鑽出了黑雲，所以我看見了那個人的面貌。雖然他飛快地鑽進了樹林中的小道上，但我敢肯定他是弗修爾．薩爾先生。」

弗修爾的肩頭哆嗦起來，警官轉而詢問他道：「這樣說來，昨天夜裡十二點鐘你去了湖邊？」

「我沒離開小屋半步！」弗修爾一口咬定。

「太不可思議了，既然你從未離開小屋，但是有人卻發現你在湖上泛舟並且鑽入樹影中的小路上；而且攻擊基諾摩的兇犯，也是突然間從那條小路邊草叢中跳出來的。對此你又怎麼解釋？」

警官的話語裡滿是譏嘲，他一邊客客氣氣地說，一邊用尖銳的目光緊緊盯著弗修爾。

「我從未離開小屋半步！」弗修爾又一次說道。他的臉色十分難看，面皮鐵青、雙唇焦渴。面龐不住地哆嗦著，痛苦極了。

羅斯法官一直沉默不語，看著弗修爾的臉龐。亞森．羅蘋也用同情的目光盯著他，而後扭頭沖著警官說：「警官閣下！你這樣窮追不捨地盤問，難道你懷疑弗修爾是兇手嗎？」

「我並沒有這麼說。」

「但是你詰責盤問他的樣子彷彿已把他當作了兇犯。你懷疑他未經主人允許盜用別人的私船，並藏在某一個角落中。等基諾摩出現時，他便從森林小路中一躍而出用短劍刺傷了基諾摩，而後又偷襲了希文．若利葉，是這樣嗎？但是，你如何解釋他刺傷基諾摩的動機？你還說不出他為什麼要攻擊本已同意介紹給我的希文？」

亞森．羅蘋態度強硬地反問警官。對方無法回答。

「並且，你還疑心弗修爾正是偷偷鑽入歐拉介力山莊盜取灰布袋的人，但是從窗子裡躍出來扼死伊莉莎白，而自己也挨了一槍子的人卻已證實是流浪者柏侯昆屈。」

「但是並沒有在柏侯昆屈身上找到灰布袋，此事與柏侯昆屈毫無關係。」警官推斷說。

「那麼，柏侯昆屈為什麼要從窗子跳到院子裡呢？又為什麼要殺死伊莉莎白？還有，拴纜繩的木梯被人動了手腳，這件事情又是誰幹的呢？」

「這些我目前還無法確定，但我相信過不了多久真相便會大白。我現在雖然沒有找到確鑿的證據證明弗修爾是殺人兇犯，但我不會就此罷休的，一旦我掌握了有力的證據，馬上會抓他歸案。」警官信心十足地說。

「那麼，現在我可以帶走他嗎？」

亞森．羅蘋領著弗修爾．薩爾回到了哥勒爾．魯傑山莊，問他道：「現在的情況對你而言十分兇險，你被捲入了這樁疑雲重重的兇殺案中，你自己有沒有什麼想法？」

「沒有，我不知如何是好！」

「我認為也是這樣。如何？你可以把一切始末原委都告訴我嗎？無論是什麼，即便不想讓別人知道的也要一五一十地對我說。我的好友克拉德醫生把你推薦給我，他在介紹信裡說，你自幼喪失雙親，還讚揚你是一個積極進取的優秀青年，並且在室內裝潢設計方面獨具天分。對於你，我知道的情況也僅限於這些。如果你可以將實情告訴我，我相信我會想盡辦法幫你擺脫困境的。」

「太感謝你了，但我似乎沒有什麼事情可以告訴你。」弗修爾好像不願意對別人提及個人隱私。亞森．羅蘋沉思片刻，又說：「好吧！我也不強求你。那麼警官的話是真的嗎？」

「不！他所說的事我一點兒也不明白，我絕對不會做泯滅良知的事！」

亞森．羅蘋盯著弗修爾，然後說：「我相信你的眼神和你所說的話！」

「謝謝！」弗修爾又湧出了淚水。

次日，格力馬傑山莊為伊莉莎白舉行了隆重的葬禮，卡卜勒老先生於當日返回了法國南部地區。他好像害怕法官與警官追問灰布袋裡到底什麼東西，所以就在葬禮結束後慌忙走了。

亞森．羅蘋在葬禮完畢之後返回哥勒爾．魯傑山莊，弗修爾正在自己屋裡描繪圖樣。亞森．羅蘋一進大廳就看到裡面坐著一位陌生的女子。她衣衫破爛，頭上沒戴帽子，脖頸上搭著一條圍巾。女子扭曲的臉龐蒼白如紙，滿是悲傷與氣憤的表情。

「請問，小姐有何貴幹？」亞森．羅蘋一邊向裡走，一邊問。

「我是希文．若利葉的女朋友。」女子回答說。

「喔？是那個遇刺的年輕藝術家？」

「是的。我的男朋友就是那個差點被刺死的希文．若利葉！」少女因為狂怒而嗓音顫慄著。她用一種仇恨與氣憤的目光盯著亞森．羅蘋，緊接著又放聲痛哭起來。

「你沒事兒吧？小姐，你到醫院去看過他嗎？」女子一邊用手帕抹淚水，一邊搖頭算是回答了亞森．羅蘋的問話。

「既然他是你摯愛的男友，你就應當馬上去醫院裡看他！」

「在去醫院以前，我想先見你一面！」

「見我一面？為什麼？」

「為什麼？……你應該明白。因為這個案子完全是你一手策劃的。你藏在暗處，把大家當作木偶一樣地操縱，從而引起了這個令人膽戰心驚的兇殺案，然後你再假裝一切與你毫無關係，冷眼從旁看熱鬧。

「我看了今天的早報，得知弗修爾．薩爾被警方懷疑是殺人元兇，但實際上他只不過是你手裡的一個工具罷了。」

「你別亂講！你根本就不了解我，所以才會說出這些毫無根據的妄語！」

「我知道你！」

「知道我什麼？」

「我是絲毫不了解什麼勞佛．迪布尼！但我卻知道怪盜亞森．羅蘋，你就是那個怪盜！」

亞森．羅蘋大吃一驚。

「亞森．羅蘋？他是什麼人？」

「你別裝糊塗了！很久以前我就聽說這件事了！因為希文好幾次對我提及到你。他說亞森．羅蘋用了假名勞佛．迪布尼。我對他說，別和怪盜之類的危險分子打交道，但是希文不肯聽從我的勸告，所以才會弄成今天這樣。你是我的仇敵！如果他有什麼不幸的話，我不會放過你的，我一生都要咒罵你！」亞森．羅蘋迷惑不解地盯著少女那張因激憤與惱怒而扭曲的臉。

「這究竟是怎麼回事？我根本不認識那個叫希文．若利葉的年輕人。我雖然在醫院裡見過他，但是他與我素昧平生。那個名叫希文．若利葉的男子，為什麼要對這個女子提及我是亞森．羅蘋的事？他又是如何得知這個消息的？他知道我就是怪盜亞森．羅蘋，反而打算讓弗修爾介紹他與我相識，為什麼他的女朋友又要千方百計地阻撓呢？嗯！這件事實在是太奇怪了，其中一定深藏著不為人知的隱情！」

亞森．羅蘋一邊沉思，一邊上下打量著面前的女子。她看上去是一個脾氣直率、愛憎分明的女人。假若仇恨某一個人，她一定不會輕易放過而會一生耿耿於懷。

女子的情緒似乎稍微冷靜了一點。她坐在廳內的長椅上，兩隻手蒙住臉龐，肩頭劇烈地抽搐著，接著又大哭起來。「啊！希文，我深愛的人！如果你離開了我，我也不想再留在人世了！現在你正躺在醫院裡掙扎，不知要受多少煎熬、苦痛……希文，如果你真的要離我而去的話……」

女子突然貼近亞森．羅蘋。「都是你害了他！如果他死了，我一定會為他報仇雪恨！我生在科西嘉島，我覺得你一定知道科西嘉島上的人報復心十分強烈！我一定要報仇！不過，在復仇之前，我會讓所有人都知道你是怪盜亞森．羅蘋，我還要去報警。亞森．羅蘋就是哥勒爾．魯傑山莊的主人，他叫勞佛．迪布尼。」女子一把拉開門，正欲狂奔出去。亞森．羅蘋衝上去拉住了她，把她按在椅子上，雙手使勁壓在她的肩頭上。

「你先鎮定一下！希文．若利葉雖然身負重傷，但仍有希望復原。主治醫生表示過他沒有生命之憂，還可以活過來！」

「真是這樣嗎？」女子的心情略略平息了一下，她用烏亮的大眼睛注視著亞森．羅蘋，亞森．羅蘋看見她有一對漂亮的長睫毛。

「真的，他的傷不會致死。」女子長長地出了一口氣，終於安靜下來。

亞森．羅蘋拉住她的手，溫和地說：「我與這件案子一點關係也沒有，我並沒有傷害你的男友希文．若利葉，更沒有操縱誰去幹這個勾當。你想一下，我根本不認識希文．若利葉，在醫院那次是我初次見到他。請相信我所說的一切，我沒有傷害他，小姐，我發誓！」

亞森．羅蘋的誠懇終於打動了那個女子，她眼睛裡怒不可遏的神情已經不見了。

「你似乎已經理解了我的意思，我希望幫助你，你想要做什麼？」

「我希望你可以救希文的性命，想個辦法讓我去護理他的傷痛。我從前曾做過護士。」

「這個太容易了！我立刻就去醫院與院長洽談一下，讓他請你當護士。而且，我會叮囑他嚴守秘密，對警方守口如瓶的。你叫什麼名字？」

「菲斯汀娜！」

「到了醫院之後，你就用個化名，當然也不能讓醫院與各方知道你與希文．若利葉的真正關係。」

女子答應下來。

亞森．羅蘋用汽車載著菲斯汀娜來到那家醫院。他如實對院長說了內情，請求他聘用菲斯汀娜做一名護士。希文病情惡化，正高燒不降，整個人都處於昏昏沉沉之中，所以根本不知道自己深愛的女友菲斯汀娜正身著護士服，滿眼含淚日以繼夜地陪伴著他。亞森．羅蘋離開他們，逕自走進了基諾摩．艾莫的病房。在那間病室裡，瑞妮在看護他，還帶來一束鮮花。基諾摩的傷勢已大大好轉，氣色好多了。

亞森．羅蘋稍稍撫慰了幾句，然後陪著瑞妮返回了格力馬傑山莊。此時，羅斯法官剛剛檢查完畢案發現場的情況。他一見亞森．羅蘋便壓低聲音說：「那個名叫弗修爾的青年，似乎情況不太好！」

「出什麼事了？」

「他的嫌疑越來越大！剛才你的花匠以及這兒的老僕人艾薩爾告訴我，大概在兩個星期以前的黃昏時分，艾薩爾曾經在你家籬笆外邊與花匠談天。這時，艾薩爾提到了腓力浦．卡卜勒老先生把逝去夫人的遺產保存在自己的家裡，也就是放在了歐拉介力山莊的某個角落。

「後來，他們二人馬上感覺到在他們說話的時候，籬笆那邊的椅子上也有兩個人在閒談。那兩人不是別人，正是弗修爾．薩爾與希文．若利葉。

「他們倆一定聽聞了卡卜勒老先生在山莊裡藏鉅款的事情，於是便計畫尋找時機去竊取那筆財富。恰巧，這時來了一個名叫柏侯昆屈的流浪人。倆人便拉住這個老頭兒，指使他鑽入山莊中。

「於是，柏侯昆屈偷來了灰布袋。就在他企圖逃遁時，被伊莉莎白看見了，於是柏侯昆屈便扼住她的咽喉並搶走了項鏈。這時候，一不小心灰布袋掉落在地，他慌忙拾起來跑到菜園裡。正在此刻，基諾摩一槍擊斃了他。弗修爾立刻從死屍上搶去了布袋溜了。」

「嗯！這個推理十分有意思，後來又怎麼樣了呢？」

「兩個人跑到樹林裡一直躲到半夜時分。正在這時，因為分配贓款而產生了矛盾，倆人便動起了手腳。結果，希文·若利葉被短劍劃破了胸口，身負重傷昏死在地，而弗修爾則帶著灰布袋跑了。」

「那麼，基諾摩·艾莫為什麼也被人刺傷了呢？」

「由於心愛的未婚妻被人謀殺，他神情恍惚，半夜三更出門到森林裡遊蕩時，發現二人正在爭吵。當他正準備為二人調停的時候，沒料到被弗修爾一個不留神劃破了脖子，所以他負了傷。」

「原來是這樣！你的推理過程太有意思了，但只不過是推測而已。」

「所以，我們才全力以赴地尋找有關資料去證明它！」

「所以，你又開始搜索囉？」

「嗯，首先，我們要令弗修爾坦白自己所犯下的罪行；第二，讓希文·若利葉出示證言，證實自己是弗修爾所傷害。只要這兩件事都做到了，就可以把弗修爾抓捕歸案了。但是，現在希文·若利葉因為傷病惡化而人事不醒，無法從他那裡得到什麼，這件事情真是太棘手了！」法官十分煩惱。

兩天之後，亞森·羅蘋接到了醫院的通知，上面說希文·若利葉病情惡化。他馬上開車向著醫院飛駛而去。羅斯法官與古塞警官也趕到了。「假若希文·若利葉去世的話，我們就再也得不到證詞了。因而我們馬上趕來，希望趁他還有一口氣時能夠道出事情的真相，即使一句話也有用！」法官對著亞森·羅蘋悄聲細語，接著三個人飛快地進入病室中。菲斯汀娜陪在病床前邊，雙目通紅地為希文·若利葉測試脈搏。希文則睜著兩隻空洞的大眼睛盯著天花板艱難地呼吸著，似乎不知道自己身邊的女朋友正拉著自己的手。

醫生嚴密觀察著希文的病情。希文聲音嘶啞地胡言亂語著：「藏秘密的地方……灰布袋……柏侯昆屈老人……找到了……弗修爾……你手段太妙了……弗修爾……你太厲害了……」最後的一句囈語聽得不太真切，他的頭從枕頭上垂下來，一動也不動了。

「他去了！」醫生悄聲說。

菲斯汀娜剎那間痛哭失聲，把臉龐撲在希文的胸口。亞森．羅蘋等三個人對著遺體點頭默哀之後，便輕輕地退到走廊裡。

「迪布尼先生，剛才的話你也聽到了吧？那是一句要緊的證詞，犯案真兇必是弗修爾無疑。雖然感到很對不起你，但我還是要將他抓捕歸案。」羅斯法官盯著亞森．羅蘋說。

「我明白這是你的神聖職責，但我敢肯定弗修爾是無辜的、清白的。不過我無權阻撓你們抓他，目前他應當還待在我別墅裡的小屋中。」

「太感謝你了，迪布尼先生。古塞警官，你去逮捕他。」古塞警官接受命令後，立刻開車直奔哥勒爾．魯傑山莊。

亞森．羅蘋與羅斯法官回到病房內，只見菲斯汀娜瘋狂地大呼小叫著：「弗修爾．薩爾殺死了我的男友！我要殺了他！」亞森．羅蘋耐心地勸慰她，過了好一會兒，她終於冷靜下來，並喝了一點鎮定劑。等他們返回哥勒爾．魯傑山莊時，時間已是黃昏時分，夜幕快垂下來了。

弗修爾已然不在了。亞森．羅蘋在夜裡獨自一人來到他的房間內搜索著櫃子及工作桌。屋裡一團漆黑，伸手不見五指，亞森．羅蘋正欲開燈時，忽然聽見有人開動後門的聲音。亞森．羅蘋收回了手，屏住呼吸盯著院子。在幽暗中，一個人輕手輕腳地走了進來。

亞森．羅蘋忽然開了燈，屋內頓時明亮如白晝。

「菲斯汀娜？你來這兒幹什麼？」亞森．羅蘋吃驚地問。

「那個人在什麼地方？」

「你說弗修爾？」

「是的，他人呢？」

「警官把他抓走了。」

「啊，我來晚了！」菲斯汀娜牙關緊咬。

「你來這兒是為了報仇？」

「不，我只是想問問他整個事情的具體經過而已！」

「你聽了希文．若利葉在彌留之際的話語，所以認定是弗修爾殺害了他。但是，對於希文是否被弗修爾傷害這件事，我還有些懷疑。因為這起兇案太撲朔迷離了，而且玄機重重，我也希望能儘早解開這個疑團，抓住殺人真兇。所以希望你可以對我講述你所知道的一切，而且要如實回答我的提問。」

他讓菲斯汀娜在椅子上坐下。

「我想你該明白這幾點：第一，關於柏侯昆屈的身分來歷，現在警方還沒弄清楚；第二，關於希文．若利葉，他究竟是什麼人？家住什麼地方？有什麼來歷？與我的設計師弗修爾．薩爾又是什麼關係？這些我都不知情；還有，希文為什麼要告訴你我正是怪盜亞森．羅蘋本人呢？又為什麼想通過弗修爾的推薦而接近我呢？你可以告訴我嗎？我希望你能如實地回答。」

亞森．羅蘋真誠地問菲斯汀娜。但她未置可否，只是淚流不止，隨後說：「我愛希文！弗修爾用短劍把他刺傷，然後他死了！臨死時，他這麼告訴我，我一定要為他報仇！在大仇未報之前，他絕對死不瞑目！我要復仇！我向神起誓。」

菲斯汀娜跪在塵埃裡向報復之神鄭重地起誓，然後又大哭不止。這種狀況整整持續了一個長夜。亞森．羅蘋儘管從前曾耳聞科西嘉島上的人復仇心強烈，但沒料到是這麼執拗而令人恐怖，亞森．羅蘋不禁心驚肉跳。東方天際漸漸泛白，終於顯出了碧天白雲。菲斯汀娜抹去淚珠，一言不發地走了出去。

亞森．羅蘋獨坐在哥勒爾．魯傑山莊的臥室中思索著：「究竟是誰道破了我是怪盜亞森．羅蘋？辭世的希文．若利葉又如何得知我的真實身分呢？這個奇怪的兇殺案和我有什麼關係？我被人懷疑操縱著這一連串的兇殺案，事情怎麼會發展到這一步呢？」

玄機重重的案件使怪盜亞森．羅蘋猶如身在雲山霧海之中。他不停地轉動著腦子，忽然記起一個人來：「不錯！說不定這是卡格利奧斯特羅伯爵夫人在向我尋仇。因為我奪去了那一萬顆寶石，所以多年以來她一直耿耿於懷、伺機報復我。多年前她奪去了我的兒子尚還不算，又想把我牽扯進這個謎一樣的兇殺案中。她打算讓我被人誤認為是殺人犯，企圖讓我遭人唾棄！她這樣做是為了復仇！對！應該是這樣，但是卡格利奧斯特羅夫人又在什麼地方呢？自從那次奪寶事件以來，二十多年過去了，她從未露過面，也不知道現在她正在什麼地方偷窺我的舉動？如今，她一手製造了這個怪異案件，想誣陷我為主謀，連菲斯汀娜也被卡格利奧斯特羅夫人騙了。還有那個弗修爾．薩爾……他又是什麼來歷？」

亞森．羅蘋連弗修爾也懷疑起來。「他是一個忠厚老實的青年藝術設計師，我真不敢相信他是那個女賊派遣來，有意接近我的。但是，那個年輕人的來歷我一點兒也不清楚。我只是因為他是克拉德醫生推薦來的就輕信了他，而沒有打探他的真實身分，實在是太輕率了！」

亞森．羅蘋立即與巴黎的克拉德醫生聯繫上了，而後開車直奔巴黎。克拉德醫生是一位身長頎長、氣度不凡的老紳士。雖然許多患病的人守候在候診室中，但他還是領著亞森．羅蘋來到了臥室。

「你怎麼樣？還不錯吧？」老醫師用手輕輕捋著雪白的鬍鬚，和藹地詢問道。

「謝謝，醫生，我還好。」

「那太好了！向來忙忙碌碌的你今天上門來，有什麼事？」

「有點事情想問問你，你對那位年輕的設計師弗修爾．薩爾的來歷清楚嗎？我想打聽一下。」

「他？我事實上從沒見過他。說起來這種做法極不道德。當時，我的醫院裡雇了一個工人，他是一個年紀很老的男人。有一天，他盯著當時正在拆閱你的來信的我問：『先生！寫信的這位勞佛．迪布尼先生，你認識吧？』

「我答道：『那當然！』

「『我有一個朋友，希望你推薦他一下。他是一位十分傑出的藝術設計師，自幼喪失雙親，現在又找不到工作，因此生活十分清貧困苦。』

「『他叫什麼？和你有什麼關係……』

「『他的名字是弗修爾．薩爾，他的父親是我從前的老闆！』

「你那次寫信要我為你尋覓一位室內裝璜設計師，所以我立即為那個年輕設計師寫了推薦信。」

「那個僕人如今還在嗎？」

「不，我沒有想到他的外表看上去誠懇實在，其實內心卻邪惡無比。不久以前，他因犯了過錯而被解雇了！」

「他叫什麼？」

「柏侯昆屈！」

亞森．羅蘋聞聽此言大吃一驚，這不就是那個死去的流浪人嗎？

「柏侯昆屈有親人嗎？」

「他的妻子早就死了，只有兩個兒子。這兩個胡作非為的流氓對他們的父親從來就不聞不問。以前，柏侯昆屈常常一邊幽怨傾訴，一邊淚如雨下。他的兒子之中有一個是無賴，據說從前在一個跑馬場當過小流氓的頭兒。」

「他的兒子從沒看望過他嗎？」

「那自然，從未來過。」

「那麼還有其他人來醫院裡找過柏侯昆屈嗎？」。

「嗯，是的，有一個年紀輕輕的女子，她看上去出身於中產階級。但如果她裝扮上華貴的服飾，即便是與巴黎上層社交界的名門之秀相比也毫不遜色。」

「這個人一定是菲斯汀娜了。」亞森．羅蘋在心中暗想。

「此後你見過那個女子嗎？」

「是的！大概在一年半以後，這個女子面無血色地衝進我的診室，她說有人受了傷，並要我去為他醫治。原來受傷的是住在診所旁邊的雕塑家夏柏先生，他在工作的時候不留神弄傷了自己。我立即為他處理了傷口，但是傷勢並不嚴重。」

「夏柏？他不就是在秋季展示會上，以一尊希臘美人大理石像而倍受推崇的年輕雕塑家嗎？先生！太感謝了！」

從醫院出來後，亞森．羅蘋一邊向前行，一邊苦苦思索著：「從大致情形來看，這個美麗的科西嘉島女子菲斯汀娜與那個叫柏侯昆屈的流浪漢之間一定有關係。他們二人定下妙計，讓年輕的設計師弗修爾．薩爾到我的別墅來，而菲斯汀娜與夏柏又是怎麼回事？」

夏柏經營的畫廊就在醫院旁邊。亞森．羅蘋拿出印有「勞佛．迪布尼」字樣的名片，自我介紹說是收集美術品的收藏者，要見一見夏柏。不一會兒，他便被帶進了夏柏的工作室裡。

夏柏是一位長著一對黑眼睛的年輕人。亞森．羅蘋一邊觀賞雕塑品，一邊在心中思量：「這個斯文優雅的年輕雕塑家和那個性格剛烈的科西嘉島女子又是什麼關係？他們是情人嗎？」

亞森．羅蘋買下了一對硬玉雕的小人像。接下來他用手指著畫廊一邊、用一塊白布蒙著的大型雕像說道：「這……」

「這個不賣。」

「喔，那麼這一定是那個引起轟動的希臘美女像囉？」

「正是，你想看一看嗎？」夏柏摘下白布來，美麗絕倫的希臘美女像立即躍入眼簾。抬頭欣賞雕像的亞森．羅蘋忍不住大吃了一驚。

雕像的樣貌與菲斯汀娜如出一轍，亞森．羅蘋盯著雕像那精緻美麗的臉龐，不住地讚美著：「真是偉大的作品！太美了！這位模特兒也一定是個美人吧？」

「不錯，她確實是個美女。我記得她對我說過，她生於科西嘉島，那個地方盛產美女，而且據說她們大多性烈如火。」

「這麼美麗的女子肯定有男朋友吧？」

「那是自然，而且是一位與我一樣的雕塑家。但是他好妒嫉，且心胸狹窄，不樂意自己的女友為別的藝術家當模特兒，因而這個女子才來我的工作室中。」

「她為什麼要做模特兒？」

「因為她缺錢花。雖然她的男友在雕塑方面不乏天賦，技藝卓越，但在工作的時候十分嚴謹，所以生活一直清貧。菲斯汀娜為了維持生活便背著他做了模特兒，但是她的男友終於知道了！有一天她正在為我工作時，那個男子突然闖了進來，並用一把短劍刺傷了我，而後溜走了。她驚恐萬分，馬上跑到旁邊的醫院喚來了克拉德醫師。幸虧傷勢並不嚴重，醫生包紮一下便沒事了。」

「以後呢？」

「他們二人雙雙離開了這個地方，不知到了哪裡。幸虧女像的雕刻工作已接近尾聲，沒有模特兒也無關大礙。」

「這就是去年秋季展示會上獲得殊榮的女像嗎？」

「是的。近來，菲斯汀娜又來找我，對我說她的男友已不在人世了。為了籌集送葬的錢，她有意回來為我做模特兒。我十分高興地告訴她說，第二天就可以過來上班，但她卻再沒出現。也不知道現在她住在什麼地方？怎樣維持生活？對於愛人的去世，她一定悲痛萬分！真是一個不幸的女人。」

年輕雕塑家盯著那尊美麗的雕像，那雙黑眼睛不禁泛起了一層水霧。

「這個青年一定也暗戀著她。」亞森．羅蘋心裡暗自思忖，然後一言不發地走開了。

3 亞森．羅蘋的苦衷

在巴黎一個破敗不堪的工作區裡的窄窄小巷中，有家下層小酒館，名叫賽捷。這一天臨近十一點鐘時，從外面走進一名男子。他穿得破破爛爛，並且情緒不高。這名男子東倒西歪地走近酒吧的吧臺，嘴中的酒氣沖天。

「喂！上酒！來人吶！」那男子高聲呼喝著。

「請先交錢！」酒吧的老闆對他這樣說。那男子掏出皮夾，鈔票把皮夾塞得滿滿當當，他從中抽了一張扔在吧臺上。

此情此景讓一個名叫多瑪的男子盡收眼中，他本是一名遊醫，卻收拾得整齊如同紳士。多瑪湊上前去，在那男子身旁坐下。「來玩把牌吧？我叫作多瑪。」

「人們都親熱地叫我強戴蒙，我的原名都沒它響亮？」這名男子所操的法語有股倫敦味。隨後倆人便去酒吧的秘室玩牌。這一夜，那名男子將二百法郎輸掉了。

第二天晚上，那名男子又走進這家酒吧。依舊輸掉二百法郎後悻悻離去。到了第三日的晚上，他沒有去要紙牌，而是一直喝個不停，並且總在自言自語。多瑪聽到他在反覆念叨著「婁．貝捷內」這個詞。

這讓多瑪的雙目為之一亮，他攙扶著東倒西歪的強戴蒙走出了酒吧，扶他坐到街邊的椅子上。

「喂！強戴蒙！倘若你再胡言亂語的話，警察會將你抓走的。」

「你講什麼？什麼警察？憑什麼抓我？」

「你在酒吧中酒後吐真言，反反復復地講『婁．貝捷內』，那可是剛剛發生過幾樁怪異謀殺案，離這不遠處的一個地名。你必定與那件案子有所牽連，要不然怎會有這麼多的鈔票！」

「你在瞎編！那錢是別人送我的！」

「是什麼人送給你的？」

「這個……我不可以講出來。」

「為什麼給你如此多的現金？」

「這也不可以告訴你！」

「這人真不好對付。」多瑪心中暗想，隨後假裝出一付怒氣沖沖的樣子，「既然這樣，你不樂意如實講出，那我可要對你講明白。據報紙報導，不久前在婁．貝捷內，有一個裝有大宗鈔票的灰袋子失竊了，肯定是你竊取了它吧？」

「你在胡編，那案子與我毫無關聯。」

「不要騙我！地你這些錢從何而來？總共有多少？」

「共有五千法郎。」

多瑪將眼睛睜圓了，這可是一筆數目可觀的錢財。他注視著那映在河面上的夜景，一聲也不吭。原來多瑪就是那群竊取灰布袋一案中的一員。當時，街頭流浪漢柏侯昆屈和希文．若利葉負責竊取灰布袋，多瑪則駕駛那輛小卡車，打算竊取成功之後便一同逃之夭夭，而結果卻是柏侯昆屈遭到槍擊而亡，希文也身負重傷，那灰布袋也就下落不明了。

注視著河中夜色而在心裡回想以往經過的多瑪，突然拍了拍強戴蒙的肩頭，說道：「這案子我們再也不提了。我有個買賣，不知你是否願意做？」

「什麼樣的買賣？」

「那夥竊取灰布袋的小偷還醞釀著更大的詭計，那個計畫能夠使一個人不寒而慄。我與那人相識，那是一個頗有名氣的男子。眼前他藏頭換面不知道居住在什麼地方，只要找到他的住址，便可獲取幾十萬法郎的報酬！」

「需要我協助你尋找那名男子？」

「正是這樣！將來我們均分那筆錢，你意下如何？」

「沒問題，我們一言為定！」

「那你可有什麼好的想法？」

「暫時沒有，但我與一家私家偵探事務所很熟，他們常去破解各式各樣的謎團，以及去弄清他人的隱情。我所得到的五千法郎，便是那家偵探事務所付給我的。」

「是嗎？他們具體讓你做些什麼？」

「有位先生希望偵探事務所去偵察一個讓警方抓去的年輕人，名字叫做弗修爾。他預付了數目不小的定金，這五千法郎不過是其中的一小部分，倘若把那些情況打探出來，我還能夠得到五千法郎。」

多瑪聽到弗修爾這個名字，不由得暗自吃驚，然而在表面上依舊表現出一種鎮定自若的神態。

「是嗎？這麼說你現在正偵察那個叫弗修爾．薩爾的年輕人？」

「正是這樣！我與那位先生已約定好要見一次面，共同商討具體的措施，那位先生將派他的司機前往協和廣場等候我，隨即將我送往他的寓所。據說初次會面，他將付給我五千法郎？」

「你可再得五千法郎？運氣真好！那你什麼時候去赴約？」

「就在星期六上午十點鐘。」

「那位先生的姓名是什麼？」

「勞佛．迪布尼，就住在妻．貝捷內的別墅住宅區內。」

「迪布尼……」

多瑪在心中思忖了半天。強戴蒙已酣睡在那張椅子上，好像今日酒已喝得過多了。多瑪把他的手探入強戴蒙的衣袋，指尖觸到了一疊鈔票。他剛打算將那些鈔票悄悄地取出，不料被猛然間醒來的強戴蒙握住了手腕，出乎意料的是強戴蒙力氣頗大，多瑪急急忙忙打算將手掙脫出。強戴蒙卻一言未發，於是倆人扭打在一起。

多瑪拼命地把強戴蒙踢到一邊去，強戴蒙很快就落入了水中。他的兩隻手在不停地晃動，以求能重新上岸，然而沒過多久就沉入水底，再也未能浮上水面。

「不過是一起由於醉酒不慎墜入河中，從而溺水而亡的意外！」

多瑪的臉上浮現出奸邪狡詐的笑容，他看了看周圍，隨即向吵嚷的街市走去。這時，有個人頭緩緩地從下游黑漆漆一片的水面浮出，那正是強戴蒙。他看了看河岸，不見人的蹤影，便用一流的泳技遊向河的對岸，在岸上已有一輛自備轎車守候在那裡。

司機將車子發動了，渾身濕淋淋的強戴蒙馬上坐進了車中，汽車飛快地開走了。

返回到哥勒爾．魯傑莊園的亞森．羅蘋，在第二天一看到羅斯法官，就立刻向他打聽弗修爾的相關情況。

「那個人如同謎一般，警局對他也是束手無策。因為他沒有身分證件，對於他的家庭住址和真實歲數都一無所知。對他進行問詢，他自己也說不清楚。」

「那麼有關他涉嫌殺人呢？」

「關於那件案子，他不過是翻來覆去地講：『我既沒殺人，也沒盜竊！』據我假設，也許他有著一段慘澹的歷史，因而不願提及那段不堪回首的日子。無論我們向他問什麼，他一概回答：『不知道。』有關他的所有情況，全部在迷雲籠罩之下，這讓我們頗費思量。」羅斯法官好像十分喪氣地講述。

聽他這麼說，亞森．羅蘋集中精力開始冥思苦想：「直到現在，法官依舊無法斷定弗修爾的底細，警方在千辛萬苦地調查之後，對於他的真實身分仍無從得知，這真是一個令人匪夷所思的年輕人。我已吩咐了在巴黎乃至全國的手下對那案子進行調查，只要與此案有牽連的人員，都在調查的範圍之內，最終發現了在賽捷那個小酒館裡有個叫做多瑪的遊醫，與此案有著十分重要的關係。我喬裝改扮成一個愛喝酒的無業遊民，以強戴蒙這個假名與他接觸，又故意耍牌時輸錢給他，並有意顯露那五千法郎來釣他上鉤。接下來讓他得知星期六上午十一點鐘，強戴蒙要在協和廣場約會，去等那位司機，隨後前往迪布尼的寓所。據我估計，多瑪必定會假扮成強戴蒙前往赴約。他與我素未謀面，並且早已認定強戴蒙被他踢入河中溺水而亡，所以他會大膽地前去會面並領取那五千法郎。待我見到他時，一定要讓他將所有隱情全部說出。這樣的話，那件怪異的案子便可真相大白了。」

想到這裡時，耳邊傳來汽車熄火的聲響，司機領著那個多瑪進了莊園。亞森．羅蘋高聲詢問他：「你是否就是那個由私家偵探事務所派遣來，為我調查有關弗修爾的情況，叫作強戴蒙的人嗎？」

「不！並非像你所言！」

「不是嗎？那你來此地意欲何為？」

「我來此地僅僅因為你就是亞森．羅蘋。」

多瑪開門見山地說，他料想著亞森．羅蘋將會嚇一跳，然而亞森．羅蘋卻不為所動，反而心中暗自竊喜：「太棒了！」

「就在這間臥室裡，菲斯汀娜也曾說出我就是亞森．羅蘋這樣的話，菲斯汀娜是那個希文．若利葉的女朋友，與眼前的這位多瑪必定有所牽連。因而，我特意安排下這個計策，將他誘騙至此，不想他居然中計！」亞森．羅蘋不由得在心中暗笑。

「是嗎？既然你已了解了底細，我也就無須偽裝，一點都沒有錯！亞森．羅蘋就是我，在下層的小酒館以坑蒙拐騙為生的你，居然會有這等眼力，多瑪！」

聞聽此言，多瑪好像大吃一驚，然而馬上鎮定自若地抽上一支菸，並講道：「亞森．羅蘋的大名確實名不虛傳，你已將我的底細摸得清清楚楚，但是，你也不要高興得太早，沒多久你便會掉眼淚的！」

「我以前未掉過淚，今後也不會。」

「今後掉不掉淚那就不知道了，我必定要讓你哭出聲來。」

「是嗎？你打算用什麼辦法讓我哭出聲來？」

「我要去揭發你！我要將你的這些事告知警方，對他們講，在魯．培傑尼住宅區內所發生的那些稀奇古怪的案子，便是由化名為勞佛．迪布尼的亞森．羅蘋一手操縱的。」

「如此說來我被抓走，你便能夠從某人那裡獲取高額的獎金，那請你告訴我，他是誰？」

多瑪無言以對，亞森．羅蘋拍了拍他的肩頭。

「咳，多瑪！你不要幹那樣的蠢事！有沒有興趣與我合作一次？」

「與你合作一次？」

「對，為我幹一些事。我非常渴望知道弗修爾的底細，所以我派遣強戴蒙調查此事，已預先支付了他五千法郎。然而他卻消失得無影無蹤，說不準讓人幹掉了也是可能的，你是否有興趣為我調查此事呢？我能夠先預付一萬法郎，怎麼樣？」

聞聽一萬法郎，多瑪似乎有些動心，思索了半天，講道：「弗修爾是由克拉德醫生給你介紹的，然而那庸醫對於弗修爾的事毫不知曉。在他醫院工作的一名男子不知出於什麼目的，讓醫生為弗修爾寫封介紹信，他很痛快地答應下了。那男子便是前往歐拉介力莊園盜竊那個灰布袋，並且謀害了那位小姐的街頭流浪漢柏侯昆屈。」

「你所講的情況我比你更為了解。然而，柏侯昆屈將弗修爾介紹於我有什麼企圖？」

「他打算向你勒索鉅額的現金！」

「喔，可惜這個詭計未能得逞！柏侯昆屈已死了，那個弗修爾也讓警局拘押在牢裡。然而這二人是如何相識的？他們之間有特殊的關係嗎？」

「那已是在十五年之前，柏侯昆屈便謀劃著要利用弗修爾，而那時的弗修爾正在專修室內裝璜設計。」

「對於弗修爾的身世，你了解嗎？」

「那是自然。要是說起來，弗修爾也是個苦命的人。在他年幼時，便與父母失散了，他是在一個荒涼的偏遠山區中的一戶農夫家裡長大成人的。」

「他自己清楚這一點嗎？」

「或許不了解吧，由於當時他年齡尚小。他從小就聰慧伶俐，上完小學後便去小店做學徒，在晚上繼續讀夜校，不到二十歲就到巴黎闖蕩，並在一所美院裡接著學習，最終獲取了設計師資格。」

「喔，他是個勤奮的孩子！可是柏侯昆屈又是什麼時候與他結識的？」

「在他被那戶農夫家庭撫養時，農夫的妻子由於丈夫早逝而與柏侯昆屈勾搭在一起。那女人將弗修爾的身世講與柏侯昆屈聽，說弗修爾並非自己所生，而是在很久遠的時候由一名女子寄養在此的，那女子臨走之時扔下了大筆的撫養費。那農夫的妻子再三交代柏侯昆屈千萬不能將這件事洩露出去，自然也不能讓孩子知曉此事，因為孩子自始至終認她為媽媽。」

「這樣說來，具體的情況只要詢問那農夫的妻子便可知曉了？」

「然而那女人早已死去，柏侯昆屈也死了，了解此事隱情的僅我一人。」

「那好，你就將所了解的一切原原本本講給我聽，把孩子寄養在農夫家中的那女子是孩子的媽媽？」

「不，據說孩子是拐騙而來的。」

「什麼？孩子是被拐騙的？」

亞森．羅蘋的臉色轉黑，接著問：「那女子為何要拐騙小孩呢？」

「這個……我……我不大清楚。」狡黠的多瑪盯著臉色陰暗的亞森．羅蘋，隨後講道：「是為了報復吧！」

「因為報復？」

「對！那女子與孩子的父母有著血海深仇，出於報復的目的拐騙了惹人喜愛的孩子。」

「那女子究竟是怎樣一個人？」

「這個我不太清楚。然而據柏侯昆屈所言，她是個家財萬貫且貌若天仙的女子，駕駛著一輛豪華車。」

多瑪繼續用奸詐的目光看了看亞森．羅蘋。

亞森．羅蘋此時的臉色更加暗淡，在平常從不把心中的喜怒哀樂外露的亞森．羅蘋，此次居然破例。

這是由於在他的心中聯想起了二十八年前遭人拐騙的孩子尚。

「那孩子最初就叫作弗修爾嗎？」

「不，那個女子把孩子寄養在農夫家就走了，也沒告訴孩子的姓名，是那農夫的妻子為孩子取名為弗修爾．薩爾。」

「寄養孩子的那名女子的姓名呢？」

「那女子根本沒有透露姓名便離開了，然而由於中途出了變故，意外地被人獲知了她的姓名。因為柏侯昆屈覺得那女子必定是拐騙了他人的孩子，所以他打算以此為要挾去詐取錢財，因此他想盡各種辦法要找尋出那女子的居住地，還有她的姓名。最終得到消息，那女子在寄養完孩子的返回中途，由於汽車拋錨而在附近的修理廠修理過汽車。柏侯昆屈趕到那家修理廠去打探，恰好那女子對修理工人講，在未修理好車子前，她先去周圍走一走。有名工人在她離開的時候，將她遺忘在車座上的皮包打開，看到裡邊有一個大號信封，誤以為裝的是鈔票，便竊取了。那女子對此事毫無察覺，車修好後便開走了。後來那工人將信封打開一看，發現裡邊所裝之物並非鈔票，而是張信紙，所以大失所望地隨意扔在工具箱上。柏侯昆屈獲悉此事後，立刻花錢從那個工人手中買下那信。」

「你看到過嗎？」

「我從未見過那信。但是，柏侯昆屈曾將上邊的一段讀給我聽過。」

「上面都講了些什麼？」

「我都記不得了。」

「不要矇騙我，將實情講出來！」

「喔，我想起那女子的姓名來了！」

「是什麼啊？」

「卡格利奧斯特羅……卡格利奧斯特羅伯爵夫人。」

這讓亞森．羅蘋感到萬分驚詫，差點要跳起來。他追問道：「你說什麼？卡格利奧斯特羅伯爵夫人嗎？」

「對！對！就是這個名字！要不然她怎會駕駛著豪華轎車，並留下鉅額的撫養費？」

「嗯，卡格利奧斯特羅……伯爵夫人……」

「除了這些，你還回想起別的情況來嗎？」

「喔，讓我想……」多瑪看見亞森．羅蘋非常著急，故裝作一幅冥思苦想的樣子，並且雙目緊閉。

「喔！還有，還有，我又回想起來一個人的姓名，似乎是那孩子爸爸的……喔，是叫臘福・杜立美捷……與你那個勞佛・迪布尼非常相似！」

亞森・羅蘋以往曾化名為臘福・班德累捷；再以前也曾化名為臘福・杜立美捷，卡格利奧斯特羅必定知曉這些。

「天哪！被卡格利奧斯特羅寄養在那個農夫家中的孩子竟是我的親生兒子！那麼說，設計師弗修爾便是我兒子，眼前他卻因涉嫌謀殺而被警方拘捕。卡格利奧斯特羅為了達到報仇的目的，不僅把我的孩子拐騙走，還要設計讓尚變成一名殺人兇手，並受到法律的制裁。如此陰險毒辣的陷阱遍佈我與我兒子尚的四周，愈是想要擺脫卻愈是擺脫不掉，破解的唯一希望就在於已被殺掉的柏侯昆屈，他必定是卡格利奧斯特羅的手下。」

亞森・羅蘋認為謎團慢慢就要解開了。

「我有充足的證據證明你便是怪盜亞森・羅蘋，是弗修爾・薩爾的父親。」

「嗯？什麼證據？在哪兒？」

「不用著急嘛！那些證據可是柏侯昆屈千辛萬苦找尋到的，收藏在一個大號信封中。」

「那些東西現在你的手中嗎？」

「沒有，在已死去的希文・若利葉的女朋友菲斯汀娜手中。」

「你能找到她嗎？」

「此事不太好辦到。自從希文去世後，我便再沒看見她，似乎警方也正在找尋她。我有信心將她找到，而且還能夠從她手中將文件買下來，不過你要付給我五十萬法郎才行。」

「你是為了勒索我的錢財而胡編一個故事，是不是？」亞森・羅蘋盯著多瑪，隨後撥通了羅斯法官的電話。

「喂，羅斯法官嗎？是我，勞佛．迪布尼，眼前在我的臥室裡，有名目睹妻．貝捷內住宅區慘案的目擊證人，請你馬上與古塞警官一同前來！」亞森．羅蘋將聽筒擱下，臉上帶著狡黠的笑容注視著多瑪；多瑪卻有些瞠目結舌。

「你要……你打算怎麼辦？叫警察把我抓起來嗎？」

「不！不過是把你送至警局做個目擊證人而已。切記，當法官向你詢問時，你一定要這樣回答：案發之時你駕著小船在歐拉介力莊園周圍，接下來又藏身在漆黑的小路。法官堅持認定那個藏身在漆黑小路上的人是弗修爾，但他沒有確鑿的證據。倘若你可以證實那人是你，法官便能夠排除掉弗修爾的嫌疑，他也就能獲釋了。」

「但是，一旦他們問及我半夜三更駕船去哪裡幹什麼？他們將認定我是同謀！」

「原本你就是同謀，這誰也無能為力。」

「不行。」多瑪斷然否定。

「我並沒有胡編亂造！多瑪，你確實是那倆人的同謀。」

「我根本不是！」

「這是千真萬確的。你仔細聽好，你便是柏侯昆屈之子，即希文．若利葉的哥哥。你們全家都是為非作歹的惡棍。」

「不對，沒有這樣的事……」多瑪的臉漲得通紅，歇斯底里地叫著。

「你再強辭奪理也無濟於事。我早已調查得一清二楚。我的手下在全國各地到處都有，在巴黎也開了偵探事務所。就這段時間，我已將你們的身世及境況調查得一清二楚。」

多瑪的臉色陰暗下來。

「如何？多瑪，另外你把強戴蒙推至河中，讓他溺水而亡，你已殺了人！」

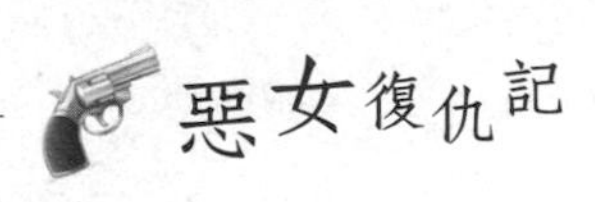

亞森・羅蘋這番連哄帶嚇的話讓多瑪感到不寒而慄。過了一會兒亞森・羅蘋的臉色變得溫和了，他將雙手輕按在多瑪的肩頭上。

「多瑪，儘管你是柏侯昆屈及希文・若利葉的同謀，但你既未進行盜竊也未殺人行兇，所犯之罪很是輕微，最多處以五六個月的判罰。倘若你不願坐牢的話，我將想辦法讓你出來，無論警局內部還是監獄內，都有我的手下。」

「你可稱得上能力通天了，怪盜亞森・羅蘋真是名不虛傳！」

「還有讓你難以置信的，你瞧這個。」亞森・羅蘋從桌鬥中拿出一隻灰布袋。

「什麼意思？哪來的破布袋？」

「這便是你爸爸柏侯昆屈從歐拉介力莊園的金庫中竊取出來的，裡面裝有卡卜勒的大宗鈔票。」

「是嗎？這……這……就是我父親用命換來的？你是何時將它從我父親手中奪走的？」

「不要誤會，這個東西並非是我將你爸爸殺害之後奪取的。」

「可它為什麼在你手中呢？」

「柏侯昆屈在將這個布袋偷到手後馬上被人幹掉了，所以希文・若利葉潛入周圍的樹林，直到深夜才返回去撿這個布袋，但當時有個半路上殺出的傢伙。對他的來歷我也不大清楚，然而他打算把希文手中的布袋奪過去，接下來，兩個人便扭打起來。最終，希文被刺得身負重傷，那個人也未能得手便逃竄了。希文儘管拿到布袋，但他把布袋藏匿在草叢之中，恰好讓我找到。」

亞森・羅蘋正說著，在警笛的嗚叫聲中，警官古塞到了，多瑪馬上就被抓走了。當多瑪走到門口猛一回頭，故意裝作一副咬牙切齒的樣子。

「你等著！我肯定會報答你的賜福。」他衝著亞森・羅蘋往地上啐了一口。

「好的，我將恭候你的教誨！」亞森・羅蘋面帶笑容地說。倆人彼此使了個眼色，他二人假戲真作，演得活靈活現。

警車開走後，亞森．羅蘋倒在躺椅上閉目養神。

「天哪！弗修爾，你就是我的愛子尚嗎？或者……」亞森．羅蘋腦海中的思緒不斷地翻滾。

一些日子之後，亞森．羅蘋去了妻．貝捷內不遠處的小村莊，敲響了一幢破舊不堪的公寓樓的三層房門。那就是菲斯汀娜的寓所。自從希文．若利葉去世後，菲斯汀娜天天到醫院去上班。房門被打開了，菲斯汀娜見是亞森．羅蘋，怒氣衝衝地瞪了他一眼，馬上又要將門關上，而亞森．羅蘋卻奮力地擠進屋內。

「菲斯汀娜，你似乎仍在怨恨我。我已向你解釋過多少遍了，希文的意外死亡與我毫不相干。我此行的目的是在於消除你我之間的誤會。你先平靜下來，好好聽我說！」

菲斯汀娜一言不發站立在亞森．羅蘋身前。

「前幾天我碰到多瑪，他告訴了我許多往事。」

「那又怎樣？」

「多瑪是已去世的希文．若利葉的兄長，他倆均為柏侯昆屈之子，你應該知道這些吧？」

菲斯汀娜有些感到吃驚，隨後又並不在意地講：「居然這些你也知道？」

「那是自然。並且多瑪已按照我的建議，主動與警方合作。」

「這是什麼原因？」

「具體的情況日後我再對你細講。我所做的這一切都是為了能讓弗修爾得到釋放。我非常渴望見到弗修爾，仔細聽聽他對自己身世與經歷的講述。你肯定會感到好奇，為何我要關注弗修爾，那是因為我覺得他也許就是我的兒子。」

菲斯汀娜很安靜地聽著亞森．羅蘋的述說。

「我曾有個叫尚的天真活潑的孩子，可他卻在我妻子離開人世沒多久就被人偷走了，那時他僅是個幾月大的嬰兒。直到現在，已有二十八年了，我從來都沒有忘掉過他。儘管我竭盡全力四處找尋，然而這二十多年來卻是音信全無。我渴望找回我的孩子，即便折耗我的壽命、讓我失去雙手或者雙眼失明，我都心甘情願。然而，我若沒了雙手，再見我的孩子時我便不能夠去擁抱他；倘若我雙目失明，我便不能親眼看看他了。一旦讓我的雙手抱過他，讓我的雙眼看一看他，那讓我立刻失去手和眼我也毫不痛惜。我這個願望從來沒有實現過。這樣的日子過了五、六年後，每次我在馬路上看到五、六歲的男孩在玩耍時，總要忍不住多看幾眼；又過了十個年頭，每次我與十幾歲的少年路遇時，總要追上去瞅瞅少年的臉；後來，當我碰到二十多歲的年輕人時，淚珠便禁不住要掉下來。

如今，終於找到這樣一個年輕人，他很有可能是我的兒子，這年輕人便是弗修爾．薩爾，然而他卻因涉嫌謀殺而受到警局拘捕。我堅信尚不可能是殺人兇犯，雖然我是怪盜亞森．羅蘋，但我做盜賊也有我的原則，我從未對人痛下殺手，我的兒子也絕不會去行兇的。倘若弗修爾真是我的親兒子，他絕不會是一個殺人犯。倘若弗修爾真是案犯，他便不是我的孩子！我渴望證實一下弗修爾是不是案犯，也渴望搞清楚他的來歷。他出生在什麼地方？他的雙親是誰？你能理解我的心境嗎？菲斯汀娜？」

此時的菲斯汀娜已是熱淚盈眶，她的怨恨、怒火早已煙消雲散。這名出生於科西嘉島的女子被亞森．羅蘋的俠骨柔情深深打動了，她的淚水慢慢地掉了下來。

「柏侯昆屈與希文．若利葉都堅持說弗修爾是我的兒子，所以他們打算以此要挾我、勒索我的錢財。他們能夠產生這樣的念頭，必有其存在的依據。菲斯汀娜，他們是否對你講過關於弗修爾是不是我兒子的事？」

「他們曾提及過。」

「是否讓你見過證據？」

「從未見過。」

「不過多瑪曾經講過，柏侯昆屈曾將他搜集到的關於弗修爾的雙親，還有弗修爾出生的情況證明都收藏在一個信封中，那信封是由你保存的。」

「可那些證據我從未看見過，柏侯昆屈把它們交給我保存之前就銷毀了。」

「是嗎？全部銷毀了？」

「沒有，他僅存留下一份文件，封存在信封之中。你瞧一瞧，是不是它。」說著，菲斯汀娜從衣櫃中拿出個信封來。

亞森．羅蘋飛快地將信封打開，裡邊只放了一張紙片，在紙片上寫有兩行排得滿滿的字。

讀完那兩行字，亞森．羅蘋如同觸電一般，愣在那裡。那些字是：「讓小孩成長為殺人兇手，讓他的爸爸苦不堪言。讓小孩成長為他爸爸的夙敵，讓骨肉相殘。」

無須懷疑，那字確實是卡格利奧斯特羅伯爵夫人所書寫的。天啊！

這個女人為了對我進行復仇，不僅僅拐騙了尚，而且還要想盡辦法使他變成一個殺人兇手。這個令人毛骨悚然的惡魔！

亞森．羅蘋的臉色慘如白紙，多麼令人恐懼的復仇之心！已是三十年前的仇恨，她依然要復仇。好吧！我除了與之針鋒相對、奮起反擊外別無選擇，就讓卡格利奧斯特羅與亞森．亞森．羅蘋決一死戰吧！

「菲斯汀娜，眼前卡格利奧斯特羅身在何處？請你如實地對我講。」亞森．羅蘋聲色俱厲地詢問道。

菲斯汀娜遲疑不絕地說：「好……伯爵夫人……已去世了。」

「你說什麼？去世了？千真萬確嗎？」

「對！她在六年前就死掉了。」

「你是如何得知的？」

「說起來這要提到十五年前的事，那時我的年齡尚小，與我的雙親在科西嘉島的小村裡居住，她——伯爵夫人——那時被一名男子帶領著來到我所居住的小村。起初，我無從知曉她便是伯爵夫人。儘管她年輕貌美，但她的穿著打扮很是簡樸，似乎非常窮困。在我雙親的資助之下，她在村中租了間小房住下了，可她的神志不大好。」

「什麼？神志不清？」聞聽此言，亞森．羅蘋很是驚詫地反問。

「對，她是個精神病患者，可她對那時歲數不大的我很是溫柔可親。每當我去她的住處時，她總是面帶笑容地將我帶進房間，然而卻沒和我講過一句話。她時常一聲不吭地坐著，根本不動彈一下；有的時候便哭個不停，用一種空洞的目光注視著院子。我覺得她非常可憐，因而時常攜帶鮮花或金桔去看望她，她有時也會把我抱起，與我臉貼著臉，然而她的臉上總是濕漉漉的。時間不長，她的狀況越來越糟糕，最終死掉了，那已是六年之前發生的事了。她去世時，我與媽媽一同為她守靈，我也為她的死感到很難過。」

菲斯汀娜一邊說著，一邊拿手帕擦拭淚水。

「領她去你們所住小村的那名男子現在何處？」

「他領著伯爵夫人來到我所居住的小村，替她租好住房後就走了，再也沒回來過，也許是個僕人或者精神病院的護士。」

「誰說那女子是卡格利奧斯特羅伯爵夫人的？」

「這都是柏侯昆屈與希文講的。他們為了找尋到她，踏遍了義大利的山山水水，而他們講出那女子是伯爵夫人時，這讓小村的居民感到萬分驚詫。在伯爵夫人死掉之前，他倆就來到了小村裡，在她離開人世後，為了辦妥喪葬的有關事情，他倆在小村中停留了幾個禮拜，也是在那段日子裡，我與希文相愛了，隨後與他一同來到巴黎。」

「因為什麼他倆要找尋伯爵夫人？這有什麼企圖呢？」

「這個我就不大了解了。大概是非常神秘的原因吧，他倆時常在商討著一件事，至於商討的內容我就不知道了。希文也沒對我講過那些，只對我說過你化名為勞佛．迪布尼，即怪盜亞森．羅蘋。」

「至今你仍堅信弗修爾是殺害希文．若利葉的真兇，並打算為此報仇雪恨嗎？」

「在他未經我證實不是真兇之前，我將時時刻刻對他進行監視，伺機復仇。」科西嘉島的女子果然名不虛傳。奔放果敢的菲斯汀娜雙目圓睜，目光如焰如熾。

「我非常理解你心中的想法，倘若我能夠證明並非是弗修爾殺害了希文，懇請你打消剛才的想法。」

「那是自然。我仇恨害死希文的人，而並非仇恨弗修爾。」

「這個我清楚。我要證明弗修爾並非罪犯的時候就快到了，我將與弗修爾會面，並認真地問一問他。」

亞森．羅蘋從房間出來，緩緩地下了樓梯。

「卡格利奧斯特羅已不在人世，因患精神病死掉了，可能是對我的仇恨而精神失常。據說她時常涕哭不止，一定是為自己在有生之年不能報仇而傷心哭泣。在她去世後，仇殺的心理仍存活在一些人的心中，致使弗修爾涉嫌殺人。目前不算太糟糕的是，多瑪已成為我的手下，由他去警方那裡證實弗修爾是無辜的。倘若弗修爾被判為殺人兇手而處以極刑的話……。

亞森．羅蘋似乎覺得伯爵夫人死去的靈魂在將自己死死纏住，正用那僅僅剩下骨頭的手摩挲著自己的臉龐，一股冷氣從後背脊椎處竄了上來。

4 奇怪的女人

亞森・羅蘋又返回了哥勒爾・魯傑莊園，他除了每日裡去莊園的四周走一走，什麼地方也沒有去。

基諾摩・艾莫曾打算去海濱療養一段時間，然而他似乎不準備那樣做了，亞森・羅蘋時常可以見到他前往格力馬傑莊園。有的時候，他便與瑞妮一道去湖邊的小路上走一走。一對年輕人一言不發地緩步而行，他們大概都沉浸在對已死去的伊莉莎白的懷念之中。亞森・羅蘋做了這樣的推斷，但他從沒有走到他們身旁去，不過是遠遠地點頭示意。

在這樣的情況下，基諾摩對他還禮示意，而瑞妮依舊垂頭走路。亞森・羅蘋不願意對他倆有所叨擾，他開始著手從事對卡格利奧斯特羅的核查。原來，卡格利奧斯特羅病死在科西嘉島的小村裡一事是千真萬確的。

「她已不在人世！柏侯昆屈與希文・若利葉也都死掉了，令人恐怖的復仇計畫也就破產了。」想到這些，才能讓亞森・羅蘋略微安心。

然而弗修爾究意是否是自己的親生兒子尚，只有這件事得到證實，他才可以徹底放下心來。

這一日清晨，羅斯法官給他打來電話。

「弗修爾已被證實不涉嫌兇殺案，他可在今日下午被釋放，重返自由。」

「太棒了！因為多瑪的大力協助才會有這樣迅速的結果。」亞森・羅蘋心中愉悅地想，他期望著弗修爾能早一刻回來，然而卻遲遲不見弗修爾的蹤影。為了儘量使亂糟糟的心情安穩下來，他像往日一樣去湖濱走走。

在湖濱，他瞥見基諾摩與瑞妮那對戀人相偎相依在湖裡小島的座椅上。

看到此景，亞森．羅蘋也不由得面露笑容。他生怕擾亂這對戀人的卿卿我我、互訴衷腸，便悄無聲息地從原路返回，路過大門時，他走到園丁的小屋前，在外邊詢問道：「弗修爾已到了莊園了嗎？」

「到了，一刻鐘前到的。」

「他的情況怎麼樣？」

「非常憔悴，臉色也十分陰暗。似乎一副身心困乏的樣子，與他講話時也愛理不理的。回來後就把自己緊鎖在房中。」

接下來亞森．羅蘋走到弗修爾所處的房間，房間的門緊鎖著，亞森．羅蘋用力敲門，裡面卻沒有絲毫的動靜。

「有些蹊蹺？出了什麼事？」亞森．羅蘋又去房間後邊敲打窗子，仍舊沒有動靜。亞森．羅蘋的心中不由得起了疑心，仔細聽聽，房間內有微小的痛吟之聲。亞森．羅蘋馬上把窗戶的玻璃砸碎，將窗子打開，翻身躍入房內。室內的幃幔遮得很嚴密，裡邊的光線很是昏暗。亞森．羅蘋馬上把幃幔拉開，就瞧見弗修爾臥倒在地，脖子上有條鮮血浸透了的手帕，一把手槍扔在地上。亞森．羅蘋馬上把他抱了起來，把耳朵緊貼在他的心臟部位，萬幸的是，還在跳動。這情景表明他要自我了結生命，幸運的是子彈射偏了，關鍵部位沒有傷到，並不是十分嚴重，不過人已昏迷過去。亞森．羅蘋非常麻利地替他將傷口紮裹好。弗修爾清醒過來，他注視著亞森．羅蘋，好像要說些什麼，顫慄的雙唇微微動了一下，過了一會兒，接著疼痛難忍地呻吟起來。

亞森．羅蘋注視著弗修爾灰暗的臉。「笨蛋！為什麼要自我了結生命呢？是什麼無法忍受的事迫使你自殺呢？你打算對我講些什麼？莫非你有難言之隱？」

亞森．羅蘋猛地抬頭一看，瞧見園丁及幾個僕人趴在窗子上向裡張望，這些都是亞森．羅蘋的屬下。

「記住，此事絕不可向外洩露半分！」

亞森．羅蘋吩咐完自己的屬下，隨後用筆尖飛快寫就一封短箋：

菲斯汀娜：

弗修爾意欲自殺，盼望你火速前來，我不願送他去醫院。求你嚴守秘密，向院方告假，儘快到這裡來。

迪布尼

亞森．羅蘋將信封好之後，派遣司機趕往醫院。時間不長，司機把菲斯汀娜接來了。亞森．羅蘋已在大門口恭候。

「以前你與弗修爾會過面嗎？」

「從未見過。」

「那好，你就裝扮成一名護士，他不會識破吧？」

「不會的。」

「他肯定會把你當作一個普通平常的護士，你以這種身分去照料他。我提醒你要牢記一點，千萬不要把他看作是殺害希文．若利葉的兇手。」

「在我未掌握確鑿的證據證實弗修爾不是殺人兇手之前，我依然對他保持懷疑，然而，眼前他是個有傷的病人，我接受你的懇請去照料他，我不能夠丟棄一名護士的職責。作為一名科西嘉人，我們的傳統也絕不允許我們對一個身負重傷，喪失對抗能力的病人施以毒手，那是可恥的行為。」

「真了不起。」亞森．羅蘋在心中暗暗地稱讚不已。

弗修爾的傷勢恢復狀況十分良好，這與菲斯汀娜的精心照料是分不開的。這天晚上，在弗修爾進入夢鄉之後，菲斯汀娜返回別墅去歇息。第二天早上，亞森．羅蘋一邊在臥室抽著雪茄，一邊在冥思苦想。就在這時，菲斯汀娜輕輕走進臥室，對他講：「昨夜有人找過弗修爾。」

「那人會是誰？」亞森．羅蘋把那支雪茄拿下來。

「那人的臉龐我未看到，不知道是什麼人。昨天深夜時分，我聽見弗修爾的房間有關門的聲響，所以躡手躡腳地靠近小屋，聽見屋內有人低聲說話。再後來，有腳步聲向門口逼來，我就趕快走開了，回到自己的房中。」

「找弗修爾的人是男子還是女子？」

「我沒聽清，嗓音壓得很低。」

亞森．羅蘋又開始冥思苦想，神秘來客與弗修爾都說了怎樣的內容？裡面必是隱情重大。亞森．羅蘋來到弗修爾所住的小屋。讓他欣慰的是，昨日在床上靜養的弗修爾，此時已站立在窗前遠望著那一灣碧綠的湖水。他的精神、氣色與昨日相比也大為改觀，他精神煥發，全身上下透著一股康復的神氣，唇邊掛著笑容。

「弗修爾，你怎麼從床上下來了？不要緊吧？」

「喔，沒關係。我已恢復得差不多了，真對不起，讓你費心了。」弗修爾的說話聲也變得聲如洪鐘，亞森．羅蘋萬分驚奇地望著他。就在這時，菲斯汀娜走進屋中，她一邊替他更換紗布，一邊像對待小孩似地說：「回床上休息去吧！」

弗修爾搖頭以示拒絕。「不要緊啦！眼前我已不怎麼疼了，這全歸功於你的精心照料。為了致謝，我要給你畫一張畫，我的畫技蠻高喔！」

「你啊！」菲斯汀娜毫無辦法地講。

亞森．羅蘋在心中暗想，僅僅一個晚上的工夫，弗修爾就變得神采飛揚，這大概與那位神秘來客有關係。那人究竟是什麼人呢？有關神秘來客的事，弗修爾閉口不談。第二天，亞森・羅蘋請弗修爾到臥室會談。「你康復得如此迅速，真出乎我的意料，這真讓我歡欣鼓舞。另外，你涉嫌謀殺的罪名已被洗脫，我盼望著你今後能安心工作。」

「讓你擔心，真是不好意思，日後我絕不會給你添麻煩了。為了趕上耽擱的工程進度，我將竭盡全力。」

「不要難為自己。還有，我打算將你留在此地，所以希望對你的情況有所了解。你能講給我聽嗎？」

「好的！凡是我所知道的，都會完完全全地對你講。」

「好極了！首先我想了解，你是在小村中成長起來的，那你清不清楚自己並非那農夫妻子的親生孩子？」

「童年的事我都記不起來了，隨著年歲的增長，我隱約有所感覺。儘管養母對我和藹可親、關心備至，但我依然能察覺出她並非我的生身母親。不過，這僅是憑一種感覺，我察覺出我與她之間沒有血緣，然而我不想讓他人了解到自己是個被人遺棄的孤兒。因而對你瞞著不講，很抱歉。」

「你心中的想法我能理解，那你能回憶出被寄養前發生過的事嗎？」

「一點都想不起來。我那時還是個吃奶的孩子，所以我從來都將養母看作我的親生母親。」

「那個時候，有名男子去你的養母家與她鬼混，這你能想起來嗎？」

「是的，我有印象。」

「你能回憶起他的姓名嗎？」

「當時的我十分年幼，只記得稱他為『叔叔』，他的姓名我不知道。」

「那男人叫作柏侯昆屈。」

「你說什麼？柏侯昆屈不是那個死掉的竊賊嗎？」弗修爾驚訝地睜圓雙眼。

「正是那人，並且他是希文．若利葉的父親！」這讓弗修爾更是吃驚。

亞森．羅蘋則接著往下說：「柏侯昆屈自始至終關注著你，他費盡心思安排好全部事宜，懇請我的朋友克拉德醫生讓你與我相識，讓你負責別墅的室內裝璜。」弗修爾有些瞠目結舌地望著亞森．羅蘋。亞森．羅蘋也以銳利的目光相對，他要看明白弗修爾是在演戲，還是真情流露？

「他這樣做有什麼企圖嗎？」

「至於是何種企圖我還不了解。我只是清楚柏侯昆屈在醞釀著大的陰謀，所以要讓你待在我身旁，隨後又讓其兒子希文．若利葉與你接觸，妄想讓你捲入一場陰謀之中而不得脫身。」

「是嗎？希文．若利葉打算讓我成為他們的同謀，那是怎樣的一個陰謀呢？」

「陰謀的具體詳情我也不得而知，希文是否對你講過？」

「從來都沒提起過。」

「那你來到別墅僅僅是為了做裝璜設計？」

「那是自然。身為設計師，除了發揮自己的專長之外，我別無想法。」在弗修爾的眼神中，確實沒有一星半點的偽裝。如此來判斷，弗修爾並非他們的同謀，奸邪尚未侵襲到他，他仍是個質樸純正的年輕人，亞森．羅蘋為此感到欣慰。

「這些我都了解，但你因何要結束自己的生命？」

這問話讓弗修爾羞愧地紅了臉，他垂下頭去。

「你既有這種想法，為何又在短短幾天內有了逆轉，變得神采飛揚呢？」

弗修爾始終低頭盯著地面，一言不發，過了好半天，他似乎痛下決心似地將頭抬起，看著亞森．羅蘋的雙眼，開口講道：「警局將我釋放後，我便飛快趕回來，打算與你一同分享這個佳訊。來到別墅後，園丁對我說你散步去了湖濱，接下來我去那裡找尋你，卻瞧見基諾摩與瑞妮二人在座椅上卿卿我我。

「剎時間我感到天昏地暗，我深深的愛著瑞妮，始終堅信她同樣對我情有獨鍾，而我卻親眼所見他二人在座椅上親熱。肯定是由於我涉嫌謀殺而遭到拘捕，瑞妮也認定我是殺人兇犯，我便感到天昡地轉，也不清楚自己怎樣走回小屋的。我感到自己完了，於是在小屋裡拿出了槍。」

「原來你是由於戀愛受挫而自殺？好在你未能如願。然而，又是什麼原因讓你又變得神采飛揚？另有，昨夜有人探訪你；第二天，你就如同脫胎換骨一樣，心胸開闊了許多，原因何在？」

「毫無疑問，我曾打算自殺，然而從昨夜起我又有了重活的勇氣與念頭。」

「讓你發生如此轉變的那人是誰？男人還是女人？」

「是個男人。」

「那他做了什麼？」

「他替瑞妮捎信給我，你瞧這個，瑞妮托那人捎來的信。」

弗修爾拿出一封信讓亞森．羅蘋看。亞森．羅蘋一邊看，一邊不由得眉頭緊鎖。他實在是弄不明白這封信怎會讓弗修爾變得神采飛揚。

弗修爾：

親愛的姊姊伊莉莎白永遠地離我而去，基諾摩也痛失鍾愛的未婚妻，我倆都掉進了悲痛的大海。不清楚從什麼時候開始，我們兩個人相互寬慰、理解對方的不幸，這份情誼在不知不覺中演變成了愛情。因為愛，我們將終生相伴。就弗修爾，你是我倆的摯友，堅信你可以領會現在我們高興的情緒，盼望你前往格力馬傑莊園祝福我倆的幸福。

舉行婚禮的日子，尚未確定。

瑞妮

「對瑞妮那樣深情的你接到這封殘酷的信，怎能坦然面對呢？怎能如此看得開，去接受這個事實？」

「是的，我對她一往情深，然而這只不過是自作多情。收到此信後，這對我來說是一種打擊。然而對於我的情敵我並不忌恨，只有弱者才會那樣做。所以，我下決心不再理會這些事情，全身心地投入到工作中去。在我打定主意後，我的渾身上下都充滿了難以名狀的動力。」

「原來是這樣。你的心境我可以理解。儘管你講得輕描淡寫，但我覺得苦痛與酸楚仍然充滿你的內心。讓我感到欣慰的是你能克服這種苦痛，樂觀地繼續生活。」儘管亞森．羅蘋口頭這樣講，但心中暗想：「一個因戀愛受挫而難以活下去的人，可能有這樣的逆轉嗎？這讓人想不明白！真的匪夷所思！」

亞森．羅蘋返回莊園，暗中思索：「瑞妮在信上提到邀請弗修爾去探望她，我也要去瞧一瞧！」轉眼間，亞森．羅蘋已到達格力馬傑莊園。弗修爾早到了，他與瑞妮在客廳聊天，絲毫沒有難堪的意思。

「如今的青年人真是不一樣！」亞森．羅蘋回想自己年輕時代的男歡女愛，不由得苦笑一聲。

菲斯汀娜也在一旁，與他們聊著天。

「菲斯汀娜，你也在，醫院沒事嗎？」

「這段時間病人不多，所以每日下午我都抽身來此看看，我與瑞妮已成為密友。」

「菲斯汀娜就是我家中的一員，姊姊離開人世後，她是我談天說地的好夥伴。」瑞妮面帶笑容地說。

這四人談得熱火朝天。就在這時，有名女僕人把一張名片送至瑞妮身旁。瑞妮瞧了瞧那張名片，不由得眉頭緊鎖，甚是不高興。不過，很快又恢復了原來的模樣，她讓女僕將客人帶至二樓自己的房中。

通向二樓的樓梯在客廳的一角，可以瞧見女僕領進的客人。那是位銀絲、略有駝背的老者，儘管氣度不凡，然而面露身心疲乏之色，他一手緊握樓梯扶手，一手緊握女僕的手，慢悠悠地走上樓去。

「很抱歉，失陪一下，我一會兒就來。」瑞妮一邊向另外三個人略示歉意，一邊上了樓，那三個人則一邊談天說地，一邊飲茶自樂。

兩個小時過去了，瑞妮才返回來，她攙扶著那老者，緩緩地下了樓，眼睛紅腫，想必是哭過了。

「瑞妮，你何時舉行婚禮？」那老者在樓梯口停下，向她詢問道。

「九月十八日。」

「瑞妮，恭喜你啊！」老者捧起瑞妮的臉，在她的額頭上輕吻，瑞妮卻失聲痛哭。

瑞妮注視著老者從莊園門口乘轎車離去。她沒有返回三人聊天的客廳，而是獨自一人捂著臉上樓。

第二天，亞森．羅蘋驅車來到距寓所二十公里的一處敬老院，他對院長說：「我希望見一見在你院居住的名叫施泰尼思的老先生。」

亞森．羅蘋被帶到會客室靜候，看見一位上了年歲但看似忠厚耿直的老者。他立在會客室門口，用遲疑的目光打量著亞森．羅蘋。亞森．羅蘋輕輕攙扶著他坐在躺椅之後，用平和親切的口吻對他講：「施泰尼思先生，你原是魯．培傑尼的住戶吧？此次鎮上同意支付一筆紓困資金，付給在敬老院缺少依靠的老人們，我謹代表全鎮的住戶敬請你收下這筆錢，共計一百法郎。」

這讓老者萬分驚詫而雙目圓睜，以前由於他無錢入住敬老院，因而得到了鎮上的資助。有了今天這樣子，他已感激涕零了，出乎意料的是，他還能領到紓困資金一百法郎，對他而言這是一筆鉅款。老者已是熱淚盈眶。

「這樣的話，請在收據上簽字吧！」老者用發抖的手簽了字。

「據說你老人家已在妻．貝捷內生活了四十多年，並且有三十年勤懇盡職地在一個主顧家裡服務，是這樣嗎？」

「對，我在歐拉介力莊園服務，是從腓力浦他爸爸的時代開始的。」

「那些事已經非常久遠了，你可不可以給我講講妻．貝捷內那時的樣子？比如都有什麼人居住在那裡？都有什麼樣的人時常出入歐拉介力莊園呢？」

「好的。雖然年頭已是非常久遠了，但我仍記憶猶新。」

這一百法朗的意外之喜，使得老者饒有興趣地講述起陳年往事。亞森．羅蘋也收集到他所需要的情報。其中最讓亞森．羅蘋關注的，是涉及到伊莉莎白、瑞妮還有她們的爸爸亞歷山大．卡卜勒的往事。

「亞歷山大醫生婦住在格力馬傑莊園時，他們之間的關係很不好，在莊園裡常常會聽到他們激烈的吵鬧聲。導致發生爭吵的根源是亞歷山大氣量狹小、醋性十足，他非常厭惡妻子的表哥到莊園裡來。每逢她的表哥來過之後，他二人總要吵鬧一番。」

「他妻子的表哥叫什麼？」

「強狄．達力法。因為他常常登門造訪，亞歷山大的妻子與他的關係非常好，這便惹惱了亞歷山大。有些風言風語便從僕人當中流傳起來。」

「什麼樣的風言風語？」

「他們謠傳大小姐伊莉莎白的父親是強狄．達力法，而並非是亞歷山大。我自然一點也不信這種謠言，然而，這些話讓亞歷山大先生聽到後，他便疑心二人的關係。每逢強狄先生登門造訪，他心中就非常不高興。記得有次還把強狄哄出去，為此，倆人大打出手，從那之後，強狄再也沒有上門。這樣又度過三四年的光陰，二小姐瑞妮出生了。」

「如此看來，瑞妮是亞歷山大先生的親生女兒必定無疑。那麼，亞歷山大是因何離開人世的？」

「長期喝酒無度引發腦中風，醫治無效而死去了。」

「在他過世之後，強狄先生是不是又常來格力馬傑莊園？」

「沒錯，所以風言風語又在僕人中間流傳。曾有一名女僕對我講：『瞧吧！強狄．達力法先生必定將全部錢財留給大小姐伊莉莎白，他與夫人早已商量好了，二小姐瑞妮可真是悲慘！一分錢也沒她的。』

這讓亞森．羅蘋不得不思索一下。

「作為強狄．達力法的孩子，伊莉薩伯能獲取大筆錢財，知道這些內情的瑞妮會不會忌恨姊姊的好運呢？不要胡思亂想！如此甜美可愛的女孩怎會做出這些來呢？」

亞森．羅蘋又聯想到，那拴小船的木梯曾讓人故意鋸過，是不是瑞妮所為呢？但他很快又否決了自己的想法。然而這個想法卻死纏住他不放，無論怎樣努力也無濟於事，他更加疑心瑞妮了。

「強狄．達力法是個什麼樣的人呢？」在返回的途中，亞森．羅蘋一邊駕駛著車子，一邊冥思苦想。「還有，幾天之前來與瑞妮會面的老者是什麼人？瑞妮初見他的名片便很不高興，然而在二樓她自己的房中談了兩個小時後，下樓送客時，她又雙眼紅腫，後來又戀戀不捨地將老者目送走，這又是為何？其間肯定有隱情。」

亞森．羅蘋用全部心思思考著這些事，駕駛的汽車險些撞到一旁的樹上，他趕緊把方向盤扭轉，集中精力地向山莊開去。

就在瑞妮與基諾摩要舉行婚禮的前一個禮拜，瑞妮給亞森．羅蘋打來了電話，邀請他與弗修爾前往格力馬傑莊園。

「發生了什麼事嗎？」

「喔，這事情比較複雜。古塞警官打來電話講有要事相商，並且要求弗修爾也在場。」

「基諾摩也到場嗎？」

「對，他會到場的。」

亞森．羅蘋駕車與弗修爾一同趕往格力馬傑莊園。等他們到達時，看到基諾摩與瑞妮二人莊重肅穆地談話，不過今日菲斯汀娜卻不在場。警宮古塞抵達後，向亞森．羅蘋略一行禮後，便與瑞妮和基諾摩談論起來。

「這段時間以來，警方連續不斷地收到匿名信，這些信全部是由打字機列印的。根據那劣等的字型及模糊的字跡判斷，寫信人所用的打字機為一臺舊式打字機，由信皮上的郵戳來看，這些信件都是在婁・貝捷內鎮寄出的。我們對鎮中家庭擁有的打字機一一進行排查，但是沒有結果。某日清晨，有人在距離此地有三公里遠的垃圾堆放處找到一架舊打字機，油墨帶的墨跡還未全乾，依稀可見信中的一些字句。這就表明，寄匿名信的人在用完打字機後便遺棄了它。大家請看，這是告密者的匿名信，我給大家讀一讀。」

古塞打開信皮拿出信來，將信紙展開，在場的人們全都靜靜地聽著。

距希文・若利葉被人刺成重傷的小路不遠處，有一幢幾個月前變成空屋的舊房。透過舊房的籬笆向裡望去，依稀可見後院有條手帕，手帕可能與此案有重大關聯，我認為須加以調查。

「我馬上著手展開調查，真的找見一條手帕。大家請看，這條手帕，上邊有深黑色液體凝固的痕跡。通過鑒別得知，此是人的血跡。據我猜想也許是用來擦拭兇器的手帕，更值得注意的是，在手帕的一角繡有字母F，能夠以此推斷出案犯姓名的第一個字母。」

古塞看了一眼弗修爾。「你姓名的第一個字母不正是F嗎？」

這句話讓大家大吃一驚，瑞妮也是神情大變；然而弗修爾卻非常坦蕩。「弗修爾先生，我能夠瞧瞧你的手帕嗎？」

古塞警官在認真地觀察弗修爾拿出的手帕，又對手帕的料子進行鑒別。「雖然這塊手帕並未繡有你姓名的第一個字母，但兩塊手帕有著相同質地的料子，大小也相同。當然，僅憑這些還不能斷定你便是案犯。」

隨後，古塞把手帕歸還了弗修爾。接著對他講：「日後必定要麻煩你前往警局作證，希望你近期不要外出。」

古塞雖然客客氣氣地說這些話，但他的眼神卻閃著得意的神采。古塞與大家辭別後，便揚長而去。弗修爾靜靜地思考著，連亞森．羅蘋的問話，他也不理不睬。瑞妮注視著基諾摩的的側面，基諾摩舉措有些忐忑不安，他顫顫巍巍地燃著一支菸。就在那一天夜裡，亞森．羅蘋在哥勒爾．魯傑莊園用完晚餐，站立在院子裡仰視著星光燦爛的夜空。正在這時，馬路邊有細弱的呼哨聲。

亞森．羅蘋認真聽了聽，那不是有人在哼曲子，而是一陣陣有規律的哨聲，他推斷出可能是種暗號。亞森．羅蘋默默地立在黑漆漆的院子裡。過了一會兒，有兩個黑影從小屋閃出，那兩人悄無聲息地向湖那邊走去。亞森．羅蘋躡手躡腳地尾隨在兩人之後。湖畔的小路也是漆黑一片，星光的映照讓湖面有些發亮。那兩個黑影在發亮的湖面映襯之下，輪廓凸現，毫無疑問，是弗修爾與菲斯汀娜。他們乘小船來到湖裡的洲島之上，一同坐在長椅上。那長椅便是瑞妮和基諾摩互訴衷腸的那張。

「又一對新戀人。先前的呼哨聲必定是菲斯汀娜叫弗修爾的暗號。儘管菲斯汀娜對我宣稱弗修爾是害死她男朋友的兇手，然而不知道從什麼時候開始，這兩人成為了戀人。也許是菲斯汀娜在照料弗修爾的那段日子裡明白他是清白無罪的，認定弗修爾是個善良質樸的年輕人吧？這真是美妙，我願為這對戀人祈禱。」

亞森．羅蘋欣慰地點點頭，又原路返回了住所，把燈吹滅了，不久就進入了睡夢。第二天一早，亞森．羅蘋吩咐僕人把車子收拾停當，準備去杭城搜集有關強狄．達力法的有關資料，要不然就與他見一面。

他正打算上路時，了個電話。亞森．羅蘋抓起了聽筒，裡頭傳來基諾摩的話音：「迪布尼先生，麻煩你趕快過來！」語氣顯得十分著急。

「喔，出什麼事啦？」

基諾摩並未在電話中講清楚，只是一直在催促：「請馬上來！要快！」

因此亞森．羅蘋把汽車駛向格力馬傑莊園。基諾摩與老奴艾薩爾在大門已守候多時了。亞森．羅蘋的車剛剛停穩，基諾摩便按住車窗叫道：「糟了，先生。」

「不要著急，發生了什麼事？」

「瑞妮，瑞妮讓人拐跑了！」

「讓誰？」

「弗修爾．薩爾！」

「什麼？是弗修爾？」

亞森．羅蘋不由得驚詫叫出聲來，昨夜湖中小洲的那對戀人從他的心中劃過：「當真？」

「千真萬確！就是弗修爾！是他將瑞妮推到汽車中！」

「他往哪一個方向逃去？」

「逃往勝．捷耳曼。」

「這樣吧！趕緊上車！」

基諾摩坐上車後，亞森．羅蘋馬上開動車子，時間不長便右拐上塞納河旁開往陸奧方向的公路。亞森．羅蘋專注地把握著方向盤，兩眼目不斜視，使勁踏著油門，車速在猛增。怒氣沖沖的基諾摩臉色通紅，情緒激昂地把事情的經過講述了一遍。

「弗修爾開了一輛新車過來，謊稱他將把這輛車買下，需要我們替他參謀參謀。我俯下身去看看車輪如何，他則把瑞妮請到車上，讓她試試車座是否舒服。但猛然之間他將車子發動了，瑞妮因驚嚇而喊叫著並打算從車上跳下來，可是弗修爾的一隻手死死抱著她，用另一隻手掌握方向盤駕車逃竄。儘管聽到瑞妮淒慘地喊叫，卻是毫無辦法。」

「他開地是哪種類型的汽車？」

「傅立的新款車！」

「有何外貌特徵？」

「車色是很明亮的橘紅色。」

「那是什麼時候發生的事？」

「也就是十分鐘之前發生的事！」

「喔，對了！弗修爾從小就生長在農村，他必定往那裡逃去了！」

亞森．羅蘋馬上把汽車駛向弗修爾家鄉那邊。基諾摩把身子努力向前傾，雙眼認真盯著前方。

「瞧啊！就是前邊那輛車！」他叫嚷著。

前邊的路是通向森林的，一輛橘紅色新車風馳電掣地向前行駛著。那輛車轉過個彎，就無影無蹤了。

「不用著急！拿弗修爾的車技與我相比，他絕不會逃脫掉的。並且我這輛車的性能要比弗修爾所駕的車強得多，車身也要高得多！你就放心好了！」

聞聽此言，基諾摩如釋重負地長籲一口氣，癱坐在車座上喘著粗氣。

「弗修爾這小子絕不該這樣做！因為他深愛著瑞妮，這我也早就知道了。我也曾多次提醒過瑞妮，叫她與弗修爾少接觸，現在果然出了亂子。他原來覺得我與伊莉莎白是婚戀關係，所以瑞妮必定成為他的妻子；伊莉莎白死去之後，我與瑞妮確立了這種婚戀關係。瑞妮曾給弗修爾去過一封信，我原以為他能就此罷手。他在收到那封信後，馬上前來恭賀我們。我與他也友好地握過手，那時我對他這種男子漢寬廣的胸懷佩服極了。萬萬沒料到這一切都是他在演戲，忌恨之火在他的心中熊熊燃燒。他打算把瑞妮拐騙到遙遠的地方，接下來便與瑞妮結婚，他必定想要從村中找個牧師為他們主持儀式！我萬萬不能讓他得逞，我定要逮住他，向法院告他拐騙少女，叫他知道坐監獄的味道。」

亞森．羅蘋一邊靜聽基諾摩的述說，一邊默默不語地開著車。他在心中暗自思忖：「弗修爾怎麼這樣愚蠢，幹出這等事情！他拿到瑞妮給他的信後，是那樣的豁達與活潑，為什麼又要拐騙瑞妮呢？他是不是不能根除對瑞妮的愛呢？他從外觀上看去輕鬆開朗，是不是目的在於讓基諾摩放鬆警惕呢？這些我都弄不清楚！他真有些像我的兒子尚！對，非常有可能！可是他的身上為何有這樣多的疑點呢？這個豁達、活潑、直率，工作勤勤懇懇，有時又抑鬱的年輕人究竟是誰呢？此次怪異的兇殺案，警方疑心是他所為。儘管已獲得釋放，然而法官羅斯對他依然是疑心重重，甚至我都對他心存疑慮。他必定也清楚自己眼前所處的被動局面，為何又要膽大妄為地幹這拐騙之事呢？莫非他是膽大包天的歹徒？或者不過是年輕人只顧眼前不計後果的張狂？真讓人匪夷所思。」

汽車飛奔到一個十字路口。

「應當往哪邊走呢？只能看運氣如何了。就這邊吧！」

亞森．羅蘋開車駛向了右邊，他狠狠地踩住油門，路兩旁的樹飛快地向後跑去。

「瞧，就是它！」基諾摩大呼小叫。前邊的彎道處，有一輛橘紅色的新車在前邊幾百公尺遠處狂奔。不清楚是不是那輛車的發動機出了毛病，還是弗修爾的車技不好，那輛汽車居然開得東搖西晃，車速也漸漸緩下來。亞森．羅蘋駕車超在那輛車前，把車橫了過來，那輛新車被擋住了去路，不得不剎車停了下來。基諾摩甩下他的外衣，立刻從車座上跳下車去。

弗修爾也從那輛新車上下來，他將外衣褪去，裡邊只剩一件襯衫。接下來，便是瑞妮搖擺不定地走下車來，她的一隻手摟住路邊的樹，另一手捂著紅腫的雙眼。基諾摩怒睜雙目，亮出拳擊的招式，向弗修爾逼近。然而弗修爾卻立在原地不動，一副渾然不在意的樣子。

瑞妮瞧見兩個這樣的架勢，立刻飛奔過去立在他們當中；亞森．羅蘋瞧見此景此情，立刻從車上下來勸阻瑞妮，他對瑞妮講：「不要這樣！不要站在他們當中！」

「不要阻止我……他會死的！基諾摩要殺了他！」

「讓我們靜觀誰將死去？」

「弗修爾那柔弱的身子骨會有性命之虞！」

亞森．羅蘋打量著這兩位年輕人。基諾摩體態修長、身材魁梧、肌肉發達，看上去很像一名健壯的運動員，他已亮好了正規拳擊的架式，慢慢地逼近弗修爾。再看弗修爾，根本無法與基諾摩相比，那柔弱的體態似乎經不起任何敲打。怪不得瑞妮會萬分焦慮。她使勁地想要掙脫亞森．羅蘋抓住她的手手臂。

「這樣不可以，當兩個男人要決一死戰之時，別的人不要插手，況且，我也希望知道弗修爾是不是有足夠的膽量迎接決鬥。」

在亞森．羅蘋的心中飛快地閃過弗修爾便是自己親生兒子的想法。

「弗修爾能不能一點也不遲疑地迎接決鬥？是不是一個經不起挑戰的懦夫？倘若他是我的親兒子，他必定會毫無畏懼地面對決鬥。要不是那樣，他必將在對方動手前逃竄的……」

亞森．羅蘋一邊如此思索，一邊盯著弗修爾。

弗修爾顯得非常鎮定自若，儘管面對強敵，他依然面帶微笑。那種笑是對對手不自量力的鄙視以及對自己信心十足的表現，而他的這種神情讓基諾摩更加惱怒。

「嘿！你看到了嗎？」基諾摩把雙拳揮舞著對弗修爾狂吼。

弗修爾做了個聳肩的動作，搖晃一下他的頭，又發出蔑視的笑來，依然沒做任何預備招架的招式。因惱羞成怒而臉色通紅的基諾摩向弗修爾步步緊逼，他如鋼鐵般的身子向弗修爾撲去，並如同閃電似地使出一記右鉤拳。弗修爾身形敏捷地躲過這一拳，隨後身子轉到右邊。由於他使得力氣過大，在慣性作用下身子向前走了好幾步。待他再次立穩身後，又發動了攻擊。弗修爾的動作很迅速，他非常靈巧地避開對方凌厲地襲擊，發出強勁的鉤拳和直拳打中了對方的頭部和身體。

心浮氣躁的基諾摩又馬上向弗修爾撲去，兩個人扭打在一起。基諾摩憑藉其健壯的身體壓向弗修爾，雙手用力推壓，最終將弗修爾壓在身下。弗修爾則拼死地頑抗，竭盡全力將身體拱起，然而依舊讓基諾摩壓在身下。

「你們不要打了……不要打了……」瑞妮一邊奮力掙脫亞森．羅蘋的手，一邊拼命呼喊著。

「你不必焦慮！倘若誰率先掏武器的話，我將馬上阻止。」

「然而，他快被掐死了！」

「你放心吧！兩個人一定要決一死戰！」

「這是為何？」

「其中的緣由，你日後會知曉的。」

那兩人依然在地上扭作一團，不是弗修爾騎在對手身上，就是基諾摩騎在對手身上。亞森．羅蘋原以為弗修爾早已精疲力盡，可情況卻恰恰相反。最終弗修爾站起身來，用手拂去衣袋上沾染的塵土。而基諾摩卻臥倒在地，痛苦地呻吟不止。

「弗修爾，你真是技高一籌！」亞森．羅蘋欣喜地發出稱讚，隨後俯下身去蹲在基諾摩的一旁。

「你並未負多麼重的傷，不過是胳膊上略微受傷而已，很快便能恢復！聽我的規勸，今後不要再恃強凌弱了，要不然的話，你又將被擊倒在地，對手是很強勁的！」

基諾摩緩緩地從地上站起來，非常難堪地苦笑著，隨後以一種怨恨的目光盯著弗修爾。弗修爾這時正向自己的新車走去。亞森．羅蘋來到他身旁，拍著他的肩頭說：「這技藝高超的柔道你是在什麼地方學過的？拳擊也非常厲害，你可以克制對手健壯強勁的身體及凌厲的拳法，本領不小啊！」

聽到讚揚的弗修爾無動於衷，一聲不吭地鑽進車中，開車離去了。亞森．羅蘋原打算用自己的車把基

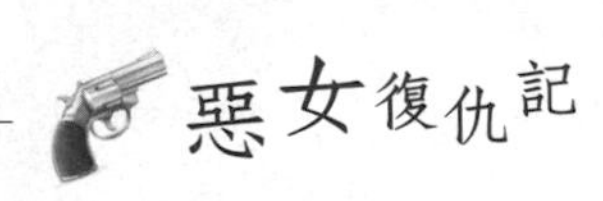

諾摩和瑞妮送回莊園去，然而猛然間他記起自己計畫去杭城會見強狄．達力法。由於即將上路前，基諾摩給他打來電話，而浪費了許多時間，今天他無論如何要到達杭城，透過強狄．達力法打探幾件事情。

恰在這個時候，有輛計程車開過來，他便安排瑞妮二人乘計程車返回，他則駕車去杭城。在途中，他心中暗想：「弗修爾真是個出類拔萃的年輕人，平時外表上瞧去是那樣的溫文爾雅，並且對本職工作兢兢業業，而剛才他的舉措真應當為人所稱道。他儘管擅長柔道與武術，不過依我之見還沒有達到十全十美的地步，倘若略微加以指點，他定能有一番作為。倘若他是我的親生兒子將會多麼美好！這樣傑出卓越的年輕人必定是我的兒子！毫無疑問！他是我兒子尚！」

亞森．羅蘋的心中充滿光明與希望，他下意識地踏住油門板，汽車飛快地提速。儀錶盤上的速度指標猛烈地轉動，亞森．羅蘋的心也猛烈地跳動。駛抵杭城之後，亞森．羅蘋入住一家豪華賓館。就在那一天夜裡，他著手對強狄．達力法的背景進行調查。

「下個禮拜六是瑞妮與基諾摩結婚的日期。在此之前，我一定要將強狄．達力法的背景查個一清二楚，有謠傳說講他便是已死去的伊莉莎白的親爹。」那一夜，亞森．羅蘋返回賓館後，痛下決心。而他又回想起前一陣老者探望瑞妮，瑞妮雙眼紅腫的情景。

5 戴面具的惡魔

強狄．達力法作為礦山礦業公司和冶鐵公司的大董事，有著萬貫家財和一處富麗的豪宅，在這座毫宅當中並未住著他的親人，僅有幾個伺候他的僕人。此座豪宅的位置座落在一個祥和、幽靜的樓區，在它的周圍長滿了遮天蔽日的老樹，牢固可靠的鐵制大門面向一條行人不多的馬路。

亞森．羅蘋到達杭城的那一晚，便對這座豪宅進行了一番探查。挺立在院內的建築物，在星光的映襯下呈現出黑濛濛一片。但有三處的燈是整夜亮著，一處為看門人的小房；另一處為主建築物的二層，垂在窗前厚厚的幃幔及安寧的動靜可以推斷出那大概是主人的臥室；還有就是鄰近的房間，亞森．羅蘋在經過實地探查之後，又返回了賓館。

第二天一早，他向賓館服務臺打聽：「我打算去強狄．達力法先生處造訪，麻煩你用電話和他預約一下，可不可以？」

「很對不起，強狄．達力法先生向來不與不相識的人約見。」

「這是什麼原因？」

「強狄先生身患肝炎有許多年頭了，這段日子愈發嚴重起來，白天黑夜都有兩名護士進行看護。看門人的那對夫婦為了方便隨時被派去請醫生，常常輪換著值夜班。」

「他的肝病真的那樣糟嗎？」

「聽人傳言為肝病已惡化，醫生診斷結果均認為他已無藥可醫了。這段時間以來，二層的兩個房間整夜燈光明亮，一間作為他的病房，一間作為護士用房。」

「原來情況是這樣，我說那兩個房間為何會整夜燈光明亮……我得使個什麼計策與他見面呢？」亞森．羅蘋冥思苦想著。「別無選擇，看情形只得當一回夜半不請自來的客人。那樣的話，我應當從什麼地方潛入呢？」

深更半夜偷入他人住所是亞森．羅蘋最擅長的事。白天他又去那裡勘察了一下地形。主體建築在庭院深處，院子四周有高達五公尺石頭砌就的院牆，大鐵門鎖得異常牢靠，可是鐵門裡邊卻是寂靜無聲。府邸內除去看門人夫婦，還有幾個僕人和兩個通宵照料在床前的護士。

「看這架式，即便是夜半時分前去也非常困難，儘管不是毫無可能，但這件事是非常難辦的。」亞森．羅蘋一邊考慮著這件事，一邊返回到賓館。在他剛路過前邊就要邁入餐廳時，猛然之間他們站住了。

「這讓人匪夷所思！」

亞森．羅蘋不由得暗自大吃一驚。他瞥見了在餐廳靠窗邊坐著兩個人，正遠望著院中的草地，那兩人正是弗修爾與菲斯汀娜。

「他倆來這做什麼？」亞森．羅蘋藏身在餐廳門口的一個飾物後，偷眼觀察那兩人的一舉一動。看到拿著塑膠吸管攪和杯中的冷飲，正邊喝邊談。儘管亞森．羅蘋聽不清談話的內容，不過從他倆所流露出的神情來推斷，大概是在背後講別人的壞話。

亞森．羅蘋在他倆尚未察覺之前，便悄無聲息地從餐廳離去。當他到了自己房中，便通過電話向待者詢問那兩人的情況。

「喔，你說的是靠窗子的那兩位客人？他倆是昨夜入住的，共開了兩間客房。因為賓館近期客人太多，沒有連在一起的客房，所以那女的住在三層，男的在五層。」

「是嗎？今早他們外出了嗎？」

「那男的出去過一次，而那女的似乎待在房中未動。」

「不要對他們講我在打探關於他倆的情況。」

「好的，那是自然。」

亞森．羅蘋又去樓下偵察了一下餐廳的情況，只見那兩人仍在聊天。他們的臉色很莊嚴鄭重，好像在商討重要的事情，也像在解決一些當務之急的問題。

「他們在商討何事？來到杭城的目的也在於找強狄．達力法嗎？或是其他原因？」

亞森．羅蘋從賓館出來，在附近街頭公園的椅子上坐下，假裝在專心致志地讀報紙，故意用報紙遮住自己的臉。似乎在二十分鐘之後，弗修爾單身一人從賓館走出來。亞森．羅蘋從報紙後偷眼望去，可以看出弗修爾有些心神不定，臉色陰暗，他似乎痛下決心似的，兩眼直視著從亞森．羅蘋身前飛快地走過去。亞森．羅蘋慢慢地從椅上起身，跟在他的後面。

弗修爾健步走向強狄老人的豪宅。

「果然是衝著強狄老人來的！」弗修爾拐進一條小巷，小巷一直伸向強狄府邸的後牆。亞森．羅蘋在十字路口探身張望，瞧見弗修爾停在了後門，看了看周圍，亞森．羅蘋敏捷地把頭縮回來。稍等片刻，亞森．羅蘋又把頭悄悄地探出來，瞧見弗修爾從衣袋中拿出一把鑰匙，插進鎖孔轉了兩、三下，把門推了推，門便悄無聲息地開了，弗修爾迅速進到門內把門關好。

「難道說他手中握有萬能鑰匙？看他這副謹慎怕被人看見的樣子，是不是已成了盜賊？天哪，萬萬沒料到那個女人的詛咒使他也成為了一名江洋大盜。」如今的亞森．羅蘋早已將弗修爾視為自己失散已久的兒子尚了。特別是前一日兩人決鬥時，弗修爾堅毅的男人氣質以及一流的功夫，使他更加堅定他是自己愛子尚的信念。在那時，亞森．羅蘋的心中為他而驕傲。心中暗想果然是亞森．羅蘋的兒子！堅毅果敢且功夫一流。然而，就在今天，亞森．羅蘋親眼所見弗修爾使用萬能鑰匙偷偷溜進別人的府邸，這讓他既怒又恨；胸中十分鬱悶，難以呼吸。

「我亞森．羅蘋當一個江洋大盜無怨無悔！但不想讓兒子也是江洋大盜。賢良體貼的克拉莉絲成為我的妻子時，曾痛哭涕零地規勸我金盆洗手，不要再幹這樣的壞事。我也曾對天起誓，絕不再犯。克拉莉絲晶瑩的淚水使我的犯罪之心洗刷一淨，溫暖了我冷酷的心，督促我做個誠實正派的人。我兒子尚誕生後，我也發下狠誓，為了孩子，再也不犯罪了。可是從克拉莉絲離開人世，尚也遭人拐騙沒了蹤影後，悲痛欲絕的我自甘墮落，所發過的誓言以及所下的決心不能再堅持，最終又恢復了怪盜亞森．羅蘋的生活。直到今天我才了解，卡格利奧斯特羅為了報復我，才將尚拐騙走，但她並不因此而善罷甘休，她還謀劃著讓尚長成盜賊或者殺人案犯，要使我墜入痛苦的無盡深淵之中。天哪！如此毒辣，如此恐怖的報復心理！在我剛剛獲知弗修爾並非是兇殺案犯而甚感欣慰，為他在前一日與人決鬥中所表現出的堅毅果敢的男子漢氣質而更加喜不自禁時，而今天我卻親眼目睹他借助萬能鑰匙偷入他人住所，他已是個盜賊了。儘管卡格利奧斯特羅已離開人世，但她死後的魂靈依然關注著我，並且在朝我冷笑，嘲弄我自作自受。」

亞森．羅蘋雙唇緊咬，懊悔的淚水從眼中流出。

弗修爾為何不辭辛苦來到杭城？又是什麼緣故偷偷進入此宅？這並非是一般的偷盜行為，其中必有內情。亞森．羅蘋靠近了府邸的後門，扭動門把手，把手卻紋絲不動。顯然，弗修爾將其反鎖了，要想打開這門，對亞森．羅蘋來說易如反掌。他從衣袋裡拿出一串鑰匙，一隻隻試著去開，終於將一隻鑰匙插入鎖孔。亞森．羅蘋慢慢地扭動，鎖便被打開，他慢慢將門推開。

亞森．羅蘋進入到門內，關住門並鎖好，接下來很是警覺地查看周圍。在寬廣院子的左方聳立著一幢俏麗的新建築物，在主樓的什麼地方都不能瞧見這裡，人的出入更是看不到。亞森．羅蘋來到它的內部，順著石階而上，從大門進到二門，二門附近擺放著一個大衣架，上邊有幾件外衣及帽子。他緩緩地將二門推開，看到一間十分寬大的房屋，屋內有辦公桌、文件櫃、書櫃，上檔次的華貴地毯鋪設在地上。

「這大概便是強狄新蓋的辦公樓。」

亞森．羅蘋站在門口向裡邊望去，角落裡的一隻櫃子敞著門，裡面擺放著一隻大型保險櫃，弗修爾正蹲在它的前面。他正在專心致志地幹著手中的活，對於亞森．羅蘋已來到屋內並盯著自己毫無知覺。弗修爾似乎清楚保險櫃的密碼，他一點都不遲疑地轉動數碼。接下來用手使勁一拉，保險櫃的門開了。那裡面分門別類擺放著各式各樣的文件，然而弗修爾一點也不關注那些文件，他在找著什麼。「他的目標並非是文件，那又是什麼呢？」亞森．羅蘋心想。

弗修爾先將上邊的文件翻檢一下，接下來便是中間，他把手伸到裡面摸索，臉上很快就顯露出找到的神情。當他把右手再抽回時，已有一個藍盒子握在手中。弗修爾拿穩了盒子，打開機關，盒蓋輕響一聲彈開了，在絨布上擺放著許多的鑽石、珠寶首飾。

弗修爾一一地過目，隨後把蓋子合上裝進了衣袋中。從動作的開始到完成，他鎮定自若，一舉一動十分熟練，真像個技術高明的大盜。「他是那樣的沉穩，那樣的鎮定自若，整個動作挑不出一點毛病，就是換作是我也不一定會比他做得更好。真可稱得上技術一流的珠寶大盜。」

亞森．羅蘋不由得雙唇緊閉。弗修爾把保險櫃門關上，重新鎖定數字密碼，從地上站起來。亞森．羅蘋敏捷地藏身於一角的椅子後。弗修爾一點也沒察覺，他輕手輕腳地離去了。過了一會，亞森．羅蘋聽見後門開關的動靜，隨後又是從外邊上鎖的聲響。

片刻之後，亞森．羅蘋慢慢走到辦公桌旁。這張辦公桌從外觀上與普通辦公桌別無二樣，在兩旁分別各有幾隻抽屜。然而，亞森．羅蘋卻在辦公桌裡發現了一隻隱密抽屜，位置就在人坐下時，膝蓋能夠到的地方。

亞森．羅蘋把那個隱密的抽屜打開，發現了一個紙盒，紙盒內存放了二十來封信，均是女人所寫，並且每封信都缺少寄信人的簽名，不過卻依照收到的時間順序排列好。亞森．羅蘋按著順序一一讀完。

「儘管沒簽名，不過從裡面的文字判斷，寫這些信的人應當是瑞妮姊妹的媽媽。」亞森．羅蘋一邊如此推想，一邊接著往下閱讀。

「這真是出乎意料。依據信上的內容來推斷，她與表兄的愛情產生是以後發生的。這對表兄妹起初只是談得投機，然而還沒產生愛戀，愛戀的產生是在伊莉莎白三歲時的夏天。

「如此看來，伊莉莎白並非強狄之女。」

「對照那日敬老院中的老僕人施泰尼思所言，風言風語說伊莉莎白為強狄的女兒，但通過信上所言判斷，實際情況恰恰相反，瑞妮才是強狄之女。但瑞妮對此事卻毫不知情，有可能世上也無人知曉此事。而在僕人中散播的風言風語，施泰尼思毫不相信，有可能他的說法方符合事實。這可稱得上一重大突破！」

亞森．羅蘋接著把信一一讀完。就在瑞妮出世的那一年，信中有如此的記述：

此事你絕不可讓瑞妮得知，在任何情況下也不要對她講。瑞妮的身世過於隱秘，倘若瑞妮知道你是她的親身父親，而並非我的丈夫親生，這給她帶來的刺激將難以想像，我實在是不忍心。

「這真是讓人吃驚的發現。裡面的關係竟然如此錯綜複雜。」因為這些事太出人意料，亞森．羅蘋不由得苦苦思索，已然忘掉了時間的存在。猛然間，他察覺到後門周圍有人的身影在晃動。

「大勢不妙！只得暫且在這裡藏身，到夜裡才能離去。」好在僕人並未來到辦公樓內，可能大家的精神都高度集中在垂病的主人那裡。

「不知強狄．達力法的病況惡化到什麼程度了？」

夜晚時分，亞森．羅蘋大著膽子偷偷進入主樓的一層，寬闊明亮的客廳裡掛有華貴的幃幔，高檔地毯鋪設在地面上。在牆的一側，擺放著壁櫥、一架鋼琴，還有一張長桌，這些都用白布蒙了起來。因為沒亮燈，室內光線慘澹。亞森．羅蘋略微透過幃幔向外邊望去，寬闊的院子的那一端，是看門人的小屋以及緊鎖的鐵制大門。大概八點鐘時，府邸裡的人開始慌亂起來，有兩名男子飛快地從樓上飛奔出下，來到了看門人的小屋。不一會兒，看門人將鐵制大門打開飛奔而去。功夫不大，他領著一名醫生返回，剛才那兩名男子中的一人立即領著那醫生上了樓，剩下的那人不知對看門人說了些什麼，看門人點了點頭後便走開了。幾分鐘後，領醫生上樓的那名男子又下樓來，兩名男子在二門旁的沙發上小聲地說著話。藏身於客廳的亞森．羅蘋悄悄來到門邊，偷聽二人所談內容。

「醫生說情況怎麼樣？」

「據說情勢不妙。醫生偷偷對我說至多可以拖延一、兩個星期。」

「是嗎？那鎖在辦公樓保險櫃中的珠寶首飾如何處置？」

「我們須多加提防，不可讓旁人察覺到，更不可讓人偷走。」

「那就這樣，待表哥死後，我倆再均分。」

依據他倆所言，可以判斷出這兩人為強狄的表兄弟，他倆正盯著強狄的家財。亞森．羅蘋在這個時候從客廳偷偷地抽身離去，而後拿鑰匙離開了府邸開後門。亞森．羅蘋返回賓館之後，馬上與旅館結帳退房。在當晚十點左右，亞森．羅蘋駕車駛離了杭城。半路碰上了大暴雨，道路打滑無法前行。無奈之下，亞森．羅蘋駕駛汽車返回旅店，待風雨稍小之後才上路。

當亞森．羅蘋駛過塞納河時，東方已是魚肚泛白，狂風暴雨之後的清晨格外清涼。這時，亞森．羅蘋看見有一僕人立在橋頭（他是亞森．羅蘋的一名手下），似乎在等人似地來回走動著。

「喂！出什麼事啦？」

「先生，情況不妙！」

「先上車再說。」那名僕人上了亞森．羅蘋的車。

「先生，我擔心你從其他路返回。」

「究竟出了什麼事？讓你如此心急如焚？」

「清晨，警官古塞領人去搜查別墅。」

「去搜哥勒爾．魯傑莊園？」

「不是，是那間小屋！」

「是嗎？弗修爾所居住的小屋？可弗修爾並不在家啊！」

「不是，弗修爾昨夜趕回來了。他剛一到，警察便尾隨而來，並當眾搜查。」

「不知搜到什麼沒有？」

「這個就不清楚了！」

「弗修爾讓他們抓走了嗎？」

「他們沒有抓走他，但他們把小屋查封了，弗修爾被責令不許外出，警察已把整個府邸監控起來。僕人們外出也都要得到允許才行。」

「你是如何出來的？」

「我已預先想到會出現此等局面，所以提前出來了。」

「你倒是蠻機靈的。警方是不是已開始疑心我了？」

「似乎是。」

「他們打算把我抓走嗎？」

「這我就不得而知了。不過警官古塞正在等候你的歸來，他似乎握有警方的搜查證。」

「是嗎？謝謝你溜出來把情況通報於我，他們打算將我逮捕？這真令人費解，我並沒有幹什麼啊。這樣吧，你現在返回莊園去，我待情況明朗之後再作打算。明天下午你給我打個電話。」

「好的。古塞警官那邊我該怎麼辦呢？他正在莊園守候你返回。」

「就讓他守著去吧，用不了多久他便會回去的。倘若他詢問你，你就對他講此時我去外地了，在那裡染上急症而住進了醫院治療，大概要一個禮拜之後才可返回。他必定向你詢問所住醫院是哪一家，你就告訴他由於事情發生得太突然，接電話時忘了問了。就這樣吧，你先回去，倘若警察詢問其他的，你就一概推說不清楚就行了。」

「先生，我明白了。」

待那僕人走了之後，亞森．羅蘋便給菲斯汀娜去了個電話：「喂，菲斯汀娜嗎？我是迪布尼，我有緊急情況通知你。你聽仔細了，你現在的處境很兇險，警官古塞眼前在四處找尋你，我預感警察馬上會去醫院，你必須馬上離開那裡。從醫院出來後，你直奔蓓刻橋頭的公共電話亭，我開車在那兒等著你。」

半小時之後，菲斯汀娜帶著一件行李箱來到橋頭，待她上車後，亞森．羅蘋啟動了引擎。

「菲斯汀娜，你昨日到什麼地方去了？」亞森．羅蘋一邊開著車，一邊詢問她。

「和平常沒什麼區別，在醫院啊。」

「不要欺瞞我了，有人瞧見你與弗修爾在杭城的一個飯廳裡。」

菲斯汀娜臉色突變。「誰見到啦？那是胡編亂造！」

「並非胡編亂造！你與弗修爾昨日確實身在杭城，是我親眼目睹的，你為何不向我說實話？莫非你仍不信任我？」

「那倒是，誰讓你是亞森．羅蘋。」

「蠢貨！事到如今你依舊說這等傻氣的話，你清不清楚，眼前你已身處兇險之中？倘若你相信我，就把事情的原委講給我聽，我自信有能力助你們一臂之力。你知道弗修爾昨夜離開你以後，他幹了些什麼？」

菲斯汀娜對此不理不睬，她緊咬雙唇，神情蒼白憔悴。亞森．羅蘋偷眼瞧著菲斯汀娜。「你聽我解釋，我之所以要將你從醫院接走，是因為警方已懷疑上你了。我應將你送到什麼地方去？你肯定有親朋故舊吧？去那裡躲避一陣才行，周圍有這樣的去處嗎？」

「有的。就在麥芽堡。」

「好吧！我們就去那兒。」

汽車行駛一段路程之後。「此處便是麥芽堡，具體地址呢？」

菲斯汀娜一聲不吭。

「你依然是不信任我，既然如此，我也不便強求。」

亞森．羅蘋一邊發出爽朗的笑聲，一邊替她打開車門。菲斯汀娜一言不發地望了亞森．羅蘋一眼，隨後拿著她的行李不回頭地走了，在拐彎處消失得無影無蹤。

「難以捉摸的女子。」亞森．羅蘋無奈地笑了笑，駕車返回了住所。用過午飯後，他便在自己的房中歇息了。

兩天之後瑞妮和基諾摩就要結婚了。翌日，亞森．羅蘋前往警局，他遞上名片提出要見羅斯法官。秘書拿著名片進了法官的辦公室。

「勞佛．迪布尼先生要求見你。」

「是嗎？他要求見我？」法官羅斯接過秘書遞上的名片時，不由得讓他萬分詫異。

「莫非他不知曉自己已被警方懷疑了嗎？他不會不知道的，古塞警官已對弗修爾的小屋進行了搜查，並且在處所裡守候他的歸來。如此神通的迪布尼怎會不知道呢？他必定意識到警方在疑心他。但在這種時刻，他居然主動找上門來，是不是另有所圖？」法官羅斯無從知道亞森．羅蘋心中究竟怎麼想，於是說：

「請把他領到這裡來！」

「好的。」

沒多久，秘書領著亞森．羅蘋進來了。亞森．羅蘋面帶笑容，向法官伸出手。

「羅斯法官，你好啊。」亞森．羅蘋聲音宏亮地說，並有力地握住法官的手。「法官大人，聽人說你要找我談一些事情？」

「沒有，哪有的事？」

「喔？這就讓人弄不明白了。據說古塞警官率領許多人並拿著拘捕令在家中守候著我。而實際上，我昨夜確有要事恰好不在家裡，僕人在與我聯絡之後，我趕快將事情處理完畢便火速返回了。」

「不要說什麼拘捕令嘛！這樣說太傷感情了。不過是想向先生了解一下相關情況。」

「那為何要勞累古塞警官大駕光臨呢？只須去個電話我就會立刻趕來。無論如何，現在我已自動上門，請問有何事要問啊？」

「我剛才不是說過嘛，並非舉足輕重的事情，不過是要求你將你所知道的情況說出來。」

法官一邊說著話，一邊用筆寫了一張便箋，按鈴把秘書叫來，將便箋遞給秘書並壓低嗓音囑咐了幾句。秘書點頭示意，瞄了一眼亞森．羅蘋便離去了。

「對不起！我突然想起點事來……」法官請亞森．羅蘋坐下，他旋即坐在亞森．羅蘋的對面，開口說道，「昨日清晨，警官古塞奉命前去你家請你來談談情況。因為你外出不在家中，所以他們在那段時間內又一次搜查了弗修爾居住的小屋，在一隱密處找到兩件物品。」

法官目不轉睛地看著亞森．羅蘋。

「那兩件物品，一件是短劍，一件是鋸子。」說這話時，亞森．羅蘋也目不轉睛地盯著法官。

「迪布尼先生，有關這兩件物品，你有何看法？」

「那柄短劍很可能是刺傷基諾摩．艾莫和刺死希文．若利葉的作案兇器；那把鋸子也許就是打算致使伊莉莎白溺水而亡，去鋸斷拴小船的木柱的作案工具……這便是我的看法。」

「而這兩件物品恰恰藏匿於弗修爾所居住的小屋中。」

「但你不能據此判定弗修爾就是真兇啊。」

「只有他對此供認不諱才行。」

「對啊，有可能是真正的案犯想用這兩件作案兇器栽贓陷害弗修爾，也有可能是弗修爾因涉嫌兇殺案遭到警方羈押時，真正的案犯偷偷進入小屋將它們藏匿在那裡。這便是古塞警官初次搜尋沒有，再度搜查才找到的緣由。」

「你似乎很偏向弗修爾。另外有個叫多瑪的，自投羅網，舉證柏侯昆屈為行兇案犯，弗修爾是清白無罪的。這是否也是你交代他做的，對不對？」

「千真萬確，那些確實是我指使的。」

「你這樣做的原因何在？」

「使弗修爾無罪釋放。」

「為何要這樣？」

「法官，這起案子十分匪夷所思，我堅信弗修爾是破解謎案的突破口，我需要單獨對他進行詢問。所以必須要使他重獲自由，回到我的身旁，讓我有時間問個明白。」

「弗修爾已重獲自由，並且返回到你的住所那裡，你是不是已找到破解此案的突破口？」

「喔，已找到一些線索，然而具體的情況還沒有弄清楚。但是我信心百倍，用不了多長時間便可以水落石出了。不過條件是我要有自由行動的權力。」

「這個嗎……這個……」

「莫非不好辦？我希望你對我的所有行動不加干涉，並為我偵破這起謎案提供便利條件。恕我直言，我認為單單依靠警方努力無法破解這個謎案，所以我打算借助我的本領破解此案。我之所以這樣做，一來是幫自己，二來是幫警方。這就意味著，我將幫助警方偵破此案。話都講到這個地步，莫非你仍不允許我有這種自由？」

「迪布尼先生，我很清楚你心中的想法，儘管你聲稱要幫警方，但你以前也危害過警方，這便是讓我放心不下的原因。」

「我曾幹過那樣的事情嗎？」

「當然，並且在前一段……」

「直接講出來好了。」

「那位曾是希文．若利葉特別護理的護士菲斯汀娜，實際上是希文的女朋友，警方已握有確鑿的證據。想必你也提前知道此事，然而你卻把她喬裝改扮成一名護士送到醫院，她並不具備護士資格。這一點我們已查得一清二楚。」

「是嗎？你們的調查真夠縝密。千真萬確，我是做過此事。很抱歉。」亞森．羅蘋對此供認不諱。

「另外，昨日古塞警官前往醫院調查有關菲斯汀娜的情況時，卻了解到她已從醫院離去。她的理由是，有位名叫迪布尼的先生聲稱有急診，需要她馬上趕過去。後來，經一便衣目擊證實，她坐上你的轎車。」

「是這樣沒錯。你們還調查到什麼情況？」亞森．羅蘋再次承認了。正在這時，有敲門聲響起。

「進來！」法官回應道。一位身強力壯、體格魁梧的男子來到辦公室。

「你的秘書給我打了通電話，聲稱你有事要見我，是什麼事啊？」

「我有一些事需要麻煩你，先讓你倆相識相識。這位是迪布尼先生，這位是莫立安警官，是巴黎頗富經驗的幹將。」

於是，兩個人禮節性地握手問候幾聲。

法官把警官莫立安拉到角落裡，對他低聲說了些什麼，亞森．羅蘋只聽見後面兩句。

「全靠你了。你先領著幾名同事守候在過道裡，見機行事。但是我對你講的事絕不可洩露出去。」

「這個我明白。」

莫立安瞧了瞧亞森．羅蘋，便將門關好離去了。

羅斯法官在莫立安走後，倒背著雙手垂頭踱步，似乎在思考著什麼，不時瞧瞧亞森．羅蘋。

「究竟他心中在想些什麼？剛才對莫立安有何交代？他命令莫立安與幾名同事守候在過道，莫非要抓我？他是不是已查出我的身分是亞森．羅蘋，所以派遣幹練的警員來？要是能把亞森．羅蘋抓住也是奇功一件。不管是法官，還是莫立安，他倆將會名聲顯赫！當然，事情可沒那麼容易！我豈是束手就擒之人？」亞森．羅蘋一邊在冥思，一邊裝出無憂無慮的樣子吸著菸，饒有興趣地注視著煙霧緩緩上升，但他的心裡卻是萬分警惕。時候不長，法官返回自己的座位。

「迪布尼先生，你要求有擅自行動的權力，警方不加以干涉，是不是？」

「正是，我懇請你能夠應允。」

「好吧，你的要求我應允了，但我有個條件。」

「請講出條件吧？」

「把你所掌握的調查情況如實告訴我。」

「好的，我能夠告訴你企圖鋸木梯謀害伊莉莎白的罪犯是什麼人，還有謀害希文的罪犯。」

「這就夠了。口說無憑，我要你記錄在紙上。」法官拿過來筆和便箋。

「目前時機尚未成熟，我在三天內必有結果。」

「為何眼前不可以？」

「因為涉嫌犯罪的共有兩人。」

「是嗎？那就是說你還未確定誰是罪犯？」

「正是這樣。」

「那好，你對我講那兩名嫌疑人都是誰。即便真兇無從確定也不要緊，我自然不會洩露出去。」

「我懂了。那兩名嫌疑人除弗修爾外，其餘的是……」

「是什麼人？」

「不是基諾摩，就是瑞妮。」

「怎會是他們倆？」法官萬分驚詫，雙目睜圓了。

「憑什麼你疑心是他倆將伊莉莎白謀害的？瑞妮可是她的親妹妹；基諾摩則是她在世時鍾愛的未婚夫。他們之間的關係如此親密，是什麼緣故促使他們那麼做呢？這講不通啊。」

「你應該考慮到，伊莉莎白去世沒多久，這兩人便確定了婚戀關係，而且這兩天就要操辦婚事了。」

「不是由於伊莉莎白意外死亡，那兩人相互寬慰對方，因而有了感情，所以決定舉行婚禮的嗎？難道不是這樣？」

「當然不是，在伊莉莎白在世之時，他們便有了感情。」

「是嗎？不會吧，怎麼會是這個樣子呢？」

「有些出乎意料吧？然而那是千真萬確的。他們產生愛戀是在伊莉莎白活著的時候，瑞妮由於深深的忌恨，促使她謀害了親姊；儘管基諾摩與伊莉莎白確立了婚戀關係，但基諾摩對她並非真心真意，他準備與瑞妮結為夫妻，所以伊莉莎白便是障礙。因而基諾摩將繫船的木梯柱鋸斷，以達到謀害伊莉莎白的目的。此事究竟是基諾摩所為還是瑞妮所為，我還沒有查明，所以懇求寬限三日。」

「三日之後……不正是那兩人的婚慶之時？」

「正是，那時我已查出誰是兇手。」

法官弄不明白亞森．羅蘋心中是如何打算的，婚慶那天真相大白的緣由是什麼？他思考了好半天，似乎是頓悟一樣，毅然地同意了亞森．羅蘋的請求。

「好的，我會期待星期六的到來，菲斯汀娜到底是什麼人？」

「你為何有這樣的疑問？」

「警方的調查顯示，那女子每日幹完醫院的活便急忙奔赴格力馬傑莊園，和瑞妮、基諾摩、弗修爾三人興高采烈地玩牌或談天說地，放假時便終日留在莊園內。另外，幾天之前她與弗修爾一同外出遊玩。是何原因使得她不斷與這三人交往？我覺得你應當清楚此事吧？」

「我了解其中的原委。菲斯汀娜一直在查找謀害其男朋友的兇手，她要為男朋友報仇。這個出生在科西嘉島的女子，同那裡的人一樣有著強烈的報復之心。然而，她無法確定真兇是瑞妮、基諾摩、弗修爾中的哪一個，因此，她千方百計與他們接觸，目的就是要找到真兇。」

「她依據什麼判斷出那三人之中有真兇呢？」

「也許是女性的直覺吧！人們傳言科西嘉島的女子性情奔放，直覺強烈。」亞森．羅蘋在言語之間點燃一根雪茄，法官注意著他的一言一行。

片刻之後，亞森．羅蘋起身向法官告辭。法官將他送至門口。亞森．羅蘋邁步走在過道上，另一端的莫立安及其同事緊盯著他。亞森．羅蘋行至那端時，向莫立安致禮後，轉身緩步下樓。

莫立安湊至法官跟前，衝他耳語一番。「不要緊，先由他去吧！」法官這樣講道。

莫立安恨恨地望了望樓梯口，亞森．羅蘋已是無影無蹤。不久便有汽車壓過沙土的聲響，亞森．羅蘋已駕車離去。

返回莊園之後，亞森．羅蘋終日閉門冥思。一天午後，他踱至弗修爾所住的小屋，觀看他如何工作。弗修爾專心致志地工作著，認真繪製室內裝璜設計的設計圖。兩人為裝修的事交談著，誰也未提及那日警方前來搜查之事，也沒談到瑞妮的婚禮。

「他曾為瑞妮而自殺，事到今天，摯愛的女人就要與別人結婚了，為何他仍舊可以安心地工作？倘若他已對瑞妮死了心，為何前日要駕車帶瑞妮逃逸呢？真弄不懂他的心中所想。」

亞森．羅蘋一邊注視著弗修爾的一舉一動，一邊在心中思索。弗修爾對此似乎一無所知，仍專心於繪圖。無奈之下，亞森．羅蘋走出了小屋。外面是九月的清爽之秋。天空碧藍，樹葉在秋風中搖晃不定，幾片落葉貼在碎石子路上。

夜幕漸漸降臨，亞森．羅蘋從後門出了莊園，轉了轉便坐在一棵老樹下，陷入了沉思之中。這段時間以來的經歷，在亞森．羅蘋的腦海中一一閃過。第一幕是偷去杭城的弗修爾，蹲在強狄府邸的保險櫃前竊取珍寶首飾盒的身影。第二幕是弗修爾拐騙瑞妮逃之夭夭，與基諾摩之間的死命決鬥，並最終擊敗了基諾摩……亞森．羅蘋似乎是在夢鄉之中，毫無察覺時光飛逝。當他聞聽莊園附近教堂傳來的鳴鐘時，已是夜裡十點鐘。鳴鐘讓亞森．羅蘋從暇想之中清醒過來，他慢慢睜開雙目。

「喔！腓力浦．卡卜勒已從南部奔赴格力馬傑莊園參加明日的婚慶，他在今夜也許已用過飯，回莊園歇息去了吧？這樣一來，格力馬傑莊園只有瑞妮那一對情侶。他倆必定在協商婚慶和度蜜月之事。」亞森．羅蘋假想著這兩人籌劃明日藍圖的情景，不由得面露笑容。「噹！」教堂的鳴鐘顯示，十點半了。正打算返回莊園的亞森．羅蘋又重新坐下，他察覺出有人在莊園後行走的動靜。儘管聲響細微，然而聽力過人的亞森．羅蘋依然能聽出，他想要看個究竟。只見後門讓人小心地推開，從裡面溜出一個人來。

「弗修爾？他溜出小屋要幹什麼？」亞森．羅蘋自言自語道。弗修爾立在那裡環顧四周。隨後輕手輕腳地向格力馬傑莊園走去。

「他打算做什麼？」亞森．羅蘋心中暗想。「他仍舊忌恨那對新人的結合？儘管表面上偽裝出不為所動、認真幹活的樣子，然而他的心裡對瑞妮仍是一往情深，這一切怎麼能逃脫我的視線？不知今夜他想幹什麼？」

心中忽然閃過一個念頭，讓亞森．羅蘋大吃一驚。

「沒錯，他必定是想先幹掉基諾摩，隨後攜瑞妮潛逃。」於是亞森．羅蘋悄無聲息地尾隨著他，慢慢與他接近，猛地躍起，用手卡住他的脖頸。遭到突襲的弗修爾拼死掙扎，並打算運用柔道解脫。但亞森．

羅蘋死命一擊他的小腹，使得他馬上不省人事。隨後亞森．羅蘋把他扛回小屋，綑在椅上，用手帕堵住他的嘴，又用幃幔將其裹起來。

「不要再做蠢事，在我未回來之前，你先在此好好待著！」說著這些，亞森．羅蘋邁步出了小屋。亞森．羅蘋使用萬能鑰匙打開了歐拉介力莊園的後門，隨後潛入莊園，一層已是燈光全滅，只有二層的兩個房內亮著燈。

「那裡肯定是客廳與瑞妮的臥室。」亞森．羅蘋從牆上爬到二層陽臺，偷眼向房內看去。在客廳內，瑞妮與基諾摩疲憊不堪地無言相對，好像兩人剛協商完婚慶蜜月之事。亞森．羅蘋一邊從幃幔縫隙處觀察，一邊豎耳傾聽。

「瑞妮，明日便是我倆喜結良緣之時，我打算贈你一枚婚戒，這並非訂做的，而是我母親留給我的。」

「喔！這個……」

「聽我與你細細說來，這枚婚戒來歷不凡，我母親沒什麼錢，她只給我留下這枚婚戒。那時母親對我講：『我沒有珠寶留給你，自從你爸爸事業中落後，家中愈發窘迫，而今我的手中只有這枚婚戒，那是我與你爸爸結為夫婦時，他親手替我戴上的。倘若有一日，你與你深愛的女子結為夫婦之時，你就把這枚婚戒替她親手戴上，就如同你爸爸做得那樣。』媽媽一邊那樣講，一邊把它給了我。」

基諾摩一邊講述，一邊從貼身衣袋中取出個首飾盒來，打開它，只見一枚亮麗的鑽戒，光芒四射。

「以前贈你一枚訂婚戒指。今日再贈你一枚婚戒，望你將它們全戴上。我原打算去訂做一枚新婚戒的，然而我剛才把內情對你講了，所以就用我媽媽的遺留之物吧。讓我給你戴上！把你的手伸過來！」

基諾摩那樣講著，也伸出他的手。然而瑞妮卻把手背起來。

「這是幹什麼？來，讓我給你戴上，把手伸過來啊。」

基諾摩抓住瑞妮的手強行給她戴上，可是瑞妮馬上摘下那枚戒指，丟棄在地上。

「你這是幹什麼？你瘋了嗎？」

「我沒有發瘋！我不可以戴它！」

「這是什麼緣故啊？我們即將走上婚禮的聖壇了。此鑽戒雖然應在婚慶儀式上當眾給你戴上，但我已提前對你講明它的來歷，還有我母親的願望，所以先給你戴上，但是你……」

基諾摩變得聲色俱厲起來，他接著說：「瑞妮，你憑什麼把我母親留下的婚戒丟棄在地上？倘若你這般不通情理，幹嘛不將那枚訂婚戒指也扔了？」

基諾摩怒氣沖沖地狂喊，但卻在瑞妮慘如白紙的臉上看到她鎮定自若的神色。

「那枚是不可以丟棄的！」

「這是什麼原因？」

「那是摯愛的人贈予我的。」

「我就是你摯愛的人啊！我們兩情相悅，那枚訂婚戒指就是表示對你的愛戀而贈予你的。」

「錯了，這並非是你所贈之物。」

「你在說什麼！戒指內環上銘刻著我倆的姓名，對不對？銘文為『基諾摩與瑞妮。』」

「不對，上面的銘文並非如此。」

「怎麼會有這事？那是我從首飾店訂做的，姓名是特意要求鐫刻上的。」

「你說的是另外一枚，這枚的銘文是『弗修爾與瑞妮』。」

「你在說什麼？」

怒火沖天的基諾摩衝到瑞妮身旁，粗暴地拽下她手指上的戒指，拿在燈下定睛一瞧，剎時間神情突變。在戒指內環上鐫刻的銘文竟是「弗修爾與瑞妮」。這太出乎意料，使得基諾摩呆若木雞，對自己一往情深的瑞妮，為何戴著他人所贈的戒指？他弄不明白，這是什麼時候掉換的？

「你走吧！」瑞妮也聲色俱厲地說。這讓惱羞成怒的基諾摩更加怒不可遏，他的臉漲得通紅。

「走？明日我便是這莊園的主人！」

「你根本不配成為這莊園的主人，也不會有這種可能！請你趕緊從這裡離開！」

「瘋子！除了我還能有誰可成為這莊園的主人？倘若有那樣的人，你立刻讓我見一見他。」

「他早就在這裡了，我姊姊離開人世後，他常在夜裡來看望我，我偎在他的懷中流淚，聽著他寬慰的話語，他的真心真意讓我為之所動。我對他哭訴沒有姊姊的悲痛，儘管眼淚掉個不停，但我覺得那是幸福的淚，他的善解人意和氣度不凡將我深深打動。我們在一起時常忘了時間，所談的內容都是關於慘死的姊姊。時間不長，由於理解和同情彼此便有了深深地認識，基於這種認識就萌生了愛意。今夜他早就到了，就在我的臥室中。」

這讓基諾摩怒火中燒，他拼命晃動臥室的門把手，然而門是上鎖的，他便用健壯的軀體撞動房門，而那結實的門絲毫不為所動。

「不要這樣粗暴，我這裡有鑰匙，我會將房門打開，請你往後退。」

但基諾摩依舊在門前站著不動，似乎瑞妮一旦將門打開，他便要奮勇上前，與弗修爾拼個你死我活，他緊握雙拳，在那裡虎視眈眈地等著。

瑞妮這時卻從口袋中拿出一支微型手槍，把槍口直對他的胸膛。

「聽清楚，向後退十步！」她厲聲命令著。

無奈的基諾摩退到了客廳的角落，瑞妮一隻手拿槍瞄準他，一隻手將門鎖打開。

門開了，有一人從裡面走出來，這讓亞森・羅蘋也不由得大驚失色。

那人正是弗修爾。

「這是怎麼回事？我明明將弗修爾綁得結結實實，並塞住了他的嘴，用幃幔包裹起來，他怎麼可能在此地呢？」亞森．羅蘋瞠目結舌地站在陽臺上。

6 水落石出

弗修爾笑意盈盈地從房中走出來。

「瑞妮，把槍收起來。倘若他打算攻擊你，我會制服他，我自信上次已讓他知道了我的厲害，這次不會輕舉妄動了吧？基諾摩，你該知道我的柔道技藝了？」

弗修爾雙目如電般盯著基諾摩，這使陽臺上的亞森．羅蘋萬分驚詫，他仍在思索：「他怎麼可能來到此處呢？他又是怎樣逃脫綑綁的？」

弗修爾慢慢俯下身去將地上那枚鑽戒撿了起來，放到桌上。「瑞妮，你怎麼可以把它扔到地上呢？這鑽戒屬於你，也只有你能戴上它。」

弗修爾暗有所指地說道。隨後轉身面向站在角落裡的基諾摩。

「這肯定出乎你的意料吧？老實說，這場戲是由瑞妮一手導演的，我們三人面對面地將此事了結，也是瑞妮所企盼的。」

「並非是三人！」瑞妮插言，「是四人，還有我的姊姊伊莉莎白。儘管她已離開人世，但依舊活在我的心裡，我與姊姊親如一人，不管何事我總要與她商量。儘管現在我已見不到她，然而我卻可以感應到她無時不在我的身旁，一直在看著那個欺騙他的男子！」

瑞妮猛地用手指著基諾摩的臉，那白嫩的手指恨不得刺穿他似的。基諾摩神情突變。

「你在說什麼啊？我什麼時候欺騙過你姊姊？我自始至終愛的都是你，你不是準備與我結為夫婦嗎？莫非這一切都在演戲？莫非是要報復我而特意設下的陰謀？」

「對，是個陰謀。當我察覺出這個案子的內幕後，我就打定主意要把你投入痛苦、滅亡的泥潭。我要替悲慘的姊姊報仇！」

「你怎可以這樣說呢？」基諾摩氣急敗壞地說。瑞妮盯著他，復仇的火焰與無比的憤怒在她的眼中燃燒。後來，淚水從她的眼中滾滾而落，她把姊姊的相片從牆面上取下來。

「你看著她！正視著她！你為何不敢看她的雙眼？我姊姊執迷不悟地愛著你，你為什麼不敢呢？好好看看她！」瑞妮把姊姊的相片放到他的眼前，他卻將臉扭向了一邊。「我知道你沒有膽量看！因為這相片中的女子是你親手害死的！」

這一切讓陽臺那邊的亞森．羅蘋頗為驚詫。儘管他早已疑心謀害伊莉莎白的案犯是瑞妮與基諾摩其中的一個，然而他卻沒有任何證據，如今卻聽到瑞妮說，真兇是基諾摩。

「光是瑞妮的一句話還不足以認定，非要有確鑿的證據才行。」亞森．羅蘋一邊在想，一邊靜觀房內。

基諾摩已慢慢恢復常態，臉色也不再那樣難看。他說道：「你編造這些謊言幹什麼？瑞妮，你姊姊的確是被柏侯昆屈所殺，都是大家有目共睹的，況且你也了解我已殺掉柏侯昆屈。憑什麼講是我害死了她？你真的瘋了嗎？」

「我對你的身世已調查得一清二楚，你在利用我們姊妹倆！你所實施的陰謀，我已一一記錄下來。我與姊姊的日記都放在臥室裡，一旦將這些交到警方手中，你便在劫難逃。」

「如此說來，你準備把我交至警方手中？」

「那是自然。我之所以那樣做，就是要為姊姊報仇雪恨。」

「真是令人無法想像的女子！」基諾摩對此一副滿不在乎的表情。隨後他坐到躺椅之上，悠閒地翹著腿，又衝屋頂打個哈欠，神情與剛才迥異。

「這些無稽之談，讓我聽得想睡覺，但我還可強打精神聽你繼續往下講講。」

「我自然要講下去，我要揭穿你的險惡企圖。」瑞妮不如剛才那樣情緒激昂，而是非常平和地講述。

瑞妮所講述的內容，讓亞森．羅蘋也頗感意外。她情緒平穩，嗓音比平時講話時要低得多，讓人聽著有一種刺骨的感覺。

「基諾摩，第一位受害人便是你媽媽。你沉湎於暴力，不理解當媽媽的難處，在你成年後，又終日迷戀跑馬、賭博；倘若沒錢去賭，你便會去坑蒙拐騙或虛開支票，這都是你慣用的手法，受你欺騙的人將你告上法庭，所以你被看押起來。你媽媽花費鉅資將你這個惡棍從監獄中搭救出來，這使她一貧如洗。並且因為你的惡行而身染重病，最終在悲傷中離開了這個世界。」

「你想以無稽之談來敗壞我的名聲。」

「我沒有胡說，我可以拿出真實的證據。在你母親死後，沒有人知道你的蹤跡，為什麼？因為你在躲債。那幾年裡，沒有人能找到你。我曾讓私家偵探調查過你的行蹤。但是，他們對我說，你大概已經逃離這裡，躲到國外了。誰想過了幾年，你竟又來到魯．培傑尼的莊園，你那灑脫的紳士風度使莊園的少女們傾倒。我姊姊就是這群人中的一個。她被你那種瀟灑舉止所引誘，而你就這樣獲得了姊姊的芳心，成了格力馬傑山莊的客人。從這時起，你便策劃了一個可怕的陰謀。」

「是嗎？我想知道，有什麼可怕的陰謀呢？」基諾摩輕蔑地笑著。他從桌上拿出了一支金濾嘴的埃及雪茄，冷冷地點著了火。

「你只是騙姊姊，你一點也不愛她，你想通過結婚來獲得姊姊的財產。」

「是嗎？你真是一個能講笑話的撒謊者。」基諾摩將口中的煙吹向了天空。

「姊姊把所有的一切都對你說了，因為她相信你是一個有教養的人，她也對你說了她會繼承表舅遺產的事。就因為這些，你才決定要同姊姊結婚的。」

「你胡說八道，我根本沒聽說過伊莉莎白會繼承大筆財產的事。」

「你在撒謊，我這裡有姊姊生前記的日記！裡面寫得清清楚楚，她從小就夢想成為一名作家。所以她每天都在日記裡詳細記下了一天中所見的每一個人和他們談話的內容。姊姊去世後，我找到了這本日記，讀完後我才知道了這事的來龍去脈。當時我渾身發抖，這是多麼可怕的事啊！」瑞妮抬頭看了看不動聲色的弗修爾。

「弗修爾，你雖然已經看過了，但請你再聽一聽。」瑞妮打開櫃子的抽屜，將裡面放著的日記取出來。

「這就是我姊姊一生的日記。」瑞妮打開日記本唸了起來。

×月×日

今天基諾摩來到這裡，和以前不一樣，他整個人很沒精神，臉色很差，什麼也不說。

「出什麼事了？基諾摩。」

「什麼也沒有，伊莉莎白，什麼事都沒發生，別擔心，只是……」

「怎麼了？」

「我們雖然訂了婚，可我的確十分擔心以後的生活。你知道我是個沒有親人的單身漢，不僅沒錢，也沒有固定工作，更不用提什麼社會地位了，和你結婚我怕你會受苦，所以……」

我用手拍了拍基諾摩的背，笑著對他說：「我有一些錢。雖然我不是什麼大富翁，但我們不用替未來花銷擔心。」

「你真的有錢？」

「是的。我有一個舅舅，他叫強狄．達力法，媽媽活著時他常來看我們。那時，我和瑞妮還是孩子，舅舅特別喜歡我們，尤其是我。那時我還很小，記不清楚這些事，都是女管家對我說的。有一次，她說：『伊莉莎白小姐，你長大後會成為一個有錢人。強狄．達力法先生對你媽媽說，他會把所有財產留給你。他們談話時，我正在一旁屋子裡幹活，所以無意中聽到了。』如果真像管家說的那樣，我繼承了大筆財產，我會拿一部分給瑞妮做嫁妝。」

聽完我的話，基諾摩笑了起來。

「啊，你對她真好。但是對我來講，你比財產更重要，就是你不能繼承這部分財產，我也會努力幹活，讓你過幸福的日子！」

基諾摩緊緊捉住我的手，我被他的英雄氣概所折服，也因為他有勇氣憑自己的努力讓妻子獲得幸福而興奮不已。

「呸，你在那裡胡說八道，我從來就沒說過那些話。」

「你心裡清楚，你聽了姊姊的話後心中便興奮不已，以為娶了位富家小姐。但天性多疑的性格又使你為了確定此事，想通過各種渠道打聽強狄舅舅的事。」

「天大的笑話。」

「是嗎？這些事都是被你打聽過的人對我說的。他們大多是格力馬傑山莊和歐拉介力山莊的下人，你還打聽到我媽媽和舅舅有不同尋常的關係，以及我父母常常吵架的事。並且還聽到了姊姊是強狄舅舅孩子的說法。

「舅舅會將遺產留給伊莉莎白的事，只不過是人們相互猜測而已，這是因為下人們見舅舅喜愛姊姊，便謠傳遺產會留給姊姊。姊姊從管家那聽了這事後，也毫不懷疑。姊姊把這樣事都告訴了你，日記便是證據，你也十分樂意同她結婚，從而得到大筆錢。為了調查得更清楚，你又溜到強狄舅舅的家中，進入了他的書房，並找到了他的遺囑。

「舅舅病很久了，他擔心自己會隨時死去，便在十年前寫下了遺囑。你找到了這份遺囑，但打開後卻被嚇壞了，因為遺囑上寫著將把財產送給瑞妮。事實正好相反，繼承財產的是我，不是姊姊。你為了得到這筆錢，就想和我結婚，但因為你和姊姊先訂了婚，這樣姊姊就成為你的阻礙，只要有姊姊，你就無法完成計畫。於是，你便產生了一個極其可怕的想法，就是殺死姊姊。」

「你以為我殺了你姊姊嗎？胡說！」

「狡辯，自從你一回來，你就在擬定計畫。你不想親手殺死姊姊，如果姊姊要死的話，只有因事故而意外死亡才最安全。這樣，你是姊姊的未婚夫，一定無人懷疑。以後，你再和我結婚，就會得到大筆財產，你真夠狠毒狡猾。那時，姊姊因感冒而感染肺炎，病情很重。你便將婚期推遲，還裝出十分體貼的模樣，經常來這裡看姊姊。表面上你用甜言蜜語來安慰姊姊，背後卻希望姊姊快點死去。可是，姊姊的病情不僅沒有惡化，反而逐漸好了起來。你便發了瘋，下定決心要殺死姊姊，但又不願意親自下手，想讓姊姊因意外而死亡。這時，你便想到了繫小舟的梯子，你知道姊姊每天會去划船，便偷偷鋸掉了木梯的支柱。」

「瑞妮，多麼符合邏輯的故事啊！你可以去寫小說了。一定會成為一個推理小說家。」被人揭穿的基諾摩，強壓抑心中的膽怯，取笑起瑞妮來。

在瑞妮說話時，弗修爾一句話也不說，只是盯著基諾摩，防備他突然發瘋來襲擊瑞妮。陽臺上的亞森・羅蘋對瑞妮說的話聽得十分清楚，他想：「瑞妮說的確實是實情，和我這幾天的調查結果完全符合。她就是強狄的女兒，有權力去繼承那筆財產，這是事實。但是，瑞妮怎麼知道的呢？她又如何知道遺囑的內容呢？」

在亞森・羅蘋思考的時候，瑞妮又開始說了起來，而且口氣十分激動。彷彿要完全揭露基諾摩冷酷的罪行，將他那偽善的面目剝開，她正義凜然地講述經過。那是一種對殺死自己姊姊的男人無比痛恨的聲音。「你本來想殺死姊姊，但姊姊卻意外地被他人殺死。在那座木梯崩塌之前，她被流浪漢柏侯昆屈掐死了。你一定特別高興，你開槍打死柏侯昆屈並非為姊姊報仇，而是想讓別人認為你真心愛姊姊。

「你馬上跑到現場，發現柏侯昆屈的身旁有一條灰色布袋。你馬上把它藏在身邊的菜園裡，可又怕人們會發現，便想早點取回。趁大家一片紛亂而警方也沒工夫的時候，你偷偷地從菜園裡拿起布袋。當你興奮不已，以為無人發覺時，卻不知已有人看到了你的行為，那人就是希文・若利葉。他也在那時偷偷進入了山莊的現場，正好看見你將布袋放在口袋裡。那時，他就注意上了你。天黑後，你為了藏布袋於林子中而走出大門時，在門外監視的希文就跟蹤了你，進了林子後，他叫住了你。你因事情敗露而氣憤不已，便用短劍襲擊希文。在一場決鬥之後，你被他刺傷咽喉，而希文也被你傷了胸部而死於醫院。那時，你捂住傷口，想原路返回，但力氣耗盡躺在路邊。第二天早上，你們兩個被人發現，希文・若利葉倒在了現場，而你卻躺在距現場不遠的地方。」

「哈哈，真像小說裡的情節。」基諾摩把煙霧吹到天空。

「你以為，如果自己和希文・若利葉的決鬥讓警方知道的話，他們一定會追問下去，所以你便隱瞞了這件事情。當警方到醫院對你詢問時，你撒謊說對兇手毫不認識，也不知其目的。並且說短劍不是你的，而是兇手拿來的。以後，你從探病人口中得知弗修爾當晚在湖畔划船，並且曾從小路上經過，於是你就將他當作了替罪羊。不錯，那天夜晚弗修爾是划船到格力馬傑山莊來過，他是為了安慰失去姊姊的我。在你和希文．若利葉決鬥時，他回到了哥勒爾．魯傑山莊的屋子，恰好被附近的人看到。弗修爾受到了警方的審查，甚至被認定為嫌疑犯，但他卻沒有為自己辯護。因為這樣，即使為了安慰失去姊姊的我，孤男寡女在深夜共處一室，傳出去也一定會為社會所不容。為了不傷害我，他隱瞞了到我房間的事；為了我的名聲，他寧願承擔不白之冤的責任，真是一個好青年。由於這個原因，他被警察拘留，你卻毫無牽連。自從那時起，我就開始考慮這事的前因後果。」

瑞妮用一種充滿愛意和感謝的目光看著弗修爾，又用一種仇視和蔑視的目光盯著基諾摩。

「我日夜思索，那種報仇的念頭一直在我腦海中環繞。在埋葬姊姊時，我把手按在棺材上發下了誓言，一定要復仇。從那時起，我就只為復仇而生存。為了這個目標，就算失去一切我也不在乎，因為所有的犧牲都是有代價的。於是，我離開了深愛的弗修爾，和你逐漸接近，這是為了消除你的戒心。你知道我是財產的繼承人，而姊姊又死去，你也開始接近我，對我訴說你的追求之意。」

瑞妮又將臉轉向了弗修爾。

「弗修爾，在你被警方釋放的時候，我和基諾摩正在湖邊的小島上談心，被你看見了。你認為，我因你殺人而對你十分痛恨，便愛上了基諾摩。於是你孤單地回到了小屋，企圖自殺。當我知道這個消息後被嚇壞了，於是偷偷來到了你的屋子，告訴你所發生的一切，你才了解我接近基諾摩是為了給姊姊復仇。為了不讓基諾摩發現我去小屋找你的事，那樣我的計畫會前功盡棄，於是我們便商量由我寫一封信給你，說我要同基諾摩結婚，希望你祝福我們。」

「事實就是這樣。」弗修爾說。

陽臺上的亞森．羅蘋也點了點頭，什麼都明白了。他心想：「原來那天晚上到弗修爾屋去的是瑞妮，那封信也不是讓別人傳遞的，而是當場寫下的，難怪第二天弗修爾便精神煥發地去從事他的設計工作。」

這時瑞妮又對基諾摩說：「我又對菲斯汀娜說，殺死他男朋友的人是基諾摩，並給她看了證據。在這之前，菲斯汀娜一直認為是弗修爾和迪布尼兩個人，經過我這麼一說，再加上那些證據，她才知道真正的仇人是誰，她也要報仇。從那天起，她每天都來格力馬傑山莊，和我們，商量如何對付你，怎麼進行復仇計畫。我們非常小心，甚至多疑的你也沒發現。」

瑞妮又盯著基諾摩。「你又企圖將殺人的罪名安在弗修爾頭上，你打了封信，又寫了一封匿名信。然後找了一條與弗修爾用的同一質料的手帕，並在上面繡上了弗修爾名字的開頭字母，再染上血跡，將它丟在希文．若利葉被殺現場的草叢中。這樣，弗修爾再劫難逃了。我和弗修爾為了調查你犯罪的證據，想偷偷開車到弗修爾長大的農村去，你警覺性很高，便打電話通知迪布尼先生，謊稱我被弗修爾拐走，然後借迪布尼先生的車子來追我們，後果就是你額頭上的傷痕。」

瑞妮說著盯著基諾摩額頭上的傷疤，他額頭上滲出了大量的汗水。陽臺上的亞森．羅蘋想起了當時兩人的那場打鬥，也忍不住笑了。

「又有一天，強狄舅舅特地由杭城來看我，而那一天你不在格力馬傑山莊，只有弗修爾、菲斯汀娜和迪布尼先生。剛一開始，我接到強狄．達力法的名片時心中十分不高興，因為他和我母親過於接近，造成我父母時常吵架，後來又讓僕人亂說一氣，說姊姊是他的女兒，不是我父親所生。不過他一個老先生帶病這麼遠來看我，我不見的話就會傷他的心，因此便讓他到二樓的會客廳來。強狄．達力法先生是一個很慈祥的人，他用和藹的目光疑視我並說明來意，他的話令我吃驚又傷心。他說：『瑞妮小姐，我因為有病很久沒有去過分宅的辦公室了，後來身子稍有起色就去了一趟。我發現保險庫有翻過的痕跡，我十分吃驚，將東西查看了一遍，卻發現寫有我將把遺產給你的那個信封被打開了。再看珠寶盒，所有的寶石都沒丟，只少了一枚戒指。丟的戒指本是一對，但那人只偷了一個，我想，這一定是珠寶賊幹的，也就沒追究。幾天後，我收到一位住在妻．貝捷內的朋友來信，他對我說你已經訂婚了。那位朋友和你父母的關係也不錯，所以非常關心你，他對我說你的未婚夫叫基諾摩．艾莫。他不是一個可靠的人，並要我轉告你。所以我才從老遠跑來。』等強狄舅舅說完，我便讓他把那份遺囑銷毀。因為我若繼承了他那龐大的遺產，人們一定知道我是他的親生女兒，那麼母親的名譽一定會被損害，但是我接受了他好意送的珠寶。為了這些珠寶，弗修爾親自去了一趟杭城。但是強狄．達力法先生說他病情一向不穩，怕弗修爾去了不能見到他，便將後門及保險庫的鑰匙交給我，然後對我說：『我辦公室位於新建的分院裡，從後面就可進去，雖然我有好多下人，但我病情加重時他們一定會忙於照看我。你就讓弗修爾直接去辦公室，取了珠寶後獨自回來。』弗修爾就這樣把珠寶盒取了回來，現在珠寶就在桌子的抽屜裡，同丟失的那枚戒指成對的那一枚，也在其中。」

瑞妮看著基諾摩。

「基諾摩，剛才你給我戴上的那枚自稱為你母親遺物的戒指，怎麼和強狄．達力法先生的一摸一樣？也就是說，它們原來是一對的，這證明這枚戒指是你從宅邸裡偷來的。你不僅害死了姊姊，也殺了希文．若利葉，還偷了強狄先生的寶石戒指。你不僅是殺人兇手，也是盜賊，還是一個騙子，你不是人，你是地獄的魔鬼。」

受到瑞妮義正詞嚴地斥責，基諾摩臉色鐵青，再也說不出話來，額頭上的汗大滴大滴地往下落。

「基諾摩，你承認自己的罪狀吧！我希望你自己招供，寫在紙上！『我是殺死伊莉莎白和希文．若利葉的兇手，為了嫁禍弗修爾，我寫了匿名信，並把行兇的短劍和鋸子藏入了他的小屋。』最後寫上你的名字。」

基諾摩抬頭看了看瑞妮和弗修爾，他們正用仇視的目光盯著自己，然後他提起筆寫了自白書，並簽了名字，然後神情恍惚地站起來，打開房門走下了樓梯。

「就這樣放了他？」弗修爾問瑞妮。

「就算我原諒他，上帝也不會寬恕這樣一個狠毒的人。」

「他會不會自殺？」

「不知道，如果他自殺，那他還有一點良知。」

「希望如此。」

「對一個害苦自己的人，你仍這麼寬容，真是一個紳士。而且……」瑞妮欲言又止，臉紅了。

「是我最愛的人，最親的丈夫。」

他們緊緊地擁抱在一起。瑞妮將基諾摩的自白書鎖在書桌的抽屜裡，然後兩人攜手下樓。等兩人腳步聲消失後，亞森．羅蘋偷偷進入會客廳，從抽屜裡取出了自白書，放入了口袋，然後回到陽臺，沿著外牆慢慢回到地面，打開花園門離開了。

亞森．羅蘋回到了哥勒爾．魯傑山莊，直接來到了大門旁弗修爾的小屋，坐在椅子上睡著了。弗修爾直到第二天三點鐘才回來，他看到屋內的亞森．羅蘋大吃一驚，被吵醒的亞森．羅蘋伸了伸懶腰，打了個哈欠。

「睡得挺舒服，弗修爾，你才回來？」

「是的，為什麼你在我房裡？有事嗎？」

「我是來給你道歉的，昨晚我打昏你並綁在屋裡，真對不起，不過我綁得那麼緊，你是怎麼掙脫的？」

「是菲斯汀娜給我解開的！」

「哈哈！我想也是她，她昨晚也在附近囉？現在一定回去了，如果她還在這待著的話，可能會被古塞警官抓住吧？我看她不會開這種玩笑的，因為她是一個如貓一樣迅捷的女人。對了，弗修爾，天亮後你給瑞妮打個電話，因為基諾摩的自白書丟了，她一定很著急。」

「咦，你怎麼知道有自白書呢？」

「這個你一會兒就清楚了，羅斯法官今天早上九點半會來和我見面。這之後，我會親自拜訪瑞妮，把事情告訴她，這之前，你就在此等一會兒吧！」亞森．羅蘋把聽得迷糊的弗修爾留在小屋，逕自回到了自己房間，準備吃早餐。

羅斯法官在九點半準時到達，他的臉色蒼白。

「怎麼了，法官？你的神色不太好。」

「嗯，發生了一件意外的事，基諾摩．艾莫用手槍自殺了，這是女管家發現後報告給我的。昨晚，基諾摩說要去格力馬傑山莊，到了深夜，女管家聽到門開的聲音。她正要去看個究竟，卻聽到一聲槍響。跑過去一看，只見艾莫已倒在門邊。古塞警官知道後也立即趕去了。」

亞森．羅蘋十分意外，這樣狠毒的人也會自殺？

「啊，是了……」亞森．羅蘋幾乎跳著叫起來，心想，「對，不是自殺，一定是菲斯汀娜！他被跟蹤的人槍殺了，那人一定是菲斯汀娜，她復仇了！」

亞森．羅蘋雖然明白，但不動聲色，沉默了一會兒，說道：「想不到這種人也會自殺，他一定清楚自己難逃殺人罪的判決吧？」

「但沒有證據證明他是真兇，雖然他自殺了，也不能說他是畏罪自殺。」

「有，他已招供自己是真兇了。」

「口頭的自供不是實證。」法官說。

「不，是他親自簽名的自白書，看，這就是他的供詞。」

亞森．羅蘋把基諾摩自己寫的招供書拿了出來。羅斯法官讀過後就用迷惑的眼光注視著亞森．羅蘋，像是在要求他講述一遍事情的整個過程。

「這件事還是由我來講吧！第一點，真正的兇手並不是深受關注的疑犯弗修爾。雖然，事情發生的當晚，他是劃著小船去了格力馬傑山莊，不過，那是為了和瑞妮約會。因為，孤男寡女深夜同處一室，傳出去有辱瑞妮的名節。所以，即使警方再三逼問，他終是守口如瓶。」

「事情原來是這樣！弗修爾真是一個極有風度的好男人。」羅斯法官一邊對弗修爾大加讚揚，一邊盯著亞森．羅蘋。

「有人傳言弗修爾是你的兒子，你怎麼看待此事？假使他真的是你的孩子，就好啦！」

「我也盼望能有這麼一天。但現在還不能確定，只有等待將來有機會來驗證吧。不過，這件事情還是糊塗一點好，因為當弗修爾了解到自己是父母的棄兒時會痛苦、傷心的，要是清楚自己的生身父親就在他身邊的話……」亞森．羅蘋不自覺地啜泣了起來，淚水也幾乎要奪眶而出了。「生身父親是那種人！法官，我覺得，寧可讓他平平淡淡地安然渡過一生，也比讓他知道自己的親生父親是誰要強得多。」

亞森．羅蘋的嗓音都快嘶啞了。法官也激動不已。當他看到這位怪盜正為自己的父子深情而痛楚萬分的時候，心裡也泛起了一陣陣酸楚的同情。

「雖然我確認他就是我的親生兒子，我也不會認他的。他應該這麼平靜地生活著，而我願意一生支援他。我要向上帝祈福，祝願他們倆能長相廝守，幸福美滿。」亞森．羅蘋的聲音在激烈地抖動。他心裡也正在經歷著一場感情的波浪。「我的弗修爾……你是我的親生兒子，你就是我的尚。你從小就被那可惡的巫婆拐走了，事過二十八年了，我真想再叫你一聲『尚』，更希望你能喊我一聲『爸爸』。可是，我知道，我不能那樣做。我不要你知道你是一個盜賊的親生兒子，否則，我就太自私了。」

亞森．羅蘋開始後悔，開始咒罵自己：「為什麼一定要做一個盜賊呢？」這樣的感情，羅斯最明白，他也有兒女，有著同一樣的感受。兩人對望著，一行眼淚暗暗地順著亞森．羅蘋的面龐滴了下來。

此時，客廳中擺放的時鐘敲響了十點半，亞森．羅蘋也從痛苦中清醒過來，他仰首笑道：「法官，這件怪案終於有了結果，真是很高興啊！這也許也是我生命中危險生涯的結束。我都是快五十歲的人了，我決定告別往日的怪盜生涯，我也要像常人一樣，光明正大地安渡我的餘生。但是，我不願意到修道院去。我明白自己做不來那樣的事，我只想脫離這紛雜的塵世，找一個幽靜的山村僻野過著自由的生活。儘管不在塵世，可是我依然想為社會做點貢獻。從前的日子，我是在扶危救困，此後，我仍堅持要為窮苦大眾謀福利。我只想在死後得到別人這樣的評價：『他做過許多壞事，也做過許多善事。假使要論斷他的功過，事實上，還是行善多於作惡。總之，他是一個令人無法忘懷的怪盜。』這便是我僅存的願望。」

亞森．羅蘋的一席話使法官感動不已，他在心中暗想，這些便是亞森．羅蘋發自肺腑的心聲！法官目不轉睛地望著亞森．羅蘋，心中又想到：「那個裝有幾十萬法郎的灰布袋到今天依舊下落不明，灰布袋讓人從莊園裡盜走，偷竊的人柏侯昆屈也一命嗚呼，可那布袋卻了無蹤跡。必定是被眼前這位化名為勞佛的人取走了。我心中很清楚，那幾十萬法郎原是卡卜勒逃漏稅的黑金，亞森．羅蘋儘管是盜賊，不過他總是劫富濟貧，他真是個值得人欽佩的怪盜。」

所以，法官不再操心布袋的事，他慢慢地把手伸出，亞森．羅蘋也站起來，兩隻手握在一起。「非常感謝你！勞佛先生，幸虧有你的協助才破解了此案。」法官緊握住他的手，雙眼凝視著他。

法官離去後，亞森．羅蘋將雙肘架在桌上，用手遮起了臉，淚水從他的指縫間湧出。這是亞森．羅蘋一生絕無僅有的哭泣，也是他歷經二十八年後，親生兒子不能相認的淚。

一段日子後，亞森．羅蘋特意去莊園造訪瑞妮夫婦，新婚燕爾的小倆口對亞森．羅蘋的到來感到興高采烈，莊園內已被整治一新，院子裡的草地生機勃勃，遠處的湖面也閃著光芒。

「看到你們這般快樂，我也甚是欣慰！祝賀你們！」

「非常感謝！我們能有今天也是你熱情支援的結果。」

弗修爾和亞森．羅蘋四目相對。亞森．羅蘋緊閉雙唇，差一點要叫出「尚」來。弗修爾凝望著亞森．羅蘋，似乎要問：「你是我的爸爸嗎？倘若是，對我講出來，行嗎？」

亞森．羅蘋馬上把目光移到一邊去，他衝著瑞妮笑著說：「婚後的滋味怎樣？」
瑞妮的臉上立刻散出滿意快樂的光，笑臉盈盈的她應該沉浸在幸福中。
亞森．羅蘋與這對小倆口談笑風生，不知不覺中已到了傍晚。三人來到飯廳，桌上已擺好了晚宴。
「趁這千載難逢的良機與你一同進餐，但菲斯汀娜的缺席令人惋惜，不知道她現在在哪裡。」
亞森．羅蘋心裡清楚，菲斯汀娜幹掉基諾摩，為他的男朋友報仇雪恨後，必是回老家科西嘉島去了。
「我也不知她在哪裡，但是她是位剛毅、勇敢的女子，我堅信她必定在什麼地方重新生活。」
亞森．羅蘋一邊說著，一邊為她祈禱，禱告菲斯汀娜真像自己所說的那樣開始了新生活。
用餐時的氛圍輕鬆、愉悅，吃甜食時，亞森．羅蘋舉杯起身。「祝福你們生活美滿，乾杯！」
「非常感謝。」小夫妻也站起身來，舉杯共飲。
「以後我可以安心地去旅遊了。」
「是嗎？你要外出旅遊？」
「對，我對目前的日子厭倦極了，打算到世界各地轉一轉，我的護照也準備好了。」
「喔，原來如此。」
「祝你們幸福常在！」
他們共舉酒杯，酒杯相碰，響聲非常清脆。「後會有期，讓我們他日再相逢。」
亞森．羅蘋將手中的餐巾擱到桌上，站起身來，靜靜地離去。

亞森·羅蘋的財富 1939

紐約《警探報》的創始人老阿萊米與其摯友先後遇害，
阿萊米的女秘書芭特莉西亞決定隻身前往巴黎，查找真相。
阿萊米於死前對她透露自己正在進行一項秘密計畫，
這是否就是導致幾起命案的直接原因？
它又與黑手黨有什麼密切關聯？

Arsène Lupin
gentleman cambrioleur

1 迷雲重重

芭特莉西亞．約翰斯頓小姐正在專心致志的聽著她的老總——吉姆．馬克．阿萊米——與編輯們談論著有關前一天晚上三個小孩被殘殺的惡毒案件，老阿萊米是美國著名的犯罪學報紙《警探報》的創始人和總經理。

「芭特莉西亞，要簽名的信件都準備好了嗎？」

「是的，可是阿萊米先生。」芭特莉西亞．約翰斯頓欲言又止，她側耳傾聽了一下，說道，「你的辦公室裡好像有人。」

「這不可能，門已經鎖上了。」

「可是你那個特別入口呢？」

「這個……不會的，鑰匙一直在我身上，而且那裡有十三道門和五個上了鎖的柵欄門，是絕對不可能有人進出的，好了，不要再擔心了。我們走吧，弗爾德。」

弗爾德是一位律師，同時也是老阿萊米極要好的朋友，他們經常在一起討論一些秘密的事情。而芭特莉西亞．約翰斯頓，這個迷人的女秘書，則是老阿萊米最得力的助手，她並不屬於那種五官極為流暢的美麗女子，但她身材勻稱，步履輕盈，清純的臉上散發出自然無雕琢的美，長長的黑睫毛下，嵌著的那雙灰綠色的眸子，時常發射出無法比擬的自然美。但當她嚴肅起來時，這雙妙目裡又表現出一種神秘。她善良的性格總使她相信和同情每一個人，同時，也總是贏得別人的信任與愛戴。

三個人一起走進了老阿萊米的辦公室。芭特莉西亞對房間的每一個細小的角落都警覺地瀏覽了一遍，一切似乎都很正常，但一個很細微的小事情讓她吃了一驚。在老阿萊米辦公桌的記事小本上，有一個用鉛筆寫的女人名字：「波爾．希奈爾。」

為什麼呢，一貫嚴謹而正派的阿萊米先生怎麼會讓一個女人的名字堂而皇之的出現在自己的辦公室桌上的記事小本上呢？

老阿萊米似乎看出了芭特莉西亞的疑慮，微笑著說道：「今天一個翻譯拿給我一本法國小說，叫《道德敗壞的波爾》，波爾．希奈爾是那裡面的女主角。」

直覺告訴芭特莉西亞，老阿萊米沒有說真話，但她又不好繼續問下去。就在這個時候，所有的燈突然都熄了，他們置身於黑暗之中，芭特莉西亞的思路也因此被打斷了。

「先生，可能是保險絲斷掉了，我去處理一下。」話一說完，芭特莉西亞就走了出去，她來到一間堆放雜物的小屋子，取出一個簡易的六級支撐梯，敏捷地爬了上去。

隱隱約約的，寂靜的黑暗中傳來一些微弱的聲音，芭特莉西亞的心裡突然產生了一種恐懼。她覺得在黑暗中有一種像是野獸匍匐著，伺機撲向獵物時緊張而貪婪的喘息聲。

是的，是有這樣一個人存在著，芭特莉西亞知道，他是個極端危險而神秘的人物，是阿萊米的特別秘書和助手。總是藏在暗處，為阿萊米做著一些機密事務。雖然，芭特莉西亞從來沒有見過他，但她始終擔心他會突然出現在她身邊，對她垂涎欲滴。這個念頭令她坐立不安，儘管她是個勇敢的女孩，也會時時地感到心驚。

芭特莉西亞站在梯子上，定了定神，又仔細聽了一下，好像沒有什麼異常的動靜。於是，她重新恢復了往日的鎮定與從容，專心地取下斷掉的保險絲，將新的安了上去。在光明恢復的一剎那，襲擊也發生了。一個大塊頭的男人抓住了芭特莉西亞的雙膝，將她拖落在自己懷中，並且順勢將她壓到了地板上。

出於本能，芭特莉西亞立刻開始了激烈的反抗。但在那種野蠻的壓力下，她束手無策。

那個人一面緊緊地壓著芭特莉西亞，一面俯在她耳邊壓低聲音說：「寶貝，我勸你最好不要叫喊。是的，老阿萊米會聽到的，可是如果他看到我們這樣，一定會以為我們是一夥的。所以，你還是乖乖的屈服於我吧！阿萊米父子是兩個窩囊廢，只要我們聯手，一定能控制他們，把《警察報》變成我們的，不是嗎？各種各樣的犯罪內幕，敲詐、勒索、大把大把的鈔票，想起這一切真是讓我興奮得難以自已，我愛你，芭特莉西亞，這既是我力量的所在，同時也是我的弱點。我需要你，讓我們來共同分享一切吧。」

芭特莉西亞的心裡充滿了恐懼和慌亂，她不知道這個人在說些什麼，也不知道自己能做些什麼，只能喃喃地說道：「放開我……不能在這裡……我們換個時間好不好？這裡很不安全。」

「喔，寶貝，這麼說你也喜歡我？！那我需要一個證明，來一次，你和我來上一次就可以……」

那個傢伙的嘴裡噴出強烈的酒氣，激動灼熱的嘴唇發瘋般落在女孩的脖子上和臉頰上，並試圖找到她那拼命躲閃的嘴巴。那人不斷地說著那些兇惡與貪婪的話，並且繼續壓制著女孩，發出得意的冷笑，彷彿一切都已勝券在握。芭特莉西亞心裡說不出的噁心，最後她終於精疲力竭了，也掙扎不動了，處在崩潰的邊緣。

就在這極度危險的一刻，那雙一直緊緊壓著她的雙手突然鬆開了，而那個人也開始痛苦的呻吟起來。黑暗中傳來另一種低沉和嘲諷的聲音：「先生，你還是放尊重一點好，請你鬆開這位小姐！對，就是這樣，你做得很好。」

「你到底是誰？」那個黑暗中的野獸開始歇斯底里地大叫起來。

「一個剛巧路過的人，也是弗爾德先生的司機和朋友，你還有什麼想問的？我親愛的野人？」

「你無權這樣對我，只有亞森．羅蘋能，難道你就是？不可能，他應該正在紐約，正和阿萊米，弗爾德在進行什麼陰謀。不過，你……你應該就是他！會這樣擰人胳膊的只有他……哎喲……」

「快滾！」隨著這聲不容置疑的命令，那個形同野獸的惡人臉上顯出一種難以忍受的痛苦，扭曲了他那原本醜陋的臉龐，他呻吟著不住地在地上打滾。

芭特莉西亞在這位突然出現的神奇英雄的幫助下站了起來，但依然心有餘悸，身體微微的發抖。

「他很危險，你要小心，他經常跟蹤我，我很怕他……」她喃喃地說。

「沒關係，有我。當你遇到危險時，拿著這個小銀哨子，只要你吹響它，我會隨時出現在你的身邊。這個野人，是強盜中最兇殘的一個，你一定要提防他。」說著，他彎下腰，俊秀的臉龐上掛著溫柔的微笑，他輕輕地托起女孩的手，很有禮貌地吻了一下。

芭特莉西亞本想問清楚的，但那個人的眼神告訴她，她得不到想要的答案。於是，她沒有再堅持，感激地望了那人一眼後，轉身回到了老阿萊米的辦公室。

「對不起，我突然有些不舒服，耽擱了時間。」芭特莉西亞抱歉地對老阿萊米說。

「現在好些了嗎？」老阿萊米關切地問，「你現在的氣色看起來不是太差。來吧，坐在這裡，我有重要的事情跟你說。」

芭特莉西亞坐到了扶手椅上，在片刻的沉默後，老阿萊米開始說道：「芭特莉西亞，我之所以如此器重你，除了你的正直和能幹外，還有你的美麗。是的，我鍾愛美的東西，但我的那個不肖子曾經踐踏了這份美麗。那時你年輕無知，他引誘了你，玩弄了你，最後又無恥地拋棄了你，他還認為用金錢就可以打發掉你，這是多麼無恥！」老人越說越激動了，而芭特莉西亞早已雙頰漲紅，她試圖懇求老人終止這樣的談話，但老阿萊米沒有止住話語。

「這個畜牲，他最後還是娶了個有錢的小姐。所以，作為補償，我把你留在了身邊。」

「請原諒我，先生，如果早知如此，我什麼也不會接受的，就像當初拒絕你兒子給我的那些錢一樣。我可以靠自己，我能堅強地活下去。」

老阿萊米皺了一下眉頭，對眼前這個美麗而倔強的女子，他的心情是這樣的複雜，以至於不知該怎麼繼續說下去。屋裡出現了長時間的、尷尬的寂靜，最後，還是老阿萊米打破了沉默：「我看過你那篇關於三個孩子被殺的報導了。」

聞聽此言，芭特莉西亞緊張起來，因為她剛剛開始練習寫作。

「寫得還不錯，推理和分析都很有道理，不過，還不成熟，完全像個中學生的表達。」老阿萊米說，但看到芭特莉西亞臉上的沮喪神色，他連忙解釋道，「不，我的意思是……這樣說吧，假若是我——馬克·阿萊米本人——被捲入一場神秘的案件而不幸遇害，那你一定要注意到我們這次的會晤，並用筆賦予它一種悲劇的氣氛，讓它暗示著後來將要發生的悲劇。其實，作為一個筆者，就是要賦予作品生命，指出它的曲折與高潮。從一開始，就緊緊地吸引住讀者的視線和思想，至於怎麼做，這也是要靠各人的天賦了，你明白了嗎？芭特莉西亞？」

「我懂了，我會努力學習的。」

老人笑了笑說：「相信你能做得很好，不過，希望這不真的是一篇關於我的犯罪報導。」

芭特莉西亞的心突然跳了一下，冒出一種不祥的預感，她擔心地看著老阿萊米，然後用一種充滿女性迷人魅力的聲音說：「你不會有事的，一定的……」

「當然沒有，但我們的工作是與罪惡息息相關的，因此存在著很大的危險性，這是很正常的。芭特莉西亞，這裡有兩千元的支票，你去財務處兌支吧，這是你將來要為我做的事的經費，我是絕對的信任你的。你知道，男人到了一定的年齡，內心深處就會激起一種強烈的、複雜的激情，而我和弗爾德正處於這個階段，因此，我們正在進行一項偉大的而令人振奮的秘密計畫。我們的目標是偉大的和讓人尊敬的，不久，你就會了解這一計畫的真相，因為你將和我們一起去法國實行這個計畫。實際上，我已經習慣了你待在我的身旁，如果你不介意的話，這是一次我們的旅行。我是說，我們的一次……一次……」

老人變得侷促不安起來，他不知道應該怎樣結束這次談話。停頓了片刻，他終於下定決心，一下子緊緊地握住了芭特莉西亞的雙手，近乎羞怯的，壓低了聲音說道：「我們的蜜月旅行，芭特莉西亞。」

芭特莉西亞頃刻間愣在那裡，她的思想彷彿從大腦中飛散出去了，只剩下老阿萊米說的「蜜月旅行」四個字，剛剛的驚嚇和現在的驚喜讓她有些不知所措。老阿萊米突如其來的表白，笨拙、嚴肅但感人至深，她無法抑制自己的淚水和感動，倒在了老人的懷中。

「太感謝你了，你讓我重新獲得了尊嚴，但我不能，我還有一個孩子，是亨利的……」

「這有什麼關係，我兒子有他的生活方式，我也有我的，那孩子不也繼承了我的血統嗎？」

老阿萊米很激動，並沒有仔細考慮這個問題，一直站在一邊默不吭聲的弗爾德開口了：「老朋友，你冷靜點，這太突然了，而且，這在世人眼裡是不被允許和不道德的。」

阿萊米轉過頭，神情憂鬱地說：「照你的說法，我只有放棄嗎？」他又認真的想了一會兒，「唉，我想時間會讓我知道最後答案的，芭特莉西亞，你不會走吧，你不會離開我吧，至少，你還會如往常一樣，與我合作？」

看著痛苦而悲傷的老阿萊米，芭特莉西亞又一次被深深打動了，她喃喃地說：「不會，當然不會。」

這時，老阿萊米拉開抽屜，取出一個封得很好的信封，他在上面寫下「波爾．希奈爾」幾個字，然後把它遞給了芭特莉西亞，吩咐道：「這個給你，一定要隨時帶在身上，或者把它藏到一個絕對安全的地方。六個月後的九月五日，你再把它打開，然後按照上面的指示行動。」

芭特莉西亞鄭重的接過了信封，並往前傾了一點，接受了老阿萊米在她額頭上的一吻，同時伸出手和老人緊緊地握了一下。

「明天見，先生，喔不，應該是天天見。」芭特莉西亞說著，退出了辦公室。

老阿萊米和弗爾德也從裡面走了出來，跟在芭特莉西亞的身後。走到三樓平臺上時，他們看到，在一層與二層之間，一前一後地走著兩個男人，後面那個身材高大，鬼鬼祟祟的，而前面那個身材頎長、步履矯健。在樓梯的轉彎處，高個子緊走幾步，在趕上前面那個人的一瞬間，一道刺眼的白光閃了一下。芭特莉西亞差點尖叫起來，說時遲，那時快，受攻擊的那個人突然俯下身，拉住了高個子的雙腳，又以令人意想不到的力量將其掄起來，丟出了樓梯。高個子被重重地摔到了二樓，但他迅速爬了起來，往前衝了兩步，嘴裡發出痛苦的呻吟。

目睹這一切，老阿萊米突然暴發出一陣大笑，芭特莉西亞不解地問：「這不是你的心腹嗎？阿萊米先生？」

「他？不，不，他只是個徹頭徹尾的強盜、野獸。知道嗎？野人是所有人的敵人，他極端危險和殘暴，你一定要提防他。他終於吃到苦頭了，不是嗎，弗爾德？」老人十分滿意地說道。

費爾德微微一笑，回答說：「是的，我也這樣想。咦，你的公事包呢？」

「忘在辦公室了。」

兩位老人說著，急匆匆地回去取。剛才打鬥的兩個人已經沒了蹤影，平臺上剩下芭特莉西亞獨自一人，她沿著昏暗的樓梯走下去，一路上她總在想：「真可惜，剛才沒能看清，真想再看到那個肯定是亞森．羅蘋的人。」

芭特莉西亞出了大樓，走在溫暖的大街上，行人寥寥，她朝左邊的小廣場走過去，那裡很寧靜。芭特莉西亞找了張椅子坐下了，稍稍穩定了一下自己的思緒。今天實在發生了太多的事，野人的襲擊令人驚恐，在新聞寫作方面，初次嘗試的失敗令人沮喪，而老阿萊米的鼓勵令人振奮，他真摯的愛情表白更是令人感動。還有，老阿萊米最後那番神秘的囑咐，令芭特莉西亞隱隱約約地感到一絲不安。

芭特莉西亞是個孤兒，一位並不愛她的本家親戚，礙於法律的威力不得不收養了她。冷漠的親情和貧困的家境讓她過早的失去了純真和熱情，她努力地使自己自立而堅強，終於在那個親戚死時結束了自己的學業。之後，她勤奮地工作，有了一份微薄但令她滿意的收入。

一次偶然的邂逅，打破了芭特莉西亞原本平靜的生活。她遇到了年輕、英俊又熱情的亨利．馬克．阿萊米，那時的她正處於寂寞而又渴望溫情的年齡。於是，一段愛情就此一發不可收拾。然而，幾個月的纏綿之後是無情的背叛、遺棄和令人心碎的絕望。

小羅多爾夫的誕生，令芭特莉西亞重新鼓起了生活的勇氣，她把自己全部的愛傾注在孩子身上，一心要將小羅多爾夫培養成一個正直善良的人。

日子一天天過去，銘刻在心底的傷痛也漸漸痊愈，芭特莉西亞把自己對未來的全部希望寄託在小羅多爾夫身上，讓兒子成為前途無量的顯赫之人變成了她唯一的意願，為此，她拼命工作，想為兒子營造更好的生活環境。而今，突然有了一個絕佳的機會，老阿萊米的愛慕將是對她所付出一切的最好補償，他是一個如此強大的靠山，而且和羅多爾夫有著如此親近的血緣。

芭特莉西亞完全沉浸在對未來的美好幻想之中，不經意間，夜幕已經悄悄籠罩下來。她站起身，準備到不遠處一家熟悉的廉價小餐館去填飽肚子。突然，她停了下來，眼睛緊緊地盯著廣場外邊的一幢房子。這幢房子的底層有一扇小門，是和老阿萊米放保險櫃的那間小屋相通的，就是那個秘密通道的出口。此時，老阿萊米和弗爾德正從那扇小門中走出來。一切並沒有什麼異常，但是芭特莉西亞一想到老阿萊米剛才在辦公室對她說的那席話，心裡的不安就升騰起來，於是，她悄悄地跟在了他們後面。

兩位老人根本沒注意，一邊激烈地爭論著什麼，一邊步履匆匆地拐過一條條小巷，顯而易見，他們對這條路相當熟悉。

也不知走了多久，他們繞過一個方形廣場，廣場的一面裝飾著柱廊，柱廊下是一排排的商店，每一間都是一樣的佈局，一樣的大小，透過夜色可以看到，大多數商店的百葉窗都已經拉下來了。老阿萊米和費爾德停了下來，打開了其中一間商店的門，兩個人走了進去，隨後謹慎地關上了門。

時間一分一秒地消逝，芭特莉西亞耐心而緊張的藏在外面。當遠處傳來十聲清晰的鐘聲時，黑暗中突然出現了兩個男人，他們四下轉了轉，便逕自來到小商店的門前，掏出一小截金屬物件在門上敲了敲。門

「吱嗄」一聲從裡面打開，兩個人一閃身，便消失在門後。接著，走過來四個人，以同樣的方法進屋裡去了。幾分鐘後，又來了一個人，也是那樣進去的，再接著，又是一個。最後，一個身材高大的人圍著灰色的圍巾，戴著壓得很低的帽子，鬼鬼祟祟的在外面轉了半天，還是進了那道神秘的小門。

「一共十一個，包括兩位老人。」在等了十幾分鐘，不見再有人來之後，芭特莉西亞默數道。這意外的發現讓她非常慌亂，這些究竟是什麼人？小屋裡正在發生著什麼？這和老阿萊米告訴自己的，他和費爾德投身的那項偉大的事業是否有聯繫？而這項事業是否意味著危險，甚至死亡。

芭特莉西亞不敢再想下去，單單是這樣的氣氛已經讓她不寒而慄了。她想立即離開這裡，想到警察局求助，但是，很快她又恢復了鎮定。自己根本就無權介入這樁毫不知情的事裡，或者它並不像她想的那樣，老阿萊米既然能夠組織這樣的集會，肯定有他的理由，既便真的有風險，他也一定有解決的辦法。

想到這裡，芭特莉西亞靜下心來耐心守候。過了很久很久，那扇小門終於再一次打開了。一個，兩個，三個……一共十個人，都陸陸續續湧到廣場上，然後往各自的方向走去。芭特莉西亞在暗淡的燈光下仔細的辨認著，弗爾德、還有那個圍著灰毛巾的人都出來了，但唯獨不見老阿萊米。

芭特莉西亞又等了一會兒，那個戴灰圍巾的高個子鬼鬼祟祟地走了回來，進了小屋。過了大約三、四分鐘，他又從那個門裡出來，手裡多了一個黃褐色的公事包。

這一切讓芭特莉西亞覺得極為可疑，因為她的直覺告訴她，那個公事包裡裝著對老阿萊米來說極為重要的東西，他不可能輕易將它拿給別人。於是，她沒有再做過多的思考，馬上決定跟著這個人，一次極為危險的追蹤開始了。

芭特莉西亞緊跟著那個神秘的高個子穿過一個個街區，一條條小巷，周圍的一切那麼陌生，她不禁害怕起來。而在這時，最糟糕的事情發生了，那個高個子似乎意識到了什麼，突然跑了起來，一會就沒了蹤影。直到這時，芭特莉西亞才發現自己處在一條危險且骯髒的街區，到處都是不懷好意的眼睛、放肆的笑聲，以及到處彌漫著的酒氣和臭味。

芭特莉西亞一刻也不敢遲疑，只顧低著頭快步地向前衝，刺骨的寒風撲打著她的臉。周圍漸漸的沒有混亂的嘈雜聲了，芭特莉西亞停下來，借助路旁昏暗的燈光，她看到這裡堆放著一些建築材料，沒有人跡，雖然有些暗，但卻很安靜。

芭特莉西亞長長地鬆了一口氣，正想找個地方坐一會兒，忽然背後伸出一雙大手猛地抓住了她。

「哈，芭特莉西亞！真是踏破鐵鞋無覓處，沒想到會在這裡有意外的收穫！」

儘管芭特莉西亞看不到背後的人，也不能分辯他的聲音，但她心裡早已猜出，戴灰圍巾的人就是那個危險的野人！求生的本能令芭特莉西亞拼盡全力掙扎起來，可是那只手如同鐵鉗一般死死地抓著她，而那個人更是發出一陣陣不懷好意的笑聲。

「不要掙扎了，寶貝！你以為那個混蛋還能及時趕來救你嗎？你剛才的表現真是出色，不過，就像選錯那條路一樣，你不該幫那個老不死的……怎麼，現在換他了？兒子不行，就要父親，你真是個好女人。話又說回來，這正是我所需要的。別掙扎了，不然你的小羅多爾夫也許會有麻煩。來吧，就和我來一次，作為我們契約的憑證……」

野人一邊說著，一邊將嘴湊到芭特莉西亞的臉上。芭特莉西亞做著最後的抗爭，用尖利的指甲死命的抓向野人。野人的臉上很快出現了幾道血痕，無奈之下，他喊來了一直躲在暗處的名叫阿爾貝的酒鬼，他們合夥把芭特莉西亞塞進了一個桶裡，讓她動彈不得，只留著頭露出桶外。

「給我好好看住她，這個臭婊子！她要是敢出聲或有什麼動作，就給我狠狠地踹她一腳！現在，我要接著把我的工作做完，那兩個老不死的！」說著，野人拾起公事包，走遠了。

芭特莉西亞忽然感到一陣顫慄，「做了一半的工作」，難道是指老阿萊米？他已經遇害？所以公事包會在野人手上，那另一半工作……難道弗爾德也有危險？

「喂，你是不是很喜歡做那個事？其實我們也可以……非常開心的。該死的野人，我才不會聽他的，只要你跟我，我會放你出來的。」阿爾貝的粗言穢語讓芭特莉西亞突然想到了脫身的辦法。

「先把我放出來，」她發現這個噁心的人似乎可以救她，「我可以答應你。」

阿爾貝猶豫了一下，但最終還是把芭特莉西亞放了出來，接著，他淫笑著走到芭特莉西亞面前。

「不，這裡不行，太冷，而且還會有人來。看到那裡了嗎？紅色燈光的地方，海洋酒吧，我在那兒等你。」芭特莉西亞說完，急步向前走去，沉浸在幻想中的阿爾貝絲毫沒有意識到什麼。

芭特莉西亞為自己的成功脫逃而喜出望外，但對老阿萊米的擔心又讓她沉重起來。野人所說的另外一半工作到底是什麼呢？

芭特莉西亞匆匆忙忙地朝著那條有不少小酒館的街道走去。在一家小酒館她找到了一部電話，拿起話筒時她又猶豫了：「打給誰呢？警察局？太不可靠……對了，弗爾德，他有危險，得儘快通知他。」

想到這兒，芭特莉西亞撥了一串號碼，聲音因激動而有些變調了：「喂……喂，弗爾德嗎？」

「你是是阿萊米嗎？野人……野人在我……」費爾德的話沒有說完，接著，一個粗魯而嘶啞的聲音響了起來：「芭特莉西亞？是你！那個笨蛋阿爾貝讓你給跑了！該死！我的小心肝，你想幹什麼，通風報信？哼！」

「你最好不要做傻事，你這個強盜！我已經通知了警察，你逃不了的！」

「很好，謝謝你對我如此關照，看來，我得加快速度了……」

野人獰笑著，話筒裡很快傳出一聲聲嘶力竭的慘叫。

「你……你把他殺了？殺人犯！兇手！」芭特莉西亞覺得自己快要暈過去了，恰在此時，阿爾貝推門而入。她只好掛上電話，躲躲閃閃地逃出小酒館，攔了輛計程車。她的心裡想的是儘快到費爾德家去，但嘴裡說出的卻是自己家的地址。她太累了，她只想回到自己溫暖的小窩，撫平一下受驚過度的心靈。

這一晚，芭特莉西亞睡得極不安穩，惡夢總是不斷的驚擾著她，可怕的幻象總是出現在她眼前。

第二天一大早，芭特莉西亞來到報社，辦公室裡早已人聲鼎沸，一片混亂，報社的人都在說著同樣的一件事：老闆被人刺死在自由廣場的一間小屋裡，他的老友費爾德在自己家中遇害，一個保險櫃被歹徒強行砸開，取走了一筆五萬美元的現金。

雖然這一切都曾經是芭特莉西亞預料中的事，但她還是感到一種深深的震撼。兩位老人的死讓她深感自責，她原本可以報警，原本可以救他們，可她只是一味的考慮將承擔的責任。她越想越悔恨，心中升起了將此事一查到底的想法。因為，她比任何一個人都清楚，兩位可憐的老人是死於何人之手，她要去接近真相，而要達成這個目的，辦法也許只有一個。

下午，芭特莉西亞被新的報社總裁——亨利·阿萊米——叫進了辦公室，兩個昔日的戀人，如今面對面，冷漠得如同路人。當年輕的總經理想按照父親生前的遺願，提拔芭特莉西亞為報社副經理時，倔強的芭特莉西亞很乾脆的拒絕了，因為她已經有了新的計畫——**報仇**。

「報仇？你的錢夠嗎？」亨利很驚訝於眼前這個女人勇敢的決定，無論怎樣，為了過世的雇主如此拼命，還是很令人敬佩的。

「你父親已經預支給我兩千美元，如果不夠，你會得到通知的。」

芭特莉西亞平靜地退出了經理室，在門口她碰到了一個濃妝豔抹、年輕漂亮的，穿著喪服的女子，她和芭特莉西亞擦肩而過，看也沒看一眼就撲到了亨利的懷裡。

「親愛的，你快看，大衣漂亮吧？在服喪期也只能這麼穿了。」

這正是亨利·阿萊米的妻子，芭特莉西亞輕輕地擺了擺頭，轉身走了。

「法國島號」客船馬上就要離港了，芭特莉西亞一個人登上了船，她整理著自己的思緒。這次的法國之行雖然任務重大，但也不失為一次休息的好機會。整整兩天，她沒有離開過包艙，她想讓自己儘量靜下心來，著手準備未來行動的計畫。

第三天，她終於步上了甲板，海風迎面吹來，夾帶著風的清香和海水特有的、淡淡的鹹味，所見到的一切都是那麼廣闊無垠，讓人心曠神怡，泰然從容，一切都是那麼的輕鬆和恬靜。但當她回到船艙時，不可思議的事情發生了，她所有的行李和船艙的抽屜都被翻得亂糟糟的。她仔細地檢查了一遍，艙門的插銷和鎖完好無損，應該不可能有人進來，但眼前的情景告訴她，確實有人來過。

第二天，又發生了同樣的事情，芭特莉西亞按捺不住了，究竟是誰對她如此感興趣？到底想來找什麼？為了查到線索，她開始參加客船上的活動，可是並沒有發現什麼可疑的人和事。但是，同樣的事情依然發生著。萬般無奈下，芭特莉西亞只好把整件事情告訴了船長。船長安排警衛人員對這個船艙實施監控，然而還是一無所獲。倒是芭特莉西亞自己在船板上發現了一些腳印，這些腳印一直延伸到隔壁的房間，想來，闖進她船艙裡的人應該是從那裡過來的。船長核對了乘客名單，隔壁艙的客人叫安德萊伍・福伯，從上船起就從未出艙門半步，每餐都在包艙裡吃，除了服務員，沒有人見過他。

芭特莉西亞滿腹疑慮，這個人會是誰呢？為了弄清這個事實，她請求船長帶著警衛一起去拜訪隔壁的先生。

在船長和警長的交涉下，那個有幾分神秘的乘客終於還是把門打開了。芭特莉西亞走了進去，立即驚叫起來：「竟然是你？亨利？」

這簡直出人意料，芭特莉西亞抱歉地對船長說：「我認識他，我們是朋友。我想請你讓我們單獨待一會兒。」

船長帶著手下離開了，似乎壓抑了很久的亨利突然跪倒在芭特莉西亞面前，他面色蒼白，顯得很無助，嘴裡喃喃地訴說著自己對芭特莉西亞的感情。他依然愛著她，從來都沒有忘記過他們在一起的那段快樂的日子，他希望能得到她的原諒：「我不能沒有你，芭特莉西亞，我知道過去我做了多麼愚蠢的事，那段盲目的婚姻！我太傻了，我當時並不知道她原來是那麼的膚淺、自私、任性。原諒我，親愛的！」

芭特莉西亞看了一眼這個自己曾經真心愛過的男人，微微地笑了一下，心裡竟然什麼感覺都沒有了。見此情形，亨利沉不住氣了，話音裡顯出幾分激動：「不，我不相信你只是為了報仇，這次的旅行一定另有目的，一定有另一個男人和你一起！一想到這些我就難以忍受，我已經要發瘋了！我……我想殺了你，我難以忍受……忍受你的背叛！」

這一連串不公平的指責讓芭特莉西亞目瞪口呆，她的臉因憤怒而漲得通紅：「你說我背叛？先生，這個詞好像配你更合適！難道不是你先背叛、拋棄我嗎？我把我的一切都給了你，而你卻毀了我的一切！你現在要我原諒你？」

芭特莉西亞長長地出了一口氣，不等亨利說話，繼續毫不容情地說道：「雖然如此，現在的我也不是什麼都不原諒。我可以對再也不放在心上的殘酷的過去給予原諒，也可以對一個已經從我心底被連根拔掉的人給予原諒！」

芭特莉西亞的倨傲和毫不留情的拒絕，讓亨利始料不及，但他竭力地保持著冷靜，緩緩地從地上站了起來，喃喃地說：「既然這樣，我馬上換客艙，不再打攪你。船一到達，我會到紐約去的。」

「不，你應該回去照顧妻子和管理報社。」

「哼，妻子？我完全不愛她！而報社的事，是我的能力所不能勝任的，我已經交出權利了，相信編輯們會做得比我更好。我只是想……求得你的原諒……」

亨利輕輕地抽泣起來，又開始了他的懇求。芭特莉西亞無動於衷，漠然地看著這一切。亨利無奈，最終還是答應了她向他提出的一切。

回到自己的包艙裡，芭特莉西亞暗自思忖：「一個沒有主見的懦夫，一個三心二意的浪蕩子。我當初怎麼會被騙至如此程度？真是瞎了眼！」

這一夜，芭特莉西亞睡得很好，對於亨利，她倒是一點都不擔心，他只是一個懦弱的男人。

不過，第二天早上，船長跑來告訴芭特莉西亞，昨天半夜，有人看到兩個人在爭吵打鬥，其中一個被另一個給推進了海裡。從那以後，那個叫安德萊伍．福伯的神秘乘客就突然消失了，人們都深信他就是那個受害者，而兇手，則隱匿在人群中。

芭特莉西亞的心提到了嗓子眼，她斷定兇手就是野人，他一直在跟著他們，混跡在旅客中，趁機下手。於是，她開始認真辯別周圍人的臉孔，可是她根本就沒看清過野人的面孔。不過，一番觀察下來，她得出一個結論，有另一種眼光在密切地注意著她，這眼光只能來自於那個曾經救過她一次的人——亞森．羅蘋。換句話說，他現在就在船上，必要時，他會再一次救她的。想到這裡，芭特莉西亞摸出了那個小銀哨子，很虔誠地掛到了自己的脖頸上，平靜的渡過了剩下的旅行時光。

終於，「法國島號」靠岸了，芭特莉西亞再一次仔細地辨認了所有的旅客，仍然沒有發現野人或亞森．羅蘋。於是，她開始執行她的下一步計畫。既然兩位老人臨死前就已決定了這一次的法國之行，這說明那個神秘的計畫一定跟法國有關。而搶走公事包的野人想必應該了解這一情況，所以也一定會來法國。

芭特莉西亞租了輛車，開到布洛涅，再到加萊，所有從大不列顛過來的旅客都會在這裡上岸，如果野人和亞森．羅蘋要來的話，在這裡應該看得到。

皇天不負苦心人，天剛擦黑，棧橋上走過來一個穿著寬大的套袖式大衣，戴著壓得低低的鴨舌帽，圍著厚厚的灰色圍巾的人，在他的腋下挾著一個綑得緊緊的小包裹，大小與阿萊米被盜的那個黃褐色公事包差不多。芭特莉西亞定神細看，是他，這個人就是野人！她想都沒想就緊緊地跟在其後，和野人一起登上了開往巴黎的火車，又尾隨野人來到了一家旅館，並選擇了與他同一層樓的房間住了下來。

芭特莉西亞確信野人沒有發現自己的跟蹤，整整一天，她耐心地在房間裡等待著，並思考著接下來要做的事。她買通了旅館負責樓層清掃的女僕，要她及時向自己通報野人的時間安排。一切都進行得很順利，野人一個下午都在房間裡睡覺，晚餐也是在房裡吃的，但他很謹慎，緊緊地拽著那個公事包。

這個消息讓芭特莉西亞的信心大增，看來，這個強盜還來不及轉移公事包裡的東西，必須抓緊時間把公事包奪回來。芭特莉西亞拿出一把袖珍手槍，這是她防身的武器。接著，她付給女僕一筆可觀的小費，女僕將她帶到了野人的房間門口，並用萬能鑰匙幫她打開了門。

芭特莉西亞就這樣第一次和野人面對面地站在了一起，她終於看清了他高大的身材和野獸一般猙獰的面孔。

剛剛吃完飯的野人對她的出現感到意外，但他馬上恢復了常態，獰笑著說：「喔，美麗的芭特莉西亞，你這是做什麼？捨不得我？嗯，我知道了，你是想要那公事包！這可辦不到。不過，如果你答應我的要求，也不是沒有商量的餘地。」

野人向前走了一步，芭特莉西亞掏出了手槍：「別亂動，我怕自己不小心走火！」

野人還是那樣壞笑著，但他停住了腳步：「你這樣做是為了那個亨利嗎？你的舊情人？」

「不，我是為老阿萊米先生，也是為了報社和我自己。再說，亨利已經死了，是被人推下水的。」

「推下水？笑話，這個沒用的傢伙混進了三等艙。而那個落水的人……咦，你不知道紐約方面的最新報導嗎？那個掉進海裡的是個犯了敲詐罪的義大利僑民。」

「這倒是個好消息！不過，現在請你把公事包給我，不然我就把你交給警察。」

「天啊，這太可怕了。好吧，我拿給你，不過，它在枕頭下，你稍等一會兒。」

野人說著，彎下腰，就在芭特莉西亞還沒明白過來發生什麼事時，他猛地抓起一個枕頭扔向她，打掉了她手中的槍，然後以極快的速度撿起手槍，現在形勢突然逆轉了。

野人一步步逼向芭特莉西亞，但女孩突然舉起的銀哨子讓他猶豫了一下，當他得知這哨子是呼喚亞森·羅蘋的工具時，更是不敢輕舉妄動。兩人對峙了片刻，最後，野人放棄了自己的企圖，芭特莉西亞安然地回到了自己的房間。

躺在床上，芭特莉西亞很不平靜，雖然在銀哨的威懾下，野人沒有侵犯自己，但他已經被驚動了，肯定會有所行動。所以，明天必須進行新的嘗試，而且要先通知警察。

第二天一早，芭特莉西亞被樓道上的嘈雜聲音給吵醒了。她急忙起床，從清掃房間的女僕那裡，她得知野人被一個不知名的人襲擊了，頭上重重的挨了一棒子。

芭特莉西亞利用記者證順利地擠進了案發現場，並參與到了警方的初步調查中，但卻沒有得到什麼有用的線索。回到旅館，清掃女僕悄悄地把一個記事本拿給她，這是她剛才清掃野人房間時在暖氣後面發現的。在女僕的幫助下，芭特莉西亞再次來到野人的房間，她想找那個公事包。結果一無所獲。想來，襲擊野人的人一定也是衝著公事包來的。換句話說，那公事包很可能已經落在了另一個人手裡。

芭特莉西亞重新回到自己的房間，打開了那個記事本。在記事本的證件套裡，她找到了一個小身分牌和一張雲母片下的照片，照片的背面寫著一行字：「（M）波爾．希奈爾，3號。」

芭特莉西亞認出這正是老阿萊米的字跡，她繼續翻看記事本，這個本子上除了有一頁記著「埃德加．貝克爾」的姓名，以及聖喬治酒店在朴次茅斯的地址外，其餘都是空白。

芭特莉西亞想，這個貝克爾一定是襲擊野人、搶走公事包的人，必須馬上找到他才行。於是，她登上最快的一班輪船，趕往朴次茅斯。

在朴次茅斯，芭特莉西亞按著地址來到聖喬治酒店，但讓人意外的是，那個叫貝克爾的已經在幾小時前死於一起兇殺案。酒店老闆是個健談的人，他告訴芭特莉西亞，曾經看到過貝克爾帶著一隻黃褐色的公事包，但在案發現場，沒有公事包蹤影，只發現一個小的記事本。

芭特莉西亞花十英鎊從老闆手裡得到了那個小記事本，這個記事本和野人的那個一樣，裡面有著同樣的身分牌和卡片，也是由老阿萊米親自簽寫的一行字：「（M）波爾．希奈爾，4號。」

幾天後，芭特莉西亞回到了法國，不久，一篇由她撰寫的關於此次案件的報導刊載在《警探報》上，這在美國，甚至世界上的所有國家都引起了極大的反響。

在這篇報導中，芭特莉西亞充分發揮了她的寫作潛力，從自己與阿萊米的那次談話開始，引出了深夜跟蹤、十一人集會、黃褐色的公事包、神秘卡片和編號，以及接而連三發生的幾起謀殺案。整個敘述結構巧妙，思路清晰，推理嚴密，尤其是報導的最後，她大膽地提出，老阿米和費爾德正在進行的那項偉大事業，可能是異常艱難的，因此他們召集社會各階層的壞蛋，挑起這些人的欲望和永不滿足的胃口，以便完成他的事業。而這些都是從兩張標識身分的卡片中得出的，她相信，警方應該或者將會在這兩位老人的身上找到同樣的東西。

事情的發展也的確如此，警方根據芭特莉西亞在報導中的推測，在老阿萊米和弗爾德的家中找到了另兩張卡片，分別寫著：「（M）波爾·希奈爾，1號」和「（M）波爾·希奈爾，2號」。但是，當天夜裡，兩張卡片突然在警局不翼而飛了，這無疑令案件變得更加撲朔迷離。

2 奧拉斯·韋爾蒙

清晨時分，維克圖瓦老奶媽輕手輕腳地走近熟睡中的主人。她最喜歡這樣靜靜端詳主人熟睡時安詳的臉龐，那張臉充滿著稚氣和輕鬆，那是在他完全確信自己的安全時才會現出的安詳神色。他在清醒時時常掛在臉上的譏諷和玩世不恭的神色完全消失不見了，現在的這張臉上現出的是純真的笑容，想來，昨夜一定是做了好夢吧。

「他睡得真像個孩子，這讓他顯得年輕。是的，誰能想到他已經是快五十歲的人呢。」

老人的話音未落，睡覺的人突然醒了，他猛地坐了起來，大喊道：「你要是再說，我就把你的年齡告訴街角的肉店老闆，我知道，他正對你展開猛烈的攻勢。」

「瞧你，這兒可沒有別人。」

「不，你這麼大聲地叫我的年齡，就是誹謗我。因為大家都知道，我還不到三十歲，你不能拿那些嘲笑人的數字傷害我。」

維克圖瓦滿是愛憐地搖了搖頭，她的主人奧拉斯．韋爾蒙重新坐到沙發床上，打了一個哈欠，然後如同孩童一樣親熱地圈住老奶媽，溫柔地說：「維克圖瓦，我從來沒有這麼幸福過。我已經結束了我的冒險生涯，我厭倦了那些冒險，陰謀、投機……一切的一切，還有愛情！各種各樣的女人我都見過了，什麼花前月下，什麼甜蜜，什麼激情，我厭倦了！現在，請給我一件新漿過的襯衣和我最喜歡的外套！」

「你要出去嗎？」

「當然，我——奧拉斯．韋爾蒙，法國航海界的一個古老家族的唯一後代，僑居此地，並以正當手段發了大財。今天晚上，我要去參加金融大亨昂格爾曼家一年一度的盛大宴會。去吧，拿出我最漂亮的衣服，我要把自己好好打扮一下！」

位於聖奧諾雷區的一幢豪宅裡，此刻已是燈火通明，到處都是渾身珠光寶氣、春光滿面的客人，柔軟的草皮上支著兩個大遮篷。下面，是一些諸如木馬、蹺蹺板等新奇的吸引人的玩意兒，甚至還有臨時搭建的拳擊臺和空手道臺。

主人昂格爾曼先生笑容滿面地站在門口，他雖然已是兩鬢染霜，但卻很有風度，臉龐紅潤，派頭十足。他應該算是一個正直善良的人，憑藉著技巧、正直和信譽，牢牢地把握住了鉅額的財富。與他相隔幾米遠的地方，站著他的妻子，美麗動人的昂格爾曼夫人。

風度翩翩的奧拉斯從車上下來，站到昂格爾曼先生面前，一邊與他握手一邊說：「你好，昂格爾曼。」

「你好，親愛的。」昂格爾曼的臉上始終掛著謙遜和藹的微笑，不過，他似乎還沒有想起眼前這個男人的名字。

「還記得我是誰嗎？」

聞聽此言，昂格爾曼顫慄了一下，馬上又鎮定下來，說道：「上帝，我真的不知道，因為你的名字實在太多了！」

「親愛的昂格爾曼，我是一個不喜歡受人擺佈的人。雖然我現在還沒有證據，但是我覺得你出賣了我。」

「我……出賣你？」銀行家的聲音有些顫抖。

「別在我面前裝傻，你最好注意點，如果有一天我被誰盯上，你應該知道會有什麼後果。」

昂格爾曼的臉色非常難看，但當著眾人的面，他依然保持住了應有的自若神態。而奧拉斯說完這些話後，若無其事地走到了昂格爾曼夫人身邊，向女主人鞠躬致敬，還彬彬有禮的吻了一下夫人的手，然後開玩笑地說：「晚安，瑪麗—泰雷絲！你還是那麼美麗、貞潔和迷人嗎？」

「你也還是那麼瀟灑、**正派**嗎？」雖然昂格爾曼夫人的話中帶著一絲嘲諷，但卻和丈夫一樣，臉上始終保持著上流社會恰到好處的微笑。

「當然，不過，這並不是女士們所希望的吧。」

「好一個自命不凡的人。」昂格爾曼夫人心裡想著，臉上微微泛起了紅暈。

奧拉斯轉而以一種嚴肅的聲音低低地說道：「瑪麗—泰雷絲，注意你的丈夫，看著他點。」

「發生什麼事了嗎？」昂格爾曼夫人有些緊張地問。

「別誤會，不是生活上的問題，有你這麼漂亮的夫人，他是不會犯這種毛病的。我指的是更重要的事情，但我現在無法告訴你，請相信我，盯著他吧。」

說完這番話，看著目瞪口呆的昂格爾曼夫人，奧拉斯滿意地鞠躬告別，然後朝著最熱鬧的花園走去，繼續他的探險旅程。花園裡到處都有漂亮的女人，奧拉斯毫不吝嗇地拋撒著他有幾分迷人的微笑，但她們似乎都很著迷於這個英俊神秘的男人，回以他羞赧的微笑，有幾個甚至目不轉睛的看著他。但奧拉斯似乎對花園裡那些親新奇的玩意兒更感興趣，他先是在放木馬的地方轉了一圈，然後來到空手道的競技臺下。一個老年競技者被一個自吹自擂的大塊頭打斷了手腕，奧拉斯躍上臺去，將那個大塊頭好好地收拾了一頓，引來陣陣歡呼聲。隨後，他又朝著最熱鬧的舞場方向走去。

舞場中，一對跳舞的人正在盡情表演，嫻熟的舞姿吸引著眾人的目光。奧拉斯正饒有興味地欣賞著，一個高個子男人擋在他的前面，遮住了他的視線。他剛想提出異議時，人群騷動起來，那個高個子男人往後退了一步，重重地踩在奧拉斯的腳上。

「哎唷！你是怎麼搞的？」奧拉斯抱怨了一句。

高個子男人轉過身來，這是一個很帥氣的年輕人，有著一張典型的地中海東部地區的人的臉龐，冷峻硬朗。他看了奧拉斯一眼，卻絲毫沒有道歉的意思。此時，舞池裡奏響了探戈舞曲，奧拉斯正想邀請那位早就引起他注意的、漂亮的盎格魯薩克遜型的女人共舞一曲，卻不料被高個子搶了先。奧拉斯不得不呆站在那裡，看他們起舞。一曲終了，高個子把舞伴送回座位，再一次擋在了奧拉斯的面前。

奧拉斯實在忍無可忍了，他猛地抓住那傢伙的胳膊，把他推到了一邊。高個子不樂意了，他轉過身，低低地說了一句：「幹嘛，想找事？」

「是你太不懂禮貌了！」

高個子盯著奧拉斯看了一秒鐘，然後用了一個灑脫的動作，從口袋裡取出一張名片，遞了過來，說道：「阿馬爾蒂·帝·阿馬爾托伯爵，請問你是……」

「我？我是德·奧特耶，隆尚大公。」

漸漸聚攏過來的人們被奧拉斯的這個玩笑逗樂了，高個子的臉漲得通紅，而有先見之明的奧拉斯並沒有因此鬆口，他帶著幾分挑釁地說：「我感覺到了你對我的冒犯，這對我是件很重要的事，所以，我想在這裡解決它。來吧，你來挑，劍、手槍，還是板斧、匕首？」

周圍的人們再次暴發出笑聲，阿馬爾蒂伯爵鐵青著臉接受了挑戰，他選了手槍。來到射擊場，這裡有早就準備好的靶子。奧拉斯請人將手槍裝上子彈，很認真地告訴阿馬爾蒂伯爵：「看到了嗎？那個有雞蛋殼跳動的噴水管，擊中兩隻蛋殼的算贏。」

阿馬爾蒂伯爵沒有吭聲，他接過槍注視著遠處的目標，瞄了很久，最後終於扣下了板機，但並沒有擊中。相反的，奧拉斯連瞄都沒瞄，抬手就開了兩槍，兩個雞蛋殼應聲落下。人群中發出一陣讚歎聲，阿馬爾蒂伯爵也露出了欽佩的笑容，他一邊伸出手，一邊說：「好樣的，我服你了，真希望能再見到你。」

奧拉斯看了他一眼，從容地說：「可是我並不想再遇到你。」

說完，他匆匆地離開了，留下發愣的阿馬爾蒂伯爵和好奇的人群，獨自在花園裡比較清靜的一個角落走了一會兒，當他正準備向門口走去時，一隻手突然落在他的肩上。

「啊！是你！漂亮的盎格魯薩克遜夫人！」奧拉斯欣喜的說道。

「不，我是美國人，是小姐。」

「喔，對不起。我們認識嗎？」

「應該是吧，如果沒記錯，我們曾在紐約的一幢樓房的樓梯上見過。我觀察你很久了。」

「是嗎？為什麼？」

「因為我確信你就是那位能給我提供幫助的人。」

「喔，我很願意為漂亮女人效勞。」奧拉斯臉上掛著殷勤的微笑。

「謝謝，是這樣的，我是紐約《警探報》的記者芭特莉西亞．約翰斯頓，我來找你，是因為我捲進了一樁兇殺案。想來，你應該略有耳聞，就是馬克．阿萊米案件。我曾經撰寫過關於這個案件的文章，但當第四個案件結束後，我就再無進展。負責此案的警官讓我去找『某個人』，這是個神通廣大的人物，經常和警方聯手，但誰也沒有看到過他的真實面貌，唯一的線索是他經常以王公貴族的身分參加一些宴會。因此他們建議我到這兒來看看。從你進來起，我就在注意你，我確認你就是那個『某個人』。」

「是的，小姐，我很佩服你的觀察力，我的確就是那個人。除此之外，我看過你寫的那篇文章，從你所提供的線索中，我發現還有很多可突破之處。首先，我們來分析一下『波爾．希奈爾』這個名字。對了，你認識亞森．羅蘋嗎？不認識？那真是可惜，他曾經把組成自己名字的字母拆開，重新組合後成為俄羅斯王子保貝．賽爾甯和葡萄牙貴族唐路易．佩雷納，他的喬裝沒有被任何人懷疑過。現在，你看這個，」奧拉斯說著，取出幾張名片，撕成了十一張小紙片，然後把「波爾．希奈爾」這個詞的十一個字母分別寫在了紙片上，按一定的順序遞給芭特莉西亞，讓她大聲唸出來。

「亞森．羅蘋，天啊，這可能嗎？」

「完全可能，小姐。」

「這麼說，波爾．希奈爾根本不存在，我簡單的將其認定為某個集團的暗號，一開始就是錯誤的？」

「是的，表面上看來它也許是亞森．羅蘋領導的犯罪團體，但實際上，它是針對亞森．羅蘋的巨大財富所糾集起來的黑手黨組織，它的創始人老阿萊米先生和弗爾德，也許正如你所說的，是為了一個正義的目的，來懲罰被視作異教徒的亞森．羅蘋，但後來，他們因善良目的所糾集的貪婪殘忍的傢伙們利用他們的善良，暗地裡進行邪惡的活動，他們想把那些財富據為己有。」

芭特莉西亞陷入長時間的沉思，最後，她終於打破了沉默：「原來，我們所談論的黑手黨就是這樣一個國際犯罪團夥？」

「正是這樣，它起初建立時，目的是進行正大光明的行動，兩位老人在紐約建立了牢固的總部，它的影響和分支遍佈歐洲乃至世界各地。但是越往後發展，組織內部產生了分歧，金錢的誘惑讓他們像過去那些貪財的雇傭兵一樣，開始從事一些不是那麼正當的行當。據我所知，阿萊米和費爾德死後，西西里人瑪菲亞諾，就是被你稱之為野人的那個人，已經成了這個組織的首領。

這個龐大且嚴密的組織主要分為兩部分：一個是類似於董事會的、管理財務行政事宜的，由阿萊米和費爾德直接負責；而另一個則由瑪菲亞諾指揮，專門執行所有的行動。他們有嚴明的紀律和森嚴的等級制度，所有人按等級分配利益，嚴禁背叛、不廉潔，所有犯事的人的唯一後果是死，沒有人能夠逃脫。」

芭特莉西亞再一次陷入沉思，沉默良久，她問道：「你為什麼知道得這麼詳細呢？他們的組織中有人叛變了？」

「嗯，你很聰明，這個人曾經為亞森·羅蘋效勞。」

「是為你吧，你難道不就是亞森·羅蘋？」

「隨你怎麼說，這在眼下沒有任何意義。為了維護自身的權益，我決定混入該組織。因為有夥伴的幫忙，一切都非常順利，幾次行動後，我以自己的能力在這組織取得了不俗的地位。你看，這是我的身分牌，（M）波爾·希奈爾 十一號。」

「不可思議，你真是太神奇了！」

「你過獎了，我……」奧拉斯的聲音突然變了，他有些做作地提高嗓門說道：「你看，小姐，這就是這幅畫的奇妙之處。」

芭特莉西亞不知所以，奧拉斯壓低了聲音：「別驚慌，我是故意的，有人在監視我們。」

芭特莉西亞立即反應過來，馬上用同樣自然的聲音說道：「喔，太美了！」然後悄悄地問道：「是那夥強盜嗎？」

「應該是，看到左邊那個高個子了嗎？你認識他，剛才和你跳舞的阿馬爾托伯爵，不，應該是瑪菲亞諾男爵。」

「你是說……不，不可能，他在巴黎的旅館被人襲擊了，我親眼看到的。」

「是，可他只是受了傷，你那篇文章發表後，他就從醫院消失了，因為你在文章中的揭露足以讓警方逮捕他。」

「天啊，這個傢伙！我們……我們……」芭特莉西亞的聲音有些顫抖。

「別擔心，雖然他不會輕易放過你，但有我在，我會保護你的。來吧，請恕我冒昧。」奧拉斯一邊說，一邊站起身，極其自然地摟住芭特莉西亞的腰，兩個人相互偎依著，並肩朝大門口走去。

當他們穿過花園，走進一塊灰暗安靜的林中空地時，一個高大的黑影從樹叢中躥了出來，早有準備的奧拉斯迅速將其制服，並用手電筒直射那人的臉。

「果然是你，瑪菲亞諾男爵，你來這兒做什麼？別在我跟前玩花樣，也不要再來騷擾芭特莉西亞。」

「可是，這個女人對我們、對組織是個危險的人物。」瑪菲亞諾低聲說，他顯然對奧拉斯有幾分畏懼。

「我早就說過了，她不會傷害到什麼。所以我想再次警告你，離她遠點！還有，我愛她，她是神聖不可侵犯的，你的壞心腸最好給我收起來。」奧拉斯的語氣威嚴而不容置疑。

「你……總有一天你……」

「不會有這一天的，為了你的利益，你知道該怎麼辦的。」

「你是亞森．羅蘋！」

「知道就快滾！」

瑪菲亞諾猶豫了片刻，然後退進黑影中，像空氣般消失了。

奧拉斯挽著芭特莉西亞離開花園，芭特莉西亞到存衣處取大衣，奧拉斯則向昂格爾曼伯爵夫人辭行。

「你今天晚上可是征服了一個大美人。」昂格爾曼夫人話中帶著醋意地咕噥了一句。

「是的，她確實很迷人。不過，」奧拉斯面帶微笑，很認真地說，「她只是一個從大西洋彼岸來的朋友，對這裡不熟悉，我為她做嚮導。」

「喔，那你可真不走運！」

「無所謂了，我相信，只要能堅持，一切都會好起來的。」奧拉斯深深地看了昂格爾曼夫人一眼。

「你是說……你會永遠等我嗎？」

「當然，直到永遠。」

伯爵夫人的眼裡湧出淚花，她不得不轉過身去。芭特莉西亞過來了，奧拉斯重又挽起她的手臂走出了昂格爾曼的豪華宮邸。

走在人行道上，奧拉斯對芭特莉西亞說：「我想，你現在絕對不能回你的住處，那傢伙不是省油的燈。這樣吧，你最好還是去我的宅邸，那裡絕對安全，沒有閒雜的人，只有一個對我絕對忠誠的老奶媽。」

芭特莉西亞想了想，點頭同意，兩人上了車。一刻鐘後，車子停在了奧特耶西貢大街二十三號，這是一棟前有院子，後有花園的小型別墅。奧拉斯按了門鈴，但老維克圖瓦並沒有像往常那樣出現在臺階上。

奧拉斯覺得很可疑，一進門就俯身查看地毯。

「有人來過，這些腳印是他們的，該死的瑪菲亞諾！」

奧拉斯迅速爬上三樓，芭特莉西亞緊跟其後。他們在一間屋子裡找到了被五花大綁的老奶媽，奧拉斯趕緊取下老奶媽嘴裡的布條，問道：「你沒事吧，受傷了嗎？」

「我沒事，那夥人好像是從餐廳那邊進來的，他們用什麼東西砸在了我頭上……」

聽到這裡，奧拉斯急匆匆地往樓下跑去，一會，他又上來了，有些氣惱地吼叫著：「這些強盜！他們知道了我的秘密通道！終於碰到旗鼓相當的對手了，但想贏我也沒那麼容易！好了，我的好維克圖瓦，你可以好好休息了，芭特莉西亞，我們下樓到餐廳裡去吧。」

兩個人面對面地坐在餐桌的兩端，很長時間都沒有說話，都在思考著自己的事情。最終，還是芭特莉西亞打破了沉默：「按照你的說法，他們是想搶劫亞森．羅蘋的財富。但我不明白的是，他們這樣做的原因，再有，他們如何把那麼龐大的財產偷走？」

「是這樣的，亞森．羅蘋已經把所有資產都變賣為現金，他厭倦了那種提心吊膽的冒險生活，試圖退下來享受自己拼回來的財富。而這些該死的傢伙，竟然敢覬覦這筆財富！亞森．羅蘋從來不會眼紅別人的錢財，但屬於他自己的，絕對不准別人動一分一毫！」

「這個羅蘋，他的財產究竟有多少？」

「大概幾十個億吧，為了這些他付出了巨大的代價，遠征、流血、失敗，他有權擁有它們！」

「是嗎，但我還是認為那些因不正當手段得來的財富是不能據為己有的。」

「為什麼？羅蘋所進行的這份事業可謂危機四伏，他承受了難以想像的壓力和刺激，這一切都是當之無愧的……」

奧拉斯忽然壓低了聲音，並用手遮住嘴喃喃地說：「聽我說，千萬別動，一定要鎮定，聽到了嗎？」

「出什麼事了嗎？」芭特莉西亞問。

奧拉斯沒有立即作答，他點燃一支菸，很悠閒地往椅背上一靠，吐了幾個漂亮的菸圈，同時，不引人注意地說出幾個字：「一會兒無論我說什麼，你都不要覺得奇怪，也不要做出反應，清楚了嗎？」

「好的。」芭特莉西亞從奧拉斯的神態裡看出了事情的嚴重程度。

「好了，現在你儘量自然一點，瞟一眼掛在牆上的鏡子……看到了吧，窗子上有個洞，那個動來動去的東西是一支槍管，它肯定正想瞄準我，千萬別緊張！點上一支菸，煙霧會遮住你蒼白的臉，不要讓他們察覺已被發現。聽我的安排，一會兒我讓你休息時，你要沉著地站起來，上二樓去，正對樓梯平臺的是我的房間，屋內有電話，撥給盜警處，號碼是十七，讓他們馬上派人過來，對了，這裡是西貢大街二十三號。所有這些一定要快。然後你就待在房間裡，如果不是我叫你，不管外面發生什麼都不要出來。」

「可是……可是你……」

「不用為我擔心，」說完這句話，奧拉斯提高嗓門，「好了，小姐，你今天一定很累了，上樓去休息一下吧。」

芭特莉西亞站起身來，十分鎮定地走出餐廳，上了樓。

奧拉斯沒有了後顧之憂，便放下心來準備下一步的行動。架在窗口的槍管動了一下，奧拉斯跳了起來，挺胸向前，拉開了自己的衣服，露出了胸脯。

「來啊，你這個混蛋，有種你往這兒打啊，千萬別打偏了，不然，小心你的小命！」

從窗口傳來摳動扳機的聲音，卻沒有聽到子彈的炸裂，但奧拉斯手捂著左胸，痛苦的倒下去了。同時，外面響起狂喜的叫聲，落地窗一下子打開了，一個男人跳了進來，但幾乎是一瞬間，他的表情由狂喜轉變為驚恐和痛苦，捂著肩退了出去。

剛才倒在地上的奧拉斯毫髮無傷的站了起來，手裡拿著還在冒青煙的槍。

「瑪菲亞諾，你這個笨蛋，你以為你得手了是吧，你以為你是黑手黨裡的最佳射手就可以百發百中了？看清楚，你從牆上拿的槍根本沒有子彈！你以為我會把子彈裝好等強盜來用它射我？你真是幼稚得可笑！」

奧拉斯一邊說，一邊從靠牆的武器架上取下一支槍，然後朝窗口走去。他努力搜尋著瑪菲亞諾的蹤影，但外面漆黑一片，什麼也看不到。

正在奧拉斯思索之際，二樓突然響起了尖厲的哨音，他立刻分辯出這是芭特莉西亞求救的聲音。

「難道他們已經發現了我房間裡的秘密通道？」他心急如焚，迅速地攀上樓梯。

剛上到二樓的樓梯口，奧拉斯就聽到了一陣嘈雜聲傳出來，他很清楚。屋裡正在進行一場激烈的戰鬥。而他經常進出的那個秘密通道顯然是被這夥人發現了。

奧拉斯開始猛烈地撞門，一下又一下，門被撞開了一條縫。房內的一面牆被打開了，野人瑪菲亞諾正強行拉著芭特莉西亞，想讓她進入秘密通道。而他的另兩名團夥也已準備好隨時介入。

芭特莉西亞雖然不住地抗爭著，但她已經精疲力竭，嘴裡虛弱地發出呼救聲：「救命……救我！」

奧拉斯使勁撞門，屋裡的人都聽到了，芭特莉西亞立刻恢復了力氣和勇氣，她又開始拼命的掙扎起來。眼看門就快被撞開了，瑪菲亞諾的兩個同夥見有人進來，從秘密通道逃走了。瑪菲亞諾氣得發狂，為了得到一點補償，他俯下身想強吻芭特莉西亞，但遭到芭特莉西亞的強烈抵抗。他不甘心，試圖繼續用強。門在這時「轟」地倒了下來，瑪菲亞諾還來不及抬頭，奧拉斯已經衝到了他的面前，緊跟著他的下頦就挨了重重的一拳。他放開芭特莉西亞，踉踉蹌蹌地站不穩了。他想逃走，但通道的出入口已經關上了，他只好退到房間的中央，摸出槍對準了奧拉斯，而奧拉斯的手中的武器也從未離開過瑪菲亞諾的胸口。

「等一等，奧拉斯，我想我們可以平靜的、好好的談談。」

「當然，」奧拉斯聳了聳肩，「只要你願意。」

「是這樣的，在昂格爾曼家，你曾申明美麗的芭特莉西亞是屬於你的，因為你愛他。可是我覺得，你沒權利這麼說，你認識她還不到兩個小時，而我，待在她身邊已經整整四年了。我愛她，了解她，而這一切，她清楚的知道。」

「是這樣嗎，芭特莉西亞？這個對你而言毫無價值的傢伙居然敢說這種話！」

芭特莉西亞的臉上露出極端厭惡的神情，奧拉斯笑起來：「我看你還是知趣點，滾吧，讓我們安靜一些。」

「哼，想讓我放棄？不，不可能！你只不過是個陌生人，你對她知道多少？她的生活、她的情感，你都了解嗎？你知道她同時被阿萊米父子所愛嗎？你知道她曾經是亨利·阿萊米的情婦，並和他生了一個已經十歲的兒子嗎？還有……」

「你造謠！不可能！這不是真的，對嗎，芭特莉西亞？」奧拉斯的臉色有些發白。

「不，是真的。」芭特莉西亞根本不屑於撒謊，「我很愛我的兒子，他是個天使，他是我的一切。」

「當然，她還讓人在前一段時間把他帶到巴黎來了。」

瑪菲亞諾的話讓奧拉斯感到一絲不安，他轉過身問芭特莉西亞：「孩子在哪？安全嗎？」

「很安全，今天我還見過他，在……」

「在吉維爾尼是嗎？」芭特莉西亞的話還沒有說完，瑪菲亞諾接過話頭，「和勇敢的瓦爾霍爾媽媽在一起嗎？哈哈，你不會再在那裡見到他了，因為今天下午我把他帶到我那兒去了，放心，我會好好照顧他的。」

「什麼？你這個無賴！惡棍！」芭特莉西亞一下子跳了起來，臉色大變，「你把他怎麼樣了？他可是個脆弱的孩子！」

「放心，我會是個好爸爸的。而且我相信司法部門會賦予我這項權利的。」瑪菲亞諾陰險的笑著。

「可是在司法部門之前，你還是擔心你自己吧！」奧拉斯的大手落在了瑪菲亞諾的肩膀上，「警察已經到了樓下，芭特莉西亞早已打電話報了警。現在，你有兩條路可選，還回孩子或者上絞刑架。快做決定吧，只要我按下這個鈕，大門就會打開，警察就會衝上來。」

「你按啊，我不在乎。」

奧拉斯按下了按鈕，樓下立刻傳來嘈雜的腳步聲。奧拉斯向門口走去，同時，瑪菲亞諾也以閃電般的速度朝著一扇窗子跑去，跨過窗欄，消失在窗外。

「做得很好，這正是我所希望的，」奧拉斯微微一笑，舉起了手中的槍，「他休想逃掉。」

花園裡很暗，夜色包裹著一切。

「他還得翻過三堵牆，才能借助第四堵高牆前的梯子爬出院子，從一條僻靜的小街上逃走。」

「如果沒有梯子呢？」芭特莉西亞問道。

「不會的，我已經看見梯子的立柱了。」

芭特莉西亞的聲音有些顫抖：「那我的兒子呢？如果他逃走了，我的兒子……」

此時，樓下已經傳來警察的叫聲，奧拉斯不願他們破壞自己的計畫，亂指了一個方向將他們支走了。

「不要打死他，求你！」芭特莉西亞請求道，「他死了我就見不到我的兒子了！」

「我知道，我只是讓他暫時不能走路。」奧拉斯摳動了扳機，子彈在夜色中發出輕微的響聲，隨之而來的是大聲的、痛苦的嚎叫。奧拉斯拉著芭特莉西亞從陽臺上跨過去，又順著木梯下到花園，在第四堵牆的牆腳下，找到了已經縮成一團的瑪菲亞諾。

「是你嗎？真不好意思，打到右腿肚子了吧！好了，別哼哼了，我這兒還有一盒繃帶。芭特莉西亞，幫他包紮一下。」

芭特莉西亞把一塊繃帶綁在了瑪菲亞諾的腿上，奧拉斯正敏捷地翻弄著他的口袋，搜出了他的身分牌。「老夥計，我想，現在我們必須做個交易，你送回小孩，我把身分牌還給你。」

「哼，休想，我根本不在乎這東西。」瑪菲亞諾裝做不在意地說。

「不，恰恰相反，你很在乎，因為它決定了你在集團裡的地位，以及你以後分得利益的多少。如果你失去它，你將一個子兒也撈不到！」

「他們都認識我，」瑪菲亞諾還在硬撐，「我可以解釋說身分牌掉了……」

「那是不可能的，你想他們會放棄這個增加自己利益的機會嗎？你最好在後天早上九點把孩子帶來，不然我會燒掉它。」

「可是我現在沒法動。」

「這個好辦，我會讓芭特莉西亞給你重新包紮一下。然後，你可以在這裡好好休息一下，明天晚上，我們三個人一起去見羅多爾夫。」

瑪菲亞諾知道眼前的形勢對自己很不利，也只好點頭同意。奧拉斯和芭特莉西亞把瑪菲亞諾抬到一個園藝工具室裡，給他重新包紮了傷口，便鎖上門走了。

之後，他們回到房間，對前來調查的警察謊稱只是一起偷盜案，小偷跑掉了。

「那麼，請問你是……？」一個警員問道。

「我就是你們在警局稱之為『某個人』的人，這位是美國記者芭特莉西亞·約翰斯頓小姐。」

警員們都用驚奇的目光打量著奧拉斯，但卻什麼也沒說，一個領隊模樣的警員帶著手下離開了。

從這一夜到第二天，一直很平靜。清晨時，奧拉斯給傷口正在惡化的瑪菲亞諾送去了食物和水，然後，他好好地睡了個午覺，準備養足精神去迎接可能會動蕩不安的夜晚。

夜幕降臨，當奧拉斯與芭特莉西亞來到工具房時，一件意想不到的事發生了，瑪菲亞諾不見了！屋內沒有任何痕跡，連鎖頭也完好無損。

「厲害，他們應該是從隔壁的那幢樓走掉的。」奧拉斯沉思了一下，做出判斷。

「是嗎？有人住在那裡？」對於瑪菲亞諾的逃走，芭特莉西亞似乎不是那麼緊張。

「不，沒有人。我用做秘密通道的有兩條路線，一條通向底層，一條通到二樓我的房間。對了，就是你住的那間。怎麼，你沒聽到有人從那裡經過嗎？」

「這……我……我怎麼能聽到？」

「你絕對聽得到，那個入口緊挨著床！我真蠢，怎麼會想不到這一點！是你，是你放走了他！」

「不，」芭特莉西亞顫抖著，臉上露出勉強的笑意，「我為什麼要放走他？」

「很簡單，為了你的兒子！那個該死的傢伙，他肯定對你進行了我不知道的恐嚇，這是對母愛的敲詐！」

芭特莉西亞低著頭，沒有答話。奧拉斯深深地看了她一眼，心裡升騰起幾分失望和氣憤。隨後，他歎了口氣走了出去。

回到房間，奧拉斯很快平靜下來，他想再找芭特莉西亞談談，以便了解她的真實意圖。可是，他找遍了整個花園和整個屋子，也沒有見到她。芭特莉西亞失蹤了。

3 一波三折

接二連三發生的事，讓奧拉斯不得不開始認真準備如何對付有「野人」之稱的瑪菲亞諾。他先讓他的老奶媽回鄉下調養她受到驚嚇的神經，然後又匆匆趕到一位公證人的家，當場買下一幢他曾經看過的芭特郊區的一處產業——紅房子，並在當天晚上就請來一位建築師和一位安裝掛毯帷幔的工人，要求他們在四十八小時內將紅房子裝飾完畢。緊接著，他召集了一批得力的部下，他們都是他認為最可靠和最能幹的。

一切準備就緒，第二天，奧拉斯回到他的老宅邸。剛吃過晚飯，一個奇怪的電話打了進來，電話中分明是個小男孩的聲音，但卻自稱為「羅多爾夫先生」，性格暴躁的奧拉斯正準備掛上這通惡作劇似的電話，那個童稚的聲音緊接著說他是芭特莉西亞的兒子，受母親所托，約奧拉斯見面。

「我母親認為形勢極為嚴峻，所以要我來和你認真商量一下對策。」

「好的，只要你有時間，我隨時願為你效勞，羅多爾夫先生。」奧拉斯認真地說。

「那好，我們……」

電話突然沒了聲音，奧拉斯憤怒地跳起來，沿著電話線找到了被切斷的線頭。看來，有人潛入了他家裡，躲藏在某個地方，監視著他的一切。對手到底在哪裡呢？奧拉斯再一次陷入了沉思。他曾經在心裡責備過芭特莉西亞的背叛，為了救出自己的兒子，她把一個危險的、窺視他財富的敵人放走。雖然他難以接受、難以理解，但這兩天裡，他站在她的角度考慮了很多問題，他逐漸了解了作為母親的芭特莉西亞內心深處的激烈鬥爭，強烈的母愛戰勝了一切。

「母親認為形勢極為嚴峻……」

小羅多爾夫稚氣的聲音彷彿還在奧拉斯耳邊回響，到底發生了什麼事？他們現在究竟在哪兒？

奧拉斯清楚地知道，自己一開始就對芭特莉西亞產生了強烈的愛。他現在懊惱的不是芭特莉西亞在特殊情況下對他的背叛，而是不允許自己在那些無恥的強盜面前束手無策。但他明白，這一次的對手並不簡單，毫不知情的亂撞，不僅救不了芭特莉西亞，連自己也會性命不保。於是他把自己關在屋子裡，認真地籌劃著各種各樣的行動計畫，然後又一一將它們推翻，只好焦慮不安的等待新的消息。

連著三天，奧拉斯都在焦躁不安中度過，心緒難寧、疑慮重重，他還從沒有如此痛苦過。

第四天清晨，正在睡夢中的奧拉斯被一陣門鈴聲吵醒。他翻身下床，奔到窗口，一個小男孩站在大門口不慌不忙的按著門鈴。奧拉斯飛快地下樓，穿過花園，向大門跑去。可是他還是慢了一步，一輛橘黃色汽車全速駛過來，猛地停在大門前，一個男人跳下車一把抓起孩子，塞進車裡，絕塵而去。

所有的事情發生得那麼快，那麼突然，又那麼有條不紊，奧拉斯根本沒有一點插手的機會。他只能眼睜睜的看著那輛車——瑪菲亞諾的座駕——將那個很可能就是羅多爾夫的孩子載走。

奧拉斯暴跳如雷，他竟然連一個小孩都保護不了，這可是沒有過的失敗。他怒氣沖沖地回到屋子裡，對調養歸來的老奶媽說：「快，去紅房子！給我挑三十個最能幹的人，日夜守備那裡，連眼睛都不能眨一下！還要三條獵狗，最兇猛的那三隻，一隻可疑的蒼蠅都不可以飛過去！快去！」

老奶媽走了以後，奧拉斯獨自在老宅邸中，精心而謹慎的做了一切佈置，儘管他自以為萬無一失了，但一些莫名的跡象卻不斷的困擾著他：一些細小但輕微的聲響，腳步踩在地板上的「嚓嚓」聲，小心翻東西的聲音……他總感覺到周圍有人，他們躲在暗處監視他、算計他、嘲笑他，他發瘋一般地到處尋找，但卻一無所獲。他的神經一直處於極度亢奮和緊張的狀態中，身體幾乎快要虛脫，但那些「鬼影」卻仍在他周圍晃動，想趁他不注意時幹掉他。其實，所有的暗道已經緊緊的鎖起來了，他也從來沒在家中發現任何人，那些人是怎樣進來的？為何他這次如此束手無策？這可是他的家！亞森．羅蘋引以為豪的棲身之所！

奧拉斯在莫名的緊張和焦急的等待中靜靜地過去了十二天，什麼都沒有發生。奧拉斯覺得自己快要耗盡全部的耐性了。但就在第十三天的夜裡，一陣輕輕的擦刮聲從秘室通道裡傳出來。在寂靜的黑夜裡，這聲音很清晰，奧拉斯稍加思索，一個箭步衝進臥室，猛地拉開秘室的門。他嚇傻了，一個俊俏機靈的小男孩穿著女孩的服裝站在陰影處，金黃色的柔軟頭髮在陰風中微微顫抖。

「你是誰？是怎麼跑到這兒來的？」一直緊繃著神經的奧拉斯已經不能正常思考，他惡狠狠地問道。

「我……我是羅多爾夫！」

這一聲回答讓奧拉斯如夢初醒，他趕緊抓住孩子的手，把他拉到屋子裡，急切地問道：「你媽媽呢？她在哪裡？她現在怎麼樣？快點說啊？」

孩子對於他的激動根本無所適從，拼命地從他的手裡掙脫出來，努力使自己平靜下來。然後鼓起勇氣說道：「是的，是媽媽讓我來找你，要你去救她。她逃不出來，快，我們快去救他吧！你聽我的，一定可以把媽媽救出來！」

儘管奧拉斯現在極為清楚他們的危險處境，但仍被逗樂了，說道：「是的，聽從你的調遣，羅多爾夫王子。」

「不，我不是王子，我只是羅多爾夫先生。我們還是快走吧！」男孩一本正經地打斷了奧拉斯的話。

羅多爾夫和奧拉斯走進秘道，這個帶著幾分堅毅神情的孩子始終走在前面，手裡拿著一支電筒，很警覺地四處查看著。快到出口了，為了以防萬一，奧拉斯拉住羅多爾夫，想讓他走在自己身後。但羅多爾夫搖了搖頭，很鎮定地說：「外面沒有人，不然我也不可能進來。這條路媽媽對我講過好多次了，我知道怎麼走。不過既然你一再堅持，我也可以讓你走在前面。對了，剛剛我留意了一下你的車庫，有一輛車開出去了，停在出口處等著我們，是那輛八個汽缸的。」

「天哪，不會是你開出去的吧？」

「不是，是你的手下開的。」

奧拉斯驚奇地看著羅多爾夫，沒有再說別的，加快了腳步。正如羅多爾夫所說，他們沒遇到任何障礙就走出了秘道，並且坐上了那部汽車。

一跳上車子，奧拉斯坐到了駕駛座上，小羅多爾夫則開始演示他的指揮天才：「快動，快！向左……右……快點，媽媽在等著，博姆街，向左，對……和奧斯曼大街平行的那條……向右……對，前面那個十字路口……」

奧拉斯再一次被震住了，一個小小的孩子竟能如此準確的判別方向。他不由自主地加大了油門，車子在街道上發瘋一般的飛駛著，一切東西都在眼前一閃即逝，奧拉斯終於從前幾天的狼狽狀態中解脫出來，再一次嘗到了刺激的快感。

「到了，向右拐，看到了嗎？就是那兒，按喇叭，使勁按！」

順著羅多爾夫手指的方向，奧拉斯看到一處奇怪的住宅，底層很矮，下面有一片草坪。奧拉斯按響了喇叭。很快，住宅二樓的窗子打開了，一個女人跳到院子裡，一直跑到一排石欄杆前面。

「羅多爾夫，是你嗎？都辦好了嗎？」

「是我，奧拉斯。」

奧拉斯已經從車裡出來了，單憑身影，他就準確的辨認出來人是芭特莉西亞，他按捺著自己「撲撲」跳動的心，伸出雙臂準備迎接芭特莉西亞。可就在這時，二樓的另一扇窗戶打開了，一個男人氣急敗壞地一邊跳下草坪，一邊大聲吼叫著：「你想走？你真的想走嗎？」

芭特莉西亞頭也不回，毫不猶豫地跨過石欄，投入到奧拉斯堅實的懷抱裡。而那個在後面追趕的人，正是氣得發狂的瑪菲亞諾，憤怒和嫉妒已經讓他忘記了面前的對手是誰，他不顧一切地跳到了欄杆上。

奧拉斯從汽車裡取出一支長槍，衝瑪菲亞諾的屁股放了兩槍，瑪菲亞諾嚎叫著滾到地上。

「來人啊，救命！快來抓殺人兇手！」瑪菲亞諾一臉狼狽地喊叫著。

「沒用的東西，不過擦破了一點皮！不過，下一次可沒這麼幸運了！」奧拉斯扶著芭特莉西亞上了車，臨走時扔下這句話。

清晨兩點時，奧拉斯把車開進了紅房子燈火通明的院子裡。芭特莉西亞在這裡受到了女王般的接待，到處都是美麗的鮮花和親切而尊敬的笑臉。奧拉斯是那樣的體貼周到，他派警衛不間斷地巡邏，以保證這所房子的絕對安全。

一切安排妥當後，奧拉斯把芭特莉西亞拉到一邊，悄悄地向她詢問另一個他擔心的問題：「我沒去晚，是吧？那傢伙，他……他沒有對你……對你……」

「沒有，我真幸運！他給我最後的期限是明天中午，我早就想好了，如果你不能來，到時候我寧肯去死！」

「那小羅多爾夫呢？」

「我讓他去找你，就是想尋求你的庇護。我知道他一定會找到你，所以我很平靜。而且我一直相信，你會救我出來的！」

「是小羅多爾夫救你的，多麼勇敢的小東西。」

四個星期以來，芭特莉西亞和奧拉斯一直在老奶媽維克圖瓦和羅多爾夫的陪伴下，過著愜意的生活。芭特莉西亞在被瑪菲亞諾囚禁期間，為《警探報》寫了一篇新的關於案件的報導，並用一枚戒指買通了一個女僕，把這篇文章傳到紐約。這篇文章的發表，像一枚炸彈一樣，引起了各界的強烈反響。文章中，芭特莉西亞在文章中隱瞞了關於奧拉斯的這一段，卻著重分析了他所提出的「波爾．希奈爾」這個名字的真正含意，讓所有人都毫不懷疑它們的正確性。警方雖然暫時沒有插手介入這件事，但並不說明他們不重視。只不過他們似乎想先觀察一下，再作打算。

初夏是很美的季節，花園裡彌漫著有些溫熱的空氣，吹著很柔軟的風。林子裡的鳥叫得人懶懶散散的，偶爾會有一陣淡淡的青草味道和一些不知名的氣味鑽進鼻孔，舉目望去，一派田園景色，舒適而平和，奧拉斯和芭特莉西亞經常在這美麗的花園中散步，在已經被濃密的椴樹所覆蓋的道路上輕鬆交談，他們繃得太久的神經因此得到了放鬆。

在這樣幸福的氣氛裡，奧拉斯對芭特莉西亞的愛逐漸加深，但他卻沒有貿然地表白，而是把這種愛深深的埋在心底，所有的言行舉止都局限在友誼的範圍。多數時候，他只是靜靜地陪在芭特莉西亞的身邊，以欣賞的眼光注視著芭特莉西亞的一舉手、一投足。

另一方面，奧拉斯和小羅多爾夫的相處也異常愉快，兩人已成為了親密無間的好朋友。和羅多爾夫在一起的時候，奧拉斯覺得自己似乎又回到了久違的童年，享受著那些孩子的遊戲所帶來的童趣。而每當這時，芭特莉西亞總會坐在遠處幸福地看著他們。

但是好時光總是短暫的，每當回到紅房子，奧拉斯就又變得警覺和緊張起來。他像個守候獵物的獵人一般，認真地檢查自己精心設下的陷井，做著各種充分的防備工作，始終保持著高度的戒備，就連老奶媽找來的僕人，他也是親自逐個地驗證身分。

僕人中有一個叫昂熱利克的美麗女子引起了奧拉斯的注意，她就像這裡美麗的田園風光一樣，純樸而恬靜，活潑而清新。

「你在哪兒挖到這個小美人的？老維克圖瓦，你知道我對漂亮女人最沒抵抗力了，調查過她的背景嗎？沒什麼問題吧。」對芭特莉西亞的愛並不能阻止奧拉斯對美麗女人的欣賞，他饒有興味地問老奶媽。

「沒有，她是個農家女，曾在那邊的那座高乃依城堡當過女僕。是長期為我們提供貨物的那個商人推薦給我的，她很能幹，幫了我不少忙。」

「很好，有這樣一個美麗女子在身邊繞來繞去，真讓人身心愉悅。親愛的維克圖瓦，你真了解我。」

這就是奧拉斯，無論面對的處境有多難，他總是可以找一些讓自己放鬆的事情來做。完成了必要的防衛安排後，他開始為自己和芭特莉西亞母子計畫一些輕鬆愉快的消遣活動。

於是，美麗的塞納河上，常常可以看到三個人泛舟的身影，奧拉斯還領著小羅多爾夫下河游泳。在越來越久、越來越融洽的接觸中，芭特莉西亞逐漸表現出對奧拉斯的完全信任和依賴，而她的眼神，也愈發的溫柔了。

這天的天氣非常好，老維克圖瓦把小羅多爾夫留在她的身邊，奧拉斯才有了和芭特莉西亞獨處的機會。

「為什麼這樣看著我？」當感覺到芭特莉西亞的目光一直專注地停留在自己的臉上時，奧拉斯終於忍不住發問。

「因為我想看透你的內心。」

「我的內心很簡單，我想要你快樂，因為我愛你！」

面對這樣直接的表達，芭特莉西亞不禁羞紅了臉，她突然驚詫的發現，自己已經很久沒有感受過這種令人心動的甜蜜了。

奥拉斯說出自己心裡的話後，不再有顧慮和畏懼了，他繼續補充道：「可是，我覺得你似乎沒有敞開你的心扉，總是在想很多的問題。你究竟在害怕什麼呢？」

「是的，跟你在一起，我原本不應害怕。但是，一想到將來，我就會感到不安。你一直很努力地讓我快樂，但我們之間目前的這種嚴格的友誼關係讓我不知所措。」

「你是在懷疑我對你的感情？其實，我們之間是友誼還是愛情，這個界限完全由你來掌握，因為我尊重你，你不是偏聽偏信的女人。」

芭特莉西亞的臉上又飛起了一抹紅霞，她低下頭沉默不語。

「芭特莉西亞，」奥拉斯深情地叫了一聲，半開玩笑，半認真地說，「請你接受我的愛情，否則我……我就跳到水裡去！」

芭特莉西亞微微一笑，以同樣的語氣回答道：「我不接受！」

話音剛落，只見奥拉斯忽地站起身來，直挺挺的扎進河裡。這一突如其來的舉動完全出乎芭特莉西亞的意料之外，她著急地搜尋著水裡的身影。還好，她很快就看到了正在奮力劃水的奥拉斯，他的目標似乎是不遠處的那條可疑的小船。小船上，一個奇怪的駝背老頭正在用異乎尋常的力量劃著槳。

「嗨！」水中的奥拉斯扯開嗓子喊道，「老朋友，瑪菲亞諾，看來，我真的低估了你，這麼快你就找到這兒來了！」

船上的人果然是瑪菲亞諾，聽到奧拉斯的喊聲，他放下槳葉，迅速地從腰間拔出一把手槍，對著奧拉斯猛烈地射擊起來了。但很可惜，那些瘋狂的子彈並不能挨著奧拉斯靈活的身體。

「沒用的東西，你的槍法越來越差勁了，還是讓我來教教你吧！」

這種挑逗顯然激怒了瑪菲亞諾這個野人，他舉起船槳衝著已遊到船舷邊的奧拉斯打去，但身手敏捷的奧拉斯一個猛子扎進水裡，沒了蹤影。過了一會兒，小船突然劇烈地搖動起來，奧拉斯在小船的另外一邊浮出水面。

「別動，舉起手來，不然我要開槍了！」奧拉斯厲聲喝道。

由於恐懼，瑪菲亞諾已經失去了常識和判斷力，他根本沒有去考慮已經在水底潛行了三十多公尺的對手可以用什麼來射擊他，他驚慌失措，乖乖的舉起了雙手。奧拉斯猛地壓住船沿，小船立刻傾覆了，瑪菲亞諾掉進水中。

「敵人落水了！正義的奧拉斯勝利了！瑪菲亞諾，你這個混蛋，你應該會游泳吧？喔，老天，看你遊得像個笨拙的牛犢！抬起頭來，遊快點，塞納河水可不那麼好喝！你會在淹死前就被毒死的！唉，幫不了你，真抱歉！咦，快看，你的救星來了！」

奧拉斯盡情嘲弄著瑪菲亞諾，對面的河岸上，有兩個男人慌忙地跳入水中，向掙扎著的瑪菲亞諾遊去。奧拉斯趁機遊到岸上，將那些傢伙留在堤壩上的衣服翻了個底朝天。

「啊，這裡又有兩張卡片！多麼大的收穫啊！加上以前的，我已經有六張了！去分贓吧，亞森·羅蘋的財富是我的了！」

芭特莉西亞一直在小艇上，這場勝負懸殊的戰鬥讓她覺得非常開心。看到奧拉斯遊上岸，她也將小艇靠岸。奧拉斯把芭特莉西亞攙扶下來，挽著她的腰，一起踏上了最近的一條路。那三個倒楣蛋也終於遊到了河岸邊，奧拉斯大聲的炫耀道：「我已經贏得了財富和美麗的女孩！一切都是那麼的完美，那麼的順利！敵人在我的計謀和窮追猛打下毫無招架之功，我是偉大的奧拉斯，任何人都不能打敗我！」

芭特莉西亞順從的依偎在奧拉斯的身邊，這更讓奧拉斯充分的體驗到勝利的喜悅。一輛裝滿乾草的馬車正好經過，而且是前往紅房子送乾草的，奧拉斯把芭特莉西亞抱到車子上，然後自己也跳了上去。就這樣，他們坐在晃晃悠悠的馬車上，欣賞著兩邊怡人的田園風光，踏上了歸途。

儘管他們對敵人如此迅速的再次到來感到不安，但為了安慰對方，一路上，兩個人都愉快的交談著，不時的說上幾句互相打趣的話。

馬車駛進了紅房子的大院子，奧拉斯應趕車人的邀請，隨他一起走進馬廄，去看看他引以為傲的馬，芭特莉西亞則一個人在淡淡的暮靄中向紅房子走去。

幾分鐘後，奧拉斯從馬廄裡出來，穿過小樹林和花園，向紅房子走去。但突然，他看到臺階前站著很多人，指手劃腳地議論著什麼。一絲不祥的感覺湧上奧拉斯心頭，他加快腳步跑了過去。

「先生，先生！你可回來了，小姐她出事了……」幾個僕人不安地說道。

奧拉斯的臉一下變得煞白，他抓住僕人的肩膀，急切地問：「芭特莉西亞嗎？她怎麼了？快說啊！」

「她剛剛一個人往這邊走，突然三個男人沖出來，把她扛在肩上，然後就跑掉了，他們太快，我們還來不及……對了，他們是從新車庫和舊儲藏室之間走掉的。」

「是他們，那些該死的強盜！他們趕在我們前面埋伏在這裡，都怪我！」奧拉斯確信這一切都是瑪菲亞諾幹的，他不敢猶豫片刻，匆匆的找來那個趕車的人，他想知道這附近是否有花園通向塞納河的暗道。

「有，是從這裡通往高乃依城堡的路。你的女僕，漂亮的昂熱利克應該知道，她來這裡很久了，很熟悉這條路了。昂熱利克！快過來！昂熱利克？」但是，連著喊了好幾聲，昂熱利克並沒有出現，於是趕車人只好親自領著奧拉斯來到暗道入口處。那是一個用很多雜亂的石頭堆砌而成的洞口，顯然有一條秘密通道隱藏於此。奧拉斯和馬車夫用肩膀一撞，那些石頭散落下來，落進了洞裡，傳來久久不散的回音。

奧拉斯和馬車夫匆匆走下去，大約走了兩百步左右，一道柵欄門攔住了他們。幸運的是，鎖頭上插著鑰匙，想來是強盜們慌忙之中忘了抽走。出了柵欄門，兩個人跑了起來，地下的空氣變得涼爽起來，應該是到達河邊了。透過一扇沒有玻璃，也沒有窗櫺的窗戶，他們看到了外面。月亮的光很柔和的撒在遠處塞納河上，銀光閃閃的，不遠處有一棟破舊的小屋，屋子旁邊矗立著一塊大的岩岬，它的後面，是滿院子沙沙作響的高大茂密的楊柳樹。院子中央，一堆篝火熊熊燃燒著，在火邊，支著一頂帳篷，三個裝束粗魯的男人坐在馬紮上，一個年輕的女人正服侍著他們吃喝。

借著火光，奧拉斯很快就認出了那三個男人，正是瑪菲亞諾和他的同夥，而那個女人，他無法看清她的面孔，但那個背影分明就是他的芭特莉西亞。她的胳膊上拴著一根繩子，繩子的另一頭，被瑪菲亞諾的馬紮壓著。奧拉斯不禁怒火中燒，但他還是極力的克制住了自己。他吩咐馬車夫留在地道裡，隻身一人走到一棵大樹後面藏了起來，準備伺機採取行動。

過了很久，這幾個傢伙終於結束了狂歡，三個男人點著火把進了那頂大帳篷。火光之中，奧拉斯發現離這兒不遠還有一頂更小一些的帳篷，年輕女人收拾好外面的東西，走進了小帳篷。奧拉斯耐心地等了一會兒，估計他們都已入睡了，就匍匐著穿過雜草和灌木叢，來到了栓繩子的木樁前，繞著大帳篷轉了一圈。他還來不及思考下一步要怎麼辦，突然小帳篷的一角被掀了起來，他想都沒想就鑽了進去。

「是你吧，奧拉斯嗎？」一個模糊的女聲問道。

「芭特莉西亞？你怎麼樣了，他們沒有為難你吧？都怪我！」

「嗯，快進來吧，我在黑暗中感覺到了你的到來。」

奧拉斯激動地把眼前的女人摟在懷裡，她的嘴唇緊緊地貼著他的耳朵，很小聲地說：「奧拉斯，我沒有什麼，我知道你一定會來救我，你不要管我，快點逃走！瑪菲亞諾已經通知了警方，貝舒探長會帶人來抓你的。」

「喔，這就是他們為什麼敢在我的眼皮子底下安營紮寨的原因！」奧拉斯輕蔑的冷笑著。

「你快些走吧……我很擔心你……」

「你願意我走嗎？」奧拉斯緊緊的抱住了芭特莉西亞，把嘴唇貼在了她的香腮上，她沒有反抗。

月亮的純潔的光輝輕盈而又均勻的灑落在大地，在這看似寧靜的鄉間森林中，有著那麼多不可思議的輕微而溫柔的聲音：種子破土而出，小昆蟲扇動螢翅，花朵緩慢舒放……所有一切靜靜的生命都在這片原始的土地上輕唱著，悠遠而寂靜，所有的一切美好都輕輕的包圍著帳篷裡熟睡的甜蜜戀人。

奧拉斯不時從睡夢中驚醒，然後撫摸著身邊熟睡的心愛女人，以便確信自己沒有沉迷於夢境，那種難以言喻的幸福就這樣緊緊地包圍著他。

清晨的第一縷陽光在鳥兒歡快清新的歌唱中悄悄的鑽進了帳篷，奧拉斯睜開雙眼，又滿足的撫摸了一下戀人裸露的肩膀。但這一次，他大吃一驚，睡在他旁邊的身體是那樣的冰冷。奧拉斯帶著恐慌，俯下身去。帳篷裡的光線很暗，他看到的是一張罩在薄紗下的模糊的臉龐，在半坦露的胸口上，插著一把匕首！

奧拉斯嚇傻了，他把耳朵貼在那冰涼的胸膛上，沒有心跳，沒有！她死了，而他居然沒有察覺！

奧拉斯強忍住悲傷，跑進另一個帳篷查看，發現那裡已經沒人了。於是，他不敢耽擱，迅速跑回紅房子找幫手。在前門廳裡，奧拉斯碰到了老維克圖瓦，聞聽這個不幸的消息，老奶媽根本不相信芭特莉西亞已經死了，她要奧拉斯馬上回到原處，盡全力搶救傷者。

正當奧拉斯想請維克圖瓦說明原因時，一陣尖厲而急促的哨聲從花園深處傳過來，其間還伴隨著老虎兇猛的咆嘯聲。

這是怎麼回事？奧拉斯跳了起來，這不是自己和芭特莉西亞約定的求救信號嗎？難道她真的沒死？可是那冰冷死亡的觸感，至今仍餘留指間。到底是哪裡錯了，哪裡出現了問題？

「那是隻受傷的母老虎，」維克圖瓦說，「前幾天辦動物展覽時逃脫了，在人們的追捕下逃進了高乃依城堡的原始森林裡。莫非芭特莉西亞碰到了牠？」

維克圖瓦滔滔不絕的介紹著，奧拉斯早已心急如焚。突然，又一陣嘈雜的音響傳了出來：哨聲、咆嘯聲、尖叫聲、求救聲混亂的雜在一起。奧拉斯立刻跳下陽臺，向樹林中狂奔過去。映入他眼裡的是一片慘景，帳篷已經被撕的破爛不堪，東西亂七八糟散了一地，很明顯，這裡受到了猛烈的襲擊。

奧拉斯不知所以，他向塞納河望過去，一隻小船正無聲無息地向遠方劃去。奧拉斯立即認出了船上的三個人，他開始狂喊起來：「你們這些殺人犯，你們把她殺了！瑪菲亞諾，你把芭特莉西亞還給我！」

小船上站起來一個男人，他聳聳肩，帶著幾分嘲諷的回答道：「我可不知道，你去找母老虎吧，牠把她帶走了。」

小船很快在河面上消失了。

奧拉斯努力的控制著自己的不安和焦躁，仔細聆聽，但四周一片死寂，什麼聲響也沒有了。讓人恐懼的沉悶從四面八方湧過來，壓得他有些喘不過氣來，於是，他開始依照瑪菲亞諾說的那樣發瘋般的在樹林裡搜尋起來。

不遠處就是散發著神秘氣息的、殘舊的高乃依城堡，奧拉斯從牆的一個缺口處翻進了城堡，一陣吼叫聲在不到兩百公尺的地方響了起來。奧拉斯站住了，儘管他是個勇敢的人，但心裡還是感到了隱隱的不安。應該是那隻母老虎，牠一定是嗅到了他的氣味朝著這邊跑來了。怎麼辦？自己身上只有一把小口徑的手槍，如果老虎撲出來，他如何應付？

一陣又一陣沉重的喘息聲和腳步踩在樹枝和落葉上的沙沙聲，越來越近了，奧拉斯靈巧的跳到樹枝上，但他的大腿還是被什麼東西撞擊了一下。他不得不舒展身體，抓住一根更高的樹枝，爬到了老虎難以接近的高度。而那野獸似乎也不打算與他糾纏，在奧拉斯成功逃脫了第一撲後，牠便掉頭又走回密林深處去了。不一會，林中傳來一陣怒吼，然後是啃咬碎骨頭的咯吱聲。

奧拉斯渾身發抖，他想到了被掀翻的帳篷，想到了芭特莉西亞，難道她真的已經喪生虎口？這個念頭讓奧拉斯心神不寧，他在痛苦的煎熬中等了兩個小時，最後，終於忍不住從樹上跳了下來，不顧危險的在林中搜尋。像起初一樣，無論他怎樣努力，仍然一無所獲，芭特莉西亞、母老虎、被嚼碎的白骨，全部都無影無蹤，彷彿從地球上消失了一般。

暮色又漸漸的籠罩了大地，仍舊那麼美，但奧拉斯的心情卻是那麼的無奈，現在的他整個人顯得疲憊無力，這種疲憊並不是體力上的，而是來自內心的苦苦折磨，他無法原諒自己的失職，又對戀人的安危感到莫名的恐懼。自責、焦急、憂慮一起向他襲來，他快被打倒了。

在所有的努力一一付之東流後，奧拉斯不得不失魂落魄地拖著空虛的身體回到了紅房子。一道閃電劃過夜空，沉悶的雷聲接踵而至。

奧拉斯讓自己極度狂亂的思想和感情沉浸在汩汩的雨聲中，似乎平靜了一些，但隱約又有一種更強烈的東西在暗中湧動。前一晚擁抱著芭特莉西亞的甜蜜和興奮，第二天一早發現心愛的戀人死在懷中的悲傷，聽見哨音時的震撼，以及尋找時的焦躁……種種極端的感情極為混亂的糾雜在一起，向他猛壓過來，他覺得自己快要窒息了……

一道強烈的閃電撕破天空，緊接著是鬼嘯般讓人驚恐的炸雷，院子裡的狗不住地猛吠，想必是掙脫了鏈子。奧拉斯聽到了牠們奔跑的聲音，似乎在相互瘋狂的追逐著，穿過花園，向著森林跑去。雨很大，到處都是被濺起的黑色雨水在跳耀，虎嘯聲又在遠處響起。

奧拉斯叫來護衛組的頭頭，想多了解一些外面的情況。於是，除了留守的人，大家都出門去了，但茫茫黑夜，加上瓢潑的大雨，什麼東西都看不真切，也只有作罷。

也不知過了多久，雨漸漸小了，那幾條在雷雨中發狂的獵狗跑了回來，已經和平常一樣溫和了，牠們的身體不停的微微抖動著，嘴裡不停的低聲叫著。奧拉斯真想狠狠地抽這些畜生一頓，但立即他發現了牠們嘴裡叼著的一樣東西。

「這是什麼？一隻死了的卷毛狗？你們就為了這個像瘋了般的亂跳？你們這群該死的畜牲！」奧拉斯憤怒地從獵狗嘴裡奪下那只已經慘不忍睹的卷毛狗，大聲地訓斥著，「都來看看吧，這些傢伙就為了這個拼了命似的亂竄！」

一個僕人認真地審視著那隻卷毛狗，然後對奧拉斯說道：「這不是林中睡美人的狗嗎？」

「林中睡美人？怎麼回事？」奧拉斯很詫異地問。

「喔，是這樣的，我們把那個在荒廢的高乃依城堡沉睡了一個世紀的女人稱為『林中睡美人』，聽說她祖父在大革命期間參與了對路易十六皇帝的宣判，於是，她便長眠在高乃依家族受難的地方。」

「無稽的傳說！一百年，她吃什麼，喝什麼？」

「但是有人親眼看到她來過村裡，像夜遊神般的飄走，眼神呆滯，似乎根本看不見任何東西。」

「真的是這樣嗎？」奧拉斯低聲問了一句，然後想了想說，「那我應該為她死去的卷毛狗向她道個歉。告訴我城堡的確切位置。」

「牠在那邊，好像是個臨時搭建的小木棚。」

「既然叫『睡美人』，想來她不會接待客人，是嗎？」

「不，前些天聽一個馴獸的和一個信差說，那隻受傷的母老虎逃進了那片樹林，躲進了高乃依城堡。派去的信差見到了那位夫人，夫人說，她接待了老虎，但要等老虎傷好後，才能讓人接牠走。信差被嚇住了，拔腿跑了回來。」

對於這些離奇的說法，奧拉斯並不在意，下午，他把小狗的屍體放進一個裝滿青草的籃子裡，然後朝著充滿神秘的密林深處走去。到處都是纏繞的藤蘿、乾枯的樹枝，以及充盈著腐爛氣味的泥土，一塊小牌子豎立在眼前：「私人住地，內有惡犬，禁止入內。」

他們找了很久，也沒有找到入口處，四周都是荊棘和蔓藤，幾級殘留的長滿苔蘚的臺階直通到一扇窗口。透過這扇窗口，可以看到沒有了天花板的、空蕩蕩的大廳，地下全是雜草和多年生的植物，一條不起眼的小路在其中蜿蜒著。通過這條路，奧拉斯終於找到了一間小棚子，他推開門，同時叫道：「請問有人在嗎？」

隨著他的聲音，木棚的後面響起「嘎吱」一下的關門聲。奧拉斯逕自朝那個方向走去，穿過一間放著行軍床的狹窄小屋，他來到廚房，裡邊的木桌上擺著一個酒精爐，煮著馬鈴薯，旁邊還有一碗牛奶。很顯然，屋裡的人被他們的突然闖入嚇跑了。奧拉斯正想去追趕，一隻野獸攔在了他的面前。

4 野獸

小木棚被濃密的樹林掩映著，在門的外面，是一條長長的通道，兩旁是密不透風的樹牆。很顯然，小屋的主人是從這裡逃走的。而現在站在奧拉斯面前的，是一隻龐大的野獸——那隻他千方百計要尋找的母老虎！

奧拉斯心裡很清楚，眼下的形勢對自己很不利，他手裡沒有武器，而且在這樣狹小的空間，逃脫的機率小得可憐。他唯一能做的就是盯住老虎那雙兇猛的眼睛，紋絲不動，他用這種超乎常人的堅定的意志力，控制著自己，儘量不顯出一丁點兒的恐懼神色。

漫長如一個世紀的時間在人與動物的對峙中過去了，奧拉斯已經逐漸適應了那種壓力，而變得興奮起來，他身上那種嗜好冒險的本性又開始顯露出來，他發現自己已經完全不再緊張和恐懼了，內心裡竟然在期待著這個龐然大物的攻擊。他的意志似乎把他的敵人震懾住了，牠的眼神開始變得溫和起來，身體也變得柔軟了，嘴裡發出略帶些哀怨的哼哼聲。

奧拉斯向後退了兩步，把放在桌上的牛奶碗拿起來，小心翼翼地遞到老虎面前。老虎猶豫了一下，有些扭捏地踱過來，三兩下就喝光了碗裡的牛奶。在牠完全對對手放下警戒心後，便轉過身嗅著林中睡美人的氣味，一瘸一拐的向密林深處走去。

奧拉斯想，這隻老虎一定是在被追捕時受了傷，然後逃到了林中睡美人那裡，好心的夫人接待了牠，並且醫好了牠的傷，這使得牠對夫人生出一種深深的眷戀之情，儼然成為了夫人的忠實衛士和朋友。

不過，即使野獸已經變得平和溫柔，但誰也不能肯定牠們是否會一直如此。奧拉斯關上小木棚的門，轉身回了紅房子。

兩天以後，奧拉斯再次進入森林，找到了那個小木棚。但是，仍然什麼也沒有，他沒有看到那個神秘的林中睡美人，甚至連母虎也不見了蹤影。奧拉斯懊惱極了，他手裡握著一把鋒利的三角大刀，內心充斥著強烈的復仇情緒。他認定了那天早晨在他離開了奄奄一息的芭特莉西亞後，是母虎殺害了她。他要殺掉母虎，才能為心愛的戀人報仇，才會讓自己的悔恨減輕一些。

三個小時過去了，奧拉斯在茂密的森林裡毫無目地的亂逛著，內心的復仇欲望也愈加強烈的撕咬著他渴望殺戮的心。但是，仍舊一無所獲……他的精神已逐漸被一種顛狂的狀態折磨的疲憊不堪了，他失魂落魄的回到了紅房子，情緒低落到極點。維克圖瓦不住地安慰他：「聽著，我的好孩子，芭特莉西亞肯定沒死，我有這種感覺。」

奧拉斯的眼睛裡充滿無助，他注視著他的老奶媽，她的感覺幾乎已經成了他的全部希望，雖然理智一再的告誡他不能相信那麼無憑無據的感覺。

「那只是你的猜測，那天夜裡我確實抱過一個女人，她應該是芭特莉西亞！我們……我們很快樂！可是，她早上就死在了我懷裡！」

「是的，你是和一個女人歡愉了一夜，但那並不是芭特莉西亞，」老保姆望了一下四周，然後壓低聲音神秘的說，「還記得美麗的昂熱利克嗎？是的，自從那神秘的一晚以後，她就沒有再出現了。據可靠情報說，她實際上是瑪菲亞諾的情婦，她每晚都會跑去和他幽會。」

「這怎麼能說得通呢？她為什麼要代替芭特莉西亞，又為什麼把我拉進帳篷……」

「這很簡單，她愛你。」

「所以瑪菲亞諾因為嫉妒而殺了她？也許是的，但這只是你的推測……不過……是的，你的推論是很有道理，完全沒有破綻，我應該毫無保留的接受它，唉，可憐的昂熱利克！」

奧拉斯因為昂熱利克的死略微有些哀傷，同時又為芭特莉西亞有可能還活著而欣喜不已。

當天晚上，正熟睡的奧拉斯被他的老保姆搖醒。他揉著眼睛，有些懊惱的抱怨道：「老維克圖瓦，你不會就為了你那無聊的感覺而在深更半夜吵醒我吧，你是不是精神失常了……」但當他看到老保姆臉上奇怪的表情時，他停止了斥責。

「羅多爾夫不見了！」維克圖瓦忐忑不安地說，「而且，這孩子似乎每晚都不在房裡。我想，也許他悄悄的去見他的母親了。」

「他是怎麼出去的，那些看家狗呢？」

「一個小時前，牠們狂吠過，應該是他出去的時間。再有，僕人們告訴我，這些狗凌晨五點鐘也會叫，這和那孩子回來的時間相吻合。對了，我發現最近總有三個人在宅邸附近鬼鬼祟祟的轉來轉去，好像是些調查你的探員們，領頭那個就是你的死對頭貝舒探長。」

奧拉斯皺了皺眉頭，沉思了一會兒突然抬頭說道：「好的，我會小心的，那些傢伙拿我沒辦法的，我為警察局做的事情太多了。不過，好像有人動過我的保險櫃了，有三個號碼都錯位了。」

「不可能吧，只有我們倆能進這裡來，我沒有動過。」

「也許是我自己忘了，你要知道這個保險櫃對於我的重要性，我的所有文件、證書、遺囑、鑰匙，還有我的埋藏寶物的地點和所有的網點密碼都在裡面。一定要小心看著！」

第二天夜裡，奧拉斯藏在小羅多爾夫房間的窗外的一棵大樹上等待著，這個等待很有收穫。大約到了維克圖瓦所說的時間，一個龐大而柔軟的身影出現在花園的柵欄門旁。那個身影只輕輕地一躍，便來到了院子裡，在暗淡月光的照耀下，奧拉斯證實了自己的猜想——是那隻母虎來接小男孩了。

院子裡的狗開始狂吠起來，但母虎對牠們根本不屑一顧，而是輕快的三步兩步就躍進了羅多爾夫敞開的窗子，那裡燈火通明。奧拉斯一個箭步跳到的陽臺，只見那野獸溫順地把前爪搭在欄杆上，小羅多爾夫則高興地坐到了牠的背上，摟住牠的脖子。一切妥當後，母虎輕輕一躍，便跳出了陽臺，背著小男孩用極其輕穩的步子跑進密林深處。

「我猜得沒錯吧。」維克圖瓦從隱身的陽臺陰影處走出來，得意地對奧拉斯說道。

「你是完全正確的，我的老維克圖瓦，一定是芭特莉西亞與林中睡美人一起救了母虎，牠感恩圖報，成了她們忠誠溫順的小狗。

奧拉斯不想再耽擱，飛快地跑進樹林，沿著有些荒蕪的路直奔高乃依城堡。

透過那間小木棚的窗戶，奧拉斯欣喜地看到正與兒子聚在一起的芭特莉西亞，他的興奮簡直難以形容，當他對戀人的慘死悲痛欲絕，當他為了尋找戀人失魂落魄的時候，他的戀人竟突然完好無損的出現在他的面前，他一時間竟難以相信這是事實。

奧拉斯愣了一會兒，然後走進屋裡，來到芭特莉西亞的身邊，無限溫柔的看著她：「我真的不敢相信，我不是在做夢吧？親愛的，我是多麼愛你啊，這實在太幸福了！可是那個女人又是誰呢？」

「是昂熱利克，」芭特莉西亞站起身說道，由於激動，她的臉有些微微地泛紅。「是她把我放走的，然後代替了我的位置。剛開始我也覺得納悶，後來才知道，這是因為她愛你……後來母虎塞依達發現了奄奄一息的她，並把她帶到了這裡……真是可憐！」

芭特莉西亞說完，再次抱起小羅多爾夫，急切地問：「我的孩子，你還好吧，塞依達沒有弄痛你吧。」

「沒有，牠很小心。」

「太好了，看來你和這個特殊的坐騎相處得不錯。你先去睡一會兒，塞依達也該休息了，你領牠過去吧。」

羅多爾夫抓著溫馴的野獸的耳朵，一起朝房間的另一頭走去，那裡有一張床墊。但塞依達突然變得有點反常，焦躁不安的抗拒著小主人的命令。

「小傢伙，你怎麼了？」芭特莉西亞奇怪的問道。

「我看可能是有朋友藏在床底下。」奧拉斯仔細的觀察了一下母虎，然後說道。

「真的嗎，塞依達？」

芭特莉西亞話音未落，母虎一下子跳過去，用牠的大嘴咬住床架使勁地搖晃起來，同時發出令人心驚肉跳的怒吼聲。緊接著，三聲驚恐的尖叫從床下傳出，然後是三個驚慌失措、面如土色的男人連滾帶爬地鑽了出來。

「是你嗎？我尊敬的貝舒探長？」奧拉斯諷刺地問道。

「是……是的……我是貝舒。」被憤怒的塞依達嚇壞了的探員們仍舊趴在地上瑟瑟發抖。

「那你們一定是來抓我的吧。」奧拉斯微笑著說，「不過，按現在的情形看，你似乎得先逮住塞依達。但是，這要看牠會不會讓你們上手了。」

「你不要太囂張了，有老虎撐腰我們也不會讓你逃脫的。」

「是嗎？」奧拉斯輕蔑地反問了一句，看了一眼在那邊嗚嗚叫著的塞依達，然後對芭特莉西亞說，「芭特莉西亞，或者該讓我們的警衛撤掉了。」

芭特莉西亞會心一笑，走到母虎身邊，輕輕地撫摸著牠的額頭：「好了，小傢伙，該是送你的小主人回去睡覺的時候了，來，羅多爾夫。」

小男孩再次爬到了塞依達的背上，母虎回頭盯了一眼還在發抖的探員們，有些戀戀不捨，似乎對沒有嘗到他們的美味而深感可惜。不過，牠還是順從地背起小羅多爾夫，向紅房子跑去。

「好了，我可愛的貝舒，快點起來吧，這個大傢伙可能十分鐘就回來了。我想，你最好在這十分鐘內，帶著你可愛的同事快點逃走。什麼，你有逮捕我的文件？這可不行，你還必須有一份權威人士簽署的文件，若不然，塞依達可是會被銬上爪子的。好了，我的小傢伙，快點逃命吧，不然，塞依達會把你們攆得像兔子一樣驚慌失措的。」

奧拉斯話音未落，兩個探員已經跑掉了，貝舒正要離去，奧拉斯叫住了他：「喔，你得等一下，你還記得是誰任命你為探長的嗎？」

「是你。」貝舒老實的回答道。

「那你為什麼總是和我做對呢？好啦，先不說這些，你不是還想讓我幫你當上隊長嗎？那明天早上十一點半，要你的上級給你自由行動的時間，我需要你！好了，你可以走了。」

當小屋子裡只剩下奧拉斯和芭特莉西亞兩個人時，奧拉斯深情地看著心愛的人，輕聲問道：「你就是林中睡美人嗎？」

「是的，其實我是混血兒，母親是法國人。原本住在這裡的老夫人是我的一個遠房親戚，她只是性格有點孤僻古怪。我剛到法國時，到這裡看過她，她曾熱情的招待我，可惜不久她得疾病死了，臨終前把這裡留給了我。我在這裡落腳，利用當地的傳說保護自己。而且救下了母虎塞依達，有了牠，我不再怕瑪菲亞諾了。」

「所以你說服我買下紅房子，你安全地隱居在這裡，而羅多爾夫也會受到我的照顧，距離也不遠。」

「是的，距你也不遠……」芭特莉西亞低下頭輕聲地說。

奧拉斯的心一陣悸動，一股想要將眼前這個迷人的女子攬入懷中的衝動湧了上來，但他最終還是控制住了自己，因為芭特莉西亞的表情讓他著實有些不安。

「見到你沒事，我真的太高興了。為什麼不早點通知我呢？」奧拉斯問道。

芭特莉西亞沒有回答，過了好一會兒，她才喃喃地說：「我不能忘記你已經選擇了另一個女人，就在那個晚上，你和她……」

奧拉斯焦急地辯解道：「但我那時以為她是你，所以……」

「你根本就不該這樣想！你以為我是什麼人？是那樣一個自甘墮落、低聲下氣的侍候那幫強盜的人嗎？而且那麼隨便的就和你……和你……難道我在你的頭腦裡就是這樣一個人？好了，你去找她吧，我不想和她爭。」

聽了芭特莉西亞這番滿含妒嫉的話語，奧拉斯興奮異常，他向前走了一步，柔聲問道：「你在吃醋嗎？你是喜歡我的，對嗎？親愛的芭特莉西亞！」

奧拉斯再也忍不住了，他一下子將芭特莉西亞攬入懷中，緊緊地抱著她。完全沒有準備的芭特莉西亞有些懊惱，她開始掙扎，竭力地想脫身而去。但是奧拉斯的手臂不但沒有鬆開，反而越抱越緊了。漸漸的，芭特莉西亞的抵抗變得無力了，她的面頰緋紅，她很清楚自己已經堅持不了多久了，但是女性羞怯的本能卻支撐著她推搡已俯下身來的奧拉斯。

突然，門被「呼」的一聲撞開了，那隻母虎塞依達瞪著兩隻綠燈泡般的大眼睛蹲在那裡，那樣子隨時都可能撲上來。奧拉斯放開芭特莉西亞，小心翼翼地盯著塞依達，然後開始抱怨起來：「你回來得真是時候，好事都讓你破壞了！芭特莉西亞，你的衛士回來了，很好，我尊重你，不過，我可不願在心愛的女人面前被野獸嚇得灰溜溜的跑掉，所以——」說著，奧拉斯抽出一把從不離身的鋒利大刀。

「你要幹什麼？」芭特莉西亞驚慌失措的尖叫起來。

「和牠決鬥！為了在你面前保住面子，我會用這把大刀劃開這傢伙的肚子。除非你肯過來擁抱我。」

芭特莉西亞紅著臉猶豫著，最後，她不得不屈服了，站起身來走到奧拉斯身邊，把嘴湊了過去。

「真是想不到，非得這樣嗎？」奧拉斯有幾分沮喪。

「我不能讓你傷害塞依達，沒有牠的保護，我真不知該怎麼辦。」

「可是，也許是我葬身虎口。但這一點是不會令你如此擔心的，是嗎？我竟然比不上一隻老虎。」奧拉斯傷感地說。

很顯然，這句話深深的打動了芭特莉西亞，她的臉更紅了。但她很快控制住了自己，因為她仍然很在意那天晚上的事。

「安靜一點，塞依達。」芭特莉西亞走到母虎面前，撫摸著牠的頭。

「就是，安靜一點，塞依達。」奧拉斯跟著說了一句，他已經比剛才鎮定多了，「安靜一點，好讓先生在你這個林中女王面前不失顏面的告退！再見，美麗的女神，你是那樣神奇，甚至連野獸也俯首聽命於你。」

奧拉斯說完，對芭特莉西亞恭敬地脫帽行禮，然後慢慢消失於夜色裡。

回到紅房子以後，奧拉斯立即召來了維克圖瓦，非常嚴肅地告訴他的老保姆，自己被人出賣了。維克圖瓦的神色有些慌張，她支吾著，不知應該說什麼。

「我很清楚發生了什麼事，」奧拉斯盯著老保姆的眼睛說，「有人進了我房間，從保險櫃裡拿走了我的鑰匙和文件，這些東西是我整個財富之所系。」

「這個……誰能進你的房間呢？」

「你認為呢？」奧拉斯緊緊地盯著維克圖瓦。

在這樣的眼光逼視下，老保姆開始痛哭起來，在抽泣聲中把秘密和盤托出。原來她早就已經知道芭特莉西亞沒死，而且不止一次地回來見過羅多爾夫。

「可是，她不會打開那個保險櫃的，她不知道密碼。聽我說，親愛的，我沒有把這一切告訴你，是因為她說，如果你知道她來過，你和她都會有生命危險。她還讓我發了誓，所以……」

「所以，為了一個誓言，你就輕易的背棄我？」

「不是的……」可憐的老人哭得更厲害了。

就在這時，警衛前來通報，說有一位先生來拜見奧拉斯。奧拉斯微笑了一下，衝著門外說：「是你嗎？親愛的貝舒？原諒我不能讓你進來，有事嗎？」

「是的，」門外傳來的果然是貝舒的聲音，「有些例行程序，所以……」

「是拘捕令嗎？從門底下遞進來吧，多謝。」

一張紙從門縫裡塞了進來，奧拉斯彎腰撿起，然後認真地看了一遍。

「好，很好！」他大聲說，「不過，真可惜，它有些不對頭的地方，它皺了，而且還碎了。」

說著，奧拉斯出人意料地把逮捕令撕碎，揉成一團，然後才把門打開，把那個紙團塞到貝舒手裡。整個過程讓貝舒瞠目結舌，他結結巴巴地說：「這……這怎麼可以……我還要……」

「好了，我的貝舒，別這麼大驚小怪，你的汽車呢？」

「在外面。」

「好吧，馬上載我去警局，我得關心一下你任命的問題。不過，去之前，我還要去趟高乃依城堡，你可以陪我去嗎？」

「不！」

「不要這麼絕對，你的職責不是寸步不離的守著我嗎？喔，我知道了，你是怕塞依達嗎？其實，你只要直視牠，牠就不會傷害你了。話雖這樣說，我可是個不願意勉強別人的人，我這就跟你回警局。」

說完，奧拉斯挽起貝舒的胳膊，一起向門外走去，後面跟著兩個一直在前廳等候的探員。天已經大亮了，一行人上了停在路邊的警車，奧拉斯的心情格外地好。

在警局裡，由於貝舒恰到好處的斡旋，奧拉斯受到了警局總長極為熱情和細心的招待。他們進行兩個小時的愉快交談，警局總長欣然接受了這位富有的、頗具影響力的紳士的建議，迅速解決了貝舒的升遷問題，一切都是那麼的令人滿意。

5 激烈戰鬥

第二天，奧拉斯開始了新的行動。他稍微化了一下妝，一個有顏色的玳瑁眼睛和假鬍子讓他看起來完全是另外一個人。

當教堂的大鐘準時敲響第十下的時候，奧拉斯駕駛的汽車停在了昂格爾曼銀行的大門前。奧拉斯下車後，逕自走了進去。

經過兩道嚴密的檢察，奧拉斯來到了一扇用鐵絲網加固的大柵欄門前，這扇堅固的柵欄門直接通向一個裝滿保險櫃的秘密地下室。奧拉斯極其有規律的在門上敲了五下，屋裡傳來拉插門的聲音，緊接著大柵欄的門打開了。

出現在眼前的是一間大廳，完全處於極其嚴密的警備之下，堅硬鐵板加固過的牆壁，天花板的藻井全部用超強的鐵條封起，防止有人闖進或逃出去。

此時的大廳裡，已經來了四十多人，除了一個紈絝子弟模樣的年輕人顯出幾分清秀外，其餘的全部是一身橫肉，滿臉兇相。他們或站或坐的分散在大廳裡，兇惡地盯著每一個進來的人，當鑼聲響起，宣告本次集會的最後一位成員已到達時，所有的人都站起身來，眼神中流露出難以掩飾的貪婪和殘忍。

奧拉斯的嘴角掛著一絲嘲諷，別有用意地叫了一聲：「你們好啊，各位強盜同仁！」

這引起了在場的人的不滿，他們似乎對「強盜」這個字眼難以接受，全都對奧拉斯怒目相向。眼看一場爭執在所難免，這時那個紈絝子弟模樣的年輕人上臺了，他用裁紙刀敲打著桌子，示意眾人安靜。然後，他用那種和他外表一樣纖弱的聲音向大家介紹，說奧拉斯就是那個向老阿萊米先生提供有關亞森·羅蘋情報的法國通訊員。接著，他以虛假懦弱的姿態介紹了關於黑手黨的**光輝**歷史。但很快，一個宏亮的聲音喝斷了他的講話。

「我要求重新點名！」那個宏亮的聲音在大廳中回響。

身為大會主席的瑪菲亞諾不滿的說：「我已經點過名了。」

「可是按規定，點名應該是三次。」

「好吧，最後一次。」瑪菲亞諾無可奈何地點起名來，「……九號、十號，好了，點名結束。」

「不，還有十二號！十二號，你在哪兒？」

「在這裡！」

一個女人甩掉原來罩在身體上的男式大衣，應聲而答，並很快地跳上了小臺子。

「這是我的識別標誌。」女人把一張卡片遞給了瑪菲亞諾。

「這不可能！怎麼會是你，芭特莉西亞！」瑪菲亞諾大叫起來，驚訝和憤怒毫無掩飾的表現在臉上，「各位，她……她就是那個揭露我們的可惡女記者！」

「對，也是你拼命想到得到，但卻難以如願的女人。」那個宏亮的聲音滿帶嘲諷的再次響起。

「不，她是你的情婦！」瑪菲亞諾氣極了，他開始有些明白了。

「準確地說，是我的未婚妻。」奧拉斯，也就是發出宏亮聲音的人，微笑著把手放在芭特莉西亞的肩上。

「喔，一樁感情糾葛。」主持會議的年輕人自以為是地笑了笑，「但似乎與我們無關，所以，現在我必須問你一下，小姐，我們所有人的卡片都有記號，為什麼你的只有馬克．阿萊米先生的親筆簽名？」

「很簡單，大家應該已經從我的文章上知道我和阿萊米先生最後一次的談話，他曾在那時候交給我一個信封，並囑咐我在今年九月五日打開。我依約打開它後，得知今天這裡有一個秘密集會，我按照老阿萊米先生的囑託，持這張卡片來參加。」

「好吧，你的身分通過了。現在，到了我們打開這些箱子的時候了。」

聞聽此言，大廳裡的的強盜們已經忍不住了，躍躍欲試，都想立刻打開保險櫃。就在這時，奧拉斯握著手槍跳上小臺子，用他充滿威懾力的聲音命令強盜們不准打開保險箱。會場立刻秩序大亂，強盜們開始騷動起來，他們兇惡的本性在金錢的誘惑下很快顯露出來。

「你究竟是什麼人？竟敢如此大膽……」七嘴八舌的說話聲中，這句話是最清晰的。

奧拉斯很迅速地去除了自己臉上的掩飾物，當他滿是笑容的真面目顯露在眾人面前時，會場裡面又開始亂成一片。

「亞森．羅蘋！」

有人喊出了這個神奇的名字，大廳裡一下子寂靜了，所有的人都在默默等待著什麼。

「是的，我就是亞森．羅蘋，也是這裡所有財富的擁有者。當我得知有兩位老先生正為我這些財富而重整黑手黨時，我開始介入到這整個的事件中。為此，我把一切關於我自己的秘密情報都提供給了老阿萊米。」

「惡毒的陰謀！」剛剛恢復鎮定的瑪菲亞諾憤憤地說。

「不，這個遊戲很有趣！所有的一切都在我的掌控之中。」

奧拉斯繼續著他的演說，但芭特莉西亞漸漸不安起來，她輕輕靠了過來，低聲說道：「如果他們之中有誰發出了第一槍，那麼這群野獸會瞬間吞沒你。」

「不會的，因為我是亞森．羅蘋……」

沒等奧拉斯的話說完，下面就有人向他開了一槍，子彈擦傷了他的大腿，那只是一瞬間的事。奧拉斯搖晃了一下，但他很快就撐住了，只是不得不倚靠在牆上。

「你們這群卑鄙小人！就只會躲在人群中放冷槍嗎？我這第一顆子彈給誰？你嗎，瑪菲亞諾？」奧拉斯一邊說，一邊抽出了兩把槍。

所有的人再次驚恐地向後退去，這時候，那個不識時務的年輕人又出面干預了，他提出一個方案，就是讓羅蘋分給他們一億。但所有的強盜都發出了憤怒抗議，他們想要全部，那近在咫尺的巨大財富已經讓他們瘋狂了。再加上他們人數的優勢，想要他們讓步是根本不可能的。

不過，亞森．羅蘋的身上總是能產生奇蹟的，他將一把手槍放回衣袋裡，然後把那只空閒的手放在嘴唇邊上，一聲尖厲的哨音越過所有咒罵聲、恐嚇聲，傳出大廳。

屋子裡又安靜下來了，其實所有人都處在極大的恐懼中，即使他們之前虛張聲勢的威脅，都只是建立在一種有限的極為短暫的狂熱之上的。此時的人們似乎都靜靜地等待著，等待著一睹亞森．羅蘋創造的奇蹟出現。

一切都來得很迅速，房間的頂上響起了跑動聲，藻井天頂被「啪啪」的打開了，露出了無數個正方形的小孔，一百多支槍管從孔裡伸下來，像充滿惡意的黑眼睛一樣冷漠的盯著聚成一堆的四十個強盜。

奧拉斯發出一陣冷笑。

「好了，勇敢一點，不要那麼驚慌失措。來，我教你們一點放鬆的方法吧。向左，齊步走，立正！雙腿彎曲，注意腳尖向前！上面的警員們，請注意我的左邊，瑪菲亞諾先生就在那兒，如果他不聽話，我不反對你們向他瞄準！」

四十個強盜已然成了甕中之鱉，他們乖乖的按照羅蘋的指示整齊地做著各種可笑的動作。先前還存有幾分負隅頑抗之心的瑪菲亞諾，此時像個聽話的孩子，儘量讓自己的動作與羅蘋的口令相合。

很快，新上任的貝舒隊長得意地帶著他的部下走了進來，接管了這四十個窮兇極惡的強盜，但後來發生的事出人意料。

貝舒隊長拿出了對奧拉斯的逮捕令，因為警方對亞森．羅蘋的興趣毫不亞於這四十個強盜。

「這麼說警局想來個一舉兩得，過河拆橋？」

「是的，我們已經厭倦在你的指揮下幹活。再說，你給我們帶來的價值遠遠比不上你本身的價值。」

「那你認為你那區區一百五十四人就能拿住我亞森．羅蘋？你認為我有傷是嗎？也好，你們開槍吧，可敬的戰士們！」

貝舒的臉色灰白，面對這樣一個敵人，他無論如何都克服不了那種恐懼和敬佩兼具的複雜心理，其他的所有警員也都同樣忐忑不安。所以，並沒有一個人開槍，即使是貝舒氣急敗壞的命令他們，也沒有人願意向這個已經受了傷的可敬而可怕的人物開槍。

「是時候了。」一直攙著奧拉斯的芭特莉西亞低聲說道。

「也許有點晚了，」奧拉斯看了芭特莉西亞一眼，然後說，「在這時候，你是否能夠承認你愛我？」

「是的，我愛你，我要你，所以我要你活下去！」

說完，芭特莉西亞取出一把小哨子，放到嘴邊，很有力地吹出了一陣尖厲的哨聲。這一令人疑惑的舉動鎮住了在場的警察，他們屏住呼吸，豎起耳朵，全神貫注地聽著。可是，哨音過後是一片死一般的寂靜。

就在警員們愣神的一剎那，在另一邊建築物下面響起了另一種讓人發怵的吼叫聲，越來越近。此時的奧拉斯已經支援不住了，他跪倒在地，但卻以堅強不屈的意志力支撐著自己。

「把柵欄門關上。」

貝舒的聲音有些顫抖，他似乎意識到了將要發生的事情。但所有混亂的嘈雜全部都被淹沒在一陣排江倒海的咆嘯中，所有人的都呆若木雞地立在那裡。

「塞依達，你終於來了！」芭特莉西亞欣喜若狂，激動地叫了一聲。

是的，就是塞依達，這隻母虎很輕易的躍過了柵欄門，然後以一種高傲的不可侵犯的氣勢走到了主人前面，憤怒的盯著那些警員。貝舒氣急敗壞的命令部下開槍，但沒有人應和。

「你自己開吧。」警員中有人嘀咕了一句。

「是啊，你自己開啊！」奧拉斯嘲諷地說道，「不過我提醒你，一定要打准啊，不然塞依達發起怒來是要吃人的！」

貝舒被激怒了，他摳動了扳機，一顆子彈輕輕的擦著母虎呼嘯而過，母虎一下子跳了起來，大聲的叫著。幾個追隨貝舒的人也舉起了槍，母虎有些招架不住了。不過，這個不速之敵的到來讓所有參與行動的人產生了恐懼。一個人與一隻虎的組合，這是違背常理而讓人匪夷所思的，亞森．羅蘋究竟擁有何種神奇的力量，那麼多奇蹟的後面甚至連母虎都俯首聽命於他。這是不可思議的，是超乎自然，是他們的常識所無法接受的，誰知道馬上等著他們的會是什麼呢？貝舒本人在一陣虛張聲勢後逃跑了，他的那些下屬們也就爭先恐後地擠出了大門。原本已成為俘虜的強盜自然不會放過這個好機會，趁亂往外跑。

奧拉斯已經用完了他最後的力氣，躺在芭特莉西亞懷裡，無力去改變眼前的事實。因為完成了任務而沾沾自喜的塞依達撒嬌似的躺在芭特莉西亞的腳邊，芭特莉西亞輕輕地撫摸著牠的額頭，不一會兒，母虎就呼呼的睡過去了。

但是很快，母虎又站起身來，盯著外面，發出一陣陣的咆哮。奧拉斯清醒一些了，人和獸在這一刻同時感受到了來自外面的威脅。

不安的陰影彌漫在黑暗裡，外牆處傳來一些隱隱約約的腳步聲，是那群不甘失敗的強盜們，他們對那筆巨大財富的貪婪暫時戰勝了恐懼，又悄悄地回來了。塞依達露出牠的獠牙，緩緩向柵欄門爬過去，嘴裡發出嗚嗚的聲音，然後，縮緊身子，準備躍到柵欄門的另一面去。強盜堆裡又是一次鬼哭狼嚎的逃跑。

為一避免敵人再一次的襲擊，奧拉斯決定儘快逃到院子裡，坐上自己停在那裡的汽車。因為腳受了槍傷，他不得不像小羅多爾夫一樣騎在了母虎背上。塞依達很體貼，牠輕盈但卻迅速的跑到了院子裡，沒讓奧拉斯有一點難受的感覺。

一路上很順利，沒有遇見一個人，院子裡空空的，所有人都被塞依達嚇跑了。他們順利的上了車，一直守候在車裡的司機艾蒂安向奧拉斯報告說，所有強盜都在入口處被警員們逮捕了。

「哼，還是給了他們點小安慰，這群忘恩負義的傢伙！好了，向紅房子全速開進！」

在紅房子裡，他們受到了老維克圖瓦熱情的迎接，奧拉斯的興奮之情溢於言表，他像個敏感自尊的中學生一樣，驕傲的向老保姆介紹著自己的輝煌戰績。

「塞依達多麼出色啊，現在我找到了最忠誠最可靠的衛士了，我還要養一頭大象，一條鱷魚和一條響尾蛇，多麼完美啊！現在，你給我簡單的包紮一下，還要一點吃的東西。」

「你受傷了！」老人惶惑不安地問。

「沒什麼大不了的，快點準備，我還要出去呢，去找我的錢！」

維克圖瓦沒用多久就完成了奧拉斯所吩咐的一切工作，大約休息了一個小時，奧拉斯完全恢復了，他開始布署。二號車和三號車被從車庫裡調了出來，奧拉斯和芭特莉西亞上了第一輛，然後另外四個他最能幹的部下上了第一輛。

很快，汽車停在了昂格爾曼銀行門前，奧拉斯帶著手下匆匆走進了藏有保險櫃的地下室。他打開了第一個櫃子，空的；第二個櫃子，也是空的；第三個，第四個……全是空的。

面對這意外的變故，奧拉斯出奇的平靜，他略微沉思了一下，發了一陣奇怪的笑聲，嘴裡嘟囔著一些不連貫的話。然後，他叫來了一名銀行警衛，讓他把昂格爾曼先生請來。

昂格爾曼從地下室戰鬥開始就躲進了自己的家裡，現在，他不得不露面了。見到奧拉斯，昂格爾曼的臉上仍舊保持著那種上流階層習慣性的微笑，但當奧拉斯告訴他，所有的保險櫃都是空的，那些錢全都不翼而飛了時，銀行家再也顧不得風度了，跌坐在椅子裡，臉色慘白，呼吸也變得困難起來。

然而，奧拉斯似乎一點憐憫心也沒有，冷冷地問道：「不要再演戲了，雖然你的演技一流！我現在想說的只有一句，這些錢除了你，還有誰會拿走呢？說吧，是誰把密碼告訴你的！」

「這個……我……不是……」昂格爾曼試圖為自己辯解，但是在奧拉斯銳利的眼光逼視下，他不得不承認了，「是瑪菲亞諾，但我只負責把錢取出來，具體運到哪兒我就不知道了。相信我，我說的是真的！喂，你要去哪兒？奧拉斯？」

「到你的府上，去解決這個不可思議的問題。」奧拉斯說著便走出了地下室。

「不，你不能那麼做，韋爾蒙，我求……」昂格爾曼昏倒在臺階上，芭特莉西亞和警衛把他扶起來，然後讓他坐在了大廳的扶手椅上。

過了一會兒，昂格爾曼醒轉過來，他結巴地向芭特莉西亞述說著：「她不會說的，那個奧拉斯以為他無所不能，我的妻子是很忠貞的，她不會聽他從的……」

芭特莉西亞一下子明白過來了，她突然覺得胸口裡有什麼東西在湧動，讓她幾乎說不出話來。

大家靜靜的等待著，只有昂格爾曼不斷的重複著她妻子的忠貞、勇氣還有智慧，芭特莉西亞一動不動地坐在沙發的另一面，似乎在思考著什麼。

終於，眾人所熟悉的堅定腳步聲又一次在大理石地板上響起，隨之而來的是勝利者歡悅的口哨聲。

「這不可能，這不可能！」昂格爾曼歇斯底里的大叫起來。

「怎麼不可能！」奧拉斯滿臉喜悅，「你早就串通好一個大馬戲團，用了十輛大車，從昨天晚上四點起，把我的財寶運送到你的塔爾納城堡了，它是建立在一個幾乎不可攀越的岩山上的，你這隻老狐狸！」

「這不可能，我的妻子……她為什麼要告訴你？」昂格爾曼再一次暈了過去。

芭特莉西亞聽到了所有的對話，她有些悲哀地慢慢走過來，看著奧拉斯，顫抖地問：「真的是這樣嗎？那我永遠不會原諒你，」說著她甩開奧拉斯的手，「我永遠都不會原諒你！你再一次的背叛了我！」

一個冷酷的、躊躇滿志的微笑掛在奧拉斯的臉上，昂格爾曼狂叫起來。

「不，是你先背叛了我！瑪菲亞諾不可能聰明到猜出我的密碼，只有你，只有你才知道『波爾』這個名字的真正含義和重要性，為什麼要這樣對我？」

芭特莉西亞的臉漲得通紅，她沒有反駁奧拉斯的話，喃喃地說道：「因為當時瑪菲亞諾拿小羅多爾夫的性命要挾我，那時候我們都被抓住了關在那間有草坪的房子裡，於我讓他試試『波爾』，結果成功了。我能怎麼辦呢？我的孩子在他手裡……」

奧拉斯抓住芭特莉西亞的手：「我並不是在責怪你，你這樣做原本是無可厚非的。我只是想求得你的原諒，你會原諒我的，是嗎？」

「我無法原諒你！」芭特莉西亞甩開奧拉斯，「我下周就回美國，已經在『波拿巴號』上訂了位置。」

奧拉斯笑了，說道：「真巧，我也訂了，而且還在你的隔壁。還有八天時間，我會追回我的財寶，然後把它們藏在諾曼第的一個可靠的地方。」

芭特莉西亞終於還是在自己濃烈的感情下屈服了，她沒有再反抗，奧拉斯吻了吻她的手，然後準備離開。一直陷在痛苦中的昂格爾曼這時叫住了奧拉斯，說他所有的錢也都在那些卡車上。

「是幾號車？」奧拉斯問道。

「十四號，裡面是我妻子的全部陪嫁。」

「好吧，我答應你，十四號車明天會回到夫人手裡的。放心吧，我是一個很正派的紳士，我知道該怎麼做。」

「那太好了，我從來就沒有懷疑過你！」昂格爾曼高興的說，同時緊緊地握住了奧拉斯的雙手，「你真是我的好朋友。」

「對了，有件事你得幫我拿個主意，」奧拉斯假裝客氣地說道，「如果我把十五號車上的東西做為禮物送給夫人，會不會讓她感到不快呢？」

昂格爾曼立刻變了一副面孔，他容光煥發地答道：「當然不會，恰恰相反，她會很高興。」

「我還會順便來探望一下夫人……」

「歡迎！我妻子隨時都會歡迎你的到來……」

「我對此毫不懷疑！」

回到紅房子後，奧拉斯立刻就投入了追捕卡車的行動，根本顧不上休息，當整整兩天夜以繼日的緊張而有條不紊的行動以後，他才拖著疲憊的身子回到了紅房子，然後就倒在了床上。

老維克圖瓦像個焦急的孩子般圍著奧拉斯不停的轉。

「工作完成得很漂亮，現在我要狠狠的睡上一大覺，你不要打擾我！」

「你冷不冷？要不給你來一大杯熱的？或者一小罐？」

「好主意！一小罐薩莫特拉斯？那真是太美了，還要一杯摻熱糖水的烈酒……」

「好的，馬上就來！」

當老保姆再次回到屋裡時，奧拉斯已經沉沉睡去了。

「睡得真像個孩子。」老保姆充滿憐愛的說，然後把摻著熱糖水的烈酒一古腦的喝了下去。

6 圓滿結局

「波拿巴號」在海面上微微的顛簸著，奧拉斯和芭特莉西亞靜靜的坐在甲板上，一陣陣的海風輕拂著他們的臉。

奧拉斯突然問起那篇芭特莉西亞已於四天前發回紐約的報導：「你一定大肆渲染了我的英勇事跡？」

「那是當然，尤其你是運用你的智慧和塞依達，在銀行地下室制伏那四十個窮兇極惡的強盜和法國警察的場面，這簡直就是一個神話。」芭特莉西亞對奧拉斯報以溫柔的微笑，「我們也會在美國受到英雄般的歡迎和讚譽的。」

「是的，但那只是你而已，我只會受到警察和監獄的熱情歡迎和款待。」

奧拉斯的聲調一下子變了，他那種令人心痛的語氣和神情讓芭特莉西亞難以忍受，她一時之間竟然語塞，過了一會兒，才又開口說道：「你不久前曾經跟我說的結局就是這個嗎？可我並不想這樣啊！」芭特莉西亞美麗的眼睛裡浸滿了淚水，「我真的害怕會失去你。」

奧拉斯沒有搭話，於是她又繼續說道：「只有你才是我的全部幸福……」

「我嗎？一個強盜，一個冒險家？」

「不，你是善良而偉大的，我了解你，就像你為了小羅多爾夫的安全，把他留在紅房子裡，讓維克圖瓦照顧，還有你手下的保護……」

「可那並不是因為我善良，而是因為我愛你。好了，芭特莉西亞……咦，為什麼每次說到我對你的愛情，都會讓你臉紅呢？」

芭特莉西亞低下頭去，小聲地唸了一句：「不是你的話，是你眼神裡的那些隱秘的思想。」

奧拉斯若有所思，又一陣長長的沉默。突然，芭特莉西亞站起身來。

「我們看看船上的公佈欄吧，也許有新消息出來。」

兩個人來到公佈欄前，新的電報真的貼出來了。一共有三條，第一條是關於芭特莉西亞的，說在港口已經聚集了熱情龐大的歡迎隊伍，人們對這個智慧而勇敢的女記者是尊敬而愛戴的。

第二條就讓人有些不安了，美國警局和巴黎警局已經聯合起來嚴陣以待了，他們動用了最精良的警員的和最先進的武器，準備在碼頭逮捕那個謎一樣的江洋大盜——亞森．羅蘋。

第三條則是關於《警探報》的現任總裁享利．阿萊米的消息，他已經登上私人遊艇，準備親自到「波拿巴號」上迎接他們的女撰稿人——芭特莉西亞．約翰斯頓小姐。

這些消息讓芭特莉西亞變得憂鬱不安起來，她望著奧拉斯說道：「為什麼是這樣，我很擔心你的處境，他們不了解你……」

「沒關係，我可以像你上次那樣吹哨子叫塞依達啊。」奧拉斯還在開著玩笑，「好了，你完全不必擔心我，他們不可能找到證據控告我。只是那個小阿萊米……你孩子的父親，他究竟想做什麼？」

「這個我從來沒去考慮過！經歷了那麼多的危險，我又怎麼會怕他。我只是很擔心你。也許我們一起出行是個錯誤，雖然我們不是一起從勒阿弗爾離岸的，但他們會把一些事情聯繫起來。」

「不會的，這幾天，我從來沒到你的包艙去過。」

「是的，我也沒有去你那兒。」

「我們從來沒有晚上在一起過，」奧拉斯盯著芭特莉西亞，「你是不是有些遺憾呢？」

「也許吧……」

芭特莉西亞認真地回答道，然後抬起美麗的眼睛，深情的望著這個她深愛的男人，閉上了雙眼，顫抖著把嘴唇慢慢地向他湊過去。

「我得離開你了，親愛的，可能在十一點左右，船已經快到港口了。」

「也許我再也見不到你了……」芭特莉西亞痛苦地說。

奧拉斯不發一語，緊緊將她擁進懷裡。

清晨的陽光灑滿了船艙，芭特莉西亞正在安靜地收拾著她的行囊，奧拉斯已經不知去向了，鑰匙完好無損的插在鎖孔上，門也是好好的反鎖著的，清涼的海風灌滿了整個船艙。

「他是從舷窗出去的？那怎麼到甲板呢？還是……」

她又開始擔心起來，不過，她仍然像往常一樣出去吃了早飯。飯後，當她準備再走到甲板上去時，有人遞來便條，說小阿萊米先生請求會面。芭特莉西亞想都不想就斷然拒絕了，她的心裡現在只有一個念頭，那就是奧拉斯能否安全脫身。

時間一分一秒的消逝，船已經到達碼頭，到處都是歡呼的人群和明媚的笑臉，但芭特莉西亞拒絕登岸，她決定一直等到奧拉斯有確切消息為止。

芭特莉西亞沒有等太久，下午五點左右，她在新發的報紙上讀到了關於亞森．羅蘋的最新消息。報導上說，亞森．羅蘋在半夜時登上了小阿萊米先生私人遊艇的船舷，並迅速控制了整個船隻，把船上的人關了起來。大約在中午時分，被關的人成功逃脫，並進行反擊，羅蘋寡不敵眾，被迫躍入水中，此後就再也沒有看到他了。儘管所有的人都認為羅蘋已經死了，但法國探長加尼瑪爾卻堅信他還活著。

看完消息後，芭特莉西亞起初還有些擔心，但很快她就打消了悲觀的念頭，因為她了解奧拉斯。

難熬的等待又開始了，一個小時，又一個小時。終於，新的消息傳來了。在《警探報》總經理辦公室裡，警方發現了被綑在椅子上，只穿著背心和短褲的加尼瑪爾探長，還有嘴裡塞著布條的小阿萊米。總經理的加固密碼箱裡丟失了一千五百美元，取而代之的是一封信，一封類似於借條的信，署名「亞森．羅蘋」。他在信中說，自己在「諾曼第號」船上訂了位子，需要付船票錢，所以暫時借用，日後將如數歸還。讓人疑惑不解的是，兩位受害者對經過緘口不言。

一口氣讀完報導，芭特莉西亞不禁大笑起來，現在她的一顆心終於完全放回了肚子裡。

她匆匆上了岸，叫了輛計程車回家了。

走進家門，芭特莉西亞有些不相信自己的眼睛。屋裡整個變了樣，到處是鮮花，還有一桌豐盛的晚餐。在桌子旁邊的一張扶手椅上，正坐著她思念已久的奧拉斯。

芭特莉西亞一下子便撲到了奧拉斯的懷中，兩人緊緊相擁。一陣狂吻之後，芭特莉西亞才漸漸控制住自己的情緒，開始詢問事情的經過。

「你總是能擺脫一切困難。」芭特莉西亞微笑著聳了聳肩。

「謝謝你對我的信任，親愛的，一切事情都辦好了，你的未來不會再有憂鬱。」

「我的未來？」

「是的，我和那個傢伙商談過了，在我堵住他的嘴之前。他發誓娶你，讓你和小羅多爾夫過上好的生活。」奧拉斯平靜的說道。

芭特莉西亞嚇傻了，她全身顫抖地說：「我不要，為什麼？你以為你有權利這樣做嗎？你根本不愛我！放開我！」

「你聽我說，芭特莉西亞，這是為了你，也是為了小羅多爾夫。」

「小羅多爾夫是我的孩子，我不會把他給亨利！」

「不，他是你兒子的父親！他能給小羅多爾夫完整幸福的家庭和崇高的社會地位，而我不能。我只是個江洋大盜，所有的人都覬覦著我和我的財產，我根本不能給你們幸福。」

「……」芭特莉西亞沉默了，奧拉斯的這番話讓她明白，這一段感情到最後仍然是以犧牲自己為結局。

「那……我讓步！不過，有個條件，希望我能再見到你。」

「嗯，我也並不是一個高尚的人，失去你同樣讓我難以忍受。所以，我把舉行婚禮的時間定在了六個月以後，在這之前，我們可以幸福的在生活一起。」

芭特莉西亞的臉上洋溢著幸福的笑容，奧拉斯端起斟滿香檳的酒杯，開心地說：「為我們的幸福乾杯吧！我買下了亨利的遊艇，我們可以乘著它回法國。警方現在對我相當友善，因為他們需要我！對了，加尼瑪爾探長已經答應給我留位子了，我們將親眼看到瑪菲亞諾被送上斷頭臺。」

「乾杯！」芭特莉西亞接過了酒杯，兩個人微笑著將酒一飲而盡。

紅圈 1922

吉姆·巴幀患有家族遺傳的精神疾病，
病發之時，他的手背上便會出現奇怪的紅色圓圈，
猶如惡魔的詛咒，代代相傳。
隨著吉姆與其子的悲劇身亡，
行為舉止如瘋子、如惡魔的紅圈家族就此滅絕，
豈料才剛消失的紅圈，竟又出現在另一個女人的手上。

1 神秘的紅圈

被警察視為犯罪嫌疑人關押起來的吉姆．巴頓，是一個五十歲左右的老人。他臉色蒼白，線條粗獷，總是流露出一種桀驁不馴的表情。和其他的犯人相比，吉姆的情況有些特殊，他的神經不太正常，每次發病之前，在他的手上都會出現一個奇怪的紅色圓圈，隨著紅圈顏色的加深，吉姆．巴頓會喪失所有的理智，做出一些讓人意想不到的事情。

此時，吉姆獨自待在房間裡，他的目光落在柵欄右邊光禿禿的牆上，面對天窗的牆面是新粉刷過的。吉姆打開牆角那個放麵包和水罐的小壁櫥，裡面露出一層白色的石膏。接著，吉姆轉過身，抓起床邊的那張木凳，把它翻了過來。木凳背面有一條裂縫，吉姆伸出一根手指頭從裂縫裡摳出一塊猩紅色的石墨。然後，他重新回到壁櫥前，開始全神貫注地在白色的石膏上畫了起來。

他先畫了一個圈，然後退了一步，專注地看著這個紅圈。突然，他好像痛苦到了極點，猛地關上了壁櫥，走開了。但沒走幾步他就被牆上出現的一個東西嚇住了，那上面竟然有一個紅圈，和他剛才畫在壁櫥裡的那個一模一樣。他趕緊衝過去打開壁櫥，見他畫的那個紅圈仍然在原處。

吉姆愣了片刻，沉思了一下，然後沿著牆邊輕手輕腳地走了過去，一下子壓住了牆上的那個圓圈。稍過了一會兒，他慢慢把手拿開。這一次，他尖叫起來。

壓住的地方沒有圓圈了，但在離他的手大約三十公分處，出現了又一個圓圈。而且，它在光禿禿的牆上跳動著，行蹤不定。

吉姆無法控制地發出一聲聲嚎叫，引來了看守，他透過柵欄鐵條，衝著裡面問道：「怎麼？又不舒服了嗎？」

吉姆本能地往後退著，努力控制住自己，他不想讓看守見到牆上的東西。看到吉姆不再驚叫，看守走開了。

吉姆轉過頭去，見牆上的圓圈消失了，他鬆了口氣。但旋即又有一種更深的恐懼籠罩住他，他明顯地感到那紅圈似乎正在穿透他的衣服，印到他身上。他跳了起來，想甩掉什麼似的跺著腳。牆上重新出現了一個紅圈，稍稍停了一會兒，又突然間消失了。

吉姆長長地吐了口氣，可是，牆上又有了新的變化。有兩個光點如同從牆壁裡冒出來似的，接著又是兩個，彼此之間等距離地拉開。

吉姆機械地數著這些光點，一共十五個。

停了一會兒，牆上又冒出兩個光點。

吉姆死死地盯著牆壁，但過了好長一段時間，也沒有再出現什麼了。

「二……十五……二。」吉姆回憶著剛才出現的三組光點，喃喃自語。他潛意識裡把這幾個數字分別對應到字母表的排列。

於是他得到一個B，一個O，一個B。

這三個字母組合起來，便是一個詞。確切地說，是一個名字：**Bob**。天啊，這**Bob**（鮑勃）恰好是他兒子的名字。

這一意外的事件令吉姆站立不穩，好半天，他才平靜下來。他彷彿悟出了什麼。是的，這應該是個巧合，他畫的紅圈和牆上出現的東西混在一起了。他開始明白那些光點的來歷，以及那個信號代表的意義了。鮑勃一定在附近的某個屋頂上，通過房間天窗的通風口，用一塊小鏡子將陽光反射到牢房裡，告訴吉姆他來了。

吉姆這個房間的天窗總是開著的，外面的通風口又長又窄，以致人們認為沒有必要設置柵欄。從住進這個房間的那天起，吉姆就經常爬到天窗口，呼吸外面的空氣。

在確定看守不在走廊裡後，吉姆爬到天窗口，把頭伸了出去。果然，他看見兒子鮑勃正在院子對面的屋頂上，父子倆間隔三公尺。

鮑勃也看到了父親，他抓起一塊原本就放在石棉瓦上的木板，把它搭在屋頂和天窗的邊緣上。吉姆阻止不了，只好退後一些下到房間裡。不一會兒，鮑勃從天窗口滑下來，站到吉姆面前。

吉姆輕聲說：「別出聲……看守在不遠的地方。」

說著，他把鮑勃推到一個不易看到的地方，怒不可遏地問：「你來這兒幹什麼？說！」

鮑勃猶疑地說：「我想，也許您……您可以逃出去……」

「不，我不想逃！」吉姆憂鬱地回答，「我做過的壞事太多了，我不能再出去害人，我只要你做個真正的男人，一個靠正當職業謀生的男人……而不是那種……半年前，我給你找的那個可靠的工作，你還在幹吧。」

「人家把我辭了，」鮑勃沮喪地說，「不過，我並沒閒著，我在山姆．斯邁林家幹活。」

「什麼？怎麼回事？山姆．斯邁林，那個臭鞋匠……」

「但他是你的朋友啊。」鮑勃對父親的暴怒感到有點不可理解。

「你給我閉嘴，他……他是個壞蛋，一個喪盡天良的傢伙！你……你還為他幹活？喔，我明白了，是他叫你過來的吧。」吉姆簡直要氣瘋了。

「是的。」鮑勃喃喃地說，「是他叫我來的，可這是一件好事啊。他說你們三年前曾幫過一個銀行家，銀行家答應你們以後遇到困難可以去找他。他給了你們一隻手鐲作為證物，如果他不在，他的女兒見了這手鐲就會接待你們。可是，你和山姆在一次爭執中將手鐲打碎了，山姆拿走了半截……事情是這樣的，山姆偶然得知有人要搶劫那位銀行家，而這銀行家現在正在歐洲旅行。所以他想通知銀行家的女兒。

他說只有出示完整的珊瑚手鐲，才能取得銀行家女兒的信任，所以……」

吉姆控制住自己的憤怒，語重心長地對兒子說：「這個老奸巨滑的傢伙……他以為我是傻瓜，會這麼輕易地上當……不錯，他想取得人家的信任，可是一旦進入人家的房間以後，他就會偷東西，就會殺人……而你就會成為他的同夥，他的幫兇！」

「我就知道您會拒絕的。」鮑勃嘀咕了一句。

父子倆陷入了沉寂，吉姆的雙手由於激動而顫抖著，他正想再勸兒子幾句，卻發現鮑勃全身顫慄，嘴唇含糊地翕動著，結結巴巴地說：「啊，紅圈……您手上的……饒了我吧，是山姆逼著我來的。」

吉姆沒有動，他知道紅圈又在自己的手背上出現了。同時，他也知道自己的這個特點為多數人所熟知。在這紅圈驅使他採用各種駭人聽聞的暴力前，他什麼都明白。

可怕的一分鐘過去了，鮑勃已經嚇得走不動了，他手腳發軟，哀求地望著父親手背上那越來越紅的印記，呢喃著：「紅圈！我怕……」

鮑勃的話還沒說完，吉姆的雙手已無情地掐住了他的脖子。黑暗中，吉姆手上的紅圈在閃閃發光，這個不停地在他手背上奔跑的火焰，像條不斷折磨他的蛇，表面上紋絲不動，實際上卻如惡魔般活躍。他感到他的手在兒子的脖子上勒出了最可怕的印記——死亡的紅圈！

「我掐死了自己的兒子！」這個念頭使吉姆突然慌亂起來了，他一下子鬆開了雙手，衝到柵欄前，他似乎聽到了看守巡視房間的腳步聲。

恰在此時，地上的鮑勃呻吟了一聲。他還沒死！吉姆手背上的紅圈越來越清晰，有一種神秘的力量促使他向鮑勃衝去。只見他抓起鮑勃，直接推向開著的天窗。他用兩隻胳膊使勁推了一下，鮑勃消失了。

當看守巡視到這邊來時，看見吉姆倒在地上，抽搐著暗自垂淚。

六月十三日，星期二上午，美國舊金山警察局的法醫馬克斯・拉烏爾博士和他的助手正在辦公室裡忙碌地工作。

在關於犯罪、病態衝動以及犯罪生理和心理疾病等方面的研究中，拉烏爾博士已經達到令人驚羨的程度，更令那些慕名來訪的同行或警探嘖嘖稱奇的是，他並不是他們想象中的那種缺乏活力、老態龍鍾的學究。恰好相反，雖然他已經三十六歲了，但卻依然保持著年輕人的風貌，身材修長，肌肉發達，五官端正，濃密黑髮遮掩著的前額寬闊明亮，閃爍著睿智的神采。不怒自威的雙眼銳利而有鋒芒，臉上總是洋溢著一種不屈不撓，堅定嚴厲的神情。

他的朋友們都說他是最值得信賴、最樂於助人的君子；而他的敵人——因為工作性質注定而使他無法擺脫的作案當事人——則對他怕得要命。

拉烏爾這時正坐在擺滿了各種書籍、工具、文件的大辦公桌前，一邊認真地翻閱一份摘要，一邊對助手艾伊小姐說：「這樣寫，『當事人的責任因其遺傳性的遲鈍而大為減輕……』」

說到這裡，拉烏爾停住了。艾伊小姐也只好停下筆，望著上司，等著他的下文。

拉烏爾持續沉默著，外面大街上的一聲汽車喇叭讓他回過神來，他似乎意識到應該儘快結束工作，於是站起身來，慢慢地從房間的這頭走到那頭。

「剛才我們說到什麼地方了，艾伊小姐？」他問。

艾伊把拉烏爾剛才沒說完的話重複了一遍。

拉烏爾點燃一根香菸，緩慢而清晰地繼續著他的口述。

時鐘剛敲過十一點，通向秘書辦公室的門被推開了。

一名職員走了進來，遞給拉烏爾一封信，他立即將其拆開。

看信時，他的臉上流露出一種極感興趣的表情，自言自語地說了句：「這幾天又有事可做了，而且是一件值得幹的活兒。」接著，他抬起頭對助手說：「艾伊小姐，下午我可能不回這裡了，也許明天也不回來。喔，對了，請你叫人到局裡把吉姆．巴頓的檔案調過來。」

「吉姆．巴頓？他是個罪犯嗎？」艾伊邊記錄邊問。

拉烏爾把剛收到的信遞給她說：「自己看吧。」

艾伊看到信上寫著：

致法醫拉烏爾先生

親愛的拉烏爾：

據醫院主治醫生的報告，被我們關在精神病院那位大名鼎鼎的吉姆．巴頓即將獲釋。

現將此事通知您，希望您能積極的繼續對他進行監視。

警察局長 魯道夫．艾倫

「精神病院？吉姆．巴頓是瘋子嗎？」艾伊問。

「這很難解釋。正確說來，他不能算是真正的瘋子，只是間歇性地發作。他的身體會不定期地產生一種無法自我控制的衝動，這種衝動驅使他去做出一些壞事。但清醒後，又會為自己的行為感到後悔。他有可能犯下過很多的罪行，而且犯罪的手法總是極其大膽而又十分靈活。他用魔鬼般的靈巧把自己掩護得很密實，加上他又是個病人，警方對他毫無辦法。我觀察他很久了，他的行為大部分是受到遺傳性惡運控制的，他的身上帶有命運的標記。」

「命運的標記？」艾伊小姐一臉驚奇地望著拉烏爾博士。

「是的，這就是吉姆．巴頓的特徵，他往往在那紅圈的驅使下做一切的壞事。」

「紅圈？拉烏爾先生，您能說明白一點嗎？到底什麼是紅圈？」艾伊越來越好奇了，「是不是無政府主義者組成的那類小圈子？」她自以為是地補充道。

拉烏爾搖搖頭說：「不是，所謂的紅圈，是一種神秘而讓人吃驚的生理現象。每當吉姆產生犯罪衝動時，他的右手上便會出現一個標記。先是不太明顯的粉紅色印子，很快顏色會加深，形成一個猩紅、不規則的圓圈形烙印，如同一個血環。」

「拉烏爾先生，這個圈是怎麼形成的？或者說是從什麼地方被傳染來的？」艾伊小姐的聲音有點發抖，似乎被嚇住了。

「我也解釋不清楚，但有一點我注意到了，對一般人來說，情緒激動時，臉會發紅，可是吉姆則不同，他的臉從不發紅，而他的手上卻會出現這異樣的紅圈……喔，你問得太多了，艾伊小姐。」

拉烏爾不再往下說了，他點燃一支菸，很深沉地看著從自己嘴裡吐出的一個個煙圈。停了很長一段時間，他又開始對艾伊說：「在吉姆的生活圈子裡，他的這個生理特性是人盡皆知的，甚至在他的周圍形成了帶有某種迷信的恐懼。大家都稱他為『紅圈吉姆』。據說他這種烙印在他們家族是世襲的，他還有一個兒子，是法國人稱之為小阿帕契[1]的那類典型。大概二十來歲，喜歡在酒吧消磨時間，也喜歡偷他能偷到的東西。不過到目前為止，還沒有聽人說過他的手上是否有紅圈。」

說到此處，拉烏爾看了看錶，站起身來，說道：「艾伊小姐，你現在知道的情況已經跟我差不多了。快十二點了，吉姆即將被釋放，我得趕快到他出獄的地方去等他，以便完成艾倫局長的囑託。」

拉烏爾戴上帽子，從抽屜裡取出一支手槍，連同一副鋼製手銬一起放進了口袋裡。

❶ 阿帕契（Apache），美國德克薩斯州的原住民。

「我得趕在這傢伙前面！」他一邊喃喃低語，一邊邁出辦公室。

2 紅圈家族的絕跡

儘管春光和煦，被鐵條和柵欄圍住的監獄仍然顯得陰森而恐怖。

正午時分，一輛豪華轎車沿著林蔭大道駛過來，停在監獄的大門口。

車門開了，從車上下來一個漂亮姑娘和一位上了年紀的夫人。那個姑娘有一頭金色的捲髮，皮膚光滑白皙，穿著一條鑲著白色寬邊、帶黑條紋的絲絨連衣裙，看上去高挑頎長。頸上圍著一條潔白的狐皮毛領，呈V字形的領口露出她嬌嫩的脖子。她的臉蛋俊俏，嘴唇鮮潤，略帶沉思狀的大眼時而嚴肅如淑女，時而狡黠如頑童。漂亮的白色無邊女帽下，蓬鬆的褐髮半遮著她的前額。總之，她的全身上下是那麼和諧、那麼誘人。那位上了年紀的夫人五十來歲，相貌平靜溫和，頭髮幾乎全白了。

姑娘按響了柵欄上的門鈴，一個看守出來了。他似乎認識她們，一邊打招呼，一邊拉開了門說：「特拉維斯夫人，芙洛倫絲小姐，你們好！米勒先生正在等您們，請進吧。」

在看守的帶領下，她們來到了監獄長辦公室。監獄長米勒先生是一個沉著、憂鬱的人，但是沒有人會對芙洛倫絲的美貌無動於衷。看到她，總會讓人忘記很多不愉快的事。

米勒先生微笑著請兩位女士坐下，親切地說：「芙洛倫絲小姐，您好，您又來幫助那些失足的人了。可是，他們太讓您失望了。您會洩氣嗎？」

「不，當然不會。是的，雖然有些令人失望，但成功了的畢竟還是要多一些。在我們的幫助下，那些人出獄後，都走上了正路。扶助這些人，是我們的一種義務，一種責任。」

「當然，當然。」米勒先生說，「不過，今天將釋放的吉姆．巴頓……要是你們能將他帶上正路，我會感到無比驚訝……我這就讓人帶他來！」

米勒先生說著按了按鈴，進來一個看守。

「去把吉姆．巴頓帶到這兒來。」米勒吩咐道。

很快，吉姆就隨著看守進來了。他一言不發，看不出有什麼驚訝或喜悅的表情。

「你自由了，吉姆！這裡有兩位女士很關心你，她們想為你提供幫助。」米勒說。

「我不需要什麼關心。」吉姆冷冷地說，然後準備離開。

芙洛倫絲站起身，走上前去，握著他的手，關切地問：「不，請您不要急著走，我們是真心想幫助您，您會成為一個幸福的人……」

吉姆一語不發，粗暴地推開芙洛倫絲，臉色陰沉地朝門口走去。

米勒笑著說：「小姐，您看，又讓您失望了。」

「不，沒有，」芙洛倫絲打斷了監獄長的話，「我要追上他，再試一試。」

芙洛倫絲追了出去，攔住吉姆，微笑著，以極其溫柔的語氣說：「很抱歉，剛才讓您生氣了。我想這個您可能用得著，算是我借給您的。」

說著，她從手提包裡抽出一小卷鈔票。

吉姆眼裡燃起怒火，他一把抓過鈔票，將它們揉皺後扔到地上。他的面頰急劇抽搐，高聲大吼起來：「你們為什麼不讓我一個人安靜一會兒！」

吉姆的樣子在一瞬間變得恐怖起來，看守唯恐他傷害到芙洛倫絲小姐，攔腰把他抱住，使勁往後拖。

吉姆狂嘯一聲，反轉身掐住了看守的脖子，看守被迫把手鬆開了。

吉姆正要繼續衝向柔弱的芙洛倫絲小姐，一隻強勁有力的手抓住了他的胳膊，一把槍管也頂在他的額頭上。是馬克斯·拉烏爾博士，他及時趕到了。

「舉起手來！」拉烏爾命令道。

吉姆很不情願地舉起手，仍然像一頭被俘獲的野獸般嗥叫著。

拉烏爾從身上摸出一付手銬扔給看守，命令道：「給他戴上。」

芙洛倫絲從剛才驚險的場面中清醒過來，她求拉烏爾放了吉姆。拉烏爾被姑娘的美貌和善良打動了，於是改變主意。

「你走吧，」拉烏爾對吉姆說，「不過，你應該向這位仁慈大度的小姐道歉。」

吉姆·巴頓臉色憂鬱，他一句話也沒有說，步履沉重地走了。

「芙洛倫絲，我的孩子，你沒事吧？」特拉維斯夫人趕過來，焦急不安地詢問。

「沒事。媽媽。多虧了這位警察先生，我才安然無恙。」

面對如此美貌的女孩向自己致謝，拉烏爾有點侷促不安，手足無措，他笑著說：「沒什麼，小姐，這是我應該做的。我不是警察，而是醫生，馬克斯．拉烏爾醫生……我的工作是制服瘋子。」

「您的意思是說那位吉姆先生的精神……天啊，我都做了些什麼！」芙洛倫絲驚呼了一聲。

「不，不用自責，他是個瘋子，但又不是單純的精神錯亂。他是個危險人物，我一直在研究他。」

「喔，要是……」芙洛倫絲說，「要是您願意耽誤點兒時間，跟我談談您的研究和您的工作，我將感到無比榮幸。」

特拉維斯夫人也發出了誠摯的邀請，於是馬克斯·拉烏爾答應屆時將去拜訪兩位女士。

芙洛倫絲和她母親登上汽車，拉烏爾恭敬地目送著，直到它在遠處消失。隨後，他趕緊朝吉姆離去的方向走去。

在回家的路上，為使特拉維斯夫人放心和平靜下來，芙洛倫絲儘量表現得比平時更活潑、更愉快。但不知什麼原因，特拉維斯夫人的臉上仍不時掠過一絲絲愁雲。

汽車在一個裝飾的富麗堂皇的花園柵欄門邊停下來。這裡便是兩位女士的府邸——「白色城堡」。下車後，特拉維斯夫人逕自回屋裡去了，而芙洛倫絲則向花園深處走去。

芙洛倫斯的奶媽瑪麗看見小姐回來，趕緊上來問好。瑪麗既是白色城堡的管家，又是芙洛倫絲忠實的朋友。與小姐交談了幾句後，瑪麗察覺到她心不在焉，便善解人意地離開了。

芙洛倫絲來到一個大水池旁，在一張柳條編成的長椅上坐了下來。這時，她的臉明顯變得憂鬱起來。突然，一陣疼痛襲上心頭，她不由得把手緊緊按在胸口上。

「芙洛倫絲，我的寶貝，你不舒服嗎？」在她耳畔響起一個擔心的聲音，原來是瑪麗。她一直跟在芙洛倫絲身後不遠處，「你怎麼了？看得出，你今天和平時不太一樣。有什麼事嗎？」

「我不知道，瑪麗，總是有一種不好的預感，一種可能在我身上發生什麼事的預感縈繞在我心裡。」芙洛倫絲說著哆嗦了一下，不安地瞧了瞧四周。

瑪麗親切地緊緊抱住渾身發抖的小姐，又說了許多溫柔的話想讓她平靜下來。可是，她的聲音裡也漸漸透出不安。

鮑勃是一個皮膚灰白、二十出頭的年輕人，衣著隨便，步伐軟弱無力，言語乏味。他本能地害怕一切正經的工作，卻有把偷東西的癖好。並且，他做這一行早已經駕輕就熟，很少跌跤。平常他很喜歡把他那頂鴨舌帽壓得低低的，既讓別人看不見他的眼光，又顯出幾分不可捉摸。

這天，鮑勃如往常一樣在街上無聊地晃悠著。近來，他似乎特別倒楣。上午，因為積欠房錢，他被掃地出門了。隨後，他向朋友借錢又空手而返。至於在他曾為之服務的山姆．斯邁林那裡，自從上次潛進牢裡取手鐲失敗後，山姆就再也不肯收容他了。現在的他衣食無著，昔日還前呼後擁的狐朋狗友們一個個都像避瘟神般躲著他。

鮑勃漫無目的地閒逛著，不知不覺地走進了一個廣場，那裡正在舉行一場體育比賽，很多人在觀戰。鮑勃擠了進去，忽然他的眼睛一亮，一個圍觀的外地人正神情專注地看著比賽，胸前口袋處吊著一根漂亮的錶鏈，錶鏈上繫著一個很有分量的金質紀念章。

鮑勃潛伏過去，緊貼在那人身後，裝作沒事一般，用眼角的餘光審視著站在他身旁的人，而他的手則慢慢地向錶鏈伸去。

鮑勃本以為自己的動作神不知，鬼不覺，沒想到這一切都沒逃過另一個人的眼睛，這個人就是剛獲釋的吉姆。

吉姆離開監獄後來到廣場已經好一會兒了，他一直以一種說不出的心情打量著周圍激動的人群。煞那間，他看到了猥瑣的鮑勃。是鮑勃，他的兒子！這小子居然死裡逃生，沒被摔死。吉姆心裡一陣興奮，他剛想上前喚住兒子，卻見鮑勃鬼鬼祟祟的，於是他悄悄地跟了過去。

此時的鮑勃已經巧妙地抓住了那人的錶鏈，心中一陣竊喜，他本能地回頭張望，卻瞥見了自己的父親。突然的驚嚇使他不小心觸碰到被偷者的身體。

那人被他這麼一碰，便意識到遭人扒竊了，大吼起來：「抓小偷啊！」

一旁的吉姆一把揪住鮑勃的領子，將他推出人群，又拖著他跑了起來。廣場裡的人群一片嘈雜，一直跟蹤著吉姆的拉烏爾也迅速趕到了現場，正好看到逃跑的吉姆和他的兒子。

兩名警察在拉烏爾的指點下，向逃跑者的方向追去。

吉姆拖著鮑勃往前拼命地跑，那小無賴氣喘吁吁累得半死。眼看警察就要追上他們了，吉姆忽地轉進一個小巷子，在一個柵欄處，扯開一個洞口，兩人鑽進去躲了起來，並從裡面把洞口重新封好。

他們狡猾地逃脫了警察的搜捕，可是，這一切卻被一個衣衫襤褸的孩子看在眼裡。

拉烏爾在廣場一帶搜索了老半天，也不見吉姆父子的身影，他垂頭喪氣地往回走。

「拉烏爾先生！」一個小孩高聲叫住了他，正是剛才那個目睹了一切的孩子。

「還認識我嗎，拉烏爾先生？我是約翰尼，您照顧過我患精神病的嬸嬸。想起來了嗎？太好了！我想告訴您一個秘密，您瞧，空地那邊，那個柵欄，只要拉開柵欄角，它會自動打開的，那裡面有兩個人。」

拉烏爾興奮異常，他隨著孩子來到那塊空地。從外面看，真是一點也看不出來，多麼隱蔽的一個藏身之地啊。拉烏爾沒有急於動手，他想了想，抽出一張名片，草草寫了幾個字，讓孩子跑步去找警察，將名片交給他們。

在鄰近廣場的拐角，孩子發現了兩個正在交談的警察。他把名片交給他們，那警察拿起名片，唸道：「法醫馬克斯．拉烏爾，請跟這孩子走，我需要幫助。」

「快，夥計，可能有線索了。」

這兩位正是剛才追捕吉姆父子的警察，他們沒有再多問，便跟著小孩朝指定的方向跑去。

他們趕到小巷的柵欄處，卻沒有看見拉烏爾的人影。孩子指了指洞口的活門，兩位警察想，可能是法醫等不及一個人先下去了，於是他們慌慌張張地闖了進去。

再說吉姆把活門翻板蓋上後，逼著鮑勃往下走。經過一間地窖，推開另一道活門，父子二人來到一間又小又破的房間。

吉姆狠狠地教訓著鮑勃：「你真是個敗類，你看你幹的好事。我教過你這樣做嗎？像你這樣的人活著還有什麼意思！」

鮑勃驚駭不已，哪裡還敢說話。吉姆推著兒子來到毗鄰的一間房間，這個房間更窄，裡面有一張小鐵床。吉姆一下把鮑勃推到床上，掄起了拳頭。他的手上再次出現那個紅色的圓圈，猩紅的程度反映出他那按捺不住的狂怒。

為了抵禦將要揮過來的拳頭，鮑勃用手臂擋著自己的臉。吉姆表情痛苦地站在那裡，他在拼命地克制自己。終於，他平靜了，放下了拳頭，沒有動鮑勃一下。

吉姆回到第一間房間，雙手抱著腦袋蹲了下來。

鮑勃鬆了一口氣，長距離的奔跑令他疲憊不堪，他伸了一下腰，躺到那張鐵床上，沉沉地睡去。

吉姆陷入了沉思，剛才責備兒子的那句話一直迴蕩在他的心裡。

「是啊，活著還有什麼意思呢？我們還有活下去的權利嗎？我們對社會做了什麼呢？我們還有理由活下去嗎？我們沒有權利活下去了！」吉姆在心底高喊，像是下了決心般，猛然站了起來，低聲呢喃著：「我和他，是最後兩個了……我們死了，這個受到詛咒的家族便在地球上消失了，紅圈也不能再作惡了。我們還是死了的好。」

吉姆臉色蒼白，腳步踉蹌地走到兒子床前，看著他那張過早憔悴的臉良久。他猶豫了。

「我們真的該死嗎？」他在心裡反復問自己。

「是的，該死！死了好！」他終於下定決心。

他伸手擰開了煤氣的閥門。然後，輕輕關上房門，重新回到隔壁的房間。

「他會不知不覺地死去，我不想讓他痛苦。」吉姆神情慌亂，「他是我兒子，他肯定也會受紅圈的控制。唉，死了吧，都死了吧。」

忽然，地面傳來一陣響動，吉姆驚得一抖。原來是地板的活門被開啟了，接著一把槍伸了出來，隨後是拿槍的手。

吉姆彎下腰來，躡手躡腳地向前走一步，猛地牢牢抓住那把槍和手。吉姆顯然佔據了上風，他一把奪過手槍，又將那只手的主人拉出了活門。

又是拉烏爾，三次把我關進瘋人院的那個可惡的醫生。憤怒令吉姆的臉不住的抽搐，他舉起槍，對準拉烏爾的胸膛。

「別動，不然……」吉姆說著揚起右手，那塊血紅的、世襲的烙印赫然在目，他說，「你看見了嗎？這是標記！這是巴頓家族每個成員都有的標記，這個家族的成員都是有毛病的人，不是罪犯，就是瘋子。」

拉烏爾一直盯著吉姆的每一個動作。

「不過這一切該結束了，這個標記該消失了。我們這個受詛咒的家族也早該滅絕了。就剩下我們兩個了，我和我兒子⋯你聽到隔壁的喘息聲了嗎？煤氣管早打開了……現在該我去死了，感謝你提供我武器。不過，你要跟我一起走……」

拉烏爾從吉姆．巴頓那急劇抽搐的臉部看出，他真的會開槍。說時遲那時快，拉烏爾猛地撲出去，抓住手槍，兩人滾在一起。槍響了，但卻沒有傷到人。拉烏爾終於壓住了吉姆的手，控制住手槍的扳機，清脆的槍聲在小小的房間裡久久地迴蕩。

兩名警察終於趕到了，吉姆推開精疲力竭的拉烏爾，向新的對手撲去。他根本就不想逃跑，一心只盼著結束生命。所以，他緊緊抓住一名警察的手槍，讓槍口對著自己的胸膛。

他成功了，警察情急之下無法控制局面，槍聲響起，吉姆倒了下去。

警察進來時，拉烏爾無力地癱在那兒，然而一股濃烈的煤氣味讓他驚跳起來，他衝進隔壁，關上煤氣閥，但為時已晚，鮑勃已經氣絕身亡了。

拉烏爾無奈地站起身來，看了看父子倆的屍體，他大聲說：「兩個人都死了，他們是帶有紅圈的最後兩個人了。也就是說，這個注定帶來厄運的標記將不復存在了……」

3 紅圈再現

吉姆．巴頓和他兒子的悲劇性結局在人們心目中留下了極其深刻的印象，拉烏爾在此事件中表現出來的敏銳和勇氣則給他帶來極好的聲譽。接下來的日子裡，他便被無休無止的報告和陳述弄得疲憊不堪。

「我該輕鬆一下了。」他想，於是決定信守諾言，找個時間去拜訪芙洛倫絲和她的母親特拉維斯夫人。

在巴頓父子死後幾天的一個下午，拉烏爾博士信步朝芙洛倫絲小姐的住處「白色城堡」走去。路過廣場時，他被一隻女性的手深深地吸引住了，這應該是一隻屬於漂亮女人的手，纖細、嬌嫩，它漫不經心地搭在一輛小轎車的車窗邊緣。

拉烏爾正想細看時，汽車開動了，他情不自禁驚叫了一聲，在那只白皙的手上，出現了一個標記，開始不明顯，只是一個圓形的烙印，很快地顏色逐漸加深，形成一個血紅色的圓環——正是吉姆手上的那種紅圈。

天啊！才消失的紅圈又複出了。

拉烏爾迅速地衝到馬路上，但那車已經開遠了，他只看見車尾的牌號。回到人行道上，拉烏爾急忙抽出名片，用顫抖的手作了個簡短的記錄：「No 126694，紅圈。」

由於這一突發事件，拉烏爾取消了「白色城堡」之行，馬不停蹄地趕往警察局。局長魯道夫・艾倫熱情地接待他，他們是長期合作的老朋友了。

「你好，拉烏爾，終於想到來看我了。」局長開了個玩笑，但看見拉烏爾凝重的臉色，他趕緊示意其他便衣警察出去。

「又出什麼事了嗎？」

「記得紅圈嗎？」拉烏爾單刀直入地問。

「記得，可是吉姆和他兒子死後，這案子便結束了。」艾倫漫不經心地回答。

「不，案子又重新開始了。我再次發現了紅圈，它出現在一個女人的手上。」

拉烏爾遞上那張記有車牌號的名片，講述了幾分鐘前他所見到的一切。

正在這時，一陣突如其來的喧鬧聲打斷了他們的談話。

「讓我進去，我是卡爾・鮑曼！」

門被推開了，鮑曼錢莊的老闆卡爾・鮑曼闖了進來，後面跟著他的出納員兼勤雜工拉金。

「盜竊！行兇！」鮑曼大吼大叫著，他的情緒很激動，甚至忘了跟艾倫和拉烏爾打招呼，「我遭竊了，我的文件，汽車，還有我的全部貸款借據，全部！」

艾倫和拉烏爾對視了一下，他們太了解這個放高利貸的人了，看得出，憤怒和貪婪的折磨掐住了他的喉嚨。

艾倫說：「喔，先生，這麼說，您是一件盜竊案的受害者，是吧？能否請您把事件經過講詳細點？」

「好的。」鮑曼開始平靜下來，他厲聲喝斥職員拉金，叫他把所有的事敘述一遍。

精神近乎崩潰的拉金則講述了作案人進入辦公室的情形。他說：「今天上午，一個身穿黑色長大衣，戴著厚厚的面紗，根本看不清容貌的女人來到錢莊，邁著非常輕鬆的步伐，從我前面走進了會客室。她說她是鮑曼先生的老朋友，是鮑曼先生叫她在他的辦公室等他的。我搞不清是真是假，又看慣了鮑曼先生各種神秘的工作方式，怕鮑曼先生怪罪於我，就讓她進了辦公室。鮑曼先生回來後，我本想向他解釋，可是他叫我馬上送一份卷宗到法院去，我沒來得及開口。」

拉金顫抖著講到這裡，害怕地瞅了一下鮑曼先生，低下頭不說話了。局長和拉烏爾提了幾個問題，他們只對案件本身感興趣。

看到拉金縮頭縮尾的樣子，鮑曼就氣不過來。他氣咻咻地說：「我一進辦公室就開始工作了，推開牆邊帷幔下的暗門，那裡有一個沒有窗戶的小房間，裡面放著我的各種卷宗。我把貸款借據放到辦公室的桌子上，又回到小房間裡查閱文件。突然，暗門被關上了。小屋空氣不流通，我警覺過來時已經遲了，那人一定是趁我進辦公室前就躲在哪個地方了，對，應該是帷幔那裡。這人肯定就是拉金所說的那個蒙面女郎。我的呼吸變得越來越困難，大聲地呼救。過了好半天，門開了，是我的職員們救了我，」他望了望出納員，「我都快昏死過去了，等我清醒過來，看到辦公桌上的借據卷宗不見了。我的天，我怎麼催還我借出去的那些款子？我只好向您們求助了。還有，我停在錢莊旁邊的汽車也不見了。」

「車號是多少？」拉烏爾問。

「一二六六九四號。」

「您說什麼？」拉烏爾大吃一驚。

「我說我的車號是一二六六九四。」

拉烏爾遞過那張記有車號的名片，說：「你可以再核對一下嗎？」

鮑曼接過名片，為了看得更清楚些，他向窗子那邊走去。鮑曼還沒有來得及看名片上的內容，就猛地跳起來，大聲喊叫：「快，我的車在那兒，快！它開過去了！」

大家都擁到窗前，拉烏爾也認出了那輛車，幾個人馬上向樓梯奔去。

局長的車就停在樓下，他們坐上汽車，緊隨著那輛車號為一二六六九四的灰色頂篷、洋綠色車身的汽車。在兩輛汽車中間，還有一輛奉命追趕的摩托車。

眼看距離越來越近，灰色頂篷車突然加速開上了一條大道，這條大道延伸到城市的另一端，連接著一個供公眾散步的大公園。

那車在大道的盡頭處拐了個彎就不見了，拉烏爾催促司機加速。

「在拐彎處我們會再看見它的。」艾倫冷靜地說。

果然，到拐彎處時，發現那輛車在百米外的地方停著。

拉烏爾和艾倫商量了一下，然後握著手槍跑下車，悄無聲息地靠近灰色頂篷車，各自朝著一扇汽車車門衝去。

車內除了懶洋洋的司機以外，什麼也沒有。鮑曼氣急敗壞地說：「威爾遜，你這是幹什麼？」

被稱為威爾遜的汽車司機從口袋裡摸出一張名片，很不滿意地回答：「不是您讓我送那位小姐的嗎？」

鮑曼接過那張名片，拉烏爾和艾倫都看到了，上面寫著：「請送這位小姐到她想去的地方。卡爾·鮑曼。」

「我真是搞不懂，那個蒙著黑紗的女郎給了我這張名片，因為老闆經常把車借給客戶，我也就見怪不怪。她請我在城裡轉了一圈，然後在這裡停下，便下車朝公園那邊去了。」

艾倫和拉烏爾面面相覷，然後分頭向公園裡奔去，把鮑曼遠遠拋在後面。

拉烏爾在公園裡努力地搜索著，卻沒有任何發現。

突然小徑上傳來一陣細微的腳步聲，拉烏爾轉過頭來，看到一位年輕的姑娘正向這邊走來。細看之下，拉烏爾不由驚訝地叫出聲來：「芙洛倫絲小姐，是您……」

拉烏爾沒想到在這個特殊的時刻會突然遇到美麗動人的芙洛倫絲，她穿著一身白色洋裝，儀態萬千地站在那裡。

「您……喔，拉烏爾醫生，您好！」

芙洛倫絲也認出了拉烏爾博士，熱情地向他伸出了手。拉烏爾的職業本能讓他在握手的時候也沒忘記對這雙屬於美麗女孩的手投以審視的一瞥。什麼都沒有，那手異常的光潔。

有點愧疚的拉烏爾抬起雙眼，望著姑娘可愛的笑臉。

相互客套了幾句後，芙洛倫絲柔聲地提醒拉烏爾：「我和母親一直期盼您能賞光到『白色城堡』一遊，如果您方便，請一定要來。再見！」

她走遠了，臉上仍掛著微笑。

拉烏爾和同伴們一直搜到天黑，仍然一無所獲。鮑曼餘怒未消，嘟嘟囔囔地駕車回錢莊去了。

與此同時，白色城堡內，特拉維斯夫人和瑪麗正在為芙洛倫絲離家太久而極其憂慮。

兩個女人正在不安地等待著，這時，僕人進來稟報：「夫人，小姐回來了。」

芙洛倫絲走了進來，見到她，特拉維斯夫人的煩惱消失殆盡，她溫柔地擁抱著女兒。瑪麗的臉上也露出微笑，城堡裡立即恢復了歡快的氣氛。

芙洛倫絲察覺到了母親和瑪麗的擔心，她笑著向她們解釋道：「我在公園裡散步耽誤了時間，所以……不過，你們放心吧，什麼事都沒有。對了，我還碰到了拉烏爾先生。現在，我想上樓換件衣服。可以嗎，兩位尊敬的女士？」

芙洛倫絲回到樓上的房間裡，她鎮靜地從大衣襯層的一個口袋裡拿出一摞文件，挑了一張，仔細地審視起來。

六月十九日，我將付給卡爾·鮑曼先生十美元，作為本人向他所借的一百美元的分期償還，加上周利率百分之十，總計應付：二十美元。

約翰·彼德森，六月十二日

芙洛倫絲輕輕笑了笑，事情的發展已在她的控制之中。她摘下無邊女帽，開始在鏡子前梳頭髮。梳妝完畢，芙洛倫絲走進書房，坐在桌旁，拿起鉛筆草擬了一封信，然後又用打字機打出許多複本。正當她全神貫注地工作時，瑪麗走了進來。芙洛倫絲有些不快，但她還是很客氣地對瑪麗說：「我暫時不需要您，親愛的，我有一大堆事要辦！讓我一個人待一會兒，好嗎？」

瑪麗有些吃驚，確切的說，在她心裡有更多的擔心。今天的芙洛倫絲顯得有點不尋常，她很想和她好好談談。但是她的語氣讓她很為難，只好退了出去。

回到前廳，瑪麗仍然不安地琢磨著。突然，桌上的一張報紙映入她的眼簾，醒目的標題引起她的注意。瑪麗趕緊拿起報紙認真讀起來：

〈外號紅圈吉姆的有名的精神病人　巴頓殺其親子後開槍自斃〉

深入研究過巴頓家族情況的法醫拉烏爾應本報要求並授權本報公開其觀點。拉烏爾先生認為，吉姆家族可能還有後人，為防止對社會造成危害，必須將這個可怕家族的後代予以分別關押，使之完全孤立；倘若有發現該家族還存於世的後人……

正看到這裡，樓梯上傳來芙洛倫絲的腳步聲。瑪麗心中一驚，急忙把報紙藏了起來，自己則閃身躲到了花瓶後面。

芙洛倫絲手裡拿著一大包信件，看樣子是準備出門。出於對小姐的關心，瑪麗決定跟著她。

芙洛倫絲穿過花園，走到鄰近一條街的角落處，那兒有一個郵筒，她把信件全塞了進去，然後轉身回家。

瑪麗踮起腳，輕輕地走上樓，在芙洛倫絲的房門前站住。她猶豫了一下，終於彎下腰，透過鎖孔，窺視著屋內的情況。

芙洛倫絲坐在大壁爐前的一把扶手椅上，將一大摞紙一張一張地揉成團，用火柴點燃後扔進爐子，燃燒的火焰映著她那帶著滿足微笑的臉。

第二天一早，芙洛倫絲一出門，瑪麗就匆匆忙忙地跑進她的房間。在壁爐裡她發現了一張沒有燒盡的殘紙片，上面可辨認出這樣一些字：

六月十九日，……卡爾．鮑曼……十美元……本人借款一百美……分期償……周利率……應付貳……

約……德森

瑪麗有些失望又有些驚奇，她想了想，覺得這張紙片似乎沒有什麼價值，和芙洛倫絲沾不上邊。於是，她將它扔進了爐子裡。

白色城堡寬敞的前廳大門正對著清新、芳香的花園，芙洛倫絲和她母親並肩而坐，親密地聊著天。特拉維斯夫人順手拿起一份當天的報紙，她突然發出一聲驚呼：「天啦，芙洛西，快看，這條新聞太離奇了！」

芙洛倫絲接過報紙，饒富興味地唸了起來：「《黑面紗女盜》著名商人卡爾．鮑曼新近遭竊。行竊者初步斷定是一女子，作案方式大膽神秘，蒙黑色面紗潛入鮑曼錢莊，盜走貸款借據一摞。而後，運用高超計謀，竊走受害人車輛潛逃。雖然警察局長魯道夫．艾倫親自率部誓言要偵破此案，但行竊者如今仍然渺無蹤影。」

「的確，真是太奇怪了。」芙洛倫絲放下報紙若無其事地說。

特拉維斯夫人繼續不解地念叨著，而一直在旁邊注意聽著的瑪麗卻悄悄地上樓去了。她來到芙洛倫絲的房間，從壁爐裡重新撿起那張她剛才認為無用而扔掉的紙片，認真地看了一遍，然後把它藏在身上。隨後，她回到自己的房間，換了一件衣服，從後門出去了。在門口，她攔住一輛馬車，對車夫說：「到鮑曼錢莊。」

自從鮑曼錢莊被劫事件在報上披露後，鮑曼再一次受到沉重的打擊。陸續有以前的債務人求見，候見室裡站滿了人。

首先進來的是一個二十七、八歲的男子，叫喬．布朗，他一見到鮑曼就中氣十足地喊道：「您好，鮑曼！」

鮑曼先生從來沒有遇到過借款者敢如此威風地和他講話。

「你沒有喝酒吧，布朗？竟然……」

「在此之前沒有，」布朗打斷了他的話，「但從你這個鬼地方離開後，我會去暢飲一杯的。」

「什麼？你……」鮑曼氣得話都說不出了。

「好了，不要激動，先看看這玩意兒吧，郵局剛剛寄來的。」布朗說著遞上一封信。

鮑曼一把抓過信。

喬·布朗先生：

您和卡爾·鮑曼簽署的高利息借據已完全銷毀。您不再欠他任何款項了。

被迫害者的朋友

「這是謊言！這不是真的！」鮑曼臉色鐵青，語不成聲。

「得了吧，鮑曼，您的借據被盜一事報紙都登出來了。再說您借給我八十美元，我已還了您一百二十五美元了，您早該知足了。請允許我很榮幸地跟您說，你是個老混蛋。」

鮑曼氣得快昏死過去了。

進來的人越來越多，手裡都拿著一封信，想必是那女竊賊給每個借款者都寫了一封信吧。鮑曼先生失去理智了：「都給我滾出去！拉金，把他們都轟出去！」

所有的債務人都興高采烈地離去了。

4 吉姆・巴頓真正的後裔

由於鮑曼先生的情緒過於激動，趕去錢莊的瑪麗也不得不跟著其他人一起，離開了錢莊。回到「白色城堡」後，她逕自走進芙洛倫絲的臥室，一言不發，把那張殘存的借據遞給芙洛倫絲。

芙洛倫絲愣愣地望著瑪麗。

瑪麗說：「我剛從鮑曼錢莊回來……芙洛西，我的孩子，你為什麼要那樣做呢？知道嗎？你偷了東西，而且還差點殺了人。」

芙洛倫絲搖了搖頭說：「我自己也弄不明白……我原來沒有想去拿借據，那是一個多麼危險的想法啊。可是那天，有一種異常的意志緊緊地纏住我，促使我採取行動，居然一下子就成功了。」她頓了頓又說，「出來時我又用了他的汽車，甩掉警察的跟蹤。在公園我下了車，碰到拉烏爾博士，他看了看我的手。」

「你的手？你的手上有什麼？」瑪麗激動地直起身來，尖叫著。

「有……有個印記，不過，它現在並不在那兒。」芙洛倫絲一邊說著，一邊有氣無力地抬起了手，她猛地喊叫起來，「天啊，您看，那東西又來了，在我右手手背上！看，它是慢慢出現的，顏色會不斷加深，最後會變成血紅色的圓形標記……」

瑪麗渾身感到毛骨悚然，面無血色，她喃喃地說：「喔，紅圈。這可怕的世襲，老天保佑！」

「這到底是什麼，它第一次出現，是在我去監獄見過那個現在已經自殺的人之後……後來又出現過幾次……瑪麗，您一定知道這是什麼，快告訴我吧。」

瑪麗否定地搖了搖頭，站起身來，頹廢地走了出去。

離開芙洛倫絲後，瑪麗躲進了花園裡。

「紅圈，她手上的紅圈！」她極為小聲地對自己說，內心充滿了絕望和沮喪，「怎麼會沒有呢？她怎麼能逃脫這世襲的厄運呢？而我，又該怎麼辦？對這個可憐的孩子，我該怎麼做？應該告訴她嗎？」

瑪麗坐在噴泉旁的柳條椅上陷入了沉思，心亂如麻。

芙洛倫絲不知什麼時候來到瑪麗的身旁，溫柔地抱住她的脖子，柔聲地哀求：「瑪麗，您肯定知道一切，告訴我實話吧……」

「親愛的孩子，別問了。」瑪麗的神態非常不安。

「不，」芙洛倫絲堅定地望著瑪麗，「我不再是孩子了，我有權知道這一切！」

「好吧！」沉默了很久後，瑪麗像下了決心般說，「你長大了，應該要知道你出生時的秘密了。」

「我出生時的秘密？」芙洛倫絲花容失色，木然地望著瑪麗。

瑪麗像是沒聽到她的問話，記憶延伸到了從前。

二十年前，受淘金潮的影響，特拉維斯先生決定離開洛杉磯到遙遠的西部去。當時特拉維斯夫人快要臨盆生產了，但為了支援丈夫，仍執意同去。既然夫人要去，作為貼身僕人的瑪麗也就一起跟去了。

那時西部非常荒涼，人煙極少，除了一些礦工和他們的家屬，就只有一家旅館。特拉維斯夫婦一行人便住進了這家旅館。

第二天，特拉維斯先生和其他礦工們一起出發，要去佔領一個邊遠山區的新礦。本來已經痛得不行的特拉維斯夫人，看見丈夫在關鍵時刻離她而去，心裡非常難受。當晚十一時，孩子出生了。

旅館老闆傑克得知這一消息後說：「太巧了，吉姆．巴頓的老婆也剛生了孩子。我馬上派夥計通知特拉維斯先生和吉姆．巴頓。」

夥計騎馬匆匆走後，瑪麗上樓悉心照料夫人和孩子。天亮時，屋外突然喧鬧起來。原來是一群土匪趁著這裡的青壯勞力都進山之機，前來搶劫。老闆傑克帶著一男一女來到瑪麗的房間，那男人懷裡抱著吉姆的女人，女僕則抱著吉姆的孩子，老闆請瑪麗代為照料他們。

旅館外忽然槍聲大作，原來是吉姆和特拉維斯率領礦工們趕回來了，正在和土匪們搏鬥。

土匪們終於潰逃了，不幸的是，特拉維斯在此過程中被子彈擊中身亡。瑪麗把特拉維斯的孩子放在一個開著的手提箱裡，和那個女僕一起跑下樓梯，找到了特拉維斯先生的屍體。

當老闆傑克告知吉姆，說他那可憐的妻子被子彈射死了時，吉姆像瘋了一般，抱起一個孩子騎馬走了。

悲傷的瑪麗返回旅館，匆匆跑上樓去，她剛才放在手提箱裡的孩子不見了，床上躺著的那個吉姆的孩子卻綻開了微笑。一時間，瑪麗覺得天旋地轉。

就在這時，特拉維斯夫人睜開了眼睛，她想看看孩子。瑪麗能告訴她說孩子不見了嗎？那肯定會要了她的命。丈夫的去世對她的打擊已經夠沉重了，眼下這個孩子就是她唯一的寄託啊。

想到這裡，瑪麗抱起床上的孩子，遞給了夫人。

「這麼說來，我是……我是……」瑪麗的敘述還沒有結束，芙洛倫絲臉色慘白地問道。

「不，不，你是芙洛倫絲．特拉維斯，特拉維斯夫人的女兒。親愛的小姐，我們只能保持緘默。揭露這樣的秘密會要了你母親的命，我想這也是你不願意做的事。」

「是的，她是我母親，是我當之無愧的母親。可我呢，我是那個粗暴、兇殘、可憐的吉姆．巴頓的女兒，他還把那個該詛咒的紅圈傳給了我！」

芙洛倫絲撲倒在瑪麗的肩頭上泣不成聲。

在瑪麗的悉心開導下，過了好長一會，芙洛倫絲的情緒才平靜下來。她在瑪麗的陪伴下，回到臥室，準備換件衣服去見母親。

就在這時，靠窗站著的瑪麗驚叫起來：「啊，拉烏爾往這兒來了，他不會是懷疑你吧。」

「不會吧，他怎麼會懷疑我？是我邀請他來的。」

芙洛倫絲說著，輕快地向樓梯跑去，邊跑邊叫：「親愛的媽媽，拉烏爾博士來了。我去換衣服，您告訴他，說我等會兒下來見他。瑪麗，快！把我打扮得漂亮一點兒，我要讓拉烏爾博士對我著迷！」

明豔動人的芙洛倫絲來到客廳，而特拉維斯夫人因為有事先離開了，拉烏爾和芙洛倫絲並肩坐在一張大沙發上隨便地閒聊著。

「拉烏爾博士，在您的職業生涯中，一定遇到過許多非常奇特、非常可怕的事情吧？」

「是的，尤其是最近。您也知道，我正在幫警方調查一件案子。對了，我還有問題向您請教呢。」拉烏爾不動聲色地說。

「問我？」芙洛倫絲非常驚愕。

「不錯。那天在公園我們碰面之前，您是否看到過一個蒙面女人？」

芙洛倫絲竭力控制住自己，但還是顯出一絲慌亂神情，她故意做出一副努力回想的樣子，然後說：

「啊，我想想。喔，對了，在碰見您之前，有一個戴著面紗的女人和我擦肩而過。她……」

芙洛倫絲突然停下不說了，因為有一個僕人拿著一張燒了半截的紙片來到她的面前，對她說：

「小姐，我剛才打掃衛生時，在花瓶底座找到這個，好像是張借據。您還需要嗎？」

芙洛倫絲的臉色變得煞白，僕人遞過來的正是瑪麗在爐膛裡撿起來的那張紙片。芙洛倫絲想掩蓋，但已經來不及了，一旁的拉烏爾出於一種職業本能，正仔細地看著那張紙片。

「小姐，如果我沒看錯的話，這應該是鮑爾錢莊丟失的借據中的一張。我覺得很奇怪，它怎麼會出現在您的府中？能給我個合理的解釋嗎？」

芙洛倫絲有些慌亂地說：「是……是的，可……可是我……我……」

拉烏爾一言不發地緊盯著她。

一陣沉默。

芙洛倫絲絞盡腦汁地想著如何回答這個問題，突然，她靈光一現，有了辦法。

「上帝，」她慢條斯理地說，「您問這東西是怎麼到我手中的，是嗎？這個問題其實很簡單，我說了您可別不信喔。那天，在公園裡，我與那個蒙面女人擦身而過，從她身上掉下了這東西。出於好奇，我撿了起來，卻發現這是一件私人物品。所以回來後，我隨手把它扔在了花瓶底座。」

這是一個讓人找不出缺陷的解釋，拉烏爾無話可說了。稍稍停頓了一會兒，他說：「芙洛倫絲小姐，我想麻煩您一件事，如果方便的話，您能帶我到公園，把那天您與蒙面女人相遇的具體地點指給我看看嗎？」

「沒問題，我們可以現在就去。」芙洛倫絲很爽快地答應了。

沒過多久，他們來到了公園。在一條小徑的拐彎處，芙洛倫絲停下來對拉烏爾說：「喏，就是這兒，我和她就是在這裡碰到的。」

「您還記得她是從哪個方向過來的嗎？」

「當然，她是從……」芙洛倫絲指向右邊，但幾乎是同時，她驚駭萬分，怔怔的說不出話了。

拉烏爾順著她指的方向看去，也發出一聲輕輕的驚呼。

原來，在不遠處的一棵大樹下正站著一個穿黑色大衣，蒙著黑面紗的女人。

拉烏爾很快就回過神來，他飛快地向那邊撲過去。

芙洛倫絲一度失去了思考的能力，但馬上她就明白了，那邊那個人是瑪麗，是出於崇高的忠貞、把威脅親愛的主人的懷疑引向自己的瑪麗。

「不，不能讓拉烏爾抓住她。」芙洛倫絲一邊想著，一邊跑起來，跟上了拉烏爾。追蹤的過程中，拉烏爾拽住了瑪麗的黑大衣，他讓趕上來的芙洛倫絲幫忙，芙洛倫絲趁機撕掉了大衣上的標簽，並一再拖住拉烏爾，讓瑪麗順利逃脫。

在回去的路上，拉烏爾滿帶歉意地說：「芙洛倫絲小姐，對於您的幫助，我深表感謝。我還想告訴您一句話，我……我剛看到那張紙片時，覺得那個蒙面女子是……」

「是誰？」

「是您！」拉烏爾注視著芙洛倫絲。

芙洛倫絲爆出一陣大笑。

「喔，別笑，我求您。我知道這種想法是多麼的愚蠢、荒謬和不公正，但我的確有過這種想法。」

「您真以為我是個竊賊嗎？可是這樣做對我有什麼好處呢？」

「不光是好處才促使人犯罪，那些有幻覺的人、精神病患者……都有可能犯罪。」拉烏爾說。

芙洛倫絲心頭一震，內心湧起一陣想要承認的意念，可是另一種難以抵禦的羞愧感糾住她，讓她選擇了保持冷靜。

拉烏爾意識到自己的話太過直接、武斷，隨即連聲道歉：「對不起，我剛才失去理智了。您不知道，我對您懷著極大的同情和深深的仰慕。」他深情地說，「您能原諒我嗎？」

芙洛倫絲沒有回答，臉上蕩漾著迷人的微笑。拉烏爾只好向她告辭。

芙洛倫絲翩然離去了，拉烏爾呆呆地站在原地，無奈地聳了聳肩，自言自語的說：「我快瘋了，我這簡直是癩蛤蟆想吃天鵝肉！我只不過是一個窮光蛋醫生而已，而她……」

5 修鞋匠山姆・斯邁林

辭別芙洛倫絲，拉烏爾拿著那件沒有標簽的黑色大衣逕自來到魯道夫・艾倫的辦公室。他把下午發生的事詳細地告訴艾倫，艾倫答應立即著手調查相關的裁縫店。

拉烏爾提出想看看吉姆・巴頓的資料，並告訴艾倫他準備去拜訪一個人，一個比誰都了解吉姆的人。

「您是說修鞋匠山姆・斯邁林？」

「不錯。」

「對，這傢伙認識吉姆，但他本人也不是什麼好東西。每一次他因為盜竊被捕後，都以自己患有偷竊癖為由，獲得釋放。前不久發生的克拉克珠寶店失竊案，我們懷疑和他有關，所以這兩天都派人監視他。」

「是嗎？不過，我不太同意您的說法。我曾經在監獄見過他，他似乎對自己的錯誤感到後悔。而且，自從一年前獲釋後，他一直過著安分守己的生活。據我所知，是芙洛倫絲小姐資助他開了那間小店。我想，他應該知道一些我想知道的事。」

幾乎是在同一個時間，芙洛倫絲懷著一種說不清楚、摻雜著憂傷的心情回到臥室。瑪麗正坐在一把扶手椅上休息，芙洛倫絲在她身邊跪了下來，低聲抽泣：「瑪麗，親愛的瑪麗，謝謝您！您為了救我竟然去冒那麼大的風險，我……」

「傻孩子，別哭，我一直把你當作我自己的孩子，為你做事，我心甘情願。去吧，換一套衣服，夫人還等著你一起用餐啊。」

吃完飯，芙洛倫絲又找到瑪麗，她說自己想到蘇弗通的別墅去散散心。瑪麗也認為這是個好主意，但必須說服特拉維斯夫人一同前往。

折騰了一天的芙洛倫絲的確太累了，她梳洗完畢，躺到床上，很快就進入了夢鄉。

第二天一大早，芙洛倫絲把自己的打算告訴了特拉維斯夫人，夫人同意一起去蘇弗通旅行，並吩咐僕人馬上收拾行李，乘汽車出發。

上午十點半鐘，她們的汽車起程上路。芙洛倫斯突然想到，在離開這裡前去看看鞋匠斯邁林。

這是臨街的一家小鞋店，一個大胖子男人坐在門口，他一邊吹著輕快的口哨，一邊修理著一隻壞得很厲害的鞋。這人正是山姆·斯邁林。

他真名叫埃讓斯邁林[2]，斯邁林是他的雅號，在西部地區的土匪中，這可是一個叫得響的名號。平時，他總是一副好脾氣的模樣，愛說笑話，完全是個樂天派份子。斯邁林這個雅號成了他最好的保護傘，因為誰都很難發現在他詼諧、憨厚的外表下，隱藏著犯罪團夥頭子的那種狠毒、奸詐和兇殘。

「老闆，有顧客來了。」有個夥計走了進來。

「誰？」

「若內斯。」

「他拿著鞋嗎？」

「應該是吧，他夾著一包東西。」

「好極了，讓他進來……喔，湯姆，盯著點兒。這幾天，有人在注意我們。」

[2] 微笑（Smile）的英文音譯。

不一會兒，一個三十多歲，衣著破舊，臉色蒼白的男人走進來，將手臂下夾著的那個紙包遞給斯邁林。

山姆接過紙包，撕掉外面的包裝紙，取出一雙舊皮鞋。他端詳了一會，選了一隻拿在手裡，又從桌上提起一把刀，將鞋跟削掉，搗了一個洞，從裡面掏出一枚鑲有鑽石的金別針，仔細地審視起來。

「怎麼樣？」若內斯問。

「還可以。」

「開個價吧？」

「二十。」

若內斯的臉上露出強烈的不滿，他懇求山姆再加一點，但山姆的口氣相當強硬：「賣就賣，不賣拉倒。除了我這裡你還能賣到哪裡去？如果有人知道你和斯邁林沒談妥價錢，誰還敢買？」

「二十五吧。」若內斯哀求。

「二十。」山姆毫不通融。

若內斯正要無奈地接錢時，湯姆走進來了，他緊張地說：「老闆，拉烏爾博士來了。」

「你們從裡面走。」山姆命令道。

湯姆帶著若內斯躲進暗牆裡，山姆則把別針重新放回鞋裡，接著用釘錘敲了兩下，把鞋跟的洞封閉起來。

拉烏爾進來時，看見山姆正有節奏地捶打一個鞋底。他說明了來意，末了加重語氣對山姆說：「那個著名的紅圈，就是吉姆發病時出現在手上的那個東西，並沒有因為他的去世而消失……」

「您說什麼，先生？這不可能，除了鮑勃外，吉姆再也沒有後人了。」山姆大吃一驚。

「可是我親眼看見紅圈出現在一個面目不清的女人手上。」

「別管它了，先生，您會把自己也給攪進去的。」斯邁林意味深長地說。

拉烏爾沒有理會他的勸說，一邊思考著什麼，一邊無意識地拎起一隻舊皮鞋搖來晃去，臉上顯出專注和好奇的神情。

這只皮鞋恰好是山姆做了手腳、藏匿著鑽石別針的那只，做賊心虛的山姆以為自己暴露了，他悄悄走到拉烏爾的背後，一面繼續搭話，一面舉起鐵鎯頭，對準拉烏爾的頭部，準備往下砸！

就在這時，伴隨著一陣汽車引擎聲，門外響起一聲清脆的叫喊。門開了，拉烏爾抬起頭來，山姆也只好把鐵鎯頭放回地上。

「您好，山姆！喔，拉烏爾博士，您也在這兒。」芙洛倫絲柔美、純真的聲音瀰漫在整個屋子裡。

山姆立即恢復了慈祥、樂天的面孔，連聲問好。

「真巧，芙洛倫絲小姐，您找斯邁林先生有事嗎？」拉烏爾問。

「喔，不，我們要去蘇弗通鄉下的別墅去，順便到這兒來看看。我得走了，我母親和瑪麗還在車內等我呢！」

芙洛倫絲向山姆告別，拉烏爾提出由自己送她出去。兩人回到車旁，特拉維斯夫人友好地向拉烏爾打了個招呼。

「再見，博士，」芙洛倫絲邊上車邊說，「如果可能，希望在蘇弗通見到您。」

拉烏爾十分高興，鞠躬作別，看著汽車消失在遠方。

而留在屋裡的山姆趁機抓起那只差點讓他敗露的皮鞋，扔進了木櫃上的一個硬紙盒中。

「紅圈又出現了！」他小聲地自言自語，「哼哼。」

山姆站起身來，進入暗牆內的一間小屋，這裡沒有任何傢俱。他揭開掛在牆角處的日曆畫，露出一個小小的壁櫃，他從那兒拿出一部電話。

他撥通了電話：「喂，克拉拉．斯金納小姐嗎？就您一個人？好極了……喂，我的孩子，你馬上來一下，我有事見你。」

山姆掛上電話，重新用日曆畫將壁櫃蓋住。

二十幾分鐘後，一個步伐輕盈的苗條女子從另一個通道走進那間小屋。

她把耳朵貼在與修鞋鋪隔開的門上仔細聽著，當確認那邊只有山姆一個人時，她輕輕敲了三下。幾乎是同時，斯邁林進來了。

「有什麼重要的事嗎？這麼急的催促我。」年輕女子不太愉快地說。

「當然了，寶貝兒。今晚在蘇弗通大飯店有一場舞會，一切都很豪華優雅……明白了嗎？比如珠寶首飾……我的寶貝，你應該去參加，我還指望你去那兒辦點兒事……」

「行啊，要是你認為現在我們可以幹一票的話……」

「呃，等一等，你知道紅圈的事嗎？」

「老巴頓的那個標記？」

「嗯，吉姆死了，可是紅圈好像還繼續存在。你去蘇弗通，辦完正事後順帶把這事兒也做了……」

山姆邊說邊從日曆畫後邊取出一個裝顏料的盒子、一個藥瓶和一團海綿，在克拉拉手上畫了個紅圈，然後又用藥水海綿把紅圈擦掉。

「這個紅圈跟吉姆的一模一樣。當你把東西搞到手後，就在手上畫上這個，要有意讓別人看見你的手，當然不要被逮著了，這樣就會把線索搞亂，他們就不會想到去指控被某些蠢貨稱為『鞋匠幫』的人了。懂了嗎？」

說著，山姆把顏料盒、海綿和藥瓶遞給克拉拉，後者匆匆地出去了，直奔火車站，準備搭乘前往蘇弗通的火車。

芙洛倫絲一行人到達蘇弗通已經快兩個小時了，她們去過海濱，欣賞了那裡的風景。回到別墅後，特拉維斯夫人回房睡覺去了，芙洛倫絲則在大陽臺上稍做休息。

僕人雅瑪為芙洛倫絲送來一份當地的報紙，她隨便翻看起來。報上公佈了當晚酒店將舉行舞會的消息，此外還有一小段文章引起芙洛倫絲的注意。

文章說，剛剛去世的著名化學家阿莫斯·祖的兒子泰德·祖正在與某大國的代理人談判，欲出售其父生前的一項發明。該發明能保證使用它的部隊在戰爭中具備更大的殺傷力。

芙洛倫絲放下報紙，若有所思地走出房間，朝海邊走去。

在海邊浴場的一間更衣室旁，芙洛倫絲聽見裡面傳來說話聲，她停下步子，豎起耳朵，一個名字引起她的注意。

「泰德·祖先生，您的要價是不是太高了一點。」

「不高。這將是一項前所未有的、最偉大的發明。」

一種強烈的憤慨抓住了芙洛倫絲，她的右手上隨之出現了一個印子，開始是粉紅色的，繼而變成了猩紅——紅圈又來了。在紅圈的驅使下，芙洛倫絲的心裡產生了一種瘋狂的衝動，她在附近撿起一段長長的木頭，然後將它豎起來，斜頂住向外推的更衣室門。接著，她閃到窗戶旁，看到泰德·祖和一個外國人坐在木桌兩旁的木凳上，桌上放著泰德·祖裝著計劃書的皮包。

兩人正在激烈地討價還價，泰德·祖突然停住不講了。他看見一隻帶著猩紅色圓形印記的、女人的手，這隻手從窗戶的裂口處伸進來，抓住了裝有機密文件的皮包，迅速往外縮。

泰德·祖以閃電般的速度撲過去，一下子抓住了這隻手的手腕。

被抓住的手試圖掙脫，一陣短暫的爭鬥開始了。出人意料的是，從窗子的另一個縫隙又伸進另一隻手，這隻手上抓著一根扣帽髮針，連續而猛烈地刺向泰德．祖的手。

泰德．祖發出痛苦的尖叫，鬆開了手。

抓住皮包的手消失了。

兩個男人朝門邊跑去，門被頂住了，根本推不開。他倆氣極敗壞，抓起桌子砸開了更衣室的隔板跑出去，但四周空曠無人，地面上也沒有留下任何痕跡。

他們像瘋子一樣搜尋附近的每一個角落，但一無所獲。泰德．祖認定那個女人的右手上有一個紅圈，但卻沒看清那個女人的臉，他心想只有向拉烏爾博士求助了。

事不宜遲，他們馬上到郵局給拉烏爾發出一封電報，說有一項重要的化學發明被一右手有紅圈的女人盜走，希望博士能速來此地慷慨相助。

接到電報時，拉烏爾正好在辦公室，一聽到紅圈再現，他立即覆電說自己將乘坐最快的一班火車趕到蘇弗通。

泰德．祖心急如焚，匆匆忙忙地趕到火車站去迎接拉烏爾博士。

6 蘇弗通大飯店的舞會

當載著芙洛倫絲、特拉維斯夫人和瑪麗的汽車停靠在蘇弗通大飯店的門口時，這裡的舞會早已開始了。

興高采烈的芙洛倫絲風度翩翩地走進酒店大廳，她隱隱約約地感到，今晚會有一件令人愉快的事兒發生。她環顧了一下四周，果然，在離她不遠的地方，馬克斯·拉烏爾博士和泰德·祖以及那個外國代理人站在一起談著什麼。芙洛倫絲心中一顫，自從見到拉烏爾的第一眼起，她的內心就對這個男子產生了一種莫名的情愫。

拉烏爾轉過頭來，正好看見了倚在門廳處朝他微笑的芙洛倫絲。他禮貌地向兩位先生點了點頭，然後離開他們，來到芙洛倫絲和特拉維斯夫人面前。

就在這時，又一個年輕貌美的女子出現在門口，她瞥見了拉烏爾，急忙退到了另一間房間，並很快和一個紅棕色頭髮的年輕男人走進舞池裡。

這個女人正是受山姆·斯邁林委派，來蘇弗通大飯店舞會工作的克拉拉·斯金納。

他們把第一個目標放在旁邊的一對舞伴身上，那個金髮女郎的白色禮服上別著一枚精巧的鑽石別針。他們裝作不設防地與那對舞伴猛然相撞，穿白衣的金髮女郎滑倒了，扭傷腳踝，面對克拉拉和紅棕髮年輕人誠惶誠恐的道歉，她有禮貌的接受了，並在男伴的陪同下退到一旁休息。但在這之後不到兩分鐘，她便驚叫起來：

「天啊，我的鑽石別針不見了！」

金髮女郎的心裡有些驚慌，到處看了看，又一瘸一拐地回到大廳中間開始尋找。她的男伴幫著她仔細地在地面上尋找著，另外還有幾個熱心人士也過來幫忙，克拉拉竟然也在這裡面，而且特別賣力，以致在短短幾分鐘內又撞倒了兩三個人。

大約十幾分鐘後，紅棕髮的年輕人將克拉拉引見給一個名叫斯特朗的好色富翁。在喝了幾杯香檳酒後，這位忘情的先生激動地告訴克拉拉，他很想帶她私奔。

克拉拉裝作非常神往的樣子，嬌嗔地提出想看看他錶鏈上的紀念章。斯特朗欣然應允，克拉拉接過錶鏈，悄悄地取下上面的一把小鑰匙，藏好後，她把錶鏈還給了斯特朗先生，並和他約好半小時後在花園裡的一個小樹林裡見。

緊接著，她和紅棕色頭髮的年輕人碰了頭，把小鑰匙交給他，說是斯特朗先生的箱子鑰匙，首飾盒就在箱子裡。紅棕色頭髮的年輕人說他早調查清楚了，而且他的房間恰好就在斯特朗先生的隔壁。說完，年輕人出去準備行動去了。

克拉拉走到大廳角落處的一個銅像旁，從裙子夾層的暗包裡掏出一根亮閃閃的別針，這正是白衣姑娘的。接著，她又從暗兜裡掏出一些珍珠項鏈、紅寶石耳環等首飾，一一放進上衣錢包裡。然後，她從塑像的底座下取出事先放在那裡的顏料盒和藥瓶，迅速在右手手背上畫了個紅圈。待？料變幹後，克拉拉把手背貼著裙子，冷笑了一聲：「讓那好色鬼在那兒傻等吧。」便離開了大廳。

拉烏爾和芙洛倫絲交談的時間並不長，因為不斷有人來請這位迷人的小姐跳舞。芙洛倫絲帶著不倦的熱情接連跳了幾曲，才回到座位上。拉烏爾不願再這樣傻等下去了，他誠懇地邀芙洛倫絲同舞一曲。也許是嫉妒吧，拉烏爾的聲音裡竟然帶著一種無法控制的酸楚。芙洛倫絲有些心動，她挽起了馬克斯．拉烏爾的手臂，說：「算了，別跳舞了，我們還是離開這裡，找個安靜的地方聊聊吧。」

聞聽此言，拉烏爾大喜過望，但他竭力按捺住自己的興奮，裝出平靜的樣子說：「那我們到休息室去吧。」

來到寬敞舒適的休息室，拉烏爾和芙洛倫絲在一張不顯眼的長沙發上並肩坐了下來。

一開始兩人都沒有說話，一種說不清，道不明的情愫在無言之中默默昇華著。

正當他們沉浸在這種模糊而又甜蜜的感情之中時，一個身著黑衣，神色不安的人來到他們的跟前，很有禮貌地問：「請問，是拉烏爾博士嗎？」

「是我，先生。有什麼事嗎？」拉烏爾有點意外。

「請原諒我打攪了你們，拉烏爾博士，我想佔用您一點時間，跟您說幾句話。」

在得到芙洛倫絲的同意後，拉烏爾隨來人走到旁邊去。

原來這人是該酒店的經理，因為當晚的舞會上發生了幾起失竊事件，而且都是在受害人毫無察覺的情況下發生的。所以，他想請拉烏爾協助捉賊，給大家一個交代，免得這事傳出去毀了他們酒店的聲譽。

雖然拉烏爾對這個討厭的經理打擾了他和芙洛倫絲獨處的溫馨感到非常懊惱，但一聯想到泰德·祖文件的失竊案，他答應經理，說自己願意協助調查。

趁經理去安排保安人員的空隙，拉烏爾回到芙洛倫絲身邊，告訴她這裡剛發生了盜竊事件，自己馬上要著手協助調查。

正當他們說話時，長沙發後面突然露出一隻白皙、細嫩的手，這只手的手背上有一個刺眼的紅圈。這隻手極其緩慢地向芙洛倫絲移去，然後又極其快捷地鬆開了掛在姑娘脖子上的項鏈，拿走了首飾。

芙洛倫絲感到珍珠在自己脖子上滑動，發出一聲驚叫並扭過頭去，拉烏爾也轉過了頭，他們都看見了那只帶有紅圈的手，但卻沒看見其人的面貌，因為那張臉躲在長沙發後的帷幔裡。

拉烏爾跳了起來，繞過沙發，推開帷幔遮掩的門，同時也推倒了兩把有人故意堆在那兒用來擋門的扶手椅。拉烏爾和後來趕到的芙洛倫絲來到空曠的門廳，又跑過附近的一條走廊，到了花園，卻沒能發現任何蹤跡。

這一次的作案人當然還是克拉拉，她得手後，面色平靜地來到那座銅像旁，從裙子裡拿出剛剛竊得的項鏈，放進錢包，然後把右手抬起，取出藥瓶，用海綿浸透瓶內的液體將紅圈抹去。之後，她把藥瓶和海綿藏進口袋，大搖大擺地從門廳走了出去。

拉烏爾和芙洛倫絲已經從外面回到大廳，他們把情況告訴了經理，並讓經理囑咐保安人員，注意一個手背上有紅色印記的女人。

舞會散場了，賓客們開始退場。拉烏爾站在門廳出口處監視著出來的每一個人，但卻沒有任何發現。酒店經理沮喪地對拉烏爾說：「完了，我們再也找不到小偷了。」

正在這時，斯特朗先生氣極敗壞地跑下樓來，他歇斯底里地叫道：「完了，完了，我的鑽石首飾盒不見了。」

「你是參加完舞會後才發現這一切的嗎？」拉烏爾問。

「是的。我因多喝了一杯香檳，又遇上一名美貌的女子，所以……她讓我在花園裡等她，可她沒來，我等得不耐煩了，便回房去，哪想到……」

拉烏爾還來不及多問，面色蒼白的瑪麗搖搖晃晃地走了過來。芙洛倫絲見瑪麗臉部腫得老高，大吃一驚，走上前抱住她問：「我可憐的瑪麗，您怎麼了？」

瑪麗說，她本來是到休息室找芙洛倫絲的，不料在銅像旁看見一個手上有紅圈的年輕女子。她拿著芙洛倫絲的項鏈，而且在用液體抹去手上的紅圈。瑪麗跟在她身後，想看個究竟，不想半路突然有個男人跑過來一拳把她打昏了。

「喔，天啊，瑪麗需要休息，拉烏爾博士，請您送我們回家，好嗎？」心神不定的芙洛倫絲向拉烏爾懇求道。

於是，拉烏爾一行人登上了一直等在外面的汽車。在車裡，瑪麗詳細地敘述了一遍自己看到的情況。

拉烏爾問瑪麗：「那個在自己手上畫紅圈的女人，你還能認得出嗎？」

「能，能的。」瑪麗說著突然頓住了，眼睛睜得老大，用手指著外面一個步伐輕捷，往火車站方向急走的女人叫起來，「正是她，那個畫紅圈的女賊！」

拉烏爾讓車停下來，一個箭步跳下車，跟在那個女人後面。

克拉拉返回自己的住處時，天色已大明。

她逕自走進臥室，在床邊坐了下來，把旅行包裡的珠寶一件一件地取出來，然後拉開衣櫃下邊的抽屜，拿出一雙漂亮的皮鞋。

克拉拉拿起左腳的那只鞋，轉動了一下，後跟上露出一個深洞，她把首飾藏了進去，又把後跟旋上。把皮鞋重新放好後，克拉拉從床邊的木菩薩裡取出一部電話。

「現在，該通知山姆，把這次的戰果告訴他了。」她自言自語，臉上綻放著滿足的笑容。

和山姆約定見面時間後，她掛斷電話走到窗前，推開窗戶。

猛地，她嚇得後退了一步，一個男人背靠牆站在那裡。

「難道我被跟蹤了？不會吧，我真蠢，外面下這麼大的雨，這人多半是躲雨的。」

想到這裡，她安心了，於是換了衣服，拿了把傘走下樓梯。剛要跨出大樓門廳時，撞上了剛才她在窗口看到的那個男人。

「喂，幹嘛擋在門口？」克拉拉抱怨了一聲。

「對不起，擋住您的去路了。」那人嘴裡說著，卻沒有讓路的動作，反而更加明顯地堵住整個出口。

「雖然我很想讓路，但我的理智讓我改變主意了，」那人嚴厲地說，「我要逮捕你！」

克拉拉大驚失色，心裡暗暗叫苦，但仍裝作若無其事的樣子說：「逮捕我？你瘋了！」

克拉拉一邊說著，一邊想找機會衝過去。但那人有力的手緊緊扣住了她的手腕。

「放開我，你侵犯了我的人身自由權，你……」克拉拉想叫嚷。

「別大聲喊，這樣出醜的只會是你！乖乖跟我走，把情況調查清楚了，自然會放你回來的。」

那人帶著克拉拉直奔警察局，一進大門就叫起來：「警長！」

警長忙不迭地跑出來，畢恭畢敬地和他打了個招呼：「您好，拉烏爾博士，有什麼需要我效勞的嗎？」

克拉拉這才明白自己撞到了拉烏爾手裡，她沮喪地垂下了頭。

「這是剛俘獲的獵物，你們給她錄口供，別讓她跑了，我去找魯道夫．艾倫局長。」拉烏爾指著克拉拉說。

在局長辦公室，拉烏爾把昨晚發生在蘇弗通的一系列事件和逮捕克拉拉．斯金納的情況向局長魯道夫．艾倫做了彙報，局長對克拉拉將那個紅圈畫在手上的用意提出懷疑。

局長跟隨拉烏爾一起來到審訊室，警長報告說，什麼也沒能問出來。

拉烏爾當機立斷，請局長率人到克拉拉家搜查，他相信自己的判斷力。

魯道夫．艾倫和馬克斯．拉烏爾走在前頭，兩名警察把克拉拉夾在中間，一齊向克拉拉的住處走去。

一路上，克拉拉不斷在心裡祈禱，千萬不要被這些人發現什麼，上帝保佑，那只寶貴的鞋子千萬不要被搜出來。

很快，克拉拉的住所到了，拉烏爾帶頭進了臥室。

艾倫則繼續審問克拉拉：「你的名字我已經知道了。你能講一講昨天你在蘇弗通都幹了些什麼嗎？」

「昨晚我不在蘇弗通。」

正在搜查中的拉烏爾插話了：「不，夫人。我能證實，昨晚有大部分時間，你是在蘇弗通海濱一個酒店的舞會上度過的。我再問你一個細節問題，你為什麼要在手上畫紅圈？」

克拉拉裝出很無辜的樣子：「我不知道先生在說什麼。」

「你很厲害，不過你會告訴我真相的。」拉烏爾一邊說著，一邊在那木菩薩前站下來，輕輕搖了搖佛身，從下邊伸手過去，拖出一個幾小時前由它的女主人放進去的小旅行袋。

這個戲劇性的變化把克拉拉嚇得臉色蒼白，但她很快鎮定下來。

「我對這個包很感興趣，因為這正是你昨晚從蘇弗通回來時背的那個。」拉烏爾說。

「蘇弗通？我說了我沒有去過。」

「那這張火車票是哪兒來的呢？直達蘇弗通，嗯，很有意思！」拉烏爾從旅行包裡拿出那張火車票，然後開始清點裡面的物品。

「不知道……」克拉拉心神不寧，「很可能是你自己剛才放進去的！」

「那麼，這個呢？」拉烏爾拿出一個顏料盒。

「這是我的，我畫水彩畫用的。」

「在手上畫水彩畫？」拉烏爾問。

克拉拉聳了聳肩，做出不屑回答的樣子。

就在這時，門被猛地一下推開了，一名警察闖了進來，手上拿著一雙鞋，看起來特別興奮。

「請看，先生們，仔細看看。」他大聲歡呼。

一大把寶石隨著他的話音從他的右手中跌落到桌子上。

見事情暴露，克拉拉猛地朝窗口奔去，艾倫反應極快，一下子就撲過去抓住了她。

拉烏爾問那名警察：「你是在什麼地方找到這些東西的。」

「一隻鞋的後跟裡。我發覺左邊這一隻比右邊那一只要重些，我想裡面肯定有東西，就用勁掰開，發現了這些首飾。」

拉烏爾仔細地檢查著皮鞋，直誇那警察幹得不錯：「我本來也有點懷疑，那天在修鞋匠山姆．斯邁林家……」

聽到這個名字，克拉拉禁不住發出一聲輕輕的驚叫。

「怎麼了，小姐？你也認識山姆先生？太好了，我的推測沒有錯，她肯定是山姆．斯邁林的同夥！警長，把這女人帶走，秘密關押起來，至於我們，我們該去找一找那個頭頭了。」

7 追捕鞋匠山姆

一直在鞋店裡等待克拉拉的山姆有些沉不住氣了，因為克拉拉在電話中說她馬上要過來，可已經過了一個多鐘頭了，卻連個人影也沒看到。

他正想給克拉拉打個電話，夥計湯姆神色慌張地走進來說：「老闆，拉烏爾來了。」

山姆立即意識到一定是克拉拉暴露了，他吩咐湯姆趕緊把門關上，再用兩張桌子把門抵住，自己則打開暗牆入口，鑽了進去。

拉烏爾和幾名警察趕到了，透過門上的玻璃窗，他們清楚地看到屋裡那兩個人的動作。拉烏爾一拳砸碎了玻璃，雖說可以伸手進去扭動彈簧碰鎖的旋扭，門卻怎麼也打不開。他們只好用肩頭狠命地撞著門，兩三分鐘後才好不容易闖進店裡。秘道的入口很難找，一名警察抓起一把凳子猛地砸向暗牆的隔板。

拉烏爾趁機掃視了一下屋裡，他抓起一隻高幫皮鞋，並旋了旋它的鞋跟。果然，鞋跟是活動的。

那名警察終於砸開了一個洞口，他閃身進去，拉開了暗門上的插銷，把門打開，拉烏爾衝了進去。

儘管拉烏爾事先安排了兩個便衣警察守在山姆鞋店的後門，但狡猾的山姆卻讓湯姆當了替死鬼，自己逃到旁邊的一個秘密鋪面，這是他租來堆放贓物的地方。

他手忙腳亂地把各種珠寶、證券、現金往口袋裡塞，隔壁已經傳來砸牆的聲音——拉烏爾再次判斷出了他的藏身之處。很快，牆壁被砸開了，拉烏爾和警察從牆洞裡鑽過來。

山姆奪門而逃，像小鹿一般敏捷地穿過街區。拉烏爾緊跟其後，警察則遠遠地掉在後面。

快跑到鐵路邊時，山姆．斯邁林猛地向左一拐，消失在一間鐵道看守員的小房子後面。這時一列貨車從附近車站徐徐開動，車頭已駛過平交道口，拉烏爾猶豫了幾秒鐘。山姆突然出現了，他一個箭步跳上列車，鑽進車廂裡。待拉烏爾醒悟過來，列車已經加速駛過去了。

拉烏爾跑進車站，打電話要求魯道夫．艾倫趕緊派一輛四十馬力的快車、一名得力的司機和一名便衣來協助自己。

幾分鐘以後，一輛由警察局最好的司機開著的賽車全速趕到了指定地點。

拉烏爾跳上汽車，讓司機朝蘇弗通方向開，並且要在那列貨車到達之前趕到。

車上那個叫史密斯森的便衣，是拉烏爾認識的人，拉烏爾把整個情況簡單的對他講了一下。

汽車飛速行駛，沒多久就趕上了貨車。但在距蘇弗通車站大約一英里的地方，鐵路切斷了公路，汽車被迫停在平交道口的柵欄前。

拉烏爾眼睜睜地看著火車雄赳赳地從面前開過去。

柵欄終於拉起，汽車又瘋狂地開動起來。

拉烏爾抽出一張名片，在上面寫了幾行字，然後對史密斯森說：「拿著這個，這是我們所追捕的歹徒的體貌特徵。把車直接開到蘇弗通火車站，下車後，你注意一下火車發車的情況，如果那個歹徒打算在蘇弗通逗留，你用不著費多大勁兒就可以再次發現他的蹤跡。一旦你跟上了目標，一定要想辦法通知我。我在特拉維斯夫人家，大家都知道她那幢別墅。」

「可是……您的命令我是絕對服從的，但兩個人一起可能要好一些吧？」

「我做事有我自己的計劃，就這樣吧。」拉烏爾很不耐煩地揮了一下手，讓司機停下了車。

其實，拉烏爾博士並沒有什麼特別的計劃，他只是想儘快見到芙洛倫絲；現在對他來說，除了芙洛倫絲，其他一切似乎都不重要了。

拉烏爾跨進花園時，芙洛倫絲正在那兒沉思，當她抬起頭看到拉烏爾時，眼裡閃爍著喜悅的光芒，禁不住驚呼起來：「喔，博士，是您，我……真沒想到。」

「您好，芙洛倫絲小姐，我有一個好消息要告訴您，我找到您的項鏈了。」

「喔，是嗎？真讓人高興。」

他們一同走進別墅，在客廳的長沙發上坐了下來。

拉烏爾把追捕斯邁林過程中的種種波折告訴芙洛倫絲，當姑娘聽到山姆．斯邁林竟是犯罪團夥的頭子時，感到萬分驚訝，她很堅決地說：「一定要找到這個危險的人，我陪您去。」

「我已經讓一個便衣查找他的行蹤了，」拉烏爾平靜地說，「我……我只是想先把找回的首飾還給你，喏，是這條吧？」

芙洛倫絲深情地望了他一眼，並沒有用手接項鏈，而是側身轉向拉烏爾，將雪白的脖頸送到他面前。

拉烏爾受寵若驚，心跳不已，他笨手笨腳地把鏈子圍在姑娘的脖子上。芙洛倫絲感覺到一股溫熱的男子氣息，似乎在撫摩自己的脖頸。

電話鈴聲總是喜歡在不該響的時候響起。

拉烏爾站起身，有些遺憾地對芙洛倫絲說：「肯定是找我的。」

芙洛倫絲把電話遞給了他。

「喂，是你嗎，史密斯森？找到山姆的蹤跡了，太好了！什麼，他出去了？跟上他，別丟了……是比爾曼岡酒吧嗎？好，我馬上過來。」

放下電話後，拉烏爾辭別芙洛倫絲，迅速趕往比爾曼岡酒吧。

拉烏爾趕到時，天色已經黑下來了，比爾曼岡酒吧的大廳裡空蕩蕩的。

拉烏爾連忙沿著蘇弗通唯一的一條街往北走，還沒走出半英里，就差點被飛快跑來的史密斯森給撞倒在地。

「你怎麼了？」

「拉烏爾先生，我追上了山姆，正要制服他時，他突然從我的槍套裡拔出手槍頂住我，叫我走開。我還能怎麼辦呢？武器都被搶了……」史密斯森沮喪地說。

拉烏爾安慰他：「好了，我們還是繼續追吧，不能讓他逃了。」

兩人再次順著山姆．斯邁林逃走的方向追擊，跑了一百多公尺遠，就見到了山姆的背影。拉烏爾大喝一聲，山姆轉身衝他們放了一槍。

流彈擊中了史密斯森的大腿，他倒下了。拉烏爾及時舉起槍向山姆射去，接著他扔下史密斯森（他的傷勢不太嚴重）繼續追趕山姆。

山姆．斯邁林向懸崖方向逃去，拉烏爾一邊開槍一邊朝他逼了過去。突然，一個衣著骯髒、破爛的怪人擋在了拉烏爾的面前。拉烏爾曾隱約地聽人說過，這一帶有一個被人們稱之為「懸崖隱士」的怪人，想來，他就是面前這個人吧。

山姆在懸崖邊失去了蹤蹟，拉烏爾停下來問那怪人：「剛才那個人從什麼地方跑了？您看見了嗎？」

怪人遲疑了一會兒，指了指崖頂，悶聲悶氣地說：「從那兒，不過要小心點，這懸崖有兩百多英尺高。」

「謝謝！」拉烏爾道謝後跑上了一個光禿禿的臨海大平臺，山姆果然在上面，而且已經無路可退了。

兩個人就這樣對峙著，山姆像一頭走投無路的野豬，手握尖刀，面目猙獰，兩眼直射出仇恨的光芒，他準備作垂死掙扎了。拉烏爾本來可以一槍擊斃他，但他更喜歡徒手搏擊，他覺得這樣更過癮。

兩人撲在一起，由於拉烏爾捽扯山姆時動作的幅度過大，兩人緊抱在一起滾到懸崖的斜坡處。馬克斯．拉烏爾滾到懸崖的邊緣，而山姆則往後一退，指甲死死地摳住了岩石的縫隙。

拉烏爾從峭壁邊緣滑落下去，不過幸運的是，他的身軀被一叢染料木攔腰拉住了。然而上不沾天，下不著地，那些灌木也似乎漸漸承受不起他的重量。

「芙洛倫絲！芙洛倫絲！」處於這險境之中，只有這個溫情的名字還能給拉烏爾絕望的心一絲溫情和暖意。

突然一陣搏鬥聲出其不意地在他頭上響起。

原來是那位「懸崖隱士」和隻身走下懸崖的山姆搏鬥了起來，本來隱士是占了上風的，但由於他動作的遲疑，讓山姆趁機逃脫了。

隱士本想追趕，卻聽到懸崖上傳來呼救聲，他在懸崖邊彎下身子，辨認出那絕望的、掛在染料木枝頭上的人形。

「勇敢點！堅持一下，我這就來救你！」

隱士解下腰間的一條繩子，又接上了他剛脫下的上衣，終於將拉烏爾拉了上來。

脫離險境後，拉烏爾向隱士表示了深深的謝意，並請求他把自己送到城裡去。

隱士猶豫了半晌，終於答應了。他把拉烏爾送到蘇弗通酒店，拉烏爾遞給隱士一張名片，上面手書：

「我將永遠銘記你的幫助。」

那人拿起名片，咕噥了幾句離開了。

「我在什麼地方見過這個人呢？對我來說，他肯定不是陌生人。」拉烏爾冥思苦想。

這一天的確太累了，拉烏爾筋疲力盡，沉沉地進入了夢鄉。

8 戈登脫身，山姆重現

第二天上午，拉烏爾一醒來就急著打電話探聽芙洛倫絲的消息。當得知她此時正在海濱浴場游泳時，拉烏爾穿戴整齊，趕往海邊。

幾分鐘之後，拉烏爾在芙洛倫絲和老管家瑪麗中間坐下，他的傷引起了芙洛倫絲的巨大不安。看到自己心愛的姑娘如此關心自己，拉烏爾心裡感到異常的幸福。他以輕鬆的口氣講述了昨天晚上的搏鬥，還特別提到了那個搭救了他又不求回報的隱士。

正說到這裡，身後響起了說話聲：「對不起，拉烏爾先生，打攪了。局長讓我們找您，這是他給您的信。」

拉烏爾轉頭一看，認出是曾經與他一起追捕過山姆的那兩個便衣，他接過信來，上面果然是艾倫的筆跡：

請執行對法威爾合作社律師查爾斯．戈登的逮捕命令，他被指控侵吞該合作社的擔保金。據悉，此人藏匿於蘇弗通峭壁地區，如果行動有困難，你們可以請求正在蘇弗通執行任務的拉烏爾博士協助和支援。

魯道夫．艾倫

拉烏爾的眉頭不由皺了起來，他對兩個便衣說：「好吧，我過一會兒再來找你們。」兩名便衣走開了。

芙洛倫絲看著拉烏爾滿面愁容，不安地問道：「您怎麼啦？」

「一件很棘手的事，警察局長讓我去逮捕一個人，就是那個曾經救過我性命的隱士。我想起來了，這個戈登，我以前見過，他是個很有風度，而且很能幹、很正直的人。也許是他的性格使然吧，為了維持他的慷慨，沒能抵禦住金錢的誘惑。」

「這麼說，他是個壞人囉？」芙洛倫絲問道。

「壞人？不……不，他……他……」拉烏爾不知道應該如何表達自己的意思。

「您真的想逮捕您的救命恩人嗎？」

「當然不想，可遺憾的是我不能救他。我有我的原則，而法律就是法律……」

「但是我……我卻沒有！讓我去吧！」芙洛倫絲突然衝動地叫起來，她激動得兩頰泛紅，而她手上的紅圈慢慢出現了。

細心的瑪麗迅速解下頭上的紗巾，搭在了芙洛倫絲的手上。

芙洛倫絲竭盡全力地向拉烏爾堅持她的要求，由她去搭救戈登，她自信地微笑著：「某種預感告訴我，我會成功的。」

拉烏爾也被她的自信打動了，他猶豫了一下，說：「好吧，去吧，不過千萬要小心。」

兩名便衣似乎等不及了，他們走過來請求拉烏爾下命令前往逮捕戈登。拉烏爾假裝與他們討論方案，以拖延時間，芙洛倫絲則趁機匆匆向懸崖方向跑去。

在拐過幾個彎之後，芙洛倫絲跑到一間關著的小窩棚前。她使出全身的勁推門，但卻怎麼也推不開。她仔細看了一下四周，然後從半開著的窗戶跳了進去。屋裡沒有人，她又來到裡面更小的一間房間。一個衣衫襤褸的男人站了起來，芙洛倫絲的腦海裡浮現出拉烏爾的描述，她馬上認定眼前這個人就是戈登，便走上前說道：「戈登先生，您快逃走吧，警察快來了。我是受昨晚您搭救過的那個人的委託來通知您的。來吧，從這窗子跳出去，我留在這裡拖住警察。」

戈登感激地吻了吻小姐的手背，跳出窗子，穿過岩石堆跑掉了。

芙洛倫絲抓起一盒放在桌上的火柴，點燃了一盞小油燈。

這時門被砸開了，兩個便衣衝進了第一間小屋，他們看到通往裡面的那扇門微微地敞開著，門縫處有一隻白皙的、女人的手，拿著一盞點燃的油燈。他們愣了一下，往前走了一步。

一個聲音高叫起來：「你們再往前，我就燒了這裡。」

隨著這聲音，那隻手開始晃動油燈，兩個便衣同時驚叫起來：「啊！紅圈！」

遲疑只是一瞬間的，職業的本能讓他們果斷地一起撲了過去。

說時遲，那時快，油燈「啪」地一聲被摔在地上，濃煙騰空而起，窩棚內頓時燃起熊熊大火，兩個便衣慌了神，連連向後退去，芙洛倫絲趁機逃掉了。

拉烏爾和瑪麗在海灘上閒聊著，一種隱隱約約的擔心讓兩個人都有些牽腸掛肚。

「你們好！」一個聲音在他們耳邊輕輕響起。

「上帝，你終於回來了！還順利吧？」拉烏爾鬆了一口氣。

芙洛倫絲微笑著，由於奔跑，她的臉頰有些泛紅，顯得更加嫵媚，她說：「是的，看到那邊的火光了嗎？我燒了那個窩棚，戈登應該逃離危險區了。」

拉烏爾饒富興味地聽她講完，然後拉著她朝窩棚的方向走去。

兩個被煙熏火燎弄得夠嗆的便衣已經從著火的窩棚中走出來了，他們斷斷續續地對拉烏爾講了整個事情的經過，並著重提到了那個女人手上的紅圈。

拉烏爾大為震驚，他下意識地看了一下芙洛倫絲的手。

芙洛倫絲的心狂跳不已，她裝作無所謂的樣子低下頭看了看自己的雙手。還好，什麼都沒有，那雙手仍然是那麼白皙而光滑。於是，她漫不經心地把手抬起，玩弄著脖頸上的項墜，有意讓拉烏爾看個仔細。

但後者的懷疑並沒因此消除。

「對不起，芙洛倫絲小姐，」拉烏爾開口了，顯得有些冷漠，「我必須馬上回去見艾倫局長，再見！」

芙洛倫絲只好返回別墅，一路上，她一臉愁容，不住念叨：「這一次……這一次他會了解真相嗎？但願……但願他……」

回到別墅，正在為芙洛倫絲擔憂的特拉維斯夫人迎了出來。

「咦，拉烏爾先生呢？」瑪麗問。

芙洛倫絲簡單地說了一下剛才的情況，特拉維斯夫人對這個年輕能幹的法醫大大讚賞了一番。

芙洛倫絲略帶興奮地說：「是的，拉烏爾先生是個具有實幹精神的人。我希望能夠幫助他搞清紅圈這一可怕的謎……這是應該弄明白……必須弄明白的……」

說話間，她突然感到一種遺傳性的狂熱在上升，在她的手上，那紅色的印記正在逐漸勾勒出來。專心聽她講話的特拉維斯夫人沒有看見，但站在芙洛倫絲身後的另一個人卻清楚地看到了。

此人正是山姆·斯邁林。

自從將拉烏爾推下懸崖，又擺脫了戈登後，山姆找到了一個岩洞，睡了一個晚上。等他醒來時，天已大明，饑餓開始襲擊他，但他又不敢貿然出去，只好沿著岩壁摸索著一步步往前走，終於來到了海灘，看見了不遠處的那個貨運站。

「如果我沒有被發現的話，」山姆想，「說不定在那裡會找到點吃的東西。」

山姆一邊想著，一邊走出了藏身的岩石。說來也巧，就在這時，他猛然發現了那兩個趕著去抓戈登的警察，嚇得飛快退回了岩洞，儘管饑餓難耐，他還是覺得保住命更重要。就這樣，他一直在洞裡待到黃昏時分，才鬼鬼祟祟地重新走到洞口。

此時的山姆已經餓的沒有什麼力氣了，他試著扯來一些海灘邊的藻類大嚼起來。突然，空氣中飄來一股難聞的味道，遠處海灘上燃起火光。同時，岩石堆那邊傳來一些異常的響動。

山姆悄悄爬上岩石頂，恰好看見那個衣衫襤褸的人在狹窄的小路上飛奔。一輛卡車開過，那人以難以想像的敏捷勾吊住車尾，很快就消失在路的轉彎處。

「這可是個絕佳的辦法，我怎麼沒想到。」山姆想著，試圖退回岩洞去，但卻被三三兩兩趕來看熱鬧的人群推擠著，不由自主地往燃燒的窩棚走去。

到了現場，一些議論傳進山姆的耳朵，什麼女人的手臂啊，什麼怪老頭啊，什麼紅色印記啊……

山姆為之驚異了，難道說紅圈真的再現了？他正想打聽一下，卻看見有兩名警察又往這邊走來，他只好慌慌張張地再次躲回到那個岩洞裡。

饑餓的煎熬實在讓山姆無法忍受了，他鑽出岩洞，朝海邊的一棟別墅摸去。在柵欄處，他看到了芙洛倫絲。

山姆輕手輕腳地走近了三個女人，他不知道她們是否了解他最近的作為，但他仍然決定再一次利用姑娘的善心。再說，三個女人對他似乎還構不成威脅。

山姆正要靠近時，卻瞥見了芙洛倫絲手背上的紅圈。他驚訝得一下子站住了，老奸巨滑的他又找到了更多的要挾理由。

山姆果斷地走上前打招呼，提出與芙洛倫絲單獨談談的要求。

芙洛倫絲壓抑住心頭的恐懼，拒絕了特拉維斯夫人的勸阻，讓山姆隨她來到一個僻靜的地方。

「你知道，我應該叫人把你抓起來。」

「抓我，別開玩笑了。」山姆一陣冷笑。

「你的罪惡我都知道了。」

「是嗎？好，您去揭發吧，讓警察把我們都抓去。」

「我們？」

「是啊。我快兩天沒吃飯了，您不知道這兩天我的日子有多苦，所以我想到紅圈姑娘——聽清楚了嗎？紅圈姑娘！她是那麼善良，她不會對我的貧窮和饑餓無動於衷的，是不是？」

芙洛倫絲只覺得天旋地轉，她喃喃地說：「我不明白你的意思。」

山姆狠狠地抓起了芙洛倫絲的手，紅圈雖已退色，但痕跡還是那麼的明顯。

「你非要逼我說！」

「放開我，你想幹什麼？」

「不幹什麼，首先只是要點吃的，然後希望你能給我找個藏身之處。」

「救一個像你這樣的歹徒？絕對辦不到！」

「那我們就一起完蛋吧，你不可能永遠逃過警察的眼睛。」

芙洛倫絲無言以對，她意識到自己任何的抵抗都將是徒勞的。

芙洛倫絲無助地回到臥室，撲倒在床上，嗚咽起來。此時此刻，她滿腦子都是馬克斯．拉烏爾的身影。「我只有選擇去死了。」她潸然淚下，絕望地想，「這樣的話，他就永遠不會知道我是吉姆．巴頓的女兒了……」

芙洛倫絲堅定地站起身來，披上一件大衣準備出去。

這時，有人敲門，瑪麗推門進來。她一眼就看出在芙洛倫絲的身上發生了某種可怕的事，因為姑娘的面容是那樣的愁苦、那樣的無助。

瑪麗耐心地詢問，在得知事情的真相後，她勸慰芙洛倫絲冷靜點，在想出更好的辦法前，先把山姆穩住再說。

芙洛倫絲覺得瑪麗的話很有道理，便和她一起想了一個穩住山姆的辦法。

在芙洛倫絲安排的車庫一角，山姆已經等了一個鐘頭了，他餓得發昏，連詛咒人的力氣也沒有了。一道亮光忽然射進車庫深處——是瑪麗和芙洛倫絲進來了。瑪麗拎著一個籃子，芙洛倫絲則拿著手電筒。

山姆迫不及待地從瑪麗手中搶過籃子，像一頭餓極的野獸。他貪婪地吞咽著籃中的食物，並抓起一瓶葡萄灑，敲碎瓶頸，一口氣喝盡。

這是令兩個女人絕對難以忘懷的場面。

十幾分鐘以後，山姆酒足飯飽，他一邊嘟囔著「我明天還來」，一邊朝海岸邊走去。

第二天一大早，山姆逕自向特拉維斯夫人的別墅走去。他畢竟還是有些膽怯，不敢從大門進去，而是翻過圍牆，躲到了一扇窗戶下，通過這扇打開的窗戶可以看到室內發生的一切。

屋內，僕人雅瑪正在打點包裹，山姆大吃了一驚。芙洛倫絲和瑪麗走出來了，看樣子她們打算出門。

「嘿，她們竟然想不辭而別，幸虧我來得早，休想！」山姆心裡暗自罵道。

「雅瑪！」芙洛倫絲對僕人說，「我們馬上要走，你把衣服和銀器收拾好，裝進大箱子，通過鐵路貨運回城。」

吩咐完後，特拉維斯夫人、芙洛倫絲和瑪麗登上了等在門口的汽車，絕塵而去。

單獨留下的雅瑪很認真地收拾著東西，突然手握尖刀的山姆兇神惡煞般地站在了她的面前，大吼了一聲：「快，把這箱子給我騰空！」

雅瑪張惶失措，只好照辦。

山姆鑽進那個箱子，他繼續威脅雅瑪：「把箱子關上，叫搬運工運到火車站去。千萬不要以為我關在裡面就不能活動了！我隨時可以用刀子捅破箱蓋，然後把你宰了。」

雅瑪被這突如其來的事件嚇住了，以致根本沒有想到要找個有利時機去報警，而只是機械化地做著山姆．斯邁林要她做的事情。

9 拯救戈登

白色城堡內，特拉維斯夫人家裡又恢復了往日的溫馨。

蘇弗通的行李已運到，芙洛倫絲吩咐瑪麗開箱整理衣物，自己則陪著特拉維斯夫人一同上街去了。

瑪麗拿著一串鑰匙向大箱子走去，雅瑪靠近她，做了幾個讓人看不懂的手勢。

瑪麗弄不明白，也就不再理會雅瑪，逕自打開了箱子。

山姆．斯邁林手裡提著尖刀，從箱子裡一下子跳了出來，差點把瑪麗嚇得昏過去，而雅瑪早已嚇得跑開了。

瑪麗穩了穩情緒說：「怎麼是你？」

「對，是我！想擺脫我，沒那麼容易，我知道你女主人的秘密，你們得保護我，否則……」

無計可施的瑪麗領著山姆穿過走廊，一直走到通向閣樓的樓梯門口。

山姆上了樓梯，瑪麗把閣樓的門鎖了起來。

幾乎是在同時，和特拉維斯夫人一同上街的芙洛倫絲突然產生去見拉烏爾的想法，這種心情非常迫切，她匆匆地和母親告別，飛快地來到拉烏爾的辦公室。

可惜，拉烏爾不在辦公室。

芙洛倫絲沒有離去，她在辦公室的一張扶手椅上坐了下來，對正要出去的秘書說：「您忙吧，我在這兒等拉烏爾先生一會兒。」

秘書出去了，芙洛倫絲陷入痛苦的沉思。她不知道該不該繼續隱瞞自己真實的身份，拉烏爾會理解她嗎？也許，告訴他真相後，他能治好她，他治癒過那麼多不幸的人，對一個鍾愛他的女人，他也一定會有辦法的。經過這些日子的相處，芙洛倫絲越來越感覺到，拉烏爾愛著自己，而且這份愛還在與日俱增。於是，她想，只有向他吐露一切，才是拯救自己的唯一辦法。

芙洛倫絲下定了決心，等拉烏爾一進來，她會立即把一切真相都告訴他。

正在這時，門被推開了，走進來一個人。

不過，這人不是拉烏爾，而是被追捕的戈登，兩人都為在這麼一個場合見面感到萬分驚訝。

在芙洛倫絲的懇請下，戈登把門關上，開始講他的故事。

戈登是法威爾合作社的律師，老法威爾去世時立下一個特別遺囑，決定將他財產全部利潤的四分之一，留給合作社的全體職工，每個職工按其服務年限及職務重要性領取酬金。

在開始五年的時間裡，大家對賬目制度沒有任何爭議。但是老法威爾的二兒子塞拉斯心腸歹毒，牟取暴力，與他老實正直的哥哥約翰爭奪權力，這場爭鬥不久就以約翰的猝死而告終。

約翰死後，合作社的生意一落千丈。塞拉斯開始拖欠工人的酬金，戈登作為老法威爾遺囑的指定執行人，多次要求塞拉斯兌現酬金，但都無疾而終。

合作社的職工們很憤怒，他們決定罷工。戈登為了避免罷工給合作社帶來巨大損失，再次找到塞拉斯。這回塞拉斯極其友好地接待了他，並出示了一張欠條，誘騙戈登在上面簽字。誰知道這是一個陰謀。這張欠條只是附在上面的。塞拉斯忘形地奪過戈登已簽字的紙，揭去了紙的上半部，保留了兩個簽名和那個厚顏無恥的原始文件，他還煞有其事地唸了一遍，原文如下：

作為員工利益之法律顧問，戈登承認已收屬於員工的最近一季度之股息，計總額柒萬伍仟美元。

塞拉斯．法威爾　查爾斯．戈登

戈登氣昏了頭，向塞拉斯撲過去，這時從門外衝進來幾個職員抓住了他，並把他送進了警察局。幸好由於職業關係，戈登認識警局裡的幾名警察，在他們的周旋下，看守同意戈登回家拿換洗衣服的要求。戈登心裡很清楚，塞拉斯為警局提供的肯定是無恥的物證，自己是無論如何也說不清了。於是，他選擇逃跑。來到蘇弗通後，戈登在海邊找了個避難處。

芙洛倫絲為律師所受的冤屈而感到震撼不已，她改變了原來的主意，決定暫時不向拉烏爾坦白自己的秘密，而是繼續冒險，徹底拯救不幸的戈登。

主意已定的芙洛倫絲堅定地對戈登說：「我將會為您恢復名譽。」

這時，拉烏爾的秘書在外面敲門，她搞不懂裡面的兩個人為什麼要反鎖住門。情急之下，她敲碎了門上邊的玻璃，伸出一隻手企圖摸到門把手上的鑰匙。

幾乎是在一瞬間，芙洛倫絲抓起拉烏爾辦公桌上的一副手銬，猛地銬住了從門外伸進來的手，牢牢地把它固定在門把手上。

隨後，她領著不知所措的戈登，打開另一道門，衝到大街上，叫了一輛計程車飛快地離開了。

近來煩人的事務和個人情感的困擾，讓拉烏爾的心情糟透了，為圖一時的清靜，他離開家來到俱樂部。不巧的是，拉烏爾在這裡碰到了他並不願意見到的人——塞拉斯．法威爾。

簡單寒暄之後，塞拉斯提到他控告的戈登至今還未被捉拿歸案，言辭間頗有不滿之意。

拉烏爾問：「您真有證據證明戈登侵吞了擔保金？」

「當然有，而且是無可辯駁的證據，如果方便的話，您可以跟我到辦公室去，您會看到證據的。」

拉烏爾想了想，決定和塞拉斯一起去看個究竟，他也很想弄清戈登到底是個怎麼樣的人。

拉烏爾和塞拉斯一同離開俱樂部，剛走到法威爾合作社的門口，他們的身後傳來悅耳的招呼聲。

拉烏爾轉過身去，見來人正是自己朝思暮想的芙洛倫絲小姐，心中不免又狂跳起來。

拉烏爾把塞拉斯介紹給芙洛倫絲，並建議塞拉斯讓芙洛倫絲小姐與他們同行。

塞拉斯同意了。

芙洛倫絲裝作對他們所要進行的事情毫不在乎，她對拉烏爾說：「我很願意陪你們去，不過我只在另一間房間等你們把事情辦完。我想請拉烏爾博士送我回家。」

「很樂意為小姐效勞。」拉烏爾欣喜地回答。

拉烏爾和塞拉斯走進了經理辦公室，芙洛倫絲則留在過廳裡，那個打字員整理了一下文件後便退了出去。芙洛倫絲迅速把過廳的門關上，然後爬上桌子。透過窗楣，她恰好能夠看見塞拉斯辦公室發生的一切。

屋裡的塞拉斯正在打開一隻保險櫃，從裡面拿出了一張收據。

「看，就是這張，戈登的借條。」他遞給拉烏爾。

拉烏爾接過來仔細看了一看，沒有發現什麼，心想應該沒有問題，不過他還是說：「這只是一份收據，他要真正拿到了錢才能證明他侵吞了公款……」

「天哪！真正拿到錢？」塞拉斯恬不知恥地說，「他還不算真正拿到錢嗎？是我親手交給他的。再說，他如果沒有侵吞公款，為什麼要三番五次地逃跑呢？」

拉烏爾見事已至此，也只有點頭的份兒了。

這時，門廳裡突然傳來一陣搏鬥聲，然後是一聲尖厲刺耳的叫聲。出事了！兩個男人衝出門去，見芙洛倫絲倒在地上，頭髮蓬亂，雙目圓睜。

「怎麼了，親愛的芙洛倫絲？」拉烏爾俯下身來問。

「一個男人，他推倒了我，搶走了我的皮包，快追！」

「他長什麼樣子？」

「高個子，黃……黃頭髮，嗯……淡褐色衣服……」

拉烏爾和塞拉斯一起跑了出去，分別朝街的兩頭追去。

過了大概一刻鍾，兩個男人氣喘吁吁地回來了，拉烏爾把在走廊口發現的皮包還給了芙洛倫絲。

他們都沒有找到人，塞拉斯的門衛說，根本沒有看見有人從房子裡出去。

芙洛倫絲裝作疲倦之極的樣子，慢慢站起來說：「時候不早了，給你們添了許多麻煩，我想我該告辭了。拉烏爾先生，如果您沒空，我看我只好自己一個人回去了。」

「這……」拉烏爾本來還想表現點紳士風度的，但剛才的事發生的有些蹊蹺，他決定留下來查一查，於是他將芙洛倫絲送到了大門口。

當拉烏爾再次回到塞拉斯的辦公室時，塞拉斯正在那兒嘟囔著：「這場意外太奇怪了。」突然，他驚叫起來，「收據呢？戈登的那張收據不見了！」

「不可能吧，」拉烏爾說，「您再找找。」

「也許我把它放進保險櫃了。」塞拉斯一邊說著，一邊在保險櫃前停住了。他發現了掛在櫃門把手上的一張紙，上面寫著一行字，還有一個紅圈：「從本保險櫃裡取出的現金將由紅圈女發還給它們的法定主人。」

塞拉斯趕緊拉開保險櫃的門，只看了一眼就大叫起來：「天啦，我的錢，我的錢不見了！這太糟糕了，到底誰幹的……肯定是剛才那個女人。」

「你瘋了，你敢懷疑比你闊氣十倍的特拉維斯小姐？」拉烏爾口裡說著，心裡卻在想，如果不是她，還有誰呢？要是有其他人進去，芙洛倫絲也應該看見啊。

塞拉斯還想說什麼，電話響了，他接起來「喂」了一聲就遞給了拉烏爾。

「喂，是我……啊……誰關了辦公室的門？……什麼，特拉維斯小姐？……亂說……還把您的手銬起來了？……胡說八道……什麼，你看到了那只手上有紅圈……你確信辦公室沒有別的人……好……好……謝謝。」

拉烏爾放下電話，他臉色鐵青，手也不停地顫抖。

塞拉斯說：「我聽到了，你在電話中提到特拉維斯，這不正是從這兒出去的女人的名字嗎？。」

拉烏爾跳了起來，說道：「我不允許你用這種稱謂來說這位姑娘。我會把這事調查個水落石出的。」是的，取走塞拉斯的收據和現金的正是芙洛倫絲．特拉維斯小姐。

她從法威爾合作社出來後，叫了一輛計程車趕到公園，戈登正在門口等著她。

芙洛倫絲遞給戈登一張紙，他很認真地看了一遍，正是那張塞拉斯騙他簽字的柒萬伍仟美元的收據。

戈登簡直不敢相信自己的眼睛，他抬頭看著芙洛倫絲自豪而又誠懇的微笑激動得老淚縱橫，口不能言。芙洛倫絲說：「我該走了，您很快就會洗清冤屈，恢復原有的社會地位——戈登先生，希望能再次見到您。」說完，她邁著輕快的步子走了。

戈登注視著她離去的背影，心中起伏不已。

芙洛倫絲回到「白色城堡」，逕自上樓走進了自己的套房，她從上衣口袋裡拿出那疊從塞拉斯保險櫃中取出的鈔票。

「現在，」她喃喃地說，「我該把法威爾合作社的員工應得的報酬給他們送去了。」

瑪麗在這時走了進來，芙洛倫絲迅速地把錢塞進抽屜。

「芙洛倫絲，我們……我們面臨著更大的危險，山姆……山姆到這兒來了……」

芙洛倫絲聞言大驚失色，瑪麗戰戰兢兢地講述了事情的經過。

雖說這是一個讓人意想不到的壞消息，芙洛倫絲還是想先把最要緊的事辦了再說，因此，她對瑪麗說：「先把他穩住，我再想想辦法吧。」

第二天，山姆沒有來找麻煩。芙洛倫絲換上一套騎馬裝，蹬上一匹火栗色的良種馬，離開了白色城堡。

她來到法威爾合作社設在城郊的工廠，那裡有一群工人正在聆聽一個叫沃特森的工人演講：「……塞拉斯．法威爾這個貪得無厭的人，他至今不把我們應得的酬金付給我們。他還誣陷戈登律師侵吞款項，他根本就是在騙人！」

被激怒的工人們大喊起來：「該死的法威爾，叫他拿錢出來！戈登是無辜的！」

騎在馬上的芙洛倫絲高喊了一聲「閃開！」，雙腿一夾馬肚，衝進人群。趁眾人驚惶失措之際，她一揚手，將一個黃色大信封扔在演講者的腳下，然後以閃電般的速度穿過公路，消失在一片飛揚的塵土之中。

所有在場的工人們全都目瞪口呆，不知發生了什麼事。

沃特森彎腰拾起了信封，那上面寫著：「給法威爾合作社的員工們。」

沃特森撕開封蠟，從裡面滑出來許多鈔票，鈔票中夾著一封信：

這是你們理所當然該得的財產，請在你們當中進行分配。

紅圈女

在一陣沉寂和驚愕之後，人群中爆發出一陣直衝雲霄的歡呼。

10 謎底揭開

離開塞拉斯・法威爾的辦公室後，拉烏爾的頭腦裡越來越清晰的認定了一點：芙洛倫絲就是那個有神秘紅圈的女人。

雖然他不願這麼想，但最近發生在自己身邊的事情無可辯駁地證明了這一點。

拉烏爾憂心忡忡地回到家裡，一夜無眠。第二天，他稍做整理就朝「白色城堡」走去。

「我要不惜一切代價，弄清事實真相……」一路上，拉烏爾的腦海裡只有這樣一個念頭。

白色城堡到了，拉烏爾剛剛跨過花園柵欄門，就發現在閣樓的一扇小窗戶後，有一個人正鬼鬼祟祟地向外探望著。

「天阿！那不是斯邁林嗎？」拉烏爾差點叫出聲來！

正在這時，芙洛倫絲騎著馬回來了，她把馬交給馬夫，走進了花園。

見到拉烏爾，芙洛倫絲本來就顯得紅潤的臉飛過一抹嬌羞。

「您好，拉烏爾博士，今天怎麼有空……」

「喔，我今天是專程過來的，您曾經說過您會做我探明紅圈秘密的好幫手，所以……另外，我想先看看整幢房子，我怕有什麼居心叵測的人會威脅您的安全。」

芙洛倫絲從這句話中似乎悟出了什麼，她知道自己很難在短時間內改變拉烏爾的看法，於是答應了他的要求。

他們開始向閣樓走去。

山姆・斯邁林本來就是個老奸巨滑，警惕性很高的人，何況在目前這種情形下。因此，他待在閣樓上時，也一直傾聽著外面的動靜。拉烏爾和芙洛倫絲的腳步聲剛在樓板上響起，山姆就警覺了起來，他衝向門邊，從門縫裡看到了那個他最怕見到的人——馬克斯．拉烏爾！

山姆快要發瘋了，他猶如一頭困獸，幾步躍到窗前，但外面的牆太高太滑，他放棄跳窗的企圖，看來只有和拉烏爾再來一次肉搏了。

山姆橫了心，陰沉地站到了門邊。

拉烏爾已經走到山姆藏身的房間門口了，他剛想推門，芙洛倫絲卻阻止了他，她謊稱剛才忘了關上下面那道通往走廊的門。於是，兩人又下樓去了。

山姆趁此機會輕輕拉開門，悄悄溜到外面。在樓梯處，他看到拉烏爾和芙洛倫絲正站在那兒，而拉烏爾還是背朝著他的。天賜良機，山姆舉起尖刀，悄悄向拉烏爾逼近。眼看山姆的刀尖快抵到拉烏爾的背心了，在這千鈞一髮之際，芙洛倫絲猛地衝上去把拉烏爾推開，拉烏爾順勢扭身一跳，與山姆正面相對。

不是冤家不聚頭，兩個男人彼此一言不發，停頓了大約幾秒鐘，然後猛地撲在了一起。一番扭打後，兩人鬆開手，各自退了一步，相互對峙著。

山姆摸出一把刀，拉烏爾則從口袋裡掏出了一把槍。

突然，山姆以一種難以想像的敏捷往旁邊一跳，埋頭猛地撲向拉烏爾，拉烏爾被撞倒在地，手裡的槍也滑脫了。隨後，山姆迅速抓起那支掉落的手槍，瞄準了拉烏爾。

臉色慘白的芙洛倫絲以迅雷不及掩耳之勢衝上前去，衝著山姆的手狠狠地抽了一馬鞭。山姆的子彈射偏了，只打到拉烏爾的手。拉烏爾拼盡全力站了起來，抓起一個瓷缸向山姆頭上砸去。

山姆倒下了，拉烏爾走過去給他戴上了手銬。

芙洛倫絲心亂如麻，如果拉烏爾真有個三長兩短，她會後悔一輩子的。

這時，兩名警察走了進來，原來是特拉維斯夫人聽到響動後報了警。

拉烏爾讓警察先把山姆送到醫院去，自己則留了下來。

「現在，該是我們單獨談談的時候了。」拉烏爾對芙洛倫絲說。

芙洛倫絲一言不發。

「芙洛倫絲小姐，有個問題令我很為難，但又不得不提，您能告訴我，那個帶著紅圈烙印的年輕姑娘到底是誰嗎？」

芙洛倫絲欲言又止，她很想把一切都告訴面前這個自己傾心愛慕著的人，然而不知什麼原因，她的嗓子發緊，根本講不出來話。

壓在兩人心頭的秘密，事實上已經有點心照不宣了，拉烏爾激動地抓起了芙洛倫絲的手。在這只迷人的手上，出現了一個不規則的圓圈，一開始是粉紅色的，接著慢慢變深，最後變成了腥紅色。

雖然早就料到了這一結果，但拉烏爾仍然不由得發出了一聲痛苦的尖叫。這是一種難以言喻的痛苦，痛徹骨髓，在這個世上又有多少人能夠體會呢？「親愛的……親愛的芙洛倫絲，是的，我一直全心地愛著你。為什麼……你為什麼戲弄我，而且……而且是這麼久？」

芙洛倫絲向拉烏爾投去絕望的、令人憐惜的一瞥：「對不起……原諒我……我是多麼的不幸……要是您能了解我每次感到受控於這種遺傳性的強力與衝動之時，內心的矛盾就好了……」

拉烏爾冷靜下來，一言不發地聽著。

「唯有藉著這種內心的鬥爭，我才能把那可怕的罪惡一一化解。」芙洛倫絲頓了頓，又說，「我想，您也應該知道，這些日子以來，這隻帶有紅圈的手所做的一切，都是在幫助不幸，或者懲治罪惡，想一想鮑曼，想一想塞拉斯，這些人是什麼東西，而那個曾經救過你性命的戈登……」

芙洛倫絲的聲音一度被抽泣聲淹沒，但她馬上就克制住了自己的感情，以一種更強烈的自信正視著拉烏爾。

「在這些冒險行徑中，始終有一種思想支撐著我，使我更加堅定。這種思想就是……就是您剛才所說……所說的您愛我。知道嗎？我也同樣愛著您啊！」

拉烏爾臉色冷峻，此時的芙洛倫絲在他心目中早已成了仁慈、勇敢、善良和不幸的化身。

「也許，我的這種愛是無望的，我們注定要分開，我注定只有靠回憶和你在一起的那些快樂時光生活下去。」

見拉烏爾沒有說話，芙洛倫絲雙手掩面，倒在扶手椅上。

拉烏爾跪了下來：「芙洛倫絲，親愛的，別哭了，我錯怪了您，原諒我！我崇拜您，我全心全意地愛著您，我要你做我的妻子。」

「不，絕不！沒有什麼東西能戰勝我身上那種可怕的影響力，與其讓您來分擔我的恥辱和不幸，還不如讓我現在就死去！」

芙洛倫絲一邊說著，一邊緩慢地朝門口走去。

拉烏爾怔怔地站在那兒，當聽到「砰」的關門聲時，他的心劇烈地顫抖了一下，感到生命中最重要的東西正在離他而去，生活突然變間得那麼索然無味。他步履蹣跚地離去。

戈登自首了。

他直接走進警察局長魯道夫．艾倫的辦公室，艾倫雖然感到震驚，但臉上卻一點也沒有表露出來。

「你終於肯來自首了，好吧，我會酌情對你寬大處理的。」他對戈登說。

「不，我是無辜的，局長，我來這裡只是想請您把逮捕我的證據拿出來。」

「你的意思是……」

「對，我想請您讓塞拉斯．法威爾與我對質。」

局長欣然答應了這一要求，並立即簽署了一份文件，讓人去傳塞拉斯。

不一會兒，塞拉斯趕到了。正如戈登所想，這個可惡的傢伙竟然說證據被偷了，而且搬出拉烏爾作證。但艾倫似乎不吃他這套，很漠然地說：「那麼，等您找到證據後，我們再來逮捕這位戈登先生吧，現在我們只能將他放了。」說著，局長轉頭對戈登說：「你自由了，先生！」

戈登昂頭挺胸，像一個紳士那樣走了出去。

塞拉斯正想辯解，局長辦公桌上的電話鈴響了。

「啊，對……什麼，你要見我……嗯？……你說什麼？……好，我馬上來，十分鐘到。」

局長放下電話，站起身對塞拉斯說：「對不起，你回去吧。山姆．斯邁林說他知道紅圈的秘密，我得去一下。」

「我陪您去吧，我跟這個紅圈也有直接的關係。」

「你說什麼？」

「我控告戈登的證據，還有我的錢，都是昨天被一個署名『紅圈女』的竊賊偷走的。」

「好吧，你陪我去吧。」

醫院裡。

躺在病床上的山姆看到艾倫，眼裡露出欣喜的光芒，他聲音微弱地說：「您坐近些吧，我的時間不多了，我得把我所知道的一切告訴您。」

局長在床邊坐了下來。

「聽好吧，我知道紅圈的秘密，吉姆死後，這也上只有一個人還有這樣的標記，近來的所有事情都是她幹的。她……她是吉姆．巴頓的女兒……」

說到這兒，山姆停了下來，不停地喘息。

「這個女人是誰？」艾倫問。

「你們猜猜。猜不到吧？她就是芙洛倫絲・特拉維斯。」

「什麼？」魯道夫・艾倫大吃了一驚。

「是的，就是她。快去抓她吧，紅圈肯定會在她手上出現的。」說完，山姆似乎非常疲倦，閉上了眼睛。

等艾倫局長走出病房，山姆藉口需要枕頭支開看守，然後又打傷了醫生，逃了出來。不料卻在躲避追趕時，失足從窗臺上跌下樓摔死了。

這一幕剛好被前來醫院準備審訊山姆的拉烏爾撞上，他從醫生的嘴裡得知，艾倫已經知道芙洛倫絲就是吉姆的女兒。拉烏爾頓覺天旋地轉，快步離開了現場。

芙洛倫絲被捕了。

特拉維斯夫人在得知自己養了近二十年的芙洛倫絲竟不是自己的女兒時，不由號啕大哭，過度的悲傷和孤獨把她給壓垮了。

艾倫雖然對芙洛倫絲的不幸表現出極大的同情，但他不知不覺中做了一件殘酷的事——讓拉烏爾來執行逮捕令。

芙倫洛絲被捕的消息在晚報上登出後，引起了戈登以及法威爾合作社員工們的強烈震撼。戈登雖然還沒有獲得律師組織的認可，但已經恢復了原來的社會地位。他從一位朋友那兒得到了塞拉斯謀殺自己親哥哥約翰的證據，這足以將這個惡棍送上法庭，同時也可以洗清自己的不白之冤。只要重新走上律師的崗位，他就可以為芙洛倫絲辯護了。

另一方面，法威爾合作社的員工們也在沃特森的帶領下，朝市中心進發，抗議警察對芙洛倫絲執行的逮捕。

當時正在警察局長辦公室的塞拉斯得知工人們示威的消息後，急忙下樓跳上一輛汽車，全速向工廠奔去，想把他的賬本、文件和現金藏起來。

冤家路窄，塞拉斯的汽車恰好遇上了遊行隊伍，工人們認出他，把汽車圍了個水泄不通，並把他從車裡拖了出來。塞拉斯不顧一切地奪路而逃，當他以瘋狂的速度登上俱樂部臺階後，警察把俱樂部封鎖了起來。

戈登此時恰好在俱樂部的大廳裡，看到驚慌失措的塞拉斯，他的心裡燃起一團怒火，幾步邁過去，一把抓起了塞拉斯的衣領，嚴肅地告訴他：「你馬上出去，公開承認對我的指控是誣告！」

塞拉斯本以為警察會過來拉開戈登，因此陰沉著臉沒有作答。

「你要是不承認，我把你拖到街上去……」戈登忽然壓低了聲音，「你應該不會忘記那只綠色小瓶吧？約翰……」

塞拉斯聽聞此言，嚇了一跳，額頭上冒出冷汗，臉色也變得鐵青，他結結巴巴地說：

「我……我承認，我是誣告了你。」

戈登對大廳裡的人說：「各位，我想請您們為我作證，也請您們記住塞拉斯．法威爾剛才的供詞。」

說完，戈登走到窗前，向工人們揮了揮手，高喊了一聲：「回去吧，正義即將彰顯。」

沃特森帶領示威的工人們散開了。

法庭審判芙洛倫絲的日子到了，法院的大廳裡擠滿了人。

在庭長的訊問下，芙洛倫絲冷靜、誠懇地作了回答。已經恢復律師資格的戈登作為芙洛倫絲的辯護人，正認真地做著筆記。

輪到證人發言了。

第一個出場的是拉烏爾，他的法醫身份大大增加了其證言的分量。法庭在很大程度上會根據他的陳述決定芙洛倫絲究竟是有罪還是無罪。

拉烏爾正要發言，特拉維斯夫人走了進來。

「媽媽！」芙洛倫絲從心底發出一聲呼喊。

特拉維斯夫人衝過去，將芙洛倫絲緊緊地擁在懷裡。隨後，她面向法官大聲疾呼：

「她是我的親生女兒，是我的全部生命，她沒有犯罪，請你們把她還給我！」

這撕心裂肺的激情感染了在場的每一個人，出於職業需要，戈登和艾倫上前去把母女二人分開了。

大廳外又嘈雜起來，原來是沃特森帶領法威爾合作社的工人們在高呼：

「芙洛倫絲無罪！芙洛倫絲無罪！」

他們一邊高呼著，一邊衝破了警察們築起的防線。

身為律師的戈登深深地明白，這種情勢發展下去，對芙洛倫絲其實是不利的，他向沃特森示意，請他們馬上離開，這裡的一切都由他來處理。

沃特森明白了戈登的手勢，帶領工人們安靜地坐了下來。

拉烏爾開始了簡單地陳述，他首先以法醫的身份，從醫學的角度講述了紅圈這個不同尋常的問題，論及遺傳影響理論，又列舉了一些瘢痕烙印病例。他認為這種病症可以通過暗示和自我暗示得到治療。最後，他說：「我想，所有的人都對芙洛倫絲能否痊癒很關心，現在，我以醫生崇高的心靈和良知保證：能，一定能！」

拉烏爾博士的發言贏得了一片贊同之聲。

接下來出場的鮑曼和塞拉斯，以及其他一些人的陳述，則讓在場的人們發出一片噓聲和嘲弄的笑聲。

作為芙洛倫絲辯護律師的戈登站起身來，開始了熱情洋溢的辯護。

他強調芙洛倫絲被指控的這一系列事實，帶給社會的都是積極而非消極的結果，並向法庭和陪審團揭示了那幾個所謂受害者的本來面目。他還說，在拉烏爾博士的指導下，經過意志和精神的嚴格治療以及訓練，特拉維斯小姐是可以徹底免除紅圈的負面作用的。

「在我看來，」戈登說，「法律所要追究芙洛倫絲．特拉維斯的責任，遠遠抵不上紅圈這一瘋狂、不幸和罪惡的標誌本身對她的糾纏和折磨，況且，現在的紅圈已不再是罪惡的象徵了。難道要讓人們說，芙洛倫絲因為慷慨仁慈而受到了嚴厲的懲罰嗎？所以，我請求法官，無罪釋放芙洛倫絲．特拉維斯。」

陪審員一番交頭接耳後，遞給法官一份文件。

芙洛倫絲勝訴了！

離開被告席後，芙洛倫絲撲進了特拉維斯夫人懷裡，又擁抱了忠心耿耿的瑪麗。

拉烏爾被一種巨大的幸福感所包圍，他走近芙洛倫絲，一句話也沒有說，拿起她的一隻手深深親吻。

然後，兩人一起走向戈登，熱忱地握住他的手。

拉烏爾和芙洛倫絲相擁著，臉上蕩漾著難以言表的幸福。

幾個月之後，有人在白色城堡門口碰到了芙洛倫絲，她的手指上戴著一隻結婚戒指。

走鋼索的女子 1923

花漾少女多蘿黛，
因父親的逝世，從貴族後裔淪落為馬戲團的團長。
在一個偶然的機會下，她得知父親的病逝另有隱情，
事關一枚遺失的家傳金幣與一筆龐大的財產。
多蘿黛是否能找兇手，為父報仇？

Arsène Lupin
~ gentleman cambrioleur

1 多蘿黛馬戲團

東方漸漸發白，遠處教堂的鐘聲響起，一切都從夜的寂靜中甦醒過來。從路邊停著的一輛大篷車裡傳出一個女人的叫喊聲：「聖康坦，聖康坦！」緊接著，車窗處伸出一個腦袋，「這個傢伙，又是半夜溜出去了。」

大約隔了五分鐘，大篷車的後門打開了，一個人走了下來。在這同時，兩個孩子從車上探出頭來，揉著惺松的睡眼問道：「多蘿黛媽媽，您要去哪兒？」

「去找聖康坦。」那個被稱作多蘿黛的女人回答。

「可是天還沒亮，您一個人去會有危險。」

「不會的，放心，我找到聖康坦就揪著他的耳朵回來。你們再睡一會兒吧，別把上尉吵醒了。」多蘿黛一邊說，一邊親切地拍了拍兩個孩子的小臉。

離開大篷車，多蘿黛越過溝渠，穿過一片草地，她走得很輕鬆，體態靈巧、優美。在黎明的光線中可以清晰地看出，她還只是一個十八、九歲的少女，留得很短的黑髮左右分開，脖子上系了一條橙色的絲巾，顯得既活潑又嫵媚。

走出樹林，在山谷的轉彎處，聳立著一座頗有些貴族氣派的圓形城堡。城堡的下面是一個約有三十公尺高、切割得很整齊的花崗岩基座，在城堡和基座的分界，有一條切口一直延伸到底層的窗戶下。

這裡就是多蘿黛的目的地，昨天，她和聖康坦從這裡經過，聖康坦指著那個切口，說這城堡很容易進去。所以，她想聖康坦一定是到這兒來了。

不到十六歲的聖康坦真是個讓人操心的傢伙，不知道他現在怎麼樣了。在對城堡一無所知的情況下，這樣貿然闖進去，會不會被人抓住？已經五點三刻了，他也該出來了吧。

時間一分一秒地溜過，多蘿黛焦急地盯著城堡，她怕天色大亮之後，聖康坦就更不容易脫身了，誰能擔保這裡沒有人經過呢？

說來也巧，就在這時，從城堡的另一邊傳來沉重的腳步聲，多蘿黛趕緊藏到大樹後。不一會兒，一個穿著長大衣，用圍巾遮著臉的人鬼鬼祟祟地向這邊走來，腋下還夾著一杆槍。他逕自走到城堡下，四處看了看，最後將一塊石板豎了起來。石板下竟然是個窟窿，旁邊放著把鐵鍬。那個人揮動鐵鍬，好像是想把窟窿再挖大點。他的動作很輕，幾乎沒有發出什麼聲響。

又過了幾分鐘，城堡底層的窗戶被推開了，一個長長的身影爬上了窗臺。多蘿黛的心提到了喉頭，她已經認出窗臺上的影子正是聖康坦。她想做手勢阻止他下來，可是一心想著往下滑的聖康坦根本看不到。反而是那個正在挖土的人察覺了窗臺上的動靜，他放下鐵鍬，鑽進了窟窿。

埋頭做事的聖康坦對下面的事一無所知，他拿出了一根繩子，套在窗子的欄杆上，這樣順著滑下來顯然容易得多。多蘿黛從樹後走到窟窿邊，正好看見那個穿大衣的人在窟窿裡舉著槍，對準了聖康坦。情急之下，多蘿黛推倒了那塊豎著的石板，把那個人壓在下面。然後，她飛快地跑到切口處，還好，聖康坦已經著地了。

「快跑，有人發現你了……快點，你這個笨蛋，有人拿槍瞄著你！」多蘿黛一邊說，一邊拉著聖康坦向前跑。他們必須在那塊石板被掀起來之前，離開這個地方。

為了不留下痕跡，多蘿黛和聖康坦沿著樹林邊的一條小河跑了二十多分鐘。在確定沒有人追來後，他們才上了岸。聖康坦還想繼續往前跑，多蘿黛則站在原地，指著他身上那一套極不合身，而且打著補丁的燕尾服，笑得前仰後合。聖康坦有些不好意思，他原以為多蘿黛會大發脾氣，但現在她笑了，看來是沒事了。於是，他聳了聳肩。多蘿黛卻突然衝過來，一拳打在聖康坦身上。她一邊捶打，一邊責怪，但是並不很認真，不時還笑上兩聲：「你這個壞傢伙，又去偷東西了，是嗎？偷到了什麼？嫌馬戲團的收入太低了，想額外弄點兒錢，是嗎，聖康坦先生？」

「我……不……沒有！昨晚，我從那個窗口爬進城堡，樓上的房間裡沒有人，我沒有看到什麼值得拿的東西。我又到儲物室去，從那兒看到小客廳裡有一些先生和夫人在跳舞，他們跳到很晚才上樓睡覺。最後，那個女主人取下她的首飾放到盒子裡，再把盒子放進保險箱。開保險箱的時候，她不停地念著R. O. B.這三個字母。等她離開後，我用這三個字母打開了保險箱，拿了這個……」說著，聖康坦從口袋裡掏出一對鑲著藍寶石的耳環。

「這是給你的，多蘿黛。我不是小偷，我只是想為你做點什麼，讓你高興高興……看著你為了我們四處奔忙，甚至要在鋼索上演出，我……我很難過。其實，如果沒有我們，你可以享受榮華富貴的……」聖康坦的聲音有些哽咽，「所以，只要你開口，我願意為你做任何事。」

多蘿黛抬起頭，臉上有些感動，也有幾分憐惜，她說：「聖康坦，你如果真的為我想，就做個誠實的人吧。你、卡斯托爾，還有馬戲團其他的孩子，我之所以收留你們，是因為我們都是戰爭遺孤。這兩年來，我們的生活也許苦了點，但我們可以吃飽飯，可以在一起快樂的玩，這是金錢也買不到的。我想要的就是明明白白、乾乾淨淨的東西，可是，你為了討我歡心，這已經是第三次偷東西了，我不想看到你這樣。如果你無法改正，那我們只有……」

「不，不要丟下我，我保證再也不犯了！」

多蘿黛又笑了，她輕輕拍了拍聖康坦的臉，說：「好吧，我相信你。把這寶石收起來，放到車下的那個籃子裡，過幾天寄還給失主。那個城堡是夏尼莊園，對吧？」

「是的，我在卡片上看到女主人的名字了，是德．夏尼夫人。」

兩人手牽手地朝著大篷車停駐的那片樹林走去。

馬戲團的另外兩個孩子卡斯托爾和波呂克斯已經在路邊燒起了一堆柴火，火上架著一口鍋，鍋裡熱氣騰騰地煮著早餐。這兩個孩子都只有十一、二歲，穿著一樣的吊帶褲，儘管他們的關係很親密，但有時也會為了多蘿黛的一句話扭打在一起，原因無非是男孩子的嫉妒心。

吃過早餐後，多蘿黛吩咐孩子們拿出課本，為他們講解算術、歷史和天文知識。多蘿黛很注意孩子們的教育問題，她的教學方法很獨特，孩子們很感興趣，學起來也極為輕鬆。

接近十點鐘的時候，他們出發到鄰近的村子去表演，一行人只以此謀生。大篷車由一匹老馬拉著，這匹老馬雖然瘦骨嶙峋，還瞎了一隻眼，但挺結實，而且很有精神，孩子們親切地稱牠為獨眼喜鵲。在馬車的兩側掛著一塊大牌子，上面寫著：「多蘿黛馬戲團經理部。」

聖康坦走在最前面，揮動鞭子趕著馬車。多蘿黛帶著兩個孩子一邊走，一邊採著道路兩旁的野花。在經過寫有「夏尼，兩公里，羅伯萊莊園」字樣的路牌時，多蘿黛停住了，她似乎想起了什麼。

「羅伯萊……羅伯萊……」她喃喃地唸到。

「怎麼，你和這莊園有什麼關係嗎？」聖康坦問道。

「羅伯萊……」多蘿黛若有所思地重復了一次，然後說，「這是一個深深刻在我腦海裡的名字。記得嗎？聖康坦，我曾經告訴過你，戰爭初期，我父親在夏特勒附近的一家醫院傷重不治，等我趕到時，他已經去世了。同病房的人對我說，父親臨死時，嘴裡不停叨念的就是羅伯萊。」

「對，你對我提起過，可是和這有關係嗎？」聖康坦問。

「這之後，我一直在想一個同樣的問題，父親為什麼會在臨終前對這個名字耿耿於懷？甚至還帶著一絲恐懼。我也想過很多的原因，但沒有一個站得住腳。而現在，這個名字明明白白的出現在我眼前，我得去看看……」

聖康坦嚇壞了，那可是他昨晚**光臨**過的地方，萬一主人發現了什麼，他們不就是自投羅網了嗎？無論如何，得想辦法阻止多蘿黛。就在這時，卡斯托爾和波呂克斯跑過來了，他們很高興地對多蘿黛說：「瞧，來了三輛大篷車。」

果然，小路上出現三輛權充遊藝攤檔的大篷車，正往羅伯萊莊園的那條路開去。經過多蘿黛他們身邊時，其中一輛車上的人熱情的和他們打招呼：「你們也是去參加莊園園遊會的吧，要不要幫你們留個位置？」

不等聖康坦出聲，多蘿黛已經決定了，她笑著說：「好啊，謝謝你們！」

望著他們離開，聖康坦一再要求多蘿黛不要到莊園去，但多蘿黛仍然執意要去，聖康坦只好讓步了。

沒走多久，多蘿黛馬戲團就進了羅伯萊莊園所在的那個村子。這裡是整個奧恩省地勢最崎嶇的區域，羅伯萊莊園很大，兩道護牆圍著圓形的院子，院子中間是一座古老的噴泉，樣式粗俗的假山上放置著一個日晷。

在村子的廣場上，聚集了十幾輛馬車，車上的人正忙碌著搭架子、樹招牌。多蘿黛馬戲團需要準備的事不多，所以多蘿黛只安排了卡斯托爾和波呂克斯吹喇叭，聖康坦舉著預告節目的演示牌來回走動，她自己則逕直到村裡辦理演出簽證。

將近中午的時候，更多的人從四面八方的村莊湧到廣場來。多蘿黛吃過午飯就離開了大篷車，她到城堡的另一邊查看了那塊石板下面的窟窿，然後混在人群裡到莊園的院子轉了一圈，凡是能到的地方，她都去了。

多蘿黛回到大篷車旁，聖康坦連忙迎上來，急切地問：「打聽到什麼了嗎？」

「打聽到了，這座莊園屬於夏尼．羅伯萊家族，很久沒住人了。這個家族現在的繼承人是奧克塔夫伯

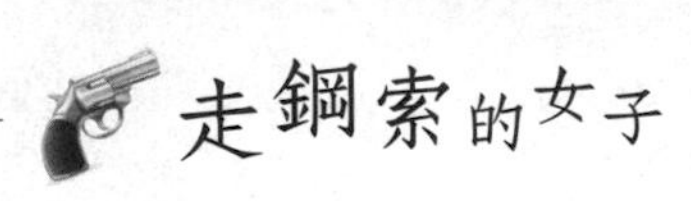

爵，四十多歲，十二年前，他娶了個很有錢的女人。戰爭結束後，伯爵夫婦將莊園修建了一番。昨天，他們請了很多朋友來慶賀他們的喬遷之喜。今天的這個園遊會是他們舉行的，同時也是一個入住儀式。」

「關於羅伯萊這個名字，有什麼進展？」

「沒有。」多蘿黛有點失落。

「那麼演出一結束，我們就可以走了，是嗎？」聖康坦迫不及待地想離開這裡。

「不，雖然我沒有發現直接的關聯，但這裡總讓我感覺怪怪的，似乎藏著一些不為人知的秘密。因此，我要留下來。而你，聖康坦，你必須和我在一起，而且要再勇敢些。因為……因為今天早上那個用槍瞄準你的人，他也在這裡。對了，你把那耳環放在哪兒了？」

聖康坦有些緊張地說：「在馬車藤籃下的那個紙盒裡，怎麼，是那個人說了什麼？」

「沒有，但我有些擔心。所以，演出一完，你把耳環放到倉庫和大門之間的那個花壇裡去。快看，他們出來了，那個一頭金髮，很漂亮的夫人是昨晚放首飾的人嗎？」

「是的，就是她。」聖康坦順著多蘿黛的眼光看過去，然後很肯定的說。

「這是伯爵夫人，聽這裡的僕人議論，她是個心地善良的人，比她丈夫要慷慨大方得多。那個挺著肚子的男人就是奧克塔夫伯爵，旁邊的兩個人是他們的表親。我和他們交談過了，蓄絡腮鬍的那人還很殷勤。走吧，我們過去，鎮靜點，戰鬥開始了。」

奧克塔夫伯爵站在射擊攤前表演他的槍法，他一共射出十二發子彈，在紙靶的中心圍成了一個圈。人們紛紛鼓掌，伯爵有些得意，卻假惺惺地謙讓，說自己好久沒有練習，打得不好。站在一旁的多蘿黛趁機接過話：「可能是生疏了吧。」

伯爵很不高興地看了這個不識趣的女郎一眼，大鬍子連忙上前介紹：「這位是馬戲團的經理，多蘿黛小姐。」

「喔，馬戲團的經理對射擊也有研究嗎？」伯爵似笑非笑地說。

「只是業餘愛好，玩玩罷了。」多蘿黛不卑不亢地回答。

「願意展示一下嗎？」伯爵的話裡帶著挑戰的意味。

多蘿黛走上前，隨便拿了一把槍，要了六發子彈，對著靶心摳動扳機，每一槍都射在正中，人群中響起了歡呼聲。伯爵瞪大了眼，一臉的驚訝，他結結巴巴地對那個大鬍子說：「簡直難以置信，看到了嗎？德．艾斯特雷希，她居然不用瞄準。」

艾斯特雷希隨聲附和，伯爵夫人也在一旁頷首微笑。多蘿黛放下了手中的槍，推開為她叫好的人，對著廣場上的人群大聲說：「各位，下午好！多蘿黛馬戲團很榮幸能在此為大家演出。射擊表演後，我們將為大家獻上技巧、平衡、角力、舞蹈等精彩節目，演出開始！」

多蘿黛甜美的嗓音和活潑、熱情的開場白，一下帶動了全場的氣氛。接下來，孩子們出色的表演獲得了陣陣的掌聲。輪到多蘿黛上場了，她表演的走鋼索扣人心弦，她跳的舞魅力十足，讓人們為之心醉神迷。最後，馬戲團最小的孩子蒙福貢上尉穿著小丑服站到前臺。他先表演了一系列的滑稽動作，然後拿著一個袋子向看節目的人們討錢。人們紛紛將硬幣和一些紙幣放進了袋子，多蘿黛站在大篷車頂對人群說著告別的話：「謝謝大家，我們的表演馬上就要結束了，我們將要離開這個可愛的地方。在走之前，我想告訴大家，作為馬戲團的團長，我——多蘿黛是個相當不錯的預言家，目光獨到，感覺超人，也許我能帶給大家一些神秘的禮物，比如說古老城堡下埋藏著的寶藏。聽清楚我的話吧，會有用處的，希望能有機會報答大家。」

多蘿黛跳下車，孩子們已經在收拾道具了，聖康坦催促道：「我們快走吧，那邊的兩名警察一直盯著我們。」

「沒有聽到我剛才的演說嗎？出色的預言家……看，生意上門了。」

果然，大鬍子艾斯特雷希和另一個年輕男人正向他們走過來。艾斯特雷希說了一大串肉麻的恭維話，又介紹他的同伴：「這位是拉烏爾．達努韋爾先生，伯爵夫人的表弟。我們是代表夫人來請多蘿黛小姐共進茶點的。」

「就我一個人嗎？」

「當然不是，」這話是那個叫拉烏爾的年輕人說的，「表姊想招待所有的演員。」

「那我們先換換衣服。」

「不，小姐，不用換了，你身上這套就很不錯。雖然有點袒胸露背，但蠻適合你。」艾斯特雷希陰陽怪氣地說了一句。

「先生，你的恭維有些過火了。」多蘿黛毫不客氣地回應。

艾斯特雷希討了個沒趣，轉身拉著拉烏爾走了。看著他們離去，多蘿黛小聲地對聖康坦說：

「小心那個大鬍子，他就是早上用槍瞄準你的人。」

聖康坦的臉色變了，他問：「那他認出我了嗎？」

「也許吧，」多蘿黛說，「從你剛才的表演中，他也許看出端倪了。不過，他不知道我們認出了他。所以，我要去為他們算命，讓他們嚇一跳。然後，再讓他們開口說話，弄清楚我想知道的事情。」

「可是，如果……如果他們發現丟了東西怎麼辦？」聖康坦的擔心增加了。

「暫時還不會發現的，我們過去吧。」多蘿黛說完，把其他孩子叫來一起向莊園走去。一路上，她又詳細地詢問了聖康坦昨晚爬進城堡後看到的情況。然後，臉上漾起了自信的微笑。

2 出色的預言家

多蘿黛和她的孩子們在城堡的大客廳裡受到了伯爵夫人的熱情款待，多蘿黛大方得體的舉止和不凡的談吐令在場的人為之傾倒，但艾斯特雷希似乎有意和她作對，專說一些夾槍帶棍的話。多蘿黛沒有示弱，她藉看手相之名，半開玩笑，半認真地奚落了他一番，說他放蕩、沒有良心，而且命不長，會死在絞刑架上。大家都笑了，伯爵甚至鼓起了掌，他說：「你的眼光真厲害，你的這個預言也很有趣，所以，我也想請你……」

「為您算算，是嗎？」多蘿黛問道。

「喔，是這樣的，」旁邊的伯爵夫人插話了，「你在演出結束後說的話使我們很好奇。但是，我聲明一點，對於這一類的事我們是不太相信的，只是出於好奇心，想問你幾個問題。」

「好的，既然你們不相信類似催眠、誘導的那套玩意兒，我可以試著用其他方法——先聽你們說，然後告訴你們一些答案。開始吧，夫人。」

「我們的這座莊園已經有好幾個世紀的歷史了，出入這裡的人非顯即貴。你剛才提到古老的城堡，還有寶藏什麼的，我想，在這座莊園裡，會不會有某個時代的某個主人，在某個角落遺落了什麼稀世珍寶，因此，我們想……」

多蘿黛靜靜地想了一會兒，然後說：「我知道您的意思，可是，夫人，您似乎有所保留。據我所知，城堡裡已經進行過挖掘工作了。」

「這……可能吧，幾十年前，我的父親或者祖父一定做過這個工作。」伯爵解釋道。

「不，我說的是最近。」多蘿黛肯定地說。

「不可能，我們才搬進來，並沒有進行過任何的挖掘。」伯爵夫人急忙說明。

「如果你們沒有動過，那麼，就是另有其人。在我們的演出開始之前，我在花園裡轉了一圈，發現了一些很奇怪的東西，充分證明了挖掘工作的確是在近期進行的。比如說噴泉的四周，假山的水池下，安放日晷的基座，都有被動過的新痕跡。而挖掘者的動機，我想應該是噴泉大理石座上的那幾個字。也許你們沒有注意到，那個石座上刻有一行字。經歷了幾個世紀的日曬雨淋，它們有些模糊了，但確實是存在的，有一個完整的詞可以拼出來，那就是『財富』。」

在場的人被多蘿黛的這番話嚇呆了，愣了好一會兒沒人反應過來。還是伯爵的反應快，他衝出客廳，向外跑去。很快地他就回來了，臉上寫滿了不安與焦躁。

「簡直不可思議，那些地方真的有被挖過的新痕跡。還有，大理石的石座上隱約可以看清楚『財富』這個詞……是什麼人做的？或者他們已經找到需要的東西了。」

「不可能，」多蘿黛鎮定地說。

「為什麼不可能？你還知道其他的情況，是嗎？」伯爵夫人急切地問。

多蘿黛猶豫了一下，她感覺到了艾斯特雷希充滿敵意和挑釁的目光，顯然他已經明白了多蘿黛的用意。

「因為……」多蘿黛毫不示弱地正視著艾斯特雷希，「因為挖掘還在繼續，在莊園外的谷地裡，有一塊古老的石板，那上面刻著的也是『財富』這個詞。搬開石板，下面是一個新挖的洞，還有被有意撫平的腳印。」

多蘿黛的這一番話令在場的人方寸大亂，伯爵夫婦在與他們的兩位表親低語幾句後，由伯爵夫人對著多蘿黛說：「小姐，你剛才說的事令我們感到震驚，你的神奇力量也讓我們為之心服。不知道你是否願意繼續幫助我們找到那個謎底？」

多蘿黛笑了，她說：「怎麼幫？用我超乎常人的力量嗎？可是剛才你曾說過，不太相信這些。」

「我現在相信了，請你幫幫我們！」伯爵夫人的表情很誠懇。

多蘿黛彷彿在考慮，一旁的聖康坦卻早已癱坐在椅子上。從多蘿黛說出那個石板下的洞開始，他就一直嚇得發抖。他覺得多蘿黛簡直是在自找麻煩，萬一艾斯特雷希反過來指證他們那就糟了。所以，他想找個藉口讓多蘿黛儘快離開這裡。可是，不等他說話，多蘿黛已經走過來，從他的衣袋裡摸出一條手巾，蒙住自己的眼睛，有模有樣地請伯爵夫人開始提問。

伯爵夫人最想知道的就是，究竟誰在進行挖掘工作。多蘿黛裝出一副認真冥想的樣子，然後緩緩將早上的那一幕說了出來，但她以那個在城堡下掀起石板進行挖掘的人以圍巾蒙臉為由，沒有說出艾斯特雷希的名字。接著，她把原本是聖康坦做的事巧妙地移到了艾斯特雷希的身上。為了讓在場的人信服，她按照聖康坦曾經說過的情況，詳細地描述了莊園裡的每一個通道和房間，還說出了伯爵夫人那個保險箱的密碼。

伯爵夫人被多蘿黛的這番話說得心驚膽顫，她做出的第一個反應就是往小客廳走去。伯爵和拉烏爾也緊隨其後，而艾斯特雷希卻留了下來。他冷笑著對多蘿黛說：「小姐，你這是在栽贓。我心裡很清楚，那對寶石耳環根本就是你的這位夥伴——聖康坦先生偷走的。你應該知道這意味著什麼！」

「用不著你提醒，我這樣做只是想讓有的人知道，我已經做好了所有的準備。」多蘿黛很平靜地回應。

艾斯特雷希陰險地撇了一下嘴，繼續威脅多蘿黛：「要知道，我和這裡的主人的關係足以讓他們信我而不信你。」

「這倒不一定，因為到目前為止，我面前站著的都只是一個瞞著主人，鬼鬼祟祟地進行不正當的挖掘的先生。」

艾斯特雷希啞然失笑，過了好一會兒，他才嘀咕了一句：「我們走著瞧！」然後轉身走了。

第一回合的勝利讓多蘿黛心情大好，她安慰聖康坦，要他不用擔心，並說自己打算揭穿艾斯特雷希，弄清楚父親臨死前念著「羅伯萊」的原因。但聖康坦始終無法鎮靜下來，尤其是看到艾斯特雷希跟著警察一起檢查參加遊園會的馬車時，他的神色顯得更慌亂了。在多蘿黛的追問下，他吞吞吐吐地說出自己沒有扔掉那對耳環，因為他在大篷車下的籃子裡沒有找到它們。

多蘿黛也被這個意外的消息弄得有點不知所措，就在這時，警察隊長和尾隨而至的伯爵夫婦、拉烏爾走進了大廳。

警察隊長想就莊園失竊一事，對多蘿黛的大篷車進行檢查，但遭到了伯爵夫人和拉烏爾的反對。而伯爵則認為，例行的檢查對每一個人都是必要的。正在警察隊長為難之際，多蘿黛很爽快地同意了。

多蘿黛和一臉沮喪的聖康坦，還有拖著一輛滿載紙盒子的玩具車的蒙福貢一起，跟著那位隊長來到大篷車旁。艾斯特雷希正幸災樂禍地站在那裡，在他身邊是莊園的兩個僕人。看來，這次搜查是他一手促成的。多蘿黛不動聲色，她很坦然地告訴隊長，馬戲團的所有東西都沒有上鎖，他們可以隨便檢查。隊長對這事不太熱心，艾斯特雷希不懷好意地在一旁指手畫腳，兩個僕人幹得很賣勁。可是搜了半天，一無所獲。狡猾的艾斯特雷希注意到了車下的大籃子，他示意僕人們上去翻看。聖康坦的臉都嚇白了，多蘿黛依然保持著鎮定。她看到了聖康坦提起過的那個紙盒子，就在蒙福貢拖著的小車上！於是，她小聲地告訴聖康坦，聖康坦忍不住死盯著小車。這一舉動被艾斯特雷希看在眼裡，他迅速拿起了那個紙盒。

多蘿黛的心一下子懸到了半空中，她甚至想到了逃跑。可是，艾斯特雷希也像她剛才一樣，並沒有立即抖出真相。多蘿黛明白了，艾斯特雷希是想以此為條件，堵住她的口。既然如此，她應該還有勝算！於是，她以目光回敬艾斯特雷希，和他暗中較勁。

伯爵夫婦和拉烏爾走出來了，伯爵詢問是否發現了什麼，艾斯特雷希皮笑肉不笑地說：「沒有，什麼都沒有！不過，有一件很有趣的東西，是多蘿黛小姐給我的，我想先請夫人代我保管到明天早上，等到吃早餐時，再來一起打開牠。」

多蘿黛鬆了一口氣，危險延後了，也就是說，她還有十幾個小時可以周旋。

「對不起，多蘿黛小姐，你還是需要出示你的相關證件和手續。」隊長說。在例行的公事方面他從不含糊。

聽到這句話，原本想要返回屋裡的幾個人都停了下來，他們也想弄清楚，這個美麗的馬戲團團長、出色的預言家究竟是什麼背景。

多蘿黛爬到大篷車上，取出一個硬紙夾遞給隊長。隊長被紙夾裡的內容弄糊塗了，他結結巴巴地問：「這……這都是些什麼東西？有叫卡斯托爾和波呂克斯的嗎？……還有，這個什麼……什麼德．聖康坦男爵，這讓人摸不著頭腦。多蘿黛小姐，你有這些孩子的父母所出具的同意書嗎？」

「對不起，我沒有。不是他們不願意寫，而是他們已經不可能寫了。我和這些孩子，我們都是戰爭的受害者，我們的親人都被戰爭奪去了性命，就這麼簡單。我們組成這個馬戲團，四處為家，生活雖然苦了點，但我們很快樂，我們身體健康，心靈坦蕩。」多蘿黛有些激動。

「可是……」隊長猶豫了一下，執行制度的決心還是打倒了同情心，他問道，「你們有執照嗎？我想看看你們的執照。」

「當然有，是我的家鄉夏隆警察局發的，不過……」多蘿黛停頓了片刻，她本來不想當著這麼多人的面公佈自己的真實身份，但現在這種情況，又使她不得不拿出那張標明她的真實身份的證件。想了一會兒，她還是拿出了那份顯得破舊的執照。

隊長仔細查閱，他發現執照上的名字並不是多蘿黛，於是提出疑問。多蘿黛拿出自己的出生證，並解釋說自己以前是阿爾戈納村的。

乍聽此言，伯爵顯得有點驚訝，他連忙問多蘿黛是否聽說過德．阿爾戈納親王這個名字。多蘿黛回答說，德．阿爾戈納親王正是自己的父親。伯爵在多蘿黛的那張出生證上證實了她真的是德．阿爾戈納親王的女兒，全名是約朗達．伊沙貝爾．多蘿黛，他按捺不住內心的激動。

「約朗達？你就是德．阿爾戈納經常提起的，他最疼愛的小約朗達？」伯爵夫人的聲音有些發抖，她仔細端詳了多蘿黛一會兒，接著說，「是的，是你，你太像你父親了，那種微笑，那種眼神，喔，上帝！你是怎麼找到這裡的？」

多蘿黛也有幾分吃驚，雖然她猜到這個地方與父親肯定有關係，但她從來沒想過這裡的主人竟然會是父親的至親好友。於是，她告訴他們，是因為看到「羅伯萊」這個詞，牽扯到父親臨死前對這個詞的念念不忘，她才來到莊園的。

於是，警察被打發走了，大家又重新回到大廳。伯爵夫人和多蘿黛緊緊擁抱了一下，拉烏爾的臉上也露出了由衷的微笑。唯一高興不起來的，就只有艾斯特雷希了，他滿懷敵意，神情漠然地看著這一切。

伯爵讓僕人帶著幾個孩子到外面去玩，然後很慎重地關上了門。他轉身面對多蘿黛，滿是沉思的表情。多蘿黛暗自高興，事情正朝著她希望的方向發展，看伯爵的樣子，似乎是想說點什麼。

果然，伯爵在房間裡踱了幾步後，停了下來，鄭重地對多蘿黛說：「小姐，既然你是已經去世的阿爾戈納親王的女兒，我想有必要把你父親的遭遇告訴你，這應該也是他本人的意願……」

伯爵清了一下嗓子，接著說：「是這樣的，大革命之前的德．夏尼家族富可敵國，但是戰爭徹底毀滅了這筆財產。而我的父親、祖父、曾祖父都相信這筆巨大的財富仍然存在，他們依靠一些模糊的傳說，執著地尋找著。所有的傳說都有一個共同點——都提到了『羅伯萊』這個詞。還有，我們現在的這個莊園，是路易十六時代才改名為夏尼．羅伯萊的，證明那些傳說並不遙遠。不過，我修復這裡，帶著妻子住進來，並不是想得到這筆所謂的財富。

戰爭期間，我從軍了。一九一五年，在巴黎休假時，我認識了三個朋友，而且很偶然地得知他們和德．夏尼家族都有親緣關係。這三個人就是拉烏爾的父親喬治少校，你的父親阿爾戈納親王，以及艾斯特雷希。在交談中，我們驚訝地發現，在我們四個家庭裡都流傳著同樣的傳說。但是，除了『羅伯萊』這個詞以外仍沒有絲毫的線索和證據。」

伯爵又停頓了一下，然後加重了語氣：「後來，是阿爾戈納親王回憶起了一個重要線索，他說他父親曾說過有一枚金質獎章非常重要。獎章上刻著一行字，其中有『羅伯萊』三個字。他還說，在他的領地遭受戰爭時，他曾經搬出了幾十箱的東西，獎章很有可能藏在那些箱子裡。於是，我們把希望寄託在他身上，並發誓有關這筆財富的任何發現都將由我們四個人共享。接著，阿爾戈納的假期結束了，他離開我們回領地尋找獎章的下落……」

「是一九一五年年底，對嗎？」多蘿黛問道，不等伯爵回答，她又自言自語地接著說，「那是我一生中最難忘的日子，父親和我們在一起待了整整一個星期。可是，從那以後，我再也沒見過他。」

「是的，就是那年的年底。」伯爵很肯定地說，「一個月後，阿爾戈納受了傷，他在醫院裡給我們寫了一封信，很長，而且……而且沒有寫完……」

聽到這裡，伯爵夫人似乎有些著急，她打著手勢想阻止丈夫。但伯爵很固執，他很堅決地說：

「我們應該把信交給她，也許會使她難過，但她有權利知道真相。」伯爵說著從自己的皮包裡取出一封信，展開了那些印有紅十字符號的信紙。

多蘿黛顯得有幾分激動，她認出了父親的筆跡。伯爵開始念那封信，多蘿黛認真地傾聽著。

親愛的奧克塔夫：

首先請你放心，我的傷勢並不重。我急於想告訴你的是關於獎章的事，我很幸運地找到了那枚獎章，一旦我的身體狀況允許，我將把它帶給你看。在獎章的一面上刻著一行拉丁字：因．羅伯萊．福爾圖納，翻譯成法文的意思就是：財富來自頑強的生命力。『羅伯萊』這個詞就是生命力，我想它指的無疑就是羅伯萊莊園。換句話說，莊園應該是財富的所在地。

這是一個讓令振奮的消息，另外我見到了我的女兒小約朗達。你知道的，我並不是一個盡職的父親。對去世的妻子的懷念，讓我無法面對現實。這幾年，我四處漂泊，完全忽略了我的小約朗達。她在家僕和神父的照顧下，一天天長大成人。我是在醫院裡見到她的，憑著自己的毅力，她竟然已經是一名護士了。她精力充沛又善於思考，知識豐富，像大人一般理智地判斷問題。我常在想，她或許可以成為我們尋找秘密的有力幫手。所以，戰爭一結束，我就帶她來見您……

伯爵停住了，似乎已經讀完了那封信。多蘿黛則被父親在信中表達的親情深深感動了，她的臉上露出一絲悲哀的笑容。

「唸完了嗎？」她問。

伯爵說，這封信的本身應該是完了，但是信寄出的日期與寫信的日期整整相差了半個月。而且，由於種種原因，伯爵收到信的時候已經是一個月以後了。後來，伯爵才知道，是因為阿爾戈納親王的傷口急性發炎，病情加重的緣故。

對於阿爾戈納親王的死，伯爵提出了自己的懷疑，這讓多蘿黛吃驚不已，她接過了伯爵手中的另外幾張信紙。

3 艾斯特雷希的真面目

多蘿黛手中那幾張紙上的筆跡，是阿爾戈納用鉛筆寫的，很繚草、很零亂，而且斷斷續續的。多蘿黛認真地辨認著：「多可怕啊……是夢嗎？我昨晚看到的難道是真的嗎？……所有的人都睡了，可是，我……我看到了一隻從窗戶外伸進來的手……不，是兩隻，應該是兩個人的……他們在我的抽屜裡胡亂搜索……獎章，我的獎章……上帝，他們往我的杯子裡滴什麼？毒藥……水……我不能喝……那手臂紋著一行字……是的，有一行字，獎章上的字……因・羅伯萊・福爾圖納……」

整封信到此為止了，多蘿黛的嘴角微微地抽搐著，她強忍住悲傷，但眼淚卻一滴一滴地滑落下來。

伯爵又開口了，他說：「你都看到了，信的內容不完整，我一直覺得他是被謀殺的，兇手的目的就是那枚獎章。可惜的是，我沒有證據。拉烏爾和艾斯特雷希接到我的通知，馬上陪我到了那家醫院，。但醫院的人全換了，我們拿到的只是一份官方文件，說他的死因是傷口感染及併發症。我們不知道該不該追究，除了身染重病的阿爾戈納留下的幾行字，什麼證據也沒有，所以……」

多蘿黛沒有出聲，這使伯爵有些不安，他認為多蘿黛一定對他們沒有堅持追究其父的死因而耿耿於懷，於是，他又說：「我們當時也試圖找你，但我寫去你們領地的信一直沒有回音，加上後來拉烏爾的父親陣亡，艾斯特雷希也受了傷，我們就分開了。也許是上天的安排吧，你來到這裡並以你不凡的力量告訴了我們更多事情。所以我想請你接替你父親的位置，就像拉烏爾代替他父親一樣，讓我們齊心協力，找到獎章的秘密……」

多蘿黛仍然一言不發，伯爵夫人不停地安撫她，並希望她能留下來，和他們一起住在莊園裡。多蘿黛不願意，她離不開馬戲團，更離不開那些孩子。況且，這個下午帶給她的所有消息都讓她感到沉重和疲憊。她向伯爵夫人告辭，說自己想回到大篷車裡休息一下，靜靜地想一想。

多蘿黛的神色堅決，伯爵夫人不便再挽留，只請她晚上帶著孩子們到莊園吃飯。多蘿黛在離去前，問在場的人，除了自己的父親，是否還有人知道關於獎章的事。拉烏爾很坦率地回答，自己也是知情的人。他曾經看過祖父手裡拿著一枚大金幣，但具體情況卻不太清楚。只是有一次，祖父對他說，要告訴他一件非常重要的事。

多蘿黛若有所思，拉烏爾又提出了自己的假設，他認為，財富的秘密可能需要收集齊全某些東西才能明白。多蘿黛也想到了這一點，她說，這些東西顯然散落在各個地方，所以才會出現阿爾戈納親王的不明死亡和莊園裡奇怪的挖掘。她建議拉烏爾注意自己祖父的安全，同時，也提醒伯爵夫婦要留心。

伯爵有些緊張，他希望多蘿黛能想辦法解決目前的問題。多蘿黛想了一下，答應伯爵，自己將在明天告訴他一些該做的事。此時，一直沒有吭聲的艾斯特雷希湊過來，意味深沉地提醒多蘿黛，關於那個小紙盒，他會在明天早餐時打開。多蘿黛毫不驚慌地回敬他：「放心吧，先生，所有的一切，包括夫人那對失竊的耳環，都會在明天真相大白的。」

說完，她走了出去。

回到大篷車裡，多蘿黛休息了一會兒，然後讓聖康坦帶著其他的孩子到莊園吃飯，她自己則留下來簡單地吃了點東西。夜色漸濃，孩子們還沒有回來，多蘿黛一個人來到護牆邊。

「多蘿黛……」有人在輕喚她的名字。

多蘿黛嚇了一跳，但她馬上猜到，這個悄悄走近她的人是艾斯特雷希。在這樣的處境下獨自面對這個心懷叵測的人，無疑相當危險。但多蘿黛已沒有退路了，她很快地鎮定下來，冷冷地問：「先生，請問有何貴幹？」

艾斯特雷希施展出他那套特有的恭維本領，對多蘿黛說了許多稱讚的話才切入正題：「聽我說，小姐！為什麼我們不能合作呢？你的智慧加上我手中掌握的東西，得到那筆錢財簡直易如反掌。奧克塔夫和拉烏爾都是蠢貨，成不了事，只有我們才是最佳拍擋。怎麼樣，是個不錯的主意吧！」

多蘿黛滿眼鄙視的看著艾斯特雷希，仍然冷冷地說：「你實在太高估我了！再說，我根本就不想和你這種人合作！」

艾斯特雷希惱羞成怒，他威脅多蘿黛，要把聖康坦偷耳環的事公諸於眾，而且說這次偷竊多蘿黛也有份。如果她不答應與他合作，他會像她一樣加油添醋地渲染這件事。多蘿黛不為所動，艾斯特雷希一把抓住了她的手臂打算動手。

就在這危急關頭，一束強光打在艾斯特雷希臉上，是蒙福貢！他趴在護牆上舉著一支手電筒，對準了艾斯特雷希。

於是，艾斯特雷希悻悻地放開手，無奈地逃掉了。

將近半夜三點的時候，多蘿黛叫醒了聖康坦，按照計劃，他們將潛入莊園，找一些他們需要的東西。雖然聖康坦覺得多蘿黛這樣做太危險，但他還是服從了。

多蘿黛準備了一個大袋子和一些長繩子，領著聖康坦來到城堡底層的那扇窗戶下。她命令聖康坦爬上去，然後再放下繩子讓她也上去。

對於技巧熟練的他們而言，爬進窗戶根本不是難事，多蘿黛和聖康坦很快就潛入了莊園的廚房。

「對了，你肯定走廊左邊那一間是艾斯特雷希的房間嗎？」多蘿黛問。

「是的，吃過晚飯，我從僕人的嘴裡打聽到的。」

「你把我給你的那包藥粉倒在他的咖啡裡了嗎？」

「倒了。」

「那我們可以放心行動了，艾斯特雷希一定睡成死豬了。」

他們走出廚房，在一扇小門前停住了。這裡是與小客廳相連的儲物室。聖康坦從護窗上翻了進去，三分鐘後，他又爬了出來。

多蘿黛小聲詢問：「找到那個盒子了嗎？」

「是的，我把耳環拿出來了，盒子放回了原位。」

兩個人繼續向前走，來到了走廊左邊的那個房間。艾斯特雷希果然睡得很熟，多蘿黛從口袋裡拿出一瓶氯仿，灑到手帕上，又將手帕蓋在了艾斯特雷希的臉上。然後，她放心地打開了燈，和聖康坦一起，用帶來的繩子把艾斯特雷希的手腳綑住，綁在床上。

第二天早上，伯爵夫婦和拉烏爾正在大廳裡喝咖啡，門房來報告，說多蘿黛馬戲團一大早就離開了，留下了一封寫給伯爵的信。伯爵接過信，展開一看，上面寫著：

> 敬愛的伯爵先生：
>
> 我走了，我向您發過誓，我會遵守誓言。在城堡進行挖掘的人和偷走耳環的人，也就是五年前偷走獎章，殺害我父親的人。
>
> 我把他交給您處置，我相信，在您的手中，正義是會得到伸張的……
>
> 多蘿黛

所有的人都對這封信感到疑惑不解，伯爵更是丈二金剛摸不著頭腦，他喃喃自語：「交給我處置？什麼東西交給我處置？艾斯特雷希怎麼還不下來？他應該知道怎麼做。」

提到艾斯特雷希，伯爵夫人突然記起了那個小紙盒，她起身從小客廳裡拿出那盒子，打開一看，裡面不過是一些白色的石子和貝殼。她弄不懂艾斯特雷希為什麼要讓她保管這些東西，就在這時，僕人走過來，對著伯爵耳語：「先生，昨晚有人潛入了莊園，可能是從牆上爬進來的。對了，有一架木梯支在艾斯特雷希先生房間的窗下。」

乍聞此言，幾個人匆匆往艾斯特雷希的房間走去。門開了，被綁得像個粽子一樣的艾斯特雷希正在床上哼哼唧唧的，眼裡冒著熊熊怒火。在他的身邊，有一條圍巾，和多蘿黛描述過的那個挖掘的人所戴的一模一樣。旁邊的桌子上，很耀眼地放著那對藍寶石耳環。

艾斯特雷希的手臂赤裸著，那上面赫然紋著「因．羅伯萊．福爾圖納」一行字。

多蘿黛馬戲團的演出一路進行著，獨眼喜鵲拉著的那輛大篷車在法國古老的城鎮裡穿梭。多蘿黛心事重重，孩子們也不再嬉戲打鬧。一連幾天，多蘿黛都在沿途的郵局購買報紙，想看看有沒有關於逮捕那個壞蛋的消息。但一直沒有看到什麼。

離開羅伯萊莊園的第八天，多蘿黛意識到自己的情緒讓孩子們擔心了，她決定擺脫父親死於非命這個陰影。她請孩子們諒解她，並在接下來的演出中表現得異常活躍，馬戲團又充滿了歡笑聲。

在演出之餘，多蘿黛第一次對孩子們斷斷續續地說起了自己的童年。從小，父母就把她丟給了莊園的僕人，她從他們身上學到了勤勞、善良。所以，她告訴孩子們，只有和正直善良的人才能得到幸福。

聖康坦聽的入了迷，他對多蘿黛處理事情的能力佩服得五體投地。這一次在羅伯萊莊園，似乎一切都在她的掌握之中，她極其巧妙地把偷耳環的事轉移給了艾斯特雷希，讓他得以脫身。所以他由衷地感謝她。

但是，多蘿黛卻對得不到艾斯特雷希的消息而耿耿於懷，她只好通過郵局給拉烏爾寫了一封信，說自己希望得到確實的消息。拉烏爾很快地回了一封電報，他答應這天的三點鐘到馬戲團的演出地來見多蘿黛。

在約定的時間到來時，拉烏爾的汽車已出現在公路上。不等拉烏爾下車，多蘿黛就急切地詢問艾斯特雷希是否已經被羈押起來了。但是拉烏爾沮喪地回答，狡猾的艾斯特雷希逃跑了。多蘿黛氣得直怨自己，然後突然想起了拉烏爾的祖父，她真為老人擔心，那個喪失理智的艾斯特雷希是不會放過任何一個知情人的。

於是，多蘿黛決定帶著蒙福貢和拉烏爾一起趕回去。她吩咐聖康坦，讓他駕著大篷車，按照車上那張地圖上標示的紅線走，取消所有的演出，五天後在拉烏爾家——崗頂莊園會合。

多蘿黛和拉烏爾上了汽車，一路上，拉烏爾把艾斯特雷希逃跑的經過告訴了多蘿黛。原來，那個壞蛋因為拼命掙扎，撞破了頭，流了不少血，發起燒來。他索性裝出一副病得不輕的樣子逃避詢問。為了維護家族的名聲，伯爵不想報警。他給巴黎方面寫了一封信，試圖打探艾斯特雷希的背景。三天前，巴黎回了一封電報，說艾斯特雷希的本名叫安托萬，是個危險人物，曾因盜竊和一樁謀殺案被查辦，但因證據不足被釋放了。戰爭初期，他開了小差，盜用了馬克西姆的名字。目前警方正在追捕他。伯爵這才下決心打電話給警局，但是等隊長趕到時，艾斯特雷希已經跑掉了。

「太可惜了，竟然讓他溜了。不過我想只要他仍然垂涎那筆財富，一定很快就會露面的。到時絕對要抓住他！」多蘿黛說。

拉烏爾加快了車速，崗頂莊園已近在眼前。在多蘿黛的要求下，拉烏爾把莊園的地形、屋子的結構，以及祖父的生活習慣一五一十地對她說明。

終於抵達莊園時，他們看到了房間裡透出的燈光，奇怪的是莊園的門怎麼也打不開，似乎被人從裡面鎖上了。多蘿黛急中生智，將汽車的座墊疊在一起，自己站在上面，然後讓蒙福貢踩著肩膀爬過牆去。

沒用多久，拿著鑰匙的蒙福貢就在裡面打開了門。拉烏爾和多蘿黛才進去就聽到樓上傳來搏鬥聲。拉烏爾開了一槍，然後飛快奔上樓去。

一切都遲了一步，拉烏爾的祖父臥倒在地板上，嘴裡發出微弱的喘息聲。多蘿黛看到窗戶旁架著一把木梯，蒙福貢看到兩個人爬下梯子逃跑了，其中之一就是艾斯特雷希。

拉烏爾的祖父沒有死，但他明顯受到了艾斯特雷希的恐嚇，雖然隨後趕來的醫生檢查後表示並無大礙，但此後老人一直嘀嘀咕咕的，不回答任何人的話，包括拉烏爾。多蘿黛心裡明白，突如其來的驚嚇和傷痛已讓老人的神經失常了。

4 神奇的金質獎章

崗頂莊園和羅伯萊莊園有很大的區別，它的地勢平緩，四周樹木蔥蘢，曼恩河在這裡分流成了一個池塘。莊園的建築向人們訴說著這裡曾是一個很興旺的農場。

拉烏爾的祖父是一位在大革命前接受冊封的男爵，他不善於打點家業，整天打獵、喝酒，尤其喜歡釣魚。他的兒子，也就是拉烏爾的父親繼承了他所有的性格。所以，儘管拉烏爾使盡渾身解數，也沒能扭轉日漸頹廢的家業。不久前，男爵把這裡出售給了一個放高利貸的人。也就是說，半個月以後，這裡就不再屬於達努韋爾家族了。

拉烏爾是一個勇敢的年輕人，雖然頭腦並不很靈活，舉止也說不上風流倜儻，但看得出他很正直，對人對事都很認真。他已經被多蘿黛吸引住了，但卻不敢向她表達這份強烈的情感。儘管如此，他還是毫不掩飾對她的欽慕。

在多蘿黛的提議下，拉烏爾向警方報了案，並在公開場合宣佈自己將著手尋找獎章，也把獎章與一筆財富有關的消息放了出去。

三天後，聖康坦駕著獨眼喜鵲趕到了崗頂莊園。多蘿黛拒絕了拉烏爾要他們全體搬進莊園的建議，仍然和孩子們住在大篷車上。

幾天來，多蘿黛四處用心觀察，從男爵的書房裡找出了很多小冊子，都是一些當地的地形圖、地方誌等，同時，她也很注意男爵的舉動，希望能從老人本能的反應中得到有用的資訊。

這天，多蘿黛和拉烏爾在水上泛舟，拉烏爾有些著急地問多蘿黛是否有新發現。他在莊園的各處都尋找過了，並沒有找到祖父的那枚獎章，他擔心是艾斯特雷希搶走了。多蘿黛肯定的說，艾斯特雷希沒有得逞，那天晚上，是因為他們的突然返家嚇跑了他。現在，他一定還藏在崗頂莊園的某個隱蔽的地方。

從那些舊書裡，多蘿黛發現了在蒂福日和克裡松附近有一個可供藏身的地洞，從那裡可以清楚地看到莊園。她認為艾斯特雷希和他的同夥極有可能藏在那裡。

拉烏爾提議把這個情況告訴警察，但多蘿黛不同意，她怕打草驚蛇，讓艾斯特雷希再次逃脫。她想把這個傢伙引出來，讓他束手就擒。

拉烏爾不太明白，多蘿黛笑了，她讓拉烏爾把船划到岸邊，然後輕盈地跳上岸，同時輕鬆地大聲說著：「放心，拉烏爾，我們就快發財了。獎章的下落、財富的秘密我都弄出眉目了。看著吧，我的預言馬上就會實現，艾斯特雷希將死在絞刑架上。」

當天傍晚，多蘿黛悄悄走出莊園。她打聽到一條極有用的線索。有一位叫朱利埃特·阿澤爾的老太婆，據說曾經是男爵最要好的女友。男爵在病倒前經常去看她，而且，聖康坦從那個侍候她的女僕嘴裡得知，朱利埃特也有一枚獎章，與傳說中的一模一樣。現在，她就是專程去拜訪朱利埃特的。

走進朱利埃特的房間，多蘿黛看到老人在燈下睡著了。於是，她想自己動手先找一找。不料，多蘿黛剛來到樓梯口，就聽到門那邊傳來一陣騷動。直覺告訴她，是艾斯特雷希來了。他可能一直在跟蹤她，也有可能這個所謂的朱利埃特根本就是他設的陷阱。想到這裡，多蘿黛有點害怕地想離開這裡，但已經來不及了，她只好鑽進旁邊的一個玻璃門裡。這個玻璃門裡是一個櫥櫃，空間狹小，多蘿黛好不容易才拉上了門。

在這同時，大門被輕輕推開了，兩個人小心翼翼地走了進來，其中一個人說：「老太婆睡著了。我搞不懂你為什麼要跟在那個小妞後面，難道你真的想讓她把你送上絞刑架？」

另外一個聲音咕噥了一句：「你知道什麼？我必須監視她，她是個聰明的女人，可以幫我找到線索。再說，在羅伯萊莊園，她差點讓我前功盡棄，我是不會放過她的。」

透過破布簾遮著的玻璃，多蘿黛清楚地看到了艾斯特雷希那張猙獰的臉。

有好一會兒，外面都沒有動靜。幾分鐘後，艾斯特雷希又開口了，他說：「她怎麼還沒有到，難道是半途改變主意？」

那個同夥馬上建議撤走，但艾斯特雷希不願意，他想了一會兒，走到門口將門反鎖。然後搖醒了朱利埃特，掐著老人的脖子，要她說出獎章的下落。朱利埃特不知是嚇呆了還是不肯說，一直沒有吭聲。艾斯特雷希對老人動武了，他使勁擰住了朱利埃特的手，老人受不了，結結巴巴地說：「在……在山莊……在河裡……」

埃斯斯雷謝不相信，他再次對朱利埃特施暴。躲在壁櫃裡的多蘿黛氣憤之極，但卻無能為力。

艾斯特雷希不斷加重力氣，朱利埃特突然大叫一聲，臉上因痛楚而扭曲，她嘴唇哆嗦，上氣不接下氣地說：「壁櫃……壁櫃……還有……還有石板……」

她話還沒說完，臉上的表情卻突然平靜下來。過了大約兩分鐘，她哈哈大笑起來，完全就是一副瘋子的模樣。

「瞧你幹的好事，男爵傻了，他的女友又瘋了。這下好看了……」

艾斯特雷希怒氣大發，他推開老人，大吼道：「閉嘴！她提到壁櫃和石板了，快，找一找是哪個壁櫃？這裡有兩個，都鋪著石板。到底是哪一個呢？」

艾斯特雷希指的壁櫃中有一個就是多蘿黛的藏身之處，慶幸的是，艾斯特雷希先搜查了另一個。多蘿黛趁機從櫃子裡溜出來，悄悄來到朱利埃特身邊，取下了老人的帽子，戴在自己頭上，又解下頭巾披在肩上，最後用黑色圍裙遮住了自己的腰部和短裙。整理妥當後，她站了起來，彎著腰小跑著穿過房間。

這動作很快就被艾斯特雷希發現了，他大叫道：「老太婆跑什麼？快點攔住她！」

「她跑不掉的，門不是被你反鎖了嗎？窗戶那麼高，她不可能跳出去的。」那個同夥不以為然地說。

這兩個傢伙萬萬沒有想到，試圖離開這屋子的人是位肢體靈活的雜技女郎。只見多蘿黛來到窗口，敏捷地爬上窗臺，然後輕鬆地跳了下去，準確地落在花園的草坪上。

等艾斯特雷希察覺情況不妙時，多蘿黛已經消失在夜色之中了。

多蘿黛的遲歸讓拉烏爾和孩子們著急不已，看到她安然無恙，大家都鬆了口氣。多蘿黛把情況簡單陳述之後，說：「艾斯特雷希被我引出來了，一周之後，這件事就會有結果了。」

接下來的幾天，對拉烏爾和多蘿黛來說是很溫馨的。拉烏爾開始向多蘿黛表示自己的愛慕之意，多蘿黛也逐漸接受了這個有幾分純樸的年輕人。但是聖康坦和馬戲團其他的孩子卻不太高興，他們怕多蘿黛遭遇危險，更怕拉烏爾搶走他們親愛的小媽媽。蒙福貢曾經吵著要離開這裡，多蘿黛安慰他，說自己要留下來找珍寶。蒙福賁噘著嘴說：「你就是我們的珍寶，除此之外，我們什麼也不想要。」

這番話讓多蘿黛很感動，但她卻不願放棄正在著手進行的事情。

六月三十日這天，多蘿黛帶拉烏爾去划船。在河中間，她讓拉烏爾看河底排列著的那些石子和沙礫。她說，那正好是一句格言：因．羅伯萊．福爾圖納。而且在這句格言下還有一些細小的文字和數字，但只有在高處才能看清楚。拉烏爾問多蘿黛打算怎麼辦，多蘿黛笑而不答。

兩個人在吃午飯的時候上了岸，吃完飯後，拉烏爾再次來到河邊，看到多蘿黛正指揮著孩子們在離河三、四米的高處扯著鋼索。

「多蘿黛，你……」拉烏爾在明白她想做什麼的瞬間臉色一變，「不，我不能讓你冒這個險！」

「沒關係，拉烏爾，不會有危險，我習慣了，況且我還會游泳……稍安勿躁，很快我就能找到答案了。」多蘿黛一邊說，一邊從岸上爬過來。她笑容可掬，彷彿面對的是來看表演的觀眾。她換了一雙布鞋，然後踏上了鋼索。

拉烏爾在河邊心神不寧，多蘿黛卻若無其事地維持身體平衡。她終於走到河中心了，微低著頭觀察著河底的數字和文字。這顯然是很困難的一件事，陽光折射到水面上，刺痛了多蘿黛的眼睛，連續好幾次，她不得不抬起頭休息一下。

大約過了二十幾分鐘，拉烏爾終於聽到了多蘿黛欣喜的叫聲。她開始往回走了，拉烏爾趕緊跑到牽拉鋼繩的平臺上接住了她。

「看到了，拉烏爾，我看到了。原來，今年的七月十二日將是一個偉大的日子！聖康坦……」

多蘿黛一邊對拉烏爾說，一邊叫來了聖康坦，她輕聲地吩咐了幾句。聖康坦連忙朝大篷車跑去。不一會兒，他穿了一身小丑服回來了。多蘿黛領著他上了小船，將船划到河中央，聖康坦跳了下去，很快就爬了上來。多蘿黛接過他手裡那個沉甸甸的東西，重新上岸。

「瞧，就是這東西！」

多蘿黛拿著一塊四周被焊接起來的金屬板對拉烏爾說，然後把其中一面抹乾淨，露出了一行字，正是「因．羅伯萊．福爾圖納」。

「朱利埃特沒有說謊，你祖父的確把獎章扔到了水裡，這是最安全的地方，誰都想不到。而且，需要的時候，隨便找個孩子就能撈出來。好了，我們勝利了，去慶祝吧！」

拉烏爾喜形於色，他想起今天有一個盛大的宗教慶典在城裡舉行，就提議大家到那兒去慶祝。多蘿黛表示同意，但卻不和他們一起去。拉烏爾冷靜地想了一下，覺得整件事有些蹊蹺。他不知道多蘿黛在玩什麼花樣，但他明白，多蘿黛之所以這樣做，全是為了將艾斯特雷希繩之以法。

多蘿黛也感覺到了拉烏爾的反應，她低聲說：

「不要說話，有人在監視我們。所有的一切都是我策劃的，目的是引出艾斯特雷希。兩天前，我以你的名義給地方檢察官寫了封信，告訴他被通緝的艾斯特雷希將在今天出現在莊園附近。我請他務必派兩名警察，四點鐘到馬松旅館與你會合。時間差不多了，你快出發吧！對了，我為你挑選的三個精壯的僕人也在那兒，你們會合後，馬上回到這裡來。我需要留下來繼續吸引艾斯特雷希，有獎章存在，這個傢伙會出現的……」

「可是，萬一我們趕不回來，那你不就很危險？」拉烏爾擔心地問。

「所以，你的動作必須快一點。還有，請按照聖康坦和孩子們指的山路走……」

拉烏爾猶豫了片刻，終於發動了汽車。

按著多蘿黛的吩咐，聖康坦也帶著幾個孩子去做準備了。莊園裡剩下多蘿黛一個人，她坐在山石下，反覆思考著自己的計劃。是的，正如拉烏爾所說，這樣的安排充滿了危險，可是如果不這樣，又怎麼引狡猾的艾斯特雷希出來呢？

想到這裡，多蘿黛告訴自己一定要鎮定，她站起身來。這時，從小橋的那邊傳來異樣的聲響，敵人出動了！

不出多蘿黛所料，艾斯特雷希帶著兩個同夥闖進了莊園。多蘿黛看了一下錶，四點五十五分，一定要拖住這些傢伙。

多蘿黛向屋裡跑去，把放獎章的金屬盒塞進了雜物堆裡。她正想離開時，艾斯特雷希已兇神惡煞地出現在門口。

他一把抓住了多蘿黛，要她交出獎章。多蘿黛只想拖時間，沒有反抗。她磨磨蹭蹭地表示東西在雜物堆裡。出乎多蘿黛意外的是，那個盒子很快就被找到了。

艾斯特雷希大喜過望，他得意地一把抱起多蘿黛，獰笑著說：「怎麼，你竟然不抵抗？不，這一定有圈套，我還是快點走吧！」

他走出屋子，和院子裡的同伙會合後往山上走。經過河邊時，被艾斯特雷希背在背上的多蘿黛趁他不注意時拿到了那個盒子，然後使出全力扔進了河裡。

艾斯特雷希氣急了，他甩下多蘿黛，跳進河裡去找盒子。不一會兒，他居然重新摸到了那個盒子。爬上岸後，艾斯特雷希氣急敗壞地打了多蘿黛一拳，然後寶貝似的把盒子放到胸口上。多蘿黛突然笑了起來，而且越笑越厲害。她指著那個盒子，開心地說：「你中計了！那個根本不是什麼獎章，不過是我們用來表演轉盤的金屬盤！哈哈，你真的很聰明。但是，這個的確是我和聖康坦用刀刻了格言，又扔到河裡去的那個金屬盤子。我知道你一直注意著我的一舉一動，朱利埃特神經失常前說的那句話啟發了我，所以，我自編自導了這場戲。我料定你會趁只有我一個人的時候到莊園來。」

「那你的意思是拉烏爾並沒有走？」艾斯特雷希將信將疑。

「當然走了，他去找警察了。」

「他媽的，你們告發我！」

艾斯特雷希怒吼了一聲，狠狠地推了多蘿黛一下，多蘿黛的額頭撞在一棵樹上，立刻血流如注。多蘿黛猜想，盛怒之下的艾斯特雷希有可能會殺了自己，但同時，她又強烈地感覺到他的內心相當矛盾。他不願意放棄眼前得到的東西，所以必須和他繼續周旋下去，再拖住他幾分鐘，也許拉烏爾就帶著警察趕到。

就在這時，老男爵牽著獵狗、提著一個箱子從莊園裡走了出來。艾斯特雷希立刻吩咐同夥攔住男爵，並搜查他的箱子。兩個同夥忙了一陣仍無所穫。男爵扔開了箱子，卻始終沒有鬆開他的狗，多蘿黛將這一切看在眼裡。

艾斯特雷希找不到新的線索，重新走到多蘿黛身邊，轉了兩個圈，然後說：「你和拉烏爾在一起了，是嗎？可是我想告訴你一件有趣的事。沒錯，我就是你父親提到的那個手臂上紋著字的人，但你別忘了，那封信裡還提到另外一個人。知道這個人是誰嗎？他就是喬治，拉烏爾的父親喬治！是他和我一起到醫院去的，而且那包毒藥也是他提供的。這個可惡的傢伙搶走了我拿到的獎章，他……」

「你血口噴人！」多蘿黛大叫道。

「不相信？」艾斯特雷希冷笑道，「看看這封信吧，這是我剛從男爵屋裡找到的，是喬治寫給他父親的信。喏，這句話『金質獎章已在我手上，下一次休假時，我會戴上它。』看清楚了嗎？日期就是你父親去世後的一個星期。不要再傻了，跟我合作吧，條件可以商量。」

多蘿黛原本感到非常震驚，但聽到艾斯特雷希這樣一說，她馬上感到形勢對自己有利，不管拉烏爾的父親做過什麼，這個艾斯特雷希是絕對不能放過的。於是，多蘿黛開始講條件。她說自己在五分鐘之前知道了獎章的下落，只要艾斯特雷希還她自由，她就把所有情況告訴他。艾斯特雷希動心了，他發誓自己一定遵守諾言。多蘿黛根本不相信他這種人會為自己說的話負責，但她必須拖住他。就這樣，她開始慢條斯理地分析起來，從達努韋爾男爵的日常生活說到他的生活習慣，最後才提出，獎章可能藏在獵狗的項圈裡。

雖然耽誤了很長的時間，但重新看到希望的艾斯特雷希同樣驚喜不已，他露出了卑鄙的嘴臉，把多蘿黛綁了起來，然後跑下山崗，攔住男爵，試圖將狗的項圈取下來。

多蘿黛已精疲力竭了，她不知道為什麼拉烏爾他們還沒有趕到，危險越來越近使得她有些絕望。正在艾斯特雷希準備解下狗的項圈查看時，一個細瘦的黑影出現在牆頭。

「不許動！」是聖康坦的聲音。

緊接著，又有幾個拿著槍的人影朝這邊跑過來。多蘿黛長長地呼了一口氣，悄悄地鑽進了旁邊一個不被注意的樹叢裡。

艾斯特雷希狗急跳牆，拼命抵抗，但已無濟於事，拉烏爾帶來的警察很快將他制服。

聖康坦帶著蒙福貢在樹叢裡找到了多蘿黛，多蘿黛要他們別聲張，然後讓蒙福貢去接近男爵的那條狗，想辦法取下項圈。

聖康坦告訴多蘿黛，因為警察找錯了旅館，所以耽誤了時間。說話間，蒙福貢回來了，他的手裡拿著那枚獎章。多蘿黛接過獎章，心裡相當激動。這枚獎章顏色黯淡，圖紋粗糙，背後還刻著兩行字：

一九二一年七月十二日中午

拉羅什—佩里亞克城堡大鐘前。

多蘿黛喃喃自語：「七月十二日，還來得及……」話還沒說完就昏了過去。

5 奇怪的遺囑

多蘿黛病倒了，依照她的意思，孩子們一大早駕著馬車悄悄離開了莊園，向獎章上提示的拉羅什—佩里亞克城堡出發。

一路上，馬戲團的演出沒有停止，只是由蒙福貢頂替團長成了主角，節目雖然平淡了一點，但觀眾仍然很多。

幾天過去了，多蘿黛慢慢好轉，但一想起拉烏爾，她又開始痛苦起來。

「為什麼？為什麼他的父親竟是我的殺父仇人？」多蘿黛痛苦的想，幾天前的種種柔情蜜意都被憤怒和厭惡代替了。

眼見目標越來越近，多蘿黛已經不願再去想那些不愉快的事，她逐漸恢復了活力，還時常跟孩子們開開玩笑：「寶貝們，我們就快找到屬於我們的財富了，到時候，你們就會過著王子一般的生活了。」

「你本來就是公主，有沒有這筆財富對你來說，不都是一樣的。」聖康坦悶悶不樂地說了一句，他根本不想去找什麼財富，發財的前景意味著他們之間的親密關係會因此而疏遠。

多蘿黛也認為前面肯定還有很多的艱難險阻，但她充滿信心，這是她喜歡的生活。

獨眼喜鵲很賣力地在路上行走著，他們在途中碰到一些怪事：有很多的人前往拉羅什—佩里亞克城堡，在這些人的中間，或多或少地流傳著關於那座神奇的城堡和那筆豐厚的財富的傳說。最讓多蘿黛吃驚的是，達努韋爾男爵和朱利埃特居然也到了這裡。據旅店的老闆娘說，這兩位老人已經不是第一次來這裡了，每一次他們都會到附近的樹林裡或石板路上翻找什麼東西。

七月十二日那天，多蘿黛把孩子們安排好，不顧聖康坦的勸說，決定獨自一人到城堡的大鐘前赴約。

在途中，多蘿黛再次碰到了男爵和他的女友，多蘿黛原本想帶著他們走的，但這兩個人似乎陷在一種出神狀態中，聽不進任何的話，就那樣呆呆地站在城堡的峭壁邊。

多蘿黛繼續前進，這裡是一片人煙罕至的地方，城堡座落在樹林與沼澤之間。多蘿黛產生了一絲疑問：「這城堡的歷史恐怕有二百多年了，無人居住也大概有一個世紀了，我為什麼憑著一句話就認為這裡還堅守著一個約定呢？」

雖然這樣想，多蘿黛還是走進了城堡，她一眼就看到了那面掛鐘。她打量著這荊棘叢生、爬滿了常春藤的城堡。不，不應該稱為城堡，正確地說，它已經是一片廢墟了。但是，它卻仍然神色莊嚴地提醒著人們這裡曾有的繁華和神秘。

多蘿黛在這裡站了很久，並沒有出現什麼新的人或事。

「看來這真的是我一個人的約會了……」多蘿黛悻悻地想。

就在這時，有馬蹄聲由遠而近。不一會兒，一個身材高大的英國騎士出現在城堡門口。他神色冷漠地在那掛鐘前停了下來，沒有和多蘿黛說話。

多蘿黛想上前主動自我介紹，但立刻對自己的身份感到為難，她是該稱自己為賣藝的多蘿黛呢，還是約朗達公主？在這樣正式的場合，稱呼似乎應該莊重些，但自己身上花花綠綠的衣服又提醒她不能太誇張。

她考慮了半天也拿不定主意，於是只好笑了一下。這一來，英國騎士也笑了，兩人正想說話，又有人進來了，是一個長得很白、很文雅的俄國人。同時，一個穿著旅行衣的年輕車手也尾隨於後。

就這樣，陸續地又來了兩個人，一位是面容和善、舉止穩重的年輕人，另一個則是穿著燕尾服、戴著草帽的老人。

看到這樣的場面，那個老人愣了半天，他喃喃地說：「真是太不可思議了，真有人來赴約。」

這句話無疑道出了所有人的心聲，遠處傳來教堂的鐘聲，十二點了，秘密即將揭曉。

多蘿黛喜極而泣，幾個男人手足無措，不知說什麼好。但馬上，多蘿黛又笑了起來，她叫道：

「我們應該高興啊！一百年前的約定，我們居然都到齊了，怎能不高興呢？介紹一下吧，我叫多蘿黛，是走鋼索的藝人，也是德．阿爾戈納公主。」

聽完她的話，其他人也紛紛自我介紹起來。穿燕尾服的老者是公證人德拉呂，英國騎士叫喬治．埃靈頓，年輕車手阿奇博爾德．韋伯斯特則從美國費城來，俄國人叫庫羅別列夫，曾經參加過法國戰爭，皮膚黝黑的那個年輕人是義大利人，名叫馬可．達裡奧。所有的人都有一枚相同的獎章，都是父親留下的，也知道它關係著一筆財富。

多蘿黛與眾人一一擁抱，然後要求公證人德拉呂對事情的始末作個解釋。

德拉呂先生坐了下來，幾個年輕人也圍坐到他身邊聽他說明：「其實，我對整件事的了解也不完全，但我很樂意把所知道的事都告訴你們。十五年前，我買下了南特的一家公證人事務所。前任老闆交給我一份非常陳舊、蓋了封印的文件，文件的封面上寫著這樣一段說明：『本信件交由公證人巴比埃先生及其繼承人保管，並於一九二一年七月十二日中午十二點，在拉羅什—佩里亞克城堡的大掛鐘前開啟，向所有持有由本人監製的金質獎章的後人宣佈。』

我當時很納悶，後來通過查找巴比埃先生的資料，發現他竟然是十八世紀初的人。也就是說，這份文件是百年前一位老人的遺囑，留到今天來宣佈。

我四處打聽拉羅什—佩里亞克城堡的所在地，雖然得知它已成一片廢墟，但我從事的是一個最講求信用的職業。於是我在今天趕來了。我原本想，這或許會是一場惡作劇，但沒想到真有其事，太不可思議了……既然都到齊了，我就宣佈這份遺囑吧！」德拉呂說著拿出一個陳舊的牛皮信封，信封上五個原本是紅色的封印，隨著歲月的流逝而褪成了暗紫色。

「請大家看看，遺囑開啟前仍是完好無損的。」

公證人用一把小刀裁開了信封，裡面滑出一張很大的羊皮紙，由於時間的關係，剛一打開就斷成了幾片，只好拼起來讀了。好在墨水似乎是特製的，並沒有褪色。公證人開始念遺囑了：「寫於今日，一七二一年七月二十一日，我生命的最後一天，請於一九二一年七月十二日，我復活的第一日宣讀。」

這奇怪的開頭讓大家面面相覷，尤其是「復活」這個詞，幾個人議論起來，多蘿黛阻止了他們，請公證人繼續往下唸。

孩子們：

當你們看到這封信時，我已沉睡了兩個世紀了。請不要驚訝，我用了『沉睡』這個詞。

在我生活的這個世紀，我是屬於很富裕的那類人。四處的旅行，讓我從印度找到了一種藥，一種能令人死而復生的藥。孩子們，或許你們會認為這是無稽之談，可我對此卻深信不疑。在這個世界上，不能解釋的事情太多了，而我手中握著的正是一個從印度大祭司手中獲得的東西，為了這神奇的藥物，我失去了四個手指頭。

我的妻子拉羅什．佩里亞克女侯爵去世很多年了，而我的四個孩子則喜歡像我一樣冒險，他們都在國外做事，只剩下我一個人孤獨的生活。今天，我決定讓自己沉睡，等兩百年後再醒來，我忠實的僕人喬貴魯瓦將會幫助我。我除了留給我的四個孩子應得的遺產外，還為每個人留下一枚獎章，它將被一代一代地傳下去，一直到我復活的這一天。同時，我請公證人巴比埃先生保存的這封信件，也將被傳下去，在我復活的時候宣讀。

孩子們，當看到這封信時，你們一定已經聚集在城堡的掛鐘下了，離我沉睡的地方——贊古塔樓只有幾百步。請你們帶著火炬，沿著橡樹往前走，很快就可以看到塔樓。我想，這座建築很堅實，兩百年後的塔樓應該和現在相差不多。在拱門下，請你們往左數到第三塊大石，再讓另一個人在拱門的右側數到第三塊大石，然後將兩塊大石合力推攏，塔樓的牆會向裡翻成一個斜坡。沿著斜坡進去，可以看到一道樓梯。順著樓梯爬上去，登上第一百三十二級時，會看到一面刷白的牆壁。請記住，一定要用樓梯上最高那一級階梯上的那把鐵鎬將牆挖倒，再踩住階梯上的三塊磚頭，這樣就可以打開裡面的門了。門裡面有一張布簾，而我就睡在布簾後的床上。

在我的床頭有一幅自畫像，那是御用畫家去年為我畫的。床的旁邊是一張小桌子，上面放著一個由布包著的、蠟封的瓶子。請你們打開瓶子，將瓶中的藥水倒進我的嘴裡。這樣，我會慢慢醒過來的。由於經過了如此漫長的歲月，我想我的器官也許會有衰退的現象，我預計將會有個漫長的適應期。不過，只要有平靜的日子和豐富的食物，我會很快恢復正常的。

孩子們，不要擔心我復活後會給你們帶來麻煩，在這之前，我已經為自己的復活準備了條件。誰也不知道我在印度找到了四顆碩大無比的寶石，我將這四顆寶石藏在了秘密的地方。我怕自己醒來後會忘記那個地方，所以把地址寫下來，裝在了另一個信封裡，作為我的追加遺囑。這件事我沒有對任何人提起過，包括喬費魯瓦，人性的善惡畢竟是不可測的。

孩子們，當我醒來後，請你們把信封裡的追加遺囑拿給我，靠著那四顆寶石，我就可以非常愜意地享受新生活了。不過，有一種情況，萬一我無法醒來，或是你們根本找不到我，那就請你們自己打開遺囑，去找寶石吧。凡是四枚獎章的持有者，都可以獲得一顆寶石。

孩子們，為了一個百年前的老人，你們聚在一起，同時，也因為你們身上流著相同的血。你們從世界各地被我召喚而來，請你們一定要如兄弟姊妹一樣團結，然後一起走近我，幫助我從黑暗中走出來。

讓－彼埃爾－奧古斯丁．德．拉羅什．德．博格勒瓦爾侯爵，一七二一年七月二十一日公證人摘下了眼鏡，表示自己已經唸完了。英國人喬治．埃靈頓沉不住氣了，他說：「惡作劇，根本就是個惡作劇！」

「是啊，簡直不可思議！」韋伯斯特隨聲附和。

其他幾個人的眼裡也充滿了疑惑，只有多蘿黛似乎在考慮什麼，她沉默了好久，才抬起頭對大家說：「或者，我們的這位祖先是一個異想天開的人，但是他的這封信卻是真的，他預言我們會在兩百年後來參加這次約會。說到底，我們確實是一家人。」

「對啊，既然是一家人，這次聚會應該是值得慶賀的！」達裡奧說。

多蘿黛笑了起來，她頑皮地吐了一下舌頭說：「我現在的感覺只有一個字，餓！你們誰帶了……」

她話還沒說完，幾個年輕人就跳了起來，跑到自己的行李前，拿出了很多吃的東西。於是，一場真正的年輕人的聚會開始了。什麼財富、遺囑、老祖先的生死，在這一刻都被拋到腦後了，他們要的只是這種前所未有的快樂氣氛。

在場的幾位年輕男士很快就被多蘿黛的魅力征服了，他們爭先恐後地對她大獻殷勤。

這頓飯一直吃到下午三點多鍾，大家收拾完畢，一起出發，就像一支進行郊遊的隊伍。一行人沿著橡樹往前走，德拉呂先生剛才喝了一點酒，此刻昏沉沉地騎在他的驢背上走在最前面。在百米之外的橡樹盡頭，聳立著一座有些破敗的塔樓。

「贊古塔！」公證人興奮地叫了一聲，「走吧，朋友們，去看看在那裡等我們的侯爵先生！」

此言一出，大家又想起了那封奇怪的遺囑。是啊，既然來了，何不探個究竟呢。於是，他們走過坑坑洞洞、荊棘密布的山坡，來到了塔樓的拱門處。按照遺囑的指示，他們費了些勁打開了城堡的石門。果然有一個平臺，隱約可以見到暗處的石梯。

「看來，我們的祖先沒有說謊。」多蘿黛感歎地說。

「如果真的有一百三十二級臺階，那我就徹底信服了。」埃靈頓自言自語地冒出一句。

大家開始沿著石梯往上爬，達裡奧輕聲地數著：「二十七，二十八……」

走到第五十級時，多蘿黛注意到牆上有一個洞，一束光線從外面照了進來。

「一百三十，一百三十一，一百三十二，到了！」達裡奧叫了一聲。

前面真的出現了一面牆，還有三塊磚和一把鐵鎬。多蘿黛說：「繼續按著遺囑所說的做吧！」

韋伯斯特用鐵鎬推倒了牆，露出一扇門，大家推門而進。所有的場景都和遺囑上說的一樣，那塊布簾就在那裡，這後面等待他們的將是怎樣的際遇呢？

多蘿黛看出了同伴們的猶豫，於是走上去拉開了布簾。布簾後果真有一張床，床上躺著一個人。這人的年紀應該在六十歲左右，蒼白的皮膚沒有一點血色，相當瘦弱。床頭掛著一幅人像油畫，但畫像上的人很富態，有很濃的貴族氣質。

多蘿黛低下頭仔細地看他的手，果然，左手缺了四個手指頭，跟遺囑完全吻合。

「他死了……」不知誰小聲嘀咕了一句。

沒有人敢上前證實這一點，過了很久，還是埃靈頓想了個辦法，他取出一面小鏡子靠近那個人的鼻子。很快地，鏡子變得模糊起來。

「他活著……他真的活著！」所有的人都被這違背常理的事嚇呆了。

多蘿黛最先恢復理智，她說：「既然如此，我們就照他說的那樣弄醒他吧！」

說著，她拿起放在桌旁的那個用布包著的細長瓶子，將瓶頸敲斷。又吩咐韋斯伯特拿來小刀，撬開床上那人的牙。然後，她將瓶子傾斜，讓藥水如一條長線徐徐流進那人的嘴裡。

時間一分一秒的過去了，床上的人沒有動靜，眾人焦急地等待著。大約十五分鐘後，床上那人的眼睛動了一下，在這同時，他的雙手也微屈了一下。

「活過來了，他活過來了！」大家交頭接耳。

多蘿黛認真地看著那個人的每一個動作，他睜開眼，顯得茫然失措，看到光馬上避開，顯然是在黑暗中待得太久的緣故。他試著想要坐起來，但是因為太虛弱，沒有成功。他的呼吸有點艱難，好像喘不過氣來。多蘿黛讓達裡奧把室內貼著的兩塊木板取下，一股清風吹了進來。那人彷彿好受了一些，但依舊木然地看著眼前的這些人。

多蘿黛坐到了他的身邊，握住他的手，說：「我們是金質獎章的持有者，我們……」

床上的人似乎並不明白，什麼反應也沒有。多蘿黛只好讓德拉呂先生拿出那份追加遺囑，試圖以此刺激他，讓他儘快回憶起一些事情。

德拉呂先生拿出一個信封，遞給多蘿黛，多蘿黛轉身對床上的人說：「這是您寫的，打開之後，您或許會想起所有的事……」多蘿黛準備把信封拿給那個人，但突然，她像看到了什麼奇怪的事一樣，張大了嘴，繼而爆出一陣不可遏制的笑聲。這笑聲讓在場的人驚訝不已，德拉呂先生甚至有些生氣，他以為多蘿黛在嘲笑他拿出的東西。

「太可笑了，太可笑了，」多蘿黛重復著這句話，見大家不解地盯著她，她連忙解釋，「這位侯爵先生的嘴裡居然有一顆鑲金的假牙。各位想想，兩百年前，路易十四時代，有鑲金牙的嗎？」

這席話像迷霧中的光，讓眾人看清了眼前的事實。

床上那個人還是沒有動，德拉呂把幾個年輕人拉到一旁，問道：「按小姐的意思，這根本是場騙局，是有人裝神弄鬼，是嗎？」

多蘿黛深吸了一口氣，說道：「是的，從一開始，我就發現了很多不對勁的地方。第一，這人身上的衣服，雖然破舊，但我敢肯定，這絕不是兩百年前的東西。再好的布料，經過兩百年，也早就成了一堆碎片了；第二，那包瓶子的布居然一點都沒有破損，這真實嗎？還有，他的手，的確有斷指，但傷口最多是一兩年前的……可以想像，有人在我們前面光顧了這裡，然後又把一切恢復原樣。」

「可是……可是遺囑是今天才打開的，怎麼可能有人搶先知道呢？」德拉呂問。

「我想，這遺囑可能有其他的副本。在我們之外，還有很多的家族和人們流傳著關於這個城堡，關於財富的種種故事，這充分證明了遺囑的部分內容已經洩露。對了，記得侯爵提到的那個僕人嗎？除了追加遺囑，他知道所有的事，或者是他將整件事記錄下來，傳給了他的子孫。」

「可是，這個假扮侯爵的人到這裡的目的是什麼？」又有人提問。

「很簡單，為了寶石！他很清楚，只要有人來赴這個約會，公證人就會說出所有的事，包括追加遺囑，只要拿到它，寶石就到手了。而且，床上躺著的這個人是個傀儡，真正的策劃者一直在幕後……」

「太可怕了，我們應該怎麼辦？」德拉呂先生被嚇住了。

多蘿黛往床的方向看過去，那人一直沒有動彈，她想了一下，說：「我們問問這個人吧，或許他能告訴我們答案。」

大家重新走回床邊，韋伯斯特輕輕推了一下床上的人，令人震驚的事發生了。那人的胸口上竟然插著一把刀，鮮血正在往外冒。天啊，居然有人在大家毫無察覺的情況下殺了他！多蘿黛也緊張起來，她吩咐另外幾個年輕人到四周看看，有沒有什麼可疑的地方。但這樣的搜索顯然是不會有什麼收穫的。

「不行，發生命案了，應該馬上報警！」德拉呂先生提議。

多蘿黛搖了搖頭：「沒用的，兇手既然敢在光天化日下殺人，說明他們早就有準備。我想，通往城區的路上，一定不安全。」

「這可怎麼辦？我……我要走了，太危險了，這裡不是久留之地，我……我還有老婆孩子啊。」德拉呂先生結結巴巴地說。

多蘿黛笑了笑說：「你可以走，但是請你把追加遺囑公佈之後再走。既然侯爵不可能復活，那麼我們有權繼承四顆寶石，我們五個……」多蘿黛突然頓住了，她發現了一個很大的漏洞，四顆寶石，怎麼會有五個主人？

德拉呂先生也感覺不對勁了，他說：「對，我忘了驗證你們的獎章，請各位出示一下吧。」

眾人都從自己口袋裡拿出了獎章，英國人的、美國人的、義大利人的，俄國人的，全都貨真價實。輪到多蘿黛了，她伸手到自己胸衣的小袋裡摸索，立刻愣住了，口袋裡空空如也！

「我的……我的……不見了！」多蘿黛小聲地說了一句。

所有的人都愕然了，德拉呂提醒多蘿黛會不會放錯地方，請她再仔細找找。但多蘿黛很肯定地說，不會記錯，德拉呂開始提出置疑了：「怎麼會這樣？這……」

多蘿黛的心也亂了起來，她清楚地記得自己把獎章放在了袋子裡，它不會丟，除非……除非被人偷走！此念一生，多蘿黛突然想起了更多的事。在前往城堡的路途中，他們的大篷車曾遭遇過一場莫名的大火，當時來了很多救火的人。難道是那時被人趁火打劫，偷走了獎章。對了，多蘿黛的思緒越來越清晰。偷走獎章的人搶在她之前趕到城堡佈置好一切，等著以合法繼承人的身份，聽公證人宣讀遺囑，然後奪走寶石。換句話說，面前的四個人中，有一個就是偷獎章的人。

這個人會是誰呢？多蘿黛閉上眼睛，她彷彿看到了艾斯特雷希那張陰險的臉，這張臉漸漸地和俄國人庫羅別列夫重疊在一起。是他，一定是他，越獄對他來說，根本不是難事，巧妝改扮更是他的拿手好戲。只有他才可能殺掉已經暴露，有可能洩密的同夥。怎麼辦？多蘿黛不斷對自己說，千萬要鎮靜。於是，她以手撫額，假裝思考，慢慢地向門口移去。她想先佔據門口，堵住敵人的退路。同時，她也看到了放在那裡的一個釘滿釘子的大槌，

說時遲，那時快，多蘿黛一邊念叨著，一邊彎下腰，使出渾身力氣拿起那把大槌。可是她的動作還是

慢了一點，一直注意著她的艾斯特雷希一個箭步跨到門口，手裡舉起了兩把槍。所有的人馬上明白面前這個人就是兇手，他們聚集過來準備對付他。看到這情形，艾斯特雷希的手緊緊扣在扳機上。多蘿黛連忙擋在他們中間，她覺得艾斯特雷希並不敢開槍。幾個年輕人著急了，他們怕傷到多蘿黛。

艾斯特雷希一言不發，他觀察了一下局勢，將身後的門拉開了一點，身子貼著牆壁，快速地溜走了。

6 財富來自頑強的生命力

三個年輕人對於罪犯在他們眼前逃走都顯得非常不甘心。他們使勁弄開被艾斯特雷希反鎖的門，然後不顧多蘿黛的勸阻衝了出去。

德拉呂先生早已被這突如其來的變故嚇得不知所措了，他請多蘿黛不要扔下他，要走就帶他一起走。多蘿黛扶著德拉呂沿著樓梯往下走，她估計艾斯特雷希會在外面設下埋伏，因此不能從大門出去。她想起了剛才上來時看到的那個窗洞，於是，領著德拉呂從窗口爬出去，順著艾斯特雷希留在那兒的一根繩子滑下了塔樓。

德拉呂實在不想捲進這可怕的是非中，他把追加遺囑交給了多蘿黛，自己騎著驢子離開。可是，沒走多遠就被劫持了。多蘿黛試圖去救他，卻無能為力，那些傢伙早就跑得無影無蹤了。其他的三個人也沒有消息，多蘿黛突然想到了留在旅店的孩子們。依艾斯特雷希的個性，在沒得到註明寶石所在地的那份遺囑前，他是決不會罷休的。被劫持的德拉呂先生會很快說出遺囑在她手裡的事實，那麼，她的幾個孩子會成為艾斯特雷希威脅她的籌碼。

想到這裡，多蘿黛慌慌張張地往回跑。但似乎太遲了，當她推開旅店房間的門，發現老闆娘被綁在椅子上，屋內一片零亂。

多蘿黛取開堵在老闆娘嘴裡的東西，老闆娘說，十幾分鐘前她和蒙福貢在屋裡聊天，其他的孩子在外面山坡上玩。突然闖進來一夥人，兇神惡煞地詢問其他孩子在哪里。她覺得這夥人不懷好意，於是告訴他們，孩子們到沙灘上去了。蒙福貢很機靈，一點也沒有表現出驚慌。那些傢伙把她綁起來，帶走了蒙福貢，還說要救孩子就到贊古塔去。聖康坦他們回來了後聽到這件事就很著急地拿了一支舊式的、沒有子彈的獵槍要去救蒙福貢。老闆娘怕那夥人再回來，沒有讓聖康坦為她鬆綁。

多蘿黛的心都揪緊了，她不知道艾斯特雷希會對蒙福貢做出什麼事，還有聖康坦和其他幾個孩子，他們的安全也讓人擔心。事不疑遲，必須馬上回贊古塔去。她問老闆娘，是否有其他的路通往贊古塔。老闆娘說，可以從水路過去，聖康坦他們就是划著一條小船往那兒去的。

多蘿黛替老闆娘鬆綁，並請她立刻去報警，自己則馬不停蹄地往塔樓趕去。

塔樓的大門敞開著，彷彿等待著多蘿黛的到來。多蘿黛將那個信封拿出來，揉成一團扔在角落裡的那堆木材中。她繼續往前走，來到平臺邊時，黑暗中突然伸出一支槍直接抵在她的背上。

「別動，小姐，把東西交出來！」正是艾斯特雷希的那個同夥。

多蘿黛沒有說話，又一個聲音傳出來：「讓我來對付她。」從長春藤裡鑽出一個人——艾斯特雷希，他看著多蘿黛的樣子就像獵人看著獵物一樣得意。

「寶貝，你終於來了。不用擔心，所有的朋友我都悉心照顧著，包括蒙福貢先生。請他們出來吧！」艾斯特雷希喊了一聲。

一群人被推擠著出現在樓上，蒙福貢、達裡奧、韋伯斯特，還有喬治。

「沒有聖康坦，看來，他們還沒有到。」多蘿黛不禁鬆了口氣。

「東西呢？追加遺囑，拿給我吧，寶貝！」艾斯特雷希問。

「我把它毀了，在我看了之後。」多蘿黛答道。

「臭娘們，休想騙我！」艾斯特雷希惡狠狠地抓住了多蘿黛的衣領，「識相點就交出來，不然……」

他說著朝樓上的同夥揮了一下手。

樓上的傢伙抱起蒙福貢就要往下扔。

多蘿黛妥協了，她同意交出遺囑，但艾斯特雷希必須放了所有的人，否則一輩子也別想找到寶石。

艾斯特雷希答應了，他吩咐同夥快去準備船，拿到遺囑就馬上離開這裡。幾個同夥猶豫了一下，多蘿黛看出來他們是怕艾斯特雷希獨吞了寶石。

艾斯特雷希催促同夥，並承諾絕不食言。同夥嘟噥著出去了，多蘿黛把扔遺囑的地方說了出來。很快地，那個紙團被找到了。艾斯特雷希大喜過望，他認真地看了遺囑全部內容，不停地讚歎侯爵的老謀深算。然後，他朝樓上的同夥做了個手勢。於是，他們扔下了被綑得緊緊的幾個人，下樓走了。

艾斯特雷希胸有成竹地撕掉了遺囑，他一把抓住多蘿黛，獰笑著說：「這下，誰也不能搶走寶石了。可是，親愛的，你必須和我一起走，由我來保護你比樓上那三隻蠢豬好得多。在塔樓上，我真怕他們三對一，可是……好了，寶貝，你的確夠聰明，我用了半輩子的時間來安排，卻被你一下子就發現了。是的，我就是那個僕人的後人。我們家族一直流傳著這件事，是我設計了一切，我成功了。」艾斯特雷希大笑起來，但是，他的笑容突然變得僵硬。他的頭被一支獵槍頂住了。

多蘿黛臉上露出會心一笑，是聖康坦！儘管他手裡拿著的是一支沒有子彈的獵槍，還是足以讓艾斯特雷希慌了手腳，他說：「別……小傢伙，冷靜點，你不想當殺人犯吧。」

「那可不一定，殺掉你這樣的人，是為民除害。別動，小心我的槍走火！」聖康坦一邊說，一邊轉向多蘿黛，「怎麼處置他？」

「你完了，艾斯特雷希！等著吧，警察馬上就要來了，你會死在絞刑架上的！」多蘿黛說著，用腿一頂，疼得艾斯特雷希彎下腰來，她順勢將他的手槍奪了過來。

這是一場驚心動魄的較量，艾斯特雷希失去了剛才的囂張態度。多蘿黛吩咐卡斯托爾和波呂克斯上樓解救被綑住的人時，聖康坦往樓上看了一眼。艾斯特雷希趁機轉過頭來，他看到自己怕的居然是一把舊式的獵槍，牙齒咬得「咯咯」作響。他對多蘿黛說：「向我開槍吧，如果它還能發出子彈的話。上帝，你們的膽子可真大，幾個孩子，一把破槍就想制住我？……」

他還想往下說，但看到樓上的人正在鬆開繩子，他馬上站起身試圖離開。

「別動，」多蘿黛舉起了那把從他身上摸出的手槍，「這個可是真傢伙！」

「你不會開槍的，算了，我已經知道了所有的秘密，我放過你，我們打個平手……」艾斯特雷希一邊說一邊往外走。

多蘿黛瞄準了好幾次卻沒有扣扳機，猶豫了很久以段時間以後，她還是放下了槍。艾斯特雷希已經走遠了。

樓上的人下來一聽說多蘿黛放過了艾斯特雷希都顯得很氣憤。達裡奧搶過多蘿黛手裡的槍，和兩個同伴一起追了出去。

多蘿黛本想跟著去，卻被蒙福貢哭著拉住了。多蘿黛抱起蒙福貢，又對聖康坦和其他孩子說了幾句稱讚他們的話，然後和他們一起在塔樓的另一個角落找到了德拉呂先生。她仍然很為那三個年輕人擔心，於是讓聖康坦帶著孩子們和德拉呂先生留在這裡，她自己走出塔樓，一路尋找著那三個人的蹤跡。

很快地，多蘿黛在沙灘的礁石群中發現了他們，三個人正躲在那兒不知看著什麼，臉上帶著幸災樂禍的表情。多蘿黛順著他們的視線望過去，只見靠近碼頭的海灣處，有一艘汽艇，船上有一群人正圍著一個奄奄一息的人。那人戴著俄國士兵帽，身上纏了一條長長的、大紅色的羊毛圍巾。

「是艾斯特雷希！」多蘿黛發出一聲驚呼。

船上那群人開始大吼：「混蛋！把寶石拿出來！沒有？不可能，怎麼會……」憤怒的人取來了繩索，套在艾斯特雷希的脖子上，然後把他按到桅杆上，「勒死你這個騙子！」

艾斯特雷希開始還掙扎了幾下，慢慢地就不動了。船上的人把他扔了下來，發動馬達將船開走了。

多蘿黛想起自己在羅伯萊莊園所做的預言，心裡不禁一顫。她和其他人走過去，發現艾斯特雷希已經斷氣了。

幾個人懷著無法言喻的心情回了到塔樓，多蘿黛讓聖康坦把德拉呂先生送到旅店去，拜託老闆娘照顧他。留在塔樓裡的幾個年輕人，一夜無言，第二天，韋伯斯特一大早就騎著車出去，直到中午才回來，他的手裡握著一張紙：「看，我把這裡買下來了。」

「怎麼，你想在這裡安家落戶？」多蘿黛問。

「不，我們幾個商量了一下，想留下來找寶石。把這裡買下來，當然是最好的選擇。你的意見如何？」

「不，不，」多蘿黛推辭道，「我沒有這個打算，這件事讓我身心俱疲，我和我的孩子們都累了，我們需要休息。不如……」多蘿黛想了一下，然後接著說：「這樣好嗎，七月底，在崗頂莊園有一個聚會，那裡的主人也是侯爵的後裔。七月二十四日我就出發，你們和我一起去吧，大家見見面，之後，如果願意，你們再回來找寶石，怎麼樣？」

大家一致通過了多蘿黛的建議，出發之前，他們在樹上釘了一塊告示牌：「私人領地，謹防捕狼器！」

在往崗頂莊園的路途上，多蘿黛成了核心。三個年輕人簡直為她著了迷，紛紛向她表達愛意，甚至於要多蘿黛在他們中間選擇一位。這提議讓多蘿黛感覺哭笑不得，她半開玩笑地說：「你們排成一行吧，我擁抱誰，誰就是我的丈夫，時間嘛，就定在八月的第一天。」

這樣一來，三個年輕人就不再鬥氣了。

大篷車抵達崗頂莊園時，正是七月的最後一天。多蘿黛走進院子，不料遇到放高利貸的人正逼拉烏爾搬出莊園，奧克塔夫伯爵夫婦則已依約到達。

多蘿黛如同變戲法似的拿出一疊鈔票將放高利貸的人給打發走，然後為所有人一一做了介紹。拉烏爾對於多蘿黛幫他贖回莊園一事覺得很不安，多蘿黛說，這筆錢本來就有他的份。

這種說法讓所有的人都感到迷惑不解，多蘿黛笑起來，她說：「是該公佈謎底的時候了，我已經找到了寶石，揭開了這個折騰了我們家族幾輩人的秘密。」

所有的人都呆住了，但很快地，伯爵夫人就回過神來，她盯著多蘿黛，輕輕地說：「她又成功了，她的身上一直就具有超人的力量。」

多蘿黛的臉紅了，她不好意思地說：「並沒有什麼超人的力量，我只是比別人細緻一點。從一開始，在看到那句格言後，我就理出了一些頭緒。我們都把『因．羅伯萊．福爾圖納』理解為財富在於頑強的生命力，後來到了城堡，看了侯爵的那封信，我想『財富』指的應該是寶石。但這些寶石在那裡呢？我記起了家鄉一種叫做『魯弗爾』的橡樹，而拉丁語『羅伯萊』的縮寫正是『魯弗爾』。從城堡到塔樓，一路都是橡樹，也就是說，我們的老祖先一直在告訴我們：『我把寶石藏在橡樹的樹洞裡！』整個事情就這麼簡單。」

多蘿黛的話講完了，她微笑地看著大家。四個年輕人毫不掩飾對多蘿黛的欽佩，臉上流露出無限的愛意。對他們來說，與面前這位聰穎、美麗的女郎相比，所有的寶石都已黯然失色。

「各位，我很抱歉，」多蘿黛對著韋伯斯特等人彎了彎腰，「在拉羅什的最後幾個夜裡，我和孩子們趁你們呼呼大睡的時候，在那片橡樹林裡終於找到了寶石。喏，」多蘿黛從口袋裡掏出三顆核桃大小的寶石，「這是其中的三顆，另外一顆抵押給德拉呂先生，得到了一張三十萬法郎的支票。」

多蘿黛把寶石遞給大家，但沒有人動手接過來。她著急地說：「怎麼了，不信任我嗎？奧克塔夫伯爵、拉烏爾和我是法國的三個繼承人，而你們三位是身處外國的遺產擁有者。」

「不，我沒有獎章，所以沒有繼承的權利。」伯爵直截了當地說。

「我也沒有權利，」拉烏爾也開口了，「幾天前，我看見祖父在果園裡獨自垂淚，他手裡拿著一枚獎章，但兩面都劃著叉，應該是無效的。正如你們所言，侯爵只留下了四枚獎章。所以……」

多蘿黛呆住了，她不敢相信這是真的。達努韋爾男爵手裡拿著的是假獎章，而這枚獎章應該是他的兒子從阿爾戈納親王那裡偷走的。換句話說，達努韋爾家族才是侯爵的真正繼承人，只是男爵出於謹慎和自私，沒有對自己的兒孫提起。

多蘿黛意識到了整件事的後果，她無意中掠奪了本該屬於拉烏爾的東西。事已至此，她能怎麼辦呢？多蘿黛努力克制住情緒，她實在不想讓拉烏爾知道自己的父親曾經犯下無恥的罪行，於是，她若無其事地說：「好了，不再說這些嚴肅的事了，把一切都留給明天吧。我們好好聚一聚，高興高興。還有，孩子們已經好幾天沒有好好睡過覺，以及飽餐一頓了！」

於是，豐盛的晚餐開始了。整個晚上，多蘿黛對每個人都充滿了熱情。韋伯斯特提起了她的承諾，說明天就是她在他們中間確定未婚夫的日子。多蘿黛肯定地說，她不會不守信用的，韋伯斯特開玩笑地問：「拉烏爾不會也是求婚者吧……」

多蘿黛笑而不答，心情複雜。

大家一直待到午夜才離開，伯爵夫人和多蘿黛約定，第二天早上一起喝咖啡。

第二天早上，伯爵夫婦和四個年輕人正在等著多蘿黛的到來，一名僕人送來一封信。拉烏爾一看信上的筆跡，心裡掠過一陣不安，他慢慢地打開信，輕聲地讀了起來：

親愛的拉烏爾和所有的朋友們：

請原諒我的不告而別。直到昨天我才明白，由於陰錯陽差，我無意間篡奪了拉烏爾的位置，也就是說，那枚無效獎章本來應該是我的，而拉烏爾才是第四顆寶石的真正獲得者……因此，我會把那張支票還給德拉呂先生，同時請他把寶石直接交還給拉烏爾。

朋友們，我得承認，在知道真相後，我的心裡有點難過。可是，想起這些寶石背後的種種罪惡，我又高興起來。財富能買來什麼呢？我更珍惜的是我現在擁有的快樂。

親愛的朋友們，你們開玩笑要求我在你們中間進行選擇。說真的，我不知道該如何選擇。不過，或許在我的心中早已有了最好的選擇，而且是唯一的。我不能離開我的孩子們，他們需要我，我也需要他們。請不要太難過，朋友們，我們還會再見的。定個日子在羅伯萊相聚吧，我們還會像親人一般地相逢的，耶誕節可以嗎？

再見了，親愛的朋友們，請接受我最真摯的祝福。

多蘿黛

因．羅伯萊．福爾圖納，財富在於頑強的生命力！

信讀完了，屋裡一片沉默。拉烏爾看了一下手錶，朝窗邊走去。

遠處，多蘿黛馬戲團的大篷車正在那條小路上緩緩行駛，多蘿黛一步一回頭地走在最後面。

荒誕人生 1925

巴爾塔札爾向名聲顯赫的商人求娶女兒，
商人指責他僅是一個孤兒，
沒有資格得到一個做父親的信任，
於是巴爾塔札爾著手尋找自己的父親。
豈料，過程中竟有數個「生父母」如雨後春筍般不斷冒出，
接二連三地為巴爾塔札爾帶來災禍。

Arsène Lupin
~ gentleman cambrioleur

1 父親的來信

這裡是巴蒂諾萊商人夏爾．隆多特家明亮的客廳，此時此刻，隆多特先生正在大動肝火。

「別妄想了，巴爾塔札爾先生，像我這樣一個名聲顯赫的商人，怎麼可能把女兒許配給一個沒有父親的人？」

夏爾．隆多特是一個肥胖而高大的男人，一臉的橫肉咄咄逼人，兩撇小鬍子因憤怒而微微向上翹著，他輕蔑地望著站在他面前那個被稱為巴爾塔札爾的矮個子先生。

巴爾塔札爾身材矮小瘦弱，在隆多特的面前，他竭力保持著自己的一點自尊，但又很顯然地想要試圖挽回些什麼，他小心翼翼地開個玩笑：「先生，您這樣說不太公平，孩子出生的前提便是要有父親。」

「不要跟我來這一套！」夏爾．隆多特大聲地說，「沒姓的孩子就是沒有父親，而且，在沒有身份，沒有社會地位的情況下，你就無法騙取到一個有聲望的商人的信任。」

「可是，先生，我有社會地位，畢竟，我是一位令人尊敬的教師……」

隆多特顯得更加怒不可遏了：「社會地位？喔，我倒是忘記了你還有個體面的職業，忘記了您是如何在課堂上勾引我女兒的。還有——」他嘲諷地看了看巴爾塔札爾，稍頓了一下又說：「我忘了你還有一間被稱做『達納伊代別墅』的貧民窟房子！」

巴爾塔札爾被隆多特的證據刺傷了，他忍不住反駁道：「隆多特先生，要知道，倘若不是您的女兒對我表現出極大的熱情，我是絕不會將目光落在她身上的。」

夏爾．隆多特表情嚴肅地聽完巴爾塔札爾的辯解，然後說：「是的，你是在給女孩子上哲學課的時候，認識我女兒約朗德的。或許，正如你自己陳述的那樣，我女兒說，她對你講的東西挑不出毛病，於是她要求你單獨輔導，但你卻利用這種機會，對自己的學生想入非非，蠱惑我的女兒，以致於約朗德向我提出了你們的婚事。對於她的一時的迷戀，我可以置之不理；可是，年輕人，你又是從哪裡冒出來的？我找過X．Y．Z徵信社找人調查你的身份，你是誰？從哪兒來？怎樣生活？他們都找到了答案，這就是他們給我的！」說著，隆多特指了指桌上的一疊卷宗，眼睛裡閃爍著一種警察審視犯人的神情。

巴爾塔札爾沒有說話，他站直了身子，似乎要努力支撐起自己的一份尊嚴。而夏爾．隆多特對這一動作並不以為然，他開始宣讀他所收集的罪證。「巴爾塔札爾先生，」他停頓了一下，目光變得揶揄，「我不知道一個狼心狗肺的人是否可以稱為先生。巴爾塔札爾先生，住在巴拉克斯區，眾所周知，這一片區域被人們稱作貧民窟，而我們的巴爾塔札爾先生卻將之稱為達納伊代別墅。他也不知從哪裡找來一名叫科洛坎特的女乞丐為他幹活，並且在房門上寫上了一行字：『教師，巴爾塔札爾。』

「這位先生雖然收入不高，卻要努力地過上等人的生活。他把別墅收拾得有模有樣，家俱也整理得光鮮亮麗，穿著漿洗過的筆挺西裝，灑著名牌香水，偶爾還發發善心，施捨給經濟不好的鄰居幾個銅板。可是，我們卻不得不產生一種懷疑，自稱為孤兒的教師巴爾塔札爾為什麼會有錢來支撐這樣的場面？我們的司法當局從不懷疑，而且——」夏爾．隆多特斜睨了巴爾塔札爾一眼，只見這個年輕人已失去了鎮定，取而代之的，是隱私被揭露後的張惶。隆多特見自己的話收到了預期的效果，很是滿意，但他決定再給這年輕人致命一擊。「在去年的八月底，你曾接待了一位胖子的造訪，而且是在連續的三天之內。我們在偶然的調查中發現這位胖子是赫赫有名的江洋大盜，他正被警方通緝。因此，我們不得不去猜測這聲名狼藉的大盜與巴爾塔札爾這名哲學老師有著什麼樣的關係。」

夏爾．隆多特如鷹一般的目光始終沒有離開過對手，他在揣測著巴爾塔札爾會怎樣為自己辯護，可是巴爾塔札爾的舉動卻大大出乎他的意料。

「我已經知道接下來該怎麼做了。」巴爾塔札爾喃喃地說，然後把手伸進衣袋。

夏爾．隆多特不由自主地後退了一步，他怕這位求婚不成的年輕人會掏出武器來。但巴爾塔札爾拿出的僅是一本筆記本，他望著隆多特，用堅定的語氣說：「如果我堅持我的求婚，您會怎麼辦呢？」

這一下輪到夏爾．隆多特不知所措了，他不解地看著巴爾塔札爾。

「如果我一定要向約朗德小姐求婚，那麼，先生，在怎樣的條件下您才會將她許配給我？」

夏爾．隆多特為之語塞，他愣了愣，但仍舊鎮靜下來，一字一頓地說：「首先，你應該解釋出你與胖男人的關係。」

「是，與胖男人的關係。」巴爾塔札爾一邊說，一邊在筆記本上寫著。

「除此之外，你還得找到一個父親。」夏爾．隆多特申明，「當然，還必須有社會地位，喔不，還要有工資跟一筆現金。」

這一切彷彿都沒有對巴爾塔札爾構成威脅，他堅定地合上筆記薄，然後站起來，對夏爾．隆多特微鞠一躬。「先生，我會滿足您的要求的，我期望在不久的將來，我會給您滿意的答覆。我以最誠摯的心祝福您。」說著，他拿起桌上的紳士帽，邁著男子漢那自豪且又驕傲的步子走了出去。他打開門，門後閃出一個倩影。「約朗德，是你！」

「喔，親愛的，你太令我驕傲了，」約朗德摟住了巴爾塔札爾的脖子，在他臉上親吻，「你是勇士，去吧，我會等著你贏得這場戰爭。」

巴爾塔札爾被愛情的火焰激起了熱情，雖然他被高他半個頭的約朗德摟得有些喘不過氣來，但他仍豪情萬丈地說：「是啊，親愛的約朗德，愛情可以戰勝一切！」

「我相信你，巴爾塔札爾。」約朗德美麗的眼睛當中閃爍著光輝，她體態優美，宛如舞臺上的王后。

「我會得到你的。」巴爾塔札爾把她摟得更緊了，「我會洗清那些在我身上的汙言穢語的，比如說那個胖強盜，我認識他嗎？喔，這簡直是污蔑。」

「我相信你，去證明這一切吧，還有，找到你的家姓。我給你半年的時間。」約朗德含情脈脈地望著巴爾塔札爾，兩人相對無語。

過了一會兒，約朗德為巴爾塔札爾整了整衣冠，由於剛才的狂吻，他的帽子滾到了一邊。她為他親手戴正，彷彿是要送情郎去參加十字軍東征一般地說：「走吧！為你的約朗德而戰，親愛的，走吧。」

巴爾塔札爾望了約朗德一眼，沒有再多說什麼就邁著堅定的步伐走了。在他看來，眼前即使是刀山火海，他也會毫不猶豫地跳下去。

巴爾塔札爾走上大街，來到巴蒂萊廣場，他的秘書科洛坎特正在那兒等著他。她背著一個與她瘦小身材極不相稱的大公事包，戴著一頂略舊的絲絨帽，捲曲的金色頭髮從帽中滑落出來，遮住了她的臉頰。

「成功了？」科洛坎特迎上來關切地問道。

「是的，基本上成功，還差兩、三個條件。首先是找到我的父親，你跟我去嗎？科洛坎特？」

科洛坎特一臉茫然，顯然，她認為這是一個棘手的問題。不過，主人的堅定是毋庸置疑的。於是，她開始跟著巴爾塔札爾一起，審視著來來往往的行人。

「可能是他，」巴爾塔札爾看著前面街口一位上了年紀的人，喃喃地說道，「他的眉目中有我的影子，很可能他一直在躲避著我。」

在傻傻地看了一個多小時後，兩人放棄了這種徒勞的嘗試，花了一法郎去找能夠通靈的巫師。

「他有錢……是的，高貴的社會地位，您的父親……」巫師念念有詞。

這激動人心的說法讓巴爾塔札爾強烈的期望變成了一種篤定的信仰。

「那他的相貌呢？我是說我的父親。」

「他是一位富有的老人，可是我找不到他的頭，他的頭隱在黑暗之中……我找不到……」巫師通靈的雙眼也有些失靈。

這沒頭的父親並未使巴爾塔札爾灰心，只是讓他更加信心十足。無論如何，他也算是有了父親。

巴爾塔札爾和科洛坎特朝達納伊代的住所走去，科洛坎特落在後面，巴爾塔札爾藉機拐進蒙特馬地區的一家小酒店，在那裡喝了一點雪莉酒，然後帶著幾分醉意回到家中。

房門一打開，巴爾塔札爾便抓住了火柴和蠟燭，這都歸功於科洛坎特有先見之明，把這兩樣東西放在好拿的地方。巴爾塔札爾點燃燭臺，房間頓時亮了起來。他驚愕地發現，燭臺下竟然躺著兩封信。自從搬到達納伊代後，六年以來，他從未收到過信。這是誰的呢？他有一些疑惑不解，顫抖著打開信，信紙滑落出來，並不熟悉的字跡映入他的眼簾。

親愛的孩子：

首先，我要請你原諒我的過錯。當年我違心地將你遺棄，成了一個躲著兒子、不敢露面的、滿懷羞愧之情的父親，我要請求你的寬恕。同時，我必須求得你的諒解，因為我快要去見上帝了。我迫切地期望我能彌補自己的過失，為你以後的生活帶來幸福和財富。

我為你而驕傲，兒子，我為你能在逆境中具有堅強而自豪，好好地幹吧，親愛的，但願我能讓你將幸福握緊。巴爾塔札爾，在馬爾利森林的一角，我埋下了一個錢袋，錢袋中的定期證券和現金加起來共有一百六十萬法郎，這是我畢生的心血，現在將它們留給你。我把埋藏錢袋的位置詳細畫在了信封內的一張地圖上，請照著圖中紅線標明的箭頭和注解尋找，一定會找到的。

永別了，孩子！原諒我一直不曾出現在你的視線之中，原諒我曾是一個多麼狠心的父親。可是，不可否認，我是那麼地愛你和渴望你幸福，這封信在我死後才可能到你的手中，祝福你，兒子。

你的父親

巴爾塔札爾如在夢中，他機械地又打開了另一封信。內容如下：「巴爾塔札爾先生：請於本月二十五日下午四時整，前來敝事務所，商談有關您的事宜。請準時。」

巴爾塔札爾沒能看完這封信，雪莉酒的後勁讓他一下子躺倒在被當做床用的床墊上。

2 貴族之後

巴爾塔札爾每每回憶起自己童年的時光，就會渾然忘卻自我。曾幾何時，他只是大街上瘦弱的、任人欺侮的乞丐，他成天擔心著自己會因饑餓而死去。在成長的過程中，他比別人付出了更多的艱辛，至於自己是怎麼從困境中掙脫出來的，又怎麼取得今天的一切，他都糊里糊塗、不知就裡。但有一點是清楚的，童年時的無助與孤獨，在無形之中培養了他那堅強的意志與超凡的勇氣。他讀了不少書，從事過多種職業，做著成千上萬的繁瑣小事，但他的心總保持著一種平衡，以至於他在忙碌之餘還有閒心悠然地看看自然的美景。

X．Y．Z徵信社對他的調查基本屬實，他所住的達納伊達別墅是一幢很簡陋的建築，面積卻相當大，而且被祕書科洛坎特收拾得分外整潔。

說起科洛坎特，她可是巴爾塔札爾生活中不可缺少的人物。她從一個小乞丐成為巴爾塔札爾的秘書，她的內心充滿了對巴爾塔札爾的感激，並把這份感激化為了無限的忠誠。她把達納伊達別墅管理得井井有條，又在旁邊搭起了半邊小屋，作為自己的臥室，她的室內僅僅可以容下一張小床，可是她過得很快樂。

這天早上，科洛坎特如往常一樣，把別墅的裡裡外外打掃得乾乾淨淨，然後走進巴爾塔札爾的房間，輕快地問道：「巴爾塔札爾先生，事情都做完了，我可以去聽您的哲學課嗎？」

她的臉上滿是笑意，小嘴微微開啟，露出兩排整齊而潔白的牙齒，陽光照在她白玉般的皮膚上，一身的青春活力。

「當然。」巴爾塔札爾回答道。

於是，兩人出了門。巴爾塔札爾一直以來都把科洛坎特當成一個孩子來看待，而且是一個不可或缺的孩子。相似的命運，把他們兩人緊緊地連在了一起，彷彿是同一棵樹上結出的果實般。

巴爾塔札爾講授哲學課的地方位於蒙索地區的一個小旅店內，裡面有三十多個中產階級家庭的千金小姐們正嘰嘰喳喳地說笑著。巴爾塔札爾的聲音對她們並沒有任何的約束力，她們或者聊著聖羅蘭店的名牌時裝，或者研究哪一家髮廊燙出的髮式更時髦，沒有誰在乎這裡是課堂。但有一位例外，她睜大著雙眼，用無限敬仰的眼神看著巴爾塔札爾先生，如癡如醉地聽著他所講述的內容，那便是忠誠的科洛坎特。

「小姐們，儘管現實生活中有的是波瀾壯闊的歷險、爭鬥、危機，可是，請你們相信，這一切都只是一種幻象，因為從某種永恒的意義上來說，任何突然爆發的、激烈的東西都會平淡而去，漸漸地轉為平靜、安寧的源流。因此，我們可以樂觀地想：在我們遇到某種歷險時，我們也不要將自己捲入漩渦之中，因為在這裡面，我們能感受的只有痛苦、悲傷、失落。那麼，保持一種心理上的輕鬆與愉悅便是我們能做的……」

鐘敲響了，那些大家閨秀們一哄而散。巴爾塔札爾站起身，和科洛坎特走了出去。他們沿著街道往前走，巴爾塔札爾一邊走一邊不停地向科洛坎特講述他剛才的課程。二十分鐘後，他們來到了蒙索公園。

科洛坎特很快找到了可以安坐的地方，鋪開她為巴爾塔札爾準備的午餐。兩人席地而坐，這是科洛坎特認為一天中最快樂的時光。她服侍著巴爾塔札爾吃完午餐，又為他泡好咖啡，裝好菸斗，遞過火柴，然後靜靜地看著他。

巴爾塔札爾將昨晚看的那兩封信遞給了科洛坎特，科洛坎特看著這兩封信，有些吃驚，但馬上又用確信無疑且充滿理解的語氣說：「先生，這難道不是一種冒險嗎？正如您在課堂上曾講過的。」她謹記老師的教誨，怕先生會在冒險的漩渦中受到意外的傷害。

「冒險？喔不，科洛坎特，這怎麼會是一種冒險？我只是合情合理地去尋找我的父親，而父親將財產留給失散已久的兒子，這也是天經地義的事情，這毫無特別之處啊。」

「是啊，這沒有絲毫特別的地方。」科洛坎特喃喃地說，「可是，只要是關係到您和約朗德小姐的事，就不應該是小事，對吧？」

巴爾塔札爾不知道應該怎麼解釋，停頓了一下，然後說：「我和約朗德……這只是一時的熱情，而熱情之後一切又歸於平淡。這也是日常生活中的一段插曲，如此而已。」

巴爾塔札爾自己也有些迷惑，倘若說約朗德小姐的熱吻曾激起他的熱情的話，那麼這種熱情是如何產生的呢？而且，這種熱情又是如何促使他這樣一個素來膽小謹慎的人如此大膽且不顧一切的去求婚呢？巴爾塔札爾先生一生致力於日常哲學的研究，他研究了一切的普遍現象，獨獨忘記研究自己。

望著先生陷入沉思，科洛坎特有些不安了，她茫然地站在那裡。過了好一會兒，巴爾塔札爾甩了甩頭，站起身來。不管怎麼說，他要按照律師事務所上的通知，去尋找屬於他父親的謎底。

律師事務所坐落於聖奧諾雷街，律師拉博爾戴特先生安坐在辦公室內，這位律師已從事了數十年的律師工作，經歷了無數的奇聞怪事，所以早已練就了一身處變不驚的本領。

「請坐，你就是巴爾塔札爾先生？那個總是要別人稱呼自己為老師的人？」他招呼著巴爾塔札爾，卻沒有管科洛坎特。

「是，我是巴爾塔札爾，但我並沒有讓人叫我老師。」

「那你能證明自己的身份嗎？要知道，為了尋找你，我們不得不求助於X．Y．Z徵信社，請他們幫助我們郵寄信件。」律師說。

巴爾塔札爾無奈地攤了攤手，表示自己拿不出任何可以證明身份的證件。對他來說，什麼會員證、狩獵證等等，實在不是他的能力所及的。

「那麼，你沒有可以證明身份的有力證件了。」律師的眼神裡含著一絲輕蔑，「那麼，我只能親自取證了，雖然這可能給你帶來不便。請你解開襯衫扣子。」

巴爾塔札爾對於這荒唐的要求並無異議，他解開領帶，脫下衣服。在他的胸膛上，有紋身的殘痕，隱約可以看到幾個字母。律師拿起了桌上的放大鏡，仔細地觀察著，在證明一切屬實之後，律師宣佈：「M．T．P三個字母都在，不過，我們還得進行另一項取證……」

他遞過一隻印臺，吩咐道：「請用你的左拇指內側按一下，我們將對你的指紋進行取證。」

巴爾塔札爾照做了，律師用這種原始的辦法提取到了指紋，將它與另一張紙上的印跡做一番對比，然後清楚無誤地宣佈：「這次確認無疑了。巴爾塔札爾先生……不，戈代夫魯瓦，西班牙最大的貴族，雅卡公爵、奧德雷斯男爵、庫西─旺多姆伯爵的兒子……」

巴爾塔札爾顯然被這一連串顯赫的名字嚇傻了，他心亂如麻，頭腦中一片空白，唯一能說的就只是想要弄清楚西班牙最大的貴族有什麼特權。

律師雖然有些按捺不住內心的激動，但他仍舊泰然自若地說：「在幾個月前，一位叫泰奧多爾的伯爵找到了我們，當時他已經病入膏肓，他的夫人只給他留下了四個女兒。他講出自己有個兒子，是他與歐內斯丁．昂里烏絲小姐的血脈，現在已經長大了。他要將他的家姓以及部分財產轉給兒子，他說那孩子現名巴爾塔札爾。伯爵給我們留下兩個證物，一個是前胸紋身的三個字母，另一個則是左手拇指的指印。伯爵先生向我們出示了保險櫃裡的那個錢袋，裡面裝有一百六十萬法郎的債券和現金。本來，他可能還要告訴我們另外一些情況。遺憾的是，七個月前，伯爵先生在打獵時被人殺害了。因此，現在我們只能把伯爵的遺言告訴你……」

「他死了？」面對這樣的大喜大悲，巴爾塔札爾顯然還不太適應。

「你沒看報紙嗎？泰奧多爾伯爵在他的領地打獵時，被人殺害了。先生，那景象真是慘不忍睹，他的頭被一把斧子砍得幾乎掉下來了。」

聞聽此言，巴爾塔札爾臉色蒼白，他喃喃自語地說：「沒有頭……看不到頭的人……巫師。」

律師被他這些莫明其妙的話弄得有些丈二金剛摸不著頭腦：「巫師？先生，你沒問題吧？」

巴爾塔札爾沒有理他，只是把頭轉向了科洛坎特：「科洛坎特，你還記得嗎？昨天那個巫師的預言……」

律師更不明白了，不過他似乎不想知道答案，於是清了清嗓子，接著把他要說的話講完：「慘案發生後，一時間鬧得沸沸揚揚。我們開始執行伯爵的遺囑，通過X．Y．Z徵信社查到你的消息，準備好相關的途徑和方法，讓你能儘快得到屬於你的繼承權。可是，我們打開保險櫃卻沒能找到伯爵遺囑裡提到要給你的錢袋。或許，泰奧多爾伯爵在打獵時，將它放在了其他的地方。」

「是的，我收到了一封信，上面提示我……」

巴爾塔札爾的話被科洛坎特的目光阻止了，他頓時明白了她的意思。其實，即便說出整個秘密又能怎樣呢？先生原本就沒有注意在聽他的話，仍在滔滔不絕地說他自己的：「你現在可以公開你的身份，並以這個身份合法地去尋找伯爵留給你的財富。而現在，有一些文件你可能必須要簽一簽。」

簽完字之後，巴爾塔札爾和科洛坎特出了門。

「巴爾塔札爾先生，這算不算冒險呢？」科洛坎特開了口。

「你怎麼還在說這些？」巴爾塔札爾有些不快，「我父親被人謀殺了，這是切膚之痛啊。」

「這一連串離奇的事件，就像是巫師的預言，像是通知藏寶處的信，還有您的父親被人謀殺……這還不是冒險嗎？」

巴爾塔札爾以不容置疑的口氣說：「我想我的父親可能是一個偵探小說愛好者，所以他設計了這一切……」

科洛坎特搖搖頭，她心裡面還是不太信服這一切，可是，老師說的話難道會有什麼錯誤嗎？於是，她就不再說話了。

3 應得的財富

幾天之後，巴爾塔札爾帶著科洛坎特出發了。火車將他們載到了馬爾利車站，信中提到的那片森林就在附近。走在灑滿陽光的林間小道上，巴爾塔札爾和科洛坎特都有種昏昏欲睡的感覺。

他們上了公路，一道分叉的路口立刻躍入他們的眼簾。一個戴著貝雷帽的人不知道從前面哪條路拐了出來，他站在路口向四處看了看，並沒有發現巴爾塔札爾他們。他接著走到一塊石碑前，彎腰看了一會兒，然後走進了森林邊緣的一間小旅店。

巴爾塔札爾和科洛坎特穿過路口，也來到那塊石碑前。這石碑原來是一個標示路界用的石牌，上面有著粉筆寫下的痕跡，一支箭頭指向剛才那個人走去的方向，箭頭下面用粉筆寫著字母：M．T．P。

「先生！」科洛坎特叫了起來，「M．T．P，跟您前胸上印著的字母一模一樣！」

「這沒什麼……只是個巧合罷了。」巴爾塔札爾表情淡漠，帶著科洛坎特順著箭頭所指的方向走去。

路過小旅店時，他們看到那個人正坐在裡面喝飲料，看他的樣子似乎是在等人。科洛坎特提醒巴爾塔札爾，請他注意，說不定這個人來這裡的動機也和他們一樣。巴爾塔札爾沒有在意她說的話，他打開了父親所繪的地圖，按著圖中的標識開始尋找，二十分鐘後，他們趕到了「馬爾利森林的一角」。

在這之前，他們找得很是辛苦，巴爾塔札爾被樹根絆了好幾次，甚至跌倒。若不是科洛坎特在一旁眼明手快地抓住他，他早就一腳踏空，跌下懸崖了。

「應該就是這裡了。」科洛坎特環顧了一下四周。

他們在一片空地上停下來，然後沿右前行四百步，按信中所說，這裡應該有一棵空心橡樹，財寶就藏在裡面。

可是他們並沒有看到橡樹。巴爾塔札爾有些失望，一屁股坐在地上，準備點上一支菸。就在這時，不遠的地方傳來說話的聲音。他們趕緊藏進樹叢之中，透過樹枝的間隙，他們看到兩個面目猙獰的男人朝這邊走過來，其中一個正是那個戴貝雷帽的傢伙。他們小聲地談著話，走到空地時卻向左轉去。幾分鐘後，傳來鐵錘敲擊鋅板的聲音，看樣子他們找到藏寶處了！

巴爾塔札爾絕沒有勇氣去招惹兩個強盜，畢竟，他不是冒險型的人物。他只得一動不動地趴在草叢中，看那兩個人打開了橡樹樹洞，把手伸了進去。

難道就眼睜睜地看著他們將錢袋拿走嗎？不料，就在這千鈞一髮的時刻裡，一切的形勢起了變化，兩個騎著馬的憲兵由大路奔了過來，這兩個傢伙受了驚嚇，立刻跑到百米之外的草叢中躲了起來。

「快，」科洛坎特招呼巴爾塔札爾，「我們去拿錢袋，否則，他們折回來就沒我們的份了。」

說著，她率先跑了過去，趕到橡樹旁，樹幹已經裂開，裡面黑漆漆的，她將手伸了進去。不一會兒就抓到了一個東西，立刻取了出來。「找到了！」她把那東西拿在手裡，那是一個皮製的錢袋，開口用繩子綑著，她把錢袋遞給巴爾塔札爾，可是巴爾塔札爾卻是面色蒼白，雙手顫抖。

「我們快走，他們來了就完了。」科洛坎特命令道。

她拉住巴爾塔札爾的手，向前跑去。來的時候，她曾在十公尺左右的地方看見過一個火車站，那是盧韋西埃的火車站。只要在那裡上了火車，他們就安全了。

在科洛坎特的連拖帶拉之下，巴爾塔札爾終於上了火車。他們走進一個空無一人的包廂，科洛坎特扶著巴爾塔札爾坐定之後，把一包嗅鹽遞給他，這使他鎮靜了一些。他僵直地坐在椅子上，打量著錢袋上的一張小卡片，上面寫著一行字：「送給我的兒子巴爾塔札爾。」

這令他的心跳加速起來，他吩咐科洛坎特：「打開它。」

科洛坎特照辦了，她割開繩子，將錢袋裡的東西一股腦兒地倒在了餐桌上：一千法郎面值的鈔票、證券、息票……可是巴爾塔札爾對這一切似乎都不感興趣，他慌亂地在裡面搜索著更為重要的東西。

「信呢？我父親應該會給我一封信……」他語無倫次地說，他要找的是能證明他身份的某種證物。他發瘋般地搜尋起來，「啊！這是什麼？」

一張舊照片出現在他眼前，他拾了起來，上面一個恬靜且嫵媚的婦人正朝著他幸福地笑著。照片後面寫著一個名字：「歐內斯丁．昂里烏絲。」這與庫西．旺多姆伯爵委託的律師所告訴他的姓名是一樣的。伯爵曾喜歡過她，又不知為何遺棄了她，而現在，他把財富和照片交給他們的兒子，期望兒子能憑著這些東西去尋找她，好好的孝順她。

巴爾塔札爾激動地望著這張有些褪色的照片，彷彿真的是他母親站在他面前向他微笑一般，心中充滿了無限的幸福。

巴爾塔札爾與科洛坎特回到了住處，一連串的事件讓巴爾塔札爾有些吃不消，他開始發燒。科洛坎特用草藥製成一些藥水，一邊為他退燒，一邊安慰著他。她用的全是巴爾塔札爾的語言，這讓巴爾塔札爾感到欣慰。對於巴爾塔札爾來講，那些財富根本算不了什麼，錢袋已經被他放進了公事包的底層，他和科洛坎特甚至沒有去核對那筆錢的數目。他在乎的是找到了自己真實的身份，如果說還有其他想法的話，那就是夏爾．隆多特先生提出的娶約朗德的兩個必備的條件，現在似乎也得到了滿足。

「先生，您認為娶到約朗德小姐，您就會得到幸福嗎？」科洛坎特有些遲疑地問。

「那當然，約朗德是一個高貴的姑娘，她太迷人了。」巴爾塔札爾天真地說。

「可是她能料理您的瑣事嗎？能為您洗衣、做飯、煮咖啡嗎？如果她做不好這一切，我會感到痛苦的。」

「那當然，你在我們的生活中也不可缺少，科洛坎特，你是我忠實的朋友。」巴爾塔札爾認真地說。

正在這時，門鈴響了，郵遞員送來了一封電報。

「是約朗德！」巴爾塔札爾有些激動，他拆開電報唸道：「請立刻到我家的小客廳見面。你的未婚妻約朗德。」

於是，科洛坎特一言不發地起身，為他找來了禮服、禮帽。在細心地為巴爾塔札爾打扮完畢之後，科洛坎特反反覆覆地打量著他，這樣的一個英俊的少年，約朗德小姐又如何能夠不愛他？

他們一起出門，在巴蒂洛廣場，科洛坎特就像往常一樣坐在公園的長椅上等待，巴爾塔札爾則是直接進了約朗德的家。

「請問小姐是在客廳嗎？」巴爾塔札爾問前來開門的僕人，他並不擔心隆多特先生出現，因為他早上的時間從來不在家。巴爾塔札爾相當熟練地走進房子，但當他穿過飯廳時，卻吃了一驚，原來夏爾．隆多特先生正安坐在那裡吃午飯。

隆多特看見他也顯得十分吃驚，他的嘴唇停止了嚅動，叉子也懸在半空：「你……你來幹嘛？」

巴爾塔札爾這次並不驚慌，他笑吟吟地望著他，說道：「等等，千萬別罵粗話，我會給您滿意的答覆的……」

夏爾似乎並不在意他的解釋：「你這個……你只是個……」

儘管夏爾先生的話沒有說出來，但巴爾塔札爾深刻地感受到自己所受到的某種蔑視，他忍不住向夏爾叫了起來：「我有姓了，我有位有錢的父親。」

隆多特先生站了起來，他恨恨地走到巴爾塔札爾面前，咆哮道：「你這個混蛋！你是這個世界上最大的無賴！」

「您在說什麼，先生？」巴爾塔札爾莫明其妙，他無言以對。

「你這個無賴，你是個被警察通緝的……」

巴爾塔札爾驚住了：「您說什麼！您怎麼能這樣說？」

「混蛋！」夏爾先生氣急敗壞，「今天警察來了解你的情況，你這無賴，強盜的兒子……」

這一句句辱罵令巴爾塔札爾渾身癱軟，他下意識地向後退去。正在夏爾咄咄逼人之時，約朗德跑進了飯廳。「爸爸，請您不要傷害我的未婚夫。」

約朗德的出現讓巴爾塔札爾彷彿在溺水時抓到了一塊木頭，他感到前所未有的安全感，覺得自己可以完全地依賴她。

「喔，親愛的，」約朗德叫道，聲音裡有一種說不盡的優雅，「我不知道我父親在家，對不起。可是，真的有人要找你！」

「不會的。」巴爾塔札爾喃喃地說。

「今天上午，兩名警察到這裡來了解你的情況，父親把你的住址告訴了他們。還有，剛才我從我房間的窗戶往外看時，發現有人跟蹤你。」

「那是為什麼？」

「我想可能是你與兇手古爾納弗的交往有關係，他是馬斯特羅皮埃匪幫的匪首，警察的任務便是將你帶回警局。」

這一連串的話讓巴爾塔札爾成了驚弓之鳥，他手足無措，慌亂地看著約朗德。

「別慌，親愛的，」約朗德胸有成竹，「你趕快逃，我知道商店有一扇門可以通向隔壁街，不會有事的！」說著，她昂首挺胸地邁著從喜劇學校勤奮修來的某種高貴的步伐，從她父親身邊走過。夏爾先生眼睜睜地看著他們宛如情人般地從他眼中消失。

巴爾塔札爾在約朗德的帶領下，從商店的那扇門中脫了身。

「快走吧！」約朗德有些誇張地拉開了門閂，表情宛如即將獻身的聖女貞德。

巴爾塔札爾於是頭也不回地走了，他大口大口地呼吸著街上自由的空氣。好險，好險！他差一點就失去了最寶貴的自由。

4 匪首之子

在巴蒂洛廣場，巴爾塔札爾找到了科洛坎特。

「我們得快走，警察在到處在緝拿我！」

「可是……」科洛坎特有些猶豫。

「沒有可是了，我的公事包中什麼都有了。走吧，準備好了沒有？」

於是，科洛坎特不再猶豫，她可以跟隨他到天涯海角。可是，事情並沒有他們想像的那般順利，有一個人攔住了他們的去路。來人一臉兇相，這令巴爾塔札爾膽戰心驚。

「他就是要抓我的警察……隆多特先生背叛了他的女兒，出賣了我。」

巴爾塔札爾歎了口氣，走了過去，臉上帶著男子漢無所畏懼的勇氣。

「你是在找我吧？先生，我就是巴爾塔札爾，你該怎樣發落就怎樣發落吧！」

巴爾塔札爾束手就擒，是啊，抵抗又有什麼用呢？不如省些力氣到警察局再說。可是，令他驚訝的是，那個人並沒有將他這個馬斯特羅皮埃匪幫的成員帶上腳鐐手銬，而是一言不發地上了科洛坎特叫過來的計程車。

三個人坐在車上，巴爾塔札爾表現出的某種鎮靜程度讓科洛坎特佩服得五體投地。他談笑風聲，根本不像一個正陷入麻煩之中的人。

警察局終於到了，在那個人的引導下，他們上了三樓，被領入了一個豪華的房間。

「局長先生，我把巴爾塔札爾帶來了。」那人一絲不苟地說。

局長先生從門縫中探出一個抹著過多髮油的腦袋，說道：「帶進來，請他坐。」

巴爾塔札爾仍舊保持著某種鎮靜，但在坐定之後，他低聲問：「古爾納弗是誰？」

「不知道。」科洛坎特誠實地答道。

「那馬斯特羅匪幫有沒有聽過。」

「沒有，從來沒有。」科洛坎特肯定地說。

警察局長終於從百忙之中抬起他那油光光的腦袋問話了：「您就是巴爾塔札爾先生？」

這「您」字和「先生」的稱呼令巴爾塔札爾感到萬分滿意，於是他答道：「是的，局長先生。」

他力圖保持著和「先生」兩字相稱的矜持，指了指科洛坎特道：「這是我的秘書，我們不知道什麼原因而被帶到警局。」

局長笑吟吟地望著他：「喔，我們只是想請您來了解了解情況而已。」

巴爾塔札爾聽了這句話，宛如教皇頒發了免死金牌那般如釋重負。太好了，無需被關進那長滿臭蟲蚊蟻的監牢了。

局長先生伸出他那保養得白皙而滋潤的手上下打量良久之後，用十分穩重的聲音說道：「我想要問您幾個問題，請您如實回答。」

「好的，局長先生。」

「您的住處是舊城牆遺址外的一個舊房中，您稱它為達納伊代別墅？」

「是的，先生。」

「在今年的十月二十日和二十九日，您曾接待了一位胖子的到訪，是嗎？」

「是，他沒告訴我他叫什麼名字，但他說他要做善事，並委託我向附近的窮人發放些小救濟品。」

「那您不知道他是誰？」

「是的，我一點也不知道。」

「那我告訴您，那人正是古爾納弗，馬斯特羅匪幫的匪首，也是殺害庫西·旺多伯爵的兇手！」

「什麼？他是殺人不眨眼的兇手？強盜？」這句話宛如晴天霹靂，把巴爾塔札爾炸得搖搖欲墜，他驚叫道。

「是的。」局長加強了肯定的語氣，「您太輕信他了，您從不看報，又極易相信別人，從而未能阻止慘案的發生……不過，我現在有兩件證物要查看，請您配合。」

「沒問題。」局長先生的指責，讓巴爾塔札爾記起了所有正直市民應具有的良知，可見局長的高談闊論是萬分有效的。

「首先，請您解開您的衣領。」

巴爾塔札爾感到愕然，但他不能有絲毫的反抗，因為局長已從辦公桌裡走了出來，親自解開了他的衣領，而他前胸上的M．T．P三個字母也極為清晰地出現在人們眼前。

「M．T．P」局長唸道，然後輕蔑地說，「這正是馬斯特羅皮埃匪幫的標記之一。」

「什麼？」巴爾塔札爾不敢相信自己的耳朵，高貴的伯爵血統怎麼可能與匪幫拉上關係。

「請您伸出您的左手，我們做另一項檢查。」局長說著拿出了一個印泥，「我需要您的指紋。」

巴爾塔札爾戰戰兢兢地伸出手去，在一頁發黃的紙上蓋上了自己大拇指的手印。

局長先生拿起另一頁印有指紋的紙，仔細對照，然後宣佈：「這下確定無疑了，由於您的指紋和胸前印有的M．T．P匪幫的印跡，我們可以推測您正是兇手古爾納弗的兒子。」

巴爾塔札爾沒有動，但他的腿卻在微微地打著顫。現在唯一能支撐他的，則是日常哲學那堅實的架子，讓他堅持著不至於倒下。他腦中仍浮現著兩張面孔，一張是高貴的貴族的臉，一張是猙獰的殺人犯的面孔。可能嗎？他一下擁有了兩個父親——一個案件中的殺人犯和被害者。

他努力不讓旁人看出他的心潮澎湃，非常鎮靜地問：「我有請求解釋的權利嗎？」

局長笑容可掬地說：「當然，即使你不要求解釋，我也會告訴你的。前不久，州警察局收到了一封古爾納弗寫的信，在信中，他提到了他的兒子與他失散已久，並告訴我們驗證身份的兩個證據，就是指紋和前胸的M．T．P紋身。而且，他還告訴我們，他的兒子現在的名字叫巴爾塔札爾。」警察局長說到這裡，饒有興趣地看了他一眼，然後變魔法般地拿出一張舊照片，「他甚至寄來了你母親昂熱利克的照片，她現在嫁給了弗多里朗先生，一個江湖騙子。」

巴爾塔札爾感到自己正一寸一寸地癱軟下去，這樣詳盡無比的資料證明聽起來雖然荒謬，但卻足夠真實。

局長接著往下說：「從古爾納弗的言行，我們可以推測，他好像偷得了一筆可觀的財產，而他執著地要找到你，只是因為他要將這包東西交給你。」

巴爾塔札爾的頭腦更加混亂了，燭臺下的那封信莫非是古爾納弗發出的，而自己把它和律師事務所的信混淆在一起，換句話說，在信上自稱「父親」的是古爾納弗。那麼，那天他們看見的在馬爾利森林的橡樹下尋寶的兩個人，正是古爾納弗的同夥。巴爾塔札爾看了科洛坎特一眼，在對方的目光中，他看出的也是這樣的想法。

「那麼，我可以要求與古爾納弗爾見上一面嗎？」巴爾塔札爾喃喃地說。

「什麼？」警察局長吃驚地問，「你要見他？難道你不知道，他上個禮拜就已經被送上了絞刑架？」

「頭……沒有頭的預言……」巴爾塔札爾完全地崩潰了，他說完這些支離破碎的語言，便昏厥過去。

科洛坎特立刻衝上前，把一瓶嗅鹽湊近他的鼻子，然後對警察局長說：「他太激動了，因為他找到了父親，所以高興的昏了過去。」

局長先生對這起突發事件顯露出相當遺憾的表情：「好吧，帶他回去吧！雖然他沒了父親，可是他還有母親……喏，這是他母親的照片，你們可以去找她。他父親不怎麼樣，可他母親卻是個善良的女人，從照片上就可以看出……」

科洛坎特接過照片，扶著虛弱的巴爾塔札爾離開了局長辦公室。

走出警局，來到陽光明媚的大街上，巴爾塔札爾清醒了，他要求科洛坎特和自己一起到糕點鋪去。在吃下半打糕點之後，他對科洛坎特說：「要知道，科洛坎特，這並不能算是一次歷險，它只是我生命中的一段小插曲。人生是由許多片段構成的，這些片段有時高亢，有時低沉，但總的來說都不會脫離某種基調，人生應該是平和的。」

話雖這樣說，但巴爾塔札爾的內心卻是極不平靜的。一直以來，他除了有一顆溫柔的心以外，幾乎沒有一點自控的能力。面對這一連串突如其來的事件，他那長期被日常哲學鉗制的思想正在一點一點地復甦。正是因為這樣的復甦，促使巴爾塔札爾從放在公事包底層的那個錢袋裡，取出一些錢來，前往X・Y・Z徵信社，委託他們幫自己調查那兩位有可能是他母親的女人的現況。

X・Y・Z徵信社的辦事能力是毋庸置疑的，很快，他們便送來了巴爾塔札爾需要了解的所有情況，他們的報告是這樣寫的：

親愛的先生：

關於您所委託我們調查的歐內斯丁・昂里烏絲小姐的情況，現在已有了結果，她年輕時曾和泰奧多爾伯爵有一段戀情，後被伯爵遺棄。目前，她在古爾內小城開設了一個「銀骰子服裝店」，處事謹小慎微，極小心地和她的客戶保持著較為長久的關係，她極不願意回想自己的過去。

而另一位您所委託調查的昂熱利克的情況是這樣的，她曾是個馴獅女郎，現在是阿特拉斯獅戲團的女老闆。

巴爾塔札爾在反復讀過信件之後，決定前往報告中提到的兩個地方一探究竟。

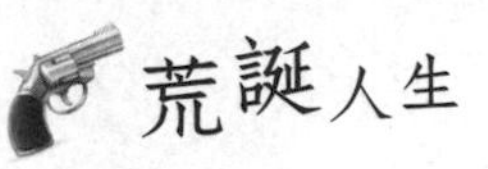

5 兩位母親

巴爾塔札爾和科洛坎特站在了古爾內小城的大街上，當鄰近教堂的鐘敲響十一點時，巴爾塔札爾站起身來，對科洛坎特說：「我想先去銀骰子服裝店看看，趕在她吃午飯前見見她。」

「是啊，您早該去了。」科洛坎特答道。

巴爾塔札爾有些沉默，一個星期以來，他的內心都在做著某種掙扎，兩個母親都在照片裡溫柔地望著他，他不知道哪一個是自己真正的母親。不僅是母親，父親的問題也同樣困擾著他，殺人犯與西班牙貴族之間的交戰，於情於理他更樂意承認後者。於是，他終於決定先去看歐內斯丁・昂里烏絲小姐，然後再去拜訪馴獅團的女老闆昂熱利克。

巴爾塔札爾將自己裝扮成一個健談的商務代表，並為此準備了一些樣品卡、飾針和鬆緊襪帶等小東西。「我帶著這些小服飾用品去見她，然後在我們交談融洽之後，再拿出照片，她會熱烈地擁抱我的。」他非常自信地對科洛坎特說。

「那當然，這是顯而易見的。」對先生的話，科洛坎特很少懷疑過。

於是，巴爾塔札爾邁著紳士的步伐出發了。古爾內是個小城，他很容易就找到了銀骰子服裝店，在按門鈴時，他的手禁不住有點發抖。

進了房間，昂里烏絲小姐好像不在，一位脾氣不好的老婦人正在接待一位傳教士。巴爾塔札爾拍了拍手裡的皮包，表示自己是來送樣品的。

老婦人斜睨了巴爾塔札爾一眼，然後繼續不耐煩地跟傳教士講著話。最後，傳教士總算買到了滿意的鞋帶，臨走時他彬彬有禮地向老婦人打招呼：「再見，昂里烏絲小姐……」

巴爾塔札爾愣住了，不過他仍然走了上去：「我是來送樣品卡的。」

老婦人對此不屑一顧：「先生，對不起，我不需要。」

她的態度極其不友善，有將這位不速之客掃地出門的意思。巴爾塔札爾有些著急了，他低聲問道：「您是昂里烏絲小姐？」

「廢話！這間銀骰子店是我的，我當然是昂里烏絲。」老婦人對這喋喋不休的男人很是反感。

但這句話對巴爾塔札爾來說簡直如同天籟之音，他睜大雙眼看著老婦人，想從她的臉上尋找出某種年輕時的痕跡。他想上前抱住她，告訴她，自己是她的兒子。

「媽媽……」他的心底無數次地響起這樣的呼喚。他要認她，她正是自己父親曾經深愛的女人啊！遺憾的是，這一切心中的溫情從巴爾塔札爾神情表現出來卻走了樣。在激情的促使之下，巴爾塔札爾向昂里烏絲撲了過去。那表情顯得萬分猙獰恐怖：雙目圓睜，雙唇顫抖，然後還用手解著自己的襯衫鈕扣，呼吸急促地喊道：「M．T．P……M．T．P」

昂里烏絲被他的舉動嚇傻了眼，她急忙後退著，虛弱地說：「你……你想幹什麼……快滾！」

但此時的巴爾塔札爾已經絲毫記不起日常哲學家所應該具有的冷靜了，他口中吐出的仍是幾個單音節的詞：「照片……遺囑……媽媽……」

昂里烏絲似乎聽明白了某些東西，在退到後面的屋子後，她終於問了一句：「你究竟是誰？」

「戈代夫魯瓦。」巴爾塔札爾總算吐出了連貫的語句，而且也認定在說出自己是誰之後，母親一定會張開溫暖地手臂撫慰他。

「戈代夫魯瓦？小戈代夫魯瓦……」昂里烏絲發出一種夢中囈語般的聲音。

巴爾塔札爾呆呆地望著她，渴望她能擁抱他。忽然，他又想起什麼似的，掏出那張照片，急促地說：「看看，這是父親交給我的。你想起來了嗎？小戈代夫魯瓦……」

儘管他的神情仍然可怕，可老婦人卻漸漸明白了一切，她望著照片，眼中浮出一絲慈愛的微笑。可是就在這時，門鈴響了，打破了她的回憶。一位氣質不凡的老婦人走了進來，自顧自地說：「昂里烏絲，你還好吧，我特地來看看你。」

「侯爵夫人，您可真是太好了！」昂里烏絲將巴爾塔札爾往旁邊推了一下，笑容可掬地向侯爵夫人走了過去。

「我這次來，主要目的是想跟你談談上次談到的幼稚園的事，當然，還有婦女聯誼會、俱樂部之類的事……」侯爵夫人沒有多留意屋子裡的巴爾塔札爾，滔滔不絕地說著。

「喔，等等，侯爵夫人，我還有一些小事需要處理……」昂里烏絲說著轉過身去，把巴爾塔札爾拉到門口。巴爾塔札爾有種說不出的悲哀，自己被母親掃地出門了。是啊，她有自己的生活，有她的慈善事業，有她的商店，有她的熟人。自己憑什麼用回憶去打擾她現在平靜的生活呢？

「對不起，再見……你留下你的地址……我們還可以聯繫……」雖然，昂里烏絲的話有些語無倫次，可巴爾塔札爾還是聽懂了。他能做的，只有邁著沉重的步伐離去。

回到達納伊代，科洛坎特與巴爾塔札爾談到這件事時，科洛坎特異常肯定地總結道：「巴爾塔札爾先生，我請求您不要再追求父姓之謎了。您看看，您已經被這一切折磨得頭昏腦脹了！」

「那麼，你認為我又應該如何才能讓自己保持一種愉快的情緒呢？」

科洛坎特嚴肅地想了想，然後一本正經地說道：「愛，巴爾塔札爾先生，您應該認認真真地去愛一場。」科洛坎特說這話時，臉有些發紅。

雖然巴爾塔札爾並不了解科洛坎特為什麼臉紅，但他仍順著她提供的線索繼續想到了許多事關重大的問題。

這次談話也的確並未對巴爾塔札爾產生影響，他對尋找母親的決心是如此之強烈，以至於在接下來的幾天裡，他一直在市場中尋找寫有「阿特拉斯獅戲團」的牌子，希望能找到他的另一個母親。

皇天不負苦心人，這一天，在特羅尼市場上，巴爾塔札爾終於看到了寫著獅戲的廣告牌。出於一種本能，他不假思索地與科洛坎特尋跡而去。

他們找到獅戲團的所在地時，表演剛剛結束，獅戲團的成員們正在休息。一位體魄健壯的女人守在一口巨鍋前，鍋下燃著火炭。那女人身著一件寬大而又顯得破舊的男式禮服，顯示出一種強悍之美。

巴爾塔札爾幾乎從看見她的那一眼起，就確定她便是自己所要尋找的母親。雖然她的臉上帶著風霜的痕跡，可是，那眉眼卻活生生地跟照片上一樣。

「您就是弗里多朗夫人嗎？」巴爾塔札爾按捺住激動問道。

「對，我就是，有什麼事嗎？」女人有些詫異。

「也是馴獅師昂熱利克？」巴爾塔札爾想進一步確定。

「對啊。」

巴爾塔札爾這才取出他隨身攜帶的那張照片，遞給她。

「瞧，這是我年輕時候的照片，那時多漂亮啊……不過，您是從哪兒得到的？這照片應該是我與古爾納弗在一起時照的……」

巴爾塔札爾喃喃地道：「實際上，這照片就是古爾納弗那兒得到的。」

「那他現在在哪裡？」

「他死了，他殺了庫西．旺多姆伯爵，因而被送上了絞刑架。」

「喔，可憐的古爾納弗……」女人有些悲痛，不過很快她又問，「那您是從哪兒來？」

「州警察局，古爾納弗臨死之前說到您的兒子，關於你們的兒子居斯塔夫……」

「小居斯塔夫？可憐的孩子，我和古爾納弗分手前兩周他就失蹤了，他那時才十五個月，我想一定是古爾納弗出於報復將他……」昂利熱克有些沉痛地說。

「不，不！居斯塔夫還活著，」巴爾塔札爾急急忙忙地解釋，「而且，他已經健康地長大成人了。」

「不可能！」昂利熱克叫道。

「這是確鑿無疑的，他就在您的面前。」巴爾塔札爾終於抑制不住自己內心的激動，把真相說了出來，「擁抱我吧，母親，我就是您的小居斯塔夫！」

昂利熱克驚喜地叫了起來：「真是太不可思議了，居斯塔夫，我的小居斯塔夫，他竟然活著。」她一邊說著一邊把巴爾塔札爾摟進了懷裡，巴爾塔札爾把臉貼在昂利熱克黏滿米粉的臉上，心中升騰起無限的溫情。

「真是太叫人高興了！」昂利熱克高興地說，「該叫他們來見見你……」說著，她把手卷成喇叭狀，然後大聲地叫道：「弗多里朗……」接著又轉過身來，繼續對巴爾塔札爾說，「居斯塔夫，你知道嗎，你還有一大群的兄弟姊妹。」

這時，一群人已從旁邊的幾輛大篷車中蜂湧而出。其中一個身材高大，肌肉發達，正是昂利熱克的後夫弗多里朗。他帶著四個女兒、五個兒子圍了過來。那些孩子小的只有六歲，而大的已二十五了，他們都是獅戲團成員。

「他是居斯塔夫，我失散的兒子。」昂利熱克激動地宣佈，「弗多里朗，你還記得嗎？我曾經跟曾講過的，我與古爾納弗的兒子……」

那位粗壯如牛的男人話雖不多，但極易動情，他由始至終都紅著眼睛，緊握著巴爾塔札爾的手，淚眼婆娑地、深情地望著他。

巴爾塔札爾被這家庭的溫暖深深地感動了，他將科洛坎特介紹給大家：「她是我的秘書兼打字員。」

這樣氣派的介紹讓大夥很是滿意，接著，昂利熱克也將那些孩子介紹給了他。大夥圍坐在由木箱拼成的桌前，開始共進晚餐。昂利熱克用大叉子從大鍋中取出大塊大塊的肉，分給大家，氣氛是那麼的和睦與融洽。巴爾塔札爾介紹了自己的生活，並努力讓自己的行為更符合一名教師的規範，他甚至宣佈了自己與約朗德的婚事。

這一消息令所有人都激動不已，昂利熱克頗為動情，而那位粗壯的弗多里朗更是感動流涕，最後，大家為尚未謀面的約朗德乾杯。

到了離別的時刻，巴爾塔札爾向母親和兄弟姊妹們告別。

「從這月月底開始，我們將在特羅尼小城巡迴演出，你可以經常來看我們，別忘記你在這裡有一個家啊，我們隨時都向你敞開大門。」昂利熱克叮囑巴爾塔札爾。

弗多里朗不願向巴爾塔札爾告別，他與巴爾塔札爾熱烈地擁抱，那場面使昂利熱克不得不同意讓丈夫去陪繼子一晚。

於是，巴爾塔札爾領著弗多里朗回到了達納伊代。當天晚上，兩人參加了由巴爾塔札爾的鄰居瓦揚．迪富爾先生舉行的品酒會。這位瓦揚．迪富爾先生開了一家小酒店，他是一個十足的酒鬼，按瓦揚先生的話說，他賣出的酒絕沒有他所喝的酒多，而他醒著的時間也絕沒有醉著的時間多。在某一方面，瓦揚．迪富爾先生比任何人都有資格擁有「醉鬼」的頭銜。

在瓦揚．迪富爾先生的俱樂部中，巴爾塔札爾是品酒師，雖然他滴酒不沾，卻能神奇地分辨出各種紅葡萄酒以及雪莉酒的品牌、年代，因此巴爾塔札爾也為索馬特地區的品酒事業做出過極其重要的貢獻。

三個男人坐在一起喝酒，到晚上十點多，他們都有了醉意，瓦揚．迪富爾先生已經步履不穩了，被弗多里朗穩穩地扛在了肩上，沿著舊城牆遺址往前走。

巴爾塔札爾倚著弗多里朗粗壯的手臂，仍舊喋喋不休地講授著他的日常哲學。可惜他的聽眾們都不夠忠實，各說各的。走到泰爾露斯人市政稅徵所時，巴爾塔札爾和繼父不得不道別了，弗多里朗又一次動了真情，他熱淚盈眶地和巴爾塔札爾吻別。之後，他朝巴黎市區走去，顯然，他忘記了肩上還扛著瓦揚·迪富爾先生，他把他當成了披在自己肩上的一件外套。

巴爾塔札爾沿著燈光閃爍的街道往回走，遠遠地，他望見了達納伊代別墅。離家越近，他越是感覺不可思議，達納伊代別墅居然還亮著燈？門口隱約的有一個女人的身影在向外張望，是誰呢？科洛坎特嗎？

巴爾塔札爾搖搖晃晃地登上臺階，一位老婦人顫顫微微地站在石階上：「戈代魯瓦……小戈代魯瓦……是我，歐內斯丁·昂里烏絲……請你包容我並原諒我，我捨棄了我的一切來投奔你了……」

昂里烏絲把巴爾塔札爾拉入懷中，渾濁的淚在臉上漫流開來。巴爾塔札爾靜靜地伏在昂里烏絲小姐的懷中，他的腦子中仍然糊里糊塗，對於這份遲來的母愛，他雖然滿懷狐疑，但卻充滿真心地回應和領略著那份濃濃的親情。

昂里烏絲留在了達納伊代別墅，母子倆直到天明才沉沉睡去，一切都標明著他們之間正建立起一種無限的依戀與信任。

6 劫持

清晨，科洛坎特給昂里烏絲母子倆送來了兩杯咖啡，並給老師帶來了兩封信及一封電報。巴爾塔札爾為歐內斯丁小姐和科洛坎特作了相互的介紹，之後，他打開了第一封信，這是律師博爾戴特先生寫來的，他通知巴爾塔札爾去簽幾份關於庫西．旺多姆的資料。

第二封則是約朗德寫的，信件熱情洋溢，鼓勵他繼續去尋找真姓，獲得財富。這封信讓科洛坎特臉色變得蒼白，而巴爾塔札爾一點也沒注意到，他讓科洛坎特為他唸那封電報。

「電報來自挪威，是詩人博梅斯尼爾寄來的，電文寫著『請於本月二十五日在家等我，我有要事相告。博梅斯尼爾。』」科洛坎特的聲音越唸越低，出於直覺，她感到有新的麻煩正漸漸向主人逼近。詩人、律師，還有那位驕傲的未婚妻，他們究竟想幹些什麼呢？

巴爾塔札爾慢慢地站起身來，他神色安然，似乎正在發生的一切都與他無關。他抓住歐內斯丁小姐的手臂，對科洛坎特說道：「走，我們一道去阿特拉斯獅戲團。」

巴爾塔札爾有著尊貴的血統，在歐內斯丁小姐與昂利熱克女馴獅師之間，他用情均等，他也並不想欺騙她們，因而，他要讓她們知道他同時擁有兩個母親。

兩個女人見了面，在聽完巴爾塔札爾說完身世之後，都沒有減少對他的愛心。

「親愛的，無論將來證明出什麼，我都會將你當做親生兒子，我愛你……」昂利熱克肯定地說。

而歐內斯丁小姐的態度更是毋庸置疑：「無論如何，我這顆做母親的心都是不會改變的。」

三個人感動得擁抱在一起，而弗多里朗則再次流下熱淚。在這一天以後的時間裡，大家共同享受著這份親情，他們談天說地，氣氛十分和睦融洽。誰也沒有提到古爾納弗，作為一個兇手，他的名字跟著他的屍體被埋葬了。倒是歐內斯丁小姐含著悲情為大家講述庫西．旺多姆爵——這位匈牙利最高貴族的光輝形象，伯爵尊貴的事跡緊緊擄獲了巴爾塔札爾的心，他漸漸的在無意識當中中把庫西．旺多伯爵當做自己真正的父親來敬仰。

科洛坎特則顯得焦躁不安，她為主人默默地擔心。她一直在想著那位發來電報的詩人博梅斯尼爾，她聽說過這個人，她擔心他與老師之間的關係。更讓她擔憂的是，有一天，她在達納伊代散步時，看見了在馬爾利森林中遇到的那兩個人。

她把這事告訴了巴爾塔札爾，巴爾塔札爾卻顯得有些不以為然。

「聽著，小科洛坎特，請你不要將我和M．T．P匪幫牽連在一起，我不想與他們有任何聯繫。」

「可是，他們一定是衝著那筆財富而來的，他們會對你不利。」科洛坎特說。

巴爾塔札爾搖搖頭：「我們是安全的，科洛坎特，請你停止那些胡思亂想吧。那筆財富，除了你和我之外，沒有第三個人知道，而它們正穩穩地放在我的公事包的最底層……」

巴爾塔札爾執意不信他即將陷入危險之中，科洛坎特也不好再說什麼。但兩天之後，科洛坎特再次看到窗外有五個人站在瓦揚．迪富爾家的柵欄外指指點點，似乎在商議著什麼。

「您看！」科洛坎特將巴爾塔札爾領到窗戶邊，指著那幾個人說，「那五個人中，其中一個不正是抓您回警局的那個警員嗎？他們究竟想要幹些什麼？」

巴爾塔札爾依舊一言不發，他走開了。科洛坎特則更加深了自己的警惕，在她的直覺中，陰謀與血腥的味道正越來越濃厚。

這天晚上，科洛坎特帶來了一個消息：「有一個陌生的英國人，他警告說，您將會有危險，他讓您趕快逃走，為此他樂意提供二到三萬法郎，他在舊城牆那兒等您的回音……」

巴爾塔札爾對這個消息很是氣憤，他狠狠地盯著科洛坎特。但這樣逼視的時間並不長，不知為什麼，巴爾塔札爾想要逃避科洛坎特的眼神，這個女孩焦慮不安的眼神搞得他心神不寧。於是，第二天，他們去了阿特拉斯獅戲團，與兩位母親共同生活了三天。

接下來，詩人博梅斯尼爾約定的那天到了，巴爾塔札爾準備返回達納伊代赴約。可是，科洛坎特卻異常堅定地懇求巴爾塔札爾不要返回達納伊代。

「巴爾塔札爾先生，並不是我危言聳聽，請您將最近發生的一連串事情聯繫起來想一想，您可以知道這裡面有著一個可怕的陰謀。而且，今天是巴拉克斯區的狂歡日，鄰居們都出去了，現在，卻有人要求您孤零零地留在那裡，這不是陰謀又是什麼呢？巴爾塔札爾先生，我請求您，相信一次我的預感吧，危險正一步一步地逼近您……」科洛坎特的聲音有些發抖，幾乎聲淚俱下了。

她這種關切與警告，很快就打動了兩位母親的心，她們也一致要求巴爾塔札爾小心為上。但巴爾塔札爾不想失約，大夥商量後一致決定讓弗多里朗陪他去。

「就這樣吧。」昂利熱克拍拍丈夫，「讓弗多里朗陪你去，他足夠頂一個團。」

強壯如牛的弗多里朗使勁地點著頭，表示自己有足夠強悍的臂膀捍衛繼子的安全。他莊嚴地為自己別上了一枚徽章，標誌著他所要肩負的光榮使命。昂利熱克又為巴爾塔札爾找到了一把鋒利的彈簧刀。科洛坎特這才鬆了一口氣，她靠近巴爾塔札爾，悄悄地握住了他的手。

回去的路上沒有什麼異常，十多分鐘後，他們已走入了巴拉克斯區。但大家仍舊保持著高度的警惕心，就這樣，他們小心翼翼地回到了達納伊代別墅。

「我們將大門鎖上吧。」科洛坎特建議。

「不用！」弗多里朗拍拍胸脯說，「我可比門鎖保險多了。」

他的肌肉已脹破了他的舊棉襖，露了出來。是啊，弗多里朗頂一個團，又有什麼好擔心的呢？

「離詩人到的時間還有多久？」巴爾塔札爾問科洛坎特。

「二十分鐘左右。」

於是，大家在一片寂靜中耐心等待。十分鐘過去了，樓下有了動靜，科洛坎特忙趕到窗口查看。

「天哪！」科洛坎特叫道，「M．T．P匪幫的人，他們……他們……」

弗多里朗已將厚實的身軀塞在了門中，他極其莊嚴地回頭，安慰他們：「別怕，有我在。」

M．T．P幫的匪徒逐漸逼近了，兩個匪徒衝了上來，但是與有著強壯二頭肌的弗多里朗相比，他們顯得很無力。弗多里朗一聲不吭地衝了上去，他張開手臂試圖抱住他們，卻不料被一個傢伙用拳頭重重地擊在了下巴上，這位足以頂一個團的人物一聲也沒吭就趴在了地上。

兩個傢伙於是飛快地跨過弗多里朗龐大的身軀，用兩支槍對準巴爾塔札爾。

「錢……說！那些錢在哪裡？」一個歹徒上前扼住了巴爾塔札爾的脖子。

可是他的手很快地鬆開了，另一個在窗口望風的人低聲地說：「有人來了。」

「什麼？」

「是一個英國人和他的夥伴。」

「那我們得趕快離開，可真夠倒楣的！不過，巴爾塔札爾，你等著，我會再來找你的。」他警告了一句，然後就和同夥越窗而走了。

巴爾塔札爾搖搖晃晃地站起身來，想趕在不速之客來犯之前關上門。就在這時，有一個人從門縫中溜了進來，是科洛坎特。她著急地說：「巴爾塔札爾先生，您沒事吧？我們快逃……那個英國人帶著人來抓您了。」

這話說得太晚了，英國人已經出現在門口，他帶著兩個人，手中拿著棍棒。正在這千鈞一髮的時刻，強壯的弗里多朗終於恢復了知覺，他重新站了起來，擋在了三個人前面。

遺憾的是，可憐的弗多里朗再次倒了下去，這次他被棍棒擊中了頭部，看來，一時半刻是醒不了的。

可是，這簡直就是螳臂擋車，兩個人上前抓住了她，而英國人則毫不費力地綑住了巴爾塔札爾，然後將他塞入一口大箱子中，拎出了門。

科洛坎特雖然瘦小，但她衝上前去，勇敢地想要保護主人。

在箱子裡，巴爾塔札爾聽到了科洛坎特的叫喚聲：「混蛋！……不要怕，巴爾塔札爾先生……我會來救您的！我發誓……」

可惜後面的豪言壯語巴爾塔札爾聽不到了，他被人裝進了汽車裡面。

汽車在泥濘的路上顛簸，巴爾塔札爾在箱子中幾乎快要窒息了。他昏過去了好幾次。可是有個聲音總在呼喚著他。是科洛坎特，他不知科洛坎特現在怎麼樣了，心也不由得抽緊了。

忽然，汽車停了下來，又響起打鬥的聲音，怎麼回事，難道是兩夥歹徒打起來了？巴爾塔札爾來不及繼續猜下去，箱子已經被人打開了。

站在他面前的不是英國人，而是一個警官，這警官巴爾塔札爾認識，就是曾送他到州警察局的那人。他身後站著四個男子，身著地中海地區的服飾，而這四人正是那天科洛坎特指給他看的那一群人。

他們將巴爾塔札爾再次請回了汽車，不過，這次，讓他坐在座位上。沒人跟他說話，也沒有人對他解釋。巴爾塔札爾保持著作為日常哲學老師所應具有的尊嚴，他也一字不問。

汽車行駛了兩天兩夜，來到了馬賽港。警官走了，而那個四人則將巴爾塔札爾帶上一艘法國魚雷艇。一位海軍模樣的人彬彬有禮地接待了他，而且把他送到一間比較舒適的房間內。巴爾塔札爾再也沉不住氣了：「我可以請求您對這一切解釋一下嗎？」

「對不起，先生，我只知道我要將您交給帕夏雷瓦德。」

「帕夏雷瓦德？他是誰？」

「您不知道嗎？他是法國所支援的某個部族首領，而與他作對的另一集團則聽命於英國人，他們的首領就是帕夏雷瓦德的前妻卡塔尼娜。而您正是帕夏雷瓦德要的人……」

巴爾塔札爾先生一臉驚詫：「他要我來幹什麼，您看這一切的舉動會是好心的嗎？」

「百分之一百的好心，我收到的命令是這樣的，『穆斯塔法先生』——這是您的姓名吧？理應享受特殊的照顧……」

巴爾塔札爾開始眩暈了，「穆斯塔法」這個名字中，不也正包括著M．T．P這幾個字母嗎？這難道又是一次巧合嗎？

儘管巴爾塔札爾內心澎湃，他仍然克制住了自己，保持著他引以為傲的某種冷靜，他表情嚴肅，彷彿絲毫沒有受到那些來自外界的干擾。

7 島國繼承人

快艇在海上航行了一兩天，透過那些在眼前一閃而逝的事物，他知道自己穿過了維蘇威爾山，駛過了西西里和卡拉布里亞的山峰，然後又穿過了亞得里亞海，向前直駛而去。

在第三天黎明的時候，船停了下來，之後，他們又上了一輛摩托車汽艇。摩托車汽艇將他們送到了一艘大船上，這船上站滿了全副武裝的人，由他們的服飾來看，巴爾塔札爾估計他們是希臘人或阿爾巴利亞人。而在這些人的行動與言語中，無不表現出對巴爾塔札爾的尊重。

大船走了大約一小時後靠岸了，有人將巴爾塔札爾扶上了岸，然後進了一個由花崗岩築成的石屋。石屋裡來來往往地穿梭著各式各樣的人，從他們衣著的品味看來，比剛才船上的那夥人講究多了。有人把巴爾塔札爾帶到了大廳，在大廳的中央，站著一個身材高大，有些瘦削的男人，顴骨突出，宛如一座雕像。在他莊嚴的命令下，巴爾塔札爾的衣服再次被掀了起來，手指也再次被按入黏稠的紅色液體中。片刻之後，大廳裡歡聲雷動：「穆斯塔法！穆斯塔法！」

那個首領——就是叫帕夏雷瓦德的那位——向巴爾塔札爾撲去，激動之色溢於言表，他將巴爾塔札爾擁入懷中，用他那茂密如仙人掌般的鬍鬚親吻著他，大聲地說道：「兒子，我的兒子！」這一聲聲呼喚再次震得巴爾塔札爾渾身發抖，不過，帕夏雷瓦德的熱情仍在高漲，他唸咒語似地講了一大堆熱情洋溢的話。有幾句巴爾塔札爾聽懂了：「老師，老師的尊嚴！」是啊，巴爾塔札爾的到來，不僅為這個島國找到了繼位的王子，而且還帶來了知識的象徵——教師！從那一連串的咒語中，巴爾塔札爾還聽到了一個被帕夏雷瓦德咬牙切齒地喊出的名字：「卡塔尼娜！」

帕夏雷瓦德終於停止了呼喊，他將一張照片交給了巴爾塔札爾，照片上是一個漂亮的東方女郎。巴爾塔札爾很茫然地把照片裝進了上衣口袋，那裡面還有昂里烏絲與昂利熱克兩位母親的照片，但這絲毫沒有使巴爾塔札爾感到有任何的彆扭。是啊，這突如其來的一切將他徹底的拉入了生活的漩渦，他身不由己。而他那氣吞山河的父親還在抱怨著：「穆斯塔法，你的母親卡塔妮娜……壞女人！」

巴爾塔札爾已停止了哲學家的沉思，他只是出於本能的熱烈地擁抱父親，他被後者領導者的威嚴折服。帕夏雷瓦德吩咐僕人為兒子送來了一大盤煮熟的食物，雖然這食物令人無法下咽，但巴爾塔札爾仍然吃得津津有味，因為這是父親給予的。

這位繼位王子此刻被披上了芥末色的披風，腰間別上了一把大刀，一條紅綢束在他的腰上，上面別滿了各式各樣的手槍、藏刀等等，一眼看去，這位日常生活哲學教師逐漸顯示出軍人的威嚴來。他跨上了駿馬，和英勇無畏的父親一起組織著族人向一座又一座的山攀登。雖然身邊不時響起爆炸的聲音，雖然他的戰馬好幾次將他摔下馬背，但巴爾塔札爾仍以大無畏的精神向前行進著。

部隊停下來休整時，穆斯塔法王子終於力不可支地睡著了。當他醒來時，天色已漸黑了，一場戰鬥已經結束，帕夏雷瓦德取得了勝利。慈祥的父親在兒子醒來時，走過來擁抱他，告訴他，最後關鍵的一仗是明天，明天將決定整個國家的命運。

部隊已搭起了帳篷，帳篷外升起了熊熊的火焰。帕夏雷瓦德外出巡視去了，巴爾塔札爾在營房裡四處巡視，兩個士兵正從一匹馬的背上卸下一隻長長的柳籃，放在鄰近的帳篷內。一個女人被繩子綑在籃子裡，三個崗哨站在她的身旁，全副武裝地守著她。

這女俘虜相貌秀美，服裝豔麗，襯托著那細膩的東方人血統的面龐，更是分外迷人。巴爾塔札爾走到她身邊，她對著他嫣然一笑。巴爾塔札爾禮貌地還了禮，之後就一直不住地打量著她，以哲學教師的審美情趣欣賞著。

帕夏雷瓦德回來了，父子倆回到帳篷裡，一起躺下了。很快地，首領進入了甜美的夢鄉。或許是白天睡得太多了，巴爾塔札爾怎麼也睡不著。加之帳篷外隱約地傳來女俘虜哀怨而淒涼的歌聲，他沒理由地悲傷起來，腦海中浮現出科洛坎特那哀愁的眸子。

女俘虜好像唱了整整一夜，巴爾塔札爾也就一夜未眠。天邊泛起光亮了，戰鬥將再次開始，決定勝負的時刻到來了。

在戰鬥開始之前，帕夏雷瓦德發布了各種命令，其中一條是關於女俘虜的處置問題。他的用意很明顯，一旦戰鬥失利，女俘虜將被處死。

戰鬥正式開打了，雙方發起了攻勢，在刀光劍影，槍林彈雨中，巴爾塔札爾與他英勇無畏的父親指揮著他們的部屬，在平原與山巒上追逐著。

巴爾塔札爾非常激動，是啊，他正為著偉大的事業而奮鬥。可是，帕夏雷瓦德這邊的形勢卻顯得越來越不利，臨陣逃脫的人不少，以至於他們不得不向後撤退。

巴爾塔札爾與父親騎著馬，他有幾許得意，那神情宛如刀槍不入的神教教主。但正在高興時，一顆子彈從他耳邊呼嘯而過，他從馬背上摔了下來，更不幸的是，匆忙之中竟沒有人注意到。

帕夏雷瓦德的隊伍急速向後撤退著，很顯然，形式對他們極為不利。巴爾塔札爾從地上爬起來，正好看見兩個士兵在追殺那個女俘虜。巴爾塔札爾立刻趕了過去，以繼位王子的尊嚴喝斥他們住手，兩個士兵只好走開了。

年輕姑娘朝他深深地鞠了一躬，又長長地歎息一聲，然後抱著他的頭，吻了吻他的臉頰，以表示她的謝意。這時，另一支隊伍衝了過來，是敵方陣營的，他們似乎認出了這位姑娘，大聲叫道：「哈迪德格……哈迪德格……」

儘管巴爾塔札爾是哈迪德格的救命恩人，但也未能逃脫被俘的命運。哈迪德格剛才的香吻令巴爾塔札爾有些意亂情迷，但不久他就清醒過來。他的父親——代表正義的帕夏雷瓦德一方——輸掉了這場戰爭，他們都將成為卡塔妮娜的俘虜。

帕夏雷瓦德雖然有力拔山兮的勇氣，可惜畢竟雙掌難敵四手，他也被綑綁了起來。首領的被俘代表著整個戰鬥完全結束。敵方的陣營裡爆發出一陣歡呼，巴爾塔札爾和他的父王被關進了一輛囚車當中，沿著崎嶇的山路向腹地行走。

囚車沒有走多久就停下了，他們被押進了一個城堡，然後又被投入了一個極其陰暗潮濕的地牢，巴爾塔札爾實在是太累了，他沉沉地睡了過去，夢中科洛坎特和哈迪德格交替出現著，他莫明其妙地流了很多的淚。

一陣爭吵聲把巴爾塔札爾弄醒了，只見他的父親正跟一個婦人激烈地爭吵著。從父親惡劣的態度中，巴爾塔札爾知道了那女人正是卡塔尼娜——父親口中的「壞女人」。

此時的卡塔尼娜鐵青著臉，雖然面上塗了一層黃粉，但仍然美麗得令人驚歎，她的手臂裸露著，帶著銀鐲子，叮叮噹當地響著，與她的咒罵聲互相唱和。她很嚴厲地發出傳喚令，幾個獄卒走了進來，他們拿著火紅的爐火和鉻鐵。在卡塔尼娜的命令下，他們把燒紅的烙鐵烙在了帕夏雷瓦德的額上。而帕夏雷瓦德保持了自己一國之君的尊嚴，毫不畏懼。巴爾塔札爾看著這可怕的一切，暈了過去。

卡塔尼娜不知道這個昏倒的人是誰，她問自己的手下，沒有人能告訴她答案。大家都認為這只是一種錯誤，於是，卡塔尼娜下令釋放這位身披芥末色披風的先生。

帕夏雷瓦德鬆了一口氣，兒子終於安全了。可是，他萬萬沒想到，當昏頭昏腦的巴爾塔札爾走出大門時，一股肉焦味讓他清醒過來。他昂首挺胸地返回來，自豪地說：「我是穆斯塔法……繼位王子。」

卡塔尼娜呆住了，巴爾塔札爾滿以為自己將會再次得到母親的親吻與擁抱，將會有一個美好的前程。可是，這一次他錯了，在他的身份得到證實之後，等著他的，不是溫情的款待，而是燒紅的鉻鐵。

巴爾塔札爾和父親重新被投進了牢房，卡塔尼娜發出滿意的笑聲，走了。

8 死裡逃生

在獄中的日子，巴爾塔札爾想了許多，作為日常哲學教師的他常常否定英雄主義，可是，在現實中，他不也正冒著生命危險，要去擔當起那可憐的繼位王子的職嗎？

巴爾塔札爾在鐵鏈允許的範圍內精心地照料著他的父親，無論如何，他不可能棄父親而去，父親是愛他的，而這父愛又是他盼望了許久的珍寶啊！

帕夏雷德瓦正發著高燒，他在戰爭中受的傷發炎了，巴爾塔札爾用陶罐裡的水為他清洗傷口，又把稀粥調成了泥敷劑。除了照顧父親，剩下來的時間，巴爾塔札爾的腦海裡來來去去都是約朗德、科洛坎特與哈迪德格的身影。

在他們入獄的第六天，卡塔妮娜與哈迪德格來到了這裡。卡塔妮娜與帕夏雷德瓦又開始激烈地爭吵，而哈迪德格則溫柔地跪到巴爾塔札爾身邊，為他整理亂髮，灑上香水，送上特意帶來的橘子醬。巴爾塔札爾大吃了起來，哈迪德格則一直在邊上撫弄他的頭髮，輕聲細語地和他交談。到了後來，她似乎意識到所有的一切都不如一個吻那樣能表達自己的感情，於是如雨點般的香吻落在了巴爾塔札爾的臉上。

接下來的四天裡，兩個女人每天都要來，重複著同樣的事情，卡塔妮娜和帕夏雷德瓦開始新一輪的謾罵，而在他們的謾罵聲中，哈迪德格獻給巴爾塔札爾的吻和他們的詛咒一樣多。

這樣的結果最終引來了修道院的院長，他神色嚴肅，以祝福的手勢放在兩個年輕人的頭上，又拿出兩枚戒指，哈迪德格把其中一隻套在了自己手上，巴爾塔札爾卻推開了屬於他的那隻。

從事態的發展來看，是卡塔妮娜以結婚為條件提出講和，而帕夏雷德瓦拒絕了，作為兒子的巴爾塔札爾也只得拒絕。

這令卡塔妮娜萬分惱怒，她再次對前夫和兒子施加了酷刑。這次，兩個人遭受了更多的苦痛，巴爾塔札爾的雙腿腫了起來，而帕夏雷德瓦則高燒不退，在夢中大聲咒罵著「壞女人」卡塔妮娜。

這一切讓巴爾塔札爾迷惑不解，為什麼父親寧願犧牲自己以及兒子的生命，也不願接受一樁婚姻？為什麼卡塔妮娜會如此狠心地對待自己的親生骨肉？巴爾塔札爾沒有開口問，他只有服從，保持著王子的尊嚴。

卡塔妮娜終於在這場爭鬥中失去了耐性，她終於下令要處死自己的前夫和兒子。

臨刑前夜，卡塔妮娜和哈迪德格到獄中做最後的探望。哈迪德格淚流滿面，她帶來了那枚金戒指，乞求巴爾塔札爾在這關鍵時刻能回心轉意，以獲得赦免。可惜，帕夏雷德瓦仍在拼盡全力與卡塔妮娜進行最後一次對罵，巴爾塔札爾也只有用意志來抵抗誘惑了。

她們終於走了，大約過了十幾分鐘，從鄰近的大廳那邊傳來哈迪德格飄緲的歌聲。巴爾塔札爾感到一陣陣地虛弱，為了抵擋住那歌聲的誘惑，他開始大聲講話。與此同時，他想到了自己的另外兩個母親，想到了高貴的庫西．旺多姆伯爵、強盜古爾納弗，想到了帕夏雷瓦德……在這眾多人中他想得最多的還是科洛坎特。

他比任何時候都渴望能跟忠實的科洛坎特談一談，他想對她說，到了生命的最後一刻，他仍然覺得自己所涉足的日常哲學是人類靈魂的支柱。人類是不值得去冒險的，生活中沒有冒險。如果自己要冒險的話，那就應該娶美麗的哈迪德格，可是，他沒有，他運用了冷靜的思維方式。

就這樣，巴爾塔札爾在思念中漸漸睡去。他和父親摟抱在一起，父子倆真情相擁著，彷彿要彌補今生和來世所有的愛。

天終於亮了，巴爾塔札爾與帕夏雷德瓦的末日就要來臨。刑場上一切準備就緒，行刑的人員、槍枝以及收屍的土坑都已準備好了。

父子倆以驕傲的姿態站立著，巴爾塔札爾覺得自己血液裡流動著某種高尚的精神。是啊，名譽比自己的生命重要，王子是不會妥協的，苟且偷生的事他是決不會做的。一種從未有過的崇高感，在巴爾塔札爾的心頭湧起。

卡塔妮娜走過來了，夫妻倆仍舊相互詛咒著，達到了前所未有的高潮。而哈迪德格則坐在城堡的臺階上，哀傷地拿著戒指凝視著巴爾塔札爾，盼望他能在最後的時刻醒悟。巴爾塔札爾轉過頭去不再看哈迪德格，腦中閃出一句豪言壯語：「為著崇高的事業獻身，我感到自豪！」

然而，他還不能足夠清醒地認識這崇高的事業究竟是怎樣一回事時，行刑的命令已經從卡塔妮娜那裡脫口而出。二十四支槍發出震天的聲響，巴爾塔札爾與帕夏雷瓦德手牽著手，頭朝下地栽入了已挖好的土坑。

巴爾塔札爾原本以為，中了十二顆子彈後就不會再有痛苦了。可是，倒地之後他卻覺得死與生實際上毫無差別，他仍然感覺得到劇烈的疼痛，對四周的聲音也聽得很清楚。士兵正在挖土掩埋他們的屍體，卡塔妮娜也用帶來的酒肉犒勞士兵。

突然，從鄰近的山上殺出一隊強悍的士兵，他們向卡塔妮娜的部隊發起了進攻。戰鬥很快就決出了勝負，卡塔妮娜被綁在了城堡的城門上，而哈迪德格也被綑了起來，綁到了馬背上。

巴爾塔札爾的腿劇烈地痛起來，他的思想也隨著這痛楚變得更加模糊了。父親帕夏雷德瓦的手已經僵硬了，卻仍然緊緊地握著巴爾塔札爾，他動了一下，一塊玻璃猛地刺入他的肌膚，他痛得失去了知覺。

迷迷糊糊中，巴爾塔札爾感到又有人來了，那人將他抱起，流著淚呼喚他，親吻他。那聲音如此的熟悉，好像是科洛坎特。無限的安全感在巴爾塔札爾心中升起，本已冷得僵硬的身體也變暖了起來。他被人披上了一床厚厚的羊毛毯，又被灌了一口酒。

巴爾塔札爾不願睜開眼睛，他想，這一定是在夢中，他夢見了科洛坎特——照料他的那個人有科洛坎特式的溫柔——而夢見科洛坎特也並不奇怪，因為她曾說過要保護他、照顧他，這令他記憶猶新。

在吞了幾口酒之後，巴爾塔札爾的意識有些恢復了，朦朧之中，他聽到一個男人和女人的對話聲：

「你肯定他就是巴爾塔札爾？」

「當然。」

「不行，我必須證實一下，那三個字母，如果在那裡，才能顯示他是我所要尋找的巴爾塔札爾。」

說著，這人想要掀起巴爾塔札爾的衣領。巴爾塔札爾條件反射地跳了起來，捂住衣領，大聲說：

「不，我絕不同意……」

他雙手顫抖，萬分憤怒。科洛坎特含淚望著他：「巴爾塔札爾先生，您安靜點，他是您的父親！」

「不！不！我父親在我的旁邊，他已經死了！」巴爾塔札爾看了看身邊已經僵硬的帕夏雷德瓦，斬釘截鐵地說道。他此時的心裡只能承認英雄的、國王的父親，而再也容不下其他的東西了。

「您走吧，博梅斯尼爾先生，請您去客棧等我們……放心，我會照顧他的，他受的刺激太大了……」

在科洛坎特的勸說下，那個男人走了。科洛坎特滑進了巴爾塔札爾容身的墓穴。天已全黑了，天幕上點綴著幾顆星星，宛如寶石一般。

「您聽我說，別生氣，他的確是您的父親，」科洛坎特說，「他是大詩人博梅尼爾，他也一直在努力地尋找您。」

「我太累了，科洛坎特，別說了。」巴爾塔札爾疲憊地閉上眼睛。

「好，我不說話了，巴爾塔札爾先生。我們還是趕快離開這裡吧。這些事都等以後再說。」

「可是，我的腿，我無法站起來……」

科洛坎特這才用手電去照巴爾塔札爾的腿，這一照，嚇得她臉色刷白，淚水順著長長的睫毛大滴大滴地滑落下來。

「是誰？是誰？他們竟這樣對您！簡直是禽獸，他們用烙鐵烙您？都是我，對不起，我來遲了……您一定很痛，可是怎樣才能不痛……」

科洛坎特無助地呼喚著，她的唇漸漸滑到了巴爾塔札爾的傷口處，輕輕地吻著它們：「親愛的……我不要你再疼……不疼、不疼、不疼……」

夜風清涼，宛如少女拂動的發絲。

9 第四個父親

巴爾塔札爾再度醒來時，已身處在蔚藍的大海上，他躺在遊艇甲板的搖椅上，科洛坎特則在一旁小心地照顧著他。

「您醒了，先生，」科洛坎特由衷地笑了起來，「您可嚇死我了，您足足昏迷了六天。」

「是啊，這六天以來，我做了多少噩夢啊！」

「當然，您在夢中，老是說著酷刑、槍決……之類的字眼，您受苦啦，先生，我心痛死了。」這些話從科洛坎特口中說出，顯得十分真誠。

巴爾塔札爾望著她，感到踏實和快樂。是啊，在那一段不堪回首的日子裡，科洛坎特那對清亮的眸子，不是常常出現在自己的腦海裡嗎？

「能見到你真是太高興了，科洛坎特。」巴爾塔札爾由衷地說。

這時，甲板的另一端正有四個水手在往大海裡扔繩梯，不一會兒，一個渾身水淋淋的矮胖子爬了上來，他一身的肥肉跟著他的動作抖動。很顯然，游泳並沒有給他帶來健美的肌肉，他的臉像燃燒著的楓葉，配著那微腆的肚子，顯得別具特色。

巴爾塔札爾有些驚恐，他問道：「他就是博梅斯尼爾，對嗎？」

「是的，他是詩人博梅斯尼爾，也就是您的父親。」

巴爾塔札爾嘟噥著：「我不喜歡他，他怪怪的。」

科洛坎特安慰道：「藝術家都是這樣的，你會習慣的，巴爾塔札爾先生。」

詩人博梅斯尼爾看到了巴爾塔札爾和科洛坎特，友好地向他們招了招手，然後轉身回到了客艙，一會兒又出來了。這次，他穿上了衣服，不過那衣服有些怪異，宛如來自阿拉伯的人。

他在吻了科洛坎特的手之後，在巴爾塔札爾身旁坐了下來，開口問道：「魯道夫，允許我稱你為魯道夫。對於你的事情，我已從科洛坎特口中了解到一些了。雖然，誰是你真正的父親，現在誰也不能夠清楚地說出，但是，我只期望你能信任我，接受我，讓我們慢慢地了解，並得出答案。」

他自以為這一番話說得非常成功，所以做出一種滿意的表情，又繼續說：「那麼我也想讓你了解一下我的經歷——當然，這與你的身世有關——並且，它是一段對於德國皇族來說的醜聞，我真不願意提。二十五年前，我還是一個默默無聞的人，是德國宮廷中的一位教師。在王宮裡，王后以她的純真、和藹受到了眾人的傾慕。在這些傾慕者中，我有幸得到了她的獨特垂青。

「那時，王后被大家親切地稱為『森林草莓』，她那麼美，那麼高貴。當我將目光投向她的時候，我知道我完了。事情發生之後，我們決定私奔，可是，王宮之大，我們又如何逃得出呢？我們被趕盡殺絕，國王也對我們實施了報復。在那次報復中，我們的孩子小魯道夫被擄走了，從此杳無音信。王后因此而崩潰了，她將自己關在一間飯店裡，除了她的老奶媽和我，誰也不見。可是，說到這裡，魯道夫，我要向你強調，無論如何，你的母親都是最偉大的聖女，你不要怪她。

「後來，國王死掉了，在臨死之前，他告訴別人，我們的孩子並沒有死，在他的胸口刺有三個字母：『M・T・P』。這消息傳到了我的耳中，於是，我開始四處找尋你。可是，茫茫人海，我又怎麼能夠找得到你？直到有一天，我收到一封匿名信，從信中得知你在哪裡，叫什麼名字，我立即寫信約見你，但老天似乎在捉弄我，當那天來臨時，你卻被擄走了。

「於是，我帶著科洛坎特，借了我一位朋友的遊艇，歷盡千辛萬險，總算將你救回來了。魯道夫，好吧，我還是讓你了解一下關於我的情況吧。我比較喜歡新奇的玩意兒，我認為一個詩人要具有澎湃的激情，就應該嘗試不同時代的特色。因此，在服裝上我力求標新立異，有時我將自己扮作義大利文藝復興時期的藝術家，有時我又喜歡將自己變成古希臘的吟遊詩人，或者是古埃及法老……因此，我希望你能理解，不要嘲笑我。」

「好了，」詩人總算結束了他的演講，「我們今天就談到這裡吧，魯道夫，改天再談。」

他走開了，邁著莊嚴而穩重的步伐。

巴爾塔札爾搖搖頭：「他可真噁心，科洛坎特……」

幾分鐘後，船起錨離港。博梅斯尼爾出來了，他真的穿上了埃及法老的長袍，向碼頭上聚集的人群朗誦他有名的詩句，彷彿要證明他的靈魂高尚而且優雅。

以後的兩周，他們都在茫茫的大海上四處漂流，博梅斯尼爾常在晚上過來，他盡其所能的討好著巴爾塔札爾與科洛坎特，向兒子講述著他的每一次豔遇，並且關心著巴爾塔札爾的健康。

巴爾塔札爾冷靜地看著這一切，彷彿這一切與自己毫無關聯。有一天晚上，當科洛坎特與巴爾塔札爾單獨在一起的時候，科洛坎特小心翼翼地問道：「先生，為什麼您現在總是這樣冷冷的，難道您認為您找不到真相了嗎？」

「不，科洛坎特，我覺得找不找到父親都無所謂了，我現在一點都不關心誰是我的父親。」

「什麼？」科洛坎特吃了一驚：「這可能嗎？先生，那可是您的夢想啊。」

「只能說曾經是，可是，當我每一次動了真情，向自稱是我父親的人走去時，他們又隱在了雲霧中，久而久之，我再也不想亂動感情了。更何況，他們都不是我最主要的東西……」

「那麼誰是您最重要的呢？是約朗德小姐？」

「不，我也說不清楚。從小到大，我一直都試圖要讓自己找到某種寧靜與平和。有一段時間，我試圖在陌生人中去尋找，可是我錯了。或許，人真的是一種貪心的動物，有時候，幸福與安寧就在自己的身邊，卻從不願意去把握。其實，一直以來，在達納伊代，我已經感受到了我一值渴望的寧靜而不自知。」

科洛坎特的臉有些莫名的紅了：「那麼，您是什麼時候感到的呢？」

「當你把我從帕夏雷德瓦冰冷的屍體旁扳開的時候，我才知道我所擁有的是一種多麼可貴的東西啊。」

「那麼，您現在對什麼感興趣呢？日常哲學？」

「不，經歷了那麼多的事，我已明白了，日常哲學並不能指導我們生活上的實踐。理論只是個空頭支票，我現在更感興趣的是自然的東西，比如，這繁星密布的夜空……」

此時，四周一片寧靜，偶爾傳來海浪拍擊船板的聲音。夜空中，繁星閃爍，宛如黑天絨上點綴著的寶石。科洛坎特不再作聲了，只靜靜地享受著這種靜謐。

在抵達巴黎前兩天的下午，巴爾塔札爾和科洛坎特都是在甲板上度過的。他越來越覺得，科洛坎特在自己心中的位置正在一點點地加重，他微笑地看著她，喜悅之情溢於言表。科洛坎特有些不捨，她對巴爾塔札爾說道：「我們快要抵達目的地了，巴爾塔札爾先生，我會永遠記住這次旅行的。」

「我也是，不過，科洛坎特，你怎麼啦？為什麼不快樂？」

「我也不知道，先生。只是離家越近，越感到還有許多的事情在威脅著我們。」

「你多慮了，一切都過去了，科洛坎特。」巴爾塔札爾安慰道。

他們終於回到了巴黎，回到了達納伊代。巴爾塔札爾收到了未婚妻的信，信中，約朗德抱怨未婚夫這麼長的時間沒有消息。經過了近三天的遲疑，巴爾塔札爾才給約朗德擬定了電報。電報的措詞非常精練，只有寥寥可數的「贏得了財富與家姓」九個字。

接下來的日子，巴爾塔札爾過得並不平靜，阿特拉斯獅戲團在郊區演出，雄獅的吼聲隱隱可聞。科洛坎特已經去過兩次了，看望弗里多朗和歐內斯丁小姐。巴爾塔札爾卻一直沒去，儘管在心裡，他愛著她們，但現在他不想去面對。

博梅斯尼爾則三番五次地來達納伊代別墅糾纏，要巴爾塔札爾和自己一起參加在旅店舉行的化裝舞會，巴爾塔札爾不得不答應了。在舞會舉行的那天早上，博梅斯尼爾派人送來了兩套華美的禮服。

「可能博梅斯尼爾先生是想將您介紹給大家。」科洛坎特說。

巴爾塔札爾萬分冷漠：「不管怎麼樣，我都不會再心存幻想了。我認為，我的幸福並不在於一定要找到父母。」

舞會在博梅斯尼爾下榻的旅店裡舉行，旅店是王后的財產，旅店裡面的花園深處有一幢小樓，王后和她的老奶媽就住在那裡。旅店中曾經有的大多數值錢的東西都被博梅斯尼爾變賣光了，他的某些奢侈愛好令他瀕於破產。

儘管如此，今天的舞會仍然很熱鬧。客廳裡擠滿了巴黎的名流，而屋外的長廊內則擺開一排的了長桌，桌上堆滿了糕點。博梅斯尼爾穿著大紅色的、文藝復興時期的緊身衣服，腰中的長劍打著他粗壯的小腿。

隨著傳令官一聲「魯道夫先生，阿爾塔裏安騎士以及科洛坎特小姐，女用裝飾品商人到」的傳報，巴爾塔札爾披著閃閃發光的羽毛毯和寬大的斗篷出現了，他微露的刀鞘說明他扮的是一位騎士。和他一起進來的科洛坎特成為眾人的焦點，她穿著一襲剪裁簡單而又合體的衣裙，披著哈麗－阿杜瓦式方巾，清純可人，沒有一點造作。

舞會氣氛熱烈，整個客廳彌漫著香檳酒的氣息。巴爾塔札爾顯然不太適應這樣的場合，他走出客廳，到長廊上透氣。

突然一陣喧嘩傳來，原來是博梅斯尼爾跳上了一張桌子，開始聲嘶力竭地朗誦起他某個劇本中的臺詞，然後，又滿懷激情地吐露他熾熱如火的感情，大聲地喊著他深愛著的科茲烈妮娜。

他實在是太投入了，如詩的語言已表達不了他的激情了，於是，他跳下臺來，一邊誦讀著讚美詩，一邊向科洛坎特撲過去，把她當成了自己心愛的科茲烈妮娜，不由分說地一把抱起了她，不顧她的反抗，向外走去。

這一個玩笑，把客人們逗得哈哈大笑，巴爾塔札爾愣在那裡，不知所措。他搞不懂這個自稱是他父親的詩人在玩什麼花樣，於是他趕緊跑過長廊，來到前廳。他坐在沙發上，盯著門，期望博梅斯尼爾和科洛坎特會很快回來。可是，過了好一會兒，那兩個人並沒有出現。

離巴爾塔札爾不遠處，有兩位先生正在親密地交談：「博梅斯尼爾可真是豔福不淺啊！」

「是啊，那姑娘的確溫柔可人，我想，他們短時間內是回不來了。」

「對，他有駕駛員多米尼克的幫助，要知道，那傢伙以前是強盜。我想，這時，他們多半去納伊尼的一樓了。」

巴爾塔札爾渾身的血液沸騰了起來，他衝了出去，恨不得將整個世界完全撕碎！

10 財寶丟失

巴爾塔札爾瘋了一樣四處尋找著，在大院裡，他並沒有找到博梅斯尼爾的汽車。重新回到大廳，他試圖尋到博梅斯尼爾的蹤跡，可是大廳裡音樂依舊，人們在狂歡著，誰也沒有在意主人的神出鬼沒。

巴爾塔札爾有些顫慄，他彷彿覺得世界就要開始坍塌，而他的哲學早已成為一紙空文，他甚至第一次覺得這世界上有著某種不可抗拒的力量，要把人們拉進危險的漩渦，任何人也不可能避免。

巴爾塔札爾迅速的跑下樓，穿過爬滿常青藤的長廊。忽然，他看見了遠處花園內的那個小樓，她靈光一閃，想起那正是王后的居所。於是，他毫不猶豫地向裡面走去，他的心中有一個雖然模糊，但卻十分堅定的信念：就是即使要把整個樓翻遍，他也一定要找出博梅斯尼爾可能藏身的地方。

巴爾塔札爾踏上了那座小樓，隱約的聲響將他吸引到一間房門前。他猛然推開了門，透過微弱的燭光，他看見了坐在暗處的一個上了年紀的婦人，這婦人穿著薄絲絨外套，正在玩著某種玩具。屋裡的設備極為簡陋，地毯已褪色了，裂了幾個大口，幾件可憐的家俱孤伶伶地擺在房間裡。牆上掛著一張年輕女人的畫像，穿著白鼬皮大衣，戴著皇冠。難道眼前這個老婦人就是被稱為『森林草莓』的王后？巴爾塔札爾猶豫了一下，還是肯定了這一點。她獨自一個人呆在這裡，看來她那忠心耿耿的老奶媽今晚想必也出去狂歡了。

巴爾塔札爾停住腳步，走上前去，在老婦人身旁咕噥著：「魯道夫……小魯道夫……」

王后並沒有多大的反應，她只是抬頭看了他一眼，然後把自己手中的玩具遞給巴爾塔札爾，要他和她一起玩。巴爾塔札爾這才明白，原來自從孩子失蹤的那一天起，這個女人就瘋了。可是這並沒有令巴爾塔札爾有多激動，他腦中浮現的只是如何營救科洛坎特。他發瘋般地在屋裡尋找著，可是一無所獲。就在這時，王后手中拿著的一個鑰匙環引起了他的注意，他走了過去，取過那鑰匙環，只見上面套著一個標籤。巴爾塔札爾仔細辨認著那上面的模糊字跡：「納伊尼，貝爾通街。」他想起了舞會上那兩個人的對話，他相信這就是博梅斯尼爾的地址。他把鑰匙放進自己口袋裡，衝了出去，腦海裡一點也沒有想到在屋裡這個可憐的女人有可能是他的母親。

十多分鐘後，巴爾塔札爾出現在貝爾通街，在不遠處的巷口，他看到了博梅斯尼爾的汽車。他小心翼翼地向汽車靠過去，博梅斯尼爾的司機正在汽車裡面睡著大覺。於是，他向車旁的那幢房子走去。走到門口，他用鑰匙打開了門鎖，沒有發出任何聲音。

巴爾塔札爾順著牆往裡走，來到了內院，他看見了房間裡穿著緊身紅衣的博梅斯尼爾，他猛地衝了進去。房門裡頭，科洛坎特木然地躺在一張扶椅上，面色蒼白，嘴唇緊閉。巴爾塔札爾憤怒了，他猛地向博梅斯尼爾衝去。

「禽獸！」他一把扼住了博梅斯尼爾的脖子，搖晃著他。

這時，他心中已沒有任何理由可以可以原諒這個罪大惡極的人，仇恨的烈火已熊熊地燃燒了起來，他只想將眼前的這個人毀滅。他將博梅斯尼爾的脖子越掐越緊，博梅斯尼爾的呼吸急促起來：「你……你竟敢殺死你的父親……魯道夫。」

然而仇恨卻無可遏制了，巴爾塔札爾一點也不鬆手，他瞪著血紅的眼睛低聲吼著：「你竟敢對她下手，你這個卑鄙無恥的壞蛋……」

博梅斯尼爾終於頹然地倒在了地上，不再動彈了，巴爾塔札爾這才鬆開了手，他瞪著地上的那個人，忽然，他彷彿記起自己做了什麼，望著自己的手，喃喃地說：「我殺了他……他死了……」

科洛坎特蘇醒過來了，立刻看到了這可怕的場面，她忙衝到巴爾塔札爾的旁邊，懇求道：「您快逃，先生，警察會來抓您的……」

「抓我？誰？」巴爾塔札爾的聲音有些淡漠，「我是為了保護你不被強暴，才……」

科洛坎特驚愣道：「您弄錯了，巴爾塔札爾先生，他是為了那筆錢才劫持我，他並沒有碰我。」

巴爾塔札爾愣住了，他有些遲鈍，但他一下明白了自己所陷入的麻煩：「是……我殺了父親……我會進監獄……報應。」

科洛坎特忙捂住他的口：「不，不！先生！我們快走，無論怎樣，我都要保護您……」

她一邊說著，一邊將巴爾塔札爾拉出了房間。他們穿過小巷，走到街上，路過警察局大門時，巴爾塔札爾忽然大叫了起來：「我殺了父親，你們快去……」

門口的警察目瞪口呆地望著這位服裝怪異，披著羽毛的人，在他看來，這個人不是腦子有問題，就是喝多了酒，於是他問：「你是誰？」

巴爾塔札爾有些口吃，一時間，他也不知道自己是巴爾塔札爾，還是魯道夫，抑或是阿爾塔尼騎士。匆忙中他選了一個：「阿爾塔尼騎士。」

警察更證實了自己的猜想，他勸他們趕快離開，否則將以酗酒鬧事罪被關進監獄，科洛坎特趁機將巴爾塔札爾拉走了。巴爾塔札爾認為自己從來沒有如此不幸過，他甚至想到了博梅斯尼爾對他的種種好處，認為他是本世紀最傑出的詩人，而自己卻殺了他。

科洛坎特安慰著他，可是那些安慰的話連科洛坎特自己也不信，更何況是當事者呢？他們在大街上走來走去，終於累了，於是在一條長凳上沉沉地睡去。

天明了，兩人商量一番，決定回巴拉克斯區拿一些東西後逃亡。當他們來到達納伊達別墅外時，看到了一輛汽車，一個身著大紅緊身外套的人正在上車。從他那獨特的服飾判斷，應該是博梅斯尼爾。

巴爾塔札爾和科洛坎特被嚇住了，以為是傳說中的幽靈在這裡出現。可是一句鮮活活地話卻敲擊著他們的耳膜：「去聖克勞德。」

不是幻覺！博梅斯尼爾並沒有死，巴爾塔札爾有些結巴：「他沒死……我不用進監獄……太好了！」

這樣大起大落的結局，讓巴爾塔札爾有些接受不了，他彷彿得到了免死的特赦，想要歡呼雀躍，這對他來說，比天上掉下寶石還高興，他有些滑稽地轉了一個圈，興奮地說：「他活著！他活著……」

可是，科洛坎特似乎並沒感到絲毫輕鬆，她滿臉憂鬱。巴爾塔札爾忍不住問道：「你怎麼了？這難道不值得高興嗎？」

科洛坎特面色蒼白：「我想博梅斯尼爾先生一定是偷走了庫西．旺多姆伯爵的遺產，他是個小偷！」

這話令巴爾塔札爾摸不著頭腦，他有些奇怪地問：「你在說些什麼啊，科洛坎特。」

「事到如今，我不得不說實情了，先生。一個月之前，為了救您，我和博梅斯尼爾動用了那筆遺產買通了執行槍決的士兵與軍官，博梅斯尼爾因此知道了那筆遺產的存在……」

「後來呢？」巴爾塔札爾似乎並不太激動。

「後來，我將剩下的財產埋在了我住的小棚內，這也是昨天博梅斯尼爾劫持我的原因。」

「那麼……」

「我很害怕……他用槍逼著我……於是，我便含糊的說了幾個字……剛才他一定是來偷財寶的……」

巴爾塔札爾搖了搖頭，他似乎並不關心這些，輕描淡寫地說：「現在最重要的是我沒殺他，其他的都不重要……」

他們朝科洛坎特的小棚走去，小棚在達納伊代別墅的左邊，挨著瓦揚．迪富爾先生的住處。天色大亮了，遠遠地，他們望見小棚外有一個被刨過的大坑。

「就是那裡。」科洛坎特說。他們奔進小屋，只見一個人倒在那裡。點燃了蠟燭，借著微弱的燭光，他們發現那人竟然是瓦揚．迪富爾先生。

巴爾塔札爾彎下腰，扶起瓦揚．迪富爾，用手按著他的人中，不一會兒，瓦揚．迪富爾恢復了知覺，他斷斷續續地說：「穿緊身外套的人……他打了我一拳……」

11 瓦揚・迪富爾

瓦揚・迪富爾先生只是受了些輕傷，他回憶說，當時聽到有人在刨鄰居家的地，因此趕去制止，結果被那盜賊狠狠地揍了一拳。

不必猜測，巴爾塔札爾和科洛坎特斷定兇手就是博梅斯尼爾，但他們並不打算報案。他們把瓦揚・迪富爾送回家，科洛坎特在一旁照料著。

巴爾塔札爾覺得，他們有必要去博梅斯尼爾吩咐駕駛員的那個地址去看看，讓博梅斯尼爾吐出那筆財產。因此，他們把瓦揚先生托給了一位女鄰居。

經過昨晚的那次「殺人」之後，巴爾塔札爾對自己的能力充滿了信心。

「我一定會扼住他的脖子，告訴他，讓他吐出那筆財富，否則我會扼斷他的脖子。」巴爾塔札爾恨恨地說。

於是他們向聖克勞德趕去，在途中，為了有更好的體力應對馬上要面對的戰鬥，他們去公園小憩了一會。巴爾塔札爾很是舒適地坐在長椅上，吃著科洛坎特準備好的食品，喝著新泡的咖啡。午餐之後，他美美地抽了一支菸，然後又決定在長椅上午休一小時。

當他醒來時，科洛坎特正在一旁為他驅趕那些擾人的蚊蟲，這令他非常感動：「科洛坎特，你為何要對我這樣好？」

「因為是您，巴爾塔札爾先生。」

「不，不是這樣的，我並沒有為你做過什麼，更準確地說。我一直都是那樣自私，我所追求的是利己主義……」

科洛坎特沒有說話，兩人之間出現了短暫的沉默。好在巴爾塔札爾的思緒又被扯到很遠很遠的地方去了，他沒有再追根究底。

太陽暖暖地照在草坪上，公園中一片寧靜，偶爾有鳥鳴聲傳來，顯得如此清脆與和諧。巴爾塔札爾建議在公園內散散步，科洛坎特很順從地走在他的旁邊，他們向塞納河畔走去。

「聽我說，科洛坎特。」巴爾塔札爾彷彿想明白了什麼似的，「我們不會再有什麼歷險了，一切都結束了，一切都應該恢復寧靜。我不會去找博梅斯尼爾了，讓他成全我們的寧靜吧！但願我們能因此而恢復以前的安寧。」

科洛坎特很吃驚，不過她很快就贊同了，的確，他們歷經的苦難太多了，是該一切歸於平靜了。

「我們快樂起來吧！我們有自己的家。星期天我們可以去拜訪我們的朋友弗多里朗夫婦和歐內斯丁小姐。」巴爾塔札爾輕鬆地說。

「那麼……」科洛坎特有些猶豫，「約朗德小姐呢？」

「喔，我倒忘了，那也不重要了，既然她已是我的未婚妻了，那麼，我想我的身份——無論是庫西．旺多姆伯爵繼承人的身份，還是雷瓦德王子的身份，都可以滿足任何人的虛榮心。當然，除了財富……」

巴爾塔札爾很是滑稽地說出這番話，可科洛坎特並沒有笑，她淚水盈眶。

「你哭了，為什麼？」巴爾塔札爾有些吃驚地問。

「沒有，我替你感到高興。」科洛坎特努力地擠出一個微笑。

巴爾塔札爾相信了，於是他的思緒又飛到了別的重要問題上。

晚上，他們回到了巴拉克斯區，照顧瓦揚．迪富爾先生的女鄰居來找他們，說病人的病情時好時壞。科洛坎特只好找來醫生，診斷結果瓦揚．迪富爾先生患有精神創傷與心律不整兩種毛病。醫生開了一些藥，又囑咐好好照料病人。

一切都安排好了，可是晚上，迪富爾先生感到有些氣喘，他吩咐科洛坎特從藥品中遞給他一個小瓶，當他一口喝去一大半之後，精神也好了一半。

巴爾塔札爾搶過瓶子，他顯得非常氣憤：「你還在喝蘭姆酒……」

「你不用聽醫生的話，我絲毫沒有毛病，我強健得很。還可以多喝幾年酒。好吧，孩子，你聽我說，我要告訴你一個秘密……」

這話從迪富爾先生口中說出，實在有些滑稽，可看他的表情，卻是十二萬分的認真。科洛坎特的心中湧起一種預感：「瓦揚．迪富爾先生，難道你也是……」姑娘臉都漲紅了。

瓦揚．迪富爾點點頭，一字一頓地說：「我要告訴你的只有一句話，我是你父親，巴爾塔札爾！」

巴爾塔札爾的臉刷地變白了，他有些憤怒：「你們究竟想幹些什麼？」

「拉開這個抽屜，」瓦揚．迪富爾用不可置疑的口吻吩咐道，「裡面有你母親的照片。」

巴爾塔札爾一腳踢翻了凳子，恨恨地罵了一句髒話：「他媽的，我不要這些女人的照片了，我口袋裡有一大堆，你看，這張、這張、還有那張！這是瘋王后，還有……卡塔妮娜，他們……你們一群混蛋都在搞些什麼蠢事！」

在一番發洩之後，巴爾塔札爾平息了一下自己的怒氣，他意識到自己面前是一個病人，他緩緩地說：「先生，我想讓你明白，你是第五個認我做兒子的……」

「是啊，庫西．旺多姆伯爵、強盜頭子古爾納弗、帕夏雷瓦德、博梅斯尼爾……」瓦揚．迪富爾喃喃自語。

「你怎麼知道？」

「這一切都是我安排的，是我告訴他們你胸前的M．T．P，是我偷了你的指紋……」

瓦揚．迪富爾的話沒說完，巴爾塔札爾便用手捂住了他的嘴巴。他的額頭冒出了汗，這平靜的生活啊，永遠回不來了。科洛坎特趕過來安慰他，力圖使他安靜下來。

瓦揚·迪富爾先生趁機喝了一口烈姆酒，之後又繼續說：「你的母親叫熱爾特律·迪富爾，在你出生一年之後，我們住在索恩河畔的一個旅館裡。當時，我們生活得不大好，可是，你的母親是一個聰明漂亮的女人。她在巴黎的一家報紙上刊登了一則啟事，大意是一家環境優美的托兒所，願意接收十至十五個月的孩子。後來，就有人陸陸續續地送來了四個孩子。我們和委託人簽訂了一個協定，他們書面保證每年給我們一筆年薪，數額按當年的年景而定。如果哪年的錢沒有按時交納，托兒所將不會再承擔責任。

「於是，當時覺得孩子是負擔的人都送來了孩子。庫西·旺多姆家將小戈代魯瓦委託給了我，而居斯塔夫是古爾納弗遺棄的，還有穆斯塔法、魯道夫……由於有了那筆年薪，我們的日子漸漸寬裕起來，你母親帶孩子，而我則去附近各省推銷勃根第酒。

「但是平靜的日子是不可能長久的，一場洪水把我們的家沖走了，包括你的母親和那四個孩子，只有你倖存了下來。我一度絕望地想要自殺，可是我不甘心……我並沒有將這不幸的事通知那四個委託我照料孩子的家庭，因為這很可能讓他們受到致命的打擊。

「從此，我離開了索恩河畔，帶著你四處飄泊，後來在巴斯克地區居住了下來。為了生活，我給每一位父親都發出了一封信，告訴他們尋找自己孩子的標誌：一個是指紋，另一個就是M·T·P。其實，這個標誌是一個醉鬼在喝醉後給你留下的。於是，他們四人依然給我寄生活費，而我們也因此而無憂無慮地活著。兩年後，我帶著你外出做生意，卻在趕集那天與你走失。我四處尋找，聽人家說你跟著一個賣剪刀的走了，從此杳無音信。

「二十多年就這麼過去了，我一直沒有翻過身，直到有一天在大街上，我聽見有人叫你……巴爾塔札爾。這是當初你的名字，因此，我跟蹤了你，趁你熟睡的時候我悄悄地翻開了你的衣服，看到了你胸口上印著的M·T·P。真是老天有眼，讓我找回了我的兒子。」

巴爾塔札爾身上一陣又一陣地冒出汗來，他驚懼地望著瓦揚．迪富爾，這還是他第一次這麼認真地注視他。他的頭髮和鬍鬚亂成一團，一雙眼睛被烈酒燒得赤紅，這正是一個酒鬼所應有的模樣。天哪，這樣一個自稱是「老無賴」的人竟然是他的父親！

「後來的事，你也該明白了，我那幾封信起了作用，你的幾個『父親』都來找你了。大夥交戰在了一起，真是一場混戰啊……真有趣，呵呵……」瓦揚．迪富爾的嘴邊浮動著一縷嘲笑，是啊，那麼多的人被他拉入了他所導演的這場滑稽戲中，是夠讓人感到驕傲的了。

這笑聲令巴爾塔札爾和科洛坎特聽得毛骨悚然，而那老醉鬼卻仍在嘟嘟噥噥地說著什麼，直到後半夜，他才興奮地漸漸睡去，平靜了下來。

巴爾塔札爾也睡著了，一直噩夢不斷。天剛亮的時候，他就被科洛坎特叫醒了，瓦揚．迪富爾先生痛苦地在床上呻吟，看來他將不久於人世。

「好吧，永別了，孩子……」瓦揚．迪富爾掙扎著說，「不過，我要告訴你，其實，事到如今，我都不能肯定，你是否真的是巴爾塔札爾……我一直都醉著，喝多了……我分不清你和其他孩子……你可能是巴爾塔札爾……也可能是……魯道夫，或者……」

他說不下去了，半小時後，他又稍微喘過一些氣來，繼續說：「在我的枕頭下……有一些書信，那是那四個父親寫來的……還有，銀行的票據，他們的委託費……這些都是你的了……」

到中午的時候，神父來了，為瓦揚．迪富爾先生作最後的禱告。無論如何，他終於走完了一生的道路。

在忙完了一切之後，巴爾塔札爾身心俱疲，他對科洛坎特說：「看來，我以前所學的那些哲學都是無用的，而偵探小說一類的東西也都是騙人的。在每一個故事當中，都有一定的主人公，可是主人公卻都是命運的傀儡，被人們認為是英雄的，卻偏偏總會被歷史捉弄。你看吧，那個老酒鬼看似不起眼，卻是這場戲的操縱者，我們自以為聰明，卻都被他耍了，包括那麼多的優秀人物，其實他們也都成了木偶。說真的，科洛坎特，我的確感到厭惡了，我所有的『父親』都失去了腦袋，不再活在世上了！看來，最永恒的還是巫師的預言。當然，博梅斯尼爾還有腦袋，他應該不在我的父親之列，那是一個多麼可惡的小偷，老酒鬼的腦袋在死之前也不算。那麼我的父親就是剩下的三個中的一個……」

巴爾塔札爾絮絮叨叨地說了許多，但他自己也講得不太明白，他太累了，又在科洛坎特的懷中沉沉地睡去。

12 尾聲

一周後，巴爾塔札爾終於恢復了正常。他已經從日常哲學的圈子中跳出來了，他決心抓住實際生活的每一分鐘。約朗德小姐的來信一次比一次地熱烈與懇切，巴爾塔札爾終於下定決心去拜會隆多特先生，日期定在下周三下午四點。

星期三早上，他去找科洛坎特，要把自己的決定告訴他。科洛坎特正在小屋中收拾，她聽清楚了巴爾塔札爾的話，卻沒有什麼表情。

「你知道，科洛坎特，」巴爾塔札爾說，「我在瓦揚．迪富爾先生那裡找到了一些證券，共值一萬法郎。」

「那太好了！」科洛坎特說。

「是啊，我找到了四個郵包，上面說明瓦揚．迪富爾先生所說的都是事實。而現在我究竟是誰的孩子，我自己也不太清楚，我因此有權繼承那五個姓，也就是說，我可按自己的意願去選擇……」

「這可真的讓人難以判斷，您準備姓哪一個呢？」

「這很好作出選擇，古爾納弗、博梅斯尼爾、瓦揚．迪富爾……他們都……不想說了，而剩下的就只有帕夏與庫西．旺多姆伯爵了，而伯爵在去世時已辦妥了手續，委託律師讓我在繼承書上簽字，我想也沒什麼可猶豫的了。」

科洛坎特站起身來說：「這樣不錯，可是，歐內斯丁小姐和弗多里朗夫婦呢？」

「他們當然還是我的好朋友，一家人，我們會保持這種親密關係的。我想，約朗德也不會反對，她是一個高尚的姑娘。」

「那當然，巴爾塔札爾先生，但願她能夠把一切都奉獻給你。」科洛坎特說。

下午，科洛坎特為巴爾塔札爾打扮好後，和他一起出了門。臨出門時，科洛坎特帶著柔情及傷感最後看了巴爾塔札爾一眼。很快的，眼前的這個男人就不再屬於她了！

他們沿著塞納河向前走，巴爾塔札爾渾身洋溢著一種高傲的自信。

「科洛坎特，我認為我的選擇是對的，庫西．旺多姆家族對我有莫大的吸引力……」

巴爾塔札爾忽然住了口，因為科洛坎特似乎沒有在聽他講，而是滿懷憂鬱地向前走著，他忙問道：

「你不高興嗎？科洛坎特，怎麼啦？」

「沒什麼。」科洛坎特的聲音有些顫抖。

「不，一定有什麼事。你哭過，你騙不了人的。」

他們站住了，互相望著對方。科洛坎特抑制著內心的悲傷，不讓眼淚奪眶而出。

「你是擔心約朗德來了，會改變我們的關係嗎？不，你想錯了，約朗德不會影響到你與我的關係。」

「沒有什麼，先生，不只是這些……」

科洛坎特終於忍不住掉下淚來，不知為什麼，這讓巴爾塔札爾手足無措，內心也莫名其妙地驚悸起來，他望著她，喃喃地說道：「不，科洛坎特，你變了，以往的你不是這樣的，或許你的擔心是有道理的，難道約朗德就是我的唯一嗎？不，我更樂意為你犧牲。」

他說出了這麼一大段話，目光不再遊移，一心一心地望著科洛坎特，彷彿世界上沒有任何力量可以將這目光轉移。正在這時，一個小孩滾著球，從他們之中穿過，這才將兩人從夢中驚醒。科洛坎特的臉紅了起來，她向後退去。巴爾塔札爾想拉住她，可是，拉住又如何呢？他再也無權留下她了。來來往往的路人們注視著這對情侶，在河畔草坪的長凳上，一位傳教士正在閱讀著他的《聖經》。

巴爾塔札爾如著了魔一般看著科洛坎特消失在林蔭大道的盡頭，他就像被掏空了心肺，抽盡了精力，手腳癱軟。他朝著傳教士坐著的那張凳子走去，然後頹然地坐下，他的表情前所未有地絕望。傳教士從經書中抬起頭來，關切地問：「你怎麼了，孩子？」

巴爾塔札爾搖搖頭：「我沒什麼，只是有些難過。」

「為了剛剛那個離去的人？」

「是的。」

「她是你的愛人？」

「不，我們只是好朋友……」

「你難道不愛她？」

「我也說不清楚，我只是了解……我這是算愛嗎？可是我正準備跟另一個人訂婚。」

「可你分明是愛著她啊！」

傳教士的這一句話來得突然，但卻如同當頭一棒，巴爾塔札爾自己也弄不明白，為什麼傳教士能夠這樣清楚地去猜測呢？

「您說我愛她，您確定嗎？神父先生？」

「我認為最起碼你愛……」

巴爾塔札爾在一旁陷入了沉思，傳教士之後的言語在他腦中就變得有些零亂了：「是啊，我愛她……科洛坎特，神父，您應該明白那是一個多麼可愛的姑娘，她可愛得無法形容，對我照顧得無微不至，可是我卻是個瞎子，我看不到，猜不到她的心思。我多愚蠢吶！想想看，那一次，我母親要槍殺我和我的父親，就在那時，她來了，她傷心地吻著我的傷口，低聲的哭泣，我現在總算明白了，為什麼我的傷口在她吻過之後就不覺得疼了。還有，我以前一直不明白，為什麼當初我會拒絕與漂亮的哈迪德格成婚，我以為是為了約朗德，可是，我現在知道了，潛意識中我是為了她啊！我到處祈求愛情和家庭，我為此不惜冒險……爭鬥……可我卻絲毫不明白原來最真的愛情就在自己的身邊，而我卻視而不見。」

傳教士雖然不能完全聽懂，但卻理解了大意，他點點頭，肯定地說：「這麼看來，你該與她訂婚！不！不是訂婚，而是立即娶她。」

巴爾塔札爾站了起來，大徹大悟一般地說：「您說得很對，神父，謝謝您！」

然後他向巴拉克斯跑去。

天已經黑下來了，一輪明月照著大地。巴爾塔札爾回到達納伊代別墅，這裡的一切都被收拾得井井有條，很顯然，科洛坎特來過了。

他起身，向科洛坎特的小棚走去。這是他第一次主動地向科洛坎特的小棚走去，棚內已亮起了燈光，他感到十分溫暖，同時也感到了劇烈的心跳。他朝愛侶的房門走去。

巴爾塔札爾的歷程重新開始。

傑里科王子 1930

被水手們打撈上來的落難男子，
因頭部受到撞擊而失去記憶。
他風度翩翩、機智詼諧，
數次保護富家女納塔莉遠離海盜傑里科的威脅。
然而，人們卻發現，
這個失憶的男子似乎與海盜傑里科有著不小的關聯。

Arsène Lupin
~ gentleman cambrioleur

1 初遇

不安的海浪拍打著埃斯特米爾山的暗紅色山崖，漂亮的米拉多爾別墅就建在這峭壁之上。此刻的別墅裡，兩位貌美如花的姑娘正坐在大門門檻上，興致盎然地看著一位瘦削、英俊的年輕人向僕人們發號施令。

「現在操練兵器，你們每人去選一件。」

兩個僕人在破舊的武器堆裡挑選，這是一些從舊貨商那兒搜羅來的破獵槍，樣式滑稽可笑，佈滿了鐵銹和灰塵。

「亞歷山大，你守住圍牆右側；多米爾克，去左側，密切注意海面，發現海盜船，就狠狠地攻擊；啊！對了，還有亨利四世的大炮。」年輕人一邊說著，一邊拖來一截權充當做大砲的舊煙囪，神情嚴肅地將其對準了海面，「如果敵人爬上岩壁，就用熱水澆下去，然後再用刺刀殺死他們。」

年輕人不安地跑來跑去，忙碌地整理著各式陳舊無用的武器，最後，他終於精疲力竭地癱在椅子上。

「這鬼差事，害我消化不良。」

戈杜安姊妹——亨利埃特和雅妮娜——在一旁看著他忙碌，見他坐了下來，便笑盈盈地問道：「很累吧，馬克西姆。」

「累死了，不過總算放心了。等納塔莉回來，她就不用害怕傑里科這個強盜的突襲了，因為他們將遭到全副武裝的戰士的頑強抵抗，喪命於猛烈的炮火裡。」

「我覺得很奇怪，」亨利埃特提出了疑問，「納塔莉怎麼會找一座沒有電，也沒有電話的破房子呢？簡直是瘋了，方圓五百公尺內沒有半個人影，就連火車站也在兩公里之外。」

「但你不得不承認，這裡的景色真的很美。」馬克西姆辯解說，「還有，看著你們二位，我真的感到非常為難。」

「為什麼？」雅妮娜問。

「我該娶你們中哪一個才好呢？四個月以前，我們在聖拉法埃爾認識，彼此纏纏綿綿也有一段時間了，可是，我不知道自己究竟更愛誰。你們能幫我一下嗎？」

「這是一件簡單的事，我們的拒絕就是對你最大的幫助。」

「不，沒人會拒絕馬克西姆的。」

「怎麼沒有？我只想嫁給老實人，」亨利埃特說，「我可不想成天背著你這個包袱。」

「這個包袱不重，才五十八公斤。」

「還有，你似乎沒有什麼地位。」雅妮娜煞有其事的說。

「不會吧，我的地位可不低喔！除了是防禦工事的工程師外，我還是社交場合的開心果、食客。瞧，有這麼多頭銜可以隨我挑。我想，如果運氣好的話，我可以把你們都娶了。」

「那您可要虧本了，我們身無分文。你不如娶納塔莉吧！她是個百萬富婆，又是孤兒。」

「納塔莉？這個太方便不過了。我們兩家是世交，而且我們曾經訂過親。」馬克西姆大聲說。

「但她現在是福爾維勒的女朋友，好像和你扯不上關係。」

「福爾維勒？那個庸俗外表有如重型卡車般的傢伙？他別癡心妄想！」馬克西姆憤怒地說著，完全沒有注意到一個高大美麗的姑娘正捧著一束野花站在門口。

這是一個身材豐滿而勻稱，洋溢著少女的青春活力的姑娘，她巧笑嫣然地等著馬克西姆抨擊完畢，才邁步進屋，把花遞給戈杜安姊妹：「請把它們插起來，這個你們比我內行。」

她沒有繼續說下去，無意的轉頭中，她察覺到了空地上的佈置，不禁大吃一驚。

「亞歷山大，你們拿著槍幹什麼？」

「納塔莉小姐，我們在監視海面。」

「海面？老天，馬克西姆，這一定又是你搞的鬼把戲。」

「鬼把戲？納塔莉，這可是最起碼的謹慎！處在這種地方，時時刻刻都要提防才行。」

「提防什麼？」

「海盜傑里科！他會來偷襲的，上周在義大利海岸，他已經在加緊準備了，而且還派了人來監視我們。我這可不是亂說喔！在別墅的四周，我發現了可疑的腳印，想必是這個心狠手辣的傢伙在進攻了。」馬克西姆嚴肅地說。

「進攻？從哪裡進攻？這裡四周都是懸崖峭壁。」納塔莉不以為然地笑著說。

「雲梯！從海面強行攀登，看，這你就沒有想到吧？」

「我才不願去想呢，我只知道我快餓死了，還有福爾維勒也快到了。」

「福爾維勒要到這兒來？」馬克西姆吃驚地問了一句，然後小聲詛咒道，「這個該死的傢伙！」

「是的，不僅他要來，我父親的一位朋友夏普羅醫生，就是那個寫了許多優秀心理學研究文章的學者也將光臨。我已經組織了一場小夜曲演唱會來歡迎他們，不過，他們只在這裡待一晚，跟著要趕去馬賽。」

「演唱會？」

「是的，三個義大利歌手的演唱會，我曾在特萊亞公館看到過他們的演出，棒極了。」

「義大利歌手？」馬克西姆緊張起來，「你不能請他們，這三個人很可能是傑里科派來的人，你難道沒有看到報紙上面寫的嗎？這夥人每次行動都派密探打頭陣。」

馬克西姆說得非常認真，這令在場的幾位女士意識到了事情的嚴重性。

「夠了，馬克西姆，你弄搞得我們大家很緊張。」

「緊張總比大意好，納塔莉，不要讓這些人進來！」

「太遲了，他們已經進門了。」

「敵人已經進入腹地，我們要完了。」馬克西姆誇張地抱怨道。

納塔莉．瑪諾爾森是那種讓人看一眼就忘不了的迷人女郎，她高傲倔強，富有魅力，渾身上下那些完美的線條和它們豐富的表現力，不時的散發著高貴與優雅的氣息。

納塔莉幼年喪母，父親瑪諾爾森先生原籍瑞典，他在通貨膨脹期間，在法國收集藝術品、古董等，並轉手賣到美國，收益頗豐。他是一個正直的人，只是對女兒不太關心，常年周遊列國，偶爾會在旅途中順便看望納塔莉一次。

納塔莉二十三歲那年，瑪諾爾森先生帶她去了那不勒斯，並在那裡住了三個星期。然後，他就獨自啟程去了西西里島。兩星期後，納塔莉在巴黎獲知，父親因中暑而不幸去世。

正處芳齡的納塔莉生性好動，不安現狀，但又渴望安寧，只是苦於找不到一個平靜的地方；她的周圍不乏追求者，但她對愛情戒備甚多，性情遊移不定；她想找一個能為自己做主的人，卻又不喜歡被束縛。就這樣，她遊走於世界各地，最近才從東方歸來，租下了米拉多爾別墅。

米拉多爾美麗的海灣景色令她心醉神迷，滿足了她的任性不羈。當然，她能在這裡待上如此長的時間，還得歸功於馬克西姆以及戈杜安姊妹，如果不是他們來給她解悶，誰知道她又會漂到哪裡去了。

下午五點，納塔莉、馬克西姆以及戈杜安姊妹陪著已經抵達的福爾維勒和夏普羅醫生，在屋前的空地上喝著下午茶。湛藍的大海上波光粼粼，雪白的浪花輕輕的拍打著岩壁，太陽在地平線上方低垂著，一條柔和的曲線嵌在沙灘上。一位女歌手低沉而委婉的聲音從遠處漸漸飄來，時不時地消散在海浪聲中。

夏普羅醫生的模樣有些呆板，一臉的絡腮鬍子，繫著白領帶，鼻梁上架著一副金邊眼鏡。他是個退休軍醫，也是個旅遊愛好者，因此便與瑪諾爾森先生成為了好友，兩人多次結伴出遊。自從瑪諾爾森先生去世後，他便經常來探望納塔莉。

福爾維勒曾是瑪諾爾森先生的秘書，後來成為了合夥人。他現在已經是一家出口公司的老闆了，而且生意做的十分的大。在納塔莉的眾多追求者中，福爾維勒是最熱烈、最執著的一個。不過，儘管他個子挺拔高大，身材魁梧，但卻總顯得神情惶恐，目光侷促，似乎對自己缺乏信心。所以，納塔莉對他始終懷有戒心，這使他看起來更加的陰沉沮喪。

一直無心喝茶的馬克西姆拉著夏普羅醫生和戈杜安姊妹往花園走去，想看看那三個義大利歌手的真面目。納塔莉跟在他們後面，和福爾維勒單獨走在一起。

那個女歌手正在唱著一支抒情曲，灰暗破舊的衣衫襯出她沙啞聲音中的疲倦，而兩個拉琴的男人則鬼鬼祟祟地打量著他們，低三下四地奉承著。

福爾維勒又開始了他老套的愛情進攻，而納塔莉卻不為所動。

「福爾維勒，你總是在摸索我的弱點，想要緊緊的抓住我。可是我最討厭的就是你那充滿心機的陰謀詭計，和你那雙隨時準備抓住什麼般的貪婪的手。」

「那你到底想我怎樣，納塔莉！你知道你一值在傷害我的感情嗎？」福爾維勒忍不住了，用近乎粗暴的口吻說。

納塔莉沉醉在歌聲中，對福爾維勒情緒激動的蠢話付之一笑。

一曲結束，馬克西姆忙不疊地為歌手們斟上了酒，然後把他們送出花園，鎖上了大門。當他經過納塔莉身邊，聽到福爾維勒喋喋不休的話語時，忍不住調侃了一句：「看刺你在愛情這個難以理解的矛盾中註定只能是個失敗者，可憐的福爾維勒。」

眾人回到了屋前的空地上，沉默了片刻的福爾維勒又開始囉嗦起來，他責備納塔莉對生活太苛求。納塔莉則是不在意地承認自己的確有一些野心，過於要求完美。

「納塔莉，你這個樣子會嚇走很多男孩的。」夏普羅醫生微笑著搖了搖頭。

「是啊！我已經感覺到這一點了。所以，我要自己去尋找心目中的白馬王子。」

「你的白馬王子到底是怎樣的人？」福爾維勒心有不甘地問。

「是英雄，他可以超越常人；超越一切的權力、習俗、義務、甚至是自身的力量。」

「我想你的想像力過於豐富了些。」福爾維勒嘲笑道。

「這……這想法的確是有點過時了。」馬克西姆也插了一句。

「沒錯，愛情對你們來說是很現實的，但對我來說則充滿了幻想。這和我讀了太多的小說有關，我渴望能遇到不平凡的浪漫佳話和拜倫式的人物。」

「你該不會想要嫁給最後一個莫伊肯人吧？」馬克西姆說。

「當然不會，我——」

「但如果是被綁架呢？被一個英勇的海盜騎士綁架？」

「嗯，不錯的想法，我會考慮。」

「如果說是傑里科，您會怎樣？」

「那很好啊。」納塔莉興奮地說。

福爾維勒似乎沒明白他們的玩笑話，他激動地大喊起來：「傑里科是個海盜，是個殺人兇手！」

「誰知道？只憑著一些自相矛盾的傳聞嗎？有人說他是惡魔，可同樣有人說他是好人啊！而且女人們都喜歡他，甚至為他放棄一切。」

「那是謠傳！」

「也不全是，大家都知道他是個有氣魄的人！」

「他對人冷酷殘忍。」

「他勇敢果斷，他曾經在光天化日下攻打村莊，並命令全村的人集中，強迫他們交出金銀財寶呢！這些有如傳奇般的豐功偉績，真是讓人著迷，他還自稱是地中海的國王！」

「什麼國王？我看他根本就是一個中世紀的土匪，一個姦淫燒殺的強盜！」福爾維勒冷笑著說。

「我可從沒說過他是個神聖的天使，但是這個時代的海盜，一個可以令整個拉丁世界恐懼的國王應當是英雄！」

福爾維勒無可奈何，不知該說什麼。夏普羅醫生見狀打了個圓場，插進來說道：「納塔莉，如果你想結識一個現實世界的神話英雄，我倒知道一個。」

「真的嗎？醫生，是誰？你快說！」

「他叫德．艾倫．羅克男爵，當然，這不是他的真名，並非他故弄玄虛，而是確實不知道自己的真名，他失憶了。這完全是一個真實的傳奇故事，告訴我這件事的是我的好友——凡爾拉日醫生。

大約在二十個月前，凡爾拉日醫生作為一艘從印度支那回來的郵船的隨船醫生，醫治了一個被水手們從海裡打撈上來的陌生男子，他的頭部被猛擊過，肩上也被插了一刀，傷勢很重。但他求生的願望相當強烈，在毫無意識的情況下，死死抓住了一塊小船的殘骸，簡直就是一個奇跡。更讓人難以置信的是，他迅速地恢復了健康，雖然他仍對自己的過去一無所知，三個星期以後，他留下一萬法郎離開了。所有的人都感到吃驚，因為他被救起時，身上根本沒有一張鈔票，在接受治療的這段時間，他沒離開過床，也沒和任何人說話。」

「那一萬法郎是哪裡來的呢？」不等醫生講完，馬克西姆就提出了自己的問題。

「不知道，誰也弄不清楚他的來龍去脈。大家只是根據他被救時所穿的衣服上所繡的紋飾，稱他為德．艾倫．羅克男爵，唯一報導這個消息的小報也用了這個名字。後來，因為政治和財政危機，大家逐漸淡忘了這件事。誰知一年後，凡爾拉日醫生家來了位陌生的客人，他笑咪咪地說：『親愛的醫生，認不出我了麼？我是德．艾倫．羅克男爵。』」

所有聽故事的人都靜了下來，停了片刻之後，納塔莉小聲說：「多麼神奇的故事，這一年裡他做了些什麼呢？」

「他發財了，靠著賣房地產成了大富翁。」

「那他想起過去了嗎？」

「還是一無所知，頭上受了那麼重的傷，又在海水裡漂浮了那麼久，暫時失去記憶是很正常的。」

納塔莉似乎愈來愈有興趣，不斷地追問有關艾倫．羅克男爵的事，而福爾維勒也愈發緊張起來。

「醫生，您見過他嗎，他是個什麼樣的人？」

「是的，我們見過面。他身材清瘦高挑，相貌平常，但他剛毅的神情留給我極深的印象。聽朋友說，他是個愛打抱不平的俠士，扶弱濟貧，除暴安良——」

「又一個基督山伯爵……可笑的故事。」福爾維勒冷笑了一聲。

「不，他是個非常好的人，風度出眾、非常高貴，有時相當自傲，但又機智詼諧、生氣勃勃，說話輕鬆而幽默。」

「是的，是的，我想起來了，我們在尼斯見到過他，聽說他還能創造奇蹟。」雅妮娜說。

「世上是沒有奇蹟的，所有的一切都只因為他待人處事分寸得當，隨機應變，而且對周圍的人有種神奇的影響和威懾力。」

「真想見見德．艾倫．羅克男爵。」納塔莉充滿嚮往地說。

福爾維勒又開始冷笑了：「你看你，剛剛還是傑里科，現在又變成艾倫．羅克了嗎？」

「那又怎麼樣？」

「一個江湖騙子而已，你該不會想要嫁給他吧？說不定他會像魔鬼一樣從盒子裡突然跳出來。」福爾維勒嘲笑道。

「你真說對了，艾倫．羅克曾經說過，在遇到危險時只要拍三下手，對著地面喊三聲他的名字，他就會來。」夏普羅醫生說。

「真的嗎？那我一定要試一下。可是我好像沒有什麼危險。」納塔莉有些遺憾地說。

「怎麼沒有？」馬克西姆搶著說，「虎視眈眈的傑里科不就是你的危險嗎？」

「對啊，那我試試。」

納塔莉走到空地上，嚴肅而緩慢地拍了三下手。大家都在期待著，只有福爾維勒面色陰沉。大地靜悄悄的，什麼都沒出現。納塔莉歎了一口氣，夏普羅醫生提醒道：「你還沒喊他的名字呢。」

納塔莉低頭默想了片刻，小心翼翼地喊著艾倫．羅克的名字，當她叫到第三聲時，一個人影奇蹟似地出現在花園那邊，好像剛從地底下鑽出來的一樣。

「小姐，是你叫我嗎？」

經歷此番景象，眾人目瞪口呆。

「不可能，別墅三面都是懸崖峭壁。」納塔莉喃喃自語，覺得眼前的一切實在太不可思議。

來人大概三十五歲左右，高大瘦削，但很強壯，皮膚被太陽曬成了黃褐色，右臉上有一道長長的、淡淡的疤痕。他氣度不凡，雖然有幾分耀武揚威的氣勢，但一想到他言出必行的首領氣質，一切似乎都可以不在乎了。

當他如神話一樣準確地叫出在場的每個人的名字，為雅妮娜找到了丟失的珊瑚項鏈，又幫亨里埃特趕走了刺人的蜜蜂後，所有的人都驚訝不已。納塔莉更是在這個神奇的男人面前，毫不掩飾地表現出了她的好奇以及內心的悸動，一反她平常對男人冷淡疏遠的態度，這讓福爾維勒惱怒不已。

「可以問您幾個問題嗎？為什麼離開醫院？那一萬法郎從哪裡來的？」

「我感到無聊，所以把戒指——當時寶石朝著手心，所以沒被發覺。交給一個經我觀察最誠實也最傻的人，委託他幫我賣掉，然後把賣戒指的錢留了四分之一給醫院，用剩下的錢作本發了財。」

「回憶起您的過去了嗎？」

「對此我仍像一年前一樣一無所知，我執著地像追趕影子般那樣追趕我的記憶，有時我會對突然出現在眼前的景像有種似曾相識的感覺，但卻怎麼也得不到清晰的思路。雖然如此，記憶的喪失毫不影響我的思維能力，觀察、想象、理解、欣賞，一切都很完整，除了一片黑暗的記憶。」

「你所受的嚴重創傷可能完全改變了您的個性，從大好人變成亡命之徒或恰好相反。」夏普羅醫生插話說。

「天使？惡魔？哈哈，哪個我都不想當，不過，醫生，我到底要怎樣才能好起來呢？」

「這就要看你頭部受打擊的嚴重程度了，如果只是腦震盪的話，記憶也許會像植物一樣慢慢生長起來；但如果是腦挫傷，那就很難恢復了。你是屬於逆行性遺忘症，即喪失受傷前記憶，其他腦能力絲毫未損。如果您再受一次打擊或感情上的激烈衝擊，也許會使你失去活動的腦細胞再次活動起來。」

「是嗎？」艾倫．羅克笑了笑說，「但願我是腦震盪而不是腦挫傷。」

「這個結論我目前還不能下，但有一點我可以肯定，環境的改變會激起你的記憶，並且無意中告訴您以前的事，黑暗就將被衝破。比如說您回到故鄉，往事慢慢重現，歷歷在目，奇蹟也就自然出現。」

談論間，僕人將福爾維勒的車開了過來，戈杜安姊妹要回父母家，請福爾維勒搭一程。可是，納塔莉還在糾纏。

「還有一個問題，您為什麼會來這兒？」

「問得好！我來這兒並不是為了談論自己的，是有一件事想告訴大家……」

2 偷襲

大家再次把艾倫．羅克圍住，他不慌不忙地說：「今天早上，我在公園裡聽到了兩個水手裝扮的西班牙人的談話，他們似乎屬於某個集團，而這個集團準備晚上襲擊海邊別墅。」

「天哪，肯定是傑里科一夥！」馬克西姆激動地說。

「我想是的，我聽到的東西不是很具體，只知道他們八點半在別墅下集合，到時候有人會吹哨子通知他們，第一次是告知平安，第二次就是進攻命令。」

「就這些？」福爾維勒冷笑著說。

「是的，我本想抓住他們的，可惜這兩個傢伙跑了。除此之外，他們的另外兩個同夥上了去迦納的火車，我想他們也許此時正在埃斯特萊爾山附近。我是在散步時注意到米拉多爾別墅的，直覺告訴我，這裡應該是那夥人襲擊的目標。為了以防萬一，我來到了這裡。」

「這還用說嗎？他們的目標根本就是米拉多爾別墅！」馬克西姆大聲嚷嚷道。女士們卻都沒作聲，福爾維勒繼續講著風涼話。起身告辭，他拿起帽子，欠了欠身，完成任務般逕自朝護牆走過去。

「先生，您要走了嗎？這裡還有一條小路，我們帶您去。」納塔莉說。

「納塔莉，如果你覺得有必要，我們可以留下。」醫生建議說。

「這是當然的，但若隨便就相信那些無稽之談，是否有點可笑？」福爾維勒嘲笑道。

戈杜安姊妹則有些緊張地問：「你真的不怕嗎？納塔莉？」

「怕？當然不，你們太荒唐啦！」納塔莉笑著大聲說：「走吧，快點，太陽要下山了。」

福爾維勒極為不滿地盯著艾倫．羅克男爵，他想把納塔莉拉到一邊，提醒她多加防備，但納塔莉根本不理睬他，還不停的催促他帶著戈杜安姊妹儘快離開這裡。

馬克西姆對艾倫．羅克男爵說的事很感興趣，但他有些擔心，不知是否會遇到危險，臉上顯露出幾分不安的神色。艾倫．羅克鎮定自若，他饒有興致地看著馬克西姆準備的那些毫無用處的武器和熱湯，微笑著說：「這麼說，你已預感到什麼了？」

「是的，您的話證實了我的疑慮，那個該死的傑里科，還有剛才花園裡的義大利歌手，納塔莉，您真是太大意了！」

「你說歌手？」艾倫．羅克警覺地問，「那兩個人曾經提到過什麼義大利歌手，是兩男一女。」

「什麼？兩男一女，一點沒錯，我的老天啊！」馬克西姆自言自語著，腿一軟，癱在了椅子上。

納塔莉也有些花容失色了，她無助地看著面前的兩位男士。

馬克西姆回過神來想的第一件事，就是打算搬救兵，他慌張地跑出花園。天色漸漸暗了下來，沒有風，遠處尚有一絲亮色的天空上挂著一條條靜止的紅色雲彩，大海也漸漸變成黑色，靜謐的空氣裡遊蕩著一絲不安。

納塔莉注視著艾倫．羅克，安靜地等待他的安排。她對自己這種心態感到很奇怪，一直以來自己拿主意已經成為一種習慣，但現在她卻心甘情願看著這個相識不久的男士慢慢踱著步子，期待著他的決定。

艾倫．羅克點了一支菸，一臉的胸有成竹。在接連扔掉兩支菸頭後，他看了看錶，然後停下腳步看著納塔莉：「小姐，這件事有許多巧合的地方，雖然不必緊張，但也不可大意，你確定你真的要留下嗎？」

「是的，我不想為了這些空穴來風的危險而離開這個地方。」納塔莉回答道。

「那好，如果您不反對，我留下來陪你。兩個小時後，如果平安無事，我再離開。」

「謝謝您，我們一起吃晚飯吧。」

隨後而來的是一段長時間的靜默，遠處的紅色雲彩漸漸變暗，艾倫．羅克頎長的身子斜靠在花柱上，自言自語地說：「真美啊！」

為了避免尷尬無聲的場面再次出現，納塔莉忙接過話頭：「是啊，這樣的美景令人心神嚮往。我在想，這樣的美景是否可以幫助您喚起你模糊的記憶，讓你可以回想過去的記憶。」

「也許吧！但我想在我的記憶中，沒有比這更美麗的一刻，不然我肯定會記起來的。」

一種莫名的情感流過納塔莉全身，她微微地打了個寒顫。為了掩飾自己，她喃喃地說：「天黑了，該點燈了。」

「還沒到時間呢。」艾倫．羅克那種不容置疑的口氣讓納塔莉感到些許不快，她堅持要管家點燈，而艾倫．羅克似乎更固執。納塔莉不由自主地讓步了。

正在這時，馬克西姆大叫大嚷著回來了，他說自己發現了那三個義大利人，他的精神防線徹底崩潰了。別墅裡的僕人受到這種氣氛的感染，也開始不安起來，尤其是在陸續發現一些可疑的跡象後，大家亂作了一團，紛紛要求離開這個可怕的地方。

納塔莉無力勸說眾人，只能讓大家離去。整個別墅只剩下艾倫．羅克和納塔莉，又是一段長時間的靜默。突如其來的情況讓納塔莉孤身一人留在了這裡，陪著她的居然是一個才認識三個鐘頭的男人。她很清楚自己這樣選擇並非出於禮貌，也不是對他有好感，而是她那高傲的品性讓她不肯屈服。她不想讓艾倫．羅克看見她害怕，而離開這裡，就等於承認害怕。

時間慢慢的流逝，艾倫．羅克簡單地詢問了納塔莉一些問題，他想從中猜測出海盜傑里科為什麼要攻打別墅。但納塔莉說自己根本沒有什麼值錢的東西放在別墅，就連首飾都是一些很普通的。艾倫．羅克用手撫著額頭，沉思起來。

死一般的的寂靜在他們周圍散開，納塔莉感到了空氣裡瀰漫的緊張和不安。艾倫．羅克在空地上來回地走著，納塔莉凝望著他，期盼著能在他的臉上找到一些光亮，以阻止正在漸漸蔓延的黑暗。

「我們需要採取什麼措施嗎？可是我手邊連一支手槍也沒有。」納塔莉說。

艾倫．羅克走到她身邊，輕輕按住她的肩膀，讓她在一張籐椅上坐下來。

「即便有，也沒多大作用，小姐。放鬆些，我們聊聊天，好嗎？」

聽到艾倫．羅克的聲音重新變得輕鬆活潑起來，納塔莉如釋重負，臉上顯露出一絲喜色。

「其實我來這裡，除了提醒您之外，還另有目的。你知道，我是一個不斷尋找自己過去的人，我多麼想揭開遮擋在我面前的薄紗，我想知道我做過些什麼，我曾經是什麼樣的人。我苦苦思索，不停追尋，仍然不得要領。我焦急地注視著身邊經過的每一個人，希望他們能忽然認出我。我瘋狂地尋找，想要打開鎖住我記憶的鐵枷，但徒勞無功。當我正悲觀失望的時候，小姐，我突然看見了您。那是九天前，在蒙特卡羅廣場，你一伸白色淺蘭絨套裝，手裡拿著一頂帽子。那一瞬間，我死氣沉沉的腦海裡，突然被注入了一線光亮，有什麼東西突然觸動了我，我的生命又重新跳動起來。是的，小姐，請你看著我，那是你，陽光照耀著您頭髮上的花環，你站在一個花園裡的噴水池旁，我在過去一定曾經見過你！」

「花環？」

「是的，我記得很清楚，它剛好卡在你的頭髮上……」

納塔莉凝神回想著：「花環？喔，我想起來了！記得有一次，那是在那不勒斯公館花園裡，我和父親在一起，那裡有很多柑橘花，於是我就編了個花環玩……對，就是那次，可是第二天，父親去了西亞里，就再也沒回來……」

「是的，一個花園，當時的你是那麼美，讓周圍的一切都生氣勃勃。大理石噴泉、三個舞蹈的裸體孩子、陽光下閃閃發亮的水柱，還有倒映在水中的翠綠的柑橘樹……上帝啊，上帝，我灰暗的世界，我頹廢的生命都在你美麗動人的眼眸裡復活了，我只想注視著你，永遠地注視著你……」

艾倫．羅克說不下去了，納塔莉抬起頭，迎著他的目光，兩個人靜靜地注視著。此刻，任何的危險、傑里科、逼近別墅的海盜船、死寂的夜色……一切已不復存在。儘管在記憶中未能搜尋到似曾相識的影子，但納塔莉強烈地感覺到，眼前的這個男人正漸漸滲透到她的生命裡，愈來愈有力地束縛著自己。

過了好一會兒，艾倫．羅克將燈芯捻暗了一點，只留下暗暗的一點光亮。風輕輕地吹過來，寂靜和孤獨再次包圍著他們。這個夜晚原本就不平靜，海面上隱隱傳來有節奏的拍擊聲，憑著多年的經驗，艾倫．羅克斷定那是壓低的劃槳聲。海盜們已經來了！巨大的恐懼感緊緊攫住了納塔莉，而艾倫．羅克只是靜靜地、饒有興趣地聽著，沒有絲毫做準備的跡象。

「你不想辦法阻止他們嗎？」

「毫無辦法。」

「怎麼？連你不知道該怎麼辦嗎？不過，其實也沒什麼好怕的，我們可以從花園或後山離開別墅的。」納塔莉強裝鎮靜地說。

「還有義大利歌手呢？他們一定會埋伏在那裡。雖然他們只有兩個人，但他們有武器，而且會和海上過來的人裡應外和。」

兩個人就這樣伏在護牆上，輕聲交談著，周圍是輕輕搖動的天竺葉。黑暗中似乎有黑影閃過，並且傳來一陣說話聲。

「我看見他們了……兩艘船……」

「我也看見了，」納塔莉附和道，「一前一後的兩艘船，應該是他們吧……」

納塔莉話音未落，從別墅的山坡上傳來一聲哨音。

哨聲在海面上散開，像盤旋在戰場上陰森的風。

「還有第二次哨聲，然後他們就會進攻。」艾倫．羅克很平靜地說。

「他們就會進攻，第二次哨聲。」納塔莉機械地重覆道。她極力地壓制住心底升起那股越來越強烈的恐懼感；她同時開始有些憎恨這個陌生男人，是他的出現，令她選擇了面對這本可避開的危險。而現在的他，似乎對這危險充滿著期望，可以看出，在他身體裡有一種挑戰危險的、蠢蠢欲動的快感，他自言自語、興奮、激動，這簡直就是不可理喻的瘋狂。

艾倫．羅克和納塔莉離開護牆，往後退了一點。兩個人挨得很近，納塔莉微微有些發抖，她小聲地說：「我想……我想我們可以站出來……」

「沒用的，我們阻止不了什麼，他們對這兒的情況已經了如指掌了。」

就在他們說話的時候，一個黑影在四十公尺外的地方跳上了岸。

「這太可怕了！」納塔莉低聲嘀咕著。

艾倫．羅克轉過身，試圖在黑暗中看清她的表情。

「你的聲音在顫抖，如果你害怕，請告訴我。」

「不……不，我……我……」話音未落，納塔莉覺得自己的腿一軟，差點跌坐下去。艾倫．羅克伸出手想去扶她，她立即挺直了身體。

「對不起，小姐，我只顧及到自己的快樂，卻忘了女人天性是脆弱的……時間快到了，我們該準備一下……」

艾倫．羅克一反常態，似乎突然下了決心，整個人都變了……他哈哈大笑起來，接著開始檢查屋前的空地，然後放開嗓門快活地說：「讓我來看看該怎麼辦，您的朋友準備了一些武器，熱湯，原始了一點，是吧？效果也很值得懷疑？不過現在，最好能想個辦法阻止他們的進攻……」

「是的，最好能阻止他們，但是，你做得到嗎？」

「當然，沒有什麼是不可能的……只要你夠機智。」

「那就趕快啊。」納塔莉焦急地說。

「還有的是時間，整整四十秒呢！」

「啊，四十秒？這可不行！」納塔莉焦急萬分，「求求你快點，好嗎？我……我快要受不了了……」

「不用怕，我想，現在控制局面的是我，誰占主動誰就能贏。」艾倫．羅克說著便走進了客廳，迅速收集了許多報紙，並且將它們在護牆邊堆成一個小山，然後又讓納塔莉取來一瓶酒。

「一八九六年的上等白蘭地！好極了！」他大聲地說，「讓我們用它來調兩杯雞尾酒。」

說著，他把酒倒在那座紙山上，用打火機點燃，又把別墅裡能找到的易燃物都扔進了火堆裡。頓時火光沖天，熊熊烈焰騰空而起，煞是壯觀。

「這是古代常用的報警信號，敵人來犯時燃起烽火，一個傳一個，然後各個村莊就會敲響警鐘。」艾倫．羅克一邊向火裡加東西，一邊解釋，緊接著又跑到大門前，敲響了掛在那裡用來通知開飯的大鐘。

「警鐘敲響了，我們的家園處在危難之中！大家拿起武器，奮起反抗，迎接我們的勝利，大聲地歌唱吧，大鐘！把黑暗與罪惡趕走！所有的人都起來抗擊敵人！」

艾倫．羅克興奮地忙碌著，如同一個信心十足的指揮戰艦避開兇險海浪的艦長。

「我們得救了嗎？」納塔莉有些惶惑地問。

「我想是的，這個時代已經沒有敢於鋌而走險的英雄了，他們根本就缺乏做一番轟轟烈烈的大事的勇氣。英雄原本就是由特殊材料做成的，要有強壯的體魄，堅強的毅力和無比的自信心，應該是像我這樣的人！」

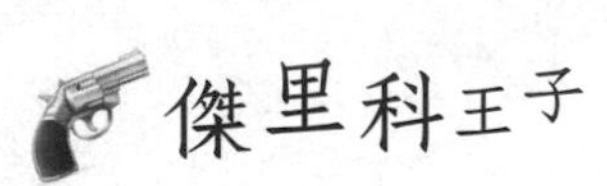

火焰在天空中飛舞，將艾倫．羅克跳耀的影子拉得很長很大，他不斷地說著近似瘋狂的豪言壯語，可以感覺到，興奮的血液正在他的身體裡沸騰，他似乎已習慣面對危險和死亡。這讓納塔莉感到不安，同時也讓她覺得好笑。所以儘管艾倫．羅克的語氣中一直帶著開玩笑的成份，但這也沒有妨礙納塔莉不自覺地產生對他的依賴感，她覺得只要有艾倫．羅克在，任何危險都將煙消雲散。

「好了，沒事了，敵人倉惶逃走，我們勝利在望！」艾倫．羅克把鐘敲得更響了。

納塔莉絲毫不懷疑他所說的一切，近處的山坡上，義大利女人的歌聲也的確漸漸遠去了。這是撤退的信號，兩個人凝神傾聽，海面傳來一串急促的划槳聲，小船逃走了，所有惡夢都消失了。艾倫．羅克輕輕拉住納塔莉的手臂，領著她回到了屋子裡。

「我曾經答應過你，一旦脫離危險我就離開。但是，你不能獨自留下，我們一起走，好嗎？」

納塔莉順從地點了點頭，於是，稍做收拾，他們來到懸崖下，登上停在那裡的一艘小艇。按艾倫．羅克的計劃，他們接下來要做的事就是乘勝追擊，揭開海盜傑里科的真面目。

小艇在夜色中行駛，很快，城市的燈火遙遙在望；當小艇到達迦納時，一個叫貝爾托的忠誠的老水手在碼頭迎接他們，據他說，並未看到有什麼可疑船隻在這裡靠岸。艾倫．羅克認為他們趕在了海盜們的前面，於是決定在船上等一會兒。時間慢慢地過去了，遠處教堂的鐘敲響了十一點，仍然沒有任何船隻進入港口。艾倫．羅克站起身說：「您累了吧，納塔莉小姐？但我們還要加把勁，傑里科一夥很可能直接去安提布了，或者去了尼斯。今天上午的時候，公園裡那兩個西班牙人曾經提到他們有時會在尼斯的一間水手聚集的咖啡館碰面。」

納塔莉再次順從了他，此時的她似乎已經完全喪失了思想和理智，以及本能的抵抗力。艾倫．羅克則只顧考慮下步該如何行動，完全沒有想到疲勞的同伴已跟不上他大步流星的步伐。

穿過廣場進入迦納老城區，走過一條彎彎曲曲的上坡路後，他們終於到達了那個咖啡館。裡面燈火通明，還隱隱約約傳出歌聲，納塔莉一下就聽出了正是到別墅來過的義大利女歌手的聲音。為了安全起見，艾倫．羅克把納塔莉留在街上，然後把自己的衣服弄皺，取掉假領、領帶和帽子，又弄亂了頭髮，直接走進了咖啡館。

納塔莉按捺不住好奇心，彎下腰透過櫥窗的窗簾縫往裡瞧。這是一間煙霧彌漫的骯髒小店，到處都是醉醺醺的男人和庸俗肉感的女人。靠右邊的酒桌旁，艾倫．羅克正坐在那裡，正用貪婪的眼光直勾勾地盯著那個義大利女人，嘴唇動著，想必是在說著阿諛奉承的話，那個女人則是一臉的陶醉。

納塔莉的臉漲得通紅，身子也禁不住地發抖。這是一個明目張膽的勾引女人的場面，而且是在這麼短的時間裡！這究竟是個怎樣的男人，竟能將自己的全部熱情施展在二十分鐘前還不認識的女人身上。這讓納塔莉驚訝不已，她突然認識到，自己不也是和這個才認識不過幾小時的人在毫無防備的情況下做了一次深夜旅行嗎？而現在，她又在一個小酒館外監視他，為他與另外一個女人眉來眼去而氣得渾身發抖。這是怎麼了，納塔莉開始憎恨自己，憎恨艾倫．羅克。這一切簡直就是一場可怕的惡夢，她覺得必須離開。

咖啡館門口停著幾輛計程車，納塔莉坐上第一輛，吩咐司機朝著米拉多爾別墅方向開去。夜晚的微風涼涼的，混雜著一絲淡淡的馨香。納塔莉大口的呼吸，浸在那種清涼的感覺裡，然而她的思緒卻混亂不堪，驕傲、屈辱、疑慮、好奇、恐懼、莫名的興奮，令人窒息的陶醉……這是她從未體會過的，沒有一個男人能在她的心裡引起這樣強烈的震憾。她不知自己怎麼了，她不知怎樣才能解脫，腦海裡只有一個瘋狂的念頭：逃跑，毫不遲疑地逃跑！逃離那個人，逃離所有的傷害。

3 西西里之行

當納塔莉回到別墅時，馬克西姆和僕人們正在焦急地到處找她。她推說很累了，便把自己關進房間，沒有對昨夜的事做任何解釋。第二天，戈杜安姊妹和福爾維勒回到別墅後，納塔莉仍然沒有說什麼，她不想向任何人提起昨晚和艾倫．羅克男爵發生的所有事。那種失敗和興奮夾雜著的屈辱感讓她無所適從，她只想逃避，而一切似乎又不能如她所願。第三天，各家報紙都登出了一條新聞：一個男人在兩天前被殺，而更令人吃驚的是，他屬於傑里科強盜團夥。警察巡邏時，發現兩個人在海邊爭執，其中一個抽刀殺了另一個，警察立即跑過去，但行兇者逃掉了。傷者奄奄一息，臨死前交待說他叫阿赫邁德，五年前經波尼法斯介紹加入傑里科集團。傑里科很少露面，都是由波尼法斯副官傳達命令。當天晚上，他們策劃搶劫埃斯特萊爾山下的一棟別墅。那裡住著一位國外來這兒度假的有錢小姐。波尼法斯帶著魯道維克和一個義大利女人喬裝成歌唱藝人，先混進別墅，而他則駕船從海上進入，裡應外合。但就在他們即將進入別墅的緊要關頭，突然火光沖天，鐘聲大作，他們只有撤退。但阿赫邁德仍不甘心，向波尼法斯索要報酬，兩人發生爭執，波尼法斯抽刀刺中了他。

這則消息和即將到來的檢察院的偵察讓納塔莉感到心煩，她不想回憶那晚的事，而艾倫．羅克卻似乎始終不肯讓她逃避。

「那些義大利藝人，我說的沒錯吧！他們是傑里科的同夥，我的觀察力多麼的敏銳；納塔莉，放火和敲鐘的人一定是你和艾倫．羅克吧，那情形很恐怖吧，到底是怎樣的？」馬克西姆又開始了他滔滔不絕、自以為是的演說。

納塔莉不屑地看了馬克西姆一眼，繼續保持沉默。這讓福爾維勒妒火中燒，他已經感覺到納塔莉一定和艾倫．羅克發生了什麼事。他開始喋喋不休地盤問，但納塔莉無動於衷，什麼也不說。而隨後發生的事，卻讓納塔莉再也坐不住了——馬克西姆出去打探消息時，竟然遇見了艾倫．羅克。

納塔莉竭力掩飾自己的不安，匆匆回到房間，她想用睡眠來讓自己安靜下來。

第二天早上，納塔莉捎信給福爾維勒，說她不舒服，讓他幫忙去應付檢察院的人。將近九點的時候，艾倫．羅克前來拜訪，說有重要的事要告訴納塔莉。但納塔莉拒絕了他的請求，帶上隨身皮包，裝了些錢和生活必需品，從別墅的另一邊溜了出去，匆匆地買了去巴黎的車票，坐上第一趟列車，隨即又提前在土倫下了車，租車去了港口。

一艘遊艇靜靜地躺在海面上，隨著波浪而輕輕搖動。這是一艘艇身細長，豪華而不失高雅的遊艇，是根據納塔莉的父親親自繪製的設計圖建造的，名叫「睡蓮號」，納塔莉經常乘著它做遠端的航行。

納塔莉匆匆地登上「睡蓮號」，向船長威廉姆斯下達了去巴利阿星群島的命令。兩點整，遊艇離開港口，駛向了茫茫的大海。

納塔莉躺在帆布椅上，凝視著海岸線。檢察院無休止的盤問、種種不利的謠言，這些都無所謂，讓她下定決心逃跑的，是與艾倫．羅克再次相見的可能性。一想到要再看到他剛毅的臉龐和溫柔的眼神，就讓納塔莉無法忍受，只有不顧一切地逃走，才能恢復她那早已體無完膚的自信和自尊。

遠處，法國的海岸線漸漸地模糊在天邊青色的雲靄裡。大約四點多，海面上忽然狂風大作的下起雨來，納塔莉只好回到船艙。

船艙裡燈光明亮，佈置得溫馨而舒適，但納塔莉似乎無心顧及這些，她只想在遠航土耳其以後上岸，平靜的過她以前的生活。桌子上放著一本拜倫所著的《海盜》，她拿起來隨便翻開一頁，開始讀了起來。

「雖然濃黑的眉毛下掩藏著火一般熾熱的眼睛，實際上他的相貌實在只能算平常……但是你只要仔細地看著他，你就會發現他身上有種不同尋常的東西，讓你禁不住想看著他，常常被吸引卻不知為什麼。」

納塔莉的心莫名地跳了一下，趕緊合上書，但沒過一會兒便又重新打開，接著讀了起來。

「海盜們到底敬佩他什麼呢？誰能如此牢固地得到手下的信任？這是思想的力量，心靈的魅力，」納塔莉扔下書，哈哈大笑起來，在心裡對自己吼道：「納塔莉，你不能讓那個傢伙總這樣纏在心裡！」

納塔莉走出船艙，回到甲板上，她為自己放不下艾倫．羅克的心思而惱怒不已，急切地想找個人說說話。於是，她走到船艙，和正在那兒指揮航行的威廉姆斯船長打了個招呼，詢問航行的情況。老船長一邊回答，一邊密切地注視著海面。很快，一件奇怪的事情發生了：一艘小摩托艇奮力地追逐著「睡蓮號」。納塔莉不用猜也知道那是誰，這讓她感到絕望的憤怒。

很快，小艇就追上了「睡蓮號」。果然是艾倫．羅克，他挺立在小艇上，鎮定地指揮著。除了他和水手貝爾托之外，小艇上居然還坐著一個女人。

「一定是很壞的那個義大利女人。」納塔莉心想，她突然地心慌意亂起來，不住地求助船長，「船長，求求您，快點開，我認識這個人，他對我窮追不捨，你知道的，我怕……」

船長微微一笑：「你不用怕，一艘汽艇攻擊一艘配備齊全的六百噸大船，沒有人會幹這種傻事。」

「對他來說，並不存在傻事。」

說話間，小艇已經到了和「睡蓮號」並駕齊驅的位置，艾倫．羅克開始努力地想抓住懸在半空中的「睡蓮號」的纜繩。他始終那麼鎮定，在顛簸的海浪裡，準確地指揮小艇一次次靠近「睡蓮號」。最後，他終於抓住了纜繩，並且熟練地往上爬，宛若精於攻船的海盜。

「不，這怎麼行，這不成了中世紀的海盜行為？不，我威廉船長怎麼能容忍它發生在我的船上……水手們，快上去砍斷纜繩！」威廉船長被艾倫．羅克大膽的舉動激怒了。

「是啊，不能讓他上來，用力砍！」憤怒和莫名的屈辱同樣使納塔莉失去了理性，她的鼓勵無疑是對船長命令的火上燒油。但她的激動只是一瞬間的事，當水手們的斧頭碰上纜繩的一瞬間。納塔莉不顧一切地衝上去，阻止了他們，她似乎怕艾倫．羅克受到傷害。更不可思議的是，她竟然伸開雙臂保護著艾倫．羅克，直到他順利地登上「睡蓮號」的甲板。

艾倫．羅克優雅地脫下帽子，面帶笑容地微微鞠了一躬，顯得那麼的自然大方。

「請原諒，納塔莉小姐，我這個不速之客打擾了您的旅行。但是，為了你，我不得不這麼做。」

他的這番話，就像一個有教養的紳士向自己喜愛的女人獻殷勤一樣，表現的大方得體。納塔莉還來不及回答，艾倫．羅克又回頭做起自己的事情來。他放下纜繩，將小艇上那個女人拉上甲板。正如納塔莉所料，那女人就是那個義大利歌手，那個讓她產生嫉妒感和屈辱感的女人。

那個義大利女人上了船後，水手貝爾托按艾倫．羅克的吩咐開走了小艇。

就這樣，納塔莉不得不再次面對艾倫．羅克，她處心積慮設置的障礙被他輕而易舉的粉碎了，讓她失去了一切抵抗能力，乖乖的服從他。而他，除了一句「為了您，小姐……」似乎再也沒有其他的解釋。納塔莉陷入了迷茫中，她不知道自己還能怎樣做，只知道這一次她又被擊敗了，徹徹底底的失敗。

很快，「睡蓮號」上從船長到水手，都被艾倫．羅克的威懾力和卓越的領導能力攝服了，所有的人都默默的服從了他的命令。於是「睡蓮號」掉轉船頭，向西西里島方向飛馳而去。艾倫．羅克成了一船之主，所有人都那麼順其自然地臣服於他的腳下。如果不是努力控制著自己，納塔莉一定會因為憤怒和屈辱而大叫起來的，她想質問艾倫．羅克，為什麼要這樣侮辱她，為什麼不肯放過她。她現在就如同一個被囚禁的俘虜，至於艾倫．羅克曾經說過的重獲自由的那個女主角，眼下早已被那個不三不四、流浪賣唱的女人給霸佔了。

納塔莉不知道自己怎麼了，也不知道究竟發生了什麼，她把自己關在船艙裡，靜靜地凝視著一縷縷遊離在黑暗裡的微弱的光線，往事又如夢般漸漸湧上心頭。她忽然發現，與艾倫．羅克相處的那一晚的點點滴滴，是那麼清晰地浮現在眼前，所有的細節都在她的腦海裡精心的保存著。

在暗淡的燈光裡，他的眼睛發著光，一種讓人親切而又讓人悸動的眼神，他輕聲地對她說：「我曾經見過你，你站在噴水池邊。陽光剛好照耀著你頭髮上的花環，是的，我們曾共同擁有一段美好的回憶，所以我到處找你，我追尋著你，最後也將找回我自己。」

這些說過的話，如今卻被他的行為一一擊破。她在等他，等他來辯解，甚至來質問她為什麼要逃走。然而她錯了，他沒有來，就像她這個人根本不存在一樣，絲毫都不在乎。

夜很深了，納塔莉以為所有的人都睡了，便悄悄地來到了甲板上。海風吹來了一些並不真切的低語聲，納塔莉循聲而去。在船尾的機艙處，兩個黑影挨在一起，正在低聲地說著什麼。透過掛在那裡的一盞燈，納塔莉認出他們是艾倫．羅克和義大利女人。她再也忍不住了，從黑暗中衝了過去，來到兩人面前。

「你到底有什麼目的？你怎麼能這樣做？為什麼你要這樣子對我、折磨我！」

憤怒讓納塔莉不知道自己語無倫次，因此，話還沒說完，她就轉身跑開直接回到船艙，扣上門閂，把自己重重地甩在黑暗裡，帶著飽受傷害的心，驕傲、屈辱、仇恨……這一切的一切令她渾身發抖。突然，那本《海盜》又落入她的眼簾；莫名其妙的，她竟然像一個有難的人祈求神諭一樣，茫然的想從書裡得到一點啟示。她隨手翻開書中的一頁——愛情的秘密深藏在我孤獨的心裡——愛情的秘密！這簡直是一種莫大的嘲諷。命運似乎很不喜歡這個生性驕傲的女孩，認為對她的懲罰和嘲弄還不夠，即使是最後的結局，也是最痛入骨髓的打擊，然後讓她跌落至絕望的谷底。

納塔莉把書使勁地扔出窗外，就像是要把一切煩惱都扔進大海。但是她仍然輾轉反側、難以入眠，直到黎明，才昏沉沉的睡去。等她再度醒來時，已是傍晚時分，「睡蓮號」早已停在了目的地巴勒莫碼頭。

納塔莉走出船艙，四處看了看，卻未見到艾倫．羅克和義大利女人的影子。她只好叫來威廉姆斯船長。

「他在哪兒？」納塔莉問道。

「走了！」

「走了？」

「是的，他臨別時客氣地向我致謝，還拿了五百法郎，讓我分給船員。我不要，於是他就把五張鈔票揉成一團扔到海裡，然後，他就走了，小姐。給我的感覺，他就像剛搭乘高級遊艇圓滿完成了一次舒適的旅行。對了，他還留給你一封信。」

納塔莉接過船長遞來的信，急忙打開，白紙上用鉛筆寫著幾行潦草的字：

從帕斯卡埃拉．陶爾西口中，我得知您父親兩年前在西西里突然去世時，曾與傑里科見過面，所以我要趕去辦一些事情，就不等你了。有一輛汽車將在桑塔路西亞教堂對面等候你，它會把你帶到離塞蓋斯特寺院不遠的卡斯拉諾村。我已為你在當地的主要旅館訂好房間，明日上午十點鐘，我會在陶爾西家等你。

順致

崇高敬意

德．艾倫．羅克

納塔莉說不出此時心裡是什麼樣的感受，只是下意識地想要策劃著第三次逃跑。她要回到海上去，到艾倫．羅克再也找不到的地方去。但船長說，要等上岸的水手回來才行。於是，她焦急地在甲板上踱來踱去，期待著水手們早點回來。

很快，水手們陸續回來了，機器發動起來，船也準備起錨離港。然而，就在水手正要抽起跳板的一瞬間，納塔莉突然改變了注意。她向船長輕輕交代了幾句，然後背上一個袋子，匆匆地跳上了岸。

按照艾倫．羅克的指示，納塔莉在桑塔路西亞教堂對面找到了那輛車，又任那輛車把她載到一家骯髒的小旅店。旅店裡，兩個男人坐在壁爐邊喝酒，還有一個在一旁抽菸。老闆娘一邊把登記簿拿給納塔莉，一邊漫不經心地看著店鋪裡面不多的客人。納塔莉做完登記，便被領到二樓的一間房間，接著又有人送來了粗糙的食物。

納塔莉從沒有經歷過如此的困境，陰森的小店、一副兇相的旅客、怪異的老闆娘……這一切會不會是串通好的，等著她的會不會是更大的危險？此刻的她真是欲哭無淚、欲訴無人。

夜越來越深了，教堂的鐘敲響了十二下，納塔莉很害怕，怎麼也睡不著，她警惕地豎起耳朵，捕捉著外面一絲一毫的怪異聲響。忽然，她感覺到有人正試圖打開她房間的窗子，她動也不敢動。撬窗的聲音愈發的清晰，有人劃開了窗戶玻璃，跳了進來，小心地摸索著，繞開所有障礙物，來到了她的床邊。

納塔莉屏住呼吸，不知哪來的勇氣，忽然站了起來，準備和對方拼個你死我活。然而，一隻手牢牢掐住了她的喉嚨，恐懼與驚慌讓她完全失去了抵抗能力。完了！她心想，但不知什麼原因，那隻手並沒有再用力，納塔莉感覺還可以自由呼吸，但是，另一隻手又在她的脖子上摸索開來，不一會，她的頭巾被解開了，內衣的第一粒扣子也被解開了。恐懼和憎惡令納塔莉禁不住顫慄。他想幹什麼？像是回答她的問題一般，那隻手突然抓住她胸前掛著的聖物盒，扯斷了金鏈，然後放開納塔莉，跳出窗子逃走了。

4 實情

經歷了一夜驚魂的納塔莉努力使自己平靜下來，在艾倫．羅克指定的時間離開了那可怕的旅店，前往卡斯德爾斯諾拉村。

位於陡峭的山坡上的卡斯德爾斯諾拉村，是一個貧瘠簡陋的窮苦村落。這裡的地形是一個小盆地，美麗的塞蓋斯特神殿就坐落在這個盆地的底部。

納塔莉沒有向人問路，就這樣一路走來。由於種種原因，她並沒有向人提及昨夜被襲擊的事。但是那可怕的記憶卻時時讓她心有餘悸，雙腿不時有些發軟。她費了很大的力氣才爬上山坡，遠遠的看見艾倫．羅克站在離她約一百公尺左右的地方，正對這邊眺望。她立即找回了安全感，她不知道這個令她憎惡的男人為何會給她如此心安的感覺。

但是，艾倫．羅克似乎沒有看到納塔莉，他在路口往右一拐就不見了。納塔莉趕緊沿著斜坡而下，穿過路口，她找到了掩映在棕櫚葉下的一所房子。柵欄上掛著一塊木牌，上面寫著：「陶宅」。納塔莉注視著這間破舊的粉紅色小木屋，思索了一陣子，決定推開柵欄門，走了進去。

在一條兩邊種滿仙人掌的小路盡頭，艾倫．羅克正在和那個義大利女歌手說著什麼。看到納塔莉，艾倫．羅克立即迎了上來，說了聲抱歉。這在納塔莉看來，不過是在當時情形下的客套話，只不過一路奔波的勞累，早已讓她感到疲倦，於是一聲不吭地跟著艾倫走進大廳，並且馬上找了個地方坐了下來。

「你的臉色很差。」艾倫．羅克關心地說，「出了什麼事嗎？」

「沒什麼，」納塔莉終於控制住自己的脆弱，「反正這些並不重要，總有一天你會知道的。」

艾倫沒有繼續問，很顯然，他更關心這一次和義大利女人帕斯卡斯拉的會晤。納塔莉感覺到現場的氣氛並不是她所想像的那麼融洽，帕斯卡斯拉面色沉重，像在努力的在抗拒艾倫．羅克的控制，而且隨時都會抵抗。艾倫．羅克則一改往日的輕鬆幽默，他神色嚴峻，勢必要帕斯卡埃拉吐露實情。兩個人都很倔強，不肯做出絲毫讓步。

「說吧。」艾倫．羅克的聲音有種不可抗拒的力量。

「不！」帕斯卡斯拉大聲地回答，「不！一直以來，我都照著您的話做，然而這並不是我願意的！我不想繼續了，放了我吧。」

帕斯卡斯拉在抵抗著，但這絕對是無謂的抵抗，納塔莉不用想也知道這抵抗的最後結果。

果然，在艾倫．羅克的威逼利誘下，帕斯卡斯拉的表情開始緩和下來，不管願不願意，她不得不繼續聽從艾倫．羅克的話了，而且原來死都不肯說的事實，現在卻被艾倫激發得興致盎然。這讓納塔莉想起當初自己的決心在艾倫．羅克面前崩潰時的情形，那是一種充滿異常興奮和莫名焦躁情緒。

「兩年前，那時我還沒離開帕斯卡埃拉諾村，」帕斯卡斯拉低聲敘述著，「我父親是義大利政府的官員，後來他死了，母親便領著我和姊姊萊蒂切雅來到這裡。我們靠一份年金過活，母親還得邊做花邊來幫助貼補家用。我姊姊是個道道地地的美人胚子，她美到令人難以抗拒的地步，我想再過一會兒，你們或許會見到她。不過……可憐的萊蒂切雅……到時你們就會理解我的哀傷跟我的仇恨。是的，仇恨！那時我們是那麼幸福快樂，當時的萊蒂切雅總是笑個不停，喝個不停……」

帕斯卡斯拉似乎沉浸在美好而痛苦的回憶裡。

「可是一直到三月底的一個星期二，我們幹完田裡的活回到家中時，發現兩個傢伙藏在我們經過的樹林裡，我完全沒有在意。那時追求我們的人很多，這種情況也很平常，到了晚上，院子裡的老母狗吠了一次，牠經常這樣……第二天開始，萊蒂切雅就沒有出房門，我像是感覺到什麼一般，和母親衝進她的房間以後，卻發現什麼都沒有了。姊姊不見了，她的房裡則是到處亂七八糟，窗子上的玻璃被打破了，還有一架梯子立在那裡……」帕斯卡斯拉抽泣起來，巨大的悲傷和沉痛的回憶包圍著她。「我們報了案，但調查最後不了了之，警察找不到那兩個混蛋，兩個星期後，姊姊回來了，人卻已經瘋了……」

帕斯卡斯拉默默地流著眼淚，納塔莉的喉嚨也哽塞了，她太清楚那種感覺了，昨夜也就是這樣。

「媽媽因為傷心過度而病倒了，從此，復仇就成了我們生命的唯一支柱，我向媽媽保證，一定要為姊姊報仇。我所做的一切都是為了復仇，我在苦苦地尋找，也許我們的悲哀感動了神靈，在一個極偶然的機會，我獲得了線索。一天，一個病危的有錢寡婦派人找到我，說是在臨終前要告訴我一個秘密。我去了，寡婦說她知道姊姊被擄的事，而且還告訴了我其中一個傢伙的名字——波尼法斯副官。」

「波尼法斯副官！」艾倫．羅克大吃一驚，「就是那個策劃攻擊別墅的另一個唱歌的？」

「是的，為了復仇，我千方百計的加入了他們的集團，做了許多壞事，只是為了取得他的信任，通過他來接近傑里科。因為那個寡婦告訴我，正因為傑里科愛上了我姊姊，才會指使波尼斯副官擄走了她。我恨這個混蛋，我要找他報仇。可是，傑里科他通過波尼法斯搖控他的隊伍，來無影去無蹤，很少露面，我至今還未見過他一次。」

「我一定會找到他的，我保證。」艾倫．羅克低聲說，「他和波尼法斯來過這裡？」

「是的，後來我從波尼法斯那裡得知傑里科就住在這一帶，就是在瑪諾爾森先生來這裡的時候。五月十八日，我遇到一位從火車站來的先生，我指點他到您下榻的那間旅館留宿。十九日，我看見他和波尼法斯及另一個人說話，我敢肯定那個人就是傑里科，雖然我看不清他的臉。二十日晚上，人們發現那個外地人因腦溢血死在神殿臺階上，他就是瑪諾爾森先生。事後，波尼法斯告訴我，他們提出想做瑪諾爾森先生的嚮導，結果被拒絕了。」

在帕斯卡埃拉陳述完她所知道的一切後，艾倫．羅克又提了幾個問題，最後，他得出了結論：在瑪諾爾森先生去世的時候，傑里科就在他周圍進行著某種陰謀活動，而後他們又策劃攻擊米拉多爾別墅，而這幾件事情裡面一定有所聯繫。

「在我這方面……」艾倫．羅克又重新沉浸在他的思緒裡去了，兩個姑娘知道，在這個時候是沒有任何東西可以分散他的注意力。

「是的，這也是我們的希望，因為我敢完全肯定，我們的生命裡曾經擁有過共同的一瞬間，納塔莉，也許這個的謎底一解開，我沉睡的記憶就會被喚起……」艾倫喃喃自語著，像是對納塔莉說，又像是說給自己聽，「那時我在那不勒斯，你也在，這是個值得注意的巧合。爾後你的父親突然到西西里旅行，傑里科也去了，還有波尼法斯，這一切好像都有著某種聯繫，而我也身在其中……」

忽然艾倫握緊拳頭，像是下了重大決心：「我必須這樣做，我想有希望找回自己了！我想了解我的過去，我要沿著這一線希望走下去。」

他的執著、他的矛盾、他的痛苦，讓納塔莉對他謎一般的思考模式有了更深一步的了解，他是那樣執著地追趕著失去的記憶，他頑強地走著，直到他找回他的從前。

艾倫．羅克思索良久，最後說：「這個謎底只有一個突破口，就是那個寡婦，她是如何知道事件內幕的？我們可以想像到綁架犯是兩人，除了波尼法斯，只能是另外一個人告訴了她實情……帕斯卡埃拉，那個寡婦死前的一段時間與什麼人來往？」

「一個名聲很臭的希臘人，叫查費羅斯，曾有人看見他在深夜偷偷溜進寡婦的屋子，而白天他們若碰到了，是連招呼都不會打的。查費羅斯是個導遊，住在神殿路上的一個小草屋裡，專門負責招攬遊客。」

「就是他！透過導遊接近瑪諾爾森先生！而且恰好是綁架你姊姊的好助手，波尼法斯認識他嗎？」

「我想……也許你是對的，他們的確認識。」

艾倫．羅克的臉上顯現出抑制不住的興奮，是的，一切都是那麼合情合理，環環相扣，想讓人相信那不是事實都不可能的。

「那個查費羅斯的生活怎麼樣？」他又接著問。

「表面上很有規律，白天在屋子周圍閒晃，招攬顧客，晚上則去小旅館吃飯，然後抽菸抽到半夜。」

帕斯卡斯拉的話讓納塔莉想起昨夜襲擊她的人，不禁打了個寒顫，脫口問道：「這個查費羅斯的皮膚是不是很黑，鬍子剃得精光，頭髮中分，還打著蠟？」

「正是。」

「你見過他了？」艾倫．羅克驚奇地問。

納塔莉此時再也不能隱瞞了，在艾倫的追問下，她把昨晚發生的事全都說了出來，這讓艾倫．羅克很緊張：「他搶走了什麼？」

「一個不值錢的舊聖盒，是父親去世前用掛號從巴勒莫寄給我的，父親還在附信裡要求我一直隨身佩戴它，這是他寄給我的最後一封信……」

「我們找對路了！很顯然，查費羅斯就是波尼法斯的同夥，他知道兩年前整個事件的來龍去脈。昨晚，他從旅店登記簿上得知了你的身份，便想獨佔那個陰謀帶來的利益。所以他搶走你佩帶的聖物盒，至於聖物盒究竟有什麼秘密，謎底又是什麼，我想我們只有親自去問他。」

艾倫．羅克突然發現自己在揭露事實的道路上又前進了一步，而失去的記憶也隱隱約約的現了。他不由得興奮和激動起來，正當他向兩位姑娘陳述自己的計劃時，屋角上的鈴鐺響了，帕斯卡斯拉的母親和姊姊回來了。

萊蒂切雅真是個美麗的姑娘，她有著一張幸福、純真、活潑的天使般的面孔，頭戴一頂大草帽，邊走邊低聲哼唱著一首兒歌。看見陌生人，她立即輕輕提起裙擺，表演了幾個優美的舞步。

「萊蒂切雅，快向客人問好。」母親和藹地說。

她小心翼翼地行了個屈膝禮，而艾倫．羅克呢，他一向從容不迫的臉上突然現出驚奇，或不如說是愕然的表情，就是那種見到久別的人時的反應。

萊蒂切雅抬起頭，看了看走到她面前的艾倫．羅克，突然，她天使般的笑容不見了，取而代之的是驚恐和懼怕，她伸出雙手下意識地推開艾倫。但她的態度很快地又來了個大轉彎，笑容重新在她臉上綻放，只是沒有了先前的活潑，多了一絲幽怨和痛苦。她好像很疲倦，把頭輕輕地靠在艾倫．羅克的肩上。過了一會兒，又羞答答地在他懷裡扭了幾下，最後，她站起來，又跳起優美輕盈的舞步，低聲唱起了那首兒歌。

艾倫．羅克呆站在那裡，他看著萊蒂切雅的眼神是那麼溫柔，這讓納塔莉想起了在米拉多爾別墅的晚上，他也曾用這種令人心醉的眼神注視過自己，並深情款款地說：「我曾見過你，我們的生命曾經擁有過共同的一瞬間。」

他真的見過自己嗎？還是一種根本不存在的幻影？

納塔莉正想說點什麼，艾倫．羅克卻早已一言不發地轉身走了。

5 瑪諾爾森先生之死

艾倫．羅克觀察了查費羅斯一天的行動，他白天做完工作後，就回到小旅館，窺視納塔莉的行蹤，隨後又在帕卡斯拉家外面閒晃，很顯然，她們同時到來讓他有些放心不下了。

第二天，艾倫．羅克裝扮成一名外地遊客，而查費羅斯絲毫沒有懷疑，反而迫不及待地帶艾倫．羅克到神殿和古劇場參觀。正當他滔滔不絕地介紹古劇場的歷史和構造時，納塔莉和帕卡埃拉突然出現在他的面前。這猝不及防的驚愕使他混身僵硬，他幾乎還沒反應過來發生了什麼事，艾倫．羅克的槍就已經抵住了他的太陽穴。

「別作聲，查費羅斯，你已經走投無路了，你的處境很不利，如果你做一些無謂的反抗，我們會告發你的。」

這個希臘人一下子亂了方寸，他弄不明白到底發生了什麼事，只是惶恐不安，戰戰兢兢地說：「你們要幹什麼？我做錯了什麼嗎？」

艾倫．羅克把槍收回口袋：「做錯什麼？首先，你參與綁架萊蒂切雅，還讓她精神錯亂；其次，你曾跟蹤瑪諾爾森先生，並參與謀殺……我說到這裡為止，你應該已經知道我掌握了你很多資料，所以你最好乖乖和我們合作。」

聽艾倫這麼一說，查費羅斯反而一下子鎮定下來，他恢復了若無其事的神色，找了個地方坐下來，還翹起了雙腿。

「看來我掉進了一個陷阱，帕斯卡斯拉，你也參與其中嗎？好，你們到底想把我怎麼樣？」

查費羅斯的話音剛落，艾倫．羅克就狠狠地瞪了他一眼，這銳利的眼光讓他嚇得跳了起來，馬上換了一副奉承討好的嘴臉。

「其實講話本就是我的職業，但我現在不知道你們要聽什麼？」

狡猾的查費羅斯還想要敷衍，但艾倫．羅克直接切入主題，讓他把綁架萊蒂切雅的事全部說出來。

「不錯，我是參與了這次令人痛苦的事件，但我也是迫不得已，您知道，波尼法斯那傢伙，他幫過我一個小忙。所以，有一天，他來找我幫他做件事……我這人是知恩圖報、講良心的；其實，我跟陶爾西家的女人們也有來往，我也不想啊！但波尼法斯向我保證，說他的朋友是個紳士，只是想見見漂亮的萊蒂切雅，第二天就會把她完好無損地送回來。我相信了他，可我沒想到他的朋友是個不折不扣的偽君子。」

查費羅斯開始吐露實情，但卻說得很有技巧，把一切責任都推到那個不知名的幕後主使者身上，以減輕自己的罪行。他試圖博得納塔莉和帕斯卡埃拉的同情，竭力表明他自己是無辜的，也是受害者。他不著邊際的敘述讓艾倫．羅克感到很不耐煩，他緊接著追問起另一個案件——瑪諾爾森先生之死。

不料，查費羅斯在這件事上口風緊的很，繞了很大的彎子也不肯說。就在他支支吾吾，顧左右而言他的時候，焦急的納塔莉忽然發現他的臉色煞白，臉上的肌肉痛苦地抽搐在一起，不斷地呻吟，繼而變成駭人的大叫。原來，是艾倫．羅克狠狠地抓住了他的胳膊，並將他的手腕用力往外折。

查費羅斯疼得跪在地上求饒，但艾倫始終不肯放鬆，他的臉上露出兇狠殘酷的表情，納塔莉從來沒見過他這樣，不免大吃一驚。同時，她也認為這種野蠻的方式實在太不人道了，便出面替查費羅斯求情。

在納塔莉的勸解下，艾倫．羅克因憤怒而變得青筋暴起的面孔又變得平和了，他鬆開了手。跪倒在地上的查費羅斯揉著手腕，心有餘悸地看著艾倫．羅克。眼前這個人的威懾力已經讓他知道自己該怎麼做了；當艾倫．羅克從皮夾裡抽出一張一千里拉的鈔票遞給他時，他再也沒有猶豫，把錢揣到口袋裡後，他開始了滔滔不絕的陳述：「我說……其實這塊大石頭壓在我心裡已經很久了。那天，該死的波尼法斯又來找我，他胡扯了個理由讓我去跟蹤瑪諾爾森先生，我哪有什麼辦法拒絕他呢？他告訴我指使我們綁架萊蒂切雅的那個人，他身上總是隨身戴著一個聖物盒，他相當的珍惜它，總是說它是個無價之寶；就算別人出一千萬，二千萬他都不賣，但是，這個聖物盒現在被偷了。於是他出了很高的價錢要找回它……」

「那個人是誰？他叫什麼名字？傑里科，是嗎？」

查費羅斯愣住了，他驚恐於眼前這個人的神奇。忽然，他彷彿反應過來了。

「是阿妮塔，那個寡婦出賣了我，要是她還活著，我一定要她……您問我後來？是的，那個人就是傑里科。他放出話來，誰要是能夠幫他找出那個偷東西的人，就重賞誰。結果，波尼法斯站出來指證了同夥中一個叫阿赫邁德的傢伙。在嚴刑威逼下，阿赫邁德終於說出他已經把聖物盒賣給一個叫瑪諾爾森的先生。於是，波尼法斯就開始執行新任務——奪回聖物盒。但是很遺憾，一開始我們沒有一點機會，直到瑪諾爾森先生來到這裡。傑里科和波尼法斯提出做瑪諾爾森先生的導遊，但被拒絕了。第二天上午，我們就尾隨他來到神殿，他拿出一本旅遊指南，自顧自的遊覽。劇場周圍一直有人，因此我們沒有機會下手……後來，他因為疲倦，便直接在那裡找了地方睡了下來。他睡著以後，波尼法斯走過去，拔去老先生頭上的陽傘。您知道，那個時候正值酷暑，太陽很大……我一開始不知道波尼法斯的目的，等我明白過來，就想阻止他。可他掐住我，不讓我動，我打不過他。後來，瑪諾爾森先生動了兩下，像在掙扎。波尼法斯嘟噥了一句：『解決了！』這件殘忍的事真的跟我無關，波尼法斯他真的是沒心肝，太狠毒了！如果我能動的話，我一定會救那個可憐的人，可是我真的無能為力。」

納塔莉渾身發抖，她彷彿看見了當天發生的慘劇，她可憐的父親在烈日下掙扎，被殘忍地殺死。查費羅斯看著納塔莉，又悄悄地看了一眼艾倫，然後低聲說：「繼續說嗎？那好吧，事實上我們在瑪諾爾森先生身上並沒有找到聖物盒，倒發現了他寄給他女兒的包裹單，報價是一萬二千法郎，毫無疑問，是那個聖物盒。」

「我確實收到一個包裹，還附有一封短信，父親在信上交代我要隨身佩戴它，他也不知道這個古老的聖物盒裡究竟有什麼，只是覺得它是個無價之寶，讓我好好保護，不要讓其他人知道了。兩天以後，我得到了父親的噩耗，從此，就再也沒摘下過它。」

「那天晚上，是你闖進納塔莉小姐的房間，偷走了聖物盒，是嗎？」艾倫．羅克問查費羅斯，「你從登記簿上知道了瑪爾森小姐的身份，想到唾手可及的寶物，於是做出那樣無恥的事？」

查費羅斯默認了自己就是那個竊賊，但在聖物盒的去向上卻回答得很不老實，他說自己把東西賣掉了。艾倫．羅克有意無意地碰了一下他被扭過的手腕，查費羅斯立即改口道：「喔不，應該說我曾經想把它賣了，但是還沒來得及找到買主，於是就將它藏在屋子後面的油缸下，上面有用瓦片蓋著。」

艾倫．羅克讓查費羅斯馬上把聖物盒找出來，還給納塔莉。查費羅斯像個接受了長官命令的士兵，從山坡上跑下去，回小屋取聖物盒。在場的人都沒有擔心他會逃跑，因為對此時的他來說，任何過失的舉動都會招來滅頂之災。

「很顯然，聖物盒是所有謎底的核心，是它導致了瑪諾爾森先生的去世和米拉多爾別墅被襲，很可能，他們還會為此採取新的行動。」艾倫．羅克若有所思。

過了一會兒，查費羅斯帶著聖物盒回來了。艾倫．羅克要他發誓保守秘密，其實，即便不發誓，查費羅斯也不會洩露什麼的，他很清楚，那些海盜可比眼前這幾個難對付多了。

艾倫．羅克仔細端詳著查費羅斯遞過來的聖物盒，這是個很古老的飾物，一面是沒有光澤、古老的金屬，有一點像是黃金，周圍交錯鑲著黃玉、瑪瑙、紫水晶等寶石，中間微微有點凸起；另一面則是一塊已經磨破的水晶，上面有一絲細小的裂紋。從這一面可以模糊看到中間有一塊可以動的小東西，搖一搖，還會發出輕微的響聲。艾倫．羅克輕輕地摩挲著聖物盒，一種莫名的親切、懷念的溫暖感覺突然湧上心頭，像是一件失去很久的心愛之物又重新回到身邊，重新觸摸到它，那種失而復得的感覺流遍全身，心靈有了一些的悸動。

艾倫慢慢地把聖物盒平移到一個位置，他的手指完全出自本能的按到了某個地方，盒蓋上的水晶微微一動，便張開了它沉寂已久的心扉，一塊像是被蟲蛀過的小木頭，或是蠟般的東西從裡面掉了出來。

這到底是什麼？護身符？聖骨？這東西又怎麼能揭開所有謎底？艾倫在心裡問著這些問題。

查費羅斯說他對此一無所知，為什麼傑里科會這麼重視它，不顧一切地找回它，連波尼法斯也不知道。艾倫．羅克有些迷惑了，自己對這件東西的親切感覺又是怎麼回事？他的手指微微顫抖，他的眼睛老覺得不能離開它。

「睡蓮號」啟程返回土倫港，帕斯卡斯拉想要留下來陪母親和姊姊，同時收集更多資料，然後在適當的時候，再和艾倫和納塔莉會合。

上船後，納塔莉在船艙裡待到第二天傍晚才出來。而在這期間，艾倫．羅克沒有離開過甲板，他或坐或臥都顯得心事重重。

夜幕慢慢降臨，法國的海岸線已在天邊若隱若現。納塔莉專注地望著艾倫．羅克高大的身影，想著他對過去的執著，想像他多采多姿的生活，她已經開始了解這個充滿神秘的人物；而同時，她也開始感到痛苦，在他的生活裡，她只是他過去的一瞬間，他之所以和她在一起，只不過是想藉此找回自己罷了。

對帕斯卡斯拉也是一樣，他們之間根本不存在什麼情侶關係，他找到她們都是因為也許能幫助他喚醒沉睡的記憶，她們的任務僅此而已，至於其他……

但納塔莉的心裡已經無庸置疑的有了一種模糊的感覺，一種使人驚喜，使人不安，使人傷悲，使人不知所措的曖昧情緒，這就是所謂的愛情！不！納塔莉在努力地抗拒著這個可怕的詞語，她是一個聰明理智的人，她知道艾倫．羅克是一個不可以愛的人。他背負著那麼多的謎，他的神秘讓人不安，但同時也那樣的令人著迷。納塔莉在抵抗著，壓抑著已經蠢蠢欲動的心，抗拒任何愛情，包括友情或者是好感。

「無論怎麼說，我們還是要並肩戰鬥。」納塔莉振奮了一下精神，「這也許是命中注定的，不過，起碼我已經了解這個人了，我知道該怎麼抗拒他，我自由了。」

6 福爾維勒的妒火

納塔莉從西西里回來已經六個星期了，她現在正在香榭里舍大道上最豪華的巴黎大飯店與朋友們在高級套間裡面共進午餐。氣氛和往常一樣熱烈，高談闊論的當然是馬克西姆．蒂耶爾，戈杜安姊妹則在一旁饒有興趣地聽著，納塔莉的心事重重，福爾維勒則氣呼呼地坐在一旁。

「我要再吃一點龍蝦，說實在的，我以前是節食的，這下全完了！講衛生，多鍛煉，全面活動，這曾是他的座右銘。你問他是誰？當然是我的救命恩人艾倫．羅克！讓我們為他乾一杯！是的，他讓我變成了一個真正的人，而不是一個倒楣蛋或膽小鬼。奇蹟是從我幾次去西西里冒險開始的，我和我兩名可愛的助手在那裡發現了很多事情，我終於意識到我的價值，無論看到什麼人，一眼就能記下，像一架相機，記錄下一切。」馬克西姆滔滔不絕地發表他的長篇大論。

「我負責整理，」雅妮娜開心地說，「把卡片分類。」

「還有我，我負責立案存檔。」亨利埃特說。

「我們的馬克西姆私家偵探社，要和艾倫．羅克一起逮住萬惡不赦的傑里科！還有幾個鐘頭，這齣圍繞著納塔莉小姐所編排的陰謀就要開場了。分為兩幕，一幕在下午，一幕在晚上。」

「但是，為什麼你們都瞞著我呢？」納塔莉有點生氣。

「當然，我們最擔心的是您的安全，所以我們並沒有張揚。今天，六月十四日，將是大結局的日子，我們會把美麗的公主從陰險的海盜手裡救出來，會把那個可惡的傑里科掀翻在地。」

「這麼說，我有幸目睹這一重大事件了？」

「暫時保密。」馬克西姆嚴肅地說，雖然他的表情不倫不類，滑稽可笑。

「不過，我今天還有事，我有一個朋友生病了，我要趕去探望她，這不會耽誤你的好戲吧？」

「沒關係，這剛好是中場休息，你一定趕得上看那一場好戲的。好了，我們還得安排幾個細節，親愛的助手們，我們走吧。」說完，馬克西姆來到納塔莉身邊，低聲說道：「你最好還是做一些準備，雖然我對保護你的安全很有自信。」

納塔莉感覺到了他這話的份量，可是他嚴肅得有些滑稽的模樣仍舊讓她忍俊不禁。

「放心，馬克西姆，我準備好了一切。」

馬克西姆終於起身了，披著他那件過時的大衣，衣領高高的翻起，帽子壓得低低的，嘴裡還銜了個大菸斗，他高喊了一聲：「艾倫·羅克萬歲！」，然後推著兩個助手出去了。

「簡直是一個百分之百的小丑！」福爾維勒小聲嘟囔著，納塔莉沒有搭理他，搖鈴叫人來收拾餐桌。之後，她躺在了長椅上，悠閒地抽起菸來。納塔莉的這種態度讓福爾維勒七竅生煙，他在屋裡走來走去，做著各種表示抗議的動作，而納塔莉卻無動於衷。靜寂的氣氛終於讓福爾維勒無法忍受了，他拿起一份報紙，掃了一眼說：「又是一樁偷竊案，就在這家飯店！你真的應該小心一點，納塔莉，聽我一句忠告吧！這些可怕的事天天都在發生，你看看……」

福爾維勒指著那篇文章，唸著標題：「巴黎大飯店發生一起偷竊案，一位美國人被竊走價值二百萬的珠寶，這個案件在什麼什麼男爵的幫助下被偵破了。」

「是艾倫·羅克男爵。」納塔莉以嘲諷的口吻補充道，「你真是可憐，越不想看到的人越是頻頻出現。整個午餐，馬克西姆都在滔滔不絕地提這個名字。現在翻開報紙，映入眼簾的，竟然又是他。」

「是啊！那個可惡的傢伙，他整天都在你的周圍出現，他憑什麼？還有，你們一起在西西里單獨待的那幾天到底發生了什麼？你為什麼不說呢？那個騙子，來歷不明，招搖撞騙，嘩眾取寵！什麼制服脫韁馬匹，什麼救起落水老夫人……」福爾維勒情緒極為激動。

「嫉妒已經讓你失去理智了，其實我是很討厭他的。」納塔莉平靜地說道。

「撒謊！每次你見到他時，身體都會微微顫抖，你充滿喜悅的眼神，早已經暴露了你心裡的一切秘密，你敢說你不愛他嗎？他總是那麼神秘，總有那麼多巧合！在米拉多爾別墅就開始了，還有在西西里，什麼發瘋的姊姊，什麼希臘人，還有你被殺的父親，多麼富有戲劇性！這看起來不像一齣事先安排好的好戲嗎？」

「夠了，我可以原諒你被嫉妒蒙蔽了雙眼，但請你不要再這樣侮辱我了。」納塔莉有點不耐煩了。

「是嗎，你要袒護他，那好，請你今天在我和他之間作出一個選擇！」

福爾維勒站在那裡，渾身發抖，不知道是因為憤怒還是緊張，他喃喃地唸道：「說真的，我想知道，你是那麼驕傲，我是那的愛你，有時我真想強迫你。」

福爾維勒很激動，他突然抓住納塔莉的雙肩。納塔莉面不改色，她不相信福爾維勒敢對自己無禮。但是出乎她的意料，福爾維勒真的衝動起來，他緊緊地抱住她。納塔莉這時被嚇壞了，她拚命地掙扎。可福爾維勒畢竟是個男人，他死命地抱住她，竭力想捕捉到她躲閃的嘴唇。

納塔莉驚慌失措，她掙扎著，情急之下大叫了兩聲：「艾倫．羅克！艾倫．羅克！」

幾乎是同時，福爾維勒隨著納塔莉的喊聲停止了攻擊，他驚恐地看了看四周，儘管他知道那只是納塔莉脫口而出的一個名字，但有了上次的經歷，他真的怕艾倫．羅克從地下應聲而出。趁著福爾維勒發愣的機會，納塔莉掙脫出來，跳到了房間門口。

雖然此時仍驚魂未定，但福爾維勒的滑稽表情把納塔莉逗笑了：「你瞧，可憐的福爾維勒，那個人真的在保護我，連他的名字都有如此的魔力。哈……看把你嚇的……」

福爾維勒的臉漲得通紅，他怒氣衝衝地看著納塔莉。

「我怕他？那個來歷不明的強盜！現在，你還敢說您不愛他？情急之中，你首先想到的還是他！」

心中的妒火燒得福爾維勒暈頭轉向，話也有些說不清了，只是在那邊不停地喘著粗氣。納塔莉不以為然地微笑了一下，伸手搖鈴。福爾維勒立即緊張起來。

「你要幹嘛？」

「放心，我不是要叫那個『男爵』，只是要叫女僕備車，順便請她帶閣下出去。」納塔莉忍不住大笑起來。

女僕進來了，納塔莉吩咐完畢，看了福爾維勒一眼。福爾維勒只好往門外邁了一步，納塔莉正想關門，卻被福爾維勒擋住了：「你永遠都不會原諒我了，是嗎？我還能再見到你嗎？我需要一個保證……或起碼一個明確的答覆，行嗎？」福爾維勒的聲音變得卑微起來。

「不能。」納塔莉冷冷地說。

「是嗎，就因為那個男人嗎？納塔莉，等一等，你把話說清楚！」

「該說的我都說了。」

「站住！如果今天不說清楚，你會後悔的，我說真的。對，你是不怕，因為有他的保護不是嗎？」

納塔莉不想再站在這裡耽誤時間了，她轉身「砰」的一聲關上門，並用鑰匙上了鎖。

「你會後悔的！本來我沒有下決心，但是你逼我的，算你倒楣！」福爾維勒恨恨地說著，便往外走去。在走道上，他瞧見了一幅艾倫．羅克的照片，「這個混蛋，不知他暗中搞了些什麼。我得趕緊把握時間！」

福爾維勒出了飯店大門，攔了一輛計程車，對司機說道：「到凡爾賽，走維爾─達費萊這條路。」

福爾維勒乘坐的車開走了，一個穿著怪異的人若有所思地笑了笑，好像聽到了他們的話。隨後，他跑到鄰近的一輛汽車旁，對裡面的人小聲說：「艾倫．羅克，你估計的沒錯，他們要在今天行動，走的是維爾─達弗萊的路，目的地是凡爾賽。」

「很好，馬克西姆，我們更接近事實了。」

7 解決了一個！

米莉埃爾是納塔莉僅有的幾個朋友之一，她們曾經一起旅行，一起出入各地的豪華旅館。幾天前，米莉埃爾捎來消息，說她已經在凡爾賽皇后大街租了一棟房子，準備在這裡過夏天。

好友相見總是一件令人愉快的事，四點鐘，納塔莉坐上汽車，選了一條較遠的路開向凡爾賽。她之所以這樣選擇，是為了讓自己放鬆。回想先前發生在飯店的那一幕，納塔莉想得最多的不是福爾維勒的舉動和恐嚇，而是那危急之中脫口而出的「艾倫．羅克」這四個字。它們在她心中揮之不去，為什麼她會在那個時候突然喊出這個名字呢？她竭力想為自己找一個恰當的解釋，但心裡卻相當清楚的知道，在極度恐慌的一瞬間，她把全部的信任和希望都寄託在這四個字上。她覺得有些不可思議，自己對福爾維勒說艾倫．羅克令她反感絕不是假話。但同時，她似乎也深深地相信他，信任他的保護，這到底是怎麼了？

汽車穿過凡爾賽公園，停在鐵柵欄前，納塔莉下了車，慢慢地沿著皇后大街走去。當她抵達米莉埃爾指定門牌號的那棟樓時，驚訝地發現這裡竟然曾是父親的產業。她和父親曾經來過這裡，後來在處理遺產的時賣掉了。沒想到她的好友恰好買下了這棟房子，那棟主樓的百頁窗關得緊緊的，院子裡的幾棵小樹和大倉庫都是好好的，原封未動。

納塔莉高高興興地按響了門鈴，一個白髮老婦人出來開了門，並引著納塔莉走上陰暗的樓梯。樓梯的話。

納塔莉放棄了抵抗，甚至沒想過要叫喊，在眼下這種情形，做什麼都是無用的。福爾維勒一邊冷嘲熱諷，一邊粗暴地把納塔莉推進一間臥室。他自己正想跟進去時，卻突然在門口呆住了，脫口罵了一句粗話。

房間裡的百葉窗緊緊的關著，很暗，僅靠一盞燈泡照明。房間中央站著一個人，雙手插在口袋裡，似乎正等著他們進來。納塔莉看到了這個人的臉，老天！竟然是艾倫．羅克！

福爾維勒氣極了，他像隻憤怒的公牛般向艾倫．羅克猛衝過去，他的強壯和憤怒給了他信心，但對方不經意間抽出的雙手阻止了他的攻擊。徹底的失敗讓福爾維勒失去了理智，他開始結結巴巴，胡言亂語：「你憑什麼，流氓！你是她的保鏢，還是情人？」

福爾維勒話音未落，臉上就挨了重重的一巴掌，這一巴掌結束了這場可笑的決鬥。福爾維勒知道艾倫．羅克的厲害，雖然嘴裡還不停的咒罵，但已經拉開了一定的距離。

納塔莉心裡的混亂也是難以形容的，一時竟不知如何是好。她很害怕，但當她看到艾倫．羅克鎮定自若的樣子時，她又安心了。經過飯店和眼前的這件事，她已經完全喪失了對福爾維勒的信任。更何況，現在在艾倫．羅克面前的福爾維勒只是個可笑的，毫無危險的人物。但納塔莉不知道，真正的事實還並沒有顯露出來，艾倫．羅克隨後講述的一切，才讓她無比驚愕。

「對不起，納塔莉小姐，請原諒我的貿然介入。想來，此時你對這位福爾維勒先生不再抱有任何幻想了，那麼我現在就來為你揭露這個由他扮演的、被情人報復的假象，告訴你他的真面目。一個月來，我和馬克西姆日夜監視著他，一開始我就覺得他是個騙子，既然他得不到您的心，他就一定會動粗的。因此我們暗中調查，發現他秘密買下這棟房子，連同倉庫，還雇了一個可疑的老太婆。於是我們買通了這個老太婆，得知了他的計劃。剛才，我們就是從倉庫進來的。」

「你能保證所說的這一切都是真的？」納塔莉猶疑不定的問。

「當然，剛才發生的事不已經證實了嗎？而且他也默認了。」

福爾維勒突然誇張地大聲喊叫起來：「是！我承認，我承認我愛納塔莉，我要得到她，為了得到她，我什麼都可以做。」

「對，你想的是如何儘快和納塔莉小姐結婚，這樣你就可以取得大筆財產，掌握瑪諾爾森先生的證券和生意，你就可以走出山窮水盡的現況。可憐的瑪諾爾森先生對您傾注了全部的信任，給了你那麼多，可是，查一查您的賬目，就知道等著你的只能是監獄。納塔莉小姐，我要對我所作的披露表示道歉，因為這也許會損害瑪諾爾森先生的名譽，也將會令你難受。你父親憑才幹創建了以巴黎為總部，遍佈全歐洲的公司網，在你父親生前的最後幾年裡，甚至到現在都還有一個地下公司存在於這個龐大的公司網背後。這個地下公司主要經營走私非法盜竊品，比如，瑪諾爾森公司的古董服務總部集中在凡爾賽，而離這兒不遠，有一個很大的倉庫的後半部分被改造成被盜車輛藏匿場。經過一段時間，再偽造證件將它們重新出口……」

納塔莉一下子跳了起來：「這不可能！怎麼回事……這種卑鄙無恥的事！」

「這是馬克西姆的功勞，他調查了整整一個月。」

福爾維勒臉色蒼白，神色慌張，卻故意裝出憤怒的樣子：「證據……證據呢？你別血口噴人！」

艾倫．羅克微笑著按了一下電鈴，馬克西姆應聲而出。無論在什麼場合，馬克西姆的出現總是能給人一種生動別致的感覺。這一次他抱著一大包的文件，大衣不經意地搭在肩上，讓人很容易聯想到那種誇張的私家偵探形象，他慢慢攤開文件，準備作一個詳細的犯罪調查報告，但在艾倫．羅克的催促下，他只好迅速拿起幾張紙，大聲讀起來：「二十七號資料，福爾維勒先生關於一輛失竊的流線型敞篷車的信，二十八號……三十號，被盜輪胎的存貨、裝箱指示、發貨指示，全出於福爾維勒之手，這裡有十份無可辯駁的材料，是我引以為榮的成就。」

「這是假的，這全都是誹謗！」福爾維勒還在死撐。

「我不准你懷疑，它們可是我一絲不苟的工作的結晶！」馬克西姆驕傲地說。

「好了，」艾倫・羅克一把抓住福爾維勒，「這十五份資料足以置你於死地了。」

納塔莉痛苦極了，當然不是為了那個小人，只是因為父親曾經如此地相信他。

「還有更惡劣的事，小姐，」艾倫・羅克接著說道，「他甚至與傑里科也有來往，這是一封在他秘密抽屜裡找到的署名波尼的信，『傑里科約你在那日下午四點赴約』，這個波尼就是波尼法斯，傑里科的親信！」

福爾維勒完全崩潰了，他避開納塔莉的目光，還想作垂死的掙扎和辯解，但艾倫・羅克卻不給他機會。「這裡的署名日期是五月三日，瑪諾爾森先生當時正在那布勒斯，而你正要去與他會合。更巧的是，傑里科那時也潛伏在瑪諾爾森先生身邊，兩個星期後，瑪諾爾森先生在塞蓋斯特被謀殺了。福爾維勒先生，你還是自己說吧。」

面對確鑿的證據和艾倫・羅克有力的逼問，福爾維勒終於承認了自己曾經預謀盜竊瑪諾爾森先生的珠寶，但對於合夥謀殺的事，他誓死不認。

這場談話以福爾維勒的失敗而告終，艾倫・羅克相信這個傢伙再也沒有力量繼續做壞事了，他嚴厲地告誡福爾維勒：「你將不再屬於瑪諾爾森公司，馬克西姆將會處理所有的事情。現在，請你在委託書上乖乖地簽字吧。」

福爾維勒簽了名，但艾倫・羅克卻並不打算歸還那些資料。

「這麼說，我還是隨時都會有被告發的危險？」福爾維勒很不甘心，但也無可奈何。「好吧，是你們逼得我鋌而走險，最後倒楣的，還是你們自己！」

納塔莉突然看見，福爾維勒說這話時，目光中現出一道不易察覺的仇恨。在這一個鐘頭裡，他失去了一切，金錢、地位、愛情以及所有的希望，此時的他正像一頭被困的野獸，隨時準備與敵人同歸於盡。

「請您收拾好那些奇怪的念頭，然後從這裡消失吧。」馬克西姆打開門，然後作了一個極誇張的手勢，「我和艾倫．羅克收拾你，就像拍死一隻蒼蠅那麼容易！」

福爾維勒評估了一下自己現在的情勢，嘴裡咕噥了一句，便迅速地溜了出去。

「解決了一個！」馬克西姆鬆了口氣，「好了，我可不像你那麼悠閒，我還有很多事情要做，親愛的納塔莉小姐，再見！」

屋子裡只剩下了納塔莉和艾倫．羅克兩個人，納塔莉知道自己無法單獨面對艾倫．羅克，於是，她說了聲「謝謝」，就想離開。

「請留步，納塔莉小姐！」

艾倫．羅克攔住了她，接著又把自己的計劃全盤托出。他認為，對待福爾維勒，不僅要阻止他作惡，還必須對他進行懲罰，送他上法庭。這讓納塔莉難以接受，畢竟福爾維勒曾是她的未婚夫。

「你連查費羅斯那樣的惡棍也能放過，為什麼不能放過福爾維勒呢？他已經受到教訓了，不可以給他一個機會嗎？」

「放過查費羅斯是因為時機未到，請相信我，總有一天我會把傑里科一班人繩之於法的。」

納塔莉沒有再說話，她痛恨傑里科，因為他謀殺了她的父親。

「是的，也許我太過份了，我感覺自己的血液裡隱藏著一種天性的殘忍，還有憤世嫉俗。」艾倫．羅克壓低聲音說，「那些處處威脅著你的人，是我不能容忍的，我說過會保護你……我的預感正在一點點被證實，你一定能把我帶回到過去的日子……我……」

艾倫．羅克越說越激動，納塔莉也興奮地聽著，自從認識他以來，他好像還沒有如此激動熱切地跟她說過話。然而，這種激情持續的時間太短了，艾倫．羅克突然安靜下來，閃到了一邊，和納塔莉保持了一定的距離。一時間，他一言不發，她默不吭聲，場面甚是尷尬。

納塔莉真想快點離開這個令人窒息的屋子，離開他，越遠越好。艾倫．羅克似乎猜到了她的心思，他收拾好文件，然後陪著納塔莉一起離開屋子。他把納塔莉送到車上後對她說：「很快就是大結局了，但是請你不要緊張，一切就像平常一樣，到飯廳吃飯，然後回房休息，不要緊張，我們會保護你的。」

8 進攻與反擊

暴雨前的沉悶讓納塔莉坐臥不安，任何一個不經意的聲響都會把她嚇得跳起來。一連串的怪事更加讓她心慌意亂，如坐針氈。

首先是清早的一通電話，裡面傳出的女人聲音有些耳熟，像是帕斯卡斯拉。她小聲地叫著：「請迪蒂耶爾先生接電話，啊，打錯了？那您是瑪諾爾森小姐嗎？我告訴您也一樣……」

就在這時，門鈴突然響了，女僕打開門，馬克西姆快步走進來，一把接過話筒：「是帕斯卡斯拉嗎？計劃沒變？喂……還是今晚……不要喝酒……為什麼？說啊……喂喂喂！該死的，斷線了。」馬克西姆掛上電話，咕噜了一句，「該死的，什麼意思？不可喝酒。」

像進來時一樣，馬克西姆又急匆匆地走回前廳，納諾莉想留住他，誰知他匆匆地留下一句話就走了。

「沒時間了，我得去找艾倫．羅克，『不要喝酒』？什麼意思呢？」

馬克西姆的突然到來，帕斯卡斯拉的神秘電話，還有他們之間的關係，這所有的一切，都是那麼的怪異，讓納塔莉無所適從。她感到很不安，於是走到床邊的小桌旁，拉開抽屜，那裡面放著一把用來防身的小手槍。但她一眼就發現，槍已被動過了，匆忙中連槍套也忘了扣上。她拿起槍檢查了一下，裡面的子彈被取走了。

納塔莉費了很大的力氣才使自己鎮靜下來，然後按鈴叫來了女僕人。女僕人說沒見過什麼人到房間來，自己也是為馬克西姆開門才出來的。納塔莉有些害怕了，她讓女僕人不要離開，就陪在她身邊。

晚飯時，納塔莉走出房間，到飯店的餐廳去。像往常一樣，她淡雅的裝束，高貴的舉止，豔驚四座。她剛坐下不久，艾倫．羅克也來了，他穿了一套晚禮服，相當優雅，也十分搶眼。他在距納塔莉四張桌子遠的地方坐了下來，朝著納塔莉輕輕點了點頭，示意不要和他打招呼。此後，他們的目光好幾次交織在一起，納塔莉知道，他是想以這種方式和自己保持接觸。突然，艾倫用眼神盯了一下納塔莉身旁的那個倒酒的調酒師。平時，都是這位調酒師為納塔莉倒酒，想到帕斯卡斯拉的警告，納塔莉今天特別小心，她一直觀察著調酒師，從他的動作看來，那瓶酒已經被打開了。調酒師斟了半杯酒，放到桌上，納塔莉定睛細看，她呆住了，這個調酒師竟然是到過米拉多爾別墅的樂師之一，波爾法斯的同夥，名叫魯道維克。

納塔莉努力讓自己平靜下來，趁魯道維克轉身的空檔，她把面前的酒迅速換掉了。然後，像往常一樣，用餐過後，在大廳的扶手椅上坐下，悠閒地抽著煙。但看到艾倫．羅克起身離開，納塔莉又開始感到不安，感到孤獨和無助。她想到求助於警察。但是，她又清楚的知道，這件事只有艾倫．羅克才能解決，只有艾倫．羅克的保護才最安全可靠。

於是，她鼓起勇氣乘電梯回到她三樓的房間，這裡很冷清，幾乎沒有什麼人。納塔莉打開房門，看到艾倫・羅克和馬克西姆正坐在她的房間裡，差點驚叫起來。她如釋重負，再一次獲得了一種安全感。

「原來是你們，可是，你們……你們是如何進來的？」

馬克西姆立刻擺出神氣活現的滑稽模樣：「我們想到哪兒就能到哪兒，上天入地，無所不能。哈，開玩笑的！其實，我們從一個月前就開始注意你了，您看到那扇連接我們房間的門嗎？我把它打開一條小縫，以隨時保護你的安全。這也是我們如何得知福爾維勒的計劃，以及帕斯卡斯拉那個打錯的電話的原因。至於我們如何進來的……你看，那門閂沒插上，這是我們忠實的合作者——你的女僕——幫的忙。她現在去看電影了，然後會直接回房，不會來打擾我們。」

「他們已經開始行動了，我槍裡的子彈被取走了。」納塔莉說。

「沒關係，你很聰明地換掉了那杯有麻藥的酒，至於那手槍，不足掛齒的小事！他們越是謹慎，就越容易掉入我們的陷阱，真是作繭自縛。」馬克西姆看了看手錶，「十點二十分，十點半，帕斯卡斯拉會來，我要想法把她帶進來，她的行跡可不能被他們發現。」

說著，馬克西姆出去了。艾倫・羅克仔細觀察了一下房間，找到了電燈開關，並且試了一下，然後對納塔莉說：「你把手飾都放在哪兒了？」

「巴黎，銀行的保險櫃裡。我隨身只帶了一些不值錢的首飾，都放在寫字臺裡，鑰匙由我自己保管。」納塔莉從寫字臺裡取出一個紅色的小袋子，裡面有幾件平常的飾品和那個聖物盒。

「你不戴它了嗎？」

「是啊，自從知道是它導致了父親的死亡，我就再也沒有戴過它了。」

艾倫・羅克看了看聖物盒，拿起筆在紙上畫了起來。納塔莉仔細地看了一下，說：「你畫的是十字架嗎？兩條橫木……是洛林十字架？這和聖物盒有關？」

艾倫．羅克放下筆，取過聖物盒，將它對著燈光，在鑲嵌著寶石和有刮痕的水晶上，隱約可以看見一個洛林十字架的圖案。

「你見過這件首飾嗎？」納塔莉問。

「是的，我的手指清楚的記著它，」艾倫低聲說，「在西西里我就感覺到了，它曾經是我生命的一部分。它一定是屬於我的東西，是被傑里科偷去的，而這其中一定有什麼原因，只是我不知道而已。」

他的額頭上堆起一些細細的皺紋，又陷入了沉靜的思考中。

「唔。」馬克西姆從半掩的門中伸出頭來，「帕斯卡斯拉來了，沒什麼情況吧，她能進來嗎？」

艾倫轉過身吩咐馬克西姆帶帕斯卡斯拉進來，望著眼前的這個女人，納塔莉有些不相信自己的眼光。僅僅幾個星期，帕斯卡斯拉已失去了所有光采和神韻，衣服骯髒破爛，精神恍惚不安，說話也有些語無倫次。

「啊，你沒有喝他們的藥，太好了！我以為是毒藥，那幫畜牲，波尼法斯快來了，就在今天晚上，不能讓他們看見我，他們什麼事都做得出來。」

「你不會有任何危險的，我保證，」艾倫．羅克說，「傑里科人在哪兒？」

「你先不要問我問題，我的思緒目前很混亂，先說我知道的……」

帕斯卡斯拉並沒有馬上說下去，她彷彿被嚇壞了似的，驚恐地瞧著四周，仔細地聽著有沒有可疑的聲音。過了很久，才平靜下來，開始重新陳述。從她神經質的聲音中，可以感受到她在過去幾星期裡所經歷的苦難和恐怖。

「我沒和你們在一起，是怕引起別人的注意，人多總是這樣，單槍匹馬反而更容易接近波尼法斯。我知道他們上次在米拉多爾別墅的行動失敗後，一定不會善罷甘休。而你，納塔莉小姐，你是位公眾人物，任何一點有關於你的行蹤都會在報紙上登出來。於是，我來到巴黎一家旅館，那裡是波尼法斯他們經常住的地方。果然不出我所料，一星期後，他們來了。」

帕斯卡斯拉停下來，深深的吸了口氣，繼續說道：「是的，他們來了，波尼法斯一開始並不相信我，這是出於他的一種本能。但他並沒什麼證據，他不知道我的目的，也不知道艾倫・羅克先生的存在，他只是說：『帕斯卡斯拉，你好像出賣了我們。』要不是我還有用處，他們一定會趕我走。於是我撬開了一個個門鎖，偷出了一盒盒的銀器，最後，他們終於相信了我。」帕斯卡斯拉加快了說話的速度，像在自言自語。「波尼法斯在米拉多爾別墅的行動中，受了很大的打擊，而魯道維克不但沒有提高他的士氣，反而一再埋怨他。不停地念叨：『老闆，都是因為傑里科不在，以前，他從沒失敗過，他現在為什麼不管我們了？我不認識他，他只和你打交道，要是他出馬，一定不會失敗。』

「波尼法斯竭力辯解：『他會回來的，只要我們找回聖物盒，他一定會回來的。』

「魯道維克冷笑著說：『我說這句話你可別介意，他可是比你強太多了，老闆。』

「波尼法斯對魯道維克的這句評價大為惱火，便和魯道維克爭吵起來，最後拿我做出氣筒。我什麼都忍了，因為只有通過他才能找到傑里科。」

帕斯卡斯拉猶豫了一下，又鼓足勇氣說了下去：「但你知道嗎？那個畜牲，波尼法斯……他竟然對我……我們住得很近，要不是我拿刀自衛的話，我每天都不敢睡覺，每天都提心吊膽，那是什麼日子啊，不過，幸好他們的準備工作做得很快。我一得知計劃，便馬上通知你們。」

「是的，我們都用電話聯繫，才知道他們的陰謀，還有福爾維勒也是。」馬克西姆插嘴說。

帕斯卡斯拉接著說：「波尼法斯很少提傑里科的事，但魯道維克卻不停地追問傑里科的去向。有時候魯道維克問得緊了，再加上喝了酒，波尼法斯也會說一些很秘密的事情，但總是把聲音壓得很低。這時，我便躲在閣樓裡拼命的偷聽，就這樣，我知道了在米拉多爾別墅裡見過的那位先生的名字，福爾維勒。並且給你們寄去了波尼法斯曾寫給他的一封信，在信裡面，波尼法斯曾經叫他去那布勒斯，合夥搶走瑪諾爾森先生隨身攜帶的一袋珠寶和一大包證券，但後來會面沒有成功。因為傑里科看到瑪諾爾森小姐坐在水池邊，用採摘的花朵編織成花環戴在頭上，他愛上了她，並且決心不去搶她父親的東西。」

一陣長長的，凝重的沉默，納塔莉和艾倫．羅克迅速交換了一下眼色。

「你真的確定傑里科看到了坐在水池邊的瑪諾爾森小姐？」艾倫．羅克問道。

「這並不奇怪，我每天都會坐在那兒。」

「真是巧合，我和傑里科同一時間，在相距不遠的地方欣賞你，真是不可思議，我們都被眼前的美景打動了。」艾倫．羅克低聲的嘟囔著，只有納塔莉注意到了他的那些話。

突然他又找回思緒，高聲問道：「傑里科當時是做出了正確決定，但後來瑪諾爾森小姐回到了巴黎後，他又帶著波尼法斯和查費羅斯去了巴勒莫？」

「因為他一定要找回被他手下阿赫邁德偷去的聖物盒，這個聖物盒就是被瑪諾爾森先生買走的。」

「但為什麼他對瑪諾爾森小姐的熱情沒有阻止他的謀殺呢？」

「魯道維克也注意到了這個矛盾，但波尼法斯解釋說，那是因為傑里科的熱情已經到了瘋狂的地步。他想除去瑪諾爾森先生這塊絆腳石，以便更容易地征服瑪諾爾森小姐，像對待我姊姊那樣……」

納塔莉打了一個寒顫。

「為什麼那個聖物盒那麼重要？」

「我們都不知道，但傑里科曾說過它值兩千萬以上，是無價之寶，是他的全部。找回聖物盒，控制納塔莉，這就是他的目標。於是，他們開始行動了。還有一次，波尼法斯清理袋子時對魯道維克說：『他是多麼能幹，這是他親手寫的，六月十五日離開巴黎，十七日，抵達布魯塞爾。二十日，柏林。二十二日，布加勒斯特……這是瑪諾爾森小姐在他父親死後一個月的行蹤，六月二十六日，君士坦丁堡。魯道維克，我們可以在那裡抓住他，然後乘船離開。』」

「是啊，這正是我們的行程安排。」納塔莉接過帕斯卡斯拉遞來的紙條，仔細地閱讀著，自己穿越歐洲大陸時，傑里科就這樣遠遠地，幾乎每日每時都在跟蹤著。

馬克西姆也湊過來看了一下，然後回頭說：「真是奇怪，艾倫．羅克，您的名字和傑里科很像，您看，t字上都沒有一橫，也沒有一個大寫字母，這種巧合真是太少見了！」

「這有什麼奇怪，很多人都可以有這些習慣。」艾倫．羅克堅決地說。

雖然是這樣，但還是有一層淡淡的不安和疑慮籠罩在每個人的身上，沉默使得尷尬一分一秒的增大，暴風雨前的鬱悶總讓人焦躁不安。

馬克西姆並沒有在字跡這個問題上做更多的糾纏，他問帕斯卡斯拉，為什麼傑里科已經做好了一切準備，可以說勝利在望時，突然又停止了行動。而且在二十個月後才對米拉多爾別墅發動進攻，這不是很矛盾嗎？

「這並不矛盾，米拉多爾別墅的行動根本不是傑里科指揮的，因為傑里科已經死了。」

「死了？」這個意外的回答讓所有人都嚇傻了。

「他是怎麼死的？」艾倫．羅克整理了一下思緒，問道。

「被波尼法斯謀殺的。」

屋裡又是一片死寂，不過，馬克西姆的性格讓他迅速地擺脫了疑慮和不安，他很快得出了結論。「也就是說，這二十個月來，強盜集團群龍無首，他們只是在一個毫無自信，沒有才能的殺人犯手下進行了一個個失敗的行動，一個窩囊廢……」

「準確地說，那是一個受良心譴責的人。」帕斯卡斯拉頓了一下，繼續說，「你們一定覺得很奇怪，其實我很早以前就注意到了，波尼法斯為自己所做過的壞事感到不安，經常叫喊著從惡夢中驚醒。魯道維克曾經多次問過他，最後，酒精和魯道維克的喋喋不休終於起了作用。那天晚上，雖然他們關著門，說話的聲音也很低，但我還是聽到了一些。波尼法斯哭了，他開始懺悔。

「波尼法斯說自己和傑里科早就不合拍了，他很清楚，傑里科之所以留他，只是因為他知道的太多，而且還有些用處。說到這裡，波尼法斯顯得很激動，他吼叫起來：『我受夠了，這麼多年來，我像隻狗一樣對他俯首稱命，搖尾乞憐，只要他的哨子一響，我就歡天喜地的跑去執行任務。那一次，阿赫邁德因為偷了他的寶貝聖物盒而被他打了二十棍，但之後他卻問我，為什麼不幹掉傑里科取而代之？是啊，我哪點比不上傑里科，我憑什麼要這樣，付出那麼多，卻也不過在最後分得一點殘羹冷飯，我真想殺掉他！漸漸的，他對我的想法有所察覺了，但他只是不屑地說了一句「波尼法斯，我諒你沒這個膽」！但這一次他錯了，我有，當時，就我們三個人在船上，阿赫邁德在划船，趁傑里科彎腰去解纜繩時，我用一根大棒子狠狠地往他後腦勺敲下。哈哈，他當場就倒了下去，我真是痛快極了……』」

「你是說……棒子……在後腦勺上？真的嗎？」艾倫．羅克盯著帕斯卡斯拉問，聲調因焦急而變得微微顫抖。

「波尼法斯是這樣說的。一根大棒子打在後腦勺上。然後他們就把屍體綁在一艘漂在海面的破船上，又把它拉到遠離海岸的地方。回去以後，他們謊稱傑里科已上岸，而且會在君士坦丁堡與他們會面。」

帕斯卡斯拉的敘述停止了，房間裡死一般靜寂，大家以各種各樣的心情保持著緘默，笑容也已經從馬克西姆的臉上消失，他知道現在將得出什麼結論，他們都緊緊地盯著艾倫．羅克。

艾倫．羅克一動不動，臉色煞白，頜骨也因他咬緊的牙而鼓起，眼睛裡閃爍著激動而緊張的光芒。

「不……我不明白……這到底是怎麼回事……」他喃喃自語，他的腦子像暴風雨裡洶湧翻騰的大海一樣，各種不同的思想不斷地衝擊在一起，讓他痛苦不堪，他的確什麼都不知道，他的過去像斷了線的風箏一樣遠離他而去，他什麼都想不起來。

9 暴風雨

艾倫．羅克是個堅定沉著的人，他不怕任何挑戰，哪怕所有的證據都指向他，明確而不容置疑，他也堅決不肯承認自己就是那個為他所憎惡的強盜頭子。

他開始詳細盤問帕斯卡斯拉，確定了波尼法斯是在完全清醒和正常的情況下說出這一切的，還有，傑里科出身於一個古老的貴族家庭，是布列塔尼一座城堡裡的貴族公子。

「是的，聽說傑里科原來的確是一個王子，波尼法斯在殺了他以後，良心上感到極度不安。他其實是很崇拜和敬畏傑里科的，所以他很害怕，總是覺得傑里科陰魂不散，會突然出現在他的面前，來為自己報仇。」

「什麼時候？他什麼時候打死傑里科的？」艾倫．羅克很緊張。

「六月三十日，絕對沒錯。」

艾倫．羅克又沉默了，他是七月六日被救起的。七天，一條破船從西西里漂到法國海岸是很可能的。他不敢再問下去了，只是將雙肘支在膝蓋上，握拳頂著太陽穴。納塔莉除了瞪大眼睛，滿臉疑慮地看著這一切外，也是一言不發。

馬克西姆感到有必要打破沉默，於是說道：「在事情還沒有真正明朗之前，我們不應該妄下結論。帕斯卡斯拉，既然傑里科死了，我們為什麼還要聚在這兒？」

「因為波尼法斯要來了！這個畜牲是傑里科的幫兇，也是綁架我姊姊的人。我一定要找他報仇！」

既然新的目標確定了，新的事件核心也就出現了，大家就又開始準備即將到來的行動。

「對了，魯道維克混進這裡當調酒師，主要是為了監視納塔莉小姐。而在行動時，他負責把波尼法斯帶進來和掩護出去，他們的目標就是那個聖物盒。嗯……還有十五分鐘，按計劃，他們將在十一點四十分開始行動，我把他交給你們處置。」

「如果我放了他呢？」艾倫說。

帕斯卡斯拉露出胸衣裡隱藏著的一把匕首，咬著牙說：「他得替傑里科抵債。」

艾倫．羅克把馬克西姆拖進另一間房間，他像一個高燒病人，行動緊張而慌亂。

「馬克西姆，很湊巧，不是嗎？字跡、棒擊、放船……還有一些時有時無、虛無飄渺的記憶……這能說明什麼呢？馬克西姆？」不等馬克西姆答話，他又馬上自己回答道，「算了，這不過只是一種巧合，不是嗎？或者我和傑里科的命運有些不經意的交叉點。再說，他已經死了。馬上，馬上就可以知道了！波尼法斯知道一切！是的……謎底就快解開了！……」

艾倫．羅克激動得語無倫次，但是，幾乎是一瞬間，他又換了一副面孔，用他慣有的堅定而不容置疑的口氣說：「時間快到了，馬克西姆，你去準備一下。」

接著，他又回到先前的房間對帕斯卡斯拉說：「我還有一個疑問，關於你電話裡提到的那瓶酒。」

「是的，那似乎是麻醉藥，會在服用後兩小時生效。」

「那麼，小姐，如果你信任我們的話，你能否將計就計？」艾倫．羅克對納塔莉說。

儘管心裡仍罩著一層陰影，納塔莉還是照艾倫．羅克吩咐的做了。她拿出首飾袋，隨意擺在桌子上，然後躺在椅子上，做出一副被藥迷倒後極度困倦的模樣。

艾倫．羅克壓低了那唯一一盞亮著燈的燈罩，然後對納塔莉說：「你不必害怕，我會保護你。」

帕斯卡斯拉也附和道：「是啊，你不必擔心，波尼法斯答應魯道維克不帶武器的。」

一切都佈置好以後，帕斯卡斯拉躲進了馬克西姆的房間，艾倫．羅克躲進一個隱蔽黑暗的角落，而馬克西姆則蹲在他的身後。

大鐘的指標指到十一點四十分了，房間裡靜悄悄的，還聽得見外面車輛進進出出的聲音。

「時間快到了，」馬克西姆壓低聲音說，「艾倫．羅克，你為什麼這麼緊張？沒關係的，波尼法斯會澄清一切的。」

「對，他要離開時，我把所有的燈打開，那時就可以看到他看見我的第一反應，那樣也許就能解開我心中的所有疑慮了。」艾倫．羅克自我安慰。

馬克西姆還想說點什麼，忽然外面隱約傳來電梯的聲音，接著是一些輕微的、小心翼翼的腳步聲。大家都屏住呼吸，在各自隱蔽的角落裡做著準備。很快，房間的門發出輕輕的「吱嘎」一聲，一個矮胖身影鑽進了黑洞洞的前廳，然後一步步接近「熟睡」中的納塔莉。

房間裡靜得可怕，只有被籠罩在淡淡燈暈下的納塔莉輕柔的呼吸聲。納塔莉的鎮定自若讓她保持著一個熟睡女人的姿勢，但通過微微睜開的眼瞼，她仍然可以看到昏暗的燈光下那一張扭曲的面孔。面部的肌肉因緊張而緊繃在一起，額頭上刻出兩道深深的皺紋，兩眼射出貪婪而兇殘的光。他正是化妝成流浪歌手到米拉多爾別墅來過的波尼法斯。

波尼法斯相當狡猾，他似乎覺得自己的行動順利得有些反常，隱約感覺到了一些危險。他盯著桌上的首飾和聖物盒，遲遲沒有動手。但貪婪的心讓他對自己的感覺動搖了，他小心地伸出手，眼睛片刻不離納塔莉的臉，然後迅速抓起桌子上的首飾。當他正盤算著如何勝利逃出去的時候，房間裡所有的燈在一瞬間亮了起來。艾倫．羅克一躍而出，擋住了波尼法斯的去路。

這一瞬間，對所有人來說都是一個地獄。波尼法斯臉色蒼白，渾身顫慄，雙手因驚恐而無法控制地在空中揮舞，他的喉嚨裡發出一聲極其恐怖而僵硬的聲音：「傑……里……科！幽靈，傑里科！」

這幾個字在寂靜的房間裡迴蕩著，艾倫．羅克顯然被這個指控激怒了，他衝上去狠狠地掐著波尼法斯的脖子：「你胡說！你胡說！」

但波尼法斯的神志已經完全混亂了，空洞的眼睛裡因恐懼而流出眼淚，但即使如此，他還是頑固地重複著：「傑里科！傑里科！沒想到你還活著！鬼！傑里科……」

納塔莉和馬克西姆趕緊衝上去拉開了艾倫．羅克，他此時已像瘋子一般到處亂撞，嘴裡不停地說著：「不可能，我不是傑里科……我什麼都想不起來……我不是！」

艾倫．羅克的精神陷入了瘋狂狀態，而波尼法斯似乎突然清醒了，他奪門而逃。馬克西姆眼明手快，像老練的獵狗一樣跳起來，追了上去。房間裡只剩下艾倫．羅克和納塔莉兩個人，艾倫．羅克像極速運行的機器一樣，很快就用完了所有能量，然後如同死了一般倒在了地上，一動不動。納塔莉也跌坐在椅子上，她的腦子裡一片空白，她不知道該怎麼做，艾倫．羅克躺在那裡，也許是死了，納塔莉想，也許這樣最好。

帕斯卡斯拉推門進來了，她的步履有些緩慢，但又似乎蘊藏著無限力量。她跪在艾倫．羅克的身邊，俯下身去聽了聽他的心跳。然後，從胸衣裡緩緩地抽出刀子，舉了起來。她鼓足了所有的力量和所有的勇氣，對準艾倫．羅克的心臟猛刺下去！然而，就在刀子貼近艾倫．羅克胸口的一瞬間，帕斯卡斯拉的手一軟，刀子掉在了地上，她開始歇斯底里地大哭起來。納塔莉知道這種心情，她不想去勸說，只是萬般疲憊地閉上了眼睛。所有的一切似乎都消失了，消失了。

當馬克西姆無功而返的時候，帕斯卡斯拉已經不見了，納塔莉則把自己關在了房間裡。

10 新娘

兩周後，布列塔尼半島，普魯瓦內克莊園。

看門人喬弗魯瓦是這莊園唯一的居住者，他的身體因為歲月的重負而變得微微有些駝背，蹣跚的步子踩在亂石雜草間。這個昔日輝煌的莊園如今蒼涼滿目，整個家族也只剩下這個老僕人，他的精神有點恍惚的，穿著很舊，但依然整潔的僕人服。此時，他正一拐一拐的慢慢走過倒塌的樓房、夷平的小教堂和破爛不堪的柵欄，停在那永遠洞開的柵欄門口，彎下腰仔細地觀察了一下潮濕地面上幾個清晰的腳印。

隨後，老人回到了塔樓，他的臥室在頂樓，二樓是警衛室和已故主人使用的三個房間。老人來到連接警衛室的大平臺上，發現已經有一男一女兩個遊客站在那裡了，他們正仔細的打量著這個橢圓形的大房間。兩面破舊的大壁毯掛在向外凸出的大窗子前，使它們成為兩個相對隱密的獨立房間，屋裡的擺設親切而富有生活感，盛開的鮮花，滴滴答答的老掛鐘，翻開的書籍，牆上掛著獵槍和各式各樣的舊式武器，以及一排祖先的畫像。

「喬弗魯瓦！」一個女人的聲音在窗外響起，「他不在嗎？」

「不在，阿爾梅爾小姐。」老人將頭伸出窗外喊道。

「沒有消息嗎？」

「沒有。」

「那就等明天吧，我把花換掉。」

「德．阿尼里斯小姐，」老人用歡快的口吻介紹著，「一位漂亮的小姐，她原本是騎驢的，但那隻驢已經老死了。」說完這席莫名的話，他丟下兩位客人走了。

剛才說話的那個女人身材高大，渾身洋溢著青春活力，著裝雖稍顯過時、土氣，但眉宇間卻隱約顯露出幾分大家閨秀之氣。她和喬弗魯瓦親熱地談著話，而樓上的客人也就自顧自地參觀著。

「納塔莉，據說這個花園荒廢很久了，主人在戰爭中陣亡，接著老夫人也去世了，只剩下一個神志不清的老僕人勉強維持，真是很荒涼。」

「既然這樣，馬克西姆，你把我帶到這兒幹什麼？」

「這是沒有辦法的辦法，帕斯卡斯拉說傑里科是在這裡的一座莊園長大的，好像是叫普魯什麼的……我查了這一帶，只有這裡才有『普魯』這個詞，所以帶你到這裡來。」

「馬克西姆，我們走吧，看了這些殘垣斷壁讓人傷心。」

「別忙，瞧，這是什麼！」馬克西姆大叫了一聲，好像有了什麼重大發現。

納塔莉趕緊往前走幾步，看到了桌上一本翻開著的，並用紅筆勾畫過的書。

「《海盜》！天哪，快走，馬克西姆，他在這裡，快走……」納塔莉突然變得驚恐萬狀，拉著馬克西姆就要走，彷彿艾倫．羅克已經站在了她的面前。

「怎麼會？」馬克西姆目瞪口呆，「艾倫．羅克在巴黎，我們走的那天，我還見過他。」

納塔莉不想聽下去了，她推著馬克西姆迅速回到汽車上，向司機表達著她的意圖：「快開，我要回巴黎，去奈特也行，快點！」

汽車發動了，在那場混亂的事件發生後，馬克西姆應納塔莉的請求對艾倫．羅克進行了調查。隨後，又在納塔莉的要求下，帶著她來到這塊艾倫．羅克曾經度過少年時代的土地。納塔莉並不清楚自己想做什麼，雖然在真相面前她不得不承認，但她仍想調查清楚，到底艾倫．羅克是不是殺害父親的兇手。當帕斯卡斯拉面對所愛的人和所憎的人徹底崩潰時，她的內心也隱隱升起一絲希望，而這也許連她自己都無法察覺。與此同時，她又是那麼害怕和艾倫．羅克碰面，所以，她只想離開，越遠越好。

馬克西姆看著因激動而臉色微紅的納塔莉，歎了一口氣，語重心長地說：「這兩個星期以來，她一直生活在極度的不安和脆弱中，只要聽到艾倫．羅克或傑里科的名字就會暈倒。難道她不想把事情弄清楚嗎？讓我告訴你吧，一開始，艾倫．羅克也處在崩潰的邊緣，精神混亂，焦躁瘋狂。到後來他漸漸平靜下來，正在恢復記憶，所有一切都如潮水一般慢慢湧現。」

馬克西姆偷偷看了納塔莉一眼，見她安靜地聽自己說話，心裡很高興，於是接著往下說：「他想過自首，他認為既然痛恨罪惡，就應嚴懲自己。但隨著記憶的恢復，他很少再提自首的事。他的精神也好多了，但他並沒有全部恢復。也許他的確會回到莊園來，但絕不會是現在。所以，趁這段時間，我們何不先調查清楚呢？」

納塔莉被說服了，她打消了回巴黎的念頭，住在了布列斯特。第二天，當馬克西姆打電話確定艾倫．羅克仍在巴黎時，他們再次來到普魯瓦內克莊園。

一路上，馬克西姆都在安慰納塔莉：「你放心，艾倫．羅克不知道我在哪兒打的電話，戈杜安姊妹和醫生也是。波尼法斯他們逃得不知去向，福爾維勒已搭上去美國的輪船。帕斯卡斯拉接到母親的消息，說她姊姊好多了，便趕回西西里了。總之，我們現在很安全，她也不用擔心什麼，我們只要查清艾倫．羅克到底是不是朗．德．普魯瓦內克，以及他過去的歷史。」

這天正好是周日，喬弗魯瓦老人看到他們並不特別奇怪，仍然興奮地自顧自地說著話：「又是腳印！這次是兩個人，看著好了，我給他們吃子彈！」

馬克西姆想知道他說的是什麼，但他一直處於恍惚狀態，對馬克西姆的問題完全不能理解，過了好一會兒才搔著頭喃喃地說：「您去問阿爾梅爾小姐吧。」

說完，他彷彿突然之間清醒了，跑到平臺上。與此同時，一個女人的聲音又開始重複前一天的問題，但得到的仍是失望和新的希望。

「這個莊園，很蕭條了。」老人又開始重複他那重複了無數遍的話，「主人和老夫人去世後，房屋就開始倒塌，僕人走了，農戶走了，就剩我這個老軍士，我還曾經是主人的擊劍教師。」

「不，這裡是本地最美的莊園。」阿爾梅爾一邊說著，一邊上樓來換鮮花。她發現了兩位客人，有些窘迫，「請原諒，我不知還有客人在，亂說了一氣。」

阿爾梅爾放下花，繫上圍裙，開始打掃房間。馬克西姆走上前去問道：「我們來這裡一是為了參觀遺址，二來嘛，我們曾遇到一個叫普魯瓦內克的人，他自稱是什麼王子，我們想他應該是這裡……」

「喔，先生，我想你一定弄錯了，他不是這個家族的，這個家庭的最後一個人已經戰死，這裡也沒什麼王子。」

「不，主人的頭銜中有王子這個稱號。」喬費魯瓦走過來，肯定地說，「有一次，他曾給我看過一個古老的文書……他是我撫養長大的，箭術、射擊、游泳、馬術，都是我教他的，他是那麼聰明，有著當首領的氣魄……」

「對不起，如果他還健在，應該多大年紀了？」納塔莉問。

「三十二歲。」阿爾梅爾小姐接過話。

「你是……」

「我是他的未婚妻。」

納塔莉的心突然緊縮了一下：「你是他的未婚妻？」

「是的，我一直在等他回來，因為他說過他會回來。他說：『阿爾梅爾，我會從這扇小門進來見你，你是我第一個想見的人。』」

「你相信他一定會回來？」納塔莉有些慌亂。

「是的，因為他說過，他是一個能『創造奇蹟的人』、『他是個舉世無雙的人』。」

「沒錯，他雖然也有缺點，」喬費魯瓦的臉上滿是慈愛，「他是一個小無賴，十五歲就當上了孩子們的首領，偷果子、偷牲畜，把夫人氣得直哭。但他總知道怎樣安慰母親，總是在做完壞事後又不停的做好事來補償，他為窮人們幹活，幫他們拉一車乾草，這又讓老夫人高興得不得了。」

老人忘我地回憶著，但這使納塔莉感覺很窘迫。

「你還在等他？」納塔莉問阿爾梅爾。

「是的，每天我走近這座房子，我的心就會怦怦直跳，雖然總是令人失望的回答，但我還是充滿了新的希望，因為我相信有一天他會突然出現在我的面前。我把所有的一切都整理好，等他回來，那是他母親的相片，她是一個溫柔善良的人，這也使得他總是在普魯瓦內克家族的殘暴和聖瑪麗的善良間搖擺不定，兩種性格交替出現，使他形成了雙重的人格。你看，這就是他的照片。」說著，阿爾梅爾從一本拜倫的詩集裡拿出一張用白紙小心包好的相片，「他總是喜歡穿這樣的衣服，一件藍色短上衣，兩排金扣子。」

納塔莉已經聽不下去了，她毫不懷疑地相信那照片上的人就是艾倫．羅克，只不過年輕了十五歲而已。

這時教堂的鐘響了，喬費魯瓦和阿爾梅爾收回思緒，準備出發去做禮拜。馬克西姆還有一些問題想問，便隨著他們一起去了。

11 另一場決鬥

屋子裡就只剩下納塔莉一個人了，這也正是她所期望的，這樣便可以仔細欣賞那張照片了。納塔莉的目光注視著那幅照片，一點沒錯，正是他，那張熟悉的面孔，堅毅、熱情，唯一不同的是，照片上的他稚氣未脫。一臉的純真，沒有了現在籠罩周身的神秘氣息和苦澀的歲月痕跡。

納塔莉換了個角度繼續凝視著，漸漸地，艾倫．羅克和傑里科都逐漸遠去，只剩下眼前這位生動活潑的年輕人，記憶中的陰沉形象也被這鮮亮的笑容取代了。但同時，他也似乎漸漸走遠，成為一個不屬於她的可愛的年輕人，美麗的阿爾梅爾的未婚夫。想到這裡，納塔莉的心裡難免生起一些莫名的、揮之不去的情愫，為了放鬆自己的情緒，她朝著平臺走去。

忽然，莊園的瓦礫堆裡發出一些異常的聲音，這讓她感到不安，想起了喬費魯瓦老人關於腳印的話。於是，她小心翼翼地從窗口向外張望，果然，兩個人影出現在窗下。納塔莉憑直覺認定其中之一肯定是波尼法斯。為了不被發現，她躲進了窗洞。這裡不僅可以藏身，還可以透過壁毯縫觀察外面的情況。

很快，那兩個扮成樵夫模樣人出現在平臺上，納塔莉看清了他們的面容，其中一個居然是福爾維勒，波尼法斯跟在他的後面。他們粗略地搜索了一下屋子，並沒有發現躲在床洞裡的納諾莉。

福爾維勒似乎還有些不放心，波尼法斯則冷笑道：「這裡只有我們，一會兒魯道維克還會趕來，我們三個不會讓他逃掉的。多虧那天你在旅館一眼就認出我們，要制服他，至少得我們三個人，因為他們也有三個人，傑里科、艾倫．羅克和普魯瓦內克。」

「三個人！哼，這三個人只需要一顆子彈就可以解決掉了。是吧，親愛的波尼法斯，我們的想法是一致的吧？」

「噓，有口哨聲！魯道維克來了。」

波尼法斯回應了一聲，魯道維克氣喘吁吁地跑了進來。

「他來了！」魯道維克說，「我在巴黎監視他，發現他登上了開往布列塔尼的火車，我在給你們發了電報後，也趕上了火車，下車後抄了條近路來這裡，估計還有十分鐘他就會到這裡了！」

「他媽的！想到又要見到他……」波尼法斯詛咒著，「福爾維勒，你到底在幹什麼？」

福爾維勒已經取下了牆上掛著的獵槍，並且裝上了幾顆子彈，然後把槍扛在肩上，對著小門不住地瞄準。再過十分鐘，那個謎一樣的男人便會出現在這個小門前，而門後，三個野獸的眼裡閃爍著貪婪和瘋狂的光芒，他們躲在平臺上，放下門上的帷幔，然後屏息以待。

時間過得很慢，掛鐘的每一個「滴答」聲都像一個沉悶的炸雷，爆裂在寒冷的空氣裡。納塔莉渾身冰涼，兩腿發軟，她努力地控制著自己，告訴自己得堅持下去，拼命地捕捉和分辨著那三個人的每一個細小聲音。

「他來了以後，你別馬上開槍，我相信這裡的某個地方會有個寶藏。」波尼法斯小聲地說。

「你說的對，就等一會兒，諒他也逃不出我們的手心。」

「你非常恨他？」

「當然，他毀了我的一切，我也要毀了他！」

「你知道的，我已經殺過他一次，所以我現在把這機會讓給你，你可要小心，他這人鬼計多端。」

有一些細微的聲音從樓梯深處傳來，屋子裡的人不再說話了，那種寂靜讓人窒息。納塔莉的額頭上滲出了細細的汗珠，她幾乎已經快要堅持不住了。這時，傳來了踩在石子路上的輕微腳步聲，還有鑰匙插進鎖眼的聲音，接著，門「砰」的一聲被推開了，艾倫．羅克走了進來。

所有的記憶，像緩緩流過石子的小溪，在艾倫．羅克心中激起了淡淡的溫馨，他注視這屋子的表情幸福而親切。這一刻，他是朗．德．普魯瓦內克，而不是神秘而沉重的艾倫．羅克。

風很輕，空氣裡飄著夏天的味道，艾倫．羅克微微揚起發光的眼睛，努力地捕捉著空中隱隱傳來的教堂裡讚美聖體的鐘聲。這彷彿是一個更深層的觸動，他堅定而焦急地走近桌子，拿起母親的相片，眼中的溫柔是納塔莉從沒見過的。納塔莉覺得，艾倫．羅克離她越來越遠，而普魯瓦內克的影像卻逐漸清晰。

「阿爾梅爾……阿爾梅爾……」艾倫．羅克陷入沉思，突然，又有什麼想法竄進了他的腦袋，他毫不遲疑地從一個盒子裡取出一把鑰匙，然後打開抽屜，一卷古老的羊皮紙公文端正的躺在裡面，他把公文取出，大聲讀起來：「朗．德．普魯瓦內克、布列塔尼子爵、諾曼第伯爵、耶路撒冷騎士、鑒於國王侍衛長在第三次十字軍遠征中的豐功偉績，聖路易國王敕封為傑里科王子。」

唸完這一段，艾倫．羅克再一次陷入沉思。

此時此刻，一直藏身窗洞的納塔莉忽然有了一種可怕的感覺，好像大結局即將來臨前的那樣。艾倫．羅克一定會走到平臺這邊來，那麼他會發現她，更會撞見那三個壞傢伙。該如何阻止這一場即將上演的悲劇？

不容納塔莉多想，一個黑洞洞的槍口已伸出帷幔。說時遲，那時快，納塔莉的叫聲幾乎與槍聲一起發出，這一聲驚叫讓艾倫．羅克避過了一劫。

所有的事情都發生在一瞬間，艾倫．羅克的驚訝，納塔莉的無措，三個強盜窮兇極惡的襲擊。當一切都恢復正常以後，納塔莉已在強盜的脅持之下。

「你，你別動！」福爾維勒死死勒住納塔莉的脖子，緊張地喊著。

而被波尼法斯用槍指著的艾倫．羅克一臉從容，他對納塔莉說：「你好，小姐，謝謝你救了我的命。」

然後，他對波尼法斯說：「波尼法斯嗎？你已經殺過我一次，還想再來一次？你們在做什麼？不用那麼緊張，我已經輸了。」

聽到最令人恐懼的人說出這句話，失去的驕傲，原來的瘋狂變本加厲地表現在福爾維勒扭曲的臉上。

「你完了！把資料交給我，而且還要再給我五十萬法郎！對，五十萬。」福爾維勒幾近瘋狂。

波尼法斯的眼睛射著貪婪的光，面部肌肉病態地抽搐著，他附和了一句：「對，每人五十萬，一個子兒都不能少！兩張五十萬的支票，要納塔莉作保！」

艾倫・羅克像是聽笑話一般，含笑看著福爾維勒和波尼法斯。看到艾倫・羅克高大的身影，福爾維勒還是有些心虛，他故做強大地低聲吼著：「不許動，再動我就開槍了！波尼法斯，你去看住納塔莉，她敢動一動就割斷她的喉嚨！」

波尼法斯趕緊回到納塔莉那邊，用匕首對著她。然後，又緊張地盯著福爾維勒和艾倫・羅克。

艾倫・羅克很平靜地對納塔莉說：「對不起，小姐，讓你受驚了，不過，請你不要害怕。」

艾倫・羅克的鎮靜和鄙夷終於激怒了福爾維勒，他歇斯底里地喊起來：「快給我資料，否則我要開槍了！你這個混蛋……我數三下，最後給你一次機會！波尼法斯，準備好！」

福爾維勒拿槍的手在微微顫抖，倒數的速度，也變得異常緩慢。而且，在「三」數完後很久，波尼法斯只是保持著他虛張聲勢的姿勢，什麼動作也沒做。福爾維勒僵在那裡，不知道下一步該做什麼。

「放開瑪諾爾森小姐，然後給她端張椅子。」艾倫・羅克一邊說，一邊對波尼法斯做了個手勢。然後他又衝著福爾維勒說，「很遺憾，福爾維勒，你開始的那兩槍打偏了，也就失去了所有的機會。知道嗎？我是不會放過你這種惡棍的，所以，資料被我保存在很安全的地方。如果我有什麼不測，它們將在第二天早上，出現在警察的辦公桌上。你真是可憐，讓我開口說話是你最大的失策。這次和凡爾賽那次可不同，你將被從樓梯上踢下去。」

「你別做夢了……現在你在我們手上，而且我們還有人質。」儘管底氣不足，福爾維勒仍裝出神氣的樣子結結巴巴地威脅艾倫．羅克。

「你錯了，你只有一個人！不相信？你忘了我曾是他們的頭兒，你看，納塔莉不是好好的坐在那兒嗎？」

福爾維勒的心裡升起一陣涼意，他回頭小心地對兩位同伴說：「我們是朋友，我們的目的是一致的，對嗎？」

他的詢問並沒有得到回答，漠然的神情掛在波尼法斯和魯道維克的臉上。福爾維勒意識到事情已經朝自己無法預料的方向轉變。他跳起來向平臺衝去，但波尼法斯好像崗哨一樣把守在那裡，魯道維克則牢牢地看守著窗子。

艾倫．羅克興奮地說道：「看到了嗎？你已經完全輸了。夥計們，聽到了嗎，這次要他從樓梯上滾下去。」

波尼法斯和魯道維克彷彿被什麼給牢牢的控制住了一樣，他們慢慢地走向福爾維勒。瞬間的變故令福爾維勒幾近瘋狂，他如同一頭被困住的野獸，破口大罵，語無倫次的詛咒，他想把手裡的槍裝上子彈，但手抖得厲害，結果什麼也沒做成。最後，他終於變得筋疲力盡，在屋子裡跌跌撞撞，站到了艾倫．羅克的面前。艾倫．羅克抓住他的領子，輕輕一提，再把他丟到波尼法斯和魯道維克伸開的手臂裡。

「滾吧，你這個傢伙！」

波尼法斯和魯道維克發出一陣慘叫，然後是低低的咒罵聲和漸漸遠去的威脅聲。

12 結局

馬克西姆回來得很是時候，剛好欣賞到福爾維勒滾下樓梯的模樣。但他似乎並不高興，一臉驚訝的呆立在那裡，半天沒反應過來發生了什麼事。他很難相信眼前所發生的事實，他一直以為自己已經讓納塔莉遠離了一切危險，但沒想到所有的危險人物此時全都在納塔莉身邊。

「嗨，馬克西姆，您回來的正好，趕上了最精彩的一幕。」艾倫．羅克很開心地跟老朋友打著招呼。說話間，波尼法斯和魯道維克回來了，他們像兩條偷吃了主人食物的狗一般蜷縮在角落裡，等待著主人的發落。但艾倫．羅克並沒有發脾氣，他朝他們走過來，很直率地說：「兩位好兄弟似乎已經打算改邪歸正了？記住，我們是一條繩子上的螞蚱，你飛不了，我也逃不開，所以你們還是別打什麼歪主意。以前的事呢，就當作是一個笑話，一筆勾銷，我們也再沒關係了。勸你們盡量走正途，不然沒什麼好下場的。當然，你骨子裡還是個痞子，所以直到你死，你還是個痞子，不過，現在我想聽聽實話。」

「什麼實話？」波尼法斯小心地問。

「我剛剛才從你給我那一棒子的創傷中好起來，所以，我希望你當著瑪諾爾森小姐的面說出事實的真相。」

「如你所知，是我殺了瑪諾爾森先生，而且這根本不是你的命令，相反地，你讓我千萬不要傷害他。但我想得到那個聖物盒，經不住誘惑，所以推翻了陽傘。不僅這次，你從來都明文規定不准我們殺人。但在你不在的情況下，我們犯了幾次罪，但這都完全與你無關，而且每次你都大發雷霆，嚴厲地懲罰我們。瑪諾爾森死後，你想開除我，所以我才下決心殺了你。」

「你憑著靈魂永世得救，憑著你母親永得安息發誓，你所說的都是真的。」

「我發誓。」波尼法斯舉起手莊嚴地說。

艾倫．羅克長長地出了一口氣，他似乎掙脫了一條無比沉重、令人窒息的枷鎖，陽光和生氣又重新回到了他的臉上，幸福洋溢。

艾倫．羅克在房間裡興奮地來回走著，有兩次，他的目光和納塔莉的碰在一起，納塔莉總是尷尬地避開。這讓他不知所措，只有抓住兩個手下，一邊嚴厲地警告他們，今後如果再敢碰納塔莉小姐，必定嚴懲，一邊將他們推出平臺。

馬克西姆站在門口，等波尼法斯他們走遠後，他攔住艾倫．羅克，小聲地說：「你可不能走，阿爾梅爾小姐和喬費魯瓦老人還在等你。」

「阿爾梅爾？你認識她？她是個可愛的姑娘，對吧。」

「是的，不過更重要的是，這麼多年來，她一直在等你，在所有人的疑惑中堅信你沒死。想想，如果你們就這樣見面，她一定會受不了的，所以，我和納塔莉先去讓她有個心理準備。」

艾倫．羅克還來不及發表意見，馬克西姆已經拉著納塔莉急匆匆地下了樓。與此同時，遠處傳來阿爾梅爾和喬費魯瓦的聲音。走出塔樓的納塔莉想了想，決定把全部實情告訴阿爾梅爾。但出乎她的意料，阿爾梅爾先開了口：「你好，小姐。我想起你曾經提過的那個叫普魯瓦內克的人……也許，他是哪個不認識的親戚……說不定，他知道朗的消息。所以，如果你再遇見他，請告訴他，這裡有一個姑娘在等待她的未婚夫。如果他知道些什麼，請你務必通知我。」

阿爾梅爾微笑著，美麗、純真但卻帶著一絲淡淡的憂傷。納塔莉猶豫了，剛才那種要說出實情的想法突然間消失了，情感戰勝了理智。馬克西姆一直注意著納塔莉的舉動，見她不做聲，也就跟著沒有說話。

隔了好一會兒，納塔莉喃喃地對阿爾梅爾說：「好的，小姐，我一定會轉達。」

兩位姑娘握了握手，阿爾梅爾又向馬克西姆行了個禮，然後走了。她的背影雖然那麼矯健且充滿青春活力，但卻掩飾不住她的一絲失望和憂愁。

納塔莉感到很難受，胸口似乎有什麼哽著，悶得發慌。為什麼艾倫．羅克不出來呢？他明明就在塔樓裡，他到底想做什麼？

納塔莉向馬克西姆提出了這個問題，馬克西姆正要回答，卻突然激動的吼了起來：「亨利埃特，雅尼娜，你們來幹什麼？還有夏普羅醫生！你們怎麼會知道這個地方？」

柵門那邊，正走來兩位姑娘和一位老先生。馬克西姆朝他們衝過去，把納塔莉一個人留在了塔樓前。納塔莉有些害怕，她很清楚，在事情沒有解釋清楚前，艾倫．羅克是絕不會讓自己走的。儘管她也希望自己能交待清楚，但就是不知如何面對這個男人。她這樣想著，下意識地往外走，身後響起了腳步聲。她有些無所適從，但她沒有加快腳步，已經逃了那麼多次了，哪一次又真正逃開過呢？。

艾倫．羅克走到了納塔莉的身邊，兩個人肩並肩地慢慢走著，誰都不肯先挑起話頭，都不願面對這最後的一次談話。

風輕輕地吹拂著海面，藍天美麗而平和，淡淡地展開，越來越遠，最後終於與大海合為一體。太陽的熱氣消散在大海中，純淨且透明的空氣裡，柔柔地飄著布列塔尼荒原的氣息。

納塔莉一動不動地站在高地上的一隻石凳旁，她努力地使自己看起來冷靜且堅決，因為無論艾倫．羅克說什麼，她的回答都將是永遠的告別。至於艾倫．羅克，他也意識到了這場談話的結局。因此，他以不容置疑的口氣說：「小姐，在分手之前，我認為我有必要為自己辯護一下，我想讓你了解真實的我。」

納塔莉感到驚奇，在發生了那麼多事以後，他怎麼還敢以這種命令的口氣來跟自己說話？

「其實，你所了解的冒險家形象或海盜形象，都不是真實的我。是的，我們曾經發生過一次誤會，這幾乎讓我成了你不共戴天的仇人，也同時使我的精神受到了毀滅性的一擊，這幾乎讓我除了結束自己的生命外別無選擇。但現在，往日的記憶正一點一滴地流回到我的腦海裡，於是，我越來越懷疑自己是否像傳說中那樣萬惡不赦。我努力而小心地回想著，因為我也害怕會出現一些血腥的回憶，而讓我的生命充滿罪惡。但沒有，什麼都沒有！因此，我又重新有了生存的希望。」

艾倫．羅克滔滔不絕地說著，納塔莉驚訝地看著他。他的臉龐自信而充滿熱情，像這片養育過他的土地一樣，他是狂放、驕傲而充滿激情的，那是善良且慈祥的老夫人瑪麗．德．聖瑪麗的兒子——朗．德．普魯瓦內克。只是那場殘酷的戰爭讓他迷失了本性，從而引誘出了留在古老的普魯瓦內克家族血液中野蠻且獸性的因子。他曾一度迷失自己，沉溺於黑暗與罪惡中，但這一切都過去了，他又重新回到了平和的布列塔尼荒原，呼吸著溫暖且純淨的空氣。

當艾倫．羅克以激動和尖銳的口氣解釋完一切後，稍稍猶豫了一下，然後說：「現在，一切都結束了，波尼法斯的一棒子讓我清醒過來。我既不是男爵艾倫．羅克，也不是海盜傑里科，我只是朗．德．普魯瓦內克。換句話說，是朗．德．普魯瓦內克想對你訴說你在他心目中的地位，同時，他也想問問你對他的看法。」

納塔莉被激怒了，艾倫．羅克的話令她不安，同時又有些反感，或者說是被嚇壞了。

「請你不要再說了，我不想知道我在你心目的地位，至於你到底是誰，也與我沒有關係！」

「不，我們被命運綁在了一起，你沒有權利說分手就分手！」艾倫．羅克更加強硬地說。

「命運？你憑什麼這麼說！這幾個星期你是怎麼對我的？這難道不能證明我們之間只是陌生人嗎？」

「是的，是一個愛你的陌生人！」艾倫的口氣激昂起來，「自從失去記憶的哪一瞬間，我的生命已經是新的了，而這新的生命裡就只有你。你是我在黑暗中的唯一希望，在我彷徨與迷失自我的時候，只有你戴著花環站在水池邊，那一瞬間的美麗影像指引著我。我盡我所有的努力向著事實邁進，就是為了你，因為我愛你！現在，讓我來聽聽你的內心感受吧，你是怎麼看待我的？難道在分手之前我不該知道你內心真正的想法嗎？」

艾倫．羅克的臉上已經完全失去了一貫的冷靜神色，他激動而有力地握住納塔莉的雙手：「你不記得了嗎？在米拉多爾別墅的那晚，我們的心是多麼貼近，我們是那樣的彼此感染，而且你是信任我的，不然你怎麼可能會與認識不到兩個小時的我一起乘船離開呢？」

「住口！你不要再說了，我不想再聽了。」突如其來的憤怒與羞愧讓納塔莉雙頰漲紅，她拼命地想掙脫些什麼。「你要我坦白，坦白什麼？我是討厭你，而且我不想再屈服了，屈服於你那蠻橫無禮的野蠻態度。你自己看看你是怎麼對我的？像對待奴隸一樣，呼之即來，揮之即去。我已經受夠了，我不要再受你的擺佈跟束縛了！」

艾倫．羅克的臉上露出一絲微笑：「如果是那樣，那你為什麼還要來，為什麼還要來到這個盛滿我記憶的故鄉？難道不是為了追尋我的童年？難道不是為了弄清事實的真相？因為在你腦海的深處也不相信我就是那萬惡不赦的傑里科吧！還有，你不是也向阿爾梅爾說了謊嗎？當時，只要你的一句話，我和她也許就在一起了。但你卻沒有這樣做，不是嗎？」

「不，我不愛你，我恨你，我討厭你。」納塔莉已經憤怒到難以自抑，但她的眼神卻透露著悲傷和痛苦。

「你在說謊！就在剛才，你還不顧一切地想救我。那時，在你的心目中，我還是害你父親的兇手。但當我的生命受到威脅時，你為什麼會如此緊張？是因為恨，還是因為愛呢？回答我，納塔莉！」

這一刻，納塔莉辛苦構築的堅強和驕傲在一瞬間全部崩塌了。她覺得兩腿發軟，彷彿已經支撐不住了。艾倫．羅克一雙有力的大手適時地環住了她，並將她緊緊抱在懷中。納塔莉完全被征服了，她的驕傲已不復存在，現在的她，已經完全的沉浸在艾倫．羅克熱情且溫柔的愛情裡，只是女性的矜持讓她難以坦誠的面對自己。同時，她也存有一絲憂慮，她怕艾倫．羅克情急之下會強吻她，這會讓她感到憎惡。

但艾倫．羅克出乎意料的舉動讓她打從心裡感動了，他像是下定了很大決心似的控制住了自己，鬆開了緊擁著納塔莉的雙臂，讓她坐在石凳上，然後單膝跪下，低頭吻了一下納塔莉的裙子：「請你原諒，我仍舊是那樣野蠻和莽撞。不過，請你相信，為了你，我會改變的。我會成為一個樸實且溫和的紳士。」他越說越興奮，「還有，我會工作，開墾一個農場，再也不做什麼海盜，什麼冒險家，只想做一個誠懇老實的平常人，這樣你喜歡嗎？」

艾倫．羅克已沉浸在幻想中，過了一會，他又突然焦急起來：「不行，那些壞蛋肯定不會放過我們，我不能連累你，我們還是分手吧。」

納塔莉垂下臉頰，艾倫．羅克看不清楚她的表情，心底因此湧起一絲不安。她會離他而去嗎？一陣空虛的恐懼佔據了他的心靈，他害怕眼前這個他所深愛的女人會突然消失不見。因此，他急切地說：「在我的家族，有一個父子相傳的秘密，就是關於那個聖物盒。這是普魯瓦內克家族世代祖傳的聖物，第一位傑里科王子，是耶路撒冷貴族，曾因保護國王而獲得過藏有原始十字架碎片的聖物盒。但這神聖的寶物並沒使我們的家族免於災禍，反而讓我們妄自尊大，無法無天，最後終於受到了懲罰。請你保留著它吧，當你覺得我配得上你了，覺得可以把朗．德．普魯瓦內克帶回這裡的那一天，再把它還給我。」

「那阿爾梅爾呢？」納塔莉的聲音悲傷而猶豫。

「她會慢慢淡忘的，她是個堅強的姑娘。」

艾倫．羅克從草堆裡撿起一片草葉，像個孩子般的吹了起來，葉片連著發出三下刺耳的聲音，接著，一陣急促的腳步聲在佈滿碎石子和雜草的小路上響起。喬費魯瓦老人出現在遠處，他滿臉的疑惑與焦急，四處尋找著哨聲發出的地點。當艾倫．羅克又一次吹響葉片時，喬費魯瓦向高地走來。在距離十步的地方，他猶豫了片刻，彷彿不能確認眼前這一切的真實性，但驟然間他似乎又明白了一切。

「朗！朗，真的是你？我不會在做夢吧？」老人結結巴巴，雙腿已站立不穩。

艾倫．羅克趕緊上前一步扶住他，把他帶到納塔莉身邊：「這是你的新主人，普魯瓦內克夫人。」

老人敬了個禮，立即接受了新的主人，而艾倫．羅克似乎很著急，他沒有等老人開口說話，就迫不及待地說：「我知道，你很愛我，喬費魯瓦。但我必須得走，你要照顧好莊園。我會寄錢給你，你要讓它恢復原樣。還有，請不要對阿爾梅爾說見過我。」

他擁抱了老人，然後對納塔莉說：「我想彌補一下我以前的罪過，我會去陶爾西家。然後，我還要處理一下海盜們的事情。」

納塔莉點頭答應了，但眼眶卻有些濕潤，兩人四目相接，百感交集。

「再見，納塔莉。」

「再見。」納塔莉輕聲回應著。

「你愛我，對嗎？」艾倫．羅克有些遲疑地問。

「是的，我愛你。」納塔莉的回答沒有一絲猶豫，艾倫．羅克欣慰地笑了，他沒有再說什麼，大踏步地向柵門走去。

納塔莉看著艾倫．羅克的身影逐漸消失在樹林深處，心底湧起一股衝動，為什麼不能追上去，伴隨在他的身邊呢？管他是朗．德．普魯瓦內克也好，是艾倫．羅克，甚至是傑里科也好，何必再顧慮那麼多？她不是愛他嗎？這樣的念頭一產生，納塔莉突然不那麼彷徨和悲傷了。她悄悄地對站在身邊的喬弗魯瓦說：「讓他去吧，我們不會等太久的。親愛的喬弗魯瓦，我們一起來管好莊園，過幾個月，我就把他找回來，讓他看到一個嶄新而親切的普魯瓦內克莊園。」

血染的念珠 1934

拆信刀惡狠狠地插在伯爵夫人的纖細脖頸，
殷紅鮮血浸染了散落滿地的念珠。
製造這恐怖一幕的是為偷竊證券而殺人的紳士？
是行蹤鬼祟的莊園男僕？
還是與夫人貌合神離的伯爵？

Arsène Lupin
~ gentleman cambrioleur

1 神秘事件之謎

星期六的午後，讓．德．奧爾薩克伯爵匆匆地與妻子露西安娜道過別，驅車前往巴黎的事務所。在事務所裡，德．奧爾薩克從他的秘書阿爾努那裡獲得了渴望已久的那卷證券。

秘書離開後，他一個人在房間裡走來走去，激動不已。隨後，他在一張漂亮女子的相片面前停住了。他深情地凝視著相片，自言自語：「克麗斯蒂安娜！不管過去怎麼樣，現在我最鍾情的女人只有你。」他的手緊緊地握著那一疊證券，臉上露出無比得意的神情，「現在，難道我還不能抓住你嗎？你還有什麼理由不奔向我呢？」

讓．德．奧爾薩克比原先預計的要早一些返回城堡。晚上九點鐘的時候，他已經和他的夫人露西安娜待在一起了。

露西安娜．德．奧爾薩克，三十五歲，但臉上總帶著愁容。她看起來一點也不美，不過身上有一種只有貴族夫人才具有的高貴氣質。德．奧爾薩克伯爵愛她、敬重她，結婚十五年來，他對她關懷備至，沒有讓她受一點兒委屈。

晚餐後，夫婦倆談到了他們打算在城堡款待客人的事。

「我們的朋友布瓦若瑞和瓦諾爾已經答應兩星期後趕來了。」露西安娜說。

「是嗎？」

「是的。布雷松小倆口也同意來了，他們會給我們帶來快樂的！另外，我還想邀請你的朋友德布里奧克斯和他的夫人。」露西安娜說。

「貝爾納爾和克麗斯蒂安娜？不，他們是不會來的。」德．奧爾薩克有些不安。

「我會打電話給他們表達我們的誠意的。」露西安娜說這句話的時候，神態安定自然。

「她會知道些什麼呢？她什麼也不會知道的。」德．奧爾薩克這樣想著，也就不再多說什麼了。

事情談完了，露西安娜先去睡覺，德．奧爾薩克還留在書房裡。他從公事包裡取出那一大堆證券，打算把它們放進保險櫃裡。保險櫃就在離他不遠的那個大壁櫥中。他很快地打開保險櫃，把證券全放了進去，接著又很快地把它關好。

做完這一切，他悠閒地點燃一支雪茄，享受著這靜謐的夜晚。他想他應該感到滿足，因為身邊有一個愛他，而且對他無比忠誠的妻子。她願意為他無私地付出，為他排憂解難，而他也同樣尊敬她、愛護她。然而，他卻無法抑止對克麗斯蒂安娜．德布里奧克斯的傾慕。這是另外一種不同的愛，也許這才是一種真正意義上的愛情。這份愛情讓他神往，也讓他產生許多幻想。

時間在德．奧爾薩克的美好幻想中靜靜流逝了，他昏昏入睡。突然，一個異樣的聲音將他驚醒了。他跳起來，滅了燈，閃躲到一旁。

書房的門被輕輕打開了，門口站著一個黑色的身影。趁著那人還沒有發現，德．奧爾薩克撲上去掐住了對方的脖子，將其按倒在地。

一場搏鬥開始了，德．奧爾薩克伯爵沒有喊叫，他怕妻子擔心，想憑自己的力量擊敗來犯者。

「你是誰？來幹什麼？」伯爵低聲吼道。他想打開燈看看對方的長相，可是就在分神的一剎那，那人使勁地掙脫開來，狂奔出去。

伯爵追了上去，穿過走廊和花園的矮門，他看見那人出了城堡，跑上小路。他趕緊爬上小山丘，那人距他只有二十公尺遠了。於是，他朝那人開槍射擊。可是沒擊中要害，那人呻吟了一聲又繼續往前逃跑。

德．奧爾薩克沒有再追，他返回城堡，一切都還是那麼靜謐，好像剛才的事並沒有發生過一樣。看來槍聲沒有驚動任何人，人們早墜入沉沉的夢鄉了。

第二天，德．奧爾薩克沒有向任何人提起這件事。不過，他得到一個消息，昨晚在離鎮一里的公路上，有一名男子被汽車撞死了，他的左臂曾被槍擊傷。

很明顯，潛入城堡和被撞死在公路上的是同一個人。令德．奧爾薩克不解的是：「為什麼這個人正好在他從巴黎帶回證券的當晚來到他的城堡呢？這是巧合還是意味著有什麼特別的企圖？」這個疑團無法破解，因為那人已經死於非命，且警方沒能查到他的任何個人資料。

德．奧爾薩克也沒有時間和精力在這件事情上花過多的心思，他有其他更新鮮、更刺激的問題需要去焦慮和關心。在城堡接待客人的日子就要到了，他朝思暮想的克麗斯蒂安娜會來嗎？這些問題縈繞著他，讓他煩惱，又讓他興奮。

於是，剛剛發生的這場神秘事件就這樣被德．奧爾薩克淡忘了。然而，這是否在預兆著什麼？一切都是這麼不可知！

2 誰是兇手

客人們來到德．奧爾薩克城堡的時候，正值打獵期。除了打獵之外，還有各種各樣的活動舉行，有賽跑、奪彩竿、游泳比賽、跳水比賽等。在活動進行的過程中，還有專人分發點心，附近的農民和上流社會的人士也被吸引前來，整個城堡熱鬧非凡。

當太陽落山時，附近的客人們都離開了，只剩下已在城堡住了好幾天的那六個客人。德．奧爾薩克伯爵陪他們在二樓的陽臺上聊了一會兒，這時突然刮起風來，像要下雨，於是客人們回房間換衣服去了。

德．奧爾薩克沒有立即上樓，他來到一樓，穿過飯廳和客廳，走進書房。園丁的姪子居斯塔夫正抱著一大束花站在那兒，嚇了他一跳。

「你怎麼在這兒？」他生氣地問道。

居斯塔夫二十出頭，身體健壯，但是性情柔弱。

「是伯爵夫人讓我把花送到這兒來的。」他答道。

「為什麼不把花放到貼身女僕那裡？」

「雅梅莉婭和夫人都很忙，我進不去，所以……」

德．奧爾薩克掃視了一遍房間，問道：「誰把壁櫥打開的？」

「不是我啊，伯爵先生，我剛剛進來。」居斯塔夫的語氣很堅定。

難怪伯爵如此敏感，要知道保險櫃就在壁櫥裡面！

伯爵讓居斯塔夫出去了，然後走過去關上壁櫥的門，但門上的鎖是壞的，他只好用一張沙發抵住門，讓壁櫥看上去是關好的。

這時，通知用晚餐的鈴聲響起，德．奧爾薩克走到妻子的房間去叫她，露西安娜剛剛梳妝完畢。

「這兩天招呼客人累著你了。」伯爵關切地對夫人說。

「就是不做事我也會累的。」露西安娜平淡地答道，臉上毫無表情，她一向是這樣子的。德．奧爾薩克早已習慣了，正如他們的夫妻生活一樣，總是缺少激情。十幾年來，他們過得平平穩穩，幾乎從來沒有發生過爭吵和矛盾，但這並不表明他們之間沒有真感情。

「你不該服用那麼多麻醉藥和安眠藥，這對身體不好。」伯爵看了一眼床頭櫃說道。

「但我需要它們。」

「那就少服一點。」他頓了頓，突然想起另一件事情。「我的父親以前怎麼會把保險櫃放在那樣一個地方呢？」

「你想把它放在哪兒呢？」

「總之不想放在現在那個地方。」

「為什麼？你並沒有放任何重要文件進去。況且，只有知道密碼才能把它打開。」

「雖然如此，但是……」

催促用餐的鐘聲第二遍響起了，夫妻倆結束談話，一起下樓。客人們已經在那裡等候。德・奧爾薩克叫住廚師拉韋諾，交代他儘快請鎖匠來修理壁櫥的門，之後才來到餐桌，招呼客人們用餐。

在座的客人有老光棍布瓦若瑞和瓦諾爾，布瓦若瑞熱情開朗，幽默健談；瓦諾爾則較為保守，拙於言談。除此之外，還有德布里奧克斯夫婦和布雷松夫婦。

席間，德布里奧克斯夫婦沒怎麼說話，貝爾納爾先生一貫沉默，不喜歡表現自己。他的妻子克麗斯蒂安娜則是一個引人注目的女人，一頭閃亮的金髮襯托著她動人的面孔。哪怕在她不說話的時候，臉上豐富的表情也可以帶給人無比的遐思。尤其是那雙碧潭般深邃的眼睛，似乎總是飽含著深情。

與德布里奧克斯夫婦相反，布雷松夫婦擁有年輕人的朝氣與活力，他們歡快地說笑著，活躍了餐桌上的氣氛。女主人露西安娜顯得有些力不從心，無精打采。因為她總是感到很累，似乎必須依靠藥物才能生活下去。而她的丈夫卻精力充沛，興致高昂，具有強健的體魄。他說話生動有趣，頗具吸引力，很能得到女性的青睞，就連克麗斯蒂安娜也不時被他的話語和說話的方式所吸引。

他們針對當前的各種時事紛紛發表著自己的高見，整個場面很令人振奮。到後來，女主人實在是困得不能再堅持了，她無法再參加餐後的活動，不得不向客人們致歉，回到自己的臥室休息。

當然，女主人的離去並沒有減低在座的人的興致。布雷松夫婦還為大家演奏了一首雜耍歌舞的序曲，音樂聲彌漫在整座城堡。接著，年輕的布雷松夫人又免不了在眾人面前顯示她的特技：玩撲克牌。

她讓瓦諾爾抽出一張紙牌，然後拿起瓦諾爾的空杯子，對著杯底觀察起來。

「啊，別告訴我什麼，拜託你了！」瓦諾爾緊張地說。

「為什麼？」

「你忘了三年前你曾預言我的妻子會離開我……」

「是啊，我為你算到了。現在，再讓我為你算算別的。」

「別，別，千萬別！」瓦諾爾一邊說一邊躲開了。

布雷松夫人笑了笑，不再勉強，她把遊戲的目標轉向德·奧爾薩克伯爵。

「好，好，我正想讓你算算。」伯爵很隨意。

她拿過他的杯子觀看著，臉色慢慢地變了。

「怎麼回事？有什麼不妥的嗎？」伯爵問道。

這時，布雷松先生突然警告他的夫人：「蕾歐妮，你可不要亂說話啊。」

「為什麼不說？說，說。」伯爵不以為意。

「你們不知道，她的某些預言在許多特殊的情況下的確變成了現實。」布雷松先生解釋道。

猶豫了一會兒，蕾歐妮還是禁不住斷斷續續地說道：「這裡或許即將發生一件事……也許是悲劇。」

「悲劇？」德·奧爾薩克笑道，「誰的悲劇？我的嗎？」他覺得自己簡直是在聽一個天方夜譚。

「不，或許它跟我們這裡所有的人都有關聯。」

「喔？那它什麼時候會發生？」伯爵打趣道。

「也許就在今晚。」

「在哪裡？公園還是河邊？」

「不，也許就在城堡裡。」

「是嗎？偷盜還是搶劫？」

「有一個小偷……一把匕首……血……」蕾歐妮的聲音有些顫抖。

瓦諾爾的臉色變得蒼白，顯然他無法抑制內心深處的恐懼。但是其他人都面帶微笑，沒有人會把布雷松夫人的算卜和無稽之談當真的，在大家看來，這不過是布雷松夫婦給大家開了一個玩笑。

晚餐之後，到大家去河邊安排一些活動的時候了，布雷松拉過他的妻子，讓她別再胡鬧。

「我們應該去賞賞夜景或是泛泛舟什麼的。」布雷松提議道，為了不讓妻子繼續在那裡唬弄人，他拉著她先出去了。

德．奧爾薩克走向克麗斯蒂安娜，小聲地請求她給他機會讓他們能單獨談談，但是克麗斯蒂安娜告訴他，她要陪伴她的丈夫。實際上，貝爾納爾．德布里奧克斯一個人坐在角落裡，翻著一本雜誌，似乎周圍發生的任何事情都與他無關。他的表情憂鬱，不知道在為什麼事情而煩心。不過，當克麗斯蒂安娜走過去要他陪她出去走走的時候，他很快就答應了。

德．奧爾薩克、瓦諾爾、布瓦若瑞和德布里奧克斯夫婦一行人向河邊走去，夜風送來青草的芳香和還未開敗的玫瑰花的香味，不遠處河水嘩嘩流動的聲音在夜色中更加清脆悅耳。

河岸上的燈都亮著，可以看見布雷松和蕾歐妮小夫妻倆正坐在木筏裡。布雷松用一根長竿撐著木筏，蕾歐妮彈著吉它，唱著小曲，這情景浪漫而又溫馨。

布瓦若瑞被清涼的河風吹冷了，他回去穿了件外套，順便為德．奧爾薩克帶了件斗篷來，因為天空開始下起小雨。德．奧爾薩克一直在尋找機會與克麗斯蒂安娜單獨待在一起，但每次都被她巧妙地躲開了。後來她的丈夫貝爾納爾與瓦諾爾談著活沿著河邊走遠，伯爵趁此機會攔住了克麗斯蒂安娜。

「你幹什麼？」克麗斯蒂安娜很生氣，俏臉漲得通紅。

「怎麼，你害怕了？」伯爵似笑非笑。

克麗斯蒂安娜環顧四周，似乎想叫喊，但眼前這種情形，這樣做還是有些不妥。於是，她只好選擇沉默。雨突然下大了，伯爵拉著克麗斯蒂安娜躲進附近的鴿棚，布瓦若瑞也不知從什麼地方衝了進來。

「天啊，好大的雨啊！」布瓦若瑞大聲地叫著。

這個破舊的，用茅草蓋成的鴿棚根本就遮不住什麼雨，雨水仍然淋到了他們的身上。

「不行，我們應該回去。」布瓦若瑞躍躍欲試，他又想衝出去。

克麗斯蒂安娜突然緊緊地抓住了他的胳膊，她不想單獨跟德．奧爾薩克待在一起。

「與其在這兒淋雨，不如出去淋雨，我得回去換衣服。」布瓦若瑞說。

「你說得對，瞧你的衣服全淋濕啦。」德．奧爾薩克看著布瓦若瑞，把自己的斗篷遞過去，「這樣吧，你先帶上它走吧。」

這時，布雷松夫婦又奔了進來，他們也全身濕透。

「你知道嗎？」布雷松問伯爵。

「知道什麼？」

「我剛才看到有人從書房的窗戶跳出去！」

「是嗎？」伯爵大笑起來，「你們夫婦倆還想繼續玩剛才的遊戲？在客廳裡，蕾歐妮已經把我唬弄夠啦！」

「不，那時天上還有月亮，我真的看見……」

「算了吧，你跟蕾歐妮一樣，總是喜歡幻想。」德．奧爾薩克打斷布雷松的話，他現在所有的注意力都在克麗斯蒂安娜身上。

雨變小了些，布瓦若瑞等不及先走了，布雷松夫婦也離開了。克麗斯蒂安娜堅持要回去，德．奧爾薩克只好跟她一起走出鴿棚。

在回城堡的路上，德．奧爾薩克看見夫人的貼身女僕雅梅莉婭神色慌張地走過來。

「發生什麼事？」伯爵問道。

「夫人到現在還沒有回來。」

「她不是一直在自己的房間裡睡覺嗎？」伯爵覺得很奇怪。

「下雨之前夫人就帶上她的淺灰色短斗篷出去了。」

「去哪兒了？」

「我看見她往河邊走的。」

「那你再到附近仔細找找。」伯爵在心裡埋怨露西安娜不該在這種惡劣的天氣到處亂走。

德．奧爾薩克和克麗斯蒂安娜一起走到城堡的前廳，克麗斯蒂安娜想逕自回到自己的房間，卻被德．奧爾薩克拉住了。他不管她如何反抗，直把她拉到他的書房才放開了手。

「你到底想怎麼樣？為什麼老是纏著我不放？」她責問他。

「你是真的不明白，還是假的不明白？」他注視著她，臉上呈現出痛苦的表情，「自從幾個月前，我的中學同學貝爾納爾．德布里奧克斯把你介紹給我認識之後，我就再也無法把你從我的腦海中抹去。我無法控制對你的感情，每當見到你時，我就忍不住想對你訴說我對你的仰慕和思念……」

克麗斯蒂安娜靜靜地聽著，看不出她是否在意伯爵所說的每一句話。

「只要有看見你的機會，我都從不願放過。」伯爵繼續說，「我到你家，到你經常出現的場合，為的只是想多看你幾眼，多和你說幾句話，讓你知道我對你誠懇的關心。這些你都知道嗎？」

「我知道。」她冷淡地說。

「我想你應該知道，從我對你的態度、行為、話語還有眼神，你都應該體會到的，不是嗎？但是既然你都知道，為什麼還是對我這樣冷漠，對我所做的一切視若無睹呢？」說到這兒，德·奧爾薩克的語氣有些不滿和憤怒了。

「那你要我怎樣呢？」她答道，「我有自己的丈夫，我愛我的丈夫！」

「不要向我提起他，」他憤憤地說，「我討厭他！」

「我明天就離開這裡！我想我已經不能再忍受你了。」她看也不看他一眼。

「你會這麼快就走嗎？我不相信。」德·奧爾薩克冷笑道，「那你根本就不應該來這裡！你為什麼又要來呢？」

「是你和你的夫人再三邀請……」

「你可以堅持不來，但你還是來了！這證明你願意給我機會，證明你內心深處並未真正拒絕我的愛……」

「不，我沒有這麼想，」她打斷他的話，「我來是因為我的丈夫接受了你們的邀請，我尊重他。」

「你有理由拒絕，但你並沒有！你為什麼不拒絕？你早知道我的愛情，卻還把你自己帶到了我的面前。你這麼做難道不是對我愛情的認可，對我愛情的回應？」

「住口！你怎麼能這麼說！你怎麼能這麼說！」克麗斯蒂安娜的身子因為激動和憤怒而微微發抖。可是德·奧爾薩克並沒有理會她，自顧自地說出更驚人的話語。

「你這麼做是因為你也愛上了我！」

克麗斯蒂安娜幾乎不敢相信自己的耳朵，她不相信世界上會有這麼無恥的人，竟能說出這麼無恥的話。「你錯了，你完完全全、徹徹底底的錯了！」她態度堅決地說，「在我身上根本找不出一點愛你的影子！」

他一把抓住她的胳膊，說道：「如果你不愛我，為什麼我看著你時你不敢看我？如果你不愛我，為什麼會害怕和我單獨待在一起？」

伯爵不給克麗斯蒂安娜絲毫爭辯的機會，突然緊緊地抱住她，將她壓倒在後面的沙發上，開始瘋狂地親吻。克麗斯蒂安娜拚命地掙扎，終於用盡全力掙脫開來。她站起來，一字一句地說：「我決定了，明天就離開城堡！」她的神情就像一隻受傷的羔羊。

德·奧爾薩克沉默了半晌，才艱難地開口說道：「如果我們都是單身，你會改變對我的態度嗎？」

「但你不要忘記我們都不是單身！你有自己的妻子，我有自己的丈夫。」她提醒他，「希望我們都把今天的事情忘記，也希望我們以後不要再見面了。」她的話語十分平淡，卻不容置疑。

客廳裡響起了腳步聲，有人往這邊走來。德·奧爾薩克迎上去，是瓦諾爾和布瓦若瑞。

「你們看見露西安娜沒有？」他問他們。

「她不是早就回房休息了嗎？」兩人很驚訝。

「她的貼身女僕看見她出去了。」

「我們應該都出去找找！」克麗斯蒂安娜提議道。

貝爾納爾·德布里奧克斯這時也走了進來，德·奧爾薩克又向他詢問，但仍然一無所獲。

她的話音剛落，廚師拉韋諾和他的妻子雅梅莉婭匆匆趕來彙報，說還沒有找到夫人。

「說不定夫人過了橋，進了樹林。」雅梅莉婭猜測道。

「再找找看，」德·奧爾薩克喃喃道，「她怎麼會一個人走到樹林裡去呢？」

德·奧爾薩克像是突然想起了什麼，他走到裝有保險箱的壁櫥前。壁櫥的門沒有關緊，顯然是被人動過。

「拉韋諾，我不是讓你叫人來修鎖嗎？」伯爵怒氣沖沖。

「我還沒來得及……」拉韋諾戰戰兢兢地回答。

「瞧，花瓶怎麼也倒了？」德．奧爾薩克扶起花瓶，流在大理石桌面上的水弄濕了他的手。

「我們出去時，有誰進來過嗎？」他問。

「沒看見任何人進來，先生。」拉韋諾說。

德．奧爾薩克有些心神不寧，其他幾位客人也因此侷促起來，女主人的遲遲不歸，讓大家的心情都不太好。布雷松夫婦回來了，見此情形，兩人企圖讓大家做一些遊戲，活躍一下氣氛，但沒有人回應他們。大家都保持著沉默。

「看來是我的預言實現了。」蕾歐妮故意這樣說，以激起大家的熱情。

布雷松也說：「我看見有人從這扇窗戶跳出去。避雨的時候，我對伯爵講過。」

這一次德．奧爾薩克沒有反駁，布雷松的所見、沙發的移動、花瓶的翻倒……似乎並不僅僅是一個巧合。然而又能從這有限的事實中看出些什麼來呢？德．奧爾薩克並沒有想起數天以前在這裡發生的神秘事件，那個驟然闖入他房間的陌生人。

「你們仔細想一想，到底有沒有什麼可疑的人進來過？」德．奧爾薩克轉向僕人們。

雅梅莉婭有些猶豫，想了半天，她才吞吞吐吐地說道：「我和拉韋諾站在臺階上觀看河邊的燈光時，偶然回過頭，好像看見有一個影子掠過客廳，但也許是我看錯了……」

「這正和我看到的相吻合。」布雷松說。

「拉韋諾，」伯爵命令道，「你去看看窗戶外面有沒有腳印。」

拉韋諾照伯爵說的去做，但因為剛剛下過一場暴雨，並沒有發現什麼腳印，不過附近的花草倒得很厲害，不像是被風吹的。

「這倒奇怪了，」布瓦若瑞露出迷惑的神情，「如果真有什麼人潛入城堡的話，他為什麼偏偏要從這扇窗戶逃出去呢？」

「因為只有這兒才有吸引他的東西。」瓦諾爾搭腔了。

「這兒嗎？」

「對，因為這間房子裡安放著保險箱。」瓦諾爾的話似乎提醒了每個人。

「可是一直以來我並未放什麼重要的東西在裡面，那裡面只有一些無關緊要的文件、一些收據、一些廢發票……」德．奧爾薩克邊說邊回想。

拉韋諾還打著手電筒在窗外勘察，這會兒他從窗口遞進來一樣東西——是一把鑰匙。

德．奧爾薩克接過這把鑰匙，發現和他保險箱的那把鑰匙一模一樣。但是怎麼可能呢？就算這把鑰匙是罪犯留下的，但他並不知道保險箱的密碼。奇怪的是這把鑰匙是從哪兒來的？他自己的鑰匙還好好地掛在身上啊！

「你打開保險箱看看吧。」客人們都建議道。

「沒必有！不可能有人打得開保險箱的。」德．奧爾薩克喃喃自語，但嘴裡這樣說著，他還是忍不住打開壁櫥，蹲下來撥動著保險箱上的數字盤。保險箱打開了。

「天啊，居然不見了！」德．奧爾薩克有些不相信自己的眼睛。

「什麼東西不見了？」

「前不久我放在裡面的一疊證券。」

「證券？」

「是的，我昨天還看見它們在裡面，但今天都不見了，這些證券價值五十多萬法郎……」德．奧爾薩克怔在了那裡。

客人們小聲地討論著，有的主張去報案，有的卻說先不要驚動警方。瓦諾爾似乎生性膽小，被這場意外事件弄得緊張不已。而貝爾納爾卻不以為意地說：「五十多萬法郎對伯爵而言只是一筆小數目，應該不會這麼著急吧。」

德．奧爾薩克已經恢復了平靜，他正在凝神默想，思考發生盜竊案的種種可能。可是無論他怎麼思慮、分析，卻始終想不明白一個問題，那就是：保險箱的密碼百分之百只有他一個人知道，除他之外，世界上絕沒有第二個人知道的可能，然而事實卻讓人震驚，保險箱確實是被人打開了！

「德．奧爾薩克，或許你應該想想過去發生的一些事情。」布瓦若瑞關心地說。

「你的意思是？」德．奧爾薩克抬頭問道。

「你應該想想，當你把證券放進保險箱的時候，有沒有被什麼人看到？還有，你開保險箱的鑰匙是不是一直在你的身上，從來沒有離開過？」

「當然，」德．奧爾薩克十分確信地說，「沒有人知道我最近在保險箱裡放了一疊證券。至於鑰匙，更沒有人會擁有第二把。」

「你這麼肯定？」布瓦若瑞聳聳肩，說道，「那麼你身邊親近的人呢？可不可能知道？比如你的妻子。」

「我的妻子？」德．奧爾薩克搖搖頭，「不，證券的事我沒有向她提過，鑰匙我也沒有給過她。」

「你最好還是親自問問她吧！萬一你遺漏了某個細節。」

「是的，我會問問她的。但是現在她究竟到什麼地方去了呢？怎麼還不回來？」提起露西安娜，德．奧爾薩克又開始焦躁不安。

「德．奧爾薩克，」瓦諾爾若有所思地說道，「也許夫人的突然失蹤跟這個盜竊案正好相關。說不定罪犯正是利用我們都到外面去的時機潛進城堡來的。」

「這怎麼可能？」德．奧爾薩克立刻表示反對，「這根本就是完全不同的兩件事！」

看來瓦諾爾是被蕾歐妮的預言迷住了，才會那樣說。客人們都儘量避免那麼想，目前最要緊的是把女主人找到。

「還猶豫什麼，我們都出去找她吧。」克麗斯蒂安娜說道。

「對，」德．奧爾薩克回應著，「走吧！」

於是大家出了書房，穿過前廳。正向外面走時，拉韋諾突然氣喘吁吁地跑上來，在他身後還跟著園丁昂托瓦納，看來他們一定發現了新情況。

拉韋諾把昂托瓦納拖到伯爵跟前，讓他自己說。

「我……我看見過伯爵夫人，她……她披著灰色的斗蓬往瀑布上邊的小橋去了。」昂托瓦納說。

「她怎麼會到橋上去？難道她不知道那座木橋早就破損不堪了嗎？」德．奧爾薩克跺著腳說道。他吩咐拉韋諾把河邊的燈打開，然後急忙往瀑布那邊跑去，大家也都緊跟著往那邊去。

「露西安娜！露西安娜！」伯爵瘋狂地呼喊著。

可是橋上靜悄悄的，一個人也沒有，只聽見風「呼呼」吹過的聲音。橋上的欄杆雖然不牢固，但還是好好地豎立在那裡，沒有任何破損的痕跡。

大家分頭到樹林裡、河岸邊，甚至城堡外的小路上尋找，仍然什麼線索也沒發現。

德．奧爾薩克呆呆地站在河邊，望著奔流不息的河水，心中充滿了莫名的恐懼和擔憂，盤桓在腦中的只有一個痛苦的問題：露西安娜到底在哪裡？到底在哪裡？

「先生……伯爵先生……」德．奧爾薩克隱隱約約地聽到城堡的盡頭有一個聲音在呼喚自己，起初他以為自己聽錯了，沒有理會，可後來聲音越來越清晰，越來越真切，他趕緊循著聲音的方向跑去。

原來是女僕雅梅莉婭在呼喚他，看見伯爵跑過來，她激動地說：「先生，我們都弄錯了！」

「怎麼了？」德．奧爾薩克緊張地問道。

「我看錯了，園丁昂托瓦納也看錯了。原來先前出去的人不是夫人，而是洗衣服的老婆婆貝爾塔。我剛剛碰見她從外面回來！」

「你……你說什麼？」

「喔，先生，你千萬別生氣，只因為貝爾塔當時披的正是夫人的那件淺灰色斗篷，我們才會認錯。剛才我已經責問過她了，她說是夫人早就允許她可以穿那件斗篷的……也難怪，她今天正好要出去，這樣惡劣的天氣正需要那樣一件斗篷……」雅梅莉婭還想把事情的原委解釋得更清楚些，但伯爵揮了揮手，示意她別再講下去了。

「好了，我知道是怎麼回事了，那夫人現在在哪裡呢？」

「我想既然剛才出門的不是夫人，那她應該還在自己的房間裡休息吧。夫人跟我說過她很累。」雅梅莉婭回答道。

客人們都趕過來了，正好聽到雅梅莉婭的解釋，大家頭腦裡那根緊繃的弦終於放鬆下來。

「真是虛驚一場，我還以為……」蕾歐妮本來想說自己的占卜應驗了，但布雷松瞪著她，她沒敢再說下去。

「這可真是太好了！女士們，先生們，讓我們輕輕鬆鬆地回城堡吧。」布雷松叫道。

「是啊，」克麗斯蒂安娜點著頭，「我覺得現在的空氣格外清新。」

眾人回到城堡，德．奧爾薩克走在前面，他上了主樓梯，打算去看看他的妻子。

「伯爵夫人不是在睡覺嗎？你幹嘛要去打擾她？」布雷松說。

「嗯，」伯爵想了想，道，「你說得對，就讓她好好休息吧。」他走下樓梯，穿過客廳，來到書房。布瓦若瑞和瓦諾爾正在那裡爭論著什麼。

「儘管這裡發生了一起盜竊案，不過比起女主人的失蹤來說卻根本算不得什麼。現在，既然女主人還好好的，我們應該感到慶倖才對。」布瓦若瑞說道。

「是嗎？我看未必！」瓦諾爾冷冷地說。

聽了這話，布瓦若瑞幾乎要跳起來：「你這是什麼意思？」

「我的意思是事實未必像你認為的那樣。」瓦諾爾依然不冷不熱地說道。

「我看你是瘋了！不然就是給什麼鬼東西迷了心竅！」布瓦若瑞指著瓦諾爾氣憤地說。

德．奧爾薩克似乎不願理會他們的談話，他獨自站在壁櫥前，瞅著保險箱發呆，過了好一會兒，才重重地歎了一口氣。

「怎麼了？」布瓦若瑞走上前，關切地問道。

「我還是在想，不可能，這個保險箱怎麼會被人輕而易舉地打開呢？那人怎麼可能擁有鑰匙，又怎麼可能知曉密碼呢？」

「這的確是一件非常奇怪的事情，」布瓦若瑞說道，「不過這個世界上本來就有很多怪事，你怎麼能把每件事情都弄個水落石出呢？」

「可是這件不一樣，」瓦諾爾反駁道，「我們有必要再仔細權衡一下整個事件，你們難道不覺得這中間有許多值得深思的細節嗎？」

「你是指什麼？」布瓦若瑞的語氣充滿著不屑。

「你們不會忘記我們外出回來所看見的那些事實吧？沙發移開了、花瓶打翻了、保險箱裡的東西不見了……還有布雷松和雅梅莉婭都看見的那個人影。難道我們對這些事實都視而不見，置之不理嗎？」瓦諾爾頓了頓，似乎在給大家時間回憶和思考。然後他又接著說道，「我認為應該報警，我們沒有理由對罪犯姑息縱容，任他逃之夭夭。而且還有一件事情應該先弄清楚——我們有必要去看看伯爵夫人。要知道保險箱失竊時，只有她一個人待在這裡，她的安全難道不值得我們擔心嗎？」

聽了這番話，德．奧爾薩克不禁打了一個寒顫，瓦諾爾說得有道理，他要不要上樓探望一下她呢？書房設置的樓梯正好與露西安娜的小客廳相連，從這裡仍然可以到達露西安娜的臥室，德．奧爾薩克沿著樓梯慢慢地往上走。

「還是別去了，你會吵醒伯爵夫人的。」是蕾歐妮在對伯爵說。

「不，我得去看看她。」伯爵說著，加快了腳步。其他人都待在那裡沒有動，只有布瓦若瑞緊跟了上去。

露西安娜的臥室門並沒有關嚴實，德．奧爾薩克在門口停住了，布瓦若瑞已經來到他的身邊，他們互相看了一眼，布瓦若瑞示意他進去。德．奧爾薩克輕輕推開虛掩的門，扭亮了電燈。

客人們忐忑不安地靜候著，突然從樓上傳來一陣刺耳的叫喊聲。大家知道一定是出事了！可是到底會出什麼事呢？客人們紛紛衝上樓去，眼前的一幕把他們全部嚇傻了。

德．奧爾薩克正緊緊地抱著他的妻子，嘴裡不停地叫喊著：「露西安娜，你怎麼啦？你怎麼啦……」

露西安娜的身體已經被布瓦若瑞罩上了一層床單，只露出蒼白的頭顱。德．奧爾薩克望著這曾經與他朝夕相伴的面孔，歇斯底里地叫道：「是誰殺死你的？是誰……」

布雷松和瓦諾爾走上前去勸解，克麗斯蒂安娜和蕾歐妮站在門口被嚇得一動也不敢動。

布瓦若瑞舉起一把匕首對大家說：「我們進來的時候就看見這把匕首插在露西安娜的頸上，這可怕的東西，它就這樣要了她的命！」

「唉，」布瓦若瑞深深地歎了一口氣，接著說道，「可惡的兇手，竟然連這麼一個善良的女人也不放過，她遇害的時候還在數著念珠呢……」

的確，大家看到，屋子裡全是散落的念珠，這些念珠幾乎全被鮮血染透了。

3 緊張的審訊

這是一個難得的好天氣，天空澄清，陽光明媚，真讓人不願把這樣的好天氣與血腥事件聯想在一起，可是來來往往的警員們卻時時讓人記起昨天夜裡發生的慘案。

整座城堡都已經被警方控制起來，城堡中每個人的一舉一動都受到警察的嚴密監視。

代理檢察長上午九點鐘坐車抵達城堡，預審法官魯塞蘭先生早已在那裡等候。兩人第一次合作，見面後免不了一陣寒暄。

魯塞蘭先生個兒不高，身形偏胖，禿頂，兩眼極有神采。他上身穿一件淺黃色羊毛衣，下身穿一條灰布褲，乍看，和普通市民相差無幾。代理檢察長曾聽說魯塞蘭是一個脾氣古怪、不易相處的人，但今天見到他隨和的外表不由得消除了幾分顧慮。要知道兩位能不能精誠合作，直接關係到整個案情的進展。

審訊的地點被設置在書房，因為這裡與城堡的多個地方相銜接，有利於進行勘測調查，書房門口專門安排了兩名警察把守。代理檢察長和預審法官魯塞蘭先生在書房裡就案件分別發表了各自的看法和觀點，並針對案情交換了各自的意見。

代理檢察長是從警察總隊隊長的電話中獲知案件的大概情況的，所以有些細節並不是很清楚。而魯塞蘭先生則是經過實地考察和取證得出自己的結論的，因此分析起案件來顯得頭頭是道。

魯塞蘭先生認為這個案子存在著兩個極大的問題，從而給破案增添了一定的困難。一個是死者的屍體被隨意移動，另一個是殺人的兇器被許多人觸摸過，無法從中查出兇手的指紋。

代理檢察長問及兇器是什麼樣時，魯塞蘭告訴他那只是一把普通的小尖刀，而這把刀是伯爵夫人平時裁書頁用的，沒想到這件再普通不過的家用工具竟成了致命的兇器。至於那些被鮮血染紅的念珠，魯塞蘭先生當然也將之作為細節提到了，儘管它並不是立案的重點。

當魯塞蘭敘述了代理檢察長原本並不太清楚的情況後，就顯得有些意興闌珊了。看起來，他好像對這樣的案件不怎麼感興趣。正好禮數周到的女僕雅梅莉婭送來一大瓶酒，他立刻堪上滿滿的一杯，將它一飲而盡。

喝了酒之後，魯塞蘭先生竟然不再談論案子，他開始向代理檢察長講述他的業餘生活、興趣愛好。他告訴代理檢察長他很喜歡釣魚，還提到怎樣的河流適合釣魚，以及在哪兒才能釣到好魚等等。

代理檢察長被魯塞蘭的做法迷惑了，他提醒他應該儘快把這件兇殺案作個了結。魯塞蘭先生聽了卻哈哈大笑起來，像喝醉了酒一樣。而實際上他不可能醉，他只不過才喝了一杯酒而已。他對代理檢察長說，這只是一件普通的竊盜殺人案，這樣的案件他早已司空見慣，根本拿不出什麼激情。

當然，代理檢察長對魯塞蘭的心情很理解，畢竟魯塞蘭先生已從事檢察工作多年，經驗豐富，成績顯著。而他卻是最近才上任，在閱歷和能力方面比起魯塞蘭先生，他自認是略遜一籌。

「那麼，請問什麼樣的案件才能激發你的熱情呢？」代理檢察長用尊敬且小心翼翼的口吻詢問魯塞蘭先生。

魯塞蘭又為自己斟了一杯酒，然後說道：「我不喜歡僵化生硬的事物，我崇尚新鮮和變動。你想，如果案件總是一成不變，老走套路，這還能給破案帶來什麼樂趣呢？所以我真希望這件案子能有一些新奇刺激的線索湧現，比如為愛情而引發的犯罪，或者第三者的介入等等，這些都可以為乾癟枯燥的案情注入一絲活力。同時難免會勾起我們對昔日往事的美好回憶，讓我們的感情滲透其中，在辦案的過程中就會真正的投入進去，而我們的智力也將會隨著感情的激越而變得高深莫測……」魯塞蘭先生滔滔不絕地說完這些話之後，端起剛才倒好的那杯酒，一口喝乾，又接著說道，「可是我們目前面臨的這起案子實在是太平凡、太乏味了，從我來到這裡就開始費心搜集那些人證、物證，幾乎就沒有一件可以令人怦然心動的東西，這真叫人鬱悶！」

代理檢察長望著魯塞蘭，似乎這才真正認識他。他不得不承認，魯塞蘭先生的確是一個思維習慣和處事態度都十分古怪的人，但同時他也知道，魯塞蘭雖然行事刁鑽古怪，看問題的方式異於常人，不過卻算得上是一個心地善良、秉性正直的法官。

魯塞蘭帶著無可奈何的神情歎了一口氣，說道：「無論如何，案子還是要接著調查下去。我們不能對無辜的死者置之不理，所以必要的時候總得收起個人的喜怒和性情，你說是嗎？代理檢察長先生？」

代理檢察長點頭表示贊同，看來魯塞蘭先生果然不是那種讓人失望的法官。

警察總隊隊長把醫生的檢查報告呈了上來，從醫生的報告裡並沒有發現其他特別的線索，只能證明伯爵夫人的確是他殺，而非自殺。

警察總隊隊長也奉命去勘查了周圍的環境，不過這似乎對案情並沒有什麼特別大的幫助。

「你仔細盤問過城堡裡的每一個人嗎？」魯塞蘭先生問警察總隊隊長。

「除了幾位客人，我都細緻地查問過了，尤其是那些僕人。不過，他們看上去都不像是那種胡作非為的人。而且他們中的大多數人都是我以前就認識的老熟人，我對他們是再了解不過了，他們的為人絲毫不值得懷疑。只是有兩個新來的我不太拿得準，他們是廚師拉韋諾和他的妻子雅梅莉婭。」

魯塞蘭先生當然對這位剛才給他送酒的漂亮女僕很有印象，他問道：「你是說他們值得懷疑？」

「也不是，他們在城堡以及城堡附近的名聲都不錯，是備受主人喜愛的、出色的僕人。」

「這樣說來，城堡中所有的人都品行端正囉？」

「基本上可以這樣認為。」警察總隊隊長好像對他轄區的人們懷有很大的自信。

「難道他們之中就沒有一個思想行為偏離軌道的人嗎？比如有沒有私通、幽會之類的事情發生呢？」

警察總隊隊長睜大眼睛，迷惑地望著魯塞蘭先生，似乎覺得他的話太不可思議。魯塞蘭先生看著警察總隊隊長的樣子，感到很好笑，但他還是竭力忍住了。

「我想應該把客人們找來好好談談了，他們都還在嗎？」代理檢察長說道。

「客人們正對我們限制了他們的活動自由感到很不滿，他們都想離開呢。」隊長回答道。

「他們現在都還在客廳嗎？」魯塞蘭先生問道。

「是的。」

「那把他們都請進來吧！」

警察總隊隊長應命出去了。魯塞蘭先生和代理檢察長趁機在書房裡轉了轉，對書房的佈置作了一番觀察，特別對保險箱和窗戶研究了一陣子。

客人們都進來了。瓦諾爾、布瓦若瑞兩個單身漢走在前面，布雷松夫婦、德布里奧克斯夫婦走在後面。平時沉默少言的瓦諾爾這時好像突然變得很暴躁，他向法官們提出要立即離開城堡。當然他的要求是絕不會被准許的，在案件沒有水落石出之前，任何人都不能離開城堡。

魯塞蘭先生非常禮貌地對每一位客人說道：「我們非常希望能獲得你們的幫助，相信你們每一個人的證詞對案件都是十分有用的，但願你們能體諒我們的苦衷，很好地配合我們的工作，這樣我們將對大家表示莫大的感激。」

法官的話已經說得很明確，客人們都知道，要在結案之前離開這兒是不可能的了。儘管待在一個剛剛發生了兇殺案的地方令人很不舒服，但大家別無選擇。

訊問開始了，魯塞蘭法官的第一個訊問物件是布瓦若瑞。

「兇案發生期間你在哪裡？」魯塞蘭問布瓦若瑞。

「我和大家一起在河邊參加活動。」

「但是，據隊長的調查報告中說，你失蹤過十分鐘。」

「失蹤？」布瓦若瑞氣憤地說，「虧你們想得出用這兩個字眼！我的確離開過一會兒，但我只是回去取一件外套。當時天氣變冷了，有下雨的跡象，我受不了河風的侵襲才轉回去拿衣服。我拿上衣服了，順便幫德．奧爾薩克帶了一件斗篷就立刻回來了。」

「只是取外套嗎？有誰能證明你沒有在城堡裡幹其他事？」代理檢察長問道。

「天啊，你們難道以為我是超人嗎？那麼短的時間我能幹出什麼事來？」

德．奧爾薩克在這時突然走進來了，在這之前，他一直待在自己的臥室裡沒有出來過。他看起來像變了一個人似的，頭髮凌亂，兩眼佈滿了血絲，面龐也失去了以往的神采。任何人都可以看出他在這場兇殺案中所遭受到的重大打擊，他妻子的慘死必定使他感到前所未有的痛苦。

布瓦若瑞看到德．奧爾薩克就像看到救星一樣，他一把拉過伯爵，說道：「剛才的談話你都聽見了嗎？你告訴他們，我昨晚是不是只是回城堡去取外套。」

「是的，」伯爵對調查者們說道，「他一到河邊就冷得受不了，然後去取外套。因為他還幫我帶了件斗篷，所以我記得很清楚，他離開的時間很短，最多夠一去一回。」

布瓦若瑞如釋重負，他長長地舒了一口氣，像逃脫了一場大難一樣。

「看來這個案子的細節問題實在是不少，事情的真相需要耐心地考察才能弄清楚。我們既不能冤枉了無辜者，也不能讓真正的罪犯逃脫，因此對每個人的一舉一動我們都不能輕易放過。審訊當然還得繼續進行下去。」魯塞蘭先生嚴肅地說道。

代理檢察長走近魯塞蘭，悄聲詢問他：「為什麼要把大家召集在一起查問呢？這樣很容易把場面搞得亂七八糟。照常理，應該對他們進行單獨審問，然後再對比他們的口供，這樣對立案不是更可靠一些嗎？」

魯塞蘭先生微微一笑，低聲說道：「我是特意如此安排的。我不想老是延誤時間，把他們集中在一起公開審訊，既可以節約時間又有利於矛盾的激化。他們在這樣的氣氛中容易淡化自我保護意識，可能會說出一些他們自己也意想不到、對案情有利的話來。」

代理檢察長聽了這番解釋便不再多說什麼，大概他多多少少還是認為魯塞蘭先生的話有些道理。

魯塞蘭先生對伯爵說道：「我把你的客人們都召集在這裡來了，因為案發期間他們都在城堡，有必要查證他們是否與這場案件有關聯。」然後他把目光掃向大家，接著提問，「昨天晚上你們是一起到河邊去的嗎？」

「不，」布雷松先生首先答道，「是我和我的夫人最先到達那裡。那時河岸上的燈已經被我們打開了，我們撐著木筏，唱著小曲，享受著靜謐而美好的夜晚。」

「後來呢？」

「後來其他的人都一起來了，瓦諾爾、布瓦若瑞、德布里奧克斯夫婦以及德．奧爾薩克都來了。」

「你留意到他們到達河邊後都在做什麼嗎？」

「這倒沒有注意，」布雷松先生回想道，「撐木筏的時候是不能太分神的。」

「那你呢，布雷松夫人？你當時不正在悠閒地哼著小曲嗎？」魯塞蘭先生轉向蕾歐妮問道。

「是的。不過我留意了他們一會兒，我看見德布里奧克斯先生向瓦諾爾借打火機用，然後兩個人一起沿著河岸走遠了，以後我就沒有怎麼留心岸上發生的事情了。」蕾歐妮答道。

「的確，」瓦諾爾認可道，「我和德布里奧克斯先生一起到山洞那邊避雨去了。」

「伯爵先生，請允許我問一下，你當時又是和誰待在一起呢？」魯塞蘭先生問德．奧爾薩克。

「貝爾納爾和瓦諾爾走了之後，我和德布里奧克斯夫人仍然留在那裡。後來下起了雨，我們就一起到附近的鴿子棚裡躲雨，直到雨變小了，我們才動身回城堡。」

「你們回去的時候是幾點鐘？」

「十點十五分左右。」伯爵答道。

「那麼，布雷松先生，你看見有人從窗戶上跳下來又是什麼時候？」魯塞蘭把目光轉向布雷松。

「將近十點，因為我看見人影以後沒過多久，就聽見城堡的大鐘敲了十下。」

「嗯，很好，現在關鍵的問題是，作案人是如何進入城堡而未被發現呢？」魯塞蘭繼續問道。

「我查看過城堡的地下室，發現昨晚那裡的矮門沒有上插銷，從那裡可以進入城堡，經過餐廳，來到這兒的。」德．奧爾薩克說。

「這樣看來，那人很可能是從那扇矮門潛入城堡的，作案後又從窗戶逃走。」

這時警察總隊隊長進來報告，說在小山洞盡頭的圍牆邊發現一把椅子。據園丁昂托瓦納說，昨天下午的時候它還不在那裡，應該是天黑之後才搬過去的。警察隊長還彙報說，他們從這堵圍牆翻了過去，查看附近的地形時遇見一對農民夫婦，得知昨天傍晚時分，曾有一個女人沿著這堵牆走來走去，後來往火車站的方向去了。

案情有了新的轉機，女人與這個案件很可能有重大關聯。

「既然是這樣，有一件事情我覺得很奇怪，」伯爵向他的客人瓦諾爾和德布里奧克斯發問道，「你們晚上是在山洞邊的路上散步吧，有沒有看見可疑的人經過呢？要知道那人逃跑的時間與你們散步的時間正好吻合。」伯爵開始發揮他的想像，「說不定牆外邊的那個女人正是待在那裡接應罪犯的。」

「我散了會兒步就在第一個山洞停下了，沒再往前走。」瓦諾爾說。

「那貝爾納爾呢？你們不是一直待在一起？」

「不，他仍然接著往前走了。」

「是嗎？」伯爵轉向貝爾納爾，「那你沒有遇見什麼人嗎？」

「當然沒有，」貝爾納爾肯定地說，「就算遇見了，對方也一定會躲起來。」

「那你獨自散步到什麼時候？」伯爵似乎不願放棄這個話題。

「我們大概是在鐘敲了十下之後，又過了一會兒才碰頭的。」瓦諾爾代他答道。

「這麼說貝爾納爾單獨散步的時間正好是小偷從窗戶逃出來的時間，遺憾的是，他怎麼會沒同那人碰上呢？」伯爵的話有些含沙射影。

魯塞蘭先生聽了這些，臉上的表情古怪極了。他朝代理檢察長眨了眨眼睛，低語道：「你瞧，矛盾和衝突不正在展開嗎？」他似乎比先前來勁多了。

克麗斯蒂安娜注視著自己的丈夫，眼神中滿含著期待，她帶著焦急的神情在渴望他說些什麼，以消除內心的恐懼和不安。可是貝爾納爾卻面無表情，他一動不動地站著，好像並不準備為自己表白什麼，顯得異常平靜。

「伯爵先生，你能不能再把自己的意思表達得更明確些呢？」魯塞蘭先生說。

「我想說的剛才都已經說了。」

魯塞蘭先生用敏銳的眼光打量著伯爵，說道：「可是我為什麼老是覺得你還有所保留呢？難道你認為你的保留對這個案子的了結會有好處嗎？」

伯爵猶豫了一下，終於說道：「今天早上，我在小山洞附近的荊棘叢中，發現了一頂我非常熟悉的鴨舌帽。」說完，他饒有意味地看著貝爾納爾。

「你是說那是我的帽子？」貝爾納爾問。

「不錯，我清楚地記得了你打獵的時候頭上戴的正是這頂帽子。而布雷松看到的、從窗子上跳下來的那個人也是頭戴鴨舌帽。」

氣氛頓時變得緊張起來，克麗斯蒂安娜臉上的表情顯得更加不安。

「我是有那麼一頂帽子，」貝爾納爾心平氣和地說道，「不過打獵結束回到城堡之後，我就把它掛在地下室的通道上了，任何從那裡經過的人都可以拿走那頂帽子。你在外邊撿到的這頂帽子，一定是那個潛入城堡的人用來喬裝打扮做完案後扔在那兒的。」

「可是從時間上來說，誰也不能保證，你和瓦諾爾分手之後沒有使用過這頂帽子。」

德．奧爾薩克對貝爾納爾的攻擊是緊迫的，似乎他們之間存在著某種天生的仇恨。

魯塞蘭先生問德．奧爾薩克道：「依你的意思，你好像認為作案的那人不是來自外面而是內賊？」

「種種跡象表明作案人不太可能從外面進來。第一，城堡和圍牆有一定的高度，就算有辦法上得了圍牆，要想跳到另一邊去卻很困難。所以隊長發現的那把椅子很可能是用來與外面接應，而不是借助它逃跑的。第二，作案的人好像很了解城堡中的狀況，知道什麼時間會有什麼安排、知道什麼時候城堡裡將沒有人。」

「你分析得很有道理，」魯塞蘭先生點頭道，「也就是說所謂的罪犯或許就是城堡中的一員，或許就是客人們中的一個，甚至是我們盤問過的某個對象……」

案情的眉目越來越清晰，最後的答案可能就會在極短的時間內顯現。

警察總隊隊長又有新的情況向預審法官彙報，他說他已派人去查了農民夫婦在城堡附近見到的那位女人的去向。據警察們的調查，那位女人的確去了火車站，上了晚上十一點半開往巴黎的火車。車站的售票員說她的手上拿著一卷用報紙包著的東西，從報紙的縫隙裡，可以隱隱約約地看見一些帶有黃色圖案的紙張。

「是的，一定是的！」伯爵激動地說道，「那卷印著黃色圖案的東西一定就是我遺失的證券！」

「所以作案的過程應該是這樣：作案人趁沒人的時候潛入書房，拿到證券後匆忙由窗戶處逃離，然後從草坪經過，上了山洞邊的小路，到達圍牆，利用事先預備在那兒的椅子把這疊證券遞給他的共謀，最後再裝作若無其事的樣，沿著山洞回到大夥兒身邊。」

「讓我們計算一下做完這些事總共需要花的時間，嗯，大概僅要十分鐘就足夠了。」魯塞蘭先生補充道。

「是的，」伯爵說道，「很明顯，那人很熟悉城堡的地形，所以才能在短短的時間裡做這麼多事情而不被任何人撞見。試想，如果那人不是十分熟悉城堡的生活，又怎麼會把這一切事情都進行得那麼順利呢？而且，我先前一直沒想通的一個問題現在也終於明白了。」

「什麼問題？」魯塞蘭問道。

「當我剛剛發現證券遺失不見的時候，覺得很不可思議。因為保險箱的鑰匙只有我才擁有，保險箱的密碼只有我才知道。我當時深感奇怪，怎麼可能會有其他人掌握我的密碼，並想辦法把鎖打開呢？現在我忽然明白了，這幾天來一定有一個人在暗中跟著我、窺探我、偷聽我撥動密碼的聲音，從而推斷出密碼。而這個人一定是跟我非常接近的人，才沒有引起我的警覺和提防。」

「你是不是想明確地告訴我們這個人是誰？」魯塞蘭先生緩緩地說道。

德·奧爾薩克並不急著回答，他開始慢慢敘述起另外的一件事情，但任何人都知道這件事情一定與法官想要的答案密切相關。

伯爵說道：「我認識一位叫蘇爾德納爾的先生，並跟他有業務來往。他常帶些生意來給我做，我總是盡力而為，為他介紹的顧客帶來利潤。但幾個月前有一筆生意，由於我考慮不慎，遭到了巨大的虧損，這便害苦了蘇爾德納爾介紹來的那位顧客。他強烈要求收回他的投資，可債務人蘇爾德納爾根本無力償還。而保證金，即那包證券理所當然還是屬於我擁有。二十天前的一個星期六，我到達巴黎事務所，從我的秘書那裡取回這疊證券帶回家中，並把它們鎖在保險箱裡。這疊證券對不知情的普通人來說毫無價值，但對那位破產的客戶來說卻相當重要。我想只有他才會對它們感興趣，並想方設法從我這兒把它們劫走，而並不管符不符合法律程式。」

「蘇爾德納爾先生的那位顧主是誰？」魯塞蘭問道。

「我也是後來才知道他是誰的，他就是貝爾納爾·德布里奧克斯先生！」

「不可能，絕對不可能！」克麗斯蒂安娜大聲地喊道。

「對，就是我。」貝爾納爾冷冷地說道。

「那麼你承認從我的保險箱中盜走那包證券的人也是你囉！」德·奧爾薩克咄咄逼人地問道。

「為什麼一定是我？」貝爾納爾反駁道。

「是嗎？真的不是你嗎？」伯爵被激怒了，「那好，就算你不承認，我同樣有辦法查明真相！」

他突然衝到電話機旁邊，拿起聽筒，撥動著一連串號碼，電話很快被接通了。

「喂，是德布里奧克斯先生家嗎？」

貝爾納爾的臉色頓時變得鐵青，他請求魯塞蘭先生立刻阻止德·奧爾薩克的荒唐之舉。但魯塞蘭先生無動於衷，相反地，他還走到伯爵的身邊，傾聽他們談話的內容。

「喔，你是德布里奧克斯先生的母親！我是德·奧爾薩克伯爵，德布里奧克斯的妹妹熱爾曼娜還好吧？她在家嗎？」

「真不巧，她昨天下午離開家了，午夜過後才回來，今天一早又出門了。」

「貝爾納爾打獵忙，走不開，他要我代他問問，他妹妹走之前有沒有交過什麼東西給你？」

「有，她交給我一包用報紙包著的東西，讓我好好保管。」

「喔，清楚了，夫人，我會轉告貝爾納爾的。」伯爵掛斷了電話。

「預審法官先生，你都聽到了。從我這兒偷走證券，又轉交給他妹妹帶走的那個人正是貝爾納爾，他母親的話足以證實這一切！」德·奧爾薩克對魯塞蘭先生說道。

「這下你該承認了吧？」伯爵望著貝爾納爾。

「是我拿走了那些證券。」貝爾納爾鎮靜地說道。

當然，在場的每個人都可以感受到貝爾納爾的話並沒有說完，他將自衛並向自己的對手進行反攻。

代理檢察長望著這兩位瞬間反目的朋友，喃喃地說：「是什麼原因讓他們之間有如此深刻的仇恨呢？」

「我不是對你說過嗎？一旦把他們聚到一起，衝突就會不自覺地暴露。至於他們之間為什麼會有如此深刻的矛盾，也許你很快就可以知道了。」魯塞蘭先生信心十足地說。

「預審法官先生，」貝爾納爾開始說話了，「我不得不告訴你，我是怎樣地跌入了一個預先被人設定的陷阱裡。前些日子，我的生意陷入了危機，這讓我萬般焦急和苦惱。我希望能儘快走出困境，因為我不想讓我的生活因此受到侵擾和破壞，更不想讓我的妻子為此擔驚受怕，我認為我作為她的丈夫有責任讓她過上幸福無憂的生活，我必須想辦法振興我的經濟。就在這時，蘇爾德納爾出現在我的面前，他為我尋找到一個資助人。巧的是，他為我引薦的這個人恰巧是我的中學同學，一個我曾一直以為可以完全信賴的人。然而，他不僅未對我提供任何幫助，還在背後操縱、搗毀我的生意，藉由新聞媒體散佈言論攻擊、抵毀我，並且侵吞了我的保證金，又讓我所有的投資都付之東流，害得我走向破產。德．奧爾薩克，你不會想否認你所做的這一切吧？」

「我有什麼理由要讓你破產？這對我有什麼好處！」伯爵喊道。

「當然有好處——因為你想得到我的妻子！」

這句話一說出來，所有的人都感到震驚，克麗斯蒂安娜站在那裡全身發抖，她好像不知道該用什麼辦法保護自己。而德．奧爾薩克的表情突然變得尷尬不已，他怎麼也沒有預料到，貝爾納爾竟會知道這一切、看穿這一切，他一直認為他把對克麗斯蒂安娜的感情隱藏得不露痕跡，只要他和克麗斯蒂安娜不說，沒有人會獲悉這個秘密。可是現在，她的丈夫竟一下子就把自己給揭穿了！

「你不應該把你的妻子牽扯進來！」德．奧爾薩克說。

「怎麼，你心虛了？」貝爾納爾步步逼進，「你不擇手段令我破產，為的就是讓她離開我，你想用你的富足和我的窮困相對比，想用你的金錢誘惑克麗斯蒂安娜奔向你……」

「夠了，不要再說了！」伯爵吼道，場面出現了瞬間的靜默。

過了一會兒，德．奧爾薩克似乎下了重大的決心，他看了一眼克麗斯蒂安娜，說道：「不錯，我愛克麗斯蒂安娜！從我第一眼看到她的那一天起，我就不由不自主地愛上了她！她是那麼漂亮，那麼優雅，她的不同凡響讓她理應過上一種更加高貴的生活。而你，貝爾納爾，能給她的是那麼有限。只有我，可以竭盡所能把我生命中所擁有的一切美好東西都獻給她。為了她，我願意做任何事情！」

「任何事情？」貝爾納爾反唇相譏，「包括使用陰險的手段令我破產？如果是這樣，那麼我拿走那些證券完全是合理的，因為它們原本就屬於我！」

「無論你怎麼說，是你從我這兒偷走了證券，這是違法的！」

「違法的是你，不是我！我從你那兒取回的是我自己的東西。我會搜集你陷害我、使我破產的證據，上法庭控告你！」

指控雙方的衝突已達到高潮，如果不加制止，一場打鬥就要開始。兩位法官都站了起來，他們必須對這兩個人的爭論表態，並進行公正的裁決。然而，兩個人的瓜葛是那樣糾纏不清，究竟應該判定誰有罪呢？

魯塞蘭先生小聲地和代理檢察長交談了幾句，然後命令守門人把警察總隊隊長叫來。他的表情十分嚴肅，似乎警察隊長在此時突然變成了破案的重要一環。幾分鐘後，隊長到了，魯塞蘭先生用其他人都聽不見的聲音和隊長談了好一會兒。他的面龐顯得比剛才更有神采，隊長的到來一定給他帶來了某種令他自信的東西。

他開始講話了：「審訊進行到這裡，這個盜竊案的真相已經越來越清楚。雖然為了進一步弄清情況，調查還將深入下去，但是有一些事實已經得到基本的確認，這幾乎是不容置疑的。」

他停頓了一下，把談話的目標直接指向貝爾納爾．德布里奧克斯：「昨天晚上，你——貝爾納爾先生——趁著城堡中所有的人都待在外面的機會，從河邊返回城堡，通過地下室的那扇矮門進來，經過客廳，來到書房，打開保險箱，拿走了證券。是這樣嗎？」

「是的。」

「倉促中你越窗逃跑，是嗎？」

「我拿走的是我自己的東西。」

「窗處發現的那把保險箱鑰匙也是你扔的？」

「是的。」

「那麼，」魯塞蘭輕輕地咳了一聲，「德．奧爾薩克夫人也是你殺死的，是嗎？」

「不，不是！」貝爾納爾抗議道，「我絕對不是殺人兇手！」

「書房的這道樓梯通往伯爵夫人的小客廳，你有充分的可能前往她的臥室。」魯塞蘭先生沉著冷靜地說道。

「我有什麼理由前往她的臥室？我來到這裡只是為了拿走那些證券而已。」

「可是你不要忘了，你憑什麼拿走那些證券？你有鑰匙嗎？」

魯塞蘭先生的問題突然把貝爾納爾給震住了。

「我沒有。」他喃喃道。

「所以你必須到伯爵夫人的房間，去尋找那把開保險箱的鑰匙。」

貝爾納爾默然。

魯塞蘭先生接著說道：「剛才警察隊長向我彙報了一個新發現，你知道是什麼嗎？」他故意停頓了一下，才說道，「警察搜查了死者的房間，發現那個存放物品的貨櫥非常零亂，很明顯有人在那裡找過東西。貨櫥的最上層本來已經被灰塵蓋滿，卻有新鮮的拂動過的痕跡。而且，有人從那裡取走了一樣東西——就是保險箱的鑰匙。它本來是用繩子掛起來的，可繩子被剪斷了，而從草叢中撿回來的、你扔掉的那把鑰匙上所遺留的線頭，正好與留在貨櫥中的那一段相銜接。貝爾納爾先生，難道不是你為了奪走這把鑰匙而殺害了德．奧爾薩克夫人嗎？」

「是我拿走了那把鑰匙，但我並沒有殺人！」貝爾納爾堅持道。

「先生，昨天晚上所有的人都外出了，其他的通道都上了鎖，只有你可以通過這間書房進入伯爵夫人的客廳和房間。」魯塞蘭先生陳述事實。

「然而我並沒有殺人……」貝爾納爾重複道。

「那麼你是怎麼得到保險箱鑰匙的？」

貝爾納爾不再言語，他的表情顯得很堅定，似乎除了告訴別人他沒有殺人外，其他的話他一個字也不想多說。

克麗斯蒂安娜卻沒有辦法像她的丈夫那麼鎮定，她看起來是那麼焦急惶恐而又無助，她朝他喊道：「貝爾納爾，你怎麼不說話？你應該拿出證據來，讓他們相信你沒有殺人！」

貝爾納爾望著她，說道：「克麗斯蒂安娜，告訴我，你相信我嗎？」他的眼睛裡滿含著期待，好像只有她能給他帶來信心和力量。

克麗斯蒂安娜卻無法回答他的提問，她相信他嗎？這個問題連她自己也無法肯定。面對確鑿的證據，她甚至不想深入去探究，她不能把她的丈夫與恐怖的兇殺案聯想到一起。

魯塞蘭先生吩咐警察總隊隊長把貝爾納爾帶下去，單獨隔離起來。他將作為重大犯罪嫌疑人被警察監守。在貝爾納爾被帶走的那一刻，他仍然帶著期待的眼神向克麗斯蒂安娜頻頻回首，然而她沒有去看他。

4 令人咋舌的真相

一個上午不知不覺地在審訊中過去了，兩位法官留在城堡裡用午餐。侍候他們的是廚師拉韋諾和女僕雅梅莉婭。這頓午餐很令人滿意，在手藝最好的廚師和面孔最漂亮的女僕的侍俸下，兩位法官忘記了審案的疲憊和勞累。

午餐完畢，細心的雅梅莉婭為他們送上濃郁的咖啡，魯塞蘭先生忍不住對她大加稱讚。兩位法官品嚐著美味的咖啡，開始把話題切入案件。

「案子就快結束了。」魯塞蘭先生說。

「結束了？可是我們還不能確認殺人犯就是貝爾納爾。」代理檢察長一臉困惑。

「但是我們已經掌握了貝爾納爾進入德．奧爾薩克夫人房間的證據，這距離最後的答案只差那麼一點點了。亮光就在面前，真相馬上就會被揭穿……」魯塞蘭先生的面色因興奮而發紅。

「怎麼揭穿呢？貝爾納爾已經被隔離起來了，而其他人都待在他們各自的地方，新的矛盾和衝突如何展開呢？」代理檢察長憂心忡忡地說。

「總有辦法把這一切徹底弄清楚的。」魯塞蘭先生顯得很樂觀。

喝過咖啡，兩位法官一起到外面去走了走，順便查看了昨晚貝爾納爾進入城堡時使用的地下室的那扇矮門，還到圍牆附近估測了某些路段的距離，以及貝爾納爾往返這些路段所需的時間。

隨後，他們又走到了河邊。魯塞蘭先生仔細地觀察著四周的一切，突然，他發現在旁邊茂盛的樹林中有一個身影時隱時現。接著，他們看清楚了那是廚師拉韋諾。他小心翼翼地，彷彿在跟蹤什麼人。於是，兩位法官悄悄地跟了上去。

拉韋諾進了前面的一座山洞，緊接著山洞裡傳來一陣叫喊聲。然後是雅梅莉婭躥了出來，她正好撞到迎面趕上來的兩位法官。

「發生什麼事了？」魯塞蘭先生著急地問道。

「快去拉開他們！」雅梅莉婭指指裡面。

兩位法官衝了進去，立刻看到兩名男子正扭打在一起。一個正是拉韋諾，而另一個竟是警察總隊隊長。兩位法官頓時明白剛才發生了什麼事情，代理檢察長走上去喝止了他們。

「預審法官先生，我現在要控告他！這個穿著制服的壞蛋，他勾引我的妻子！」拉韋諾指著警察隊長咬牙切齒地說道。

警察隊長從地上爬起來，兩位法官的突然出現令他非常尷尬，他囁嚅道：「我只是在這裡和她說些話。」

「談話？怎麼談？」拉韋諾的臉脹得通紅，「法官先生，你可千萬不要袒護他！我進來的時候分明看見他把自己的嘴巴湊向她……」

「有這麼回事嗎？隊長？」魯塞蘭先生嚴肅地問道。

「我的確是想約她到這兒來談談……」

「不要忘了你是一名警察，你應該注意自己的行為！這件事暫不追究，你先回去吧！」

隊長應了一聲，匆匆跑走了。

「雅梅莉婭，你怎麼能私自跟他到這種地方來呢？」魯塞蘭責問道。

「他說要跟我談談有關案子的事情。他是警察，我怎麼敢拒絕他？」雅梅莉婭顯得很無辜。

「那麼，你知道些什麼嗎？」魯塞蘭先生不放過每一個機會。

「我知道的都是與案子無關的事，何況我還承諾過不將它告訴別人。」

「我是司法人員，你有義務告訴我你所知道的。」

「可我也有權利替別人保守秘密。」

魯塞蘭先生不再強迫她，他相信她堅持不了多久。他們回到城堡，重新部署審訊。

克麗斯蒂安娜獨自待在自己的客房裡，她努力想弄清楚上午發生的那些事情，但是她頭昏腦脹，思緒混亂，怎麼也理不出一個頭緒來。尤其是想到自己的丈夫突然被指控為殺人兇手，她更加慌亂不堪。經過一上午的折騰，她是那麼疲憊，那麼無助，那麼痛苦。她實在是太累了，躺在一張沙發上睡著了。

直到女僕雅梅莉婭送來午餐，克麗斯蒂安娜才醒來。她的精神比先前好多了，但是她沒有什麼胃口，只吃了很少的一點東西。

雅梅莉婭離開之後，她又休息了一會兒。她的精神比先前好多了，情緒也逐漸平靜下來，她決定要和德·奧爾薩克進行一次面談。儘管他們在這個非常的時候見面看起來不太妥當，更有可能會引起別人的誤會猜疑，但是她卻顧不上這麼多了，她渴望從德·奧爾薩克那兒得到些什麼，或者他能給她提供一些幫助。

在得到預審法官的同意後，她來到伯爵的工作間，他已經等候在那裡。剛開始是一陣難堪的沉默，後來，伯爵先生開了口：「對不起！如果我傷害了你，希望你能原諒我！」

「不，你沒有必要請求我的原諒。我知道你也很痛苦，你這麼做全是因為你妻子的死，但是……」她猶豫了一下，才接著說道，「但是你不應該向貝爾納爾報復，你這麼做並不能挽回什麼。」

「我沒有向他報復，這一切都是建立在公平的基礎之上。」

「那麼，請你公正地告訴我，他是偷走了你的東西，還是只取回了自己的東西？」

「毫無疑問，他的行為已經構成犯罪。」

「那你呢？難道不是你害得他破產嗎？」

「那只是巧合！就算是我無意間做錯了什麼，也全是因為你的緣故！無論我做什麼，都是為了證明我對你的愛情……」

「夠了，」克麗斯蒂安娜打斷他的話，「現在你不應該對我說這些，你該明白我現在最想知道的是什麼。我想你親口告訴我，是貝爾納爾殺害了你的妻子嗎？」

「不，當然不是他。」他馬上表示反對，「他怎麼可能是殺人兇手呢？那只是一筆小數目，不值得他為它們殺人。」

「可是證據確鑿，看起來的確是他殺了人。」

「證據是可以被推翻的，只要我們去找出真正的事實。」他安慰她。

克麗斯蒂安娜的眼中放出了光采：「我相信你的這些話，但是真正的事實是什麼呢？」

「我們可以一起去尋找。」

「但你先前的指控對他那麼不利……」她憂慮地說道。

「是的，很不利。」伯爵也覺得要發現新的線索並不是一件很容易的事情。

「或許我們可以試著找出另外一個兇手，這樣貝爾納爾就可以脫身了。」她突然提出這樣一個建議。

克麗斯蒂安娜的話似乎給了伯爵一個重要的啟示，他開始在屋子裡來回踱著步子，從他的神態可以看出，他在思考相關的問題。

「有一件事，已經發生有好一段時間了，我不知道它是否與這件事有關係……」他猶豫著說道。

「什麼事？你大膽地把它說出來吧！」她鼓勵他。

德・奧爾薩克一邊回憶一邊敘述道：「幾個星期前的一個晚上，曾有一個男人闖入我的書房，恰好被我撞上了，我差點逮住他，可還是被他逃走了。」

「啊！有這樣的事？會不會是他？」

「可惜不是他，那人後來被汽車撞死了。」

「我想那個人潛入你的城堡一定早有預謀，他死了，他的同伴接著來完成他沒有完成的事情……」克麗斯蒂安娜推斷道。

「你仔細想想，這個同謀有可能是誰呢？他會不會就是你身邊的某個人？」她滿懷希望地設想。

德・奧爾薩克再度陷入了沉思。

「你想到了什麼嗎？」她小心翼翼地問道，似乎生怕把他想到的東西碰掉了。

「我所想到的只是些無關緊要的小事情。」

「講出來或許對我們要尋找的答案有幫助！」她熱切地注視著他。

「那好吧，不過這也許真的沒什麼用。」他說道，「昨天遊戲活動結束後，我和客人們分手，來到書房，意外地發現園丁的姪子居斯塔夫待在那裡，他就站在保險箱旁邊。當時我非常生氣地責問他。他說他是來送花的，說是夫人叫他把花送去那兒的。」

「我認識他嗎？他長得什麼樣？」

「他很年輕，只有二十多歲，長得很壯，外表看起來很老實。」

「是他？我見過他！」克麗斯蒂安娜激動地喊道，「昨天晚上，我們出發去河邊的時候，我看見他待在前廳樓道上的一個角落裡。他見我們走出來時，神色很不自然，趕緊裝作打理花瓶裡的花。我當時覺得很奇怪，卻沒有在意。」

「對，園丁的姪子接連兩次出現在他不該出現的場合，這中間一定有問題！我們應該向預審法官彙報這個情況。」

「現在案情有了新的希望，我真的感到很高興！」克麗斯蒂安娜的臉上露出了消失已久的笑容，她對伯爵說道，「但願很快就有辦法證明貝爾納爾不是殺人兇手，要不然，再這樣下去，我就要崩潰了。」

「你……真的這麼在乎他？」從德．奧爾薩克的口中，突然冒出這句話來。

「他是我的丈夫，我當然不希望他是一個殺人犯。」

「那麼竊盜犯呢？」他咄咄逼人。

「住嘴！」她被激怒了，「我不想你再提起這件事！」

的確，就算事實證明貝爾納爾不是殺人兇手，他也難逃竊盜的罪名，這同樣給克麗斯蒂安娜帶來不小的打擊，只不過現在它被另外一個重大的問題沖淡了。但是到了該她面對的時候她總得要面對，那時，她還會對他的丈夫滿懷希望嗎？她會不會棄他而去，投向德．奧爾薩克隨時向她敞開的懷抱呢？德．奧爾薩克在心裡這樣想著，覺得將來離他們好像已經不遠。

「你不要擔心，我們會想法為貝爾納爾澄清一切的。」他對她說道。

他們結束了談話，一起走出去。德．奧爾薩克立刻找到警察隊長，告訴他剛才發現的新情況。

沒過多久，園丁的姪子居斯塔夫就被帶到了城堡，由預審法官親自審問他。於是審訊第二次拉開了帷幕，所有的人再次集聚在書房，魯塞蘭先生甚至命令把貝爾納爾也叫來了。

克麗斯蒂安娜和德．奧爾薩克是一起到達書房的。在居斯塔夫這件事情上，他們已經形成了默契，企圖為貝爾納爾的犯罪製造一些疑問，以達到挽救他的目的。關於這一點，魯塞蘭先生也有所感覺。貝爾納爾一直對自己受到的待遇感到相當不滿，他的表情一直都是暴躁的。

魯塞蘭先生問居斯塔夫：「你知道昨天晚上發生的事情嗎？」

「知道。」居斯塔夫低著頭。

「你是怎麼知道的？」

「城堡中每個人都在談論。」

「你僅僅是從別人口中知道的嗎？你自己有沒有參與呢？」

「沒有，絕對沒有。」居斯塔夫的樣子很緊張。

「但是有人看見你兩次出現在城堡。」

「我是來送花的。」

「送花之後你又幹了什麼？」

「送了花我就回去了。」

「但你的叔叔告訴我們你很晚才回去。」

「我去河邊……樹林裡了。」

「你到那兒去做什麼？」

「我去觀看活動。」

「有人看見你嗎？」

「沒有，我一直都是一個人。」

「你所說的與他們陳述的大相徑庭，說實話，你不要對我們撒謊！」

「我沒有撒謊。」居斯塔夫小聲地說。

「警察在你的房間裡搜到一個裝有九百法郎的錢包。你不可能無緣無故擁有這麼多錢吧？你是怎麼得到這筆錢的？」

居斯塔夫的臉上滲出了汗珠，但是他沒有回答預審法官的話。

「昨天晚上你躲在前廳的主樓梯旁邊，後來你是不是趁大家都離開的時候，從那兒上樓闖進伯爵夫人的房間？」

「沒有這回事！」居斯塔夫的聲音因為極度的恐懼而顫抖。

這個時候，雅梅莉婭突然走到他的身邊，溫柔地說道：「說出事情的真相吧！否則，他們會把你抓走的。」

「你知道什麼嗎？」預審法官問雅梅莉婭。

「我知道，我知道昨天晚上他在做什麼。」

所有的人都把目光投到雅梅莉婭身上，好像都吃了一驚。

「昨天晚上他在配膳室等我。」雅梅莉婭說。

「等你？他為什麼要等你？」魯塞蘭先生對這突如其來的感情糾葛大感興趣。

「這些天來，他一直尋找機會跟著我，想接近我。」

「你任由他這樣做？」魯塞蘭先生想起了警察隊長的事情。

「我讓他走，他不走，後來他留在了存衣室。」

「有人看見他曾出現在前廳。」

「不會的，他應該沒有離開過。因為我去看過他幾次，他一直老老實實地待在那兒，我們還一起談過話。」

當雅梅莉婭說完這些的時候，廚師拉韋諾早已怒不可遏了，他一把抓過她，想責罵她。雅梅莉婭用力掙脫她愛吃醋的丈夫，嚷道：「我和他又沒做什麼，我們是正大光明的！難道你讓我眼看著他被人陷害而不站出來作證嗎？你瞧他多麼正直，寧願被人指控也不願損害我的名譽！」

「你確定他沒有離開過？」魯塞蘭先生問道。

「當然，他不可能出現在另外的地方，直到十一點鐘，我送走了他。如果有人一定要說他曾出現在前廳，那麼就是想陷害他，想利用他轉移大家的視線，以便讓另外一個人獲救。」雅梅莉婭直截了當地說道，並不顧及她的話是否會觸怒某些人。

「那麼那九百法郎怎麼解釋呢？你知道他這些錢是怎麼來的嗎？」

「這個我不太清楚。不過，他向我提過是有人給他的，但他不願說出那個人的姓名。」

魯塞蘭先生點點頭，然後轉向德·奧爾薩克：「你親眼看見居斯塔夫躲在前廳嗎？」

「我當時急著出去，看得不是很真切，但克麗斯蒂安娜可以肯定看見過他。」伯爵滿含期待地看著克麗斯蒂安娜。

「你肯定自己看見了居斯塔夫嗎？」魯塞蘭先生馬上轉向克麗斯蒂安娜。

「對不起，預審法官先生。我犯了一個小小的錯誤，當我和大家一起準備出去時，我並沒有看見居斯塔夫在前廳。」克麗斯蒂安娜緩緩說道，她美麗的臉上顯露著少有的平靜。

「你……你說什麼？」德·奧爾薩克嚇傻了，「你不是親口告訴我你曾在前廳看見他嗎？」

「我是那樣對你說過，但事實上我剛才對預審法官說的才是真話！」

魯塞蘭先生面對這突如其來的變化，不由提高了興致。他實在弄不明白，片刻之前還意見那麼統一的兩個人怎麼會突然對立起來，這中間一定有十分引人入勝的原因。可還有一點令人費解，克麗斯蒂安娜這樣做不是又讓她的丈夫貝爾納爾陷入不利的境況嗎？難道說她現在已經不顧他丈夫的安危了？

「德布里奧克斯夫人，你確定自己的證詞嗎？」魯塞蘭先生再一次問道。

「是的，我非常確定。」克麗斯蒂安娜堅決地說道。

魯塞蘭先生的臉上露出了微笑，看來這個撲朔迷離的案子要掀起新的高潮了。

每個人都感到意外，尤其是德·奧爾薩克，他覺得克麗斯蒂安娜好像突然變成了另外一個人似的。數分鐘之前，她還是那麼軟弱，那麼無助，那麼需要別人的幫助。然而現在，她似乎渾身充滿了力量，顯得那麼自信，那麼富有智慧。接下來她會做些什麼呢？這是每個人都十分關心的問題。當然，誰也不會想到，接下來發生的事情，更加出人意料。

克麗斯蒂安娜向預審法官提出請求，她要求把洗衣女工貝爾塔叫來。貝爾塔就是昨天晚上披著伯爵夫人的斗篷出去，而被大家誤認為是伯爵夫人的那個洗衣老婦人。魯塞蘭先生對於克麗斯蒂安娜提出這樣一個請求感到很奇怪，但克麗斯蒂安娜說貝爾塔可能會提供一個對案子有突破的資訊，於是他准許了她的要求。

一名警察把貝爾塔帶了進來，這位婦人已經上了一定的年紀，臉上的皺紋很明顯，使她看起來更加蒼老。她給人的感覺憨厚樸實，一看就知道是個勤勞正直的女僕。

克麗斯蒂安娜走到她的面前，問道：「昨天夜晚，你曾穿著伯爵夫人的那件舊斗篷出去，對嗎？」

「是的。好心的女主人把她送給我穿，沒想到卻引起了一場誤會。」

「那你是從哪兒取走這件斗篷的呢？」

「從存衣室裡，夫人。」她謙恭地答道。

「那你在那兒看到了誰？」

「園丁的姪子居斯塔夫。他躲在裡面的一塊舊屏風背後，我是通過掛在我面前的那塊鏡子看見他的。我想他大概並不知道我看見了他，因為我並沒有聲張，只裝作什麼都沒看見，取了斗篷就離開了。」

「你為什麼不問他怎麼會躲在那兒呢？」

「不問我也知道，他一定是留在那兒等雅梅莉婭的。誰都知道，雅梅莉婭把他哄得團團轉……」

老婦人回答得很仔細，大家都明白了是怎麼回事，雅梅莉婭的證詞也再次得到了肯定。克麗斯蒂安娜問完了話之後，魯塞蘭先生就讓貝爾塔出去了。

「德布里奧克斯夫人，你這麼做是為了證明居斯塔夫的清白，是嗎？」魯塞蘭一邊思考一邊問道。

「是的，預審法官先生。」

「那麼你為什麼要這麼做呢？你這樣做不是前後不一、自相矛盾嗎？」

「我說過先前是我弄錯了。」

「很顯然，你是故意這麼做的。請你回答我，這到底為什麼？你難道不知道去除了居斯塔夫這個可能後，你的丈夫就仍然是最大的嫌疑人？」

「那麼，也就是說，預審法官先生，你還是認為我的丈夫是殺人兇手？」克麗斯蒂安娜並不直接回答魯塞蘭先生的問題，反而反問道。

「除非你有另外的證據……」

「我不知道什麼叫做證據，我只是覺得這個案子有太多的漏洞……」

「漏洞？你認為有漏洞？這簡直太好了！那麼，你指的是什麼？」

「首先，我想先擺明自己的立場：我不相信我的丈夫貝爾納爾．德布里奧克斯有罪。不管是竊盜案還是兇殺案，這中間一定存在著誤會。我既不相信他偷了東西，也不相信他殺了人！」

魯塞蘭先生笑了：「你這是感情用事，不是在用理智說話。」

「不，你錯了，」克麗斯蒂安娜的態度很執著，「我是在用事實說話！」

「可是事實證明貝爾納爾偷了東西。」

「貝爾納爾從來沒有承認自己偷了東西，他一再聲明他只是拿走了屬於自己的東西。」

「這兩者有什麼分別？」

「有很大的分別，預審法官先生。」

「那你說說你的想法，夫人。」

「前段時間，德．奧爾薩克和我的丈夫之間有生意往來，我的丈夫說德．奧爾薩克使用不公平的手段讓他破了產。如果德．奧爾薩克掠走的是屬於我丈夫的東西，那麼我丈夫拿走那些證券是合法的。當然我這麼說是口述無憑，法官們將來可以尋找有力的證據來證明我所說的是否正確。而現在我主要想說的並不是這個，我要說的是貝爾納爾拿走那些證券的方式或許並不像大家所認為的那樣，有一個人一定比我們更清楚這一切。」

「誰？貝爾納爾的同謀？」

「不，貝爾納爾沒有同謀，因為他並沒有犯罪。」

「德布里奧克斯夫人，請你向我們解釋清楚。」

「可惜這個人再也不能告訴我們什麼，她已經死了。」

「你是說——」魯塞蘭先生還不太敢肯定她的意思。

「對，我指的就是伯爵夫人！」克麗斯蒂安娜替他把話說完。

「你是說我的妻子？她會知道什麼呢？」德．奧爾薩克表示反對。

克麗斯蒂安娜沒有理會他，她繼續說道：「伯爵夫人是唯一知道整件事情前因後果的人。」

貝爾納爾瞪大了眼睛，神情古怪極了，彷彿不相信他的妻子會說出這句話來。克麗斯蒂安娜看了丈夫一眼，接著說：「大家都忽略了一個事實：在貝爾納爾被問到保險箱鑰匙是怎麼得到的，和居斯塔夫被問到是怎麼得到那九百法郎的時候，他們都不約而同地保持了沉默。我相信，他們是在為同一個人保持沉默。」

「德．奧爾薩克夫人？」預審法官問道。

「是的，他們曾答應她要保守秘密，而他們也都做到了。」

德．奧爾薩克不相信地說道：「你是說露西安娜參與了整件事情？這簡直不可能！」

「沒有什麼是不可能的，德．奧爾薩克先生。」克麗斯蒂安娜說道，「在這之前，你認為開保險箱的鑰匙只有一把，但事實上有第二把的存在。而它就被收藏在伯爵夫人的貨櫥中，連你也不知道。可見，這把保險箱鑰匙被你夫人收藏已久，她為什麼會收藏這把鑰匙呢？是不是她早料到有一天會派上用場？鑰匙是你夫人收放的，貝爾納爾不可能一下子找到它，最大的可能就是你夫人親自把它取了出來。然後，是鎖的密碼。貝爾納爾也不可能清楚地知道鎖的密碼，只有你的夫人與你最親近，也只有她可以在你毫不留心的情況下跟在你的身邊，從你一次次打開保險箱時撥動鎖盤上的聲音聽出開鎖的密碼。所以除了你之外，能打開保險箱的就只有她了。貝爾納爾只有聽從她的指示，利用能被他們掌握的時機到書房裡與她碰面。只有這樣，貝爾納爾才會得到那些證券，憑他自己的力量，是永遠也不可能得到那些的。」

「為什麼我們在工作間談話的時候，你一點兒也沒有談到這些？」德．奧爾薩克非常不滿地問道。

「那時候還不是時機。其實，從今天早上開始我就一直在思考這些問題。而現在，這些問題的答案已經漸漸地在我腦中形成。」

「可德布里奧克斯夫人，你知道辦案講求的是證據，你所持的證據是什麼呢？」魯塞蘭先生問道。

「我想，我丈夫手中會擁有那些證據。如果沒有證據，我丈夫不會口口聲聲指責是德．奧爾薩克搞得他破產。一定有人曾向貝爾納爾提供這樣的資料，而貝爾納爾正是依據這些資料才得知德．奧爾薩克的陰謀。包括那些證券的來源、去向，他也是通過這種途徑知道的，然後他才會有可能得到它們。前不久，他收到過一封信，我想這裡面一定記述著事情的真相信件。現在我還清楚地記得，他讀完那些信函後流露出的震驚、憤怒的情緒。」克麗斯蒂安娜一口氣說完這些，稍微停了會兒，又補充道，「還有一個小小的細節：我和貝爾納爾在初次接到德．奧爾薩克一家的邀請時，本來不打算到這兒來，但後來貝爾納爾收到一封催促他一定要到的電報後，突然改變了主意。於是，我也不得不跟著他來到了這裡。好了，貝爾納爾，所有的秘密我已經替你把它們都講出來了。現在，你根本用不著再為誰保守什麼秘密，因為現在已經沒有什麼秘密可言了。」

「是的，你已經把它們都說出來了。」貝爾納爾喃喃道。

「那麼先生，我想問一下，你得到的那些資料都還在嗎？比如信函、電報？」預審法官問道。

「都不在了，為了保守秘密，我把它們都燒毀了。」

「這麼說證據也被毀滅了。」魯塞蘭先生遺憾地說道。

「不，還有另外的證據。」克麗斯蒂安娜信心十足地說道，「沒有了物證，但還有人證。居斯塔夫一定知道這些隱密。因為伯爵夫人是不方便親自去郵寄那些信件和發送電報的，她必須請一個人為她做這些事情，而居斯塔夫就是一個合適的人選。他沉默寡言，誠實憨厚，和外界較少接觸，他做什麼都不容易引起別人的注意。伯爵夫人可以利用他每天為她送花的機會跟他談話，並交代給他要辦的事情，這樣便絲毫不會被人察覺和懷疑。既然居斯塔夫為伯爵夫人做了這麼多事情，他理所當然該得到伯爵夫人送給他的豐厚報酬，也就是警察從他家裡搜到的那一筆法郎。」

克麗斯蒂安娜走到居斯塔夫的身邊，態度和藹地說道：「年輕人，我把你不願說出的話都說出來了，現在大家都知道了這些事情，而你卻並沒有洩露秘密。如今我想問你一點問題，希望你能認真地回答。當然，既然大家都知道了，你回答我一點問題也並不算背叛你的女主人，你說是嗎？」

居斯塔夫點點頭。

克麗斯蒂安娜問道：「我說得沒錯，你的確替伯爵夫人送過信並且發過電報，對吧？」

「是的。」居斯塔夫答道。

「為此你獲得了一些報酬，警察從你家裡搜出的九百法郎就是她給你的，是嗎？」

「是的。」居斯塔夫再次表示肯定。

「你向雅梅莉婭提起過的那個秘密指的就是這件事情，對嗎？」

「是的，但我並沒有告訴她什麼。」

「謝謝你。」克麗斯蒂安娜轉向魯塞蘭先生，說道，「預審法官先生，你都聽到了嗎？」

魯塞蘭先生沒有回答，他告訴居斯塔夫可以出去了，這實際上就是對克麗斯蒂安娜的認可。只有德·奧爾薩克仍然持反對意見，他固執地說道：「我的妻子不可能背著我這麼做的，如果她發現我做錯了什麼，她會當著我的面指出來。何況她為什麼要幫助貝爾納爾呢？她想方設法給他送情報，這對她有什麼好處呢？」

「她那麼做只是為了保護自己。」克麗斯蒂安娜說道。

「保護自己？有誰會對她不利嗎？」

「當然，這一點你應該比誰都更清楚。」克麗斯蒂安娜毫不留情地說道。

「我不明白你在說什麼！」德·奧爾薩克走到一邊，不願意再把話題進行下去。

魯塞蘭先生卻接過了話題：「德布里奧克斯夫人，現在的情形看起來是這樣的。居斯塔夫與這個案子沒有關係，你的丈夫似乎也與盜竊案無關。可是殺人案呢？你認為殺人兇手是誰呢？」

克麗斯蒂安娜愣住了，她不知道說什麼，或者說是她不知道該怎麼說。

魯塞蘭先生見她久久不語，便轉向貝爾納爾·德布里奧克斯：「昨天晚上將近十點鐘的時候，你來到書房和德·奧爾薩克夫人碰了面，你得到那些屬於你的證券後就立刻走了嗎？」

「是的。我們怕有人回來看到，所以我很快就離開了。」貝爾納爾答道。

「你先離開還是她先離開？」

「我拿到證券就走了，我想她也應該緊跟著就上樓去了。」

「你沒有跟著她上去嗎？」

「沒有。我為什麼要跟著她上去？」貝爾納爾有些生氣。

「不排除你有想殺害她的念頭，你可以跟上去趁她不防備時將她殺害。」

「預審法官先生，你這純粹是無中生有！我既然已經拿到屬於自己的東西，還有什麼理由置她於死地？」貝爾納爾大聲地反駁道。

「理由當然可以有很多，比如你不想讓這件事情洩露出去……」

「莫名其妙，無稽之談！」貝爾納爾氣憤地說。

魯塞蘭先生好像並不理會貝爾納爾的抗議，他一意孤行地說道：「如果你不是殺人兇手，那麼又會是誰呢？不管怎麼樣，在沒有發現新的線索之前，你都有重大的犯罪嫌疑。」說完，他揮手叫警察進來。

克麗斯蒂安娜急了，她知道他們又要把她的丈夫帶走。那麼，這個時候她還猶豫什麼、顧慮什麼呢？如果她不說出事情的真相，他們就會控告她的丈夫，讓他聲敗名裂，甚至會斷送他的一生！

「不，不要帶走他！」克麗斯蒂安娜叫了出來，「他不是殺人兇手！」

魯塞蘭先生揮揮手，示意警察出去。

「如果他不是殺人兇手，那麼殺人兇手是誰呢？」他似乎在誘導她。

「是……是德．奧爾薩克伯爵！」她終於說道。

每個人都屏住了呼吸，沒有一個人不為這個答案而震驚，包括德．奧爾薩克自己。

「走了那麼多彎路，費了那麼多周折，沒想到答案原來這麼近。」代理檢察長感歎道。

「是啊，我也感到很意外，但也很欣慰，不是嗎？畢竟真實的答案已經出來了，現在就讓我們來看看克麗斯蒂安娜將怎樣進行她的控訴。」魯塞蘭先生說道，看得出他對案子進展到這一步感到很滿意。當然，能獲得這樣的結果，還得歸功於他在關鍵時刻對克麗斯蒂安娜的適度引導，和他那一刻叫警察時所運用的小小計謀。

「不是別人，兇手就是德．奧爾薩克自己！」克麗斯蒂安娜重複道。

剛開始，德．奧爾薩克好像被克麗斯蒂安娜的話震住了，他甚至不知道該怎樣為自己辯解。他望著她，目光中充滿了各種各樣複雜的東西。有憤怒、有懷疑、有緊張、有痛苦……他不願相信他深愛著的克麗斯蒂安娜就是面前這個一定要指控他是殺人兇手的女人！他該以怎樣的態度去迎接她的控訴呢？他不想他們之間發生戰爭，但是他又不得不對她的進攻作出反擊。他不想說話，但是他必須要開口。

「克麗斯蒂安娜，你弄明白自己到底在說什麼嗎？你怎麼當著大家的面對我開這麼大的玩笑？」德．奧爾薩克盡力壓制著心中的怒火。

「不，我沒有開玩笑！這是一個真實得不能再真實的事實——是你殺害了自己的妻子！」克麗斯蒂安娜堅持道。

「你說是我殺死了露西安娜？你瘋了嗎？我為什麼要這麼做？我怎麼可能這麼做？」伯爵動怒了。

「但是你確實這麼做了，這是無可更改的事實。」

「事實是昨天晚上我一直跟你待在一起。如果我是罪犯，那你呢？」

「罪犯只有一個。」克麗斯蒂安娜的回答簡潔明瞭。

「你太多變了！兩個小時以前，你還在和我一起討論解救你丈夫的方法，後來你把目標朝向居斯塔夫，現在又把矛頭指向了我，下一個你又會轉向誰呢？」

「我說過，沒有別人，只有你，兇手就是你。如果說最初我還在懷疑，還不敢十分確定，那麼後來當我暗暗地觀察，細細地分析眼前發生的所有事情之後，我便可以確定是你。」她不給他說話的機會，又緊接著說道，「從一開始我就不相信貝爾納爾有罪，因為他是我的丈夫，我了解他，我相信他所說的話。但是你卻不放棄對他的指控，企圖讓他在我面前感到狼狽不堪、無地自容。你想順水推舟，使盜竊案自然過渡成兇殺案，這樣你就可以避人耳目，逃脫法網。你這樣做是多麼地不著痕跡，讓人難以察覺啊！為了能看清楚你，我只有接近你。於是我思慮成熟之後，提出與你見面。在我們談話的過程中，當我提說應該找出另外一個兇手時，你竟順著我的思路，竭力思考這樣一個合適的對象。後來我說自己和你一樣見過居斯塔夫，你就馬上抓住這一點不放。因為你認為，就算法官們從他的身上發現不了什麼，也至少可以擾亂大家的視線，讓案件變得撲朔迷離，從而難以找出真正的兇手。但你萬萬沒有想到，這只不過是我故意佈置的一個陷阱。你鑽了進來，讓你的意圖在我的面前暴露得更加明顯……」

「你這根本就是在胡言亂語！」德·奧爾薩克終於打斷了她的話，「我沒有什麼意圖！因為我並沒有像你所認為的那樣殺了人！我有什麼必要那樣做呢？」

「因為你想獲得自由，想得到我！」

「我不需要那樣做，我早已經得到你了！難道你忘了？昨天晚上就在這個房間裡，在這張沙發上我們是如何親熱的嗎？」

「那不是我的自願，是你使用暴力把我弄到這兒來的！」克麗斯蒂安娜申辯道。

「我沒有理由殺人。貝爾納爾已經破了產，你不會在他身邊待多久的，你遲早會來到我的懷抱！」德·奧爾薩克繼續說道。

貝爾納爾卻無法再忍受了，他暴跳如雷：「混帳，我不允許你再說下去！」

他衝過去，就要與德·奧爾薩克扭打起來。兩位法官趕緊走上去把他們分開，同時嚴肅地要求每個人都要保持冷靜。然後，魯塞蘭先生對克麗斯蒂安娜說道：「德布里奧克斯夫人，請你把想要告訴我們的話明確地對我們說清楚，不要偏離正題。」

「是的，預審法官先生，我很快就會談到的。」克麗斯蒂安娜答道，「但是有一件事我必須要解釋清楚，也就是德·奧爾薩克所說的昨天晚上的事。請相信這些絕不是廢話，它能讓大家更好地理解德·奧爾薩克的作案動機。」

德·奧爾薩克在一旁冷笑。克麗斯蒂安娜吸了一口氣，接著說道：「自從幾個月前德·奧爾薩克認識我以後，就一直對我糾纏不休。他總是想盡辦法接近我，向我表示好感，但都被我直接或間接地拒絕了。後來，在貝爾納爾的堅持下，我們來到了城堡。德．奧爾薩克在自己的地方更加肆無忌憚，他三番五次逼迫我答應他的求愛。最後他尋找機會把我拖到這間屋子來，他擁抱我，強行吻我，我拼命反抗，終於掙脫了他，然後我告訴他我會儘快離開這裡。事情的經過就是這樣，並不是像德．奧爾薩克所說的什麼親熱。」

德．奧爾薩克不再冷笑了，他靜靜地看著克麗斯蒂安娜，她繼續對預審法官說道：「我的態度讓他憤怒、痛苦卻又無可奈何，也許他因此開始把憎恨轉移到他的妻子身上，他想當然地認為如果沒有她的存在，我的態度就會有所改變。於是，一個犯罪的念頭便在他腦海中不知不覺地產生了。當僕人報告說伯爵夫人一個人出了城堡上了舊木橋，他便忍不住幻想橋斷了……後來大家才知道，原來伯爵夫人待在她的房間裡。這讓德．奧爾薩克潛意識裡感到很失望，但他又開始幻想那個竊盜者進城堡後會撞見她，她會因此而遇害……他帶著這樣的念頭一步步走向伯爵夫人的房間，然而他看到的是活著的露西安娜！這與他的推斷不相符合，潛意識裡他不願接受這個事實，於是悲劇就發生了。或許德．奧爾薩克自己也沒有預料到，他會把那些苦苦糾纏他的念頭變成了現實。」

克麗斯蒂安娜的目光變得遙遠而縹渺，大概她要說的就是這些。但是，在克麗斯蒂安娜列舉的事實中，沒有物證，也沒有人證，她所說的一切都只是她的推理。儘管她的論證那麼嚴密、那麼清晰，但是這能擊倒她的對手嗎？伯爵會承認她所說的一切嗎？或者他會全盤否認，然後用更有力的證據來推翻她的論斷？

德．奧爾薩克深埋著頭，他的臉因極度的痛苦而扭曲了，他陷在深深的沉默之中。

過了許久，他才終於抬起頭來，望著預審法官，用低沉的聲音說道：「我不想再逃避下去，也不想再陷害他人了。現在我要告訴你們，克麗斯蒂安娜所說的話全部都是真實的！她比任何人都更加洞悉一切……事實上，當我指認別人的時候，當我為自己辯護的時候，我比所有的人都痛苦……我實在不願意再這樣僵持下去，我再也不想隱瞞什麼，也許老實交代對我來說反而是一種解脫。」

他極力克制住自己憂傷的情緒，不讓自己所說的話聽起來含糊不清。

「我愛克麗斯蒂安娜，我以為我對她的愛只有我自己才會清楚。然而我的態度和行為還是洩露了這個秘密，露西安娜也知道了這一切，並為此感到恐懼。她害怕我遲早有一天會拋棄她，所以暗中監視我的行動。我想數星期之前闖入城堡的那個人就是她雇來的。當她知道我對貝爾納爾不利時，就想辦法暗中幫助他，向他洩露秘密。因為她不能讓他破產，不能讓我得到他的妻子。可是她終究沒有想到，她的丈夫對另一個女人的愛已經超出了理智，沒有想到他僅僅會因為一念之差而要了她的命……」

說到這兒，德．奧爾薩克顯得格外激動：「預審法官先生，你相信嗎？這其實並不是我想要的結果，在這之前我從沒有想過去殺人……然而事情還是就這樣無可挽回地發生了，當我從極度的瘋狂中清醒過來時，一切都已經太遲了！」

「是的，我們相信你本來並不願殺人，也許你想都沒有想過。你是被潛意識中極度的欲望沖昏了頭腦……」魯塞蘭先生說道，「但是事實已經無法改變，我們必須對你依法制裁！」

「我知道……」德．奧爾薩克喃喃地說道，「只是，預審法官先生，可以答應我一個請求嗎？我希望再最後看我的妻子一眼，向她表達我深深的懺悔。」德．奧爾薩克突然提出這樣一個請求。

魯塞蘭先生顯得有些猶豫，他似乎在擔心什麼，不過還是答應了他的請求。當德．奧爾薩克上了兩級樓梯時，他示意警察隊長跟上去。

德．奧爾薩克起初走得很慢，但快走到他妻子的房間時，他突然一個箭步衝了進去，緊接著從裡面傳來一聲刺耳的槍聲。

一切都來不及了，當警察隊長以及其他人趕進去時，德．奧爾薩克已經倒在了血泊之中。在他的身旁，殘留著一顆顆的念珠，鮮血正慢慢地滲過去，使它呈現出更加奪目的紅潤。

5 尾聲

城堡又恢復了平靜，那是另一種平靜。

瓦諾爾和布雷松夫婦受不了城堡中這恐怖詭異的氣氛，已經匆匆離去了。客人中只有德布里奧克斯夫婦和布瓦若瑞還沒有離開，他們要留下來悼念死者。

克麗斯蒂安娜已經提出要為德．奧爾薩克守靈，並得到了她丈夫的准許。她看起來像平日一樣柔弱，在審訊場上所表現出來的那種精明已經消失不見。布瓦若瑞則在為他昔日的朋友打點後事。

魯塞蘭先生找到布瓦若瑞，對他說道：「先生，你不認為自己也犯了罪嗎？」

瓦布熱內看著他，驚恐不已：「預審法官先生，我不明白你的意思！」

魯塞蘭先生冷笑道：「你是和德．奧爾薩克一起進入露西安娜的房間的，你應該知道接下來所發生的一切！你還用床單把露西安娜蓋了起來，以免大家看到新鮮的血漬。」

「我……」布瓦若瑞的臉變得煞白，「我的確看到德．奧爾薩克殺了他的妻子。他當時幾乎是瘋狂地衝向她，我根本來不及去阻止。」

「那麼，你為什麼要包庇他？」

「我們是朋友。」布瓦若瑞吶吶地說。

「僅僅因為是朋友？你沒有得到他的一點好處？比如錢？不管怎樣，我們會立案調查此事的，你等待法庭的傳訊吧。」

魯塞蘭先生說完，頭也不回地走了，留下布瓦若瑞一個人呆呆地站在原地。

這個棘手的案子終於塵埃落定，兩位法官又聚到一起交換看法。

魯塞蘭先生說道：「或許我犯了一個錯誤，我不該答應德．奧爾薩克去向他的妻子道別，我早預感到可能會發生這樣的事情。」

「這並不能怪你。」代理檢察長說道，「也許死亡正是他最好的選擇，否則我相信他一輩子都逃不開良心的遣責。」

「你說得有道理。」魯塞蘭先生望著窗外晴朗的天，深深的吸了一口氣，說道，「不過最可憐的還是克麗斯蒂安娜，因為她愛德．奧爾薩克。」

「你說什麼？」代理檢察長吃了一驚。

「是的，她愛他。請相信我的觀察和判斷力，我不會弄錯的。德．奧爾薩克早已憑著他不可抗拒的力量把她征服，但她不願承認這一點，甚至把她的愛情轉化成了對德．奧爾薩克的憎恨。在審訊場上，她對他毫不留情地控訴只是為了向別人證明她恨他，恨他破壞了自己的家庭，恨他損害了自己的名譽，恨他讓她面對這一切而不知所措……但是她果真恨他嗎？她內心深處是愛他的。否則，當德．奧爾薩克倒在血泊之中時，她不會全身顫慄，更不會提出為他守靈。」

「是的，歸根結底，是變態的愛情導致了這場悲劇。」代理檢察長總結道。

他們共同走出城堡，落日的餘暉拉長了他們的身影。

此時正是彩霞滿天，而明天的生活還將繼續。

愛情禮讚
加贈電子書
E-Book
傲慢與偏見
珍·奧斯汀浪漫作品集
PRIDE AND PREJUDICE
ANTHOLOGY OF JANE AUSTEN
破除傳統婚姻迷思的戀愛喜劇
一生不可不讀的傳世典藏
珍·奧斯汀
丁凱特
傲慢與偏見
珍·奧斯汀
浪漫作品集

行銷總代理
采舍國際
www.silkbook.com

國家圖書館出版品預行編目資料

紳士怪盜 : 亞森・羅蘋經典探案集 / 莫里斯・盧布朗原著. -- 初版. -- 新北市 : 典藏閣出版 采舍國際有限公司發行, 2016.09-　下冊 ;　公分

譯自 : Arsene Lupin gentleman cambrioleur

ISBN 978-986-271-705-9 (下冊 : 平裝)

876.57　　105006675

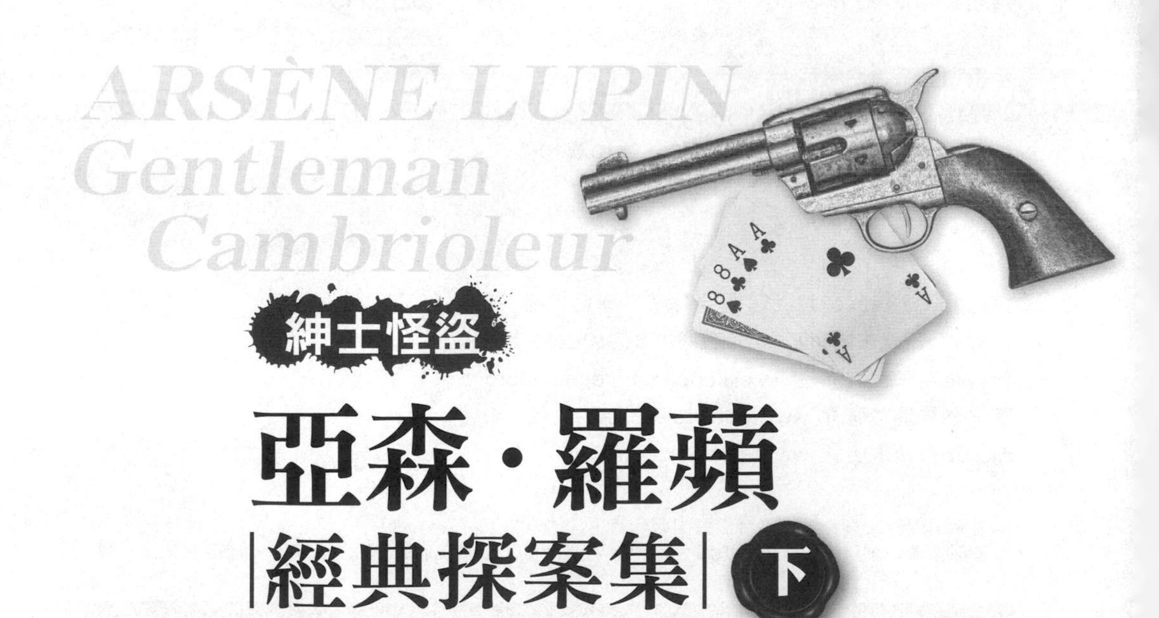

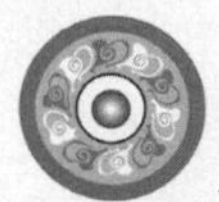

典藏閣

紳士怪盜：亞森·羅蘋經典探案集（下）

出 版 者 ◤典藏閣
作 者 ◤莫里斯·盧布朗
編 譯 ◤楊嶸
品質總監 ◤王寶玲
文字編輯 ◤Helen
總 編 輯 ◤歐綾纖
美術設計 ◤蔡億盈

台灣出版中心 ◤新北市中和區中山路2段366巷10號10樓
電 話 ◤ (02) 2248-7896
傳真 ◤ (02) 2248-7758
ISBN ◤ 978-986-271-705-9
出版日期 ◤ 2023年最新版

全球華文市場總代理／采舍國際有限公司
地址 ◤新北市中和區中山路2段366巷10號3樓
電話 ◤ (02) 8245-8786
傳真 ◤ (02) 8245-8718

全系列書系特約展示
新絲路網路書店
地址 ◤新北市中和區中山路2段366巷10號10樓
電話 ◤ (02) 8245-9896
網址 ◤www.silkbook.com

線上pbook&ebook總代理 ◤全球華文聯合出版平台
地址 ◤ 新北市中和區中山路2段366巷10號10樓
新絲路電子書城 ◤ www.silkbook.com/ebookstore/
華文網雲端書城 ◤ www.book4u.com.tw
新絲路網路書店 ◤ www.silkbook.com

本書係透過華文聯合出版平台自資出版印行。
本書採減碳印製流程，碳足跡追蹤並使用優質中性紙（Acid & Alkali Free）通過綠色環保認證，最符環保要求。